# Born

Originalausgabe 2015
Ungekürzte Taschenbuch–Ausgabe
3. Auflage (2023)

Copyright © des Taschenbuches:
Farina de Waard
Hauptstraße 5
23715 Bosau

In Zusammenarbeit mit Droemer Knaur

Cover: Copyright © Farina de Waard
Umschlaggestaltung: Darko Tomic (paganus.weebly.com)
Umschlag: Copyright © Farina de Waard

Privates Lektorat: Bellinda Zabcic, Eva–Maria Sawert, Suell Mües,
Anna Gessler, Ursula Lenz, Charleen Ganschow, Julian Rzedkowski,
Mira de Waard und Stephan Hallmann

Redaktion: Franz Leipold
Korrektorat: Verlagsgruppe Droemer Knaur GmbH & Co. KG, München.

Druck und Verarbeitung: Smilkov Druck, 2700 Blagoevgrad
Printed in Bulgaria

ISBN: 978–3–945073–01–8

Fanowa Verlag
Weitere Informationen unter www.fanowa.de

Für alle, die ebenso wie ich davon überzeugt sind,
dass die Welt mit dem Glauben an das Gute
und die Magie im Menschen
ein Stück besser wird.


Mein Dank gilt Eva und Suell, Bellinda,
Ursula, Anna, Julian, Jäci, Charleen und meinen Eltern.
Vielen Dank für eure ehrliche Meinung,
euer offenes Ohr und Herz.

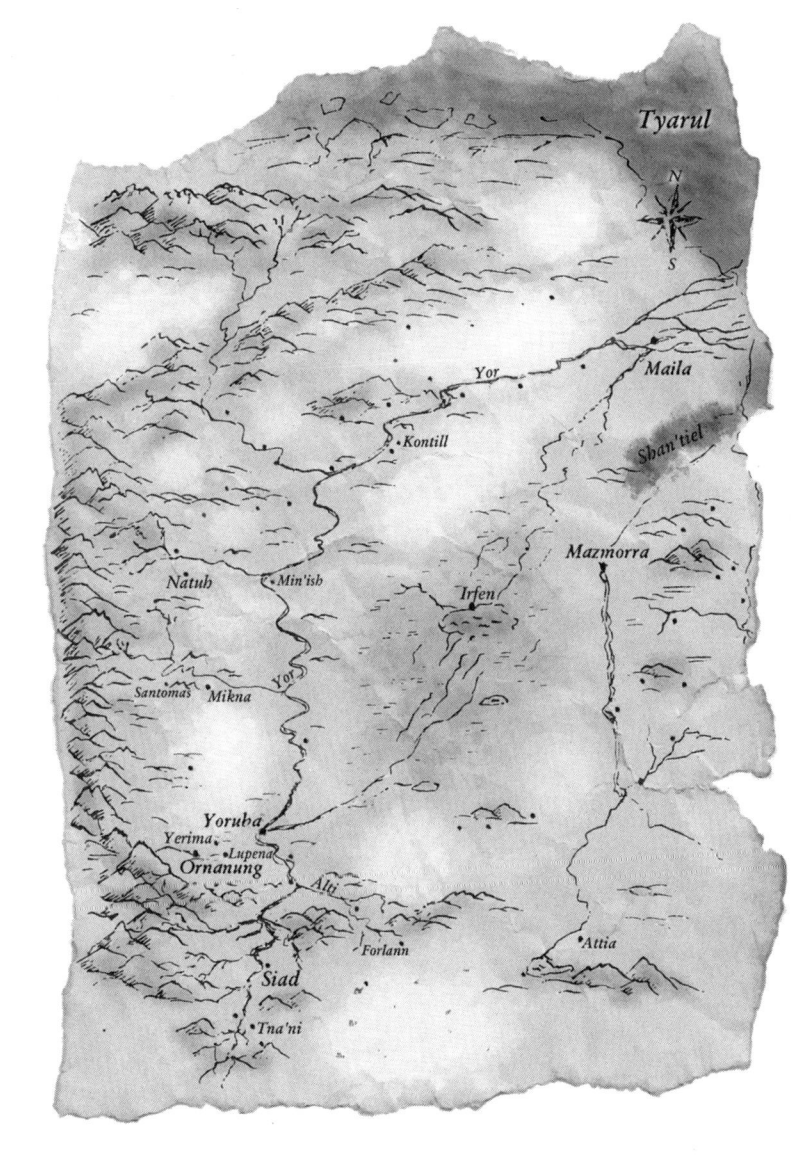

# Inhaltsverzeichnis

# Was bisher geschah

Sina wächst in der Gewissheit auf, eine ganz normale 17-Jährige zu sein, bis sich ihr Leben schlagartig ändert. Der Ratke Mazuk entführt sie und liefert sie der Königin und Schwarzmagierin Zayda aus, die sie foltert und nach ihrer vermeintlichen Magie befragt. Nach ihrer Befreiung durch den Rebellen Tunez verliert Sina ihr Gedächtnis und landet versehentlich in dem abgelegenen Dorf Ornanung. Der alte Magier Shetan und sein Enkel Tarek nehmen sie auf und schon bald wird klar, dass sich tatsächlich besondere Talente in ihr verbergen.

Da sie sich diesen faszinierenden Kräften nicht verwehren kann, beginnt sie ihre Ausbildung bei Shetan, Tarek und seinen Freunden, die sich heimlich gegen das Regime auflehnen: Tareks heilkundige Cousine Asyra, der Bogenschütze Jesco und die Geschwister Elaya und Malak.

Bei der Begegnung mit Wölfen im Wald erfährt sie von der Prophezeiung: Sie soll dazu auserwählt sein, mit ihren magischen Fähigkeiten das Land von der Schreckensherrschaft der Ratken zu befreien. Nach einigen Schwierigkeiten beginnt Sina, sich mit ihrer neuen Identität als Zenay zurechtzufinden.

Sie verbringt den Sommer mit ihrer Ausbildung, bis ein schwarzmagisches Ungeheuer in das Dorf einfällt und sie sich zu erkennen gibt, um den kleinen Jungen Mik aus dessen Klauen zu retten.

Um die Gemüter zu beruhigen drängt Tarek seine Zenay dazu, das Dorf für eine Weile zu verlassen – nicht ahnend, dass Zaydas Schergen die Flüchtige im ganzen Land suchen und der Kopfgeldjäger Ikar das kleine Dorf Ornanung bereits im Visier hat ...

# Zorn

Das Vermächtnis der Wölfe
(Teil 2)

# Prolog

Ruckartig wurde ihr der stinkende Sack vom Kopf gezogen, und vom Schweiß feuchte Haarsträhnen fielen der Frau ins Gesicht. Grelles Licht blendete sie. Hitze schlug ihr lodernd entgegen, und die rußenden Flammen ließen ihre Augen tränen. Als die Fackel gesenkt wurde, erkannte sie im flackernden Lichtschein einen düsteren Flur. Die Schemen zweier hochgewachsener Gestalten verstellten ihr größtenteils die Sicht, und sie konnte nicht sagen, wo sie sich befand. Die Betäubung ließ nur allmählich nach, lastete auf ihren Gedanken und machte sie träge und wirr.

Einer der Krieger ging an ihr vorbei; sie hörte, wie seine Schritte am Ende eines Gangs verhallten. Der zweite trat neben sie, wechselte ein paar leise Worte mit einem dritten hinter ihr – erst jetzt bemerkte sie seinen eisernen Griff um ihre auf den Rücken gefesselten Arme.

*Zwei also.*

Und kein Anzeichen von weiteren Ratken.

Die Furcht raubte ihr beinahe den Verstand. Sie brauchte Gewissheit darüber, was nach der Gefangennahme mit ihrer Tochter geschehen war. Wie hatte es nur so weit kommen können?! Alles war schiefgelaufen, und jetzt befanden sie sich in größter Gefahr. Ihre Tochter durfte auf keinen Fall in die Hände der Königin geraten. Nicht nachdem diese von der Prophezeiung erfahren hatte.

Sie musste entkommen! Sie musste sich losreißen, die Männer irgendwie ausschalten und ihre Tochter finden! Unwillkürlich zuckte sie etwas nach vorne, doch eine kühle Klinge an ihrem Hals beendete den Fluchtversuch, noch bevor er begonnen hatte.

„Versuch das noch einmal, Hexe, und ich schneide dir mit Vergnügen die Kehle durch", grollte eine tiefe Stimme hinter ihr.

Schmachvoll musste sich Ithilia eingestehen, dass sie keine Chance hatte. Man würde sie in diesem engen Gang sofort wieder überwältigen, selbst wenn sie sich aus dem Griff ihrer Wächter befreien könnte. Die Klinge blieb weiterhin drohend an ihre Kehle gepresst. Ein Streich würde genügen – und sie konnte spüren, dass es dem Mann hinter ihr in den Fingern juckte.

„Du wirst der Königin doch nicht den Spaß verderben wollen, oder? Nicht auszudenken, an wem sie dann wohl ihren Zorn auslässt", presste Ithilia zwischen zusammengebissenen Zähnen hervor.

„Schnauze! Mazuk ist gleich zurück; er wird entscheiden, was mit dir geschieht!"

Im nächsten Moment wurde sie zur Seite gedrängt und in einen Raum geschoben.

Gerade wollte sie den Mund aufmachen, da wurde das Messer von ihrem Hals genommen. Der Schlag mit dem Knauf ließ Sterne vor ihren Augen tanzen, bevor alles verschwamm.

Irgendwann wurde ihr klar, dass sie auf die Knie gesackt war und an den Armen gehalten wurde. Sie wusste nicht, wie viel Zeit vergangen war, aber ihr Schädel pochte.

Diesmal war der Raum dunkler, niemand stand vor ihr, sie starrte auf eine leere, weiße Wand mit braunroten Flecken.

Hinter ihr erklang ein Geräusch, das ihr Blut zu Eis erstarren ließ. Angst zuckte durch ihren Kopf, als die Erinnerungen mit einem Schlag wiederkehrten. Ein Teil von ihr wollte weinen, ein anderer vor Wut laut aufschreien.

Sie versuchte, den Kopf zu drehen und hinter sich zu blicken, doch der Griff eines Ratken verhinderte es.

Da war es wieder, das Wimmern.

Die Pranken schlossen sich fester um ihre gefesselten Handgelenke, als sie sich sträubte. Ein höhnisches Lachen erklang und jagte ihr ein Schaudern über den Rücken. Sie erkannte die Stimme.

„So, du bist also endlich wach?", raunte Mazuk hinter ihr. „Und auch schon wieder ganz die Alte, wie meine Wächter mir berichtet haben. Denk nicht einmal an Flucht, es würde nicht gut für dich ausgehen."

„Ich will sie sehen!", keuchte sie und verdrehte sich fast den Hals, um nach dem jammernden Bündel Ausschau zu halten.

Das Lachen wurde grausamer und näherte sich, dann trat Mazuk in ihr Blickfeld.

„Oh, sei unbesorgt, wir kümmern uns um sie."

Sie wusste nicht, ob sie froh darüber sein sollte, dass nicht er ihre Tochter in seinen Pranken hielt. Sie wollte sehen, dass sie gesund war. Sie in seiner Gewalt zu wissen …

„Wenn du meiner Kleinen auch nur ein Haar kr…", fing sie an, aber der Schlag seiner Faust setzte ihrer Drohung ein jähes Ende und ließ sie wieder zusammensacken.

Ihr Kopf dröhnte, doch ihren Willen würde er auf diese Weise nicht brechen.

„Du bist nicht in der Position, mir zu drohen! Dein Leben und das deiner Tochter gehören meiner Herrin."

In den Augen des Ratken glitzerten Genugtuung und Hass zugleich. Sie starrten sich einen Moment an, die Mutter und der aufstrebende Krieger, dann legte Mazuk seine Hand an den Gürtel. Ithilia bemerkte, dass ihr eigener Dolch nun demonstrativ darin steckte, als wäre die Waffe aus dem seltenen dunkelblauen Metall schon immer in seinem Besitz gewesen.

Das erneute Wimmern ließ ihr Herz rasen. Die Vorstellung, was die Tyrannin mit ihrer Kleinen anstellen würde, war unerträglich.

„Möchtest du gern zusehen, wenn ich deine Tochter an meine Königin überreiche? Oh, ich wage es kaum, mir vorzustellen, was sie alles mit ihr machen wird. Wie lange so ein kleines Kind wohl die Folter ertragen kann? Oder du, bevor du bei diesem Anblick wahnsinnig wirst?"

Ithilia knirschte mit den Zähnen. Er schien ihr die Gedanken geradewegs vom Gesicht ablesen zu können.

„Da du ein widerspenstigeres Biest bist, als ich angenommen hatte, werden wir uns hiermit Abhilfe schaffen." Er ließ etwas Kleines aus seinem Beutel gleiten und hielt es ihr vors Gesicht. Sie brauchte einen Moment, bis sie die schwarzen Blitze im Inneren des hellen Steins bemerkte.

Ein Bilur.

Mazuk trat aus ihrem Sichtfeld, und sie spürte, wie er an ihren Fesseln zerrte. Dann durchfuhr sie die brennende Kälte des Absorbers, der gegen ihr Handgelenk gepresst und mit einem Band so festgeschnürt wurde, dass er in ständigem Kontakt zur Haut stand.

Ihr wurde augenblicklich übel, als der Stein die Magie aus ihrem Körper sog.

Mazuks Schnauben klang zufrieden. „Los, Männer, macht schon."

Auf seinen Befehl hin wurde sie auf die Beine gezerrt. Die Ratken drehten sie so zur Tür, dass sie keinen Blick in die Ecke des Raums werfen konnte, in der jemand mit ihrer Tochter in seinen groben Armen stehen musste. Der stinkende Atem eines Ratken würde ihr ganz nah sein, seine Klauen würden …

Ein Stoß riss sie aus ihren Gedanken; sie musste unbewusst langsamer geworden sein. Sie verließen das schmutzige Zimmer, gingen durch einen engen Flur und erreichten eine Treppe, die sie beinahe hinunterstürzte, als die Männer sie vorwärtsschoben. Das laute Knarzen des Holzes ließ sie vermuten, dass noch weitere Ratken folgten. Mazuk würde sie und ihre Tochter wohl nicht mehr aus den Augen lassen.

*Ich muss etwas unternehmen! Ich muss …*

Ihre Kehle schnürte sich zu, kaum hatten sie das untere Ende der Treppe erreicht.

Vor ihnen erstreckte sich ein großer, alter Gewölbekeller, dessen Mitte von einer wabernden magischen Sphäre erhellt wurde.

*Nein!*

Das Portal knisterte leicht, als die Gruppe eintrat. Fein verästelte Blitze zuckten aus seinem Inneren und liefen an alten Holzfässern entlang, die an einigen Säulen standen.

„Sind wir erst einmal in Tyarul, gibt es kein Entrinnen mehr für dich", stellte Mazuk fest; seine Stimme triefte vor Genugtuung.

Sie konnte sein Gesicht im Gegenlicht des Portals nicht erkennen, doch sie wusste ganz genau, wie selbstgefällig er grinsen konnte.

„Lasst uns keine Zeit mehr verlieren", befahl Mazuk und deutete mit einem herrischen Kopfnicken auf das Portal.

„Ach, diese Endgültigkeit. Ich kann sie kaum in Worte fassen. Ich glaube, ich werde es fast vermissen, dich und dein Rebellenpack zu jagen."

Die Ratken lachten kurz, dann betraten sie den leuchtenden Bereich des Portals, und Ithilia riss überrascht Augen und Mund auf.

Ein beißendes Stechen durchfuhr ihren Körper, strahlte von ihren Händen aus und ließ ihr Herz beinahe stehen bleiben. Sie bemerkte kaum, wie der Raum verschwamm, wie die Welt sich drehte und verschob, wie ihr Körper durch die Magie des Portals in die andere Dimension gezogen wurde.

Der Schmerz wallte durch sie hindurch, beherrschte sie vollkommen und brannte sich in ihren Kopf.

Die Ratken zuckten unwillkürlich zusammen, als sie auf der anderen Seite auftauchten, so laut war ihr Schreien. Sie zerrten sie rasch aus dem Portal, aber der Schmerz hielt an. Es fühlte sich an, als würden ihre Arme mit Säure übergossen.

Dumpfe Worte drangen langsam an ihr Ohr, aber sie brachte nicht mehr als ein Stöhnen hervor. Sie spürte, wie die Tränen unkontrolliert über ihr Gesicht rollten. Die Säure hatte sich jetzt bis zu ihren Schultern vorgefressen und ließ sie wieder schreien.

Ihre Arme brannten so schrecklich, dass es ihr die Sicht vernebelte. Die saugende Wirkung des Bilurs war so stark, dass ihr Magen rebellierte. Ihre Beine konnten sie nicht mehr tragen, die Ratken schleiften sie fort vom Portal und durch ein offenes Tor.

Kaum hatten sie den Raum verlassen, ging es ihr schlagartig besser. Sie fühlte kaum noch Schmerzen, nach mehrfachem Blinzeln klärte sich ihre Sicht wieder. Mazuk beobachtete sie mit einem Schmunzeln.

Ithilias Arme kribbelten noch immer, und sie spürte, wie der Bilur an ihrer Hand schwach vibrierte. Schweiß rann ihr in die Augen, aber sie ignorierte es und starrte in Mazuks Gesicht.

„Der Absorber muss einen Riss haben, sonst hätte sie nicht so reagiert", mutmaßte einer ihrer Wächter, aber Mazuk schnaubte nur.

„Hauptsache, sie überlebt die nächsten Korridore."

Er nickte mit dem Kopf, Zeichen genug für seine Männer, die schwer atmende Gefangene weiterzuschleifen.

Es dauerte einen Moment, bis sich Ithilias Herzschlag wieder so weit beruhigt hatte, wie es die Angst um ihre Tochter zuließ. Immerhin hatten die alles verzehrenden Schmerzen nachgelassen.

*Das ist nichts im Vergleich zu dem, was dir bei Zayda blüht ...*, flüsterte eine leise Stimme in ihrem Kopf.

Sie waren erst wenige Schritte gegangen, als sie wieder anhielten.

Ein alter Sklave hastete den Gang entlang, blieb mit gesenktem Kopf vor Mazuk stehen. Er hielt ihm eine Nachricht hin, die der Krieger entgegennahm und rasch überflog. Dann steckte Mazuk sie in seinen Mantel und verscheuchte den Diener mit einer üblen Bemerkung.

„Mir ist gerade ein interessanter Gedanke gekommen. Vermutlich wird sie dein Mädchen gar nicht töten! Nein, sie wird sie als ihr eigenes Fleisch und Blut aufziehen, um sich so ihre zukünftige Macht zu sichern."

Mazuk lachte grausam, ehe er sich plötzlich umdrehte, um sich an dem entsetzten Ausdruck in ihrem Gesicht zu weiden.

„Behaltet Ithilia hier, ich nehme das Mädchen."

„Nein! Trenn mich nicht von ihr!"

„Es ist der Wunsch unserer Herrin, zuerst nur das Kind zu sehen. Um dich kümmert sie sich noch, keine Sorge. Männer, ihr bringt sie in den Dom, bis Zayda sie sehen will."

Einer der Krieger aus Mazuks Gefolgschaft ging an ihr vorbei. Er trug ein Bündel in den Armen. Ithilia erstarrte, und ihr Blick heftete sich daran. Einen kurzen Moment meinte sie, die blauen Augen ihrer Tochter erkennen zu können.

Zu sehen, wie der Ratke sich abwandte und Mazuk folgte, ließ ihren Überlebenswillen mit einem Schlag aufflammen. Neue Energie durchflutete ihren Geist und ihren Körper.

So schwer es ihr auch fiel, sie zwang sich, die Augen zu schließen und sich zu konzentrieren. In ihrem Inneren pulsierte ein schwacher Strom aus Magie, der mit jedem Moment, den sie langsam ein— und ausatmete, wuchs und an Kraft gewann.

Die Schritte vor ihr verhallten, Mazuk und ihr Mädchen waren fort.

*Ich finde dich, meine Kleine. Egal wo du bist.*

Sie ließ den Kopf hängen, atmete weiter und versuchte krampfhaft, die Hand des einen Wächters zu ignorieren, die langsam zu ihrer rechten Brust wanderte.

*Sie wollen dich verhöhnen, dir das letzte bisschen Ehre nehmen. Lass dich nicht ablenken!*

Ein letztes Mal atmete sie ruhig aus, dann hob sie den Kopf und öffnete die Augen. In ihnen brannte ein leuchtendes Feuer.

Innerhalb eines Wimpernschlags setzte sie alle magischen Kräfte in ihrem Körper frei und lenkte sie zu ihren gefesselten Händen, wo der Bilur sie aufnahm. Die Energie war flammend heiß und von einer ganz anderen Natur als ihre normale Magie.

*Der Absorber hat einen Riss.*

Die Explosion zerriss die Stille und schleuderte die beiden Wächter von ihr fort. Gleichzeitig wurde sie nach vorne geworfen, spürte heiße Flammen über ihre Haut züngeln und das Prickeln der Magie, die den Raum schlagartig erfüllte.

Die Ratken krachten rechts und links an die Wand des Durchgangs und rutschten betäubt daran herunter, während Ithilia zu Boden stürzte und sich abrollte, so gut es ihre gefesselten Hände zuließen.

Fluchend erkannte sie, dass der plötzliche Druck die Seile nicht zerrissen hatte und ihre Situation kaum verbessert war. Mazuk hatte ihr einen Strich durch die Rechnung gemacht. Die Seile mussten magisch behandelt worden sein.

Sie rappelte sich auf und wankte zu dem nächstliegenden Ratken, ließ sich seitlich neben ihm auf die Knie sinken und fingerte mit ihren gefesselten Händen nach dem Messer an seinem Gürtel. Ihre Arme und Hände brannten wie Feuer; sie war froh, dass sie überhaupt noch etwas mit ihnen anstellen konnte.

Nach einigen Flüchen und nervösen Blicken den Gang entlang hatte sie das Messer aus der Scheide gezogen und in ihren Händen gedreht. Sie stand auf, drückte sich mit dem Rücken an die Wand und presste die Klinge gegen die Fesseln.

Das gleichmäßige Ratschen der zerschnittenen Fasern schien kein Ende nehmen zu wollen, bis der Druck auf ihre Handgelenke endlich nachließ. Sie schüttelte die Seilstücke ab, packte das Messer fester und schlich geduckt los, um Mazuk zu finden.

Ihre Füße und Beine kribbelten, fühlten sich taub und kalt an, aber sie ignorierte die Schwäche und fokussierte ihre Kräfte, während sie weitereilte.

Als sie durch mehrere Türen und angrenzende Gänge geschlichen war, erspähte sie Mazuk und seinen Begleiter, wie sie um die nächste Ecke bogen.

Sie flog beinahe hinterher, hielt das Messer bereit – bündelte ihre letzten Kräfte und schleuderte Mazuk einen Blitz entgegen, kaum war sie um die Biegung herum. Der Ratke ächzte und torkelte gegen die Wand. Qualm stieg von seiner Lederrüstung auf, während seine Arme unkontrolliert zuckten und kleine Restladungen über seinen Körper tanzten.

Der andere Wächter wirbelte herum, konnte aber keine Waffe zücken, da er das Kind in den Armen hielt.

Ithilias Messer durchbohrte seine Kehle. Der Ratke gab ein gurgelndes Geräusch von sich und sackte gegen die Wand. Blut lief über sein Wams, tränkte den Stoff des Bündels. Noch während er zusammenbrach, entriss Ithilia ihm das Kind und presste es an ihre Brust.

Sie wollte gerade das Messer aus dem sterbenden Körper ziehen, als sie im Augenwinkel eine Bewegung ausmachte. Mazuk hatte die Kontrolle über seinen Körper wiedererlangt, rappelte sich auf und griff bereits nach ihr und der Kleinen.

Vor Wut schreiend, verpasste sie ihm einen Faustschlag ins Gesicht, ließ schnell von ihm ab und hastete zurück in Richtung des Portalraums.

Sie stürzte durch mehrere Türen, Gänge und Tunnel, ehe sie zum Stehen kam. Das Bündel in ihren Armen regte sich schwach. Ihr Blick fiel auf das Tor der Portalkammer am Ende des Ganges. Jemand schritt gerade durch den offenen Eingang und betrat den Raum, aus dem pulsierendes bläuliches Licht in den düsteren Gang sickerte.

Ihre Beine setzten sich wie von selbst in Bewegung. Dies war ihre einzige Chance.

Wenn das Tor sich schloss, würde sie es ohne einen Speicherstein nicht wieder öffnen können.

Der Atem brannte ihr in der Lunge, während sie so schnell wie möglich zu der großen Steintür rannte, die allmählich von selbst zuging.

Als sie das Tor erreichte und sich durch den enger werdenden Spalt schob, erfüllte ein Knirschen die Luft. Von draußen hallte Mazuks wütender Ruf durch die Spalte, dann fiel der Stein mit einem leisen Klicken zu. Ein magisches Knistern zeugte davon, dass sich das Tor vollständig geschlossen hatte.

Sofort ließ Ithilia den Blick durch den hohen säulengestützten Raum schweifen, der von blauem Licht erhellt wurde. Sie war allein. Wer auch immer vor ihr eingetreten war, musste schon durch das Portal auf die andere Seite gewechselt sein.

Sie durfte keine Zeit verlieren, egal, wie viele drüben warten mochten. Nichts konnte schlimmer sein, als wieder in die Hände von Mazuk und damit in die grausamen Klauen der Königin zu fallen.

Und sie hatte nur wenige Augenblicke Zeit, bevor er das Tor wieder öffnen konnte.

Sie presste ihre Tochter an die Brust und trat in den Energiesog des Portals.

Die Magie riss sie hinüber in die andere Dimension, diesmal ohne Schmerzen, da der Absorber fort war. Nur die übliche leichte Betäubung machte sich bemerkbar.

Sie wartete gerade so lange, bis sie ihre Beine wieder fühlen konnte, dann hetzte sie los.

Der Ratke, der kurz vor ihr durch das Portal getreten sein musste, hatte einen Weinschlauch entkorkt und wollte soeben den anderen etwas in ihre Trinkhörner einschenken.

Anscheinend sollte ihre Gefangennahme gebührend gefeiert werden.

Sie sah alles wie in Zeitlupe. Der Mann drehte sich, als ein Blitz aus dem Portal schoss und sie darin auftauchte. Er senkte den Schlauch, öffnete den Mund. Auch die anderen Krieger hatten sie gesehen.

Wein spritzte durch den Raum, während sich der Mann ihr entgegenwarf.

Ithilia stürzte auf ihn zu, duckte sich im letzten Moment und tauchte unter seinem Griff hindurch. Sie spürte, wie seine Hand einige ihrer Haare erfasste und ausriss, dann hetzte sie weiter und ließ die Ratken mit offenem Mund hinter sich.

Die Treppe hoch, den Gang entlang.

Hinter ihr schrien die Männer wild durcheinander und polterten die Stufen hinauf. Ein lauter Befehl mischte sich dazu. Mazuk war durch das Portal gekommen.

Ithilia blickte sich hektisch um. Der Gang endete in einem großen Raum, aber alles schien verbarrikadiert. Nur bei einem der niedrigen Fenster drang etwas Licht zwischen ein paar Spalten der morsch aussehenden Bretter hindurch. Sie rannte darauf zu, nutzte den Schwung und trat mit dem Fuß dagegen.

Die Stimmen wurden lauter, die Ratken waren jetzt im Gang.

Das Fenster flog auf, und sie schwang sich hastig hinaus.

Draußen war es dunkel und kalt. Sie kam auf dem nassen, rutschigen Pflaster auf, schwankte kurz und fand dann ihr Gleichgewicht wieder.

Ohne auf die Verfolger zu achten, wandte sie sich ab und hastete die Gasse hinunter.

Ein wütendes Brüllen schallte die enge Straße entlang, die Verzweiflung beflügelte Ithilia und gab ihr neue Kraft.

Eine Weile waren nur ihre hallenden Schritte und ihr heftiger Atem zu hören – dann huschte Ithilia um die nächste Hausecke und hielt inne.

Im Schein einer Straßenlaterne wagte sie es, einen kurzen liebevollen Blick auf das kleine Gesichtchen in dem Lumpenbündel zu werfen. Die Augen ihrer Tochter waren vom vielen Weinen gerötet, aber das konnte das strahlende Blau nicht mindern.

Die Mutter riss den Blick los. Sie durfte keine Zeit verlieren.

Es grenzte an ein Wunder, dass ihr diese Flucht gelungen war, doch die Königin und ihre Handlanger waren ihr auf den Fersen. Sie waren sicher nicht dumm, und sie würden niemals aufgeben. Ein talentierter Magier würde ihre Spur bald wieder aufnehmen können, egal wohin sie fliehen mochte.

Mazuks bestialisches Brüllen hallte noch immer in ihren Ohren.

Zitternd drückte sie das Kind an sich und rannte weiter die Gasse entlang ins Herz der fremden Stadt.

# Feuer und Flamme

Es war düster, als die Ratkenkrieger endlich den Waldrand erreichten und die wenigen Lichter erspähten, die das Dorf in der fortgeschrittenen Dämmerung verrieten. Ikars rot glitzernde Augen verweilten auf der alten Siedlung, die er in Gedanken schon dem Untergang geweiht hatte.

Euphorie erfasste den Kopfgeldjäger wie eine Droge, als er daran dachte, dass seine lange Suche endlich ihr Ziel erreicht haben könnte.

Nein, musste! Denn alle Informationen, die er in den letzten Wochen gesammelt hatte, deuteten darauf hin, dass die gesuchte Magierin sich in diesem Dorf befand. Jetzt musste er sie nur noch einfangen, dann war ihm ewiger Ruhm sicher. Die Königin würde ihn reich belohnen.

„Wie gehen wir vor, Ikar?", fragte sein zweiter Mann, der Ratke Yatim, und auch die anderen Krieger wandten sich mit gespannten Gesichtern ihm zu, kaum dass sie haltgemacht hatten. Zwei Dutzend gelbe Augenpaare ruhten auf ihm, und gelegentlich blitzten spitzgefeilte Zähne in der Dunkelheit auf.

Sie standen jetzt am Rand der Felder, geschützt durch ein letztes Dickicht. Die Krieger mussten ihre Blutgier mit Gewalt zügeln, um nicht ihre Schwerter und Äxte hochzureißen und wild schreiend auf das Dorf loszustürmen.

„Wir bilden drei Gruppen und greifen gleichzeitig an mehreren Stellen an, wie üblich. Wenn ihre Freunde in Gefahr sind, wird sich die Magierin zeigen, also zündet einige Häuser an und treibt alle Leute auf dem Dorfplatz zusammen. Sobald sie auftaucht, setzt ihr die Absorber ein."

Er griff in seine Tasche und gab zwei Männern jeweils zwei Bilure, Yatim war der eine, den Namen des anderen hatte er sich nicht gemerkt. Aber er wusste, dass er sich auf jeden Einzelnen seiner Krieger absolut verlassen konnte. Er hatte in den letzten Wochen genau beobachtet, wie befehlstreu sie waren. Seine Anordnungen dienten den Zielen ihrer Königin, sie würden ihm widerspruchslos folgen, davon war er überzeugt.

„Ihr seid wie ich dafür verantwortlich, dass sie magisch geschwächt wird, wenn sie in eurer Nähe angreift. Außerdem führt ihr die beiden anderen Gruppen an. Wir umzingeln die Magierin und fangen sie ein." Die beiden nickten, dann sah er noch einmal in die Runde. „Ihre Gefangennahme hat oberste Priorität, sollten die Dorfleute fliehen und sie zurücklassen, dann lasst sie ziehen, verstanden?"

Die Ratken um ihn herum nickten.

Ein süffisantes Lächeln machte sich auf seinem Gesicht breit. „Ich kenne mich mit Möchtegern–Magiern aus. Sie wird kein Problem mehr darstellen, sobald ich in ihre Nähe gelange. Lockt sie zum Dorfplatz. Wenn sie bei einem von euch auftaucht, dann kümmere ich mich um den Rest."

Die Ratken erwiderten sein Grinsen. Sie zogen ihre Waffen und lockerten Arme und Schultern. Mehrere zündeten Fackeln an und hielten sie nah am Boden, um ihren Lichtschein zu mindern.

Ikar konnte ihnen ansehen, dass es genau das war, was sie wollten. Die lange Suche, bei der ihnen nur erlaubt gewesen war, zu marschieren und bedrohlich auszusehen, war endlich vorbei. Es war Zeit, die Waffen sprechen zu lassen.

Die nächsten Augenblicke flogen förmlich dahin. Kaum waren sie bereit, schossen die Ratken wie Pfeile aus dem Unterholz des Waldes und huschten lautlos über das Feld, das dunkel und verlassen am Dorfrand lag.

Ikar war überrascht über ihre Präzision, denn bisher hatte er Ratken immer nur als grobschlächtige Biester betrachtet. Vielleicht hatte sein Geschick während der Zusammenarbeit einfach auf sie abgefärbt. Sie waren jetzt vollkommen ruhig und konzentriert.

Noch im Kornfeld trennten sich die drei Gruppen. Sie erreichten die ersten Häuser, ohne dass jemand sie bemerkte.

Ikar führte seine Männer über die Hauptstraße in das ruhig daliegende Dorf. Der einzige Bewohner auf dem Marktplatz, ein alter Mann, hörte ihre Schritte und drehte sich unglücklicherweise um.

Er hatte keine Zeit mehr, zu schreien. Ikar schwang in einer fließenden Bewegung seinen Dolch und durchschnitt ihm die Kehle. Die Ratken schwärmten aus und hielten nach weiteren Leuten Ausschau.

Ikar beobachtete, wie die Augen des Alten erloschen und sein Gesicht sich von einem Moment auf den anderen von einer angsterfüllten Grimasse in leblose Entspannung verwandelte.

Der Tote sank lautlos neben dem Brunnen zu Boden.

Das Adlerauge gab einen Befehl, und sie zogen sich an den Rand des Dorfplatzes zurück, um sich einen besseren Überblick zu verschaffen. Ikar konnte spüren, dass die Ratken darauf brannten, ebenfalls zu töten, ihre Waffen Blut schmecken zu lassen.

Sie brauchten sich nicht lange zu gedulden.

Ikar ließ seinen Blick über das noch stille Dorf wandern. Die anderen Ratken mussten jetzt ebenfalls in Position sein.

Im Haus neben ihnen erhellte Kerzenlicht einige Fenster. Es würde bald nicht mehr das Einzige sein, das leuchtete. Er sah durch das Glas verschwommen eine Person, die aber wieder verschwand.

„In diesem Haus hier ist jemand, geht rein und greift an! Zündet alles an, dann erhalten wir sicher etwas Aufmerksamkeit von unserer Gesuchten."

Einen Augenblick später kam ihm noch ein Gedanke. Warum eigentlich nicht? Sobald er das Mädchen hatte, würden ihm alle Reichtümer offen stehen. Also zog er einen der letzten Bilure aus seiner Tasche und drückte ihn einem Ratken in die Hand. Der Stein glühte rot und pulsierte, als sei er bereits aktiv. Der Ratke sah Ikar fragend an.

„Wirf ihn, er wird eine Explosion verursachen, das sollte diese Bauern aufrütteln. Danach kommt ihr wieder zu mir, und wir treiben alle zusammen, die aus ihren Häusern laufen."

Jetzt grinste der Ratke, nickte zum Eingang des Hauses, und die anderen Männer folgten ihm. Ikar blieb im Garten zurück und wartete, den Blick auf den Platz gerichtet, wo nichts außer dem zusammengesunkenen Mann im Schatten des Brunnens auf etwas Ungewöhnliches hinwies.

Einen Moment später ertönte ein splitterndes Krachen, als seine Ratken die Tür aufbrachen.

Beinahe zeitgleich brach auch an anderen Stellen im Dorf Lärm aus.

Aus dem Haus neben ihm ertönte plötzlich ein Aufschrei, dumpf, aber deutlich zu hören – dann erschütterte eine Explosion den Boden. Ein Schwall aus Flammen brach aus dem Dach und riss schwelendes

Holz und Reet mit sich, das wie glühender Regen auf die Wiese hinter Ikar prasselte.

Hilferufe hallten jetzt aus allen Richtungen, während Ikar beobachtete, wie flackerndes Licht das Ende einer Straße erleuchtete. Bald war der ganze Ort mit Rauch verhangen, der durch die Feuer gelb glomm.

Die Ratken kamen aus dem brennenden Haus und scharten sich um ihn. Sie lachten darüber, wie der Mann im Inneren von der Explosion überrascht worden war.

„Jetzt wissen alle in diesem Nest voller Verräter, dass sie dem Untergang geweiht sind. Die Magierin wird sich bald zeigen, da bin ich mir sicher. Geht zu den nächsten Häusern und – ach, kümmert euch um die Männer, die da vorne dumm genug sind, uns entgegenzutreten."

Ikar deutete auf die andere Seite des Dorfplatzes, wo mehrere Schemen mit Äxten und Mistgabeln im Rauch zu erkennen waren. Seine Männer nickten und machten sich auf den Weg. Sie wurden von dichten Rauchschwaden verschluckt, und das Klirren der ersten aufeinandertreffenden Waffen hallte über den Platz.

Seine Anspannung stieg. Sie musste jetzt auftauchen! Vielleicht kämpfte sie in einer der Gassen?

Nein, so groß war der Ort doch nicht, er müsste es mittlerweile hören, wenn sie schon da wäre … Wo steckte sie nur?

Sein Blick huschte von einer Bewegung zur nächsten, er blendete die kämpfenden Ratken und Dorfleute weitestgehend aus und achtete auf alles, was nicht dazugehörte.

Da! Eine junge Frau rannte geduckt über den Platz, genau auf ihn zu!

Er schnellte vor und packte sie am Arm. Sie schrie auf und wand sich – ihr Haar war voller Ruß, hatte nur deshalb dunkel gewirkt. Die Blonde sah ihn mit schreckgeweiteten Augen an, da stieß er sie weg. Sie fiel ächzend zu Boden und kroch weinend davon. Ikar kam bei ihrem erbärmlichen Anblick ein kurzes Lachen über die Lippen, dann zog er sich wieder von der Mitte des Platzes an seinen alten Platz zurück, um weiter beobachten zu können. Neben ihm knackte und prasselte es in dem angesteckten Haus, und Hitze breitete sich aus.

Sie musste hier irgendwo sein!

Nach und nach versiegte seine Geduld. Hier stimmte etwas nicht. War sie etwa so gut ausgebildet, dass seine Krieger gar nicht bemerkten, wie sie angriff? Sie sollten sie aufscheuchen und zu ihm locken … stattdessen wurde der allgemeine Kampflärm immer lauter.

Er überlegte, ob er den Ratken auf der anderen Seite des Platzes helfen sollte. Einige dieser Dorfleute waren doch ziemlich zäh, das musste er ihnen lassen.

Dann sah er im Augenwinkel eine Bewegung im Schatten. Dort versteckte sich jemand im Rauch … Konnte sie es sein? Vorfreude breitete sich in ihm aus. Rasch packte er seine Waffen und machte sich bereit, sie sich endlich zu schnappen. Er schwelgte in freudiger Erwartung darauf, wie er Schmerz und Verzweiflung in ihr hübsches Gesicht zaubern würde.

Ihr Bild stand ihm ganz klar vor Augen.

Da zuckte er zusammen, als ihn ein Schlag am Hinterkopf traf.

Ein kurzer stechender Schmerz machte sich in seinem Kopf breit und glühte dort mit großer Intensität. Instinktiv duckte Ikar sich weg, wirbelte herum und riss seine Waffen hoch – aber da war niemand. Er fasste sich an den Hinterkopf und entdeckte einen Stein auf dem Boden. Jemand musste ihn geschleudert haben, aber der Angreifer war nicht zu sehen. Ikar schnaubte und wollte im Gebüsch am Ende der düsteren Wiese Deckung suchen, als einige Ratken aus dem Rauch gerannt kamen und vor ihm stehen blieben.

Sofort senkte er die Hand und wartete auf ihren Bericht. Sie überstürzten sich mit ihren Aussagen, während Lärm vom Dorfplatz herüberhallte.

„Sie kommt nicht!", rief einer der Ratken, kaum waren sie bei ihm angekommen.

„Diese Magierin ist nicht hier!"

„Wir sollten sie alle töten!"

Ikar hob die Hand, um das Durcheinander zu stoppen. „Nein! Sie muss hier sein! Wenn sie nicht von selbst herauskommt, dann zündet alle Häuser an und sucht sie! Treibt die restlichen Leute zusammen!"

„Wie sieht diese Frau denn aus, die wir fangen sollen? Du hast sie uns nie richtig beschrieben!", meinte Yatim, und Ikar gefiel der Tonfall des Ratken ganz und gar nicht.

Noch während Yatim sprach, umfasste das Adlerauge seine Waffen noch fester und hielt sie ihm vor die Nase.

„Nicht in diesem Ton. Wir finden sie", sagte er mit eisiger Stimme.

Er griff auf die Erinnerung zurück, die ihm die schwarze Königin gegeben hatte. Krampfhaft versuchte er, das Bild in seinem Kopf zu klären. Vergeblich, es blieb verschwommen. War der Schlag auf seinen Kopf etwa so stark gewesen? Er konnte sich nicht mehr ins Gedächtnis rufen, wie das Mädchen aussah …

Verwirrung machte sich in ihm breit. So etwas passierte ihm nicht! So etwas geschah einfach nicht.

Seine Gedanken rasten, während er nach einer Ausrede suchte, bei der er sein Gesicht wahren konnte.

Vielleicht, wenn er sie vor sich sah!

Genau! Er wandte sich mit ernster Miene an die Ratken. „Wenn sie zu feige ist, holen wir sie uns eben mit Gewalt! Bringt mir alle jungen Frauen mit welligem braunem Haar! Ich suche sie dann selbst heraus. Zündet die Häuser an, in denen ihr eine passende Frau findet, wir wollen ein möglichst großes Durcheinander. Gebt acht wegen ihrer Magie, also fesselt jeder sofort die Hände oder schlagt sie bewusstlos."

Er hob die Hand, um die Krieger zu ermahnen, als sie losstürzen wollten. „Ich sagte *bewusstlos*. Nicht tot. Also geht behutsam mit den Frauen um, verstanden?"

Grummelnd machten sie sich auf den Weg.

Bald mischten sich unter das Kampfgebrüll von Ratken und Dorfleuten auch noch die Schreie von Frauen. Ikar hörte es mit Genuss.

Nach einer Weile kam eine kleinere Gruppe zu ihm. Die Ratken zerrten eine Reihe von Frauen hinter sich her und trugen manche. Der Lärm auf dem Dorfplatz und in den Straßen war noch lauter geworden, zum Gebrüll der Kämpfenden mischte sich das laute Prasseln und Knacken der brennenden Häuser. Ein Pfeil zischte durch die Rauchschwaden, nur knapp an Ikar vorbei, und machte ihn nur noch wütender. Das dauerte alles viel zu lange!

„Was ist da los? Ich will einen Bericht!", rief Ikar und schirmte seinen Blick gegen die hellen Flammen ab, um die Gesichter der Männer vor sich besser erkennen zu können. Einige von ihnen hatten Wunden und waren rußverschmiert, einer hinkte. „Na los!"

„Sie wehren sich, Ikar! Wir sind ihnen zahlenmäßig unterlegen, sie werden uns besiegen!"

Unglaube machte sich in ihm breit. *Nein! Das kann nicht sein! Das sind nur Bauerntrampel, die können keiner Truppe Ratken standhalten, schon gar nicht, wenn sie von mir geführt werden!*

„Es war falsch, sie direkt anzugreifen!", rief ein anderer Ratke – da riss Ikar seine Waffen hoch und blickte sie alle drohend an.

„Nichts war daran falsch! Ihr seid Ratken! Wir werden nicht geschlagen und wir haben jetzt, was wir wollten!" Er deutete mit seiner Axt auf die Reihe zusammengekauerter Frauen, die die Ratken eingesammelt hatten. „Sind das alle?"

„Ja, alle anderen waren zu alt oder zu jung."

„Gut, dann ziehen wir uns zurück. Das Dorf brennt ohnehin nieder", befahl er mit einem Blick auf die Frauen, konnte aber in dem Rauch und den flackernden Schatten nicht erkennen, welche von ihnen die Richtige war. Sie wandten alle den Blick ab, keine forderte ihn heraus … Er sah nur verängstigte, rußverschmierte Gesichter. Sie versteckte sich zwischen den anderen! Sie kämpfte nicht! Er schnaubte, als er erkannte, wie einfach das gewesen war. Sie musste ein elendiger Schwächling sein!

Er schüttelte den Kopf, um ihn freizubekommen, und gab dann das Zeichen zum Aufbruch. „Du!", er deutete auf Yatim, „Trommel die restlichen Männer zusammen und führ sie aus dem Dorf, wir treffen uns am Waldrand wieder."

Der Ratke neigte zustimmend den Kopf, dann eilte er zurück in die Mitte des Dorfes. Sein Ruf zum Sammeln hallte laut durch den Lärm.

„Wir bringen die Frauen raus, die anderen kommen gleich nach", befahl er den Umstehenden. Sie schleiften die weinenden, teilweise auch ohnmächtigen Frauen und Mädchen von der Wiese fort und über das Feld.

Wenig später erklangen Rufe hinter ihnen, und die restlichen Ratken schlossen zu ihnen auf.

Es waren weniger als noch vor dem Angriff.

„Sind das alle?"

Sein zweiter Mann nickte. „Die anderen sind verloren."

Ikar nickte kurz.

Er wollte keine Zeit mehr verlieren, öffnete einen Beutel an seinem Gürtel und zog den letzten Bilur hervor. Kaum gerieben, glühte er auf und verschluckte ihn, die Ratken und ihre Gefangenen.

«✝»

Die Rufe wurden lauter.

Von fern drang das Schreien von Kindern und Frauen, das Krachen von Holz und splitterndem Glas an Zenays Ohr.

Einen Moment wollte der jungen Magierin das Herz stocken, als sie an den Traum dachte, in dem man sie, Tarek und Shetan festgehalten hatte.

Das ganze Dorf hatte sich in diesem Alptraum gegen sie gewandt – und sie konnte es ihnen nicht einmal verübeln. Warum sollten die Leute sie auch weiterhin schützen, nachdem sie von ihren Kräften erfahren hatten? Es war verboten, Magie zu wirken … und dann war dieser Fremde im Dorf aufgetaucht und hatte Fragen gestellt. Der Versuch, sich eine Weile außerhalb von Ornanung an dem See zu verstecken, hatte alles nur schlimmer gemacht.

Falkir war gestorben, und jetzt brannte es im Dorf …

Würden die Dorfleute wirklich so etwas tun? Ihren Freund und ihren Mentor dafür verantwortlich machen, was am See geschehen war? Nein, sie mussten doch verstehen, dass die beiden keine Schuld daran trugen.

*Nur weil du im See warst, ist Falkir ertrunken. Weil er dir helfen wollte, ist er jetzt tot,* flüsterte eine leise Stimme in ihrem Kopf. *Deine magische Ausbildung ist der Grund.*

Doch dann mischten sich andere Laute unter den Lärm, das Klirren von Waffen. Würde man ihre Freunde tatsächlich angreifen?

Zenay lief jetzt immer schneller durch das Dickicht; Äste schlugen ihr ins Gesicht und zerkratzten ihre Arme und Wangen, doch sie spürte keinen Schmerz. All ihre Gedanken galten Tarek und ihren Freunden.

*Ich bin noch so weit entfernt! Was ist, wenn ich nicht rechtzeitig …,* dachte sie, zwang sich dann aber, konzentriert zu bleiben.

Immer weiter rannte sie, so schnell sie konnte, bis sie fast zusammenbrach und schließlich einen Moment innehalten musste. Sie stemmte die Arme in die schmerzenden Seiten und keuchte, weil sie kaum noch Luft bekam. Sie lief wieder los, blieb dann jäh stehen und hätte sich am liebsten für ihre eigene Dummheit geohrfeigt. Sie war so plötzlich aus dem Schlaf gerissen worden, dass sie nicht nachgedacht hatte. Sie konnte sich doch teleportieren!

Rasch schloss sie die Augen. Alles wurde von Nebel verschlungen, als sie ihre Magie bündelte und in die Nähe des Dorfes leitete. Die Welt drehte sich, die Energie rann aus ihrem Körper und ließ ein schwaches Gefühl der Leere zurück. Als Zenay die Augen wieder öffnete, stand sie am Waldrand und blickte auf die Felder und die orangefarben leuchtenden Rauchsäulen.

Der Lärm war jetzt plötzlich schwächer, der Kampf schien vorbei. Entsetzen breitete sich auf Zenays zerkratztem Gesicht aus, als sie die Felder entlanghetzte.

Sie sprang über den Graben am Straßenrand, flog die letzten paar Schritte nur so dahin und erreichte den Platz von Ornanung – was sie erwartete, war der Anblick von Tod und Zerstörung. Hitze waberte in der Luft. Fast jedes Haus am Dorfplatz brannte lichterloh, überall lagen Holzsplitter und glimmende Asche. Mehrere der Stände auf dem Platz waren zertrümmert, dazwischen lagen Schemen. Menschen.

Zenay stolperte durch den Rauch und Ruß, der sich auf alles legte, und spürte, wie die Angst sie übermannte.

Das konnte nicht passiert sein, nur weil ein paar Leute wütend auf Tarek und ihre Freunde waren. Es musste ein Angriff von Fremden gewesen sein.

Wer auch immer das getan hatte, war nicht mehr im Dorf, hatte aber fast alles zerstört. Einen Moment hörte Zenay nichts als das dröhnende Prasseln des Feuers, dann drangen wieder Rufe und Schreie an ihr Ohr.

Tränen flossen über ihre Wangen, als sie vor Shetans Haus zum Stehen kam – oder zumindest vor dem, was davon übrig war.

Flammen leckten aus den geborstenen Fenstern und spien Rauch und Funken in den Himmel, dicker Qualm quoll an einer Stelle aus dem Dach.

Zenay wankte und sah sich um, konnte aber Tarek nirgends entdecken. Er musste helfen, aber wo? Und wo war Shetan? Der Rauch hing so dicht zwischen den Häusern, dass sie selbst mit Magie auf ihren Pupillen kaum jemanden erkennen konnte.

Das Haus neben der Schenke brannte nur im Untergeschoss. Männer eilten heran und versuchten, den Brand mit Eimern voller Wasser zu löschen. Zenay riss sich zusammen und ging zu ihnen hinüber. Ihre Angst verflog für einen Moment, und Erleichterung machte sich in ihr breit, als sie eine bekannte Gestalt im Rauch erspähte.

Jesco stand auf dem Platz und gab Anweisungen in seiner typischen gefassten Art. Er war wie immer ein Fels in der Brandung, sorgte mit seiner charismatischen Ausstrahlung für Ruhe und Ordnung. Als Zenay näherkam, erkannte sie eine lange Schnittwunde an seinem Arm. Jesco sah sehr mitgenommen aus. Conroy, sein Vater und Vorsteher des Dorfes, war nicht bei ihm, und so gab er die Befehle.

„Jesco, was ist passiert? Wo sind Tarek und Shetan?"

Seine Miene erhellte sich, als sie ihn erblickte, und er drückte sie kurz an sich.

„Sina, du bist in Ordnung? Wir dachten, die Ratken hätten dich mitgenommen ..." Ein Schatten huschte über sein Gesicht, dann fasste er sich wieder. „Ich weiß nicht, wo Tarek ist, aber Shetan steht da hinten. Er wird wissen, wo Tarek hilft." Er deutete zwischen den anderen hindurch auf eine schemenhafte Gestalt, die weitgehend von Rauchschwaden verdeckt war und am Rand der Wiese vor dem brennenden Haus stand. Sie hatte ihn vorher nicht bemerkt.

„Was ist passiert?! Wa..."

Jesco hob die gesunde Hand und unterbrach sie. „Dafür ist jetzt keine Zeit. Die Ratken sind weg, aber das Feuer ist noch nicht unter Kontrolle."

Zenay schluckte und nickte. Übelkeit breitete sich in ihrer Magengegend aus. Ratken waren hier gewesen, und sie hatte keine Ahnung, wie es ihren anderen Freunden ergangen war. Jesco hätte es ihr doch gesagt, wenn jemandem etwas zugestoßen war, oder? Er hatte den Überblick über diese Katastrophe und wirkte ruhig. Also musste es den anderen gutgehen.

Sie gab sich einen Ruck und verkniff es sich, nach Asyra, Elaya und Malak zu fragen. „Ka–kann ich dir irgendwie helfen? Zeig mir deinen Arm", verlangte sie mit zittriger Stimme und streckte die Hände bereits nach der Verletzung aus.

„Ach was, das geht schon. Au! Nicht anfassen, der Schnitt ist tief!" Er verstummte, denn Zenay legte ihre Fingerspitzen vorsichtig auf den Schnitt. Heilende Magie floss in seinen Körper, bis sich die klaffende Wunde schloss. Sie verzog das Gesicht, als sein Schmerz durch die Magie auf sie überging, gab aber keinen Laut von sich. Jetzt blieb keine Zeit, um zu jammern.

Jesco sah sie ganz merkwürdig an, ehe er wieder ernst wurde. „Ich … danke. Jetzt geh zu Shetan und frag, wo Tarek hilft. Er wird unbedingt wissen wollen, dass es dir gutgeht. Ich muss hier bleiben."

Zenay nickte und lief hastig zum Magier, der etwas abseits stand und mit gläsernen Augen auf das brennende Haus starrte. Die Hitze brandete ihr entgegen und zwang sie, einen gebührenden Abstand zu halten. Rauch und Asche schwebten über den Platz. Sie rief schon von weitem nach ihm, doch er reagierte nicht, bis sie näherkam.

„Shetan! Hörst du mich denn nicht? Wo ist Tarek?"

Er wandte ihr das Gesicht zu, Tränen liefen über seine rußigen Wangen.

„Zenay?", murmelte er leise, als sei sie eine Fremde. Er dachte nicht einmal daran, ihren Decknamen zu verwenden. „Es ist alles aus. Meine Frau, meine Tochter, mein Enkel …"

Angst schnürte ihre Kehle so stark zu, dass es schmerzte. Sie erreichte ihn stolpernd und sah die Gewissheit in seinen Augen. Das unsägliche Leid, das augenblicklich auf sie übersprang wie das Feuer von Haus zu Haus.

„Shetan, wo ist er?", rief sie und schüttelte den Magier an den Schultern, um ihn aus seiner Benommenheit zu holen. Auf einmal blickte sie nur noch in das Gesicht eines alten Mannes.

„Wo ist Tarek? Wo ist er?! Sag es mir!", rief Zenay fordernd. Shetan hob die Hand, deutete mit zitternder Hand auf das Haus.

Flammen schlugen aus den oberen Fenstern, und es krachte so laut, als würde ein Teil der Rückseite zusammenbrechen.

*Nein!*, schrie es in ihrem Kopf. *Das ist nicht möglich! Nein!*

Aber sie wusste, dass es stimmte. Tarek hätte niemals irgendwo im Dorf geholfen, in dem Glauben, dass sie von Feinden gefasst und verschleppt worden war. Er hätte sie verfolgt ... Der einzige Grund, warum er noch im Dorf sein sollte ... das Einzige, was ihn davon abgehalten hätte, sie zu suchen und zu finden ...

Zenay wankte einen kurzen Moment, dann riss sie ein breites Stück ihres Mantelsaums ab.

„Wo willst du hin? Zenay, es ist zu spät!" Shetan fasste nach ihrem Arm, auf einmal wieder bei Verstand.

„Nein, es ist nicht zu spät, ich hole ihn da raus!", rief sie verzweifelt und schüttelte seine Hand ab. Nicht einmal die Tatsache, dass er ihren geheimen Namen benutzte, konnte sie davon ablenken, was sie tun wollte.

„Zenay, er ist tot ... Ich habe seinen Schrei gehört, und es gab eine Explosion. Es kamen nur Ratken aus dem Haus. Es ... es ist zu spät."

„Nein!", schrie Zenay. Sie schloss für einen Moment die Augen und fühlte die Hitze des Feuers. Unbezähmbar, wild und nach mehr Nahrung lechzend.

Mit wenigen Schritten war sie beim Brunnen, packte das Stoffstück mit den Zähnen und spreizte die Hände, verband ihre Magie mit der Tiefe des Schachts. Ein Schwall kühlen Wassers sprudelte aus dem dunklen Loch und klatschte gegen sie, als sie die Arme in die Höhe riss, durchnässte ihre Kleidung und ihr Haar. Die Männer am Brunnen wichen zurück, die Eimer noch in den Händen, und starrten sie fassungslos an.

Sie ignorierte die Blicke und band sich das nasse Stoffstück am Hinterkopf fest, so dass es Nase und Mund bedeckte. Tropfend nass rannte sie zu den Flammen, die aus der Haustür schlugen.

Shetan wollte sie zurückhalten, aber sie riss sich von ihm los, hetzte weiter. Die Flammen leckten aus der Türöffnung und verschluckten sie.

Die Hitze war unfassbar. Sie verschlang alle Luft und warf sich Zenay wütend entgegen, als diese durch die Flammen sprang.

Das Haus krachte und knackte. Das Feuer züngelte an den Wänden empor, wogte über die Dielen. Rauch kroch an der Decke entlang und die Treppe hinauf.

Obwohl die Luft glühte und flirrte, brachte Zenay es fertig, die Flammen vor sich mit Hilfe von Magie wegzudrücken und sich etwas Freiraum zu verschaffen. Sie konnte spüren, wie das Wasser in ihrer

Kleidung verdampfte. Ob es noch reichte? Furchtbare Angst nagte an ihr und drohte, die Magie zu schwächen, aber sie konzentrierte sich auf das einzige Ziel, das jetzt noch wichtig war.

Sie musste Tarek um jeden Preis finden! War er oben oder unten? In seinem Zimmer oder in der Küche? Sie bremste jäh ab, als ihr ein Schwall glühender Funken entgegenschlug. Sie wollte nach ihm rufen, aber der Lärm des Feuers machte es unmöglich. Außerdem brannte die heiße, verqualmte Luft so heftig in ihrer Lunge, dass sie ihre Bemühungen nach dem ersten kräftigen Atemzug wieder aufgab und so flach wie möglich atmete. Genauso sinnlos war es, mit ihrer Magie nach Geräuschen von ihm zu lauschen.

Die Küche stand bereits vollständig in Flammen, der Brand war nicht mehr aufzuhalten. Ohne darüber nachzudenken, wusste sie, dass Tarek nicht dort gewesen war.

Sie rannte hustend durch den Flur. Die Tür zu Shetans kleiner Arbeitskammer stand offen, und sie rutschte über heiße Asche, bevor sie zum Stehen kam. Die Regale glühten durch den Windzug auf, Flammen züngelten an ihnen hoch. Asche und Papierstückchen flogen durch die Luft. Die brennenden Bücher erzeugten eine Hitze, die ihre Magie nicht aufhalten konnte und sie zurückweichen ließ. Die Kammer war verlassen.

Ohne abzuwarten, stolperte sie in ihr eigenes Zimmer. Das Bett mit der Strohmatratze war völlig zerfallen, die Hitze bildete eine undurchdringliche Mauer.

Sie drehte auf dem Absatz um, rannte weiter und schlug mit der Schulter gegen die verkohlte Tür von Tareks Zimmer, die krachend aufflog. Es war leer. Hier hatte der Brand noch nicht so sehr gewütet. Die Luft schien etwas kühler, aber die Flammen hinter ihr leckten bereits in den Raum hinein.

Wo konnte er nur sein!? Einen Moment wankte die Magie um sie, und Zenay hatte das Gefühl, Flammen einzuatmen. Ihre Lungen brannten vom Qualm, aber sie unterdrückte den Husten und riss sich zusammen. Ihre Kleider waren jetzt trocken, begannen zu schwelen. Sie konnte fühlen, wie sich die Härchen auf ihren Armen und Beinen kringelten. Ihre Haut schmerzte.

Sie torkelte zurück durch den Flur, die Tür zum Waschraum war verklemmt. Verzweifelt trat sie so lange mit dem Fuß dagegen, bis sie in Stücke zerbarst. Funken stoben auf. Sie musste die Augen zukneifen, und der Gestank verbrannter Haare mischte sich zu dem beißenden Rauch. Der Waschraum war bis auf Qualm und den schwelenden Zuber leer.

Irgendwo oben krachten Balken, und das Haus erzitterte. Staub und Ruß rieselten von der Decke und vermischten sich mit der Asche und dem Qualm, die durch die Luft wirbelten. Sie hatte keine Zeit mehr!

Zenay stürmte die Treppe hoch. Die oberste Stufe gab splitternd nach, ihr Fuß verklemmte sich im Boden und die Hose rutschte hoch. Ihre Haut verbrannte, als Flammen über die Stufen leckten, doch sie sprang auf, riss sich los und stürmte weiter durch den schmalen Gang. Wieder knarzte das Haus laut. Flammen loderten aus jeder Richtung. Shetans kleines Schlafzimmer glich einem Inferno, sie konnte kaum einen Blick hineinwerfen. Die Scheiben des Fensters waren geborsten, wirbelnde Flammenstrudel schlugen heraus. Die Wände ächzten. Hinter ihr krachte ein glühend heißer Balken auf die Ascheschicht am Boden. Ein Schwall brennendes Stroh regnete herab. Zenay hetzte nach vorne und kniff die Augen zusammen; sie musste husten, bekam kaum noch Luft. Im nächsten Zimmer war die Decke eingestürzt, es war von den Brettern des Dachs verschüttet, Balken hingen kreuz und quer im Zimmer, hatten die Kommode zertrümmert und sich teilweise in das Bett und den Boden gebohrt.

Qualm zog hinter Zenay durch die Tür und oben aus dem Loch, der Luftzug heizte das Feuer stetig an. Das Stroh des Dachs brannte lichterloh, und beißender, gelber Rauch ließ ihre Augen tränen. Die wenigen Möbel des Zimmers waren alle zerstört und schwarz angesengt, genau wie die Balken. Hier musste die Explosion passiert sein.

Aber was hatten die Ratken denn für Bomben? Warum hatten ihre Freunde sie nie vorgewarnt, dass diese Krieger etwas von Chemie verstanden?

Einen Moment musste sie die Augen zukneifen und Tränen wegwischen, die ihren Blick verschleierten. Während sie zurückwich, um weiterzusuchen, fiel ihr Blick auf ein Stück Stoff, das unter dem schwelenden Holzhaufen hervorragte. Zenay machte einen Schritt zur Seite und sah Haut und Blut.

# Leuchtende Verzweiflung

Tarek lag hinter dem geborstenen Bett, unter Schutt und glühender Asche fast vollständig verborgen. Der Rauch im Zimmer zog durch das große Loch in der Decke ab, was sie davor bewahrte, zu ersticken.

Sie sprang zu ihm, fegte mit einer Handbewegung die Flammen magisch davon und schaufelte eine Schicht Asche und Holzstücke von ihm. Heiße Splitter gruben sich in ihre Haut, doch sie spürte nichts – nichts außer der Angst, zu spät zu kommen.

Sie zog an seinem Arm. Einer der schweren Dachbalken war auf ihn gestürzt. Er hätte Tarek zermalmt, doch das Gestell des Betts musste den Sturz abgefangen haben. So war er darunter eingeklemmt und konnte nicht mehr aufstehen. Die Schicht aus Dachbrettern hatte ihn davor bewahrt, von den Flammen verschlungen zu werden.

Verzweifelt zog sie an seinem Arm, wieder und wieder, ehe sie versuchte, den glühenden Balken zu bewegen. Sie schrie auf, nicht wegen der Brandblasen, die sich auf ihren Händen bildeten, sondern wegen ihrer Ohnmacht.

Eine Wut entbrannte in Zenay, loderte so heiß wie das Inferno um sie herum. *Wie konnten diese Monster ihn einfach hier zurücklassen? Warum war ich nicht da, um ihm zu helfen? UND WIESO BIN ICH AUCH JETZT ZU SCHWACH?*

Sie wollte aufschreien, aber die Luft blieb ihr im Hals stecken.

Tarek hob mühsam den Kopf, seine Hände verkrampften sich unter den Schmerzen der Verbrennungen. Sein Blick war trübe, als wäre er kaum mehr auf diese Welt gerichtet.

„Tarek!", schrie sie spitz und drückte seine Hand. „Tarek, halt durch!"

„Zenay?" Sie konnte seine Stimme durch den Lärm des Feuers kaum verstehen, aber das war egal. Er war bei Bewusstsein!

„Ja!", rief sie und zog erneut an dem Balken. „Ja, ich bin hier!"

„Zenay? Du musst fort von hier. Ich bin eingeklemmt … Ich … ich kann nicht weg … Das Feuer ist überall."

„Ich hol dich da irgendwie raus!"

„… überall Feuer … Zenay, überall Feuer", murmelte er leise. Sein Blick flackerte, und sein Kopf sank zurück auf den heißen Boden.

„Nein! Tarek, du darfst nicht ohnmächtig werden! Tarek, bleib wach!" Sie fasste seine Hand stärker, aber er erwiderte den Druck ihrer Finger nicht. „Nein! So darf es nicht enden!"

Zenay schrie, unbändige Wut und Angst flammten in ihr auf. So *wird* es nicht enden!

Auf einmal schien alles um sie langsamer zu werden. Die Flammen leckten jetzt gemächlich über das Holz und Stroh. Sie spürte die Energie, die von all diesem Feuer ausging. Zenay hob ihre Faust, während alles ringsum heller wurde.

Ihre Hand, nein, ihr ganzer Körper glühte weiß. Das Licht durchdrang ihre Kleidung und tauchte den Raum in ein unwirkliches Strahlen. Einen kurzen Augenblick fühlte sie sich daran erinnert, als die Magie vor vielen, vielen Wochen in ihr erblüht war. Das schien so lange her zu sein …

Ihr Haar begann zu schweben, als wäre sie unter Wasser. Es war schwerelos und strahlte in Weiß und Silber.

Maßlose Kraft durchfloss ihren Körper, sie konnte spüren, wie die Flammen um sie an Energie verloren und kleiner wurden, während sich ihre Kraft auf sie übertrug und ihr eigenes Feuer nährte.

Sie packte den brennenden Balken.

Teile des Dachs stürzten ein, als sie ihn anhob und von Tarek wegriss. Von unkontrollierter Macht und Wut erfüllt, schleuderte sie ihn an die herabhängende Decke. Er krachte neben ihnen zu Boden.

Dann wurde das Glühen wieder schwächer, blieb aber als Schimmer auf ihrer Haut zurück, wie eine Schicht, die weiterhin die Hitze des Feuers absorbierte und sie schützte und stärkte.

Die Flammen um sie loderten wieder auf. Sie verwarf den Gedanken, Tarek hier zu heilen, packte ihn an den Schultern, zog ihn auf die Knie und legte seinen Arm um ihren Nacken. Dann stand sie auf und schleifte ihn aus dem Zimmer. Auf dem Flur schlugen die Flammen bis an die Decke, doch Zenay machte nur eine wegwischende Handbewegung, und das Feuer wich gegen die Seiten des Flurs zurück. Sie stolperten die Treppe hinunter, und ein Flammenmeer empfing sie. Teile der

Wände waren eingestürzt, ein Balken lag quer vor der Tür, der Ausgang war versperrt.

Zenay spürte die Kraft, die ihren Körper noch immer durchströmte, und hielt Tarek weiter mit einem Arm fest. Sie würde jetzt nicht aufgeben!

Sie nahm ihre Gedanken zusammen und richtete all ihre Willenskraft auf ihre Magie. Erschaudernd nahm sie wahr, wie sie den Flammen um sich herum alle Kraft entzog. Sie fühlte sich unendlich frei und blickte an Tarek hinab. Auch sein Körper schimmerte leicht, da ihre Magie um sie beide pulsierte. Sie drehte sich weg vom versperrten Eingang. Zischende Flammen wogten von der Treppe und dem Waschzimmer auf sie zu.

Zenays Augen leuchteten grell auf, als sie die verkohlte Treppe mit ihrem Geist erfasste. Mit einem Wink ihrer Hand riss sie die Konstruktion von den stützenden Balken des Hauses weg und schleuderte sie durch die Wand des Flurs.

Es krachte ohrenbetäubend, als die Treppenbalken Teile der Stube zerschmetterten und ein Loch in die Außenwand rissen. Zenay stürzte mit Tarek darauf zu. Hitze brandete um sie, während sich ein Feuersturm gleichzeitig in Richtung Öffnung stürzte, der frischen Luft entgegen. Zenay drückte Tarek fest an ihre Seite, stolperte durch den Schutt der zerstörten Wand und gelangte über die Überreste der Treppe ins Freie.

Flammen schlugen hinter ihnen zusammen, dann waren sie endlich draußen und blickten in den rauchverhangenen Himmel. Schwindel überkam sie, als ihre Lunge nach frischer Luft gierte, aber zuerst nur beißenden Qualm fand.

Sie sank neben dem zusammenstürzenden Haus in die Knie. Tarek rutschte zu Boden, da sie ihn nicht mehr richtig festhielt, und sie spürte, wie die Schwärze der Erschöpfung sie zu packen drohte.

Plötzlich fegte ein glühender Windstoß in einem Schwall über sie hinweg, Holzstücke und Steine wurden durch die Luft geschleudert, als das Haus endgültig zusammenbrach. Donnernder Lärm dröhnte in ihren Ohren, und Glut und Feuer prasselten auf sie ein. Zenay stand zitternd wieder auf. Sie zog Tarek von der lodernden Ruine fort. Die Wiese vor ihnen wurde durch Glutstücke und die heiße Luft in Brand gesteckt.

Ächzend packte sie Tarek fester an den Schultern, schleifte ihn durch die Reste des glimmenden Brombeergestrüpps bis hin zur Gartenmauer, während das letzte Leuchten in ihren blauen Augen verblasste und Shetan auf sie zustürzte.

Zusammen mit Jesco und der alten Nachbarin Mokuba trugen sie Tarek weg vom Brand und legten ihn am Rand des Dorfplatzes ab. Zenay sank erschöpft neben ihm zu Boden und ballte die Fäuste, um das heftige Zittern zu unterdrücken.

Auch Shetan fiel auf die Knie, rüttelte sanft an Tareks Schulter, doch der rührte sich nicht. Tränen liefen über die Wangen des Magiers. Zum ersten Mal sah Zenay Shetans ernste Stärke vollkommen fortgewischt. Er schüttelte seinen Enkel.

„Nein! Tarek, atme! Bei den Hütern. Atme, verdammt noch mal! Atme …" Seine Stimme ging in ein Schluchzen über, und er ließ die Arme sinken.

Zenay spürte seine Verzweiflung, doch tief in ihrem Inneren brannte noch immer diese silberne, heiße Kraft.

Sie legte ihre Hände auf Tareks Brust und schloss die Augen. Ihre Magie erfühlte seinen Körper, als sei es ihr eigener. Es war noch Leben in ihm. Sein Herz schlug, wenn auch schwach, und seine Lunge war erfüllt von ätzendem Rauch und Blut.

Es lag ein Schmerz in seiner Brust, der sie beinahe übermannte. Ob er die Verletzung im Kampf mit den Ratken oder durch die Wucht der Explosion davongetragen hatte, konnte sie nicht sagen.

Mehrere Rippen waren gebrochen und drückten sich in seine Lunge. Sie konzentrierte sich und gab ihrer Magie so viel Heilfähigkeit, wie sie aufbringen konnte. Funken stoben aus ihren Händen, flogen um seinen Körper und tauchten tief in seine Brust ein. Sie leitete die Magie so gut sie konnte direkt zu den Rippen und nicht zu den weniger wichtigen Verbrennungen. Der Energiestoß erreichte die Knochen, richtete sie und setzte sie knirschend wieder zusammen.

Zenay stöhnte und biss die Zähne zusammen, als die volle Gewalt seiner Schmerzen durch ihren Körper schoss. Instinktiv wollte sie die Arme von Tarek wegreißen, stattdessen verkrampfte sie sich und ertrug das Stechen, das sich in ihrer eigenen Brust ausbreitete.

Sie konnte spüren, wie Shetan sie anstarrte. Der alte Magier schien genau zu wissen, was sie durchmachte, aber er hielt sie nicht auf.

Als Nächstes stürzten sich die magischen Funken auf das Blut und die verletzten Stellen seiner Lunge, dann auf den beißenden Qualm, und machten die Atemgifte unschädlich.

Nach einem Moment, in dem Zenays Arme zu zittern anfingen, wanderte die Magie zu den schlimmeren Verbrennungen. Schließlich ließ sie von ihm ab und seufzte erleichtert, als der Schmerz verklang.

Ein Zucken durchfuhr Tarek. Er atmete ächzend ein, drehte sich auf den Bauch und hustete krampfhaft. Die Menschen um ihn herum schwiegen erstarrt. Als Tareks Lunge sich etwas beruhigt hatte, sah er geschwächt auf.

„Was … was ist denn los? Wieso starrt … ihr mich alle so an?" Seine Stimme war leise und rauh, aber er sprach.

Shetan schluchzte und schloss ihn in die Arme. Tarek stöhnte auf. Sein Rücken und seine Arme waren noch immer voller Brand- und Schürfwunden.

„Was ist passiert? Ich war doch in dem Feuer."

Shetan löste sich widerwillig von Tarek und umschloss Zenays Schultern.

„Sie hat dich aus den Flammen geholt. Sie hat dich gerettet."

Tareks Blick blieb verwirrt. Sein schwarzes Haar und sein Gesicht waren grau von Ruß und Asche, eine tiefe Brandwunde zog sich quer über seine Wange, aber dann lächelte er voller Dankbarkeit.

„Ich … ich hatte eine seltsame Vision, während ich eingeklemmt war. Ein strahlend helles Wesen aus gleißendem Licht hat den Balken über mir weggeschleudert und mich befreit. Es sah aus … wie du im See, als du den Daroc getötet hast."

Zenay wusste nicht, was sie erwidern sollte, denn sie hatte tatsächlich keine Ahnung, was geschehen war; doch sie spürte, dass jetzt nicht der rechte Zeitpunkt war, sich über ihre plötzlichen Fähigkeiten Gedanken zu machen.

Hinter ihnen krachte es erneut, und weitere Teile der Ruine fielen in sich zusammen. Tarek riss den Blick von ihr los, stützte sich auf seine Arme und starrte auf ihr ehemaliges Zuhause. Der Zusammenbruch hatte Teile der Wände und Decke über die Umgebung verteilt, das Haus war völlig zerstört. Die Flammen züngelten noch immer aus den Trümmern, und eine enorme Rauchsäule stieg weiter in den orangeroten Himmel.

„Tarek, gib mir noch einen Moment … dann kann ich die schlimmsten Verbrennungen heilen", sagte Zenay und drückte ihn sanft zurück auf den Boden. Er protestierte nicht, sondern wartete still, während Zenay die Augen schloss und Kräfte sammelte. Sie konnte noch immer die Hitze der Flammen in ihrem Inneren spüren. Durch ihre Hände strömte Magie und schloss die verbrannte Haut auf ihren eigenen Händen, in seinem Gesicht, auf seinen Armen und seinem Rücken. Wieder nahm sie seine Schmerzen intensiv wahr, doch sie empfand es als Wohltat, sein Leiden zu lindern.

Sobald die ernsten Verbrennungen heilten, nahm sie erschöpft den Arm von seiner Brust. Er richtete sich auf und begutachtete seine rötliche, aber beinahe unversehrte Haut in der orange glimmenden Dunkelheit.

Schwindel überkam Zenay, als sie spürte, wie sich die Flammen in ihrer Brust legten. Doch sie schloss nur kurz die Augen und ließ keine weitere Schwäche zu. Zu viel war geschehen, sie konnte jetzt noch nicht aufhören! Schließlich stand sie auf, bückte sich zu Tarek und nahm seine Hände, um ihm aufzuhelfen. Er kam wankend auf die Füße. Gemeinsam mit Shetan und den anderen blickten sie auf die Reste des Hauses. Die Ruine brannte noch immer.

Es gab nichts mehr zu retten.

«✝»

Kalana atmete auf, als sie die Zufriedenheit des Mannes spürte, der ihren Geist prüfte. Sie hatte sich ihm als Mitglied der geheimen Phiruin offenbart, außerdem waren sie alte Bekannte. Martyom selbst war schon vor langer Zeit von den Rebellen eingeweiht worden. Die Phiruin wählten ihre Freunde und Helfer mit Bedacht aus, denn wie das Schicksal von Kalana und ihrer Familie zeigte, war kaum jemand vor den Spitzeln der Ratken sicher.

Er musste ihnen einfach helfen, jetzt, da sie es so weit geschafft hatten, ohne von den Ratken wieder aufgegriffen zu werden.

Kalana lächelte ihrem Mann zu, auch um sich selbst zu beruhigen.

„Ich glaube, es ist alles in Ordnung. Martyom lebt, er ist noch hier! Und er hat sich davon überzeugt, dass ihr zu mir gehört und gleichen Sinnes seid. Es ist alles in Ordnung."

Ihre beiden Söhne nickten unsicher, doch sie wirkten nicht so, als würden sie ihr wirklich glauben. Noch nicht. Es war zu viel im Gefängnis und auf ihrer Flucht vorgefallen.

Alle zuckten unwillkürlich zusammen, als ein Riegel innen knirschte und die Tür aufschwang.

„Kalana, es ist so lange he…", fing Martyom an, verstummte aber mitten im Satz. Sorge breitete sich auf seinem wettergegerbten Gesicht aus.

Sie konnte sich vorstellen, wie sie wirken mussten. Ein Haufen Elend, die ganze Familie. Verdreckt, ausgehungert, verwundet.

Martyom fasste sich wieder und legte ein Lächeln auf, das sein Entsetzen allerdings nicht ganz zu verbergen vermochte. Er wirkte älter und erschöpfter als bei ihrer letzten Begegnung, man konnte ihm die Jahre deutlicher ansehen.

„Aber das können wir alles später besprechen. Ihr steht in der offenen Tür, kommt herein, kommt herein. Mein Haus ist euer Haus. Hier wird euch kein Leid geschehen."

Die Dankbarkeit, die die Familie umgab, war beinahe greifbar. Sie traten ein und standen einen Moment unschlüssig in dem dunklen Zwischengang, der den warmen, bewohnten Teil des Hauses nach außen abschirmte. Der alte Mann starrte einen Moment hinaus in den Regen, dann nickte er mehr zu sich selbst als zu den anderen und verriegelte die Tür hinter ihnen.

Martyom führte sie an einigen Geräten und Vorräten vorbei zu einer Holztür und in die Stube dahinter. Währenddessen ließ er Kalana nicht aus den Augen.

„Was ist nur geschehen? Das letzte Mal habe ich dich in Thulia gesehen …"

„Das ist lange her. Ich weiß nicht einmal, wie lange. Ein paar Wochen, nachdem wir uns getroffen hatten, kamen die Ratken. Sie haben den Laden zerstört, alles kurz und klein geschlagen …" Kalana wollte weiter berichten, doch mit einem Mal brach all die Erschöpfung über ihr zusammen.

Die Flucht aus dem Gefängnis schien so weit entfernt, doch die langen, dunklen Tage im Kerker waren noch immer eine drohende Barriere. Sie erinnerte sich noch gut an den Moment, als sie nach Wochen der Dunkelheit zusammen mit dem sonderbaren Mädchen aus den Höhlen getreten waren und einen ersten Blick auf die freie Weite vor der Felswand hatten werfen können.

Danach der Sumpf. Grasland, Ödland, Ruinen, verlassene Höfe, auf denen man außer ein paar verfaulten Rüben nichts Essbares finden konnte.

Und als sie endlich Cassuans Hof erreicht hatten, der kurze Schimmer von Hoffnung, beinahe gerettet zu sein – was folgte, waren nur noch mehr Schmerz und Verfolgung. Ihr Sohn Kian wäre beinahe von einem Ratken, der unvermittelt in dem verlassenen Versteck der Phiruin aufgetaucht war, in Stücke gerissen worden.

„So, Cassuan ist also auch fort?", fragte Martyom und riss sie damit aus dem Schwall von Bildern. Natürlich, er hatte ihre Erinnerungen mit angesehen.

„Ihr habt es nicht gewusst? Als wir dort ankamen, war der Hof schon lange verwaist."

„Zumindest ich wusste es nicht. Der Kontakt zwischen den einzelnen Verstecken wurde auf ein Minimum reduziert. Ich höre selbst vom Rat kaum noch etwas, alle sind sehr vorsichtig geworden."

„Was ist geschehen?"

„Es sind viele Phiruin verschwunden. Irgendjemand muss uns verraten haben, oder Zaydas Schergen waren ungewohnt gründlich. Eine ganze Reihe von Verstecken wurde aufgedeckt, die Leute haben sie verschleppt. Ich wusste nicht, dass sie bis zu Cassuan vorgedrungen waren. Vermutlich war das der Auslöser. Man wollte verhindern, dass noch mehr nach außen dringt. Es ist schlimm genug, dass Cassuan ..."

„Kann das gefährlich werden?"

Martyom lächelte milde, als die Frage von Kalanas Sohn Anak erklang.

„Alles kann gefährlich werden."

Kalana wollte gerade etwas sagen, musste dann aber einen Hustenanfall unterdrücken. Martyom schien es zu bemerken und deutete eilig auf den Tisch.

„Setzt euch, wärmt euch. Ihr seht ja schrecklich aus. Ihr werdet neue Kleidung brauchen, aber zuerst etwas Kräftiges zu essen. Auch einen Obstbrand vielleicht?"

Kalana zog kurz eine Augenbraue hoch, als ihre Söhne wild nickten. Ein Lächeln huschte über Asurs Lippen, aber keiner der beiden wollte ihren Söhnen mehr etwas verbieten.

Die Familie wirkte noch immer unsicher, verloren. Niemand wollte es so recht glauben. Waren sie hier wirklich sicher? Keine Ratken, die ihnen auflauerten und sie wieder ins Gefängnis werfen oder töten wollten?

Anak war der Erste, der einen lauten Seufzer ausstieß und dann kurz lachte. Sein Bruder stimmte mit ein, verzog jedoch das Gesicht, als er ungewollt seinen Arm bewegte.

Unvermittelt trat eine ältere Frau aus einem angrenzenden Raum. Sie strich sich eine Locke ihres wilden Haares zurück, dessen dunkles Braun durch viele weiße Strähnen aufgehellt wurde.

„Das ist meine Frau, Byrgit."

Sie lächelte milde bei seinen Worten und wandte sich selbst an die Ankömmlinge. „Wenn ihr gestattet, werde ich mir eure Wunden ansehen. Ich kann eure Schmerzen lindern. Ihr wart lange draußen in der Wildnis."

Kalana erzitterte, als sie den intensiven Blick der Frau spürte. Sie war Martyoms Gefährtin noch nie begegnet, aber es wunderte sie nicht, dass er sich mit einer anderen Magierin zusammengetan hatte. Heutzutage musste man zusammenhalten, wenn man solche verbotenen Fähigkeiten besaß.

„Du bist eine Heilerin?", wollte Anak neugierig wissen, und Kalana musste schmunzeln. Sie selbst hatte etwas Ähnliches fragen wollen, sich aber zurückgehalten.

Byrgit neigte den Kopf. „Ich stelle Freunden der Phiruin gerne meine Dienste zur Verfügung. Ich wünschte, ich könnte mehr tun, aber meine Fähigkeiten beschränken sich fast vollständig auf das Heilen."

Ihr Blick ruhte auf Kians Arm, der noch immer in einer Schlinge lag, und sie trat näher.

Kalana hätte sich beinahe instinktiv zwischen die beiden geworfen, bekam sich aber rasch unter Kontrolle. Es dauerte nur einen Moment, bis ihr rasendes Herz wieder ruhiger schlug und sie sich selbst davon überzeugt hatte, dass keine Gefahr bestand.

Byrgit legte ihre Hände sanft an Kians Kleidung über seinem Arm, atmete ruhig ein und aus und verzog dann das Gesicht. Im nächsten Moment weiteten sich Kians Augen, und Kalana beobachtete, wie ihr Sohn voller Faszination zum ersten Mal die heilende Wirkung von Magie erfuhr. Er ächzte kurz, entspannte sich dann aber wieder und begann sogar, vor Erleichterung leicht dümmlich zu lächeln, was seinen Bruder zum Lachen brachte.

Als Byrgit die Hand von Kians Arm nahm, strahlte er sie an.

„Das ist ja unglaublich!", rief er und fasste sich mit der anderen Hand an den Oberarm, der offensichtlich nicht mehr schmerzte.

„Du solltest den Arm noch etwas schonen, die Energie wirkt noch weiter, aber morgen solltest du ihn wieder gebrauchen können. Du musst es allerdings langsam angehen. Die Muskeln haben sich zurückgebildet, und die Heilung kann das nicht vollständig wettmachen."

„Ich verstehe. Vielen Dank!"

Die ältere Frau erwiderte seine Begeisterung mit einem Glitzern in den Augen, bevor sie sich Asur und Anak widmete, der noch immer über Kians Gesichtsausdruck witzelte.

Zuletzt kam Kalana an die Reihe. Die beiden Frauen sahen sich eine Weile schweigend an, ehe Byrgit die Finger an Kalanas Handrücken legte und kurz die Augen schloss.

Kalana spürte, wie die Magie der Frau ihren Körper erforschte. Ein paar energiegeladene Funken flossen aus Byrgits Fingern und verströmten Wärme in Kalanas Körper. Sofort fühlte sie sich erholter, kräftiger. Der unangenehme Druck auf ihrer Brust ließ nach, und das Rasseln verschwand, das sie immer beim Atmen gehört hatte.

„Ich bin froh, dass ihr hergekommen seid", murmelte die ältere Magierin. „Du hättest eine schwere Lungenentzündung bekommen können."

„Was ist mit meinem Mann und Anak?", fragte Kalana mit einem Blick auf ihre Familie.

„Ach, ihnen sitzt nur die Erschöpfung in den Knochen. Ihr werdet alle heute Nacht gut schlafen und euch morgen besser fühlen, das verspreche ich."

„Danke. Hab vielen Dank."

Byrgit lächelte milde, wandte sich ab und ging zum Herd, wo sie zwei Eisenringe aus der Herdplatte nahm, bevor sie einen großen Topf hervorholte und sich anschickte, eine kräftigende Suppe zu bereiten.

„Setzt euch, bitte", forderte Martyom sie auf und deutete zum Tisch, dann brachte er ihnen Brot und Schinken.

Die Familie warf sich gegenseitig unsichere Blicke zu, aber der Hunger siegte und sie langten alle erst zaghaft, dann kräftig zu.

Wenig später gesellte sich ein Junge zu ihnen, den Martyom als seinen Enkel Benon vorstellte.

Er war vielleicht zwei Jahre jünger als Kian, und so begannen er und sein Bruder bald ein Gespräch mit Benon und halfen gleichzeitig, Gemüse für die Suppe kleinzuschneiden, die vor sich hin köchelte.

Asur und Kalana saßen still nebeneinander und sahen sich einfach in die Augen, lasen die Emotionen auf dem Gesicht des anderen. Sie versuchten beide, ihre Müdigkeit und Angst zu verbergen und der Hoffnung und Erleichterung etwas Raum zu geben.

Während des Essens herrschte hungriges Schweigen, das nur vom gelegentlichen Schaben der Löffel oder Schlürfen der Suppe unterbrochen wurde. Erst als sie die Schüsseln mit Brot ausgewischt und Lob über das deftige Gericht ausgesprochen hatten, machte sich tiefere Entspannung breit.

Martyom holte eine Flasche aus dem hintersten Winkel eines Schranks hervor und schenkte seinen Gästen jeweils einen ordentlichen Schluck ein, während seine Frau das Geschirr abräumte.

Kalana wollte ihr helfen, doch Byrgit lehnte lächelnd ab und setzte sich anschließend wieder zu ihnen.

Asur blickte sich möglichst unauffällig in der Stube um, ehe er das ältere Ehepaar betrachtete.

„Und ihr seid hier wirklich sicher? Ich kann mir das kaum vorstellen."

Martyom lächelte verständnisvoll. „Cassuan hat auf einem ähnlichen Hof gelebt, nicht wahr?"

„Er war größer. Mit einem Stall dabei."

„Ja, das dachte ich mir. Nun, wir sind hier so sicher, wie man eben als Phiruin irgendwo sein kann. Diese Siedlung besteht hauptsächlich aus Schafzüchtern und solchen, die es werden wollen. Meine Frau und ich machen Medizin für die Tiere und färben Wolle mit Pflanzen. Das ist ein ehrbarer Beruf hier in der Gegend, wir können unsere Abgaben zahlen und haben daher keine Probleme. Und die Ratken kommen nur sehr selten hierher. Es lohnt sich nicht, kleine Dorfsiedlungen allzu oft zu plündern."

Asur nickte. „Es tut mir leid, falls ich zu neugierig war. Es …"

„Du brauchst dich nicht zu entschuldigen. Wir würden uns nicht anmaßen, zu behaupten, dass wir uns vorstellen können, was ihr …"

Byrgit sprach nicht weiter.

Stattdessen räusperte sich Martyom. „Nun, ich weiß, dass es euch lieber wäre, noch damit zu warten … aber ich muss wissen, was passiert ist. Wie konntet ihr aus Mazmorra entkommen? Ich habe nur einzelne Gefühlseindrücke von dir erfasst, Kalana, aber ich würde mir nicht erlauben, ungefragt all deine Erinnerungen zu lesen."

Kalana sah ihren Mann an, bevor sie sich wieder an ihren alten Freund wandte und begann, von der Zeit im Gefängnis zu berichten.

«✝»

Erschöpfung zehrte an Zenays Nerven und ließ ihren Kopf dröhnen. Sie wollte am liebsten weglaufen, sich verkriechen und vor den Schreien, dem beißenden Qualm und der Hitze fliehen. Doch ihr Wille hielt sie aufrecht und zwang sie dazu weiterzumachen.

Tarek wollte sich in die Reihen der Männer stellen, die Wassereimer zu einem brennenden Haus schleppten, Shetan und Mokuba hielten ihn jedoch davon ab.

Trotz der erfolgreichen Heilung war er noch schwach, und so ließ er sich widerwillig von den beiden alten Freunden zur Treppe von Jescos Haus führen. Asyra und Mokuba hatten es noch geschafft, einige Beutel und Salbentiegel aus ihrem brennenden Haus zu retten, und so verteilte die Heilerin vorsichtig eine ihrer Salben auf seinen verbliebenen Verbrennungen.

Zenay stellte sich an seiner statt in die Reihe, doch schon nach kurzer Zeit schmerzten ihre Arme so sehr, dass sie keinen vollen Wassereimer mehr halten geschweige denn weiterreichen konnte.

Verzweiflung und Wut packten sie, als die Gefühle um sie herum auf sie eindrangen. Auf einmal spürte sie die Blicke der Männer und starrte in rußverschmierte, hasserfüllte Gesichter.

Niemand wollte sie hier. Sie war schuld an allem, sie musste verschwinden!

Gerade als ihre Beine sich von selbst in Bewegung setzten, tauchte Jesco inmitten der Rauschschwaden auf. Er schien ihr die Erschöpfung und Aufgewühltheit anzusehen und nahm ihr den Eimer ab.

„Du kannst auch anders helfen, wenn du noch genug Kraft in dir hast. Geh zu den Verletzten und heile sie. Mokuba hat mir gesagt, dass Asyra dort drüben ist", meinte er und deutete in den Rauch.

Zenay nickte erleichtert bei diesem Vorschlag. Sie fand Asyra am Rand des Platzes, an die Mauer ihres verbrannten Gartens gelehnt. Sie umklammerten sich einen Moment, dann nahm Zenay ihren Arm und heilte die verletzte Haut, verzog kurz das Gesicht über den brennenden Schmerz. Jetzt, da sie selbst keine starken Schmerzen mehr hatte, erschien ihr der von anderen durch die magische Verbindung noch intensiver.

„Geht es dir und Mokuba gut?", fragte sie anschließend, um sich selbst abzulenken.

Asyras Blick war noch immer etwas glasig, als sie kantig nickte. „So ... so gut es einem gehen kann ...", murmelte sie und deutete mit einem Nicken hinter sich – dort stand die halb zusammengestürzte, schwelende Ruine ihres Hauses. „Ich kann es noch immer nicht fassen ... Die Ratken ... Sie haben alles angezündet. Aber dass unsere Leute so gegen sie kämpfen würden, hätte ich auch nicht gedacht."

„Haben sich alle gewehrt?"

Asyra schnaubte. „Wo denkst du hin? Es ging so schnell ... Die meisten sind geflohen oder haben sich versteckt. Ich selbst kam kaum zum Kämpfen. Ich habe Mokuba in Sicherheit gebracht und dann ..."

Sie brach ab. Stille breitete sich zwischen ihnen aus, und Zenay wurde klar, dass Asyra jetzt nicht weitererzählen wollte.

„Bi... bitte komm mit mir, ja?", bat Zenay ihre Freundin. „Ich will helfen, ich will die Leute heilen ..."

Asyra nickte, und sie eilten über den verrauchten Platz zu einer weinenden Frau, die ihren Arm an den Körper presste. Eine Schnittwunde prangte an ihrer Schulter, doch dank Zenays Magie konnte sie ihn bald wieder gebrauchen und lächelte dankbar, ehe sie ging und vom Rauch verschluckt wurde.

Zenay wollte weiter, doch plötzlich wankte sie, als sie eine große Gestalt auf dem verqualmten Platz liegen sah, keine zehn Schritte von ihnen entfernt. Asyra wollte sie erst abhalten, doch sie lief zu dem Ratken und schluckte bei seinem Anblick.

Der tote Mann war noch größer, als es ihre wenigen Erinnerungen hatten vermuten lassen. Seine aufgerissenen gelben Augen starrten leblos in das zerstörte Dorf.

„Mei–meinst du, es könnten noch welche von ihnen hier sein?", fragte sie Asyra, die nach einem Zögern den Kopf schüttelte.

„Ich glaube nicht. Jesco berichtete, dass sie aus dem Dorf in die Wälder flohen. Unsere Männer haben den Rest getötet, diejenigen, die verletzt waren und nicht weg konnten …"

„Aber wo sind sie hergekommen? Wie konnten sie das Dorf einfach so überfallen? Und was, wenn sie zurückkommen?"

„Ich weiß es nicht, Sina. Sie haben das Dorf zerstört, aber wir haben sie bekämpft. Es ist verboten, sich den Ratken zu widersetzen. Gegenwehr wird schrecklich bestraft."

„Was sollen wir jetzt tun? Wie sollen wir das Dorf verteidigen, wenn sie noch einmal angreifen? Es fehlen so viele!"

„Eine Gruppe unserer Männer hat sie verfolgt, warum weiß ich nicht. Wir müssen Geduld haben, auch wenn das jetzt wohl das Schwerste ist", meinte Asyra mit zittriger Stimme.

Sina wusste nicht, was sie noch sagen sollte, während sie unverwandt auf den Toten starrte. Doch da kam die geheilte Frau zu ihnen zurück und brachte Zenay einen Mann mit einer Verbrennung im Gesicht und ein kleines Kind, dessen Hand gebrochen war. Zenay schluckte, schüttelte den Schock ab, den ihr der tote Ratke versetzt hatte, und konzentrierte sich auf ihre verbliebene Magie und darauf, das Leid der anderen zu lindern.

Danach ging Asyra voraus und suchte weitere Verletzte, denen sie helfen konnten. Die Rufe und das Weinen wurden nach und nach weniger, während sie arbeiteten, dafür wurde Zenay immer langsamer und blasser. Sie musste zusehends längere Pausen einlegen, ehe sie sich wieder aufraffen konnte, aber sie ließ sich von Asyra nicht aufhalten, die genau bemerkte, wie schlecht es ihr ging.

Sie heilte in der Nacht noch mehrere Verbrennungen und eine schlimme Fleischwunde, ehe ein Mann sie fluchend abwehrte. Er zog seinen Arm von ihr fort, als wäre sie giftig.

„Verschwinde, Hexe!", zischte er voller Hass. „Lieber würde ich sterben, als mir von dir helfen zu lassen!" Dann spuckte er ihr ins Gesicht.

Zenay wich von ihm zurück. Tränen schossen in ihre Augen, als Asyra sie wegführte. Es wäre leichter zu ertragen gewesen, wenn er sie angeschrien hätte, aber die vollkommene Abscheu in seiner Stimme und die widerliche Geste waren wie ein Stich in ihrem Herzen.

Auf dem Weg über den Platz spürte Zenay auf einmal eine Welle des Zorns auf sich eindringen. Hass und Schmerz waren auf sie gerichtet wie Messer. Sie presste die Lippen aufeinander, um nicht aufzuschreien. Sie fühlte sich so elend wie nie zuvor.

Alle restliche Kraft verließ ihren Geist und Körper, und sie war nicht mehr imstande, jemanden zu heilen – falls es überhaupt noch jemand akzeptiert hätte.

Asyra lächelte ihr tröstend zu, dann half sie andernorts weiter.

Zenay ging langsam über den Dorfplatz, vorbei an den Reihen von Helfern, und fand Tarek auf der Treppe vor Conroys Haus. Sein Blick war leer, während er auf die Reste seines Zuhauses starrte.

Er kehrte erst wieder ins Hier und Jetzt zurück, als er sie im Qualm erkannte. Schmerz zuckte kurz in seinen Gesichtszügen auf, dann erhob er sich und schloss sie in seine Arme.

Anstatt Zuneigung oder Erleichterung zu verspüren, brandete eine Welle aus Niedergeschlagenheit und Erschöpfung über sie hinweg. Ihre restliche Energie verflüchtigte sich und ließ nichts als den Wunsch nach Flucht in ihr zurück.

Sie musste hier weg! Rasch löste sie sich aus Tareks Umarmung und zog ihn mit sich, fort vom Dorfplatz.

Fort von den Bränden, dem Chaos und der Zerstörung.

„Warte! Ich kann doch nicht einfach weg!", rief er, aber seine Stimme war nicht so energisch, wie sie wohl klingen sollte.

„Doch, das kannst du! Ich weiß ganz genau, dass du dich kaum noch auf den Beinen halten kannst, genauso wie ich. Sieh dich um, die meisten Feuer sind gelöscht. Den Rest schaffen sie auch ohne uns."

„Aber …", wollte er widersprechen, und Zenay spürte deutlich, wie schwer es ihm fiel, seine Schwäche einzugestehen, doch dann sah er ihr in die Augen. Ihr eigener Schmerz spiegelte sich in seinem Blick.

Er nickte und deutete in Richtung der Pferdekoppeln. „Dann lass uns gehen."

# Enttäuschung

Zaydas Finger trommelten ungeduldig auf die steinerne Lehne ihres Throns. Es war das einzige Geräusch in dem großen, dämmrigen Raum, während sie wartete.

Noch keine volle Stunde war vergangen, seit sie den Diener zu Mazuk geschickt hatte, damit er endlich zu dem Dorf aufbrach, in dem sich die verdammte kleine Magierin aufhalten sollte.

Zayda war es leid, zu warten. Schon allzu oft hatten Nachrichten ihr Ohr erreicht, dass das Mädchen sich in diesem oder in jenem Ort befand, und sie war immer enttäuscht worden.

Aber dieses Mal war etwas anders, das konnte sie spüren. Der Auftrager, den sie, so wie viele andere auch, mit demselben Hinweis losgeschickt hatte, war sich seiner Sache sehr sicher gewesen …

Die Königin sah auf, als sich ein leises Klopfen an der Tür zu ihrem Fingertrommeln gesellte. Rasch hob sie den Arm, und mit einem Wink ihrer Hand öffnete sich das Tor nach innen.

Einige rußverschmierte Ratken traten ein, in ihrer Mitte eine Reihe von ängstlichen Frauen und Mädchen, allesamt mit braunen Haaren.

Die Ratken führten sie vor den Thron, wo sie sich in einer Reihe aufstellen mussten. Hinter jede der sieben Frauen trat einer der Kämpfer, dann löste sich ihr Anführer aus der Schar und verbeugte sich vor Zayda.

Es war Ikar, der Kopfgeldjäger, den sie vor Wochen mit einer Kriegerschar losgeschickt hatte, um das Mädchen zu finden. Er hatte sich seitdem nicht mehr gemeldet und tauchte jetzt ohne Ankündigung bei ihr auf.

Ihre Augen verschmälerten sich argwöhnisch.

„Was hat das zu bedeuten, Ikar? Du hattest keine Anweisungen, Gefangene zu machen! Von wo kommst du mit diesen Frauen?", fragte Zayda, und ihre Magie wallte vor Zorn in schwarzen Schwaden um sie.

„Wir kehren aus einem Dorf der Miakoda zurück, Gebieterin. Zwei Reisende berichteten mir von einem Mädchen, das sie dorthin gebracht hatten. Es passte alles zusammen. Sie hatten sie auf einer Lichtung gefunden, auf der ein toter Ratke lag, in das nächste Dorf gebracht und einem Mann übergeben. Sie war wohl sehr krank, von dem toten Ratken gebissen worden …"

Zayda richtete sich alarmiert auf, als Ikar sprach.

„Wie war der Name des Dorfes? Ikar, sag mir den Namen!", rief Zayda hastig und klammerte sich mit ihren Krallenhänden an die Lehnen ihres Throns.

Ikar sah jetzt verwirrt aus. „Es hieß Ornanung, Herrin. Die beiden Männer brachten das Mädchen in ein Dorf namens Ornanung. Ich brach sofort dorthin auf, um sie euch persönlich zu bringen …"

„WAS? Soll das heißen, du hast von dem Ort erfahren und ohne meine Erlaubnis gehandelt?", schrie Zayda, und Ikar sah sie verständnislos an, während die Königin wütend aufsprang und von ihrem Podest herunterhastete.

„Aber Herrin, Ihr habt mir die Autorität übertragen, das Mädchen mit allen Mitteln zu finden und Euch zu bringen. Ich habe hier eine ganze Reihe von Frauen, die alle auf die Beschreibung passen …", sagte er erklärend und wich ein wenig vor der heranstürmenden Frau zurück.

„Und warum bringst du nicht nur eine? Ich habe dir gezeigt, wie sie aussieht!"

„Ich …" Ikar runzelte die Stirn, was Zayda erbeben ließ. „Es gab in dem Dorf nicht die Zeit, sie alle zu befragen … ich … es ist schon lange her, dass ich ihr Gesicht sah, und es war dunkel. Ich hielt es für klug, Euch die Entscheidung zu lassen und sicherzugehen …"

„Wie wäre es, wenn du mich entscheiden lässt, wann ihr einen Kampfplatz verlassen könnt und wann nicht? Wie wäre es, wenn du mich entscheiden lässt, ob ihr ein Dorf überhaupt angreift oder nicht? Und wie wäre es, wenn du mir berichten würdest, dass zwei verdammte Männer ein Mädchen nach Ornanung gebracht haben?", fragte Zayda immer lauter, während sie die Reihe der Frauen entlanglief und ihnen kurz ins Gesicht blickte.

Zorn breitete sich in ihr aus.

Sie schrie wütend auf und ein heftiger Windstoß fuhr durch die Halle, der die kleinste Frau beinahe in die Arme des Ratken hinter ihr fegte.

„Sie ist nicht dabei! Wie konntest du glauben, dass ihr sie einfach aufsammeln könnt wie ein kleines Mädchen? Nichts könnt ihr richtig machen! Diese Frau ist nicht dumm! Sie ist fort. Sie wird geflohen sein, ohne einen Blick zurückzuwerfen – wenn sie überhaupt dort war!"

„Natürlich war sie dort! Sie muss unter diesen hier sein! Ich habe nicht Ruhe gegeben, bis ich sicher wusste, dass sie sich dort aufhält!" Ikar zögerte. „Ihr habt mir eine Erinnerung gezeigt, eine Frau mit braunen Haaren und blauen Augen …" Er wandte sich an die Reihe der Frauen, und sein Blick versprühte abgrundtiefen Hass, aber auch Verzweiflung. „Zeig dich, Hexe! Ich weiß, du bist hier!"

„SCHWEIG! Hat diese Frau hier vielleicht *blaue* Augen?", schrie Zayda wütend und deutete in das Gesicht vor sich. Die junge Frau aus Ornanung zuckte zusammen und kniff die Augen zu, aber dann fasste die schwarze Königin ihr unters Kinn und zwang sie, den Kopf zu heben.

„Zeig mir deine Augen, Kleines!", forderte sie in süßlichem Ton, ohne das Gift dahinter zu verbergen. Zitternd öffnete das Mädchen seine Augen wieder und starrte in das Gesicht der Tyrannin.

Ikar trat neben sie.

„Ich würde sagen, sie sind eher grau …", gestand er nach einem Moment ein.

„Und habe ich dir nicht gesagt, dass sie strahlend blaue Augen hat? Wie kann es denn so schwer sein, jemanden zu finden, der so aussieht, VERDAMMT!"

Die Gefangene zuckte zusammen, doch Zayda ließ von ihr ab und wandte sich dem Adlerauge zu.

„Gebieterin, ich sage Euch, es war niemand anderes dort. Wir haben alles angezündet, wir haben gekämpft und getötet, aber es kam keine Magierin. Da war mir klar, sie würde sich als normale Frau verstecken, versuchen, sich zu tarnen, da sie zu schwach war", stammelte er.

Die Königin schloss die Augen und seufzte genervt. „Habt ihr alle getötet, die dort lebten?"

„Sie haben sich gewehrt. Nachdem wir alle jungen Frauen hatten, mussten wir uns zurückziehen. Die Hälfte meiner Männer wurde getötet …"

„Du meinst wohl die Hälfte *meiner* Männer!"

Ikar zögerte nur kurz, nickte rasch und warf einen Blick auf die Gefangenen. „Was passiert jetzt mit denen, Herrin?"

Zayda wandte ihre Aufmerksamkeit wieder den Frauen zu. Sie sah sie einmal der Reihe nach an. „War jemals ein Mädchen in eurem Dorf, das nicht von dort kam? Ein Mädchen, das magische Kräfte hatte?"

Sie wartete, aber die Frauen schienen alle zu Eis erstarrt. Der Blick der Königin blieb an einer Frau hängen, die angestrengt die Augen schloss und in einem fort dachte: *Sieh mich nicht an, sieh mich nicht an! Ich weiß doch nicht, wo die Magierin ist …*

Zayda wandte sich von der Reihe ab. „Tötet sie, ich kann sie nicht gebrauchen", befahl sie den Ratken.

Sie wollte schon zu ihrem Thron zurückkehren, als sie die Gedanken der Frau spürte, die ihr aufgefallen war. Panik strömte durch den Raum, als die Ratken ihre Schwerter zogen …

Die Frau wehrte sich gegen ihre Fesseln, während Tränen der Angst über ihr Gesicht flossen. „Halt! Wir … wir haben sie gesehen. Eine Magierin. Sie lebte im Dorf … schon eine ganze Weile …"

Zaydas Lippen formten sich zu einem zufriedenen Lächeln.

„Wie heißt du?", verlangte die Königin zu wissen. Sie fragte es in den Raum hinein und spürte das wild pochende Herz der Gefangenen, auf die sie sich jetzt konzentrierte. Diese antwortete nicht.

Zayda seufzte und ging zu der Frau, sah ihr gelangweilt in die Augen, fixierte mit Leichtigkeit ihren Blick, bis der Frau die Augen tränten. „Eidara also", stellte Zayda ohne Mühe fest.

„Nun, Eidara, dann wollen wir doch einmal sehen, was du weißt."

Damit hob Zayda die Finger an die Stirn der jungen Frau. Die Gefangene zuckte unter der Berührung zusammen, ächzte und presste die Lider aufeinander. Zayda spürte ihren Schmerz, als ihr Geist sich wehrte. Es dauerte kaum mehr als einen Wimpernschlag, dann hatte sie die lächerliche Abwehr durchbrochen.

Die Frau zuckte erneut, und etwas in ihr schien zu reißen, dann lag ihr Geist offen.

Eidaras Erinnerungen waren von einem einfachen Dorfleben erfüllt. Zayda sah eine schnelle Reihe von Bildern und schnappte Gefühle auf. Die Frau wuchs in einem strengen Elternhaus auf, nahm es jedoch nie als Last wahr.

Sie hatte zwei Geschwister. Elaya … und Malak …

Alles schien normal zu verlaufen. Unwohlsein breitete sich erst in der jungen Frau aus, als ihr Vater sie aufforderte, diese *Fremde* zu beobachten.

*„Ich will nicht, dass deine Geschwister zu viel Zeit mit ihr verbringen! Etwas stimmt nicht mit ihr!"*

Eidara stimmte zu. Die Erinnerungen verschwammen. Als Nächstes duckte sie sich in eine Hecke, den Blick auf eine Wiese gerichtet. Sie schaute einer Gruppe von Leuten zu. Die Gefühle verrieten Zayda, wer ihre Geschwister waren. Ein blonder, vielleicht 20–jähriger Junge und ein jüngeres Mädchen mit kurzem, dunkelblondem Haar.

Dann starrte Eidara die Fremde an und zeigte sie damit auch der Königin.

Das war sie. Zayda spürte, wie ihr Herz schneller schlug. Da war die verdammte Göre.

Und sie sah gut aus. Gesünder. Verändert. Stärker und auch selbstbewusster. Nur in ihren Bewegungen, in ihrem Blick, den sie den anderen der Gruppe zuwarf, erkannte Zayda auch verborgenen Schmerz und eine tiefe Erschöpfung.

*Sie hat sich also doch noch nicht völlig erholt. Aber es geht ihr viel zu gut, dafür, dass ich ihr so zugesetzt habe!*

Zorn brodelte in ihr. Sie sah die Gesuchte, wie sie die Schwester mit den kurzen Haaren betrachtete und sogar angrinste. Wie konnte sie es wagen, zu *lachen*?!

Zayda verzog das Gesicht und ließ von der Gefangenen ab. Sie hatte genug gesehen.

Die junge Frau verdrehte die Augen und kippte stöhnend gegen den Ratken in ihrem Rücken. Sie brauchte einen Moment, bis sie dessen gewahr wurde und zurückzuckte wie vor einer heißen Herdplatte. Allerdings wankte sie erneut und konnte sich nicht gerade halten.

Die Königin schnaubte belustigt.

„Schwacher Geist …", murmelte sie und wandte sich ab. „Sie ist es. Aber das spielt jetzt keine Rolle mehr. Sie wird nicht dort bleiben. Sie wird schon fort sein und sich ein neues Versteck suchen – und keiner im Dorf wird wissen, wohin sie geflohen ist … wie könnte sie auch dort bleiben? Ihretwegen ist ja das Dorf zerstört worden."

„Was sollen wir dann jetzt mit ihnen machen?", fragte einer der Ratken erneut und nickte zu den Frauen hin.

„Sie sind gesund und werden gute Sklavinnen abgeben."

Angst erfüllte den Saal und ließ Zayda schmunzeln.

„Was unsere Informantin angeht … bringt sie zu einem der Magier. Er soll alles aus ihr herauspressen, was sie noch über meine Entflohene weiß. Und lasst Bilder von den Geschwistern anfertigen."

Sie spürte, wie die Frau erzitterte, wie ihr Gedanken durch den Kopf rasten, sich flehende Worte auf ihrer Zunge formten, aber sie war klug genug, die Lippen zusammenzupressen.

Kaum hatte man die Frauen aus dem Saal geschleift, kehrte Zayda zu ihrem Thron zurück und ließ sich tief in die Polster sinken. Ikar sah ihren Zorn und die furchtbare Enttäuschung.

Sie schloss die Augen und schüttelte schweigend den Kopf, ehe sie einmal mit den Fingern schnippte. Einer ihrer Berater kam aus der Dunkelheit gehuscht und blieb in einer tiefen Verbeugung neben dem Thron stehen.

„Ruf Mazuk und seine Männer zurück. Sie haben die Festung noch nicht verlassen und werden es jetzt auch nicht mehr tun", befahl sie dem Berater, der gehorsam nickte und wieder in dem Botengang verschwand.

„Was?", fragte Ikar, und Zaydas Zorn wuchs, als sie die Ungläubigkeit in seiner Stimme hörte. „Warum lasst Ihr das Dorf nicht dem Erdboden gleichmachen? Es brannte zwar bereits, aber es gibt Überlebende, die es wagten, sich zu wehren und zu kämpfen!"

„Sei still, Bastard! Es hat keinen Sinn mehr, ein Heer dorthin zu schicken; wir würden nur verletzte und verstörte Leute ohne Heim finden. Die kümmern mich nicht! Mögen sie lange leiden und hungern! Sie haben mich verraten, indem sie das Mädchen beherbergten, und ich werde ihnen nicht die Erleichterung eines raschen Todes schenken! Im Gegenteil, wenn sie es wagen, ihr Dorf wieder aufzubauen, werde ich die nächste Welle der Zerstörung über sie schicken!"

„Was ist mit der Magierin? Sie könnte noch dort sein!"

„SCHWEIG! Du hast *versagt*! Du hast dich täuschen lassen und mir die falschen Frauen gebracht! Du hast mit viel zu wenig Männern das Dorf angegriffen, während ich hier saß und von einem anderen dieselbe Information erhielt, die du schon seit Tagen hattest! Ich habe erst vor einer Stunde meine besten Männer losgeschickt, um in das Dorf einzufallen! Selbst wenn das Mädchen dort war, sind deine Taten und Informationen jetzt nutzlos, nein schlimmer noch, sie sind sogar fatal! Hast du völlig vergessen, was du bist?! Ein Adlerauge! Und doch der schlechteste Kopfgeldjäger aller Zeiten, der vergessen hat, die Frauen einfach zu *befragen*! Nein, entweder sie hatte sich versteckt und ihr habt sie nicht entdeckt – oder sie war schon lange von dort verschwunden! Nein. Dein Versagen verdient es nicht, mit Rache belohnt zu werden!"

Ikar zuckte zusammen, und Schmerz breitete sich in seinem Körper aus, als Zaydas schwarze Magie ihn einhüllte. Dunkle, tödliche Energie stürzte sich auf ihn und hätte ihn im nächsten Moment erledigt – doch plötzlich kam ihr ein anderer Gedanke.

„Ich sollte dich von deinen Fähigkeiten befreien, die du so wenig zu schätzen und zu nutzen weißt!", zischte sie und lenkte ihre schwarzen Kräfte auf seine Augen.

Das Entsetzen in seinem Gesicht brachte ihr Genugtuung, während seine Gedanken rasten und er verzweifelt nach einem Ausweg suchte. Seine Ideen klangen interessant genug, um ihre Entscheidung doch noch zu ändern.

Ihr Wille lenkte die Magie um. Mit brutalem Schmerz erinnerte sie das Adlerauge an ihre Macht, aber weder blendete noch tötete sie den Mann. Während die dunkle Energie mit seinem Körper verbunden war, konnte sie spüren, wie sich sein Geist wand.

Ein kleiner Anschub genügte, um die richtigen Ideen zu nähren, dann ließ sie von ihm ab und baute sich zu voller Größe auf.

„Ganz im Gegenteil!", rief sie. „Du verdienst es nicht, noch weiter für mich zu arbeiten oder jemals wieder einen einzigen Ratken zu befehligen! Du bist niederer Abschaum! Aber du sollst auch keine Erlösung im Tod finden. Ich entziehe dir deinen Rang als Kopfgeldjäger!"

Jetzt schrak Ikar auf. Er wollte widersprechen, sich erklären, doch dann fühlte er die schwarze Magie, die vor ihm schwebte, eine Wand aus Zorn und Macht. Auf ihren Wink hin traten zwei Ratken hervor und packten ihn. Einer streifte ihm seinen Ring von der Hand, solange er noch erstarrt war.

Er spürte das fehlende Gewicht wie schmerzhaften Hohn. In den letzten Wochen hatte er den Ring mit der Adlerkopfgravur auf seiner

Suche in den Dörfern kaum gebraucht, aber ihn zu verlieren war eine entsetzliche Schande. Er würde nicht mehr in sein Dorf zurückkehren oder seinen Meistern in die Augen sehen können. Nicht dass er unbedingt zurückwollte, aber es war ihm nie in den Sinn gekommen, dass er den Ring verlieren könnte.

Der Ratke eilte zur Königin und überreichte ihr den Siegelring.

Ikar erwachte aus seiner Starre und machte einen Schritt auf den Thron zu. „Das könnt Ihr nicht machen!", rief er und ballte die Fäuste.

Sie lachte und schloss den Ring in ihre Hand. „Wirklich? Ich kann das nicht tun?"

„Ihr habt nicht das Re…", setzte er an, aber sie unterbrach ihn.

„Verschwinde!", brüllte sie. „Raus aus meiner Festung und lass dich hier nie wieder sehen, oder ich brenne dir persönlich deine roten Augen aus dem Kopf!"

Die schwarze Magie schoss erneut auf ihn zu, und er wich rasch zurück. Auf seinem Gesicht wechselten Hass, Erniedrigung und Fassungslosigkeit einander ab. Er rang noch einen Moment mit sich selbst, dann schien er wieder die Kontrolle über sich zu erlangen.

Mit geneigtem Kopf schlich er rückwärts aus dem Saal und verschwand in dem langen Korridor der Festung, gefolgt von zwei Wächtern.

Zayda schnaubte und winkte ihren Berater heran. „Lass eine Sklavin ihn unauffällig verfolgen. Sie soll mir später berichten, was er noch in der Festung gemacht hat."

„Herrin? Geht Ihr davon aus, dass er sich Euren Befehlen widersetzen wird?"

Ein Lächeln umspielte Zaydas Lippen, während sie den Ring zwischen ihren Fingern drehte und die Gravur betrachtete. Der Adler starrte sie funkelnd an. „Ich weiß es sogar, Sirtar. Ein Adlerauge wie er kommt nicht gut mit seiner gekränkten Ehre zurecht. Besonders nicht, wenn seine Gedanken sich *wie durch Geisterhand* ständig genau darum drehen."

«✝»

Tarek ging müden Schrittes voraus, während Zenay sich noch einmal umdrehte und auf das zerstörte Dorf zurückblickte. Sie zitterte, als das

Leid und der Hass erneut auf sie eindrangen. Schwarzer Rauch senkte sich auf den Platz und deckte den schwachen Lichtschein der Brände fast völlig ab.

Dann spürte sie besonders intensiven Zorn, der sich durch den dichten Qualm tief in ihren Rücken bohrte.

„Hexe! Komm und stell dich dem Schicksal, das du heute über uns gebracht hast!", brüllte auf einmal eine kratzige Stimme, und Feradun tauchte aus dem Rauch hinter ihr auf. Er hatte seine Axt erhoben und schwang sie Zenay entgegen.

Sie schrie überrascht auf und duckte sich unter seinem Angriff weg. Die Axt zischte über ihrem Kopf durch die Luft und so rasch wieder auf sie zu, dass Zenay zurückweichen musste. Sie stolperte, fiel unsanft auf ihr Steißbein und starrte entsetzt in sein Gesicht, in dem so viel Hass lag. Ihre Finger glühten auf, als er die Axt erneut hob – da sprang Jesco hinter ihnen aus der Dunkelheit und packte den Mann an den Schultern. Er zog so kräftig, dass Feraduns Arme zurückgedreht wurden und er wütend fauchte.

„Sina, verschwinde von hier!", rief Jesco atemlos und rang mit Feradun, während er dessen Arme umklammerte.

Tarek rannte an Zenay vorbei und entriss Feradun die Axt.

Der Mann knirschte mit den Zähnen, als Tarek die Waffe wegschleuderte.

Tarek wollte ihn anbrüllen, wollte ihm am liebsten einen heftigen Hieb versetzen, das konnte Zenay ihm deutlich ansehen – doch da tauchten hinter Feradun noch mehr Leute auf. Innerlich bebend, wappnete Zenay sich für den nächsten Angriff, auch wenn ein Teil von ihr noch gar nicht verstand, was hier vor sich ging.

Obwohl viele von ihnen Waffen trugen, teilte sich plötzlich die Menge, und einer eilte nach vorn.

Malak stellte sich zwischen Feradun und Zenay und baute sich zu voller Größe auf.

„Vater, beruhige dich! Verdammt noch mal!"

Tarek behielt Feradun noch einen Moment im Auge, als wollte er noch einmal ganz sicher gehen, dass er nicht mehr angreifen konnte, dann half er der zitternden Zenay auf die Beine und hielt sie fest, damit sie nicht wieder fiel.

Feradun zischte einen Fluch, aber sein Sohn unterbrach ihn. „Das bringt Eidara auch nicht zurück!"

Zenay wankte. „Was … was ist mit eurer Schwester?"

„Sie ist verschwunden", murmelte Tarek leise. „Elaya hörte ihren Schrei, als sie auf den Hof fliehen wollte … die Ratken müssen sie mitgenommen haben."

„Und daran ist allein sie schuld!", brüllte Feradun laut und stemmte sich so gegen Jescos Griff, dass dieser ächzte. Der Pferdezüchter grollte laut und starrte Zenay wutentbrannt an.

Zwei Männer aus der Gruppe hinter ihnen traten vor und nahmen Jesco seine Last ab. „Wir konnten sie im Wald nicht mehr aufspüren … sie sind wie vom Erdboden verschluckt", murmelte einer von ihnen zu Jesco. Zenay wurde schlecht.

Tarek nahm sie an den Schultern und zog sie einen Schritt nach hinten. „Komm, Sina, wir ziehen uns zurück, wir müssen raus aus dem Dorf."

Zenay sagte nichts, ihr Inneres fühlte sich eiskalt an. Sie hatte keine Kontrolle mehr über sich und ließ sich von Tarek leiten.

Malak starrte seinen Vater noch einen weiteren Moment an, dann wandte er sich von ihm ab. „Ich komme mit euch."

„Malak! Wag es nicht, deinem Vater den Rücken zuzukehren und dieser Hexe zu helfen! Sie ist für all das hier verantwortlich!"

„Nein!", brüllte Malak und kam dem Gesicht seines Vaters plötzlich bedrohlich nahe. Feradun wich zurück, soweit es der Griff der Männer zuließ, und starrte seinen Sohn entsetzt und fassungslos an. „Nein! Wag *du* es nicht, mir noch einmal in die Augen zu schauen! Du hast ihr nicht geholfen! Du hast dich feige im Keller versteckt und deine Kinder schutzlos allein gelassen!" Malaks Blick strahlte solche Verachtung aus, dass Feradun augenblicklich in sich zusammensank.

Malak rauschte an Zenay und Tarek vorbei und verschwand im Rauch, der den Weg aus dem Dorf verdeckte.

Tarek führte die zitternde Zenay fort von all dem Hass und Leid. Sie ließen die Schwaden aus Dunst und Qualm hinter sich.

Auf halbem Weg zur Koppel holten sie Malak ein, sprachen aber kein Wort, nachdem sie seinen Gesichtsausdruck gesehen hatten. Sie überquerten langsam die Wiese, auf der die Pferde unruhig auf und ab liefen.

Die Anwesenheit der vertrauten Menschen ließ sie etwas zur Ruhe kommen, und schließlich trabten Malee und die anderen schnaubend neben ihnen her.

Malak blieb vor dem Stalltor stehen. Voller Schmerz blickte er in den gelben Himmel über Ornanung. „Ich konnte sie nicht retten, wisst ihr. Meine große Schwester … wir haben sie nach dem Angriff verfolgt, aber ihre Spuren verloren. Ich konnte sie nicht wiederfinden. Elaya hört nicht mehr auf zu weinen."

Das Bild ihrer verzweifelten Freundin schoss ihr in den Kopf, wie sie sich vor Trauer die kurzen Haare raufte. Zenay trat zu Elayas Bruder, und die Tränen quollen ihr jetzt aus den Augen. „Ma–Malak … es tut mir so leid."

„Mein Vater irrt sich!", rief Malak trotzig. „Es ist nicht deine Schuld!"

„Wird … was ist, wenn er herkommt? Sollten wir nicht weiter weggehen?", fragte sie unsicher.

„Wir haben nichts dabei, um uns im Wald zu schützen, und wir wissen nicht, wo die Ratken sind. Hier ist es sicherer", versuchte Tarek, sie zu beruhigen.

„Sie werden es nicht wagen!", rief Malak, beherrschte sich dann aber wieder. „Schlaft jetzt, ich werde hier draußen Wache halten!" Der Schmiedegeselle stellte sich aufrecht neben die Stalltür, den Blick auf die Bäume gerichtet, die das leuchtende Dorf verbargen.

Tarek führte Zenay in den Stall und schob einen Berg aus Heu zusammen. Erschöpft ließen sie sich in das weiche, duftende Gras sinken, während sie selbst nach Rauch stanken.

Sie lagen einen Moment schweigend im Heu und hielten sich einfach im Arm. Die Nähe zu Tarek half Zenay, ihre Gedanken zu sammeln. Nachdem sie sich allmählich wieder beruhigt hatte, flossen Tränen über ihr Gesicht, ohne dass sie es kontrollieren konnte.

Tarek drückte sie fester an sich. „Hab keine Angst, die Ratken sind fort. Und Jesco wird sich um Feradun kümmern."

„Ich habe keine Angst um uns … Ich kann nicht aufhören, an das Dorf zu denken, an die Zerstörung … an den Hass. An Eidara."

„Es hätte schlimmer kommen können", meinte er nur und küsste sie auf die Stirn.

Schweigend kämpfte sie gegen den Kloß in ihrem Hals. Sie atmete mehrmals ein und aus. *Ich muss etwas anderes fragen, sonst werde ich wahnsinnig.*

„Warum warst du oben im Haus und nicht draußen?", kam es über ihre Lippen. Sie bereute die Frage im gleichen Moment, konnte sie aber nicht ungeschehen machen.

„Ich ... kann mich nicht mehr genau erinnern, aber die Ratken stürmten plötzlich herein. Ich war gerade oben und suchte etwas. Ich hörte die Tür bersten und packte mein zweites Schwert aus der Kammer, wollte runter, doch sie waren schon im Haus und drängten mich zurück. Einer von ihnen hatte einen rot glühenden Bilur. Als er ihn an die Decke warf, gab es eine mächtige Druckwelle, und Flammen breiteten sich überall aus. Ich ... ich wurde durch die Luft geschleudert. Dann regneten Balken und Schutt auf mich. Alles war voller Flammen und Glut und Holz ..."

Zenay schwieg, drückte sich an ihn und schluckte, um die Tränen zu unterdrücken. Sie brauchte eine Weile, bis sie wieder sprechen konnte.

„Ich war im Wald, deshalb haben sie mich nicht gefunden. Ich war auf der Lichtung, deiner Lichtung, und bin eingeschlafen. Es ist alles meine Schuld, Tarek. Ich ... ich habe dich angelogen! Ich wollte nur weg, weil ich solche Angst davor hatte, ins Dorf zurückzukehren. Ich konnte mich nicht den Leuten stellen. Falkir wurde meinetwegen von dem Monster im See getötet ... Ich wollte nicht zurück zu dem Hass und dem Streit ... Ich bin erst durch den Lärm im Dorf aufgewacht, und ich dachte zunächst, es sei wegen Falkir. Alles brannte, und Shetan meinte, er hätte dich nicht retten können ... Er sah schrecklich aus. Er glaubte, dich verloren zu haben."

Jetzt war es Tarek, der schwieg, dann drehte er sich auf die Seite und küsste sie lange und innig. „Danke", murmelte er und küsste sie erneut. „Du hast mir das Leben gerettet."

Zenay strich ihm im Dunkeln mit den Fingern zärtlich über die Schläfe. „Ich hatte solche Angst ... Als ich dich aus dem Feuer zog, hast du kaum noch geatmet. Deine Rippen waren gebrochen. Ich glaube, die Explosion hat dich gegen die Wand geschleudert."

„Ich kann mich nicht erinnern. Das erklärt zumindest, warum mein Brustkorb immer noch schmerzt."

„Ich habe dich so gut es ging geheilt. Die Knochen sind wieder ganz, aber du hast sicherlich noch Quetschungen und einen großen Bluterguss. Das konnte ich nicht alles schaffen. Da erschienen mir die Verbrennungen wichtiger."

„Du hast das toll gemacht. Dank dir wird sicherlich kein großer Schaden zurückbleiben."

„Okay."

Tarek schmunzelte. „Das Wort hast du schon eine Weile nicht mehr benutzt."

Sie schmiegte sich in seinen Arm, dankbar, dass er ihr nicht die Schuld gab.

Er drehte sich zu ihr, sein Gesicht ganz nah an ihrem. Seine Lippen drückten sich sanft gegen ihre, und in seinem zarten Kuss lag all die Dankbarkeit dafür, dass sie beide am Leben waren. Sie strich ihm über die Wange, bis sein Atem regelmäßiger wurde und sie wusste, dass er eingeschlafen war.

Trotz ihrer Erschöpfung lag sie noch lange wach und lauschte auf die Geräusche der Morgendämmerung, auf die seltener werdenden Rufe und Geräusche des Brandes.

Es war stiller geworden im Dorf. Stiller und kälter.

«✝»

Kalana und Asur sahen sich lange an, bevor sie zu erzählen begannen. Kalana berichtete schließlich, sie seien wohl von einer älteren Nachbarin verraten worden. Zumindest war sie eines Tages plötzliches verschwunden, und direkt danach kamen die Ratken in den Laden. Sie schlugen alles kurz und klein und fanden einen Brief, der ihnen als Beweis genügte. Das Haus brannte schon lichterloh, als ihnen Säcke über die Köpfe gezogen und sie abtransportiert wurden.

„Wir ... wir haben eine lange Zeit hinter uns, die von Hunger, Kälte, Angst und Schmerz erfüllt war", seufzte Kalana und spürte, wie ihr bei der Erinnerung daran der kalte Schweiß ausbrach. Schließlich zog sie den Stoff ihres Ärmels zurück und zeigte Martyom die Narben auf ihrem Arm. „Sie kamen immer wieder und fragten mich über die Phiruin aus, aber ich konnte ihnen nichts sagen. Ich wollte auch nicht – und ich wusste ohnehin kaum etwas. Sie müssen wohl viele wie mich im Gefängnis haben, denn sie machten sich nie die Mühe, mich zu sehr zu foltern. Vielleicht gingen sie davon aus, wir würden alle irgendwann zermürbt aufgeben."

Sie verstummte, wollte nicht zugeben, dass sie wirklich kurz davor gewesen war, einfach Geschichten zu erfinden, um irgendwie aus dieser Hölle zu entkommen. Nur weg von dem Leid, den kranken Gefangenen und den Schmerzen, dem fauligen Essen und der Erniedrigung. Die Hoffnungslosigkeit hatte sie beinahe um den Verstand gebracht; dazu gesellte sich die Angst, sich mit einer der seltsamen Krankheiten anzustecken, die im Gefängnis wie Schatten durch die Korridore zu schleichen schienen.

In die Stille fiel plötzlich Asur ein. „Ich weiß auch nicht, wie viele Tage und Wochen vergangen sind. Es war immer dunkel, und ich hatte die ganze Zeit Angst, dass ich Kalana und die beiden hier", er zeigte mit einem Lächeln auf seine Söhne, „nie wiedersehen würde. Ich dachte mir einen lachhaften Plan für meine Flucht aus. Diese Ohnmacht war nicht mehr zu ertragen. Und irgendwann bot sich mir die Gelegenheit. Ich konnte die Wachen niederschlagen und in meiner Zelle einschließen. Danach irrte ich orientierungslos durch die Gänge und wäre mit Sicherheit getötet worden, wenn ich nicht dem vermutlich einzigen Ratken begegnet wäre, der mich nicht sofort niederschlug, sondern in seine Pläne einbezog."

„Was für ein Ratke?", unterbrach ihn Martyom sofort.

„Er nannte sich Tunez und sagte, er gehöre auch zum Widerstand. Er schleifte mich in einen Sicherheitstrakt, zu diesen schrecklichen Schächten. Ich ließ ihn mit einem Käfig hinunter, und er brachte ein Mädchen herauf. Wir versteckten es, und dann befreite Tunez meine Familie."

Kalana konnte deutlich sehen, wie Martyom bei Asurs Worten die Luft anhielt. Der Name des Ratken schien etwas zu bestätigen.

„Und was ist dann passiert?"

„Tunez heilte das Mädchen mit einem Bilur und brachte uns zu einem geheimen Gang, aber wir wurden verfolgt und er blieb zurück. Ich weiß nicht, was mit ihm geschehen ist. Wir gingen durch die Höhle bis zum Ausgang mitten in den Klippen und entflohen so dem Gefängnis."

Einen Moment schwiegen alle, bevor Martyom vernehmbar ausatmete.

„Ist euch eigentlich klar, was ihr da miterleben konntet?"

Kalana und Asur wechselten einen unsicheren Blick, aber ihr Schweigen war Antwort genug.

Martyom lachte grimmig auf und jagte Kalana damit einen Schauer den Rücken hinab.

„Ihr habt den für die Phiruin möglicherweise wichtigsten Menschen getroffen. Ihr habt die Befreiung einer jungen Frau miterlebt, die die Auserwählte sein könnte! Die Phiruin suchen schon die ganze Zeit nach euch!"

Anak ächzte, und sein Bruder riss die Augen auf.

„Was? WAS?"

„Warum nach uns?"

„Sie ist verschwunden. Tunez gibt sich die Schuld dafür, er konnte nie klären, was mit euch und dem Mädchen passiert ist."

„Aber das stimmt nicht. Der andere Ratke … wie hieß er noch? Kamurr?"

„Nein, Kamirr!", korrigierte ihn Kian.

„Genau. Er kam und holte das Mädchen! Wir gingen zusammen in die Sümpfe, er hatte einen Bilur bei sich und brachte das Mädchen damit weg. Es schien alles nach Plan zu laufen."

„Er ist nie mit ihr angekommen. Wir haben ihn nie wieder gesehen, und sie ist seitdem verschwunden. Wir vermuten, dass etwas schiefgelaufen ist, denn die Alternative ist zu grauenvoll."

„Und die wäre?"

„Dass Kamirr ein Verräter war."

„Würde er sie dann nicht wieder an Zayda ausliefern?"

„Wir wissen es nicht. Die Königin lässt weiter nach ihr suchen. Sie ist also noch immer verschwunden."

„Aber Tunez … und Kamirr, sie hatten ihr beide gesagt, wie wichtig es ist, dass sie zu den Phiruin kommt. Wir wussten nicht, warum, aber sie müsste es doch mittlerweile wissen."

„Außer sie ist tot", murmelte Anak leise und klang unbeschreiblich müde dabei.

Martyom schüttelte vehement den Kopf. „Unsere einzige Hoffnung ist, dass sie noch lebt und sich irgendwo versteckt hält. Wenn sie wieder in die Hände der Königin fällt, sind wir alle verloren."

# Albträume

Zenay fiel. Ihre Gefühle und Gedanken, ihr ganzes Bewusstsein – alles stürzte in dunkle Tiefen. Zuerst war alles ruhig und kühl wie Wasser. Dann wurde es wärmer, die frische Kühle verwandelte sich bald in eine brodelnde Hitze, die immer trockener und beißender wurde.

Sie fiel weiter und weiter durch tiefe Schwärze, bis unter ihr ein rotes Glimmen auftauchte, das rasch an Intensität gewann.

Und dann folgte der Aufprall. Zenay spürte die Hitze jetzt auf ihrer Haut, Funken stoben um sie auf, wirbelten wie ein glühender Vorhang. Erst als der Sturm vorbei war, konnte sie ihre Umgebung erkennen.

Flammen leckten über Mauern. Balken knackten, die Decke des Gangs bog sich gefährlich nach unten. Sie rappelte sich auf und machte gerade noch rechtzeitig einen Sprung nach vorn, ehe die Balken nachgaben und der Gang hinter ihr zusammenbrach.

Steine und Holz ergossen sich aus dem Loch in der Decke und verschütteten den Durchgang. Eine Aschewolke rollte durch den engen Raum und trieb Zenay vor sich her, weiter den Tunnel entlang.

Es brannte, aber dies war nicht Ornanung … Sie … war in einer Festung, wusste aber nicht, warum sie das auf einmal so sicher sagen konnte.

Über ihr donnerte es, als würde ein ganzer Turm zusammenbrechen; der Boden erzitterte.

Dann holte der Rauch sie ein, umhüllte sie, nahm ihr die Sicht. Sie stolperte, blieb unsicher stehen und kniff die Augen zusammen.

Heißer, stickiger Wind zerrte an ihrer Kleidung, ihren Haaren und klang dann urplötzlich ab. Einen Moment stand alles still, dann quoll dunkler Schlamm zwischen den Ritzen des Steinbodens hervor. Er stieg in die Höhe, zuckte und streckte kleine Fäden nach ihr aus. Die schwarze Materie wuchs, und in Sekundenschnelle bildete sich ein wabernder, schwebender Körper. Lange Fangarme traten hervor, die zuckend zum Leben erwachten und plötzlich wild um sich schlugen.

Das Wesen schien aus einer Mischung aus Pech und nachtschwarzen Gewitterwolken zu bestehen. Ein Daroc! Eine Ansammlung aus schwarzer Magie, mit eigenem Willen und einem ständigen Hunger nach mehr Energie ... wie in dem See, als es sie gepackt hatte und ertränken wollte.

Direkt hinter der schleimigen Wolke gaben die Balken nach, stürzten krachend in sich zusammen und verschlossen damit den einzigen Ausweg. Glühende Brocken und Holzsplitter ergossen sich in den Tunnel und schoben sich unter das wabernde Monster. Sie waren zusammen in dem Gang gefangen, von Flammen und Rauch umgeben.

Der Daroc schlug erneut um sich und schleuderte ihr mit seinen schwarzen Tentakeln brennenden Schutt entgegen.

Zenay wich zurück, stieß gegen einen Balken, der knackte und sich bedrohlich bog. Dann hatten die Arme sie erreicht und packten zu.

Schmerz zuckte über ihre Haut, als sich die brodelnd schwarze Masse des Monsters um sie wickelte. Seine Auswüchse schienen aus kochendem Pech zu bestehen, wurden immer heißer und gingen dann blasenschlagend in Flammen auf.

Zenay versuchte zu schreien, fand aber keine Luft zum Atmen. Da war nur Hitze, so dick und undurchdringlich wie dunkles Wasser, das ihren Mund füllte und sie ersticken würde.

Sie sträubte sich, wollte fort und atmen. Als ihre Lunge zu bersten drohte, ließ das Monstrum unvermittelt von ihr ab, und sie torkelte nach hinten.

Die Fangarme fielen schlaff zu Boden, kringelten sich, zuckten wie unter Qualen und lagen dann still. Blasen schlugen weiter aus ihnen heraus, als sie dampfend zu stinkendem Schlamm zerflossen.

Auch der Körper sackte zu Boden und zerfiel zu einer blubbernden Masse. Zenay stand mitten in den Flammen und konnte nicht fassen, was passierte und warum das Monstrum von ihr abgelassen hatte.

Dann bewegte sich die schwarze Masse, und eine Form wurde darin erkennbar. Aus der Pfütze erhob sich eine Gestalt, bedeckt von schwarzem Schleim.

Sie wusste, dass es Falkir war. Das Monster hatte ihn verschlungen, ihn in sich getragen. Aber er war tot. Er musste tot sein.

Zenay erzitterte und konnte sich nicht mehr rühren. Die Flammen, der ganze Brand, alles war auf einmal unwichtig und verschwamm vor ihren Augen. Nur noch Falkir war klar und deutlich zu sehen. Der junge

Jäger richtete sich auf, die schwarze Masse löste sich, tropfte von ihm ab und gab ihn preis.

Aber das war nicht mehr Falkir. Zenays Herz raste, das wilde Hämmern wurde immer lauter, übertönte das Knistern des Brandes und hielt mit einem Schlag an.

Sie starrte in das Gesicht, das keines mehr war. Sie sah Knochen, verbranntes, verwestes Fleisch und zwei schwarze Höhlen, wo Augen hätten sein müssen.

Dennoch starrte er zurück. Zenay wurde schlecht. Als er einen Arm hob und anklagend den Finger auf sie richtete, spürte sie nichts als blanken Horror.

Und dann Erleichterung, als die Schwärze sie wieder verschlang.

«✝»

Zenay fuhr keuchend aus dem Schlaf und starrte in der Dunkelheit in Malaks Gesicht. Er keuchte mindestens genauso, während er sie am Kragen packte und hochhievte.

„Aufwachen! Los, aufwachen! Mein Vater ist hier! Mit Fackeln und anderen Leuten! Ihr müsst weg!"

„Wa–was?", fragte sie verwirrt und ächzte leise, als er sie schüttelte.

Ihr Herz pochte noch immer so heftig, dass sie das Gefühl hatte, alle Adern in ihrem Körper müssten zerspringen.

Sie hatte keine Zeit, sich von dem Traum zu erholen und zu verstehen, was ihr Kopf ihr damit sagen wollte, denn Malak stellte sie schon auf ihre Beine.

„Feradun, verdammt! Er ist gleich hier!"

Tarek rappelte sich mit einem Fluch neben ihr auf, Heu hing als helle Striche überall an seiner Kleidung.

Einen Moment herrschte Stille, nur von ihrem Atem gestört – dann erklangen von draußen Gebrüll und Poltern.

„Bei den Hütern!", rief Tarek und sah sich hektisch im dunklen Raum um. „Wo sind die Pferde?"

„Auf der Weide."

„Sina, hol dein Schwert!"

Zenay schluckte und tasteten sich dann mit einem Nicken zu dem Versteck.

Sie wühlte das Stroh beiseite, bis die Scheide ihres Kristallschwerts als heller Schemen zum Vorschein kam. Sie zog die Waffe hervor und dachte einen kurzen Moment darüber nach, sie mit Magie verschwinden zu lassen, um einen Vorteil gegen ihre Feinde zu haben.

Dann stockte sie und erzitterte. Das waren keine Ratken! Sie durfte sie nicht verletzen.

„Ist noch irgendwas da?", unterbrach Tarek ihre Gedanken.

„Ein Messer."

„Gib es mir", befahl er.

„D–das ist doch nicht dein Ernst, oder?"

Malak schnaubte. „Mein Vater meint es sehr ernst."

„Aber er ist dein Vater, wir können doch nicht …"

„Wo denkst du hin? Wir wollen die Sachen nur mitnehmen."

Zenay zitterte jetzt. Ihr Traum hing ihr noch immer nach. Sie gürtete sich mit bebenden Fingern das Schwert um und machte dann einen Schritt zum Stalltor.

„Nein! Nicht da raus. Die warten nur darauf."

Tarek stolperte zum hinteren Teil des Stalls, zu Malees Ecke. Dort ruckelte er an einem Brett, bis er es lösen konnte, und warf es ins Heu.

„Komm schon!", zischte er und zwängte sich durch das Loch. Zenay warf einen kurzen Blick zu Malak, dann folgte sie ihrem Freund. Sie blieb am Holz hängen, befreite sich aber sofort und ignorierte das Reißen des Stoffs.

Die Luft draußen war kühl. Die Ruhe der fortgeschrittenen Nacht lag auf der Wiese. Nicht mal die Vögel zwitscherten, und sanfter Nebel hing über der Wiese.

Malak kletterte ebenfalls durch die Lücke in der Rückwand – und genau in diesem Moment krachte die Stalltür auf der anderen Seite auf.

„Weg hier", flüsterte Tarek und deutete auf die Felder und den dahinterliegenden düsteren Wald.

Sie schlichen im Sichtschutz des Stalls über das schmale Stück Koppel zur Hecke, stiegen zwischen den Hölzern des Gatters hindurch und kauerten sich in den Schatten.

Im Inneren des Holzbaus ertönten jetzt wütende Stimmen und ein Krachen. Es klang, als würde etwas zerschlagen, dann wurden die Stimmen wieder leiser.

Stattdessen hörten sie ein Knistern, das schnell lauter wurde.

Aus den Ritzen der Stallwand flackerte gelbes Licht, Qualm stieg auf. Tränen liefen Zenay über die Wangen, als sie in den dunkelblauen Himmel starrte, wo am Horizont gerade der erste hellere Schimmer zu erahnen war.

„Wies...", setzte sie an, brach dann aber ab. Es war eine unnötige Frage.

Malak neben ihr zischte einen Fluch.

„Dieser starrköpfige Idiot! Das bringt Eidara auch nicht zurück."

„Aber es gibt ihm ein wenig Befriedigung", meinte Tarek bitter.

„Dieser sture Bock wird erst zufrieden sein, wenn ..."

„Malak, sei jetzt still!"

Verzweiflung und Angst packten Zenay, als die Flammen aus dem Dach des Stalls schlugen.

„Wo ist Shetan? W–wo sollen wir d–denn jetzt hin?", fragte sie und konnte das heftige Zittern in ihrer Stimme nicht verbergen.

„Shetan ist bei Jesco. Dort ist er sicher", sagte Tarek.

„Glaubst du wirklich?", zweifelte sie mit einem Nicken zum Stall. „Er scheint völlig von Sinnen zu sein."

„Feradun wird es nicht wagen, in Conroys Haus einzudringen! Und wir ... nun. Ich hätte auf dich hören sollen, Sina", gestand Tarek ein.

Sie schwiegen alle.

„Mir fällt nichts ein", meinte Malak und ließ den Kopf hängen. „Auf eine Lichtung vielleicht?"

„Wir brauchen Schutz. Nein, ich ... ich habe eine andere Idee. Wir gehen zu Kajols Hof."

Malak schien sich an seiner eigenen Spucke zu verschlucken. Er hustete, und Tarek warf ihm einen merkwürdigen Blick zu.

„B–bist du dir sicher?"

„Ja. Bin ich. Gehen wir."

Zenay starrte die beiden verwirrt an, fragte aber nicht nach. Ihre Augen wurden wie magisch von den Flammen angezogen, die immer heftiger aus dem Stall schlugen. Das laute Knacken und Knistern übertönte jetzt beinahe ihr Flüstern.

„Was ist mit den Pferden?", wandte Zenay dann ein.

„Mist!", fluchte Tarek und rieb sich kurz mit den Handflächen übers Gesicht. „Ich bin nicht richtig wach", murmelte er leise. Als sie ihn ansah, bemerkte sie den unterdrückten Schmerz in seinen Zügen.

„Ich hole sie", warf Malak ein. „Sie sind bestimmt vor dem Feuer weggerannt und stehen jetzt irgendwo vorne an der Koppel in der Nähe vom Bach. Mir tut Feradun nichts. Geht ihr zum Hof, ich treffe euch da, sobald ich kann. Vielleicht schaffe ich es auch, Vater etwas zu beruhigen."

„In Ordnung. Aber bitte, Malak, verrat ihm nichts."

„Ach was", meinte der Schmiedegeselle und grinste unsicher. Beim Anblick der erschrockenen Gesichter seiner Freunde seufzte er und strich sich die langen Strähnen aus dem Gesicht. „Ja, ich passe auf."

Damit ging er die Hecke entlang, ein Stück von ihnen weg und trat dann hinaus auf die Wiese.

Auch die großen Strohvorräte hinten im Stall schienen jetzt zu brennen. Flammen schlugen aus dem Holzdach und zogen Malaks Schatten lang. Er machte einen weiten Bogen um die Hitze und verschwand aus ihrem Blickfeld.

„Los, wir sollten weg", murmelte Tarek und zog sie mit sich, wobei er leise fluchte. Sie schlugen sich durch die Hecke, gingen am Feldrand entlang und ließen den Brand hinter sich.

„Alles, was ich anfasse, scheine ich zu verderben", murmelte Zenay mit einem letzten Blick durch das Gebüsch, dann zog Tarek sie weiter.

Sie schwiegen lange und versuchten, nicht über die Geschehnisse nachzudenken oder sich von ihrer Erschöpfung übermannen zu lassen. Zenay vermied es, die Brandruinen zu betrachten, während sie das Dorf umrundeten. Erst als sie an die Hügel gelangten, die für die Vieh– und Pferdezucht genutzt wurden, fand sie ihre Stimme wieder.

„Glaubst du wirklich, dass er uns bei sich unterkommen lässt?"

„Hm? Wen meinst du?"

„Kajol! Wir gehen doch zu seinem Hof? Wird er uns wirklich dort bleiben lassen?"

Tarek zuckte mit den Achseln und blieb ihr eine Antwort schuldig. Er wurde zusehends langsamer, sie konnte seine Schmerzen sehen, sagte dazu aber nichts. Tarek warf gelegentlich einen nervösen Blick in die Dämmerung hinter ihnen. Die ersten Umrisse von Bäumen wurden sichtbar, und die Vögel in den Hecken und im Wald setzten zu ihrem morgendlichen Konzert an, völlig unberührt vom Schicksal des Dorfes.

Zenay war zu erschöpft, um Magie in ihre Augen zu lenken und so mit der Konane nach möglichen Verfolgern zu suchen. Sie konnte ihre Energie nicht in den Augen konzentrieren und war froh, dass sie nicht alle zwei Schritte über ihre eigenen Füße stolperte, so bleischwer erschienen sie ihr.

So erreichten sie den still daliegenden Hof. Zenay hatte sofort den Eindruck, dass er verlassen war.

Tarek ging zielstrebig auf das Haupthaus zu und öffnete die Tür, ohne anzuklopfen. Zenay starrte ihn irritiert an.

„He, wieso gehst du einfach so rein?", flüsterte sie leise in den düsteren Flur, in dem er verschwunden war, und bekam keine Antwort.

Ihr war nicht wohl dabei, aber sie folgte ihm. Irgendwo drinnen erklang ein Geräusch von schabendem Metall, dann flackerte eine kleine Flamme auf. Tarek schloss die Laterne und hob sie höher.

Es lag sogar noch etwas Brot auf dem Tisch, aber es war trocken und hart.

„Wo ist Kajol?"

Tarek murmelte etwas, er sah nicht glücklich aus.

„Tarek, wo ist Kajol?", fragte sie fordernder.

„Er … ist nicht mehr da."

„Wo ist er? Er hat ja all seine Sachen hier gelassen!"

„Er verkauft seine Pferde, ist dafür nach Yoruba gereist, da bekommt er … bessere Preise."

„Aha." Zenay sah ihn an, doch er wich ihrem Blick aus. Etwas stimmte nicht, ganz und gar nicht. Aber sie war zu müde und verwirrt, um dem jetzt nachzugehen.

„Ich glaube nicht, dass er es mögen würde, wenn wir hier sind. Er war ja nicht gerade freundlich", meinte sie stattdessen.

„Er wird es nie erfahren, in Ordnung? Wir bleiben nicht lang hier, nur bis wir uns etwas erholt haben."

Zenay nickte nachdenklich, doch dann siegte die Erschöpfung. Tarek sah sich noch einmal um, dann verließen sie das Haus und gingen über den Hof. Der Himmel leuchtete jetzt schon kräftig blau, und ein unheimliches Zwielicht umgab das Gestüt und den Stall. Wie erwartet, stand darin kein einziges Pferd. Trotzdem kam es Zenay nicht richtig vor.

„Will er etwa alle Pferde verkaufen? Warum sollte er das tun?"

„Ich glaube, er will fortgehen."

„Aber ich dachte, seine Geschäfte liefen gut?"

Tarek zuckte mit den Achseln, hängte die Laterne an einen Haken und ließ sich ins Stroh sinken. Er seufzte, als er sich ausstreckte. Zenay legte sich kommentarlos neben ihn und starrte auf die kleine flackernde Kerzenflamme in der Laterne. Immer wieder horchte sie auf Geräusche, doch es kam niemand.

Irgendwann später bemerkte sie im Halbschlaf, dass jemand auf Zehenspitzen hereinkam und vier Pferde in den hinteren Teil des Stalls führte. Malaks Gesicht tauchte kurz in ihrem verschwommenen Sichtfeld auf, dann verschwand es wieder, und sie driftete zurück in wirre Träume.

«✝»

Als Zenay sich das nächste Mal langsam aus dem Schlaf kämpfte, wusste sie zuerst nicht, wo sie sich befand. Doch kaum spürte sie die Verbrennungen und den Muskelkater, kam ihr alles wieder in den Sinn.

Zuerst wollte sie es nicht wahrhaben, aber die Schmerzen und Erinnerungen ließen sie nicht mehr einschlafen, obwohl sie noch immer todmüde war.

So lauschte sie den Geräuschen im Stall, Tareks Atem neben sich, dem Rascheln einer Maus im Stroh – und plötzlich spürte sie, dass ein Blick auf ihr ruhte.

Sie fuhr hoch und starrte in Shetans aschfahles Gesicht.

„Wie viele?", fragte sie und sah in seine ernsten, blutunterlaufenen Augen. „Wie viele sind wegen mir gestorben, Shetan?"

„Niemand ist wegen dir gestorben", meinte er sanft, während Tarek sich neben ihr streckte und kurz das Gesicht verzog. Seine Brust schien immer noch zu schmerzen.

„Wie viele?", fragte sie erneut.

Er seufzte und schaute ihr nicht in die Augen, als er es sagte. „15 Männer und 10 Frauen, ein Junge und ein kleines Mädchen."

Übelkeit packte sie und ließ Kajols Stall schwanken. Sie spürte, wie sich ihre Kehle zuschnürte. So viele Menschen. Eine Weile versuchte sie nur, nicht an dem Kloß in ihrem Hals zu ersticken, während sich in ihrem Inneren Leid und Zorn einen erbitterten Kampf lieferten. Sie war schuld, dass diese Menschen ihr Leben verloren hatten. Sie brauchte lange, bevor sie eine Frage über die Lippen brachte.

„Warum so viele Frauen?"

Er zögerte und zuckte dann unbeholfen mit den Schultern; die Geste wirkte gestellt. „Wir haben nur drei gefunden, aber … es fehlen immer noch einige … es könnte sein, dass die Ratken sie mitgenommen haben …"

„Was? Du meinst, sie haben nicht nur Eidara verschleppt? Bitte sag mir, dass sie nicht alle braune Haare hatten …", flehte Zenay und zitterte jetzt noch stärker.

„Es sind viele Häuser eingestürzt … sie könnten auch verbrannt sein … keiner weiß es!"

Er schwieg kurz, und Zenay spürte, dass er einen weiteren Gedanken nicht aussprach.

Sie starrte ihn entsetzt an. „Du weißt es, oder? Du weißt, dass sie verschleppt wurden!"

Shetan blickte traurig zu Boden. „Ja, ich weiß es. Ich habe den Anführer der Krieger gesehen; es war kein Ratke, sondern ein Adlerauge."

„Was?", fragte Tarek und fuhr hoch. „Bist du sicher, Großvater?"

„Ich habe das rote Leuchten in seinen Augen gesehen."

„Was ist ein Adlerauge?", fragte Zenay dazwischen.

„Ein … ein Kopfgeldjäger, aus einem weit entfernten Gebiet Tyaruls. Es ist eine kleine Sippe, einige wenige Dörfer in den südlichen Bergen. Eine einsame, schroffe Gegend. Sie leben sehr abgeschieden und geben in ihren Familien eine Gabe weiter … die Fähigkeit, die Wahrheit zu sehen", erklärte Shetan und seufzte. „Es ist eine sehr spezielle, angeborene Magie."

„Warum sollte ein Kopfgeldjä…" Zenay stockte und schwieg dann. Die Antwort war zu offensichtlich.

„Ich habe keine Ahnung, weshalb ihm Krieger der Königin unterstellt wurden; ich dachte immer, die Adleraugen seien Einzelgänger. Aber als ich sah, dass die Ratken auf seinen Befehl hin die Frauen aus den Häusern zerrten …" Shetan stockte und schüttelte den Kopf. „Es war niemand mehr da, der sie hätte aufhalten können. Da habe ich das Einzige getan, was ich noch vermochte: Ich habe den Anführer magisch geblendet. Ich befürchte, dass er, weil er eben diese spezielle Fähigkeit hat, bald dahinterkommen wird … aber so hoffte ich, er würde nicht erkennen, dass du nicht dabei warst. Ich wollte verhindern, dass er direkt zurückkommt und dich am Ende findet. Danach ging ich Tarek suchen und bemerkte, dass er noch im brennenden Haus war …" Er brach ab, doch die Erleichterung in seinem Blick konnte sie nicht trösten.

Zenay schwieg und sah ihn mit Tränen in den Augen an. Sie konnte nicht verhindern, dass sich ihrer Kehle ein lautes Schluchzen entrang. „Wäre ich doch nur d–da gewesen! Ich hä–hätte ihn verjagt! Und all die Frauen wären nicht fort und bald t–tot."

Shetan sah sie sanft an, doch er schüttelte den Kopf. „Ich bin froh, dass du nicht da warst, Zenay. Es waren zu viele. Du wärst nicht gegen sie angekommen. Sie hatten ganz klar den Auftrag, dich einzufangen, und sie hatten Bilure! Sie hätten dich überwältigt!"

Tareks Hand ruhte auf ihrem Rücken, ein warmer, sanfter Anker. Sie schniefte und wischte sich über das Gesicht, bevor sie Shetan wieder ansah. Sie wusste, dass er genauso litt. Immerhin war er in einer ähnlichen Situation. Auch er war einmal ein großer Magier gewesen und hatte bei dem Angriff wehrlos zusehen müssen.

Shetan erwiderte ihren Blick und lächelte dann schwach. „Aber eine gute Sache kann ich dir berichten … es ist niemand unter den Toten, den du gut kanntest. Elaya und ihre Familie sind unversehrt … Bis auf Eidara … Jesco hast du ja getroffen, auch seine Eltern sind wohlauf. Asyra und Mokuba haben ihr Haus verloren."

„Und das soll es besser machen?", rief Zenay wütend. „Versuch nicht, etwas so Furchtbares herunterzuspielen, Shetan! Ich weiß, was passiert ist; ich habe die toten Ratken gesehen. Und ich habe die Blicke der Dorfleute gesehen. Mach mir nichts vor! Im Dorf werden mich alle dafür hassen, dass ich hier gelebt habe … dass ich eine Magierin bin. Sie sind alle meinetwegen gestorben. Ich hatte nicht einmal den Mut, mich ihnen wegen Falkir zu stellen. Ich bin abgehauen und eingeschlafen … Wie kann einem so etwas nur passieren? So etwas sollte nicht passieren! Es ist alles meine Schuld, sie sind wegen mir gestorben."

„Das ist nicht wahr … wir wissen es nicht sicher. Eigentlich war es schon viel zu lange friedlich um Ornanung. Es war nur eine Frage der Zeit …"

Sie wich seinem Blick aus. „Feradun ist da anderer Meinung."

„Er ist nur ein Einzelner mit ein paar Mitläufern."

Tarek schnaubte. „Er hat unseren Stall angezündet. In jeder anderen Situation käme er dafür vor Conroys Rat und würde bestraft."

„Aber seine Tochter ist verschwunden! Malak und Elaya haben ihre Schwester verloren! Was wird das Dorf tun, um sie wiederzufinden?", fragte Zenay lauter.

Shetan sah nicht glücklich aus. „Malak hat es dir sicher berichtet … die Ratken wurden verfolgt, aber nicht wieder gefunden. Um ehrlich zu sein, es war vielleicht besser so. Unsere Männer wären ihnen unterlegen gewesen und vielleicht auch noch alle getötet worden."

„Und wird es einen erneuten Versuch geben, sie zu befreien?"

„Niemand weiß, wo sie jetzt sind."

„Aber du weißt genau, *warum* sie entführt wurden! Die Ratken haben nach mir gesucht! Wer–werden sie die Frauen töten?"

Shetan sah sie flehend an. „Ich weiß es nicht! Sie sind fort, und ich kann dir keine Antworten geben!"

„Aber was soll ich jetzt tun? Was sollen wir jetzt tun? Wo werden wir leben? Wie soll ich damit weiterleben?", warf sie ihm eine verzweifelte Frage nach der anderen an den Kopf.

Er sprach erst nach einer Weile wieder. „Du wirst sehen, unser Dorf ist stark und hält zusammen."

„Das beantwortet meine Fragen nicht, Shetan. Ich … kann das alles nicht ertragen!", rief sie und zitterte stärker.

„Besinne dich. Jetzt ist nicht die Zeit für Selbstmitleid, wir müssen uns gegenseitig helfen und uns unterstützen." Shetan legte ihr eine Hand auf die Schulter und riss sie damit aus ihrer aufkeimenden Verzweiflung.

Sie zögerte, doch schließlich nickte sie mit einem Seufzen. „Ja, du hast recht."

Tarek streckte sich jetzt und streichelte erneut Zenays Rücken. Er hatte die Unterhaltung schweigend verfolgt.

„Wir sollten ins Dorf gehen und schauen, was wir tun können."

Als Zenay nickte, schnaubte Tarek nur.

„Du nicht. Das wird nur für Aufregung sorgen; es ist besser, wenn du dich nicht blicken lässt."

„Heißt das, ich darf nicht mehr nach Hause?"

„Unser Zuhause gibt es nicht mehr."

Zenay spürte, wie sich ihre Kehle bei seinem kalten Tonfall zuschnürte. Zuerst brachte sie nur ein kantiges Nicken zustande.

„G–gut. Dann bleibe ich hier. Aber muss ich mich jetzt die ganze Zeit im Stall verstecken?"

„Nein, natürlich nicht", antwortete Tarek, und sein Ton klang schon wieder etwas milder. Er massierte sich die Schläfen, bevor er kurz seufzte. „Es tut mir leid, ich bin furchtbar erschöpft."

„Tarek will damit sagen, dass es gerade viel im Dorf zu tun gibt, aber die Leute sich erst einmal wieder beruhigen müssen. Die Schäden müssen gesichtet und Geld zusammengetragen werden."

*Und die Toten müssen betrauert werden,* fügte Zenay im Stillen hinzu. Shetan warf ihr einen kurzen Blick zu, als hätte er ihren Gedanken genau gespürt.

Sie versuchte sich erfolglos in einem Lächeln, dann traten sie gemeinsam hinaus. Die Sonne stand schon hoch am Himmel, der von einem grauen Dunst verschleiert wurde. Zenay hatte eher Augen für ihren erbärmlichen Anblick. Sie stanken alle nach Rauch, ihre Kleidung war angesengt, voller schwarzer Striemen und Asche.

„Verdammt, es ist schon so spät!", fluchte Tarek und sah seinen Großvater tadelnd an.

„Wir waren alle fast die ganze Nacht wach. Ich dachte mir, ihr könntet etwas Ruhe vertragen."

Tarek gab ein unverständliches Grummeln als Antwort und ging voran.

Doch er knickte schon nach wenigen Schritten beinahe ein. Sein Gesicht verzog sich voller Schmerz, und er versuchte vergeblich, seine missliche Lage zu verbergen. Zenay sprang zu ihm und bewahrte ihn vor einem Sturz.

„Es geht dir nicht gut", stellte sie sorgenvoll fest, dabei konnte sie ihn aufgrund ihrer eigenen Schwäche kaum stützen.

„Ach was, es ist nichts."

„Lüg mich nicht an, Tarek! Ich kann es sehen!"

Er sträubte sich noch einen Moment, dann gab er nach, und sie half ihm, sich hinzusetzen und an die Stallwand zu lehnen. Shetan folgte ihnen schweigend.

Zenay betrachtete ihren Freund jetzt genauer und legte ihm dann ihre Hände an die Brust. Mithilfe ihrer Magie konnte sie nach einem Moment in ihn hineinblicken, als wäre sein Körper ein Teil von ihr.

Sie erkannte, dass der größte Schmerz von seinen Rippen ausstrahlte. Vielleicht hatte er sich im Schlaf viel bewegt, denn die gerade angeheilten Brüche waren in keinem guten Zustand und die Prellungen stark.

Auch wenn die wenigen Stunden im Stall nicht genügt hatten, um ihre magischen Reserven wieder vollständig zu erneuern, fühlte sie sich doch wieder kräftig genug, um ihm zu helfen. Sie konzentrierte sich, gab ihrer Magie die heilende Wirkung und schickte sie dann in Tareks Brust. Die silbernen Funken sanken in seine Haut ein und fanden ihr Ziel in den verletzten Rippen.

Tarek seufzte vernehmlich, als die Schmerzen nachließen.

Schon wollte Zenay ihre Hände von seiner Brust nehmen, da strahlte jedoch eine neue Quelle von Schmerz in ihrem Bewusstsein auf. Sie zuckte überrascht zusammen, als sich eine starke Verbrennung an seinem Bein in ihre Aufmerksamkeit drängte.

Schuldgefühle machten sich in ihr breit. Tarek hatte die ganze Nacht mit dieser Wunde ausgehalten, ohne sich zu beschweren, und sie hatte nichts davon bemerkt. Auch nicht, als sie ihn auf dem Dorfplatz geheilt hatte.

„Warum hast du nichts gesagt?", fragte sie ihn. Er schien zu wissen, dass sie seine Wunde entdeckt hatte.

„Es war nicht so schlimm. Ich habe etwas von Mokubas Salbe darauf getan. Andere hatten deine Hilfe nötiger."

„Du wärst beinahe gestorben! Asyra würde dich schelten dafür, dass du nichts gesagt hast. So etwas kann sich rasch entzünden!"

Ohne seine Antwort abzuwarten, legte sie ihre Hände ganz vorsichtig auf sein Bein und sandte eine weitere Welle heilender Energie durch seinen Körper.

Die Magie fand die Brandwunde, drang in sie ein und linderte die Schmerzen in Zenays wie auch in Tareks Geist.

Nach wenigen Atemzügen hatte sich die nässende rote Wunde unter dem verkohlten Stoff geschlossen, und die beginnende Entzündung war hinausgetrieben.

Trotz ihrer Erschöpfung und eines leichten Schwindels erhob sie sich und half Tarek wieder auf die Beine.

Einen Moment schwiegen sie alle betreten, ehe sich Shetan räusperte. „Wir müssen jetzt wirklich los, Tarek."

„Kann ich nicht doch irgendwie helfen?", fragte Zenay und fühlte sich so nutzlos. Die Vorstellung, ganz allein auf dem fremden Hof zurückzubleiben, war ihr nicht geheuer.

„Nein, kannst du nicht. Ich … habe unangenehme Arbeit zu verrichten."

Sie spürte, wie sehr er sich auf einmal quälte. „Was für Arbeit?"

„Hast du dich nicht manchmal gefragt, warum du genau bei uns in dem Verschlag im Garten aufgewacht bist?"

Zenay runzelte die Stirn und dachte daran zurück. Es war eine ihrer ersten Erinnerungen an ihr Leben hier in Ornanung – dabei war sie als Tote hergebracht worden, um von Tarek auf dem Dorffriedhof begraben zu werden. Da verstand sie. „Oh … oh Gott! Du musst all die Gräber ausheben?!" Ihre Kehle schnürte sich zu.

„Ich muss es nicht allein machen, keine Sorge."

„Aber es geht dir nicht gut! Du bist noch schwach, kann das nicht jemand anderes …"

„Nein. Es ist eine meiner Aufgaben hier im Dorf, und wir müssen die Gräber vorbereiten. Die Leute müssen ihre Toten betrauern und beerdigen können."

Zenay nickte widerstrebend und wollte am liebsten weglaufen. Die Vorstellung, dass Tarek Gräber ausheben und dann seine Freunde und Bekannten bestatten musste, war fast unerträglich.

„Aber damit ist es noch nicht vorbei, oder?", fragte sie und spürte, wie sie immer blasser wurde. „Die Ratken müssen ja schließlich auch begraben werden, nicht wahr?"

Tarek neigte den Kopf. „Wir können sie ja schlecht auf dem Dorfplatz liegen lassen, bis die nächsten Krieger vorbeikommen. Ich … um ehrlich zu sein, weiß ich nicht, wie man mit so einer Situation umgeht."

Normalerweise müssten wir den Zusammenstoß melden, aber das werden sicherlich die überlebenden Ratken machen. Und ob sie dann kommen, um ihre Toten zu holen? Oder eher, um …"

„Den Rest von uns zu holen?", beendete Zenay seinen Satz und sah, wie er ihn im Stillen bejahte.

„Ich muss jetzt los. Tut mir leid."

Zenay wusste ohnehin nicht, was sie noch hätte sagen sollen. Ein Teil von ihr war kurz davor, zusammenzubrechen und loszuheulen, ein anderer Teil wollte schreien und einfach nur sehr weit weg.

Aber hier allein zu bleiben machte ihr zusehends mehr Angst. Was, wenn die Ratken wiederkämen?

Tareks betrübtem Gesichtsausdruck nach hatte er allerdings ganz andere Sorgen. Sie wollte ihn nicht noch mehr belasten.

Also bogen sie gemeinsam um die Ecke des Stalls, wo Malak stand, einer Statue gleich, mit dunklen Ringen unter den Augen und hohlem Blick.

Bei seinem Anblick wagte Zenay nicht, ihn zu fragen, wie es ihm ging. Sie verabschiedete sich und ließ die drei widerwillig ziehen.

Mit einem mulmigen Gefühl zog sie sich in den Stall zurück und versuchte, noch etwas Schlaf zu finden.

Wenig später hörte sie draußen Schritte, die ihre Ruhe störten.

*Sind sie schon wieder zurück? Nein, das muss ein Fremder sein*, kam es ihr in den Sinn, und sie ermahnte sich, ihrer Intuition zu vertrauen.

Vorsichtig streckte sie den Kopf zum Stalltor hinaus. Es war keiner ihrer Freunde, sondern ein großer muskelbepackter Mann in einem schweren Lederschurz. Jonalan.

Zuerst wollte Zenay fliehen, aber er wirkte nicht so, als wolle er sie angreifen.

Der Schmied hielt ein schweres Paket in seinen Händen, das er auf die Holzbank vor dem Stall legte. Ihr Blick wanderte über seine rußverschmierte Kleidung. Sie war sich ziemlich sicher, dass die Schwärze nicht von der Schmiedearbeit herrührte.

Jonalan lächelte erstaunlich schüchtern, als er das Leder aufschlug und ihr den Inhalt hinstreckte.

„Es ist ein Kettenhemd, Magierin. Ich hatte es schon eine Weile versteckt und für dich enger gemacht, nachdem du diesen blutrünstigen

Keiler auf dem Dorfplatz getötet hattest. Der kleine Junge, dem du das Leben gerettet hast – das ist mein Sohn Mik. Ich schulde dir viel mehr als nur diese Rüstung."

Zenay war so gerührt, dass sie ganz vergaß, das schwere Kettenhemd entgegenzunehmen.

„Ich ... Danke!"

„Hier, nimm es. Ich habe es an deine Größe und Statur angepasst. Die kleine Elaya hat mir ihre Maße gegeben, die sollten auch für dich passend sein. Ich habe es so leicht wie möglich gemacht, ohne dass die Qualität leidet."

Vorsichtig nahm Zenay das Hemd aus Ringen entgegen und hielt es hoch. Es war schwerer, als es aussah.

Zenay konnte sich gar nicht vorstellen, wie lange er dafür gebraucht haben musste ... Sie war so fasziniert, dass sie seinen forschenden Blick gar nicht mehr bemerkte.

Jonalan half ihr, die Rüstung überzuziehen. Man konnte das Hemd an den Seiten mit Lederriemen zusammenziehen – es passte wie angegossen. Jetzt, da sich das Metall an ihren Körper schmiegte, wirkte es etwas leichter und weniger steif, als es sich noch in ihren Händen angefühlt hatte.

Sie wusste, dass seine Geste einigen Leuten nicht gefallen würde, aber das schien ihm egal. Er lächelte hoffnungsvoll und verabschiedete sich mit einem ergebenen Nicken von ihr, als er den Hof wieder verließ.

«✝»

Zenay hatte das Kettenhemd unter einigem Aufwand wieder abgestreift und starrte nun auf das geölte Metall, das neben ihr auf der Bank lag. Die Sonne stand bereits schräg am Himmel, während die Sommerhitze gerade ihren Höhepunkt erreichte.

Schritte rissen sie aus ihrer Lethargie. Im ersten Moment wollte sie aufspringen und sich verstecken, doch dann wurde ihr klar, dass die Schritte zu leicht klangen, um von einem Krieger zu stammen.

*Dafür, dass wir uns hier verstecken, ist der Hof doch erstaunlich gut besucht,* dachte sie und setzte ein Lächeln auf, als Elaya zum Stall kam.

Sie brachte eine Tasche mit Sachen, die sie wortlos in den Stall legte.

Ihre Augen waren gerötet. Einen Moment lang dachte Zenay, dass ihre Freundin einfach wieder gehen würde. Stattdessen setzte Elaya sich neben sie auf die Bank und warf einen Blick auf das Kettenhemd. Ohne ein Wort darüber zu verlieren, starrte sie anschließend auf den verlassenen Hof.

„Schon verrückt, oder?", fing Elaya an, und Zenay wartete, bis sie erklären würde, wovon sie sprach.

„Ich habe Kajol nie leiden können. Das Verrückte ist, jetzt da er fort ist, kann ich nicht mehr sicher sagen, ob es seine Art war, die ich nicht mochte. Oder ob es daran lag, dass er so gute Pferde züchtete – oder ob ich einfach nur die Wut meines Vaters übernommen habe. Ich glaube, er hat mir und meinen Geschwistern ziemlich oft gesagt, was wir zu denken und nicht zu denken haben."

Sie schwieg einen Moment und starrte in die Sonne, die sich langsam orange färbte, während sie durch diesige Rauchschwaden wanderte.

„Und jetzt, da mir das aufgefallen ist, weiß ich nicht mehr, was ich denken soll. Was ich von ihm halten soll."

„Du redest nicht mehr von Kajol, oder?", fragte Zenay vorsichtig.

Elaya schnaubte. „Nein. Weißt du, ich bin unheimlich wütend wegen Eidara ... dass sie fort ist, meine ich. Aber ich kann das Geschrei von meinem Vater nicht mehr ertragen. Wenn ich ihn jammern und fluchen höre, habe ich Lust, ihn zu schlagen. Er hat mich, Malak und auch Eidara verraten, als er sich feige versteckt hat, anstatt uns zu helfen. Da nützt es ihm auch nichts mehr, große Töne zu spucken, nachdem die Gefahr vorüber ist."

Zenay lief bei ihrem Tonfall ein Schauer über den Rücken.

„Malak und ich werden heute Nacht auch hier schlafen."

Ehe Zenay etwas darauf erwidern konnte, stand Elaya seufzend auf. „Na ja, das wollte ich dir nur sagen, damit du später nicht erschrickst, wenn wir hier auftauchen. Ich gehe jetzt wieder ins Dorf, die benötigen jede helfende Hand."

„Nur meine nicht."

Elaya warf ihr einen tadelnden Blick zu. „Du solltest dich erholen, vielleicht brauchen sie doch schneller eine Magierin, als sie glauben. Aber im Moment hilfst du wohl am besten, indem du wegbleibst ... tut mir leid."

# Entscheidungen

Abends entflammte am Horizont ein glühendes Abendrot, als wollte der Himmel die Ereignisse im Dorf widerspiegeln.

Zenay saß noch immer reglos auf der Bank, bis ihr Rücken schmerzte und ihre Beine ganz steif waren. Ihr Körper fühlte sich um Jahre gealtert an, ihre Knochen erschienen ihr schwer und müde.

Der Himmel färbte sich blutrot, dann wurde es immer dunkler. Grillen zirpten auf den leeren Koppeln und gaben ein regelrechtes Konzert.

Immer wieder gingen ihr die Worte ihrer Freunde durch den Kopf. Natürlich wollten sie sie beschützen, aber weshalb pochten alle so vehement darauf, dass sie auf keinen Fall mehr ins Dorf sollte? Es war doch eigentlich selbstverständlich, dass sie sich von dort fernhalten würde, warum es so oft wiederholen?

Das ungute Gefühl in ihrem Magen wuchs an, bis sie aufsprang und sich nicht mehr beherrschen konnte.

Sie zog sich den Mantel über und schlich los, während die Dämmerung ihren Weg erleichterte.

Qualm hing noch immer als grauer Nebel über dem Dorf. Es war windstill, weiße Asche hatte sich wie Schnee auf alles gelegt.

Sie spürte den Hass, die Wut und die Trauer, die über dem Ort schwebten. Es war wie ein dunkler Schatten in ihrem Rücken, dennoch blieb sie nicht weg und leitete stattdessen unter Mühe etwas Magie zu ihren Augen. Die Energie legte sich über ihre Pupillen und erhellte die Umgebung.

Zenays Blick fiel auf das verwüstete Dorf.

Rund um den Platz standen nur noch zwei unversehrte Häuser: das Gasthaus, neben dem nur noch eine hohe Wand des Nachbargebäudes aufragte, und das Haus von Conroys Familie. Andere waren ausgebrannte Ruinen, verkohlte Skelette aus Wänden. Einige Häuser waren vollkommen eingestürzt.

Zenay wankte beim Anblick der Toten, die am Rand des Platzes aufgereiht waren, ihre Körper verborgen unter Tüchern. Daneben lagen unbedeckt einige große Gestalten in dunklen Rüstungen. Ratken.

Schwarze Kreise bildeten sich in ihrem Blickfeld, dann brach sie die Magie ab, und befreiende Düsternis nahm ihr die Sicht von den Toten.

Stattdessen konnte sie den Schutthaufen von Shetans Haus als dunkle Silhouette erspähen.

Mit regungsloser Miene lief sie auf die Ruinen zu, die von ihrem Leben noch übrig waren. Die Wiese war übersät mit Steinen und geschwärzten Lehmbrocken der Hauswände, dazwischen lagen überall schwarze Holzstücke.

Sie kletterte über verkohlte Bretter zu dem Platz, der einmal ihr Zimmer gewesen sein musste. Kein Möbelstück hatte den Zusammensturz des Hauses überstanden. Ihr Bett war nur noch ein Aschehaufen unter den schwarzen Balken des oberen Stockwerks. Vom Schrank war nichts mehr zu erkennen, unter Schutt begraben. Ihre Kleider waren vermutlich zerstört; es würde sich nicht lohnen, danach zu graben.

Auf einmal wusste sie nicht mehr weiter. Angst und Verzweiflung schlugen über ihr zusammen wie ein tosender Sturm.

Von ihrem alten Leben, bevor man sie hierher nach Ornanung gebracht hatte, waren nicht mehr als ein paar Erinnerungsfetzen übrig.

Und von ihrem jetzigen Leben? Nur noch ein verbrannter Trümmerhaufen.

Sie trat gegen eines der schwarzen Bretter am Boden, das unter dem Stoß in sich zusammenfiel, und ließ sich auf einen verkohlten Balkenstumpf sinken. Ihr Inneres fühlte sich leer an, ausgehöhlt und kalt.

Warum war sie hergekommen? Was versprach sie sich davon, in diesem Schutthaufen zu sitzen und zu riskieren, dass Feradun wieder mit einer Axt auf sie losging?

*Vielleicht hoffst du, dass er kommt und dich bestraft ...,* flüsterte eine hämische Stimme in ihr, und sie versuchte, an etwas anderes zu denken. Er würde sie in der Dunkelheit in dieser Ruine sowieso nicht sehen. Und selbst wenn, sie konnte sich an einen anderen Ort teleportieren, wenn sie wollte.

*Aber er hat recht. Die Ratken wären nicht gekommen, wärst du nicht hier.*

*Und sie werden wieder kommen ...* wurde Zenay plötzlich klar. Entsetzen machte sich in ihrem Herzen breit. *Das darf nicht geschehen! Aber was soll ich tun? Wie konnte ich nur glauben, dass ich hier sicher wäre? Wie konnte ich nur glauben, dass Zayda mich nicht finden würde? Ich muss fort!*

Eine Person, die über den Dorfplatz lief, erregte plötzlich ihre Aufmerksamkeit. Es war Tarek, der sie aber zwischen den aufgetürmten Trümmern des Hauses nicht bemerkte. Selbst im dämmrigen Abendlicht konnte sie erkennen, dass seine Kleidung jetzt nicht nur von Ruß verschmiert war, sondern auch noch von lehmiger Erde.

Mitten in einem Schritt zögerte er und verzog sein aschfahles, müdes Gesicht. Er blieb kurz stehen und fasste sich an die Brust. Sie konnte den Schmerz sehen, ehe er ihn mühsam wieder verbarg und weiterging.

Ihre Augen folgten ihm, bis er im Gasthaus verschwand.

Alles in allem waren die meisten Häuser beschädigt, und viele Menschen hatten kein Dach mehr über dem Kopf; nun musste sich für viele ein Nachbar oder Freund finden, bei dem sie unterkommen konnten, bis man die Häuser wieder aufbauen würde.

Vermutlich sprach man jetzt darüber in der Schenke. Dennoch war Zenay von einem unguten Gefühl erfüllt.

Rasch sprang sie von dem Balken auf und schlich am Rand des Platzes entlang, bis sie an einem der Fenster des Gasthauses ankam und hineinspähen konnte.

Drinnen war es düster, nur wenige Kerzen brannten auf den Tischen, und die meisten Fenster waren verriegelt. Sie erkannte Tarek, wie er den Raum betrat; auf einmal wurde ihr bewusst, wie viele Männer sich in dem großen Schankraum versammelt hatten. Fünf oder sechs Tische waren zur Seite geschoben worden, und die Männer saßen auf Bänken oder standen dahinter. Dann erspähte sie Jescos Vater. Er stand an einem Ende der Versammlung am Tresen und sprach, alle waren ihm zugewandt.

Zenay dachte einen Moment darüber nach, hineinzugehen und mit ihnen zu sprechen, doch sie hatte nicht das Gefühl, dass man sie willkommen heißen würde ... Also musste sie einen anderen Weg finden.

Ihre nächste Idee verwarf sie sogleich wieder. Sie war viel zu erschöpft, um sich in den Raum zu teleportieren, geschweige denn schon dazu fähig, es ohne Licht oder Lärm zu vollbringen. Nein, es musste einen anderen Weg geben.

Zenay schlich vom Fenster weg und spähte um die Hausecke. Die Gasse lag verlassen da, ein kleiner Garten grenzte daran an, alles war still. Es roch nach Abfall und Bier – und dort war eine zweite Tür, die sogar einen Spalt offen stand.

Sie kauerte sich in die Dunkelheit hinter dem Gasthaus und lauschte kurz, dann schluckte sie und schob die Tür langsam auf. Sie führte in einen kleinen Raum, vollgestellt mit Fässern und Regalen. An der gegenüberliegenden Wand war eine zweite Tür, durch die sie dumpfe Stimmen hören konnte.

Niemand bemerkte, wie sie in der dunkelsten Ecke der Schenke im Schatten auftauchte und die Tür wieder schloss.

Ein leises Knacken ertönte, ging aber im allgemeinen Raunen der Masse unter. Sie kauerte sich neben der Bank in die Ecke und beobachtete still, wie die Versammlung fortgeführt wurde.

«✝»

Ikar stolperte die Treppenstufen hinunter, als er sich vom Thronsaal der Königin entfernte. Er hatte das Gefühl, die Blicke der umstehenden Wächter würden etwas zu lange auf ihm ruhen. Sofort verspürte er große Lust, seine Messer zu zücken, um herauszufinden, wie weit sie ihre Augen *wirklich* aufreißen konnten.

Doch dann beruhigte er sich wieder und versuchte mühsam, seinen pochenden Schädel unter Kontrolle zu bringen. Diese hässlichen, stinkenden Krieger konnten ja gar nicht wissen, was in der Halle besprochen worden war. Und wenn es nach Ikar ging, sollte auch niemand sonst von seiner Demütigung erfahren. Nur die beiden Männer hinter ihm wussten davon.

Er spürte, wie sie innerlich feixten, wie sie sich an seiner Schande labten.

Sein Siegelring war fort! Er hatte dieses Statussymbol immer als allgegenwärtig und selbstverständlich empfunden.

Hatte er sich wirklich so sehr irren können, was die Magierin anging? Die Tatsache, dass er selbst so dumm gewesen sein sollte, entsetzte ihn gewaltig und machte ihm viel größere Angst als jeglicher Zorn der Königin, der ihn treffen könnte.

Gerade, als er ernsthaft an seinem Können zweifeln wollte, schnaubte er und richtete seine Wut auf jemand anderen.

Es passte doch alles zusammen! Die Erzsucher waren sich sicher, und er hatte alle Dörfer abgesucht; nirgendwo war ein Mädchen mit einer Ratkenbisswunde aufgetaucht. Die naheliegende Erklärung war, dass sie dieses kleine Dorf niemals verlassen hatte.

Die Wahrheit tat sich vor ihm auf.

Der Ratke, der sie aus dem Gefängnis befreit hatte, wollte sie genau dorthin bringen, nach Ornanung. Sie wurden von den Netzjägern überfallen. Die Erzsucher brachten sie in das Dorf, wo sie zu ihrem Kontakt kam, gepflegt und eingeweiht wurde.

Aber wie hatte er sich nur so einen törichten Fehler erlauben können? Die Königin hätte ihn belohnt, wie keinen anderen zuvor … und er hatte sich hinters Licht führen lassen von … ja, von wem?

Ein Gedanke blitzte in seinem Kopf auf, während er versuchte, die trampelnden Schritte seiner Wächter zu ignorieren.

Die Magierin! Er war getäuscht, geblendet worden und hatte deshalb alle Frauen mitgenommen.

Wer sonst hätte eine solche Art von geistiger Manipulation bewerkstelligen können?

Diese Erkenntnis gab ihm eine gewisse Genugtuung. Dann war sie also dort gewesen. Der Hauch von Freude über seinen Geistesblitz verschwand aber sofort wieder, denn sie hatte ihn ausgetrickst.

Er dachte an den plötzlichen Schmerz in seinem Kopf zurück. Das war kein Stein gewesen, sondern ein magischer Angriff.

Ikar ballte die Fäuste. Diese Magierin! Sie war zu feige gewesen, zu kämpfen und sich ihm zu stellen! Er hatte felsenfest damit gerechnet, dass sie sich zeigen würde. Stattdessen hatte sie ihn geblendet und einfach die Frauen geopfert!

Auf einmal wusste er nicht, ob er sie verachten oder dafür bewundern sollte. Er hätte mehr Integrität von einer so wichtigen Feindin der Königin erwartet. Aber die Tatsache, dass sie ihn im Prinzip mit seinen eigenen Mitteln geschlagen hatte, missfiel ihm. Sie hatte geradlinig und vorhersehbar zu sein, und nicht gerissen und intrigant!

Doch wenn er sie erst einmal geschnappt hatte, würde sich ja zeigen, wie hinterlistig sie wirklich sein konnte. Er würde sich nicht noch einmal so heimtückisch von ihr überrumpeln lassen.

Nein, so einfach würde er sich seinen Lohn nicht nehmen lassen. Er hatte zu viel Zeit und Mühe in diese Mission investiert.

Stattdessen war es jetzt an der Zeit, seinen lästigen Anhang loszuwerden.

„Wie viel würde es mich kosten, damit ich meine Blamage mit einem Schluck Wein herunterspülen kann?", fragte er geradeheraus, während sie stetig weiterliefen.

„Du hast die Königin gehört! Sie will deine hässliche Visage nicht mehr in ihrer Festung wissen."

Ikar hielt inne und sah die beiden offen an.

„Ich habe Geld. Genug, um für ein ganzes Fass zu zahlen. Ein Schlauch reicht mir, und ihr seid mich für alle Zeit los. Und das Geld braucht ihr ja nicht zu melden."

Die beiden Ratken warfen sich einen kurzen Blick zu. Er konnte die kleinen Räder hinter ihren gelben Augen rattern sehen. Dann fiel die Entscheidung.

„Na, wenn es weiter nichts ist. Ich kann dich verstehen, so ein Fehler passiert einem am besten niemals im Leben."

Der Größere der beiden wies den Gang entlang und etwas später hielten sie bei einer Tür an, die mit einem Riegel gesichert war. Der Kleinere öffnete und trat ein, um etwas herauszuholen, während der andere neben ihm blieb.

Ikar zögerte keinen Moment, sah sich kurz um und erkannte, dass sie allein in dem Tunnel waren. Er verpasste seinem Wächter einen Tritt in seine empfindliche Gegend. Noch während sich der Ratke ächzend krümmte, riss er seine Waffe unterm Mantel hervor und verpasste ihm einen Schlag gegen die Schläfe.

Der in der Kammer wurde durch das Scheppern aufmerksam, das sein Kumpan beim Aufprall auf den Steinboden verursachte.

Er kam heraus, die Axt gezückt, und warf sich gegen das Adlerauge.

Ikar duckte sich unter dem Schlag hinweg, wirbelte um seine eigene Achse und plazierte einen gekonnten Schlag des Dolchknaufs gegen den Schädel seines Gegners.

Der Ratke sackte stöhnend in sich zusammen, würde aber in wenigen Augenblicken wieder zu sich kommen. Ikar zog ein Fläschchen aus seinem Gürtel, zog den Korken heraus und flößte dem Mann einen Schluck ein, dann ging er zum anderen.

Als er die Flasche wieder verkorkte, waren beide schon ins Land der Träume entschwunden. Das Betäubungsmittel wirkte schnell und würde ihnen den Kater ihres Lebens einbringen.

Sie würden sich an die letzten paar Stunden nicht mehr erinnern können und auf die Frage, ob sie ihre Aufgabe erledigt hatten, sicherlich mit „ja" antworten, da sie nicht zugeben wollten, dass sie keine Ahnung mehr hatten, was ihre Aufgabe gewesen war.

Ächzend schleifte Ikar den größeren Ratken zu seinem schlummernden Kollegen in die Kammer, zog die Tür etwas zu und sah sich um, ehe er lächelte.

Wenn er schon von hier verschwinden musste, konnte er wenigstens noch etwas von Zaydas gutem Wein mitgehen lassen.

«✝»

Ein Mann, der Zenay den Rücken zugewandt hatte, sprach jetzt aufgebracht, während ihr Blick über die Menge huschte und sie Tarek erspähte. Er stand dezent im Hintergrund und beobachtete die Gespräche, beinahe genau wie sie.

„Was gibt es da noch zu besprechen? Es ist genug!", rief der Bauer laut, und Zenay schluckte, als sie bemerkte, wie viele der Männer ihm zustimmten.

Zorn und Trauer erfüllten den Raum. Sie fühlte sich klein und elend, wie sie in der dunkelsten Ecke hinter dem Tisch kauerte und die Gesellschaft belauschte.

„Er hat recht!", schimpfte ein weiterer. „Sie soll verschwinden! Eine tolle Hilfe ist sie, erst stirbt Falkir, und dann ist sie nicht einmal da, um uns im Kampf zu unterstützen!"

„Sie hat das alles verursacht!", rief jemand anderes.

„Sie hat uns im Stich gelassen! Verraten!", erklang es fast gleichzeitig von weiter hinten.

Zustimmendes Gemurmel erfüllte den Raum. Zenay versteifte sich bei all dem Hass, der auf sie gerichtet war. Schlagartig bereute sie es, hineingeschlichen zu sein.

*Was mache ich hier? Ich muss weg. Sie werden ausrasten, wenn sie mich hier finden! Verdammt, wieso habe ich nicht daran gedacht, von draußen mit Magie zu lauschen? Nein, selbst das wäre falsch!*

Sie wollte nur noch weg, aber als sie den Blick zur Hintertür wandte, war ihr der Weg versperrt. Der Wirt hatte sich dort aufgestellt und lehnte an der Tür, während er den Leuten lauschte.

Zenays Herz schlug ihr bis zum Hals. Sie war gefangen! Wie sollte sie hier unbemerkt rauskommen?

„Sie hat niemanden verraten!", hörte sie dann plötzlich Jescos Stimme durch den Lärm, und es wurde rasch ruhiger. Alles schwieg, um Jesco zu lauschen – aber die Wut war noch immer da.

„Was hat sie denn dann gemacht, während im Dorf die Leute verbrannt sind oder erschlagen wurden?", fragte nach einem Moment Feradun, und das Gemurmel kehrte kurz zurück.

„Sie war nicht hier. Sie war im Wald und ist so schnell wie möglich wieder hierhergekommen, als sie den Kampf gespürt hat. Sie war nur nicht schnell genug zurück."

Die Leute murrten, schienen mit der Antwort nicht sehr zufrieden zu sein.

„Trotzdem hat sie uns kein bisschen geholfen!", rief ein weiterer.

„Falkir ist tot, wegen ihr!", donnerte Feradun.

„Sie hat diesen schrecklichen Eber auf dem Markt getötet, habt ihr das vergessen?", fragte Jesco. „Das konnte keiner von uns. Das Ungetüm hätte großen Schaden angerichtet und *hat* beinahe den Jungen von Jonalan zerfleischt."

„Dafür *hat* es Kajol getötet! Dagegen hat sie nichts getan!", konterte Feradun bissig.

*WAS?*, dachte Zenay entsetzt. *Was hat es?*

Sie wollte es nicht glauben.

Aber ein kleiner Teil von ihr flüsterte: *Du hast es doch gewusst, Zenay. Du hast davon geträumt, wie es Pferde zerriss, wie es den Mann packte …*

Eiseskälte breitete sich in ihrem Körper aus, und ihr wurde schlecht. *Warum haben Tarek und Shetan mir das nicht gesagt? Die anderen, sie müssen es alle gewusst haben! Und wir verstecken uns auf seinem Hof!*

Der Lärm in der Runde riss Zenay aus ihren Gedanken.

„Und wer weiß, warum dieses mutierte Wesen hier war! Wahrscheinlich hat es die Hexe gespürt und wurde von ihr angelockt!"

Plötzlich stand jemand auf, Zenay konnte die Bewegung spüren, obwohl ihr die Sicht durch die Wand von Leuten versperrt war.

Überrascht erkannte sie die Stimme als die des Dorfschmieds. „Ich bin froh, dass sie hier ist!", rief er. „Mein Sohn würde ohne sie nicht mehr leben!"

„Aber dafür ist mein Sohn jetzt tot!", brüllte ein anderer Mann, und Zenay spürte zustimmende Gedanken.

*Es sind so viele gestorben ...*

„Sie war lange genug hier, und es ist doch offensichtlich, dass die Ratken nur wegen ihr gekommen sind!"

„Wir haben euch schon vor Wochen gesagt, dass das passieren würde, Conroy! Du hättest auf uns hören sollen! Sie hätte verjagt werden müssen!", rief Feradun mit bitterer Kälte in der Stimme. „Alles ist zerstört! Wegen dieser Hexe!"

„Feradun hat recht! Wäre sie nicht hier, würde unser Dorf jetzt nicht in Schutt und Asche liegen!", rief ein anderer, und mehrere sprangen wütend von ihren Stühlen auf.

„Sie soll verschwinden!"

„Nein, sie soll bestraft werden!"

Noch mehr nickten, und Zorn breitete sich auf Tareks Gesicht aus, als er nach vorn in die Mitte der Menge trat.

„Wie könnt ihr nur so verräterisch sein?", rief er, und die Leute wandten sich ihm zu. „Sina ist unsere einzige greifbare Hoffnung! Ja, unser Dorf wurde angegriffen, aber wir haben überlebt, und es ist nicht gesagt, dass sie nur wegen ihr kamen!"

„Überlebt?", brüllte Feradun und sprang vor. „Meine Eidara ist fort! Sie haben sie mitgenommen, weil sie helle Augen und braune Haare hatte! Ich habe sie rufen und schreien gehört ..." Er brach schlagartig ab und ließ sich auf die Bank fallen.

Er vergrub das Gesicht in den Händen, und Zenay konnte sehen, wie er schluchzte.

Etwas in ihrem Inneren riss entzwei.

Der Bogen war überspannt. Der Schmerz und die Schuld waren zu groß, und sie sprang vom Tisch auf.

Dabei blieb sie an dem nebenstehenden Stuhl hängen, der krachend umfiel. Stille breitete sich unter den Männern aus. Alle wandten den Blick zu dem Schatten in der Ecke, wo das plötzliche Geräusch hergekommen war.

Dann streifte sie Feraduns Blick.

Sein Gesichtsausdruck wandelte sich von Trauer und Wut zu rasendem Hass, als er sie erkannte. Innerhalb eines kurzen Augenblicks fiel jegliches Leid von ihm ab, und sein Gesicht verzog sich zu einer hässlichen Fratze.

„DU!", schrie er, und sie wich vor ihm zurück, aber um sie herum stand jetzt eine Wand von Leuten. Feradun sprang auf, doch bevor er sich auf sie stürzen konnte, war Tarek zwischen ihnen.

Der Faustschlag des Pferdezüchters traf ihn völlig unvorbereitet, kaum hatte er sich schützend in den Weg gestellt.

Tarek wurde zur Seite geschleudert und fiel zu Boden.

Zenay schrie und wollte zu ihm, doch er rappelte sich schon wieder auf und hob die Hand, um sie zurückzuhalten.

Andere Leute kamen jetzt näher, bedrohlich nah, packten dann aber den Pferdezüchter an den Schultern.

Feradun fluchte und kämpfte gegen die Hände an, die ihn hielten.

„Bringt sie weg! BRINGT SIE UM!"

Zenay erbleichte und wankte.

„Geh!", rief Jesco über den Lärm hinweg.

Feradun schrie noch immer, als sie an ihnen vorbeistürzte, die Tür aufriss und nach draußen floh.

«✝»

„Bringt ihn zur Vernunft!", brüllte Jesco donnernd – und im nächsten Moment ergriff jemand einen Bierkrug und kippte Feradun den Inhalt ins Gesicht.

Der Pferdezüchter hörte auf, sich zu sträuben, bebte aber am ganzen Körper und richtete seinen Blick auf Tarek, der sich noch immer das Kinn rieb.

„Junge. Ich warne dich, es gibt nur noch eine Chance. Nimm dieses Weib und verschwinde aus unserem Dorf. FÜR IMMER!", schrie er, und Bier spritzte durch den Raum.

„Das hast du nicht zu bestimmen, Feradun! Vergiss nicht deinen Platz! Du bist nicht der Dorfführer!", zischte Jesco und kam dem Mann bedrohlich nahe.

Feradun schnaubte, während das Bier aus seinem Haar und Bart troff. „Vielleicht wird es ja Zeit für einen Führungswechsel", zischte er und spuckte vor Jesco aus. „Dieses Dorf braucht keine Hexen und keine Bogenbauer."

„Es braucht auch keinen Irren! Beruhige dich, oder ich lasse dich einsperren!"

Tarek konnte trotz der vielen Leute hören, wie Feraduns Zähne knirschten. Der Pferdezüchter warf ihm einen vernichtenden Blick zu, ehe er sich widerwillig entspannte. Erst dann wagte es Tarek, an ihm vorbei und zum Ausgang zu gehen.

Seine Kehle war wie zugeschnürt. Er wusste, dass es kein Zurück mehr gab. Seufzend zog er die Tür hinter sich zu und schritt auf den aschebedeckten Platz.

Von Zenay war nichts zu sehen, aber Tarek entdeckte eine Spur in der Asche, frischer als die vielen anderen, die in die Schenke führten. Die Fußabdrücke waren schmal und verwischt, als wäre jemand gerannt, und führten die Straße hinauf zu Kajols Hof.

Er folgte ihnen eilig und verließ das stille Dorf.

Eine Weile begleiteten ihn nur sein Atem und die nagende Sorge um seine Freundin, dann beschlich ihn das Gefühl, verfolgt zu werden. Er huschte von der Straße auf die angrenzende Wiese, lauschte und wartete. Nach ein paar Minuten kam er sich albern vor und setzte seinen Weg rasch fort, bis er den Hof erreichte und im Stall Licht bemerkte.

Zenay hatte die Arme vor ihrer Brust verschränkt und wandte sich ab, als er sich durch die kaum geöffnete Tür schob.

„Zenay? Ist alles in Ordnung? Ich wusste nicht einmal, dass du zugehört hast ..."

Sie drehte sich langsam zu ihm hin. Eine einzelne Träne lief über ihre Wange, und sie sah ihn wie versteinert an. „Nichts ist in Ordnung, Tarek! Es ist meine Schuld, dass die Ratken hierher in euer Dorf kamen; die Männer haben recht! Alles ist meine Schuld. Falkir, Kajol, das Dorf, die Verletzten, die entführten Frauen, die Toten ..." Sie stockte und schien keine Luft mehr zu bekommen.

„Dann weißt du es jetzt also."

Zenay schnaubte. „Anscheinend wussten es ja alle! Wie konntest du mir das verheimlichen?! Diese monströse Mischung aus Keiler und Hund hat Kajol getötet! Ich habe gesehen, wie es passiert ist!"

„Ja, das hast du."

„Du hattest kein Recht, mir das zu verschweigen, Tarek!"

„Es tut mir leid. Ich dachte nicht, dass ich dir das antun müsste. Die Leute waren so aufgebracht, du warst aufgebracht ... Ich wollte dich nicht noch mehr belasten."

„Du hättest es mir trotzdem sagen sollen. Nicht nur, dass Kajol tot ist ... was schrecklich ist. Ich ... hast du eine Ahnung, was das für mich bedeutet? Ich habe den Tod eines Menschen miterlebt, vielleicht sogar *vorausgesehen*! Shetan hätte mit mir darüber sprechen müssen."

„Es tut mir aufrichtig leid. Ich verspreche dir, wir werden darüber reden ... aber ich fürchte, jetzt ist nicht der richtige Augenblick dafür."

Er sah sie traurig an und machte einen Schritt auf sie zu, dann schloss er sie in seine Arme. Sie legte ihren Kopf gegen seine Wange und begann zu schluchzen.

„Die Frauen ... das kleine Mädchen, sie haben sie nur meinetwegen getötet. Es ist meine Schuld, dass sie jetzt tot sind, und ich verstehe nicht, warum es so kommen musste! Was will diese grässliche Zayda denn von mir? Warum versucht sie, mich zu fangen? Warum tötet sie meinetwegen? Ich kann ja noch nicht mal richtig mit einem Schwert umgehen, wie sollte ich ihr da nützen oder ihr gefährlich werden?"

„Du würdest sie als Lügnerin hinstellen und ihre Autorität gefährden, einfach nur dadurch, dass du existierst", meinte er nüchtern.

„Dann bin ich eine große Gefahr. Ich kann nicht warten, bis die Ratken meinetwegen wieder angreifen. Ich werde gehen! Und ich muss irgendwie verbreiten, dass ich fort bin. Alle hier müssen davon erzählen, damit es bis zu Zayda durchdringt, dass ich das Dorf verlassen habe."

Tarek konnte sehen, wie Zenays Gedanken rasten. Ihr Blick verriet ihm, dass sich daraus bereits ein Plan formte. Er öffnete den Mund, aber sie fuhr ihm dazwischen.

„Du kannst mich nicht zwingen hierzubleiben, Tarek. Alles ist besser als das."

„Ich komme mit dir und passe auf dich auf. Ich lasse dich nicht allein durch das Land ziehen."

Zenay wischte sich über die feuchten Augen und sah ihn dann hoffnungsvoll an. Sie zögerte kurz, ehe sie ihn hitzig küsste.

Es fiel ihm schwer, aber nach einem langen Moment löste er sich von ihr und schob sie sanft von sich.

„Ich muss mit Shetan reden. Und du bleibst bitte hier. Verhalte dich ruhig."

„Meinst … meinst du, Feradun wird seine Drohungen in die Tat umsetzen?"

„Das waren mehr als Drohungen", stellte Tarek kalt fest.

Zenay schluckte und warf dann einen Blick auf sein Kinn, bevor sie ihm sanft mit den Fingern darüber strich. „Tut es sehr weh? Es sieht geschwollen aus."

„Das ist meine geringste Sorge. Von mir aus könnte er mich noch zehnmal so schlagen, wenn ich dann wüsste, dass er dich in Ruhe lässt."

Er sah die Tränen in Zenays Augen, wusste aber nicht recht, was sie hervorgerufen hatte. Es gab zu viele Gründe. Er hätte ihr so gern etwas von ihrer Bürde abgenommen, wusste aber nicht wie.

Stattdessen seufzte er und lächelte sie matt an. „Bitte bleib hier, ja?"

„In Ordnung. Ich hoffe, die anderen kommen bald."

Tarek nickte, küsste sie noch einmal und wischte ihr die Tränen von der Wange, bevor er den Hof verließ und zurück ins Dorf schlich.

# Neue Wege

Tarek fühlte sich unwohl in seiner Haut. Er musste seinem Großvater beibringen, dass Zenay und er weggehen würden. Niedergeschlagen betrat er die Überreste ihres Zuhauses. Der Zusammensturz hatte alle Wände, bis auf wenige Teile, in Stücke gerissen und über den Garten verstreut.

Die Hasen und Hühner waren durch den Brand umgekommen. Jedenfalls war vom Stall nur noch ein Schutthaufen übrig, und er verspürte keine große Lust, dem Geruch von verkohltem Fleisch nachzugehen.

Er fand seinen Großvater vor den Resten seines Arbeitszimmers, eine Fackel in der Hand, mit der er den unebenen Untergrund beleuchtete. Unter dem Schutt aus Balken und Brettern ragten Stücke von zusammengestürzten Regalen hervor, in denen vor dem Feuer noch Pergamentrollen gelegen hatten. Die Truhe mit seinen geheimen Aufzeichnungen über Magie war zerstört, der Stuhl und der Tisch waren zerschlagen und schwarz verbrannt, alles von einer dicken Ascheschicht bedeckt. Tarek trat schweigend über den zerborstenen Türrahmen, das Holz unter seinen Füßen knirschte. Shetan drehte sich um und hob die Fackel.

„Das tut mir leid für dich", sagte Tarek leise und machte eine weitläufige Bewegung über die Trümmer.

„Ach das muss es nicht, es ist ja nicht deine Schuld, dass alles verbrannt ist. Wäre ich noch jünger gewesen, hätte ich das Feuer mit Magie bekämpfen können, aber so …" Er schwieg traurig und blickte Tarek unverwandt an.

„Großvater, ich wollte dir etwas sagen."

„Nur zu, aber du musst dich beeilen, wir werden im Wirtshaus erwartet."

„Von dort komme ich gerade. Du hast wohl die Zeit vergessen."

„Ist es schon so spät?", fragte Shetan entgeistert.

„Zenay hat die Versammlung belauscht. Feradun hat es bemerkt und ist ausgerastet. Es ist nicht mehr zu ändern. Ich wollte zuerst mit dir reden, bevor … Großvater, Zenay und ich werden das Dorf verlassen müssen. Zenay hält es auch für das Beste, sie gibt sich die Schuld an diesem Angriff. Und nachdem fast das ganze Dorf auch so denkt, kann sie nicht mehr hier leben."

„Das hatte ich bereits vermutet. Ich werde mit Conroy sprechen. Es ist so viel zerstört im Dorf, die meisten Vorräte sind vernichtet, und die Versorgung wird knapp. Ich denke, es ist am besten, wenn wir zusammen mit einer ausgewählten Gruppe nach Yerima reisen. Die anderen bleiben dort und werden alles besorgen, was das Dorf benötigt. Wir können dann weiterziehen."

„Du willst mich gar nicht aufhalten?"

„Nein. Ich hätte dir sogar dazu geraten, mit Zenay zu ziehen. Mir war klar, dass sie nicht mehr hierbleiben kann. Und du, Tarek, du bist erwachsen geworden; es wird Zeit, dass du deinen eigenen Weg gehst. Ich glaube, es ist gut für dich, wenn du etwas von der Welt siehst."

„Aber wohin sollen wir gehen? Zenay muss doch ihre magische Lehre fortsetzen!"

„Ja, deshalb werde ich euch auch begleiten, solange es möglich ist."

Tarek spürte, wie sich Erleichterung in ihm breitmachte. Er wusste, dass er auf sich selbst aufpassen konnte, aber um Zenay hatte er sich Sorgen gemacht.

„Wir gehen zu Siads Tempelruine im Süden. Dort gibt es eine starke Quelle unter den Ruinen, und Zenay kann mit den Hütern in Kontakt treten. Sie werden ihr sagen, was ihre Aufgabe ist. Merk dir eins: Zenay ist das Wichtigste, was diese Welt noch hat, unsere Retterin, unsere Zafija. Wenn wir sie verlieren, geht auch die Hoffnung auf Freiheit für ganz Tyarul verloren! Sie ist der Schlüssel, der uns von Zaydas Ketten befreien wird. Und du musst sie beschützen und sie begleiten, das ist deine Aufgabe. Ich kann sie noch einiges lehren, sie anleiten und in ihrer geistigen und magischen Entwicklung fördern, aber ihr wahrer Schutz bist du."

Tarek klappte mehrmals den Mund auf und wieder zu, ehe er einfach nickte. So direkt hatte ihm das noch keiner gesagt, aber er fühlte, dass sein Großvater recht hatte.

Shetan lächelte über Tareks Sprachlosigkeit. „Ist schon gut. Ich werde Vorkehrungen treffen, damit wir abreisen können. Wir nehmen das Geld mit, das ich im Erdkeller versteckt habe. Er ist zum Glück nicht eingestürzt. Am besten wäre es, zuerst nach Yerima zu reisen, dort können wir Proviant und Ausrüstung kaufen ... hier ist ja alles verbrannt. Vielleicht kommen noch weitere aus dem Dorf mit. Die Leute müssen schließlich alles wieder aufbauen!"

„Du wiederholst dich, Großvater", meinte Tarek vorsichtig.

„Ich weiß, ich weiß." Shetan lächelte müde, dann wandte er sich ab und ging über den Dorfplatz davon.

Eigentlich wollte Tarek seinen Großvater in diesem Zustand nicht allein lassen, aber er hatte noch viel zu tun. Also kletterte er vorsichtig durch die dunkle Ruine, verließ das Grundstück und wählte den üblichen Weg zur Hintertür von Conroys Haus.

Er atmete auf, als er Jescos müdes Gesicht hinter dem düsteren Spalt erkannte, der sich auf sein Klopfen hin öffnete. Jesco schien mindestens genauso erleichtert.

„Konntest du Feradun beruhigen?"

Jesco zuckte mit den Schultern. „Mehr schlecht als recht."

„Und wie will dein Vater jetzt vorgehen? Es fehlen viele Sachen für den Wiederaufbau."

Sein Freund nickte seufzend.

„Ich habe eine Gruppe zusammengestellt, sie werden nach Yerima gehen."

„Dann brauche ich dir Shetans Rat nicht mehr zu übermitteln."

„Nein, dafür habe ich einen für dich, Tarek. Nimm Sina und geht mit uns nach Yerima. Sie ist hier nicht mehr sicher."

„Glaubst du, die Ratken werden wiederkommen?"

„Das kann ich nicht sagen. Es gibt hier eigentlich nichts mehr für sie zu holen. Selbst wenn sie glauben, dass Sina hier war, werden auch sie davon ausgehen, dass sie nicht bleibt. Aber ich weiß, dass Feradun außer Kontrolle ist. Und ich weiß, dass mein Vater seit dem Feuer kaum ein Wort gesprochen hat. Das sind keine guten Zeichen. Er denkt darüber nach, ob Feradun nicht vielleicht recht hat."

Tarek schluckte und nickte dann.

„Was ist mit den anderen? Mit Elaya und Malak?"

„Ich glaube, sie wollen das alles am liebsten vergessen. Und das geht wohl am einfachsten, wenn einem nicht die ganze Zeit ein schreiender Vater vor der Nase steht."

Tarek nickte wieder.

„Sina will ohnehin gehen. Ich wollte nur deine Meinung dazu erfahren."

Jesco lächelte matt, dann bedeutete er Tarek, zu warten. Er ging den düsteren Flur entlang und in den Keller hinunter; etwas später kam er mit einer Zeltplane aus Filz und einem Sack voll Proviant zurück.

„Ich bringe nachher noch mehr Ausrüstung zu Kajols Stall."

„Danke."

Jesco nickte nur und machte die Tür zu, sobald Tarek hinausgetreten war.

«✝»

Ikar schloss den Lagerraum hinter sich und ging grübelnd weiter. Die Ratken würden lange schlummern, aber seinen Ring bekam er dadurch auch nicht zurück. Er knirschte mit den Zähnen und zwang sich dann, diese Sache erst einmal beiseitezuschieben. Er musste bedacht handeln. Langsam formte sich ein Plan in seinem pochenden Kopf.

Bald darauf rissen ihn Schritte am Ende des Gangs aus seinen Gedanken. Eine dürre Sklavin hatte denselben Abschnitt der Festung betreten. Die perfekte Gelegenheit.

„He!", rief er, woraufhin die Frau zusammenzuckte. Sie fasste sich wieder und eilte rasch zu ihm.

„J–ja, Herr?"

„Man hat mir gesagt, ich könnte für eine Mission mehrere Bilure haben! Aber der Sklave, der sich darum kümmern sollte, ist nicht aufgetaucht. Wo ist das nächste Lager, dann versorge ich mich selbst!"

Er betrachtete das hagere Gesicht der Frau mit solcher Ungeduld, dass sie nickend nachgab. „Verzeiht, Herr, es muss ein Versehen gewesen sein, dass man Euch hat warten lassen."

„Das will ich aber schwer hoffen!"

„Was benötigt Ihr? Ich könnte die Steine sofort herbringen lassen."

„Nein, mir wurde gesagt, ich darf sie auswählen! Ist denn hier niemand über meine Mission informiert?"

Jetzt zögerte die Frau kurz, und ein Ausdruck des Misstrauens schlich sich auf ihr Gesicht, den sie jedoch rasch wieder verbarg.

„Dürfte ich Eure Erlaubnis sehen? Ein Schreiben vielleicht?", fragte sie dann leise.

Sofort dachte er an den Ring. Wut schoss in ihm hoch. „Schreiben? Schreiben?! Ich habe erst gar keines erhalten, ich wurde von Zayda persönlich instruiert. Ich bin Ikar, das Adlerauge."

Bei seinem letzten Wort wurde sie bleich. „Verzeiht, ich wusste ja ni…"

„Ja, das ist mir klar." Er hob eine Braue und setzte ein gefährliches Lächeln auf. „Noch Einwände?"

„N–nein, Herr, bitte folgt mir."

Sie eilte los, und er folgte ihr. Bald erreichten sie eine Tür, die von zwei Ratken bewacht wurde. Die Männer waren genauso wenig über sein Versagen informiert wie die Sklavin und ließen ihn nach einer kurzen Diskussion in den schattigen Innenhof dahinter. Dort zeigten sie ihm eine große Metallschatulle, gefüllt mit verschiedenfarbigen Biluren.

Anscheinend sahen sie, wie er zuerst nach einem der grünen griff. „Die Transportsteine werden hier in der Festung allerdings nicht funktio…"

„Das weiß ich!", schnappte er laut, beherrschte sich aber rasch wieder. Er warf einen Blick auf das Angebot und wählte einige Steine aus, genug für eine ganze Weile, aber nicht so viele, als dass es die Männer misstrauisch gemacht hätte. Dann wurde ihm klar, dass ihm das egal war, und er nahm noch mehr.

Anscheinend hielt sein Status als ausgewählter Kopfgeldjäger der Königin noch eine Weile, und zum Glück fragten sie nicht nach seinem Ring. Vermutlich hätte er ihnen dann die Kehle durchgeschnitten.

Stattdessen führten die Ratken ihn aus dem Hof. Die Sklavin ließ er ohne ein weiteres Wort bei ihnen stehen. Seine Gedanken drehten sich und schienen zu keinem klaren Schluss zu kommen.

Irgendwann war er am Ende der Korridore angelangt und erreichte einen großen langen Hof, in dem Waren von mehreren Ochsenkarren abgeladen wurden. Er ging durch den Hof und an den Wachen vorbei durch das Torhaus, ohne einmal zurückzublicken. So ließ Ikar die Festung und die vorgelagerte Stadt hinter sich. Er wählte den breiten Weg, der oben an der Felswand außerhalb Mazmorras weiterführte und hauptsächlich für Lieferungen oder Truppenbewegungen genutzt wurde.

Einen Moment stand er einfach schweigend am Rand der hohen Steilwand, die Augen geschlossen, und ließ den Wind der Ebene über sein Gesicht streichen.

Dann machte er sich daran, seinen Plan zu verwirklichen. Er konnte das nicht auf sich beruhen lassen. Diese Schmach, diese Erniedrigung.

Ikar zog einen der Transportbilure aus dem Beutel, aktivierte ihn und verschwand in grünem Nebel von der Klippe.

«✝»

Zenay hatte die drückende Luft im Stall nicht mehr ertragen und sich stattdessen in der Dunkelheit draußen auf die Bank gesetzt. Sie hatte das Kettenhemd aus seinem Versteck gezogen und ließ die geflochtenen Ringe durch ihre Finger gleiten, während sie in den Sternenhimmel starrte.

Sie wusste schon, dass Tarek auf dem Weg zu ihr war, bevor sie ihn erspähen konnte. Seine Anwesenheit flammte deutlich in ihrem Bewusstsein auf.

Erde klebte an seinen Schuhen und Händen, sein Gesicht war leichenblass.

Sie wollte mit ihm reden, ihm beistehen, hatte aber das Gefühl, sofort losheulen zu müssen, sobald sie das Thema ansprach.

Er blieb vor ihr stehen und sah sie einen Moment lang nur schweigend an, bevor er das glänzende Metall auf ihrem Schoß bemerkte und die Stirn runzelte.

„Was ist das?"

„Ein Geschenk."

Tarek ging zu ihr und hob das Kettenhemd an. „Bei den Hütern! Zenay, das ist … streng verboten!", entwich es ihm und Zenay sah ihn irritiert an.

„Wieso sagst du das? Es ist ein Geschenk! Der Schmied hat es für mich gemacht, weil ich seinen kleinen Sohn gerettet habe!"

„Ich zweifle nicht an seinen guten Motiven, aber du musst das unbedingt verstecken! Du darfst es nicht so offen liegen lassen, wenn es jemand sieht …"

„Ich laufe auch mit einem Bogen herum", protestierte sie.

„Das ist etwas anderes. Bögen sind zur Jagd erlaubt. Doch ein Kettenhemd besitzt man, wenn man ganz andere Absichten hat. Dafür könnte dich jeder, der etwas gegen dich hat, sofort in den Kerker werfen lassen."

Zenay verschränkte die Arme vor der Brust.

„Du meinst Feradun, oder?"

Tareks Schweigen war Antwort genug.

„Er hat so oder so genug gegen mich in der Hand, denn er weiß, dass ich eine Magierin bin. Aber ich glaube, er will mich lieber tot sehen als verraten. Außerdem wollen wir ohnehin weg, nicht wahr? Dann sind wir das Problem mit ihm los."

Tarek schien verwundert über ihre kühle Antwort, sagte aber nichts weiter, sondern streckte ihr das Kettenhemd hin.

„Versteck es bitte trotzdem."

Zenay seufzte, tat dann aber wie geheißen.

Als sie wieder zu ihm herauskam, warf sie einen Blick auf das große Bündel, das er angeschleppt hatte. Der Sack war vermutlich mit Proviant gefüllt.

„Shetan ist also einverstanden?", fragte sie.

„Ja. Und er kommt mit. Aber ich glaube, du wärst auch so gegangen, oder?"

Sie nickte, war allerdings unglaublich erleichtert, dass Shetan sie begleiten würde.

„Wir müssen zuerst nach Yerima. Das ist ein kleines Städtchen, gut drei Tagesritte von hier entfernt, dort können wir uns ausrüsten. Shetan nimmt sein gesamtes Geld mit. Ich glaube nicht, dass er vorhat, hier ein neues Haus bauen zu lassen."

„Was werden wir danach machen?"

„Wir gehen nach Siad, das ist fünf Wochen von Yoruba entfernt, der nächsten Stadt. Du sollst dort etwas erfahren, Genaueres sagte Shetan nicht. Er hat sich sehr ernst angehört."

Sie nickte erneut. „Ich werde Asyra vermissen … und die anderen auch!"

Tarek lächelte. „Dann wird es dich freuen, dass Asyra mitkommt."

„Wirklich?"

„Sie hat bereits mit ihrer Großmutter darüber gesprochen. Mokuba sagte, wir würden eine Heilerin vermutlich dringender brauchen als das Dorf, jetzt da die schlimmsten Wunden versorgt sind und sie noch gesund genug ist, um weiter für alle da zu sein."

Zenay war wirklich erleichtert über Asyras Entscheidung, doch es blieb trotzdem ein schaler Geschmack in ihrem Mund.

„Die anderen?"

„Jesco, Elaya und Malak kommen ebenfalls mit, zumindest bis nach Yerima. Sie sollen Besorgungen für das Dorf machen."

„Weißt du ... irgendwie hatte ich gehofft, dass ..."

„Dass sie alle mit uns gehen würden?"

Zenay schluckte und nickte dann, was ihr ein Seufzen von Tarek einbrachte.

„Glaube mir, es ist nicht leicht für sie ... Aber sie haben nun mal Pflichten hier in Ornanung, die sie nicht einfach aufgeben können. Es wird von ihnen erwartet, dass sie Verantwortung übernehmen und mithelfen, alles wieder aufzubauen."

„Ich weiß." Sie zuckte mit den Schultern, wollte Gleichgültigkeit vortäuschen, fühlte sich aber sofort von Tarek durchschaut.

„Ich bin müde", murmelte sie dann und ging hinein. Das Heu duftete nach Sommer und Kräutern, aber es half nichts gegen die Schwere in ihrem Gemüt.

Sie konnte nicht einschlafen, lauschte auf die Geräusche des Hofs und wartete, bis sie draußen Stimmen hörte. Shetan war mit Elaya und Malak zum Stall gekommen, und sie sprachen darüber, wie es weitergehen sollte.

Zenay verstand nicht alles, doch wenig später kamen alle außer Elaya herein und legten sich ebenfalls hin.

Schließlich wurde sie doch von der Erschöpfung übermannt und versank in einen dämmrigen Schlaf.

«✝»

Tunez erreichte Yoruba in den frühen Morgenstunden. Sanfter Nebel waberte über der Halbinsel, doch das verschlafene Bild konnte über die üblichen Geräusche der Steinstadt nicht hinwegtäuschen.

Er war vor langer Zeit schon hier gewesen, ließ sich jedoch nichts davon anmerken, als er die Brücke erreichte und zu den Wachen trat. Die Männer waren keine Ratken, standen aber im Dienst der Stadt.

„Wo finde ich die Festung des Statthalters? Ich bin auf direkten Befehl unserer Gebieterin Zayda hier", sprach er den erstbesten Mann an.

Bei seinem fordernden Tonfall erbleichte die Brückenwache. „I–ich bin nicht befug…"

„Das ist mir gleich! Muss ich dir erst meine Papiere zeigen? Du willst nicht erleben, wenn ich ungeduldig werde."

„Nein, Herr. Bitte folgt mir, ich führe Euch persönlich hin, die Stadt ist recht verwinkelt."

Sie überquerten die überfüllte Brücke mit Leichtigkeit, denn es bildete sich fast von selbst eine Gasse in der Menge, als die Leute den großen Ratken erblickten.

Jeder andere seines Volkes hätte es kaum bemerkt und in seiner Überheblichkeit als selbstverständlich hingenommen, aber Tunez musste sich zusammenreißen, um die Abneigung, die sich gegen seine Herkunft richtete, zu ignorieren.

Der bekannte Geruch der Kanäle stieg ihm in die Nase, Flusswasser, durchmischt mit Abfällen und anderem Unrat, der hinausgeschwemmt wurde. Das verhalf der Stadt zu einem sauberen Ruf, der sich schon vor langer Zeit im ganzen Land verbreitet hatte.

Allerdings wusste Tunez aus Erfahrung, dass die glänzenden Zeiten der Stadt der Vergangenheit angehörten, seit die Ratken sie eingenommen und unter ihre Kontrolle gebracht hatten. Dennoch waren seitdem immer mehr Menschen in ihrer Not vom Land in die Stadt geflohen, sodass sie heute überfüllt und heruntergekommen war.

Tunez runzelte kurz die Stirn. „Wo sind die Ratkenkontrollen?", fragte er den Brückenwächter, obwohl er die Antwort schon ahnte.

„Sie sind abgezogen worden. Es gab Tumulte … Der Statthalter hat lieber Leute aus den anderen Völkern als Wachen eingestellt. Irgendwann war es dann wohl einfacher so. Die Ratken waren immer auf …" Er murmelte etwas und sah Tunez besorgt an.

„Auf Streit aus? Ich kenne mein Volk gut, Wächter. Danke für die Informationen, aber ich bin nicht sicher, ob du dieses Wissen jedem

Dahergelaufenen preisgeben solltest. Ich glaube nicht, dass die Statthalter ihre Strategien gerne von Brückenwachen analysiert sehen."

Der Mann zog rasch den Kopf ein und wurde etwas blasser. „Nein, Herr, gewiss. Danke für Euren Rat."

Danach führte ihn der Wächter schweigend weiter, wich Karren und Händlern aus, die Tunez wieder von selbst Platz machten.

Bald waren die Geräusche der Stadt mit dem Rufen, Fluchen und Lachen in Tunez' Kopf zu einem lauten Stimmengewirr verschmolzen.

Sie gingen eine der wenigen Straßen der Stadt entlang, die aufwärts führte und nicht von einem träge dahinfließenden Kanal in der Mitte unterbrochen war. Das kleine Viertel, das dem Statthalter und seinem Gefolge vorbehalten war, lag auf dem einzigen Hügel der Stadt, hoch genug, um die Stadt von den Türmen aus überblicken zu können und etwas frischen Wind zu genießen.

Der Brückenwächter verließ ihn mit einer unsicheren Verneigung, als er die Tore und damit die Kontrollen erreichte. Tunez würdigte den Mann keines weiteren Blickes, zog das Schreiben von Zayda hervor und hielt es dem Wächter am Tor unter die Nase. Der gab schon nach einer kurzen Musterung des Siegels ein Zeichen, und das Tor wurde aufgezogen.

In dem dahinterliegenden Innenhof erwartete ihn ein alter, tief gebeugter Mann, der nach seiner Kleidung zu urteilen ein Sklave sein musste.

Er begrüßte den Ratken höflich und führte ihn durch den Hof weiter, während dieser neugierig die umgebauten Gebäude musterte. Das kleine Gelände war befestigt worden, seitdem er zuletzt hier gewesen war. Es schien fast, als wollte sich der Herrscher gegen seine eigene Stadt abschotten.

Der Eingang zum Reich des Statthalters wurde ihm eilig geöffnet.

Tunez trat in den Saal. Es hatte sich nicht allzu viel geändert. Zayda erlaubte ihren Statthaltern noch immer nicht, auf einem Podest zu sitzen, aber der große Stuhl am Ende der Halle war ohnehin leer.

Außerdem sah er im Gegensatz zu seinem letzten Aufenthalt keine Ratken hier. Der Saal war bis auf zwei Diener am Eingang verlassen.

„Der Statthalter speist gerade mit seiner Frau. Ich kann ausrichten lassen, dass Ihr hier seid, wenn Ihr bitte hier warten würdet."

„Gut, aber beeil dich", meinte Tunez schroff und sah zu, wie der Sklave durch die Tür huschte, die zu einem kleinen Speisesaal führte.

Wenig später kam der Sklave zurück und sagte, der Herrscher sei nun gewillt, ihn zu empfangen.

Tunez betrat den hohen Raum, der von mehreren Kronleuchtern erhellt wurde, und erblickte zum ersten Mal den Mann, für den er in Zukunft arbeiten würde. Zumindest die meiste Zeit.

Eigentlich sah der Ratke recht gewöhnlich aus, wenn man einmal von seinem opulenten Wanst absah. Neben ihm saß seine Frau, eine hübsche Dame mit streng nach hinten gezogenem, dunklem Haar und den ersten Falten des Älterwerdens im Gesicht, die ihr jedoch gut standen und ihre scharfen gelben Augen betonten.

Ihr Blick fixierte ihn sofort, und er fühlte sich durchbohrt. Wieder einmal war er froh um die Bilure, die in seine Kleidung eingenäht waren und ihm dadurch Schutz vor Magie boten.

Sie kamen näher, und der Ausdruck der Frau verschleierte sich wieder. Die beiden unterbrachen ihr Frühstück und widmeten ihm ihre Aufmerksamkeit.

„Du bist es. Wir haben dich erwartet!", rief der Statthalter an Tunez gewandt, bevor er dem Sklaven einen bösen Blick zuwarf, woraufhin dieser sich rasch verneigte und aus dem Raum eilte. Tunez wartete, bis er die Tür zufallen hörte, bevor er den Herrscher ansprach.

„Mein Herr, es ist mir aufgetragen worden, Euch im Namen der Königin dienlich zu sein."

„Ach, erspare dir und mir diesen Firlefanz, Mann. Wir sind hier weit weg von der großen Klippenfestung."

Als Tunez den Mund öffnen wollte, hob die Frau des Herrschers die Hand. Ein kurzes Lächeln umspielte ihre Lippen. „Was mein Herr Gemahl damit sagen will, ist, dass wir unserer Königin treu ergeben sind, diese Stadt sich jedoch unserer Meinung nach am besten führen lässt, wenn man ihr etwas Luft zum Atmen gibt. Der Pöbel arbeitet besser und bringt uns somit mehr Einnahmen für unser Volk, das Volk der Königin."

Jetzt war es an Tunez, das Lächeln der hübschen Frau zu erwidern. „Gnädigste, ich habe Euren Mann nicht falsch verstanden. Ich bin ausgewählt worden, weil ich, wie Ihr, an die Größe unseres Volkes glaube. Es ist mir eine Ehre, auf diese Weise dienen zu dürfen."

Der Statthalter schnaubte. „Gut gesprochen. Du bist kein einfacher Leibwächter."

Tunez neigte kurz das Haupt. „Nein, Herr. Ich soll viel mehr als das sein."

„Nun, dann werden wir mal sehen, wozu du sonst noch gut bist. Wie heißt du noch gleich?", forderte der Herrscher zu wissen.

„Shir'Raki', Herr", nannte Tunez seinen Decknamen, den er für seine Mission bei den Ratken gewählt hatte, und lächelte in sich hinein. Das Spiel begann von neuem.

„Guter Name, jaja. Dann setz dich hier neben mich. Du bist immerhin ein Leibwächter. Und jetzt erzähl mir etwas über dich. Ich will wissen, wen die Königin mir zugeteilt hat und warum."

„Ganz wie Ihr wünscht, Herr."

«✝»

Als Zenay sich früh morgens aus dem Schlaf kämpfte, waren alle außer Shetan schon fort. Der alte Magier berichtete ihr, dass sie wieder im Dorf gebraucht wurden, und nach einigen Fragen gestand Shetan, dass Tarek noch immer mit den Gräbern beschäftigt war.

„Auch ich muss gleich los. Die Toten haben jetzt eine Nacht im Freien gelegen, und alle konnten sich von ihnen verabschieden. Es wird Zeit, sie loszulassen."

„Ich sollte bei den Beerdigungen auch nicht dabei sein, nicht wahr?"

„Es ist besser so, glaub mir."

Sie seufzte, ließ Shetan aber mit einem düsteren Gesichtsausdruck davonziehen.

Am späten Vormittag lief sie über die Koppel weg vom Stall. Sie wollte nicht länger allein bei dem verlassenen Gestüt bleiben.

Die Leere der Wiesen war gespenstisch. Obwohl ein Wind das Gras zum Wiegen brachte, erschien es zu still. Zenay kletterte über einen der Holzzäune und lief quer durch das wogende Grün die Hügel hinauf zum Waldrand, wo der Zaun niedergerissen worden war.

Kaum in den Schatten der hohen Eichen getreten, überzog Gänsehaut ihren Körper.

Eine Wildheit erfasste sie, und auf einmal verspürte sie den Drang, zu fauchen und ihre *Klauen* in warmes, weiches Fleisch zu schlagen!

Zenay zuckte vor dem zersplitterten Holzgatter zurück. Erinnerungen vom Kampf auf dem Dorfplatz packten sie. Wie der stinkende, mutierte Keiler dort alles verwüstete und beinahe den kleinen Jungen zerfleischte ... wenn sie es nicht verhindert hätte.

War hier der Ort ihres Traums gewesen? Jetzt, da sie sich dessen bewusst wurde, bemerkte sie mehr und mehr. An vielen Stellen war der Boden aufgewühlt, und es sah aus, als hätte man große schwere Körper über die Wiese geschleift.

Die Pferde.

Außerdem entdeckte sie die Rillen von Wagenrädern, die schwer beladen über die Wiese gerollt sein mussten. Und als sie genauer hinsah, fand sie Haare und getrocknetes Blut.

Erschüttert richtete sie sich wieder auf und ging zurück zum Waldrand, wo das Ungeheuer hergekommen sein musste. Von dort konnte man über die sanft abfallenden Koppeln bis zum Stall und zum Hof blicken. Der Wald verbarg das Dorf, das dahinter lag.

Warum hatte das Monstrum hier angegriffen und all die Pferde sowie Kajol getötet? Weshalb war es dann nicht weitergezogen, wenn es doch genug gefressen haben musste?

Zenay wurde erst bewusst, dass sie schon eine ganze Weile unbewegt auf die Stelle gestarrt hatte, als sie Schritte auf der Wiese hörte. Ihre Knie schmerzten, als sie sich umdrehte und Shetan begrüßte, der die Koppel heraufkam.

„Was tust du hier oben? Ich habe dich gesucht."

„Ich wollte nachdenken ... und dann hat mich so ein merkwürdiges Gefühl gepackt, und ich bin hierhergekommen. Es ... es ist hier passiert, nicht wahr?"

„Du meinst Kajol?"

„Wen sonst?"

Zenay deutete auf den zerstörten Zaun und den aufgewühlten Boden.

„Ich verstehe das alles nicht. Wie konnte ich den Tod eines Menschen vorhersehen?"

„Ich glaube nicht, dass du das getan hast."

Sie seufzte. „Doch, ich habe ihn miterlebt. Und ich *war das Monster*! Kannst du mir das *bitte* erklären?"

„Es liegt an deiner Magie. Du musst wissen, Magier sind manchmal viel feinfühliger als andere Menschen und können es spüren, wenn Unheil droht."

„Ihr hättet mir das sagen müssen, dass Kajol getötet wurde!"

„Zenay ..."

„Ihr hattet kein Recht dazu!"

„Wir wollten dich schützen. Als wir es erfahren haben, hatte Conroy noch nicht entschieden, ob du bleiben darfst. Es ging dir nicht gut."

„Jetzt geht es mir auch nicht besser! Das Dorf ist zerstört und ..." Sie starrte ihn an, während Entsetzen in ihr hochkochte. „Vielleicht hätte ich etwas tun können! Wenn ich gewusst hätte, dass ich das fühlen kann, einen Angriff, dann hätte ich das Dorf vielleicht warnen können. Oder Falkir wäre nicht gestorben! Du hättest mir sagen müssen, dass ich solche merkwürdigen Fähigkeiten habe!"

„Ich habe nicht damit gerechnet. Diese Fähigkeiten ... Ich selbst habe nie gelernt, damit umzugehen. So ausgeprägt ist das äußerst selten und in den Aufzeichnungen, die ich lesen konnte, kaum beschrieben worden. Ich wollte dich nicht damit belasten."

„Na vielen Dank. Ich glaube, das schaffe ich auch selbst."

„Zenay, du verstehst nicht. So etwas als Magier mitzuerleben oder echte Vorahnungen zu haben ... das konnten die großen Meister von früher, bevor Krankheit und Krieg die Lehren der Magier in Vergessenheit geraten ließen und die Blutlinien zerstörten. Es ist eine große Gabe."

Sie sah ihn lange an, bevor sie diese Neuigkeiten verarbeitet hatte. „Könnte ich darin besser werden?"

„Wenn diese Begabung jetzt schon so deutlich hervortritt? Sicherlich. Nur werde ich dir dabei kaum helfen können."

Zenay wandte den Blick ab und versuchte, ihre Enttäuschung zu verbergen. Zu wissen, dass diese Hellfühligkeit für sie noch unbeherrschbar war, machte es nicht besser.

*Ich hätte mehr tun müssen, hätte das irgendwie verhindern müssen!*

Sie seufzte und lächelte ihn dann halbherzig an, obwohl ihr viel eher zum Schreien zumute war.

„Nun, ich kann jetzt nichts mehr daran ändern, dass Kajol tot ist. Immerhin konnte ich einigen anderen Leuten helfen."

Er schien genau zu spüren, wie sehr es sie in ihrem Inneren zu zerreißen drohte. Der alte Magier machte einen Schritt auf sie zu und nahm sie liebevoll in den Arm. Die Ruhe, die er ausstrahlte, und seine Nähe taten gut und trösteten sie tatsächlich.

Als er sie wieder losließ, war ihr Lächeln wärmer. „Du scheinst immer zu wissen, was mir guttut."

„Das ist so eine Eigenart von Magiern, Zenay. Du wirst das irgendwann verstehen und am eigenen Leib nachvollziehen können."

„Eine merkwürdige Vorstellung. Werde ich wirklich *wissen*, was andere denken und vorhaben?"

Er erwiderte ihr Lächeln, doch es konnte seine Unsicherheit nicht ganz verbergen. „Du tust es doch jetzt schon manchmal."

Sie sah ihn entgeistert an.

„Denk darüber nach, was ich dir gesagt habe. Lerne, deine innere Ruhe und dein Gleichgewicht wiederzufinden und zu stärken. Du wirst beides in dieser schlimmen Zeit brauchen."

Zenay nickte und fühlte einen Kloß in ihrem Hals entstehen.

„Ich muss jetzt zurück ins Dorf, Tarek hatte mich gebeten nach dir zu sehen, aber die Beerdigungen sind noch nicht vorbei."

Als sie nicht antwortete, legte er ihr kurz die Hand auf die Schulter, bevor er sie am Waldrand allein zurückließ.

Sie blieb noch eine ganze Weile dort und dachte nach, dann erinnerte ein leises Wiehern sie daran, dass im Stall mehrere Pferde darauf warteten, versorgt zu werden.

Sie striegelte Malee und genoss es, wie die monotonen Bewegungen sie langsam in einen dämmrigen Zustand versetzten, in dem sie nicht darüber nachdenken musste, was gerade im Dorf vor sich ging. Danach kümmerte sie sich um Milad und Shetans Stute.

Anschließend durchsuchte sie den Proviant, brach sich ein Stück von einem Brotlaib ab und saß gerade kauend auf der Bank draußen, als Shetan wieder auf den Hof geeilt kam. Er atmete schwer und wischte sich den Schweiß von der Stirn; anscheinend war er gerannt.

Aber noch deutlicher als seine Erschöpfung war die Wut.

„Was ist los?", fragte sie mit gerunzelter Stirn.

„Sie sind weg. Conroy hat die Gruppe nach Yerima losgeschickt, obwohl ich ihn gebeten hatte, noch zu warten. Sie sind vor wenigen Stunden aufgebrochen, und er hielt es nicht für notwendig, mich darüber zu informieren."

„Warum ist das so schlimm?", fragte Zenay vorsichtig.

„Wir wollten nicht allein reisen. Malak, Elaya und Jesco sind auch mit ihnen aufgebrochen, sie hatten anscheinend keine Wahl."

Zenay starrte ihn entgeistert an. „Sie sind weg? Aber …"

„Keine Bange, wir sehen sie spätestens in Yerima wieder, du kannst sie noch einmal treffen."

*Das hört sich ja toll an*, dachte Zenay missmutig und grummelte eine Antwort, bevor sich ihre Gesichtszüge erhellten. „Was ist mit Asyra?"

„Sie sollte eigentlich auch mit den anderen mit, ist aber wohl nicht aufgetaucht, als alle mit den Karren aufgebrochen sind", antwortete Shetan, und sie hörte Sorge in seinem Ton mitschwingen.

„Sollten wir sie suchen?"

„Wenn sie nicht gefunden werden will, ist das zwecklos", meinte er und ließ sich mit einem Ächzen auf der Bank nieder, die im Schatten des Stalls lag. Er blickte sich auf dem Hof um und wirkte genauso verloren, wie Zenay sich fühlte.

Sie wollte noch etwas sagen, wurde aber durch Schritte auf dem Weg abgelenkt.

Asyra kam völlig außer Atem auf den Hof gerannt, auf dem Rücken einen Leinensack, anscheinend hastig vollgestopft. Tarek folgte ihr. Zenay konnte die Erschöpfung spüren, die seinen Körper wie eine Hülle umgab. Sie konnte sich denken, wie kräftezehrend es sein musste, mit Verletzungen und Verbrennungen etliche Gräber auszugraben. Ganz zu schweigen davon, sie wieder zuzuschaufeln.

„Asyra!", rief Zenay überrascht, aber ihre Freude verblasste, als sie den Gesichtsausdruck des Rotschopfs bemerkte.

„Keine Zeit. Ich habe Feradun und die anderen dabei belauscht, wie sie … sie planten … Sina, sie kommen her und wollen dich … ihr müsst fliehen, wir müssen alle weg!"

Auf einmal war Zenay hellwach und vergaß für einen Moment die Erschöpfung. Sie konzentrierte ihre Magie, horchte und wankte dann, als sie die Stimmen der Herannahenden mit voller Wucht wahrnahm.

Darunter mischte sich außerdem auch das Zischen von Fackeln.

Ihr Herz begann zu rasen, als sie daran dachte, wie erst vor kurzem Shetans Stall in Flammen aufgegangen war.

„Sie kommen vom Dorf, es sind viele."

„Feradun wartet nicht lange ab. Jetzt, da Malak und Elaya weg sind, braucht er auch kein schlechtes Gewissen mehr zu haben", sagte Tarek bitter.

„Wir können doch nicht schon wieder durch ein Loch in der Holzwand abhauen! Wir …"

„Nein, du hast recht. Diesmal haben wir die Pferde hier."

Zenay nickte stockend, dann eilte sie zusammen mit Tarek und Asyra in den Stall. Sie warfen die Sättel hastig auf die Pferderücken, zurrten sie fest und führten sie hinaus.

Mittlerweile konnten auch die anderen die wütenden Stimmen hören.

„Beeilt euch!", rief Tarek und half Shetan auf seine Stute hinauf, dann packte er die verschiedenen Bündel zusammen und schnürte sie eilig auf Milads Rücken.

„Fehlt noch etwas?"

„Mein Kettenhemd!" Zenay rannte zurück in den schattigen Stall. Sie zog das verpackte Hemd unterm Stroh hervor, hievte es in eine der Satteltaschen auf Malees Rücken und zog sich dann hoch.

„Die Waffen?", fragte Tarek mit Blick auf ihren Sattel.

„Sind da."

„Dann los."

Tarek trieb seinen Hengst an, und die anderen folgten. Sie verließen gerade den halboffenen Innenhof zwischen Stall und Haus, als sie am Ende der Straße die wütende Meute erspähen konnten.

Die Männer schwenkten Fackeln und schrien laut, als sie die Gestalten auf den Pferden entdeckten. Dann rannten sie los, Feradun an der Spitze.

Noch während sie die Pferde zum Galopp anspornten, hörten sie Feraduns wütendes Brüllen hinter sich, das aber rasch im Lärm der schlagenden Hufe verklang.

# Stiller Wald

Mazuk verließ den überfüllten Innenhof, in dem seine Truppen grummelnd zurückblieben, und schlug die Tür des Gangs so heftig zu, dass sie beinahe aus den Angeln gerissen wurde.

Wie konnte das sein?! Wie konnte ein Fremder, ein dreckiges Adlerauge, ihm zuvorkommen und ihm die einmalige Chance vermasseln, seine wichtigste Beute wiederzuergreifen?

Wie konnte ein Kopfgeldjäger so versagen?

Der Ratke schnaubte, als er die nächste Tür vor sich aufriss und durch den angrenzenden kühlen Korridor schritt. Die Sklavin hatte zu Recht gezittert, als sie ihm diese Nachricht überbrachte.

Die Magier waren schon bereit gewesen, ihn und seine Männer zu dem verdammten Dorf zu bringen, um alle einzukreisen und die Suche endgültig zu beenden. Da tauchte dieser Ikar auf und brachte eine Reihe nutzloser Bauerntöchter!

Unfassbar. Aber noch unbegreiflicher war es für Mazuk, warum seine Herrin diesen Wurm nicht einfach zerquetscht hatte.

Das Adlerauge konnte noch nicht weit sein.

Mazuk verspürte den heftigen Drang, dem Mann zu folgen und ihn an seinem eigenen Blut ersticken zu lassen.

Seine Nerven waren zum Zerreißen gespannt. Er war kurz davor, sich auf den Weg zu machen, um diesen elendigen Versager aufzuspüren.

Aber seine Treue hielt ihn zurück. Wenn die Königin so entschieden hatte, musste Mazuk einfach glauben, dass sie damit etwas beabsichtigt hatte. Und sei es nur, den Mann mit seiner Schmach leben zu lassen.

Mazuk konnte sich jedoch nicht beruhigen. Dieser Ikar hatte alles zerstört. Irgendetwas musste er jetzt tun!

Seine Gedanken überschlugen sich, während er nach Möglichkeiten suchte. Die erste war, doch noch zu diesem abgebrannten Dorf zu reisen und nach Hinweisen zu suchen. Alle Straßen sperren zu lassen und die Wälder zu durchkämmen.

Doch für derartige Aktionen waren Zaydas Berater zuständig, die konnten das erledigen. Er musste JETZT handeln.

Die nächste Möglichkeit war naheliegend. An der folgenden Gabelung wählte er einen Tunnel, der ihn fort von der Festung und tief in das Innere der Felswand führte, bis er nach mehreren Türen und Treppen den Gefängnistrakt und seine Torwächter erreichte.

Auf dem Weg zu Cassuans Zelle verschwammen seine Gedanken, tauchten ein in eine Mischung aus Wut und Ungeduld, aus der er erst wieder gerissen wurde, als sich die beiden Wachen vor der Zellentür rasch aufrichteten.

Der eine zog die Riegel zurück, während Mazuk die Fackel neben ihnen aus ihrer Halterung nahm. Die beiden Wächter grüßten ihn höflich und ehrerbietig. Er konnte sich die Namen der beiden noch immer nicht merken, obwohl er schon oft hier gewesen war.

„Na, wie geht es uns denn heute, Cassuan?", fragte er in gespielt freundlichem Ton in das dunkle Loch hinein.

Ketten rasselten in einer düsteren Ecke der kleinen Kammer, Mazuk hielt die Fackel höher, und flackerndes Licht fiel auf die dürre Gestalt. Mazuk erinnerte sich noch gut an den Tag, als er den Phiruin wieder aufgestöbert hatte. Ihre Begegnungen davor waren sehr viel länger her. Damals hatte der ehemals stattliche Mann noch braune Haare und eine andere Familie gehabt.

Dank Cassuans Arglosigkeit kam Mazuk zweimal in den Genuss, ihm seine Lieben wegzunehmen.

Die Haut des ehemaligen Schwertmeisters war fahl, das Haar ergraut, obwohl er noch nicht wirklich alt war. Aber das ging im Gefängnis manchmal recht schnell.

„Du möchtest mich nicht begrüßen? Schade, ich hatte gehofft, wir könnten heute einen etwas zivilisierteren Umgang pflegen."

Mazuk hörte ein leises Geräusch, das einem Schnauben ähnelte. Gut, immerhin war er wach und hörte zu.

Er steckte die Fackel in eine Halterung an der kalten Felswand und ging vor dem Gefangenen in die Hocke.

„Es ist etwas Interessantes geschehen. Jaja, ich weiß, du warst nicht für sie zuständig und nicht in die Pläne eingeweiht … Aber stell dir vor, wir haben die kleine Hexe beinahe wieder aufgespürt. Wenn dieser IDIOT von Adlerauge sie nicht …"

„Sie ist euch entwischt?", fragte Cassuan ungläubig, ehe er ein kurzes triumphierendes Lachen ausstieß. „Sie ist schlauer, als ihr denkt!"

„Schnauze!", blaffte Mazuk und zog ein Messer hervor.

Cassuans kühnes Grinsen fiel von seinem Gesicht ab.

„Ich habe entschieden genug von den verdammten Phiruin-Stümpern, die der Meinung sind, die Pläne meiner Königin durchkreuzen zu können. Sie werden alle über kurz oder lang hängen! Und du wirst mir jetzt sagen, wohin sie fliehen wird. Sie war in Ornanung! Wen hattet ihr dort stationiert?"

„Ornanung? Ist das nicht ein kleines Dor…" Er wurde durch das Messer unterbrochen, das über seinen blassen, vernarbten Arm strich. Cassuan zuckte weg, aber das brachte ihm nur einen weiteren Schnitt ein.

Mazuk hielt das blutige Messer direkt vor das Gesicht seines Gefangenen. „Als Nächstes ist eines deiner grauen Augen dran, Schwertmeister!"

„Wir hatten niemanden in Ornanung!", wiederholte er, diesmal mit Verzweiflung in der Stimme. „Es g–gab da einen alten Magier, aber der hatte sich schon vor langer Zeit dagegen entschieden, zu helfen, und wurde nie eingeweiht. Er war ohnehin kaum mehr zu Magie fähig. Zu alt. Er muss mittlerweile tot sein!"

„Das hast du schon von vielen behauptet", stellte Mazuk unbeeindruckt fest.

„Es ist ja auch die Wahrheit! Ihr habt unsere Pläne mit der Zafija vor langer Zeit zunichtegemacht und alle Möglichkeiten zerstört, zu ihr zu kommen, als sie ausgebildet werden sollte. Und kaum einer der Meister blieb über die Jahre von Armut und Krankheit oder euch Ratken verschont …"

„Ich dachte, du wüsstest nichts über die anderen Meister?"

Cassuan verfolgte, wie der Ratke vor ihm eine Augenbraue hochzog – ehe er plötzlich vorschnellte und seine Finger um die Kehle des Gefangenen schloss, das Messer achtlos zu Boden geworfen. Cassuan würgte, als Mazuk sich langsam seinem Gesicht näherte und flüsterte: „Halt mich nicht zum Narren, *Cas*. Du erinnerst dich doch, was das letzte Mal passiert ist, als du mir nicht antworten wolltest? Ich habe keinerlei Geduld mehr mit dir. Du hältst dich für so gerissen, aber dieses Mal werde ich deine Mädchen nicht nur *zusehen* lassen!"

Der Gefangene röchelte, und seine Augen weiteten sich, falls das überhaupt möglich war, noch mehr.

„Nei...", setzte er an, brachte aber kaum ein Wort heraus, während seine Gesichtsfarbe langsam von einem blassen Weiß in ungesundes Blau überging. „Bi..."

Mazuk verdrehte genervt die Augen und ließ von ihm ab. Cassuan atmete rasselnd ein und hustete dann, ehe er keuchend und offensichtlich unter Schmerzen sprach. „Bitte ... ich sage dir alles. Verschone dafür meine Töchter."

„Dann tätest du gut daran, endlich auf den Punkt zu kommen", stellte Mazuk kühl fest. Spontan entschied er sich, nicht zu erwähnen, dass eines der Kinder erst vor kurzem *tragischerweise* durch eine Krankheit dahingerafft worden war. Diesen Trumpf konnte er auch noch später ausspielen.

„Sie war in Ornanung ... richtig? Der nächstliegende Eingeweihte, von dem ich weiß ... ist ... ist in ..." Er unterbrach seinen erbärmlichen Versuch, klar zu sprechen, und musste erneut husten. „Er lebt in einer ... kleinen Bergsiedlung westlich von Mikna ... Santomas, heißt es. Er lebt in dem Haus ganz am Dorfrand von der Straße weg, bei den Schafweiden."

Mazuk betrachtete seinen verzweifelten Gefangenen, sah die Qual und auch die Schmach in seinen Augen und hatte unweigerlich das Gefühl, einen Schritt weitergekommen zu sein.

„Aber sie wird noch nicht dort sein. Mikna ist zu weit weg", stellte er fest, während Cassuan röchelte.

Ein Plan formte sich in Mazuks Kopf, und er bemerkte kaum, wie Cassuan erschöpft zusammensackte und reglos liegenblieb.

Gedankenverloren erhob er sich und wandte sich zum Gehen. „Versorgt ihn, er braucht etwas Ruhe und auch Essen. Sein Wille bricht endlich, da will ich ihn nicht verlieren", wandte er sich an die Wächter am Zelleneingang.

Die Männer nickten eifrig, und Mazuk ließ sie mit dem Gefangenen allein.

«✞»

Am Rand der festgefahrenen Straße lag Asche auf dem Buschwerk. Sie hatten das Dorf und die Felder gerade erst hinter sich gelassen und den Wald betreten, als Zenay ein mulmiges Gefühl befiel. Auf einmal meinte sie, beobachtet zu werden, aber niemand folgte ihnen auf der Straße. Feradun und die anderen waren längst außer Sicht.

Da sie ohnehin hinter Tarek, Shetan und Asyra ritt, ließ sie sich etwas zurückfallen und schloss kurz die Augen, um sich zu konzentrieren. Sie spürte Tareks Blick auf sich ruhen, bedeutete ihm aber, dass alles in Ordnung war.

Ihr Lächeln schien ihn etwas zu beruhigen, denn er wechselte ein paar leise Worte mit Shetan und ritt dann weiter.

Und der Grund für Zenays Lächeln war umso freudiger. Sie hatte nur einen Moment gebraucht, um zu erkennen, wer da im Wald wartete. Sie lenkte Malee an den Rand der Straße, sprang ab und machte einen Satz über den alten, zugewucherten Straßengraben.

Einen Augenblick später schob sich eine graue Schnauze aus dem Gebüsch vor ihr, und Wafaa trat aus dem Unterholz. Sie hechelte und wedelte freudig mit dem Schwanz, als Zenay in die Knie ging.

„Wafaa! Wie schön, dich zu sehen."

*Es ist auch schön, dich zu sehen. Ich wollte noch einmal mit dir sprechen, bevor du unsere Wälder verlässt.*

Zenays Blick verdüsterte sich etwas. „Ihr habt also mitbekommen, was im Dorf passiert ist? Dass ich gehen werde?"

Wafaa senkte den Kopf und fiepte. *Ich bedauere es zutiefst, nicht geholfen zu haben.*

„Was hättet ihr denn tun können?", fragte Zenay und versuchte, ihren Unmut zu verbergen.

*Mein Vater hat dasselbe gesagt. Leider haben wir die Ratken erst bemerkt, als es schon zu spät war. Aber wir hätten sicherlich irgendwie helfen können. Dich beschützen.*

„Mir ist ja nichts geschehen."

*Äußerlich nicht. Aber ich kann deine Seele sehen.*

Zenay wurde etwas blasser und nickte dann. „Es sind viele gestorben. Auch Tarek wäre beinahe …"

*Ich bin erleichtert, dass ihr nicht verletzt seid. Und Shetan scheint zu wissen, was zu tun ist.*

„Du weißt, was er mit mir vorhat?"

Die Augen der Wölfin glänzten. *Ja, er tut genau das Richtige. Aber es ist nicht an mir, dir zu viel zu berichten. Du wirst alles erfahren, wenn du bereit bist.*

„Hm", brummte Zenay und nickte dann widerwillig. „Und was werdet ihr jetzt tun?"

*Ich habe meinen Vater gebeten, dich begleiten zu dürfen, aber er hat es abgelehnt. Es hat Veränderungen bei der Quelle gegeben. Es scheint, als hätten das Feuer und der Kampf die Energie beeinflusst. Wir befürchten, dass sie wieder aktiv werden könnte. Das müssen wir unbedingt verhindern! Wenn die Energie der Quelle nicht unter Kontrolle gehalten wird, könnte sie Zayda anlocken.*

Zenay schluckte. „Ja, dann ist es wirklich besser, du bleibst hier. Shetan ist ja bei mir. Und wenn ich eines auf gar keinen Fall möchte, dann, dass Zayda hierherkommt. Das wäre der Untergang für Ornanung. Ich habe auch so schon genug Schaden angerichtet."

*Ihr seid alle Opfer von Zayda, auch du! Sei stark, Zafija. Wenn der große Wolf es so vorgesehen hat, wirst du irgendwann die Gelegenheit erhalten, die Verantwortlichen zur Rechenschaft zu ziehen.*

Zenay lächelte, als Wafaa ein kurzes Knurren ausstieß. Sie wusste, dass dieser drohende Ton nicht ihr galt.

Sie reckte den Kopf und sah die Straße entlang, wo die anderen gerade um eine Kurve verschwanden. Tarek jedoch schien zu zögern und schaute zu ihnen zurück.

„Ich muss jetzt gehen, sonst machen sie sich Sorgen."

Ehe Wafaa noch etwas sagen konnte, schloss Zenay die Wölfin in ihre Arme. Dann erhob sie sich mit einem Lächeln, sprang über den Graben und zog sich auf den Rücken von Malee, die etwas Abstand gehalten hatte.

Die Wölfin jaulte leise, dann wedelte sie aber doch mit dem Schwanz. Zenay hob die Hand zum Gruß, ehe sie Malee bedeutete, zu den anderen aufzuholen.

Sie spürte Wafaas Blick auf sich ruhen, bis sie ebenfalls die Biegung der Straße erreicht hatte und der Wald sie voneinander trennte.

Die Sonne berührte schon beinahe die Baumwipfel, als sie die Gruppe von Reisenden, die sich nach Yerima aufgemacht hatten, auf der Straße vor sich erspähten.

Elaya und Malak bildeten den Schluss des Zuges. Sie mussten die Pferde hinter sich gehört haben, denn Malak drehte sich im Sattel um und rief ihnen etwas zu. Dann wendete er seine Stute und ritt ihnen entgegen, um sie zu begrüßen.

„Da seid ihr ja! Ich … es tut mir leid, es …"

„Ist in Ordnung, Mann. Wir wissen schon, dass ihr keine Wahl hattet", lenkte Tarek ein.

Malak blickte düster drein. „Vater hat darauf bestanden, dass wir sofort aufbrechen, und uns beinahe angefleht, euch nicht noch einmal zu sehen, ehe er drohte, uns für immer vom Hof zu werfen. Er ist völlig durcheinander", murmelte er, ehe er ein zerknirschtes Lächeln aufsetzte. „Ich bin jedenfalls froh, dass ihr uns gefunden habt. Es ist sicherlich besser, in einer größeren Gruppe unterwegs zu sein."

Während sie sich unterhielten, holten sie zu den anderen auf, die Halt gemacht hatten. Asyra presste die Lippen aufeinander und schien daran zu denken, was Feradun hatte tun wollen, sagte aber nichts zu Malak und Elaya.

Jesco kam ihnen auf Azraga entgegen, gefolgt von zwei Männern zu Fuß, die wohl von einem Wagen weiter vorne gesprungen sein mussten.

Tarek und Jesco begrüßten einander mit einem brüderlichen Handschlag, doch als die zwei Männer dazutraten, verblasste Tareks Lächeln.

„Was habt ihr hier zu suchen?", platzte der eine unfreundlich heraus und drängte sich zwischen die beiden Pferde, so dass Milad nervös schnaubte und auswich.

„He, sachte!", rief Tarek und klopfte seinem Hengst beruhigend gegen die Flanke, während er den Mann mit einem säuerlichen Blick bedachte.

„Verschwindet wieder, ihr bringt nur Unheil!"

„Laristan, du hast das nicht zu entscheiden!", ermahnte Jesco ihn barsch.

„Du aber auch nicht! Du bist nicht Conroy, du hast hier nicht das Sagen."

Jescos Gesichtszüge verhärteten sich deutlich. „Das habe ich auch nicht behauptet. Wir werden das als Gruppe besprechen."

Laristan murrte eine Antwort, die sich mehr nach einer Beleidigung anhörte als nach Zustimmung, dann stapfte er mit dem anderen davon und sprang weiter vorne auf den Bock eines Wagens.

Zenay sah ihm und seinem Begleiter entgeistert hinterher und merkte kaum, wie die Pferde sich wieder in Bewegung setzten und Malee unaufgefordert folgte.

*Wird das ab jetzt immer so ablaufen, wenn ich Leuten aus dem Dorf begegne? Ich werde angegriffen und soll mich fernhalten? Sie hassen mich. Es ist wohl wirklich das Beste, wenn ich nicht mehr zurückkehre.*

Die unfreundlichen Blicke der anderen Reisenden rissen sie wieder aus ihren Gedanken, als sie zur Gruppe aufschlossen. Zenay wollte nichts lieber als verschwinden und Malee erfasste dieses Gefühl. Sie machte einen Satz und Zenay musste sie wieder beruhigen, was die Aufmerksamkeit der anderen nur noch mehr auf sie lenkte.

Schließlich räusperte Jesco sich und sprach laut in die Runde.

„Ich weiß, dass manche nicht damit einverstanden sein werden, aber sie haben zu uns aufgeholt, und ich verwehre keinem die Sicherheit, in einer größeren Gesellschaft zu reisen. Sie werden nur bis Yerima mitkommen, danach verlassen sie uns."

„Es sind nur drei Tage!", meinte Tarek und starrte die Männer auffordernd an. „Danach habt ihr eure Ruhe."

„Will noch jemand etwas einwenden?", rief Jesco mit strengem Blick.

Ein paar Leute murrten, und Laristan spuckte aus, ansonsten blieb es ruhig.

„In Ordnung, dann lasst uns weiterreiten."

«✝»

Die Stimmung in der Gruppe blieb gedrückt. Kaum jemand sprach, und wenn ein paar Worte fielen, dann nur, um sich nach den Pferden oder nach geplanten Besorgungen zu erkundigen.

Zenay war sicher, dass es mit ihrer Anwesenheit zusammenhing, hatte aber keine Lust und Energie mehr, darüber zu sprechen.

Eine Weile war nichts als das Knarren der Wagen und Klappern der Hufe auf dem steinigen Grund zu vernehmen. Zenay seufzte schwer. Sie ritt an Tareks Seite ganz am Ende der Gruppe und blickte immer wieder zu ihm hinüber, er war jedoch ganz auf den Wald um sie herum konzentriert. Vor ihnen ritten Elaya und Malak, auch sie schwiegen und starrten ins Leere. Zenay wusste weder, wie Malak oder Elaya mit Feradun verblieben waren, noch verstand sie, wie sie es überhaupt in ihrer Nähe aushalten konnten. Elayas Augen waren gerötet und verquollen. Zenay zitterte beim Gedanken an den Schmerz, den sie erleiden mussten. Ihre Schwester verloren zu haben und kaum etwas dagegen tun zu können ... die Vorstellung quälte Zenay genauso wie die Last der Schuld.

Der schwüle Tag zog sich entsetzlich in die Länge, bis ein kühler Wind aufkam, der ihnen in den Rücken blies und sie etwas aufatmen ließ.

Je länger sie ritten, desto mehr schlich sich die Erschöpfung in Zenays Knochen. Ihre Gedanken wanderten immer wieder zurück zum Dorf und zu dem hitzigen Streit der Dorfleute. Sie wollte wieder frei atmen können, doch es war ihr, als läge ein tonnenschwerer Stein auf ihrer Brust und hindere sie daran.

Sie versuchte zwischendurch eine Unterhaltung mit Elaya anzufangen, um sie etwas abzulenken und herauszufinden, wie sie zu ihr stand ... Zenay hoffte, dass Elaya, die lustige freche Elaya, darauf eingehen würde, doch die lächelte nur teilnahmslos, strich monoton durch die Mähne ihres Pferdes und beachtete nichts mehr um sich herum.

Zenays Herz wollte zerspringen, aber sie schwieg und betrachtete einen Moment Malak und seine kleine Schwester, die nebeneinander ritten und kein Wort sprachen.

Anschließend starrte Zenay nur noch stur auf ihren Sattel.

Sie hatte nicht gerade viele Habseligkeiten für diese Reise ins Ungewisse. Die beiden Schwerter waren am Sattel verborgen, ein kleiner Dolch und ein Messer hingen an ihrem Gürtel unter dem Hemd.

Malee trug noch eine Tasche mit Proviant, und sie hatte ihren Bogen bei sich. Dazu kamen einige Kleider, die Elaya ihr noch zu Kajols Stall gebracht hatte, zwei Hemden, eine gute lederne Hose, eine Leinenhose und das, was sie am Körper trug. Ein Hemd, den dunkelgrünen Rock, eine feste Lederweste, Stiefel zum Schnüren und den Mantel mit so tiefer Kapuze, dass man kaum noch ihre Nase im Schatten sehen konnte, wenn sie die Kapuze über den Kopf zog. Aber für den Mantel war es zu warm, sie würde ihn in nächster Zeit wohl nur als Decke zum Schlafen verwenden.

Außerdem hatte sie noch die beiden Lederschützer um ihre Oberarme gebunden und ein weiches Leinentuch von Mokuba geschenkt bekommen, das sie sich über Mund und Nase ziehen konnte. Als Letztes war noch das Kettenhemd unten in einer Satteltasche verstaut.

Es wurden keine Pausen gemacht, denn sie wollten so viel Strecke wie möglich hinter sich bringen – und es bestand noch immer die Gefahr, wieder auf die Ratken zu stoßen, die das Dorf attackiert hatten.

Ihre Schatten wurden länger und verschmolzen schließlich mit denen der Bäume.

Die Menschen um sie herum wurden müde, das konnte Zenay spüren, und auch sie selbst sehnte sich nach einem Moment Ruhe. Oder besser nach einer Woche ununterbrochenem Schlaf. Sie wusste, dass diese tiefe Erschöpfung nicht vom Ritt herrührte, sondern von allem, was zuvor geschehen war.

Sie folgten weiter dem Weg, der sich durch den Wald schlängelte, bis sie unvermittelt offenes Gelände erreichten. Eine Wiese mitten im Wald. Alte Feuerstellen und kurzes Gras zeugten davon, dass hier oft Reisende Rast machten, doch bisher waren sie niemandem begegnet.

Die Gruppe wurde langsamer, die Karren hielten an. Jesco besah sich den Platz und schickte zwei Männer in den Wald, um die Umgebung zu sichern.

„Es wird schon bald dunkel, wir machen hier für heute Halt und schlagen ein Lager auf."

Er sah Tarek durchdringend an und nahm seinen Bogen von der Schulter, um besser arbeiten zu können.

Zenay packte zusammen mit Tarek ihre Zeltplane aus und suchte eine flache Stelle, an der sie das Zelt aufstellen konnten. Auch die anderen Reisenden machten sich daran, das Lager herzurichten. Ein paar Männer gingen in den Wald und suchten Feuerholz, während sich andere um die Pferde kümmerten, sie von den Karren abspannten und auf der Wiese mit langen Stricken festbanden.

Zenay ging an den Rand der Lichtung und fand bald einen Haselstrauch, der groß genug war, um gute Zeltstangen zu liefern. Mit Tareks Beil schlug sie mühsam einige dünne Stämme ab, säuberte sie von kleinen Zweigen und Blättern und baute mit Tarek das Zelt auf, so wie es einige andere auch schon taten.

Danach kümmerten sie sich um ihre Pferde, aber Zenay fühlte sich zusehends unwohler in dem Lager. Sie schnappte immer wieder Blicke oder Gesprächsfetzen auf und wäre am liebsten weggelaufen.

Gerade war sie zwischen die ersten Bäume getreten, da kamen eilige Schritte hinter ihr her, und sie hielt an.

Sie erstarrte und spannte sich an, als sie erkannte, dass es Malak war, der ihr durch das Unterholz folgte.

„Sina."

„Hallo Malak."

„Du solltest nicht so allein hier herumlaufen, immerhin könnten Ratken in der Nähe sein."

Zenay nickte, konnte ein Seufzen aber nicht unterdrücken. Malak reagierte unmittelbar darauf.

„Hättest du etwas dagegen, wenn ich dich begleite?"

„N–nein."

Sie wanderten langsam weiter, während Zenay in den Wald starrte. Weiter weg arbeiteten die Männer. Das Krachen der trockenen Äste, die sie einsammelten und gleich in handliche Stücke brachen, war nicht zu überhören. Sie gingen in die entgegengesetzte Richtung davon, und Malaks Schweigen ließ sie immer unruhiger werden.

„Malak, wie können du und Elaya überhaupt noch in meiner Nähe sein, ohne mich angreifen zu wollen, wie euer Vater?", fragte sie geradeheraus, als sie das Schweigen nicht mehr aushielt.

Malak zögerte nicht mit der Antwort und sah Zenay direkt in die Augen.

„Feradun versteht nicht, dass du die einzige Chance bist, unsere Schwester je wiederzusehen."

Bei seinen Worten schnürte sich ihre Kehle zu. Sie wusste, dass er es gut meinte, dass er sie aufmuntern wollte, aber die Last seiner Aussage drückte sie fast zu Boden. Auf einmal verspürte sie eine Verantwortung, die sie nie gewollt hatte.

Menschen waren wegen ihr gefangen genommen worden. Und eigentlich war es ihre Aufgabe, sie wieder zu befreien.

„Ich muss jetzt zurück. Elaya … sie will momentan nicht lange allein sein", meinte er dann leise.

„Natürlich. Ich verstehe sie, bitte sag ihr das."

„Das weiß sie, Sina. Das wissen wir beide. Wir glauben fest daran, dass du uns helfen wirst, wenn es in deiner Macht steht."

Zenay brachte ein mattes Lächeln hervor. „Tarek und ich werden alles versuchen, sobald wir von Yerima aufgebrochen sind."

Sie stockte, als ihr klar wurde, was ihre Worte bedeuteten. Aber sie wollte jetzt nicht darüber sprechen, wie traurig sie war, dass ihre Freunde nicht mitgehen würden. Sie konnte das nicht erwarten und erst recht nicht verlangen. Das Einzige, was sie sicher wusste, war, dass sie es Elaya und Malak schuldete, ihre Schwester zu befreien. Wie sie das bewerkstelligen sollte, wusste sie allerdings noch nicht.

Zenay fühlte sich ertappt, doch Malak lächelte dankbar. „Kommst du mit? Ich glaube, Tarek würde mir sein Schwert über den Schädel ziehen, wenn ich dich hier allein herumstreifen ließe."

Eigentlich wollte sie genau das, allein sein und in Ruhe nachdenken, aber sie konnte ihm ansehen, dass er ihr jetzt nicht von der Seite weichen würde.

„In Ordnung, können wir noch ein paar Schritte weitergehen? Dann kehre ich mit dir um."

Malak nickte, und sie marschierten schweigsam los, einen sanften Hügel hinauf.

Der Wald wurde nach einer Weile lichter, die Sträucher verschwanden, und größere Bäume verbargen dafür den Himmel. Bald war der Mischwald einem dichten Tannenwald gewichen. Der Boden federte unter ihren Schritten mit leisem Knistern, da er von einer dicken Schicht brauner Nadeln bedeckt war. Sie tauchten unter einigen Büschen hindurch und vor ihnen öffnete sich eine große Lichtung. Dort wuchsen nur wenige kleine Bäume im lichten Gras und ein paar Heidelbeersträucher, die an einem Rand der Lichtung in dichtes Gebüsch übergingen, das nur hier Sonne bekam.

„Weit genug?", fragte Malak und ließ seinen Blick über die offene Lichtung schweifen.

Zenay atmete ein paar Mal tief ein und aus, bevor sie ihn ansah und nickte.

Sie gingen zurück zum Lagerplatz und fanden ihre Freunde, die gerade eine Feuerstelle vorbereitet hatten und trockenes Gras und dürre Zweige mit einer Zunderbüchse entzündeten. Shetan war nirgends zu sehen.

Es herrschte eine angespannte Stille. Zenay hatte das Gefühl, zu stören. Plötzlich räusperte sich Elaya und sah ihr in die Augen.

„Du … du hast uns noch gar nicht erzählt, was bei eurer Reise nach Lupena passiert ist. Wir waren nicht im Dorf, als die anderen zurückkamen."

Asyra nickte bekräftigend. „Du warst nicht bei ihnen, Sina … Dafür aber Falkir … Es gab ein riesiges Durcheinander und Streit, und dann kamen die Ratken …"

Zenay wollte schon den Mund aufmachen, da traf sie die Erinnerung an den jungen Jäger mit voller Wucht. Wie er leblos auf dem Boden lag, nass und umringt von seinen Freunden, die alle sie verantwortlich machten. Sie wusste nicht einmal, ob noch alle von ihnen lebten oder ob sie ebenfalls den Ratken zum Opfer gefallen waren.

Tarek sprang für sie ein, als er ihr Zögern bemerkte.

„Elaya, Malak, ihr habt ein Recht, es zu erfahren … Falkir ist beim Kampf gegen ein schwarzmagisches Ungeheuer gestorben."

„Was? Etwa so ein gruseliges Tier wie jenes, das auf dem Dorfplatz gewütet hat?", fragte Elaya. „Ich habe es nicht gesehen, aber die Erzählung der anderen klang erschreckend."

„Jetzt lass ihn berichten, Elaya", meinte Asyra.

Elaya zog den Kopf ein. „Entschuldigung."

Tarek seufzte. „Es war viel gefährlicher und größer. Außerdem war es kein wirkliches Tier … eher eine Ansammlung von schwarzer Magie. Diese Energie hatte ein Eigenleben, ohne dass ein Magier in der Nähe war. Es hielt sich in dem See verborgen, an dem wir ein Lager der Ratken entdeckt hatten, und griff Sina an, als sie schwimmen ging. Wir anderen kamen dazu, um zu helfen. Wir hatten keine Ahnung, was uns im Wasser erwartete … Sina konnte das Ungetüm töten, aber als wir alle wieder auftauchten, war Falkir bereits ertrunken." Tarek stockte einen Moment, bevor er weitersprach. „Wir haben alles versucht, sogar Magie, konnten ihn aber nicht wiederbeleben."

Die anderen starrten Zenay schweigend an. *Du hast vergessen, zu erwähnen, dass ich auch beinahe ertrunken wäre,* dachte sie, sagte aber nichts.

„Du hast einen Daroc getötet?!", platzte Asyra heraus, und alle sahen sie überrascht an.

„Woher weißt du denn, was das ist?", fragte Tarek.

„Ähm … Mokuba hat mir mal eine Schauergeschichte erzählt, von einem schwarzen Ungeheuer, das Menschen frisst …"

Tarek nickte kurz. „Ich hätte es auch für ein Märchen gehalten, aber es war real. Und Sina hat dieses abgrundtief böse Wesen mit magischen Blitzen zerfetzt!"

Zenay fühlte sich unwohl, in ein völlig falsches Licht gerückt. Sie warf einen kurzen Blick hinüber zu den anderen Reisenden, die noch ihre Lager vorbereiteten und weit genug entfernt waren, um nicht mithören zu können. Wahrscheinlich wollten sie nicht allzu nah bei der Magierin sein.

„Ich habe ja kaum etwas gemacht!", flüsterte sie. „Ich habe meine Magie gar nicht bewusst eingesetzt oder mich irgendwie gewehrt … Ich wurde überrumpelt und hatte Panik. Ich habe nur überlebt, weil meine Magie mich wohl irgendwie von selbst geschützt hat. Jedenfalls kann ich mich nicht daran erinnern, bewusst irgendwelche Blitze auf das Ding geschleudert zu haben, wie du es gesehen hast."

„Du hast es besiegt!"

„Das hatte wenig mit Können zu tun …"

„Jeder andere wäre gestorben, da bin ich sicher! Und du hast mir und den anderen das Leben gerettet."

„Falkir konnte ich nicht mehr helfen. Ich war wehrlos, genauso wie du mit deinem Messer", wandte sie ein und brachte damit für eine Weile Schweigen über die Gruppe.

„Was war eigentlich mit deinem Schwert? Das aus Kristall, von Shetan", wollte Malak anschließend wissen.

Zenay zögerte, bevor sie seufzte.

„Das hatte ich nicht dabei. Es lag sicher verpackt im Stall … und da habe ich es erst nach dem Brand holen können, nachdem die meisten

Feuer gelöscht waren. Aber das Monster war ohnehin im Wasser, ich hätte das Schwert im See nicht verwenden können."

„Du hast dich gut geschlagen. Auch jetzt, bei den Feuern", meinte Tarek.

Zenay nickte. Sie wusste, er wollte sie aufmuntern, aber das Gefühl von Enttäuschung und Wut blieb trotzdem. Gleichzeitig steckte ihr die Angst im Hals. Der Kampf mit dem Daroc war ein nachtschwarzer Alptraum gewesen; bei der Vorstellung, noch einmal solch einem Wesen begegnen zu müssen, brach ihr kalter Schweiß aus.

Malak runzelte die Stirn. „Mir scheint, du ziehst solche Unwesen an. Erst dieser monströse Keiler im Dorf, danach der Daroc auf deiner Reise. Kann das Zufall sein?"

Zenay sah ihn entgeistert an, und ihr wurde mulmig zumute. Sie wechselte rasch einen Blick mit Tarek, dann brach Malak in schallendes Lachen aus. „Jetzt mach dir nicht ins Hemd, Sina. Das sollte ein Scherz sein!"

„Du hast aber schon bessere gemacht", brummelte sie als Antwort und presste die Lippen aufeinander.

Bald darauf kehrten drei Männer ins Lager zurück, die einige Hasen mitbrachten, und die anderen Dorfleute gesellten sich zu ihnen ans Feuer. Shetan kam ebenfalls hinzu. Man kochte Getreide und würzte die Hasen mit wilden Kräutern, ehe sie über dem Feuer gebraten wurden. Während all der Zeit kam keine gemeinsame Unterhaltung in der Gruppe auf. Manche starrten ins Feuer oder flüsterten, andere warfen Zenay verstohlene Blicke zu.

Die meisten zogen sich nach dem Essen rasch in ihre Zelte zurück und ruhten sich aus, von den Strapazen der letzten Tage noch immer erschöpft. Auch Shetan legte sich bald schlafen, ohne am Abend mehr als zehn Worte gesprochen zu haben.

Laristan und sein Freund stellten sich an den Rand des Lagers und hielten Wache. So war nur noch eine kleine Gruppe um das langsam verglimmende Feuer versammelt. Zenay starrte schweigend in die Glut, von dem leisen Murmeln der anderen bekam sie kaum etwas mit, bis ihr Name erwähnt wurde.

Der Ton gefiel ihr gar nicht.

Sie leitete vorsichtig etwas Magie in ihre Ohren und erkannte, dass es die beiden Männer am Waldrand waren, die sich da über sie unterhielten. Sie wusste, dass Laristan zu Feradun gehörte; sie hatte gesehen, dass der Mann bei der Gruppe gewesen war, die versucht hatte, die entführten Frauen zu finden. Außerdem war ihr sein Gesichtsausdruck auf dem Dorfplatz aufgefallen. Er war ganz kurz davor gewesen, Feradun zu Hilfe zu eilen und sich gegen Jesco zu stellen.

„Ich finde, sie sollte auch nicht hier bei uns sein! Soll sie doch ihr Pferd nehmen und allein reisen, ich will nichts mehr mit ihr zu tun haben!", zischte Laristan aufgebracht seinen Begleiter an.

„Sag das nicht zu laut ... Einige der Jäger sind auch da, und die stehen ja wohl auf ihrer Seite!", murmelte der andere, den Zenay bisher kaum beachtet hatte.

Laristan schnaubte. „Nicht nach dem, was mit Falkir passiert ist. Diese Hexe hat ihn umgebracht, sage ich dir! Ein schwarzes Monster im See, dass ich nicht lache! Erfundene Märchen, ohne Beweise. Wahrscheinlich hat sie irgendeinen merkwürdigen Zauber auf ihn ausgeübt, der ihn dazu brachte, sich ins Wasser zu stürzen. Ich bin froh, dass wir hier sind. So können wir alles beobachten und sichergehen, dass sie nicht mit zurückkommt. Sie hätte nicht einmal hier sein sollen, nach dem, was Feradun mir von seinen Plänen erzählt hatte."

„Sie müssen Reißaus genommen haben."

„Du hast den jungen Trottel doch gehört. Der und sein elendiger Großvater und die rothaarige Heilerin wollen sie begleiten, sie werden sie auch jetzt beschützen."

„Soll mir recht sein. Sie werden sowieso bald von den Ratken erwischt, wie jeder andere auch, der gegen die Königin aufbegehrt. Hauptsache, sie sagen dann nichts über unser Dorf."

Zenay hielt es nicht mehr aus. Sie stand wütend vom Feuer auf und floh förmlich in Richtung Wald. Sie wollte gerade zwischen die Bäume treten, als sie Tarek leise rufen hörte. Er eilte ihr nach und blieb mit gerunzelter Stirn vor ihr stehen.

„Was ist denn auf einmal los? Wo willst du jetzt noch alleine hin?"

„Ich kann es nicht ertragen, ihre Unterhaltung zu hören."

Tarek brauchte nur einen Moment, dann schien er zu verstehen, obwohl er das leise Gemurmel nicht gehört haben konnte.

„Lass sie doch reden, das sind Idioten, die den Ernst der Lage nicht begreifen!"

„Ganz genau! Der Ernst der Lage." Zenay konnte Tarek ansehen, dass er die Wortwahl sofort bereute, aber es konnte sie nicht besänftigen. Sie war zu aufgebracht. „Die Ratken sind nur meinetwegen gekommen, auch unsere Freunde denken so!" Sie wandte sich ab.

„Warte doch!"

„Ich möchte jetzt allein sein", sagte Zenay kalt.

„Natürlich." Er stockte kurz. Einen Moment blieb sie noch stur, dann lächelte sie Tarek aber doch noch müde an. Er erwiderte es vorsichtig.

„Aber nicht im Wald. Die Wiese hier ist lang genug; wenn du willst, zieh dich etwas zurück, doch ich lasse dich nicht allein nachts in diesen Wäldern herumstreifen."

Sie seufzte, gab ihm aber widerwillig recht. Sie strich einmal über das Holz ihres Bogens.

Nach einem kurzen Blick zum Lager schlug sie ihren Mantel leicht zurück und zeigte ihm damit, dass sie auch ihr Kristallschwert umgegürtet hatte.

„Bleib nicht zu lange weg. Wir müssen morgen früh aufbrechen, wenn wir den nächsten Fluss noch vor der Dunkelheit erreichen wollen", setzte er nach, obwohl in seinem Blick ein wenig Erleichterung lag.

„Ja, Herr", murmelte sie und ließ ihn stehen.

«✝»

Eigentlich war es eine wunderschöne Nacht. Die Sterne glänzten, und zwischen den Laubbäumen lag ein zarter Nebelschleier, aber all dies prallte an Zenays Gedanken ab. Sie zog sich zum hintersten Teil der Wiese zurück. Dort fand sie eine Stelle, an der einige Büsche einen geschützten Bereich bildeten und sie vor Blicken aus dem Lager bewahrten.

Viel lieber hätte sie das Lager ganz hinter sich gelassen. Ein Drang, zu rennen und dabei laut zu schreien, machte sich in ihr breit, doch sie konnte dem nicht nachgeben. Zuerst einmal wollte sie sich beruhigen und nachdenken. Wut kochte in ihr, über diese heimliche Unterhaltung, über Feradun und seine Leute.

Doch dann kam auch noch die Fassungslosigkeit über den brutalen Überfall hinzu. Die Ratken, diese Fremden, von denen sie nur eine vage Vorstellung hatte. Sie waren in ihre erst neu gewonnene Heimat eingedrungen, hatten gemordet und Frauen entführt, die alle wie sie aussahen.

Die Wut formte Energie, prickelte unkontrolliert über ihre Haut und stellte die Härchen auf ihren Armen auf.

Ein schwacher Blitz zuckte von ihr fort.

Zwar brodelte noch immer Zorn in ihrem Inneren, aber jetzt mischte sich auch Faszination dazu. Sie hatte zuvor schon solche Blitze gesehen, als sie geübt hatte, sich mit ihrer Magie von einer Stelle an eine andere zu teleportieren. Dennoch war es eine neue Erfahrung, die Energie in dieser Form über ihre Finger zucken zu sehen.

*Kann ich Blitze schleudern, wenn ich die Energie zum Teleportieren freisetze, bevor ich mich bewege? Das ist doch auch damals passiert, als die anderen mich beim Üben im Wald überrascht und so herausgefunden haben, dass ich eine Magierin bin.*

Es war ein interessanter Gedanke, aber die Wut blieb dennoch fest in ihrem Inneren verankert. Sie konnte immer noch nicht fassen, was passiert war. Der Überfall, das Feuer, die Toten … es war einfach zu viel.

*Ich habe mir mein Schicksal nicht ausgesucht!,* dachte sie wütend und beobachtete die feinen Blitze, die kaum sichtbar über ihre Hand wanderten.

*Aber ändern kann ich es jetzt auch nicht mehr. Ich muss stärker werden! Ich muss die Toten rächen und diesen Wahnsinn beenden!*

Zenay ging eine Weile unruhig hin und her. Es war nicht besonders kalt, trotzdem lief ihr plötzlich ein Schauer den Rücken hinunter.

Sie blieb stehen und sah sich um. Nichts Sonderbares regte sich, nur ein schwacher Wind bewegte die Baumkronen, und einige Fledermäuse flatterten über die Lichtung. Aber das war es nicht, was Zenay beunruhigte. Das mulmige Gefühl blieb. Sie musste an Laristan denken. Würde er es wagen, sie anzugreifen, obwohl ihre Freunde in der Nähe waren?

Mit den Fingerspitzen strich sie über die Sehne ihres Bogens, der über ihrer Schulter hing.

Sollte er es doch versuchen!

Als sie ihr Gehör wiederum mit etwas Magie verstärkte und lauschte, waren da nur die gewöhnlichen Geräusche des Waldes. Laristan und sein

Freund standen noch immer am Rand des Lagers, und ein Stück westlich von ihr strichen ein paar Rehe durchs Unterholz.

Mit einem Seufzen löste sie die Magie von ihren Ohren und setzte sich mit überkreuzten Beinen genau in der Mitte des abgeschiedenen Fleckchens nieder. Sie atmete einige Male ruhig ein und aus und tat dieses mulmige Gefühl schließlich als eine der vielen Sorgen ab, die sie in letzter Zeit mit sich trug.

Sie zog das Kristallschwert aus seiner Halterung und ließ es mehrmals mit einem Funken Magie verschwinden und wieder auftauchen. Anschließend legte sie die Klinge neben sich ins Moos.

Endlich kehrte nach einer Weile etwas Ruhe in ihre Gedanken ein.

Der Wind rauschte sanft durch die Bäume, irgendwo rief ein Käuzchen – da hörte sie ein Knacken hinter sich. Sie drehte den Kopf und riss entsetzt die Augen auf.

Ein riesiger, schwarzer Schatten flog auf sie zu.

Sie schrie auf, als sie gepackt und von den Beinen gerissen wurde. Ihr Kopf prallte gegen etwas Hartes, und alles verschwamm in Dunkelheit.

# Fackeln

Tareks Blick ruhte ununterbrochen auf den Silhouetten der Bäume. Der Mond zeigte sich schon zwischen ihnen.

„Es ist spät. Ich hole Sina, sie sollte etwas Ruhe finden."

Jesco blickte auf und zuckte mit den Schultern. „Ich komme mit, nach dem Ritt kann ein wenig Bewegung auf den eigenen Beinen vor dem Schlafen nicht schaden."

Als er sich erhob, streckte Elaya die Arme und sprang auf. „Das ist eine gute Idee, ich komme auch mit! Vielleicht freut sich Sina ja, wenn wir sie alle zusammen abholen?", fragte sie und sah ihren Bruder an, der herzhaft gähnte.

Sie wechselten einen langen Blick, ehe Malak nickte. „Gut, gut, ich komme auch mit." Er stützte sich übertrieben ächzend beim Aufstehen auf seine Axt und bot dann Asyra seine Hand, um sie auf die Beine zu ziehen. Doch die schüttelte den Kopf, sobald sie stand.

„Ich bleibe hier, wenn es für euch in Ordnung ist, und lege mich schon hin."

Die anderen nickten, zündeten mehrere Fackeln am Feuer an und schlenderten gemütlich aus dem Lager.

Während die Fackeln knisterten und Schatten auf den Waldrand warfen, folgten sie schweigend einem kleinen Pfad durchs Gras, die Wiese entlang.

„Könnt ihr sie sehen?", fragte Malak mit gerunzelter Stirn und hielt die Fackel höher über seinen Kopf.

„Ob sie auf der Lichtung geblieben ist?" Jescos Ton klang vorwurfsvoll.

„Sie ist nach da hinten gegangen", erwiderte Elaya, deutete zu dem schmalen Wiesenstreifen – und zuckte zusammen. Ein Wolf heulte laut, es klang sonderbar, bedrohlich.

„Ich glaube, ich habe da eine Ahnung", meinte Malak und sah sich alarmiert um.

„Wie sie immer Wölfe anzieht, ist mir ein Rätsel", murmelte Tarek, und als die anderen ihn fragend ansahen, zuckte er mit den Schultern.

„Macht euch keine Sorgen, das ist nichts. Wahrscheinlich kennt sie diese Wölfe."

„Dann sind es die, denen wir einmal bei der Jagd begegnet sind? Würden sie uns wirklich so weit folgen?", fragte Malak, und Tarek zuckte die Schultern.

„Sie sind sehr intelligent. Vielleicht haben sie eine Botscha..."

Ein überraschter Aufschrei hallte durch den Wald, der sich ganz und gar nicht mehr nach *Nichts* anhörte.

Egal, ob die Wölfe da waren, Zenay befand sich in Gefahr!

Tarek riss sein Schwert aus der Scheide und hetzte auf die Büsche zu, die ein kleines Stück der Lichtung vor ihren Blicken schützten. Dicht gefolgt von Jesco, der bereits einen Pfeil auf der Sehne liegen hatte.

„Verdammter Mist! Ratken!", rief Malak und zog Elaya am Arm hinter Tareks zuckendem Fackelschein in den Wald.

«✝»

Benommenheit umnebelte Zenay, und es dauerte einige Zeit, bis sie der rhythmisch trommelnden Schritte gewahr wurde.

Heißer Atem strömte über ihren Nacken, Zähne glitten über ihre Haut und hatten sich in den Stoff ihres Mantels und Hemds gegraben.

Einen Moment war sie völlig desorientiert und sah nichts außer dem verschwommenen Waldboden und den riesigen Pranken, die sich rasch und regelmäßig in das weiche Erdreich gruben.

Dann verstand sie endlich, was mit ihr geschah.

Es war ein Tier! Zenay versuchte, nach seiner Seite zu treten, aber es schleifte sie so schnell über den Boden, dass sie überhaupt keine Kontrolle mehr hatte.

Mit einem wütenden Schrei riss sie die Arme hoch und versuchte, eine Schwachstelle im Gesicht des Tiers zu finden. Sie erfühlte warme, feuchte Lefzen und kurzes, borstiges Fell.

Als sie dem Auge näherkam, schnaubte das Wesen und schüttelte sie heftig.

Ihr Kopf wurde hin und her geschleudert. Sterne wirbelten vor ihren Augen auf. Weit entfernt konnte sie gelb flackerndes Licht erkennen, das sie an Fackeln erinnerte, doch war sie so tief in den Wald gezerrt worden, dass die Hoffnungsschimmer verschwanden und nichts als dunkle Baumschemen blieben, die an ihnen vorbeiflogen.

Das Tier gab ein kehliges Geräusch von sich, fast wie Heulen, da wurde es Zenay zu viel.

„Lass mich los!", brüllte sie und schaffte es dann doch, nach dem Tier zu treten. Sie stieß sich an seiner Flanke ab, und der Stoff in ihrem Nacken gab ratschend nach.

Sie fiel, prallte schmerzhaft auf einen Stein und rollte über Tannennadeln und Moos. Ihr Bogen blieb auf ihrem Rücken, aber im Augenwinkel sah sie, dass ihre Pfeile sich aus dem Köcher ergossen und um sie verteilt hatten.

Die donnernden Schritte des Wesens entfernten sich ein Stück, Zenay rappelte sich auf. Sie waren auf einer kleinen Lichtung mitten im Wald, ganz allein.

Mit einer fließenden Bewegung zog Zenay den Bogen von der Schulter, klaubte einen Pfeil vom Boden auf und legte ihn an die Sehne.

Der dunkle Schatten bremste schnaubend ab und drehte sich zu ihr um.

Glühende Augen bohrten sich in die ihren und ließen sie erzittern. In ihnen lag eine magische Intensität, die Zenay Eiseskälte durch die Adern jagte.

Das war kein Tier. Der schwere Klumpen aus ungutem Gefühl in ihrem Bauch war zurück und zog sich schmerzhaft zusammen. Sie war gefangen in diesem Blick, der sie zu sehr an andere, böse Augen erinnerte.

Ihre Gedanken zuckten kurz zu Zayda, und ihr kam der irrwitzige Gedanke, dass das alles doch kein Zufall sein konnte. Sie hatte kaum klare Erinnerungen an die Königin und die Zeit im Gefängnis, aber ihr Instinkt sagte ihr, dass dieses Wesen ihr gegenüber nicht einfach so aufgetaucht war.

Die Augen musterten sie, als wollte das Wesen abschätzen, wie schnell sie sein könnte.

Was sie da anstarrte, war absolut böse, animalische Intelligenz. Das Wesen drehte leicht den Kopf und öffnete das Maul, um eine Reihe spitzer Zähne zu entblößen. Einen Moment schien es tatsächlich zu lächeln.

Eine Reihe alter Märchen und Legenden aus Kindestagen kamen ihr plötzlich in den Sinn, Schauergeschichten von Werwölfen, doch das war Unsinn. Das war kein Werwolf.

Dann traf Zenay die Erkenntnis wie ein Schlag. Sie erinnerte sich an die kurze Unterhaltung am See, nachdem sie den Daroc im Wasser besiegt hatte. Da hatten Shetan und Tarek zugegeben, dass es noch ganz andere Schrecken in ihrer Welt gab. Sie hatten erwähnt, dass Magier von schwarzer Energie befallen werden konnten, so wie der Keiler, der im Dorf den Marktplatz zerstört hatte. Und dass diese dunklen Kräfte einen Menschen mutieren lassen könnten.

In einen Mangriden.

Er sah aus wie eine viel zu große, abnorme Mischung aus Mensch und Wolf. Rabenschwarze Haut zog sich über Muskeln und Sehnen. Eine breite, menschlich wirkende Brust hob und senkte sich. Lange, gebogene Arme und Beine ließen ihn riesenhaft wirken. Der unregelmäßig mit schwarzem Fell behaarte Körper bebte vor Anspannung, und seine kräftigen Pranken waren mit krallenbesetzten Fingern ausgestattet.

Ihr Instinkt sagte ihr, dieser Mangride war intelligent, mit magischen Kräften ausgestattet und sicher mächtiger als das Biest, das sie im Dorf getötet hatte. Und mit einem Daroc war er nicht vergleichbar. Damals war sie nicht von solchen Augen angestarrt worden. Fast menschliche Augen, die in ihr Innerstes zu blicken schienen und nach der Magie in ihrem Herz lechzten.

Sein riesiger Kopf war wie der eines Wolfs geformt: Er hatte eine lange, kräftige Schnauze mit scharfen, stark hervorstehenden Eckzähnen und spitze Ohren. Ein knochiger Schwanz peitschte wild hinter dem wuchtigen Körper über den Boden und wirbelte Nadeln und Gras auf.

Er spannte seine langen, starken Arme an, richtete sich hoch auf die Hinterbeine auf und heulte markerschütternd. Der Laut ließ Zenays Blut gefrieren.

Das konnte alles kein Zufall sein. Der Eber im Dorf, der Daroc und jetzt das. Malak hatte mit seinem Scherz genau ins Schwarze getroffen.

Plötzlich ließ der Mangride sich mit einem dumpfen Geräusch wieder auf alle viere fallen und fletschte die Zähne. Seine Nüstern weiteten sich, als er laut schnaubend die Luft einsog und ihren Geruch aufnahm. Seine Krallen gruben sich in den weichen Boden.

Zenay hob den Bogen und spannte die Sehne. Der Pfeil zeigte zitternd auf seinen Hals.

Die glühenden Augen verengten sich nur ein kleines bisschen, aber für Zenay war es ein deutliches Signal. Er spannte die Muskeln an und schleuderte sich ihr mit einem kräftigen Satz entgegen.

Sie ließ die Sehne los. Der Pfeil surrte auf den Mangriden zu, doch der riss den Arm hoch und schlug den Pfeil einfach aus der Bahn.

Aus seinem Maul drang ein kehliges Geräusch, fast wie ein Lachen. Er kam näher, die Zeit würde für einen zweiten Pfeil nicht reichen.

Zenay wirbelte herum und rannte wie ein aufgescheuchtes Reh davon. Zähneknirschend erkannte sie, dass ihr Kristallschwert noch auf der Lichtung liegen musste. Wenn sie es nur erreichen könnte … gegen das Wesen im Dorf hatte es Wunder gewirkt! Sie musste sich dorthin teleportieren, musste Tarek warnen!

Der Untergrund vibrierte unter seinem Gewicht, dann war der Mangride über ihr und bekam ihren Rock zu fassen. Er riss sie mit Wucht zu Boden. Sie fiel, spürte Tannennadeln und Zweige im Gesicht. Einen Augenblick lang schien die Welt stillzustehen, dann schlug ihr Herz so schnell, dass ihr Blut in den Ohren rauschte.

Zenay drehte sich wild schreiend auf den Rücken und schleuderte den Bogen gegen seinen Kopf. Er hatte den Arm noch erhoben, das Holz prallte mit Wucht von seiner massigen Schulter ab. Er schnappte danach, und sie hörte, wie die Sehne riss. Die scharfen Zähne klackten zusammen, als er sein Maul näher brachte. Das Bogenholz geriet zwischen sie. Er biss danach, es knirschte, und mit einem Ruck seines Schädels war der Bogen nicht mehr in ihren Händen, sondern flog kreiselnd über die Lichtung und verschwand aus Zenays Sicht.

Er schnappte wieder zu.

Mit aller Kraft trat sie gegen sein rechtes Vorderbein, so dass es vom moosigen Untergrund abrutschte. Er knickte knurrend weg und riss ein großes Stück Stoff von ihrem Mantel ab. Während er es schüttelte, rutschte Zenay so weit es ging von ihm weg, bis sie mit dem Rücken gegen einen großen Baum stieß. Hektisch suchte sie nach einem Ausweg, und ihre Fingerspitzen glühten auf. Das schwache Mondlicht spiegelte sich in den grün leuchtenden Augen des Mangriden, als er seine Aufmerksamkeit sofort wieder auf sie richtete. Dunkle Energie umwallte ihn, eine grauenhafte, stechende Aura, und riss sie aus ihrer Konzentration. Ein elektrischer Blitz peitschte auf ihn zu, anstatt sie von hier wegzutransportieren. Doch der Mangride duckte sich einfach unter der magischen Entladung weg und setzte erneut zum Sprung an.

Kribbelnde Schwäche breitete sich in ihren Armen aus. Sie spürte, wie die Magie aus ihr entwich und noch mehr Raum für ihre Furcht zurückließ.

Zenay rollte sich zur Seite. Mit einem lauten Schaben rissen seine Krallen tiefe Wunden in die Rinde des Baums hinter ihr.

Knurrend folgte er ihr. Sie hob die Hände und schoss erneut einen grellen, knisternden Blitz auf ihn. Diesmal richtete sie die Magie direkt gegen ihn und versuchte, noch mehr Stärke und Geschwindigkeit hineinzulegen.

Vergeblich. Er wich der Magie wieder aus, sprang auf sie zu und drückte sie zu Boden. Sie spürte sein Gewicht, seine Klauen und die brodelnde, schwarze Energie, die ihn durchdrang. Er senkte den Kopf, riss das Maul auf und biss zu.

Gleißender Schmerz schoss durch ihre Nerven. Die Reißzähne des Mangriden gruben sich in ihre linke Schulter und in den Rücken. Ihr heller Schmerzensschrei hallte über die Lichtung.

Blut spritzte aus den Wunden, und der schwarze Wolf ließ kurz von ihr ab, irritiert von einem letzten schwachen Blitz, der zwischen ihnen zuckte.

Dunkle Formen tanzten vor Zenays Augen, und sie glaubte, das Bewusstsein zu verlieren. Sie schüttelte schwach den Kopf, und der Schmerz brachte sie zurück.

Der Mangride stand über ihr und zerfetzte laut schnaubend den Rest ihres Mantels, der sich in seinen Zähnen verfangen haben musste. Zenay drehte sich zitternd auf den Bauch und robbte unter ihm hervor, obwohl ihr linker Arm wegknickte. Sie kroch zwischen einige niedrige Birken am Lichtungsrand, aber ihr zerrissener Rock blieb an etwas hängen. Panisch zerrte sie sich frei. Sie wollte schon aufstehen und weiterrennen, als er hinter ihr herkam. Sie hatte keine Zeit mehr zum Nachdenken. Sie drehte sich um, wollte ihn abwehren und hob den Arm.

Dunkler Schmerz pulsierte durch ihre verletzte Schulter und unterdrückte ihre Kräfte. Laut krachend barsten zwei dünne Birkenstämme zwischen ihnen, die er einfach aus dem Weg brach. Sein rasselnder Atem kam näher, er drückte sie auf den Boden, und Zenays Schrei erstarb zu einem leisen Gurgeln, als unter dem Gewicht seiner Pranke mehrere Rippen brachen.

Rote Flecken breiteten sich vor ihren Augen aus, während die Schmerzen sie nahezu lähmten. Er verlagerte sein Gewicht, nahm die Pranke von ihr und schnüffelte an ihrem Körper; mit seiner großen rauhen Zunge leckte er sich über die blutigen Zähne. Sein Atem stank nach Verwesung. Der Ekel belebte ihre Sinne, und sie drehte sich auf den Bauch, um von ihm wegzukriechen.

Im Augenwinkel sah sie fast in Zeitlupe, wie er den Arm hob, ausholte und seine Pranke in ihren Rücken schlug. Stoff und Haut waren kein Hindernis für ihn, seine Krallen gruben sich tief in ihr Fleisch.

Ihr nächster Schrei verteilte einen feinen Sprühnebel aus Blut auf den Waldboden.

Ein stärkerer Blitz zuckte von ihrer Hand durch die Luft und traf den Mangriden, als sich ihr heftiger Schmerz in unkontrollierter Magie entlud. Jaulend bäumte er sich auf, knurrte noch drohender, während der Geruch von verbranntem Fell in Zenays Bewusstsein drang.

Alles um sie schien gleichzeitig langsam und schnell. Warmes Blut quoll über ihre Schulter und den Nacken, glühende Pein brannte sich durch ihren Rücken. Zitternd versuchte sie aufzustehen, sich aus seinem Griff zu winden. Vergeblich.

Er schnappte nach ihrem rechten Arm, und sie spürte, wie sich Zähne durch ihren Muskel gruben und auf Knochen trafen. Sein Kiefer schloss sich wie eine Zange, dann zog er ihren Arm nach hinten, während seine Pranke ihre Schulter hielt.

Irgendwo in ihrem dröhnenden Kopf rief eine Stimme, dass er ihr gleich den Arm ausreißen würde. Dann wurde die Stimme tiefer, männlicher.

Schemenhaft sah sie, wie ein Pfeil die breite Schulter über ihr streifte. Der Mangride jaulte auf und ließ ihren Arm los.

Der nächste Pfeil prallte ab und hinterließ nur eine Schramme. Zenay sah die schwarzen Funken, die über seine Haut flogen und den Pfeil abgewehrt hatten, aber ihr Verstand wollte nicht begreifen, was da geschah.

Ihr Blick verschwamm und ihr Kopf fiel zur Seite, so dass sie Waldboden und einige Stämme sah.

Fackeln warfen hektische Schatten zwischen den Bäumen hindurch, mehrere Schemen stürmten hinter den Tannen hervor.

Gedämpftes, menschliches Brüllen dröhnte in ihren Ohren, klang wie durch Watte.

Ihr Körper war mittlerweile nur noch eine Mischung aus dumpfem Schmerz und Benommenheit. Sie war beinahe erleichtert, dass diese Trägheit sie ergriff, denn sie linderte den Schmerz.

Ein dritter Pfeil und ein Messer zischten durch die Luft.

Dennoch ließ der Mangride nicht von ihr ab. Als Letztes sah sie seine blutverschmierten Zähne, die sich ihrem Gesicht näherten.

«✝»

Tareks Kopf war völlig leer. Er hörte auf zu denken, sich Sorgen zu machen, und selbst das Entsetzen über den Anblick dieser Bestie verging.

Es zählte nur noch Zenays blutüberströmter Körper.

Aber anstatt zu erstarren, packte Tarek ein nicht zu bändigender Zorn, der sich mit voller Wucht gegen dieses Wesen entlud. Der Schmerz seiner verletzten Rippen schien plötzlich nichtig gegenüber der Angst, zu spät zu kommen.

Er konnte die Schwärze um die Haut des Mangriden wabern sehen, der kurz davor war, seiner Zenay den Arm auszureißen.

Wie von selbst steckte er das Schwert zurück in die Scheide. Seine Hand fand das Messer an seinem Gürtel und schleuderte es dem Wesen entgegen.

Die dunkle Energie lenkte die Klinge ab, ohne dass sie Schaden verursacht hätte, doch irgendwie schien Tareks Wut etwas auszurichten, denn der Mangride jaulte und wandte sich ihnen zu.

Er wich vor den Fackeln zurück, doch schnell überwand er diesen Instinkt, packte die Wehrlose erneut an der Schulter und hob sie halb vom Boden auf.

Er wollte ihren schlaffen Körper in die Dunkelheit des Waldes zerren.

*Nein. Du entkommst mir nicht.*

Tarek steckte all seine Energie in den Sprint, zog wieder sein Schwert und schnitt dem Mangriden den Weg ab.

Ein tiefes Grollen drang aus dessen Kehle, Tareks glänzende Klinge brachte ihn zum Stehen. Das Biest ließ Zenay auf den Boden fallen und richtete seine glühenden Augen auf den Angreifer.

Der Mangride riss das Maul auf und entblößte eine Reihe spitzer, blutiger Zähne, als er besitzergreifend über Zenay trat.

Er bewegte sich lauernd auf Tarek zu, erhob sich und schlug urplötzlich mit seiner Pranke zu.

Tarek entging den messerscharfen Krallen nur knapp und stieß seinerseits zu. Mit einem Ratschen durchtrennte sein Schwert eine Sehne am Unterarm des Wolfs, der wütend fauchte und kreischte. Der Mangride schnappte nach ihm und packte sein Leinenhemd, aber Tarek riss brüllend die andere Hand hoch und schlug mit der Fackel in das behaarte Gesicht.

Laut aufheulend machte der Mangride einen Sprung zurück. Tarek schwang die Fackel heftig hin und her und brüllte dem Wesen seine ganze Wut entgegen.

Dann waren die anderen an seiner Seite. Malak und Jesco streckten dem Mangriden ihre Fackeln entgegen, während Elaya nach dem langen Sprint um Atem rang. Doch selbst sie schwenkte nach einem kurzen Moment wild eine Fackel vor sich, obwohl ihr die Angst offen ins Gesicht geschrieben stand.

Der Mangride ließ ein zischendes Fauchen ertönen, während er Blut und Speichel spie, aber er wich vor den Flammen zurück, die sich in seinen grünen Augen spiegelten.

Tarek hatte das Gefühl, von diesem Blick durchbohrt zu werden, in dem so viel Dunkles lag. Dann traf Jescos Fackel die Flanke des Mangriden. Dieser riss seinen Blick los und schnappte nach dem neuen Angreifer.

Tareks Herz raste, während er zu Zenay am Boden spähte. Sie bewegte sich schwach, aber der Mangride war noch immer zu nah, er konnte nicht zu ihr.

Malak und Elaya stellten sich neben ihn, schrien wild und schwenkten die Fackeln vor dem Gesicht der Bestie.

Schritt für Schritt trieben sie den Mangriden fort von Zenay, bis er seine Beute widerwillig aufgab. Er heulte lange und markerschütternd auf, rannte schließlich geifernd in das Dunkel des Waldes und verschwand.

Totenstille breitete sich auf der Lichtung aus. Alle Blicke richteten sich auf Zenay.

Sie lag zitternd auf dem Boden. Tarek fiel neben ihr auf die Knie und stützte sie. Tränen liefen über ihre blutverschmierten Wangen. Er konnte spüren, dass sie etwas sagen wollte. Ihr Mund öffnete und schloss sich mehrmals, dann verdrehte sie die Augen und sackte zusammen.

„Nein!", entfuhr es ihm, und er beugte sich über sie, um nach ihrem Atem zu lauschen. Die anderen regten sich nicht, während er horchte und dann die Arme unter ihren Rücken und ihre Beine schob. Warmes Blut rann ihm über die Haut, doch immerhin lief es noch aus ihren Wunden. Ihr Herz schlug noch.

Er hob sie auf und stürmte zurück zum Lager.

Die anderen zögerten nur kurz, dann hatten sie sich gefasst und folgten ihm. Schon nach einem Augenblick verteilten sie sich um ihn und bildeten einen schützenden Ring aus Fackeln.

Tarek presste Zenay an seine schmerzende Brust.

Sie hatten erst den halben Weg geschafft, als vor ihm Fackelschein den Wald erhellte. Eine Gruppe aufgewühlter Männer kam ihnen entgegen, riefen und schrien durcheinander, da sie Kampflärm gehört hätten – und verstummten schlagartig beim Anblick der blutüberströmten Magierin.

„Was ist geschehen?", wollte Jorid wissen und hielt die Fackel höher.

„Es war ein Mangride!", rief Elaya bestürzt.

„Ist … ist sie …?", fragte Jorid, doch er sprach nicht weiter, denn Malak sprang vor und packte ihn am Kragen.

„Wag es nicht! Sprich es aus, und ich lasse dich gegen so eine Bestie kämpfen und sehen, ob DU danach noch atmest!"

Jorid schluckte und nickte kurz.

„Männer, ihr schürt die Feuer und stellt sicher, dass das Wesen nicht noch einmal in die Nähe des Lagers kommt! Bleibt dicht beieinander, entfacht noch mehr Feuer rund um die Zelte und bindet die Pferde zusammen!", befahl Jesco und erhielt rasches Gemurmel als Antwort, während die Männer auf Zenays malträtierten Körper stierten.

Wut schoss durch Tarek. Er stieß sie aus dem Weg und rannte weiter. Sie folgten murmelnd, während er nur auf Zenay achten konnte und alles andere vergaß.

Endlich erreichten sie die Lichtung. Tarek stürzte in das Zelt, in dem er und Zenay eigentlich eine ruhige Nacht hatten verbringen wollen. Er bettete sie auf seinen Mantel und zog ihr hastig, aber dennoch behutsam die blutgetränkten Mantel– und Hemdfetzen von den Schultern. Sein Großvater kam hinter ihm ins Zelt gestolpert, gefolgt von Asyra.

„Habt ihr sie gefund…", fragte sie im Hineingehen – und wankte, als sie Zenay erblickte. „Bei den Hütern …"

Shetan erstarrte nur für einen kurzen Moment, dann beugte er sich über Zenay und stieß zischend die Luft aus.

«✝»

Während man sie hinlegte, erlangte Zenay mühsam wieder die Kontrolle über ihr Bewusstsein. Aus Schmerz und trüben Bildern formten sich das Innere eines Zeltes und der dunkle Umriss von Shetan und Tarek.

Ihr Atem ging stoßweise. Sie biss die Zähne zusammen, um nicht laut zu schreien, als Shetan die Bisswunden betastete. Übelkeit machte sich in ihr breit, alles drehte sich. Sie wollte sprechen, aber es kam nur ein Gurgeln aus ihrer Kehle.

Sie schmeckte Blut.

Panik stieg in ihr auf und verstärkte den Schmerz nur noch. Sie konnte fühlen, wie das Leben aus ihr sickerte. Blut und Tränen liefen über ihr verschmiertes Gesicht. Die Trägheit fiel mit einem Schlag von ihr ab und machte ihr schmerzlich bewusst, was gerade geschah.

Sie würde sterben!

Zenay riss die Augen auf und suchte Tareks Blick, aber alles war jetzt rot und verschwommen; sie konnte ihn nicht mehr erkennen und auch nicht mit ihm sprechen. Der Schmerz in ihrer Brust schwoll an und ließ sie husten. Sie spürte, wie kurz darauf Blutstropfen auf ihrem Gesicht landeten.

Jemand strich ihr mit den Fingern über die Augen.

Sie fühlte die wohlbekannte, warme Magie Shetans, die sich auf ihren Geist legte und die Benommenheit verstärkte.

Die Todesangst krallte sich vehement in ihr fest, doch schließlich siegte Shetans beruhigender Einfluss.

Bodenlose Leere umhüllte ihren Kopf und ließ sie auf dem Lager erschlaffen.

«✝»

Tarek zuckte zusammen. Er brachte kaum noch ein Flüstern heraus. „Ist sie ..."

„Nein, sie lebt. Ich habe sie nur betäubt, damit sie die Schmerzen nicht ertragen muss."

Shetan beugte sich dicht über sie und befühlte die Wunden an ihrer linken Schulter und ihrem rechten Arm.

Er schüttelte den Kopf. „Asyra, Tarek, dreht sie auf den Bauch, die Wunden am Rücken sind viel schlimmer", befahl er und schloss die Augen.

Wenn er jetzt nicht vorsichtig war, konnte dieser Kraftakt sie beide leicht das Leben kosten. Mit einem düsteren Seufzen ließ er so viel Energie, wie er auf einmal verwenden konnte, in die schrecklichen Striemen fließen. Danach wanderte noch etwas heilende Magie in die Bisswunden an der Schulter.

Während er noch durch die Magie mit ihr und ihrem Schmerz verbunden war, fühlte er, wie seine Kräfte ihr rettendes Werk taten. Ihre Rippen knackten, als sie in die richtige Position gezogen und zusammengefügt wurden. Gefäße wuchsen wieder aneinander und schlossen damit die am stärksten blutenden Stellen.

Die Oberflächen der Wunden trockneten durch die Hitze der Magie an, die Blutungen ließen nach. Auf einmal riss der Schorf wieder auf, und Shetan entwich ein Keuchen.

Etwas stimmte nicht. Die Magie half ihr, aber sie erweckte und nährte zugleich einen dunklen Schatten in ihrem Inneren. Ein Teil der Kraft verfehlte seine Wirkung. Dann wandte sich die Magie gegen ihn. Sie wandelte sich, wurde dunkel, wütend und verdreht, krallte sich in Shetans Brust und wollte ihn packen wie ein hilfloses Tier.

Shetan schwankte und musste sich ächzend an Tareks Schulter abstützen.

Schmerz pulsierte durch seinen Körper, ließ ihn all das Leid der Bewusstlosen am eigenen Leib erfahren.

Eine Weile krallte er sich noch an Tareks Arm und atmete heftig, bis er wieder fähig war zu sprechen. Er spürte, wie ihm die Nähe seines Enkels neue Kraft gab, und war mehr als erleichtert. Einen Moment lang hatte er befürchtet, er könnte sich dieser dunklen Kraft nicht entziehen.

„Ich denke, sie ist außer Lebensgefahr. Ich konnte die schlimmsten Wunden innerlich etwas lindern, aber sie sind noch lang nicht geheilt. Bitte bleib bei ihr und pass auf sie auf, sie darf sich nicht zu viel bewegen. Ich muss ... ich muss neue Kräfte sammeln und eine Salbe bereiten." Tarek nickte ernst. Shetan war schon halb aus dem Zelt getreten, da drehte er sich noch einmal um und rang sich ein halbherziges Lächeln ab.

Asyra erwachte aus ihrer Starre. Sie war furchtbar blass, als sie den Blick von der blutüberströmten Zenay riss. „Ich ... ich helfe dir, Shetan!", murmelte sie und folgte ihm aus dem Zelt.

«✝»

Kaum war die Zeltwand zugefallen, erzitterte Tarek und versuchte krampfhaft, einzuatmen. Seine Kehle schmerzte, so zugeschnürt erschien sie ihm.

*Oh Zenay! Bitte stirb nicht, ich kann dich nicht verlieren!*, flehte er und strich ihr sanft über die blutige Wange.

Draußen vorm Zelt hörte er Shetan mit Asyra murmeln. „Die schwarze Magie dieses Mangriden ... Sie scheint auch auf Sina übergegangen zu sein."

Tareks Augen weiteten sich vor Entsetzen.

„Wir können sie weiter heilen, aber gegen solche Magie kann ich nichts tun ... Ich habe keine Ahnung, was passieren wird ... Falls sie das überhaupt überleben kann ... Asyra, geh, hol Tücher und Wasser und reinige die restlichen Wunden, bis ich wiederkomme."

„Ich ... ich sage Jesco und Malak, sie sollen draußen Wache halten", antwortete Asyra mit zitternder Stimme, dann hörte man ihre eiligen Schritte.

Stille machte sich breit, ließ einen verzweifelten, aufgewühlten Tarek zurück.

Während er wartete, wurde die Betäubung der Magie etwas schwächer, und Zenay sank in einen unruhigen Schlaf der Erschöpfung. Draußen führten Jesco und Malak leise eine Unterhaltung über den Schutz des Lagers.

Asyra trat schweigend wieder ein, wusch die Wunden und wickelte feste Leinenbinden darum. Nach und nach versiegte der Blutfluss, und Zenay entspannte sich ein wenig im Schlaf. Tarek saß ununterbrochen an ihrer Seite, regungslos, fühlte sich völlig gelähmt, während ihm jeder Atemzug in der Brust stach.

Nach einer gefühlten Ewigkeit kehrte Shetan mit einer Schale voll gelblicher Salbe zurück. Er löste die Verbände um Schulter und Rücken und strich vorsichtig Salbe auf die geschwollenen Biss– und Kratzstellen, dann legte er zusammen mit Asyra einen festeren Verband an.

Anders konnte er ihr im Moment nicht helfen, da er von der versuchten magischen Heilung noch völlig erschöpft war. Er zog sich in das Zelt nebenan zurück, um zu ruhen und neue Kraft zu sammeln.

Nur wenig später war es mit der Ruhe vorbei. Schweiß brach auf Zenays Stirn aus, und sie warf sich unruhig im Schlaf hin und her. Blut breitete sich an mehreren Stellen auf den Verbänden aus.

Tarek versuchte, sie festzuhalten und auf den Boden zu drücken, doch sie wurde immer wilder und schlug um sich; dann brüllte sie laut.

Jesco und Malak stürzten durch den Lärm alarmiert herein, und mit vereinten Kräften schafften sie es, die besinnungslose Zenay etwas zu beruhigen und auf das Lager zu pressen.

„Was ist los mit ihr?!", rief Malak, während er ihren Arm gepackt hielt.

„Ich weiß es nicht!", erwiderte Tarek voller Sorge.

„Ist sie überhaupt wach?"

„Ich glaube nicht", meinte Jesco mit einem Blick auf ihre Augen.

Sie schrie wild auf, und die Männer hätten beinahe wieder losgelassen, da sie glaubten, ihr wehzutun. Tarek rief nach seinem Großvater und fühlte Zenays Puls. Er war rasend schnell und unregelmäßig.

Wieder bäumte sie sich auf und warf den Kopf wild hin und her – und von draußen kam die Antwort auf ihr Brüllen.

Der Mangride war zurück.

Jesco und Malak sahen sich alarmiert an, dann stürzten sie hinaus, und Tarek konnte hören, wie Jesco Befehle durchs Lager rief.

„Schürt die Feuer! Zündet mehr Fackeln an! Das Biest hat Angst vor den Flammen, lasst es nicht an die Zelte!"

Der Lärm im Lager nahm zu, alle schienen auf den Beinen. Rufe und Antworten hallten über die Wiese, während Tarek an Zenays Seite blieb, eine Hand auf seinem Schwert ruhend.

Fackelschein fiel von außen durch das Zelttuch, und mehrere Personen rannten vorbei. Das panische Wiehern der Pferde drang zu ihm durch.

„Die Frauen sollen die Pferde beruhigen, verdammt! Sie dürfen nicht ausbrechen!", hallte Jescos Stimme durch das Lager, und Tarek meinte, irgendwo Laristan zu hören, der rief, sie sollten alle fliehen und die Magierin zurücklassen.

Es kostete Tarek all seine Willenskraft, nicht hinauszustürmen und diesen Feigling zu suchen. Doch er beherrschte sich und blieb.

Ein Krachen im Wald ließ ihn zusammenfahren. Ein lautes Brüllen folgte, wahrscheinlich schlug die Bestie sich einen Weg zum Lager.

Warnende Rufe wurden laut – dann wurde der Mangride gesehen, irgendwo zwischen den Bäumen, und Jesco rief alle dazu auf, einen Ring um die Zelte zu bilden.

Tareks Puls raste. Er wünschte sich nichts mehr, als diesem Ungetüm eine Klinge ins Herz zu stoßen, doch er musste sich darauf verlassen, dass die anderen sie beschützen würden. Er konnte Zenay nicht allein lassen.

Draußen erklang ein langgezogenes Heulen, und wieder brachen Äste, diesmal aus einer etwas anderen Richtung.

Zenay ächzte, ihre Finger krümmten sich unter großen Schmerzen, und sie schrie gequält auf. Mit einem Mal sackte sie in sich zusammen und blieb regungslos liegen.

Rasch beugte Tarek sich über sie und lauschte. Ihr Atem war schwach, aber regelmäßig. Sie lebte. Vorsichtig hob er eines der Augenlider an. Ihre Augen starrten ins Leere, Iris und Pupillen waren milchig trüb.

Tarek entfuhr ein Fluch.

Mit einem Mal entschied er sich anders, konnte nicht mehr länger warten und stürmte aus dem Zelt, um Shetan zu suchen.

Draußen erwartete ihn hektisches Durcheinander. Das Lager war hell erleuchtet, überall brannten Fackeln und rasch zusammengeworfene Holzhaufen. Die Männer hatten sich jeweils zu zweit oder dritt um die Zelte aufgestellt oder waren auf die Karren geklettert, um einen besseren Überblick zu haben.

Der Mangride war nicht zu sehen, aber Tarek zog trotzdem seine Waffe. Es war ihm jetzt egal, dass sie verboten war und Laristan und die anderen es sehen könnten. Er musste Shetan finden und seine Zenay beschützen.

Der alte Magier stand bei den Pferden und redete beruhigend auf eines der Tiere ein, das sich trotz der sanften Hände einiger Frauen kaum noch kontrollieren ließ.

Shetans Gesicht war im gelblichen Licht aschfahl, aber es machte sich ein Hauch von Erleichterung darauf breit, als er Tarek erkannte.

„Du musst kommen! Sie stirbt!"

Der Ausdruck verschwand. Shetan überließ das Pferd den Frauen und folgte Tarek, der seinen Großvater schon nach wenigen Schritten stützen musste.

Erneut drang ein lautes Krachen aus dem Wald. Tarek beschlich das Gefühl, dass der Mangride seine Wut über die entgangene Beute an einigen Bäumen ausließ.

Als sie gemeinsam ins Zelt traten, saßen Asyra und Elaya zu beiden Seiten an Zenays Lager und hielten ihre Arme fest.

„Sie hat so schrecklich geschrien!", schluchzte Elaya mit Tränen in den Augen.

Tarek versuchte, ihnen irgendwie seine Dankbarkeit auszudrücken, aber er kam nicht dazu, weil Zenay von einer Sekunde auf die andere wieder unruhig wurde.

Shetan beugte sich über sie und legte ihr eine Hand auf die schweißnasse Stirn. Tarek konnte sehen, dass er sie wieder betäuben wollte – stattdessen zuckte ein kleiner schwarzer Blitz von ihrer Stirn in seine Hand zurück, und er ächzte.

„Etwas in ihr wehrt meine Magie ab, ich kann sie nicht beruhigen", murmelte er und runzelte die Stirn.

„Dann versuch es erneut!", rief Tarek verzweifelt. „Du kannst sie nicht so liegen lassen, sie braucht deine Hilfe! Bitte! Du musst sie heilen, ihre Wunden reißen wieder auf!"

„Ich kann nicht mehr tun! Wir können nur noch abwarten und hoffen."

Wut kochte in Tarek hoch, aber nicht auf Shetan, sondern auf seine eigene Ohnmacht. Sein Großvater wankte hinaus, holte sich eine Fackel und setzte sich vor das Zelt, um Wache zu halten.

Zenay war nicht mehr sie selbst. Sie bäumte sich auf und vergrub die Hände in ihrem zerfetzten Mantel. Tarek versuchte, sie sanft wieder auf das Lager zu drücken, konnte sie aber in ihrer plötzlichen Rage kaum bändigen. Asyra und Elaya halfen ihm erneut, bis Zenay nach und nach wieder stiller wurde.

Erst dann fiel Tarek auf, dass es auch draußen ruhiger wurde.

Wenig später hörte er Jescos Ruf. „Sieht ihn jemand? Oder hört ihn?"

Es kamen nur Verneinungen zurück.

„Bleibt wachsam, aber ich glaube, er hat sich zurückgezogen!"

Die Erleichterung in den Antworten hielt sich in Grenzen, alle waren erschöpft, und dennoch kehrte Jesco bald darauf zu Tarek zurück.

Die Freunde wechselten sich mit dem Wachehalten ab, und es war schon weit nach Mitternacht, als Zenay sich immer seltener regte. Draußen wurde es still. Alle lauschten über die prasselnden Feuer hinweg auf ein Anzeichen, ob die Bestie zurückkäme.

Als die ersten Sterne am Himmel verblassten, fiel Zenay in einen fiebrigen Schlaf, und Malak und Elaya, die zuletzt bei ihm und Zenay waren, zogen sich in ihr Zelt zurück. Sie alle interpretierten Zenays Ruhe als ein Zeichen dafür, dass der Mangride fort war.

Tarek aber fand keine Ruhe. Er saß neben Zenays Lager, wischte ihr mit einem feuchten Tuch den Schweiß von der Stirn und machte sich große Vorwürfe, dass er sie so spät abends noch einmal allein gelassen hatte.

Er hätte sie beschützen müssen! Jetzt lag sie blutüberströmt und schwer verletzt vor ihm.

Tarek schluckte. Er wurde das Gefühl nicht los, dass sie nur deshalb nicht mehr um sich schlug, weil sie immer schwächer wurde.

Erst am frühen Morgen überkam ihn unbezwingbare Müdigkeit, und er schlief erschöpft neben seiner Freundin ein.

«✝»

Noch während Tunez die Geschehnisse schilderte, die ihn maßgeblich zu seiner neuen Berufung in Yoruba gebracht hatten, wanderten seine Gedanken zurück zu dem, was wirklich passiert war. Er konnte dem Statthalter niemals die Wahrheit darüber sagen, dass er den Verräter persönlich kannte ... dass er genau wusste, wann und warum er überhaupt enttarnt worden war.

So erzählte Tunez, er sei auf der Suche nach der Entflohenen gewesen, wie alle anderen auch. Er teilte die Sorgen und Gedanken nicht, die ihn damals plagten, als er das Mädchen, den größten Trumpf der Königin, befreit hatte.

Auf einmal waren die Erinnerungen wieder so real. Er spürte die kühle Feuchte der Gefängnistunnel, die Krankheiten und die Todesangst, während er mit dem Mädchen und den anderen Befreiten bis zu dem Geheimgang eilte und sie dort allein zurücklassen musste.

*Die Spalte in der Felswand rutschte knirschend zu und verschloss sich mit einem endgültigen Klicken.*

*Tunez starrte einen Moment auf den Stein, hinter dem seine Hoffnung und wichtigste Aufgabe verschwunden war. Das Mädchen, das er aus den Klauen des Gefängnisses befreit hatte und die unbedingt zu den Phiruin gelangen musste.*

*Mit einem Fluch auf den Lippen wandte er sich ab, als hinter ihm die Rufe der Wachen den Gang entlanghallten.*

*Er musste weg von dem Geheimgang und Danso finden, der nicht zum vereinbarten Zeitpunkt aufgetaucht war. Eigentlich hätte er hier sein sollen, genau hier beim Eingang. Natürlich hatte er das nicht dem Mädchen verraten, er wollte sie nicht beunruhigen. Aber eigentlich konnte es nur eins bedeuten.*

*Danso war enttarnt worden und ihre Mission in höchster Gefahr.*

*Tunez rannte jetzt den Tunnel entlang und versuchte, möglichst leise zu sein, was angesichts seiner Größe und Ausrüstung nicht besonders leicht war.*

*Plötzlich wurden seine Schritte von Kampfgebrüll übertönt. Irgendwo vor ihm in den Gängen ging etwas vor sich; er eilte weiter, verharrte aber an den Abzweigungen und horchte.*

So schnell, wie der Lärm aufgekommen war, verhallte er auch wieder in den Tunneln.

Tunez bog um die nächste Ecke und erstarrte. Danso stand schweratmend vor ihm, über drei tote Ratken gebeugt. Er hielt seinen Arm in einem ungesunden Winkel.

„Was zum ...?", fing Tunez an, aber Danso unterbrach ihn.

„Tunez, du bist es! Den Hütern sei Dank, noch mehr Wachen hätte ich nicht abwehren können."

„Was ist passiert? Warum hast du sie angegriffen?"

„Sie haben mich angegriffen!", zischte Danso zurück. „Sie haben mich überrascht, als ich gerade versuchte, mit den Weisen Kontakt aufzunehmen. Sie kamen in die Kammer ... Ich bin geflohen, aber dann kam ein dritter aus der anderen Richtung."

„Und ich dachte, du seist tot!"

„Ich bin es so gut wie. Aber sag mir: Ist sie in Sicherheit? Hast du es geschafft? Die vielen Wachen sprechen dafür."

„Sie ist im Geheimgang."

„Du hast sie ALLEIN gelassen?!", fragte Danso ungläubig.

„Nein, das ist jetzt zu schwer zu erklären, Kamirr wird sich um sie kümmern."

„Wenn wir ihn noch erreichen."

Tunez packte seinen Freund an der Schulter. „Jetzt wird alles gut. Wir sagen einfach, dass einer von ihnen der Verrä..."

„Nein, das wird nicht gehen. Ein Vierter ist entkommen und wird gerade Verstärkung holen. Er hat mich gesehen."

„Wir finden ihn und schalten ihn aus!", warf Tunez barsch ein, doch Danso nestelte bereits an seinem Hemd und riss mit einem Ruck einen hellgelb leuchtenden Bilur aus der Naht.

Die Rufe kamen jetzt von beiden Seiten des Tunnels.

„Tunez, sie werden einen von uns kriegen, das ist nicht mehr zu ändern."

„Nein! Ich weigere mich, das z..."

„Hör auf damit. Du weißt genauso gut wie ich, dass du für die Organisation mehr Wert hast. Ich werde mich opfern. Ich habe versagt."

„Aber ..."

Doch Danso hob schon seine Hand, steckte sich den Bilur in den Mund und schluckte ihn hinunter. „Der wird verhindern, dass Zayda mich magisch manipuliert, *zumindest lang genug, bis ich eine Chance finde, mich zu töten. Du weißt genauso wie ich, dass sie nur Ruhe gibt, wenn sie einen Schuldigen findet."*

*"Ich lasse das nicht zu!", zischte Tunez – doch genau in dem Moment bogen weitere Wachen um die Ecke des Tunnels. Zu viele.*

*Tunez sah sie zuerst, aber Danso musste es an seinem Gesichtsausdruck abgelesen haben. Er stand noch immer über den niedergestreckten Wachen. Im nächsten Augenblick sprang er vor und attackierte Tunez.*

*Dieser brauchte einen Moment, um die Lage zu begreifen. Dann tauchte er unter Dansos Angriff hindurch, war einen Augenblick später hinter ihm und riss sein Schwert hervor. Danso wirbelte herum, doch Tunez' Schlag entwaffnete ihn.*

*Der Ratke torkelte, und Tunez nutzte die Gelegenheit, ihn zu packen und seine Hände auf dem Rücken zu verdrehen. Danso sträubte sich, doch Tunez spürte, dass sein Widerstand nur gespielt war. Er würde nicht wirklich versuchen, zu entkommen.*

*Die Wächter starrten sie noch immer entgeistert an, kamen aber schließlich näher, während Danso scheinbar erneut versuchte, sich loszureißen.*

*"Er ist ein Verräter!", brüllte Tunez, seinen Freund noch immer fest gepackt.*

*Sein Herz wollte ihm zerspringen, als er die schrecklichen Worte aussprach und ihn damit zum Tode verurteilte. "Helft mir, er hat die anderen niedergeschlagen!"*

*Im nächsten Moment waren sie bei ihm, zogen ein Seil hervor und fesselten Danso; er wurde geknebelt und von drei Männern fortgeführt.*

*Ein Vierter klopfte Tunez freundschaftlich auf die Schulter. "Gut gemacht, Mann. Endlich haben wir den Mistkerl."*

*Tunez nickte steif, warf einen Blick auf seinen Freund und dann auf die Niedergeschlagenen. "Bringt ihn direkt zur Königin; ich sorge dafür, dass diese Männer weggebracht werden. Die anderen sollen die Suche fortsetzen, die Entflohenen waren nicht mehr hier, bei diesem Bastard."*

*Der Wächter nickte und ließ ihn allein.*

„Und was ist dann geschehen?", riss ihn eine Frage aus seinen Gedanken und seiner halbwahren Erzählung.

Tunez schüttelte kurz den Kopf und schlüpfte zurück in die Rolle des Shir'Raki.

„Bitte verzeiht, ich war gerade abwesend", sagte er und sah den Statthalter entschuldigend an. „Was war Eure Frage?"

„Ich sagte: Was ist dann geschehen?"

„Nun, nachdem ich maßgeblich dazu beitragen konnte, den Verräter in der Festung zu fassen, schenkte unsere Königin mir wohl besondere

Aufmerksamkeit. Ich wurde zusehends für wichtigere Aufgaben ausgewählt, und nach einer Weile bekam ich die Ehre, Euch dienen zu dürfen, Herr."

„Sehr gut, sehr gut. Ich möchte, dass du auch hier immer die Augen und Ohren offen hältst. Wir haben weniger Ratken in der Stadt zum Dienst eingeteilt, bekommen dafür aber sehr viel detailliertere Informationen von unseren Spitzeln."

„Es hat sich als sehr hilfreich erwiesen, mehr Spitzel *ihrer Art* zu nutzen, diese Niederen vertrauen einander wesentlich mehr", fügte seine Frau hinzu und lächelte.

*Wer könnte es ihnen verübeln?*, dachte Tunez, nickte dann aber.

„Meine Frau hat recht. Ich wünsche, dass du die Informationen für uns zusammenträgst."

„Selbstverständlich, mein Herr. Ich werde alle Aufgaben übernehmen, wie Ihr es wünscht."

„Dann entspann dich!", rief der Statthalter und lachte kurz, während er eine ausschweifende Handbewegung über den Tisch machte. „Und nimm dir etwas zu essen, du musst doch hungrig sein."

Tunez nickte und sah weiterhin die hübsche Ratke an, die ihn aus ihren dunkelgelben Augen fixierte.

Er sah eine Neugierde in ihrem Blick, die ein nervöses Unwohlsein in seinem Inneren hervorrief.

*Ich traue ihr nicht*, stellte er fest, nahm sich aber dankend etwas von den Frühstücksplatten.

«✝»

Tarek wurde von wütenden Stimmen aus dem Schlaf gerissen. Sein erster Blick galt Zenay, als er sich an die Ereignisse der Nacht erinnerte.

Sie war blass, und ihr Atem ging flach, getrocknetes Blut klebte ihr im Gesicht und an den Armen. Ihr Körper war von seinem Mantel verdeckt.

Die Stimmen draußen wurden lauter, und sofort musste Tarek an den Mangriden denken. Er sprang auf und eilte geduckt aus dem Zelt. Auf der Lichtung herrschte Aufbruchsstimmung. Der Mangride war nirgens zu sehen, dafür luden mehrere Leute verschnürte Zeltplanen und andere Dinge auf die Karren und spannten die Pferde davor. Von

Shetan war nichts zu sehen, vermutlich schlief er noch, nachdem er sich in der Nacht mit der Magie völlig verausgabt hatte.

„Was ist hier los?", wollte Tarek wissen, als er Malak in dem Durcheinander fand.

„Diese Idioten wollen weg!", rief der Schmiedegeselle und warf einen wütenden Blick auf die Packenden.

Laristan stand neben einem Karren und rief Befehle über die Lichtung. Sein Gehabe erinnerte Tarek sofort an Feradun. Ihm wurde mulmig zumute, während er auf den Mann zuging. Jesco tauchte auf, erreichte Laristan vor ihm und redete auf ihn ein, aber Laristan lachte nur, als hielte er den Bogenschützen für verrückt.

„Ich bleibe keinen Moment länger hier! Diese Frau zieht Unheil an! Zuerst das Monstrum im Dorf, dann die Ratken, jetzt diese Bestie! Wir verschwinden!"

„Das könnt ihr nicht machen, wir müssen zusammenbleiben!", meinte Jesco bestimmt.

„Du bist nicht dein Vater! Du kannst uns nicht zwingen, hierzubleiben und uns von der Bestie töten zu lassen. Das Mädchen stirbt eh bald, und dann sind wir dran!"

Jescos Miene wurde hart. „Dann geht. Haut ab, ihr Feiglinge!"

Laristan schnaubte, dann warf er sein letztes Bündel auf einen Karren und pfiff kräftig durch die Finger. Manche warfen ihnen schuldbewusste, andere wütende Blicke zu, aber sie alle marschierten los, zurück zur Straße.

Tarek sah der Gruppe entgeistert hinterher. Nach einer Weile drehte er sich zum Lager zurück und betrachtete die Verbliebenen. Seine Freunde.

Erleichterung packte ihn, und er machte einen Schritt auf sie zu. „Danke!", rief er. „Danke, dass ihr bleibt."

„Aber hör mal, das ist doch klar!", entgegnete Malak, und seine kleine Schwester nickte heftig.

„Nein, so klar ist das gar nicht. Dieser Mangride ist gefährlich."

„Wir bleiben!", lautete Malaks Antwort, und er stampfte einmal mit dem Fuß auf den Boden. „Wir lassen dich und Sina nicht allein in so einer Situation, das wäre feige."

Komischerweise berührten ihn Malaks Worte zutiefst.

Er fühlte sich auf einmal wie ein Verräter, der die Loyalität seiner Freunde gar nicht verdient hatte, da sie ja die Wahrheit über Zenay noch nicht kannten. Er nickte nur kurz, zwängte sich an ihnen vorbei und ging zurück zum Zelt.

Shetan saß jetzt neben ihrem Lager und schien Kräfte zu sammeln. Tarek wollte ihn nicht stören und betrachtete Zenay. Sie lag noch genauso da wie zuvor, und er musste genau hinsehen, um zu erkennen, dass ihre Brust sich noch immer langsam hob und senkte.

Wie sollten sie das überstehen? Wie sollten sie allein zurechtkommen? Nur sie, Asyra, er und Shetan? Das war unmöglich. Zenay konnte das nicht schaffen, sie brauchten Hilfe.

Tarek presste die Lippen zusammen, als sich ein Entschluss in seinem Kopf formte. Es war Zeit für ein Geständnis.

Er zog den Filz des Zeltes wieder zu und schritt hinüber zum Feuer, das seine Freunde gerade in Gang setzten.

„Ich muss mit euch reden, es ist sehr wichtig."

„Was ist los?", fragte Asyra, die seine ernste Miene zuerst bemerkte.

„Ich ... es geht um Sina ... um den Angriff."

„Wir schaffen das schon, Tarek, keine Sorge."

„Nein, darum geht es nicht. Es ... ist an der Zeit, dass ihr die Wahrheit erfahrt. Bevor es zu spät ist."

„Die Wahrheit?", fragte Malak stirnrunzelnd. „Worüber?"

Tarek holte einmal tief Luft. „Sie ist nicht nur Sina. Sie ist auch Zenay. Die Zafija. Die Auserwählte."

Um das Feuer breitete sich Stille aus. Malak ließ ein Stück Holz fallen; es knallte auf seinen Lederschuh, aber er zuckte nicht mal.

„Du machst Witze", stellte er fest.

Tarek seufzte und deutete ein Kopfschütteln an. „Es ist ihr vorbestimmt, die Tyrannei der Ratken zu beenden. Zaydas Krieger suchen nicht irgendeine Magierin. Sie suchen *die* Magierin. Deshalb wollen Shetan und ich mit ihr nach Siad. Damit sie stärker wird."

Elaya japste. „Was? Sie ist WAS?!"

Alle starrten ihn an und versuchten, die Nachricht zu verarbeiten; nur Jesco blieb skeptisch.

„Woher wollt ihr das so sicher wissen?"

Tarek schmunzelte. Natürlich war Jesco nicht so leicht zu überzeugen. „Es gibt doch diese alte Prophezeiung. Die Wölfin Wafaa hat die Zeichen in ihr erkannt. Sie hat es gespürt und etwas in Zenay hervorgerufen. Sie sagte … dass ihre Kräfte vorher verborgen waren, zu ihrem eigenen Schutz. Jedenfalls hat sie das Shetan erzählt."

„Zenay!", würgte Malak hervor, und es klang fast so, als wäre er wieder im Stimmbruch.

Elayas Gesicht nahm eine leichte Grünfärbung an. „Und wir haben sie allein in den Wald gelassen! Wir haben sie enttäuscht, und sie ist jetzt fast tot …", flüsterte sie voller Entsetzen.

„Warum sagst du uns das erst JETZT? Nachdem das alles passiert ist?", platzte Malak bestürzt heraus.

„Ich …"

„Bei den Hütern, ich habe sogar noch einen dummen Witz gemacht, bevor sie wegging und diese Bestie kam! Hätte ich das gewusst, ich hätte niemals so mit der Zafija gesprochen!", rief Malak dazwischen und schwankte kurz.

Tarek hob beschwichtigend die Hände. „Ruhig Blut. Sie ist immer noch die Gleiche."

„Ha!" Elayas Lachen war kaum mehr als ein spitzes Quietschen. „Die Gleiche!"

„Sie liegt jetzt da drin und ist halb zerfleischt! Die Zafija!", setzte Malak nach und betonte den Titel schon wieder so schwer.

Ein tiefes Grollen stieg in Tareks Kehle auf, während er mit den Zähnen knirschte. „Glaubst du, das weiß ich nicht? Verdammt, das ist meine Schuld! Ich bin einfach nur froh, dass sie nach alldem noch am Leben ist!" Er hielt inne und atmete schwer, bevor er sich wieder im Griff hatte. „Danke, dass ihr geblieben seid. Ich hoffe, ihr bleibt so lange, bis sie wieder zu sich kommt."

„Natürlich!", rief Elaya jetzt und wirkte etwas eingeschnappt.

„Wir wären doch so oder so geblieben! Dachtest du, wir reiten aus einer Laune heraus doch noch diesem idiotischen Laristan hinterher, außer wir wüssten, dass sie die Auserwählte ist?", meinte Asyra.

„Nein! Nein, das dachte ich nicht. Ich … Ich habe euch das erzählt, weil ich euch vertraue. Ich hätte es euch schon viel früher sagen sollen, aber Shetan hatte Sorgen, und ich wusste nicht, ob Zenay schon dazu bereit ist. Und jetzt liegt sie da drin ... und wacht vielleicht nicht mehr auf."

Asyra legte ihm eine Hand auf die Schulter und umarmte ihn dann. „Danke", flüsterte sie und drückte ihn kurz an sich, „dass du ehrlich zu uns bist." Als sie sich ein Stück von ihm entfernt hatte, sagte sie lauter und mit sicherer Stimme. „Sie ist stark! Sie wird wieder gesund. Ganz bestimmt. Wir helfen so viel wir können!"

Tarek lächelte müde. „Ich ... möchte nicht, dass Zenay davon überrumpelt wird, dass ihr es wisst. Es ist ohnehin sicherer, wenn wir sie weiter Sina nennen. Also tut mir bitte den Gefallen und haltet euch daran. Und sagt ihr nicht, dass ihr es wisst. Sie sollte es selbst entscheiden, wann sie es euch sagt, sobald ..." Wieder stockte er und musste schlucken. Warum fiel es ihm so schwer, zu glauben, dass sie wieder gesund werden würde? Er verabscheute sich selbst dafür, dass er daran zweifelte.

Elaya warf ebenfalls einen kurzen Blick zum Zelt. „Wir sagen nichts, versprochen."

Tarek kam sich auf einmal dumm vor. „Ich bin mir nicht sicher, was ich mir davon erwartet habe ... ich wollte einfach, dass ihr es wisst. Dass es jemand weiß, der auf unserer Seite steht. Nämlich die Menschen, denen ich zutiefst vertraue."

Seine Freunde lächelten ihn alle an, während sich in ihren Augen Trauer, Stolz und Fassungslosigkeit spiegelten.

Jesco räusperte sich schließlich. „In Ordnung. Wir verdauen diese Neuigkeiten am besten, während wir Holz sammeln. Wir sollten so viel wie möglich beisammen haben, bevor es dunkel wird. Heute Nacht brauchen wir einige große Feuer, wenn wir unsere *Sina* beschützen wollen."

Tarek nickte dankbar. Sie postierten Elaya und Asyra als Wachen vor dem Zelt, während die anderen Äxte und Beile nahmen, um Holz zu schlagen.

# Entzweit

Es war der Schmerz in ihrem Kopf, der Zenay schließlich aufweckte. Danach kam ein stetes Pochen im Rücken und in den Armen hinzu. Sie blieb einfach liegen, ohne die Augen zu öffnen, und hoffte, dass es bald vorbei sein würde. Sie hatte das Gefühl, ein großer Hammer würde ihren Kopf als Amboss missbrauchen, dazu gesellten sich noch dröhnende Geräusche. Es schien, als hörte sie alle Laute des Waldes gleichzeitig und noch zehnmal verstärkt. Sie konnte Elaya und Malak draußen so klar verstehen, als stünde sie direkt neben ihnen, außerdem spürte sie jedes feinste Zittern in ihren nervösen Stimmen, doch die Bedeutung der Worte wollte wegen der Schmerzen nicht zu ihr durchdringen.

Dann kamen die Erinnerungen. Bei dem Gedanken an den zähnefletschenden Mangriden zuckte sie zusammen. Der Angriff war plötzlich so präsent in ihrem Kopf, als sei er gerade erst geschehen. Sie erinnerte sich daran, wie er sie gepackt und in den Wald gezerrt, sie überwältigt und halb zerfleischt hatte …

Hätte sie Elaya und Malak nicht gehört, ihr Bauchgefühl hätte sie davon überzeugt, dass sie noch immer irgendwo im Wald lag. Doch nach und nach kamen weitere Bilder hinzu. Von Fackeln und verschwommenen Schemen, die den Mangriden von ihr wegtrieben, während sie bewegungsunfähig in ihrem eigenen Blut lag.

Wut kochte in ihr hoch.

*Haben denn Shetans und Tareks Unterricht gar nichts bewirkt? Ich muss unbedingt stärker werden! Wieso konnte ich mich nicht einfach wegtransportieren? Ich hätte so einfach fliehen können, aber diese verdammte Angst hat alles zunichtegemacht. Ich habe wohl gar nichts aus dem Angriff des Daroes gelernt …*

Für einen kurzen Moment ließ sie den Kampf mit dem schwarzmagischen Monster Revue passieren, dachte an die klebrigen Fangarme der Masse, die scheinbar aus purer Bosheit bestanden hatte und sie in dem See ertränken wollte … Kaum zu fassen, dass das gerade mal eine Woche zurücklag. Nach dem Feuer erschien ihr eine halbe Ewigkeit vergangen zu sein, und die Erlebnisse kamen ihr kaum vergleichbar mit dem Kampf von gestern Nacht vor.

Sie war zwar nicht unter Wasser gewesen, dabei aber auch kaum zum Durchatmen gekommen; dafür hatte der Mangride gesorgt.

*Aber sie haben ihn nur verjagt ... oder getötet? Ich kann mich nicht erinnern ... Was, wenn er noch in der Nähe ist?*

Elayas und Malaks Stimmen drangen wieder zu ihr durch. Sie redeten über den Mangriden ... abgesehen davon war das Lager sehr still, fast, als seien die anderen unterwegs oder noch am Schlafen. Etwas stimmte nicht.

*Verfolgen sie ihn? Ich muss herausfinden, was geschehen ist!*

Sie unterdrückte das mulmige Gefühl in ihrem Bauch und öffnete langsam die Augen.

Sie konnte alles vor sich so scharf sehen, als würde die hellste Mittagssonne in das Zelt scheinen, während der Rand ihres Sichtfeldes dunkel blieb. Ihr wurde schwindlig. Sie hatte das Gefühl, zu viel zu sehen, zu klar und gleichzeitig verschwommen ...

Oder war sie noch so verletzt, dass sie halluzinierte oder fieberte? Nein, es fühlte sich verdammt echt an.

Ihr Rücken schmerzte, und ihre Nackenhaare stellten sich bei der Erinnerung an den Abend auf. Das dunkle, bestialische Gesicht des Mangriden tauchte vor ihren Augen auf. Sie hatte das Gefühl, ihn wieder heulen zu hören und das Aufreißen ihrer Kleidung und sogar ihrer Haut erneut zu erleben ...

Sie drehte langsam den Kopf. Jedes Staubkorn auf den Pfoten vor ihr war so klar zu erkennen, als ob sie es mit einer Lupe anstarren würde.

Moment mal. *Pfoten?!*

Wieder blitzte die Fratze des riesigen Wolfs vor ihrem inneren Auge auf. Seine messerscharfen Zähne, verschmiert von Blut und Geifer.

Die Intensität der Erinnerung war zu heftig. Schmerz zuckte durch ihren Körper und ließ sie wie vom Blitz getroffen aufspringen, während ihr Herz raste.

Sie wollte losschreien – da erkannte sie ihren Irrtum und hätte beinahe gelacht. Hatte sie wirklich geglaubt, sich in einen Wolf verwandelt zu haben?

Nein. Wafaa lag direkt neben ihr.

Die Wölfin ruhte, hatte die Schnauze in ihr Fell gedrückt und die Augen geschlossen. Ihre Pfote berührte beinahe Zenays Hand.

Auf ihrer anderen Seite lag Tarek eng zusammengerollt und schlief. Sein Gesicht war blass, und tiefe, dunkle Ringe säumten seine Augen. Er sah krank und zutiefst erschöpft aus.

Zenay seufzte und hob die Hand. Sie musste ihn wecken.

Als ihr eigener Arm in ihr Sichtfeld kam, keuchte sie.

*Was ist hier los? Ich kann durch meinen eigenen Arm hindurchsehen!*

Sie blieb einen Moment regungslos, dann fokussierte sich ihr Blick auf etwas hinter ihrem halb durchsichtigen Arm.

Da lag ihr Arm ausgestreckt auf dem Boden.

Aber sie hatte ihn weggezogen, als sie sich aufsetzte, und ihn jetzt angehoben.

Nur lag ihre Hand noch immer an derselben Stelle. Regungslos.

Alles um sie herum drehte sich kurz.

Sie starrte auf ihren erhobenen Arm. Er war noch immer durchscheinend.

Zenay folgte dem fremden Arm, der neben ihr auf dem Boden lag, und hörte das Blut in ihren Ohren rauschen.

Ihr Blick traf ihr blasses, verkratztes Gesicht. Ihr *eigenes*.

Der Schrei, der sich jetzt ihrer Kehle entrang, klang nicht menschlich. Und Tarek reagierte nicht ein bisschen.

Stattdessen jaulte Wafaa laut und sprang wie vom Blitz getroffen hoch.

Tarek schreckte auf und blickte verschlafen in das Gesicht eines riesigen Wolfes! Er rutschte so schnell er konnte von ihr weg, hätte dabei beinahe das Zelt eingerissen.

Zenay beachtete ihn kaum, sie sprang auf, ging aber unter Schmerzen wieder in die Knie. Sie starrte auf sich herab. Auf die blutigen Tücher, ihre zerfetzten Kleider, ihr leichenblasses Gesicht.

*Oh Gott! Da liege ich! ICH! Da liegt mein Körper ... Ich bin ein Geist! ICH BIN EIN GEIST!*

*Zenay, beruhige dich!*, rief Wafaa, die jetzt neben ihr stand. Aber sie konnte es nicht. Ihr Atem ging immer schneller, sie keuchte und versuchte wieder, sich aufzuraffen, stolperte etwas weiter weg von ihrem Körper und hatte das Gefühl, gleich in Ohnmacht zu fallen.

Warum fühlte sie das alles noch, obwohl sie doch ...

In genau diesem Moment fixierte Wafaa ihren durchsichtigen Körper mit ihren gelben Augen.

*BERUHIGE DICH*, dachte sie langsam und machtvoll. Zenay stockte der Atem, und sie bekam sich wieder etwas unter Kontrolle.

Währenddessen starrte Tarek die Wölfin aus offenem Mund an. „Du? Du bist diese Wölfin aus dem alten Wald! Warum bist du hier?" Im nächsten Moment erbleichte Tarek und sprang zu Zenays Lager. „Ist sie – ist sie …" Er konnte die Frage nicht aussprechen.

Stattdessen rüttelte er sanft an Zenays Schultern, löste aber dadurch keine Reaktion bei ihr aus. Ihr Kopf fiel zur Seite, ihre Augen waren halb geöffnet.

„NEIN!", schrie Tarek und beugte sich schnell über sie, hielt den Atem an und horchte an ihrem Mund. Dann seufzte er merklich. „Sie lebt!"

*Nein! Ich bin tot! Ich bin ein Geist! Mein Leben … alles verloren!*

Tarek sah wieder auf, starrte zur Wölfin.

„Ich … ich muss Shetan holen!" Er stand hastig auf, wollte die Zeltwand öffnen und hatte seine Finger schon nach dem Stoff ausgestreckt – da wurde er von außen aufgerissen. Leute drängten herein.

Wafaa erschrak, sie wollte wegspringen, konnte es aber nicht. Schmerz durchzuckte Zenays Rücken genauso wie den der Wölfin, als Wafaa sich hastig bewegte – und ein lautes Knurren entwich ihrer Kehle.

Zenay zitterte und rang nach Atem, während ihre Gedanken rasten. *Ich bin verloren! NEIN!*

*Zenay. Du musst dich beruhigen. Ich kann mich kaum konzentrieren, wenn du so hysterisch bist*, sagte die Wölfin.

*Was?*

*Beruhige dich! Ich fühle deine Schmerzen genauso wie du! Wenn du dich nicht beruhigst, kann ich nicht mit den anderen in Kontakt treten.*

Zenay schluckte, dann nickte sie und erstarrte.

Am Zelteingang war indes sofort Ruhe eingekehrt. Gegen das Licht, das von außen hereindrang, konnte Zenay die Menschen vor dem Zelt erkennen. Jesco, Asyra, Elaya und Malak starrten dicht gedrängt an Tarek vorbei genau auf Wafaa. Aber niemand von ihnen schien Zenay zu sehen.

Tränen rannen über ihr substanzloses Gesicht, während ihr Blick rasch über die Freunde wanderte, die allesamt müde und fassungslos wirkten. Sie las Emotionen in ihren Augen, die sich schnell wandelten. Doch sie wusste, was Elayas furchtsamer Blick aussagte. Ihre Freunde mussten durch Tareks Schrei damit gerechnet haben, dass sie tot war …

In Zenays Kopf überschlugen sich die Gedanken.

„Das … das … dieser Wolf …", stammelte Elaya.

Sie starrte die Wölfin an. *Wafaa … bin ich tot?*

*Nein. Noch nicht*, erwiderte die Wölfin ruhig.

„Bleibt ganz ruhig. Sie ist nicht gefährlich. Ich glaube, sie will Sina beschützen."

*Was meinst du damit: NOCH NICHT?!*

Zenay sprang voller Angst auf – Schmerz zuckte durch ihre Schulter und durch den Rest ihres Körpers.

Wafaa jaulte und sackte zu Boden. Die anderen am Zelteingang zuckten erschrocken zurück und starrten sie aus noch größeren Augen an.

„Was hat sie denn?"

*Ihr müsst keine Angst vor mir haben*, erklang plötzlich Wafaas Stimme in Zenays Kopf, und da wusste sie, dass die Wölfin auch mit den anderen sprach.

*Es ist nicht leicht zu erklären, warum ich hier bin. Eure Freundin ist schwer verletzt, und es tut mir sehr leid … aber sie wird nicht mehr aufwachen.*

„Was?!", keuchte Tarek.

*Was soll das heißen? Ich bin doch wach!*, protestierte Zenay.

*Sei still, Zafija.*

Sie hatte das Gefühl, dass alle Farbe aus ihrem ohnehin bleichen Gesicht wich. *Ha–hast du gerade? Wi wissen sie jetzt?*

Wafaa zögerte einen Moment, als müsse sie überlegen. *Nein, sie können dich nicht hören. Das kann nur ich, und ich kann auch ausschließlich zu dir sprechen, wenn ich das möchte. Aber wenn du mit mir sprichst, kann ich mich kaum mehr auf etwas anderes konzentrieren.*

*Was ist mit mir passiert?!*, wollte Zenay flehend wissen. *Was hast du mit mir gemacht?*

*Wenn du ruhig bist, erfährst du es. Wie die anderen auch.*

*Zenay zögerte, bevor sie nickt. Okay.*

Wafaa drehte den Kopf zu den anderen. *Eure Freundin ist in einem sehr kritischen Zustand. Der Mangride hat sie nicht nur körperlich verletzt, sondern auch mit seiner dunklen Magie verseucht. Er hat … hat ihren Geist aus ihrem Körper gerissen. Sie lebt, aber ihr Geist ist jetzt vom Körper getrennt.*

„Was? W–wie ist so etwas möglich?"

Die Wölfin fasste Tarek ins Auge. *Deshalb bin ich hier: um es möglich zu machen. Ich habe ihren Geist an mich gebunden und sie damit in dieser Welt festgehalten.*

„Sie lebt also noch?"

*Ja. Ihrem Körper geht es noch immer sehr schlecht. Aber ihr Geist ist außerhalb von ihr, hier bei mir.*

„Sie ist hier? Wo?"

*Sie kniet direkt neben mir, Tarek.*

„Das ist doch völlig verrückt!", rief Malak jetzt. „Es gibt keine Geister! Sina ist in tiefe Bewusstlosigkeit gefallen!"

Wafaa knurrte und zog die Lefzen hoch.

*Willst du behaupten, dass ich lüge, Bürschchen?*

Malak erbleichte und machte einen Schritt zurück.

„N–nein."

*Dachte ich mir.*

*Wafaa!*, rief Zenay und brachte die Wölfin damit aus dem Gleichgewicht. *Was soll das alles bedeuten? Was ist mit mir?*

*Zenay, du bist vorerst außer Gefahr. Das ist das Wichtigste. Aber du musst wissen, du bist jetzt geistig an mich gebunden. Du kannst dich nicht weit von mir entfernen, ich kann deine Gedanken hören und du meine.*

„Kann sie uns verstehen?", drang Tareks Stimme dumpf zu ihr, und sie schüttelte sich von der tiefen Verbindung mit Wafaa frei, um ihn besser hören zu können.

*Sie kann alles wahrnehmen, vermutlich kann sie sogar einiges spüren.*

„Verdammt! Was … was machen wir denn jetzt?"

In dem Moment kam es zu Gedränge am Zelteingang, und Shetan schob sich zwischen den jungen Leuten hindurch.

„Was ist denn hier los? Geht es Sina nicht gut?"

Die anderen machten ihm Platz.

Zenay erschrak. Shetan schien Jahre gealtert zu sein. Seine Haut war runzliger, aschfahl, und unter seinen Augen lagen tiefe Schatten, genau wie bei den anderen. Sie ließ ihren Blick kurz über alle Gesichter wandern. Ja, sie wirkten alle krank und erschöpft. Was war nur geschehen? Gestern Abend war doch noch alles mit ihnen in Ordnung gewesen!

*SHETAN! Shetan, du musst mir helfen!*, rief sie und wankte zu ihm. Als sie ihn berührte, zuckte er zusammen.

„Bei den Hütern!", keuchte er und sah dann Wafaa an. „Ist das möglich? Ist sie wirklich losgelöst?"

*Er hat dich gespürt, Zenay*, meinte sie, und dann, an Shetan gewandt: *Ja, Magier. Sie ist von ihrem Körper gelöst. Ich halte ihren Geist fest.*

„Das ... das ändert alles! Oh, Sina!", murmelte Shetan atemlos.

„Großvater! Stimmt es also? Kannst du sie sehen?"

Shetan fasste sich wieder halbwegs. „Nein. Nein, nur wahrnehmen."

„Wie können wir ihr denn helfen? Es muss doch einen Weg geben, damit sie wieder mit ihrem Körper verbunden werden kann!"

„Verrückt, völlig verrückt", murmelte Malak im Hintergrund.

*Ihr Körper muss genesen. Sie kann nicht in den kranken Körper zurück, vor allem nicht, solange er derart voll dunkler Energie ist.*

„Ich muss sie untersuchen", meinte Shetan leise und machte einen vorsichtigen Schritt auf das Krankenlager zu.

Er ließ sich neben dem Körper auf die Knie sinken und befühlte nach einem Zögern ihre Schulter und ihren Rücken. „Es ist kaum besser geworden, obwohl wir so viel getan haben. Ich verstehe das nicht."

*Die dunkle Energie wehrt fremde Magie ab. Sie kann vermutlich kaum durch andere geheilt werden*, meinte Wafaa.

„Ja, das habe ich gespürt. Wir konnten sie nur unter großer Anstrengung retten. Sie wurde zwar etwas geheilt, aber ein großer Teil der heilenden Energie ging verloren."

*Wafaa!*, rief Zenay. *Frag Shetan, was er damit meint. Haben die anderen etwa auch geholfen, sind sie deshalb so erschöpft?*

*Sina möchte wissen, warum ihre Freunde so krank aussehen. Ich kann es mir denken, aber sie will es von euch erfahren.*

„Sie war so schwer verwundet, dass meine Magie allein nicht genügte. Im ersten Moment schien es, als könnte ich es allein schaffen, aber die Wunden öffneten sich immer wieder. Da haben die anderen geholfen."

*Aber sie sind keine Magier!*, rief Zenay und spürte, wie Wafaa die Aussage beinahe zeitgleich weiterleitete.

167

„Dann kannst du dir denken, warum sie so erschöpft sind."

Zenay starrte ihn fassungslos an. Schuldgefühle machten sich in ihr breit. Die anderen hatten versucht, sie mit ihrer Lebensenergie zu retten. Das hätte sie leicht das eigene Leben kosten können.

*Ihr hättet das nicht tun sollen!*, dachte Zenay, und Wafaa übermittelte erneut.

„Es war der einzige Weg."

„Wir haben es gern getan!", wandte Asyra protestierend ein.

Shetan räusperte sich leise. „Sina, ich … ich weiß noch nicht, was wir jetzt tun sollen. Der Mangride … mit seinem Biss ist ein Teil seiner Kräfte auf dich übertragen worden, deshalb leidest du jetzt so."

Tarek wirkte verzweifelt.

„So etwas darf nicht passieren! Dass Sina mit solcher Magie in Kontakt kommt … Du musst diesen Fluch von ihr nehmen!"

„Tarek, du forderst zu viel! Ich habe Sina die ganze Zeit über meine ganze Aufmerksamkeit und Magie gewidmet. Mehr kann ich nicht tun."

Shetan sah Zenays Körper erschöpft an, offensichtlich nicht in der Stimmung oder Lage, weiter mit seinem Enkel zu diskutieren. Er nahm Tareks Messer von dessen Lager und zertrennte die Verbandsreste, die blutverklebt an Zenays Seite hingen. Dann legte er beide Hände behutsam auf ihre verwundete Schulter und atmete ein paar Mal konzentriert ein und aus. Die heilende Magie floss durch seine Finger in ihre Schulter und linderte das Pochen unter ihrer Haut. Sie bemerkte mit einer Gänsehaut, wie sich die Wunden an ihrer Schulter etwas schlossen; obwohl sie nicht mehr in ihrem Körper war, spürte sie doch die Wirkung der Magie.

Bisher hatte sie immer nur selbst solche Verletzungen geheilt. Die fremde Magie an ihrem Körper mit solcher Intensität zu spüren war eine völlig neue Erfahrung. Aber ihr Rücken schmerzte noch stark, sie hatte das sonderbare Gefühl, dass Shetans Magie ihr nicht so guttat, wie sie es eigentlich sollte. Noch während sich die Wunden schlossen, wallte eine dunkle, fremde Wut in ihrem Körper auf und warf sich mit Wucht gegen die heilende Wirkung.

Alle wichen zurück, als ihr Körper sich kurz aufbäumte und bewegte, ehe er wieder regungslos lag.

„Wa–was ist passiert?"

*Die Magie hat versagt*, dachte Wafaa leise, und sie beobachteten, wie die Wunden an Zenays Schulter sich wieder etwas öffneten.

*Verdammt, das tat weh!*, dachte Zenay und fühlte sich umso hilfloser.

„Asyra, hilf mir, sie neu zu verbinden."

Ihre Freundin zögerte kurz, aber dann tat sie wie geheißen und legte neue Verbände an.

Danach sah Shetan Tarek und Jesco an. „Wir sollten sie jetzt hinausbringen."

„G–gut. Komm, wir tragen sie."

„Seid behutsam. Sie hat noch schwere Prellungen und Blutergüsse. Und manche Wunden sind gerade erst verkrustet."

Zenay wich unwillkürlich etwas zurück, um den anderen Platz zu machen … als sie zusah, wie Tarek und Jesco ihren leblosen, schlaffen Körper auf der Decke anhoben und hinaustrugen, wurde ihr ganz anders.

Sie wollte niemanden berühren, nachdem sie erlebt hatte, wie Shetan reagierte, deshalb folgte sie ihnen mit ausreichend Abstand.

Als sie jetzt an der frischen Luft war, wusste sie nicht, ob sie schreien, weinen oder einfach nur fallen wollte. Die Umgebung flimmerte. Dort, wo Zenay hinsah, war ihre Sicht klar und scharf; alles andere waberte und wirkte unecht.

Doch das war nicht das einzig Unerwartete.

Bis auf drei kleine Zelte war die Wiese verlassen.

Im Augenwinkel nahm sie wahr, wie Jesco und Tarek sie auf den einzigen Pferdewagen hinaufhoben, der noch auf der Lichtung stand.

Tarek sprach unsicher zu ihrem Körper hinunter. „Die anderen sind weitergezogen. Sie konnten nicht warten, bis du aufwachen würdest … Du … du lagst drei Tage lang im Fieber und warst schwer verwundet. Wir wussten nicht, wann es dir wieder besser gehen würde … oder ob überhaupt …"

*Drei Tage?! Ich war drei Tage lang bewusstlos? Und ich fühle mich, als sei es erst gestern Abend passiert … Aber wieso bin ich erst jetzt aufgewacht?*

Sie spürte, wie Wafaa neben sie trat. Nicht neben ihren Körper, sondern wirklich neben *sie*.

*Vermutlich, weil du vorher zu schwach warst. Vielleicht auch, weil ich erst heute Nacht hier angekommen bin und deinen Geist an mich gebunden habe*, sagte sie.

*Ich kann das immer noch nicht wirklich begreifen.*

*Du warst nur noch ein schwacher Schatten, aber jetzt wirst du wieder stärker.*

*Du bist erst heute Nacht gekommen? Weißt du, wo der Mangride ist? Haben sie ihn verjagt oder getötet?*, wollte Zenay wissen.

Die gelben Augen der Wölfin wanderten über den Wald. *Nein, er ist noch in der Nähe. Ich kann es spüren.*

*WAS?! Aber ...*

*Zafija, deine Freunde sind nicht dazu fähig, ihn zu besiegen. Sie konnten ihn nur mit Feuer auf Abstand halten.*

Sie sah sich rasch um und entdeckte, was Wafaa meinte. Auf der Lichtung waren eine Menge herabgebrannte Feuerstellen, in einem ungefähren Kreis um ihr Lager verteilt.

*Er ... hat versucht, dir nahe zu kommen. Mehrmals.*

Ein Zittern überlief sie. *Was soll ich tun?*

*Fliehen. Jetzt, da du, dein Geist, wieder zu dir gekommen bist, können wir deinen Körper transportieren*, schlug Wafaa vor und bestätigte damit vermutlich Shetans und Tareks Plan.

*Und wo gehen wir hin?*

*Zuerst nach Yerima. Wir müssen dich aus dem Wald bringen, an einen sicheren Ort. Der Mangride wird es irgendwann leid sein und lässt von der Jagd ab. Und in der Stadt können sich alle erholen, dein Körper kann wieder zu Kräften kommen.*

*Weißt ... weißt du, ob Tarek mein Schwert gefunden hat?*, fragte sie zögerlich. *Es lag auf der Lichtung, als der Mangride mich angriff.*

Wafaa deutete ein Nicken an. *Dein Freund hat es sicher geborgen und war kurz davor, es gegen den Mangriden zu benutzen, als dieser durch den Wald vor der Lichtung strich. Aber das Schwert allein würde nicht reichen, um ihn zu besiegen.*

Zenay sah, wie Tarek noch einen Moment unsicher auf ihren Körper starrte, dann klopfte Jesco ihm auf die Schulter, und sie gingen die Zelte abbauen.

Zenay blieb nachdenklich zurück, sah sich im fast verwaisten Lager um und beobachtete Tarek und die anderen, wie sie sich für den Aufbruch bereit machten. Immer wieder warfen die Freunde verstohlene Blicke auf Wafaa, wahrscheinlich weil sie wussten, dass Zenay in der Nähe war.

Nach einer Weile horchte sie in ihrem Inneren auf das Pulsieren der Magie, aber der pochende Schmerz schien wie eine düstere Blockade, die sich in ihr festgekrallt hatte. Sie konnte die Energie nicht erreichen, sie kaum spüren.

*Was bin ich? Nur Bewusstsein? Oder Energie? Warum habe ich dann immer noch Schmerzen? Verdammt, ich kann kaum laufen, obwohl ich ein Geist bin!*

Wafaa hob den Kopf und blickte sie aus müden, gelben Augen an.

*Das ist ein gutes Zeichen, Zenay.*

*Wieso?! Ich leide!*

*Es bedeutet, dass du noch zu einem Teil mit deinem Körper verbunden bist.*

Zenay verstummte. Sie setzte sich neben ihren reglosen Körper auf den Wagen und starrte ihn an. Dann hob sie ihre durchscheinende Hand und fasste vorsichtig nach der echten.

Als ihre Finger die Haut berührten, leuchtete sie auf. Die gesamte Umgebung wurde durch ein schwaches Glimmen erhellt. Fasziniert streckte sie ihre Finger weiter, spürte einen Widerstand. Da schien eine Barriere in ihrem Körper zu sein, aber sie drückte weiter dagegen – und zuckte erschrocken zurück. Das Licht wurde absorbiert, und ein grauer Nebel trat an seine Stelle.

Schmerz fegte durch ihren Körper und ihren Geist, als dieser dunkle Schatten sie abwehrte.

*Was zum? War ... ist das ... schwarze Magie?!*

Wafaa neigte den Kopf. *Es ist die verdorbene Magie des Mangriden. Sie ist auf dich übergegangen, hat sich mit deiner vermischt und nimmt deinen Körper ein. Sie ist nicht wirklich schwarz. Dafür bist du zu rein.*

*Aber mein Körper ist trotzdem irgendwie verseucht*, stellte Zenay schockiert fest.

*Ja. Daran lässt sich vermutlich nicht mehr viel ändern. Wenn du wieder Kontakt zu deinem Körper hast, wirst du lernen müssen, mit diesem Schatten umzugehen oder ihn irgendwann zu vernichten.*

Zenay schwieg für eine Weile und betrachtete ihren geisterhaften Arm. Wenn sie ihn gegen das Licht hob, wurde er heller, schien wieder fast zu leuchten. Sie kniff die Augen zusammen. Dort, wo normalerweise Knochen hätten sein sollen, liefen in ihrem durchscheinenden Arm Lichtbahnen, sanft strahlende Ströme aus Energie, die pulsierten und bis in ihre Fingerspitzen reichten.

*Wafaa. Was bin ich jetzt?*

*Du bist pure Magie.*

«✝»

Martyom sah von seiner Arbeit auf, als es klopfte. Er legte die Feder weg, mit der er gerade festgehalten hatte, wie viele Färbemittel sie in nächster Zeit benötigen würden, und ging zur Tür.

Draußen stand Kalana, mit einem schüchternen Lächeln auf den Lippen. „Du wolltest mich sprechen?"

Martyom nickte und bat sie herein. Sie sah ihn erwartungsvoll an, und er wollte sie nicht lange auf die Folter spannen. Es hatte keinen Sinn, das noch weiter vor sich herzuschieben. Rasch schloss er die Tür, machte ein paar Schritte durch den dämmrigen Raum und blickte sie offen an.

„Kalana, bevor ich mit den Phiruin spreche, muss ich etwas wissen. Was genau hast du dir davon erhofft, hierher zu mir zu kommen?"

Kalana schien sich nicht wohlzufühlen. „Ich ... wir waren monatelang im Gefängnis und danach, das ganze Frühjahr und den halben Sommer über, waren wir auf der Flucht. Niemand wollte uns helfen, niemand hat uns lange Unterschlupf gewährt. Ich hatte gehofft, dass ... die Phiruin uns helfen, uns vielleicht aufnehmen und verstecken oder Arbeit geben würden."

„Kalana, ich kann es versuchen, aber ich kann für nichts garantieren. Zurzeit sind einige Versorgungswege abgeschnitten, und wir können kaum noch Außenstehenden helfen."

„Aber ich bin keine Außenstehende!", protestierte sie energisch.

„Du warst eine Vermittlerin."

„Ich war in der Prüfungsphase! Kurz davor, eingeweiht zu werden."

„Und ich will dich lediglich vorbereiten."

Er konnte sehen, wie sie die Verzweiflung in ihrem Inneren zu bekämpfen versuchte.

„Es ist jetzt wichtig, realistisch zu bleiben", meinte er mit einem sanften Lächeln und legte ihr die Hand auf die Schulter. „Ich würde dir niemals falsche Hoffnungen machen und sie dann zerstören, deshalb habe ich dir das gesagt. Und jetzt muss ich mich konzentrieren."

Kalana nickte steif und ging in die Färbekammer, um Byrgit zu helfen.

Martyom blickte ihr nachdenklich hinterher.

Er wollte nichts mehr, als seiner alten Bekannten und ihrer Familie zu helfen, aber es lag nicht in seiner Macht, darüber zu entscheiden. Also setzte er sich an seinen Tisch und zog einen Bilur aus einem Versteck. Er schloss die Augen, ehe er den magischen Speicherstein mit beiden Händen ergriff. Der Stein war nicht dazu gedacht, ihn zu den Phiruin zu transportieren; er half lediglich, die Energie für die Gedankenübertragung zu fokussieren.

Als er die Verbindung zu seinem Kontaktmann Wannek aufbaute, konnte er fühlen, wie dieser mitten im Schritt überrumpelt wurde und stehen blieb. Doch schnell verbarg der Phiruin seine Überraschung.

*Martyom, es ist gut, von dir zu hören. Ist alles in Ordnung?*, hallte Wanneks Stimme in seinem Kopf.

*Wie man es nimmt. Ich habe überraschenden Besuch bekommen.*

*Von Ratken?*

*Nein, von einer alten Bekannten. Kalana.*

Martyom spürte, wie Wannek nachdachte.

*Ich glaube, ich habe den Namen vor langer Zeit einmal gehört. Ist sie eine von uns?*

*Sie hat Waren geschmuggelt, wurde aber enttarnt und verschleppt. Ihre Familie und sie waren in Mazmorras Grab.*

*Und sind lebend wieder herausgekommen? Bist du sicher, dass sie keine Verräterin ist?*

*Sie hatte noch gar nicht genügend Informationen von uns, um etwas verraten zu können. Aber darum geht es auch nicht. Es ist viel wichtiger, WIE sie aus dem Gefängnis entkommen ist. Ein guter Freund von uns beiden hat ihr geholfen. Tunez.*

Wannek ächzte selbst in Gedanken.

*Ist das dein Ernst?*

*Mein voller Ernst*, bestätigte Martyom.

*Ich mache mich auf den Weg zu dir. Sofort. Das ist zu wichtig.*

*Das hatte ich erwartet.*

Martyom unterbrach die Verbindung, stand auf und wartete. Er konnte fühlen, wie der Bilur auf seinem Tisch kurz vibrierte, als der Raum mit Magie erfüllt wurde.

Ein Blitz erleuchtete die Stube. Als das Licht verblasste, stand eine Gestalt neben dem Tisch.

„Martyom, du alter Hirte, in was bist du schon wieder hineingeraten?", grüßte Wannek und drückte ihn freudig an sich.

„Du siehst selbst etwas älter aus", erwiderte Martyom schmunzelnd mit einem Blick auf die grauen Bartstoppeln seines Gegenübers. Ansonsten hatte sich Wannek kaum verändert. Er trug sein blondes Haar noch immer lang und nach hinten gebunden.

„Setz dich, denn was ich dir jetzt erzähle, würde dir ohnehin nur schwache Knie verschaffen."

Wannek zog eine Augenbraue hoch, setzte sich dann aber auf den Hocker neben Martyoms Tisch und blickte ihn gespannt an.

„Ich warte."

Und so berichtete Martyom ihm, was er von Kalana und ihrer Familie erfahren hatte. Über Tunez, Kamirr und die Flucht. Und über das Mädchen, das sie mitgenommen hatten.

Wannek schwieg und strich sich nachdenklich durch den Bart. Schließlich seufzte er.

„Das sind in der Tat interessante Neuigkeiten. Nur leider bringen sie uns kaum weiter."

„Kalana hat uns einen Hinweis darauf gegeben, dass ..."

„Ja, auf was? Dass unsere vermeintliche Auserwählte nicht durch Tunez' Schlamperei verschwunden ist, sondern vielmehr durch das Versagen oder den Verrat von Kamirr? Sie ist so oder so verloren."

Martyom musste sich zusammenreißen, nicht vor der Verbitterung zurückzuweichen, die von Wannek ausging.

„Wir werden sie finden!"

„Sie ist wahrscheinlich tot."

„Ich weigere mich, das zu glauben. Und ich bin mir sicher, dass die anderen Weisen auch nicht aufgegeben haben!"

„Sie sind nur zu naiv."

Martyom machte eine wegwischende Handbewegung. „Das ist jetzt nicht relevant. Die Informationen müssen dem Rat vorgetragen werden. Und ich finde, wir schulden Kalana und ihrer Familie etwas. Sie waren wegen den Phiruin lange in Gefangenschaft und auf der Flucht."

„Es ist nicht die Schuld der Phiruin, dass sie aufgeflogen sind."

„Wie redest du, Wannek? Sie haben sich bis hierher zu mir durchgeschlagen, um uns zu berichten, was in Mazmorra vorgefallen ist! Haben wir nicht geschworen, den Schwachen zu helfen? Hier haben wir sogar eine Gegenleistung erhalten."

Wannek verzog das Gesicht. „Es sind schwere Zeiten, Martyom. Ich kann das nicht einfach zusagen. Ich werde dem Rat von all dem berichten, solange solltest du der Familie hier Unterschlupf gewähren."

„Willst du sie nicht befragen? Sie dem Rat vorstellen?"

Da hob sein Gegenüber abwehrend die Hand. „Jetzt ist dafür keine Zeit. Sie werden ja in den nächsten Tagen nicht alles vergessen, was vorgefallen ist. Ich melde mich wieder."

„Aber ...", fing Martyom an, doch Wannek schloss bereits die Augen und wurde im nächsten Moment von hellem Licht verschluckt.

„Bastard", murmelte der alte Mann, kaum war sein Kontakt fort.

Er setzte sich seufzend an den Tisch. Das würde Kalana nicht gefallen.

«✝»

Die Gruppe machte sich rasch daran, ihr klägliches Lager auf der Wiese abzubrechen, die mit all den heruntergebrannten Feuerstellen wie ein kleines Schlachtfeld aussah.

Als ihre Freunde die Pferde sattelten und Shetans Stute vor den Wagen spannten, kam Tarek noch einmal zu ihnen nach hinten.

Er lächelte Zenays Körper an, doch sie sah die Furcht in seinen Augen. „Ich *weiß*, dass alles wieder gut wird!", flüsterte er, strich ihr sanft über die blasse Wange, ohne dass sie es spüren konnte, und ging dann zu Milad.

*Oh Tarek, ich wünschte, ich könnte mit dir sprechen!*, dachte Zenay traurig. *Aber wie nur? Wie soll ich das anstellen?*

Sie warf einen Blick zu Shetan, der bereits auf dem Bock des Wagens saß.

*Er hat es gespürt, als ich ihn berührte, nicht wahr?*, fragte sie Wafaa.

*Ja, ich denke schon.*

*Könnte ich das irgendwie verstärken? Könnte ich mit ihnen sprechen, ohne dass du meine Gedanken weiterleitest?*

*Nun ... wenn du dich stark genug fühlst, kann ich versuchen, es dir beizubringen.*

*Was beibringen?*, fragte Zenay.

175

*Die Makani Chenda. Gedankenübertragung. Du bist bisher immer unbewusst mit mir in Kontakt getreten, wenn ich mit dir sprach.*

*Deshalb habe ich deine Gedanken gehört?*

*Genau. Das ist für uns die einzige Möglichkeit, mit Menschen zu kommunizieren. Es ist ein Kontakt des Geistes*, erklärte Wafaa.

*Und ich könnte auf diese Weise mit Tarek oder Shetan sprechen? Indem ich ihnen meine Gedanken mithilfe von Magie übertrage?*

Sie konnte sehen, wie Wafaas Augen leuchteten, als würde sie lächeln. Es genügte als Bestätigung.

*Aber muss denn der andere dann laut sprechen?*

*Nein, denn man kann diese Form der Kommunikation auch über größere Distanz nutzen. Magier können über immer weitere Distanzen mit jemandem sprechen, je stärker sie sind, aber es hängt auch davon ab, ob ihr Gegenüber ebenfalls Magie beherrscht.*

Zenay spürte, wie sich die bekannte Faszination in ihr breitmachte.

*Wirst du es mir zeigen?*

*Das kann ich in deinem jetzigen Zustand nicht wirklich. Wir sind so nah miteinander verbunden, dass du unsere Kontaktaufnahme nicht bewusst wahrnehmen kannst, denn eigentlich besteht zwischen uns beiden momentan geistig kein Abstand mehr. Du musst versuchen, die Energie zu spüren, die du verwendest, während du mit mir sprichst. Es wird nicht leicht, du musst tief in dich gehen.*

*Wie kann ich denn feststellen, wie es sich anfühlt?*

*Du bist jetzt Magie. Bisher hast du sie zwar innerlich wahrnehmen können, aber nur wenig gesehen oder tatsächlich begriffen. Dein Geist ist zu viel mehr fähig, als du denkst. Du kannst Magie überall fühlen und auch sehen. Sieh hin, Zenay, während wir sprechen.*

Zenay blickte irritiert zu der Wölfin und kniff die Augen zusammen. Sie wusste, dass sie sie nicht mehr wirklich schließen konnte, immerhin war sie nur noch Bewusstsein, aber es half, es sich vorzustellen.

Und tatsächlich! Die Luft zwischen ihnen schien einen Moment lang zu flimmern und zu glühen. Dann brach dieser Eindruck wieder zusammen.

*War das nur Einbildung?*

Sie verlor sich in den gelben Augen der Wölfin vor sich.

*Wafaa? Dieses Wabern in der Luft, ist es das, was du meintest?*

Noch während sie die Frage stellte, tauchte es wieder auf.

*Du kannst es schon fühlen, nicht wahr? Wirklich erstaunlich, ich bin noch nicht vielen Menschen begegnet, denen es so leicht fiel. Und keiner von ihnen war in deinem Zustand.*

Zenay hatte das Gefühl, zu erröten. Sie verlor die Konzentration, und das Wabern in der Luft entglitt ihr.

*Ich bin Magie. Dann kann es doch nicht so schwer sein, diese zu sehen!*

*Versuch es weiter.*

*Tue ich ja!*, rief Zenay zurück und wurde dabei ungewollt etwas intensiver. Plötzlich stutzte sie. Direkt vor ihr, zwischen ihrem Geist und Wafaa, hatte gerade die Luft geflimmert, viel stärker als zuvor. Es sah für einen kurzen Moment so aus, als wären Funken auf Wafaa zugestoben.

*Ha–hast du das gesehen?*

*Natürlich. Ich wünschte, ich könnte dich die Welt durch meine Augen sehen lassen. Für mich ist die Umgebung immer erfüllt von magischen Energieflüssen.*

Wafaas Augen glänzten.

*Ich … bitte verzeih mir, aber ich würde gerne noch einmal versuchen, dich anzuschreien.*

Zenay konnte das Schmunzeln in Wafaas Augen sehen. *Nur zu, ich werde es verkraften.*

Das ließ sie sich nicht zweimal sagen – und bei ihren nächsten intensiven Gedanken flackerte die Luft zwischen ihnen wieder auf, blitzte beinahe kurz, als würde ein Signal zwischen ihnen wechseln.

Irgendwann hob sie ihre durchsichtig schimmernde Hand zwischen sich und Wafaa, um die Übertragung der Gedanken besser zu fühlen.

Gerade als Zenay das Gefühl hatte, es im Ansatz zu verstehen, ging ein Ruck durch den Wagen, und er rollte los. Die plötzliche Bewegung riss sie aus ihrer Konzentration und ließ sie fluchen.

*Ich war so nah dran!*

*Versuch es weiter. Blende die Bewegungen des Karrens aus, du sitzt nicht wirklich auf ihm. Dein Geist stellt sich diesen unsichtbaren Körper vor, damit du nicht den Verstand verlierst. Aber in Wahrheit bist du nur Energie. Du sitzt nicht auf dem Holz.*

Zenay starrte sie irritiert an. Das war zu viel. Ein Zittern ging durch ihre Seele, und sie fühlte, dass sie kurz davor war, die Kontrolle zu verlieren, zu schreien und zu weinen.

*Aber das geht nicht, du hast keine Augen und keine Tränen,* flüsterte eine leise Stimme in ihrem Kopf.

*Und auch keinen KOPF!*

*Beruhige dich, Zenay. Alles wird gut, du bist mit mir verbunden und kannst nicht verloren gehen. Ich wollte dir lediglich helfen, dich von diesen materiellen Illusionen zu lösen. Sie blockieren dich dabei, Zugang zu deiner Magie zu finden. Zu deinem wahren Selbst.*

*Vielen Dank auch. Ich fühle mich wie in der Matrix.*

*Matrix?*

Zenay war einen Moment selbst irritiert über ihre Aussage. *Ach, das ist nicht so wichtig. Ich versuche es erneut.*

*Sehr gut. Und glaube mir, es ist eine ganz natürliche Reaktion deines Geistes, sich einen solchen Körper vorzustellen, aber du hast das gar nicht nötig. Du bist sehr stark.*

*Ich denke das nächste Mal daran, wenn mich ein blutrünstiger Mangride anfällt,* meinte sie mit einem Schnauben.

«✝»

Wafaas Gedanken hingen ihr nach und machten ihr zu schaffen. Sie übte, bis ihr Geist schmerzte und ihr Kopf brummte, obwohl sie ihn ja eigentlich nicht hätte fühlen dürfen.

Sie wurde von der Angst geplagt, dass sie nicht mehr in ihren Körper zurückfinden würde.

Gerade als sie aufhören wollte, zog Wafaa ihre Aufmerksamkeit auf sich.

*Ich denke, du bist bereit. Versuche, den Magier auf dich aufmerksam zu machen, ich werde mich bei eurer Unterhaltung zurückziehen.*

*Oh. In Ordnung.*

Zenay starrte einen Moment auf ihre durchscheinenden, glitzernden Hände, dann hob sie einen Arm und streckte ihn in Shetans Richtung.

Warme Strahlen schwebten aus ihren Fingerspitzen, erweiterten ihren Wahrnehmungsbereich, bis sie den alten Mann mit ihrer Magie erreichte.

Zenay konnte nicht in Worte fassen, was sie spürte. Auf einmal wusste sie einfach, dass sie mit ihrem Geist an seinem entlangstrich. Seine Magie war beinahe sichtbar, wie sie sich mit ihrer verband und einen dünnen, glitzernden Faden aus Energie zwischen ihnen spann. Sie hörte seine Stimme, zu Beginn noch schwach und verzerrt, aber gleichzeitig spürte sie auch seine Gedanken, die sie begrüßten.

*Shetan?*, fragte sie vorsichtig und konnte sehen, wie ihr Gedanke durch die Magie zu ihm transportiert wurde.

*Meine Liebe, es tut gut, deine Stimme zu hören.*

Zenay wäre vermutlich getaumelt, hätte sie noch über einen Körper verfügt. Shetans Stimme hallte in ihrem Kopf wider und erzeugte ein ungewohntes Kribbeln in ihrem Inneren.

*Das ist merkwürdig.*

Der alte Mann lachte kurz. *Das war es anfangs für mich auch, aber man gewöhnt sich schnell daran.*

*Shetan, was soll ich denn jetzt tun? Was passiert mit mir und meinem Körper?*

Er seufzte und sah kurz zu Wafaa. *Das kann ich nicht sicher sagen, Zenay.*

*Was ist mit dem Mangriden?*

*Ich kann ihn nicht ausfindig machen, dazu scheint nur Wafaa in der Lage zu sein. Aber ich glaube, solange wir in Bewegung bleiben und uns Yerima nähern, sind wir sicher.*

*Hm.*

*Mach dir nicht allzu viele Sorgen, wir haben alle noch Waffen und Feuer, damit halten wir ihn von dir fern.*

Sie musste unweigerlich daran zurückdenken. Mit einem Mal hetzte der Mangride wieder auf sie zu, schleuderte sie zu Boden und packte sie, grub seine Zähne in ihr ...

*STOP!*, rief Shetan ächzend, und sie wurde aus der Erinnerung herausgerissen. Da wurde ihr bewusst, dass der alte Magier schwer atmete.

*Ich ... hast du das etwa gesehen?*

Ein zitterndes Nicken seinerseits bestätigte ihre Vermutung.

*Shetan, das tut mir leid!*

*Es ist in Ordnung, aber ich brauche etwas Ruhe.*

*Ich wollte das nicht, Shetan, ich musste nur ...*

*Nein, mir tut es leid, dass du etwas so Schreckliches erleben musstest. Eine kleine Erinnerung ist nichts dagegen.*

Er sah in ihre Richtung, dann beendete er den Kontakt, und das Band aus Magie zwischen ihnen riss ab. Für einen Moment fühlte sie sich schmerzlich allein, dann war alles wieder wie zuvor.

Zenay war noch immer erschüttert von der plötzlichen Eskalation. *Kann ich einem Menschen meine Gedanken zeigen? Sie ihm aufzwingen? Oder seine sogar beeinflussen? Habe ich als Magier wirklich solche Macht?*, dachte sie irritiert und sah hinüber zu Wafaa, die allerdings noch immer zurückgezogen blieb.

Erst als Zenay zu ihr trat und sie vorsichtig am Fell berührte, hob die Wölfin den Kopf.

*Hat es funktioniert?*

*Ja. Du hast es nicht gespürt?*

*Ich kann deine privaten Gedanken und eine Unterhaltung, die nicht über meine Magie geführt wird, vollkommen ausblenden.*

*Danke.* Zenay starrte auf ihre durchscheinenden Finger, in denen helle Energiebahnen flossen. *Was werde ich als Nächstes tun?*

*Hat der Magier etwas gesagt?*

*Er ... er wollte Ruhe. Ich habe ihn versehentlich an einer Erinnerung des Mangridenangriffs teilhaben lassen.*

Wafaa warf einen Blick auf Shetan, wandte sich dann aber wieder dem Geist Zenays zu. *Mach dir keine Sorgen. Es wird ihm bald wieder besser gehen, dann könnt ihr üben. Denn das brauchst du, Übung.*

*Ich glaube nicht, dass Shetan viel Energie dafür haben wird. Er wirkt so ausgelaugt.*

*Hm.* Wafaas Augen bekamen einen nachdenklichen Ausdruck. *Ich könnte versuchen, deine Freunde darin zu unterweisen.*

*Aber sie sind keine Magier.*

*Das macht nichts. Du bist kraftvoll genug. Sie müssen nur das Prinzip verstehen und aufmerksam sein, um deinen Kontakt zu spüren. Jedem Menschen liegt in gewisser Weise Magie inne. Auch wenn die meisten auf ihre Ressourcen nicht zugreifen können.*

Zenay spürte vage, wie Wafaa sich von ihrer nahen Verbindung zurückzog und ihre Gefährten ansprach, um ihnen dann die ersten Unterweisungen zu geben.

Sie starrte auf die Straße, die unter dem rumpelnden Karren hervorwanderte und einen ständigen Wechsel aus Steinchen, festgefahrenem Lehm und tiefen Furchen zeigte.

Tief in ihrem Bewusstsein spürte sie noch immer die Unterhaltung der anderen, doch es war mehr ein Summen.

Irgendwann erwachte Zenay aus ihrer Trance, als der Wagen rumpelnd zum Stehen kam. Ihre Freunde saßen ab und führten die Pferde an den Waldrand, um sie grasen zu lassen.

*Wir machen eine kurze Rast,* sagte Wafaa und schnüffelte in den Wind. *Ich muss bald jagen gehen. Die Verbindung kostet mich viel Kraft.*

*Wie stellen wir das an? Soll ich dann mitlaufen?*

*Das werden wir sehen. Jetzt ruh dich einfach aus und versuche, mit deinen Kräften in Einklang zu kommen.*

Zenay seufzte und sah zu den anderen hinüber. Als hätte er ihren Blick gespürt, hob Tarek den Kopf und murmelte etwas zu den anderen, bevor er zurück zum Karren ging.

„Zenay?"

*Sie kann dich hören,* gab Wafaa als Antwort.

„Wir müssen deinen Körper versorgen. Asyra wird die Verbände erneuern, aber wir haben nicht mehr viele. Und dein Körper braucht Nahrung und Flüssigkeit."

Er löste den Trinkschlauch von seinem Gürtel und kletterte auf den Karren neben ihren Körper. Zenay sah teilnahmslos zu, wie er ihren Kopf hob und ihr etwas Wasser einflößte.

„Heute Abend machen wir eine Suppe, das geht einfacher."

Zenay wollte nur mit den Schultern zucken, doch plötzlich riss es sie aus ihrer Lethargie.

*Wafaa! Ich … ich kann fühlen, wie das Wasser meine Kehle hinabrinnt!* Die Faszination ließ sie erschaudern, doch einen Augenblick später wurde sie sich dadurch noch deutlicher der Schmerzen bewusst.

*Spürst du noch mehr?*

*Nur die Schmerzen, die sich in meinen Körper krallen.*

Frustriert starrte sie in den Wald und fühlte sich trotz der Anwesenheit ihrer Freunde furchtbar allein. Jetzt, da die anderen fort waren, konnte sie genau ausmachen, wer im Dorf sie überhaupt schätzte. Sechs Leute waren ihr als Freunde und Helfer geblieben. Und davon würden nur drei sie weiter begleiten als bis zum nächsten Dorf.

Wie gerne hätte sie ihre Freunde gefragt, ob sie nicht doch ihre Aufgaben im Dorf hinter sich lassen konnten und mit ihr reisen wollten. Aber sie traute sich nicht.

Es gab hundert gute Gründe, wieder zurück ins Dorf zu gehen, dagegen wollte Zenay in ihrem Zustand kein einziger einfallen, der dafür sprach, sie zu begleiten.

Deshalb fragte sie nicht. Sie spürte tief in ihrem Inneren, dass sie jetzt keine Ablehnung ertragen würde.

Bald darauf führten sie die Pferde vom hohen Gras am Straßenrand weg und machten sich wieder auf den Weg.

Wafaa trottete hechelnd hinter dem Wagen her, der über die löchrige Straße rollte, und Zenay versank in Gedanken. Wenig später schreckte sie wieder hoch und bemerkte, dass Tarek neben dem Karren ritt und ihren Körper betrachtete.

Sie stutzte, als er ihren Geist berührte. Ganz sanft, trotzdem spürte sie einen Kontakt.

*Zenay, ist alles in Ordnung?*, hörte sie Tareks besorgte Stimme in ihrem Kopf, während sie den Kontakt mit Magie aufbaute. Er war leise und hallend, aber verständlich.

*Tarek? Du hast aber schnell gelernt!*, stellte sie überrascht fest.

*Wir sind schon den ganzen Nachmittag unterwegs, es wird bald dämmern.*

*Was, so lange schon?*

*Ich mache mir Sorgen um dich*, sagte er geradeheraus.

*Es ist alles in Ordnung. Ich habe nur nicht bemerkt, wie die Zeit verflog.*

Tarek sah nicht überzeugt aus. *Es hat ganz schön gedauert, bis du meine Versuche bemerkt hast, aber ich denke, ich kann dieses Makani Chenda jetzt aufrechterhalten.*

Zenay nickte erleichtert. *Solange ich die Magie dazu beisteuere. Aber ich denke, es ist eine gute Übung.*

Tarek schwieg eine Weile. *Manchmal wünschte ich, ich hätte Shetans Begabung geerbt. Er war ein begnadet guter Magier, weißt du das?*

*Es wäre sicherlich alles etwas einfacher, wenn du mir mit Magie zur Seite stehen könntest.*

*Oder ich wäre schon lange tot. Umgebracht von der Königin.*

Zenay schluckte und sagte nichts weiter. Sie versuchte, nicht allzu oft an diese Frau zu denken. Oder an den Mangriden, der irgendwo im Wald auf sie lauerte und anscheinend Geschmack an ihr gefunden hatte.

# Bis in den Tod

Tunez starrte nachdenklich in die Kammer innerhalb Yorubas Festung, die man ihm vor wenigen Tagen zugewiesen hatte. Sie lag nicht weit von den Räumen des Statthalters entfernt. Tunez konnte zwar nichts von der Einrichtung sein Eigen nennen, aber das war ihm nun wirklich nicht wichtig.

Viel wesentlicher war die Tatsache, dass er schon ein gutes Versteck für die Sachen gefunden hatte, die auf keinen Fall in seinem Besitz entdeckt werden durften.

Er schloss die Tür, schob den Riegel vor und rückte die Kommode von der kühlen Steinwand weg, um dann in die Spalte zu greifen, die sich in der Wandverkleidung befand.

Die Karte aus dem Versteck war mehr als abgegriffen. Tunez wollte gar nicht zählen, wie viele Stunden er sie schon angestarrt und in seinen Händen gehalten hatte.

Bisher hatte er noch keine Gelegenheit gehabt, systematisch nach dem Aufenthaltsort der Auserwählten zu forschen. Während seiner bisherigen Arbeit für den Statthalter hörte er nur von einigen Truppenbewegungen und einem kleinen Aufstand in einem Dorf, bei dem dieses in Brand gesteckt worden war.

Es lag noch im Herrschaftsgebiet von Yoruba, aber weit weg am Rand der Berge und schien von keinem besonderen Interesse. Tunez hatte nicht erfahren können, warum es einen Aufstand gegeben oder wer die Krieger beim Angriff angeführt hatte, aber es konnte schlichtweg um Abgaben gegangen sein. Vielleicht hatten sich die Bewohner zur Wehr gesetzt, weil die Ratken sich an ihren Frauen vergreifen wollten.

So viele Gründe, doch in der heutigen Zeit war es fast schon ungewöhnlich, weil es kaum mehr zu Revolten in solchen Bauerndörfern kam. Aber auf Tunez' Nachfrage hatte keiner von besonderen Angreifern gehört.

Wieder kein konkreter Hinweis auf seine Vermisste.

Es wollte nach all den Monaten noch immer nicht in seinen Kopf. Alles kam ihm so unwirklich vor, seitdem er nach ihrer Befreiung von den Weisen kontaktiert worden war und sie ihn gefragt hatten, weshalb das Mädchen nicht wie geplant zu ihnen gebracht wurde.

Was war nur schiefgelaufen? Tunez schnaubte und verspürte große Lust, die Möbel in seiner neuen Unterkunft zu Kleinholz zu schlagen.

Natürlich war der Plan nicht perfekt gewesen! Drei Mann sollten die wichtigste Person aus dem bestbewachten Gefängnis des ganzen Landes befreien? Eigentlich war ihr Vorhaben lachhaft naiv, aber was hätten sie sonst tun sollen? Sie waren die einzigen Ratken unter den Rebellen. Die Anzahl der Phiruin sank ohnehin seit Jahren beträchtlich, es war ihre einzige Möglichkeit gewesen.

Das Mädchen war damals schon wochenlang in den Händen der Königin, die ihr Undenkbares angetan hatte.

Es war seine Pflicht gewesen, endlich zu handeln, denn seiner Meinung nach war der Auserwählten schon viel zu viel Leid angetan worden. Es wäre völlig verantwortungslos gewesen, sie noch länger in diesem Loch leiden zu lassen. Deshalb hatte er gegen die Befehle der Phiruin gehandelt.

Jetzt zahlten sie alle den Preis, falls das Mädchen nicht mehr lebte.

Ihm blieb nur die vage Hoffnung, dass dieser Asur und seine Familie Sina mitgenommen hatten, anstatt auf Kamirr zu warten.

Aber warum war er dann nie wieder aufgetaucht? Hatten sie ihn womöglich getötet? Nein, Tunez hatte den Geist des Gefangenen geprüft. Solche Taten lagen nicht in seinem Charakter. Doch was war mit der Frau und den Söhnen? Sie hätten sich ihrer vielleicht entledigen wollen, aber auch das konnte er sich nicht vorstellen.

Die nächste Möglichkeit war, dass Kamirr und dem Mädchen etwas auf dem Weg zu den Phiruin zugestoßen war.

Oder noch schlimmer: Dass Kamirr, sein guter Freund, dem er sein Leben ohne zu zögern anvertraut hätte, ein Verräter gewesen war und die Auserwählte getötet oder verschleppt hatte.

Tunez starrte weiter auf die Karte, dann verstaute er sie und machte sich auf den Weg. Ihm blieb nichts übrig, als weiter Augen und Ohren offen zu halten. In seiner neuen Position hatte er jetzt endlich die Gelegenheit dazu.

«╬»

Am Abend sprachen die Freunde nur wenig. Sie hatten sich einen Lagerplatz zwischen ein paar großen Bäumen gesucht, die etwas Schutz boten. Alle waren erschöpft, und die Ungewissheit über den Aufenthaltsort des Mangriden nagte an ihren Nerven, auch wenn Wafaa ihnen versicherte, dass er nicht in der Nähe sei.

Zenay saß schweigsam neben ihrem Körper und hatte die durchsichtigen Arme um die Knie geschlungen. Es versetzte ihr noch immer einen Schauer, in ihr eigenes lebloses Gesicht zu blicken. Ihr Körper schien mehr tot als lebendig. Das Einzige, was sie vom Gegenteil überzeugte, war ein gelegentliches Zucken oder kaum hörbares Stöhnen.

Tarek und Malak diskutierten leise darüber, ob sie die Zelte nun aufbauen sollten oder nicht. Malak wollte vor den Stechmücken Schutz suchen, aber Tarek hielt es für besser, wenn jeder ein Auge auf die Umgebung werfen konnte, sollte der Mangride doch noch näher kommen.

Zenay hatte außerdem kurz das Gefühl, dass Tarek es vermeiden wollte, Stangen für die Zelte zu schlagen. Bei genauerer Betrachtung fiel ihr auf, wie unglaublich müde er wirkte. Shetan war wegen der magischen Anstrengung ausgelaugt, aber bisher hatte niemand Tarek gefragt, wie es ihm eigentlich ging.

Immerhin wäre er im Feuer fast gestorben, hatte seitdem kaum Ruhe bekommen und hatte auch noch mit den anderen zusammen den Mangriden verjagt und von ihr ferngehalten.

Zenay wünschte sich, sie könnte etwas für ihn tun, aber sie musste sich eingestehen, dass sie momentan nicht helfen konnte.

Währenddessen hatten Elaya, Asyra und Jesco trockenes Holz gesammelt und ein niedrig brennendes Feuer entzündet.

„Wir werden noch viel mehr brauchen", murmelte Elaya und ging ein weiteres Mal zusammen mit Jesco los, der seinen Bogen gezückt hielt. Nachdem Malak grummelnd eingesehen hatte, dass die Zeltplanen verschnürt blieben, halfen auch er und Asyra mit, mehr Brennholz zu suchen. Tarek wich unterdessen nicht von Zenays Seite.

Wafaa lief mehrmals um das Lager und hielt die Nase in den Wind, versicherte Zenay und den anderen jedoch, dass alles in Ordnung sei.

*Ich kann ihn weder hören noch riechen – und ich fühle seine Wut nicht. Er ist weit weg, vielleicht hat er auch schon von der Verfolgung abgelassen.*

Tarek wirkte sichtlich erleichtert, auch wenn Zenay nicht ganz überzeugt war. Sie konnte nicht sagen, warum, aber sie *wusste*, dass der Mangride sie nicht so leicht aufgeben würde.

Wieder kehrten die Schmerzen heftig in ihr Bewusstsein zurück, und sie warf einen Blick zu ihrem Körper. Der Rücken und die Schulter pulsierten schmerzhaft. Ein dunkler Druck schien sich in ihrem Inneren ausgebreitet zu haben, der die Empfindung noch verstärkte.

So horchte sie auf ihr Körpergefühl und schreckte erst wieder auf, als Wafaa direkt vor sie trat.

*Zenay, ich werde jetzt jagen gehen, aber dabei kannst du nicht mit mir mithalten. Dein Geist denkt noch immer, er hätte Beine zum Laufen, auch wenn dem nicht so ist. Ich will dich nicht weiter verunsichern.*

Zenays Herz zog sich zusammen. *Und was passiert dann?*

*Ich werde die Bindung zwischen uns ein wenig lockern, damit du hier sein kannst. Aber du solltest zur Sicherheit bei deinem Körper bleiben, leg eine Hand auf deine echte, um die Verbindung zu stärken.*

Zenay spürte ein Zittern, das durch ihren Geist wanderte, legte die Hand auf die blasse Haut ihrer eigenen Finger und bemerkte sofort den dunklen Wall, der sie davon abhielt, sich wieder mit ihrem Körper zu vereinen.

Wafaa sah sie direkt an, als sie den Blick von ihrer Hand hob. Dann leuchtete ein flackerndes Licht in den Wolfsaugen auf und von einem Moment auf den anderen fühlte Zenay sich unfassbar allein. Die Verbindung zwischen ihnen nahm ab. Sie war ausgeliefert und schutzlos!

*Beruhige dich. Alles wird gut gehen, ich kann dich noch immer spüren. Sollte etwas geschehen, bin ich in Windeseile wieder im Lager und bei dir.*

*Okay, ich versuche es.*

Wafaa wedelte kurz mit ihrem Schwanz, auch wenn sie Zenay damit nicht ganz überzeugen konnte. Dann wandte sie sich ab und huschte ins Dickicht.

Tarek und die anderen sammelten Feuerholz für die Nacht und bereiteten eine Suppe zu. Shetan und Asyra wollten sich noch einmal Zenays Verbände ansehen, aber ihr war nicht wohl bei dem Gedanken, dass sie ihren Körper bewegten, also ließen sie es an diesem Abend bleiben. Allerdings erst, nachdem Shetan darauf bestanden hatte, zumindest ihre Temperatur zu fühlen.

„Sie hat immer noch Fieber, aber es ist gesunken", murmelte der alte Magier zu Asyra, bevor sie ihrem Körper etwas Suppe einflößten.

Eine Wut kochte in Zenay hoch und erweckte den Wunsch in ihr, laut zu brüllen und um sich zu schlagen. Sie wollte schon aufspringen, da erstarrte sie und schaute auf ihre Hand. Die Finger ihres Körpers hatten sich in den Mantel unter ihr gekrallt und waren verkrampft.

*Ist das der Zorn meines Körpers? Oder der des Mangriden? Was ist, wenn er es fühlen kann? Wenn er mich und meinen hilflosen Körper aufspüren kann, weil er eine Verbindung zu ihm hat? Nein, Wafaa würde seine Wut bemerken.*

*Und wenn er sie so gut verbirgt, dass sie es nicht wahrnimmt?*, flüsterte eine Stimme in ihrem Kopf. *Er war einmal ein Mensch, er könnte noch immer gerissen genug sein …*

Ab diesem Moment war Zenay ständig von der Angst geplagt, der Mangride könnte genau jetzt auftauchen, solange Wafaa nicht hier war – oder womöglich die Wölfin selbst angreifen, während sie allein im Wald jagte.

Doch als stundenlang nichts dergleichen geschah, beruhigten sich ihre Gedanken, und sie fand ihr inneres Gleichgewicht wieder. Zenay schloss ihre nicht vorhandenen Augen und versuchte, an gar nichts mehr zu denken und den Schmerz auszublenden.

Bald tauchten schwache Schemen vor ihrem inneren Auge auf. Sie träumte von dunklen Tannenwäldern und leuchtenden Bestienaugen, und von großen schwarzen Schatten, die dem Blitz und Donner des Himmels mit einem Lachen auswichen.

Schatten, die sich auf sie stürzten und die Kontrolle übernahmen.

«☩»

Mazuk schritt in den Innenhof, wo sein bewährter Trupp zusammen mit Alrac auf ihn wartete. Er betrachtete den eifrigen Ratken, der sich mittlerweile von einem einfachen Gruppenführer hochgearbeitet hatte und jetzt Mazuk persönlich assistieren sollte. Er erinnerte ihn ein wenig an sich selbst.

Allerdings war er sich nicht sicher, ob ihm das gefiel oder ob es ihn eher nervte.

Jedenfalls war es der Wunsch Zaydas, dass er Alrac mitnahm, und sie schien ihn für fähig zu halten. Mazuk wusste, es stand ihm nicht zu, ihr Urteil in Frage zu stellen.

„He, macht euch bereit, wir brechen auf", befahl er in die Runde.

„Wohin?", meldete sich Alrac zu Wort und kam zu ihm.

„Cassuan hat neue Informationen preisgegeben. Wir räuchern heute ein Phiruin–Nest aus."

*Und werden bald meinen größten Tag feiern, wenn die Göre dort ist*, fügte er noch in Gedanken hinzu.

Mazuk konnte das Strahlen in Alracs Augen sehen. „Gibt es noch mehr, was wir wissen sollten? Sind sie Magier?"

„Davon müssen wir ausgehen. Ich nehme einige Absorber mit. Es ist ein einzelnes Haus in einem kleinen Dorf, die Umgebung sollte also leicht in Schach zu halten sein."

„Wie gehen wir vor?"

Mazuk dachte an das letzte Mal zurück, als ihm die Gesuchten mit Hilfe von Biluren entflohen waren. Diese verdammte Familie, die sich in Cassuans Hof eingeschlichen hatte. Die Mutter hatte einen Transportstein aus einem Versteck gezogen und damit sich, ihren Mann und ihre beiden Söhne vor dem sicheren Untergang bewahrt.

Er konnte beinahe noch einmal spüren, wie er sein Schwert voller Wut in den alten Holztisch gerammt hatte – dann wurde er sich Alracs Blickes bewusst und kehrte in die Gegenwart zurück.

„Ich will dieses Mal kein Risiko eingehen, wir nehmen die Magier der Königin mit. Sie werden verhindern, dass sich jemand aus dem Haus transportieren kann. Dann sitzen sie fest."

„Soll ich die Magier rufen lassen?"

Mazuk nickte. Als Alrac sich abwandte, packte er ihn am Arm und hielt ihn zurück. „Ach, und Alrac, du hast heute die Ehre, mit mir zusammenzuarbeiten. Wir beide gehen vor – aber wenn eine hübsche, junge Frau dabei ist, wirst du sie mir überlassen."

„Natürlich", stimmte der Krieger zu, dann eilte er davon, um die Magier zu informieren.

«✝»

Erst als es dämmerte, konnte Zenay sich von ihren wirren Visionen und Träumen befreien und kam wieder zu Bewusstsein. Sie fühlte sich sonderbar, als sei etwas ganz und gar nicht so, wie es sein sollte ... aber sie konnte es nicht benennen.

Sie streckte sich, reckte die Nase in den Wind, nahm die vertrauten Gerüche des Waldes auf und dann auch etwas Befremdendes.

Tarek und die anderen brachen bereits das Lager ab und sattelten die Pferde; bald ging es auch schon los. Zenay genoss den Wind auf ihrem Fell und ließ die Träume der Nacht hinter sich. Einer hing ihr besonders nach, wie ein Schatten, der auf ihr lastete. Sie hatte geträumt, ihr Geist sei von ihrem Körper fortgerissen worden.

Aber das war natürlich Unsinn. Es ging ihr gut, die Wunden heilten zügig, jetzt da sie wieder sie selbst war. Jetzt, da sie endlich wieder ein Wolf war.

Die Gruppe führte die Pferde zur Straße, und Zenay trabte neben Milads dunklen Beinen entlang, bis ihr der fremde Geruch wieder in die Nase stieg. Sie reckte ihre Schnauze in den Wind und schnaubte.

*Ich muss nachsehen, da ist etwas seltsam.*

Ohne weiter zu zögern, brach sie durch das Gebüsch am Wegrand, trabte durch das hohe Gras und fand einen Wildwechsel, dem sie folgte. Ihre Schnauze berührte beinahe den Boden, so stark waren hier die unbekannten Gerüche.

Schon nach wenigen Metern war der Boden plötzlich ganz aufgewühlt. Zenay hob den Kopf und erstarrte.

Vor ihr lag eine kleine Lichtung. Sie musste wohl irgendwann einmal ein schöner, friedlicher Ort gewesen sein, aber jetzt war sie zerstört. Dutzende schwere Stiefel hatten das Gras zertrampelt, unzählige Hände hatten eine grobe Schneise in den jungen Wald geschlagen. Überall lagen Äste und Essensreste zwischen erloschenen Feuerstellen.

Ein frischer Wind fegte plötzlich über die aufgewühlte Erde und trug ihr einen scheußlichen Geruch entgegen. Ratken!

Sie mussten noch ganz in der Nähe sein, ihr Gestank war unverwechselbar.

Innerhalb eines Augenblicks formte sich ein Gedanke in ihrem Kopf. Sie musste die anderen schützen, und das konnte sie am besten, wenn sie herausfand, in welche Richtung sich die Ratken bewegten. Falls sie auf dieselbe Straße wollten, musste Zenay ihre Freunde warnen!

Sie trabte mit gleichmäßigem Tempo durch das Unterholz und hielt die Nase hoch in die Luft. Die ganze Zeit konnte sie die Ratken deutlich riechen. Schon praktisch, so eine feine Nase, auch wenn sie gar nicht nötig gewesen wäre, denn die verwüstete Schneise, welche die Ratken im Wald hinterlassen hatten, war unübersehbar. Jedoch wagte Zenay sich nicht auf das offene Gelände, dort wäre sie ein zu leichtes Ziel gewesen. Also lief sie direkt neben den Spuren durch das Gestrüpp, sprang über einen umgestürzten, verwitterten Baum oder über einen Bach und folgte den Ratken immer weiter, die Schmerzen in ihrer Schulter ignorierend.

Sie schlüpfte zwischen einigen dünnen Stämmen hindurch und lief dann versehentlich hinaus auf den freigeschlagenen Pfad, denn an dieser Stelle machte er einen Knick. Die Ratken bewegten sich fort von der Straße.

Dennoch folgte sie ihnen weiter.

Während sie lief, verschwamm der Wald um sie herum zu einem wechselnden Farbenspiel aus Grün– und Brauntönen. Sie blieb an einer Ranke hängen und stolperte, fing sich aber wieder und sprang weiter, obwohl die Umgebung sonderbar wirkte.

Zenay zögerte kurz – dann hörte sie etwas.

Nur ganz schwach zwar, doch es klang wie das Hacken eines Schwertes auf Gebüsch und schwere Schritte. Die Ratken! Zenay schnüffelte noch einmal in den Wind und lief dann wieder los, genau in die Richtung der Kriegerschar.

Sie rannte in die Büsche und schlüpfte durch dichtes Geäst. Direkt vor ihr schritten sie durch den Wald und schlugen das Gestrüpp aus dem Weg. Es waren viele, Zenay sah keinen Anführer, aber sie hörte weiter vorne im Wald weitere Rufe. Die Krieger verströmten genauso viel schlechte Laune wie Körpergeruch … und Zenay konnte sich denken, warum sie nicht fröhlich waren. Sie hatten die Magierin nicht gefunden.

Wie gerne hätte sich genau diese Magierin jetzt auf sie gestürzt und ihre Wut an ihnen ausgelassen. Diese Monster hatten ihr Dorf zerstört.

Sie hätten Tarek fast getötet, und sie *hatten* Frauen und Mädchen umgebracht und mitgenommen, nur weil diese ihr ein bisschen ähnelten ...

*Genau! Die Frauen! Wo ... wo sind sie?*

Zenay fletschte die Lefzen und knurrte leise, ohne dass sie es wirklich gewollt hätte. Sie kauerte sich im Laufen beinahe auf den Boden und holte dann zu ihnen auf. Wie ein Geist huschte sie durch den Wald und streifte dabei kaum einen Zweig.

Sie folgte den Kriegern, doch sie sah keine einzige Gefangene, und ihre prüfende Nase stieß auch nur auf den Gestank der Männer. Sie schlich durch ein Gebüsch bis neben die ersten Ratken; da entdeckte sie den Anführer. Der großgewachsene Ratke lief schweigend und murrte dann etwas zu seinen Männern, die sofort reagierten.

Die Wölfin wurde das Gefühl nicht los, dass sie viel zu viele waren. Weshalb hätten diese Männer sich zurückschlagen lassen sollen ... und wo waren die gefangenen Frauen?

Immer mehr Wut baute sich in ihr auf. Auf einmal erinnerte sie sich an Shetans Worte, dass starke Gefühle große Vor- und Nachteile hatten ... Vielleicht konnte sie diese Wut nutzen, um trotz ihrer Wolfsgestalt starke Magie zu wirken!

Doch es war zu gefährlich! Wenn ihr auch nur einer dieser Kämpfer entkam und der Königin berichtete, würde sie mit Sicherheit viele Ratken in dieses Gebiet schicken. In Gedanken war sie dem Anführer schon an die Kehle gesprungen, hatte ihre Zähne in seine weiche Haut gegraben ...

Zenay zuckte zusammen. *Was denke ich denn da nur für schreckliche Dinge? Ich könnte niemals jemanden töten, auch wenn es sich um einen Ratken handelt ... oder täusche ich mich da? Bin ich vielleicht genauso grausam, wenn ich schon bereit bin, sie zu töten?*

Ihre Fassungslosigkeit erstickte den Hass auf die Ratken.

*Wenn die Frauen nicht mehr hier sind ... hat sich die Gruppe vielleicht aufgeteilt ... Oder sind sie mit Magie zur Königin gebracht worden? Dann kann ich nichts mehr tun ...*

Sie drückte sich flach auf den Boden und ließ die Kämpfer im Unwissen ihre Anwesenheit vorbeiziehen.

Doch die Männer sammelten sich in der Nähe, besprachen sich murrend – und preschten dann auf Befehl des Anführers los.

191

Bevor sie reagieren konnte, hallte schon ein erster angsterfüllter Schrei zu ihr, gefolgt von einem triumphierenden Brüllen.

*Nein! Die anderen!*

Sie sprang auf ihre vier Beine, vergaß den Schmerz und rannte los. Die Straße musste einen Knick machen, dadurch hatten die Ratken wohl ihre Freunde entdeckt.

Zenay machte einen Satz über einen umgestürzten Baum, brach durch ein Gebüsch … und fand sich … in einer gepflegten Parkanlage?!

Vor ihr breitete sich eine offene Rasenfläche aus, mit einzelnen Sträuchern und hübsch blühenden Pflanzen. Dahinter lag ein großes Haus mit vielen Nebengebäuden. Ihre Freunde waren nirgends zu sehen, aber dafür die Ratken, die sich bis zu dem prächtigen Gebäude bewegt hatten.

Menschen schrien und flohen über den Rasen in den Wald, doch sie wurden von den Kriegern verfolgt. Andere versuchten, sich zu wehren, und Zenay sah, wie ein Feuerball durch die Luft schoss und in einen offenen Gang neben dem hohen Hauptgebäude einschlug.

Die Eindrücke waren überwältigend. Zenay wankte, wusste nicht, was sie tun oder wo sie hinsehen sollte.

Die Krieger hatten jetzt die meisten Leute vor der Anlage zusammengetrieben, es waren auch einige Magier dabei, doch diese waren schon gefesselt.

Nur eine Gruppe wehrte sich noch vehement. Sie schleuderten den Ratken Feuer und Erdreich entgegen und hielten sie dadurch von sich fern.

Doch plötzlich wichen sie zurück.

Der Rauch, der von dem brennenden Gebäude aufstieg, färbte sich schlagartig pechschwarz. Er wallte auseinander, wurde fester und stürzte sich auf die Magier.

Frauen und Männer, sie alle versuchten, sich zu schützen, aber die dunkle Wolke übermannte sie und zwang sie in die Knie.

Einen Moment schien alles stillzustehen, ehe sich eine Gestalt aus dem Rauch heraus formte. Sie drückte ihn zur Seite und erstickte die restlichen Feuer.

Zenays Herz blieb vor Schreck beinahe stehen.

Auch über die Weite der Wiese konnte sie die gelb glühenden Augen der Frau erkennen, die gerade die Magier zusammenknicken ließ wie Grashalme.

*Wie, wie kann das sein?! Wo bin ich hier?*

Sie wich langsam zurück an den Waldrand, wusste nicht, was sie tun sollte. Schon fühlte sie den Blick der Königin auf sich ruhen.

*ZENAY!*

Sie schreckte hoch und musste sich zusammenreißen, um nicht zu jaulen, als ihr Name laut durch den Wald und über die Wiese hallte.

Eiseskälte brach sich ihren Weg durch ihr Bewusstsein. *Sie hat mich entdeckt! Ich muss fliehen!*

*ZENAY! Komm zurück!*, rief die Stimme erneut. Doch es war keine weibliche, drohende, sondern eine flehende.

*Tarek?*

Der Wald und der Tempel begannen zu zittern und zu verschwimmen. Angst breitete sich in ihr aus, aber die Ratken reagierten nicht, sie kämpften weiter.

Und auch Zayda wandte sich ab und richtete ihren Blick auf die überwältigten Magier.

Bis auf die laute Stimme war es auf einmal totenstill. Die Schreie, das Kampfgebrüll, alles war fort – nur ihr Name hallte immer wieder über die Wiese.

Zuerst kam er von rechts, dann von links – und plötzlich aus ihrem Kopf.

Sie wurde vom Boden weggerissen, und die Umgebung verfloss zu grünen und braunen Flecken. Sie wollte schreien und heulen.

Im nächsten Moment fand sie sich im hinteren Eck des Karrens zusammengekauert, als wäre sie von ihrem Körper abgerückt, der solchen Schmerz ausstrahlte.

Wafaa stand auf der Ladefläche neben ihrem Körper und sah sie intensiv aus ihren gelben Augen an.

*Zenay. Da bist du wieder.*

Zenay wollte aufspringen, sich losreißen und davonfliegen. Sie brauchte einen Moment, um den bestialischen Drang in sich zu bekämpfen, Wafaa anzufallen. Erst nach und nach wurde ihr bewusst, dass sie wieder in ihrer Geistform war, dass alles nur ein sonderbarer Traum gewesen sein musste.

*Was? Was ist passiert?*, fragte sie nach einer Weile.

*Du warst in einer Illusion gefangen*, erklärte Wafaa in ruhigem Ton.

Ein Zittern durchlief Zenay. *Ich hätte schwören können ... Ich dachte wirklich, es sei real. Ich dachte, ich sei DU!*

*Das ist verständlich. Deine Seele ist mit mir verbunden. Du hast dich in deinem Dämmerzustand von mir entfernt, und dabei wohl deine Erinnerungen und Gedanken mit meinen vermischt. Als ich herkam, konnte ich dich nur mit Gewalt zurückholen, deshalb bist du so ruckartig aus der Illusion gerissen worden.*

*Dann war es nicht echt, was ich gesehen habe? Keine Ratken?*

*Nein, das war es nicht, Zafija. Es tut mir leid, ich hätte dich nicht allein lassen dürfen.*

Zenay schüttelte den Kopf und hob ihre leuchtende Hand. *Ich konnte sogar den Gestank der Ratken riechen.*

*Das sind meine Eindrücke. Du würdest das vermutlich als Mensch gar nicht so wahrnehmen.*

*Ich war einen Moment lang überzeugt, ich wäre seit dem Angriff des Mangriden ein Wolf gewesen und hätte es mir nur eingebildet, ein Geist zu sein. Ich war so ... froh!*

Wafaa jaulte leise. *Ich hätte dich dieser Gefahr nicht aussetzen dürfen. Das nächste Mal werde ich einen deiner Freunde bitten, etwas für mich zu jagen.*

*Es ist in Ordnung. Ich ... vielleicht könnten wir auch Fleisch kaufen, wenn wir Jägern begegnen.*

*Nun hörst du dich schon wieder viel mehr wie du selbst an.*

Zenay erwiderte nichts, sondern starrte auf ihren Körper. Zum wiederholten Mal hatte sie den Eindruck, dass ein dunkler Schatten über ihr schwebte. Sie konnte sich nicht mehr beherrschen und musste fragen.

*Wafaa? Hast ... hast du die Königin schon einmal bei lebendigem Leib gesehen?*

Der Blick der Wölfin wurde plötzlich noch durchdringender.

*Was hast du gesehen?*, fragte sie. Sie klang dabei fast drohend.

*Ich ... ich habe Ratken im Wald entdeckt, bin ihnen gefolgt. Und sie liefen zu einer großen Lichtung, mit Gebäuden in der Mitte. Die Ratken griffen die Bewohner an, es waren auch Magier! Und dann ... dann kam Zayda und hat sie alle unterworfen!*

*Das sind die Erinnerungen meiner Vorfahrin. Die Großmutter meines Vaters hat den Angriff auf den Tempel von Ornanung beobachtet. Damals wurde die Tempelanlage von Zayda zerstört, weil sie uns schwächen und den Knotenpunkt selbst kontrollieren wollte.*

*Wie konnte ich so etwas nur sehen?*

*Du hattest dich sehr weit von deinem Selbst entfernt. Dieses Ereignis ... als Zayda die magische Kultur Ornanungs auslöschte ... ist eine der stärksten Erinnerungen, die uns erhalten geblieben ist. Wir wollen niemals vergessen, wer dafür verantwortlich war.*

*Ich werde es auch nicht vergessen,* dachte Zenay und schwieg dann nachdenklich.

Nachdem Wafaa ihren Freunden bestätigt hatte, dass sie wieder bei Bewusstsein sei, wollte Tarek mit ihr sprechen.

*Bitte, Tarek, ich muss mich noch sammeln. Kann das noch etwas warten?*

Sie konnte seine Sorgen deutlich sehen, wie sie als Dunst seinen Geist trübten, aber er respektierte ihren Wunsch nach Ruhe, deckte sorgfältig ihren Körper mit einer Decke zu und ließ sie dann mit Wafaa allein. Sie blieb regungslos neben der Wölfin sitzen und betrachtete ihre durchscheinenden Hände.

Jesco bot sich als nächste Wache an, dann legten sich die anderen wieder schlafen. Erst da fiel Zenay auf, dass es dunkel war. Eine Fledermaus fegte durch die Luft weit oberhalb des Feuers und jagte Insekten; vereinzelt zirpte eine Grille.

Wafaa legte sich neben ihrem Körper auf die Holzplanken des Karrens und ließ ihre Schnauze auf den Vorderpfoten ruhen.

Zenay lauschte dem Zirpen, bis es erstarb. Es kam ihr sehr plötzlich vor, aber Wafaa wirkte deshalb nicht besorgt. Jesco schritt zum Feuer und schob einige dicke Äste vom Rand tiefer in die Glut, so dass ein Funkenmeer aufstob und die Fledermaus verjagte. Die Flammen ließen seinen langen Schatten tanzen.

Ein Grollen lief durch den Wald, wie ferner Donner, den sie in ihren Knochen hätte spüren können.

Zenay horchte.

*Hast du das gehört, Wafaa?*

*Nein. Was ist denn?*

*Ich ... weiß nicht. Ich meinte, ein Heulen zu hören.*

Die Wölfin hob den Kopf und drehte ihre Ohren in alle Richtungen. Zenay wartete und versuchte, sich zu gedulden, während die Angst in ihr anstieg.

Wafaa senkte schließlich wieder die Schnauze und wirkte entspannt. *Ich kann wirklich nichts Ungewöhnliches hören.*

*Vielleicht war es nur Einbildung,* räumte Zenay ein und versuchte, sich wieder zu entspannen. Stattdessen wuchs ihre Unruhe stetig an.

Dennoch beherrschte sie sich, saß neben Wafaa am Rand des Karrens, schwieg und wartete, bis die Wölfin die Augen schloss und eingenickt war. Danach warf sie abwechselnd Blicke auf ihre schlafenden Freunde. Jesco war wach, sie konnte spüren, dass sein Geist aufmerksam auf die umgebenden Wälder gerichtet war und er auf ungewöhnliche Geräusche lauschte.

Dann lief erneut dieses Wummern durch den Untergrund. Ein dumpfes Grollen, der letzte Eindruck eines tiefen Heulens, das sie nicht hören, aber deutlich fühlen konnte.

Dieses Gefühl ließ ihren ganzen Geist vibrieren und jagte ihr eine so tiefsitzende Angst ein, dass sie sich nicht mehr unter Kontrolle hatte.

Zenay sprang auf und riss mit ihrer plötzlichen Wucht auch Wafaa aus dem Schlaf.

*Er ist da! Er ist in der Nähe!*

*Beruhige dich, Zenay,* meinte Wafaa, aber Zenay konnte das Herz der Wölfin rasen spüren.

*Der Mangride will mich holen!*

*Er wird dich nicht kriegen, wir beschützen dich.*

*Ich wecke die anderen.*

Zenay flog förmlich an Tareks Seite und rief seinen Namen mit solcher Intensität, dass er aufschreckte, sich hektisch umsah und nach einem Angriff suchte.

„Was? Was ist los?"

*Der Mangride! Er kommt.*

Tarek brauchte noch einen Moment, um sich aus dem Schlaf zu lösen und die Bedeutung ihrer Worte zu verstehen.

„Bist du dir sicher?"

*Ich kann ihn hören!*

Tarek schwieg und horchte eine Weile in die Nacht, doch es war nichts Außergewöhnliches zu vernehmen. Die Blätter der Bäume raschelten schwach im Wind, irgendwo rief ein Nachtvogel und erhielt eine Antwort aus weiter Entfernung.

Dann waren da leise Schritte. Jesco kam zu ihnen, als er bemerkte, dass Tarek wach war.

„Ist etwas nicht in Ordnung?"

„Sina hat den Mangriden gehört."

„Ich wecke die anderen", murmelte Jesco und rüttelte im nächsten Moment schon an Elayas und Malaks Schultern, die zusammengesunken an einen Baum gelehnt schliefen.

Elaya rieb sich gerade erst die Augen und gähnte, als Zenay wieder das tiefe Grollen spürte, wie es über den Wald hinwegrollte.

*Er kommt!*, dachte sie so laut und intensiv, dass Elaya zusammenzuckte.

Malak rappelte sich auf und zog seine Axt vom Gürtel. „Soll er kommen!"

Seine Schwester schalt ihn einen Dummkopf, zog dann aber ebenfalls ihre Dolche. Einen Moment hielten sie alle inne und lauschten.

„Ich höre gar nichts", meinte Malak und kniff die Augen zusammen, um in den dunklen Wald zu spähen.

Das nächste Grollen rollte durch den Wald, und diesmal zuckte auch Elaya zusammen. „Da! Ich habe etwas gehört!"

Ihr Bruder wandte sich ihr zu und lachte kurz. „Du hörst Gespenster, Schwesterchen."

Jesco murrte kurz, ging dann aber weiter zu Asyra und Shetan. Gerade als diese zu ihnen traten, war das Heulen zum ersten Mal wirklich zu hören.

Es war kaum mehr als ein Säuseln im Wind, aber diesmal bemerkte es auch Tarek.

„Er ist noch weit weg."

*Bitte! Ich habe Angst! Er wird ... nicht aufhören. Er wird nicht vor den mickrigen Feuern haltmachen!*

„Die letzten Nächte ist er auch nicht näher gekommen. Beruhige dich."

*Nein! Er ist WÜTEND! Er wird mich zerfleischen und euch alle mit in den Tod reißen! Wir müssen weg von hier!*

Wie zur Antwort hallte wieder das Heulen durch den Wald – dicht gefolgt von einem leisen Krachen, als würde ein Baum entwurzelt.

*Bitte!*

Elaya blickte nervös von einem zum anderen. „Also ich habe nichts gegen einen schnellen Rückzug einzuwenden. Wenn ihr mich fragt, hat Sina recht. Mir ist egal, wie wütend er ist, aber wenn diese Bestie sich in unser Lager stürzt und wir keinen magischen Schutz haben … da will ich kein Risiko eingehen."

Ein letztes Nicken der anderen besiegelte es. In den nächsten Augenblicken hetzten alle los, rafften im Dunkeln ihre Bündel zusammen und warfen sie auf den Karren zu Zenays Körper.

Malak klemmte noch ein Brett an den Rand des Wagens, damit nichts herunterfallen konnte, dann schwangen sie sich auf die Pferderücken und bedeuteten den unruhigen Tieren, wieder zur Straße zu laufen. Sie trieben sie zu einem schnellen Trab an, als ein leises Heulen sie verfolgte.

Der Wagen ratterte über die Straße. Zenay starrte abwechselnd auf den düsteren Wald, der an ihnen vorbeizog, und auf ihre bleichen Hände, die sich unwillkürlich in die Decke über ihrem Körper gekrallt hatten.

Hoffentlich würde sie diesen Ritt überstehen.

# Das innere Biest

Es dämmerte gerade, als die Gruppe den bedrückenden Wald hinter sich ließ und den Fluss erreichte, der ihren Weg nach Yerima kreuzte. Endlich lagen die düsteren Schatten des Waldes hinter ihr, und zugleich hatte Zenay das Gefühl, auch dem Machtbereich des Mangriden entkommen zu sein.

Sie warf einen Blick auf die Bäume und konnte kaum fassen, wie froh sie war. Die ganze Nacht war ein einziger Angsttritt gewesen.

Den dunklen Schatten zu entkommen ließ sie fast hoffen, dass der Mangride ihnen nicht weiter durch die offene Landschaft folgen würde.

*Wie gerne würde ich einfach schlafen*, dachte sie wehmütig, doch beim Anblick ihrer Freunde durchfuhren sie Gewissensbisse. *Ich brauche nicht zu schlafen, aber sie müssen es ganz sicher. Sie sehen schrecklich aus.*

Wieder einmal nickte Elaya kurz auf dem Pferderücken ein. Ihr Kopf fiel nach vorne, und sie schreckte auf, nur um sich dann peinlich berührt umzusehen und wieder aufrecht hinzusetzen.

Auf der Straße begegneten ihnen jetzt immer wieder Händler und andere Reisende, doch sie grüßten nur flüchtig. Allgemein schien jeder ausgeruhter zu sein als ihre Gruppe, die wie ein Häufchen Elend der gewundenen Straße folgte. Es war auch keine Überraschung. Sie hatten mehrere Schenken am Wegesrand passiert, in denen müde Wanderer und Händler die Nacht verbracht hatten, ohne auch nur daran zu denken, Rast zu machen.

Zenays Angst vor der Bestie hatte sich schleichend auf alle übertragen, und die Wände einer Stube erschienen ihnen kein geeigneter Schutz vor dem Mangriden.

Es gab nur eine einzige Brücke in der Umgebung, und Wafaa durchschwamm den seichten Fluss, anstatt für Aufruhr und scheuende Pferde zu sorgen. Drüben angekommen, schüttelte sie sich das Wasser aus dem Fell und trabte los, um die mittlerweile etwas entfernte Gruppe wieder einzuholen.

Zenay wich ihr nicht von der Seite, folgte ihr in Geistform. Der kräftige Wind, der über die Wiesen blies, trocknete rasch Wafaas Fell und belebte Zenays Sinne. Sie fühlte sich gar nicht mal so schlecht, ihr Rücken schmerzte nur wenig, und sie konnte mit Wafaa Schritt halten, was ihre Laune zusätzlich hob.

Die Straße wurde breiter, und über einer nahegelegenen Hügelkette kündeten dünne Rauchfahnen die kleine Stadt Yerima an. Die Stimmung der Freunde schlug augenblicklich um, Zenay sah die aufkommende Erleichterung auf den Gesichtern. Sie konnte es nur schwer in Worte fassen, aber ihr war, als fiele ein Schatten von der Gruppe ab.

Wafaa verfiel in einen leichten Trab und blieb immer dicht an Tareks Seite, direkt neben Milads Beinen. Sie wusste, dass Zenay die Nähe von Tarek schätzte.

Schließlich tauchten hinter den sanften Hügeln die niedrigen Stadtmauern auf.

Kurz bevor sie das bewachte Tor der Kleinstadt erreichten, hielt die Gruppe an, und die Reiter saßen ab. Nur Shetan blieb oben auf dem Wagen und lenkte seine Stute auf das Tor zu.

Da traten auch schon die Wachen vor.

„Halt. Was habt ihr auf dem Karren?", fragte einer mit strengem Ton.

„Es … eine Freundin von uns."

Der Wächter ging um den Wagen herum und bedeutete Tarek mit einem Nicken, den Mantel zurückzuschlagen. Zum Vorschein kam Zenays malträtierter Körper. Das Haar hing ihr ins Gesicht.

Der Wächter fluchte. „Was ist mit der? Ist sie tot? Oder krank?"

„Sie ist nicht krank und tot auch nicht!", protestierte Tarek wütend.

„Was dann?" Der Wächter streckte die Hand aus, wurde jedoch von Jescos Griff zurückgehalten.

„He! Wenn ich nicht weiß, was mit ihr ist, lasse ich euch nicht nach Yerima herein! Wir lassen uns keine Krankheiten einschleppen", rief der Mann und schüttelte Jesco ab. Der zweite hatte die Hand jetzt an der Waffe, doch Tarek sprang ein.

„Ich sagte doch, sie ist nicht krank. Sie ist … sie ist von einem wilden Tier angefallen worden. Von einem Bären."

„Hm ja, so sieht sie auch aus", meinte eine zweite Wache, die herangetreten war. „Lass sie rein, Katlock, die werden einen Totengräber für das Weib suchen wollen."

Tareks Gesicht wurde erst weiß, dann rot. Er wollte gerade den Mund aufmachen, fuhr aber zusammen, als Zenay hinter ihn trat und ihm ihre Geisterhand auf die Schulter legte.

*Lass sie reden, Tarek, bitte. Ich will endlich hinter den Mauern sein.*

Er deutete ein Kopfnicken an, das wohl nur sie sehen konnte, und seufzte.

„Also dürfen wir?"

Die Wächter besahen ihn einen Moment, dann zuckten sie mit den Achseln. „Aber lasst sie nicht in irgendeinem Straßengraben liegen."

Tarek knirschte mit den Zähnen und rümpfte die Nase über die unverschämte Gleichgültigkeit der Wachen, dann packte er Milads Zügel und führte ihn weiter.

Sie wurden mit prüfenden Blicken bedacht, während sie auf das Tor zugingen, und einer der nächsten Wächter runzelte die Stirn, als er die zwischen den Pferden laufende Wölfin erblickte. Sie hielt den Kopf gesenkt und blieb direkt neben Tarek, doch die Wache machte einen Schritt vor und hielt ihn an.

„Eins noch. Dieser Hund da, gehört der zu euch?" Bei seinen Worten sah Wafaa auf und blickte den Mann aus ungemein intelligent wirkenden Augen an. Er stockte.

„Ja, das ist meine Wolfshündin. Ich habe sie selbst erzogen, sie wird euch keinen Ärger machen", erwiderte Tarek mit leicht genervtem Unterton.

„Hm, sie scheint ja nicht in der Lage gewesen zu sein, eure Freundin da zu schützen."

„Sie war angebunden!", presste Tarek zwischen seinen Zähnen hervor und musste sich erneut stark beherrschen.

Der Wachmann zuckte mit den Schultern. „Solange ihr dafür sorgt, dass sie nicht streunt oder jemanden anfällt. Nun ... ihr dürft rein", sagte er und ließ den Arm sinken.

Tarek setzte sich ohne ein weiteres Wort wieder in Bewegung, mit Wafaa und den anderen im Schlepptau.

Die Kleinstadt wirkte auf den ersten Blick eher wie eine große Ansammlung von Höfen und Wohnhäusern, die wild durcheinander gewürfelt dalagen und lediglich von einem Wall gesäumt wurden.

Kaum hatten sie die Tore passiert, eilte Elaya mit ihrem Bruder voran zu einem Haus nahe am Stadtrand. Sie gingen hinein, und Zenay erkannte an dem Schild an der Wand, dass es sich um eine Schenke handelte.

Tarek und die anderen wollten gerade hinterher, als die Geschwister auch schon wieder herauskamen. Malak schüttelte unauffällig den Kopf, während er Elayas Pferd die Seite klopfte.

„Der Schankraum ist voll besoffener Wachen. Keine gute Bleibe für uns."

Jesco nickte. „Dann gehen wir weiter. Es gibt ein Gasthaus die Straße hinauf, das wahrscheinlich weniger von denen besucht wird."

Die Gruppe folgte der schwach ansteigenden Straße, und schon bald rückten die Häuser näher aneinander und bildeten Gassen und verschlungene Wege.

Dieser Teil erinnerte schon eher an eine Stadt. Die Gassen wurden mit dem fortschreitenden Morgen von hektischem Treiben erfüllt.

Zenay ging neben Tarek, sprang jedoch hastig aus dem Weg, als ein Mann mit seinem Pferd die Straße hinuntertrabte. Erst als sie halb in einen Marktstand fiel, den eine Magd gerade aufbaute, wurde ihr klar, dass sie nicht hätte ausweichen müssen.

Es fühlte sich allerdings merkwürdig an, den Körper eines anderen Menschen und auch seine Energie zu spüren, so dass sie sich lieber hinter Tarek verbarg.

Sie begnügte sich damit, die Menschen zu beobachten, war aber bald überfordert und verwirrt. Es schien kaum jemanden zu interessieren, dass sie einen scheinbar leblosen Körper auf der Ladefläche des Wagens mit sich führten.

Gelegentlich warf ihnen jemand im Vorbeieilen einen kurzen, fragenden Blick zu, aber man ließ sie ansonsten in Ruhe und ging ihnen aus dem Weg.

*Es scheint niemanden wirklich zu überraschen, dass da eine Verletzte liegt,* dachte sie und spürte, wie sich langsam Entsetzen in ihr ausbreitete.

*Das ist normal für diese Menschen. Es gibt immer wieder Unfälle oder Angriffe von Ratken oder Wegelagerern,* meinte Wafaa.

*Woher weißt du das? Warst du schon mal hier?*

*Ich spüre es in ihren Gedanken.*

Zenay sah Wafaa überrascht an und warf anschließend wieder einen Blick auf die Leute um sich. Dann fiel es auch ihr auf. Wenn sie sich konzentrierte und versuchte, die Gefühle und die Magie wahrzunehmen, die jedem Menschen innewohnten, dann konnte sie diese beinahe sehen. Zuerst war es ihr nicht absonderlich erschienen, aber als sie jetzt Yerimas Bewohner mit ihren Freunden verglich, spürte sie eine Lethargie von ihnen ausgehen, die nicht mit der Erschöpfung und Müdigkeit ihrer Begleiter vergleichbar war. Ihre Freunde waren zwar ebenfalls von bangen Gedanken bedrückt, doch aus ihrem Inneren leuchtete dennoch ein Schimmer, bei dem Zenay Hoffnung und Mut empfand.

In Yerimas Bewohnern sah sie kaum so etwas, außer bei einigen Kindern, von denen noch unschuldige Freude ausstrahlte.

*Über ihnen allen liegt ein dunkler Schatten, wie ein düsterer Nebel.*

*Der liegt auf dieser ganzen Welt, meine Zafija.*

*Ich hatte keine Ahnung, dass das Trauma dieser Diktatur so tief in allen Menschen sitzt. Was soll ich nur dagegen ausrichten können?*

*Zuerst musst du dich auf deine Genesung konzentrieren. Danach sehen wir weiter. Manchmal kann ein neuer Hoffnungsschimmer viel mehr ausrichten als jeder Aufruf zu den Waffen.*

Ihre Ankunft bei dem Gasthaus unterbrach Zenays Gedankengang und lenkte ihre Aufmerksamkeit auf die Umgebung. Es sah mehr aus wie eine heruntergekommene Spelunke, der Inhalt des Straßengrabens am Eingang wirkte nicht sehr einladend.

Asyra ging voraus und hielt die Tür auf, während die anderen eintraten. Keine zwei Atemzüge später kam ein Mann mit erhobener Hand auf sie zu und hielt sie auf.

„Ho, was habe ich da von einer Toten gehört? Ich führe keinen Friedhof", rief er beim Anblick des Karrens.

Tarek knirschte erneut laut mit den Zähnen. „Sie ist nicht tot! Nur schwer verletzt. Wir suchen Unterkunft, damit sie sich erholen kann."

„Ich habe auch kein Sterbehaus!", schnappte der Wirt zurück, während er seinen dicken Bauch in ihren Weg schob und seine platte Nase rümpfte, wodurch sein Gesicht dem eines Schweines sehr ähnelte.

„Wir werden uns selbst um sie kümmern", piepste Elaya hinter Jescos Rücken hervor, doch er hob die Hand, damit sie schwieg.

„Ich versichere Euch, es wird nicht auffallen, dass sie hier ist", meinte er ruhig und blickte dem Wirt in die kleinen Augen, bis dieser seufzte und die Schultern hob.

„Wie lange wollt ihr denn bleiben?"

„Das wissen wir noch nicht sicher. Mindestens zwei oder drei Nächte. Bis wir sehen, dass sich der Zustand unserer Freundin gebessert hat."

„Habt ihr sie schon von einem Bader untersuchen lassen? Ich kenne einen, mein Schwager, er wohnt gleich die Straße rauf."

„Danke, wir haben alles im Griff. Sie ist schon versorgt."

„Sieht aber nicht so aus", meinte der Mann geradeheraus, während er Zenays Körper schamlos anstarrte. „Von wem ist sie denn so zugerichtet worden?"

„Einem Bären."

„Ich will mindestens die erste Nacht im Voraus. Ihr werdet zwei Zimmer für all die Leute brauchen, da will ich fünf Kupferstücke pro Kopf."

„Zwei."

Der Wirt lachte schallend, merkte dann aber, dass sein Gegenüber es ernst meinte. „Wollt ihr mich veralbern?"

„Ihr verdient ja noch am Essen der ganzen Gruppe."

„Vier."

„Drei", handelte Jesco stur weiter.

„Einverstanden, aber ihr esst hier."

Jesco verzog keine Miene und stimmte zu.

„Habt ihr auch genug für die weiteren Nächte?"

„Ja, wir können noch etwas Geld lockermachen."

„Wenn ihr nicht …"

„Danke, Herr Wirt, auch dafür ist genug da", unterbrach ihn Jesco und hob dann fragend die Augenbraue.

Der Hausherr grummelte eine Antwort, bedeutete ihnen jedoch, ihm zu folgen.

„Die Pferde könnt ihr im Stall unterbringen, aber mehr als Heu und Wasser gibt es nicht."

Jesco nickte, und sie führten die Pferde in den offenen Verschlag neben dem Gasthaus. Shetan lenkte seine Stute hinterher. Sie mussten dem Karren durch den niedrigen Graben am Straßenrand helfen, dann waren sie endlich aus der Sicht der Passanten.

Sie luden die Sachen vom Karren, Tarek und Jesco zogen vorsichtig Zenays Körper herunter. Ein Knecht kam herbei und zeigte ihnen, wo sie die Pferde festbinden konnten, hatte aber nur Augen für die leblose Frau in ihrer Mitte.

Nach einem bösen Blick von Tarek verzog er sich wieder und ließ sie mit dem Wirt allein.

Dieser räusperte sich und blickte ungehalten in die Runde. „Wollen wir dann mal? Ich habe nicht den ganzen Tag Zeit."

Asyra, Elaya und Malak luden sich das Gepäck auf, während Tarek und Jesco Zenay zwischen sich trugen.

Beim Anblick ihres schlaffen Körpers wurde ihr übel, und sie hielt sich mit Wafaa zurück.

Zu ihrem Missfallen führte der Weg zu den Zimmern durch den Schankraum. Der Lärm ließ deutlich nach, Köpfe wurden neugierig gereckt, als sie vom Stall aus eintraten.

Der Wirt führte die Gruppe ungerührt die steile Treppe hinauf, auf deren abgewetzten Stufen es sich für Jesco und Tarek schwierig gestaltete, Zenays verletzten Körper sicher zu tragen.

Tarek nahm sie unter den Schultern und ging voran, während Jesco ihre Füße gepackt hielt. Zu ihrer Erleichterung gab es bei diesem Anblick nur ein paar schiefe Blicke von den trinkenden Gästen, ehe diese sich wieder ihren eigenen Angelegenheiten zuwendeten.

Oben angekommen, schnaufte der Wirt und versuchte erst gar nicht, es zu verbergen. Er deutete den düsteren Gang hinunter. „Ich habe noch ein großes Gemeinschaftszimmer und eines mit zwei Betten, vielleicht ist das für eure kleine Freundin besser geeignet."

Tarek nickte, während er Zenays Schultern noch einmal nachfasste, und sie folgten dem Mann. Er ging bis zum Ende des Flurs, öffnete im Gehen die letzte Tür zu seiner Linken und dann die am Kopf des Ganges.

„Das links ist für die anderen, sie könnt ihr hier reinlegen. Aber blutet mir nicht die Laken voll, sonst kostet das extra."

Er wartete gar nicht auf Antwort, sondern musterte die Gruppe einen Moment und deutete dann in den Raum. Tarek und Jesco drängten sich an seinem Bauch vorbei, während sie Elaya leise etwas wie „Gier-schlund" wispern hörten.

Behutsam legten die beiden Männer Zenays Körper auf einem der Betten ab. Inzwischen streckte der Wirt schon fordernd die Hand aus. Shetan öffnete seinen Beutel und zählte das Geld ab, bevor Jesco oder Tarek sich darum kümmern konnten; dann schickte er den Wirt mit der Bitte hinaus, sie alleine zu lassen.

Kaum war die Tür geschlossen, fiel die Anspannung von ihnen ab, die während der letzten Stunden schwer auf ihnen gelastet hatte.

Elaya ließ sich mit einem Seufzer auf das andere Bett fallen und blieb reglos auf der dünnen Strohmatratze liegen.

Malak stellte seine Taschen ab und setzte sich neben sie. „Endlich. Ein Dach über dem Kopf."

„Und Wächter in der Stadt", fügte Elaya hinzu.

Shetan hob mahnend die Hand. „Ob das etwas Gutes oder Schlech-tes ist, wird sich noch zeigen."

Elaya richtete sich wieder auf und starrte ihn mit einem verwirrten Ausdruck an. „Aber wir haben endlich Schutz vor dem Mangriden!", warf sie ein. „Hier kann er uns nicht erwischen."

„Ja, aber unsere Sina hier ist eine Magierin. Wenn sie entdeckt wird, haben wir erst richtige Probleme", erwiderte der alte Mann leise.

„Mir sind Wachen lieber als verrückte Ungeheuer", murmelte Elaya ihrem Bruder zu, der kurz grinste und dann wieder aufstand.

„Gut, wir bringen unsere Sachen in das andere Zimmer. Jesco, Asyra, kommt ihr mit?"

Jesco nickte, während Asyra noch zögerte. „Wir sollten auch in die Stadt gehen, ich würde gerne nach einigen Heilkräutern für Sina Aus-schau halten, wenn das für dich in Ordnung ist, Shetan."

Shetan nickte und wandte sich dann an Wafaa, die sich bisher im Hintergrund gehalten hatte. „Ich bleibe hier, es sollte immer jemand bei Sina sein und aufpassen."

Die Wölfin hechelte zur Bestätigung. *Ich bleibe auch. Wir sind jetzt an einem geschützten Ort, und es wird Zeit, dass wir uns auf unser eigentliches Ziel konzentrieren. Wir müssen dich wieder mit deinem Körper verbinden.*

*Ich ... ich würde den anderen gerne noch eine Frage stellen, bevor sie gehen,* meinte Zenay.

*Nur zu. Versuch es selbst.*

Sie nickte und sandte Fäden aus Magie aus ihrem Inneren heraus, lenkte sie zuerst zu Tarek und Shetan, dann zu den anderen.

Bei Elaya fiel es ihr überraschenderweise leichter als bei Tarek, während es sich schwierig gestaltete, die Kontrolle über all die anderen Verbindungen zu behalten. Aber nach einem Moment hatte sie ein Netz aus Energie zwischen ihnen gespannt und konnte fühlen, wie ihre Freunde einer nach dem anderen den Kontakt bemerkten und annahmen.

Die Verbindung war schwach. Allerdings spürte sie, dass Wafaa sie im Hintergrund unterstützte, damit ihre Freunde sie wirklich verstehen konnten.

*Ich muss euch etwas fragen.*

Elaya und Malak zuckten vor Überraschung zusammen, obwohl sie die Verbindung vorher gespürt und zugelassen hatten.

Jescos Blick wurde leicht trüb, während er schwach lächelte. „Faszinierend", murmelte er.

*Was ist denn?*, fragte Tarek zurück.

*Ich ... ihr habt mich bis hierher begleitet, und ich weiß nicht, wie es mit mir weitergeht ... aber ich ... ich muss wissen, was ihr vorhabt. Werdet ihr eure Besorgungen für das Dorf machen und mit den anderen Leuten abreisen? Denn die sind ja vermutlich noch hier.*

Jesco und Tarek wechselten einen kurzen Blick, bevor Jesco sich räusperte.

„Wir haben Verpflichtungen im Dorf, das weißt du. Aber wir werden dich trotzdem nicht im Stich lassen. Egal ob die anderen Leute bald abreisen, wir bleiben auf jeden Fall, bis du wieder gesund bist."

*Aber dann geht ihr, nicht wahr?*, fragte sie im Stillen, ohne den Gedanken weiterzuschicken. Sie wusste es, und das erfüllte sie mit solcher Trauer, dass die Verbindung abbrach.

*Wafaa ... sagst du ihnen bitte, dass ich jetzt mit dir allein sein möchte?*

Die Wölfin nickte, und bald waren alle außer Shetan und Tarek gegangen. Tarek schien zu spüren, wie verwirrt und empfindlich sie war, denn er strich ihrem Körper sanft über die verschrammte Wange und folgte dann den anderen.

„Ich bleibe in der Nähe, falls etwas ist", meinte er noch zu Shetan, bevor er die Tür hinter sich zuzog.

Zenay seufzte, als sie endlich allein waren. Eigentlich wollte sie es sich nicht eingestehen, aber die Anwesenheit ihrer Freunde bedeutete für sie auch eine Last. Der Gedanke, sie bald zu verlieren, war so unangenehm, dass sie lieber gar nicht mehr in ihrer Nähe sein wollte.

Wafaa schien ihren Unmut zu spüren, hechelte dann aber und schien beinahe zu lächeln.

*Bleib stark, Zafija. Wir werden jetzt versuchen, dich deinem Körper näher zu bringen.*

*Und du weißt, wie das geht?*

*Es ist schon sehr lange her, dass es so einen Fall gab.*

*Was? Das ist schon mal jemandem passiert?*

*Weißt du noch, wie ich dir erzählt habe, dass meine Ahnen ihre Erinnerungen weitergeben? Es gab vor langer Zeit einmal einen Magier in Ornanung, der dort im Tempel lernte, bevor dieser zerstört wurde. Er ... versuchte sich in schwarzer Magie und wurde aus seinem Körper gerissen.*

*Ist ... passiert das nicht auch mit den Mangriden?*

*Sie werden von der dunklen Energie überwältigt und wahnsinnig. Aber ein Körper kann nicht lange ohne Seele überleben und deshalb haben die Wölfe ihm geholfen, nachdem er seinen Fehler eingesehen hatte. Er konnte wieder genesen und wurde danach zu einem angesehenen und mächtigen Magier.*

*Wer war er?*

Zenay bemerkte, wie Wafaas Augen kurz zu Shetan hinüberhuschten, der die Augen geschlossen hatte und sich zu entspannen schien.

*Er war einer von Shetans Vorfahren.*

Jetzt starrte Zenay ihn auch an. *Weiß er davon?*

*Er weiß, dass die magische Begabung eine Zeitlang in seiner Familie sehr stark war. Aber dann trat die Krankheit erneut auf, und viele starben. Shetan musste sich seine Kräfte hart erarbeiten, und zum Glück hatte er gute Voraussetzungen.*

*Und wie habt ihr damals dem Magier geholfen, sich wieder mit seinem Körper zu verbinden?*

*Er hat sehr lange meditiert und seine Magie gestärkt und so fokussiert, dass er sie wieder mit seinem Körper verbinden konnte. Nachdem seine Energie wieder Kontakt hatte, konnte auch sein Geist zurück.*

*Wie ... wie soll ich das anstellen?*

*Du musst deine Energie nutzen und nach Punkten in deinem Körper suchen, die dir nicht verschlossen sind. Es gibt immer eine Möglichkeit, zurückzugehen. Sonst hättest du nicht überlebt.*

*Aber hast du mich nicht festgehalten, und ich habe nur deshalb überlebt?*

*Ich helfe dir lediglich, den Halt nicht zu verlieren. Aber du bist von selbst geblieben. Dein Körper will leben, Zafija. DU willst leben.*

Zenay nickte, setzte sich neben ihren Körper auf das Bett und starrte ihn einen Moment lang einfach nur an.

Jetzt, da er nicht mehr auf einem wackelnden Karren oder harten Waldboden lag, stach ihr das Ausmaß ihrer Verletzungen umso stärker ins Auge. Der Eindruck, ihr ganzer Körper würde schmerzen, hatte nicht ganz gestimmt. Aber ihr Rücken, die linke Schulter, der rechte Arm und ihre Rippen schmerzten entsetzlich, und das, obwohl sie gar nicht in sich steckte.

Diese Gefühle strahlten von ihrem Körper aus und vernebelten Zenay zusehends den Verstand.

Wafaa musste sie immer wieder mental aufrütteln, damit sie fokussiert blieb. Ihr kam der Gedanke, dass es fast so wirkte, als ob ihr Körper einfach gar keine Verbindung mehr mit ihr wollte, aber sie machte dennoch weiter und versuchte, mit ihrer Magie einen Kontakt zu finden.

Als Tarek irgendwann am Nachmittag zurückkam, war Shetan schon vor einer Weile auf dem zweiten Bett eingeschlafen. Wafaa und Zenay hatten sich entschlossen, ihn schlafen zu lassen, nachdem er mitten während einer Unterhaltung über Zenays Magie weggenickt war.

„Darf ... darf ich euch kurz stören?", fragte Tarek vorsichtig und trat neben Zenays Körper.

*Was gibt es?*, fragten Wafaa und Zenay zugleich.

„Ich wollte dir nur sagen, dass wir unsere Mitreisenden getroffen haben. Sie sind vor zwei Tagen hier angekommen und haben ihre Erledigungen und Bestellungen gemacht, soweit sie es sich leisten konnten."

*Haben die anderen sich umentschieden?*

„Was? Nein! Sie bleiben, ich wollte dir nur sagen, wo wir den Tag über waren und was wir noch vorhaben, bis du ... bis du wieder ..."

Sein Zögern sprach für sich. Gerade als er wieder den Mund aufmachen wollte, klopfte es leise, und Asyra streckte den Kopf zur Tür herein.

„Tarek, die anderen Dorfleute brechen auf."

„Ich komme gleich nach."

„Gut. Ich warte unten."

Ihr Freund nickte, und Asyra ließ ihn noch einmal allein, während Zenay spürte, dass er versuchte, den Kontakt mit ihr aufzubauen.

*Ich ... muss dir etwas sagen, Zenay. Die Dorfleute wissen nicht ... Sie sind aufgebrochen, nachdem du vermeintlich im Sterben lagst. Laristan hat sie dazu bewogen, dich und uns zurückzulassen, da er ...*

*Nicht das Risiko eingehen wollte, in meiner Nähe zu bleiben?*

*Es tut mir leid,* meinte Tarek und sie sah an seinem Gesicht, dass er damit viel mehr meinte, als er aussprach.

*Und was willst du mir jetzt damit sagen? Das wusste ich doch eigentlich schon.*

*Sie glauben, du seist gestorben.*

*Was?! Das ... das ... Warum? Warum sollten sie glauben, ich sei tot?!*

Tarek wirkte immer unglücklicher, aber auch fast etwas zornig. *Weil wir ihnen ganz sicher nicht sagen werden, dass du überlebt hast.*

*Aber da...*

*Das ist das Beste für uns alle, Zenay! Es wissen schon so viele, dass du eine Magierin bist ... Es könnten Fragen gestellt werden ... Damit wären wir die Gefahr los, dass man dich verraten kann!*

*Aber ... was ist mit den Dorfleuten, die auf mich hoffen? Ich soll doch HOFFNUNG bringen! Ich kann doch nicht als tot gelten!*

*Sie wissen nur, dass du eine Magierin warst, nichts jedoch über die Zafija. Es ist sicherer so. Vielleicht hören die Ratken sogar auf, nach dir zu suchen, wenn sich verbreitet, dass du tot bist.*

Zenay ließ den Kopf hängen, was er natürlich nicht sehen konnte. *Wenn du meinst.*

Tarek nickte und presste die Lippen zusammen. Sie konnte sehen, dass es ihm leid tat, aber was hätte er auch anderes tun sollen? Er lächelte halbherzig, dann ging er hinaus.

«✝»

Als sie wieder allein waren, bat Wafaa sie darum, sich erneut ihrer Meditation zu widmen. Zenay setzte sich mit untergeschlagenen Beinen neben ihren Körper und versuchte, irgendetwas in ihm zu fühlen, während sie ihre Energie fließen ließ, so wie die Wölfin es ihr zuvor gezeigt hatte.

Allmählich breitete sich eine Frustration in ihr aus, derer sie nicht ganz Herr werden konnte.

Wenn sie den Schmerz und den Durst ihres Körpers fühlen konnte, warum dann nicht auch ihren Herzschlag oder ihren Atem? Was war der ausschlaggebende Faktor? Gab ihr Körper nur die Gefühle an sie weiter, die für ihn ungewöhnlich waren?

Sie musste zu dem Kern in sich Kontakt aufnehmen, wenn sie Zugang finden wollte.

Die Zeit schien zugleich zäh und flüchtig. Auch wenn es ihr wie eine Ewigkeit vorkam, war sie doch überrascht, als der Himmelsausschnitt vor dem Fenster irgendwann dunkel war und die Geräusche der Stadt sich gewandelt hatten.

Sie bemerkte nur am Rande, wie Tarek noch einmal hereinkam und Wafaa berichtete, was die anderen vorhatten. Shetan war irgendwann aufgeschreckt und hatte sich murmelnd entschuldigt, bevor er hinausging, um etwas zu essen. Danach hatte er sich im anderen Zimmer schlafen gelegt, und Zenay spürte einen kurzen Stich der Schuld, da sie wusste, wie furchtbar erschöpft der alte Magier sein musste. Die anderen vertrieben sich ihre Zeit unten in der Schenke mit Kartenspielen, und Tarek gesellte sich wieder zu ihnen.

Währenddessen fokussierte Zenay immer verbissener ihre Magie, konnte aber nichts damit bewirken. Die Brust ihres Körpers hob und senkte sich regelmäßig, und bei jedem Atemzug spürte Zenay in ihrem Geist ein scharfes Stechen der Rippen.

*Es muss doch irgendwie gehen!*, dachte sie und starrte in ihr eigenes Gesicht, das ihr so blass und fremd vorkam. *Kannst ... kannst du mich hören?*, versuchte sie es vorsichtig und kam sich dabei ziemlich lächerlich vor. Jetzt sprach sie schon mit sich selbst.

Aber als sie die leichten Fäden aus Magie zu ihrem eigenen Kopf sandte, ließ sie ein lauter, brutaler Schrei zusammenfahren.

*Ha–hast du das gehört, Wafaa?*

*Ja, habe ich*, erwiderte die Wölfin, und Zenay sah, dass sie ebenfalls erschrocken war.

*Was war das?*

*Ich habe keine Ahnung, Zafija. Aber es bedeutet nichts Gutes.*

*Soll ich trotzdem weitermachen?*, fragte Zenay mit einem mulmigen Gefühl.

Wafaa bejahte, und so rückte Zenay, wenn auch unsicher, wieder näher an ihren Körper heran. Erneut schien es ihr, als waberten dunkle Schatten über ihre Haut, als würde schwarzes Licht von einer Wasserfläche reflektiert.

Behutsam bewegte sie ihre leuchtenden Finger auf eine Stelle an ihrer rechten Hand zu, berührte damit unterhalb des Handgelenks auf der Innenseite ihre eigene Haut. Dort waren die dunklen Schatten am schwächsten. Sie sandte noch einmal ihr Bewusstsein aus.

Die Welt schien sich zu verschieben, als ihre Magie durch ihre Hand und in ihren Körper floss.

Energie durchströmte ihn zusammen mit Schmerz bis in jede Haarspitze. Es war diese *fremde* Magie, die wie eine zweite Schicht auf ihrem Körper lag und ihn durchdrang. Diese Magie war wild, fast bestialisch, aber als sie sie länger fühlte, konnte sie erkennen, dass es nicht direkt schwarze Magie zu sein schien.

Zumindest hatte sie sich schwarze Magie in ihrer Art grausamer vorgestellt ... diese Magie in ihrem Körper erschien ihr zwar düster ... aber es war eher wie entartete natürliche Magie, die ihre eigene unterdrückte.

Zenay stand da, mit geschlossenen Augen und horchte in sich hinein. Sie fühlte ihre eigene Magie, die nur darauf zu warten schien, wieder die Oberhand zu gewinnen. Also aktivierte sie ihre Kräfte, verstärkte sie und schickte sie gegen diese fremde Hülle, die auf ihrem Körper lag und sich besonders in den Mangridenwunden an Schulter und Rücken festzukrallen schien.

Nichts geschah. Zenay ließ noch mehr Magie strömen, versuchte, sie an die Oberfläche zu bringen – und hatte das Gefühl, als würde etwas in ihr reißen. Die Magie verwandelte sich ... und ihr wurde schlecht vor Schmerz.

Sie hörte ein Jaulen.

Es drang entfernt an ihr Ohr, und ein Teil von ihr registrierte, dass es aus Wafaas Kehle kam. Dann verlor sie den Halt und spürte, wie sie durch eine Welle aus Zorn von ihrem Körper weggerissen wurde.

Mazuk war mit seiner Geduld so gut wie am Ende. Nach Alracs Rückkehr aus den Quartieren der Sklavenmagier musste er erfahren, dass die Männer und Frauen, deren Wille seine Gebieterin schon vor langer Zeit gebrochen hatte, nicht dort waren.

„Wo sind sie?"

„Wir könnten auch mit Hilfe eines Bilurs reisen", schlug Alrac vor, doch Mazuk schnaubte nur.

„Das ist mir klar. Aber ich habe es ein für alle Mal satt, Leute aus Verstecken fliehen zu sehen. Die Magier können das unterbinden."

„Nun ... sie sind gerade bei Zayda", fing Alrac an, und Mazuk konnte ihm ansehen, wie unwohl er sich fühlte. Irgendetwas stimmte nicht.

„Dann warten wir."

„Aber ..."

„Wir warten!", fuhr Mazuk ihn forsch an und forderte mit diesem Tonfall seine rechtmäßige Autorität ein. „Wir gehen nicht ohne die Magier."

„Dann müsst ihr euch nicht mehr länger gedulden", tönte es aus dem dunklen Gang hinter Alrac, der sich hastig umdrehte.

Die Stimme gehörte niemand anderem als ihrer Herrin.

Sie trat aus dem Schatten des Eingangs. Hinter ihr schwärmte eine Schar von Magiern aus, deren trübe, weiße Augen den ausdruckslosen Zug von Willenskontrolle trugen und in der Dunkelheit der Nacht matt leuchteten.

„Wir sind bereit", wandte die Königin ein und beobachtete gelassen, wie die Magier durch den Innenhof liefen.

„Wie, wie meint Ihr?", fragte Mazuk vorsichtig.

„Ich habe beschlossen, ein wenig frische Luft zu schnappen. Und was könnte dafür besser geeignet sein als ein Ausflug in ein kleines, verschlafenes Bergdörfchen, Alrac?"

„Ich ... ich weiß nicht, Herrin ..."

Ihr Blick wanderte von Alrac zu Mazuk und blieb an ihm hängen. „Ich möchte mich lediglich vergewissern, dass alles erwartungsgemäß abläuft."

„Natürlich", erwiderte Mazuk, hielt ihrem Blick stand und versuchte zu verstehen, was ihre Beweggründe sein mochten. Hatte Alrac sie etwa getroffen und von den Erkenntnissen berichtet? Er würde es dem Ratken durchaus zutrauen.

Eigentlich konnte Zayda nicht wissen, dass er einen Schritt weitergekommen war.

Sie hatte ihm immer große Freiheit gewährt, und sein Ziel war es eigentlich gewesen, sie mit den Gefangenen zu überraschen.

Schließlich senkte er doch den Blick und verneigte sich, während alle möglichen Gefühlsregungen über ihn hereinbrachen. Misstraute seine Herrin ihm? Sie prüfte ihn. Hielt sie ihn nicht mehr für fähig, ihr gut zu dienen?

Die Schmach darüber wandelte sich rasch in unsägliche Wut auf Alrac. Er biss die Zähne zusammen, dass es wehtat , beruhigte sich dann aber wieder.

Immerhin konnte er sie verstehen. Die Suche nach dem verfluchten Mädchen hatte ihn und sie Jahre gekostet und war selbst nach ihrer Gefangennahme wieder in einem Desaster geendet. Die Rebellen waren ihr genauso ein Dorn im Auge wie ihm, und es wurde Zeit, sie endgültig zu vernichten.

Wenn Zayda ihm bei der Arbeit zusehen wollte, sollte es so sein.

„Wollen wir aufbrechen?", fragte sie mit einem Lächeln, das ihre Augen unberührt ließ, und klatschte kurz in die Hände. Allen war sofort klar, dass es sich hierbei nicht wirklich um eine Frage handelte. Die Krieger beeilten sich, ihre Positionen einzunehmen, während die Magier sich um die Gruppe verteilten.

„Ach", meinte Zayda und winkte ab, was alle Magier kurz wanken ließ. „Das wird nicht nötig sein. Spart eure Kräfte für die Jagd nach den Rebellen."

Sofort senkten die Männer und Frauen ihre Köpfe und entspannten sich. Es schien beinahe, als würden sie nur von unsichtbaren Seilen aufrecht gehalten.

Stattdessen hob Zayda die Hände und ließ ein Netz aus strahlenden Blitzen durch den Innenhof zucken, die sich bald zu einem großen Ring verbanden und alles mit sich rissen, was sich in seiner Mitte befand.

Die Tür öffnete sich knarrend, und Tarek trat ein. Im Zimmer war es dunkel bis auf den Schein der Kerze, die er aus dem Flur mitbrachte. Die Flamme flackerte und warf wilde Schatten durch den Raum. Auf dem Boden vor dem Fenster lag Wafaa.

Tarek hatte sofort ein mulmiges Gefühl. Er stellte die Kerze ab, warf ihr Abendessen, ein eingepacktes Stück rohes Fleisch, auf den kleinen Tisch und trat zu ihr.

„Wafaa?" Sie regte sich schwach, winselte kurz, sprach aber nicht und wachte auch nicht auf. Tarek sah sich rasch im Zimmer um.

„Zenay? Bist du hier? Kannst du mit mir sprechen?"

*Zenay?*, fragte er nach einem Moment im Geist.

Es kam keine Antwort, der Raum fühlte sich sonderbar *leer* an. Tarek kniete sich neben Wafaa und wollte ihr über das Fell streichen, aber ein schwacher Blitz zuckte von ihr weg und ließ ihn zurückfahren.

Unwillkürlich glitt sein Blick zu Zenays Körper auf dem Bett. Er war sich ziemlich sicher, dass ihr Arm noch nicht so dagelegen hatte, als er ging.

*Zenay, was ist hier los?* Er spürte keinen magischen Kontakt zu ihr.

Er konnte sehen, dass ihr Körper flach atmete, und beugte sich über sie; ihre Augen waren halb geöffnet und starrten ins Leere. Die Iris war nicht mehr blau, sondern fast schwarz.

„Oh nein, was ist hier passiert?"

Tarek berührte sie jetzt; auch von ihr zuckte ein kleiner Blitz weg und ließ seine Fingerspitzen kribbeln. Er rüttelte sie sanft, aber ihr Kopf wackelte nur unkontrolliert und blieb dann bewegungslos liegen.

„Verdammt", zischte Tarek leise und sah sich kurz im Zimmer um, nach einem Angreifer suchend. Innerlich schalt er sich für seine Torheit, das nicht gleich getan zu haben. Es war niemand da. Er schluckte, dann streichelte er vorsichtig über Zenays Wange und spürte die verkrusteten Kratzer.

„Wo bist du?", murmelte Tarek und war versucht, sich neben sie zu setzen.

*Es geht ihr nicht gut, ich muss Shetan wecken und die anderen holen*, dachte er und wandte sich zur Tür.

215

Auf halbem Weg blieb er wieder stehen, hörte ein Geräusch vom Bett und drehte sich um.

Zenays Körper zuckte. Sofort wollte Tarek zu ihr, doch sein Instinkt ließ ihn zwei Schritte von ihr entfernt stehen bleiben.

Dann öffneten sich ihre Augen, und ihre Brust hob sich so stark, als würde sie das erste Mal seit Tagen wieder richtig atmen.

*Sie wacht auf!*, dachte Tarek voller Freude.

Im nächsten Moment drehte Zenay den Kopf und fixierte ihn.

In ihrem Blick lag etwas abgrundtief Böses, das sein Herz beinahe zum Bersten gebracht hätte. Doch schon nach einem Moment war dieser Eindruck verflogen, und Qual ersetzte die Boshaftigkeit.

Tarek wusste nicht genau, warum, aber er hatte das Gefühl, die Entstehung einer Maskerade mitzuerleben. Als Zenay plötzlich den Mund aufriss, dachte er nicht mehr darüber nach, sondern sprang zu ihr.

Sie würde gleich schreien, das wusste er – und seine Hand legte sich gerade noch rechtzeitig über ihren Mund, bevor sich ihr ein dumpfer Schrei entrang, der in ein wütendes Brüllen überging.

Er musste verhindern, dass sie gehört wurde und das ganze Gasthaus aufweckte. Auf einmal kehrte jedoch dieses Böse in ihrem Blick zurück. Er fühlte sich durchbohrt von diesen dunklen Augen, in denen überhaupt kein Erkennen lag.

Das Brüllen verstummte. Tarek wollte sich gerade entspannen, da schnellte ihr Arm vor, und Schmerz schoss durch sein Gesicht. Sein Kopf wurde nach hinten gerissen, als ihre Fingernägel über seine Wange glitten und die Haut zerkratzten.

Ächzend rappelte Tarek sich auf, wich vor ihr zurück. Sein Schuh blieb an etwas hängen, das aus einer der Holzdielen ragte. Er stolperte und fiel rücklings zu Boden.

Ein kehliges, grobes Lachen rang sich aus Zenays Kehle, während sie sich im Bett aufrichtete. Langsam kam sie näher, die Hand gehoben. Blut färbte ihre Fingernägel dunkel, und Tarek brauchte einen Moment, um zu begreifen, dass es seines war.

Wieder lachte sie. Das Geräusch aus ihrem Hals ließ ihm das Blut in den Adern gefrieren. Das war nicht seine Zenay.

Das war etwas anderes, etwas Schreckliches.

Der besessene Körper verzog das Gesicht zu einer Fratze und spannte sich an, als wollte er sich gleich auf Tarek stürzen.

*NEEEEIIIIN!*

Die Intensität von Zenays Gedanken verschlug Tarek die Sprache und ließ ihn für einen Augenblick seine Angst vergessen.

Zenays besessener Körper fauchte und zögerte kurz, setzte jedoch wieder zum Sprung an.

Zwischen ihnen flimmerte die Luft, waberte und begann zu leuchten.

*NEIN, DU WIRST IHM NICHTS TUN!*, hallte es durch Tareks Kopf. Vor seinen Augen erstrahlte die Luft in Form eines Körpers. Einer nackten Frau.

Zenays Körper fauchte noch lauter, die dunklen Augen brannten in den Höhlen, und er hob die Arme.

Die leuchtende Frau riss ebenfalls ihre Arme hoch.

Tarek blieb der Atem weg; er vergaß zu schreien, wegzulaufen oder eine Waffe zu ergreifen. Zenays Geist *packte* ihren eigenen Körper. Hände krallten sich ineinander, zu Klauen gespreizte Finger schlossen sich um hell leuchtende Schemen.

Sie rangen einen Moment miteinander, und Zenay hinderte ihren besessenen Körper daran, sich auf Tarek zu stürzen.

*VERSCHWINDE AUS MEINEM KÖRPER!*

Der Geist strahlte stärker, drohte Tarek zu blenden. Dann schien sich die Welt zu verschieben. Die leuchtende Frauengestalt bewegte sich vorwärts, drang mit ihren Händen und Armen in den Körper ein und verschmolz mit ihm.

Zenays Körper wand sich, fauchte erneut, wurde von einem Zucken geschüttelt. Der leuchtende Geist kam immer näher, verschwamm und nahm mit einem Ruck den gleichen Raum wie der Körper ein.

Ihre Haut, ihre Haare, alles war von gleißendem Licht erfüllt. Ihr Körper erstarrte und hörte auf, sich zu wehren. Düstere Schatten waberten über die hell erleuchtete Oberfläche, doch diese Dunkelheit zog sich zurück, wanderte zu Zenays Augen und färbte sie schwarz. Die Schatten flossen über ihr Gesicht, von ihren Augen zu ihrem Mund. Ein letztes Zucken ging durch Zenay, sie atmete rasselnd ein, krümmte sich und riss den Mund zu einem stummen Schrei auf. Schwarzer Rauch schoss aus ihrem Rachen und verflüchtigte sich, dann brach sie zusammen.

Schwer atmend lag sie da, ihr Körper glänzte schwach, endlich schlug sie die Augen auf. Die eigentlich blaue Iris war noch immer dunkel gefärbt, aber es lag eine Lebendigkeit in ihnen, die Tareks Herz schneller schlagen ließ. Der bestialische Ausdruck darin war verschwunden.

Er kniete noch immer regungslos vor Schreck neben ihr, dann erwachte er aus seiner Starre und half ihr, sich aufzurichten. Sie zitterte und wankte, so dass er sie an den Schultern festhielt und anstarrte, unschlüssig, ob er sie in die Arme schließen sollte.

„Ich ...", wollte er ansetzen, aber sie schüttelte den Kopf und gab ihm einen langen Kuss.

*Das wollte ich schon seit Tagen machen!*

*Ich auch.* Er küsste sie inniger, wollte sie nie mehr loslassen und genoss das Gefühl ihrer warmen Lippen auf seinen.

Irgendwann fand er seine Stimme wieder.

„Zenay ... ich kann, ich kann gar nicht sagen, wie froh ich bin, dass ... du wieder lebendig bist!"

„Ich fühle mich immer noch halb tot", gestand sie murmelnd.

„Was ist da gerade passiert?!"

„Mein Körper ... der Mangride, er hat mich mit seiner Magie verseucht, so wie Shetan es vermutet hat. Ich glaube, das Gleiche passiert vielleicht auch mit anderen Opfern, die ihm entkommen. Falls es andere gibt. Ich war dabei ... mein Körper war dabei ... Hätte ich ihn jetzt nicht bezähmt, wäre er wohl genauso mutiert wie der des Mangriden. Die dunkle Magie hätte ihn immer mehr ausgefüllt, die Mutation hatte ja schon begonnen."

„Schwarze Magie! Bei den Hütern!"

Zenay nickte, den Blick in weite Ferne gerichtet. „Ich fühle die Magie des Mangriden in mir ... Sie ist anders als meine ... dunkler."

„Seine Magie ist noch immer in dir?!", fragte Tarek, und seine Stimme war voller Sorge.

„Ich habe es unter Kontrolle", meinte sie bestimmt.

Sie lehnte sich an ihn und küsste ihn erneut, öffnete die Lippen und saugte sich kurz an seinen fest.

Ein Schaudern durchlief ihn, aber er schob sie ein Stück von sich weg. Mit gerunzelter Stirn betrachtete er sie. „Und du bist sicher, dass du wieder du selbst bist?"

Sie schmunzelte. „Ja, Tarek."

„Deine Augen ... Sie sind verändert, dunkler."

„Aber sonst sehe ich aus wie vorher?", wollte sie besorgt wissen.

„Du bist blass, abgemagert ... Aber ja, ich schätze schon."

„Dann kann ich damit leben. Meine blauen Augen haben mich doch ohnehin nur in Schwierigkeiten gebracht."

Tarek lächelte matt.

Sie hob die Arme, betrachtete sie und befühlte einen mit ihren Fingern; schließlich seufzte sie leise. „Es tut so gut, wieder in meinem Körper zu stecken. Du kannst dir nicht vorstellen, wie merkwürdig und angsteinflößend das war ... Ich konnte durch meine Arme hindurchsehen und hatte ständig das Gefühl, mich völlig aufzulösen, wenn da nicht Wafaa gewesen wä..." Sie brach ab, als ihr einfiel, was geschehen war, bevor sie wieder in ihren Körper zurückfand.

Zitternd löste sie sich von Tarek und machte ihre ersten unsicheren Schritte; dann ließ sie sich auf die Knie sinken.

„Wafaa?", fragte Zenay vorsichtig und berührte die Wölfin zaghaft an der Seite. Ein Zucken ging durch ihren Körper, dann öffnete Wafaa ihre Augen und hob den Kopf.

*Oh, ich fühle mich, als sei ich von einer Reihe Kriegsrösser überrannt worden,* klang ihre Stimme matt in Zenays und Tareks Kopf.

„Was ist passiert?"

*Dein Geist hat sich von mir losgerissen, bevor ich mich darauf vorbereiten konnte ...*

„Das tut mir leid!", meinte Zenay. „Ich wusste nicht, dass das so passieren würde."

*Das macht nichts. Ich werde mich erholen. Das Wichtigste ist, dass du die Magie des Mangriden aufhalten und deinen Körper wieder kontrollieren konntest. Ich brauche etwas frische Luft. Wenn es euch nichts ausmacht, gehe ich hinaus. Ich treffe euch morgen wieder.*

„Wirst du uns wiederfinden?"

*Natürlich. Es ist kein Problem für mich, Zenays Magie in der Stadt zu spüren.*

„Gut. Dann sehen wir uns morgen", meinte Tarek, stand auf und verließ zusammen mit Wafaa das Zimmer, um sie hinunterzubringen und aus dem Wirtshaus zu geleiten, ohne dass jemand unliebsame Fragen stellte.

Als er zurückkam, hatte Zenay sich auf das Bett sinken lassen und starrte auf ihre Finger.

„Mir gefällt der Gedanke noch immer nicht, dass das Dorf jetzt denken wird, ich sei *tot!* Was, wenn ich dorthin zurückkehren möchte?", sprach sie ihre ersten Gedanken aus.

„Es tut mir leid, dass wir dir deswegen keine Wahl gelassen haben. Mach dir keine Gedanken darüber, was später einmal geschieht. Wenn du zurückkommst, dann vielleicht als Zafija und als Heldin!"

Zenay seufzte, sagte aber nichts.

„Wir sollten uns schlafen legen. Du musst doch erschöpft sein. Morgen ... Da du jetzt wieder du selbst bist, müssen wir besonders aufpassen", meinte Tarek, während er sich neben sie setzte.

„Was meinst du?"

„Ich wollte es dir vorhin nicht sagen ... aber an einigen Mauern hängen Steckbriefe mit einer Beschreibung von dir. Die Königin hat eine Belohnung auf deine Gefangennahme ausgesetzt."

«✝»

Eine Welle aus Angst schoss durch Zenays Geist; sie spürte, wie ihr Körper erzitterte.

*Steckbriefe? Eine Belohnung? Dann ... bin ich verloren!*, dachte sie angstvoll.

Nein! Sie schüttelte schwach den Kopf. So durfte sie nicht denken. Sie war gerade erst wieder mit ihrem Körper vereint worden, so schnell würde sie keiner kriegen!

*Aber du bist schwach! Deine Muskeln gehorchen dir kaum, und dir tut alles weh – wie willst du fliehen?*

„Was soll ich jetzt machen, Tarek?", fragte sie voller Sorge.

„Zuerst einmal gar nichts. Niemand außer uns weiß, dass du in der Stadt bist. Die Wachen haben dich in deinem Zustand nicht erkannt. Ab jetzt musst du dein Gesicht verbergen und erst einmal hier drinnen bleiben."

„Ich muss trainieren, ich muss meinen Körper wieder aufbauen und meine Kräfte unter Kontrolle bringen!"

Sie wollte aufspringen, doch der Schmerz in ihrem Rücken stoppte sie sofort wieder. Tarek schien ihr Zucken zu bemerken, denn er hielt sie sanft, aber bestimmt fest.

„Du brauchst jetzt vor allem Ruhe."

„Wo ist Shetan?", fragte sie, ohne auf seine Worte einzugehen.

„Im anderen Zimmer, aber er schläft, und ich will ihn jetzt nicht wecken. Er ist sehr erschöpft, weißt du."

„Was soll ich nur tun?!"

Tarek schien ihre steigende Unruhe zu spüren, denn im nächsten Moment näherte er sich ihrem Gesicht und gab ihr einen langen Kuss.

„Alles wird gut. Du bist wieder du, und morgen sehen wir weiter, ja?", murmelte er, während er ihr fest in die Augen blickte.

„Ich ... in Ordnung."

„Dann lass uns schlafen. Möchtest du, dass ich bei dir bleibe?"

„Ja bitte!", rief sie etwas zu enthusiastisch und fühlte ihr Gesicht sofort heiß werden. Aber selbst das fühlte sich gut an; es war schön, endlich wieder etwas auf ihrer Haut zu spüren.

Er lächelte und half ihr dann auf. „Willst du aus deinen verschmutzten Sachen raus?", fragte er vorsichtig.

Sie nickte und wusste nicht, ob ihr Schwächegefühl vielleicht auch etwas mit seinem Tonfall zu tun hatte.

Aber sie war so müde und erschöpft, dass sie diesem Gedanken keine Beachtung schenken konnte, also streifte sie mit starren Bewegungen das Hemd über ihren Kopf und blickte ihn wieder an.

Er starrte auf die Verbände an ihrer Schulter, die noch immer von der Nacht im Wald zeugten. Sie bemerkte seinen Blick, doch er drehte sie so, dass er ihren Rücken sehen konnte.

„Bei den Hütern!", zischte er, und als sie herumfuhr und ihn anblickte, war sein Gesicht im Kerzenschein kreidebleich.

„Was ist?"

„Zenay, der Verband ist verrutscht. Deine Haut ... die Verletzungen ..." Er sprach nicht weiter. Sie streckte den Kopf noch mehr und starrte auf ihre Schulter. Wild vernarbte Wunden zogen sich über ihre

Haut, teilweise noch verschorft oder nässend. Aber dort, wo sich das getrocknete Blut gelöst hatte, war die Haut dunkel gefärbt.

„Verdammt!", fluchte Zenay und konzentrierte sich. Während ihr Herz wild pochte, ließ sie Energie zu ihren Augen wandern. Es schmerzte mehr, als es sollte, doch sie schaffte es, ihre Magie so auf ihre Pupillen zu legen, dass die Umgebung aufleuchtete.

Schatten flackerten in ihrem Blick, aber es reichte trotzdem, um das Ausmaß der Verletzungen zu erkennen.

Das Innere der Wunden war dunkelgrau.

„Was ist mit denen auf meinem Rücken?"

Er löste den Verband vorsichtig. „Sie sehen schwarz aus, die Wundränder sind ganz dunkel, die neu gewachsene Haut ist ebenfalls grau."

„Das hatte ich befürchtet."

„Wir müssen das Shetan zeigen!"

„Tarek, es ist mitten in der Nacht. Gerade meintest du selbst noch, er sei erschöpft. Es geht mir gut."

„Das ist schwarze Magie! Damit ist nicht zu scherzen."

„Ich kann es fühlen, es ist düster, aber es ist nichts im Vergleich zu dem, was Zayda damals …"

Sie konnte spüren, dass er sich noch immer sträubte. *Tarek, bitte.*

Er schwieg und sah sie nachdenklich an, dann nickte er.

„Vermutlich könnte Shetan im Moment ohnehin nicht viel gegen diese Verfärbungen tun", gestand er leise ein.

„Das befürchte ich auch. Aber Wafaa hat angedeutet, dass ich den Fluch des Mangriden erst dann vollkommen überwinden kann, wenn ich stärker werde. Und wenn ich Shetan richtig verstanden habe, soll ich doch deshalb nach Siad, nicht wahr?"

„Richtig." Tarek nickte, während sein Blick sehr nachdenklich blieb. „Zenay, ich glaube nicht, dass das nur *Verfärbungen* sind."

„Bitte, lass uns das trotzdem auf Morgen verschieben, ich bin unglaublich müde, und mir tut alles weh."

Tarek schnaubte, sagte aber nichts mehr, und so legten sie sich schlafen, nachdem er die Verbände wieder neu angelegt hatte. Zenay sank in beruhigende Dunkelheit, kaum hatte Tarek die Decke über ihrem Körper ausgebreitet. Es tat gut, den Stoff auf ihrer Haut und seinen Arm zu fühlen, den er sanft um ihren Bauch legte.

# Wahre Wölfe

Tarek schlug am Morgen die Augen auf, und sofort waren die Erinnerungen an die letzte Nacht wieder präsent, kaum wurde er sich Zenays Nähe bewusst. Er konnte es noch gar nicht richtig fassen. Sie lag in seinen Armen! Warm, atmend, lebendig.

Aber auch verletzt und geschwächt.

Tarek seufzte. Behutsam löste er sich aus ihrer Umarmung und rutschte aus dem Bett. Wie dünn ihre Arme waren!

*Sie bräuchte dringend ein erholsames Bad und kräftiges Essen*, dachte er beim Anblick ihrer hohlen, noch immer blutverkrusteten Wangen. Sie hatten ihren Körper mit dem Wichtigsten versorgt, während ihr Geist von ihm getrennt war, aber die Zeit war nicht ohne Spuren an ihr vorbeigegangen.

*Wir sollten noch einige Tage hierbleiben, wenn es möglich ist, um ihr etwas Erholung zu gönnen.*

Er goss Wasser in eine Schüssel am Fenster und wusch sich das Gesicht, um wach zu werden. Als er an seinem Hemd schnüffelte, verzog er nur das Gesicht.

*Unsere Sachen sollten wir nach all den Strapazen auch waschen.*

Mit einem Seufzen und einem letzten Blick auf die friedlich schlafende Zenay verließ er den Raum und klopfte bei den anderen an. Es dauerte einen Moment, bis er drinnen leises Poltern und Gemurmel hörte.

„Ich bin es", sagte Tarek durchs Holz, dann wurde der Riegel zurückgezogen, und Elaya stand ihm gähnend gegenüber. Sie rieb sich die Augen und versuchte vergeblich, ihre kurzen Haare zu ordnen, die ihr zu Berge standen.

„Was gibt's?", fragte sie, während die anderen sich in den Betten regten. Auch Shetan wurde wach und setzte sich mühsam auf.

„Ich habe großartige Neuigkeiten", meinte Tarek mit einem Lächeln und schob die Tür hinter sich zu.

„Ratet mal, wer heute Nacht von den Toten auferstanden ist."

Er konnte sehen, wie sie alle einen Moment brauchten. Asyra klappte der Mund auf, während Malak die Augen aufriss.

„Nein!", rief Elaya als Erste und lachte dann. „Wirklich?"

„Doch."

Auf einmal standen alle eilig auf und stürmten auf ihn ein, um ihn mit Fragen zu löchern.

„Wie geht es ihr?"

„Was ist passiert?"

„Ich will zu ihr!"

Tarek hob die Hände, um sie zu beschwichtigen. „Es geht ihr den Umständen entsprechend gut. Sie schläft noch."

„Aber …", fing Elaya an zu protestieren, brach aber ab, als Shetan ihr die Hand auf die Schulter legte.

„Tarek hat recht. Sie braucht Schlaf."

Elaya seufzte und scharrte mit dem bloßen Fuß auf dem abgewetzten Holzboden herum. „Na gut, wir warten."

„Und was ist genau passiert?"

„Ich … ich kann es nicht richtig erklären. Ich glaube, wir sollten warten, bis Sina aufwacht, dann kann sie es euch selbst erzählen."

*Eine weise Entscheidung*, klang plötzlich eine hallende Stimme in seinem Kopf, und Tarek versteifte sich kurz, bevor er spürte, dass es Wafaa war. *Ich bin draußen auf der Straße, könntest du mich holen?*

„Wafaa ist wieder da. Würde einer von euch bitte bei den Türen aufpassen? Ich will kein Risiko eingehen."

Nachdem er ein Nicken von Jesco erhalten hatte, verließ er das Zimmer und schmunzelte über das Tuscheln, das direkt darauf hinter ihm einsetzte. Mit schnellen Schritten nahm er die steile Treppe und durchquerte den Eingangsbereich der Schenke, ohne den Wirt weiter zu beachten.

Draußen vor der Schenke herrschte schon hektisches Treiben. Karren voll Waren wurden die Straße hinauf und zum Markt des großen Dorfes gezogen, während andere Leute Richtung Tor gingen oder bei dem Bäckerstand anhielten.

Wafaa wartete neben dem Eingang, saß brav wie ein Hund da und hechelte in der warmen Morgensonne. Sie wedelte sogar mit dem Schwanz, als sie ihn erblickte.

„Na, mein Mädchen?", fragte Tarek zur Begrüßung.

*Entschuldige bitte,* fügte er in Gedanken hinzu, aber sie jaulte nur freudig.

*Ist in Ordnung, ich bin doch nur ein lieber Hund.* Ihre Augen blitzten.

*So siehst du aus,* dachte er schmunzelnd.

*Wie geht es ihr?*

*Sie schläft noch immer.*

„Bereut!"

Tarek runzelte die Stirn, als jemand theatralisch die Straße heraufmarschiert kam und dabei fanatisch schrie. „Bereut und betet! Die Strafe der Hüter steht uns bevor!"

*Was redet er da?,* fragte Tarek irritiert.

*Wir sollten gehen.*

„Wieder ist einer von uns zu den Hütern geholt worden!", rief der Schreihals und lockte jetzt immer mehr Leute an, auch einige Stadtwachen.

Tarek fühlte sich unwohl, hatte aber den Eindruck, dass es wichtig sein könnte.

*Ich bleibe. Er hat etwas von einem Toten gesagt.*

„Was redest du da?", fragte jetzt der Bäcker, der sich schützend vor seiner Verkaufsfläche aufbaute.

Der Schreihals blieb schwer atmend stehen. „Sie haben wieder einen gefunden! Einen toten Bauern! Zerfleischt von einer Bestie der Hüter, die uns bestrafen wollen!"

*Hast du das gehört?*

*Ja,* meinte Wafaa und legte die Ohren an.

Tarek trat etwas näher an die Menge heran, während der Mann sich immer mehr in Fahrt redete. Zwei der Wächter, die er aus kleinen wilden Augen anstierte, kreisten ihn ein.

„Es ist die Strafe der Hüter! Sie wollen uns bestrafen für unsere Freveltaten!", schrie der Mann und sträubte sich gegen die Hände der Stadtwachen, die plötzlich zupackten.

„Er wird uns alle holen! Wir müssen die Tempel wieder aufbauen und beten, sonst wird er uns al…"

Seine Worte brachen unmittelbar ab. Der Wächter hinter ihm hatte seufzend seine Faust erhoben und den Knauf seines Kurzschwertes auf den Kopf des Mannes sausen lassen. Der Schreihals sackte in den Armen der Wachen zusammen und wurde unter den neugierigen Blicken der Umstehenden fortgeschleift.

Drei Wächter blieben zurück und stellten sich der Menge, die nach einem kurzen Moment der Fassungslosigkeit wieder auflebte.

„Hat er recht? Gibt es ein Monstrum da draußen?", fragte ein Mann, der einen Korb voll Gemüse auf dem Rücken trug.

„Ach, der ist verrückt geworden", warf jemand laut ein, und der größere Wachmann nickte zustimmend, während er sich durch den Bart strich.

„Er hat nicht ganz unrecht. Es ist ein Toter gefunden worden, aber wir vermuten, dass es ein wilder Bär war."

Das Raunen der Menge wurde lauter.

„Wir werden dem nachgehen!", rief der Wächter nachdrücklich. „Habt keine Sorge, so ein Tier bleibt nicht lange unbemerkt, und es werden zusätzliche Patrouillen eingesetzt. Jeder, der etwas sieht, soll es sofort der Stadtwache melden, dann werden wir das Problem bald los sein."

Doch die Leute wirkten nicht überzeugt, und der Mann blickte noch ernster drein. „Wir werden es lösen! Und jetzt geht euren Geschäften nach, wir kümmern uns darum."

Die Menge zerstreute sich allmählich, und Tarek zog sich unauffällig zum Gasthaus zurück.

„Komm, lass uns hineingehen", sagte er zu Wafaa, öffnete die Tür, und sie folgte ihm brav bis hinauf in den Flur, wo Jesco an die Wand gelehnt aufpasste.

„Schläft sie noch?"

Jesco nickte.

Leise öffnete Tarek die Tür zum größeren Zimmer.

„Habt ihr das Geschrei auch gehört?", begrüßte er die anderen.

„Ja, was war da los?"

„Ein Verrückter hat sich aufgeregt ... über Angriffe von einem *Bären.*"

„Der Mangride?"

„Ich befürchte es."

«✝»

Zenay blinzelte sich aus dem Schlaf. Das Erste, was sie fühlte, war der Stoff des alten Bettlakens auf ihrer Haut. Es war sicherlich nicht das sauberste oder weichste, aber es war wirklich *da*. Sie hätte niemals gedacht, dass ein so alltägliches Gefühl so intensiv sein konnte.

Danach kamen die Schmerzen und ein bohrender Hunger.

„Davon habe ich langsam wirklich genug", murmelte sie und drehte den Kopf. Das Zimmer war leer, Tarek hatte sie nicht geweckt.

*Wafaa?*

*Wie schön, du bist wach*, antwortete die Wölfin sofort.

*Weißt du, wo Shetan ist?*

*Ich kann ihn zu dir schicken, wenn du willst.*

Zenay bejahte und setzte sich im Bett auf. Sie löste den Verband und betastete behutsam die Wunden an ihrer Schulter. Einige der Grinde hatten sich abgelöst, aber was darunter zum Vorschein kam, gefiel ihr gar nicht. Bei Tageslicht sahen die Narben noch dunkler aus. Frisch verheilte Haut sollte hellrot sein, nicht grau ...

Wenig später klopfte es, und Shetan trat mit einem Lächeln ein, das gleichzeitig Freude und große Sorge ausstrahlte.

„Wie geht es dir?"

Zenay zuckte mit den Schultern und bereute die Bewegung sofort. Sie verzog das Gesicht, während er näher trat.

„Lass mich mal sehen."

„Shetan ... gestern Nacht, da habe ich es nicht einfach so geschafft, meinen Körper wieder zu übernehmen", platzte sie heraus. „Es ... irgendetwas hat ihn besessen! Ich glaube, es war der Mangride oder vielleicht eher seine schwarze Magie. Es ergriff meinen Körper wie eine düstere Marionette, und ich konnte nichts tun ... bis Tarek hereinkam. Mein Körper wollte ihn angreifen, da hat mich eine solche Wut gepackt, dass ich endlich die nötige Energie aufbringen konnte."

„Das hat Tarek gar nicht erzählt", meinte er nachdenklich.

Zenay nickte. Bei dem Gedanken an die Verbindung erzitterte sie. „Ich fühle mich immer noch fremd in meinem Körper."

„Das wird vorbeigehen. Jetzt lass mich die Wunden sehen."

227

Er kam zu ihr und wickelte den Verband ganz von ihrer Schulter ab. Sein unwillkürliches Zischen beim Anblick ihrer Haut machte deutlich, dass auch er die Veränderung bemerkt hatte. Seine Hand legte sich auf ihre Schulter, und sie spürte die Wärme seiner Magie über ihre Haut fließen, bevor ein dunkler, stumpfer Schmerz sie abwehrte. Shetan ächzte und riss die Hand von ihr los.

„Ich kann dich nicht weiter heilen", murmelte er schwer atmend.

„Was?"

„Das ist schlecht. Es könnte bedeuten, dass dein Körper ab jetzt heilende Magie von anderen abwehrt! Dann könnte dir niemand mehr helfen ...“

Zenay spürte, wie sich ihr Hals zuschnürte. „A–aber ich kenne ja ohnehin keine anderen Magier außer dir ... Ich muss ab jetzt einfach besser aufpassen ...“

Shetan runzelte die Stirn. „Ist dir wirklich klar, was das bedeutet?"

Wut spülte über sie hinweg, und sie wäre am liebsten aufgesprungen. „Natürlich ist mir das klar! Ich versuche, positiv zu denken, verdammt!"

Da wurde Shetans Miene kühl. „Bitte entschuldige."

Zenay seufzte und fuhr sich abwesend über die Schrammen an ihrem Unterarm.

Shetan sah sie etwas milder an. „Es könnte aber auch etwas Gutes haben. Die Energie des Mangriden schützt dich vielleicht auch vor anderer Magie. Du könntest also besser vor fremden, manipulativen Kräften abgeschirmt sein."

Zenay versuchte, seine Überlegungen nachzuvollziehen und zu der Liste von positiven Dingen hinzuzufügen, aber es wollte ihr nicht ganz gelingen. „Und was mache ich jetzt?"

„Du musst dich schonen. Die Wunden müssen von selbst heilen, auch wenn sie schon besser aussehen. Ich kann dir zwar nicht helfen, aber da du wieder Herrin über dich selbst bist, wird es schneller gehen."

„Was meinst du mit besser? Sie sind schwarz!"

Shetan neigte den Kopf. „Aber der Schorf löst sich schon ab, und teilweise hat sich neue Haut gebildet, innerhalb von so kurzer Zeit. Normal ist das nicht. Besonders, da ich dir kaum mit meinen Kräften helfen konnte."

„Meinst du, diese dunkle Verfärbung geht wieder weg?"

„Das ist die Energie des Mangriden."

Zenay seufzte und betrachtete den Verband an ihrem Arm. „Ich frage mich, was das noch für Auswirkungen haben wird."

Shetan schwieg eine Weile, während er nachdachte und ihr am Rücken und an der Schulter einen neuen Verband anlegte.

„Das kann ich dir leider nicht sagen. Es könnte sein, dass die dunkle Energie des Mangriden dich beeinflusst."

Zenay erschauderte. „Inwiefern?"

Shetan seufzte. „Es ist nur eine Vermutung. Dunkle Energie kann Gedanken verdüstern. Ich habe so etwas noch nie zuvor gesehen, aber ich hätte auch nicht gedacht, dass es noch Mangriden gibt. Oder dass jemand den Angriff eines Mangriden überleben kann."

„Ich verdanke es Tarek und den anderen. Ich selbst habe versagt."

„Sag so etwas nicht. Du warst immerhin noch am Leben, als sie dir zu Hilfe kamen."

Zenay ballte die Hände zu Fäusten und verzog das Gesicht. „Ja, aber ich muss viel stärker werden, wenn ich so etwas in Zukunft vermeiden will."

Shetan setzte sich jetzt neben sie und war auf einmal ganz still. Sie wartete, bis er sich räusperte und sie offen ansah.

„Genau deshalb muss ich noch mit dir sprechen. Es gibt einen sehr wichtigen Grund, warum du nach Siad musst. Bisher … hatte sich noch keine Gelegenheit ergeben, darüber zu sprechen, aber ich kann es jetzt nicht mehr aufschieben."

Er räusperte sich erneut.

„Es gibt für alles den richtigen Zeitpunkt. Nun ist er gekommen. Siad. Du musst diesen Ort unbedingt erreichen, komme, was wolle."

„Das hört sich ja sehr ernst an. Und auch fast so, als würdest du nicht damit rechnen, dabei zu sein", stellte Zenay fest, aber er überging ihre Bemerkung.

„Siad ist eine verwinkelte Stadt, sie erstreckt sich am Hang eines trockenen Berges. Oberhalb ihrer Mauern liegt die Ruine eines alten Tempels. Du musst dort eine Prüfung ablegen. Eine Prüfung deines Geistes und Körpers, deiner Magie. Sie ist deine beste Möglichkeit, um stark genug zu werden."

„Stark genug wofür?", fragte Zenay mit einem Stirnrunzeln.

„Um Zayda zu besiegen."

Zenay schnappte nach Luft. „Was?!"

Er schwieg, bis sie den Schock verkraftet und ihre Stimme wiedergefunden hatte. „Was ist das für eine Prüfung? Was muss ich tun?"

„Es ist die Wakenda–Prüfung. Wakenda ist der Titel für eine Magierin oder einen Magier, der enorme magische Fähigkeiten besitzt. Wakenda bedeutet *machtvoll*. Es ist ein Titel für jemanden, der gelernt hat, mit großer magischer Kraft umzugehen. So stark wie ein Wakenda kann man nur durch die Prüfung werden oder indem man sich mit schwarzer Magie einlässt, aber das ist eine andere Sache. Also, es ist so, dass jeder Mensch in Tyarul, der magische Fähigkeiten besitzt, ein Orenda ist. Das ist das alte Wort für Magier. Ein Wakenda ist im Prinzip ein Meister der Magie – und könnte es von seinen Fähigkeiten her vielleicht mit Zayda aufnehmen."

„Das verstehe ich. Aber was muss ich TUN?"

„Das ist für jeden unterschiedlich. Ich kann es dir daher nicht sagen. Unter der Ruine liegt eine mächtige Quelle, noch stärker als die von Ornanung. Du wirst durch deine Magie mit einem der Hüter in Kontakt treten; er wird dir sagen, was zu tun ist."

„Aber ... wenn die Hüter mir diese Macht verleihen können ... warum tun sie es dann nur, wenn ich diese Prüfung bestehe? Du sagtest selbst, ich sei etwas Besonderes. Wenn ich dazu auserwählt bin, diese Welt aus Zaydas Klauen zu befreien, warum geben sie mir diese Kräfte nicht einfach?", fragte sie ungeduldig.

„Der Hüter der Miakoda hat dich dazu auserwählt, aber das bedeutet nicht, dass du tatsächlich für solch eine Macht bereit bist. Selbst du ... *gerade* du musst dich als fähig und würdig erweisen, denn bist du es nicht und sie gäben dir trotzdem so viel Macht, könntest du auf den falschen Pfad ... könntest du ..."

Er brach ab, und sein Gesicht verdüsterte sich, während Zenay ein Verdacht kam.

„Ist das mit Zayda passiert? Hat die Macht sie verdorben?"

Shetan schnaubte. „Woher soll ich das wissen?", fragte er abwehrend. „Zayda muss schon verdorben gewesen sein, bevor sie versuchte, sich mit den Hütern anzulegen, so schlimm, wie es bei ihr wurde. Jedenfalls ist es für dich jetzt und heute wichtig. Du musst auf dich aufpassen, Zenay!"

Sie spürte, wie Angst und Erleichterung in ihr kämpften. „Ich kann es nicht fassen! Es gibt also tatsächlich eine Chance, diese schreckliche Tyrannei zu beenden!"

Sie bemerkte seinen bitteren Gesichtsausdruck nur am Rande. Doch dann legte er seine Hand auf ihre gesunde Schulter. „Sei gewarnt. Diese Prüfung wird dich aufs Äußerste fordern. Sie könnte dich sogar das Leben kosten."

Zenay tat es mit einem Wink ab. „Ich werde es versuchen und mich der Prüfung stellen! Bis nach Siad brauchen wir ja noch eine Weile, richtig? Bis dahin lerne ich weiter und bin dann stark genug, um es zu schaffen!"

„Das hoffe ich, meine Schülerin."

Sie konnte seine traurige Miene nicht ganz nachvollziehen. Die Aufregung ließ ihr Herz schneller schlagen, und eine unerwartete Euphorie schoss durch ihren Körper.

Sie hatte ein Ziel! Eine Aufgabe und damit auch eine Chance! Als diese Erkenntnis sie zu überwältigen drohte, senkte sie den Kopf und versuchte, die Tränen des Glücks zu beherrschen. Es war verrückt, aber die Tatsache, endlich ein greifbares Ziel zu haben, war eine unglaubliche *Erleichterung*. Erst jetzt wurde ihr klar, wie sehr ihr das gefehlt hatte.

Dann sah sie auf, als ihr ein Gedanke kam. „Wissen die anderen davon?"

Der alte Magier nickte. „Ich habe mit ihnen darüber gesprochen, als du noch im Fieber lagst, im Wald. Ich habe ihnen gesagt, wie wichtig es ist, dich am Leben zu erhalten und warum du nach Siad gebracht werden musst."

„Weißt du, ob die anderen meinen Bogen gefunden haben? Im Wald? Ich habe nicht mehr daran gedacht, aber im Kampf gegen den Mangriden wurde er weggeschleudert. Wahrscheinlich ist er zerbrochen."

Shetan lächelte, und Zenay spürte, wie ein schwacher Hauch von Magie von ihm ausging. Einen Augenblick später klopfte es, und die Tür wurde geöffnet.

„Sina?", fragte Asyra und streckte vorsichtig ihren Kopf ins Zimmer. Die Freunde schienen hinter ihr zu warten.

Sie nickte grinsend. „Hast du jemand anderen erwartet?"

„Sina! Du … du lebst wieder!", platzte Elaya heraus und schob sich an Asyra vorbei.

„Nicht so laut!", zischte Tarek, und sie kicherte kurz.

„Tut mir leid, ich freue mich eben!"

Zenay lächelte matt. „Ich mich auch, glaub mir. Es tut gut, wieder Dinge anfassen zu können."

Mittlerweile hatten sich alle in den kleinen Raum gedrängt, und Asyra schloss die Tür zum Flur.

„Das hat Tarek sicher gefreut …", spielte Elaya leise an. Ihr Bruder versetzte ihr einen Tritt gegen das Schienbein, und sie verstummte. Zenay lächelte peinlich berührt, verlegen kratzte sie sich am Hinterkopf.

„Du hast diese seltsame Energie des Mangriden jetzt also unter Kontrolle?", fragte Jesco und ersparte Zenay damit, erklären zu müssen, dass sie gar nicht auf solche Gedanken wie Elaya gekommen war.

„Ich weiß nicht recht. Mein Rücken schmerzt noch immer. Mein Arm und die Schulter fühlen sich furchtbar an … Und gelegentlich verspüre ich das Verlangen, freche Freundinnen zu beißen." Sie warf Elaya einen vielsagenden Blick zu, die breit grinste.

„Was ist denn passiert? Wie hast du es geschafft, wieder in deinen Körper zu kommen?", fragte Asyra.

„Ich … Wafaa hat mich angeleitet, wie ihr wisst. Und irgendwann hat es funktioniert, und ich konnte wieder die Kontrolle übernehmen. Es ist alles noch ein wenig verschwommen."

Sie sah Tarek an und hoffte, ihm mit ihrem Blick klarmachen zu können, dass sie im Moment nicht mehr erzählen wollte.

Vielleicht bildete sie es sich nur ein, aber er schien kaum merklich zu nicken, bevor er sich den anderen zuwandte, über das ganze Gesicht strahlend.

„Wir sollten das feiern!", rief Malak da.

Elaya sah ihren Bruder irritiert an, dann schien sie zu verstehen, wovon er sprach. „Au ja! Ich weiß auch wie! Mit einer langen, abenteuerlichen Reise!"

Zenays Herz begann unwillkürlich, schneller zu schlagen, als sich eine Vorahnung in ihr ausbreitete. „Was meint ihr damit?"

„Wir haben uns besprochen, und die anderen haben gestern eine Entscheidung gefällt, die längst überfällig war", fing Asyra an, zögerte dann aber kurz.

„Wir kommen mit euch", beendete Jesco die Erklärung.

Zenay zog sich an Tareks Arm hoch und starrte in die Gesichter ihrer Freunde, während eine Flut aus Erleichterung, Freude, aber auch Sorge und Angst über sie hinwegfegte.

„Aber wird man euch im Dorf nicht vermissen? Ihr werdet doch dort gebraucht."

„Wir haben uns alle entschieden. Ich handle mir vermutlich solchen Ärger mit Conroy ein, dass ich in Ornanung nie wieder aufzutauchen brauche." Jesco zuckte mit den Schultern, um Gleichgültigkeit auszudrücken, aber Zenay konnte spüren, wie erleichtert er war. Sie hatte ja schon früher gewusst, dass er die Aufgaben seines Vaters nicht übernehmen wollte.

Malak grinste halbherzig. „Dann können er und unsere Eltern ja zusammen durchdrehen, wenn wir nicht mit der Gruppe heimkehren. Vater hat sich zwar vor unserem Aufbruch noch bei mir und Elaya für sein Verhalten entschuldigt, aber das bringt Eidara auch nicht wieder. Wir wollen bei Größerem mitwirken als beim Aufbau von ein paar neuen Häusern."

Elaya hatte Tränen in den Augen, doch sie strich sie rasch weg. „Feradun und Mutter werden es nicht verstehen … aber wir wollen dir helfen."

Nur Asyra sah zu Boden und scharrte mit dem Fuß. „Ich scheine wohl die Einzige von uns zu sein, die keine Probleme hat. Meine Großmutter hatte mir ja vor der Abreise schon geraten, mit Tarek weiterzureisen."

„Mokuba ist eine weise Frau", meinte Jesco, und sein Blick wurde hart, vielleicht weil er an seine eigene Familie dachte. Zenay konnte seinen Zorn und seine Niedergeschlagenheit deutlich spüren.

„Aber wird es nicht verdächtig sein, wenn alle meine Freunde nicht zurückkehren? Tarek hat doch darauf bestanden, dass ich als … als tot gelte."

„Wir haben den anderen klargemacht, dass wir nach deinem Tod keinen Sinn mehr darin sehen, im Dorf zu bleiben. Die Leute waren nicht glücklich, und es gab Streit, aber ihnen war auch klar, dass wir eine Weile aus dem Dorf müssen, nach allem, was passiert ist. Immerhin haben wir *die Magierin* unterstützt. Außerdem haben alle verstanden, dass Malak und Elaya weiter nach ihrer Schwester und den anderen Frauen suchen wollen", erklärte Asyra.

„Aber es muss ihnen doch klar sein, dass das auch euren Tod bedeuten könnte ... auch wenn ich jetzt als verstorben gelte", presste Zenay hervor und fühlte sich elend. Sie schwiegen einen Moment. Zenay bemerkte, wie Tareks Stimmung sich wandelte. Ein düsterer Schatten legte sich auf sein Gesicht, aber er sprach seine Gedanken nicht aus.

„Ihr könntet sterben, weil ihr mir helfen wollt", sagte sie mit Nachdruck.

„Wir könnten auch auf dem Weg zum Dorf zurück von Dieben überfallen werden. Oder von Ratken. Oder von irgendwelchen Sklavenjägern geschnappt. Od...", fing Elaya an, aber bei Zenays zunehmender Blässe blieb ihr die Luft weg. „Oh ...“

„Es gibt hier *Sklavenjäger*? Und ... und ..." Ihre Stimme wurde spitz.

„Und was Elaya damit eigentlich sagen wollte, ist, dass wir in gefährlichen Zeiten leben und gern unser Leben für dich riskieren, auch im Angesicht eines Mangriden", sprang Malak ein und verpasste seiner Schwester einen weiteren Knuff gegen die Schulter.

Das lenkte Zenay zwar von den anderen Gefahren ab, aber dennoch lief ihr ein Schauer durch den Körper. Sie hatte all die Zeit nach dem Feuer und im Wald Angst gehabt, dass die anderen sie verlassen würden ... erst jetzt wurden ihr langsam die Konsequenzen bewusst, die es für ihre Freunde haben könnte, wenn sie bei ihr blieben.

*Sie wollen alle ihr Leben für mich aufs Spiel setzen? Wieso? Weil sie hoffen, dass ich sie in eine bessere Welt führen werde? Bin ich fähig, diese Bürde zu tragen?*

Aber ihre Freunde sahen sie alle so hoffnungsvoll und bestimmt an. „Dann muss ich euch noch etwas sagen!", platzte sie heraus und warf kurz einen Blick zu Tarek und Shetan. Sie konnten nicht wissen, was sie vorhatte, aber es war ihre Entscheidung. Sie würde es den anderen endlich anvertrauen.

„Wenn ihr wirklich alle euer Leben für mich riskieren wollt, dann müsst ihr die Wahrheit wissen. Über mich."

Sie schluckte und warf einen weiteren Blick zu Tarek, doch der lächelte nur still in sich hinein. Er musste doch mittlerweile ahnen, was sie vorhatte, warum wirkte er noch so ruhig?

„Ich bin nicht bloß eine Magierin. Ich bin die aus der Prophezeiung, die Auserwählte", meinte sie nach einem Moment und musste sich konzentrieren, um nicht zu stammeln.

Ihre Freunde lächelten jetzt alle ebenfalls. Keiner wich entsetzt zurück oder wirkte überrascht. Sie war zunehmend irritierter.

„Zenay, auch deswegen haben wir uns entschieden, mit dir zu kommen. Wir folgen dir, egal wohin. Du bist unsere Zafija. Aber wir nennen dich weiter Sina, zur Sicherheit, du weißt schon", meinte Malak und zwinkerte ihr zu.

Zenay wankte und musste sich wieder setzen.

„Ihr wisst es alle schon?", fragte sie dann leise. „Woher?"

Jetzt sahen alle Tarek an, und er wurde rot. Ihr Tarek lief rot an!

„Zenay, ich habe es ihnen gesagt, nach der ersten Nacht im Lager, nach dem Angriff. Ich war so durcheinander und hatte Angst, dass du stirbst ... ich hielt es für das Beste."

Sie nickte langsam, ganz langsam und sah dann jeden ihrer Freunde einen Moment an. In ihren Augen glühten Entschlossenheit und Stolz und auch ein wenig Ehrfurcht.

„Nun ... immerhin konntet ihr es so schon verdauen, richtig?", meinte sie dann und grinste schief. „Und ich weiß, dass ihr es geheim halten könnt, denn ich habe nichts bemerkt, außer ein paar nervösen Blicken. Aber die habe ich der Tatsache zugeschrieben, dass ich ein Geist war."

Elaya grinste jetzt, und Malak nickte selbstsicher.

Jesco räusperte sich und schob sich zwischen den anderen vor, eine Hand auf dem Rücken. „Shetan hat uns vorhin gesagt, dass du dich an den Abend der Attacke erinnerst. Ich habe etwas für dich."

Damit zog er ihren Bogen hervor. Er hatte keine Sehne mehr, und am Holz waren Kratzer und dunkle Zahnabdrücke.

Zenay nahm ihn strahlend entgegen. „Ihr habt ihn gefunden!"

Elaya hüpfte neben sie. „Wir haben die ganze Lichtung und Umgebung abgesucht", rief sie stolz.

„Na ja, eigentlich wollten wir hauptsächlich sichergehen, dass der Mangride nicht auf der Lichtung ausharrt und dein Blut aufle…“, warf Malak ein, brach aber rasch ab. Zenay war trotzdem froh.

„Funktioniert er noch?“, fragte sie stattdessen Jesco.

„Das werden wir prüfen, sobald wir weiterziehen. Hier in der Stadt ist es nicht erlaubt, einen gespannten Bogen mit sich zu tragen.“

„Was ist eigentlich mit unseren anderen Waffen? Den Schwertern?“

„Die sollten besser mit keinem Wort erwähnt werden, solange wir hier sind. Wir haben sie unter den Sätteln hereingeschmuggelt. Wenn wir mit ihnen entdeckt werden, nun ja …“

Zenay nickte. „Verstanden.“

Sie blickte ihre Freunde an und spürte große Erleichterung. „Ich kann euch gar nicht sagen, wie froh ich bin. Ich dachte wirklich, ich würde euch alle verlieren. Aber dass ihr mitkommt … Ich glaube, ohne euch alle käme ich gar nicht zurecht.“

Dann fiel ihr Shetans düsterer Gesichtsausdruck auf. „Das ist wahr, Sina. Und es … erleichtert mir meine Entscheidung.“

„Was meinst du?“

„Ich kann nicht mit euch weitereisen.“

„Was?!“, rief Elaya und sah so entsetzt aus, wie Zenay sich fühlte.

Ihr Griff um den Bogen wurde fester. Sie fühlte eine Angst in sich aufsteigen, die sie kaum bändigen konnte. Ein düsterer Schatten klammerte sich in ihrer Brust fest, und sie musste den Drang unterdrücken, in Tränen auszubrechen.

Gerade erst hatte er ihr eine neue Aufgabe eröffnet, und jetzt wollte er sie mit diesem schwerwiegenden Vorhaben allein lassen? Hatte er ihr deshalb jetzt davon erzählt, weil er wusste, dass er sie nicht zu dieser Ruine begleiten konnte? Das erklärte auch seine Niedergeschlagenheit.

Wie sollte sie ohne Shetan zurechtkommen?

Sie wollte protestieren, aber noch im gleichen Moment wurde ihr klar, dass sie kein Recht dazu hatte. Er war immer für sie da gewesen. Jetzt brauchte er ihr Verständnis.

Zenay hatte schon vor Tagen gespürt, dass eine Erschöpfung von ihm ausging, die tiefer saß als der Schreck des Mangridenangriffs.

„Es tut mir wirklich leid. Ich wollte dich unter allen Umständen begleiten und dir bei deiner Entwicklung zur Seite stehen, aber ich schaffe es nicht." Zenay konnte sehen, wie unangenehm es ihm war, dies vor ihnen allen zuzugeben. „Ich kann nicht mehr. Dich nach dem Angriff zu heilen, dein Überleben zu sichern, obwohl die dunkle Energie das abwehrte ... es hat mich ausgelaugt. Ich werde nicht mitreiten können. Ich würde euch nur aufhalten, und wenn Gefahr droht, wäre ich im Weg."

Zenays Schuldgefühle wuchsen mit jedem seiner Worte. Sie erinnerte sich noch gut an den ersten Eindruck seiner raschen Alterung, als sie aufgewacht war. Und seitdem hatte er sich nicht wieder erholt.

„Ich ... ich verstehe es. Und ich bin dir viel mehr schuldig, als ich jemals zurückgeben kann. Ich schulde euch allen so viel."

Sie sah in die Runde aus Gesichtern und entdeckte Trauer, aber auch viel Hoffnung. In Elayas Augen glitzerten Tränen, die sie aber vehement wegwischte. „Bleib am Leben und rette irgendwann unsere Schwester, dann sind wir quitt", meinte sie mit einem halbherzigen Lächeln.

Es entstand eine unangenehme Stille, bis Tarek sich leise räusperte.

Zenay konnte ihm ansehen, dass er schockiert war, aber er blieb dennoch ruhig. Er hatte also auch nichts von Shetans Plänen gewusst. „Großvater, wir werden jemanden für deine Begleitung suchen, damit du nicht allein zurück ins Dorf reisen musst. Das ist zu gefährlich."

„Das ist eine gute Idee", warf Elaya ein, aber die Stille kehrte rasch wieder zurück, bis Asyra sich zur Tür hin bewegte.

„Du hast sicher Hunger, Sina. Ich gehe mal etwas zu essen besorgen. Du brauchst Stärkung", meinte Asyra.

Tarek hielt sie fest. „Erzähl niemandem davon, dass Sina wieder wach ist. Erwähne es am besten gar nicht, sondern sag nur, dass wir ungestört essen wollen."

Asyra nickte, und Elaya folgte ihr hinaus.

Malak setzte sich auf die Bettkante gegenüber und betrachtete den Verband an Zenays Arm. „Vielleicht solltest du in nächster Zeit besser ein langärmliges Hemd tragen, statt ein kurzes", schlug er unbeholfen vor. Erst da fiel Zenay auf, dass sie gar kein Hemd trug, sondern nur das breite Tuch, das um ihre Brüste gewickelt war.

Hitze schoss in ihr Gesicht, aber dann seufzte sie. „Ach, was solls'", murmelte sie und stand auf.

Immerhin hatte sie noch die Hose an.

Was sollte man auch von einer Schwerverletzten erwarten, deren Wunden versorgt werden mussten?

Tarek lächelte peinlich berührt, zog dann ein schmales Hemd aus einer der Taschen und reichte es ihr. „Wir sollten dir bald noch ein neues als Ersatz kaufen", schlug er vor. „Die Sachen von dem Angriff sind unbrauchbar, und du hattest ja auch vorher nicht mehr viel." Sie nickte, während ihre Erinnerungen zurück zum Feuer in Ornanung gezogen wurden.

Tarek half ihr, in das Hemd zu schlüpfen, da ihre Schulter noch steif war, und knöpfte es ihr zu.

„Und was werden wir jetzt machen?"

Jesco nahm den Bogen vom Bett auf, den sie abgelegt hatte, und betrachtete das Holz.

„Ich könnte ein festes Leder um die Bissstelle wickeln, um ihn zu stärken. Es wäre eine Schande, wenn er zerbricht."

„Lasst uns doch ins größere Zimmer gehen, da ist mehr Platz, wenn die Frauen gleich etwas zu essen bringen", schlug Malak vor, aber Shetan schüttelte den Kopf. „Geht ihr, ich werde den Wirt fragen, ob er einen Waschzuber hat. Wir sollten die ganzen blutigen Sachen säubern, bevor er uns dafür zahlen lässt."

Sie stimmten ihm zu. Tarek, Malak und Jesco gingen mit Zenay in ihrer Mitte hinüber, während Shetan die schmutzigen Tücher und Kleidungsstücke zusammensuchte und damit am Ende des Flurs verschwand.

Zenay und Tarek wechselten einen Blick. Sie beide wussten, dass Shetan einen Vorwand gesucht hatte, um allein zu sein.

Wenig später kam Asyra zurück, verteilte Brot und Speck und sagte, Elaya warte noch unten, bis ein Topf kräftige Suppe für sie fertig sei.

Zuerst konnte Zenay gar nicht in Worte fassen, wie intensiv ihr der Geschmack des Specks erschien. Sie fühlte sich wie eine halb Verhungerte, die zum ersten Mal seit Wochen etwas zwischen ihre Zähne bekam. Die Vorfreude auf die Suppe ließ ihr das Wasser im Mund zusammenlaufen, während ihr Magen gleichzeitig unangenehm verkrampft blieb, weil sie immer wieder an Shetans Worte denken musste.

Seit dem Angriff des Mangriden waren dunkle Kräfte in ihr zurückgeblieben, gleichzeitig gab es endlich einen Hoffnungsschimmer. Alles zusammen entfachte einen wilden Sturm aus Emotionen in ihrem Inneren, der ihre Welt ins Schwanken brachte.

„Der Wirt hat bei meinem Frühstückswunsch etwas komisch geschaut, aber ich habe ihm erklärt, dass wir unsere Ruhe haben wollen", wandte Asyra ein.

„Ich hoffe, er kommt nicht auf die Idee, uns mal einen Besuch abzustatten", meinte Malak mit vollem Mund.

Ein Rumpeln aus dem Flur ließ Zenay aufsehen, ehe die Tür aufgerissen wurde und Elaya hereinstolperte.

Sie atmete schwer, schien die Treppe hochgestürmt zu sein und packte Zenay grob am Arm, um sie auf die Beine zu ziehen. Tarek sprang alarmiert auf, auch Malak und Jesco sahen irritiert zu und schluckten rasch ihre Bissen hinunter.

„He!", protestierte Zenay unter Elayas schmerzhaftem Griff.

„Du musst dich verstecken!", zischte ihre Freundin und sah sich suchend im Zimmer um. Ihr Blick fiel auf den Schrank. „Da rein!"

„Was? Warum?"

„Keine Zeit, die Wachen sind gleich hier!"

„Verdammt!", fluchte Tarek. Mit einem Satz sprang er vor und riss die Tür zum Schrank auf. „Rein da!"

„Aber …", fing Zenay an, kam jedoch nicht zu mehr, denn Elaya schob sie in den Schrank und Tarek schloss die Tür vor ihrer Nase.

„Und sei still!", hörte sie dumpf seine Stimme. Zenays Herz schlug ihr bis zum Hals.

Sie lehnte sich vor und spähte durch den Spalt zwischen den Türen, um zu sehen, was geschah.

«✝»

Die Zimmertür wurde aufgestoßen und prallte gegen das Bettgestell dahinter.

Tarek hatte es erwartet, dennoch sprang er vom Bett auf und hob die Fäuste. Er wusste, dass es sinnlos war, aber er wollte wenigstens versuchen, den Schein zu wahren.

Doch anstatt wie ein Schwarm wütender Bienen in das Zimmer zu drängen, blieben die Stadtwachen stehen, und nur einer trat ein. Tarek erkannte ihn sofort: Es war der bärtige Wachmann, der am Morgen auf der Straße mit der Menge gesprochen hatte.

Er warf einen prüfenden Blick in das Zimmer und die Leute darin, die ihn alle alarmiert anstarrten, dann setzte er ein professionelles Lächeln auf.

„Keine Sorge, wir sind nicht hier, um euch zu ergreifen. Wir brauchen lediglich eine Auskunft."

Tarek runzelte die Stirn, trat aber dann vor den Wachmann. „Ach ja? Darf man fragen, worum es geht?"

„Wie ihr vielleicht mitbekommen habt, hat es Angriffe auf die ländliche Bevölkerung gegeben. Es handelt sich um Attacken durch ein Tier, ein Raubtier."

Er unterbrach seine Erklärung, wandte sich um und winkte einen seiner Männer nach vorn. Tarek erkannte auch diesen: Es war die Stadtwache, die ihn aufgehalten hatte und nicht wollte, dass man Zenay in einen Straßengraben warf.

Er trat neben seinen Hauptmann. „Sind das die Leute, die du am Tor angehalten hattest?"

„Jawoll. Sie sind es. Aber ich sehe die Frau nicht, die verletzt war."

Sie starrten alle Tarek an, der schluckte und einen Moment schwieg.

„Wo ist sie?", forderte der Hauptmann.

„Weshalb wollt ihr das wissen?", gab er gereizt zurück.

„Ihr sagtet, sie sei von einem Bären angefallen worden. Habt ihr das Tier gesehen? Wir wollen ihre Wunden mit denen der anderen Opfer vergleichen, denn es gibt Uneinigkeit darüber, ob es wirklich ein Bär war."

Tareks Blick wurde hart. „Das wird nicht möglich sein."

„Warum seid ihr so angespannt? Habt ihr etwas zu verbergen?"

„Nein, das ist es nicht ... es", fing er an, zögerte erneut und warf einen kurzen Blick hinüber zu seinen Freunden. Elaya trat vor, und er sandte ein Stoßgebet an die Hüter, dass sie ihm nicht seine Idee vermasseln würde.

„Sag es ihnen, Tarek."

Die Blicke der Wachen richteten sich wieder auf ihn.

Er wartete noch einen Moment, bevor er sprach. „Sie ist tot. Gestern Abend an den Verletzungen gestorben."

„Oh, wenn das so ist … und wo ist die Leiche jetzt?"

Tarek musste sich große Mühe geben, dem Mann nicht an die Gurgel zu gehen, auch wenn alles nur eine Täuschung war.

„Könntet ihr etwas mehr Anstand zeigen?", gab Jesco brüsk zurück. „Dieser Mann hier hat gerade seine Schwester verloren!"

„Jaja, schlimm", gab der Hauptmann halbherzig zurück. „Es ist aber nun einmal so, dass wir Beweise brauchen, denn die Bevölkerung wird unruhig wegen dieses … *Bären.*"

„Sie ist nicht mehr hier, wie ihr seht. Wir haben sie gleich den Totengräbern übergeben. Das hattet ihr doch ausdrücklich so gewünscht", warf Tarek mit einem bösen Blick in Richtung Torwächter ein.

„Habt ihr das Tier denn gesehen?", fragte der Hauptmann erneut.

„Es war dunkel, sie wollte nur kurz in den Wald und sich … nun ja …", fing Tarek an, und Jesco übernahm für ihn.

„Wir hörten ihren Schrei. Als wir mit Fackeln kamen, verzog sich das Tier, wir konnten nicht mehr sehen als einen großen Schatten. Aber es schnaubte und grollte wie ein Bär."

Der Hauptmann nickte und senkte seinen Blick nachdenklich auf den alten Holzboden. Alle standen da und warteten, dann seufzte er und nickte noch einmal. „Hm. In Ordnung. Danke für die Informationen." Er bedeutete seinen Männern zu gehen. In der Tür drehte er sich kurz um. „Ach ja, mein Beileid."

Damit zog er die Tür zu, und sie lauschten, bis die Schritte der Männer im Flur verklungen waren.

«✝»

Zenay stolperte beinahe über die Kante am Boden des Schrankes, als die Tür wieder geöffnet wurde und sie herauskletterte.

„Mann, mir wäre beinahe das Herz stehen geblieben!", rief Malak. „Ich dachte wirklich, sie wären hier, weil …"

„Pscht, Malak, sei still. Sie könnten noch von irgendwo lauschen!", unterbrach Asyra ihn leise.

„Ich meine ja nur", grummelte Malak.

„Glaubt ihr etwa, ich habe mich in dem Schrank wohlgefühlt?", warf Zenay ein und ließ sich dann auf das Bett fallen. „Was machen wir denn jetzt? Der Mangride wütet unter den Bauern von Yerima!"

„Das ist nicht unsere einzige Sorge. Wir müssen dich auch unbemerkt aus der Stadt bringen, wenn wir aufbrechen", meinte Jesco.

„Um dann dem Mangriden direkt in die Fänge zu laufen?"

Tarek seufzte. „Ich weiß, es ist nicht ideal. Aber vielleicht hat er auch bald genug ..."

*Gefressen?*, dachte Zenay und spürte, wie sich ihr Magen umdrehte.

„Woher wusstest du eigentlich, dass die Wachen herkommen, Elaya?", fragte ihr Bruder und lenkte die Aufmerksamkeit auf sie.

„Das war pures Glück. Ich stand vorm Gasthaus und habe mich mit einer Magd unterhalten, weil die Suppe noch etwas brauchte. Da kamen die Wachen die Straße entlang, hielten einen Mann von dem kleinen Marktstand gegenüber an und fragten nach einer Verletzten. Der Mann zeigte zum Gasthaus. Da habe ich eins und eins zusammengezählt."

„Gut gemacht", meinte Jesco und heimste sich ein strahlendes Lächeln von Elaya ein. „Wir sollten ab jetzt immer jemanden draußen postiert haben, bis wir entscheiden, wie es weitergeht."

„Und wir müssen mit dem Wirt sprechen. Er wird sich fragen, warum die Wachen da waren", wandte Asyra ein.

Tarek seufzte. „Du hast recht. Wir erledigen das. Asyra, bleibst du bitte mit Malak hier? Vielleicht braucht Shetan auch Hilfe."

Die beiden nickten, und so verließen Tarek, Jesco und Elaya das Zimmer.

Asyra seufzte. „Ich schätze, dann verschieben wir das Essen auf später."

«✝»

„He!", begrüßte sie der Wirt, kaum kamen sie die Treppe herunter. Er schien schon auf sie gewartet zu haben und starrte jetzt auf die Kratzer an Tareks Wange.

„Was sollte das? Ein ganzer Trupp Wachen stürmt wegen euch in mein Lokal? Wollt ihr mir das erklären? Ihr seid doch keine Verbrecher? Habt ihr etwas angestellt?"

„Nein, ruhig Blut. Sie kamen wegen ihr, wegen des Angriffes ...", fing Tarek an, doch der Wirt ließ ihn vor Ungeduld kaum zu Wort kommen.

„Ja, und? Was wollten sie von ihr?"

„Sie untersuchen. Aber … das geht nicht."

„Warum denn nicht? Sie ist doch ohnehin bewusstlos, was juckt es da, ob ein paar Männer ihre Wunden begutachten?"

„Sie …", setzte Tarek an, wandte dann aber sein Gesicht ab. Jesco sprang wieder für ihn ein, während er ihm die Hand auf die Schulter legte.

„Sie ist gestern Nacht ihren Verletzungen erlegen. Wir haben sie bereits einem Totengräber übergeben, deshalb konnten die Wachen sie nicht mehr untersuchen. Und wir müssen jetzt los, zum Begräbnis."

Der Wirt hatte tatsächlich den Anstand, eine traurige Miene aufzusetzen. „Oh. Deshalb wolltet ihr also allein essen … Nun, mögen die Hüter ihre Seele zu sich nehmen."

Tarek senkte den Kopf.

„Ich … ich könnte euch ihren Teil erlassen, als kleinen Trost", räumte der Wirt nach einem Moment ein. „Aber das nächste Mal sagt ihr sofort Bescheid! Ich mag es nicht, so etwas erst zu erfahren, wenn Stadtwachen in mein Gasthaus stürmen!"

„Ja, bitte entschuldigt. Wir waren ziemlich … betrübt."

Der Wirt winkte ab. „Jaja, wir kennen das ja alle. Was ist jetzt mit meinem Geld?"

„Wir werden noch eine Nacht hierbleiben."

„Dann könnt ihr die ja auch gleich vorstrecken. Ich habe euch lang genug Kredit gegeben", konterte der Mann mit einem schiefen Lächeln, wobei er seine gelben Zähne entblößte.

*Verdammter Halsabschneider!*, dachte Tarek und knirschte mit den Zähnen, die mittlerweile schon weh taten. Jesco schien seine Anspannung zu spüren, denn er zog einen Beutel hervor.

„Geht schon vor, ich kümmere mich darum", forderte er die anderen auf, und sie verließen das Gasthaus.

„Er hat wenigstens für einen Augenblick so getan, als würde es ihn betroffen machen", murmelte Elaya, dann warf sie Tarek einen Blick zu. „Geht es dir gut? Was machen wir jetzt?", fragte sie.

Er zuckte mit den Schultern. „Wir gehen einen Totengräber bestechen."

# Altes und Neues

Yerimas Friedhof lag außerhalb der Stadtmauer.

Tarek bemerkte die nervösen Blicke der Wachen, aber sie achteten nicht auf die zwei Personen, die den Ort Richtung Friedhof verließen. Sie starrten in die Weite, über die Felder bis zum Waldrand.

Der Friedhof war kaum mehr als ein altes Feld mit aufgereihten Gräbern. Die Fläche war von einer Hecke umgeben, und auf einigen Gräbern wuchsen wilde Blumen.

In der Hitze der Mittagszeit war es hier menschenleer, nur einen einzelnen jungen Mann entdecken sie. Er stand in einem halb ausgehobenen Grab im Schatten der Hecke und hackte lustlos auf den harten Boden ein.

„Ist eines dieser Gräber noch frei?", fragte Tarek und begrüßte den jungen Mann mit der Schaufel, als sie nah genug waren.

„Sicher. Ich habe immer ein, zwei übrig."

„Sehr gut."

„Und wann soll das Begräbnis stattfinden?"

„Jetzt."

Der Junge sah sie irritiert an. „Und ... ähm ... braucht man dafür nicht einen Toten?"

„Jaaa ...", fing Tarek an. „Damit können wir nicht dienen."

„Wie? Und was soll ich dann machen?"

„Wir zahlen dafür, dass du ein leeres Grab zuschaufelst."

Der Junge gaffte sie verständnislos an und kletterte dann aus dem halbfertigen Loch.

„Ich soll ein leeres Grab zuschütten?", fragte der Totengräber erneut, und Tarek begann, ernsthaft am Verstand des Jungen zu zweifeln.

„Richtig."

„Warum?"

„Unsere Freundin ... sie ist gestorben, aber wir können sie nicht hier begraben. Wir wollen sie mitnehmen, und das ist, wie du bestimmt weißt, verboten. Die Wachen würden es nicht erlauben, aber mein Vater wird mir den Kopf abreißen, wenn ich meine Schwester nicht wieder mit nach Hause bringe."

„Moment mal! Ist sie dieses Mädel, das von dem Bär angefallen wurde?"

„Sprich nicht so von ihr!", rief Elaya mit aufgebrachter Stimme, und Tarek verspürte Stolz angesichts ihrer Verstellung.

„Wirst du es machen? Es geht ja bloß darum, eines der Löcher zuzuschütten und zu behaupten, wir hätten sie hier begraben lassen. Wir bringen sie aus der Stadt und nach Hause, und du hörst nie wieder etwas von uns."

„Dann habe ich das Grab ja ganz umsonst ausgehoben", murrte der Junge.

„Wie viel bekommst du pro Grab?", fragte Tarek rasch. „Ich zahle dir die Arbeit und schlage noch etwas drauf."

„Fünfzehn Kupferstücke!", rief der Junge rasch.

„Für ein Grab?", fragte Tarek mit gerunzelter Stirn. Er wusste, wie viel er in Ornanung dafür bekommen hatte, und konnte sich nicht vorstellen, dass man in Yerima wesentlich besser bezahlte.

„Ja", meinte der Junge frech.

„So viel verlangt niemand für ein Grab. Für die fünfzehn will ich auch dein Schweigen."

Der Junge murrte, willigte dann aber ein und das Geld wechselte seinen Besitzer, was dem Totengräber doch ein Grinsen ins Gesicht zauberte.

Sie besiegelten das Geschäft mit einem erdigen Händedruck. Während sie die Reihe der Gräber entlangliefen, konnten sie im Augenwinkel sehen, wie der Totengräber sie einen Moment lang musterte, dann aber mit dem Schaufeln begann und das halbfertige Grab wieder zuschüttete.

Elaya beugte sich näher zu Tarek. „Meinst du, er wird die Klappe halten?"

„Hast du sein dümmliches Lächeln gesehen? Er hat gerade dreimal so viel verdient, wie er bei einem normalen Todesfall bekommt. Und selbst wenn … er weiß dann bloß, dass wir unsere Tote mitgenommen haben, das hilft den Wachen auch nicht weiter."

Elaya nickte, wirkte aber dennoch nachdenklich.

Am Rand der Wiese stand ein Karren. Als sie daran vorbeikamen, versuchten sie, ihren Blick rasch von dessen Inhalt abzuwenden. Eine Leiche war von einem Tuch bedeckt, das sich an vielen Stellen mit Blut vollgesogen hatte. Tarek brauchte nicht viel Phantasie, um sich klarzumachen, dass es sich um ein Opfer des Mangriden handeln musste.

Sie betraten den Ort, liefen den sanften Hügel bis zu seiner Mitte hinauf und ignorierten den kleinen Markt, der dort wie üblich stattfand. Danach ging es bald wieder abwärts, und der Weg führte sie in Richtung der Schenke.

Jesco kam ihnen vom anderen Tor aus entgegen.

„Hast du …?", fing Tarek an zu fragen und erhielt ein Nicken als Antwort.

„Ich habe einen Händler gefunden, der Waren für den Aufbau nach Ornanung bringen soll. Er wird Shetan auf einem seiner Wagen mitnehmen."

Tarek war erleichtert. Der Gedanke, seinen Großvater die Strecke allein reiten zu lassen, hatte ihm ganz und gar nicht behagt.

„Ich danke dir."

Jesco nickte knapp, bevor er eine Augenbraue hochzog. „Und bei euch?"

Tarek seufzte. „Es war nicht gerade billig, aber der Junge, den wir getroffen haben, schaufelt jetzt ein Grab zu und wird bestätigen, dass er noch eine Tote begraben hat."

„Ich hoffe, die Wachen sind nicht allzu neugierig."

„Warum?", fragte Elaya.

„Ein einfacher Totengräber wird sie nicht davon abhalten können, eine Leiche ausgraben zu lassen, wenn sie es ganz genau nehmen", erklärte Tarek, und Elaya erbleichte.

„Dann sind wir hoffentlich schon weg."

Tarek stimmte zu. „Wir sollten unseren eigenen Aufbruch auch bald vorbereiten, Sina darf nicht mehr zu lange hier bleiben. Ich hätte ihr gern noch Zeit zum Erholen gelassen, aber die Suche der Wachen ändert die Lage ein wenig."

„Der Mangride könnte immer noch draußen in den Wäldern warten. Außerdem ist es nett, mal wieder neue Leute zu sehen", maulte Elaya ungehalten.

„Yoruba ist noch viel größer, Elaya", versprach Tarek, um sie ein wenig aufzumuntern.

„Und viel gefährlicher", murmelte Jesco leise, nachdem Elaya lächelnd vorausgerannt war.

„Darüber machen wir uns Gedanken, wenn wir dort sicher angekommen sind. Ich hatte sowieso überlegt, ob nur ein paar von uns in die Stadt gehen und Besorgungen machen", erwiderte Tarek. Sie folgten Elaya die Straße hinunter zum Gasthaus, wo Asyra und Malak in der Sonne standen und sich unterhielten. Nach einem vorwurfsvollen Blick Tareks erklärten sie, dass Wafaa und Shetan bei Sina waren und mit ihr allein sein wollten.

In der stickigen Schenke roch es nach abgestandenem Bier und Tabakrauch. Sie grüßten kurz den Wirt und erklommen die steile Treppe hinauf zum Flur. Shetan, Zenay und Wafaa waren im größeren Zimmer, und Tarek hatte sofort den Eindruck, bei etwas gestört zu haben.

Zenay knöpfte sich gerade das Hemd zu und verbarg damit die frischen Verbände auf ihren Verletzungen.

„Ich habe einen Händler gefunden, der dich mit nach Ornanung nehmen kann", begrüßte Jesco sie, mit Blick auf den alten Magier.

„Wann wird er abfahren?", fragte Shetan und erhob sich schwerfällig.

„Noch heute Mittag."

«✝»

„So bald schon?", platzte Zenay heraus und sah Jesco entsetzt an.

*Nein! Das darf nicht so schnell gehen!*

„Und es gibt nur den einen?", fragte Shetan.

„Ich habe keinen weiteren gefunden. Und er ist nicht allein, sondern fährt mit anderen zusammen, das ist sicherer."

„Dann ist es so richtig."

Zenay starrte den alten Magier an und konnte es nicht ganz fassen. Er würde einfach so weggehen?

Mit einem Mal flog die Zeit nur so dahin. Sie halfen Shetan dabei, seine wenigen Habseligkeiten zusammenzupacken, während Elaya und Asyra die eingekochte Suppe aus der Küche holten. Dann aßen sie ein letztes Mal gemeinsam.

Danach musste Shetan auch schon los. Zenay ließ es sich nicht ausreden, ihn zum Tor zu begleiten, auch wenn die anderen strikt dagegen waren.

„Ich lasse mich nicht hier einsperren! Ich komme mit!"

„Aber da…"

„Nein! Ihr könnt mich nicht davon abhalten!"

„Schaffst du das auch in deiner Verfassung?", fragte Malak mit gerunzelter Stirn.

„Es geht mir gut!", log sie und hätte beinahe mit dem Fuß aufgestampft. „Ich möchte mitkommen."

Sie verhüllte ihr Gesicht mit einem Tuch, das Tarek ihr schließlich hingestreckt hatte, und schlich sich zwischen den anderen hinunter. So blieb sie unauffällig, nur eine von mehreren, als sie das Gasthaus verließen und sich zum Treffpunkt des Händlers begaben.

„Ihr habt ja ein ganzes Abschiedskomitee mitgebracht!", begrüßte sie der rothaarige Mann, dessen sommersprossiges Gesicht von einer geschäftigen Miene beherrscht wurde. „Oder soll noch jemand mit? Das kostet aber extra."

„Nein, nein, nur mein Großvater", gab Tarek zurück, und der Händler ließ sie wieder in Ruhe, da er zu spüren schien, dass sie sich verabschieden wollten. Er gab seinen Knechten Anweisung, und sie beluden zwei andere Karren mit einigen Fässern und jeder Menge Bretter aus Yerimas Sägewerk.

Wafaa blieb neben Zenay stehen und beobachtete, wie Shetan und Tarek sich lange umarmten. Da wusste Zenay auf einmal, dass sie sich heute nicht nur von einem würde verabschieden müssen.

*Wafaa … ich habe das Gefühl, den Halt zu verlieren. Das geht alles zu schnell. Ich bin noch nicht bereit.*

*Manchmal sieht das Schicksal Dinge für uns vor und wirft uns in Situationen, ohne dass wir etwas dagegen tun können. Die Kunst ist es, zu lernen, damit umzugehen.*

*Heute ist so ein Tag, nicht wahr? Du gehst auch.*

*Da du wieder mit deinem Körper verbunden bist, ist meine Aufgabe erfüllt. Mein Vater hat mich zurück nach Ornanung gerufen, denn die Quelle ist noch immer instabil.*

*Das habe ich vermutet.*

*Du musst nach Siad. Wenn du dort ankommst, kannst du die Energie des Mangriden wahrscheinlich endgültig besiegen.*

*Ich habe Angst.*

*Ich auch, Zafija. Aber hab Vertrauen. Und Mut. Wenn es jemand schaffen kann, dann du. Schlag dich nach Siad durch und kontaktiere dort Shetan oder mich, wenn du ihn nicht erreichen kannst.*

*Wie soll ich das schaffen? Ich könnte schon jetzt niemanden mehr in Ornanung erreichen, und Siad ist doch noch viel weiter weg.*

*Ja. Aber Siad befindet sich bei einer aktiven magischen Quelle. Und ich werde in der Nähe von Ornanungs Quelle sein.*

*Ich … ich bin nicht sicher, ob ich das alles begreife.*

*Das wirst du. Wenn die Zeit reif ist. Übe dich in Magie und deinen anderen Künsten.*

*Was weißt du über die Prüfung in Siad?*

*Sie ist nicht leicht zu bestehen. Aber ich glaube fest daran, dass du dazu auserwählt bist.*

Ein Zittern lief durch Zenay. *Wirst du Shetan beschützen?*

*Mit meinem Leben.*

*Was ist mit dem Mangriden? Was, wenn er euch auflauert?*

*Er ist nicht auf dem Weg nach Ornanung. Ich kann ihn gar nicht in der Nähe spüren. Vielleicht, weil zu viele andere Seelen mit einem düsteren Schatten in der Stadt sind. Aber ich glaube eher, dass er fort ist, weitergezogen.*

*Wenn du meinst.*

*Düstere Gedanken ziehen ihn an. Versuche, positiv zu denken.*

*Ich versuche es, versprochen.*

Wafaa deutete ein Nicken an und ließ ihr Raum, sich von Shetan zu verabschieden.

Der alte Magier räusperte sich, um etwas zu sagen, aber sie kam ihm zuvor, indem sie mit einer Frage herausplatzte, die sie schon eine Weile beschäftigt hatte.

„Wo wirst du denn leben, wenn du im Dorf ankommst?"

„Mokuba hat mir schon vor unserer Abreise angeboten, dass wir ab jetzt gemeinsam leben könnten. Wir kümmern uns umeinander."

„Das freut mich. Ich fand den Gedanken furchtbar, dass du ab jetzt allein wärst", gab Zenay vorsichtig zu.

„Es ist ohnehin die beste Lösung. Ein neues Haus kann ich mir in diesem Leben nicht mehr leisten."

Zenay warf ihm einen schrägen Blick zu, konnte aber ihre Niedergeschlagenheit nicht richtig verbergen. Die Angst, ohne ihn als Mentor zurechtkommen zu müssen, nagte schwer an ihr.

„Gib niemals auf, du bist viel stärker, als du glaubst."

„Ja", antwortete Zenay unsicher. Wie immer schien er ganz leicht erraten zu können, was sie beschäftigte.

*Wenn du nicht weiterweißt, sei intuitiv und hör auf deine innere Stimme – und auf Tarek natürlich! Es ist allerdings nicht sicher, dass du mich immer kontaktieren kannst. Natürlich wird es leichter werden, wenn du stärker wirst, aber ich bin es nicht mehr … und du wirst weit weg reisen,* ermahnte er sie und lächelte dann doch. *Ich habe bereits mit Tarek gesprochen, er hat einen Brief von mir für dich dabei, den du aber nur öffnest, wenn du beim Tempel bist und mich nicht erreichen kannst, verstanden?*

„Pass auf dich auf", sagte er laut, und Zenay beschlich unweigerlich ein ungutes Gefühl. Erwartete er selbst jetzt, dass jemand sie belauschen könnte? Sie warf dem Händler einen kurzen nervösen Blick zu, aber er beachtete sie nicht und lud letzte Waren auf.

„Ja, verstanden. Ich habe auch schon mit Wafaa darüber gesprochen; sie glaubt, dass sie mir bei unserem Kontakt vielleicht helfen kann", erwiderte sie recht leise.

„Das ist gut."

Zenay nickte stumm. Sie wusste nicht mehr, was sie sagen sollte. Sie hatte sich das alles so ganz anders vorgestellt. Ihr Körper schmerzte, doch noch viel schlimmer war das Gefühl in ihrem Herzen, das sie zu zerreißen drohte.

„Ich überlasse euch meine Stute. Sie ist alt, aber sie wird euch ein gutes Packpferd sein", meinte Shetan und riss sie damit aus ihren Gedanken. Sie schüttelte kurz den Kopf, ehe sie ihn fest drückte.

„Ich werde dich schrecklich vermissen, Shetan."

„Ich dich auch."

Er lächelte, und in seinen Augen lagen tausend ungesagte Worte. Einen Atemzug später war das Gefühl verflogen, und Shetan nahm Tarek noch einmal in den Arm. Sie konnte sehen, wie die beiden kurz flüsterten, mischte sich aber nicht in diesen privaten Moment ein. Was auch immer sie sich zu sagen hatten, es war ihre Sache. Zenay konnte sich denken, dass der Abschied für Tarek noch schwerer sein musste als für sie.

Shetan kletterte mit einem Ächzen hinten auf den Wagen und setzte sich auf ein freies Eckchen der Bank. Wafaa hechelte und wedelte kurz mit dem Schwanz, als sie einen letzten Blick auf die Gruppe warf, dann sprang sie hinauf und legte sich neben seine Füße, als gehöre sie ganz natürlich dorthin.

*Er sieht unglaublich müde aus*, dachte Zenay, als sie ihren alten Freund betrachtete. *Ich weiß, er will es verbergen, aber es geht ihm nicht gut.*

*Ich werde auf ihn achten, Zafija*, klang Wafaas Stimme in ihrem Kopf, und sie verspürte tiefe Dankbarkeit.

Ehe Zenay noch etwas sagen konnte, setzte der Händler die Pferde in Bewegung. Tarek und Zenay standen schweigend nebeneinander und sahen zu, wie der Wagen die sanft abfallende Straße hinabrollte und hinter einigen Häusern verschwand.

*Ich wollte das alles nicht, Tarek. Ich habe Angst, dass ihm etwas passiert.* Zenay spürte, wie sich ein düsterer Schatten um sie zusammenzog.

*Mach dir keine Sorgen, Shetan kommt zurecht.*

Zenay nickte nur schweigend; ein Teil von ihr wollte daran glauben, wollte hoffen … aber ihr Herz brachte es nicht zustande. Sie hatte das beklemmende Gefühl, ihn niemals wiederzusehen.

„Lass uns nicht länger hier herumstehen. Wir müssen noch Proviant, Leder und Satteltaschen für Malee besorgen."

Zenay deutete nur ein Nicken an. Sie war nicht in der Lage, zu sprechen, schon gar nicht über so etwas Banales wie ihre Ausrüstung.

*Ich nehme an, Shetan hat dir das mit seiner Stute berichtet?*

*Ja, sie ist bei Malee und Milud?*

Tarek nickte. *Es ist sehr hilfreich, mit einem Packpferd kommen wir schneller voran.*

*Ich werde ihn so vermissen. Seit ich bei euch im Dorf aufgetaucht bin, war er da. Alles, was ich über Magie gelernt habe, weiß ich von ihm.*

*Du schaffst es. Wir sind alle für dich da.*

Tarek legte ihr liebevoll einen Arm um die Schulter. Zenay wollte ihm wirklich glauben, im Grunde genommen fühlte sie sich aber einfach nur ausgelaugt und müde.

„Du bist so blass … Wie wäre es, wenn ich dich zum Gasthaus begleite, während die anderen die restlichen Sachen besorgen?", fragte Asyra mit einem milden Lächeln.

Zenay folgte ihrer Freundin, bemerkte kaum, wie Asyra vor ihr das Haus betrat und abwartete, bis der Wirt mit seiner Kundschaft in der Schenke beschäftigt war, bevor sie die Totgeglaubte an ihm vorbeischleuste und nach oben führte.

Im Zimmer angekommen, versuchte sich Asyra in einem Gespräch mit ihr, aber Zenay war viel zu aufgewühlt, um sich konzentrieren zu können. Also ließ Asyra sie in Ruhe, während Zenay sich auf das Bett legte.

Ihre Wunden schmerzten, die Grinde über den Bissstellen juckten, aber die Erschöpfung zog sie dennoch bald in den Schlaf und befreite sie zumindest für einige Zeit von ihrer Sorge, ohne Shetan auskommen zu müssen.

«✝»

Die Gänge waren dunkel und kalt.

Zenay trottete durch den düsteren Flur und ignorierte die Türen rechts und links. Ihr war schwindlig, alles drehte sich leicht, und der Boden wurde erst wieder fester, als sie vor sich eine schemenhafte Gruppe von Menschen erspähte.

*Warum laufe ich hier?*, dachte sie verwirrt. *Wo bin ich?*

Dann fiel ihr Blick auf die Gruppe, und sie wäre beinahe gestolpert. Es waren Ratken!

Rasch warf sie einen Blick über ihre Schulter, aber sie konnte keine weiteren Krieger entdecken.

*Ich muss hier weg, mich verstecken, bevor sie mich …*

Aber der Gedanke ging in Entsetzen unter, als die Männer an einer Fackel vorbeikamen und das Licht enthüllte, wen sie da über den Boden schleiften.

*Nein! Nein!!*

Zenay hob ihre Hand und starrte auf die hell leuchtenden Fäden aus Energie, die ihren durchsichtigen Arm durchströmten.

Es war ihr eigener Körper, der da in den Händen der Männer lag. Nachdem sie ihre eigenen leeren Augen gesehen hatte, konnte sie nicht mehr fliehen. Sie stolperte hinter ihnen her und warf einen entsetzten Blick auf die düstere Umgebung und ihr lebloses Gesicht.

Nach und nach erleuchteten mehr Fackeln den Gang. Sie kamen an immer mehr Ratken vorbei, die aber nur bedrohlichen Schatten glichen.

*Was ist geschehen? Wie bin ich hierhergekommen?*, dachte sie und suchte fieberhaft nach einem Ausweg. Sie fühlte sich viel zu ausgelaugt, um ihren Körper wieder mit Magie zu kontrollieren.

Sie verlor ihr Zeitgefühl und schreckte erst auf, als die Ratken ihren Körper durch ein hohes Tor in einen großen Saal zerrten.

Darin wartete das Grauen auf sie.

Zaydas Augen glommen gelb, als sie an den Körper herantrat, den die Ratken vor sie geschleift hatten. Aber sie verweilte nur einen Moment bei dem schlaffen Bündel und den Haaren, die wild über das Gesicht hingen – dann durchbohrte der Blick der Königin ihre Seele.

Ein bestialisches Lächeln breitete sich auf den Zügen der Ratke aus. „So so … das ist doch einmal eine Wendung."

Sie konnte sich nicht wehren, als Zayda lachend die Hand ausstreckte und einen Schwall dunkler Energie auf sie losließ.

Schmerz schoss durch ihren Körper, der sich aufbäumte und ein Brüllen ausstieß, das nicht menschlich klang. Dann wallte der Schmerz über auf ihren Geist und ließ sie ächzend in die Knie gehen.

Das Lachen der Königin dröhnte in ihrem Kopf und vermischte sich mit dem nächsten Schrei des Körpers, als Welle um Welle aus heißem Schmerz über sie rollte.

Irgendwann war die Qual zu einem monotonen, dumpfen Dauerschmerz abgeklungen, und Zenay konnte wieder denken.

Sie rappelte sich auf, taumelte kurz und schüttelte ihren Kopf frei. Eine nicht zu bändigende Wut breitete sich in ihr aus, die sie so noch nicht erlebt hatte.

*Lass mich!*, schrie sie im Geist und stürmte auf Zayda zu. Auch wenn sie keinen Körper mehr hatte, musste sie dennoch etwas gegen diese Dämonin ausrichten.

Eine Armlänge vor der Königin prallte sie gegen eine Wand aus Schmerz und Energie.

Sie krümmte sich und fiel auf die Knie, während die schwarze Magie um sie pulsierte.

„Du denkst, ich könnte dich nicht sehen? Du bist erbärmlich! Ich weiß alles über dich, kann in dich hineinblicken wie in ein offenes Buch!"

*Nein!*

Aber Zayda wandte sich von ihr ab und richtete ihre ganze Energie auf Zenays Körper.

Leben kam in sie. Die Glieder regten sich, sie riss die Augen auf und ließ ein krächzendes Stöhnen los, das Zenay bis in die Tiefe ihrer Seele erschütterte. Dann drehte ihr Körper den Kopf und fixierte sie. Die Augen waren schwarz, selbst die Iris war verfärbt.

Die Haut, die Haare, alles wurde immer dunkler, absorbierte quasi das Licht der Umgebung.

Dann stand der Körper unbeholfen auf, als hätte er vergessen, wie man sich erhob oder aufrecht stand.

Ihr Körper bewegte sich, schwankte nach rechts und links, als würde er sie damit anvisieren. Dann riss er den Mund auf und stürzte sich auf sie.

Zenay schrie, aber ihr Körper packte sie, hielt sie fest und saugte sie auf. Die Schwärze war überwältigend und nahm sie gefangen.

Zaydas Lachen vermischte sich mit dem kehligen Glucksen des Mangriden.

*Jetzt gehörst du mir.*

«✝»

Zenay riss die Augen auf. Schmerz zuckte durch ihren Körper, und einen Moment glaubte sie, durch die Angst aus ihrem gerade erst zurückgewonnenen Leib gerissen zu werden.

Es war so dunkel um sie herum! Sie war gefangen! Gefangen in einem Körper, den Zayda kontrollieren und als Waffe, als Marionette benutzen konnte!

Doch plötzlich war da ein leises Schnarchen neben ihr, das sie aus den Nachwirkungen des Traums riss.

*Ich bin gar nicht bei Zayda*, wurde ihr bewusst.

Sie sah die Umrisse des kleinen Zimmers, spürte eine Bewegung von Tarek neben sich im Bett, bemerkte seinen Arm, der ihren Bauch umschlungen hielt.

Draußen war es dunkel, und die Stille des Gasthauses machte ihr klar, dass es schon spät sein musste. Hatte sie den ganzen Nachmittag verschlafen? Oder waren die Erinnerungen im Schrecken ihres Alptraums verloren gegangen?

„Zenay?", murmelte Tarek schlaftrunken und regte sich. „Was ist los? Hast du Schmerzen?"

„Ich … hatte einen Alptraum."

Tarek hob den Kopf, um sie ansehen zu können. „Über den Mangriden?"

Zenay setzte sich auf und betastete den Verband an ihrer schmerzenden Schulter. „Nein. Über Zayda."

Tarek legte ihr sanft die Hand auf den Rücken. Seine Wärme tat gut. „Du hattest schon seit einer Weile keinen mehr über sie, oder?"

„Ich hasse solche Träume!", raunte sie bitter. „Ich kann nie sagen: War es ein Traum? Eine Erinnerung? Eine Vision? Ich weiß es einfach nicht."

„Willst du mir davon erzählen?"

„Es war … anders. Wie eine Mischung aus Erinnerungen an die Folter und das Gefühl, keine Kontrolle über meinen Körper zu haben. Ich war bei ihr, in der Festung, und zwar wieder außerhalb von mir selbst. Ich konnte nichts tun. Sie konnte meinen Körper irgendwie mit ihrer dunklen Magie kontrollieren und mich damit angreifen. Fast, als hätte sie die Energie des Mangriden nutzen können, um einen Zugang zu mir zu finden."

Zenay seufzte. „Eigentlich fehlt in meiner Liste von Träumen nur noch einer, bei dem Zayda sich in einen gigantischen Mangriden verwandelt und mich lachend verspeist."

„Sag so etwas nicht. Es ist ganz normal, Alpträume zu haben, wenn einem etwas Schlimmes widerfährt."

„Und was wird mir noch alles passieren? Irgendwann werde ich wahrscheinlich verrückt; ob durch die Träume oder die Realität, wird sich noch zeigen."

Tarek schien zu spüren, dass sie mit ihrem Sarkasmus ihre tiefsitzende Angst überspielen wollte, denn er zog sie an sich und küsste sie und ließ sie damit einen Moment ihre Sorgen vergessen.

Sie legten sich wieder hin, und Zenay versuchte, eine bequeme Position zu finden, in der sie ihre verletzte Schulter nicht belastete. Dabei kuschelte sie sich mit ihrem Rücken an Tareks Brust und lächelte in die Dunkelheit.

„Ich bin froh, dass du bei mir bist", flüsterte sie und spürte, wie seine Umarmung behutsam fester wurde.

Sie lauschte seinem Atem, der über ihr Haar strich, jedoch nicht regelmäßig und ruhig wurde. Er schlief nicht ein, und sie konnte es auch nicht. Die Wärme seines Körpers strahlte auf sie über und lenkte sie von den düsteren Träumen ab. Sie nahm seine Nähe auf einmal viel bewusster und intensiver wahr.

Sie drehte sich zu ihm. Erleichtert atmete sie auf, als der Druck auf ihre Schulter nachließ. Tarek legte sich auf den Rücken, und sie kuschelte sich seitlich an ihn.

Der Schlaf wollte trotzdem nicht kommen.

Mit ihrer Hand streichelte sie seine Wange und drehte seinen Kopf sanft zu sich. Er sah sie in der Dunkelheit mit offenen Augen an.

„Ich kann nicht schlafen", flüsterte sie ihm ins Ohr und hauchte ihm einen Kuss auf die Lippen.

„Sind es die Träume?"

„Nein …"

Sie sah ihn unverwandt an, wie er ihr so ganz nah war, berührte ihn zaghaft am Arm, ehe sie mit ihren Fingern über seine Schultern und zu seinen Hemdknöpfen wanderte. Langsam löste sie einen Knopf nach dem anderen, öffnete das Hemd und strich dann zaghaft über seine Brust.

*Meine Beine kribbeln, fühlen sich taub an. Tarek … ich will, ich will fühlen, so viel wie möglich.*

Unsicherheit keimte in ihr auf, aber als sie in seine Augen sah, vergaß sie solche Gedanken. Darin lag dasselbe Begehren, das auch sie in ihrem Inneren spürte.

Tarek kam ihr lächelnd näher, und sie musste kichern, als er mit seiner Nase sanft an ihre stupste. „Sobald ich dir in die Augen sehe, möchte ich dir am liebsten alle meine Geheimnisse verraten, so wohlfühle ich mich mit dir", gestand er murmelnd, noch immer ein bisschen schläfrig.

Zenay küsste ihn. Er hielt den Atem an, als ihr Mund sich öffnete und ihre Zungenspitze ganz sanft über seine Lippe strich.

„Was für Geheimnisse denn?", fragte sie vorsichtig und sah ihn aus großen neugierigen Augen an.

Er zögerte kurz, bevor er sprach. „Keine, die jetzt gerade wichtig wären. Ich … wollte dir nur sagen, dass ich dir bedingungslos vertraue." Wieder küsste er sie, jagte ihren Puls in die Höhe, als sie seinen Atem auf ihrem Gesicht und seine Zunge auf ihren Lippen spürte. Sein warmer Körper war ihr ganz nahe, und sie legte ihre Hand auf seine Seite, spielte abwesend mit dem Rand seiner Hose, während er sie immer weiter küsste.

„Ich bin so froh, dass du wieder da bist, dass ich dich wieder berühren kann", flüsterte Tarek, und sie hörte das Zittern in seiner Stimme.

Sie erbebte schwach unter seiner Liebkosung, seine Lippen verließen die ihren, und sie wollte ihn aufhalten … doch er entfernte sich nicht von ihr, sondern küsste ihre Wange, ihre Nase, ihre Augenlider und ihr Kinn. Er richtete sich etwas auf, stützte sich mit einem Ellenbogen ab und strich mit seinen Fingern über ihren Hals und den verletzten Nacken.

Dort, wo eben noch seine Finger gewesen waren, strich wenig später sein Atem über ihre Haut, gefolgt von sanften Küssen. Er drehte sie sachte etwas weiter auf den Rücken, wanderte mit seinen Lippen über ihre gesunde Schulter und ihren Oberarm.

Zenay überlief eine wohlige Gänsehaut, und sie vergaß alle Wunden und Schmerzen.

Vielleicht hatte Tarek ihr Zittern gespürt, denn er verharrte kurz und sah zu ihr hoch, ehe er sie warm und verträumt anblickte und ihre Nase küsste. Als er wieder zögerte, nahm sie seine Hand und drückte sie sanft. Sie wollte ihm zeigen, dass es ihr gefiel – und er streichelte ihr über den Arm und den Hals, bevor er seine Finger zärtlich über ihre Brüste streifen ließ. Seine Hände wanderten weiter über den Bauch bis zur Hüfte. Vorsichtig strich er über den Stoff an der Innenseite ihrer Oberschenkel. Zenay erbebte. Sie hatte das Gefühl, dass ihr Kopf einfach ausgeschaltet wurde. All die Sorgen, all die Ängste und Zweifel, alles wurde für einen seligen Moment weggewischt und durch Neugierde und Erregung ersetzt.

Irgendwann streichelte Tarek ihr am Rand des Tuches entlang, das sie wie üblich um ihre Brüste gewickelt hatte, und zog behutsam den Stoff auseinander.

Als sie den Rücken durchdrückte und ihn das Tuch wegziehen ließ, holte er hörbar Luft.

Der Stoff streifte an einer ihrer Verletzungen entlang und sandte ein Stechen durch ihre Schulter, das sie das Gesicht verziehen ließ.

Tarek erstarrte sofort. „Was ist los? Stimmt etwas nicht?"

„Ich ... ich habe gerade gedacht, dass ich furchtbar aussehen muss, mit all den Verbänden und Wunden."

„Es stört mich gar nicht. Viel wichtiger ist, ob ... ob es dir gut geht? Denkst du nicht, dass wir noch warten sollten?"

Zenay sah seinen hoffnungsvollen Blick und hatte überhaupt keine Lust, sich von ihren Schmerzen diktieren zu lassen. Sie wollte sich ganz anderen Gefühlen hingeben.

„Ich werde es dir schon sagen, wenn es nicht geht, in Ordnung?"

Tarek schmunzelte.

Zenay sah ihn erst verwirrt an, dann erwiderte sie sein Lächeln. „Es geht mir wirklich nicht so schlecht. Ich ... ich will den Alptraum vergessen und auch nicht an die Wunden und den Mangriden denken müssen. Ich will ... dich."

Sein Blick wurde sanft und liebevoll.

Rasch beugte er sich über sie und küsste ihren Bauch, erst weiter unten, dann in der Mitte und unter ihren Brüsten, bevor er höher wanderte und vorsichtig eine Brustwarze zwischen seine Lippen nahm und liebkoste. Er ließ seine Finger jetzt die Form ihrer rechten Brust nachfahren. Sein Atem war heiß und schien ihre Haut zu durchdringen.

Sie schloss genussvoll die Augen, brummte, als seine Lippen plötzlich auf ihren auftauchten. Er küsste sie, warm und zärtlich. Als Antwort strich sie mit den Fingern seine Brust entlang und fuhr die Form der Muskeln nach.

Sie verdrehte die Augen, als seine Zunge über ihre Haut glitt, erschauderte, schmiegte sich dichter an ihn – und erstarrte einen Augenblick, als ihr Oberschenkel zwischen seinen lag und sie dort durch das Leinen warme Härte fühlte.

Seine Lippen fanden ihre in einem wilden Kuss, der sein Verlangen zeigte, und er streichelte ihr über die nackten Brüste, fasste sie direkter und kräftiger an, ohne grob zu sein. Sie lächelte, die Augen geschlossen, und glitt mit ihren Fingern ein kurzes Stück unter den Rand seiner Hose. Er stöhnte wieder, entzog sich dann aber ihrer Hand und betrachtete sie einen Moment voller Lust. Dann küsste er ihre Brüste und legte seinen Kopf zwischen sie.

Zenays Hände strichen über seinen glatten Rücken und Nacken und spielten mit dem Ansatz seiner Haare, als er sich wieder regte.

„Soll ... soll ich auch weiterhin ehrlich zu dir sein?", murmelte er, während er ihr wieder über die Hüfte streichelte. Leise und etwas ängstlich bejahte Zenay. Er hob seinen Kopf von ihrer Brust und kam schnell ihrem Gesicht näher.

Er küsste sie jetzt inständiger, länger und entlockte ihr damit ein Stöhnen. „Ich will dich, Zenay."

Sie wollte schon die Stirn runzeln ... als sie seinen sanften, aber auch begehrenden Blick richtig verstand.

„Dann habe ich mir wohl einen guten Moment ausgesucht? Ich wusste nicht, dass du so denkst ... Was bin ich für eine Magierin, die nicht einmal ihren Freund versteht?", murmelte sie und sah ihn unsicher an – und er musste lachen.

„Zenay, du bist wirklich unschuldig ... Das dachte ich zumindest bis gerade eben. Ich will dich ... schon lange. Und ich muss mich furchtbar beherrschen, die Hose nicht von deiner Hüfte zu ziehen."

„Wieso tust du es nicht einfach?", hauchte sie in sein Ohr und knabberte kurz daran.

Er reagierte mit einem Stöhnen, umfasste Zenay, nahm sie in seine starken Arme und drückte sie fest an sich, dass sie vor Überraschung lachen musste.

Dann schoss der Schmerz durch ihren Körper und riss sie unvermittelt aus der Stimmung. Sie ächzte und wich unwillkürlich von ihm weg, während er das Gesicht vor Schuld verzog.

„Oh, Zenay ... bitte verzeih."

Sie versuchte eine gefühlte Ewigkeit, das Pulsieren in ihrer Schulter wieder auszublenden, aber es war vergeblich. Der Schmerz ließ sich nicht mehr verdrängen.

Tarek strich ihr sanft über den Arm und verbarg seine Enttäuschung, so gut er konnte. „Vielleicht ist es wirklich besser, wir belassen es hierbei. Du bist verletzt, ich … will nicht riskieren, dass du … ach Mist."

Zenay setzte mehrfach an, wusste aber nicht, was sie sagen sollte. Sie hätte sich am liebsten unsichtbar gemacht. Eben war alles noch so stimmig gewesen, und jetzt ärgerte sie sich fast mehr über diese verdammten Verletzungen als in der ganzen Zeit davor.

Sie rückte näher an ihn heran und küsste ihn stärker, doch er reagierte nicht so, wie sie es sich gewünscht hätte. Er versteifte sich kurz und drückte sie dann sanft von sich weg, auch wenn seine Augen etwas ganz anderes ausstrahlten.

Er strich ihr liebevoll über die Wange. „Ich will nur, dass es dir gut geht."

Jetzt musste sie doch wehleidig lächeln. „Tja, eigentlich ging es mir dabei gerade ziemlich gut. Wenn nur nicht diese verda…"

Da drückte er sanft seine Lippen auf ihre. „Es ist alles gut so, Zenay. Mach dir keine Gedanken. Wir können das wiederholen, wenn es dir besser geht."

Sie bejahte missmutig und ließ sich dann in die Laken sinken. Tarek umschloss sie vorsichtig mit seinen Armen. Sie schwiegen, wussten beide, dass der andere wach war, doch nach einer Weile schliefen sie schließlich ein.

# Versunken im Nebel

Die Stube wurde von mehreren Kerzen und Öllampen erhellt, die nach dem Essen eine gemütliche Stimmung verbreiteten. Martyoms Enkel Benon war schon schlafen gegangen. Auch Anak und Kian gähnten, während Kalana immer wieder daran denken musste, dass die Phiruin sie hoffentlich bald zu sich holen würden.

Sogar eine magische Befragung über die Ereignisse im Gefängnis wäre ihr recht gewesen, wenn sie dafür endlich den Schutz der Weisen erhalten könnten.

Von einer Sekunde auf die andere fühlte sich Kalana beobachtet und ausgeliefert. Eine Gänsehaut wanderte über ihre Arme und ließ sie aufsehen. Ihr Blick traf auf den von Martyom. Und darin lag eine Gewissheit, die ihr Herz beinahe zum Stillstand brachte.

Das Bersten der Eingangstür durchfuhr die Stille des angenehmen Abends und ließ sie alle aufspringen. Darauf folgte ein Schrei. Es war kein Ausruf der Überraschung, sondern ein von Schmerz und Todesangst erfüllter Laut, der so rasch erstarb, wie er aufgekommen war.

Kalana konnte sehen, dass Martyom instinktiv in den Gang rennen wollte, aber Kian hielt ihn zurück. Stattdessen sprang Anak zur Tür, schlug sie zu und schob den Metallriegel vor. Dann packten er und sein Vater den Tisch, warfen ihn um und schoben ihn vor die Tür. Das Geschirr zerbrach klirrend auf den Dielen. Kaum hatten sie die Tür verbarrikadiert, wichen sie zurück.

Von draußen ertönte ein lautes Rumpeln, und der Tisch erzitterte. Ein wütender Aufschrei folgte.

Es war ein Brüllen, das ihnen sehr bekannt vorkam. Alle Farbe wich aus den Gesichtern der Familie. Konnte es sein?

„Brecht diese verdammte Tür auf!", drang von draußen ein Befehl herein. Die Stimme bestätigte ihren Verdacht.

Kalana starrte ihre Söhne entgeistert an. „Wie … wie hat er uns gefunden?!"

Sie sahen sich gehetzt im Raum um, aber auch aus dem anderen Raum drangen schon Stimmen. Asur schlug auch die zweite Tür zu und verkeilte einen Stuhl darunter. Es gab keinen Ausweg. „Oh Martyom! Deine Frau, ich …", setzte Kalana an, wusste aber nicht, was sie sagen sollte.

Von einem Augenblick auf den anderen verbarg er den schrecklichen Schmerz in seinen Zügen. „Es ist zu spät. Es war nur eine Frage der Zeit, bis sie mich finden."

Er eilte zum Schrank in der Stube und rüttelte daran. „Helft mir!", befahl er den anderen, und Anak und Asur schoben gemeinsam mit ihm das Möbelstück weg. Dahinter kam ein Gang zum Vorschein, der nach einigen Schritten steil nach unten führte.

Kalana zitterte. „Martyom, es tut mir so unendlich leid!"

Ehe er etwas sagen konnte, krachte wieder etwas gegen die Tür, und sie wichen alle einen Schritt zurück. Gerade rechtzeitig, denn im nächsten Moment sprengte eine Druckwelle den Tisch weg und zerriss die Tür in der Mitte. Staub wirbelte auf, während alle schützend die Arme hoben.

Nur Martyom hielt der Druckwelle stand und wartete. Mehrere Ratken stürmten in den Raum, rissen die Waffen hoch und stürmten ihnen brüllend entgegen.

Durch ihre zerzausten Haare erkannte Kalana den ersten von ihnen. Der gleiche Mann, der sie auf Cassuans Hof beinahe geschnappt hätte, der Kians Arm zertrümmert hatte. Diesmal gab es kein Entkommen.

Kalana wollte nichts mehr, als diesen letzten Moment der Freiheit in den Armen ihres Mannes zu erleben, aber Martyom hob den Arm und schleuderte den Ratken einen Bilur entgegen.

Der Stein prallte vor den Füßen der Ratken auf die Holzdielen, zersprang und erfüllte den Raum mit eisiger Kälte.

Sie alle erwarteten eine Explosion, eine Druckwelle, wenigstens gleißendes Licht. Stattdessen geschah nichts.

Die Ratken blieben stehen, mitten in ihrem nächsten Schritt, ihrer letzten Bewegung. Sie schienen sogar den Atem anzuhalten. Aus dem Flur erklangen Geräusche, als die Männer dahinter das gleiche Schicksal ereilte. Eine geisterhafte Stille kehrte ein, während niemand in der Stube außer Martyom verstand, was passiert war.

Kalana starrte auf die Ratken, die sie im nächsten Augenblick fast erschlagen hätten, dann zog Asur sie ein Stück von den Angreifern weg.

Einen Moment hatte Kalana den Eindruck, der Staub in der Luft bildete eine Art Barriere zwischen ihnen und den Ratken, dann wandte sie sich zu Martyom.

Sein Blick war so entsetzlich, dass es ihr einen Schauer über den Rücken jagte. Es lag etwas unendlich Trauriges und *Wissendes* darin. Dann packte er sie plötzlich am Arm. Seine andere Hand schnellte vor und legte sich auf ihre Stirn. Obwohl sie voller Schwielen war, strahlte sie eine intensive Wärme aus.

Kalana wollte den Mund aufreißen, aber sein Blick hielt sie gefangen. Seine grauen Augen waren auf einmal so lebendig, wie sie es noch nie zuvor bei einem Menschen gesehen hatte.

*Dann wird es so weitergehen,* hallte seine Stimme in ihrem Kopf wider. *Hab keine Angst. Du bist ab jetzt mein Vermächtnis, also bleib am Leben.*

Bilder strömten aus seinen Augen, wirbelten auf sie zu und nahmen all ihre Aufmerksamkeit in Anspruch. Sie konnte nichts mehr hören, nichts mehr fühlen. Nur der Sturm aus Bildern war da. Dann kamen Geräusche dazu, Gefühle und sogar Gerüche.

Der Sturm schwoll an, riss sie mit sich, und sie versank darin.

«✝»

„Was hast du mit ihr gemacht?!", ächzte Asur, als er seine wankende Frau festhielt, ehe sie in seinen Armen zusammensackte.

„Es wird ihr bald wieder besser gehen. Sie muss sich gedulden, dann kommen alle Erinnerungen. Wir haben keine Zeit, die schützende Magie wird nur kurz anhalten."

„Dann lasst sie uns töten!", rief Anak voller Ehrgeiz und zog ein Messer hervor. Er schien noch gar nicht bemerkt zu haben, dass seine Mutter völlig besinnungslos war.

„Nein!", rief Martyom und hielt ihn auf. „Komm ihnen nicht zu nah. Die Energie würde dich ebenfalls lähmen, du kannst sie nicht erreichen."

„Was sollen wir jetzt tun?"

Martyom schloss kurz die Augen und nickte. „Es sind noch viel mehr draußen, wir können nicht gemeinsam entkommen. Sie werden mich jagen, jetzt da sie wissen, dass ich hier versteckt lebte." Bedauern

trübte seine Gesichtszüge. „Ich kann Benon nicht fühlen, er ist weg …
Ihr müsst ohne mich fliehen."

„Abe…"

„Nein! Geht jetzt!"

Er taumelte kurz, drängte sie dann energisch zum Gang. Kaum waren alle vier hindurch, zog er an einem verborgenen Hebel in der Wand. Ein Gitter fiel ratternd aus einer Spalte der Decke über ihnen und trennte ihn endgültig von der Familie, als es laut einrastete.

Hinter ihm regten sich die Männer der Königin.

„Flieht! Am Ende des Tunnels ist ein weiterer Bilur. Nutzt ihn!", flüsterte Martyom, doch Asur starrte hinter ihn.

Er sah die Wut in den Augen des Ratken, der jetzt von hinten auf Martyom zustürmte. Sah die Trauer, aber auch die Ruhe in dem alten Gesicht des Phiruin.

Und das Messer, das Martyom aus seinem eigenen Gürtel zog, in seiner Hand drehte – und sich zwischen die Rippen stieß.

Entsetzen schoss durch Asur, während sich Martyoms Gesicht in schmerzhafter Erlösung entspannte und sein Körper vornüber fiel.

Der Ratke erreichte das Gitter und rüttelte heftig daran, seine gelben Augen voller Hass und Verachtung auf Asur gerichtet.

Er stolperte zurück zu seiner Familie, und sie schleiften Kalana den dunklen Tunnel entlang. Das Brüllen des Kriegers verfolgte sie und ließ sie weiter hasten.

«✝»

Am frühen Morgen riss ein Klopfen Zenay aus dem Schlaf. Draußen war es noch dunkel, wollten die anderen wirklich jetzt schon etwas von ihnen? Sie stieg langsam aus dem Bett, um Tarek nicht zu wecken, und wankte einen Moment. Erinnerungen an die letzte Nacht schossen durch ihren Kopf. Eine Mischung aus Freude und Frustration breitete sich in ihr aus, und sie verfluchte im Stillen ihre Wunden.

Rasch zog sie sich Tareks Hemd über, das erste Kleidungsstück, das sie fand – wohl wissend, dass sie dafür einige dumme Sprüche ernten könnte, aber das war ihr gerade egal.

Sie lief mit nackten Füßen über den Holzboden, zog den Riegel zurück und öffnete die Tür.

Instinktiv kniff sie die Augen zusammen, um den draußen Stehenden zu erkennen. Es war eine Bedienstete des Hauses, die im dunklen Flur stand, vom anderen Ende des Gangs aus von einer einzelnen Kerze beschienen.

„Oh Entschuldigung! Ich wusste nicht, dass das Zimmer belegt ist", sagte sie leise.

„Warum klopfst du dann an?", fragte Zenay verwirrt.

„Das ist so eine Angewohnheit, wenn ich die Zimmer saubermachen soll …", erwiderte sie mit einem müden Lächeln, nahm den Eimer mit Putzwasser und lief den Gang hinunter. „Ich komme aber bald wieder, dann musst du draußen sein", rief sie Zenay noch zu, klopfte schon an eine andere Tür und ließ sie in Ruhe.

Zenay biss sich auf die Lippe, während sie den Riegel wieder vorschob.

*Verdammt, ich muss vorsichtiger sein! Ich bin einfach davon ausgegangen, dass es einer von meinen Freunden ist … aber es hätte jeder sein können.*

Mit einem Seufzen beließ sie es dabei und entschied sich, Tarek nichts davon zu erzählen, dass sie die Frau an der Tür nicht vorher überprüft hatte. Er sollte sich nicht noch mehr Sorgen um sie machen müssen. Und sie wollte ihm auch nicht das Gefühl vermitteln, dass sie nicht auf sich aufpassen konnte.

Einen Moment war Zenay hin– und hergerissen. Am liebsten hätte sie sich wieder zurück ins Bett gelegt und sich an Tarek geschmiegt oder ihn geweckt, um die wundervollen Erlebnisse der Nacht fortzusetzen, aber sie wusste, dass sie aufstehen sollten. Sie ging zum Bett und rüttelte sanft an Tareks Schulter; er murrte etwas Unverständliches und gähnte.

„Morgen …", murmelte er mit sanfter Stimme, als er die Augen geöffnet hatte. Ein zauberhaftes Lächeln und ein Hauch von Enttäuschung auf seinem Gesicht zeigten ihr, dass auch er sich an die letzte Nacht erinnerte. Er zog sie zu sich und küsste sie zärtlich.

„Guten Morgen, Tarek", erwiderte sie lächelnd, als sie bemerkte, wie sein Blick über ihren Körper wanderte, der unter seinem Hemd verborgen war. „Wir wollten früh aufbrechen, oder?"

Tareks Blick klärte sich. Zenay konnte nicht umhin zu denken, dass er sie vor seinem inneren Auge gerade ausgezogen hatte. Sie grinste und fühlte ihr Gesicht warm werden. Er setzte sich auf, streckte sich und sah aus dem Fenster. Es war noch stockfinster.

„Ja, du hast recht. Jetzt da du wieder ein Mensch bist, müssen wir sehr vorsichtig sein. Hast du nicht gerade mit jemandem gesprochen? Sind die anderen schon wach?"

„Nein ... es war eine Angestellte", gab sie leise zu.

Tarek runzelte die Stirn. Er schien nicht zu verstehen. „Angewas?"

Zenay stutzte. Jetzt war sie schon eine gefühlte Ewigkeit in dieser Welt und benutzte immer noch Wörter aus Lyrra. „Oh ... eine Putzfrau ... eine Magd? Sie kam und wollte das Zimmer saubermachen."

„Ach so. Ich war wohl wirklich noch fast am Schlafen."

Sie bemerkte seinen sorgenvollen Blick und hob beschwichtigend die Hände. „Ich glaube aber nicht, dass sie mich wiedererkennen würde. Es war ja dunkel hier drin, und im Gang draußen brennt nur weiter weg eine einzige Kerze."

„Trotzdem. Wir müssen auf der Hut sein."

„Was ist mit den anderen?"

„Ich gehe sie gleich wecken."

Zenay nickte, zog das Hemd aus und reichte es lächelnd dem grinsenden Tarek, der aufstand und ihren dunkelgrünen Rock hervorholte.

Am liebsten hätte sie den verdammten Rock gar nicht erst angezogen. Das letzte Mal, als sie einen Rock in einer gefährlichen Situation getragen hatte, war der Mangride über sie hergefallen. Beim Kampf war er nicht gerade hilfreich gewesen.

Aber anstatt ihn ihr zu geben, warf Tarek wieder einen Blick auf sie, legte dann den Rock beiseite und kam zu ihr, um sie in den Arm zu nehmen und lange zu küssen. Er streichelte ihr vorsichtig über die verschorfte Schulter und seufzte.

„Eigentlich habe ich mir gerade überlegt, dass es noch viel zu früh ist, um aufzubrechen. Du bist noch nicht wirklich gesund, und die Wachen glauben ohnehin, du seiest tot. Wir könnten auch noch einen Tag hierbleiben ...", schlug er vor, küsste dann ihren Hals und sie lachte.

„Du änderst deine Meinung gerade recht häufig, oder?", meinte sie und er begann, an ihrem Ohrläppchen zu knabbern.

Zenay fuhr ein Schauer den Rücken hinab.

Überrascht atmete sie tief ein, was ihr ein Stechen in den Rippen einbrachte. Sie zuckte unwillkürlich zusammen, und Tarek entfernte sich von ihr.

„Hab ich dir weh getan?"

„Nein … nicht wirklich, ich glaube nur, du hattest recht gestern Nacht. Wir sollten besser warten. Es ist schwer, die Schmerzen zu vergessen."

Er lächelte etwas traurig, nickte aber und küsste sie sanft auf den Mund.

„Dann machen wir langsam."

Sie wollte etwas erwidern, als Lärm von draußen hereindrang. Tarek runzelte die Stirn.

Mehrere Hunde begannen zu bellen, auffällig zeitgleich. Und mit einem Mal fiepten sie nur noch und wurden wieder still.

Ein Geräusch ließ Zenay aufsehen. Zuerst meinte sie nur, es sei Einbildung, doch dann schwoll der Ton zu einem grollenden, tiefen Heulen an, das über die kleine Stadt hinwegrollte.

Vom Zimmer nebenan hörten sie ein lautes Rumpeln und dann einen gedämpften Fluch.

Die Farbe wich aus Tareks Gesicht. „Ich glaube, Wafaa hatte recht. Der Mangride ist nicht mehr im Wald."

Zenays Herz wollte stehen bleiben, als sie aussprach, was sie beide wussten.

„Er ist in der Stadt."

In dem Moment, als das Gitter im Boden des Ganges einrastete, versagte auch die Kraft des Bilurs.

Endlich war Mazuk frei und konnte sich wieder bewegen. Er würde nur drei Schritte zu dem Verräter brauchen, doch dieser zückte ein Messer.

Ohne es verhindern zu können, sah er, wie das Messer sein Ziel fand. Der Alte sackte zusammen und tat seinen letzten, röchelnden Atemzug.

Wut stieg in Mazuk hoch. Dieser Alte nahm sich einfach das Leben und ihm damit die Gelegenheit, ihn in seine Gewalt zu bringen. In Zaydas Gewalt.

Doch daran ließ sich nichts ändern, damit gewannen die anderen Flüchtigen an Priorität.

Mazuk sprang über den Alten hinweg und erreichte das Gitter. Mazuk packte es und zerrte brüllend daran. Es war fest eingerastet.

Alrac hastete zum Eingang des Zimmers und rief weitere Männer hinzu, die hereingestürmt kamen.

„Brecht das verdammte Gitter auf!", befahl Mazuk hastig und suchte bereits den Raum nach etwas Brauchbarem ab.

„Aus dem Weg!"

Alle im Raum verstummten, als Zaydas Präsenz deutlich wurde. „Ist das ein schlechter Scherz?!", fragte sie mit stechender Stimme und blickte sich kurz um. Bevor Mazuk etwas sagen konnte, hob seine Gebieterin die Hand, und mit einem kurzen Zucken ihrer Finger wurde das Gitter aus dem Stein gerissen. Das Metall flog durch die Luft und krachte gegen die Holzwand gegenüber.

Ein elektrisches Sirren lief durch den Raum und verschluckte Zayda. Mazuk wusste, dass seine Herrin bereits die Fliehenden verfolgte.

Dichter Staub lag in der Luft, da hetzten die Männer auch schon in den Gang. Ihre Schritte hallten wie ein tosender Sturm von den Wänden wider, während die Decke des Tunnels immer niedriger wurde. Dann führten Treppenstufen hinauf in einen kleinen Verschlag.

Er war leer.

Die Männer rumpelten ineinander und drängten sich zusammen, ehe sie aus dem Verschlag hinausschwärmten und auf eine dunkle Schafweide ein Stück vom Dorf entfernt gelangten.

Zayda stand auf der Wiese, die Hand erhoben. Von ihren Fingern strahlte bläulich–schwarze Magie aus und tauchte die Umgebung in geisterhaftes Licht.

Niemand sonst war zu sehen.

Mazuk kam neben seinen Männern zum Stehen und schrie seine Wut heraus, bevor er klare Befehle geben konnte. Das alles war doch nur in wenigen Augenblicken geschehen! Er spürte, wie Zaydas Blick ihn über die Wiese hinweg durchbohrte.

„Schafft die Hunde her und sucht die Entflohenen! Ich will ihre verdammten zerfetzten Körper auf einem Haufen liegen haben!", rief er und vermied es dabei, seiner Herrin in die Augen zu sehen.

„Schnell, zieh dich an. Und lass den Rock", meinte Tarek und stopfte selbst schon seine Sachen in die nächstbeste Tasche.

Zenay nickte. Mit zittrigen Fingern zog sie ihre zweite Hose und ein Hemd hervor.

„Beeil dich!"

Tarek war schon halb angezogen, schlüpfte in seine Hose und band sie zu, dann war auch Zenay so weit. Ihr Freund eilte in den Flur, und sie folgte. Gerade als er die Hand ausstreckte, wurde die Tür vom anderen Zimmer aufgestoßen, und Elaya stand kreidebleich vor ihnen.

„Ha–habt ihr das auch gerade gehört?"

„Bitte sag mir, dass das die Wölfin ist, die zurückkommt", murmelte Malak, der auf dem Boden neben seinem Bett saß und sich immer noch den Kopf rieb. Er schien von der Matratze gefallen zu sein.

„Das ist nicht Wafaa", erwiderte Zenay.

„Verdammt!", fluchte Malak und rappelte sich auf.

„Was jetzt? Er macht vor nichts halt!"

„Sollen wir uns ihm stellen? Wir könnten die Stadtwachen um Hilfe bitten", schlug Asyra stirnrunzelnd vor, aber Tarek schüttelte schon den Kopf.

„Wir können es nicht mit ihm aufnehmen, ihr habt doch gesehen, dass Waffen kaum etwas gegen ihn ausrichten. Die Stadtwachen würden uns vielleicht erkennen, aber sie könnten uns auch nicht helfen. Und Sina ist noch viel zu schwach und verletzt."

„Danke auch", meinte Zenay barsch, während ihr Herz wie wild pochte. Sie seufzte kurz. „Entschuldige bitte. Du hast ja recht."

Elaya blickte in die Runde. „Also fliehen wir?"

Ein Nicken von Tarek besiegelte es, und von einem Moment auf den anderen kehrte das Leben in ihre Glieder zurück. Die Freunde rannten kreuz und quer durch den Raum und rafften ihre Sachen zusammen.

„Das Heulen war noch nicht so nah, oder?", fragte Elaya.

„Nah genug, um mich aus dem Bett zu werfen", erwiderte Malak leise, packte jedoch weiter sein Bündel zusammen.

„Ich glaube nicht, dass er schon in der Straße ist", gab Zenay nach einem Zögern zurück.

„Du bist dir aber nicht sicher, oder?"

Zenay zuckte leicht mit den Achseln, schwieg einen Moment und dachte an die Gassen draußen. „Ich könnte etwas Nebel in den Straßen erzeugen."

„Hast du das schon mal gemacht?"

„Nein."

Einen Moment sah Tarek sie verwirrt an, dann schien er zu verstehen, dass sie mit dieser Antwort nicht ausschloss, es tun zu können.

„Dann ... dann versuch es, sobald wir aus dem Haus sind."

„Aber dann können wir den Mangriden gar nicht mehr kommen sehen!", wandte Elaya mit hoher Stimme ein.

„Glaub mir, wir werden es trotzdem wissen, wenn er da ist. Wir können ihn immer noch hören. Und so haben wir etwas Schutz vor ihm und auch vor anderen neugierigen Blicken. Es wird auffallen, wenn eine Gruppe so früh morgens aus der Stadt eilt. Und bald werden alle wach sein, dieses Gebrüll haben sicher auch andere gehört."

Jesco stimmte Tarek zu und verschnürte seine Tasche. „Wir müssen so schnell wie möglich weg. Wir teilen uns auf. Malak, Elaya und Asyra, ihr macht die Pferde bereit. Tarek und ich werden Sina Rückendeckung geben, solange sie mit ihrer Magie beschäftigt ist. Los, beeilt euch!"

Die Geschwister nickten und bekamen dann von den anderen möglichst viel Gepäck, das sie schon zu den Pferden mitnehmen sollten. Asyra machte kein Hehl daraus, als sie ihren Kampfstock auswickelte, nickte dann den anderen beiden zu und eilte mit ihnen hinaus.

Zenay und Tarek gingen rasch in das kleine Zimmer hinüber, stopften selbst ihre restlichen Habseligkeiten in die Beutel, warfen sie sich auf den Rücken und stolperten die Treppe hinunter, gefolgt von Jesco. Anscheinend hatte das Getrampel der Geschwister oder vielleicht auch der Mangride den Wirt aufgeweckt, denn aus der Kammer hinter dem Tresen drangen Geräusche.

Tarek hielt die Tür für Zenay auf, und sie schlüpften hinaus, gerade als sie ein Poltern und ein lautes „He!" hörten.

Sie hasteten weg vom Eingang in die schmale Gasse neben dem Stall, in der ein Rinnsal im Graben floss. Zenay kniete sich hin und ignorierte das schmerzhafte Pochen in ihrer Seite. Sie hob die Hände knapp über das Wasser, erfühlte ihr Inneres und war erleichtert, dass sie trotz ihrer Angst Zugang zu ihrer Magie fand.

Als sie sich ihrer Energie öffnete, leuchtete die Umgebung etwas auf, und sie wurde sich der Anwesenheit von Tarek umso bewusster, der eine Hand auf seinem Messer liegen hatte und in die Dämmerung lauschte.

Sie leitete die Magie in ihre Finger, um sie mit der Flüssigkeit zu verbinden. Das Wasser in der Straßenrinne begann zu wabern und zitterte schwach, dann erhob es sich pulsierend und löste sich zischend auf. Dichter weißer Nebel bildete sich um sie herum und breitete sich schnell aus. Zenay runzelte die Stirn, während sie voller Konzentration das Wasser mit der Luft verband. Der Vorgang des Verdunstens war anstrengender, als sie erwartet hatte, aber schließlich blieb das Wasser wie von selbst in der Luft und musste nicht weiter kontrolliert werden.

Es dauerte einen langen, zähen Moment … dann waren die umliegenden Straßen und Gassen dank des Nebels gut verborgen. Zenay ließ die Hände sinken, und neues Wasser floss durch die Rinne nach. Sie verschwieg, dass sich ihre Beine ganz weich und kribbelig anfühlten.

„Bei den Hütern, ich muss sagen, Sina, das ist beeindruckend", murmelte Jesco mit einem Blick auf die neblige Umgebung.

Sie nickte und lauschte schweigend.

Irgendwo fauchte eine Katze, und Zenay schreckte zusammen, als kurz darauf ein wummerndes Heulen die Stille des Ortes zerriss, gefolgt von ersten Rufen alarmierter Leute.

„Ist er näher gekommen?", flüsterte Tarek.

Zenay musste erst ihr Zittern beherrschen, bevor sie sich seiner Frage widmen konnte.

„Ich weiß es nicht. Geheul wird sehr weit getragen."

„Könnte er doch noch außerhalb der Stadt sein?", fragte Jesco.

Zenay wünschte es sich, aber sie musste den Kopf schütteln. „Es kommt von innerhalb der Stadtmauern."

Damit huschten sie aus der Gasse und in den Stall, wo die anderen bereits die Pferde gesattelt hatten. Sie hievten das letzte Gepäck auf die Pferderücken und in die Satteltaschen. Malak stand am offenen Tor Wache. „Den Wirt haben wir abgewimmelt, er ist wieder rein", erklärte er.

„Ich wünschte, Wafaa wäre hier; sie könnte ihn fühlen", meinte Zenay mit einem Blick auf die nervöse Gruppe.

„Das wünschten wir alle", murmelte Tarek.

„Jetzt lasst uns endlich von hier verschwinden!", zischte Elaya und trat ungeduldig von einem Bein auf das andere.

Zenay nickte, Tarek und sie zurrten alles fest, dann holten sie noch ihre Schwerter unter dem Sattel hervor und saßen auf.

Eilig lenkten sie die Pferde die morgendlich feuchte Straße hinunter, während sich bald Rufe zum Hufgeklapper gesellten. Zenay wurde das mulmige Gefühl nicht los, dass es trotz der menschlichen Geräusche viel zu still war. Kein einziges Tier ließ sich mehr in der Stadt hören, alle Hunde waren verstummt.

In einigen Gassen gingen Türen auf, und Leute traten heraus, manche mit einfachen Küchenmessern, andere mit Sensen und Beilen bewaffnet. Kurz darauf kam ihnen im Nebel eine Gruppe mit Fackeln entgegen, rannte jedoch an ihnen vorbei, ohne sie zu beachten. Ein lautes Heulen zerriss wieder die Stille, klang schon näher.

Nach einer gefühlten Ewigkeit erreichten sie das östliche Stadttor, allerdings war es so früh am Morgen noch geschlossen. In Zenay brodelte mittlerweile eine Anspannung, die es ihr kaum ermöglichte stillzusitzen. Auch Malee schnaubte nervös und blähte die Nüstern, als könnte sie den Mangriden riechen.

Zenay spürte seine Anwesenheit immer deutlicher. Er lauerte über der ganzen Stadt, wie ein düsterer, ungreifbarer Schatten. Dabei stellte sie sich vor, wie er durch die Gassen schlich und die Witterung aufnahm.

Ein Schauer lief ihren Rücken hinab. Sie wünschte sich nichts sehnlicher, als das Stadttor aus seinen Angeln zu sprengen; die Magie juckte ihr schon in den Fingern. Doch die anderen zügelten die Pferde und hielten brav an.

Zwei Schatten traten aus einer Tür, Wächter. Einer von ihnen hob eine Laterne, der andere eine Lanze.

„Ho! Wollt ihr raus aus der Stadt? Die Tore werden erst bei Sonnenaufgang geöffnet, und wir lassen bei diesen Unruhen erst recht niemanden gehen."

Missbilligung zeigte sich im Schein der Laterne auf Tareks Gesicht. „Aber das dauert bestimmt noch eine Stunde. Wir müssen jetzt los."

„Ihr wollt doch keinen Streit suchen? In der Wachstube sitzen noch acht weitere Wachen."

„Nein, wir wollen keinen Streit – wir wollen die Stadt verlassen!", meinte Tarek wahrheitsgetreu. „Und eure Torwachen täten vielleicht besser daran, sich im Ort umzusehen, als zu faulenzen!"

Der Wachmann reagierte mit einem ungehaltenen Schnauben.

„Klappe! Wer seid ihr eigentlich, dass ihr es so eilig habt?" Die Stimme des Mannes war jetzt ernster geworden, seine Brauen rückten noch enger zusammen. Er hielt die Laterne in seiner Hand höher, und der Lichtschein fiel auf die sechs Gestalten mit sieben bepackten Pferden.

Er konnte von allen außer Zenay die Gesichter erkennen, die sich mit Halstuch und Kapuze vor solchen prüfenden Augen wie seinen schützen wollte.

Natürlich blieb sein Blick an ihr hängen, und einen Moment wünschte sie sich, sie sähe aus wie jeder andere – oder ihre Freunde hätten es ihr mit den Kapuzen gleich getan.

„Ha, ihr seid es!"

Tarek zuckte sichtlich zusammen, als der erste Wächter sie triumphierend erkannte. „Weshalb wollt ihr so plötzlich aus der Stadt?"

„Habt ihr das gerade nicht gehört?!", platzte Asyra heraus, und die anderen warfen ihr böse Blicke zu, doch sie hob die Arme. „Was? Natürlich haben sie es gehört, wieso sollten wir ihnen etwas vormachen?"

„Ihr meint dieses Geheul? Was hat es damit auf sich?"

„Wir wissen es nicht. Wir haben es nicht gesehen. Wir wissen nur, dass es mehr Angriffe gab wie den auf unsere Freundin. Und sie ist jetzt tot. Wir wollen nicht länger in dieser verfluchten Gegend bleiben", sprang Malak mit ein.

Der Wachmann sah nicht sehr überzeugt aus.

„Öffnet das Tor!", sagte Tarek wütend und zog damit die Aufmerksamkeit des Wachmanns wieder auf sich, während sein Kumpan Zenay weiter im Auge behielt.

Sie wich dem Blick des Wächters aus, regte sich nervös auf Malees Rücken und wünschte sich im selben Moment, sie hätte stillgehalten.

„Ihr seid einer mehr, wer ist die neue Frau in eurer Begleitung?"

„Es geht euch nichts an, wer wir sind!", blaffte Tarek zurück, doch Zenay spürte, wie unwohl er sich zunehmend fühlte.

Als sich ihre Blicke trafen, spürte sie einen Strom aus Magie durch ihre Augen fließen, ohne dass sie es gewollt hatte, und sie sah rasch wieder weg. Sie hatte keine Kontrolle darüber, aber sie hatte noch deutlich in Erinnerung, wie es bei Shetan ausgesehen hatte.

Ihre Augen mussten hell geleuchtet haben. Sie schalt sich, doch plötzlich spürte sie voller Überraschung die Gefühle des Wächters. Sein Kopf lag auf einmal offen wie ein Buch vor ihr. Er war aufmerksam, auf der Hut ... und vor allem auch nervös.

Hatte er Angst vor Magie?

Soweit Zenay es erfahren hatte, waren ihre Kräfte für viele etwas Bedrohliches, hatten mit der Königin und ihren Schergen zu tun, die Zerstörung und Tod brachten.

Im nächsten Moment hörte sie Tarek und den ersten Wächter nicht mehr, sondern starrte offen in die Augen des zweiten. Sie ließ erneut ein Blitzen durch ihren Blick zucken und sandte ihm einen einzigen klaren Gedanken, erfüllt von Magie.

*Ich wurde beauftragt, diese Menschen hier im Namen unserer Gebieterin zu schützen und zu eskortieren. Lass uns passieren, oder der Zorn der Königin wird über euch kommen!*

Die Augen des Mannes weiteten sich, er zuckte kaum merklich zurück, aber Zenay hatte es deutlich erkannt. Er schluckte, dann öffnete er den Mund und sprach in einer etwas höheren Stimme.

„Ach, lass sie doch raus, wer will es ihnen bei diesem Gebrüll verdenken? Ich helfe auch mit, das Tor zu öffnen."

Der andere brach seine Auseinandersetzung mit Tarek ab und sah ihn verdutzt an, dann wechselten sie ein paar geflüsterte Worte, diskutierten, ehe der erste Wächter in Richtung der Stube nickte. Der zweite ging, und sie kamen zu viert heraus und setzten den Mechanismus in Gang, der die schweren Holztore öffnete.

Zenay ritt los, Tarek und die anderen folgten ihr. Als das Tor gerade weit genug geöffnet war, um sie hindurchzulassen, verließen sie die lauter werdende Stadt. Das schwere Tor schloss sich quietschend hinter ihnen und verbarg den zurückbleibenden Nebel und die Panik, die vermutlich bald dort ausbrechen würde.

„Merkwürdig, warum hat er uns plötzlich gehen lassen?", fragte Asyra verwirrt.

„Ich habe seinem Freund etwas Angst eingejagt", sagte Zenay mit einem Grinsen in der Stimme.

„Wie das? Was meinst du?"

Auf einmal wusste Zenay nicht, wie sie es richtig erklären sollte. „Ich habe irgendwie gespürt … dass er Angst vor Magie hatte … und da habe ich ihn glauben lassen, wir seien Abgesandte der Königin."

Elaya entglitten ihre Gesichtszüge für einen Moment. „So etwas kannst du? Wie hast du das gemacht?"

„Magie", meinte Zenay knapp und warf einen Blick zurück auf das geschlossene Tor in der Dunkelheit.

„Gut gemacht!", lobte Malak.

„Dann nichts wie weg hier", rief Elaya und spornte ihr Pferd zu einem Galopp an, dass der Dreck unter den Hufen nur so hochspritzte.

Die anderen ließen sich das bei einem langgezogenen Heulen aus der Stadt nicht zweimal sagen und holten rasch zu ihr auf.

«✝»

Wirre Bilder strömten durch Kalanas Geist und brachten ihr Herz zum Rasen.

Sie hatte das Gefühl, ihr Kopf müsse bersten. Dazu mischten sich so viele andere Gefühle. Trauer, Wut, Stolz …

Es war zu viel.

Dumpf, wie durch tiefes Wasser, hörte sie Asurs Stimme. Er rief sie, doch sie konnte ihn in dem Meer aus Bildern nicht finden. Jemand zerrte an ihr, packte sie an den tauben Armen und schleifte sie weiter.

Sie wollte etwas sehen, wollte ihre Umgebung wahrnehmen, aber die Eindrücke verschleierten ihren Blick und ließen nichts zu ihr durch.

Dann war da das Gefühl von Magie.

*Ein Transportbilur*, dachte ein neuer, erfahrener Teil von ihr. Die Energie kam ihr vertraut vor. Viel vertrauter, als sie es in ihrem Leben jemals empfunden hatte.

Sie konnte spüren, wie das Blut in ihren Adern pochte, wie die Bilder sie übermannten und ihr Geist in einem letzten, verzweifelten Aufbäumen dagegen ankämpfte, bevor sich ihr *Ich* zurückzog und tief in ihrem Inneren Schutz suchte.

Mazuk überwachte die Suche der Männer, auch wenn sie erfolglos blieb.

Seine Herrin stand auf der Weide, umgeben von einer Aura aus waberndem Licht, und hielt die Hände ausgestreckt vor sich.

Er konnte sich denken, dass sie den Punkt gefunden haben musste, wo der Bilur aktiviert worden war, aber an ihrer Miene konnte er auch ablesen, dass sich die Magie nicht richtig greifen ließ.

Es blitzte zwar noch ein paar Mal, doch dann zerfiel der letzte Rest der Magie, und Zayda schrie auf.

Obwohl sie noch vor Zorn bebte, näherte sich ihr einer der Krieger mit geneigtem Kopf.

Nach Mazuks Meinung konnte er von Glück reden, wenn er trotz dieser Anmaßung all seine Körperteile behielt, aber dann wandte sich Zayda zu seiner Überraschung doch dem Ratken zu.

Er hatte kaum zu Ende gesprochen, da lachte sie düster auf, und ein knisternder Blitz zuckte über die Wiese.

Die Energie verschlang seine vor Wut bebende Herrin und ihre Magier und ließ den Mann erschrocken zurücktaumeln.

Mazuk sprang zu ihm und packte ihn am Kragen. „Was hast du ihr gesagt?!", fragte er energisch.

„Den Namen eines Dorfes. Ich stand in der Nähe der Weide, und nach dem Lärm in der Hütte hörte ich mehrere Stimmen draußen durcheinanderrufen. Ich nehme an, das waren die Flüchtigen, ich hörte sie den Namen eines Dorfes sagen."

„Wohin haben sie sich geflüchtet?"

„Min'ish. Ein Fischerdorf am Yor."

«✝»

Der Bilur aus dem Verschlag brachte die ganze Welt zum Drehen. Asur wurde übel, und als sich dann auch noch das Bild von Martyoms zusammensackendem Körper vor sein inneres Auge schlich, konnte er seinen Magen kaum noch kontrollieren. Langsam lichtete sich der grüne Nebel um sie, und er erkannte seine Söhne in der Dunkelheit. Anak und er hielten noch immer Kalana aufrecht, die weiter vor sich hinmurmelte.

„Wo sind wir?", fragte Kian und spähte in die Dunkelheit, die sie umgab.

„Ich habe keine Ahnung", flüsterte sein Bruder und rückte Kalanas Arm über seiner Schulter zurecht. „Auf jeden Fall nicht da, wo wir hinwollten."

„Wo auch immer wir sind, wir müssen schnell weg von hier. Sie werden den Bilur bestimmt verfolgen."

Anak und Kian starrten auf ihre Mutter und machten keine Anstalten, sofort loszulaufen. „Was hat er mit ihr gemacht?"

„Ich bin nicht sicher. Ich glaube, etwas mit Magie. Er sagte, sie würde sich später erinnern."

„Warum hat er sich getötet?", fragte Kian, und Asur konnte trotz der Dunkelheit sehen, wie es ihn schüttelte.

„Vielleicht glaubte er, sie würden uns in Ruhe lassen, wenn er tot ist."

„Meinst du etwa, es war nur Zufall, dass genau dieser Ratke aufgetaucht ist? Haben sie vielleicht Martyom gesucht und gar nicht uns?"

„Ich weiß es nicht, aber eigentlich kann das nicht sein."

Anak schnaubte, konnte seine Verzweiflung damit jedoch nicht verbergen. „Was wollen sie bloß von uns? Wir sind doch Niemande!"

Sie stolperten los, Asur führte sie weg, einfach nur weg. „Wir sind von einem Phiruin aus dem Gefängnis befreit worden, zusammen mit einem mysteriösen Mädchen, das sie für die Auserwählte aus den alten Sagen halten. Wenn das kein Grund ist, uns zu suchen, dann weiß ich auch nicht. Er hat gesagt, sie könnte eine mächtige Magierin sein, auch wenn wir darüber nichts wussten. Aber die Ratken werden davon ausgehen, dass wir über alles Bescheid wissen", erklärte er atemlos und versuchte, nicht zu oft über Ranken zu stolpern, die scheinbar die ganze Umgebung erobert hatten.

Seine Söhne schwiegen und starrten unsicher in die Schwärze. Sie konnten kein einziges Licht ausmachen, nur ein schwacher Wind wehte ihnen entgegen. Der Himmel war so verhangen, dass sie weder Mond noch Sterne entdecken konnten.

„Wo sollen wir denn jetzt nur hin? Wenn Mutter nicht zu sich kommt … wir wissen doch gar nichts über die Verstecke der Rebellen."

„Wir müssen sie irgendwie wachkriegen", stellte Anak fest und schüttelte sie dann leicht.

„Mutter? Mutter! Wach auf!", flehte er, wurde dabei jedoch etwas zu laut.

„Sei leiser!", zischte Asur und zeigte dann in die Schatten. „Lasst uns erst noch ein Stück weggehen."

„Wohin denn? Hier ist nichts!"

„Egal! Nur weg!", rief Asur, und seine Stimme hatte jetzt etwas Verzweifeltes.

Sie blieben dicht beieinander und stapften wieder durch die Dunkelheit. Kian lief jetzt zwei Schritte voraus, das Schwert in seinen Händen fest umklammert, und wies ihnen den Weg.

Ab und zu blieben sie an Dornen, Wurzeln und Grasbüscheln hängen, stolperten weiter durch die Nacht und fanden endlich in der Stille ein paar Bäume. Sie mussten auf einer alten, überwucherten Koppel aufgetaucht sein und erreichten jetzt ein Waldstück. Mittlerweile hatten sich ihre Augen an die Dunkelheit gewöhnt, und sie konnten den Waldrand und die offene Landschaft davor erkennen, über der sich schwacher Dunst hielt.

Kalana regte sich, aber sie schien Asurs besorgten Blick nicht wahrzunehmen. Ihre Augen waren milchig und huschten hektisch über eine Umgebung, die nur sie zu sehen schien.

„Nein!", hauchte sie und reckte den Kopf. „Nein, lass das los!"

Kian kam zu ihnen zurück, aber sie schien das gar nicht zu bemerken. Stattdessen wurde sie immer lauter und stritt mit jemandem, der nicht da war.

Als sie zu schreien begann, presste Anak ihr die Hand auf den Mund und musste sich anstrengen, sie zu bändigen.

„Mutter!" zischte er in ihr Ohr, aber sie reagierte nicht. Erst als sie zu sehr zappelte, konnte Asur nicht mehr an sich halten und versetzte ihr eine Ohrfeige.

Seine Söhne starrten ihn entsetzt an, doch Kalana beruhigte sich endlich ein wenig.

„Nach Süden!", sagte sie dann, und ihre Stimme klang jetzt viel klarer. „Wir müssen weg. Nach Süden."

Sie sah sich um. Asur erhaschte ganz kurz ihren Blick und hielt ihn fest. Dann verdrehte sie die Augen, und der Kopf sackte ihr mit einem Stöhnen auf die Brust.

„Verflucht! Sie ist total verrückt", murmelte Anak, aber sein Vater schüttelte den Kopf.

„Nein, das war das erste halbwegs Vernünftige, was sie gesagt hat."

„Und was machen wir jetzt?!", fragte Kian.

Asur ging zu einem Baum und befühlte den Stamm, da er kaum etwas erkennen konnte. Nur an einer Seite wuchs eine dickere Schicht aus Flechten und Moos. Er wandte sich zu ihnen um.

„Wir gehen Richtung Süden."

«✝»

Das kleine Fischerdorf lag in kalter Düsternis.

Ein schwarzer Blitz formte sich auf dem Platz, der das halbrunde Dorf mit den Anlegestellen am Fluss verband.

Zaydas Herz raste vor Wut. Wenn sie eines nicht mochte, dann ihre eigene Aufgebrachtheit. Eine brodelnde Schwärze kochte in ihr hoch und verschaffte sich Raum.

Es war zu still – keine eben Entflohenen versteckten sich in der Dunkelheit. Keine Angst leuchtete in der Nacht auf und verriet ihr den Weg.

Eine Woge aus Zorn spülte über ihre kühle Kontrolliertheit hinweg und riss das letzte bisschen Geduld fort.

Zu lange hatte sie gewartet. Zu lange hatten es diese Rebellen gewagt, ihr zu trotzen. Nun war es Zeit für die Abrechnung.

Ein einzelner Gedanke genügte, und die Magier tauchten in einem Halbkreis hinter ihr auf. Sie spürte das vermischte Bewusstsein der Männer und Frauen, die fast völlig von eigenen Gedanken befreit waren und nur die ihren ausführten.

*Formt einen Wall um dieses Dorf. Niemand wird es verlassen. Niemand.*

Durch die milchige Verbindung ihrer Geister nahm Zayda wahr, wie ihre Magier sofort ihrem Befehl folgten.

*Die Familie muss hier sein. Findet sie!*

Die Magier schwärmten in alle Richtungen an den Rand des Dorfes aus. Türen wurden krachend aus den Angeln gerissen, Blitze zuckten durch Gänge und zwischen den Ställen der kleinen Häuser. Schon bald war die Luft erfüllt von überraschten Ausrufen und entsetzten Schreien, als Fischerfamilien aus dem Schlaf gerissen und mit Magie aus den Häusern gescheucht wurden.

Chaos brach aus, schreiende Kinder klammerten sich an ihre Mütter, Männer brüllten – dazwischen standen die Magier wie leblose, statuengleiche Krieger, denen niemand entrinnen konnte.

Zaydas Marionetten näherten sich von allen Seiten dem Dorfplatz am Wasser und trieben die aufgeschreckten niederen Bewohner vor sich her.

Die Königin hob die Hand, und fahles, graues Licht beschien die verängstigten Gesichter der Bauern und Fischer, die zitternd vor ihr stehen bleiben mussten.

Unter ihnen waren Alte und Junge, Frauen, Männer und Kinder.

Die Familie war jedoch nicht dabei.

*Wie kann das sein?!*, fragte sich Zayda.

*Wir können keine Magie von einem Transportbilur spüren. Sie waren nie hier*, ertönten die Stimmen der Magier im Chor und schürten damit nur noch ihren Hass.

Zaydas Kreischen ließ die Niederen um sie zusammenzucken.

„WERTLOSE NARREN!", brüllte sie, und ein Wummern in ihrer Stimme brachte den Boden zum Vibrieren.

Sie riss die Hände hoch und streckte die Finger aus. Es war ihr egal, dass diese Fischer nicht einmal ahnen konnten, wie ihnen geschah. Die Gesuchten waren nie hier aufgetaucht.

Allein der Name des Dorfes, in der Flucht über eine Schafweide gerufen, besiegelte ihr Schicksal.

Zayda verdammte sie zum Untergang.

Aus ihrem Inneren befreite sich eine geballte Woge von Energie, schwappte über die Grenzen ihres Körpers und erweiterte ihr Bewusstsein mit jeder Handbreit, die sich die Magie um sie eroberte.

Wellenförmig breitete sich der schwarze Rauch um sie aus, traf auf menschliche Wärme, schlagende Herzen, die kühle Leblosigkeit von Häusern und Booten und drang schließlich bis zu dem Wall vor, den ihre Magier noch immer aufrecht hielten.

Gesichter verzerrten sich vor Grauen, Kleidung und Haut färbten sich unter dem Einfluss der Energie dunkel.

Ein nachtschwarzer Sturm tobte in dem Dorf, strömte in jede Ritze der Häuser, fraß sich durch Gemäuer, ließ Tongefäße und Fensterglas bersten.

In den tosenden Wirbeln mischte sich zum Brüllen der schwarzen Magie noch das Schreien verzweifelter Seelen, die den Ansturm von Schmerz und Hass nicht ertragen konnten.

Lachend ballte Zayda die Fäuste, als diese unsägliche Macht sie durchströmte. Mit einem Mal fühlte sie sich an die vielen ähnlichen Momente erinnert, als sie und ihre Weißaugen in Felidendörfer eingefallen waren ... Die Schreie hatten sich zu einem ähnlichen Chor vermischt. Einer nach dem anderen gingen die Bewohner in die Knie, brachen zusammen und verloren das Bewusstsein, bevor ihre Herzen zu schlagen vergaßen.

Als der Sturm kein fremdes Leben mehr fand, wollte er sich auf die Weißaugen stürzen, doch sie kontrollierte den Hass, ließ ihre Unterworfenen verschont. Die Magie bäumte sich donnernd auf, warf sich mit voller Wucht gegen die Hütten und Häuser, brüllte ein letztes Mal auf und verging unter Zaydas Willen.

Mit einem Wink ihrer Hand brachte sie ihre Marionetten dazu, sich zurück auf die Schafweide zu transportieren. „Verschwindet, ihr Maden", murmelte sie bitter und versuchte noch immer, die Wut in ihrem Inneren unter Kontrolle zu bringen.

Wie konnten es ein paar einfache Gefängnisinsassen nur wagen, ihr so zu trotzen? Sich dem Griff der Königin zu entwinden wie kleine Würmer?

Aber es änderte nichts daran, dass sie wieder einmal fort waren. Genauso wie die angebliche Auserwählte. Noch einmal schrie sie ihre Wut und Enttäuschung in die Leere hinaus.

*Wenn ich dieses kleine Mädchen mit den blauen Augen wieder in meiner Gewalt habe, wird keine Magie auf der Welt sie mehr schützen können! Ich werde sie brechen wie einen Ast im Sturm, und ihre Geheimnisse werden mich unbesiegbar machen!*

Schwer atmend stand die Königin vor den zusammengekrümmten Toten und betrachtete ihr Werk. Ihre Magie hatte die Bewohner um den

Verstand gebracht und zerstört, die Struktur der Balken und den Lehm jeder Hütte zerfressen und fast alles zum Einsturz gebracht. Der Rest bröckelte und sorgte für ein gelegentliches Knacken und Rieseln in der Totenstille.

Schließlich ließ sie das zu Asche zerfallende Dorf hinter sich und kehrte in einem Blitz zu Mazuk zurück.

Er wagte es nicht, sich ihr zu nähern, und das war sein Glück. Schnaubend sandte sie die Magier aus, weiterzusuchen.

„Durchkämmt das Haus, den Stall, alles! Es muss einen Hinweis geben!", befahl sie in die Runde.

Die Krieger neigten rasch die Köpfe und machten sich an die Arbeit.

# Auf Reisen

Das Lachen der Männer erreichte Zayda und Mazuk, bevor sie ein Poltern und dann einen angsterfüllten Schrei hörten. Die Durchsuchung des Hauses war also doch ein Erfolg.

Mazuk spürte Erleichterung in sich aufkeimen. Die Suche nach den Geflohenen war bisher erfolglos geblieben, da konnte er gute Neuigkeiten gebrauchen, denn seine Herrin war mehr als schlecht gelaunt.

Schon einen Moment später traten zwei Ratken in die Stube und schleiften einen Jungen, vielleicht sechzehn oder siebzehn Jahre alt, hinter sich her, den sie der Königin präsentierten.

„Was haben wir denn hier?", fragte diese und hob das Gesicht des Jungen, den die Ratken auf die Knie gezwungen hatten. Der Bursche sträubte sich nur einen Moment, dann folgte er Zaydas eisernem Griff um sein Kinn und sah in ihr Gesicht.

„Wer bist du?"

„Be–Benon."

„Und was machst du hier?"

„Ich … ich …"

Zayda seufzte und zwang ihn dann mit einer brutalen Bewegung, den Kopf so zu drehen, dass sein Blick auf Martyom und dessen Frau fiel, die man auch in die Stube geschleppt hatte. Er jaulte auf wie ein gequältes Tier und wollte zu ihnen, aber er konnte sich Zaydas Macht nicht entziehen.

„Du kennst die beiden also?"

Ein schwaches Nicken war die Antwort, während Tränen über das Gesicht des Burschen rannen.

„Weint wie ein kleines Mädchen. Was sollen wir mit ihm machen, Männer?", fragte sie laut in die Runde.

Mazuk spürte, wie unsicher alle um ihn herum wurden. Zayda schien es förmlich zu genießen, Unbehagen in die Mägen ihrer Untertanen zu zaubern und sie zu verspotten. Niemand würde es wagen, ihr zu widersprechen oder Befehle zu erteilen, das wusste sie.

Nachdem die Stille einen Moment angedauert hatte, lächelte Zayda und zwang den Jungen, sie wieder anzusehen.

„Was sollen wir mit dir anfangen?", murmelte sie erneut und hob dann die Finger ihrer anderen Hand an seine Stirn.

Mazuk wusste, dass sie den Willen des Jungen in Sekundenschnelle brechen konnte. Schwarzer Nebel waberte um den Kopf des Gefangenen.

Kaum hatte dieser den Mund aufgerissen, entspannte sich seine Kiefermuskulatur auch schon wieder, und sein Gesicht wurde ausdruckslos.

„Erzähl mir, was du über die Rebellen weißt", befahl Zayda.

Die Stimme des Jungen klang jetzt ruhig, beinahe monoton. „Ich durfte nicht dabei sein, wenn sich Martyom mit den Phiruin unterhielt. Ich war für die Arbeit zuständig, die er nicht machen konnte. Wolle färben, die Schafe einiger Nachbarn scheren, wenn es zu wenig Helfer gab, Wolle und anderes verkaufen."

„Das interessiert nicht. Weißt du, wo die Phiruin versteckt sind?"
„Nein."
Zaydas Gesicht rümpfte sich in Abneigung.
„Weißt du, wie man Kontakt zu ihnen aufnimmt?"
„Nein."
„Kannst du mir andere Informationen über sie liefern? Namen, Orte?"

Kurz zuckte Schmerz über das Gesicht. „Meine Mutter Nila arbeitet ebenfalls für die Phiruin. Ich habe schon länger nichts von ihr gehört. Sie ist immer wochenlang verschwunden. Ich bin noch zu jung, um eingeweiht zu werden."

„Weißt du, wo sie ist? Wie sie zu ihrem Versteck kommt?"

„Ne…" Mitten im Wort schrie der Junge gequält auf, dann verdrehten sich seine Augen, und Blut lief ihm aus der Nase. Er klappte vor Zaydas Füßen in sich zusammen und blieb reglos liegen.

„Wertlos."

Sie wandte sich von ihm ab und starrte einen Moment mit trübem Blick auf den alten Mann, der in einer Lache seines eigenen Blutes lag.

„Warum ist er tot?", fragte sie in die Runde, ohne von ihm wegzusehen.

„Er … hat sich ein Messer zwischen die Rippen gerammt", erwiderte Mazuk.

„Das ist mir klar. Ich frage, wie es passieren konnte, dass ein Mitglied der Phiruin, das seit Jahren auf unserer Liste von Gesuchten steht, jetzt tot in dieser verdammten Stube liegt, obwohl er unter allen Umständen lebend gefangen werden sollte."

„Er hatte einen mächtigen Bilur, mit dem er uns aufhalten konnte", erklärte Alrac. „Es war, als würde alles in seiner Umgebung einfrieren."

„Haben wir dafür nicht die Magier?", fragte Zayda in gespielt fragendem Ton und sah dabei Mazuk an.

Mazuks Fingerknöchel knackten, als er sie unwillkürlich zu Fäusten ballte. Sie belehrte ihn. Ihn, ihren besten Mann!

Aber er nickte. „Ja, Herrin. Doch sie waren ja angewiesen, einen Transportbilur abzuwehren. Ich hätte gedacht, sie könnten auch …"

„Hätte, hätte. Meine Magier folgen jeder Anweisung, aber sie muss ihnen auch richtig aufgegeben werden. Das weißt du!"

„Ich wusste nicht mal, dass es solche Magie gibt!", rief Mazuk zurück und bemerkte noch im selben Moment, dass er zu laut wurde. Zaydas Hand hob sich, und er erwartete schon, dass sie vorschnellen würde, aber sie hielt mitten in der Bewegung inne und seufzte nur.

„Und ich wusste nicht, wie lausig du arbeitest, Mazuk! Du hättest dich von diesem Rebellen nicht so leicht überfallen lassen dürfen! Die Magier hätten das verhindern können – ICH hätte es verhindern können, aber ich war fälschlicherweise der Illusion verfallen, du seist befähigt, so etwas zu meistern."

Sie schwieg einen Moment, und er wagte es nicht, etwas zu sagen, obwohl er innerlich brodelte.

„Wir haben die Phiruin unterschätzt. Offensichtlich haben sie Magier auf ihrer Seite, von deren Tod ich ausging. Ich kenne nicht viele, die mit Magie solch eine Manipulation des Geistes bewirken können."

„Heißt das, wir wurden nicht irgendwie festgehalten?", warf Alrac ein, der sein feixendes Grinsen über Mazuks Belehrung nur schwer verbergen konnte. Mazuk wollte es ihm am liebsten aus dem Gesicht schneiden, während dieser weitersprach. „Es fühlte sich an, als würde die Zeit stehen bleiben, als wären wir eingefroren."

„Zu so etwas ist niemand fähig!", schnappte Zayda und ließ den jüngeren Krieger damit zusammenzucken. „Diese Magie beeinflusst das Denken. Sie lässt einen glauben, man sei nicht mehr dazu fähig, sich zu bewegen, also bewegt man sich auch nicht mehr. Nachdem meine Magier nicht auf Kräfte konzentriert waren, die sich nach innen, auf den Geist richten, konnten sie darauf nicht schnell genug reagieren."

„Ich hätte nicht gedacht, dass die Rebellen ihre Leute mit solchen Biluren ausstatten können", meinte Alrac und hörte sich beinahe ehrfürchtig an.

Mazuk schnaubte, aber mehr aus Wut über sich selbst, denn er hatte das ebenfalls nicht erwartet.

„Martyom war ein geachtetes, altes Mitglied, soweit ich informiert bin. Doch manchmal habe ich das Gefühl, mich erreichen nicht alle wichtigen Informationen. Zum Beispiel die Tatsache, dass er hier lebte."

Der Vorwurf in ihrer Stimme ließ Mazuk erzittern.

„Wie dem auch sei. Er ist tot, das können wir nicht ändern. Und er war kein führendes Mitglied, also ist der Verlust gerade noch zu verkraften. Zu eurem Glück", fügte sie hinzu und warf Alrac und Mazuk einen langen, vielsagenden Blick zu.

„Ich glaube, es wird Zeit, dass ich einige ältere Pläne wieder ins Leben rufe. Die Phiruin sind mir jetzt lange genug auf der Nase herumgetanzt."

„Was meint Ihr, Herrin?", fragte Alrac, und sie lächelte einen Moment beinahe fürsorglich.

Mazuk runzelte die Stirn, bis ihm klar wurde, dass dieser Ausdruck nicht Alrac galt.

„Es wird Zeit, die Phiruin von innen zu zerstören. Und ich habe genau die Richtige dafür. Sie ist bereit."

Sie wandte sich um und warf einen letzten Blick auf Mazuk, der beinahe Funken sprühte.

„Und noch etwas fällt mir gerade auf, Mazuk. Hatten wir dieses Versteck nicht ausnehmen wollen, um eine ganz andere Gesuchte zu fassen?"

Er konnte nicht anders und sah weg. „Ja, Herrin."

„Aber sie ist nicht hier, nicht wahr?"

Mazuk fletschte einen Moment die spitzen Zähne. „Nein, Herrin."

„Wie erklärst du dir das?"

„Sie muss noch nicht angekommen sein."

„Oder die Informationen des Gefangenen waren falsch", warf Alrac ein, und Mazuk musste sich beherrschen, dem aufmüpfigen Möchtegernanführer nicht ein Messer an den Hals zu drücken.

„Er ist gebrochen. Cassuan hat die Wahrheit gesprochen."

Zayda schürzte die Lippen. „Du bleibst also dabei? Sie wird deiner Meinung nach noch auftauchen?"

„Ja, Herrin."

„Dann hoffe ich für dich, dass du recht behältst. Denn sonst weiß ich nicht, ob du den nächsten Tag erleben wirst."

Noch ehe die Drohung ganz zu ihm durchgedrungen war, tat es ihr Blick. Sie bewegte sich so schnell, dass er keine Chance hatte, zu reagieren. Ihre krallenbesetzte Hand legte sich wie von selbst um seinen kräftigen Hals, und er gefror zu Stein.

Sie hatte schon seit Jahren nicht mehr Hand an ihn gelegt, und ihr Blick erschütterte ihn in seinen Grundfesten.

„Wenn du mir meine Gefangene nicht bald wieder bringst, wird dir niemand mehr helfen können, Mazuk. Meine Geduld mit dir ist AM ENDE!"

Alle Anwesenden zuckten unter dem tiefen Wummern zusammen, das in ihrer lauten Stimme mitschwang.

„Hast du mich verstanden?"

Mazuk schluckte und deutete ein Nicken an. Er hatte sich immer geschützt gefühlt, schließlich war er ihr wichtigstes Werkzeug, ihre ausführende Hand. Auf einmal spürte er, wie ersetzbar er in ihren Augen war.

Er durfte sie nicht enttäuschen.

Selbst wenn er ihre Wut überleben sollte, würde spätestens die Erniedrigung ihn zur Strecke bringen.

„Ich lasse dir die Magier hier, auch wenn sie den Transportbilur nicht verfolgen konnten. Bete darum, dass die Gesuchte hier auftaucht, Mazuk."

Mit diesen Worten rauschte sie aus dem Raum, und ein lautes Knistern von draußen kündete davon, dass sie sich zurück in die Festung transportierte und ihn mit Alrac, den Kriegern und Magiern zurückließ.

«✝»

Die erste Morgenröte am kobaltblauen Himmel war eine unglaubliche Erleichterung für die Freunde.

Es hatte sie alle viel Kraft und Konzentration gekostet, die Pferde in der Dunkelheit sicher über die schlechten Straßen in Yerimas Umgebung zu lenken. Mit der Dämmerung wagten sie es, ein zügigeres Tempo einzuschlagen, um endlich den Abstand zu der kleinen Stadt zu vergrößern. Der Himmel färbte sich allmählich hellblau, auch wenn die Sonne noch nicht zwischen den Bäumen aufgetaucht war.

Beim nächsten größeren Bachlauf schlug Tarek vor, eine kurze Rast zu machen, und so ließen sie die Pferde trinken und lauschten dem morgendlichen Vogelgesang.

Das Gezwitscher war beruhigend; irgendwie spürte Zenay, sie würden nicht mehr singen, falls der Mangride in der Nähe wäre.

Tarek und Jesco sahen sich in dem Waldstück um und schienen genauso froh wie Zenay, die Felder um Yerima hinter sich gelassen zu haben.

„Sina, es interessiert mich immer noch brennend, wie du das mit der Magie gemacht hast", meinte Asyra. Sofort richtete sich alle Aufmerksamkeit wieder auf sie.

Zenay zögerte, überlegte kurz, bevor sie sprach. „Ich habe ihm einen Gedanken über die Makani Chenda geschickt. Ich hatte bisher noch nicht darüber nachgedacht, dass so etwas gehen könnte … Aber er scheint es gehört zu haben. Meint ihr, es war falsch?"

„Was hast du ihm gesagt?", fragte Jesco.

„Ich wusste, dass die Leute Angst vor Magie haben … so habe ich ihm eingeflüstert, der Zorn der Königin käme über ihn, wenn er uns nicht hinauslässt. Ich habe uns als Gesandte der Königin ausgegeben."

Tarek und Jesco sahen sich nachdenklich an. „Das könnte gut oder schlecht für uns sein. Wenn er Angst hat, werden sie vielleicht nicht viel darüber reden", stellte Jesco fest.

„Und sie konnten Sina ja kaum sehen", meinte Asyra und versuchte, die anderen damit zu beruhigen.

„Dann lasst uns weiter reiten. Je mehr Abstand wir zwischen uns und dieses Monstrum bringen, desto besser", schlug Tarek vor.

„Glaubt ihr, er wird uns wieder finden?", fragte Elaya vorsichtig.

„Er war noch in der Stadt. Dort wird jetzt Chaos herrschen, und er ist mittendrin. Hoffentlich töten sie ihn; zumindest wird er unsere Spuren nicht mehr wiederfinden, dafür sind wir jetzt zu weit entfernt."

Sie stimmten Tarek zu, saßen wieder auf und ritten weiter die Straße entlang, bevor sie einem schmalen Pfad folgten, der über einige Wiesen und verwilderte Felder zurück in den Wald führte. Sie würden fast eine Woche bis nach Yoruba brauchen, denn sie nahmen einen Umweg durch die dichten Wälder, anstatt auf direktem Weg durch eine Reihe kleiner Dörfer entlang der Handelsstraße zu reisen.

Die Sonne ging auf, als sie ein großes Waldstück verließen und wieder über eine Wiese ritten, an deren Rand ein zerfallenes Haus stand. Tarek drehte sich auf Milads Rücken, nahm etwas aus einer Satteltasche und reichte es Zenay. Sie nahm das Papier stirnrunzelnd entgegen.

„Was ist das?"

„Ein Brief von Shetan."

„Ich dachte, der Brief sei für Siad?"

„Er hat mir zwei gegeben. Einen für den Weg, einen für Siad."

Zenay nickte mit wild pochendem Herz und schlug dann das vergilbte Papier auf. Darauf war mit kleinen, hastig hingekritzelten Buchstaben geschrieben. Es sah aus, als hätte Shetan nur wenig Zeit für das gehabt, was er ihr sagen wollte.

*Liebe Sina,*

*es tut mir leid, dass du meine Anweisungen auf diesem Weg erhalten musst, anstatt persönlich von mir. Ich wollte dich an vielen weiteren meiner Erfahrungen teilhaben lassen, auch indem ich meine Erinnerungen mit dir teile. Aber für diese Art der magischen Verbindung warst du noch nicht bereit, das konnte ich spüren.*

*Du musst lernen, deine Kraft auf mehrere Aufgaben zugleich zu lenken. Versuche dich in der Konane und hebe gleichzeitig einen Stein an. Wenn du lernst, deine Magie gleichzeitig auf dein Inneres und auch auf die Umgebung zu lenken, wird dir das von großem Nutzen sein. Lerne, deine Magie weiter um dich auszudehnen. Sie kann wie ein Schutzschild und eine zweite Haut für*

*dich sein. Du hast das schon getan, als du den Stein über deiner*
*Hand zum Schweben brachtest.*
*Versuche auch, deine verschiedenen Fähigkeiten zu kombinieren,*
*und stärke deinen Geist mit deiner Magie.*
*Außerdem solltest du wissen, dass es viel mehr Menschen in dieser*
*Welt gibt, die ebenfalls schwach ausgeprägte Fähigkeiten haben.*
*So gut wie jeder hat einen Funken Magie in sich. Beachte das,*
*wenn du mit Fremden zu tun hast.*
*Ich bitte dich, diesen Brief zu vernichten, sobald du dir die Auf-*
*gaben eingeprägt hast. Du solltest möglichst wenig verdächtige*
*Dinge bei dir tragen.*
*Ich wünsche dir viel Kraft und den Beistand der Hüter,*
*Shetan*

Zenay betrachtete die engen Zeilen, und Tränen schossen ihr in die
Augen. Sie fühlte sich verloren und klammerte sich an das Papier wie an
einen Halt bringenden Anker.

Zunehmend beschlich sie das Gefühl, völlig unvorbereitet in diese
Welt geschickt zu werden. Diese paar Zeilen sollten ihr als finale Anweisungen helfen, die ganze Bevölkerung von der Tyrannin zu befreien? Es
kam ihr lächerlich vor, aber sie versuchte dennoch, sich alles Gelernte
über Magie und auch die verschiedenen Kampfkünste in den Sinn zu
rufen, und überlegte, wofür man es anwenden könnte.

Malee führte sie sicher durch die Landschaft, und die Zeit verging
für Zenay wie im Flug. Sie machten nur mittags eine kurze Rast, ließen
die Pferde grasen und ruhten sich aus. Während Zenay sich intensiver
mit ihren Kräften beschäftigte, sammelten Elaya und Asyra voller
Freude eine Schale Walderdbeeren.

Zenay wurde nur kurz durch die Süße der Beeren aus ihren Gedanken gerissen, dann tauchte sie erneut in sie ab und nahm ihre Umgebung
erst wieder wahr, als die anderen aufsaßen.

Ihre Freunde waren froh über die kühle Luft in den Wäldern, denn
auf jedem Feld oder Wiesenstück strahlte ihnen eine Hitze entgegen,
die sofort den Schweiß auf die Haut trieb.

Der schwüle Nachmittag verging ohne besondere Ereignisse, während die Pferde schnaubend durch den Wald stapften und ihre Reiter

immer weiter von Yerima und der Bedrohung durch den Mangriden wegführten.

In der ersten Nacht genossen sie den Schutz einer hohen Felswand in ihrem Rücken. So konnten sie sich etwas entspannen. Elaya zog zu aller Überraschung im Schein des Lagerfeuers ein Kartenspiel hervor, das sie in Yerima erstanden hatte.

Sie brachten Zenay die Regeln bei, aber sie spielte nur einige Runden mit und wickelte sich dann in ihren Mantel. Eine Weile lauschte sie noch dem Gespräch der anderen und ihrem Lachen, dann konnte sie endlich die Schmerzen in ihrer Schulter und den Rippen ausblenden und nickte ein.

«✝»

Ikar starrte auf den Beutel und wog ihn zum hundertsten Mal in seiner Hand.

Er konnte sich nicht entscheiden, ob er erneut einen Bilur einsetzen sollte oder nicht.

Er hatte noch verschiedene Speichersteine vorrätig, aber die grünen Transportsteine wurden knapp, und er wollte sie nicht für eine vage Vermutung verschwenden.

Der Inhalt des unscheinbaren Lederbeutels war ja eine Art Lebensversicherung – vor allem seit sein Ring fort war.

Nie hatte er so viele wertvolle Bilure besessen und noch nie hatte er so unbeirrt auf ein einziges Ziel hingearbeitet.

Seitdem er die neuen Informationen erhalten hatte, wanderte er zügig die Straße entlang und achtete kaum auf seine Umgebung.

Noch immer war er fassungslos.

Er hatte sich erst vor kurzem entschieden, in das kleine abgebrannte Dorf zurückzureisen, in dem er die Magierin vermutet hatte. Wie sich herausstellte, war sie auf jeden Fall dort gewesen und von einem wütenden Mob verjagt worden, der sie nach dem Brand nicht länger bei sich dulden wollte.

Ikar hatte sich unauffällig umgehört, ohne von einem dieser dummen Bauern erkannt zu werden; schließlich hatte er sich auf den Weg nach Yerima gemacht, um dort mehr zu erfahren.

Kaum einen Tag unterwegs, kam ihm eine größere Gruppe Händler entgegen, die sich als Bewohner Ornanungs entpuppten und mit Waren aus eben diesem Yerima zurückkehrten. Er hatte sich auch bei einem von ihnen, der töricht genug war, bei einer Rast allein in den Wald zu gehen, *erkundigt* und zu seiner Bestürzung erfahren, dass die Magierin gestorben war!

Das konnte er nicht glauben.

Aber das zitternde kleine Bäuerlein war davon überzeugt, denn es berichtete davon, wie die Magierin von einer Bestie attackiert und blut-überströmt ins Lager zurückgebracht worden war. Alle glaubten, sie würde sterben, und ein Mann namens Laristan konnte alle bis auf ihre engsten Freunde überreden, sie zurückzulassen und ohne sie nach Yerima zu reisen.

Sie trafen diese Zurückgelassenen kurz vor ihrem Aufbruch von Yerima wieder. Die Magierin war laut ihrer trauernden Freunde noch im Wald ihren Verletzungen erlegen.

Ikar schnaubte, als er an die Begegnung mit dem Trottel zurück-dachte. So leicht ließ er sich nicht überzeugen. Solange er nicht die Wahrheit in den Augen seines Gegenübers sah, während dieser ganz eindeutig bestätigte, er habe die Leiche gesehen, würde er sich nicht zu-friedengeben.

Entweder war die Magierin wirklich tot, dann würde Ikar Zayda zu-mindest die Leiche übergeben können, oder sie lebte noch und man ver-suchte geschickt, ihre Existenz zu vertuschen. Dann würde er dank sei-ner Hartnäckigkeit triumphieren.

Falls er annahm, sie sei wirklich gestorben – was er sich bei einer derart mächtigen Magierin, die ihn so heimtückisch ausgetrickst hatte, einfach nicht vorstellen konnte –, dann hätten ihre Freunde sie wohl kaum im Wald verscharrt.

Nein, sie würden sie nach Yerima gebracht haben, um sie richtig be-erdigen zu lassen. Er musste sich also dort davon überzeugen, ob sie tot war oder nicht.

Mit dieser Erkenntnis war seine Entscheidung gefallen.

Er öffnete den Beutel und zog den kleinsten Bilur heraus, der grün funkelte.

Am nächsten Morgen war Zenay überrascht, dass sie tatsächlich durchgeschlafen hatte. Jesco und Malak berichteten von einer ereignislosen Wache, und so bereiteten sie ein schnelles Frühstück zu und brachen wieder auf.

Im Laufe des Tages ging es Zenay allerdings zusehends schlechter. Die drückende Hitze und ihre Verletzungen machten ihr zu schaffen, und sie mussten mehrmals rasten, damit sie sich etwas erholen konnte.

„Wie soll das weitergehen?", fragte Elaya, während Asyras besorgter Blick auf Zenays Verbänden ruhte.

Zenays Stimmung war mittlerweile gereizt. Sie wollte sich nicht untersuchen lassen, es hatte sich an den Verletzungen ja doch nichts geändert. Die schwarze Energie des Mangriden klebte noch immer wie Pech an ihrem Körper und ihrem Geist.

Sie schüttelte Asyras Hand auf ihrem Arm ab und bereute sofort die Bewegung. Eine bissige Bemerkung lag ihr auf den Lippen, aber bei Asyras verletztem Blick konnte sie sich gerade noch beherrschen. Sie hatte kein Recht, ihre schlechte Laune an ihren Freunden auszulassen. Immerhin hatten sie ihr in der schweren Zeit nach dem Angriff klaglos beigestanden und wollten ihr auch jetzt nur helfen.

Zenay konnte ihre derzeitige Machtlosigkeit nicht ertragen. Sie wollte sich selbst helfen können, sich selbst heilen, und ein Gefühl von völliger Ohnmacht breitete sich unerbittlich in ihr aus. Shetan war fort und konnte ihr bis auf einen kurzen Brief nicht weiter helfen. Sie wurde gesucht und womöglich noch immer von einer Bestie verfolgt.

Da sie nicht wusste, wohin sie ihre Wut lenken sollte, schaute sie nach innen und atmete beruhigend durch.

Die Schmerzen in ihrer Schulter ließen mit jedem tiefen Atemzug ein wenig nach.

Mit einem Mal schlug ihre Stimmung um, Müdigkeit und Frustration waren wie weggeblasen. Sie vergaß die stickige Sommerluft und die juckenden Verbände.

Nur die Magie umwirbelte ihren Geist und lenkte ihre Aufmerksamkeit nach innen.

*Wieso bin ich nicht früher darauf gekommen?*, fragte sie sich und legte ihre Hand auf den Verband an der Schulter, wo der Mangride sie gebissen hatte.

Sie konzentrierte sich weiter auf die Magie, ließ sich ganz von ihr einnehmen und schickte sie in jeden Winkel ihres Körpers. Für einen kurzen Moment stieg eine unerwartete, fremde Wut in ihr hoch, verblasste aber mit der steigenden Faszination wieder.

Das Gefühl der Macht in ihr wuchs. Sie hatte die Magie noch nie so direkt und bewusst wahrgenommen, fast, als wäre ein Knoten gelöst worden. Ein Teil von ihr wusste, es hatte damit zu tun, dass ihr Geist sich neu mit ihrem Körper verbunden und dadurch die Kontrolle wiedererlangt hatte. Sie erinnerte sich daran zurück, wie sie mit Shetan vor Monaten zum ersten Mal ihre magischen Kräfte ergründet hatte. Das war aufregender und noch ergreifender gewesen, aber jetzt erschien die Energie ihres Körpers wie ein Glas Wasser für einen Verdurstenden.

Sie hatte sich so abgeschnitten und hilflos gefühlt, während sie von ihrem Körper getrennt war, und auf der Flucht aus der Stadt hatte sie zu viele Sorgen und keine Zeit gehabt, um sich intensiver mit der Magie zu befassen.

Voller Freude lenkte sie die pulsierende Energie durch ihren Körper und zu den Wunden, deren Dunkelheit einen starken Kontrast zu der strahlenden Magie bildete. Zu ihrer Freude konnte die düstere Energie, die sich durch den Mangriden in ihren Verletzungen festgekrallt hatte, den Strom aus heilender Energie nicht aufhalten.

Sie blieb zwar als Schatten zurück, aber die Heilung wurde nicht mehr abgewehrt wie bei Shetans Versuchen. Die Wunden heilten!

Als die halbverschorften Kratzer und Bisswunden fast geheilt waren, fühlte Zenay sich schwindlig und ausgelaugt.

Seufzend öffnete sie die Augen, wickelte dann den Verband von der Bisswunde an ihrem rechten Arm. Zum Vorschein kam eine Reihe dunkler Flecken, Abdrücke der Zähne, aber ohne blutigen Schorf.

Ihre Freunde starrten sie mit offenem Mund an.

„Du kannst dich wieder heilen?", staunte Asyra.

Zenay lächelte matt und lachte kurz auf. „Ich glaube, das konnte ich schon die ganze Zeit. Ich bin nur nicht auf den Gedanken gekommen, weil Shetans Magie mir ja auch nicht helfen konnte."

„Dann wird wieder alles gut!", rief Elaya freudig und grinste zurück.

Tarek drückte sie fest an sich, und zu ihrer Erleichterung schmerzte seine Umarmung nicht mehr.

Trotz allem benötigte sie nach der Heilung Ruhe. So verlängerten sie ihre Pause und gönnten Zenay etwas Schlaf im Schatten einer Weide, während die anderen den naheliegenden Bach nutzten, um einige Kleidungsstücke und ihr Kochzeug zu waschen.

Danach ging die Reise leichter vonstatten. Zenay konnte sich länger auf Malees Rücken halten, und obwohl sie bei einem gelegentlichen Knacken im Wald jedes Mal an den Mangriden denken musste, hielt ihre Hochstimmung an.

Am Abend war sie genügend erholt, um die ersten Versuche mit ihrer Magie zu wagen. Sie übte sich zunächst darin, die Konane aufrechtzuerhalten und gleichzeitig einen der kleinen Kieselsteine schweben zu lassen. Es wollte nicht klappen, da sie jedes Mal die Kontrolle über ihre Augen verlor, wenn sie den Stein bewegen wollte. Erst als sie die Konane immer intuitiver einsetzen konnte, schaffte sie es, den Stein zum Schweben zu bringen, und gab sich mit diesem kleinen Erfolg zufrieden.

«✝»

Die nächsten Tage verschwammen zu einem steten Wechsel aus Wäldern, verwilderten Wiesen und abgelegenen Höfen.

Obwohl sie kein einziges Mal etwas vom Mangriden hörten, schreckte Zenay jede Nacht auf und meinte, ihn gefühlt oder gesehen zu haben. Wäre da nicht die Nähe zu Tarek und ihren Freunden gewesen, so hätte sie sicherlich nur wenig Schlaf gefunden. Tareks starke Arme und die aufmunternden Worte der anderen konnten sie jedes Mal wieder beruhigen und steuerten so einen großen Teil zu ihrer Genesung bei.

Zenay übte jeden Abend verbissen, doch zwei Fertigkeiten auf einmal zu kontrollieren wollte ihr nur schwer gelingen. Wenn sie die beiden Steine über ihrer Hand schweben ließ und dann etwas anderes mit Magie bewirken wollte, konzentrierte sie sich nicht mehr stark genug auf die Steine – und sie fielen zu Boden.

Nachdem sie eine Weile in sich gekehrt nachgedacht hatte, entdeckte sie, dass sie die Steine mit Magie verbinden konnte. Dadurch blieben sie ihr wie kleine leuchtende Punkte im Bewusstsein. Anfangs fiel es ihr noch schwer, aber irgendwann konnte sie mit der Hand eine Schwenk-bewegung machen, und die Steine kamen nur durch ihren Willen in die offene Hand geschwebt. Sie konnte sie mit ihren Kräften zu sich ziehen, als hätte sie unsichtbare Fäden um sie geschlungen.

Zenay begann, die Umgebung mit Magie zu ertasten, und konnte sie dadurch fühlen, ja fast sehen, und Steine und andere Dinge wahrneh-men. Außerdem spürte sie die Anwesenheit ihrer Freunde immer stärker und hatte manchmal den Eindruck, ihre Stimmung einfangen zu können.

So verstrich die Zeit abends wieder schneller, während sie den Ge-sprächen ihrer Freunde nur halbherzig lauschte und sich auf die Magie konzentrierte.

Tagsüber kribbelte es sie in den Fingern, ihre Fähigkeiten weiter zu steigern, aber Tarek war strikt dagegen. Die Gefahr, von Fremden dabei beobachtet zu werden, erschien ihm zu groß, auch wenn sie kaum je-mandem begegneten und diese Reisenden ihnen so gut wie keine Be-achtung schenkten.

Ein Teil von ihr wollte sich mit der Magie ablenken, auf nichts an-deres mehr achten, denn tief in ihr schlummerte immer noch Angst. Vor dem Mangriden. Vor den Ratken. Davor, ohne Shetan zurechtkom-men zu müssen.

«✝»

Ikar tauchte in der Nähe eines Stadttores auf, auch wenn man diese Gemeinde wohl kaum als Stadt bezeichnen konnte. Er strich sich die Kleidung glatt, trat aus dem Gebüsch, an dem sich einige Blätter von der abgestrahlten Magie kräuselten, und wandte sich dem Tor zu, vor dem zwei Wachen standen.

„Halt! Darf man fragen, was du in Yerima suchst?", fragte eine der Wachen und stellte sich ihm in den Weg.

*Nein, darf man nicht*, dachte Ikar, setzte aber eine Unschuldsmiene auf. „Ich suche jemanden."

„Aha? Und wen? Wir haben den Auftrag, alle zu befragen, ob sie etwas Ungewöhnliches in den Wäldern gesehen haben. Es gab Angriffe durch ein wildes Tier."

Ikars Augen verengten sich zu Schlitzen, als er eins und eins zusam-menzählte.

„Eben deshalb bin ich hier!", erwiderte er in autoritärem und leicht genervtem Ton.

„Wie?"

„Ich bin hier, um herauszufinden, was vor sich geht. Ich bin geschickt worden, von Yoruba."

Sofort runzelte der Wachmann die Stirn, eine Mischung aus Misstrauen und Unsicherheit. „Ach ja? Habt Ihr ein Schreiben dabei, das das bestätigt?"

*Kannst du überhaupt lesen?*

„Dafür schien keine Zeit zu sein. Ich soll möglichst unauffällig arbeiten, um niemanden zu beunruhigen. Befehl von oben."

Der Wächter schien nicht ganz überzeugt, nickte aber. „Nun gut … dann haltet uns bitte auf dem Laufenden, falls sich etwas ergibt."

„Ich möchte auch sofort mit der Arbeit beginnen", bestätigte Ikar, und der Mann sah ihn irritiert an, da er keine Anstalten machte, die Stadt zu betreten.

„Kann ich irgendwie helfen?"

„In der Tat!", rief Ikar und lächelte übertrieben. „Ich habe gehört, dass die Angriffe außerhalb von Yerima begannen. Eine Gruppe von Reisenden hat das erste Mal davon berichtet?"

„Das stimmt. Eine Frau, sie war von dem Tier angefallen worden. Ein Bär, sagten die anderen."

„War die Frau noch am Leben?"

„Gerade so. Sie wollten sie im Ort versorgen lassen. Aber …"

„Vielen Dank. Ich werde mich umhören und komme dann noch mal wieder", würgte Ikar ihn ab und ließ ihn stehen.

Er hatte jetzt keine Zeit für dieses Geschwafel. Sie war noch am Leben, als sie hergebracht wurde. Also hatten ihre Freunde den anderen Leuten aus dem abgebrannten Dorf falsche Informationen gegeben.

Und der Grund dafür interessierte ihn brennend.

«✝»

Das erste Zeichen für die Nähe des großen Flusses und der Ebene mit ihren vielen Seen und Bächen waren Schwaden von Stechmücken, die sich auf die Menschen und ihre Pferde stürzten.

Bei Zenays Kommentar darüber lachte Malak laut auf. „Sei froh, dass wir nicht durch die Sümpfe müssen. Das hier ist nichts im Vergleich dazu!"

Zenay grummelte vor sich hin und zog sich trotz der Wärme ihr Tuch über Mund und Nase.

Nach wie vor konnten sie keinerlei Zeichen dafür entdecken, dass der Mangride ihnen noch folgte.

Stattdessen bemerkte Zenay im Wald immer wieder verfallene Ruinen, von Efeu und dichtem Haselnussgebüsch überwachsen, aber für ein aufmerksames Auge dennoch sichtbar. Teilweise waren es nur einzelne Häuser, die anscheinend niedergebrannt oder eingestürzt waren. Später kamen sie auch an ganzen Siedlungen vorbei, bei denen zwischen Haseln und kleinen Birken noch alte, eingefallene Dächer zu sehen waren; alles andere aber bestand hauptsächlich aus großen Steinhaufen, vermodernden Balken und anderem Schutt.

Beim Anblick der düsteren Gesichtsausdrücke ihrer Freunde verkniff sich Zenay die aufkommenden Fragen. Eigentlich konnte sie es sich ja denken. Die Unterdrückung der Ratken ging nicht ohne Spuren an diesem Land vorbei.

Sie ignorierten die Ruinen also, obwohl es mehr und mehr wurden, bis der Wald und die verwahrlosten alten Felder hinter ihnen zurückblieben und bewohntem Gebiet Platz machten.

Gelbes Getreide und Wiesen breiteten sich auf weitläufigen Hügelwellen vor ihnen aus, von unregelmäßigen Hecken an den Wegrändern oder kleinen Hainen unterbrochen.

Von einem Augenblick auf den anderen machte sich ein ungutes Gefühl in Zenays Magen breit. Sie hatte das schon nachts gespürt, wenn ihre Träume und unterdrückten Sorgen sie glauben machen wollten, der Mangride sei ihnen noch immer auf der Spur.

Und dann hörte sie ein entferntes Heulen, das ihr sofort die Haare zu Berge stehen ließ.

Die Tatsache, dass ihre Freunde alle alarmiert aufsahen, zeigte ganz klar, dass sie es sich dieses Mal nicht nur einbildete.

„Das kann doch nicht wahr sein! Will uns dieses Vieh jetzt um die ganze Welt verfolgen?!", rief Malak und drehte sich zum Wald um. Seine Stirn war zerfurcht von tiefen Sorgenfalten.

„Was sollen wir tun?", fragte seine Schwester.

Tarek straffte sich auf Milads Rücken, während sein Hengst nervös schnaubte.

„Wir reiten weiter. Er KANN uns nicht nach Yoruba folgen. Die Stadt ist befestigt. Yerima war ungeschützt und unvorbereitet, das wird in Yoruba nicht der Fall sein."

„Das kannst du unmöglich sicher wissen", sagte Zenay, während ihr Herz immer schneller zu rasen begann. All die Sorgen in ihrem Inneren drohten, an die Oberfläche zu brechen.

„Kommt, wir müssen weiter."

„Nein", rief Zenay.

Die anderen starrten sie verwirrt an.

„Was ist denn los mit dir?"

„Wir dürfen ihn nicht wieder in die Nähe wehrloser Menschen locken! Er tötet wegen mir! Er verfolgt mich und lässt seine Wut, mich nicht erreichen zu können, an *Unschuldigen* aus! Ihr habt doch die Wachen in Yerima gehört, er zerfleischt Bauern!"

„Und was schlägst du vor?", fragte Tarek seufzend.

Zenay sah unsicher in die Runde. „Ich … wir müssen ihn irgendwie aufhalten!"

„Wie stellst du dir das vor? Wir sind nur zu sechst! Und schon beim letzten Mal konnten wir kaum etwas gegen ihn ausrichten, geschweige denn ihn von dir wegjagen."

„Ich … wurde überrumpelt! Wenn ich vorbereitet bin, kann ich es schaffen! Ich habe auch den Daroc und dieses Ungeheuer im Dorf getötet! Ich habe das Kristallschwert!"

„Das ist ja wirklich ehrenhaft von dir, Sina, aber der Mangride ist noch eine Nummer zu groß für dich. Sich uns doch an, wir sind alle erschöpft; du und Tarek seid beide noch verletzt!", warf Asyra ein.

„Aber…"

„Nichts aber!", unterbrach Tarek sie. „Wir können das nicht schaffen! In der Stadt sind wir sicherer als in Yerima oder im Wald. Ich hatte eigentlich gar nicht vor, uns alle in die Stadt zu führen, sondern nur Besorgungen zu machen. Aber wir müssen weg von dieser Bestie und uns erholen, sonst schaffen wir die Reise nach Siad nie."

„Ich kenne einige Leute in Yoruba und könnte versuchen, die Stadtwache auf die Gefahr des Mangriden aufmerksam zu machen. Die
könnten ihn erledigen", schlug Jesco vor.

„Sind die nicht auch für mich gefährlich?", fragte Zenay unsicher.
„Oder mögen sie Magier?"

Jesco schnaubte. „Wo denkst du hin? Du solltest dich in der Stadt
auf keinen Fall zu erkennen geben."

Zenay wollte noch etwas sagen, aber ein bereits viel näheres Heulen
unterbrach sie. Angst schoss wie Strom durch ihren Körper, gemischt
mit einer furchtbaren Wut, dass sie nicht dazu in der Lage war, diesem
mutierten Biest Einhalt zu gebieten.

Tarek bedeutete Milad, in einen schnellen Trab zu verfallen, und
nach einem weiteren lauten Heulen trieben sie die Pferde zu noch größerer Eile an.

Zenay fühlte sich unweigerlich an ihre Flucht aus Yerima vor wenigen Tagen erinnert. Es erschien ihr, als wären seitdem Wochen vergangen.

Bald erreichte der Weg die nächstliegende Hügelkuppe nach dem
Wald, und sie konnten zum ersten Mal den Fluss erkennen. Er war so
breit, dass er sich wie ein weites goldenes Band durch die Landschaft zu
schlängeln schien.

Das Gelände fiel kaum merklich ab, und nach einer Weile trafen sie
auf eine größere Straße, die durch einen breiten Streifen mit Schilf und
Felsen vom Wasser getrennt war. Direkt am Wasser verlief noch ein
schmaler Pfad, aber sie hielten sich an die Straße. Sie ließen die Pferde
langsamer laufen und versuchten trotz ihrer Anspannung, den Eindruck
gewöhnlicher Reisender aufrechtzuerhalten.

Zenay starrte einen Moment fasziniert auf die großen Handelsschiffe, die den Fluss nutzten. Die flachen, breiten Kähne waren mit
Ballen, Holz und Waren aller Art beladen und glitten in der Strömung
entlang. Später kam ihnen auf dem schmalen Pfad am Ufer eine Gruppe
entgegen, die einige Pferde führte – und diese zogen ein Schiff den
Fluss hinauf!

Tarek schien zu bemerken, wie ihre Augen sich vor Überraschung
weiteten.

„Das nennt man treideln", flüsterte er ihr von Milads Rücken aus zu. „Die Pferde werden vom Kapitän des Schiffes für bestimmte Abschnitte gemietet, meist bis zum nächsten Handelsdorf, dort übernehmen die nächsten. Die erschöpften werden zurückgebracht und fangen dann mit einem anderen Schiff von vorne an."

Zenay nickte über die neuen Informationen und musste sich unwillkürlich vorstellen, was für ein Chaos ausbrechen würde, wenn der Mangride sich auf diese Gruppe von Pferden stürzen würde.

Sie blieben bis zum späten Nachmittag an der Uferstraße und ritten am rasch fließenden Wasser entlang. Zenay konnte trotz ihrer magischen Hörversuche nicht mehr sagen, ob der Mangride ihnen weiter folgte, da immer mehr Fremde von Feldwegen zur Straße stießen, um sich dem Fluss auf seiner Reise zur Stadt anzuschließen. Mit ihren Pferden, holpernden Karren und Gesprächen war es zu laut, und Zenay war auch zu nervös, um ihre Magie genügend konzentrieren zu können.

Nach kurzer Zeit hatten sie die hügelige Gegend hinter sich gelassen und kamen in eine Ebene, in der sich der Fluss verbreiterte, zu einem Strom anschwoll und gemächlicher dahinfloss. Anschließend machte er eine scharfe Biegung. Zenays Blick ruhte auf einigen Baumstämmen, die auf einer weiten Sandbank lagen und wie die grotesken Skelette gewaltiger Tiere wirkten – da stupste Tarek sie an. Er deutete den Fluss entlang.

Auf einer riesigen Insel vor ihnen lag die Stadt Yoruba, eingehüllt in einen Schleier aus Dunst und Rauch. Auf den ersten Blick wirkte es, als würde der Fluss einfach aufhören. Dann erkannte Zenay die langen Streifen über dem Wasser als Brücken.

„Wie groß ist diese Stadt denn?", fragte sie fassungslos und kniff die Augen zusammen, um weitere Details erspähen zu können.

„Es ist die größte Stadt im Südwesten, eine Handelsstadt. Sie heißt auch *die Stadt aus Stein* oder *der große Strom*."

„War es nicht aufwendig, eine ganze Stadt auf einer Insel zu bauen?"

Tarek sah sich kurz um, und Elaya biss sich auf die Lippe. Jesco nickte schließlich zu dem Feld hin, und sie ritten ein Stück von der Straße weg, bevor sie ungestört weitersprachen.

„Es ist keine Insel, sondern eine große Felsnase, an der sich der Fluss zweiteilt. Der größere Arm mit der stärkeren Strömung fließt westlich durch die Ebene nach Norden und dient als wichtigste Handelsroute. Der kleine Flussarm fließt östlich in das Ödland und die Sümpfe. Dieser Wasserweg wird kaum noch befahren, seit dort die Straßen gesperrt wurden."

„Aber das ist ja dann gar nicht so sicher wie eine Insel, oder?", fragte Zenay und dachte dabei an den Schrecken, den der Mangride wie eine Krankheit mit sich brachte. Und zugleich musste sie auch an die Krieger der Königin denken, die nach ihr suchten. Sie fühlte sich eingekesselt und wusste nicht, wohin.

„Sicher ist gut!", sagte Elaya und lachte sarkastisch. Sie schien ähnliche Gedanken zu haben.

„Das Gelände hinter der Stadt ist nicht begehbar, die Stadt hat alte, hohe Stadtmauern, auch wenn sie die Stadttore ohne die Erlaubnis der Statthalter tagsüber nicht schließen dürfen. Und die Siedlungen vor den Brücken, die eigentlichen Wachposten, wurden schon vor langer Zeit zerstört und dürfen nicht wieder aufgebaut werden."

„Wird es ausreichen, um den Mangriden fernzuhalten?"

„Er wird sich die Beine brechen, wenn er durch die Felsen hinter der Stadt will; sie sind voller scharfkantiger Löcher und Wasserstrudel. Und über die Brücken wird er es nicht schaffen, ohne sofort einem Trupp Wachen gegenüberzustehen."

„Werden etwa Ratken in der Stadt sein?" Ohne es zu wollen, klang ihre Stimme einen Ton höher.

Tarek schüttelte den Kopf. „Es gibt jede Menge Stadtwachen, aber die stammen von anderen Völkern. Sie haben hauptsächlich die Aufgabe, für Ruhe in den Bezirken zu sorgen und jeden geringsten Widerstand zu bestrafen. Die Stadt hat einen Ratkenherrscher, der die Abgaben an die Königin regelt und die Wachen befehligt."

„Du hast noch eine Sache vergessen! Der Herrscher und die Wachen werden von Zayda entlohnt.", warf Elaya ein, und Tarek nickte.

„Zayda profitiert von der Angst, die die Ratken verbreiten, will aber vermutlich auch nicht dauernd Unruhen in der Stadt. Außerdem können die Ratken sich auf dem Land erlauben, was sie wollen. Sie beherrschen Tyarul. Aber die Wirtschaft in der Stadt läuft besser ohne sie, und das bedeutet mehr Abgaben für die Tyrannei", wandte Jesco ein.

Zenay schauderte. „Also herrscht hier wirklich gemeine Willkür …
Ich konnte es gar nicht richtig glauben, bis die Ratken ins Dorf kamen
und es zerstörten …"

Alle schwiegen einen Moment und dachten an die Nacht des Angriffs und der Feuer. Zenay seufzte leise; es war schmerzhaft, sich daran
zu erinnern.

Schließlich brach Tarek wieder die Stille. „Ja, wir leben nun mal unter
der Herrschaft einer Tyrannin. Darum ist es auch so wichtig, dass du
nicht als Magierin erkannt wirst. Es gibt viele Leute, die von der jetzigen
Situation profitieren, wie die Netzjäger."

„Wer sind denn diese Netzjäger?"

„Sie sind reisende Sklaventreiber, die Beute für die Städte der Ratken
machen. Es gibt Gerüchte, dass sie großes Ansehen bei Zayda genießen.
Und das macht sie für uns zu unberechenbaren Gegnern", erklärte
Tarek.

Zenay nickte, während in ihrem Kopf kurz ein Bild aufflackerte. Wie
ein Ratke schützend vor ihr stand und sie vor Leuten abschirmte, deren
Augen so kalt waren wie Eis.

Wie hatte sie das vergessen können?

Sie erzitterte, als sie sich die grauen Augen des Mannes in Erinnerung rief, der wohl ihren Ratkenbeschützer damals getötet hatte.
Schmerzen zuckten durch ihren Nacken, und sie wandte sich von den
Bildern ab.

Asyra sah nervös zurück zum Wald. „Lasst uns gehen. Es sollte um
diese Zeit auf den Brücken viel los sein, da fallen wir nicht sonderlich
auf."

„Ja, ich will dieses Ungeheuer in unserem Rücken endlich loswerden", murmelte Elaya und wechselte einen kurzen Blick mit ihrem Bruder, ehe sie die Pferde wieder antrieben.

# Der große Strom Yoruba

Die Toten in der zerstörten Stube verströmten einen zusehends unangenehmer werdenden Geruch.

Mazuk rümpfte die Nase. „Schafft sie raus. Werft sie in die Färberkammer oder sonst wohin. Schlachtet bei der Gelegenheit ein paar Schafe und holt die Vorräte aus dem Lager und dem Gang. Die Magier sollen ein Feuer machen. Wir müssen etwas essen."

Alrac neigte den Kopf und gab die Anweisungen weiter.

Wenig später traten mehrere Krieger ein und trugen die beiden Leichen unter seinem kritischen Blick hinaus.

„Achtet darauf, dass ihr nicht gesehen werdet, haltet euch zwischen den Häusern und dem Stall. Bleibt im Verborgenen. Ich will die kleine Magierin nicht vorwarnen."

Danach ließ man ihn allein. Alrac schien den anderen von seiner schlechten Laune berichtet zu haben.

Er blieb vor dem herausgerissenen Gitter stehen, das unbeachtet auf dem Boden lag, und lauschte dem Wind, der auf seinem Weg durch den Tunnel leise heulte. Er dachte kurz an den Jungen, der mittlerweile im Gefängnis angekommen sein müsste.

Irgendwann hatte er sein Zeitgefühl verloren. Einer seiner Männer kam herein und bot ihm etwas gebratenes Fleisch an. Es duftete gut, aber er hatte keinen Appetit.

Zayda würde ihn einen Kopf kürzer machen, wenn er nicht bald Resultate lieferte.

Wieder und wieder rief er sich die entsetzten Gesichter der Familie ins Gedächtnis, als sie vor ihm flohen.

Warum waren sie ausgerechnet hier gewesen? Sie waren damals mit dem Mädchen aus dem Gefängnis befreit worden. Hatte man sie hierhergeschickt, um sie zu empfangen?

Er war immer davon ausgegangen, dass sie kleine Fische waren. Zufällig mit befreit, vielleicht weil die rebellischen Verräter noch Unterstützung brauchten. Zwei ihrer Männer waren ja definitiv schon tot. Den einen hatte Zayda persönlich erledigt, der andere war von Alrac tot im Wald gefunden worden.

Aber was, wenn es kein Zufall war, dass genau diese Familie auch befreit worden war? Wo war die Verbindung? Laut den Informationen der Gefängniswärter hatte man sie wegen Verrats eingesperrt. Angeblich hatten sie Kontakt zu den Phiruin.

Steckte mehr dahinter? Gehörten sie vielleicht zu den höhergestellten Phiruin, und die Wachen in der Festung waren nur zu einfältig gewesen, um es zu erkennen?

Die Mutter hatte in Cassuans Haus ganz genau gewusst, wo sie den Bilur finden konnte. Und jetzt, auf diesem Hof, zu dem man die Gesuchte bringen würde, hatte sich sogar ein anderer Phiruin für sie geopfert!

Mazuk war davon ausgegangen, dass Martyom als bekannter Rebell viel wichtiger wäre als diese Familie.

Mit einem Fluch stieß er seinen Fuß gegen den umgestürzten Tisch. Er konnte nicht herausfinden, welche Zusammenhänge da bestanden.

Wütend drehte er sich auf dem Absatz um und ging zu Alrac und den Männern, die sich im Schafstall aufhielten. Der große dunkle Raum war erfüllt von ihren Unterhaltungen und auffällig frei von den typischen Geräuschen einer Schafherde.

In den Ecken des düsteren Raums knieten die Magier mit geschlossenen Augen. Mazuk konnte ihre ausdruckslosen Gesichter mit den schwarzen Verfärbungen dennoch gut erkennen.

Ein Blick über die Schar ließ ihn stutzig werden. Anscheinend hielten sich alle seine Männer hier auf und genossen das gebratene Schaffleisch, Brot und Äpfel aus dem Vorrat des Hauses.

„Wer hält Wache?", blaffte Mazuk die Männer an. Alrac erhob sich rasch.

„Ich habe den Magiern befohlen, die Umgebung mit ihren Kräften zu überwachen. Als Kollektiv werden sie weniger schnell müde, und so sind keine Ratken draußen notwendig."

Es war ein guter Einfall, ohne Frage, dennoch wurde Mazuk wütend. „Und wer hat dir das befohlen?"

Alrac zog den Kopf ein, aber seine Augen funkelten aufmüpfig. „Ich dachte nicht, da…"

„Du sollst nicht denken, sondern meine Befehle ausführen!", unterbrach Mazuk ihn.

„Ja, Herr. Wollt Ihr, dass die Mag…"

„Sie sollen weitermachen. In Zukunft informierst du mich im Voraus über deine Ideen. Verstanden?"

Alrac neigte den Kopf, aber seine Haltung sprach eine ganz andere Sprache. Mazuk brodelte innerlich, weil sein zweiter Mann vor all den Kriegern solche Eigenmächtigkeit zeigte. Er konnte diese süffisante Miene nicht länger ertragen, doch gegen den Wunsch seiner Herrin vorzugehen, wagte er genauso wenig.

„Komm mit, Alrac. Ich muss etwas mit dir besprechen."

Ohne auf eine Reaktion zu warten, wandte er sich ab und ging zurück ins Haupthaus; er spürte Alracs Blick in seinem Nacken, als dieser ihm folgte.

„Was gibt es, Herr?", fragte er, sobald sie allein in der Stube waren.

„Du wirst zur Festung zurückreisen. Du hast die Entflohenen genauso gesehen wie ich, richtig?"

„Das stimmt."

„Kannst du sie gut genug beschreiben?"

„Ich denke schon. Sonst gibt es ja auch noch die Mag…"

Mazuk winkte ab. „Ja, ich weiß. Du gibst eine detaillierte Beschreibung der Familie an die Zeichner weiter. Sie sollen Steckbriefe von allen vier anfertigen. Es sind die Eltern, *Kalana*, *Asur* und ihre beiden Söhne. Die Suche nach ihnen erhält ab sofort eine höhere Priorität."

„Soll ich das Ganze mit der Königin abklären?"

„Wir belästigen sie nicht mit solchen Kleinigkeiten! Es ist so oder so klar, dass diese Familie wichtig ist. Es *kann* einfach kein Zufall sein, dass sie an zwei wichtigen Orten der Phiruin auftauchen und sich sogar einer von ihnen für sie opfert."

Alrac zögerte. „Es könnte auch alles ganz anders sein", murmelte er, was Mazuk mit den Zähnen knirschen ließ.

„Was hast du gesagt?"

Alrac reckte sein Kinn. „Ich meine, dass es vielleicht ein Irrglaube ist, dass das Mädchen hier auftaucht. Wer garantiert uns, dass sie überhaupt von einem Versteck der Phiruin zum nächsten wechselt?"

Mazuk ließ ein leises Knurren hören. „Ich habe über ein Jahrzehnt die Phiruin gejagt, ihre Spuren verfolgt und das Mädchen dadurch schließlich gefunden! ICH habe sie zurückgeholt! Sie MUSS bei den Phiruin sein, denn sie haben sie damals versteckt, haben sie aus dem Gefängnis geschleust. Daher muss sie jetzt bei ihnen sein!"

„Ab…"

„Wage es ja nicht, mich in Frage zu stellen! Ich habe sie gefunden, nachdem ich die passenden Phiruin aufgespürt hatte. Alles hängt mit ihnen zusammen!"

Alracs Augen blitzten schon wieder rebellisch, doch er senkte schnell den Blick. Dennoch war es Mazuk nicht entgangen.

„Ihr habt recht, Herr. Was werdet Ihr tun?"

Mazuk schnaubte. *Das weißt du doch ganz genau, du Bastard.*

„Es steht dir in deiner Position nicht zu, deinem Befehlshaber solche Fragen zu stellen. Merk dir das."

„Verzeiht, Herr. Ich dachte nur, die Königin würde sich vielleicht über eine neue Informa…"

„Ich werde die Befehle der Königin ausführen, wie sie es mir hier aufgetragen hat, Alrac. Sobald die Gesuchte auftaucht, nehme ich sie in Gewahrsam, und dafür brauche ich dich nicht. Jetzt verschwinde."

Alrac verneigte sich, dann eilte er hinaus, und wenig später spürte Mazuk das magische Knistern auf seiner Haut, als die versklavten Magier seinen Stellvertreter nach Mazmorra transportierten.

«✝»

Was Zenay bis jetzt im warmen Dunst für ein Flimmern der Luft über dem Wasser gehalten hatte, entpuppte sich als rege Menschenmenge, die in die Stadt hinein und aus ihr heraus strömte. Als eine weitere große Straße mit ihrer zusammentraf, tauchten sie zwischen den vielen Pferdewagen und Reisenden unter.

Zenay versuchte, die fremdartigen Händler und Bauern nicht anzustarren, und fühlte sich beschämt, als Tarek ihr einen vielsagenden Blick zuwarf. Danach riss sie sich zusammen, atmete tief durch und zwang sich, die Anwesenheit der vielen Leute zu ertragen. Sie wusste nicht, was in dieser Stadt auf sie wartete, und die vielen Menschen sowie der Mangride in ihrem Nacken machten sie nervös.

Langsam näherten sie sich der Brücke. Zenay vergaß für einen Moment die Menge, während sie die Konstruktion bestaunte. Eine lange Rampe führte auf die erhöht gebaute Holzbrücke hinauf. Dicke Eichenpfosten wurden von der Strömung umspült, und ein Teil in der Mitte der Brücke konnte zum Schutz der Stadt hochgezogen werden.

Zenay runzelte die Stirn, als sie die hohen Mauern rund um den Fluss bemerkte. Die einzigen Lücken bildeten vergitterte Eingänge für Kanäle und bewachte Zugänge zu den Häfen. Die Brücke führte über dicke Stelzen in die Stadt hinein, durch die Öffnung eines Torhauses.

Zenay kniff die Augen zusammen und musterte die andere Flussseite, aber sie konnte nicht viel mehr als Hauswände und Dächer erkennen; alles andere war durch die Mauern verborgen.

Als die Menschenmasse direkt vor der Brücke dichter wurde und immer wieder ins Stocken geriet, stiegen sie ab und führten die Pferde an der Hand, da sie in dem Getümmel unruhig wurden. Sie schritten langsam zwischen den lauten Bewohnern und Händlern über die Holzplanken. Zenay bestaunte die vielen fremden Menschen, ehe sie kurz den Fluss betrachtete, der kräftig unter ihnen dahinströmte. Mitten aus dem breiten Wasser ragten lange Reihen von dicken Holzpfählen, die in einen Hafen führten, den sie in der Stadtmauer links vor ihnen erkennen konnte. Sie wollte Tarek danach fragen, aber er war schon ein Stück vor ihr, und sie beeilte sich, die Menge hinter sich nicht aufzuhalten – und näherte sich dabei zwei Stadtwachen.

Ihr Herz begann zu pochen, als sie die Schwerter an den Hüften der Männer bemerkte. Ihre eigenen Waffen waren unter Malees Sattel gut verborgen, aber dennoch fühlte sie sich wie ein Leuchtfeuer. Sie würde auffallen, würde mit ihrer Nervosität herausstechen, und man würde sie und ihre Freunde direkt hier auf der überfüllten Brücke angreifen …

*Nicht auffallen. Ganz ruhig …*

Einen Moment später waren sie an den Männern vorbei und gelangten unkontrolliert in die Stadt, durch das massive Tor, das sich direkt an die Brücke anschloss. Zenays Herz raste noch, aber die Eindrücke der Stadt lenkten sie bald wieder ab.

Die Straßen quollen fast über. Zwischen den hohen Häusern drängten sich Händler, Reisende, Einwohner und Bettler durch die engen

Gassen. Staub wurde aufgewirbelt, und verschiedenste Gerüche hingen in der Luft, viele davon nicht gerade angenehm.

Zenay dachte an den starken, ruhigen Fluss Yor. Auf einmal kam ihr die Stadt Yoruba selbst wie ein großer, fließender Strom vor, und sie verstand den Namen, den die Stadt innehatte.

Sie überquerten einen weiten Platz am Ende der Straße, auf dem sich Handelsgüter und verpackte Waren stapelten, wurden aber von den nachfolgenden Leuten weitergeschoben. Zenays vorherige Angst wurde bald verdrängt von ehrfürchtigem Staunen. Die Stadt war stickig, und die Schwüle des Sommernachmittags lastete auf allen. Sie führten die Pferde über mehrere Brücken, unter denen sich die Kanäle des künstlich angelegten Wassersystems entlangzogen.

Am äußeren Rand der Stadt gab es viele Werkstätten. Zenay spähte neugierig in jeden Innenhof, und Tarek murmelte ihr zu, dass die Gerbereien am äußersten Stadtrand flussabwärts lagen, weil sie so fürchterlich stanken. Als Nächstes passierten sie eine große Weberei und daneben das Haus eines Schneiders. Vor dem Tor, das in den Hof führte, standen zwei Jungen und boten lauthals die *neuesten* Kleider und *besten* Mäntel an.

Eine der größten Werkstätten war wohl so etwas wie eine Wagenschmiede. Auf einer großen freien Fläche zwischen einigen Häusern wurden Räder und andere Holzteile hergestellt und schließlich zu Wagen montiert. Zwei große Hunde waren an die fertigen Karren gebunden und knurrten bedrohlich, wenn ihnen jemand zu nahe kam.

Immer wieder mussten sie mit den Pferden Umwege nehmen, weil verkeilte Karren den weiteren Weg versperrten oder Wachtrupps auf den Brücken der großen Kanäle patrouillierten. Die Zeit verging, und der Nachmittag neigte sich schon seinem Ende zu, als sie endlich ihr Ziel erreichten, ein Wirtshaus mit Zimmern, das Jesco zu kennen schien.

Er bemerkte Zenays verwirrten Blick und lächelte milde. „Mein Cousin Iven lebt hier in der Stadt, ich bekomme von ihm immer wieder nützliche Hinweise. Wir wollen uns die nächsten Tage treffen, er kann uns vielleicht weiterhelfen."

Zenay nahm es mit einem Nicken hin, und sie beeilten sich, die Pferde im Stall unterzubringen, der zu der großen Herberge gehörte. Nach einer längeren Verhandlung mit dem Hausherrn bekamen sie ein

Zimmer, ähnlich wie das Große in Yerima, nur noch heruntergekommener. Da nicht genügend Betten vorhanden waren, mussten sie behelfsmäßig ein zusätzliches Lager auf dem Boden ausbreiten. Nachdem sie ihre Taschen in dem dunklen, verschmutzten Raum abgeladen und ihn verriegelt hatten, setzten sie sich in eine abseits gelegene Ecke der Wirtschaft.

Sie beschlossen, dass sie sich nach der anstrengenden Reise etwas gönnen durften, und bestellten kühle Getränke und etwas zu essen. Alle in der Gruppe waren müde vom langen Ritt, und die Pferde durch die überfüllten Straßen zu führen hatte ihre restliche Kraft aufgezehrt.

„Können wir heute Abend einfach so tun, als hätten wir keine schwere Zeit vor oder hinter uns?", fragte Elaya und lächelte halbherzig. „Wir sind in Yoruba, bei den Hütern! Lasst uns den Abend genießen und erst morgen darüber nachdenken, wie es weitergeht."

Das müde Nicken der Runde war Antwort genug. Zenay konnte sich ohnehin nicht vorstellen, jetzt noch lange Diskussionen über die weitere Reise oder den Mangriden zu führen.

In ihrem Kopf machte sich die Müdigkeit mit einem dumpfen Brummen bemerkbar, aus dem sie erst wieder aufschreckte, als eine Frau die Bierkrüge vor ihnen abstellte und dann Brot, Schinken und etwas Eintopf brachte.

Bevor ihr Bruder etwas sagen konnte, hatte Elaya ihm sein Bier weggeschnappt und einen großen Schluck genommen. Sein verdutzter, vorwurfsvoller Blick ließ die anderen grinsen und Elayas Ohren deutlich rot anlaufen. Sie lachte ihn an, während er ihr durch die kurzen Haare wuschelte.

Sie aßen und fühlten sich das erste Mal seit langer Zeit im Schutz der Masse geborgen.

Gerade als Malak die Reste des kräftigen Eintopfs mit Brot aus der Schale wischte, öffnete sich die Tür der Schenke, und eine Gruppe Männer trat ein. Sie hatten schweres Gepäck auf ihren Rücken und gingen zielstrebig zum Tresen, wo zwei von ihnen ein intensives Gespräch mit dem Wirt begannen.

Kurz darauf stellten sie alle ihre Sachen ab, und drei von ihnen traten mit frisch gezapften Bierkrügen in die Mitte des Raumes und räusperten sich.

Tarek stupste Zenay an und nickte zum Tresen hin.

„Jetzt pass auf! Ich glaube, diese Fremden werden uns gleich einige Neuigkeiten berichten", flüsterte er, leicht zu ihr gebeugt.

„Ist jetzt wirklich der richtige Zeitpunkt, um sich Geschichten anzuhören?", erwiderte sie kritisch. „Wir sind alle müde ..."

„Es ist wichtig. In den meisten Geschichten verbirgt sich Wahrheit, und so erfahren wir vielleicht, was sich in letzter Zeit in der Gegend getan hat."

Zenay nickte und ließ ihn gewähren. Sie beobachtete die drei Männer bereits aufmerksam.

Kaum klatschte einer der Reisenden in die Hände – es war der größte Mann, mit langen schwarzen Haaren –, verebbten die Gespräche in der Wirtschaft und es wurde still.

„Heute Abend, werte Damen und Herren, werden ich und meine beiden Freunde hier euch von unseren Reisen erzählen, durch unsere schreckliche und doch so wundervolle Welt. Wir haben Tod gesehen und Leid, aber auch Liebe und Schönheit. Und all das wollen wir mit euch teilen, ehe der Abend zu Ende geht und ihr euch alle wieder eurem alltäglichen Leben widmen müsst. Hier in der prächtigen Flussstadt Yoruba!"

Lautes Jubeln und Grölen machte sich breit, während alle voller Erwartung auf die Erzählungen ihre Krüge ein letztes Mal hoben; danach kehrte schlagartig Ruhe ein.

„Bevor wir beginnen, ist es an uns, eine Nachricht zu überbringen. Die Ratken haben allen reisenden Erzählern wie uns befohlen, von einer Gesuchten zu berichten. Es ist nur wenig über ihr Aussehen oder ihren Aufenthaltsort bekannt, aber es heißt, sie sei gefährlich und eine Verräterin an der Königin. Jeglicher Kontakt muss sofort gemeldet werden."

Er warf einen forschenden Blick durch die Menge, und obwohl Zenay mittlerweile zum Zerreißen gespannt war, bemerkte sie doch die Veränderung in seiner Miene. Er war kurz davor, seine eigene Meinung zu sagen, nicht die der Ratken.

„Seit einigen Monaten durchstreifen die Krieger regelmäßig die Wälder und Wiesen bei den großen Hornträgerstädten und patrouillieren vermehrt auf Straßen überall in Tyarul. Es heißt, sie suchen noch immer einen Flüchtling aus Mazmorras Grab, eben diese Frau. Ich weiß nicht, wie jemals einer aus dieser Hölle fliehen konnte, aber es muss wohl wahr sein, denn die Ratken meinen es ernst. Im Norden kam es schon zu mehreren Kämpfen, weil Ratken Frauen aus Dörfern entführt haben. Die Frauen hatten alle braunes Haar."

Ein leises Raunen ging durch die Menge.

Zenay schluckte. Sie wusste genau, wen die Ratken zu finden versuchten. Ihr Herz raste jetzt, und das Blut rauschte ihr in den Ohren, ließ das Murmeln der Leute zu einem Brummen verschwimmen. Auf einmal fühlte sie sich wie auf einem Präsentierteller. Sie war sich plötzlich sicher, in dieser Menge sofort aufzufallen, und drückte Tareks Hand fester. Doch alle Blicke blieben auf die Erzähler gerichtet.

Obwohl sie sich kaum an die dunkle Königin oder an ihre Flucht erinnern konnte, sträubte sich alles in ihr zutiefst dagegen, dieser Frau jemals wieder zu begegnen. Nur zu gut erinnerte sie sich an die Verletzungen, mit denen sie bei Shetan und Tarek aufgewacht war.

Sie versuchte, sich nicht durch ihre eigene Angst ablenken zu lassen, und lauschte weiter dem Bericht des Mannes.

„Es heißt, schwer bewaffnete Truppen der Ratken würden sich bei den kleinen Bergdörfern aufhalten und dort plündern und töten. Wir halten es für unsere Pflicht, euch zu warnen, denn jeder, der sich dorthin wagt, läuft Gefahr, Opfer ihres Zorns zu werden."

Tiefes, nachdenkliches Schweigen hatte sich jetzt in der Wirtschaft breitgemacht, und keiner schien auch nur atmen zu wollen, um die unangenehme Stille zu brechen.

Die Reisenden steckten ihre Bierkrüge zusammen und prosteten dann den Zuhörern zu. Sie benötigten nur einen Moment, um die Leute nach diesem Bericht an ihre nächste Geschichte zu fesseln und die Stimmung vollkommen zu wandeln.

Aber Zenays Herz wollte sich nicht mehr beruhigen. Ihretwegen starben Menschen, ihretwegen war Ornanung niedergebrannt worden. Und die Ratken wüteten auch an anderen Orten. Ohne es zu wollen, hatte sie durch ihre Flucht aus dem Gefängnis etwas ins Rollen gebracht, das sie nicht mehr aufhalten konnte.

Die Königin würde sich holen, was sie begehrte, koste es, was es wolle. Sie würde jeden aus dem Weg räumen, der in ihren Augen eine Bedrohung darstellte.

Als Zenay sich endlich von ihren Gedanken befreite, um dem Mann weiter zu lauschen, musste sie feststellen, dass er sich bereits wieder gesetzt hatte und der zweite Mann aufgestanden war. Er hatte kurze, strohblonde Haare und sah wesentlich jünger aus als seine Begleiter, doch auch er strahlte eine Erfahrenheit aus, die von vielen Reisen herzurühren schien.

Zenay hatte den Anfang der Erzählung nicht gehört; sie hatte gar nicht bemerkt, dass sie so lange in ihren Erinnerungen gefangen gewesen war. Der Blonde berichtete von irgendeiner Stadt und was die Händler dort getan hatten. Als er kurz einen Hund erwähnte, wurde Zenay sofort an Wafaa erinnert und wünschte sich wieder einmal sehnlichst die Anwesenheit der Wölfin herbei – aber sie wurde aus ihren Gedanken gerissen, als plötzlich die ganze Wirtschaft in schallendes Lachen ausbrach.

Zenay fühlte sich völlig fehl am Platz. Die Menschen um sie herum passten alle so gut in das Bild, und Zenay war froh, so weit am Rand der Menge zu sitzen. Ihre Freunde lauschten den Männern weiterhin unbeirrt, und Zenay warf einen Blick auf Tareks Bierkrug. Auf einmal machte sich ein unbändiges Bedürfnis in ihr breit, das alles zu verdrängen, zu vergessen. Sie konnte nicht ständig mit dem Bewusstsein leben, dass man sie jagte und verfolgte und dass scheinbar ein ganzes Volk danach trachtete, sie endlich gefesselt und geschunden vor ihre Königin zu zerren.

Sie tippte kurz gegen Tareks Hand, und er reichte ihr den Krug. Sie nahm die Sorge in seinem Blick wahr, die ihre eigene widerspiegelte, wandte sich dann aber ab und nahm nach einem Zögern einen Schluck.

Das Bier war bitter und stärker als das aus Ornanung, aber es schmeckte würzig, und nachdem sie die Flüssigkeit einen Moment auf der Zunge herumgerollt hatte, befand sie sie als gar nicht schlecht. Sie nahm noch einen Schluck und war froh um diesen kurzen Moment der inneren Ruhe.

Zenay blickte wieder zu den drei Erzählern, die auf einmal gar nicht mehr lustig wirkten. Ihre Gesichter wurden ernst, und sie blieben einen Moment stumm, so dass Zenay bei ihrem Anblick ein Schauer den Rücken hinunterlief. Der erste Erzähler setzte lange seinen Krug an und erhob sich erneut von seinem Hocker.

„Und nun", fuhr der Erzähler fort, „will ich euch von einem schrecklichen Ungetüm erzählen, das sich in den Wäldern um Yerima herumtreiben soll." Er schwieg einen Moment, um seine Worte zu unterstreichen.

„Ja, meine werten Freunde, es soll dort eine Bestie ihr Unwesen treiben. Ein schreckliches Monstrum. Manche sagen sogar, es sei ein magisches Wesen mit dunklen Kräften."

Zenay erschauderte, als der Mann sich eine Strähne seines Haars aus dem Gesicht strich und sie eine Narbe entdeckte, die Tareks äußerst ähnlich war, nur stärker und offensichtlich frischer.

„Dieses Monstrum ist größer als jeder Mann, mit schwarzer Haut und glühenden Augen, die nur eines suchen: den Tod! Es kam in das kleine Städtchen, riss Bauern, Händler und Mägde in den Tod! Die Wachen waren machtlos, und als es verschwand, brannten Häuser und herrschte Chaos. Manche sagen, das Wesen hätte sich in Richtung Yoruba davongemacht."

Der Bericht brach über Zenay herein wie ein Sturm und ließ die Wunden an ihrem Rücken brennen. Sie sprang auf und musste sich beherrschen, nicht davonzurennen. Eilig ließ sie Tareks Hand los und drückte sich dann zwischen den Umstehenden hindurch, ohne noch einmal zurückzublicken.

Wenn sie hier nicht rauskam, würde sie ersticken! Dunkle Schatten nahmen ihr die Sicht und schnürten ihre Kehle zu.

Sie taumelte, stieß gegen jemanden, tauchte unter seinem Arm hindurch, bevor er etwas sagen konnte, und schlüpfte zur schweren Eingangstür.

Zenay trat auf die dunkle Straße und atmete tief ein und aus. Die Erzählung hatte eine Woge aus Erinnerungen in ihr ausgelöst, die ihr Tränen in die Augen trieben. Sie dachte an die kurze Unterhaltung am Waldrand zurück. Sie war mitverantwortlich für die Toten. Der Mangride war ihr nach Yerima gefolgt und hatte Unschuldige getötet, auf der Suche nach ihr.

Vor ihrem inneren Auge vermischten sich ihre Erinnerungen an seine blutige Fratze mit schutzlosen, sterbenden Menschen in der kleinen Stadt.

Wind kam auf und wehte ihr einen üblen Geruch zu, doch sie wollte noch nicht wieder hinein zu der grölenden Meute. Sie nahm ihr Tuch aus der Tasche und verhüllte ihr Gesicht.

Eine Weile stand sie einfach da, schloss die Augen und versuchte, sich zu beruhigen, während das Grölen der Menge leise durch die schwere Tür zu ihr herausdrang.

Auf einmal befiel sie eine bodenlose Müdigkeit und sie wollte nur noch schlafen.

Die Tür zur Schenke wurde geöffnet, und sie schlug widerwillig die Augen auf.

„Lass mich bitte noch etwas, Ta…", fing sie an, doch im selben Moment trat ein schwankender Mann aus der Tür und stolperte auf sie zu. Ihre Hand schnellte an den Griff ihres Messers, aber sie verharrte, überrascht über ihren merkwürdigen Instinkt, und wartete auf seine Reaktion. Der Mann machte einen weiteren Schritt auf sie zu.

„Soso, junge Dame, was machs'n du so allein hier drauß'n?", fragte er mit schwerer Stimme. Damit trat er plötzlich an sie heran und packte ihren Arm.

„Lass los, lass mich in Ruhe!", zischte sie verwirrt, überrascht über seine plötzliche Schnelligkeit, und ihre Augen begannen schwach zu glühen.

„Oh nein, meine Schöne! Du komms' mit mir!", lallte er heiser und sein Gesicht kam ihrem näher. Sein Atem stank widerlich nach Schnaps und faulen Zähnen. Zenay wich so weit sie konnte zurück, doch er zog sie mit erschreckender Stärke wieder zu sich.

„Hast du nicht gehört, du Säufer? Verschwinde!", rief plötzlich jemand hinter ihr. Der andere packte den Betrunkenen am Arm und stieß ihn von Zenay weg. Die wirbelte herum und hob ihre Fäuste zum Angriff. Sie würde sich nicht mehr überfallen lassen, egal von wem … Hinter ihr erhob sich der Betrunkene und floh lallend in die Dunkelheit. Zenay wandte sich um und starrte voller Überraschung in Jescos Gesicht.

Rasch ließ sie die Hände ein wenig sinken.

„He, sachte Sina! Ich habe dir nichts getan."

„Ich …", meinte sie überrascht, doch Jesco schnaubte.

„Weshalb hast du diesem Rüpel denn keine Manieren beigebracht? Du hättest ihn doch mit Leichtigkeit ausschalten können!"

„Ich konnte ihn doch nicht einfach verletzen!", protestierte Zenay.

„Er hat mich überrumpelt!", erklärte sie dann säuerlich.

„Doch, denn wenn du es nicht tust und ich nicht da gewesen wäre, hätte er vielleicht dich verletzt!"

„Aber er könnte mich als Magierin erkennen …"

„Dann müsstest du ihn töten, damit er es niemandem erzählt."

„Was? Aber wäre es so furchtbar, wenn er es wüsste? Ich soll jemanden dafür töten?", wisperte sie entsetzt und sah ihn strafend an.

„Ja, das müsstest du. Dein Leben ist wichtiger als seines. Kein Feind darf deine wahre Identität erkennen, jedenfalls nicht, bis du stark genug bist, jeden zu besiegen."

„Wie kannst du nur so herzlos sein?!"

„Ich bin nicht herzlos!", meinte er mit strenger Stimme. „Die einzige Möglichkeit, in diesen schweren Zeiten zu überleben, ist hart zu bleiben und seine Gefühle zu unterdrücken. Es geht ums nackte Überleben, irgendwann wirst auch du töten müssen."

„Ich … das könnte ich nicht!"

„Dann gibt es für dich keine große Zukunft."

Zenay schwieg, irritiert durch seine trockene Aussage.

Im nächsten Moment wurde sein Blick wieder milder. „Entschuldige. Ich habe das nicht so gemeint. Nun … ich schätze, wir müssen einfach besonders gut auf dich achtgeben, nicht wahr? Erster Schritt: Geh nicht allein nachts vor die Tür. Tarek wird sonst noch verrückt."

Zenay nickte rasch und versuchte, den Kloß in ihrem Hals wieder loszuwerden.

Jesco nahm sie sachte an der Schulter und führte sie hinein.

In der Schenke erwartete sie wieder die grölende Meute; ihr Lachen, Singen und Gerede war für Zenay zu einem lauten, unangenehmen Summen verschmolzen.

Sie kehrten zum Tisch der anderen zurück, aber ihr war nicht mehr nach Unterhaltung zumute, und obwohl Tarek ihre Laune zu spüren schien, wollte sie jetzt nichts erklären. So verabschiedete sie sich wortkarg von allen und ging nach oben.

Am nächsten Morgen schmerzte Zenays Nacken von der einfachen Strohmatratze, in der Tarek und sie eingesunken waren. Sie erwachte in seinen Armen, genoss seine Wärme und seinen Atem, der ihr regelmäßig über die Haare strich. Es dauerte allerdings nur einen Moment, bis ihr stechender Rücken sie aus dem Bett trieb.

Während die anderen noch schliefen, wollte Zenay erst einmal etwas für sich sein und so fragte sie eine Magd des Hauses nach einer Waschmöglichkeit. Die rundliche Frau führte sie zu einer kleinen, dunklen Kammer im Erdgeschoss und gab ihr sogar nach einem Moment mit einem milden Lächeln ein sauberes Leinentuch.

„Es ist noch etwas warmes Wasser da, von deinem Vorgänger. Aber aufheizen kann ich es jetzt nicht noch einmal, ich hab zu viel zu tun."

Zenay nickte. „Das reicht völlig. Ich will nur den Staub der Straße loswerden."

Die Magd ließ sie allein, und Zenay schob den abgeschabten Riegel der Tür hinter sich zu.

Der alte Zuber war noch nass, aber immerhin roch er nach Seife und Kräutern, nicht nach altem, morschem Holz, was eher zu seinem Bild gepasst hätte. Kaltes Wasser stand in einem Fass bereit, und in einem Kessel über dem Feuer war noch ein lauwarmer Rest. In der grauen Asche knackten ein paar letzte Holzkohlen und strahlten sanfte Wärme ab.

*Wer wohl so früh schon ein heißes Bad verlangt hat?*, fragte sich Zenay und steckte vorsichtig einen Finger in das Wasser im Kessel. Es war noch schön warm, würde aber zusammen mit dem kalten im Fass kaum ein angenehmes Bad ergeben. Also beschloss sie, das warme Wasser nur zum Übergießen zu verwenden. Sie streifte die Kleidung ab, hängte sie über einen Schemel und massierte sich kurz den steifen Nacken.

Während sie sich einige Kellen über das Gesicht und die Haare kippte, tauchte unvermittelt ein Bild in ihrem Kopf auf. Sie sah einen strahlend hellen, weiß gekachelten Raum, von einer Glühbirne erleuchtet. Eine schneeweiße Badewanne stand darin, ein ebenso sauberes Waschbecken; leise Musik rieselte aus einem Radio …

Zenay schrak zurück, und die Kelle fiel auf den Steinboden. Das Wasser tropfte an ihr herunter und lief gemächlich zu dem kleinen Gitter im Boden, wo es verschwand und sich vermutlich in einen der vielen Kanäle von Yoruba ergoss. Mit zittrigen Fingern hob sie die Schale wieder auf und tauchte sie erneut ins Wasser.

War das eine Erinnerung? Sogar die Musik hatte sie gehört ... Zu ihren Gedanken um die jetzige Situation, die Verfolgung durch den Mangriden und die Ratken ... mischte sich jetzt noch ein merkwürdiges Schuldgefühl. Ihr altes Leben lag noch gar nicht so lange zurück, sie hatte noch so manchen Eindruck von ihrem Zuhause. Dennoch erschien das alles fremd und unwirklich. Sie hatte schon lang keine Träume mehr von diesem alten Leben gehabt, stattdessen schlichen sich zunehmend mehr Ängste und Visionen in ihren Schlaf.

Nachdenklich strich sie sich durch das nasse Haar und versuchte, es zu entwirren.

*Sollte ich nicht eigentlich versuchen, zu meinem alten Leben zurückzukehren? Ich bin hier immer noch fremd. Und ich kann mich nicht richtig einleben, denn meine Kräfte machen mich zum gejagten Außenseiter.*

*Allerdings ... wie wäre es wohl, wenn ich zurückkönnte? Ich kann meine Kräfte nicht vergessen, ich will es gar nicht! Und wäre ich normal, wäre ich gar nicht hier. Ich hätte Tarek und meine Freunde niemals kennengelernt!*

*Und du wärst nicht gefoltert und beinahe umgebracht worden,* stellte eine mürrische Stimme in ihrem Kopf fest. *Du würdest daheim leben, mit deinen Eltern, an die du dich gar nicht erinnern kannst, und hättest nie etwas erfahren von dieser von Kriegen zerrissenen Welt, die von dir erwartet, dass du völlig selbstlos alle rettest.*

Sie schnaubte. *Dazu habe ich mich aber aus freien Stücken entschieden!*

Die Zweifel nagten allerdings weiter an ihr. Sie durchkämmte ihr Haar mit den Fingern und trocknete sich dann gründlich ab. Die Wärme hatte zwar ihrem Nacken gut getan, doch das Wasser konnte ihre Sorgen nicht wegspülen. Als sie wieder angezogen war und die Kammer verließ, hatte sie sich schon entschlossen, Tarek und den anderen nichts von diesen Gedanken zu erzählen. Es würde ohnehin nichts außer Unmut bewirken. Sie konnte nicht zurück zu ihrem alten Leben und wusste auch nicht, ob sie es wollte. Trotz der düsteren Zeiten hier lag ihr zu viel an ihren Freunden. An Tarek und ihrer Magie.

«✝»

Die anderen wachten nach und nach auf, aber keiner war sonderlich gesprächig. Anscheinend hatte Zenays Stimmung abgefärbt, nachdem sie alle doch etwas länger aufgeblieben waren. Oder Jesco hatte ihnen noch von ihrer Begegnung mit dem Betrunkenen erzählt. Jedenfalls wirkte Tarek etwas kühler als sonst.

Sie gingen hinunter in die fast leere Schenke und bestellten Milch und frisches Brot. Elaya murrte vor sich hin und schimpfte über ihre Dummheit und ihren Bruder, der am Abend wohl ein Bier zu viel für sie beide bestellt hatte.

Kaum hatten sie sich alle an den hintersten Tisch gesetzt, breitete Jesco einige blanke Seiten Papier aus, und Tarek zog Tinte und zwei Federkiele hervor.

Asyra holte eine große Pergamentrolle aus ihrer Tasche und entrollte sie auf dem Tisch: Es war eine detaillierte Karte von Tyarul. Die Müdigkeit schien von ihnen abzufallen, und gespannte Aufmerksamkeit machte sich breit, als Jesco auf die Karte tippte.

„Wir befinden uns hier und südöstlich von Yoruba liegt Siad", fing Jesco an und zeigte Zenay die beiden Punkte auf der Karte. Tarek deutete auf die felsige Berglandschaft, die dazwischenlag.

„Der direkteste und einfachste Weg führt am Yor entlang, und zwar nach Süden durch dieses Gebiet, so müssen wir die Berge nicht überqueren. Wir müssen mit mehr Augen und auch mehr Kontrollen rechnen, wir könnten sogar Ratken begegnen."

Zenay erschien das nicht besonders sicher, aber sie brummte zur Zustimmung und wartete ab, was die Männer weiter zu erzählen hatten. Ihre Anspannung blieb jedoch, und langsam schlich sich ein nervender Schmerz in ihren Nacken.

Tarek schien es nicht zu bemerken und machte weiter, indem er mehrmals auf die Karte tippte. „Das wird eine lange und anstrengende Reise, nicht zu vergleichen mit der von Yerima hierher. Das Land wird nach den Bergen zunehmend trockener, davor haben wir noch den Schutz der Wälder, aber auf Dauer ist es nicht einfach, dort auszukommen. Deshalb müssen wir alles gut vorbereiten. Wir brauchen weitere Vorräte."

„So oder so müssen wir jetzt erst einmal ordentlich einkaufen", rief Elaya und strahlte. Kater und Müdigkeit schienen vergessen. „Sina, Asyra und ich gehen gleich mit dir hoch, wir müssen noch einiges vermessen!"

Zenay blickte sie verwirrt an. „Was denn vermessen?"

„Das erklären wir dir nachher", murmelte Asyra, und Elaya zwinkerte ihr zu.

„Jaja, ihr Mädchen macht euer Ding, wir werden uns hier noch wegen des Proviants besprechen", sagte Malak grinsend. Elaya versetzte ihm einen kleinen Hieb gegen den Oberarm, und sie und Asyra bedeuteten Zenay, ihnen zu folgen.

Kaum waren sie die knarzende Treppe hinaufgestiegen und einer putzenden Magd ausgewichen, schloss Elaya hinter ihnen die Tür, und Asyra zog einen langen Lederstreifen hervor.

„In Ordnung, Sina. Du wirkst ja schon etwas verwirrt, deshalb klären wir dich auf: Wir stimmen alle darin überein, dass du dringend eine Rüstung brauchst. Das Kettenhemd allein reicht da nicht, du brauchst ein Wams und Arm– und Beinschienen aus gehärtetem Leder, dazu kommt ein Überwurf aus Leder, um deine Schultern und den Nacken zu schützen."

Zenay blickte die beiden verdutzt an. „Okay ...", antwortete sie langsam und ihre Freundinnen zogen jeweils eine Augenbraue hoch, bevor Asyra weitersprach.

„Und natürlich sind wir uns alle in noch etwas einig: Du kannst all diese Sachen unmöglich selbst kaufen, das ist viel zu gefährlich. Deshalb werden Elaya und ich jetzt deinen Körper vermessen und dann für dich einkaufen gehen."

Zenay atmete erst einmal ruhig weiter und versuchte, das soeben Gesagte einzuordnen. Warum störte es sie, dass sie ihr das so einfach mitteilten? Bestimmt war es eine gute Idee, ihr eine bessere Ausrüstung zu besorgen, und irgendwann mussten sie ihr auch diesen Plan eröffnen. Trotzdem fühlte sie sich schon wieder ausgeschlossen.

„Na gut, aber natürlich zahle ich das alles ..."

Elaya grinste. „Genau, weil du ja so reich und wohlhabend bist. Tarek hat uns bereits das nötige Geld versprochen."

„Aber …", fing sie an, doch dann sah sie den entschlossenen Ausdruck auf den Gesichtern ihrer Freundinnen. „Nun gut … Wo bekommt ihr die Sachen alle her? Ich meine, lassen es die Ratken so einfach zu, dass ihr euch Rüstungen kauft?"

„Nein, es gibt keine metallischen Rüstungen mehr, höchstens noch Sachen aus gehärtetem Leder – und auch die kann man nur im Untergrund kaufen. Deshalb wollen wir auch nicht, dass du mit in diese Gegend von Yoruba kommst."

Zenay sah die beiden zweifelnd an. „Ach so, und ihr beide wisst genau, zu welchem Rüstungshändler ihr gehen müsst? Ihr beide. Frauen. So ein illegaler Schieber wird euch sicherlich eben mal seine Waren zeigen", meinte sie sarkastisch, doch Elaya grinste nur.

„Keine Sorge, wir machen das schon. Yoruba und Ornanung liegen schließlich nicht so weit auseinander. Jesco kennt hier einige Leute und hat uns den Kontakt besorgt."

„Hm, na gut. Welche Maße braucht ihr?", erwiderte Zenay und streckte ihre Arme widerwillig aus.

Asyra hob den Lederstreifen, und Zenay erkannte, dass er in regelmäßigen Abständen mit Markierungen versehen war. „Wir fangen mit den Armen und Schultern an. Elaya, schreib alles auf, wir schauen dann, ob es Übereinstimmungen mit unseren Maßen gibt, und gehen die Sachen holen."

Zenay biss sich auf die Lippe. Irgendwie störte sie diese Bezeichnung. *Sachen.* Das war eine Rüstung! Sie hatte noch nie eine in den Händen gehalten, aber die Bedeutung dieses Wortes war ihr klar. Die Freunde wollten sie darauf vorbereiten, zu kämpfen.

„Was ist mit euch? Ihr habt nicht einmal ein Kettenhemd. Kauft ihr auch Rüstungen für euch?"

Elaya lachte auf. „Sei nicht albern. Das ist viel zu teu…" Sie brach ab, als Asyras mahnender Blick sie traf.

Zenays Hals schnürte sich zu. Sie schätzten ihr Überleben wichtiger ein als ihr eigenes. Das stand ganz deutlich in ihren Gesichtern geschrieben.

Die junge Elaya nahm rasch ein Blatt Papier, holte einen Kohlestift hervor und notierte die Maße, die Asyra von Zenay nahm. Sie vermaß die Länge ihrer Arme und den Umfang, dann Schultern, Taille und

Beine. Sie maß, wie lang ihr Rücken war und wie breit ihre Hüfte, bis sie ein gesamtes Profil von Zenays Körper erstellt hatte.

„So, ich denke, das reicht. Komm, Elaya, ich schaue, ob du zufällig passende Größen hast. Es könnte etwas auffällig sein, wenn wir eine komplette Ausrüstung kaufen, ohne auch nur ein Teil anzuprobieren."

„Warum kann ich eigentlich nicht mitkommen?", fragte Zenay noch einmal.

„Das ist das Schmugglerviertel von Yoruba, Sina. Dort verkaufen sie, was laut den Gesetzen Zaydas verboten ist. Schwerter, Bögen, Dolche. Es gibt nicht genug Eisen für komplette Metallrüstungen, aber das wäre ohnehin viel zu schwer und unbezahlbar. Wir besorgen dir Sachen aus Leder. *Ohne dich,* und damit Schluss."

Zenay wollte erneut ansetzen, aber Elaya hielt sie auf. „Sina, wir wollen nur nicht riskieren, dass du entdeckt wirst, mitten unter Waffenschiebern, Schmugglern und anderem Gesindel."

„Ist es denn für euch so viel ungefährlicher?", meinte Zenay schmollend und zog die Stirn in Falten.

Elaya grinste und wirkte auf einmal sehr stolz. „Ich war schon einmal dort! Es ist zwar nicht einfach, aber wenn man nur kaltschnäuzig genug wirkt, lassen einen die Leute in Ruhe."

„Hm, dann nimm besser nicht Malak mit, was?"

Elaya lachte. „Nein, der hat anderes vor."

„Wo liegt denn dieser Schwarzmarkt?"

„Gut verborgen im Gerbergebiet, am Rand der Stadt bei den Felsen. Das ist der übel stinkende Teil von Yoruba, wo sich alle Leute rumtreiben, die nicht gerne gefunden werden wollen. Der Gestank hält die meisten Wachen fern. Und dich auch!"

Zenay seufzte und verdrehte die Augen, während sie sich den immer stärker schmerzenden Nacken rieb. „Gut, ich habe verstanden."

Daraufhin schwieg sie und beobachtete die beiden, während sie ihre Vorbereitungen beendeten und eine Tasche und Malaks Mantel mitnahmen, um die gekauften Sachen zu verbergen.

Ein ungutes Gefühl stieg in Zenay auf, sie konnte ein Schnauben kaum verhindern. Sie machte sich keine großen Sorgen um ihre Freundinnen, aber sie wollte sich auch nicht wie ein Kind behandeln lassen.

So knirschte sie mit den Zähnen und beobachtete mit verschränkten Armen, wie die beiden das Zimmer verließen.

«✝»

Asyra und Elaya schulterten ihre Taschen, die bis auf den zusätzlichen Mantel leer waren, und liefen die knarzende Treppe hinunter in die Wirtschaft. Sie fanden Jesco, Tarek und Malak am selben Platz. Sie hatten eine Liste mit Lebensmitteln und anderen Vorräten erstellt, die sie für die lange Reise brauchen würden, und besprachen jetzt, wo sie gleich alles besorgen wollten.

Elaya warf nur einen kurzen Blick darauf und fand die erwarteten Sachen: Getreide und Reis, getrocknetes Gemüse, Kräuter, Dörrobst, Seile, einen weiteren Schleifstein, Leinen – falls sie eines der Zelte reparieren müssten – und so weiter, von Pökelfleisch über Knochenleim für die Herstellung von Pfeilen bis zu einer zweiten Zunderbüchse.

Sie setzte sich neben ihren Bruder. Asyra ließ sich kurz neben Tarek auf die Bank gleiten und nickte ihm zu. Unbemerkt von allen trinkenden und feiernden Gästen wechselten in Sekundenschnelle drei lange Lederschnüre voll aufgefädelter Silberstücke ihren Besitzer.

Sie blieben noch einen Moment ruhig sitzen und achteten auf mögliche ungebetene Beobachter, dann verabschiedeten sich die beiden Frauen.

# Die Spuren einer Toten

Zenay blieb allein im Zimmer zurück und versuchte, die Unzufriedenheit zu bekämpfen, die in ihrem Magen rumorte.

Ihr Rücken schmerzte und kribbelte und machte sie ganz unruhig. Sie drehte den Hals hin und her, um das Stechen im Nacken zu mindern, doch der Schmerz wollte sich einfach nicht lösen. Ärgerlich fuhr sie mit den Fingern über die schwarzen Narben an ihrer Schulter.

Der verdammte Mangride hatte ihr das angetan! Hätte sie damals schon eine Rüstung gehabt, wäre das vielleicht gar nicht passiert. Wollten die beiden nicht auch einen Schutz für die Schultern mitbringen?

Sie stand auf und ballte die Fäuste. Sie würde sich hier nicht einsperren lassen! Ihr Rücken juckte, doch sie verdrängte das Gefühl und konzentrierte sich.

Mit einem entschlossenen Lächeln schob Zenay den Riegel vor und verschloss damit die Tür von innen. Grummelnd packte sie ihr Schwert, befestigte es am Gürtel und warf sich den Mantel über. Das Tuch war rasch im Nacken zusammengebunden und über die Nase gezogen, dann eilte sie an eines der zwei Fenster, das zur Straße hinzeigte, und hatte Glück: Sie erhaschte gerade noch einen Rotschopf mit seiner kleinen Begleiterin, bevor sie einen Moment später am Ende der Straße verschwanden.

Was für ein erfreulicher Zufall, dass ihr Zimmer an der Ecke des Hauses lag; dadurch zeigte das andere Fenster nur zu der dunklen Seitengasse. Sie befand sich im obersten Stockwerk, und das Haus gegenüber war genauso hoch und hatte ein Fenster auf gleicher Höhe.

Wieder fuhr das schmerzhafte Kribbeln durch ihren Rücken, doch die Aussicht auf Bewegung linderte es auf sonderbare Weise. Es war, als würde sich eine düstere Zufriedenheit in ihr ausbreiten, die sie allerdings nicht richtig einordnen konnte.

Sie schwang sich hoch auf den Fensterrahmen, blickte einmal hinunter, dann wieder zur anderen Hauswand – und sprang.

Leise ächzend bekam sie den Steinsims auf der anderen Gassenseite zu fassen, rutschte kurz mit den Füßen an der rauhen Wand entlang und zog sich hoch in den viereckigen Ausschnitt des Fensters. Sie spähte hinunter in die dunkle Gasse, während sie sich am Fensterrahmen festhielt, ehe sie die hölzerne Dachrinne zu packen bekam und mit etwas Magie nachhalf, um sich hinaufschwingen zu können.

Das Dach war nicht sehr steil. Sie schlich hinauf bis zur Spitze und rutschte vorsichtig auf der anderen Seite bis an die Kante. In einer dunklen Ecke des angrenzenden Hauses kletterte sie Stück für Stück am hervorstehenden Fachwerk hinunter und sprang in die feuchte Gasse.

Einen Moment starrte sie hoch zum Dach und wollte auflachen. Sie hatte das tatsächlich gerade getan! Eine Energie beflügelte sie jetzt, ließ ihren Atem schneller gehen und ihr Herz pochen. Kurz schüttelte sie den Kopf, von sich selbst überrascht, dann hüllte sie sich in den Mantel und machte sich auf, den beiden Frauen zu folgen.

Sie hatte erneut Glück, denn als sie aus der Gasse nach links in die belebte Straße eingebogen und ein Stück gelaufen war, entdeckte sie Asyras Rotschopf, gerade bevor sie um die nächste Ecke verschwand.

Die beiden eilten durch eine geschäftige Straße nach der anderen, über eine endlose Zahl von Kanalbrücken, bogen dann in ein schattiges, ruhigeres Gassenlabyrinth ab. Zenay musste den Abstand vergrößern, um nicht von ihnen gesehen oder gehört zu werden.

Die Straßen wurden feuchter, immer mehr kleine Rinnsale und Kanäle führten daran entlang. Als Zenay durch eine Gasse ein strenger Gestank entgegenwehte, ahnte sie, dass sie dem Gerberviertel näher kamen. Und damit auch dem Schwarzmarkt.

Die Häuser um sie herum waren jetzt nicht mehr so hoch und wirkten älter, als sie sich rasch in den Schatten eines Hauseingangs drückte. Elaya drehte den Kopf und starrte die Gasse hoch, dann wandte sie sich wieder ab und holte schnell zu Asyra auf.

Es kamen ihnen nun immer öfter zwielichtige Gestalten entgegen, und Zenay war froh, in ihrem dunklen Umhang zwischen ihnen nicht aufzufallen.

Sie schlüpfte einfach in den düsteren Gassen an ihnen vorbei und lauschte auf Schritte und andere Geräusche. Das allgemeine Rauschen der Stadt war nur noch gedämpft zu hören. Ein großer Mann kam auf einmal aus einer Seitengasse gestolpert, Zenay wich ihm mit einem behänden Sprung aus, und der Mann wankte weiter.

Hinter einem Stapel Kisten spähte sie die Straße entlang. Asyra und Elaya drangen immer tiefer in das Gerberviertel ein – oder eher Feilscherviertel, wie Zenay fand, denn sie begegneten nun häufiger irgendwelchen Hehlern und Händlern, die Asyra und Elaya ansprachen und ihnen merkwürdige Pulver oder Kräuter anboten.

Die beiden Frauen ignorierten die Umstehenden einfach und schlüpften an ihnen vorbei. Zenay tat es ihnen gleich und war froh, dass ihr niemand Beachtung schenkte.

Plötzlich blieben die beiden stehen. Zenay folgte ihnen bis an die Hausecke, an der einige Fässer standen, und lauschte mit Hilfe ihrer Magie.

„Ähm", machte Asyra und besah sich den kleinen Laden. „Wie genau hast du eigentlich vor, den Sattler dazu zu bringen, dass er uns seine *echte* Ware zeigt? Er wird Rüstungen nicht in seinem Schaufenster ausliegen haben."

„Ich dachte daran, ihn zu verprügeln."

Asyra verdrehte die Augen. „Ich meine einen Plan, der nicht mit unseren Leichen in der Gosse endet."

„Na ja, Jesco sagte doch, dass er uns vertrauen würde, wenn wir den Kontakt nennen. Er muss uns einfach glauben!"

Asyra schnaubte. Dann schnappte sie Elaya an der Schulter und zog sie mit sich die Treppe hinunter zum Eingang. „Lass mich reden, in Ordnung? Wir können nur dann etwas kaufen, wenn er uns zuhört und wir ihm die Situation erklären können."

«✢»

Zenay schüttelte den Kopf, dann huschte sie durch die Gasse, sprang die Treppenstufen zu dem kleinen Laden hinab und kauerte sich hinter zwei Kisten, die glücklicherweise neben der geschlossenen Tür standen.

So im Schatten verborgen, legte sie ihre Hand an die Tür und streckte ihre Sinne aus. Ihr Training mit den Steinen hatte sie auf die Idee gebracht.

Die Magie war tatsächlich ein zusätzlicher Sinn, wenn es ihr gelang, sie richtig einzusetzen. Sie konnte das Holz des Bodens, die Steine der Wände, die Balken und all die Gegenstände im Raum erfühlen, nachdem

sie die Magie wie eine feine Staubschicht vorsichtig auf alles ausgebreitet hatte.

Es war nicht zu vergleichen mit eigentlichem Sehen oder Berühren, aber trotzdem konnte sie das Material und seine Anwesenheit irgendwie *begreifen*.

Asyra und Elaya standen dicht beieinander in der Nähe des Eingangs. Zuerst schienen sie verschwommen und undeutlich, die Magie machte alles etwas dumpf und irgendwie nebelig, aber es war besser, als an der Tür zu lauschen.

Die Sprache und die Gedanken des Mannes, der den Raum von weiter hinten betrat, blieben zunächst undeutlich und fast unverständlich, aber bald hatte Zenay das Gefühl, als stünde sie selbst in dem Laden.

Elaya und Asyra begrüßten den Mann, sahen sich um und betrachteten die Waren. Der Sattler war groß, hatte breite Schultern und dicke, muskulöse Arme, die Elaya unsicher schlucken ließen.

„Sucht ihr einen Sattel?"

„Nein, nicht direkt", sagte Asyra und trat vor. „Wir haben gehört, du hast auch noch andere Waren aus gehärtetem Leder."

Der Sattler sah die beiden aus seinem rußigen Gesicht böse an und schüttelte nur kurz den Kopf. „Da seid ihr hier falsch. Verschwindet aus meinem Laden."

„Wir sind nicht den weiten Weg hergekommen, um gleich wieder rausgeworfen zu werden!", protestierte Elaya, während er seine Hand laut auf den Tresen schlug.

„Raus!"

„Aber wir ha…", fing Asyra an, doch der Mann machte eine wegwischende Bewegung und baute sich noch größer auf.

„Ich sagte, zieht Leine!", brüllte er. „Ich lasse mich von keinen dahergelaufenen Weibern einer solchen Frechheit beschuldigen!"

Als er Anstalten machte, um den Tresen herumzukommen und sie persönlich hinauszujagen, erzitterte Elaya vor Wut, dass er Asyra nicht einmal zu Wort kommen und ihren Kontakt nennen ließ – und das Zittern lief weiter durch den Raum und erfasste den Tresen. Wie bei einem Unwetter wehte plötzlich Wind, zerzauste Asyras Haare und fegte einen

Haufen Papiere in die Luft. Dunkelheit schien über sie hereinzubrechen, als die Scheiben klirrten und Dinge von den Wänden gerissen wurden.

Der Sattler blickte sie verwirrt und dann auch angstvoll an, als der Wind heftiger wurde und Sachen durch die Luft schleuderte. Nägel zischten an seinem Kopf vorbei, und er duckte sich ächzend hinter den Tresen, um nicht getroffen zu werden.

Im gleichen Moment ließen sich Elaya und Asyra auf die Knie fallen und rückten nah an das Holz des Tresens heran, aber kein Gegenstand traf sie.

Asyra starrte Elaya fragend an, doch der Blick, den ihre Freundin ihr zuwarf, hatte eine klare Aussage: *Das bin ich nicht!*

Die beiden drängten sich näher an die Vorderseite des Holztresens, jetzt voller Angst, während der Sturm aus Papieren und anderem Kram über sie hinwegfegte.

Asyra war kurz davor, Elaya zu packen und aus dem Laden zu flüchten, da spürte sie eine magische Berührung ihres Geistes, die ihr bekannt war.

*Bittedankeschön*, hörten sie beide dann plötzlich Zenays Stimme. *Ich dachte mir, ich greife ein, bevor er euch die Köpfe einschlägt … versucht mit ihm zu reden, sobald er sich beruhigt hat!*

Elaya und Asyra sahen einander fassungslos an; ehe sie etwas erwidern konnten, war die Verbindung schon wieder abgebrochen.

Der Sturm aus fliegenden Gegenständen versiegte, Hölzer und Lederwaren stürzten zu Boden. Asyra gab Elaya einen Stoß – und sie sprang gerade rechtzeitig auf und hob drohend die Arme, während der Sattler wieder hinter dem Tresen hervorkam und die letzten Papiere zu Boden sanken.

„Wa… wa…"

„Ja, du hast richtig gesehen!", zischte Elaya und starrte ihn bedrohlich an. „Meine Freundin und ich würden jetzt gerne deine echten Waren begutachten. Wir sind nicht den weiten Weg gekommen, um einfach rausgeworfen zu werden! Wir haben von Shetan und Iven die Information bekommen. Das sind Freunde von uns – und wenn ich mich nicht irre, auch von dir!"

Der Sattler schluckte und nickte hektisch.

Er zog mit zitternder Hand einen Schlüssel hervor, öffnete eine Tür im Flur und bedeutete ihnen, ihm zu folgen.

«✝»

Nachdem Ikar einige Tage vergeblich in der Stadt herumgefragt hatte, kam er endlich einen Schritt weiter. Natürlich erinnerten sich all diese verängstigten Idioten an die merkwürdigen Angriffe eines Tieres, das als dunkler Schatten durch die Straßen gehetzt und scheinbar auch für mehrere Überfälle, einen Brand und das Verschwinden einiger Wertsachen *verantwortlich* war.

*Wirklich erstaunlich, was die Menschen sich zusammenreimen,* dachte er kopfschüttelnd.

Niemand konnte es vernünftig beschreiben, und die meisten Berichte waren bloße Gerüchte oder Vermutungen. Das Ungeheuer hatte wohl einige Bauern getötet und war dann wieder verschwunden. Es dauerte allerdings, bis sich endlich einer der Befragten auch der Gruppe Fremder entsann, die eine Frau auf einem Karren die Straße hinaufgebracht hatten.

Der Bäcker wusste sogar noch, in welcher Spelunke die Gruppe untergekommen war, als Ikar ihm ein Messer unter die Nase hielt und damit sein Gedächtnis etwas auffrischte.

Danach wollte er keine Zeit mehr verschwenden. Vielleicht war sie sogar noch in Yerima. Seine zweite Wahl wäre es, die sogenannten Freunde der Magierin ausfindig zu machen. Sie würden ihm nach etwas Überzeugungsarbeit sicherlich mitteilen, was wirklich mit ihr geschehen war.

Also suchte er die Schenke auf, in der die Gruppe abgestiegen war, und pickte sich mit geübtem Blick den Besitzer heraus, der hinter einem schmutzigen Tresen stand und vergeblich versuchte, seine Gläser zu säubern.

„Ich bin auf der Suche nach einer Auskunft", fing Ikar an und nahm den Mann ins Visier.

„Ach ja? Und wer seid Ihr, wenn man fragen darf?"

„Es gab Angriffe einer Bestie. Ich bin geschickt worden, um das zu untersuchen, nachdem die hiesigen Wächter keinerlei Ergebnisse liefern konnten."

„Ja das stimmt wohl, sie haben nichts herausgefunden. Aber das hat dann auch von selbst aufgehört", meinte der Wirt, wirkte aber nicht so, als wollte er viel mehr sagen.

Ikar lehnte sich auf den Tresen und beugte sich vor. „Es interessiert einige – nun wie soll ich sagen? – *Höhergestellte* Persönlichkeiten aus Mazmorra."

Der Wirt erbleichte, was bei seiner roten Gesichtsfarbe gar nicht so einfach schien, und stellte das Glas auffällig ruhig zur Seite. „Bitte folgt mir nach hinten, das ist nicht für alle Ohren geeignet."

Ikar nickte und triumphierte innerlich. Wie einfach diese Idioten doch zu manipulieren waren.

Er folgte dem Mann in einen kleinen Lagerraum und sah belustigt zu, wie dieser schnaufend die Tür schloss.

„Was wollt Ihr wissen?"

*Ach, wären doch nur alle meine Informanten so aufgeschlossen,* dachte Ikar und räusperte sich.

„Mir ist zu Ohren gekommen, dass eine Gruppe Leute hier abgestiegen ist, die ein Opfer der Angriffe bei sich hatten."

Der Wirt nickte beflissen. „Ja, ja das stimmt! Sie waren da, sind aber schon wieder abgereist."

Ikar verbarg seine Enttäuschung. „Habt Ihr die Frau gesehen?"

„Ja, aber ich habe sie mir nur flüchtig angeschaut, sah ganz schön schlimm aus, das arme Ding. Große Wunden am Rücken und an der Schulter, vielleicht ein gebrochener Arm. Sie sagten, es war ein Bär."

„Aber das glaubt Ihr nicht?"

Der Wirt zögerte kurz. „Es … gab schon lange keinen Bären mehr in der Gegend. Die Ratken und Jäger haben sie vertrieben oder getötet, und ich wüsste auch nicht, dass ein Bär einen Menschen anfällt. Oder sogar mehrere. Es gab ja insgesamt noch drei oder vier weitere Tote. Klingt für mich nach einem Blutrausch."

*Weitere,* dachte Ikar mit einem bitteren Geschmack im Mund.

„Und die Frau? Was geschah mit ihr?"

„Sie … die Wachen kamen und haben nach ihr gefragt, wollten sie auch untersuchen. Aber da war sie schon gestorben."

Ikar starrte in die kleinen Schweinsäuglein des Wirts und wusste, dass er die Wahrheit sprach. Aber da war eine Unsicherheit in seinen Zügen, die dem Adlerauge nicht entging.

„Und wie sah die Tote aus?"

„Ich … nun, wenn man es genau nimmt, habe ich sie nicht gesehen. Ihre Leute haben sie weggebracht, als ich schon schlief. Der arme Tropf von einem Bruder war ganz schön mitgenommen. Man hätte meinen können, seine Geliebte sei von dem Bären zerfetzt worden."

Ikar neigte den Kopf zur Seite. Von einem Bruder wusste er nichts. Aber wer sagte ihm, dass das nicht Teil ihrer Tarnung gewesen war?

„Vielen Dank für die Auskunft, Herr Wirt."

„Ich tue nur meine Pflicht. Dieses Tier hat zwar seit einigen Tagen nichts mehr angerichtet, aber gefunden worden ist es nicht. Ich hoffe, die Königin kümmert sich bald darum."

Ikar erkannte die Heuchelei in den Augen des Wirts, da dieser glaubte, einem Ratkentreuen gegenüberzustehen. Nun, ganz unrecht hatte er damit ja nicht.

Das Adlerauge schenkte dem Wirt ein Lächeln, das ihm augenscheinlich einen Schauder über den Rücken jagte, dann verließ er die Schenke und machte sich auf den Weg zum Friedhof des Städtchens.

Der Ort war nicht sonderlich groß. Er nahm die Hauptstraße, die den Hügel hinaufführte, kreuzte den Marktplatz und ging auf der anderen Seite den Hügel wieder hinab. Er kannte sich gut aus, da er bereits einige Tage hier verbracht hatte; jetzt verließ er den Ort durch das südliche Tor und fand den Acker, der als Friedhof diente.

Er entdeckte einen Totengräber, der etwas abseits gemütlich im Schatten einer Hecke lungerte und einen Grashalm im Mund stecken hatte. Neben ihm war am Rand des Feldes ein frisches Grab ausgehoben; er schien ganz zufrieden mit seiner Arbeit. Etwas weiter entfernt gruben weitere Burschen Löcher, während Ikar an einer langen Reihe vorbeikam, die gerade erst wieder zugeschüttet worden waren.

Es schien reger Betrieb zu herrschen.

Er hielt auf den Faulpelz zu und baute sich vor ihm auf. „Ich suche Auskunft."

„Ach ja? Und wer seid Ihr?"

„Ich untersuche die Todesfälle."

„Dann sage ich das Gleiche noch einmal, was ich schon den Wachen gesteckt habe. Die ganzen Toten wurden bestattet und sollen in Ruhe gelassen werden! Die Familien haben schon genug gelitten, dass ein Ungeheuer ihre Männer bei der Feldarbeit zerfetzt hat. Sogar ein Holzfäller mit seiner Axt hatte keine Chance."

„Es geht mir nicht um die Ansässigen", erwiderte Ikar barsch, und unter seinem prüfenden Blick spannte sich der Junge merklich an. „Ich interessiere mich für eine Frau, die ebenfalls von dem Ungeheuer getötet wurde."

Der Bursche seufzte und stützte sich auf seine Schaufel, während er langsam aufstand, um Ikar direkt anzusehen.

„Wir haben letzte Woche mehrere schlimm zugerichtete Leichen begraben, ich war nicht mal für alle zuständig. Diese Bestie kam sogar bis in die Stadt, und in dem ganzen Chaos ging eines der Häuser am Stadtwall in Flammen auf. Die Leute waren den halben Tag damit beschäftigt, den Brand zu löschen."

Da wurde Ikar hellhörig. Der Mann wirkte unsicher und wollte ablenken.

„Ich soll nachforschen, was mit den Leuten passiert ist, dafür muss ich die Leichen untersuchen. Eine Frau soll eine der ersten gewesen sein, die von dem Tier angefallen wurde."

Der Totengräber sah nicht aus, als würde er sich in seiner Haut wohlfühlen.

Ikar trat noch einen Schritt näher heran. „Ich bin mir ganz sicher, dass eine Fremde unter den Opfern war. Was ist schon dabei? Ich will nur wissen, wo sie begraben liegt."

„Nun, wenn ich so darüber nachdenke, da war auch eine Frau, aber sie war so zugerichtet, ich könnte nicht einmal sagen, wie alt sie war. Ich wollte sie mir auch nicht näher ansehen, wenn Ihr versteht, was ich meine. Ich würde Euch raten, den Anblick möglichst zu vermeiden. Ich bin mir ohnehin nicht mehr sicher, wo ich sie verscharrt habe", sagte der Totengräber bestimmt, während er auf seine Schaufel gestützt dastand. Ikar sah ihn mit blitzenden Augen an. Der Wirt war von seiner Aussage überzeugt gewesen, aber er hatte die Leiche nicht gesehen. Dieser Mann allerdings log, er hatte keine Frau begraben, da war sich Ikar sicher. Das konnte nur eines bedeuten: Man hatte die Magierin rausgeschmuggelt, und sie lebte noch.

„Seid Ihr ganz sicher?", fragte er erneut, die Augen misstrauisch zusammengekniffen.

„Ja", bestätigte der Gräber, jedoch konnte er den fragenden Unterton nicht verbergen.

Da schnellte Ikar blitzschnell vor und packte ihn an der Kehle. Ehe der Bursche sich versah, wurde er zu dem offenen Grab geschleift und hing an seinem Hemdkragen darüber. Er klammerte sich an Ikars Arm, sah zuerst wütend aus – bis Ikar eines seiner Messer hervorzog. Danach stand nur noch blanke Angst auf dem Gesicht des Burschen.

Seine Freunde schreckten auf und kamen näher, aber Ikar zeigte ihnen das Messer. „Keinen Schritt weiter. Bleibt ruhig da stehen und kommt nicht auf die Idee, Hilfe zu holen, sonst lasse ich diesen Burschen hier Metall schmecken."

Der Junge gab ein Ächzen von sich. „Bitte! Ich weiß nichts über diese Frau!"

„Das dachte ich mir schon. Sie ist gar nicht hier begraben, oder?"

„Verdammt, nein, ist sie nicht!", rief der Totengräber, als sich das Messer seiner Kehle näherte. Ikar konnte sehen, dass er sich insgeheim wunderte, warum ein so schmächtiger Mann ihn mühelos überwältigt hatte.

„Wo ist sie dann?"

„Ich weiß es nicht!"

„Willst du, dass dieses Grab hier deines wird? Das ließe sich sehr schnell mit ein paar Stichen in die Magengegend einrichten."

Der Bursche wurde blass, und Ikar meinte, den Geruch von Urin wahrzunehmen.

„Elendiger Hund!", rief er, als der zitternde Kerl schluckte und nicht antworten wollte. Wütend schüttelte er ihn.

Da wurde seine Zunge endlich lockerer. „Ich wurde dafür bezahlt, ein leeres Grab zuzuschaufeln! Ein junger Mann und eine Frau mit kurzen Haaren kamen und gaben mir Geld, damit ich behaupten würde, noch eine Tote mit den Verletzungen begraben zu haben."

„Haben sie gesagt, warum? Lebte die Frau etwa in Wahrheit noch?"

„Was? Nein! Sie wollten die Leiche mit zurücknehmen, in den Ort, aus dem sie kamen. Doch der Transport von Leichen ist teuer, und ohne triftigen Grund sowieso nicht erlaubt. Deshalb haben sie den Leichnam rausgeschmuggelt."

„Hat der Mann gesagt, welcher Ort das war?", fragte Ikar und zog den Burschen ein Stück näher an sein Gesicht. Schweißperlen hatten sich mittlerweile auf dessen Stirn gebildet.

„Nein. Nein, haben sie nicht gesagt."

Ikar schnaubte, als der Junge die Wahrheit sprach.

„Hast du die Leiche gesehen?"

„Nein. Sie hätten sie ja kaum hergebracht und dann wieder mitgenommen."

„Sonst noch etwas?"

Der Bursche schüttelte hastig den Kopf.

Ikar seufzte und zog ihn vom Loch weg. Mit einer raschen Bewegung steckte er das Messer weg. „Kein Wort. Zu niemandem!"

Der Junge schluckte und nickte zitternd.

Die Freunde der Hexe gaben sich ganz schön Mühe, ihn hinters Licht zu führen, aber das würde ihnen nicht gelingen. Sie wären niemals mit der Toten nach Ornanung zurückgegangen, warum hätten sie sonst überhaupt weiter nach Yerima ziehen sollen? Nein, sie musste die Stadt lebend verlassen haben.

Ikar schnaubte.

*Stümper*, dachte er und ließ den völlig verängstigten Totengräber wortlos bei seinen Freunden stehen.

In diesem Fall hatte bestimmt eine der Stadtwachen etwas gesehen. Es musste so sein.

Ikar spürte einen Zornesstich. Er hätte den Wächter zu Anfang besser ausfragen sollen.

«✝»

Zenay schloss erschöpft die Augen und hielt sich an einer der Kisten fest, als die Magie verflog, die sie bisher den Raum hatte sehen lassen. Helle Punkte flackerten vor ihren Augenlidern, dann schaute sie die Treppe hinauf.

Sie hätte sowieso nicht weiter beobachten können, was die beiden kauften, da sie der Sturm viel Kraft gekostet hatte.

Also ließ sie die Werkstatt des Sattlers hinter sich. Sie bog um die nächste Ecke und lief in einen stinkenden Berg von Mann. Hart prallte sie gegen seine Brust, stolperte zurück und fiel zu Boden. Ihr Herz pochte noch wild von der Magie, und im nächsten Moment streckten sich grobe Hände nach ihr aus.

Bevor sie denken konnte, hatte sie sie weggeschlagen, war aufgesprungen und unter dem dicken Mantel des Kerls hindurchgetaucht. Ihr Rücken streifte verpackte Klingen und klimpernde Dinge.

Im Augenwinkel bemerkte sie noch seine gierig blitzenden Augen, dann ergriff sie die Flucht und verschwand in der nächsten Gasse.

Ein Teil von ihr fühlte sich sonderbar aufgewühlt, und sie ertappte sich mehrmals bei dem heimlichen Drang, den nächsten Hehlern und Halunken eine Faust in den Magen zu rammen, statt ihnen auszuweichen.

Sie schüttelte sich den Kopf frei, eilte mit schnellem Schritt weiter und war froh, dem Gestank des Gerberviertels und dieser gaunerdurchtränkten Gegend zu entkommen.

Ihre Magie war schon wieder fast vollständig zurückgekehrt, als sie ihr Ziel erreichte, sich in der schattigen Nebengasse an einigen herausragenden Steinen und Hölzern hochzog und auf die Dächer kletterte. Sie schaffte es auch diesmal, mit Hilfe ihrer Magie über die Gasse zu springen, sich an der Dachkante herunterzuschwingen und in ihrem Zimmer zu landen. Sie rutschte beinahe auf dem Teppich aus und musste sich ein Lachen verkneifen. Grinsend zog sie Mantel und Schuhe aus, legte sie beiseite und warf sich auf eines der Strohbetten, um sich etwas auszuruhen.

Nach einer Weile fing sie an, das Haus mit ihrer wiedergekehrten Magie zu ertasten, wie sie es auch bei dem Sattler getan hatte.

Zenay richtete ihre Sinne vom obersten Stockwerk auf das darunterliegende und weiter auf die Schenke aus – und sie konnte die Menschen richtig *wahrnehmen*. Sie fühlte und erkannte, wo sie standen, ob sie sich bewegten oder ob sie sprachen. Allerdings war es in der Masse wesentlich schwerer, Einzelheiten auszumachen, als bei dem Sattler. Vielleicht war ihre Magie auch einfach noch zu erschöpft.

Als Asyra und Elaya die Wirtschaft betraten, leuchteten sie in Zenays Aufmerksamkeit auf wie zwei Fackeln in der Dunkelheit. Sie konnte viel leichter Kontakt zu den beiden halten und fast sehen, wie sie sich zwischen den undeutlichen Schemen der anderen Menschen durch den Raum bewegten.

*Vermutlich kann ich es bei ihnen besser, weil ich sie gut kenne,* dachte Zenay und zog ihre erfühlenden Finger aus Magie wieder zurück. Sie richtete sich im Bett auf, und alles verschwamm für einen Augenblick. Sie hatte kaum bemerkt, wie anstrengend diese Magie war – und wie stark sie ihren Geist betäubte. Es war merkwürdig, nicht nur ihren eigenen Körper zu fühlen, sondern auch die gesamte Umgebung, als sei sie ein Teil von ihr. Jetzt, da sie die Magie zurückgezogen hatte, fühlten sich ihre natürlichen Sinne sonderbar stumpf an.

Zenay stand auf, schüttelte sich kurz den Kopf frei und wartete gespannt, bis ihre beiden Freundinnen den Raum betraten.

Asyra und Elaya trugen schwer. Jede von ihnen hatte ein Bündel bei sich, die sie vor Zenay auf den Boden legten.

„Sina, ich weiß wirklich nicht, was ich sagen soll", fing Asyra an, und die beiden warfen ihr tadelnde Blicke zu. Zenay zuckte mit den Schultern.

„Wie wäre es mit: Wow, wir haben gar nicht bemerkt, wie du uns gefolgt bist, und danke, dass du uns den Arsch gerettet hast?"

Elaya schluckte und druckste etwas herum, aber Asyra schüttelte den Kopf. „Danke für deine Hilfe, aber es war gefährlich! Ich will nicht, dass du hinter uns herschleichst, als wären wir Feinde! Du hättest uns gar nicht folgen sollen! Warum hast du uns nicht eingeweiht, dann hätten wir uns auch nicht so furchtbar erschrocken! Zum Glück habe ich erkannt, was los war, Elaya wäre beinahe schreiend hinausgerannt, anstatt die böse Magierin zu spielen."

Unter ihrem Vortrag schrumpfte Zenay innerlich etwas zusammen. Wieder einmal war sie es, die sich beschämt fühlte. Sie war so voller Neugierde und Tatendrang gewesen, dass sie nicht wirklich über die Risiken nachgedacht hatte. Sie erinnerte sich an das merkwürdige düstere Gefühl, das sie gepackt und fast gezwungen hatte, so unüberlegt zu handeln.

Schon wollte sie das Ganze als Einbildung abtun, da traf sie die Erkenntnis wie ein Blitz. War das die Energie des Mangriden gewesen? Sie wurde blass und musste sich erst wieder fassen.

„Bitte sagt nichts zu Tarek. Ich glaube, er würde toben … aber ich muss mich auch in so etwas üben! Immerhin hat es ja geklappt, keiner hat mich gesehen, und du bist jetzt eine Magierin, Elaya …"

Elaya grinste kurz, wurde blass und sah weg. Asyra lächelte zaghaft.

„Gut, wir sagen nichts …" Das Leinen der Beutel wurde aufgeschlagen, und zum Vorschein kam graues Leder.

„Wir haben alles bekommen, nachdem sich der Mann fast in die Hosen gemacht hätte. Sieh nur, wie schön die Sachen sind!", sagte sie und hob eines der langen Lederstücke hoch. „Probier alles gleich an. Das hier ist ein Schutz für dein Schienbein."

Zenay nahm das lange Teil entgegen und wog es in der Hand. Der Schützer war nicht schwer, und trotzdem erstaunlich fest; an den Seiten waren Ledergurte angebracht, mit denen sie ihn am Bein festzurren konnte. Sie strich über das glatte, harte Leder, besah sich die Innenseite und prüfte die Schnallen der Gurte. Das Leder war von einem hellen Grau, nur die Ränder und Nähte waren in einem dunklen Braun verziert.

„Es sieht sehr schön aus. Muss ich andere Sachen darunter anziehen?"

„Du wickelst Stoff darunter, ähnlich wie bei … deinen Brüsten. *Beinlinge*. Darüber kommt eine normale Hose oder dein Rock, damit es niemand sieht. Unter das Wams und das Kettenhemd ziehst du ein Polsterwams aus Leinen und Wolle an, das wir auch dabei haben", erklärte Asyra, hob das große geformte Lederteil hoch und hielt es Zenay hin. „Du musst das Kettenhemd und die Polsterung jetzt nicht dazu anprobieren, das machen wir, wenn wir Yoruba verlassen haben. Aber ich schätze, du solltest es dann ohnehin oft tragen, um dich an das Gewicht zu gewöhnen."

Zenay dachte an das Kettenhemd, das sie ins Zimmer geschmuggelt hatte. Unter keinen Umständen hatte sie es im Stall lassen wollen.

Sie nickte, nahm das Bruststück entgegen und ließ sich von Asyra helfen, es überzustreifen. Sie zogen die Lederschnüre vor ihrer Brust zusammen, bis das Wams wie eine zweite Haut anlag. Zenay atmete probeweise kräftig ein, doch sie hatte genug Freiraum.

Elaya strahlte und klatschte in die Hände. „Bin ich froh, es passt ja wirklich wunderbar."

Asyra nickte, dann legte Zenay die Teile für ihre Beine an und zog die Gurte fest. Dasselbe geschah mit den Armschienen; Asyra zog ihr noch einen Schulterschutz über und zurrte ihn an das Wams.

„So, jetzt siehst du wie eine echte Kriegerin aus! Ist es nicht schön, das Grau schimmert fast wie Silber, ganz anders als die braunen Sachen, die unser Schmied macht."

Zenay lachte und sah an sich herab. Sie fühlte sich einerseits sehr geborgen, andererseits irgendwie seltsam. „Ja, es stimmt." Probeweise bewegte sie sich, machte einen Ausfallschritt und riss die Arme hoch, als wollte sie einen Angriff abwehren. Sie fühlte sich etwas ungelenk und steif, aber sie würde sich daran gewöhnen.

Fast zärtlich strich sie über das Leder. „Waren die Sachen sehr teuer? Wie habt ihr dafür bezahlt?"

Elaya sah Asyra an und winkte dann ab. „Mach dir keine Gedanken darüber. Alles kostet, egal ob es nun Brot oder deine Rüstung ist."

„Ich würde diese Sachen nicht gerade mit Brot vergleichen", meinte Asyra abfällig.

Elaya zuckte die Achseln. „Gut, dann suchen wir eben einen besseren Vergleich. Auf jeden Fall ist für alles gesorgt, Sina."

Zenay fühlte sich dennoch unwohl.

„Ich kann das niemals wiedergutmachen."

Asyra wurde jetzt noch ernster, und ihre grünen Augen bohrten sich in Zenays blaue. „Das musst du auch nicht. Du musst überleben."

Sie wollte schon etwas erwidern, wollte protestieren, da erstarrten die Frauen.

Lachen und Gerede drangen vom Flur herein, und Asyra und Elaya rissen zeitgleich ihre Waffen hoch, als etwas gegen die Holztür stieß. Die Klinke wurde heruntergedrückt, und die Tür schwang auf – doch es waren nur die drei ihnen wohl bekannten Männer, die von ihren Einkäufen zurückkehrten.

Zenay hatte gar nicht daran gedacht, ihr Gehör zu nutzen, um zu sehen, wer zu ihnen kam. Sie schimpfte sich im Stillen, während Elaya ihren Bruder böse anstarrte.

„Verdammt, Malak, ihr habt uns total erschreckt!", rief Elaya, ließ die drei herein und drückte rasch die Tür hinter ihnen wieder zu.

„Oh, wie ich sehe, habt ihr auch schon fleißig eingekauft!", staunte ihr Bruder, ließ die Pakete mit Brot, Getreide und den anderen Lebensmitteln auf das Bett neben ihnen fallen und starrte Zenay neugierig an.

Tarek und Jesco legten ihre Sachen daneben, und schon liefen sie alle drei um Zenay herum und besahen sich kritisch die neue Rüstung.

Sie fühlte sich von einer Sekunde auf die andere wie ein Pferd, das zum Verkauf angeboten wurde. Malak nickte mehrmals und hob dann ihren Arm an, um die Härte der Lederschützer zu prüfen.

Elaya und Asyra mussten breit grinsen, als Zenay rot anlief.

Aber die Frage nach dem Ursprung des Geldes nagte immer noch an ihr. „Tarek, wie könnt ihr all das bezahlen?", wollte sie erneut wissen. „Ich weiß, dass Shetan nicht so viel hatte!"

„Es …", fing Tarek an, und auf einmal schienen sich alle unwohl zu fühlen. „Es ist auch nicht von Shetan."

„Von wem dann?", hakte Zenay nach.

„Kajol", stellte er knapp fest.

„WAS?!", rief sie, während sich Entsetzen in ihr ausbreitete wie eiskaltes Wasser. Dann erinnerte sie sich daran, dass Tarek in Kajols Haus gegangen war, nachdem sie vor Feradun fliehen mussten. Hatte er da das Geld an sich genommen?

„Das … das …", stotterte sie und sah dann angewidert an sich herunter. „Ihr habt meine Rüstung mit dem Geld eines Toten bezahlt?" Auf einmal fühlte sie sich elend und hatte beinahe den Eindruck, Kajols Blut klebte an diesem Leder.

„Ist ja nicht so, als bräuchte er es noch …", murmelte Elaya, sah aber dennoch beschämt zur Seite.

„Das ist … widerlich!", rief Zenay und zitterte immer heftiger.

Tarek trat zu ihr und hob die Hände, doch sie zuckte vor ihm zurück. „Fass mich nicht an! Ich … ich muss aus dem Zeug raus!"

„Sina, was hätte ich denn machen sollen? Kajol war reich und hatte keine Verwandten! Niemand wollte mehr zu dem Hof, nachdem die ganzen Pferdeleichen weggebracht waren. Das Geld war da! Und wir brauchten es dringender denn je!", rief Tarek.

Sie zitterte immer noch, aber tief in ihrem Inneren musste sie ihm rechtgeben, wenn auch widerwillig. Einen Moment stand sie da, die Luft angehalten und völlig steif, dann überwand sie sich schließlich und seufzte.

„Ich schätze, es dient immerhin einem guten Zweck", murrte sie mit einem bitteren Nachgeschmack.

Tarek schien erleichtert, ließ sie aber in Ruhe. Die anderen halfen ihr, die Rüstung wieder abzulegen. Im Anschluss erklärten sie ihr, wie sie alles richtig anlegte und auch pflegte, aber sie hörte nicht wirklich zu.

Der Nachmittag ging langsam in den Abend über, und die Geräusche der Stadt drangen immer wieder wellenartig in Zenays Bewusstsein. Zum Essen gingen sie hinunter in die Schenke, wo sie sich schweigsam über Brot und Eintopf hermachten.

Zenays Gedanken kreisten immer wieder um das Geld.

Sie wollte auf keinen Fall wie eine Gefangene den ganzen nächsten Tag in ihrem Zimmer abwarten, neben dieser Rüstung sitzend, die mit Kajols Geld bezahlt worden war. Dennoch entschloss sie sich, diese Diskussion mit Tarek zu verschieben. Er wirkte nicht so, als sei er erpicht darauf, und sie fühlte sich ähnlich.

So zog sie sich auch an diesem Abend früher aus der Schenke zurück und wachte nur kurz auf, als die anderen flüsternd das Zimmer betraten. Tarek legte sich neben sie, umarmte sie aber nicht, sondern blieb mit etwas Abstand auf der Matratze liegen.

Zenay hätte in diesem Moment gerne in seinen Kopf geblickt. Sie wusste, etwas stimmte nicht, doch es gab zu viele Möglichkeiten, und sie wollte auf keinen Fall etwas Falsches sagen. Hatten Elaya und Asyra ihm am Ende doch etwas verraten? Oder Jesco? Oder war er einfach nur enttäuscht, weil sie ihre Ängste nicht mit ihm teilte? Er musste ja mitbekommen haben, wie sie nach der Erzählung der Reisenden aufgesprungen und geflohen war.

Scham stieg in ihr auf. Wie hatten sich nur in so kurzer Zeit so viele Probleme anhäufen können? Das Gefühl, die Kontrolle zu verlieren, mischte sich mit ihren Schuldgefühlen und jagte ihren Puls in die Höhe.

Sie musste mit ihm reden, aber nicht vor all den anderen.

*Tarek?*, fragte sie nach einem Moment vorsichtig und tastete mit ihren Kräften nach seinem Geist.

*Ja?*

*Ich liebe dich.*

*Ich dich auch, Sina.*

Jetzt rutschte er doch näher an sie heran, und sie spürte seinen Atem an ihrem Ohr. „Zenay", hauchte er kaum hörbar und küsste sie auf ihr Haar.

Bei dieser Geste lief ihr ein Schauer den Rücken hinab, und sie schmiegte sich glücklich an ihn.

Vielleicht hatte sie sich geirrt, und er war nur in Gedanken mit der kommenden Reise beschäftigt.

«✝»

„Wie lief eigentlich der Rüstungskauf gestern ab?", wollte Malak gähnend wissen, während er sich noch streckte und sein Hemd glattstrich.

Es war früher Morgen, und die Freunde hatten sich gerade aus dem Schlaf gekämpft.

„Na ja …", fing Elaya an, druckste aber in ihrer Müdigkeit einen Moment zu lang herum, so dass es den anderen sofort auffiel.

„Was war los? Ist etwas passiert?", fragte jetzt auch Jesco mit hochgezogener Augenbraue und warf Asyra einen Blick zu.

„Hattet ihr Probleme?", hakte ihr Bruder nach.

„Nein!", protestierte Elaya. „Nein, es lief alles gut, nachdem Sina uns gefolgt war und uns geholf…" Sie brach ab und starrte Zenay an. „Oh."

„Elaya!", zischte Asyra, aber es war schon zu spät.

„Du hast WAS?", rief Tarek und schien plötzlich hellwach.

„Ich … Ich …", stammelte Zenay und brachte kein Wort heraus. Aber sein vorwurfsvoller Blick rief schließlich ihre Wut hervor und löste ihre Zunge. „Was schaust du denn so entsetzt?", blaffte sie ihn an.

„Warum machst du so etwas? Wie bist du nur auf so eine dumme Idee gekommen?"

„Ich wollte raus in die Stadt! Und ich habe den beiden geholfen!"

„Von dir hätte ich wirklich mehr Verstand erwartet", murmelte er, und die Enttäuschung tat mehr weh als sein vorheriger Zorn.

„Es ist doch nichts passiert! Du hast kein Recht dazu, mich einzusperren!", rief sie jetzt, und die anderen wichen ein wenig zurück.

Elaya hob die Arme und machte schon den Mund auf, doch Tarek kam ihr zuvor. „Aber ich muss dich schützen! Wir alle müssen dich schützen!"

„Ich kann selbst auf mich aufpassen, ich muss nicht bewacht werden wie ein kleines Kind!"

„Das bräuchten wir auch nicht, wenn du erst denken würdest, bevor du handelst!"

„Ich lasse mich nicht einsperren!", schrie sie jetzt fast.

„Das ist doch Blödsinn. Du musst nicht immer nur an dich selbst denken!"

Zenay verstummte verletzt. Hielt er sie wirklich für selbstsüchtig?

„Vielleicht sollten wir uns alle kurz beruhigen?", schlug Asyra leise vor, und Tarek schnaubte. Hinter ihnen rückten die anderen unauffällig zur Tür, als wollten sie sich heimlich aus dem Staub machen.

Doch anscheinend verriet Zenays Gesicht, wie sehr sie sich gekränkt fühlte, denn Tarek kam einen Schritt auf sie zu. „Entschuldige."

„Nein, ist okay", meinte sie, konnte aber ihre Verletztheit nicht ganz verbergen. „Ich habe nicht nachgedacht. Ich bin seit Monaten nicht mehr irgendwo allein gewesen! Ich … muss einfach mal für mich sein, atmen dürfen! Versuch, mich zu verstehen. Ich war noch nie in so einer Stadt, ich möchte sie sehen, erleben."

„Gerade deshalb habe ich ja Angst. Du weißt nicht, welche Gefahren hier lauern." Sein Ton war jetzt beinahe flehend, doch sie erwiderte ihn voller Stärke.

„Bitte vertrau mir, Tarek. Ich kann das. Ich bin auch nicht in Schwierigkeiten geraten, als ich Elaya und Asyra zu dem Gerberviertel folgte. Ich kann wie ein Schatten sein!"

Er wirkte nicht überzeugt, warf im Gegenteil noch einen vorwurfsvollen Blick zu den beiden Frauen. „Ja, aber darüber sollten wir auch noch einmal sprechen. Solche Sachen dürfen wir nicht voreinander geheim halten", kommentierte er vielsagend.

„Du meinst so wie die Sache mit Kajols Geld?", konterte Zenay und merkte, wie er sich kurz versteifte. Auch die anderen wirkten nicht glücklich, doch sie machte ihn dafür verantwortlich.

„Vertraust du mir, Tarek?"

Ihr Freund schluckte, nickte dann aber zögerlich, als ahne er eine Falle. Ein düsterer Schatten lastete auf ihm, das konnte sie sehen. Aber er rang sich dazu durch, und das genügte ihr.

„Dann gib mir das restliche Geld von Kajol. Wir haben auch noch anderes, richtig?"

„Wie bitte?!"

„Das ist Blutgeld, Tarek! Ich kann diese Rüstung nicht mit gutem Gewissen tragen, wenn ich nicht etwas tue. Ihr hättet mir das sagen und mich mitentscheiden lassen sollen. Aber stattdessen habt ihr mir eine Rüstung mit seinem Geld gekauft, ohne mich zu fragen."

Tarek wurde blass und zog eine Schnur hervor, an der noch eine Reihe Geldstücke aufgefädelt war. Es war nicht mehr sehr viel, aber allein der Anblick ließ Zenay schaudern.

Beim Gedanken an die Rüstung fühlte sie sich wie eine gemeine Diebin.

„Ich möchte allein sein und über diese ganze Geschichte in Ruhe nachdenken, okay? Ich gehe nur auf den Markt. Ich verspreche, mich von dunklen Gassen fernzuhalten. Ich bleibe auf dem sonnigen Platz und unter meinem Mantel."

Jetzt runzelte er doch die Stirn. „Woher weißt du von dem Markt?"

„Ich habe Leute darüber sprechen hören … als ich … na ja, als ich den anderen folgte."

Tarek seufzte und massierte sich kurz die Schläfen, doch dann nickte er. Wohl mehr, um sich selbst zu überzeugen. „In Ordnung. Aber bleib nicht zu lange, ja?"

Zenay nickte. „Danke."

Auch wenn sie noch immer sein Zögern sah und selbst innerlich geladen war, gab sie ihm einen sanften Kuss auf die Wange und lief dann rot an, als sie sich der anderen im Raum gewahr wurde. Sie wirkten aber nicht so, als habe es sie gestört. Sie schienen einfach erleichtert.

So machte sie sich daran, ihre Sachen für den Ausflug zu richten – nachdem die Gruppe darauf bestanden hatte, dass sie wieder ihren Rock trug. Sie waren alle der Meinung, dass die Zeit für Hosen vorbei war. In einem Dorf wie Ornanung hatte sie das tun können, weil es auf dem Land bei jungen Frauen toleriert wurde. Aber hier trugen alle

Frauen Kleider oder Röcke, und Zenay sollte so wenig wie möglich auffallen.

Während sie sich das Schwert so umgürtete, dass es in den Falten des Rocks unsichtbar wurde, wechselten Tarek und Jesco ein paar Worte Asyra zog sich zurück, wenig später verdrückten sich Elaya und Malak ebenfalls. Zenay verstand bei ihrem gemurmelten Abschied nur, dass sie wohl noch die halbe Nacht unten in der Schenke gesessen und geredet hatten und jetzt trotz ihrer Müdigkeit noch Dinge zu erledigen hatten. Zenay vermutete eher, dass Elaya ihr aus dem Weg gehen wollte.

Asyra wirkte allerdings etwas geknickt. Zenay konnte nicht sagen, ob es daran lag, dass Tarek und sie sich gestritten hatten, oder an Asyras Schweigen über Zenays Ausflug. Jedenfalls würde sie mit Jesco und Tarek in der Herberge bleiben und den weiteren Weg bis Siad planen.

Tarek hielt sie nochmals kurz auf und sie sahen sich einen Moment lang stumm an.

„Danke, Tarek. Ich … ich habe so oft eure Hilfe benötigt, ich will mir und euch beweisen, dass ich kein kleines Kind bin. Ich habe so viel von euch gelernt. Ich schaffe das."

Zenay verhüllte ihr Gesicht mit einem Tuch und der Kapuze ihres weiten Mantels. Den Rock raffte sie hoch, als sie sich auf den Weg machte.

Draußen war es schwül. In der Ferne meinte sie Donner zu hören, doch es konnte auch einfach eines der vielen Geräusche der Stadt sein.

Sie huschte an den Leuten vorbei, blieb im Schatten der hohen Steinhäuser, immer darauf bedacht, die Kapuze tief ins Gesicht gezogen zu lassen und das Schwert verborgen zu halten, auch wenn sie nicht vorhatte, es zu benutzen.

Ihre Gedanken wanderten zurück zu ihrem Gespräch mit Jesco, nachdem er den Trunkenbold verjagt hatte. Sie konnte nicht sagen, warum sie gerade jetzt in dieser neuen, eindrucksvollen Umgebung daran denken musste. Vielleicht weil der schlechte Geruch der Straße sie an den Atem des Mannes erinnerte?

Zenay konnte Jesco dennoch nicht verstehen. Ihr war zwar bewusst, dass sie nicht aus Spaß gelernt hatte, mit dem Schwert zu kämpfen, aber trotzdem … Sie fand es nicht richtig, jemanden zu töten. Schon der Gedanke daran war doch verrückt!

Aber was, wenn er recht hatte? Was, wenn sie irgendwann ihr Leben verteidigen musste? Die Ratken würden sicher kein Verständnis dafür haben, dass sie ein friedliebender Mensch war ... Sie würden ihre Schwäche ausnutzen und sie töten oder gefangen nehmen.

Tief in ihre Sorgen versunken, hatte sie gar nicht bewusst darauf geachtet, wohin sie lief, und schreckte erst wieder aus ihren Gedanken auf, als eine Gruppe Kinder an ihr vorbeirannte.

Sogleich bemerkte sie die zerlumpte, schmutzige Kleidung der mageren Kleinen, die zwischen den Leuten hindurchhuschten und sich beinahe so lautlos bewegten wie sie selbst.

Die Kinder strebten zielsicher auf einen Stand zu, der am Ende der Gasse aufgebaut war und den unverwechselbaren Duft von frischem Brot verströmte.

Ehe Zenay sich versah, wurde sie Zeugin eines Schauspiels. Eines der Kinder, ein kleines Mädchen, wurde von einem Jungen angerempelt und fiel hin. Sie begann zu weinen und zog damit die Aufmerksamkeit der dicken Frau auf sich, die dort ihre Backwaren feilbot. Gerade als sie nachsehen wollte, warum das Mädchen so weinte, huschte ein anderer Junge mit wilden blonden Haaren zum Stand, schnappte sich einen großen Brotlaib und hetzte davon.

Die Frau bekam die Bewegung aus dem Augenwinkel heraus mit und schrie bereits laut, als der Junge auf Zenay zu rannte.

Ihre Hand schnellte vor, und sie erwischte den Jungen am Kragen seines schmutzigen Oberteils. Sein Lauf wurde so rasch gebremst, dass Zenay kurz schwankte, doch sie hielt ihn fest.

Die anderen Kinder huschten an ihr vorbei; er sah ihnen wehmütig hinterher und zerrte an Zenays Griff.

Sie ging in die Hocke, um das magere, dreckverkrustete Gesicht des Burschen mit einem nachdenklichen Blick zu mustern.

In den grünen Augen konnte sie Angst und Leid erkennen, großen Hunger, aber auch einen Rest von kindlicher Fröhlichkeit, die er hoffentlich nie verlieren würde.

Der Junge bleckte die Zähne und wirkte so, als wolle er sie gleich beißen, aber Zenay hatte ihm den Brotlaib schon aus den kleinen Fingern gezogen.

Er zischte und hatte ganz rote Wangen vor Anstrengung – erstarrte aber augenblicklich, als er spürte, wie etwas anderes im Schutz von Zenays Mantel in seine Hand gedrückt wurde.

Während sie sich wieder aufrichtete und ihn auf die Beine zog, blickte er fassungslos auf den leise klimpernden Inhalt seiner Hand. Seine Augen waren jetzt schreckgeweitet, und er sah Zenay mit offenem Mund an.

„Ab mit dir, bevor die Bäckerin kommt. Und teil es gut mit den anderen!", flüsterte sie aus dem Mundwinkel.

Er deutete ein Nicken an. Dann ließ Zenay ihn los und tat, als hätte er sich losgerissen. Zum Glück verstand er, streckte ihr die Zunge raus, während seine Augen voller Wärme strahlten, und rannte hastig die Gasse hinunter, seinen Freunden hinterher.

Einen Moment später kam die dicke Bäckerin schnaufend bei ihr an.

„Ihr hattet ihn doch schon!", rief sie aufgebracht und sah die Straße hinunter, wo der Junge gerade verschwand. „So ein Mist!"

„Verzeiht, aber er hat mich gebissen."

Zenay streckte der Bäckerin das Brot hin, die es ihr schnaubend abnahm. „Völlig eingedellt ist es, das kann ich ja kaum noch verkaufen!", zeterte sie lauthals, dann aber ließ ihre Wut nach, und sie blickte die Fremde vor sich beschämt an.

„Habt Dank. Immerhin sind diese Bälger nicht mit dem Brot davongekommen. Die stehlen ständig!"

Immer noch schimpfend, hastete die rundliche Frau zu ihrem Stand zurück. Zenay blickte die Straße hinunter und konnte sich ein Lächeln nicht verkneifen. Wenigstens würde Kajols restliches Geld jetzt für etwas Sinnvolles verwendet werden.

Sie ging am Stand der Bäckerin vorbei und auf den Platz hinaus, während ein neues Hochgefühl die Beklommenheit aus ihrem Inneren vertrieb.

Es war Markttag, und der gesamte Platz war vollgestellt mit Karren und Ständen, an denen Händler ihre Ware anboten.

Ein einziger Blick genügte, um ihr klarzumachen, dass man den Markt in Ornanung niemals hiermit würde vergleichen können.

Die Marktstände waren so aufgestellt, dass sie mehrere Gassen bildeten. Zenay ließ sich von der Menge mittreiben. Neugierig bestaunte sie die einzelnen Stände und wurde von den vielen Eindrücken beinahe überwältigt, während ihre Gedanken noch bei den Straßenkindern hingen.

Mal roch es nach frischem Gebäck, mal nach exotischen Gewürzen und häufig nach Fisch, der an vielen Ständen auslag und mit seinem intensiven Geruch fast alles andere auf dem überfüllten Platz überdeckte.

Sie konnte den Gesprächen der Leute lauschen, die um Ware feilschten, hörte Kinder zwischen den Karren spielen und Hühner gackern, die zum Verkauf angeboten wurden.

Interessiert besah sie sich die Stoffe der Weberinnen, schlenderte zu den Gerberständen mit ihren weichen und robusten Ledern, bestaunte die Kräuter und fremdartigen Früchte. An jedem Stand gab es etwas Neues zu entdecken, doch an einem blieb sie abrupt stehen.

Sie war an der Ecke einer Karrengasse angelangt, neben einem großen Stand mit verschiedensten Stoffen – da ragte direkt vor ihr die Gestalt eines Ratken in die Höhe.

Zenay konnte fühlen, wie ihr die Farbe aus dem Gesicht wich. Neben dem Ratken standen einige Männer in leichter Lederrüstung, offensichtlich Stadtwachen.

Einen Moment verharrte sie völlig regungslos und starrte ihn an, bis ihr die Angst in die Knochen kroch. Andere Leute drängten sich an ihr vorbei und fluchten, weil sie im Weg stand. Dann kehrten ihre Sinne zurück, und sie wich in den Schatten einiger Stoffbahnen aus.

Ihr Herz raste. Sie konnte sich nicht bewusst daran erinnern, einem Ratken schon einmal so nah gewesen zu sein. Die spärlichen Erinnerungen an das Gefängnis waren verblasst und nicht mit der Realität zu vergleichen – und jetzt kauerte sie nur zwei Schritte von einem entfernt zwischen Stoffballen.

Während sie gebannt in das Gesicht des Ratken starrte, wurde ihr klar, dass er trotz seiner Größe noch sehr jung sein musste. Aufgrund seiner Statur allein hätte sie ihn sofort älter eingeschätzt, aber in seinem Gesicht lag noch eine jugendliche Leichtigkeit, die sie gar nicht erwartet hätte.

In ihren Erinnerungen waren alle schemenhaften Gesichter ernst oder böse, doch dieser Junge hier grinste den Wachmann vor sich an, als seien sie alte Bekannte, und schien sich kaum um die wachsamen Blicke der umgebenden Männer zu kümmern.

„Komm schon, Mann. Willst du nicht wissen, was ich dem Händler abgeknöpft habe?"

Der Wächter vor ihm schnaubte. Seine Kleidung wirkte edler als die der anderen Männer, und etwas an seiner autoritären Haltung und Ausstrahlung verriet Zenay, dass er eine höhere Stellung innehaben musste.

*Der Aufpasser für den jungen Ratken?*, schoss ihr mit einem Stirnrunzeln durch den Kopf, dann schüttelte sie sich kurz und kauerte sich noch tiefer in die Schatten.

Der Wachmann setzte sich in Bewegung, auf Zenays Versteck zu und war fast vorbei, ehe der Ratke ihn aufhielt.

*Was tust du hier? Du musst weg!*

Jetzt hatten sie ihr den Rücken zugewandt. Es war ihre Chance zu verschwinden!

Beim Umdrehen blitzte im Sonnenlicht plötzlich etwas Metallisches auf, und Zenay blieb wie angewurzelt stehen.

Instinktiv dachte sie an einen Angriff, doch nichts geschah. Der Ratke hatte eine Waffe gezogen, um sie stolz seinem Begleiter zu präsentieren. Dann ließ er die Schneide durch die Luft zischen und hielt sie angeberisch vor sich.

Was da im Licht so glänzte, war ein wunderschöner Dolch.

Er war lang, geschwungen, und sein fast schwarzes Metall glänzte bläulich. Auf seiner Seite waren mehrere unlesbare Symbole eingraviert. Sie verharrte im Schatten hinter den Ratken und lauschte ihnen voller Anspannung.

„… hat bestimmt ein Vermögen gekostet! Er soll einem von Zaydas Ranghöchsten gehört haben, nachdem dieser die Magierin getötet hatte! Diese Rebellin, die Zayda damals damit angegriffen hat. Die beiden kämpften, und die Magierin verletzte die Königin mit diesem Dolch. Die Narbe soll heute noch auf Zaydas Arm zu sehen sein!"

„Du bist töricht, Raknar. Das kann gar nicht stimmen. Wieso sollte jemand so etwas Wichtiges hergeben? Und du hast die Königin doch noch nie gesehen", wandte der Hauptmann ein.

„Ich könnte Vater fragen. Der weiß es bestimmt!"

„Der wird *erstens* nicht begeistert sein, dass wir auf dem Markt waren – und *zweitens*, dass du sein gutes Geld für solchen Tand ausgegeben hast!", tadelte der Wachmann und streckte fordernd seine Hand aus.

Der Ratke hielt die Waffe rasch hinter seinen Rücken.

Zenay starrte gebannt auf das blau schimmernde Metall.

Sie konnte einfach nicht mehr wegsehen, konnte nicht mehr denken oder gar atmen. Ihr Blick wurde von dem Dolch mit den silbernen Zeichen angezogen, als wäre er das Kostbarste auf der Welt.

Die Zeichen schienen zu leuchten. Sie blitzten auf, und Zenay dachte noch, dass das doch jeder um sie herum auch hätte sehen müssen – dann wurde sie mit einem Ruck nach vorne gerissen, auf den Dolch zu.

# Begegnungen

Tunez achtete kaum noch auf die Leute, die ihm hastig auswichen, wenn er ihren Weg in Yoruba kreuzte.

Er eilte die Straße entlang, die Informationen für die Torwache in einer Schriftrolle im Mantel. Als er an einer Mauer vorbeikam, an der mehrere Zettel mit groben Zeichnungen hingen, knirschte er mit den Zähnen. Steckbriefe von Gesuchten.

Der Statthalter ließ sie auf Geheiß seiner Frau überall aufhängen, kaum hatten sie die Bilder aus Mazmorra erhalten.

Wieder wurden Menschen, die sich dem Joch der Königin nicht beugen wollten, zum Tode verurteilt.

Besonders eine Frau war darunter, die er auf gar keinen Fall in den Händen von Zayda sehen wollte.

Die Zeichnung war zum Glück sehr grob, die Beschreibung beschränkte sich auf braune Haare, blaue Augen und eine ungefähre Größe. Seit die Zettel hingen, wurden täglich arme Bauernmädchen und Mägde vor die Wachen des inneren Stadtteils gezerrt, und geldgierige Schweinehunde versuchten, sie dem Statthalter als die *Hochverräterin* zu verkaufen.

Aber wie sollte er die Richtige finden?

Darüber zerbrach er sich immer wieder den Kopf. Ein Teil seines Geistes war ständig damit beschäftigt, was ihm schon mehrmals den Kommentar von der Frau des Statthalters eingebracht hatte, dass er nicht bei der Sache sei. Nizari hieß sie. Ihr durchdringender Blick erzeugte gemischte Gefühle bei ihm.

Er war mittlerweile fest davon überzeugt, dass sie die wahre Drahtzieherin der Stadt war, nicht ihr Mann. Der war mit Saufen und Essen vollauf beschäftigt.

Nur ihre Blicke bereiteten ihm Unbehagen. Sie schien ihn zu beobachten, und er war sich nicht sicher, was der Grund dafür war. Oder die Gründe, denn ihn beschlich zusehends das Gefühl, dass sie an mehr Interesse haben könnte als nur an seiner Gefolgschaft als Diener. Einerseits könnten sich damit ganz neue Möglichkeiten für ihn eröffnen, an

Informationen zu kommen, und er war angesichts ihrer Schönheit auch nicht abgeneigt, andererseits durfte er auf gar keinen Fall seinen Posten riskieren. Damit würde er seine Chance verspielen, Sina endlich zu finden.

Tunez seufzte, als er an der nächsten Ecke schon wieder eine Reihe von Zetteln sah. Eine Frau und ein Mann liefen gerade daran vorbei und warfen einen Blick darauf.

Und dann erbleichten sie beide.

„Das sind doch w…", fing der Mann an, aber die junge Frau packte ihn schon am Arm.

„Pscht!", warnte sie und zerrte ihn von dem Bild weg in die nächstliegende Gasse.

Tunez' Interesse war geweckt. Er horchte auf und ging dann lässig an den Rand der Gasse, obwohl er innerlich zum Zerreißen gespannt war. Diese Leute glaubten, sich auf einem der Steckbriefe wiederzuerkennen! Aber wer waren sie und warum wurden sie gesucht? Innerlich fluchte er, dass er den Steckbriefen nicht mehr Aufmerksamkeit geschenkt hatte. Er lehnte sich an die Mauer neben einigen Kisten. Die Leute auf der Straße hielten gebührenden Abstand zu ihm, während sie ihm nervöse Blicke zuwarfen und dann rasch ihres Weges gingen.

Niemand wollte die Aufmerksamkeit des Ratken erregen – doch seine Ohren waren ohnehin völlig auf die Geschehnisse in der Gasse gerichtet.

Sie schienen sich ein ganzes Stück von der belebten Straße zurückgezogen zu haben, denn er konnte sie nur mit etwas Magie gut belauschen.

„Was machen wir denn jetzt, Schwesterchen?", fragte der Mann, und Tunez hörte das Rascheln von Stoff. Offensichtlich sahen sie zum Eingang der Gasse, um sich zu vergewissern, dass sie nicht verfolgt wurden.

„Malak, du solltest deine Haare abschneiden. Ich wünschte, ich könnte mein Aussehen auch so leicht verändern."

„Wie konnte das passieren? Warum sind wir auf einem Steckbrief, aber nicht die anderen? Hast du auch einen von Sina gesehen?"

„Nein, doch es ist wohl nur eine Frage der Zeit. Die Reisenden haben ja auch gesagt, dass Zayda den Befehl gegeben hat, sie überall zu melden.

Aber woher sollte die Königin wissen, dass wir dazugehören?", fragte die Schwester in dringlichem Tonfall.

Seine Stimme war jetzt bitter. „Jemand hat uns verraten."

Die Schwester schnaubte vernehmlich.

„Nein, die Leute halten viel zu viel von Vater. Ich glaube nicht, dass jemand seinen Zorn auf sich ziehen möchte, indem er eine detaillierte Beschreibung von uns gibt."

„Aber wer war es dann? Die Zeichnungen scheinen noch nicht lange hier zu hängen ..."

Sie schwiegen eine Weile, dann schluchzte das Mädchen unerwartet.

„Was ist los, Elaya?"

„Ich ... Es hat damit nichts zu tun ... Es ist wegen Eidara. Ich musste wegen der Steckbriefe ans Gefängnis denken." Wieder zögerte sie kurz. „Ich weiß, wir haben uns nicht immer verstanden, weil sie so sehr nach Vater kam. Doch ich vermisse sie so sehr. Es will einfach nicht in meinen Kopf, dass sie t..."

Das Mädchen stockte und sprach nicht weiter.

„So was darfst du nicht denken! Sie ist nicht tot!"

„Das ... das ist es ja gerade. Ich wünsche mir fast, dass sie tot ist."

„Was?!" Die Wut und das Entsetzen in der Stimme des jungen Mannes waren greifbar.

„Überleg doch mal, Malak! Die Ratken haben sie! Wenn sie sie nicht töten, dann ist sie jetzt eine Sklavin! Sie ... sie könnten sie foltern oder ... noch viel Schlimmeres mit ihr anstellen!"

Einen Moment herrschte Stille. „Nein. Nein! Wir holen sie zurück! Ihr wird nichts passieren!"

„Du bist ein Narr, Bruder. Vermutlich haben sie unsere Beschreibung sogar von ihr, falls man sie nicht sofort getötet hat."

„Vielleicht hast du recht."

„Es ist nur so, dass ich manchmal den Gedanken nicht lassen kann ... was passiert wäre, wenn ... Sina ... da gewesen wäre. Wenn sie Sina mitgenommen hätten, dann wäre Eidara noch da."

„Elaya, wir müssen Sina beschützen! Sie ist unsere einzige Chance, Eidara wiederzubekommen! Es ist nun einmal so geschehen und nicht anders."

„Ich weiß. Ich will das auch nicht denken."

„Weißt du, manchmal grüble ich auch darüber nach. Vielleicht hätten die Ratken sie ja auch gar nicht gefangen. Vielleicht hätte Sina sie alle besiegt!"

Jetzt schnaubte die Frau. „Du meinst so, wie sie den Mangriden besiegt hat? Sie hätte das niemals geschafft."

„Sie ist immerhin nicht gestorben."

Die Schwester seufzte. „Sina ist schon etwas Besonderes. Du hast ja recht, sie braucht unsere Hilfe. Damit wir Eidara befreien können. Jetzt lass uns zu den anderen gehen. Wir müssen ihnen schnellstmöglich von den Steckbriefen erzählen."

Das Gespräch schien beendet, aber Tunez konnte ohnehin kaum mehr etwas hören; sein Herz schlug so schnell, dass das Blut wie ein Gebirgsbach durch seine Ohren rauschte.

Konnte das sein? Konnte er wirklich so ein unglaubliches Glück haben?

Sie waren aus dem niedergebrannten Dorf. Und dazu der Name, der hier doch sehr ungewöhnlich war. Sina!

Seine Nerven ließen ihn im Stich. Er sprang um die Ecke, noch bevor sein Verstand sich dazu entschieden hatte.

Die beiden zuckten zusammen, als sie ihn erblickten. Der Frau war anzusehen, dass sie fliehen wollte, aber der Mann zog blitzschnell seine verborgene Waffe.

Er griff an, ohne dass Tunez die Chance hatte, ihn davon abzuhalten. Das kleine Beil glitt durch die Luft, aber Tunez wich ihm aus, und der Mann stolperte nach vorne.

Ehe die Geschwister wussten, wie ihnen geschah, hatte Tunez den Bruder gepackt und schüttelte ihn, als könnte ihn das eher zu einer Aussage bewegen.

Die Augen der beiden waren schreckgeweitet, aber es war mehr als nur Angst vor dem Ratken. Es war Angst um das Wissen, von dem er wohl unweigerlich erfahren haben musste.

„Wo ist sie?!", platzte Tunez heraus.

„Aah!" Noch ehe der Mann reagieren konnte, sprang die kleine Braunhaarige auf ihn zu, einen Dolch gezückt. Er drehte sich seitlich, so dass sie ihn mit der Waffe verfehlte, packte ihr Handgelenk, während er mit der anderen den mittlerweile zappelnden Mann bändigte.

Doch ehe die Situation noch weiter eskalieren konnte, stieß Tunez die beiden kraftvoll von sich weg. Als sie stolpernd zum Stehen kamen, hob er rasch die Hände und trat selbst beschwichtigend einen Schritt zurück.

Sie besahen ihn argwöhnisch, die Waffen wieder erhoben.

„Hört ihr mir jetzt zu? Ich bin NICHT euer Feind! Die …" Seine Stimme begann zu zittern, und er musste neu ansetzen. „Die junge Frau, von der ihr da sprecht. Sina. Ist sie im Winter in euer Dorf gekommen? Ist sie von einem Ratken zu euch gebracht worden?"

Die beiden wechselten einen verwirrten Blick. „Woher weiß er das?", flüsterte Elaya leise ins Ohr ihres Bruders, aber Tunez konnte es hören.

Malak reckte das Kinn. „Ich weiß nicht, wovon Ihr da sprecht. Es war kein Ratke bei uns im Dorf."

„Aber ein Mädchen schon, nicht wahr?" Tunez kam jetzt näher. „Ich muss mit ihr sprechen!"

„Bei uns gibt es keine Mädchen!", rief Malak verzweifelt, und Tunez sah, wie seine Schwester kurz die Augen verdrehte.

Der Ratke seufzte vernehmlich. „Ich … verzeiht mir. Meine Nerven sind zurzeit etwas gereizt. Als ich euch von ihr sprechen hörte, konnte ich kaum noch klar denken."

Die Irritation im Blick der beiden wuchs noch mehr, aber keines der Geschwister sagte etwas.

„Ich bin schon seit *Ewigkeiten* auf der Suche nach ihr! Ich … ich war … Nein, erst muss ich euch testen."

Er trat wieder vor, und die beiden zuckten weg, aber seine Macht hatte sie bereits im Griff. Das Mädchen verkrampfte sich deutlich, als er die Hand hob und auf ihre Stirn legte. Sie kniff die Augen zusammen, wehrte sich erstaunlich gut für eine Magieungeübte, doch dann entspannte sie sich merklich. Er suchte in ihrem Kopf nach Bildern und wurde rasch fündig.

Sein Herz begann wieder zu rasen, als er etliche Erinnerungen an seinen Schützling fand. Die beiden schienen fast jeden Tag mehrere Stunden mit ihr verbracht zu haben – und sie hatten sie ausgebildet!

Erleichterung und Stolz erfüllten ihn, als er Sina sah, wie sie mit einem Bogen übte, wie sie ein Schwert schwang. Und dann, wie sie sich in einem strahlenden Blitz transportierte!

Aber mit diesem leuchtenden Blitz breitete sich Schmerz in ihm aus. Erst dann wurde ihm bewusst, dass der Schmerz nichts mit den Erinnerungen zu tun hatte. Er nutzte den letzten Moment der Verbindung und drang fast bis zur Gegenwart ihrer Erinnerungen vor. Er musste jetzt wissen, wo sie war. Es dauerte nur einen kurzen Moment, dann hatte er die Gastwirtschaft gefunden und erkannt: *Zur grauen Schwalbe.* Dort wartete seine lange gesuchte Sina auf ihn.

Er blinzelte sein Blickfeld von den Bildern frei und wurde des Bruders gewahr, der ihm ein Messer an die Kehle hielt. Ein warmes Rinnsal floss schon an seinem Hals herab, vermutlich hatte der Mann ihn nur nicht abgestochen, weil er fürchtete, dass die magische Verbindung zu seiner Schwester ihr Schaden zufügen könnte, wenn er währenddessen starb.

„Lass. Meine. Schwester. Los", presste der Bruder zwischen zusammengebissenen Zähnen hervor. Der unterdrückte Zorn und die Panik machten Tunez sofort klar, dass in diesem Moment mit dem jungen Mann nicht zu spaßen war. Er hatte ihn unterschätzt, würde es aber nicht noch einmal tun.

Mit einer fließenden Bewegung zog er seine Finger von der Stirn des Mädchens, machte einen Satz nach hinten, stieß an den Bruder und tauchte unter dem Messer hinweg, kaum war es durch die plötzliche Bewegung von seinem Hals entfernt.

Ehe der Bruder reagieren konnte, hatte Tunez ihm die Waffe entwendet und in der Hand gedreht. Doch während sie rangen, kam die Klinge zwischen sie. Ohne es zu wollen, streifte Tunez den Arm seines Gegners und schlitzte ihm das Hemd und wohl auch die Haut auf.

Der Bruder wich zischend zurück, warf aber nicht einmal einen Blick auf die Wunde, sondern ließ den Ratken vor sich nicht aus den Augen. Und er setzte schon wieder zum Angriff an.

Wie sollte er ihn nur wieder beruhigen?

Die Schwester schüttelte währenddessen die Benommenheit von sich ab und kam auf sie zu.

„Aufhören!", rief sie und zerrte dann zu Tunez' Überraschung am Ärmel ihres Bruders. „Aufhören, Malak! Er ist nicht unser Feind. Er hat Sina aus Mazmorras Grab befreit, er ist unser Verbündeter!"

Mazuk hatte sich zu seinen Männern in den Stall gesellt und ihnen aufgetragen, ihre Rüstung auf Schäden zu überprüfen, um sie beschäftigt zu halten. Das ewige Warten nagte an ihrer aller Nerven, während die Magier weiterhin regungslos in den Ecken des Stalls saßen und ungerührt mit ihren milchigen Augen in die Leere starrten.

Gerade als Mazuk sich an einem Stück gebratenem Lamm gütlich tun wollte, ging ein Raunen durch den Raum.

Auch Mazuk bemerkte es sofort. Die Magier wirkten von einem Moment auf den anderen verändert. Ihre Körper spannten sich an, die sonst so ausdruckslosen Gesichter bekamen etwas Verbissenes. Das Knistern ihrer Magie erfüllte den Raum und ließ Mazuks Haare zu Berge stehen.

Doch so schnell, wie es begonnen hatte, war die Anspannung auch wieder fort. Die Magier erhoben sich und kamen zu ihm.

„Ist sie es? Ist die Gesuchte aufgetaucht?", fragte Mazuk atemlos, während sein Herz wie wild raste.

„Nein, Herr. Es war ein Mann."

„Und wo ist er jetzt, verdammt?"

„Er konnte fliehen."

„Wie konnte das passieren?!"

„Wir müssen die Magie untersuchen. Vielleicht können wir eine Verbindung herstellen."

„Dann tut das, SOFORT!"

Die Magier verneigten sich, aber Mazuk hob die Hand und hielt einen von ihnen auf. „Du nicht. Du berichtest mir ganz genau, was ihr gesehen habt."

„Ja, Herr. Wir konnten die Anwesenheit des Mannes nur kurz spüren. Er muss magisch begabt sein, denn er hat sich sehr gut abgeschirmt. Er tauchte kurz in der Stube auf, aber es schien fast, als wäre nur sein Bewusstsein dort gewesen, nicht sein Körper. Hätte er sich vollends hierher transportiert, hätten wir ihn festhalten können."

„Und wer war er?"

„Wir glauben, er war ein Phiruin. Er hat nach den Verstorbenen gesucht. Seinem Geist konnten wir entnehmen, dass er glaubte, sie seien noch am Leben. Als er erkannte, dass sie tot sein müssen, ist er sofort wieder verschwunden."

„Verflucht!" Mazuk holte aus und versetzte dem Magier einen Schlag in sein hässliches, schwarz verfärbtes Gesicht.

Der Mann ging ohne einen Mucks in die Knie und verharrte in dieser Position, bis Mazuk ihm bedeutete, sich wieder zu erheben. Der gebrochene, emotionslose Sklave langweilte ihn.

„Geh jetzt zu den anderen. Und beeilt euch!"

Der Magier huschte mit geneigtem Kopf davon, während Mazuks Männer ihn erwartungsvoll anstarrten.

Er ignorierte ihre Blicke und versuchte, sein Beben unter Kontrolle zu bringen. Wenn dieser Phiruin gespürt hatte, dass seine Verbündeten tot waren und sich stattdessen die Ratken hier aufhielten, dann würde er seine Gesuchte so schnell wie möglich informieren.

Sie würde nicht hier auftauchen, sein Plan war aufgeflogen.

Und Mazuk würde in den Augen seiner Herrin versagt haben.

Er ballte die Fäuste und folgte dem Magier ins Haus. Das durfte auf keinen Fall passieren.

«✝»

Malak und der Ratke waren einen Moment wie vom Donner gerührt, und beiden stand die Frage ins Gesicht geschrieben: Woher wusste Elaya das auf einmal?

„Was sagst du da, Mädchen?"

Der Ratke packte sie und besah sie sich ganz genau. Elaya hatte unweigerlich das Gefühl, bis auf die Knochen durchleuchtet zu werden, aber dann drückte sie ihn weg.

„Ich weiß es, weil Sina uns einmal eine Erinnerung gezeigt hat. Es ist Monate her ... aber ich weiß es noch genau, es war eine Erinnerung an ihre Zeit im Gefängnis. Und darin kamst du vor."

Der Ratke wirkte nicht ganz überzeugt, nickte dann aber doch.

„Es ist viel passiert seitdem. Ich muss unbedingt mit Sina sprechen."

Elaya war noch immer etwas schwindlig von dem magischen Kontakt mit dem riesenhaften Mann, aber sie lenkte ein.

„Wir könnten vielleicht ein Treffen arrangieren. Allerdings werden die anderen vermutlich genauso auf dich reagieren wie wir."

Der Ratke nickte mehrmals, ehe er den Mund kaum merklich verzog. „Ich kann euch jetzt nicht folgen, es würde zu sehr auffallen, wenn ich unangemeldet so lange verschwinde. Aber ich finde euch im Westviertel. Bei der *grauen Schwalbe.*"

Malak öffnete überrascht den Mund und schaute dann verschreckt zu ihr. „Woher weiß er das?", formten seine Lippen lautlos.

„Das hast du auch in meinen Erinnerungen gesehen, nicht wahr?", fragte sie den Ratken, während sich ihre Augen schmälerten.

Er nickte. „Ich konnte kein Risiko eingehen. Ich muss sie sehen! Es … ich kann später dort sein, ohne dass es Probleme geben sollte. In der Seitengasse. Von dort aus kann ich euch zu einem Versteck führen, wo wir ungestört reden können."

„Was sollen wir Sina sagen?"

Der Ratke runzelte kurz die Stirn. „Wird sie sich gedulden können, wenn sie es jetzt schon erfährt? Ich will nicht, dass sie sich aufregt oder nach mir sucht und sich dadurch in Gefahr bringt."

Elaya warf ihrem Bruder einen Blick zu. „Ich denke, sie kann schon manchmal etwas ungestüm sein."

Rasch starrte der Ratke auf den schmalen Himmelsstreifen, den man zwischen den Hauswänden über ihnen erkennen konnte. „Es wird bald ein Gewitter geben. Wenn der Regen vorüber ist und die Gassen dampfen, warte ich auf euch. Sagt ihr, dass sie Tunez endlich wiedersehen wird, aber erst kurz vorher!"

*Falls Malak seine Klappe halten kann*, dachte Elaya, verkniff sich aber diesen Kommentar.

„Woran erkennen wir, dass du da bist?", fragte ihr Bruder dann mit einem Stirnrunzeln.

„Ich werde Kontakt zu euch aufnehmen, sobald ich ankomme."

Er trat einen Schritt auf Elaya zu.

„Ich muss euch schwören lassen, dass ihr sie nicht wegbringt! Unser Treffen ist zu wichtig für uns alle! Für den Frieden zwischen den Völkern."

Die Dringlichkeit in seiner Stimme hatte beinahe etwas Verzweifeltes. Ohne groß darüber nachzudenken, hob Elaya die Hand und deutete damit ihr Versprechen an.

Malak zögerte kurz, tat es ihr dann aber gleich.

Der Ratke wirkte sichtlich erleichtert. „In Ordnung. Dann sehen wir uns spä..."

„HE! Was macht ihr da?!", hallte eine laute, warnende Stimme durch die schummrige Gasse.

Tunez reagierte augenblicklich. Er packte Elaya und riss sie zu sich. Noch während sie überrascht aufschrie, hatte er ihr sein Messer an den Hals gelegt. Malak zuckte zusammen, blieb aber in seiner Verwirrung erstarrt.

„Gut, dass ihr kommt!", rief Tunez und begrüßte damit die Wachen, die jetzt die Gasse entlangeilten. „Ich habe diese beiden gerade eben erkannt! Schnell, ich konnte den Mann im Zaum halten, da er um seine Schwester fürchtete."

Die Wachen ließen sich das nicht zweimal sagen und ergriffen Malak an beiden Armen. Er sträubte sich, doch sein Blick ruhte noch immer auf dem Messer, das an Elayas Hals lag.

Tunez war jetzt direkt hinter ihr, und die kalte Klinge berührte ihre Haut. In dem Moment jedoch, als die Wächter beschäftigt waren, beugte er sich kurz zu ihrem Ohr und flüsterte leise:

„Wir finden eine Lösung, vertrau mir. Mach es deinem Bruder irgendwie klar, dass er mitspielen soll!"

Malak knirschte mit den Zähnen und zischte etwas von wegen Verräter, aber Elaya hoffte inständig, dass er die Klappe halten würde.

Während ihr Herz wie wild raste, versuchte sie irgendwie, Blickkontakt mit ihm aufzubauen.

Obwohl er sich noch gegen die Hände der Wachen wehrte, warf er einen kurzen Blick zu ihr und schien ihren Gesichtsausdruck richtig zu verstehen.

Er gab scheinbar auf und sah flehend zu Tunez. „Tu meiner Schwester nichts!", rief er, dann zerrten die Männer ihn ins Licht der Straße, wo noch zwei Männer warteten, die Elaya entgegennahmen.

„Das sind die von den Steckbriefen!", meinte der eine Wächter überrascht.

„Ganz genau! Und sie liefen auf offener Straße herum, als würde es sie gar nicht kümmern! Der Statthalter wäre darüber überhaupt nicht begeistert, das kann ich euch versprechen!", schimpfte Tunez mit einer Autorität, die Elaya wieder einmal zweifeln ließ.

„Wie hätten wir ahnen sollen, dass die ausgerechnet in unserer Stadt auftauchen?!"

Tunez schnaubte, und sein Blick ließ die Männer ernster werden.

„Als Wache im Dienst der Königin hat man stets aufmerksam zu sein. Und jetzt kommt. Wir bringen diese beiden hier weg."

Elaya konnte die Anspannung in den Zügen des Ratken deutlich sehen. Sie hoffte inständig, dass sie sich in Tunez nicht täuschte.

Der Ratke tauchte in die sonnenwarme, überfüllte Straße ein. Die Menge teilte sich unmittelbar und machte ihm Platz, während Elaya und Malak hinter ihm hergeschleift wurden.

«✝»

Das Leuchten der Schriftzeichen auf dem Dolch brannte sich in Zenays Augen, und sie stolperte nach vorne. Mit einem Mal waren der Ratke und die Wachen verschwunden. Alles wirkte blasser, älter.

Auch die Stände waren fort, der Platz lag offen da und war dennoch voller Leben.

Die Menschenmenge um sie herum stand nicht, sondern lief in einem Strom über den Marktplatz von Yoruba. Die Häuser ringsherum waren hohe, schmutzige Schatten.

Zwischen den Menschen, die alle zu gesichtslosen Schemen verschwammen, stand eine einzelne Frau. Die Leute wichen ihr aus, sie war wie ein Fels in der Brandung. Ihr Haar war wellig und braun, aber sie hatte Zenay den Rücken zugewandt, trug ein langes, dunkelblaues Kleid und hielt den Dolch in der Hand.

Ihre Präsenz machte alles um sie herum unwichtig.

Die Frau hatte etwas am Rande des Platzes ins Visier genommen, und Zenay folgte ihrem Blick. Zu einem grob gezimmerten Podest. Zu einer Reihe von Menschen, die auf dieser Bühne standen. Zu den Seilen, die über ihren Köpfen baumelten.

Wachen standen drohend und dunkel hinter ihnen, einige so groß, dass es Ratken sein mussten. Die Verurteilten sahen blass aus, ihre Kleidung hing in Lumpen, ihre Köpfe hielten sie gesenkt.

Die Frau festigte ihren Griff um die Waffe, drückte ihre Schultern durch.

Der Dolch glänzte in der Sonne und blendete Zenay, sodass sie die Hand heben musste. Gerade als sie einen Blick auf die glitzernden, blauen Augen der Frau werfen konnte, rempelte jemand sie an. Ein gesichtsloser Schatten, groß und bedrohlich.

Sie wurde zurückgeworfen, verlor die Frau aus den Augen, da sich Leute zwischen sie drängten.

Eine Sekunde war alles dunkel, und sie sah nur die blauen Augen der Frau, die einen Blick über ihre Schulter warf, genau auf sie. Dann kehrte sie mit einem Ruck in die Wirklichkeit zurück.

Zenay atmete schwer, sah sich kurz in der Menge um und bemühte sich, ihren Körper wieder unter Kontrolle zu bekommen.

*Was ist da gerade passiert?! War das eine Vision?*

Sie atmete tief durch, dann fand ihr unruhiger Blick wieder das blaue Metall in der Hand des Ratken, der nur eine Armeslänge von ihr entfernt stand.

Egal was es gerade war, wenn ihr Verstand ihr keinen Streich gespielt hatte, dann musste dieser Dolch ihrer Mutter gehört haben!

War das die Wahrheit? War ihre Mutter auch eine Magierin? Eine Rebellin?

Sie spürte, wie große Angst, Trauer und auch Stolz sie gleichzeitig durchströmten. Und sie sah noch immer das Podest mit den zum Tode Verurteilten. Und den willensstarken Blick der Frau.

*Der Dolch gehört dir*, flüsterte eine düstere Stimme in ihrem Inneren, während das Bild des Galgens vor ihr schwebte.

Der Wachmann schien die Unterhaltung beendet zu haben, gleich würde die Gruppe gehen. Zenay beobachtete, wie der Ratke mit seinen Fingern kurz über den Knauf der Waffe strich und sie dann in ihr Futteral steckte. Als er den Arm nach vorne nahm, blieb sein Mantel an einer Niete seines Gürtels hängen. Der Dolch war unverdeckt und greifbar nah.

*Nimm ihn*, flüsterte der Schatten in ihr erneut, und sie hatte das Gefühl, als würde ihre Sicht sich verdunkeln.

Zenays Hand zuckte kurz.

*Er ist dein. Nimm ihn!*

Sie konnte dem Drang nicht länger widerstehen.

Ihre Hand bewegte sich langsam an den Gürtel, während der junge Ratke ihr noch den Rücken zugewandt hatte und dagegen protestierte, dass sie gehen sollten. Ohne dass jemand etwas bemerkte, erzeugte sie mit einem Schnippen ihrer Finger einen Funken. Der Lärm des Marktes überdeckte den Ton, und die Hitze war zu gering, um den Mann etwas durch seine Kleidung spüren zu lassen. Aber sie genügte, um den Faden am Rand des Futterals durchzuschmoren. Ein weiteres Schnipsen – und der Faden konnte das Gewicht des Dolches nicht mehr halten. Die Scheide glitt mitsamt ihrem Inhalt vom Gürtel und in Zenays offene Hand.

Geschwind verbarg sie beides unter ihrem Mantel. Ihre Beine bewegten sich wie von selbst nach hinten in den Schatten der Stoffbahnen. Sie tauchte unter den Leuten hindurch, die an den Stoffen des Webers interessiert waren, und verschwand in der Menge.

Ein wütendes Brüllen schallte über den Platz, gefolgt von einem kurzen, amüsierten Lachen.

„Aaah! Mein Dolch!"

Das Lachen musste das des Hauptmanns sein, aber es ging in den Rufen seines Wachtrupps unter, die jetzt durch die Menschenmenge strömten.

„Haltet den Dieb! Er hat meinen Dolch!"

Zenay ließ die umliegenden Stände rasch hinter sich. Sie fühlte das Leder des Dolchfutterals auf dem dünnen Stoff ihres Hemdes und eilte weiter. Erst als sie sich zwischen einigen Fässern unbeobachtet wusste, zog sie den Dolch noch einmal kurz hervor, um das Leder an ihrem Gürtel festzubinden.

Sie sah sich auf dem lärmenden Markt um und beobachtete kurz die Wolken am Himmel, die noch dunkler wirkten als zuvor. Sie dachte an den Eindruck des Platzes ohne die Marktstände.

Dann brach die Verwirrung über sie herein.

Weshalb hatte sie das getan?! Ihr Bauch verkrampfte sich, als ihr Verstand endlich wieder übernahm. Sie war eine Diebin! Sie hatte jemanden bestohlen. Einen Ratken zwar, aber das konnte sie doch nicht einfach so machen! Was hatte sie da geritten? Schon wieder der Mangride?

*Er gehört dir …*

Sie spürte das Gewicht des Dolches an ihrer Seite.

*Soll ... ich ihn zurückbringen?*

Nein, das wäre lebensmüde. Der Ratke würde sie packen und direkt vor die Königin schleifen.

Sie konnte den Dolch nicht zurückgeben. Und sie wollte es auch nicht.

Beim Gedanken an das dunkle Metall und die kurze Vision bekam sie eine Gänsehaut und eilte rasch weiter.

Der Ratke ahnte nicht, dass er von einer Frau bestohlen worden war, und so zwang Zenay sich, ruhig zu bleiben und ihre Schuldgefühle zu unterdrücken.

Gerade als sie sich an einer Traube von Menschen vorbeidrängte und den Stand eines Gewürzhändlers passierte, hörte sie plötzlich Lärm über den Markt schallen.

Zenay reckte den Kopf und erblickte einen Trupp Wachen, die mit hoch erhobenen Speeren direkt auf sie zukamen. Panik stieg in ihr auf, aber sie zwang sich, Ruhe zu bewahren. Wenn sie jetzt davonrannte, würde das garantiert die Aufmerksamkeit der Wachen auf sich ziehen. Also blieb sie leicht zitternd bei einem Gewürzstand stehen, tat gelassen und besah sich ein paar exotische Nüsse, doch in Wahrheit waren ihre Nerven zum Zerreißen gespannt. Ein leiser Schrei ertönte, sie blickte angstvoll in die Richtung der Wachen und zog den Mantel enger um sich – da kam ein Mann zwischen den Leuten hindurchgerannt, mit Todesangst im Gesicht.

Sein Mantel hatte dieselbe Farbe wie ihrer. Hinter ihm waren sie also her!

Der Mann stürmte durch die Marktgasse, drängte sich zwischen den Leuten durch und rannte direkt auf Zenay zu. Sie wollte noch zur Seite springen, aber er rammte sie hart an der Schulter. Er geriet ins Stolpern, fing sich aber wieder und verschwand in der Menge.

Mit Erleichterung wurde sie sich bewusst, dass dieser Unschuldige wohl entkommen würde, da prallte sie durch den Stoß schmerzhaft mit dem Rücken an den Gewürzstand. Eines der Stützbeine gab nach, und die Ladefläche kippte. Pakete mit Gewürzen, Schalen voll Pulver und Blättern und Körbe mit Nüssen rutschten über die Bretter, prasselten auf Zenay ein. Gelbes und rotes Pulver bedeckte den Boden, hinterließ auch einige größere Flecken auf Zenays Mantel, während die Nüsse überall zwischen die Leute rollten. Die meisten lachten über ihr Missgeschick und wichen zur Seite, um die Wachen durchzulassen. Einige rannten bereits an ihr vorbei und folgten dem Falschen. Zenay ging rasch in die Knie und stellte die Körbe wieder auf. Ein Blick nach oben verriet ihr, dass der Händler rot anlief.

„Wachen! Wachen, diese Frau hier hat meine ganze Ware heruntergeworfen!", brüllte er wütend.

Zenay rappelte sich schnell auf und zischte den Händler leise an. „Seid still! Ich kann doch nichts dafür!"

Sie verstummte, als mehrere Wachen sich hinter ihr aufbauten und bedrohliche Schatten auf sie und den Karren warfen. Zenay schluckte und musste den verräterischen Reflex unterdrücken, sich die Kapuze ihres Mantels noch tiefer ins Gesicht zu ziehen, aus dem jetzt die Farbe wich.

„Was ist denn hier los?", fragte einer der Wächter, wahrscheinlich der Hauptmann.

„Ich … ich bin gegen seinen Stand gestoßen, als dieser Mann, den Ihr verfolgt, mich angerempelt hat", sagte Zenay unsicher, drehte sich um und blickte leicht zitternd in das Gesicht des Wächters. Sie wurde immer blasser, während ihr Innerstes brodelte. Eine Wut stieg in ihr auf, über sie selbst und diese Situation.

*Das hast du selbst verschuldet. Diebin.*

„Hm, solange du ihm den Schaden ersetzt."

„Ja, das mache ich, keine Sorge …"

Er blickte stirnrunzelnd in ihr verhülltes Gesicht. In ihre blauen Augen. „Kenne ich dich irgendwoher?"

Bei seinen Worten verlor Zenays Gesicht auch den letzten Rest Farbe. „Ich … Nein! Nicht, dass ich wüsste …" Ihre Hand rutschte unauffällig vom Holzrand des Standes zum Griff ihres versteckten Schwerts.

„Komisch, du kommst mir bekannt vor. Zeig mir dein Gesicht!"

„Nein, das wäre keine gute Idee!"

„Warum? Hast du etwas zu verbergen?" Zenay bemerkte, wie sich seine Gesichtszüge verdunkelten. Die Männer hinter ihm spannten sich wie auf ein Zeichen an und schienen noch mehr in die Höhe zu wachsen.

„Nein! Ich ... bin nur sehr ... *krank*! Ich könnte euch anstecken!", sagte Zenay verzweifelt und mit zugeschnürter Kehle. Er würde ihre Lüge auf jeden Fall erkennen, trotzdem hustete sie einige Male gekünstelt. „Ich würde der Stadtwache nicht schaden wollen", setzte sie noch rasch hinzu und zitterte innerlich immer heftiger, während der Mann sie musterte.

Angst und Wut kämpften in ihr und langsam verlor die Furcht die Oberhand.

*Töte ihn!*, flüsterte der düstere Schatten in ihrem Inneren, und sie versteifte sich vor Überraschung, so etwas gedacht zu haben.

„Hm, na gut. Du siehst tatsächlich sehr schlecht aus. Ich kann es mir nicht leisten, krank zu werden. Außerdem, was sollte so ein kleines Ding wie du schon Schlimmes anstellen?", meinte er herablassend und lachte laut auf. Auch die Wachen hinter ihm grinsten jetzt.

„Müsst Ihr nicht diesen Mann fangen, Herr?", versuchte Zenay vom Thema abzulenken, während ihr Herz so heftig pochte, dass es beinahe schmerzte. Die Tatsache, dass sie den unschuldigen Mann jetzt auch noch anzuschwärzen versuchte, heizte ihre Verwirrung nur noch an.

„Die anderen kriegen ihn schon."

„He, wollt ihr hier weiterhin so nett plaudern? Was ist jetzt mit meiner Ware?", zeterte der Händler hinter Zenay weiter, aber der Hauptmann winkte ab und verließ mit den anderen Wachen den Schauplatz, um ihren Trupp einzuholen. Sobald sie verschwunden waren, wirbelte Zenay herum. Ihre Augen blitzten wütend.

„Du *kleines Ding* kannst mir doch niemals meinen Schaden ersetzen!", protestierte der Händler, für Zenays Geschmack ahmte er die Worte des Hauptmanns etwas zu gut nach.

Sie spürte, wie sie die Kontrolle verlor. Etwas in ihr, ein düsterer, wilder Teil, bäumte sich auf und wollte nicht akzeptieren, so behandelt zu werden. Sie war kein schwaches Mädchen, sie war mächtig!

Diese Gedanken machten ihr Angst. Sie wollte zurückweichen, doch heftiger Zorn wallte in ihr hoch, brandete über sie hinweg und ließ sie die Beherrschung verlieren.

Ihre Hände ballten sich zu Fäusten und elektrische Spannungen entluden sich zwischen ihr und dem Steinboden. Der Mann verstummte, auch die Umstehenden hörten auf, leise über das Geschehen zu reden, und starrten gebannt auf Zenays blitzende Hände.

„Da habt Ihr Eure verdammten Nüsse!", presste sie unter zusammengebissenen Zähnen heraus. Sie hob die Hände und die Nüsse am Boden begannen zu zittern. Überall zwischen den Füßen der Leute ruckelten die Nüsse, und alle wichen furchtsam zurück. Noch ein kurzer Augenblick, und sie erhoben sich rotierend in die Luft. Zenay schwenkte die Hände zu den Körben und die Nüsse prasselten hinein. Ihre Augen blitzten unter der dunklen Kapuze hervor. Der Mann hob zitternd seinen Arm und deutete anklagend auf sie.

„Du! Du ... bist die Magierin! Du bist dieses Mädchen von den Steckbriefen!"

Zenay erstarrte und sah ihn entgeistert an. Sie fühlte sich, als erwache sie aus einem dunklen Traum.

*Steckbriefe? Hier gibt es auch welche?!*

„WACHEN! WACHEN, HIERHER!", brüllte er dann, und Zenays Augen zuckten über sein stoppeliges Gesicht.

„HALT ENDLICH DEIN MAUL!", schrie sie wütend, und ein tiefes Wummern lag in ihrer Stimme. Größere Zornesblitze zuckten in die Luft.

Danach breitete sich Stille um sie aus, als die Leute die Fremde plötzlich in einem anderen Licht sahen. Sie war kein einfaches Mädchen, das auf dem Markt in eine Verfolgungsjagd verwickelt worden war. Die Menge war erstarrt, nur vom Rest des Marktes drangen noch die normalen Geräusche herüber. In der gespannten Situation hörte Zenay das Weinen eines Kindes, das Anpreisen der Waren und die murmelnden Einkäufer; alles schien langsamer abzulaufen und besonders klar zu ihr durchzudringen.

Dann tönte das Brüllen der Wächter über den Platz, die sich lärmend durch die Menge zurückdrängten. Zenay stand wie angewurzelt da und wartete. Ihr Kopf dröhnte und ihr Inneres schrie nach Flucht, doch der Zorn hielt sie gepackt. Sie würde nicht fliehen, sie würde kämpfen!

Da kamen die Wachen auch schon auf den Stand zu und strömten in den leeren Kreis, den die Leute um sie gebildet hatten.

Erst als sie die Waffen der Männer erblickte, wurde ihr schlagartig klar, wie fatal es gewesen war, sich durch die Wut auf den Händler aus der Fassung bringen zu lassen und dadurch ihre Tarnung zu verlieren. Innerlich verfluchte sie ihr unkontrollierbares Temperament.

Zenays Blick heftete sich auf die Wachen, und sie ertastete mit ihrer Magie einen Ausweg. Aber wie sollte sie sich aus dieser Menschenmenge teleportieren? Sie kannte keinen sicheren Ort, konnte keinen freien Fleck sehen. Natürlich wollte sie fliehen, es diesmal richtig machen und sich nicht so überrumpeln lassen wie von dem Mangriden, aber auch hier sah sie keinen Ausweg.

„Sie ist eine Magierin! Sie ist die von den Steckbriefen!", brüllte der Händler wieder.

„Fangt sie lebend! Entwaffnet sie!", brüllte jemand. Einer der Wächter hob den Bogen und schoss. Er zielte auf ihre Beine.

Zenay machte einen Satz, und der Pfeil zischte an ihr vorbei. Er prallte klirrend gegen einen Topf und fiel zu Boden.

Ein Raunen ging durch die Menge, vermischt mit einigen entsetzten Rufen, da die Wachen zwischen den Leuten einen Pfeil abgeschossen hatten. Sie schienen sich dessen schnell bewusst zu werden, denn sie senkten die Bögen und reichten sie alle an einen Hintermann – dann zogen sie die Schwerter blank und rannten los.

Zenay sprang auf, zog in einer fließenden Bewegung ihr eigenes Schwert und parierte den ersten Schlag eines Wächters, dann stieß sie ihn mit einem magisch verstärkten Hieb von sich fort. Dem zweiten Wächter wich sie mit einem Sprung aus, der dritte verfehlte sie mit seinem Schlagstock nur um Haaresbreite, dabei streifte er das Tuch um ihren Hals, wodurch es aufriss und ihr Gesicht preisgab. Zenay entfernte sich durch einen raschen Sprung von ihrem Angreifer und kam federnd am Rand der Schaulustigen an, doch der Mann verfolgte sie sofort.

Während sie sich rückwärts an den Rand der Menge drängte, zählte sie die Wachen. Sieben waren ihr bereits auf den Fersen – und weiter hinten auf dem Markt hörte sie schon weitere rufen und sich einen Weg bahnen.

Sie konnte unmöglich alle besiegen … Zitternd senkte sie in einem günstigen Moment das Schwert, sammelte Kraft und hob die Hand. Sie ließ ihrer Magie freien Lauf, dachte an den Kampf mit dem Mangriden – und plötzlich schleuderte ein Energiestoß aus ihrer Hand alle anstürmenden Wachen von ihr weg. Schreie wurden hinter ihr laut. Die

Männer verloren das Gleichgewicht und gingen geschwächt in die Knie, aber zwei von ihnen kamen schon nach einem Moment wieder auf die Beine. Der Händler brüllte währenddessen unaufhörlich, und noch weitere Schaulustige eilten herbei. Sie musste ihn irgendwie zum Schweigen bringen ... und verfluchte den Schwindel, der sich kurz in ihr ausbreitete.

Bevor die Wachen wieder angreifen konnten, machte Zenay eine wirbelnde Drehbewegung und stieß den Arm in Richtung des Händlers. Sie packte die Luft um sich herum und leitete sie auf ihn zu.

Ein heftiger Windstoß riss ihn von den Beinen und schleuderte ihn gegen den Karren, der hinter ihm stand. Obst und Gemüse kullerten von dem geborstenen Wagen herunter, und er sank schlaff an der Rückseite herunter. Stille breitete sich aus.

Die Wachen waren für einen kurzen Moment abgelenkt, starrten mit offenem Mund auf den bewusstlosen Händler – und Zenay stürzte los. Sie rannte Hals über Kopf in die Menge. Angstvoll wichen die Leute zurück, um ihr nicht in die Quere zu kommen. So konnte sie nicht zwischen ihnen untertauchen, und ein zweiter Pfeil surrte gefährlich nah an ihrem Bein vorbei und bohrte sich zitternd in einen Holzpfosten.

Leute schrien, als die Wachen ihre Bögen wieder packten. Sie wichen zurück oder hielten sich schützend die Arme über den Kopf, während sie flohen. Das ausbrechende Chaos verschluckte Zenay. Sie wechselte die Richtung und rannte quer über den Markt, aber die Wachen holten trotzdem rasch wieder auf. Fieberhaft suchte sie nach einem Ausweg.

Ihr Weg führte sie direkt zu einem großen Wagen, auf dem eine Menge Fässer gestapelt waren. Sie rannte an ihnen vorbei, berührte das unterste Fass kurz mit ihren Fingern, ohne langsamer zu werden. Sie spürte das Holz und den Wein im Inneren, verband ihre Energie mit der Flüssigkeit. Im Rennen drehte sie sich einmal um sich selbst und hob die Hand. Das unterste Fass wurde magisch aus den Stützen gerissen, und alle anderen rollten lärmend auf die Straße. Eines krachte splitternd gegen die niedrige Mauer gegenüber und verteilte spritzend seinen rubinroten Inhalt.

Der Weg war den Wachen vorerst versperrt. Zenay hetzte weiter, im Rücken noch das laute Fluchen des Händlers um seinen schönen Wein.

Sie wollte schon in die nächste Gasse aus Karren einbiegen, als direkt vor ihr weitere Wächter auftauchten.

Zenay kam zum Stehen; um sie herum war es auf einmal unheimlich leer, als seien die Käufer und Verkäufer von dieser Gasse abgeschnitten worden ... Keiner war mehr in der Nähe – nur die Wachen beobachteten sie ganz genau.

Vorsichtig machten sie einige Schritte auf sie zu, ihre Speere und Schwerter in den Händen, da schallten hinter ihr Rufe. Im Augenwinkel sah sie, wie die Wachen über den Haufen von Weinfässern kletterten.

„Sie ist die gesuchte Magierin!", drang ein Ruf an ihr Ohr ... und die Wachen vor ihr hoben die Schwerter.

Zenay ließ sich gegen die Rückseite eines Wagens fallen, als einer der Speere durch die Gasse zischte und klappernd über den gepflasterten Boden rutschte.

„Nein! Wir wollen sie lebend. Entwaffnet sie!"

Ein Wächter, ein großgewachsener Mann mit rotem Haar, hatte einen Schlagstock gezogen und rannte brüllend auf sie zu. Sie drückte sich von der Holzwand ab, machte eine Rolle über den Boden und wich ihm aus.

Der Mann verfolgte sie, und zwei weitere kamen näher, während sie rasch wieder auf die Beine sprang und seinen nächsten Hieb abwehrte.

*Verdammt, es sind einfach zu viele!*, dachte sie und duckte sich. Der dicke Stock ihres Gegners zischte über ihren Kopf hinweg. Ein solcher Schlag würde reichen, um sie ins Land der Träume zu schicken. Und danach würde sie in einem Alptraum erwachen.

Sie schlug mit ihrem Schwert nach seinem Bein, aber er war schneller und sprang ein Stück von ihr fort. Zenay erhob sich rasch und wich seinem nächsten Hieb aus – da zischte ein Pfeil direkt zwischen ihnen durch die Luft.

Sowohl sie als auch der Rothaarige drehten den Kopf. Der Schrei des Wächters auf der anderen Seite des Kampfplatzes hallte in ihren Ohren, als sich der Pfeil tief in seinen Oberschenkel bohrte. Er ächzte und stürzte zu Boden, einer seiner Kameraden kniete sich neben ihn.

Die anderen Wächter schienen ebenfalls erschrocken, denn sie hielten in ihren Angriffen kurz inne ... und machten einem neuen Feind Platz.

Der junge Ratke hatte sie erreicht.

Zenay wollte weg, doch die Männer nahmen ihre volle Aufmerksamkeit in Anspruch. Im Augenwinkel sah sie, wie der Ratke etwas hervorzog und in ihre Richtung schleuderte. Zuerst erwartete sie ein Messer, aber dafür war die Bewegung zu langsam, und etwas Kleines fiel klackernd vor ihr auf den gepflasterten Boden.

Das Geräusch ... dazu ein Knacken wie von berstendem Glas und ein leises Zischen.

Sie warf nur einen kurzen Blick auf den Boden, wo ein heller, glitzernder Kiesel lag, dann meinte sie, in dem Tumult um sich ein Lachen zu hören ... Instinktiv sprang sie vor dem Stein zurück.

Im selben Moment breitete sich eiskalter Wind um sie aus. Gleißendes Licht blendete Zenay, dann wurde ihre Magie, die sie wie einen Schutzschild um sich aufgebaut hatte, von ihr fortgerissen, gerade als sie eines der Fässer gegen die Wächter schleudern wollte ...

Ein heftiges, schmerzendes Gefühl der Leere machte sich in ihr breit, und sie spürte, wie ihre ganze Kraft ihr entzogen wurde.

Sie wankte kurz und machte einen unsicheren Schritt zur Seite. Ein Pfeil zischte an ihrer Wade vorbei, genau dort, wo sie gerade noch gestanden hatte, und schlug in einen der Wagen hinter den gegenüberstehenden Wächtern ein.

Entsetzen und Verwirrung tobten in Zenay, sie spürte ihre Schwäche. Ihre Magie war ihr gestohlen worden!

Die Wachen um sie herum grinsten jetzt und hoben ihre Waffen, direkt vor ihr stand der Rothaarige, bereit zum Angriff – da zuckte ein knisternder Blitz über den Himmel, gefolgt von grollendem Donner, als sich die schwüle Spannung der Sommerluft entlud.

Das Geräusch des Regens, zunächst nur ein fernes Rauschen, schwoll in Sekundenschnelle zu einem lauten Prasseln an. Eine starke Böe kam auf und blies den Staub auf dem Marktplatz in die Luft. Der Himmel war jetzt so dunkel wie in der Dämmerung, und zu dem Rauschen des Regens mischte sich das lauter werdende Geraune der Menschenmenge auf dem Markt, die sich zwischen die Wagen drängte. Wind toste und peitschte den Regen in dichten Schwaden schräg über den Platz.

Zenay wich an die Rückseite eines Karrens zurück, da hetzte hinter den Wachen eine Welle von Menschen heran, die vor dem Unwetter flohen. Der Rothaarige hatte seinen Schlagstock immer noch gepackt und wollte ihn gerade heben, als er von jemandem angerempelt wurde und stolperte.

Die flüchtenden Menschen brandeten über den kleinen Platz, auf dem gerade noch ein Kampf geherrscht hatte, und drängten sich zwischen den Ständen hindurch. Verzweifelt stemmten sich die Wachen gegen die plötzliche Flut von Leuten, die zwischen ihnen hindurchströmten.

Als der Ansturm nach wenigen Augenblicken vorbei war, starrten die Wächter ungläubig auf die leere Stelle in ihrer Mitte, während Zenay sich in die Menge duckte und die Kapuze tiefer in ihr Gesicht zog.

Das Gesicht des Ratken lief dunkelrot an, bevor er tief Luft holte.

„NEIN! Hinterher! Findet sie!"

# Gassen und Gewitter

Ein Sklave kündigte Alrac an, während Zayda einige Berichte durchging. Sie ließ die Papiere von dem dürren Mann auf ein Tablett ablegen und scheuchte ihn hinaus, kurz bevor der Krieger ihren Saal betrat.

„Die Tatsache, dass DU hier bist und nicht Mazuk, spricht wohl dafür, dass meine Gesuchte noch nicht aufgetaucht ist?", begrüßte sie ihn und zog eine Augenbraue hoch.

Alrac verneigte sich und sah sie dann offen an. „So ist es, Herrin. Mazuk bat mich, Euch Bericht zu erstatten. Er wartet noch immer auf ein Lebenszeichen der Gesuchten."

„Und worüber sollst du mich dann informieren? Darüber, wie er seine Zeit verschwendet?"

„Nein, Herrin ... ich habe auf Mazuks Wunsch hin Beschreibungen der Flüchtigen erstellt, und es werden Steckbriefe von ihnen ausgehängt. Aber ... ich möchte eigentlich etwas anderes vorschlagen, wenn Ihr erlaubt."

„Was hast du auf dem Herzen?", fragte sie mit einem spitzen Lächeln, das ihn offensichtlich zögern ließ.

„Es war eigentlich nur ein Gedanke ... aber ich finde das Verhalten der gesuchten Magierin reichlich merkwürdig. Laut unseren Informanten ist sie von den Phiruin befreit worden. Doch weshalb hielt sie sich dann wochen– oder vielleicht sogar monatelang in einem kleinen Bauernnest auf? Hätte man sie nach der Befreiung nicht unverzüglich mit einem Bilur in ein gesichertes Versteck gebracht? Zu den Anführern?"

Zayda zog eine Augenbraue hoch. „Sprich weiter."

„Ich ... Wenn Ihr erlaubt, Herrin ... Ich vermute, dass sie überhaupt nicht bei den Phiruin ist. Diese hätten sie doch niemals ungeschützt in so einem kleinen Dorf herumlaufen lassen."

Sie bedeutete ihm wiederum, dass er fortfahren sollte, und fühlte, wie er sich immer mehr ereiferte.

„Wie viele Phiruin sind uns schon offen begegnet? Sie leben entweder untergetaucht als Händler und Hirten oder in den größeren Verstecken, die wir nicht finden können."

Er trat einen Schritt näher an ihren Thron. „Aber ich war in diesem Dorf. Dort gab es keinen Hinweis darauf, dass Phiruin anwesend sind. Außerdem habe ich ja damals den toten Verräter im Wald gefunden. Sie wurde vielleicht nicht an den vorgesehenen Treffpunkt gebracht. Und wenn sie zu viel Angst hatte oder gar nicht wusste, wohin sie sollte ... dann könnte es sein, dass sie bis heute nicht mit den Phiruin in Kontakt getreten ist."

„Du vermutest also, dass sie überhaupt keine Ausbildung von den Rebellen erhalten hat?", fragte Zayda und spürte einen Hoffnungsschimmer in sich aufkeimen. Das würde alles um Welten vereinfachen.

„Ich kann es nicht sagen, Herrin. Sie muss Helfer haben, aber vielleicht sind diese keine Phiruin? Sind Euch Magier bekannt, die sich von den Rebellen distanziert haben?"

Zaydas Fingernägel klackerten auf der Lehne ihres Throns, während sie darüber nachgrübelte.

Ein kurzer Wink ihrer Hand ließ ihren Berater Sirtar aus dem Schatten hervortreten. Sie bemerkte sehr wohl, wie Alracs Augen sich kurz vor Überraschung weiteten. Aber auch vor Ehrfurcht?

„Sirtar, du wirst die Listen durchgehen und überprüfen, wer in der Umgebung von Yoruba als Magier bekannt war. Auch die Toten. Vielleicht ist einem der Prüfer ein Fehler unterlaufen, und jemand ist nicht verstorben. Es sollen alle Standorte erneut überprüft werden."

Ihr Berater nickte knapp und machte sich unverzüglich auf den Weg. Alracs Augen folgten ihm durch den schummrigen Raum, ehe er seine Aufmerksamkeit wieder auf Zayda richtete und fragte: „Wie lauten Eure weiteren Wünsche?"

Sie betrachtete den Krieger vor sich, in dessen Augen Gerissenheit und Eifer in einer Intensität flackerten, die sie schon lange nicht mehr gesehen hatte.

„Wie wäre es, wenn du hier bleibst? Mazuk kann auch ohne dich in der Schafhütte sitzen und darauf hoffen, dass meine Gesuchte doch noch dort auftaucht."

„Herrin?", fragte er und erhoffte sich damit wohl eine Bestätigung seiner Vermutung.

„Es würde mich interessieren, was für andere Gedanken du dir noch über die Untergrundrebellen gemacht hast. Ich kann frisches Blut gebrauchen."

Alrac lächelte und neigte den Kopf. „Es wäre mir eine Ehre."

«✝»

Mazuk hielt seine innere Unruhe nicht mehr aus, während sich in ihm das Gefühl verstärkte, dass seine Herrin genau in diesem Moment ihre magische Aufmerksamkeit auf ihn richtete. Es war zu viel Zeit vergangen.

Die Göre würde nicht hierherkommen.

Entweder hatte sie es ohnehin nicht vorgehabt oder sie war durch den Magier gewarnt worden, der kurz aufgetaucht war. Die Phiruin mussten sie an einem anderen Ort untergebracht haben.

Ein bitterer Geschmack breitete sich in seinem Mund aus. Mit einem Schnauben raffte er sich auf und ging zu seinen Männern. Es gab immer noch andere Möglichkeiten. Er könnte als Erstes die Behauptungen des Adlerauges überprüfen, dass sie in diesem Dorf hätte sein müssen.

Mazuk belehrte die Magier über ihre neuen Aufgaben und pickte sich eine Gruppe von Kriegern heraus.

„Ihr fünf bleibt hier und informiert mich, sobald sich etwas tut. Auch wenn nur ein dummer Nachbar vorbeikommt, ich will alles wissen! Ich überlasse euch diese Bilure zum Absorbieren. Und ich lasse euch zwei der Magier hier. Sie haben ihre Befehle von mir schon erhalten und sollen mich kontaktieren."

„Ja, Herr."

Mazuk nickte zufrieden und wandte sich an die restlichen Männer. „Die Zeit des Herumsitzens ist vorbei. Sollte sie doch noch hierherkommen, wissen wir es bald. Aber solange warte ich nicht mehr. Es gibt auch noch andere Möglichkeiten, wo sie sein könnte. Das werden wir jetzt überprüfen."

Die Ratken wirkten so, als wäre ihnen etwas unwohl. Mazuk erkannte, dass Alrac sie über Zaydas Wünsche informiert haben musste. Wieder kochte die Wut in ihm hoch.

„Das ist ein Befehl!", presste er zwischen zusammengebissenen Zähnen hervor. „Ich bin euer Anführer und ich führe die Wünsche der

Königin aus. Sie will das Mädchen. Wir beschaffen es ihr. Das wäre alles."

Wortlos erhoben sich die Männer und machten sich fertig. Mazuk schnaubte und wandte sich dann zum Ausgang, um die Magier zusammenzutrommeln. Sie würden ihm in Ornanung noch nützlich sein.

«✝»

Elaya hatte noch immer einen Fluch auf den Lippen, während ihr Herz so schnell pochte, dass es weh tat. Die Wachen hatten blöderweise nicht lange gebraucht, um auf die Idee zu kommen, sie zu durchsuchen.

So hatten sie all ihre Waffen eingebüßt und waren nun völlig schutzlos.

Sie klammerte sich an die Hoffnung, dass sie sich nicht vollends in dem sonderbaren Ratken getäuscht hatte.

Auf der Straße starrten die Leute sie neugierig an, wandten sich aber rasch ab, sobald ihnen die Wachen einen strengen Blick zuwarfen.

Sie liefen eine ganze Weile, umringt von den Männern, angeführt von Tunez. Elayas Hände kribbelten, dort wo der Wächter hinter ihr sie gepackt hielt, und ihr Blick huschte hin und her, während Furcht an ihr nagte.

Krachender Donner ließ sie zusammenfahren, Wind kam auf und erste dicke Tropfen prasselten auf sie nieder.

Schon bald verlor Elaya die Orientierung, hatte aber das Gefühl, dass sie sich zum Gerberviertel hin bewegten. Der Gestank bestätigte es ihr.

Die Wachen rümpften die Nasen und tauschten Blicke aus, doch sie folgten dem Ratken, bis dieser vor einer unscheinbaren Seitentür eines alten Hauses stehen blieb.

„Was ist das für ein Ort?"

„Nicht alle Posten sind der Stadtwache bekannt. Wir werden die Verräter hier festhalten und befragen", erklärte er barsch und klopfte hart an die Tür. Sie wurde nach einem Moment einen Spalt weit geöffnet. Elaya hatte das Gefühl, dass die Person Tunez kannte. Doch die Augen des alten Mannes weiteten sich, als er die Wachen hinter dem Ratken erblickte.

„Aber sollten wir sie nicht lieber zur Wache bringen?", fragte einer der Wächter seinen Nebenmann, da fuhr Tunez' Kopf bereits herum. Elaya konnte sehen, dass der Alte sich wieder fasste.

„Zweifelst du etwa meine Entscheidung an?", zischte Tunez ihn drohend an. „Ich bin dem Statthalter direkt unterstellt. Ich führe seine Befehle aus, und das solltest du auch tun!"

„Ja, Herr, verzeiht", murmelte der Mann mit verzogener Miene, und sie führten Elaya und Malak vor seinen Augen in den Flur.

Sie brauchte einen Moment, um sich an das schummrige Licht zu gewöhnen, aber innerlich klingelten alle ihre Alarmglocken.

„Jetzt!", rief Tunez hinter ihnen. Direkt anschließend folgte ein überraschter, leiser Aufschrei. Jemand sackte hinter Elaya in die Knie, und ihre Hände waren frei. Sie wirbelte herum, doch Tunez hatte den zweiten Wächter bereits gepackt und schmetterte ihn gegen die Holzverkleidung des Gangs.

Sie erzitterte kurz beim Anblick seiner Stärke, dann sprang sie zu dem bewusstlosen Wächter, zog seinen Knüppel vom Gürtel und preschte vor zu Malak.

Der dritte Wachmann war gerade dabei, sein Schwert zu ziehen, als der noch gefesselte Malak ihn kräftig anrempelte. Der Mann verlor nur kurz das Gleichgewicht, aber es genügte, um Elaya eine Angriffsfläche zu bieten.

Mit einem harten Schlag knallte der Knüppel gegen seine Schläfe. Der Kopf des Mannes wurde zur Seite gerissen, ehe er gegen die Wand fiel und daran herunterrutschte.

Als sie sich umdrehte, hatte der letzte Wächter mit wutverzerrtem Gesicht ein Messer an Malaks Hals gelegt.

„Keinen Schritt näher oder ich schneide deinem Freund hier die Kehle durch!", schrie er und starrte kurz zu seinen Kumpanen, vielleicht in der Hoffnung, einer von ihnen würde gleich wieder zu sich kommen.

„Lass den Wachmann los, Ratke! Und du, leg den Knüppel weg, Mädchen! Sofort!", bellte er, und seine Stimme zitterte bedrohlich. Sie tat wie geheißen und ließ die Waffe fallen.

Doch gleichzeitig mit dem dumpfen Aufschlag auf den Dielen gab es ein weiteres Geräusch. Der Wächter verdrehte die Augen und sackte in sich zusammen. Das Messer fiel aus seiner Hand, und Malak machte einen Sprung von ihm weg.

Hinter dem zusammengesackten Wächter stand der alte Mann, der seinen Gehstock offensichtlich gerade auf eine ganz andere Art verwendet hatte.

Tunez ließ den letzten Wachmann auf den Boden fallen, wo er zusammen mit den anderen stöhnend liegen blieb. Der Ratke klatschte in die Hände und lachte leise.

„So, das hätten wir. Lösch ihre Gedächtnisse, Balijan, bevor sie wieder aufwachen. Und dann lass sie rausbringen."

„Seid Ihr ein Magier?", fragte Elaya neugierig und hoffte dabei, dass ihr rasendes Herz sich beruhigen würde, bevor es zersprang.

Der alte Mann schmunzelte. „Bei den Hütern, nein. Aber wir haben viele Möglichkeiten." Damit zog er eine Flasche aus einem Regal und entkorkte sie. Beißender Geruch machte sich breit, und Elaya rümpfte die Nase.

„Was ist das für ein Zeug?"

„Ein Kräuterextrakt, der das Gedächtnis trübt und rasende Kopfschmerzen verursacht. Hauptsächlich Alkohol."

Malak schnupperte kurz daran und zuckte zurück. „Ja, das mit den Kopfschmerzen kann ich bestätigen."

„Die hat mir diese Aktion gerade zur Genüge bereitet!", meinte Elaya und starrte dann den Ratken vorwurfsvoll an. „Ich hätte mich beinahe zu Tode erschrocken! Einen Moment dachte ich wirklich, du würdest uns ausliefern!"

Malak nickte bestätigend, während Tunez noch die vier Wachen umdrehte, damit der Alte ihnen die Flüssigkeit besser einflößen konnte.

„Ich hatte alles im Griff. Ich wollte die Wachen nur nicht auf offener Straße erledigen, das hätte zu viele Probleme bereitet. Immerhin ist eure Freundin Sina in der Stadt, und ich möchte, dass sie diese auch unbemerkt wieder verlassen kann."

Er richtete sich auf und deutete den Gang entlang.

„Folgt mir. Ich hole dir Unterstützung, Balijan", sagte er an den Alten gewandt und ging voraus.

Malak und Elaya folgten ihm eine lange Treppe hinunter und standen schweigend im Hintergrund, während er mit zwei weiteren Männern sprach, die rasch zum Eingang eilten. So blieben die drei in der geräumigen Kammer zurück, deren Wände vollgestellt waren mit Regalen und Fässern. Mehrere Türen führten in angrenzende Räume, und es war dank eines Ofens angenehm warm, obwohl sie sich offensichtlich in einem tiefen Keller befanden. Eine Wand glänzte feucht.

Tunez ging zu einem Regal und zog etwas daraus hervor, ehe er sich ihnen zuwandte.

„Dank unseres kleinen Zwischenfalls habe ich meine Pläne geändert", fing er an. „Ihr bleibt hier, während ich die anderen hole."

„Aber ... wie sollen sie erkennen, dass du kein Feind bist?", fragte Elaya und dachte besorgt daran, dass Tarek und Jesco vermutlich nicht so leicht mit sich reden lassen würden, wenn plötzlich ein Ratke vor ihnen stand.

„Ich habe einen Bilur, mit dem man eine geistige Unterhaltung aufbauen kann. Damit informiert ihr beide eure Freunde und bringt es Sina möglichst schonend bei. Sie sollen packen und zu mir rauskommen. Es ist zu riskant, wenn ich in die Schenke gehe. Ich ziehe immer zu viel Aufmerksamkeit auf mich."

Sein Lächeln wirkte etwas müde, doch er drückte ihnen den kleinen, leicht golden schimmernden Stein in die Hand und machte sich dann ohne ein weiteres Wort auf den Weg, um ihre Freunde zu holen.

Auf der Treppe hörten sie noch seine gemurmelten Anweisungen an den Alten. Elaya verstand etwas von einem Transport und dass sie die Gruppe möglichst bald zu einem gewissen Sivan bringen würden, dann verhallten Tunez' Schritte.

Einen Augenblick später kam der alte Balijan herein, auf seinen blutigen Stock gestützt. Er verströmte immer noch einen Hauch von alkoholischem Kräutergeruch, als er an ihnen vorbeihumpelte.

Elayas Kopf schwirrte. Wo waren sie da hineingeraten? Waren diese Leute wirklich dazu in der Lage, ihnen zu helfen? Und welches Interesse hatten sie an Sina?

*Ist sie am Ende eine Phiruin?! Und kann sich wegen ihres Gedächtnisverlusts nicht mehr daran erinnern? Das würde erklären, warum sie im Gefängnis war!*

Malak räusperte sich und schaute sich dann unverhohlen neugierig in der Kammer um, während er seine Haare zusammenstrich und mit seinem Lederband wieder zu einem Pferdeschwanz band. Sie kannte dieses Verhalten; es zeigte ihr, dass er aufgebracht war. „So sieht also ein Versteck der Phiruin aus? Ich hatte es mir weniger ... gewöhnlich vorgestellt."

Elaya lachte kurz und warf einen nervösen Blick zu dem Alten, der jetzt in einer Ecke des Raums saß und seinen Stock putzte.

„Malak, du hattest nicht mal Ahnung davon, dass sie noch existieren. Ich jedenfalls nicht. Ich dachte, das seien nur Märchen. Komm her, ich glaube, wir sollten nebeneinander stehen, wenn wir den Bilur aktivieren."

Ihr Bruder zog eine Augenbraue hoch. „Zu Befehl, du Magieexpertin."

«✝»

In der Masse aus regennassen Leibern ließ sich Zenay mittreiben und verließ den Markt, ohne von den rufenden Wächtern gesehen zu werden. Am Rand der Häuser wagte sie es, sich noch einmal umzudrehen.

Es regnete jetzt in Strömen. Der letzte Blick, den sie auf den Marktplatz warf, zeigte ihr ein Durcheinander aus Händlern und Käufern, die verzweifelt versuchten, ihre Waren und Einkäufe vor dem Unwetter in Sicherheit zu bringen.

Als sie um einige Straßenecken gebogen war und die Menschen sich aufteilten, löste sie sich von der Gruppe und schlüpfte wie ein Schatten in die nächste schummrige Gasse. Der Lärm des Marktes blieb hinter ihr zurück, geschluckt vom Rauschen des Regens, aber weit genug entfernt war sie noch nicht.

Hektisch sah sie sich um, streifte an der nächsten Mauer im Trockenen entlang und rannte dann schnell um mehrere Ecken, ehe sie sich leise keuchend an eine schattige Hauswand lehnte. Der Kampf hatte sie geschwächt, einen weiteren würde sie kaum überstehen.

Aber was war das für ein verdammter Stein gewesen? Er hatte ihre Magie irgendwie aufgesaugt ...

Da hörte sie wieder Rufe der Wachen und rutschte rasch an der Hauswand weiter, bis sie sich in die Nische eines Eingangs drücken konnte. Die Gasse war schmal und der Himmel so verdunkelt, dass kaum Licht zwischen die Häuser fiel.

Eine große Truppe Wächter tauchte am Eingang der Gasse auf, die meisten eilten gleich weiter, aber einige blieben stehen und sahen die Gasse hinunter. Sie sprachen murmelnd miteinander und bogen dann zum Glück in die gegenüberliegende Straße ab.

Ein greller Blitz, direkt gefolgt von lautem Donner, ließ die Umgebung aufleuchten. Zenay sah die Schatten der Wachen an der kleinen Straßenkreuzung, bevor sie um eine Ecke bogen.

Sie war wieder allein.

Mit klopfendem Herzen beobachtete sie die Öffnung der Gasse, aber die Umgebung blieb still. Sie wollte sich schon auf den Weg zurück wagen und setzte einen Fuß aus der schützenden Nische, als plötzlich eine verspätete Wache den anderen nachstürmte. Auch dieser Mann spähte nur kurz in die Gasse – jedoch lange genug, um die huschende Bewegung wahrzunehmen, mit der Zenay sich wieder flach in den Eingang drückte. Er erstarrte und kniff die Augen zusammen, dann zog er sein glänzendes Schwert – und schlich in den düsteren Gang, auf sie zu.

Der Regen prasselte immer noch in Strömen vom Himmel und schluckte das wenige Licht. Sie konnte den Wächter nur für einen Moment als schwarze Silhouette vor dem grauen Hintergrund der Straße ausmachen. Jetzt verschwand er wie ein Schatten in dem Regenvorhang.

Zenay erstarrte und lauschte auf das Rauschen der trommelnden Tropfen. Donner grollte von weiter weg, das Wetter machte es ihr unmöglich, die Schritte des Wächters zu hören.

Hatte er sie gesehen? Würde er sie entdecken, wenn sie einfach in dem Hauseingang blieb? Wo war er nur? Eine plötzliche Dunkelheit war mit dem Unwetter hereingebrochen, sodass ihr Herz zu rasen begann.

Das Licht eines Blitzes erhellte die Gasse nur für einen kurzen Augenblick, aber es reichte aus, um zu sehen, dass der Mann langsam an der rechten Seite entlanggeschlichen war – und jetzt erstarrte, als er direkt auf sie blickte. Sie konnte nicht viel mehr als ein Schatten in dem grellen Licht gewesen sein, aber es hatte anscheinend gereicht, denn schon hörte sie die schnellen Schritte des Manns. Donner krachte über der Gasse und verschluckte seine Rufe nach Verstärkung.

Das Wummern des Gewitters fuhr ihr bis in die Knochen und heizte ihre Angst an. Der Drang nach Flucht lähmte ihre Gedanken, schließlich hetzte sie einfach in die entgegengesetzte Richtung davon.

Hinter sich hörte sie den wütenden Ruf des Wächters; ihre Füße flogen über den rutschigen nassen Boden. Der Regen weichte ihren Mantel auf und zog sich in ihrem Rock hoch, als dieser durch das Wasser schleifte. Im nächsten Moment stolperte sie und fiel.

Sie spürte, wie sich ihr Fuß im Stoff verwickelte. Rasch riss sie die Arme vor und rollte sich ab. Wasser spritzte, als sie sich wieder aufrappelte und den schlammverschmierten Rock mit einem Fluch hochraffte. Die Schritte des Mannes kamen näher, doch sie rannte weiter, ohne sich umzublicken.

Nach einem Moment drehte sie doch kurz den Kopf, um ihren Verfolger zu erspähen, aber die Regenschleier hinter ihr waren zu dicht, um irgendetwas zu erkennen. Plötzlich tauchte ein mächtiger Schatten vor ihr auf.

Der Boden war so rutschig, dass sie nicht mehr zum Stehen kam und gegen die Mauer am Ende der Gasse stieß. Ächzend prallte sie mit Schulter und Kopf an den Stein, und Sterne tanzten vor ihren Augen.

Sie zwang sich, die Benommenheit und den Schmerz abzuschütteln, stieß sich von der Wand weg und blickte sich um. Die Mauer ragte hoch und unüberwindbar vor ihr auf. Sie steckte fest! Sie war in eine Sackgasse geraten und konnte ohne ihre Magie nicht entkommen!

Hinter ihr näherten sich rasche Schritte. Zenay wirbelte herum und riss gleichzeitig ihr Schwert aus der Scheide.

Der Wächter tauchte aus dem Regen auf, stürmte mit erhobener Waffe auf sie zu. Zenay wehrte seinen Schlag ab, doch die Wucht seines Angriffs war zu mächtig, und sie wurde erneut gegen die Mauer geschleudert.

Sein nächster Hieb schlug ihr das Schwert aus den zitternden Händen. Es fiel klirrend zu Boden und mit einem eiskalten Grinsen trat er es mit dem Fuß zur Seite.

„Ich verstehe wirklich nicht, wie ein so kleines Mädchen wie du es schaffen konnte, alle zum Narren zu halten … aber das ist jetzt vorbei!", sagte er mit öliger Stimme und packte sie. Seine Finger schlossen sich um ihren Hals. Sein Schwert drückte er flach gegen ihre Brust und presste sie damit an die Wand. Zenay keuchte verzweifelt, sie konnte sich nicht mehr rühren …

Ein weiterer Blitz zuckte über den schmalen Himmelstreifens über der Gasse und enthüllte ihr das grausame Grinsen auf dem Gesicht des Wächters. Der Regen wurde schlagartig schwächer. Zenays Finger suchten Halt und krallten sich in seinen feuchten Lederhandschuh, was ihm nur ein Lachen entlockte. Sie versuchte, ihn zu schlagen, sein Gesicht zu treffen, doch sie kam nicht an seinem gepanzerten Arm vorbei.

Tränen traten ihr in die Augen, als sie panisch versuchte, durch ihre zugedrückte Kehle Luft zu holen und den Wächter irgendwie von sich wegzustoßen, aber er war zu gut durch sein Kettenhemd geschützt, als dass sie ihn ernsthaft mit einem Tritt hätte verletzen können.

„Das ist sinnlos, kleine Göre." Sein Grinsen veränderte sich, als er sich ihrem Gesicht näherte und ihr im Regen kaum hörbar zuraunte: „Willst du wissen, was ich mit dir anstelle, sobald du bewusstlos bist? Sobald du wehrlos bist? Bevor ich dich zu den anderen bringe?"

Sein süffisanter Blick sagte alles. Er war zwar kein Ratke, aber ganz sicher kein aufrichtiger Mann.

Angst und Abscheu breiteten sich in ihr aus. Sie wollte atmen, sich wehren, aber in ihrem Kopf wuchs das donnernde Pochen ihres Herzes weiter an. Luft! Sie brauchte Luft!

Ohne zu wissen, was sie tat, tastete ihre Hand nach dem blauschwarzen Dolch unter ihrem Mantel … Ihre Finger berührten den Griff. Mit einer wilden Bewegung riss sie den Arm nach oben, zwischen seinen hindurch.

Das scharfe Metall bohrte sich tief in die Kehle des Mannes. Sie spürte, wie es durch Haut und Fleisch drang und schließlich auf Knochen stieß.

Ein Gurgeln entwich seinen Lippen, und sein triumphierender Blick verwandelte sich in Verblüffung. Seine breite Hand um Zenays Hals löste sich und krallte stattdessen nach dem Griff des Dolches, den sie noch immer umklammerte.

Sein Schwert fiel scheppernd zu Boden.

Zenay entfuhr ein leiser Schrei des Entsetzens. Ihre Finger lösten sich von dem Dolchgriff an seinem Hals, als hätte sie sich daran verbrannt. Der Mann torkelte von ihr weg und sah sie fassungslos an. Einen Moment später sank er wortlos in sich zusammen, und sein Blut mischte sich mit dem Wasser in den Regenpfützen.

Zenays Hals schmerzte. Sie atmete rasselnd ein, während sich alles um sie herum drehte. Der Mann regte sich noch einen Moment, dann erschlaffte er und blieb liegen.

Der Regen ließ ebenso schnell nach, wie er begonnen hatte. Das leise Plätschern der Rinnsale wurde vom Rauschen in Zenays Ohren übertönt. Sie starrte auf den reglosen Mann und auf die Blutlache, die sich immer weiter ausbreitete. Im Schein eines letzten, schon weit entfernten Blitzes schien das Rot zu leuchten wie Glut.

Sie zitterte, fasste sich an den schmerzenden Hals und besah sich das Blut des Mannes auf ihrer blassen Hand, bevor ihr klar wurde, dass sie verschwinden musste!

Zenays Magen drehte sich bei dem schmatzenden Geräusch um, als sie den Dolch aus der Kehle des Toten zog. Dann packte sie die blutbeschmierte Klinge fester und klaubte ihr Schwert aus einer Pfütze auf, bevor sie die Gasse hastig verließ. Ihr war übel, und sie musste sich fast übergeben.

Sie hatte einen Mann getötet.

Sie wankte und lehnte sich in die Nische eines Hauseingangs. Dann schloss sie für einen Moment die Augen und atmete tief ein. Helle Flecken tanzten in der Schwärze und machten die Übelkeit noch schlimmer. Es dauerte lange, bis sich ihr Atem etwas beruhigte und sie spüren konnte, wie endlich neue Magie in ihrem Inneren erwachte.

*Tarek … Ich … Es ist etwas Schreckliches passiert.*

*Ich komme zu dir. Wo bist du?*, fragte Tarek.

*Das weiß ich selbst nicht so genau.*

*Wo sollen wir uns treffen?*

Zenay war unendlich froh, dass er ihr keine Fragen stellte, sondern den Ernst der Lage begriff.

*Im Gasthaus. Auf der Straße ist es nicht mehr sicher.*

*Was?!*

*Du musst die anderen warnen!*, sagte sie noch, dann brach sie die Verbindung ab, weil sie keine Kraft mehr hatte.

Die Angst und der Schock machten es ihr unmöglich, den neuen Hauch an Magie weiter zusammenzuraffen. Die Erinnerung an den jungen Ratken, der ihr auf dem Platz mit diesem verfluchten Stein ihre Kräfte entzogen hatte, versetzte sie in Panik. Das musste ein Bilur gewesen sein.

Zenay erzitterte beim Gedanken an diese Leere. Sie hatte nicht damit gerechnet, dass ein Ratke, dem sie zufällig begegnete, solche Kostbarkeiten bei sich tragen würde. Shetan hatte ihr gesagt, wie teuer und selten diese Speichersteine waren. Und verboten.

Aber natürlich galten diese Regeln nicht für die Schergen der Königin.

All diese Gedanken rasten durch ihren Kopf, während sie versuchte, die aufkeimende Panik zu unterdrücken.

Wie sollte sie es bis zum Gasthaus schaffen? Sie hatte kaum noch Kraft und die Wachen würden *überall* lauern. So gut wie jeder könnte so einen Bilur haben.

Ihr Atem ging jetzt heftig und unkontrolliert. Sie presste sich eine Hand auf den Bauch und hielt die Luft an, bis ihre Brust schmerzte. Der nächste tiefe Atemzug ließ sie ihre Fassung wieder erlangen.

*Reiß dich zusammen! Du schaffst das!*

Sie schlug die Augen wieder auf und spähte vorsichtig und mit pochendem Herzen um die nächste Ecke, bevor sie losschlich.

Nach einer schier endlosen Zeit, mehreren Umwegen und einigen Verstecken, in denen sie sich vor patrouillierenden Wachen verborgen hielt, erreichte sie atemlos die menschenleere Straße, in der das Gasthaus lag. Das plötzliche Sommergewitter hatte die meisten Leute in die Häuser getrieben. Sie konnte sich nur noch verschwommen an den Weg zurück erinnern, die Gassen erschienen ihr wie ein endloses Labyrinth, aus dessen Eintönigkeit sie nur bei herannahenden Schritten schreckte, um sich zu verbergen.

Immer wieder drängte sich das Bild des sterbenden Mannes in ihr Bewusstsein und hörte sie das widerliche Geräusch des Dolches, als sie ihn aus dem toten Fleisch zog. Das Blut dieses Mannes klebte an ihren Händen. Sie würde es niemals fortwaschen können.

Schlammiges Wasser spritzte auf, als Zenay durch die Pfützen torkelte. Beim Anblick der langen, ungeschützten Straße wurde ihr wieder schwindlig. Sie spürte, dass sie es nicht schaffen würde.

Ihre Kraft verließ sie.

Sie würde noch hier, mitten in Schlamm und Unrat zusammenbrechen und vom nächsten vorbeiziehenden Wachtrupp ganz einfach aufgesammelt werden. Obwohl ihre Magie seit dem Kampf und dem merkwürdigen Bilur langsam wiederkehrte, zitterten ihre Glieder, und ihre Beine wollten sie nicht mehr tragen.

Gerade als ihre Knie nachgaben, griffen starke Hände nach ihr und hielten sie aufrecht.

Sie wollte fliehen, doch ihr Körper gehorchte ihr nicht mehr.

Da erkannte sie, dass es niemand anderes als Jesco war, der sie da stützte. Er war genauso nass wie sie, nur nicht blut– und schlammverschmiert.

Dankbarkeit überkam sie, als er ihr mit seinem Griff Halt gab, dann mischte sich Verwirrung dazu.

Was tat er hier? Warum war er jetzt an ihrer Seite und nicht Tarek?

Jescos ernster Gesichtsausdruck ließ keine Fragen zu.

„Komm jetzt", befahl er und zog sie mit sich. „Wir müssen sofort von der Straße weg."

Sie ließ sich von ihm führen und war froh, sich ein wenig an ihn lehnen zu können. Ihre unsicheren Schritte fanden wieder zurück zu ihrem Rhythmus, und sie erreichten die Tür des Gasthauses.

Jesco stieß sie auf, und sie betraten den verrauchten Raum. Zenay zuckte zusammen, als ein paar Betrunkene laut grölten.

Sie erspähten Tarek im hintersten Eck des Raums, die Tische um ihn herum waren leer. Nur Asyra saß bei ihm und hielt aufmerksam nach ihnen Ausschau. Ihre Freundin entdeckte sie – als dunklen Schatten zwischen den trinkenden Leuten kaum erkennbar – und deutete unauffällig in ihre Richtung. Zenay wurde von Jesco weitergeführt, am Tresen vorbei und auf Tarek zu. Sie schwankte und taumelte direkt in seine Arme.

Mit besorgtem Blick führte er sie an den Tisch zurück und setzte sie neben Asyra, dann nahm er sie ein weiteres Mal in den Arm und wollte ihr den nassen Mantel von den Schultern ziehen. Asyra zischte entsetzt, als sie das frische Blut auf Zenays Händen und an ihrer Bluse sah.

„Du bist verletzt!"

„Nein, das … ist nicht mein Blut", murmelte Zenay und zog ihren Mantel wieder enger um sich.

„Was ist passiert?", fragte Tarek und warf Jesco einen vorwurfsvollen Blick zu. „Wie konnte das so schiefgehen?"

Was meinte er damit?

War es kein Zufall, dass Jesco sie auf der Straße eingeholt hatte?

„Ich hatte sie verloren", sagte der hochgewachsene Bogenbauer.

„Du warst also gar nicht dabei, als sie angegriffen wurde?!"

„Nein, sie ist abgehauen, nachdem sie einen Dolch gestohlen hatte", erwiderte Jesco mit kalter Stimme.

„Du hast was?", fragte Tarek an Zenay gerichtet.

Tarek hatte Jesco beauftragt, ihr zu folgen?!

Zenay starrte ihren Freund bestürzt an und vergaß für einen Moment ihre eigentlichen Sorgen. „Du vertraust mir nicht!"

Er sah düster an ihr vorbei in die Menge, wich ihrem feurigen Blick aus.

„Das hat nichts mit Vertrauen zu tun", stellte er kühl fest. „Ich wollte und KONNTE nicht zulassen, dass du ungeschützt bist! Du siehst ja, was daraus geworden ist!"

„Wenn du nicht wolltest, dass ich allein gehe, hättest du es auch sagen können! Ich bin kein Kind!"

„Du hast nicht auf mich gehört und es vorgezogen, vor unseren Freunden ein Theater daraus zu machen!"

Zenay starrte ihn an. Sie wusste, dass er im Grunde recht hatte, aber dass er ihr nicht zutraute, einen Vormittag allein zurechtzukommen, verletzte sie.

„Und wie kam es jetzt zu diesem Chaos?", lenkte er ab und sah ihr jetzt doch in die Augen. „Warum hast du einen Dolch gestohlen und *warum* bist du voller Blut? Bist du erwischt worden?"

„Ich … ich wollte es ja nicht!"

„Hat dich vielleicht jemand gezwungen, ihn zu stehlen?", zischte er sie an, und sie hielt seinem Blick nicht mehr stand.

„Der Dolch gehörte meiner Mutter."

Die drei starrten sie entgeistert an.

„Woher weißt du das denn?"

„Das ist jetzt unwichtig", murmelte sie. „Ich bin nicht wirklich deshalb mit den Wachen aneinandergeraten, ich war schon untergetaucht. Ein Händler hat mich erkannt. Er sagte etwas von Steckbriefen und … plötzlich wurde ich so unglaublich wütend, dass ich die Beherrschung verlor und meine Magie benutzte. Ich konnte entkommen, aber ein Wächter setzte mir nach, ich habe mit ihm gekämpft …" Sie brach ab, doch dann riss sie sich zusammen und erzählte ihnen mit leiser, zitternder Stimme, was sich zugetragen hatte. Bei dem erdolchten Mann, der auf dem Boden liegen geblieben war, verstummte sie endgültig und bebte am ganzen Körper. Tarek strich ihr sanft über den zitternden Arm, während seine Wärme sie langsam beruhigte.

«✝»

„Ist schon gut, du musst dir keine Schuld geben. Der Wächter hätte dich an die Königin ausgeliefert. Du hattest doch keine Wahl", lenkte Tarek jetzt ein.

Sie rümpfte angewidert die Nase. „Er … hat *Dinge* gesagt. Was er mir antun würde, sobald ich bewusstlos sei …"

Tarek spürte, wie ihm bei dieser Vorstellung jegliche Farbe aus dem Gesicht wich. „Was?!"

Zenay musste kurz die Augen schließen. „Es … ich geriet in Panik …"

Einen Moment schwiegen alle. Tarek konnte spüren, dass Zenay sich genauso zusammenreißen musste wie er, aber ihre Gedanken schienen dennoch abzudriften. Sie flüchtete sich in einen dämmrigen Zustand, um dem Schock zu entgehen.

Er ließ sie los, und sie blieb regungslos sitzen.

„Was machen wir denn jetzt?", fragte er die anderen beiden.

„Wo sind Elaya und Malak?", wollte Jesco wissen.

„Ich weiß es nicht. Sie sind schon eine Weile verschwunden. Jesco, wie konntest du Sina nur verlieren?!"

Seine Zenay wäre um ein Haar gefangen genommen, fast vergewaltigt und getötet worden!

Schuldgefühle tobten in ihm. Er hätte sie verfolgen oder begleiten sollen, anstatt diese Verantwortung auf Jesco abzuwälzen. Eigentlich hätte er ihr verbieten sollen, allein zu gehen.

„Verzeih", sagte er rasch und seufzte leise. „Ich bin sicher, du hast alles versucht."

„Wir können uns auch noch später Gedanken machen, wer daran schuld ist!", zischte Asyra. „Jetzt haben wir andere Probleme! Wir müssen hier weg und Elaya und Malak finden!"

Neben ihm versteifte sich Jesco kurz und wirkte dann erleichtert. „Nein, wenigstens das müssen wir nicht mehr."

Tarek sah ihn stirnrunzelnd an, dann fühlte er es ebenfalls.

Ein Wispern in seinem Kopf und die plötzliche, merkwürdig spürbare Nähe von seinen Freunden.

*Elaya? Malak?*

*Es funktioniert!*, rief Elaya und war jetzt besser zu hören.

*Wo seid ihr?*

*Das ist … schwer zu erklären, und wir haben nicht viel Zeit. Der Bilur ist nicht sehr stark*, meinte Malak, und Tarek bemerkte, dass Zenay sich neben ihm kurz regte, sich aber nicht in das telepathische Gespräch einmischte. Sie schottete sich weiter ab.

*Was ist passiert? Wieso reagiert Sina nicht?*, fragte Elaya irritiert.

*Sina ist erkannt worden. Sie musste einen Wächter töten, um zu entkommen*, hörte Tarek sich selbst sagen, obwohl er es eigentlich noch nicht wirklich glaubte.

*Bei den Hütern!*, murmelte Malak.

*Wir müssen raus aus der Stadt. Falls wir es überhaupt noch schaffen können. Sie werden niemanden mehr unkontrolliert durch die Tore und über die Brücken lassen*, warf Jesco nachdenklich ein.

Sorge nagte in Tareks Innerem. Irgendwie musste er Zenay auf die Beine stellen, denn in ihrem Zustand konnte sie unmöglich mithalten, wenn sie fliehen mussten.

*Wartet, da ist noch mehr!*, meinte dann Elaya.

*Wir haben einen Verbündeten getroffen und sind jetzt in seinem Versteck! Er … ist ein Ratke.*

Tarek wollte erneut fluchen, aber Elaya kam ihm zuvor. *Er ist kein Feind! Er will mit Sina sprechen, er sagte, er suche sie schon seit langem.*

*Und darauf bist du reingefallen?*, fragte Jesco. *Bitte sag mir, dass du ihn nicht hergeführt hast! Auch Sina ist auf dem Markt einem Ratken begegnet, aber der war auf keinen Fall freundlich!*

Verwirrt sah Tarek zu Zenay.

*Ein Ratke? Das auch noch? Was hat sie nur gemacht?!*

Er konnte Elayas Trotz durch die Verbindung fühlen. *Ich ... ich habe ihn wiedererkannt. Er ist der Ratke aus Sinas Erinnerung. Damals auf der Lichtung, als ... als wir herausfanden, dass sie eine Magierin ist. Sie hat uns doch diese Erinnerung gezeigt, weißt du noch, Asyra?*

Ihre Freundin nickte. *Ja, ich erinnere mich daran.*

*Und wo ist dieser Ratke jetzt?*, fragte Tarek. Elaya schien sich ihrer Sache sicher zu sein.

*Er sagte, dass er in der Gasse neben dem Gasthaus warten würde. Ihr sollt eure und unsere Sachen packen, dann führt er euch zu uns in das Versteck.*

*Das wird ein Problem. Wir können nicht mehr offen auf der Straße herumlaufen, jetzt da die Wachen nach Sina suchen.*

*Vielleicht kennt Tunez einen Weg ...*, fing Elaya an, doch dann schwand die Verbindung. *Beeilt euch!*, drang noch zu ihnen durch, dann war die Magie versiegt.

«✝»

Zenay bekam von alldem kaum etwas mit. Ihr Blick war trübe, sie hörte und spürte nicht mehr, was um sie herum geschah.

Nur ein Wort, ein Name drang zu ihr vor und entfachte einen Wirbelsturm aus Gefühlen.

Tunez ... Irgendwo in ihrem Kopf regte sich etwas, aber so sehr sie sich auch auf den Namen konzentrierte, ihr wollte nichts einfallen. Trotzdem blieb das Gefühl, ihn eigentlich kennen zu müssen.

Der Name riss sie aus dem Schmerz und ihren Schuldgefühlen und ließ das Bild des sterbenden Wächters etwas verblassen.

Sie war so in Gedanken versunken, dass sie sich gar nicht mehr regte. So lange, bis Tarek sie zaghaft an der Schulter berührte und ihr ins Ohr flüsterte.

„Wir müssen los, es wird hier zu gefährlich."

Sie nickte mechanisch, blieb jedoch sitzen, den Blick weiterhin verschwommen auf die schmutzige Tischplatte gerichtet. Er sagte noch irgendetwas zu den anderen, dann nahm er sie an den Schultern und richtete sie auf. Ihr Blick klärte sich, heftig schüttelte sie seine Hand ab. „Ich kann selbst gehen."

Tarek sah sie erstaunt und leicht erschüttert an, doch er ließ es dabei bewenden.

„Kommt mit!", flüsterte er zu den anderen, die sich rasch erhoben. Dann wandten die vier sich zur Treppe und erklommen die Stufen zu ihrem Zimmer.

Zenay stand unsicher neben der Tür und beobachtete abwesend, wie die anderen ihre Sachen zusammenrafften und in die Taschen und Beutel stopften.

„Beeilt euch."

Zenay konnte sich auf nichts konzentrieren. Die Erlebnisse während des Gewitters lasteten schwer auf ihr und jetzt drängte ihr restlicher, wacher Verstand darauf, sofort zu diesem Tunez zu eilen. Sie hatte keine Zeit für ihr Gepäck!

Dieser Name ... er kam ihr so bekannt vor! Tunez ... Tunez.

Es war, als würde ein Meer aus Erinnerungen hinter dem Namen stecken, wie in einer verschlossenen Kiste, und sie brauchte nur den Schlüssel zu finden und sie zu öffnen!

Wahrscheinlich musste sie nur sein Gesicht sehen! Doch die anderen würden sie nicht allein gehen lassen.

Tarek traute ihr das nicht zu.

„Ich ...", sagte sie leise, und die anderen erstarrten alle in ihrem Vorhaben. „Ich glaube, ich sollte das Blut abwaschen."

Tarek wirkte nicht glücklich, nickte aber bei ihrem Anblick. „Soll ich dir helfen?"

„Nein!", schnappte sie und ließ ihn damit zusammenzucken. Rasch versuchte sie, ruhiger zu sprechen. „Nein, ich schaffe das. Ich muss einen Moment allein sein. Packst du meine Sachen, bitte?"

Er bejahte, und so ließ sie die anderen drei im Chaos zurück, ging die Treppen hinunter und huschte durch den Schankraum zur Eingangstür.

# Erinnerungen

Die Dunkelheit wich vor Kalana zurück und gab den Blick auf eine große, schummrig beleuchtete Halle frei. Sie tauchte in die fremde Erinnerung ein und vergaß sich selbst darin.

Martyom schloss die Tür der Kammer hinter sich und durchquerte den offenen Raum, während er sich rasch nach bekannten Gesichtern umschaute. Um die Mittagszeit versammelten sich viele an den langen Bänken der Halle, um sich zu besprechen.

Einige Kinder rannten lachend an ihm vorbei, und wieder einmal wünschte er sich, seine Familie könnte hier bei ihm sein. Im Schutz von Shamoli. Und genau deshalb war er jetzt auf dem Weg zu den Weisen.

Gerade als er an das hohe Tor zu ihrem Ratssaal klopfen wollte, öffnete es sich einen Spalt, und Wannek trat heraus. Er wirkte nicht überrascht, Martyom zu sehen.

„Der Rat hat dich erwartet. Aber es ist bereits alles besprochen, und sie haben jetzt keine Zeit."

„Ich…"

Wannek hob die Hand, um ihn zu unterbrechen. „Sie haben sich deine Bitte angehört, aber es wurde entschieden, dass wir dich eine Weile zurück zu deiner Familie schicken. Wir können einige Augen draußen gebrauchen."

Martyom war enttäuscht. Er wollte dem Rat nicht widersprechen, außerdem fühlte er eine tiefsitzende Erschöpfung in sich schlummern. Dennoch wollte er seinen Posten nicht verlassen.

„Byrgit vermisst dich sicherlich. Und die Kleine", wandte Wannek ein.

„Ja, natürlich. Ich glaube trotzdem, sie wären hier besser aufgehoben."

„Wir dürfen uns in diesen Zeiten nicht überlasten. Bald geht es wieder aufwärts. Wir müssen diese Zeit des Krieges überstehen und möglichst viele Feliden vor den Ratken retten, das weißt du. Deine Frau kann später noch helfen."

Martyom nickte, auch wenn seine Magie ihm verriet, dass Wannek nicht an seine eigenen Worte glaubte.

Etwas an ihm wirkte anders, gebrochen und weniger hoffnungsvoll. Bisher hatte Martyom immer geglaubt, dass Wannek ihr größter Befürworter war, jetzt war er sich nicht mehr so sicher.

Doch dann verging der Augenblick, und Wannek sandte ihn fort. Grüner Nebel umhüllte ihn und gab schließlich eine wohlbekannte Hütte frei.

Noch bevor er das betäubende Gefühl des Transports richtig abgeschüttelt hatte, erklang ein freudiges Jauchzen neben ihm. Gerade noch rechtzeitig streckte er die Arme aus, um seine lachende Tochter in Empfang zu nehmen.

„Papa!", rief sie und drückte sich an seine Brust. Er strich kurz über ihr lockiges Haar und hielt sie ein Stück von sich weg.

„Du bist schon wieder gewachsen, Nila", erwiderte er lächelnd und gab ihr einen Stups gegen die kleine Nase. „Wo ist deine Mutter?"

„Bei den Scha–a–aaafen", rief Nila und kicherte dann, bevor sie ihn an der Hand nahm und hinter sich her zog.

Im Stall erblickte er Byrgit, über eines der Schafe gebeugt. Sein Räuspern ließ sie aufsehen, und sein Anblick zauberte ein strahlendes Lächeln auf ihre Züge.

„Martyom! Du bist zurück!"

Ihre Umarmung war lang und sehnsüchtig, bevor Nila an ihrer Kleidung zupfte.

„Ich will Geschichten hören, Papa!"

Er lachte und wuschelte ihr kurz durch die Haare. „Etwas später vielleicht, jetzt lass deine Mutter und mich kurz etwas besprechen."

Nila nickte und lief hinaus auf die Weide. Er konnte sich schon denken, dass sie nach den Lämmern suchte, die ihre Schafe mittlerweile bekommen haben mussten.

„Ist alles gut? Hattet ihr Probleme?", wandte er sich an Byrgit.

Ihr Lächeln wurde etwas müder. „Ein Eintreiber war da und hat die Abgaben erhöht. Es ist unfassbar, aber wir werden es schon schaffen. Bald ist Nila groß genug, um uns mehr zu helfen."

Martyom nickte, auch wenn er nichts weniger wollte, als Nila ihre kindliche Verspieltheit zu nehmen.

„Und bei euch? Was gibt es Neues vom Rat?", fragte sie.

„Ich werde eine ganze Weile hierbleiben. Sie tauchen unter, jetzt da Zaydas Armee zu mächtig geworden ist. Sie wollen so viele Magier und Feliden wie möglich retten. Ich soll die Augen in der Gegend hier offenhalten. Und sie haben deine Bitte abgewiesen; sie bräuchten keine weiteren Heiler."

Er sah die Enttäuschung in ihrem Gesicht, doch sie verbarg sie rasch. „Das macht nichts. Immerhin bist du endlich wieder da."

„Ja."

„Ich habe dich vermisst", murmelte sie und strich mit ihrer Wange an seiner entlang. Dann fanden sich ihre Lippen in einem wundervollen Kuss, der Martyom all seine Sorgen vergessen ließ ...

Dieser Kuss passte nicht zu Kalana!

*Nein!*, dachte sie und bäumte sich gegen die Gefühle auf. *Nein, das ist nicht wirklich! Ich bin nicht hier. Martyom! Was hast du getan?*

In einem kurzen Moment von Klarheit sah sie durch den Schleier aus Bildern und Gefühlen hindurch und erkannte das besorgte Gesicht ihres Mannes.

Asur! Das war ihr Mann!

Er hielt ihre Hand und hatte die andere auf ihrer Stirn ruhen. Sie sah, wie sein Mund Worte formte, die nicht an ihr Ohr durchdrangen. Es schien, als spreche er das Wort *Fieber*.

Sie versank erneut in der Flut aus Erinnerungen.

Wieder tauchten Martyoms Freunde, seine Familie und die Phiruin auf und ...

Dann kehrte endlich Ruhe ein.

Kalana hatte das Gefühl, von den Träumen losgelassen zu werden, die zu einem Sturm aus Eindrücken angeschwollen waren.

Nach einer Weile schlug sie die Augen auf. Über sich erblickte sie Äste und den blauen Himmel statt dunkler, warmer Hallen.

„Wo ist Martyom?", fragte sie matt und erkannte ihre eigene Stimme kaum. Sie erblickte ihren Mann, der neben ihr zu wachen schien.

„Er ist nicht hier, Kalana. Er ist ..." Als Asur schwieg und wegsah, beschlich sie ein furchtbares Gefühl.

„Er ist tot?"

Sein Nicken besiegelte die Befürchtung.

„Was ist passiert?", fragte sie ächzend und nahm dankbar einen Schluck Wasser von Asur an.

„Er hat sich für uns geopfert. Ich ... ich kann es nicht ganz erklären. Er hätte mit uns gehen können, aber er blieb, verschloss das Gitter, und als die Ratken kamen, da ..."

Eine Woge aus Trauer spülte über Kalana hinweg, ein Schluchzen quälte sich tief aus ihrem Inneren hervor und blieb ihr schmerzhaft in der Kehle stecken. Unter dem Leid verschwamm ihr die Sicht, und sie krümmte sich zusammen.

In ihrem Inneren breitete sich eine Woge unterschiedlichster Gefühle aus. Diese bittere Machtlosigkeit, gemischt mit der schrecklichen Gewissheit, einen ihrer wenigen Freunde verloren zu haben. Und es war ihre Schuld!

Als sie nach einer Weile wieder ruhiger wurde, hielt Asur sie fest im Arm und strich ihr sanft über den Rücken.

„Martyom wusste", fing sie an, musste aber erst noch einmal durchatmen. „Er dachte, dass sie hinter ihm her wären. Er dachte, wenn er tot ist, haben sie keinen Grund mehr, uns zu folgen."

Neue Tränen rannen über ihr Gesicht. Asur schob sie ein Stück von sich weg, um sie betrachten zu können. „Aber du glaubst, dass sie wegen uns da waren, nicht wahr?"

„Weshalb denn sonst? Es kann kein Zufall sein, dass uns derselbe Ratke zweimal begegnet!"

„Und was, wenn doch? Er wirkte sichtlich überrascht, uns zu sehen."

Kalana starrte finster auf den Waldboden. „Daran erinnere ich mich nicht mehr. Was ist ... was ist danach geschehen?"

„Am Ende des Tunnels stießen wir auf eine Hütte mit einem Bilur. Er lag ganz offen da, nicht zu übersehen. Wir hatten keine Zeit, die Ratken waren schon hinter uns; wir konnten hören, wie sie das Gitter wegrissen. Wir zerrten dich von der Hütte weg in die Dunkelheit. Es war Anaks Einfall. Er meinte, sie würden die Magie vielleicht nicht so schnell finden. Aber als ich dann darüber nachdachte, wohin wir fliehen sollten, haben Kian und Anak wohl geglaubt, ich wüsste nicht weiter. Sie riefen beide einen Ortsnamen. Der Bilur riss uns von den Füßen, so mächtig war er. Ich glaube, er war dafür gedacht, Martyom über sehr weite Strecken zu transportieren. Doch weil wir in der Situation verschiedene Orte riefen, muss etwas schiefgelaufen sein. Wir landeten mitten im Nirgendwo, westlich der Sümpfe, zwischen Mikna und Min'ish. Du warst besinnungslos, hast aber ständig davon gemurmelt, dass wir nach Süden müssen. Wir waren zwei Tage unterwegs, dann haben wir diese Schlucht hier gefunden. Wir bauten einen Unterschlupf und versuchten, dich wieder gesund zu pflegen."

Kalana schwieg. Sie bemühte sich, die neuen Informationen zu verdauen. „Wo sind Kian und Anak jetzt?"

„Sie suchen etwas zu essen. Der Wald oberhalb der Schlucht ist zum Glück sehr fruchtbar. Wir haben Beeren, grüne Haselnüsse und erste Pilze gefunden."

Asur schwieg einen Moment, dann fasste er sie vorsichtig an der Schulter. „Kalana, was hat Martyom mit dir gemacht? Du warst nicht mehr du selbst, hast gefiebert und nur noch wirr geredet."

Sie sah ihn an und fühlte sich sofort unwohl. „Ich bin mir nicht sicher. Ich hatte merkwürdige Träume. Es war fast, als hätte ich in Martyoms Kopf gesteckt. Aber das hört sich so schon ziemlich lächerlich an. Es war wohl nur das Fieber."

„Und was, wenn nicht? Er hat dich mit Magie berührt, Kalana. Und sofort bekamst du diese Träume. Martyom sagte mir, du würdest es bald verstehen."

Kalana erzitterte und schüttelte dann vehement den Kopf, während sich eine Erkenntnis in ihr Herz schlich. „Nein, das ist Unsinn. Warum hätte er ... warum hätte er mir seine *Erinnerungen* geben sollen?", meinte sie, am Ende nur noch leise flüsternd.

„Als er beschlossen hatte, sich zu opfern ... vielleicht wusste er etwas, das auf keinen Fall vergessen werden oder in die Hände der Ratken geraten durfte. Und deshalb hat er sichergestellt, dass seine Erinnerungen am Leben bleiben."

Ihr Körper zitterte immer heftiger. „Er ist in meinem Kopf? Martyom? Was soll ich denn jetzt machen?"

Asur nahm sie wieder in seine Arme. „Zuerst musst du zu Kräften kommen. Dann sehen wir weiter."

Sie spürte, wie sich hämmernde Kopfschmerzen in ihrem Schädel breitmachten, und versuchte, sich irgendwie abzulenken, um nicht dieser drohenden Panik zu erliegen.

Wie sollte sie das begreifen? Wie damit klarkommen? Ihr alter Freund war tot und sollte dennoch in ihrem Kopf weiterleben?

Von ihren Träumen waren teilweise nur wirre Bilder übrig geblieben. Doch der Rest waren klare Erinnerungen an Orte, an denen sie noch nie zuvor gewesen war. Sie hatte seine Emotionen gespürt. Sie hatte Gesichter gesehen und die Namen der Ratsmitglieder gehört, die sonst nur wenige Eingeweihte kannten ...

Ein Schaudern lief ihren Rücken hinab, und sie starrte auf den Unterschlupf. Ihre Familie hatte ganze Arbeit geleistet. Mehrere junge Stämme waren zeltförmig an einen Baum gelehnt und mit Ästen voller Laub überschichtet worden.

Ihre Augen folgten den Linien der Äste, während ihr Geist raste. Was würde das für sie bedeuten? Würde sie verrückt werden? Was hatte Martyom damit bezweckt?

Trug sie jetzt wichtige Informationen in sich, die ihr am Ende eine Verantwortung aufbürdeten, die sie gar nicht haben wollte?

*Aber du wolltest doch bei den Phiruin mitwirken*, flüsterte eine leise Stimme in ihrem Kopf und ließ sie die Hände verkrampfen.

„Aber nicht um diesen Preis!", murmelte sie. „Nicht um diesen Preis ..."

Sie konnte sich nicht beruhigen und war unendlich froh, als Anak und Kian im Wald auftauchten und damit eine willkommene Ablenkung darstellten.

Sie wollte alles, nur nicht über Martyoms Tod nachdenken.

„Mutter, du bist wach!"

„Wie geht es dir?"

Die beiden drängten sich zu ihr in den Unterschlupf, aber Asur bedeutete ihnen, etwas Abstand zu halten.

„Ich ... weiß nicht recht, wie ich mich fühle. Durcheinander. Müde. Hungrig."

Sie konnte sehen, wie ihre Söhne die Sorge zu überspielen versuchten, und Anak legte ein schiefes Lächeln auf.

„Zumindest gegen das Letzte haben wir etwas dabei."

Damit hob Kian grinsend einen toten Feldhasen in die Höhe. „Seht mal, eine unserer Fallen hat funktioniert! Heute speisen wir wie Könige."

Kalana rang sich ein Lächeln ab, während ihr Innerstes noch immer so heftig in Aufruhr war, dass sie sich kaum etwas Unwichtigeres als Essen vorstellen konnte.

«✝»

Ein Strom aus Bildern und Gefühlen prasselte auf Zenay ein und nahm sie gefangen. Sie sah dunkle Gänge, die Männer der Königin, die sie wieder einmal aus dem Käfig zogen und zu der verhassten Hexe schleiften.

Es folgte eine schier endlose Zeit aus Schmerz und den immer gleichen Fragen, die sie nicht verstand und nicht beantworten konnte.

Sie wusste, dass Zayda zu etwas in ihr vordringen, sie brechen wollte. Doch trotz der Qualen und der Erniedrigung blieb eine Barriere in ihr erhalten.

„Dann versuchen wir es dieses Mal etwas anders", hallte die bissige Stimme der Frau durch ihren Kopf.

Die Magie der Königin hielt sie aufrecht, wie in einem stechenden, viel zu engen Korsett, das ihr den Atem raubte. Kaum löste die grausame Frau ihren magischen Griff, gaben Zenays Knie nach.

Sie konnte nicht mehr stehen und spürte, wie ihr Geist sich in den dunklen Nebel einer Ohnmacht flüchten wollte.

Doch anstatt mit den Knien auf den kalten, blutbespritzten Marmorboden aufzuschlagen, erwartete sie ein prickelnder Sog. Die Umgebung verschwand in einem hellen Blitz, und der Boden brach unter ihr weg.

Was sie erwartete, war gähnende Leere.

Sie stürzte in die Tiefe. Der plötzliche freie Fall ließ ihren Magen zu einem festen Stein verkrampfen und presste ihr die Luft aus der Lunge.

Sie schrie, während sie von der hohen Decke des Gewölbes fiel. Ketten rasten an ihr vorbei, dann der verschwommene Schemen eines Käfigs. Der Boden des Doms kam immer näher.

Im Fallen streckte sie die Arme vor sich aus, doch sie konnte nichts tun. Die tiefschwarze Öffnung des Lochs raste auf sie zu, verschluckte sie mitsamt ihrer Todesangst.

Der Luftzug pfiff in ihren Ohren, ihr Schrei hallte an den feuchten Wänden des Schachts wider, während diese an ihr vorbeirauschten.

Ein Teil von ihr wusste, dass der felsige, matschige Untergrund des Schachts nicht mehr weit entfernt war, obwohl sie nichts erkennen konnte.

Eine Sekunde später zuckte eine schwache Lichtreflexion über eine Pfütze, und sie sah sich selbst, fallend, sterbend.

Zwei Handbreit vom Boden wurde sie von einer Woge aus schwarzer Energie gepackt. Voller Wucht hielt die Magie ihren Sturz auf und presste ihr endgültig die letzte Luft aus der Brust.

Dann verlor sich die Energie und ließ sie los. Sie fiel erneut, stürzte in den Schlamm am Boden und verlor augenblicklich das Bewusstsein.

«✝»

Tunez' Blick wurde von rasenden Bildern verschleiert. In seinem tiefsten Inneren spürte er einen schrecklichen Schmerz, dann klärte sich sein Blick, und Zenay erschlaffte in seinen Armen.

Das gezückte Schwert löste sich aus ihren entspannten Fingern und fiel klirrend zu Boden. Es herrschte Stille. Tunez starrte entsetzt auf die bewusstlose junge Frau. Ihre Augen waren noch immer halb geöffnet, doch ihr Blick war leer.

Fassungslos schüttelte er sich von den Eindrücken frei. Ihre Magie hatte ihn übermannt und dazu gezwungen, ihre Erinnerungen mitzuerleben.

Erst jetzt wurde er sich seiner Umgebung bewusst.

„Nimm deine Hände von ihr, Ratke. Sofort!", rief jemand von rechts.

Drei Fremde standen vor ihm, versperrten ihm die beiden Fluchtwege. Sie hatten ihre Waffen gehoben.

Er packte Zenay fester um die Arme und trat einige Schritte zurück, bis er an die kalte Mauer eines Hauses stieß.

Er musste sie beschützen!

„Wagt es nicht, einen Ratken zu bedrohen! Diese Frau steht unter dem Schutz der Königin!"

„Tarek, beruhige dich. Ratken sind nie allein. Das muss der Mann sein, von dem sie erzählt haben. Er will uns helfen", rief die Rothaarige und Tunez entspannte sich ein wenig.

„So sieht es auch aus", zischte dieser Tarek sarkastisch und riss Tunez' Pranken grob von Zenays Armen.

Sie fiel gegen ihn, und er stützte sie, bevor er sie vorsichtig auf den Boden legte. Tunez ließ es geschehen.

„Ihr habt recht. Ihr seid die Freunde von Elaya und Malak?"

Ein knappes Nicken war die Antwort.

„Dann lasst mich erklären. Ich bin Tunez, ein Mitglied der Phiruin Rahka, und ich werde euch alle an einen sicheren Ort bringen."

„Und was ist mit ihr? Was hast du getan?", fragte die Rothaarige mit zornigen Augen, während Tunez' Blick auf dem Pfeil ruhte, der weiter von dem Stillen auf seine Kehle gerichtet blieb.

„Sie wankte, ich wollte sie nur stützen. Und schon schrie sie los! Ich glaube, sie hat sich an etwas Schreckliches erinnert."

„Sie ist bewusstlos", sagte ihr Freund Tarek mit schwacher Stimme.

„Ich habe sie nur berührt! Es ist so düster hier ... Es schien, als wüsste sie nicht, wer ich bin."

Tarek sah kurz irritiert zu seinen Freunden, dann seufzte er. „Du hast Elaya und Malak zwar getroffen, aber sie haben anscheinend nicht daran gedacht, etwas sehr Wichtiges zu erwähnen. Sina hat ihr Gedächtnis verloren, bevor sie zu uns kam. Ein Ratke hatte sie gebissen, und sie war wie tot. Als sie wieder zu sich kam, konnte sie sich kaum mehr an ihren eigenen Namen erinnern. Wir konnten herausfinden, dass sie aus Mazmorras Grab befreit worden war, aber nicht warum und wie."

Tunez sah den jungen Mann an und konnte es zuerst nicht fassen. *Diese Narren wissen nicht, dass sie die Auserwählte ist?*

Aber dann bemerkte er das Glitzern in den Augen des Jungen und wie er kaum merklich den Kopf schüttelte.

Wussten sie es doch, und ihr Freund wollte es hier nur nicht aussprechen? Das wäre gut, denn sie brauchte verantwortungsvolle Begleiter. Tunez würde sich mit ihnen darüber unterhalten müssen, sobald sie sicher im Versteck waren.

„Sie wacht wieder auf!", rief die Rothaarige, und alle wandten sich zu ihrer Freundin um.

«✝»

Zenay zuckte zusammen und schlug zitternd die Augen auf. Ihr war schwindlig. Dunkle Flecken tanzten vor der ohnehin kaum erhellten Gasse. Tarek kniete neben ihr auf dem lehmigen Boden, neben ihm

Asyra. Sie brauchte einen Moment, bis sie sich orientiert hatte und wieder an alles erinnerte.

„Du warst einfach weg, hast uns angelogen!", rief Tarek mit vorwurfsvollem Ton.

„Ich … es tut mir leid."

„Das ist leicht gesagt! Wie sollen wir dich beschützen, wenn du abhaust?"

Asyra schien zu bemerken, dass er seine Wut und Sorge nicht mehr im Griff hatte, und schob ihn sanft zur Seite.

„Sina, was ist denn passiert? Der Ratke sagte, er hätte dich nur berührt, und du fingst an zu schreien", meinte sie besorgt.

„Ja … Tunez", murmelte Zenay leise und richtete sich etwas weiter auf. Der große Ratke hatte seine Kapuze abgezogen und blickte beunruhigt zur Straße. „Ich … ich erinnere mich wieder an etwas … an sehr viel mehr", sagte sie leise und schwieg dann, während sie sich aufsetzte und die zitternden Arme um ihre Knie schlang. Ihr Körper fühlte sich schwach und zerbrechlich an, doch gleichzeitig spürte sie, dass die Vision die Magie in ihrem Inneren gestärkt hatte. Als hätte ihr Geist zum Schutz mehr Kraft gesammelt.

„Aber an was? Welche Erinnerung?", fragte Tarek.

„Das möchte ich hier nicht sagen …"

„Es könnte wichtig sein!", widersprach ihr Freund.

„Lass sie!", sagte Tunez in bestimmendem Tonfall, er klang streng – und trotzdem auch sanft und verständnisvoll. „Ich habe Bruchteile davon gesehen, an was sie sich erinnert, und glaub mir, du willst nicht wissen, was sie dabei gefühlt hat."

Tarek erwiderte nichts auf Tunez' Worte, auch die anderen schwiegen betreten.

„Wenn du dich wieder erinnerst … weißt du dann auch, wer die Phiruin sind?", wollte der Ratke weiter wissen.

Zenay zögerte, schüttelte dann aber den Kopf. „Ich bin mir nicht sicher …"

„Das dachte ich mir. Die Phiruin sind Rebellen, im Untergrund. Ich werde dir bald alles über sie erzählen, wenn wir in Sicherheit sind. Es wird in unserem Versteck etwas eng werden, aber ihr solltet dennoch alle mitkommen. Es ist im Gerberviertel, dort können wir alles Weitere besprechen."

Tarek trat vor und schüttelte den Kopf. „Das wird kaum gehen. Sina ist entdeckt worden, die Wachen wissen, dass sie in der Stadt ist."

Bei seinen Worten wurde Zenay wieder schlecht. In ihrer Verwirrung über den plötzlichen Ansturm von Erinnerungen hatte sie ihre jüngsten Erlebnisse völlig verdrängt. Sie hatte einen Mann getötet. Sie mussten fliehen, wenn sie nicht von den Stadtwachen gefasst und an Zayda ausgeliefert werden wollten.

Die Wut auf diese Frau kochte in Zenay hoch. Die Folter, all ihre Alpträume der letzten Monate, die Menschen, die ihretwegen umgekommen waren. Zorn konnte ein guter Motivator sein.

Tunez fluchte vernehmlich und massierte sich kurz die Schläfen. „In Ordnung. Ihr müsst sofort die Stadt verlassen, zum Versteck schaffen wir es nicht mehr. Ich bringe euch raus."

Er deutete die Gasse hinunter, weg vom Gasthaus.

„Was ist mit Elaya und Malak?!"

„Ich kontaktiere meine Leute, die beiden werden von ihnen rausgebracht. Macht euch keine Sorgen um sie, es gibt gute Schleichwege zu den östlichen Brücken."

„Und was ist mit unseren Pferden? Die stehen hier im Stall", wandte Asyra als Nächstes ein.

„Das ist zu riskant. Eine Gruppe mit Pferden würde auffallen. Und sobald die Wachen genug Informationen gesammelt haben, werden sie wissen, dass ihr zu Pferd angereist seid. Nein, wir gehen zu Fuß und auch nicht über die Straßen."

„Wir können die Pferde nicht hierlassen! Ein Großteil unserer Ausrüstung ist bereits in den Satteltaschen verstaut!"

Tunez gab mit einem Nicken nach. „Einer von euch sollte sie holen und aus der Stadt bringen. Wir treffen uns dann später wieder."

„Ich mache das", sagte Jesco und legte Asyra kurz die Hand auf die Schulter, als sie protestieren wollte. „Sina, findet ihr mich wieder?"

Zenay zitterte innerlich bei dem Gedanken, ihn dieser Gefahr auszusetzen, aber sie nickte. Er machte ohnehin nicht den Eindruck, als würde er lange darüber diskutieren.

„Gut." Er drückte Asyra seinen Bogen in die Hand, denn er konnte ihn nicht offen mitnehmen.

„Ich bringe deine Freunde über die östlichen Brücken raus, ein Stück entfernt fängt der Wald an, dort treffen wir uns. Führe die Pferde den ersten sichtbaren Pfad rechts von der Südstraße ab, dort gibt es eine Lichtung", erklärte Tunez.

Mit einem kurzen Nicken wandte Jesco sich ab und eilte zur Straße.

Zenay sah ihm hinterher, hatte plötzlich aber noch einen anderen Gedanken.

„Ihr habt doch auch meine Sachen bei euch? Ich muss dringend diesen Rock loswerden, vorhin, als ich fliehen musste … da war mir all der Stoff im Weg."

„Ja, du hast recht", meinte Asyra, nahm ihre Tasche vom Rücken und zog eine eng zusammengeschnürte Hose heraus, die sie Zenay reichte.

Sie streifte ihren Rock ab, band die Hose hastig zu und legte ihren Gürtel um. Froh, sich endlich wieder richtig bewegen zu können, streifte sie kurz Tareks Blick, fühlte aber nichts als Sorge und Frustration. Jetzt war weder die Zeit für Scham noch für Liebe; sie wusste, dass sie ihn enttäuscht hatte.

Als ihr Blick kurz zum Eingang der Gasse huschte, sah sie gerade noch, wie Jesco wieder in den Schatten der Mauern zurückwich. Wenig später erreichte er sie schwer atmend.

„Es sind Wachen auf der Straße, mindestens fünfzehn. Sie verteilen sich. Ich kann nicht zu den Pferden."

„Woher wissen sie, dass ihr hier wart?", fragte der Ratke und schaute finster drein.

„Jemand könnte uns verraten haben, oder sie haben uns verfolgt, als wir vom Markt kamen."

„Egal. Mir nach", drängte Tunez, aber die anderen zögerten. „Ich werde jemanden schicken, der die Pferde holt, sobald die Wachen weg sind! Kommt jetzt!"

„Wenn sie erfahren, dass es unsere Pferde sind, beschlagnahmen sie unsere Sachen!", widersprach Tarek. „Wir haben eine ganze Menge dort verstaut, auch Elayas und Malaks Sachen, bevor wir merkten, dass Sina weg war."

„Das Risiko müsst ihr eingehen. Wir können nicht gegen so viele Wachen kämpfen."

Er wartete nicht auf Antwort und lief wie ein Schatten in die Dunkelheit der Gasse.

Die anderen packten ihre Taschen, schulterten sie und eilten ihm hinterher. Zenays Kopf schwirrte noch immer, doch sie hatte keine Probleme, mit ihnen Schritt zu halten.

Rufe schallten jetzt aus mehreren Richtungen über die Häuser hinweg. Sie hasteten um mehrere Hausecken und folgten der Gasse weiter, die kein Ende zu nehmen schien, bis sie plötzlich an einer Mauer ankamen.

Der Ratke blieb vor der hohen Wand stehen und wartete, bis die vier ihn eingeholt hatten.

Asyra stützte die Hände in die Hüfte und atmete tief durch. „Das ist eine Sackgasse!"

Tunez lächelte. „Es ist der beste Fluchtweg für uns."

Damit ging er auf eine der Mauerseiten zu und packte einen Vorsprung an der Hausecke.

Bevor die anderen noch etwas sagen konnten, hatte er sich geschickt daran hochgezogen und schwang sich mit einem Satz – und einer Leichtfüßigkeit, die sie nicht von ihm erwartet hätten – auf die Mauer. Er streckte auffordernd seine Hand nach unten, um Zenay behilflich zu sein.

Sie spürte Tareks forschenden Blick auf sich, rückte ihre Tasche zurecht und ging dann zur Mauer, auf Tunez zu.

«✝»

Zayda saß in ihrem Thronsaal und spürte das rasende Herz ihres Beraters, der durch die Gänge herannahte.

An seinen aufgebrachten Gedanken erkannte sie, dass er Großes erfahren haben musste.

Sie bedeutete Alrac mit einer Handbewegung, sich still zu verhalten und nur zuzusehen, während Sirtar heraneilte.

„Meine Gebieterin … wir haben Neuigkeiten über den Aufenthaltsort der Magierin. Ein Mitglied der Herrscherfamilie berichtet, dass sie in Yoruba gesehen wurde", berichtete Sirtar mit einem zufriedenen Lächeln, kaum war er vor ihren Thron getreten.

Zayda blitzte ihn mit interessierten Augen an. „Und du bist dir ganz sicher? Ich werde solch ein Versagen wie in dem kleinen Dorf nicht noch einmal gestatten!"

„Der Junge sagt, er habe sie ohne Zweifel erkannt. Es gab einen Kampf, doch sie konnte vorerst entkommen. Aber niemand verlässt unkontrolliert die Stadt, jede Brücke ist mit Wachen besetzt, und die Häfen werden ebenfalls überwacht. Sie kann sich zwar verstecken, aber sie kommt niemals aus der Stadt heraus."

„Sehr gut, dann habe ich sie schon fast in meinen Händen ... Die großen Truppen sollen sich bereitmachen. Meine Magier werden sie auf beide Flussseiten senden, damit sie die Stadt zusätzlich einkreisen und ihr kein Schlupfloch bleibt. Sie werden alle Flüchtenden zurück in die Stadt treiben! Ich will diese Göre! Ich will sie noch heute vor mir auf dem Boden liegen und leiden sehen!"

Ihre knochigen Finger krallten sich fester um die Lehnen des Throns. Ihr Berater verbeugte sich noch tiefer und schlug die Augen nieder.

„Das werdet Ihr, meine Gebieterin. Aber wie sollen wir sie finden? Die Stadt ist groß ... sehr groß. Die vielen Ratken werden Unruhe unter den Einwohnern auslösen."

Sie lächelte böse und bleckte dabei ihre schneeweißen, spitzen Zähne, während sie sich erhob. „Ich brenne die Stadt notfalls nieder, um sie zu finden! Es wird mir ein Vergnügen sein, die steinerne Stadt fallen zu sehen. Steinern ... doch jede Stadt brennt, wenn das Feuer nur heiß genug ist", warf Alrac ein.

„Aber Gebieterin, wir haben eigene Leute in der Stadt! Viele Wachen und treue Diener! Die Herrscherfamilie! Sie würden es nicht überstehen, wenn Ihr die Stadt zerstören lasst."

Zaydas Kopf ruckte herum, sie sah ihn kalt an. „Kümmert mich das? Es sind kaum Ratken – nur wertlose Diener, Hornträger und andere, von denen ich jederzeit genug haben kann! Ich brauche auch die Herrscherfamilie nicht ... Niemand wird die Stadt verlassen, bis sie gefunden ist, und wer dabei stirbt, ist mir völlig gleichgültig!", zischte sie laut.

„Ganz wie Ihr wünscht, meine Gebieterin. Die Krieger werden bereit sein, wenn Eure Magier es sind."

Sie schickte den Berater mit einem Nicken weg.

„Alrac, du bleibst in meiner Abwesenheit hier und nimmst mit Sirtar neue Nachrichten entgegen."

Sie wartete nicht auf sein Einverständnis, sondern transportierte sich in ihre Gemächer, wo fünf ihrer Sklavenmagier warteten.

*Macht euch bereit, ihr werdet gleich eine große Schar nach Yoruba transportieren,* befahl sie ihnen und zog sich dann ihren Umhang von den Schultern. Sie warf die schwere schwarze Wolle auf einen Stuhl und lächelte.

Der Stoff würde ihr bei der Jagd nur im Weg sein.

# Yorubas Kanäle

Das ständige Rattern des Wagens ließ Shetans alte Knochen mehr und mehr schmerzen. Wafaa lag geduldig neben seinen Füßen und hatte die Augen geschlossen, doch der alte Magier spürte, dass sie wach war und auf die Umgebung horchte. Gelegentlich zuckten ihre Ohren oder ihre Nase, ansonsten blieb sie ruhig.

Die Reise war bis auf die Schlaglöcher in der Straße ohne Mühen verlaufen, und sie näherten sich dem Dorf. Verwaschene Ascheflecken am Straßenrand kündeten es an, noch bevor sie den Ring aus Feldern und Weiden erreichten.

Wafaa hob den Kopf und blickte die Straße entlang.

*Ich spüre ihre Wut und Trauer schon von weitem.*

Shetan richtete sich gerade auf und versuchte trotz seiner tief sitzenden Müdigkeit einen Hauch von Erhabenheit auszustrahlen.

*Sie werden mich vermutlich ausfragen, was geschehen ist. Laristan wird das meiste schon berichtet haben, aber ich glaube dennoch, dass Feradun und Conroy mehr wissen wollen.*

*Du bist niemandem Rechenschaft schuldig.*

*Wenn ich weiter unter ihnen leben will, muss ich sie milde stimmen.*

Wafaa knurrte leise. *Ich rufe meinen Vater und das Rudel. Ich glaube zwar nicht, dass der Mangride hier auftauchen wird, aber ihre Nähe wird uns beide schützen. Egal vor wem.*

Shetan legte ihr sanft eine Hand auf den Rücken. Er wusste, wie sie das meinte. *Danke, aber lass mich zuerst mit ihnen sprechen.*

Wafaa ließ ihren Kopf wieder auf die Bretter sinken und wartete ab, während der Karren von den Pferden auf den Dorfplatz gezogen wurde. Voller Erleichterung stellte Shetan fest, dass keine wütende Meute auf ihn wartete. Es war ruhig im Dorf, an einigen Stellen hatten die Bewohner bereits Schutt weggeräumt, der Platz war dennoch kaum wiederzuerkennen. Große Mengen an Holz lagerten jetzt dort, wo früher Marktkarren gestanden hatten. Shetan kletterte ächzend von dem Wagen herunter, nachdem er zum Stehen gekommen war. Der Händler eilte davon, nachdem auch die anderen Karren angehalten hatten, und kam wenig später mit Conroy zurück.

Der Händler schien nicht wenig überrascht, als der Dorfvorsteher seine Aufmerksamkeit auf den Passagier statt auf die gelieferten Waren richtete.

Er kam auf Shetan zu und drückte ihn an sich. „Alter Mann! Es tut gut, dich gesund zu sehen. Ich … ich habe schon gehört, was passiert ist … wo sind denn die anderen?" Conroy sah einen Moment ehrlich mitleidend aus, dann wurde sein Blick düster. „Shetan, wo ist Jesco?"

Der alte Magier seufzte, ehe er mehrmals nickte. „Lass uns hineingehen, ich brauche einen Tee. Dann erzähle ich dir alles."

Conroy wirkte nicht gerade in der Stimmung für ein gemütliches Zusammensitzen, aber er hatte Shetans Erschöpfung bemerkt und lenkte schließlich ein. Wafaa folgte ihnen in den Garten und verschwand dann unbemerkt von den Dorfbewohnern in Richtung des alten Waldes.

«✝»

Zenay machte einen Satz, und die große, kräftige Hand des Ratken schloss sich um ihren Arm. Er zog sie zu sich hinauf, ließ sie los, als sie sicher neben ihm kniete, und sprang dann auf der anderen Seite der Mauer hinunter in einen Kanal.

Sie sah ihm kurz hinterher und streckte dann ihren Freunden die Hand entgegen. „Reicht mir eure Sachen hoch."

Die drei taten, wie ihnen geheißen, und Zenay stapelte das Gepäck oben auf der Mauer.

Asyra versuchte, denselben Vorsprung wie Tunez zu erreichen, aber das war bei ihrer Statur aussichtslos. Jesco hob sie kommentarlos an der Hüfte hinauf. Sie wurde rot und wäre beinahe wieder abgerutscht, doch dann bekam sie den Rand zu fassen und zog sich auf die Mauer. Jesco folgte ihr, und sie ließen sich zu Tunez hinunter.

Zenay reichte ihnen das Gepäck. Als sie Tarek helfen wollte, hatte er schon den Vorsprung erreicht.

Sie sahen sich einen Moment schweigend an, bis Zenay ebenfalls in den Kanal sprang. Als Tarek oben auf der Kante kurz verharrte, hörte er ein Geräusch aus der Gasse. Er kniff die Augen zusammen und spähte in die Dunkelheit. Dann hörte er Schritte. Die Wachen.

Er duckte sich und ließ sich an der Mauer herunterfallen.

Das Wasser war trüb und die Strömung ziemlich stark. Es spritzte, und das nicht besonders gut riechende Nass zerrte an seiner Hose, als er sein Gleichgewicht auf dem schmierigen Untergrund suchte.

Es reichte ihnen bis zur Mitte der Oberschenkel, Tunez nur bis zu den Knien. Kühler Wind blies durch den von Mauern gesäumten Kanal, das Gewitter hatte die schwüle Hitze vertrieben.

„Was hast du gehört?", fragte der Ratke, als hätte er in seinem Gesicht gelesen.

„Schritte."

„Verdammt. Gebt mir einen Moment."

Sie horchten, während Tunez kurz die Augen schloss und erstarrte. An Zenays Gesichtsausdruck konnte Tarek ablesen, dass sie wohl die Magie spürte, die von dem Ratken ausging.

Ihr Blick wurde kurz trüb, dann wanderte er zu Tarek. Ihre Augen strahlten Schuld aus, und Tarek versuchte, die Enttäuschung in sich zu unterdrücken. Er musste sie schützen, doch sie machte es ihm nicht gerade leicht.

Als er sie im Geiste ansprechen wollte, regte Tunez sich wieder.

„Ich habe meinen Kontaktmann erreicht. Er wird die Pferde rausschmuggeln. Keine Sorge, er hat ein wahres *Talent* darin und wird eure Sachen bekommen. Und auch eure Freunde werden in den Wald gebracht. Jetzt kommt, wir müssen weg von diesem Viertel." Tunez bedeutete ihnen, ihm zu folgen.

Tarek sah sich genauer um: Sie standen in einem kleinen Seitenkanal, auf dessen beiden Seiten die Mauern hoher Häuser in den Himmel ragten. Nur wenige Fenster zeigten in ihre Richtung, und die waren alle noch wegen des Unwetters verschlossen.

Ein Stück entfernt teilten sich die Hauswände und machten Platz für eine dicht bedrängte Brücke. Die Leute eilten durch ihr Blickfeld und verschwanden wieder, ohne das Abwassersystem auch nur eines Blickes zu würdigen.

Sie liefen los, an die schmutzige Kanalwand geduckt, bis sie unter der nächsten Brücke verschwanden. In ihrem Schatten erstarrten sie, als Rufe laut wurden. Alle hielten die Luft an, während oben der Befehl ertönte, dass Straßen und die Brücken gesperrt werden sollten. Sie hörten das Klirren von Waffen und das Schnaufen der rennenden Männer … dann waren die Wachen über ihre Köpfe hinweggeeilt und zwischen den Häusern verschwunden.

Tarek betrachtete einen Moment seine Zenay. Sie sah verändert aus. Warum hatte er nicht mit ihr gesprochen, anstatt sie von Jesco beschatten zu lassen?

Er hatte nicht auf die Warnung seines Freundes gehört – und dennoch: Zenay hatte sich leichtsinnig verhalten und sie alle in Gefahr gebracht.

Während er seinen Gedanken nachhing, hielten sie sich stets im Schatten der Häuser und folgten der nächsten Biegung des Kanals, bis Tarek auffiel, dass die Strömung kräftiger wurde. Er spähte den künstlichen Fluss entlang und erkannte, dass ihnen das Wasser in einiger Entfernung entgegenströmte. Es war ein anderer Kanal, der genau wie ihrer in einer Senke verschwand. Die Mauern auf der einen Seite liefen gerade weiter, doch gegenüber gab es eine Öffnung. Ein stärkeres Rauschen ließ Tarek vermuten, dass die Abwässer dort in ein tiefer gelegenes Becken stürzten.

Tunez watete durch das stinkende Wasser und stieg hinaus auf einen schmalen, regennassen Sims, sobald dieser breit genug war. Er rutschte an der Wand entlang, bis er auf die Mauer an der Hausecke treten konnte, neben der das Wasser verschwand. Der Ratke drückte sich an die Wand und spähte für einen winzigen Augenblick um die Ecke, bevor er sich in den Schatten zurückzog.

Keinem von ihnen entging sein besorgter Blick, als er wieder ins Wasser sprang und gegen die Strömung zu ihnen watete.

„Wir haben ein Problem.''

„Was ist los?", fragte Zenay.

„Mein anderer Kontaktmann ist nicht erreichbar. Und auf der Brücke stehen bereits alarmierte Wachen."

Auf ihren fragenden Blick hielt er ihr seine enorm große Hand hin.

Einen Moment schien sie noch verwirrter, dann legte sie ihre Hand zögernd in seine und schloss die Augen.

Ikar hatte auf dem Weg zu Yerimas Stadttor mehrere Wachtrupps erspäht, aber der, den er suchte, war nicht unter ihnen.

Er eilte zum Tor, ignorierte die Männer, die dort die Einreisenden kontrollierten, und ging geradewegs in das Wachhaus. In der großen Eingangskammer hielt sich nur ein älterer Mann auf, alle anderen schienen in der kleinen Stadt damit beschäftigt zu sein, die verängstigten Bauern zu beruhigen.

„He, hier haben nur Wachen Zutritt!", rief er und sprang auf.

Ikar hob die Hand. „Bleibt sitzen, guter Mann. Ich bin geschickt worden, um die Ereignisse zu untersuchen."

Die Augen des Alten zogen sich kurz zusammen, dann schien er sich an etwas zu erinnern. „Ach, Ihr seid der Mann, von dem Hirlas erzählt hatte. Habt Ihr neue Informationen für die Wache?"

„Noch nicht. Aber ich suche Hirlas, er wollte mir noch etwas berichten."

„Hm." Der Alte warf einen kurzen Blick auf die Papiere vor sich. „Er müsste hier sein, hinten im Lager. Geht zu ihm, ich muss mich hier noch um etwas kümmern."

Ikar neigte den Kopf und betrat den Gang hinter dem Eingangsbereich. Kaum wusste er sich außer Sicht des Alten, huschte er weiter in das Innere des Hauses, lauschte auf Geräusche und hörte schließlich ein Rascheln. Ein Blick in den Lagerraum zeigte ihm einen Wachmann, der gerade Bestände in ein Regal räumte.

Ein grimmiges Lächeln huschte über Ikars Gesicht, als er den Kerl, den er beim Betreten der Stadt befragt hatte, am Profil erkannte. Endlich hatte er mal Glück. Und der Mann großes Pech, denn Ikars Laune hatte sich seit dem Besuch des Friedhofs nicht gerade verbessert.

Er zog lautlos zwei Dolche und schob die Tür hinter sich zu. Bei seinem Räuspern drehte sich die Wache um, während Ikar schon auf ihn zustürmte.

„He, was machst du hie…", fing der Mann an, wurde aber mitten im Satz von Ikars Waffen unterbrochen.

Eine Klinge fuhr wie von selbst durch den Ärmel des Hemds und schlitzte den Arm des Wächters auf, doch der unterdrückte seinen

Schrei. Die zweite Waffe an seinem Hals schien ihn gerade noch rechtzeitig zur Vernunft zu bringen.

„Auf einen Überfall der Stadtwache steht der Tod!", presste der Wachmann heraus und funkelte sein Gegenüber wütend an, doch Ikar konnte die Furcht in seinen Augen erkennen.

Er ignorierte die Drohung, steckte den blutigen Dolch weg und fuhr mit der Hand kurz in einen Beutel, während die andere Klinge am Hals seines Opfers verblieb. Im nächsten Moment drückte er seine salzbenetzte Handfläche auf die Wunde.

Der Wächter ächzte laut, als das Salz in seinem Blut brannte. Sofort schossen ihm Tränen in die Augen.

„Das hier ist kein Überfall. Es ist eine Befragung", sagte Ikar ruhig und jagte dem Mann mit seinem ruhigen Lächeln sichtbar Angst ein.

„Warum tut Ihr das?", fragte sein Gegenüber flehend. „Was ist das für ein Zeug? Macht…"

„Du hast mich nicht richtig informiert!", fiel Ikar ihm barsch ins Wort.

Der Wächter runzelte trotz der Schmerzen die Stirn. Dann weiteten sich seine Augen vor Schreck.

„Ihr seid es!"

Ikar schnaubte. „Jaha, ich bin es. Und jetzt will ich wissen, was mit der Frau wirklich passiert ist!"

„Sie ist tot! Begraben! Bitte, nehmt das Messer weg!", jammerte der Mann, während ihm das Blut von den Fingern tropfte und er zitterte.

„Das ist Unsinn! Der Bursche auf dem Friedhof hat mir bestätigt, dass er ein leeres Grab zugeschüttet hat!"

Ikar konnte sehen, wie es im Kopf des Wächters arbeitete, als er nach einer sinnvollen Antwort suchte.

„Sie … die Gruppe, mit der sie unterwegs war, hat die Stadt am frühen Morgen vor dem Angriff des Tieres verlassen. Mit einer Fremden dabei!"

„Warum hast du das nicht gleich gesagt?!"

Der Mann gab ein Wimmern von sich. „Ihr habt mich abgewürgt, ehe ich dazu kam!"

Ikar schüttelte ihn und rieb mit seiner Hand über die aufgeschlitzte Haut. Wieder ächzte der Mann, neue Tränen quollen ihm aus den Augen.

„Du hättest deiner Pflicht nachkommen und mir alles erzählen sollen! Jetzt ist deine letzte Chance dafür", zischte Ikar und ignorierte die Wahrheit in der Aussage des Mannes. Seine Geduld war am Ende.

Dann löste sich endlich die Stimme des armen Tropfs.

„Es ... in der Morgendämmerung tauchte das Ungeheuer hier auf. Ich habe es nicht gesehen, aber gehört. Niemals war das ein Bär! Kurz bevor der Tumult losging, erschien auf einmal die Gruppe. Wir hatten sie schon ausfragen und die Wunden der Frau begutachten wollen, aber die behaupteten, sie sei tot und begraben."

„Wie habt ihr sie gefunden?"

„Wir wussten von den Leuten, in welchem Gasthaus sie untergekommen wa–aaah!"

Die Aussage ging in Schmerz unter, als Ikar ihn fester packte und seinen salzigen Daumen tiefer in die Wunde bohrte.

„Ihr wusstet sogar, wo sie WOHNEN?!"

„I–ich konnte doch nicht w–wissen, dass sie so wichtig für Euch ist! Es gab mehrere Tote, und das Vieh ver–verschwand nach wenigen Stunden spurlos!"

„Das Biest ist mir vollkommen egal!", zischte Ikar böse. „Ich will das Mädchen! Wo wollte die Gruppe hin? Wer war die Fremde bei ihnen?"

Der Mann zitterte jetzt immer stärker. Er schien mittlerweile zu ahnen, dass Ikar nicht von der Obrigkeit geschickt worden war.

„Es ... es war dunkel, ich weiß es n–nicht! Sie war eine Magierin! Sie hat ... hat in den Kopf meines Freundes geschaut! Er hat es mir danach erzählt, als sie weg waren ... Sie sagte ihm, wenn wir sie nicht augenblicklich aus der Stadt lassen, werden wir bestraft!"

*Und darauf seid ihr reingefallen?*, dachte Ikar schnaubend.

„Noch etwas? Wo wollten sie hin?"

„Das haben sie nicht gesagt! Wir haben auch nicht mehr gefragt, nachdem mein Freund einlenkte. Ich dachte ... ich dachte, sie sei eine von den Weißaugen! Denen stellt man keine Fragen, wenn sie Aufträge ausführen!"

*Also hielten die Männer meine Gesuchte für eine von Zaydas Magiersklaven? Interessant.* Er starrte in das wertlose Gesicht vor sich. Selbst dieser Mann, der sie als Letzter gesehen hatte, konnte ihm nicht weiterhelfen!

Wutentbrannt packte er den Arm des Mannes fester und riss ihn nach vorn auf sich zu. Der frisch geschärfte Dolch schnitt durch die Haut wie durch Butter.

Blut lief aus der Kehle, benetzte Hemd und Lederwams. Der Mann starrte ihn noch einen Moment mit schreckgeweiteten Augen an, während er sich röchelnd an den offenen Schnitt fasste.

Dann fiel er nach hinten, rutschte an der Wand hinunter und blieb mit starren Augen liegen.

Von draußen kam ein Ruf.

„Eh, Hirlas! Wir haben gerade Nachricht vom Hauptmann bekommen!", schallte es durch den Flur. „Eine flüchtige Magierin ist in Yoruba gesichtet worden! Könnte das ni…"

Der alte Wachmann stieß die Tür auf und blieb wie angewurzelt stehen. Es verschlug ihm die Sprache, als er seinen blutverschmierten Kollegen auf dem Boden erkannte.

Der Schock stand ihm ins Gesicht geschrieben, während sein Blick über die Leiche und die blutige Waffe in Ikars Hand huschte.

„Vielen Dank", zischte Ikar mit einem hämischen Grinsen. Dann blitzte sein Dolch durch die Luft und bohrte sich mit Schwung in den Hals des Alten, noch bevor dieser zurückzucken konnte.

Zuerst spürte sie nur seine vernarbte, rauhe Haut, dann tauchte ein warmes, magisches Pulsieren aus ihr auf und überströmte sie mit Bildern.

Überrascht zog Zenay die Luft ein, als sie Tunez' frische Erinnerung wahrnahm und fast durch seine Augen blickte. Die Umgebung verschwamm zu einem Hintergrundrauschen,, während Tunez auf den Sims kletterte und um die Hausecke spähte: Direkt auf eine Schleuse, an der weitere Wasserwege zusammenliefen und den Anfang eines großen, befahrenen Kanals bildeten.

Die Kanäle flossen aus verschiedenen Ebenen zusammen und stürzten in ein Becken, das sich enorm erweiterte und den Handelskanal bildete. Tunez' Blick huschte über die nähere Umgebung.

Am Rand des aufgewühlten Flusses waren Piere und Stege angelegt.

Es herrschte reges Treiben im tiefen Schein der Nachmittagssonne, die das erste Mal zwischen den schweren Wolken hervorbrach.

Tagelöhner schleppten Säcke und Körbe von und zu den Kähnen, die dort im Wasser vertäut lagen, während die Besitzer ungeduldig daneben standen und den Helfern Beine machten oder selbst mit anpackten. Hier waren die Brücken viel breiter und höher, damit die Boote darunter hindurchfahren konnten. Kähne wurden an den Pieren festgezurrt und entladen, andere gerade mit Stangen abgestoßen.

Sie waren am Rand der Handelswege angekommen.

Doch dann spürte sie Tunez' Sorge, als er die am nächsten gelegene Brücke beobachtete. Auf ihr stand ein Trupp Wachen. Die Männer hatten bereits die Waffen gezogen und kontrollierten jeden, der passieren wollte. Und mindestens zwei der Männer hatten ihren Blick auf die Schleuse gerichtet.

Im nächsten Moment verschwammen die Bilder, und Zenay sah wieder ihre Freunde und Tunez vor sich.

„Mein Kontaktmann ist weg", murmelte der Ratke grimmig und sah dann in die Runde. „Nun gut, der Plan hat sich geändert. Wir müssen die Wachen eben selbst ablenken, es sind ja nur fünf oder sechs. Gibt es Freiwillige?"

Tarek hob die Hand. „Moment! Was habt ihr beide gerade besprochen?"

„Er hat mir den Blick um die Ecke gezeigt. Dort ist ein großer Kanal mit offenen Stegen und Brücken. Und Wachen", erklärte Zenay ungeduldig.

„Genau. An diesen Wachen müssen wir vorbei, die schmale Treppe bei der Schleuse hinunter und auf die andere Seite in den unteren, kleinen Kanal."

„Und wer soll das bitte machen mit dem Ablenken?", fragte Asyra mit spitzer Stimme. „Von Elaya, Malak und Sina gibt es Steckbriefe. Wer weiß, ob sie nicht auch schon von uns welche haben!"

Schweigen erfüllte den gurgelnden Kanal, bevor Zenay die Stirn runzelte.

„Es gibt ein Bild von mir, das stimmt. Aber darauf habe ich offene Haare und blaue Augen, richtig?"

Tarek schien sofort zu wissen, was sie dachte. „Oh nein! Das lässt du bleiben!"

„Ich kann meine Haare unter einem Tuch verbergen, und meine Augen sind dunkel!"

„Darum geht es nicht! Das ist eine verrückte Idee!"

„Und was schlägst du vor? Ich kann mich notfalls ein Stück wegtransportieren, wenn ich erkannt werde. Im Gegensatz zu jedem anderen von euch! Und wer weiß, wie lange es noch gutgeht, bis die Wachen bemerken, dass wir uns durch die Kanäle bewegen. Ich bin Asyra und Elaya zu dem Waffenschmuggler gefolgt, und niemand hat mich bemerkt."

„Du hast deine magischen Kräfte erschöpft, du musst dich schonen!"

„Ich kann das, Tarek! Ich brauche nicht viel, es könnte ein kleiner Schubs genügen."

„Könntest du uns nicht stattdessen alle auf die andere Seite der Schleuse transportieren?", fragte Asyra dazwischen, bekam jedoch ein knappes Kopfschütteln zur Antwort.

„Dafür bin ich wirklich zu schwach."

Tarek seufzte und nickte dann, scheinbar eher, um sich selbst in seiner Entscheidung zu bestätigen.

„In Ordnung", sagte er und sah sie dabei vielsagend an. „Aber nur, wenn ich dich begleite."

Zenay klappte den Mund auf; sie wusste nicht, was sie erwidern sollte. Weder wollte sie allein sein noch von ihm beaufsichtigt werden. Ging er nur mit, weil er ihr nicht traute?

Sie hatte keine Lust, das Thema vor den anderen zu diskutieren, deshalb nickte sie knapp.

„Wo treffen wir uns dann?", wandte sie sich stattdessen an Tunez.

„Von der Brücke aus könnt ihr die Straße nehmen, die parallel zu unserem kleinen Kanal verläuft. Bei der großen Kreuzung haltet ihr euch links und geht in die angrenzende Gasse; dort führt eine Brücke über den Kanal, in dem wir dann sind. Darunter warten wir."

„In Ordnung", sagte Tarek.

Tunez deutete den Kanal entlang, aus dem sie gekommen waren. „Da vorne ist eine kleine Treppe, sie führt in eine Gasse, kaum breit genug für einen Ratken. Durch sie kommt ihr zur Brücke, auf der die Wachen sind."

Tarek nickte, dann reichten er und Zenay ihre Taschen und Rucksäcke an Asyra und Jesco weiter.

„Beeilt euch, ja? Ich habe vorhin eine tote Ratte vorbeitreiben sehen! Ehrlich gesagt, möchte ich nicht darüber nachdenken, was noch alles in dieser Brühe schwimmt. Gesund ist das sicher nicht", sagte Asyra und schüttelte sich.

Die Strömung des Wassers zerrte an ihren Hosen und Beinen, während sie schweigend vorwärts stapften.

Ein Apfel trieb vorbei und wurde in einen Strudel gezogen, der sich an der Treppenkante gebildet hatte, dort, wo die letzte Stufe in das Wasser ragte.

Tarek ließ Zenay den Vortritt, als sie aus dem Kanal stiegen und sich in die schmale Spalte zwischen den Hauswänden zwängten.

Eine Weile waren nur ihre Schritte und ihr Atem zu hören. Alles andere blendete Zenay aus, während sie sich zu beruhigen versuchte.

*Alles wird gutgehen. Wir lenken die Wachen ab und verschwinden wieder. Keine große Sache.*

Ihr rasendes Herz sagte etwas anderes.

Am Ende des schmalen Gangs tat sich die Häuserschlucht auf und der Weg wurde breiter, bevor er auf eine Straße traf.

Bevor sie hinaustraten, legte Zenay ihre Hände an ihre und dann auch an Tareks Hose und zog mit ein wenig Magie das Wasser aus dem Stoff. Sie ließ die trübe Brühe auf den gestampften Untergrund tropfen und rieb sich etwas Lehm ins Gesicht. Dann zog sie das angerissene Tuch von ihrem Hals und band es sich um den Kopf, stopfte sorgfältig die braunen Locken darunter.

Tarek betrachtete sie nachdenklich, nickte aber zustimmend über ihre Verwandlung.

*Ich nehme an, du hast einen Plan?*, fragte er sie in Gedanken.

*So etwas in der Art. Vertrau mir einfach. Wir gehen zur Brücke, und ich werde eine Lösung finden.*

*Bitte mach nichts Unüberlegtes, Zenay. Sie dürfen dich nicht erkennen.*

*Wenn es dir lieber ist, halte ich mich bedeckt. Aber dann musst du machen, was ich dir sage, damit mein Plan funktioniert.*

*Und der wäre?!*

*Ich ... habe doch in Yerima bemerkt, dass ich die Gedanken anderer Leute beeinflussen kann. Ich werde uns jemanden in der Masse suchen, der leicht zu provozieren ist, und du gehst darauf ein.*

*Du glaubst wirklich, dass das funktionieren wird?* Sein Stirnrunzeln drückte deutlich seine Zweifel aus.

*Der Streit muss die Wachen nur kurz ablenken. Ich gebe den anderen Bescheid, wenn es sicher ist, über die Schleuse zu gehen.*

Tarek wirkte nicht glücklich, schwieg aber und beendete die Verbindung zu ihr.

Sie mussten eine Weile im Schatten der schmalen Gasse warten, bis es eine Lücke zwischen den Leuten gab und niemand darauf achtete, dass zwei Schemen auf die Straße schlüpften.

Schon bald führte der Weg leicht bergab. Die Häuser wichen zurück und machten dem Kanal und den angrenzenden Freiflächen Platz, auf denen sich die Händler mit ihren Waren sammelten.

Sie gingen auf die Brücke zu.

*Lass uns an der Brüstung stehen bleiben, bevor wir zur Kontrolle kommen. Wir tun so, als hätten wir es nicht eilig, und schauen dem Treiben auf den Stegen zu,* schlug Zenay vor. *Dann habe ich Zeit, mich auf die Menschen zu konzentrieren.*

Tarek nickte und verfiel in gemütliches Schlendern, ehe er mit ihr stehen blieb, keine zehn Schritte von den Wachen entfernt, die gerade einen Mann mit zusammengebundenem Haar aufforderten, seinen Mantel zurückzuschlagen.

So nah bei den Wachen zu stehen machte Zenay ungemein nervös, aber sie beherrschte sich und umfasste mit ihrer zitternden Hand die niedrige Brüstung der Brücke.

*Und jetzt?,* fragte Tarek.

*Wir warten.*

Sie starrten beide auf die Boote, die unter ihnen am Steg beladen wurden, während die Leute hinter ihnen vorbeieilten. Von den Wachen wurden alle angehalten und kritisch gemustert.

Zenay atmete tief durch und konzentrierte sich dann auf die Stimmung der Menschen. Sofort fand sie den Zugang zu ihrer Magie und war überrascht, wie erholt sie sich schon wieder fühlte. Einen Moment flackerte wieder das Bild der Gasse im Gewitter auf ... und der Wächter, der vor ihr zusammenbrach. Vehement schob sie die Erinnerung beiseite und dehnte ihr Bewusstsein auf die Umgebung aus.

Die meisten Leute waren in Eile, manche wurden beim Anblick der Kontrolle auch besorgt. Nach einer Weile tauchte eine Frau auf, deren Ungeduld in Zenays Geist aufblitzte wie eine Flamme.

Sie warf einen kurzen Blick die Brücke entlang und entdeckte die dickliche Frau, die einen großen Korb mit Äpfeln vor sich trug und bei den Wachen am liebsten lautstark über die Kontrolle geschimpft hätte. Zenay konnte es am Zucken ihrer Mundwinkel erkennen und an der Ader, die an ihrem Hals pulsierte.

*Tarek. Die Frau mit den Äpfeln.*

*Ich sehe sie.*

*Remple sie an, wenn sie gerade bei den Wachen durch ist.*

Zenay spürte, wie er einen energischen Blick aufsetzte und loseilte – direkt auf die Frau zu, die den Korb mit Äpfeln hielt. Sie trafen in der Mitte der Brücke aufeinander, keine drei Schritte von den Wachen entfernt. Tarek tat, als würde er nicht darauf achten, wer ihm entgegenkam. Einen Augenblick schien es, als würde er direkt an der Apfelfrau vorbeilaufen, doch dann streifte er sie hart an der Schulter. Ihre Hand rutschte vom Griff des Korbes, der unter ihrem lautstarken Protest zu Boden fiel.

Die Äpfel rollten über die ganze Brücke, zwischen die Füße der Wachen und anderer Leute, von denen einige stehen blieben und neugierig beobachteten, was sich da abspielte.

Für einen Moment standen nur Erstaunen und Fassungslosigkeit im Gesicht der Händlerin, dann breitete sich Ärger darauf aus. Wütend gestikulierte sie, deutete auf den Boden, wo noch immer einige Äpfel rollten – und manche schon von Leuten zertreten worden waren.

„Kannst du nicht aufpassen, du Trottel?", schrie sie Tarek an, der sofort darauf einging.

„Wie hast du mich genannt?!", fragte er drohend und baute sich vor ihr auf.

Sie stemmte ihre Hände in die breite Taille und reckte kühn ihre Nase in die Luft. Sie war zwar kleiner als er, aber das schien ihr vollkommen egal.

„Ich habe gesagt: Trottel! Denn das bist du! Ich habe diese Äpfel gerade erst gekauft, und jetzt ist die Hälfte von ihnen schon zu Apfelmus zertreten!"

„Kümmert mich das, ob du deine Äpfel hast oder nicht? Niemand nennt mich Trottel, du Trampel!"

„Trampel? Trampel?! Na warte!", rief die Frau, und ihre Stimme wurde immer schriller. Mittlerweile hatten sie die Aufmerksamkeit aller Leute auf sich gezogen, sogar die Wachen drehten sich um und beobachteten sie.

*Tunez. Jetzt müsst ihr rüber!*

Zenay spürte seine Bestätigung und richtete sich auf, scheinbar, um den Streitenden zuzusehen. Im Augenwinkel sah sie, wie die Schatten ihrer Freunde die Treppe bei der Schleuse hinunterhuschten und über den Kanal sprangen.

Die Frau packte jetzt einen der Äpfel, der auf dem Boden lag, und warf ihn auf Tarek, doch der schlug ihn lässig mit der Hand beiseite. Da schnappte sie sich den leeren Korb und schleuderte ihn in seine Richtung. Er hob gerade noch rechtzeitig den Arm, um die geflochtenen Weidenäste davon abzuhalten, ihm das Gesicht zu zerkratzen. Stattdessen trafen sie seinen Arm, und das Holz knackte laut. Die Frau packte den Griff des Korbs mit beiden Händen und schlug wieder auf ihn ein.

Tarek wich immer weiter an den Rand der Brücke zurück. „Halt ein, du Verrückte! Wieso hilft mir denn keiner, diese Frau ist vollkommen wahnsinnig!"

Zenay musste kurz schmunzeln. Dann wich ihr die Farbe aus dem Gesicht.

Einer der Wächter auf der Brücke hatte aufgehört zu grinsen und runzelte die Stirn, während er das Schauspiel betrachtete. Dann zog er ein Papier aus seiner Tasche und faltete es auseinander.

*Nein!*

Zenays Gedanken rasten, während sie deutlich fühlte, dass es ein Steckbrief sein musste.

Tarek stieß jetzt an die niedrige Mauer, die den Rand der Brücke bildete und gerade bis über seine Hüfte ragte. Er versuchte, ihre Hand zu packen, doch die Frau schlug den Weidenkorb erneut mit großer

Wucht auf ihn, er machte einen weiteren Schritt nach hinten, doch da war kein Platz mehr.

Im selben Moment, als Zenay Erkennen auf dem Gesicht der Wache ausmachte, riss sie den Arm hoch, verband ihre Magie mit Tareks Fuß und zog ihm seinen Stand weg.

Er stolperte, geriet ins Taumeln und ruderte mit den Armen, dann fiel er rücklings von der Brücke und landete mit einem lauten Klatschen im aufgewühlten Kanal. Die Leute auf der Brücke schienen geschockt, dann lachten sie alle lauthals los, und auch die Menschen an den Seiten des Kanals blickten neugierig auf, als sie das laute Platschen hörten.

Der Wächter schaute von dem Steckbrief auf und stellte überrascht fest, dass Tarek fort war. Die Leute drängelten sich schon an den Rand der Brücke und sahen hinunter, auch die Frau mit den Äpfeln.

Tarek tauchte ganz in das braune Wasser ein, und für einen Moment sah man nur schwappende Ringe im Nass, ehe sein Kopf die Oberfläche durchstieß und er prustend Luft holte. Er paddelte wild mit den Armen und Beinen und schwamm laut fluchend mit kräftigen Zügen zurück an den Rand des Kanals.

*Tarek, du musst dich unauffällig verdrücken! Einer der Wächter hat dich gerade fast erkannt!*

*Dann hast du mich runtergestoßen?!*

*Es war der einzige Weg. Er denkt schon, dass er sich geirrt haben muss, aber du solltest nicht noch einmal in seine Nähe kommen.*

*Gut. Aber verschwinde du jetzt auch!*, dachte er noch, dann erreichte er einen der Stege.

Ein Mann zog ihn schließlich aus dem Wasser und wollte ihm aufhelfen, doch Tarek schüttelte die Hand ab, stand mit trotzigem Blick auf und stapfte wütend und tropfend davon.

Zenay fand, dass er die Maskerade sehr gut aufrechterhielt.

Die Leute auf der Brücke lachten noch, als Zenay zwischen ihnen hindurchschlüpfte und unter der Nase der Wachen in der Menge abtauchte.

«✝»

Es war helllichter Tag, aber mit ihrem Auftauchen leerte sich der Marktplatz von Ornanung schlagartig.

Mazuk schaute sich um. Eine Gruppe von Dorfbewohnern hatte sich hinter die ausgebrannte Ruine eines Hauses geduckt, aber es entlockte ihm nur ein Lächeln.

Die Ratken formierten sich hinter ihm. „Ihr bleibt hier und sichert die Umgebung", befal er und wartete nur das knappe Nicken seines zweiten Mannes ab.

„Magier", sagte er dann und hatte sofort drei trübe Augenpaare auf sich gerichtet. „Durchforstet die Köpfe der Leute. Ich will alle finden, die zuletzt mit der Magierin Kontakt hatten. Es muss jemanden geben, der sie nach dem Brand noch gesehen hat, falls sie hier lebte."

*Und bevor dieser Trottel Ikar sie verloren hat.*

Die zwei Männer und die Frau stellten sich im Dreieck um ihn, den Blick auf die rußigen Häuser und Ruinen gewandt.

Die Frau hob zuerst die Hand. Sie richtete sie auf das große Gebäude, das als eines der wenigen noch direkt am Platz stand.

„Dort ist ein Mann, der sich an sie erinnert. Er ist der Leiter des Dorfes, aber er hat sie zuletzt beim Brand gesehen. Er ist wütend auf seinen Sohn, denkt weniger über die Gesuchte nach", erklärte sie mit monotoner Stimme.

„Im Wald ist ein alter Mann, der sie ebenfalls gesehen hat. Aber seine Erinnerungen sind verworren, schwer zu entziffern", sagte der jüngere Sklave.

„Auf einem Hof etwas außerhalb sind zwei Männer, die starke und frische Erinnerungen an die Gesuchte haben; sie unterhalten sich gerade darüber", antwortete der blonde Magier einen Moment später.

„Bringt mich dorthin", befal Mazuk, und die drei nickten im Gleichtakt. Feine hellgrüne Blitze zuckten über den gestampften Boden des Platzes, sprangen zwischen den Händen der Magier hin und her. Nach einem Blinzeln standen sie vor dem Bauernhaus mit einem großen Stall daneben.

„Ihr wartet hier draußen", befahl er der Frau und dem Jüngeren, zeigte dann auf den Blonden. „Du. Öffne die Tür und stell sicher, dass die Bewohner nicht fliehen können. Aber lass sie am Leben."

Der Mann nickte, während sein Gesicht völlig ausdruckslos blieb. Er wandte sich der Tür zu, riss eine Hand hoch und packte das Holz mit einem Energieschwall, bevor er sie aufdrückte.

Die Tür wurde aus den Angeln gerissen und schlug mit einem lauten Krachen an die Wand dahinter.

Von innen kam ein überraschter Aufschrei. Mazuk bedeutete dem Magier mit einem knappen Nicken, dass er vorgehen sollte.

Der Blonde erreichte die nächstliegende Tür im Flur, bevor jemand heraustreten konnte. Ein Fluch schallte durch das Haus.

„Was soll das?! Gehörst du zu dieser Hexe? Sie ist weg!", rief eine wütende Männerstimme.

Ein Schrei ertönte, direkt gefolgt von einem lauten Zischen. Gelbes Licht strahlte in den Flur, in dem sich Mazuk verborgen hielt, aber selbst er spürte die Hitze des Feuerballs.

„Feradun, Laristan, tut doch etwas!", rief eine hohe Frauenstimme.

„Raus hier!", brüllte der Mann wieder; es klang wie eine an den Magier gerichtete Drohung.

„Mutige Worte für einen einfachen Pferdezüchter", sagte Mazuk und trat in die Stube. Bei seinem Anblick wich alle Farbe aus den Gesichtern vor ihm.

Drei Personen drängten sich am Tisch in der Stube zusammen, der Magier stand direkt neben der Tür. Auf seiner ausgestreckten Hand flackerte schon die nächste Flamme, die er jederzeit zu einem Feuerball anwachsen lassen könnte. An der Wand neben den drei prangte eine große, schwarz versengte Fläche.

„Ich gebe euch einen kleinen Ratschlag. In diesem heruntergebrannten Schutthaufen voller Trottel scheint man ja nicht besonders gut informiert zu sein", fing Mazuk an.

Er deutete mit einem Lächeln auf die milchigen Augen des Magiers, der statuengleich dastand, die Arme erhoben.

„Seht ihr die trüben Augen meines Freundes? Was sagt euch das?"

„Ein Weißauge!", flüsterte der größere Mann entsetzt und starrte erst die Flammen auf der Hand des Magiers, dann Mazuk an. Rasch neigte er den Kopf.

„Verzeiht, Herr! Wir wussten ni…"

Mazuk unterbrach ihn barsch. „Jaja, das ist mir klar. Ich will einmal großzügig sein und über euren Fehler hinwegsehen."

Das anschließende Schweigen steigerte die Nervosität der drei Miakoda ins Unermessliche.

„H–Herr … darf ich fragen? Wie–wieso seid Ihr …"

„Warum ich hier bin? Nun, ich suche ein paar Informationen."

Auf sein Zeichen hin entspannte sich der Sklavenmagier und senkte die Arme. Die Flamme verging mit einem Zischen und ließ lediglich etwas Qualm aufsteigen. Nur Mazuk schien zu bemerken, dass dem versklavten Magier eine Schweißperle an der Schläfe hinunterlief. Er war erschöpft von den Anstrengungen der letzten Tage, aber beschweren konnte er sich nicht. Mazuk ignorierte es. Die Weißaugen waren Werkzeuge. Solange er sie nicht überstrapazierte, würde die Königin nichts dagegen sagen. Er deutete mit einer auffordernden Geste auf den Tisch, während seine Gefangenen zitterten.

„Setzt euch, wir wollen das doch nicht alles im Stehen besprechen, oder? Ich habe ein paar Fragen zu dieser *Hexe*, die anscheinend nicht mehr hier ist."

# Unter den Brücken

Der Platz vor Yorubas Festung erzitterte schwach, als Zayda und zwei ihrer Magier dort auftauchten. Drei der stärksten Weißaugen hatte sie zurückgelassen, mit der Aufgabe, die Krieger zur Stadt zu begleiten, sobald diese bereit waren.

Sie vertraute darauf, dass die Magier ihren Befehl genau befolgen würden, die Männer in den Wäldern zu verteilen und damit ein Netz um die Stadt zu legen.

Mit einem Wink ihrer Hand flog das Tor der Festung auf. Die schweren Türen krachten an die Wand, der Lärm drang durch die verlassene Halle. Ein Diener stand neben einer Seitentür und riss erschrocken die Augen auf. Bevor er reagieren konnte, hatte sie die Tür neben ihm schon aufgestoßen und war eingetreten.

Ihre Magier folgten ihr wie Schatten.

Die Nebenhalle war etwas belebter, am Ende einer langen Tafel stand ein Paar. Die beiden Ratken mussten gerade erst aufgesprungen sein, der Mann hatte sogar noch eine Gabel in der Hand.

Zayda rümpfte die Nase über diese bodenlose Frechheit. Warum war der Statthalter nicht dabei, die Suche zu koordinieren?

Sie erkannte den Ratken kaum wieder, so fett war er geworden. Passenderweise war ihr der Name des Mannes ohnehin entfallen.

„Wo ist er?!", herrschte sie ihn an, während sie noch den Raum durchquerte.

„He–Herrin?", fragte der Statthalter und hätte sich beinahe an seinem Bissen verschluckt. Zayda warf ihm einen angewiderten Blick zu, nahm sich aber nicht die Zeit, sein Gewicht zu kommentieren.

„Euer Sohn! WO IST ER?"

„Ich ... bin nicht sicher. Soll ich ihn für Euch rufen lassen?"

Die Frau erhob sich. „Er ist in der Stadt, Herrin. Auf dem Markt."

Zayda konnte deutlich sehen, dass diese Tatsache den Fetten ärgerte. Wut stieg in ihr auf. Sie hatten keine Ahnung, was in ihrer eigenen Stadt vor sich ging!

„Und warum seid ihr nicht dort? Eine gefährliche Rebellin wurde in eurer Stadt gesichtet, und ihr stopft euch hier in alle Ruhe den Wanst voll!"

Jetzt wich der letzte Rest Farbe aus dem roten Gesicht des Statthalters.

Zayda wartete nicht auf irgendwelche belanglosen Erklärungen. Sie überwand die wenigen Schritte zwischen sich und der Frau des Fetten. Diese hatte kaum Zeit zu reagieren, war immerhin klug genug, nicht zurückzuweichen. Zayda drückte ihr die Finger an die Stirn und fand die natürliche Verbindung zwischen dieser Mutter und ihrem Sohn innerhalb von wenigen Augenblicken.

Die Energie führte sie in die Mitte des großen Marktplatzes, und sie folgte ihr mit einem Blitz.

Der Sohn stand vor einer Gruppe von Wachen und gab Befehle, als würde die Stadt schon ihm gehören. Doch ein Blick in seine unsicheren Augen verriet Zayda, dass sein Auftreten nur Schein war.

Kaum hatte er sie zwischen den Wachen erblickt, schoss ihm der Schweiß auf die Stirn und er bedeutete den Männern um sich, ihr und ihren Magiern rasch Platz zu machen.

„Hä–errin!", krächzte er und verschluckte sich beinahe an seiner Zunge. „Ihr seid hier!"

„Du hast mir eine Botschaft schicken lassen. Ich habe sie ernst genommen. Und nun hoffe ich für dich, dass du die Wahrheit gesagt hast."

Damit legte sie ihm die Hand an die Stirn.

Der Junge war nicht so klug wie seine Mutter und wehrte sich gegen ihre Magie. Sie brach seinen Widerstand mit einem grimmigen Lächeln auf den Lippen und tauchte in seine Erinnerungen, während er sie noch fassungslos anstarrte.

*Halt! Findet den Dieb, er hat meinen Dolch!*, hallte durch ihren Kopf, und es folgte eine Reihe von schnellen Bildern. Der Sohn rannte wutentbrannt über den Markt, einem Schatten hinterher, während seine Gedanken um die Waffe kreisten, die er gerade erst in seinen Besitz gebracht hatte.

Diese Waffe kam ihr sehr bekannt vor.

Zayda bebte jetzt vor Zorn.

*Dieser Dolch sollte in meinem Besitz sein! Niemand sollte eine solche Waffe besitzen außer mir! Und jetzt hat diese Göre ihn? Ich muss sie finden, bevor sie das Potenzial des Bilurs darin erkennt!*

*Wo ist er hin? Findet ihn!*, rief der Ratke erneut in seiner Erinnerung.

Die Wachen schwärmten aus, bald erfüllten Rufe und Kampfeslärm den Markt. Menschen rannten schreiend davon, und der Ratke bahnte sich einen Weg durch die Menge.

*Was ist hier los?*, verlangte er von einem Wachmann zu wissen.

*Diese Magierin! Sie ist gerade entdeckt worden!*

*Dann hinterher!*, brüllte er und rannte selbst los, auf den Lärm zu.

Er eilte über den Markt, stolperte beinahe über zerborstene Weinfässer, aus denen noch der dunkle Saft sprudelte, und entdeckte die Frau.

Sie bewegte sich flink, wirkte aber ungeübt. Zaydas Herz begann zu pochen, als sie ihre Gesuchte erkannte.

Die junge Frau wich Pfeilen und Schwerthieben aus, dann kramte der junge Ratke etwas aus seiner Gürteltasche und warf es. Der Absorber landete ein Stück von ihr entfernt auf dem Boden, zersprang und entlud eine gleißend helle Nebelwolke, die alle Energie aufsog. Kurz sah er seinen Dolch in der Halterung, an ihrem Gürtel.

Das Mädchen wich zurück, geriet ins Torkeln, und der Ratke sprang vor, entschlossen, sie zu packen. Plötzlich geriet ein Wächter in seinen Weg, so dass er stolperte. Als er das nächste Mal aufsah, hatte sich eine fliehende Menschenmasse zwischen ihn und die Gesuchte geschoben.

Die Wachen schrien durcheinander, versuchten noch, die Menge auseinanderzutreiben, doch das Mädchen war fort.

Zayda gab unwillkürlich ein grollendes Knurren von sich. Es war ohne Zweifel ihre Gesuchte! Dieser Idiot hatte ihre Beute einfach entkommen lassen! Und dabei hatte er doch den Absorber eingesetzt! Schnaubend ließ sie den jungen Ratken los und stieß ihn von sich. Er torkelte und musste von seinem Wachmann gestützt werden.

„Um dich kümmere ich mich später", murmelte sie mit einem verächtlichen Blick auf den Jungen und wandte sich dann dem höhergestellten Wächter neben ihm zu.

„Gab es in letzter Zeit Beobachtungen von möglichen Rebellen? Ist der Wache ein Versteck der Phiruin bekannt?"

„Es gab Berichte über Aktivitäten im Gerberviertel. Wir haben schon länger die Vermutung, dass sich dort illegale Machenschaften abspielen, aber alle, die wir bisher festgenommen haben, waren nur Schmuggler und Hehler. Und ein paar Waffen wurden beschlagnahmt."

„Und keiner von denen konnte euch sagen, wo das Versteck ist?"

Der Wachmann schüttelte den Kopf. „Verzeiht, Herrin. Die Schmuggler selbst haben nie ein Versteck betreten, nur Kontakt mit einem Mann aufgenommen, den wir suchen."

Als sich ihre Miene verdüsterte, zog er hastig etwas aus seiner Tasche. „Wir haben einen Steckbrief."

Zayda betrachtete das nichtssagende Gesicht eines älteren Mannes auf dem Blatt. Vermutlich ein Hornträger, aber sie kannte ihn nicht.

Es war nicht viel, aber immerhin ein Anfang. Alles Weitere würde sich daraus ergeben.

„Ihr alarmiert alle Wachen der Stadt, sie sollen Straßensperren errichten. Riegelt die Stadt ab! Und schickt weitere zu den vier Brücken, falls sie dort durchbrechen wollen. Zehn Mann mindestens, die jeden genau kontrollieren", befahl sie dem Hauptmann, der rasch nickte. „Ach und schickt diesen Burschen zu seinen Eltern zurück, er soll sich dort bereithalten."

Sie wartete nicht auf seine Bestätigung, sondern ließ die Männer mit dem wankenden Ratken allein. Ihre Magier hatten schon während der Unterhaltung auf ihren stillen Befehl hin eine geeignete Stelle im Gerberviertel ausgewählt, zu der sie sich jetzt transportierten.

Sie erreichten den Eingang einer breiten, leicht abwärts führenden Gasse, und Zayda rümpfte die Nase über den stechenden Geruch der Gerbereien. Die Magier wandten sich zu beiden Seiten den Leuten zu, doch es gab ohnehin niemanden, der auf die Idee gekommen wäre, sich der plötzlich aufgetauchten Gruppe zu nähern.

Die Umstehenden erbleichten, kaum hatten sie die Königin ausgemacht, und ein Raunen lief durch die Menge, ehe viele zurückwichen.

Zayda betrachtete die niederen Menschen mit einem gelangweilten Blick. Niemand von ihnen schien auffällig oder verdächtig.

Die andere Seite der Gasse öffnete sich auf einen kleinen Platz, der mit aufgestapelten Kisten und anderen Waren überfüllt war.

Sie ließ den Blick über die Leute und die Häuser wandern. Dann wählte sie willkürlich ein altes Fachwerkgebäude.

Die Magie in Zaydas Inneren brodelte, durchfloss jede Faser ihrer Muskeln und wartete begierig darauf, losgelassen zu werden. Ein grimmiges Lächeln zuckte über Zaydas Lippen, als dieses unwahrscheinlich gute Gefühl von grausamer Macht sie durchströmte.

Sie streckte die Hand nach dem Gebäude aus, ließ ihrer Frustration freien Lauf und spürte, wie der Hass in ihrem Inneren die dunkle Magie nährte.

Ein Schwall aus schwarzer Energie stürzte sich auf Lehm, Holz und Backsteine, gelenkt durch den eisernen Willen der Königin.

Der Grund erzitterte, Risse überzogen die Hauswand. Einen Augenblick später splitterten die Balken im ersten Stock wie Streichhölzer.

Schreie erfüllten die Luft, während das Haus in sich zusammenstürzte und eine große Staubwolke in die Höhe schoss. Menschen hielten sich schützend die Arme über den Kopf und flohen in alle Richtungen über den Platz und in die angrenzenden Gassen.

Die Wucht des magischen Schlags ließ die Luft vibrieren. Ein heftiges Grollen ging über den Platz und breitete sich aus, während Zayda das nächste Haus in der Gasse zum Erzittern brachte.

Die Magier standen rechts und links hinter ihr und horchten auf die Gedanken der Menschen.

*Wenn einzelne Festnahmen bisher zu nichts geführt haben, hilft ihnen das hier vielleicht auf die Sprünge. Sucht nach verdächtigen Gedanken, irgendjemand wird wissen, wo das Versteck ist.*

«✝»

Einen kurzen Moment, als Tunez über das Wasser der Schleuse sprang, befürchtete er schon, dass seine beiden Begleiter auf der anderen Seite auf dem schlüpfrigen Boden ausrutschen würden.

Aber die Rothaarige und der Stille kamen sicher auf und nutzten den schmalen Weg neben dem Kanal, bis sie wieder ins Wasser absteigen mussten.

Sie kämpften gegen die Strömung des Abwassers an, gestatteten sich aber keine Pausen.

Erst nachdem sie um mehrere Biegungen des kleinen dunklen Kanals gewatet waren und das Wasser wieder gemächlicher floss, wagte Tunez aufzuatmen.

Zügig liefen sie in dem knietiefen Wasser entlang, um rechtzeitig zum vereinbarten Treffpunkt zu gelangen. Die beiden, Asyra und Jesco, folgten ihm schweigend.

Tunez wählte bewusst Kanäle, die wie Tunnel immer wieder unter Häusern auf steinernen Stelzen hindurchführten und die Wasserwege in tiefe Dunkelheit tauchten.

Als sie die Brücke erblickten, hielt Tunez seine Begleiter im Schatten eines kurzen Tunnelstücks zurück. Menschen strömten mit Karren, Körben und beladenen Packeseln über den steinernen Bogen. Sie tauchten zwischen den Häusern auf und verschwanden wieder aus dem Blickfeld der kleinen Gruppe, doch niemand würdigte den Kanal eines Blickes.

Rufe hallten durch die Öffnungen zwischen den Häusern und den Kanal entlang – dann huschten zwei Gestalten über die Brücke hinweg und verschwanden wieder. Kurz darauf drängte sich eine Gruppe Wachen über die Brücke und schob Leute zur Seite.

„Waren da…", fing Asyra überrascht an, doch Tunez hob die Hand. „Sei still."

Er schloss die Augen.

*Zafija!*

Er konnte fühlen, wie sie im Rennen zusammenzuckte, als er die Verbindung zu ihr aufbaute.

*Jetzt nicht!*

*Was ist passiert? Braucht ihr Hilfe?*

*Die Wachen haben Tarok erkannt und sind uns gefolgt. Alles unter Kontro…*

Ein Krachen unterbrach sie und überzeugte Tunez vom Gegenteil.

„Los! Zur Brücke!", rief er den beiden neben sich zu und eilte gegen die Strömung los.

Tunez blieb direkt unter der Brücke stehen und suchte verzweifelt nach einer Treppe in der Nähe. Der Kanal bildete hier einen tiefen Schacht, keine schmalen Wege führten hinauf.

„Komm her!", zischte der Ratke zu Jesco, der dünn und hochgewachsen war. „Ich hebe dich an den Rand der Brücke, und du ziehst sie hoch, sobald du oben bist!"

Der stille Mann nickte ohne Zögern und reichte seine schwere Tasche an die Rothaarige.

Gerade als Tunez mit seinen Händen eine Stufe formte, tauchte ein Schatten über dem Wasser auf, und zwei Gestalten fielen in den Kanal.

Dreckiges Wasser spritzte auf, als Zenay auf den Füßen landete und sich abfederte. Tarek rutschte aus und stürzte, doch es schien ihn nicht zu kümmern, denn er war ohnehin schon durchnässt. Er wirkte ziemlich verstimmt.

Sie atmeten beide schwer, doch da packte Zenay ihn schon und zog ihn zu den anderen in den Schatten unter der Brücke.

Oben wurden Stimmen laut, jemand brüllte, Waffen klirrten.

„Aus dem Weg!", schrie ein Wächter, etwas prallte gegen die Steine über ihnen, und Staub rieselte herunter.

„Wo sind sie hin?!", rief ein anderer, und die Gruppe im Wasser verharrte reglos, als die Wachen offensichtlich auf der Brücke stehen blieben.

„Sie können sich doch nicht in Luft aufgelöst haben! Der Kerl war klitschnass. Sind sie euch entgegengekommen?"

Als nur Verneinungen zurückkamen, schien die Luft um sie herum zu flimmern.

„Da ist Wasser! Auf der Mauer!"

«†»

Zenay japste, als sie dank ihrer Magie fühlte, wie mehrere Schatten über sie hinwegglitten. Im nächsten Moment sprangen die Stadtwachen in den Kanal.

Sie schnellte herum, aber Tunez versperrte ihr den Weg. Wasser spritzte auf. An seiner Schulter vorbei konnte sie sehen, wie Jesco sich den Bogen von der Schulter riss und einen Pfeil anlegte.

Einen Moment später hörte Zenay ein gurgelndes Ächzen. Einer der Männer fiel wie ein Stein und verschwand im braunen Wasser. Rote Wolken mischten sich wirbelnd darin.

Ihr wurde übel, und sie schmeckte Galle, aber Tunez schob sie weiter.

430

„Weg hier!", brüllte er und schlug dann einem Wachmann seine Faust in den Magen, als dieser neben ihnen auftauchte.

Die Freunde nahmen Zenay in ihre Mitte und rannten los.

Das Wasser zerrte an ihrer Kleidung und ließ sie nur mühsam vorankommen, aber für die Wachen in ihren Lederrüstungen war es noch viel schwieriger.

Ein Messer zischte an ihnen vorbei durch die Luft, ein anderes grub sich in die Tasche an Asyras Schulter, dann tauchten sie in den Schatten des nächsten überbauten Kanalstücks.

„Sina! Du musst die Balken über uns einreißen!", befahl Tunez, während die Wachen ihnen nachsetzten.

„WAS?!"

„Tu es!"

Zenay versuchte, sein Gesicht im Schatten des Tunnels zu erkennen, dann verstand sie. Gerade als Jesco seinen Bogen erneut spannte, riss sie ihre Hände in die Höhe und erfühlte die Steine des Mauerbogens, der den Rand des Tunnels stützte.

Es war wie eine Erleuchtung. Ihr Herz raste, ihr Atem brannte ihr vom Rennen noch in der Lunge, aber die Magie verlangsamte alles auf eine sonderbare Art.

Ihre Energie ließ das Gemäuer und die Balken in ihrem Bewusstsein aufleuchten, dann fand sie eine Schwachstelle und packte zu. Steine knirschten, ein morscher Balken knackte.

Sie sah, wie der Pfeil von Jescos Bogen schnellte, doch er prallte harmlos von den ersten niederprasselnden Steinen ab.

Im nächsten Moment brachen die äußere Hausmauer und der Steinbogen des Kanals zusammen, und ein Regen aus Holz, Backsteinen und Lehm ergoss sich in den Kanal.

Die Wachen brüllten überrascht auf. Sie versuchten, sich zu schützen, dann war der Durchgang verschüttet, und sie konnten nicht mehr sehen, was im Kanal geschah.

Hustend eilte die kleine Gruppe weiter, während Steine nachrutschten und Staub den Gang erfüllte.

„Verdammt!", rief Asyra aufgebracht, dann packte jemand Zenay am Kragen und zog sie weiter.

„Gut gemacht!", raunte Tunez ihr ins Ohr.

Auf der anderen Seite des untertunnelten Hauses erwartete sie Sonnenschein. Heller Staub klebte auf ihrer Kleidung und in ihrem Haar und wirbelte aus dem Tunnel, aber es war niemand zu sehen. Die Häuserreihe schnitt den Wachen den Weg ab, nur schwache Rufe hallten noch zu ihnen hinüber.

Mit zitternden Beinen folgte Zenay ihrem Freund und konnte dabei den Blick nicht von Jescos Bogen lassen, auf dem schon der nächste Pfeil lag.

Hinter jeder Ecke befürchtete sie einen neuen Trupp Wachen, deshalb lauschte sie mit ihrer Magie voraus.

*Warum mussten wir überhaupt hierherkommen?*, dachte Zenay fluchend, auch wenn sie wusste, dass sie Proviant und Ausrüstung benötigten, um nach Siad zu gelangen. Und vor dem Mangriden hatten fliehen müssen.

*Hoffentlich kann Tunez' Freund die Pferde rausholen, sonst war alles umsonst,* schoss es ihr voller Sorge durch den Kopf.

Während sie schweigend durch das Wasser wateten, breitete sich zunehmend ein schlechtes Gefühl in ihr aus, verstärkt noch durch ein helles Raunen, das über die Häuserfront zu ihnen drang.

Bevor sie es verstand, spürte sie eine Welle aus Angst und Verwirrung, die über sie hinwegbrandete. Ihre Narben begannen zu jucken.

Erst kurz darauf konnte Zenay die neue Geräuschkulisse einordnen. Das waren Schreie!

Zenays Kopf ruckte herum, und sie starrte über die Häuserfront hinweg in die Richtung, aus der sich der Lärm ausbreitete. Ihr schien, als würde ein düsterer Schatten über der Stadt schweben, der von fernen, spitzen Angstschreien vorangetrieben wurde.

Zu den Rufen mischte sich jetzt ein Wummern. Es ließ den Boden und die Wasseroberfläche erzittern und jagte durch Zenays Knochen.

Die Angst der Stadt packte sie und ließ sie torkeln.

„Was war das? Ein Erdbeben?", fragte Asyra leise, als es vorbei war.

„Wohl eher eine Explosion", meinte Tunez und bedeutete ihnen, schneller zu laufen.

„Was sollte denn hier in der Stadt explo…", fing Asyra an, verstummte aber.

Erst jetzt bemerkten sie alle Zenays blasses Gesicht.

„Das ist Zayda", hauchte sie und erzitterte, als sie ihre Vermutung aussprach. Dieses Wummern hatte tief in ihr eine Erinnerung geweckt.

„Was? Nein, du irrst dich!"

Doch ihr Gesichtsausdruck überzeugte sie alle innerhalb eines Augenblicks.

Anstatt weiterzulaufen, wich Zenay an die Wand des Kanals zurück und sah sich rasch um. Auf einmal fühlte sie sich wie ein verwundetes Tier im Käfig.

„Sie wird mich finden! Sie wird mich kriegen und dann … dann …" Bilder zuckten vor ihrem inneren Auge auf. Wie sie von diesem grässlichen gelben Blick durchbohrt wurde, wie schwarze Qual auf sie eindrang, wie sie fiel und von dem Schacht verschluckt wurde – für immer, bis der Tod sie erlösen würde.

Nachdem sie sich von den Bildern befreit hatte, tat ihre Brust weh, so heftig atmete sie. Die vier hatten sie umringt und schirmten sie ab, doch sie fühlte sich dadurch noch stärker eingesperrt.

„Sie wird mich töten! Und euch auch! Ihr müsst weg von mir! Sie darf uns nicht zusammen finden!"

Jetzt schrie sie beinahe, hatte sich nicht mehr unter Kontrolle.

Tunez trat vor und nahm ihren Blick mit seinen ruhigen, gelben Augen gefangen. Sie waren völlig anders als die der Königin. Und doch irgendwie gleich.

„Beruhige dich", sagte er mit tiefer, wohltönender Stimme und legte ihr eine Hand auf die Schulter. Der Kontakt ließ sie zusammenzucken, lenkte sie aber auch ab.

„Sie wird dich nicht finden."

Er klang so bestimmt, dass sie versucht war, ihm zu glauben. Die Panik kochte noch immer in ihr und ließ ihr Herz rasen.

Tunez zog ein Messer. Mit einem schnellen Schnitt trennte er den umgenähten Saum von seinem Hemdkragen ab und streckte ihn ihr dann hin.

Sie schrak wieder zurück, aber sein ruhiger Blick hielt sie immer noch fest.

„Ich binde ihn dir jetzt um den Hals. Keine Panik."

Sie wollte den Mund aufmachen und fragen, gehorchte aber und fasste mit zitternden Fingern ihre Haare zusammen.

Kaum lag der abgeschnittene Stoff um ihren Hals, spürte sie es.

Ein kühles, regelmäßiges Pulsieren ging von einer festeren Stelle in der Naht aus.

„Ist … ist da ein Stein eingenäht?", fragte sie, während sie vorsichtig den Stoff befühlte. Tatsächlich konnte sie im Leinen einen flachen, länglichen Gegenstand ertasten.

„Es ist ein Bilur. Ein mächtiger Schutz ist in ihm gespeichert. Er schirmt deine Energie ab, und niemand wird dich finden können. Er ist kein Absorber, er wird dich also nicht schwächen. Nur schützen."

„Aber was ist mit dir?"

„Ich brauche ohnehin keinen so starken Schutz. Ich habe noch einen zweiten", sagte er, konnte aber seine Sorge einen Moment lang nicht ganz verbergen.

Zenay zitterte noch immer, nickte schließlich und fuhr sich nervös durch das Haar.

„Und damit kann sie mich nicht mehr aufspüren?"

„Sie wird dich natürlich immer noch erkennen, wenn sie dich sieht. Aber der Bilur wird deine Gedanken abschirmen, auch deine Angst und deine magische Ausstrahlung, denn diese kann sie ganz besonders gut spüren."

Zenay versuchte, den schmerzenden Kloß in ihrem Hals herunterzuwürgen. „I–in Ordnung."

Tunez sah sie noch einen Moment fragend an und beobachtete, wie sich ihr Atem allmählich verlangsamte.

„Denkst du, wir können weiter? Es ist nicht mehr weit bis zum Hafen, dort kommen wir aus der Stadt."

Zenay nickte und stellte sich aufrecht hin. Ihre Freunde machten ihr Platz, auch wenn Tarek nicht so aussah, als wollte er sich weit von ihr entfernen.

Nach und nach passte sich ihr Herzschlag an das kühle Pulsieren des Bilurs an. Zenay war noch immer nervös, aber gleichzeitig schien es ihr, als habe sie mit dem Stein ein zweites, langsameres Herz bekommen, das sie und ihre Kräfte behüten wollte.

Sie hatte sich noch nie so *entblößt* und zugleich geborgen gefühlt, und das brachte ihre Gedanken vollends durcheinander.

So folgte sie Tunez und schritt zwischen Jesco und Tarek voran, während sie auf die Geräusche der panischen Stadt lauschte.

Wieder ging ein Wummern durch die Straßen, doch es wirkte weiter entfernt und weniger bedrohlich.

Zenay hielt dennoch die Luft an und hoffte, dass der Bilur wirklich halten würde, was Tunez versprach.

Der Kanal vor ihnen teilte sich, der Großteil des Wassers floss durch ein schweres Gitter, nur ein schmalerer Pfad stieg etwas an und mündete in einen Tunnel, über dem eine Brücke und der Hafen lagen. Das Wasser war nur noch knöcheltief und voller Algen.

Gerade als Zenay den Tunnel ins Visier nahm, erschallten Rufe über ihnen.

Zenay spürte die herannahenden Wachen, noch bevor man sie über der Mauer sehen konnte, und rannte los.

*Schnell in die Deckung des Tunnels. Sie sind gleich da!*

Das ließen die Freunde sich nicht zweimal sagen und preschten ihr hinterher.

*Nicht in diesen Tunnel!*, zischte Tunez in ihren Köpfen und überholte sie. *Das ist eine Sackgasse, wir müssen nach links!*

Zenay folgte ihm, war drei Herzschläge lang offen sichtbar, kam rutschend wieder zum Stehen und presste sich flach an die Mauer. Rechts neben ihr war der Eingang des Tunnels.

Erst jetzt bemerkte Zenay, dass sie nicht am Ende des Kanals angekommen waren, dem sie die ganze Zeit gefolgt waren. Nein, der Kanal teilte sich und führte an der Mauer rechts und links von ihnen weiter. Die Häuser grenzten nicht an den Platz mit den Docks an, sie waren mit etwas Abstand gebaut und kleine Brücken verbanden ihre Türen mit dem Hafen.

Einen Moment später liefen Tarek und Jesco über den nassen Grund des Kanals und stellten sich rasch neben Tunez. Asyra folgte ihnen und rutschte ein Stück in die dunkle Tunnelöffnung hinein, wo ein lautes Platschen und ein Fluch ertönten.

Viele Schritte trampelten über ihnen auf dem steinernen Dock und hallten durch ein Gitter herunter.

„Sie benutzen die Kanäle! Die Magierin ist in den Kanälen! Schnell!"

Zenay zuckte zusammen und sah Tarek furchtsam an.

Tunez fluchte wütend. „Verdammt! Hier entlang!"

Sie hetzten an der hohen Mauer entlang, die den Rand des Hafens bildete, und warfen hektische Blicke nach oben. Asyra holte wieder zu ihnen auf.

Zenay fühlte, wie die Wachen näher kamen.

Die Freunde eilten um die Biegung, und der Wasserweg endete in unbearbeiteten Felsen, die in eine dicke Mauer übergingen – die Stadtmauer, die den Hafen vom Fluss trennte.

Keuchend kamen sie an den Felsen zum Stehen. Tunez deutete in eine niedrige Kanalröhre, die unter den Hafenplatz führte. Er, Asyra und Jesco kletterten geduckt hinein, dann schob Tarek Zenay in die Öffnung und folgte ihr.

Dunkelheit beherrschte die schmalen Röhren. Es ging wieder etwas hinab, das Wasser stand ihnen bis zu den Knien, der Boden war schlammig und rutschig. Zenay duckte sich, konnte kaum etwas sehen, doch Tunez schien den Weg zu kennen. Er führte sie durch den Tunnel bis zu einem Punkt, an dem sich mehrere der dunklen Röhren trafen; hier bogen sie nach links ab.

Über ihnen lagen Abflussgitter, und Licht strömte hindurch.

Nach einer gefühlten Ewigkeit gelangten sie schließlich an das Ende der Röhre. Das blendende Licht der Öffnung verhüllte, was draußen geschah.

Tunez wartete nicht, bis sie ihn alle eingeholt hatten, sondern trat das Gitter sogleich aus seinen rostigen Angeln. Es fiel spritzend in das niedrige Wasser vor der Kanalöffnung, und er zwängte sich durch die Lücke. Die anderen folgten ihm, erleichtert, die Beengtheit des Tunnels verlassen zu können.

Um sie herum war grober, unbearbeiteter Stein, und vor ihnen lag der Fluss. Der typische Geruch nach Fisch und Algen schwappte ihnen entgegen – eine willkommene Abwechslung vom Gestank der Abwasserkanäle.

Hinter ihnen ragte die Hafenmauer in die Höhe und schirmte sie vor den Blicken der Wachen ab.

Tunez watete am letzten Stück der Kaimauer entlang und führte sie zwischen die kantigen Felsen.

Sie blieben nah am Wasser, an dessen Ufer Flecken von Schilf und kleine Weidenbüsche wuchsen, und kletterten an eine seichtere Stelle. Dort hatten sich angeschwemmte Äste und Stämme in den Felsen verkeilt, und sie kauerten sich in den Schutz der skelettartigen Holzstücke.

Als sie einen Moment Luft holen konnten, sah Zenay sich um und horchte auf mögliche Verfolger.

Bisher schien niemand in dem Labyrinth aus Tunneln den Weg zu ihrem Ausgang gefunden zu haben. Vielleicht vermuteten sie auch, dass sie wieder ins Innere der Stadt geflohen waren.

„Und was machen wir jetzt?", wandte Tarek sich an den Ratken, der hinüber zur Brücke spähte. Auf ihr standen Leute und warteten anscheinend darauf, dass sie endlich aus der Stadt durften. „Wir können wohl kaum rauf auf die Brücke, an den Wachen kommen wir nicht vorbei. Schwimmen können wir auch nicht, jeder würde uns sehen – und wenn wir noch lange hier herumstehen, werden wir auch entdeckt!"

Tunez nickte und lächelte dann. „Es gibt noch einen Weg – unter der Brücke durch."

Zenay runzelte die Stirn, während sie das rege Treiben auf dem breiten Steg beobachtete. „Und wie kommen wir dort hinunter? Es ist ein ganzes Stück zu laufen, und wir haben keinen Sichtschutz."

Als Antwort zog der Ratke einen runden Stein aus seiner Tasche. Der Bilur glühte feuerrot.

„Schaffst du es, ihn an die äußere Stadtmauer hinter der Brücke zu transportieren?", fragte er Zenay.

„Lass mich raten. Er versprüht Feuer?", meinte Asyra.

Tunez nickte lächelnd und reichte Zenay den Stein, in dem die Magie eingeschlossen war. Während sich die anderen tiefer hinter das Treibholz duckten, ging auch Zenay in die Knie.

Sie legte sich den Bilur flach auf die Hand. In Gedanken stellte sie sich den Teil der Mauer vor, an den sie den Stein transportieren wollte. Fasziniert spürte sie die Hitze und den Druck, die in dem Stein gespeichert waren. Wärme und Energie breiteten sich in ihrem ganzen Körper aus, und sie bemerkte, dass der Bilur ihr einen Teil seiner Magie übertrug. Ein Schauer lief ihren Rücken hinab. Schließlich unterbrach sie den seltsamen Prozess, bevor der Stein am Ende seine Wirkung verlor.

Erst als sie mit ihrem Bewusstsein einen Punkt an der Mauer gefunden hatte, wo sich keine Menschen aufhielten, umfasste sie den Bilur und aktivierte ihn.

Glühende Hitze breitete sich um ihre Hand herum in der Luft aus und verbrannte ihr beinahe die Haut. Im nächsten Moment schickte sie ihn von sich fort.

Die Stadtmauer hinter der Brücke leuchtete auf, viel näher an den Menschen, als sie es eigentlich gewollt hatte – dann erschütterte eine Explosion die Mauer und die umliegenden Häuser. Steine wurden herausgesprengt und fielen durch Feuer und Rauch ins Wasser des strömenden Flusses.

Schreie erfüllten die Luft. Die Wachen hatten größte Mühe, die Leute davon abzuhalten, in Massen über die Brücke aus der Stadt zu fliehen.

Zenay biss sich auf die Lippe, um einen Fluch zu vermeiden. Sie hatte wohl niemanden verletzt, aber den armen Leuten solche Angst einzujagen, das hatte sie nicht gewollt. Die anderen sahen das wohl nicht so. Sie nutzten die Ablenkung und hasteten los.

Zenay folgte ihnen, watete im knietiefen Wasser des Flusses und blieb schließlich im Schatten unter der Brücke atemlos stehen.

„Na ja, Feuer war ja wohl etwas untertrieben", murmelte Tarek neben ihr, und auch Asyra keuchte.

„So was trägst du mit dir rum?! Dabei könnte man draufgehen!", zischte sie und versuchte, sich wieder zu fassen.

Währenddessen lauschte Zenay den aufgebrachten Rufen und blickte über den Fluss, die Brückenkonstruktion entlang.

Der Steg aus Holzplanken, auf dem die Leute liefen, war einige Meter über dem Wasser gebaut. Die Länge der Brücke teilte sich in drei Bereiche auf. Der mittlere, kleinste Teil konnte durch Seile und Kurbeln hochgezogen werden. Die Brücke stand auf massiven Eichenpfählen im Wasser, die Abstände der dicken Pfeiler im Wasser waren groß genug, um niedrige Handelsschiffe passieren zu lassen.

Lange Balken verbanden die Pfähle, stabilisierten den Brückenaufbau und würden ihnen als Fluchtweg dienen.

Zenay kletterte über einen schräg angebrachten Holzstamm an der Seite in die Brückenkonstruktion und half Asyra hinauf; die anderen kamen rasch hinterher.

Das Wasser unter ihnen wurde nach der Uferzone sogleich tiefer, strömte gurgelnd an den Holzpfosten entlang und trieb Äste vorbei; über ihnen raunten und schrien Massen von Menschen und protestierten gegen die Kontrolle der Wachen.

Nach einer Weile verschwammen all die Geräusche in Zenays Kopf zu einem einzigen rauschenden Strom. Stur konzentrierte sie sich darauf, von einem möglichen Halt zum nächsten zu klettern.

Das Holz knarrte bedrohlich, als der Wagen eines Händlers über ihre Köpfe hinwegrollte; die Hufe seiner Pferde stampften donnernd über die Planken und dröhnten in Zenays Ohren.

Ein lauter Befehl drang von oben herunter, riss sie aus ihrer Konzentration. Der Karren hielt an.

Durch die Spalten erkannten sie, dass sie nun genau unter den Wachen waren, welche die Leute aus der Stadt aufhielten und kontrollierten.

Zenay bemerkte, dass die letzten Stelzen vor dem freien Teil der Brücke extrem massiv waren. Daneben hingen schwere Gewichte an Ketten, vermutlich, um die Brücke leichter hochziehen zu können.

Von oben drang Lärm herunter, denn die Wächter ließen niemanden mehr unkontrolliert durch, was zu wütendem Gemurmel und Gerede unter den Leuten führte.

Schweiß stand Zenay auf der Stirn, als sie direkt unter den Stiefeln einiger Wächter hindurchkletterte, die mit einem Pferdehändler diskutierten. Ihr Fuß suchte Halt auf einer der dünnen Stützen – und plötzlich gab das Holz nach.

Ein lautes Knacken ertönte, als die morsche Strebe brach. Zenay klammerte sich an den Balken daneben und rutschte daran herunter. Alle erstarrten.

Eine der Wachen verstummte, und Zenay konnte durch die Ritzen zwischen den Holzlatten erkennen, dass der Mann nach links und rechts blickte. „Hast du das gehört?", fragte er seinen Kumpanen, und seine Stimme drang trotz des Lärms klar zu ihnen herunter.

Der andere hielt jetzt auch inne. „Was meinst du?"

„Ich dachte, ich hätte ein Knarzen gehört. Als ob Holz brechen würde."

„Wir sind auf einer Holzbrücke, du Idiot. Die knackt nun mal."

„Diese Brücke ist nicht für so viele Leute gemacht!"

Zenay konnte den Schatten des Wächters sehen. Die Sohlen seiner Stiefel tauchten zwischen den Ritzen auf, er bewegte sich!

Sie konnte spüren, wie die anderen ebenfalls den Atem anhielten. Asyra rutschte an einem Balken am Rand entlang und kam so gerade noch rechtzeitig aus der Sicht des Wächters, der sich jetzt über das Holzgeländer der Brücke lehnte und hinabspähte.

*Hier ist nichts!*, dachte Zenay. *Nur das strömende Wasser und die Stelzen.*

Im nächsten Moment ließ ein lauter Pfiff die Flüchtigen zusammenzucken.

„He! Wieso lasst ihr noch Leute durch?", schallte der Ruf eines Herannahenden über die Menge. „Die Brücke wird gesperrt! Niemand verlässt mehr die Stadt!"

Nur einen Moment später war der Wächter von der Brüstung verschwunden und eilte auf den Boten zu. Die Menge um sie wurde laut, protestierte und beruhigte sich erst wieder, als mehrere Waffen aus ihren Scheiden gezogen wurden.

„Und was sollen wir machen? Die Ochsenkarren können hier nicht wenden!", rief ein Händler wütend. Laute Diskussionen brandeten auf, und schließlich lenkte die Wache ein, einen nach dem anderen zu überprüfen.

Kaum waren die Stadtwächter wieder mit den Kontrollen beschäftigt, wagten die Freunde sich weiter. Sie kletterten bis zu den Gewichten und erreichten damit den Zugteil der Brücke. Der bewegliche Aufbau bestand aus massiven Balken und der vernagelten Bretterlage, hatte aber keine begehbare Unterkonstruktion. Der Spalt zur anderen Seite war vielleicht nur fünf Manneslängen breit, aber so weit konnte keiner von ihnen springen.

*Und jetzt?*, fragte Asyra die anderen, nachdem Zenay ihren Geist verbunden hatte.

Tunez knirschte so laut mit den Zähnen, dass sie es alle hören konnten. *Hier waren früher Seile, an denen man sich entlangziehen konnte.*

Zenay starrte hinüber zur anderen Seite der Brücke und zum Ufer. Ihre Chance auf Sicherheit und Flucht war nur einen guten Steinwurf entfernt, aber sie hatte nicht genug Energie, um sie alle hinüberzutransportieren.

Ein Blick auf die hoffnungslosen Gesichter ihrer Freunde schnürte ihr schmerzhaft die Kehle zu. Aber so leicht gab sie nicht auf.

Unter ihnen an dem massiven Pfosten waren modrige Reisigbündel mit einem langen Seil festgezurrt. Zenay vermutete, dass dies zum Schutz der Balken diente, wenn Schiffe hindurchfuhren.

*Nehmt meine Sachen.* Sie zog sich ihre Tasche vom Rücken und reichte sie Tarek; dann löste sie ihren Gürtel mit dem Schwert, schloss ihn wieder und hängte ihn Asyra über die Schulter.

*Was hast du vor?,* fragte Tarek.

Zenay nickte zu dem massiven Pfeiler und zog nach einem kurzen Zögern den Dolch ihrer Mutter vom Gürtel. Tunez' Augen weiteten sich, als er das blaue Metall sah.

Sie kletterte eine Ebene tiefer, war jetzt nah am Wasser. Das Holz um sie war nass und schlüpfrig.

Wortlos schnitt sie das Seil an einem Knoten auf. Nachdem sie mehrere Windungen von den Bündeln gezerrt hatte, legte sie es in Schlaufen neben sich auf das Holz und knotete ein Ende fest.

*Ich schwimme rüber und befestige es. Dann könnt ihr euch festhalten.*

Zenay nahm ein Ende, formte eine Schlaufe um ihre Hand und atmete mehrmals durch, um sich vorzubereiten.

Sie stellte sich vornübergebeugt auf den letzten Balken und stürzte sich mit einem Kopfsprung ins trübe Wasser, ohne dass es aufspritzte.

Zenay tauchte ein und schwamm mit kräftigen Zügen unter Wasser gegen die Strömung an. Sie nutzte den Schwung des Sprungs und glitt schnell voran, das Seil in der Hand.

Wie gut es tat, völlig in das kalte Wasser einzutauchen.

Einen Moment lang wollte sie alles um sich herum vergessen und sich einfach nur treiben lassen. Sie wünschte sich, wieder im friedlichen Ornanung zu sein, naiv und unwissend, fern von all den Ängsten und Schrecken, die bald kommen würden.

Sie sehnte sich danach, einfach nur in Tareks Armen zu liegen, seine warme Haut, das Gras und die kühle Frühlingsbrise zu fühlen, die in ihrem Haar spielte und die Wolken über den blauen Himmel trieb …

Dann wurde sie in die Realität zurückgerissen, als das Seil durch ihre Finger glitt. Es hatte sich mit Wasser vollgesogen und zog an ihr. Die Strömung war stark, drückte gegen ihre Kleidung, die schwer an ihr hing.

Sie kämpfte, stemmte sich gegen die Gewalt der Wassermassen und brauchte viel zu viele Züge. Gerade als ihre Kraft sie zu verlassen drohte, konnte sie das erste Holz auf der anderen Seite erreichen. Doch der Querbalken über dem Wasser war zu hoch, sie würde Hilfe brauchen.

Die Strömung und das Gewicht zerrten an ihr, aber sie schaffte es, das Seil einmal um den dicken Balken im Wasser zu wickeln und festzuzurren. Anschließend hielt sie sich schwer atmend an den Reisigbündeln fest, die auch hier befestigt waren, und konnte sich im ruhigeren Wasser dahinter ausruhen.

*Es müsste halten.*

*Dann los!*, befahl Tarek und ließ sich ins Wasser hinunter. Er packte das Seil, und Asyra reichte ihm einen Teil der Ausrüstung herunter. Während er sich an der Leine entlangzog, spannte sich das Seil bedrohlich, doch es hielt, und nach und nach folgten auch die anderen.

Im Stillen versuchte Zenay, die Zeit abzuschätzen, die ihnen vielleicht noch blieb, bis der nächste Wächter wieder einen Blick unter die Brücke werfen würde.

# Staub und Wasser

Chaos beherrschte die feuchten Straßen des Gerberviertels. Zum Gestank von Gerbmitteln und Urin hatte sich jetzt der Geruch von Blut und Angstschweiß gesellt, der sich zusammen mit feinem Staub auf die Zungen der Fliehenden legte.

Mittlerweile waren die meisten Niederen aus den Häusern geflohen. Nur wenige wagten sich zu den hinter Zayda liegenden Ruinen und suchten dort nach Überlebenden.

Schreie, Wehklagen und Weinen erfüllten die Luft, während Zaydas Magier ihre milchigen Blicke von einer Person zur anderen huschen ließen.

Bisher hatten sie nur einen Menschen erwischt, der kurz an die Phiruin gedacht hatte. Doch dieser wusste nichts über ein angeblich in der Nähe liegendes Versteck.

Nachdem sie noch ein Gebäude eingerissen hatte, begannen Zweifel in ihr zu keimen. Balken stürzten auf die Straße und Schutt ergoss sich hinterher – dann wurde am Ende der Gasse eine schmale Tür aufgestoßen und drei Leute eilten hinaus.

Anders als bei den bisherigen war in ihrem Geist nicht nur Angst, sondern auch Entschlossenheit. Diese Personen trugen Waffen!

Zayda nickte in diese Richtung, und die Blicke der Magier legten sich auf die neuen Ziele.

Zwei von ihnen waren jung, hatten eine kleine Axt und einen Dolch gepackt; der Alte daneben hielt nur einen Stock.

Sie erkannte die beiden aus der Erinnerung der Sklavin, die Ikar aus dem Dorf mitgebracht hatte.

Die Geschwister.

Das waren Begleiter ihrer Gesuchten!

Im selben Moment schien den beiden aufzugehen, was hier vor sich ging. Sie erspähten die Königin durch den Staub, ihre Gesichtszüge entglitten ihnen, und sie hasteten zurück in die dunkle Öffnung.

Zayda war nur einen Atemzug nach ihnen an der Tür, die sie nicht einmal zugeschlagen hatten.

Dahinter erwartete sie ein schmaler, verlassener Gang, der an einer Treppe endete.

Mit einem Blitz war sie am unteren Ende der alten Holzstufen, erreichte eine angelehnte Tür.

„Sagt Tunez, dass ich versuchen werde, sie abzulenken!", schallte dumpf zu ihr.

Zayda riss die Hand nach vorne, und die Tür krachte aus den Angeln.

Der Raum war nicht sonderlich groß, aber bereits erfüllt von grünem Nebel. Ein lautes Knistern ging durch die Luft, dann verschluckte die Magie eine Reihe von Gestalten. Zayda konnte nur noch einen kurzen Blick auf die zwei Gesichter der Geschwister erhaschen, dann implodierte die grüne Wolke und verging.

Ein einzelner Mann blieb zurück, drehte sich jetzt auf dem Absatz um und erbleichte.

Zayda packte ihn mit ihrer dunklen Energie und riss ihn von den Beinen. Er wurde zu ihr gezogen und blieb direkt vor ihr in der Luft hängen.

„Wo sind sie hin?!"

„Das werdet ihr niemals erfahren!"

Ihre Hand ballte sich zur Faust, und die Energie drückte sich so heftig auf seinen Arm, dass er mit einem krachenden Knirschen brach.

Der Mann schrie und atmete heftig, doch sein Blick blieb standhaft.

„Wo sind sie?!", rief sie erneut.

„Ich kann es nicht verraten, weil ich es nicht weiß! Der Bilur war nicht von mir, ich habe ihn nicht aktiviert!", presste er hervor, während er seinen gebrochenen Arm an sich zog. „Ich habe keine Ahnung!"

Zayda sah in seinem Geist, dass er die Wahrheit sprach. „Ja, du hast recht. Keinerlei Magie."

Sie packte ihn fester und warf ihn mit Wucht zu Boden. Es knackte erneut, als er auf seinem Arm aufkam. Der Alte verlor das Bewusstsein und blieb liegen; sie konnte ihn auch später noch befragen.

Sie dachte an die zwei Gesichter, die sie gerade noch im Nebel gesehen hatte. Wahrscheinlich hatte ihre Gesuchte hinter den beiden gestanden, im Nebel verborgen. Zayda hastete vor, stieg über den zusammengekrümmten Körper des Phiruin-Abschaums und packte mit ihrem Geist die Reste der Transportmagie.

*Du bleibst hier und sicherst die Umgebung draußen, falls weitere auftauchen! Sieh zu, dass der da am Leben bleibt, ich will ihn später weiter befragen. Hol zwei Wachen von oben, sie sollen den Alten bewachen, während du oben bist*, befahl sie dem dürren Weißauge, während sie den anderen weiter dicht neben sich hielt. Er würde ihr überallhin folgen.

Als sie die Energie zu fassen bekam, brauchte es nur einen heftigen Ruck, und sie konnte das Portal wieder öffnen, das der Bilur für kurze Zeit erschaffen hatte. Sie folgte dem Pfad aus Energie. Er zeigte wie ein schmaler, verblassender Faden auf eine alte Ruine, die viele Meilen entfernt lag.

Ihre Magie ließ sie die Distanz mühelos überbrücken.

In der Ruine war es totenstill. Nach dem Chaos in der Stadt herrschte eine beinahe unwirkliche Stimmung. Nichts regte sich, nur eine sanfte Brise zog durch die zerfallene Burg. Zayda schnaubte und trat an ein Loch in der Mauer, das wohl einmal ein Fenster gewesen war.

Dieser Ort kam ihr bekannt vor. Die Burgruine lag auf einem Hügel, umgeben von jungem Wald. Der alte war vor langer Zeit einer heftigen Feuersbrunst zum Opfer gefallen. Sie wusste auch noch sehr genau, aus wessen Fingerspitzen sich die Flammen auf die Natur gestürzt hatten, aber im Moment war ihr nicht danach zumute, in schönen Erinnerungen zu schwelgen.

Zayda ließ den Blick über den Wald unter sich wandern, aber da war nichts, keine Menschenseele. Als sie mit ihrem Bewusstsein nach verräterischen Zeichen tastete, entdeckte sie etwas im Raum nebenan.

Ein zweiter, schwacher Schatten aus Magie.

Dieser Bilur hatte die Flüchtigen über mehrere Orte weggebracht! Schon wieder einer dieser verdammten, besonders wirksamen Bilure der Phiruin!

Sie eilte darauf zu und konnte die Reste des Transports nach einiger Zeit ein weiteres Mal öffnen.

Wieder folgte sie der zerfallenden Spur aus Energie und tauchte an einer neuen Station ihrer Jagd auf.

Am Ufer eines Sees.

Niemand zu sehen. Und wieder war in der Nähe eine weitere Stelle.

Zayda schrie wütend auf und stürzte sich auf den nächsten magischen Riss.

Tarek erreichte die andere Seite der Zugbrücke, dicht gefolgt von Asyra. Das Gewicht ihrer Kleidung und ihres Gepäcks zog sie immer wieder kurz unter die Wellen. Die roten Locken klebten ihr dunkel im Gesicht, und sie schluckte auch einiges an Wasser, ohne jedoch zu husten.

*Du musst mich hochdrücken, Tarek. Dann kann ich das Holz erreichen und ziehe dich hoch*, meinte Zenay, während sie sich an die Stelze klammerte.

*In Ordnung. Bist du bereit?*

Sie nickte und strich sich schnell das Haar aus dem Gesicht. Asyra nahm ihm seine Tasche ab und ächzte kurz.

*Kannst du dich dann wieder festhalten? Nicht, dass du abgetrieben wirst*, meinte Zenay noch.

*Mach dir keine Sorgen.*

Tarek war so dicht bei ihr, dass sie seinen Atem auf ihrem nassen Gesicht spüren konnte. Einen Moment war da eine unglaubliche Spannung zwischen ihnen, dann schlang er sein Bein um die Reisigbündel an dem massiven Balken, packte sie an der Hüfte und stemmte sie aus dem Wasser.

Sie bekam die querliegende Stange zu fassen und zog sich daran hoch.

Wenig später konnte sie sich halbwegs sicher auf dem Holz halten. Entschlossen griff sie nach Tareks Hand und zog ihn behände zu sich heran. Gerade als sie abzurutschen drohte, erreichte er die Stange und klammerte sich fest.

Tunez und Jesco schwammen jetzt zu ihnen, während Asyra die Sachen hochreichte, die sie zwischen die Balken klemmten.

Gemeinsam schafften Tarek und Zenay es, ihre Freunde ebenfalls aus dem Fluss zu ziehen.

Als Tunez sie erreichte, hätte Zenay beinahe gegluckst. Er kam mit etwas Schwung selbst an die Stange und zog sich mühelos hoch. Asyra raffte ihre Sachen zusammen, und gemeinsam kletterten sie weiter.

Zenay ließ die anderen an sich vorbei, zog wieder ihren Dolch aus ihrem nassen Gürtel und zerschnitt das Seil. Es wurde von der Strömung unter Wasser gedrückt.

Sie blickte noch einmal zurück und erstarrte.

Ein Mann kletterte über die Brüstung der Brücke. Wenig später spürte sie seinen Blick.

Er rief und gestikulierte wild in ihre Richtung.

*Die Wachen haben uns entdeckt!*, dachte Zenay und trieb die anderen dazu an, noch schneller zu machen. Ihre Gedanken rasten, als sie versuchte, einen Ausweg aus dieser Situation zu finden.

*Ruhig!*, dachte Tarek und hob beschwichtigend den Arm. *Wir dürfen jetzt nicht in Panik geraten, die Brücke ist so überfüllt, dass die Wachen mit Sicherheit einige Zeit brauchen werden, um uns zu erreichen!*

Zenay schüttelte sich, um wieder einen klaren Kopf zu bekommen.

Ihre Gedanken rasten, sie musste doch etwas unternehmen können, um die Wachen aufzuhalten … Ihr Blick blieb an dem großen Gegengewicht hängen, das die Zugbrücke stabilisierte, und auf einmal kam ihr eine Idee.

Im Hintergrund spürte sie, wie sich eine große Gruppe von Stadtwachen der Brücke näherte.

*Die Wachen kommen. Ich muss etwas tun, sonst überholen sie uns und kreisen uns nach der Brücke direkt ein.*

*Hast du eine Idee?*, fragte Asyra.

*Ja. Beeilt euch, ihr müsst so nah ans Ufer wie möglich, ich komme nach*, dachte sie noch. Dann stellte sie sich in die Mitte eines breiten Querbalkens, ein Stück von der klaffenden Lücke entfernt, über der der Zugbrückenteil lag.

Während sie sich konzentrierte, nahm der Lärm um sie herum ab. Das Schreien der Menschen auf der Brücke, das Rumpeln der Karren und Klappern der Hufe … alles ging im sanften Rauschen des strömenden Wassers unter.

Je mehr sie sich beruhigte, desto stärker erschien ihr die Kraft der Wassermassen. Sie konzentrierte sich auf diesen unerschöpflichen Quell von Bewegung und nahm seine Energie auf.

Ihre Magie gab ihr Halt und Balance auf dem feuchten Holz, sie brauchte sich nicht länger festzuhalten. Dann streckte sie den rechten Arm aus, spreizte ihre Finger, schloss ihre Augen und begann, mit ihrer Energie die Umgebung zu ertasten.

Es war, als würde sie durch ihre Magie sehen.

Oben auf der Brücke bewegte sich eine summende Masse aus Körpern. Die meisten waren beunruhigt und drängten aus der Stadt, da sie jetzt niemand mehr aufhielt.

Die Wachen hatten ihren Posten aufgegeben und sich in die Menge gestürzt. Zenay konnte ihre Entschlossenheit spüren, während sie sich rufend und schiebend über die Brücke bewegten.

Ihre Magie tastete sich jetzt schneller vorwärts, wie unsichtbare Finger, mit denen sie vieles gleichzeitig wahrnahm.

Nach einem Moment erreichte sie die Leute, die sich dem beweglichen Teil der Brücke näherten, breitete ihre Magie aus und packte Füße und Hufe.

Mit einem Ruck zog sie an Stoff und Haut und ächzte bei dem Druck, den das Gewicht auf sie ausübte. Überrascht vor Schreck schrien die Leute auf, stolperten und fielen – aber auf den festen Teil der Brücke. Ein Pferd wieherte, blieb an etwas hängen und stürzte. Der Karren hinter dem Tier rutschte seitlich weg und verkeilte sich.

Sofort war der Durchgang versperrt. Einige Leute auf der Zugbrücke blieben stehen und schauten verblüfft, eilten dann aber weiter. Nur fort aus der Stadt.

*Haltet euch gut fest!*, warnte sie ihre Freunde, und diese packten die Holzträger vor sich, ohne zu widersprechen.

Zenays Magie schnellte vorwärts, fand die riesigen Kurbeln, mit denen die Ketten für die Zugbrücke aufgerollt wurden. Sie ertastete den Hebel, der die Gewichte hielt, mit denen die Brücke langsam hochgezogen werden konnte – und riss ihn aus seiner Halterung.

Mit einem hässlichen Ratschen wurden die Kurbeln fortgeschleudert, und die Gewichte neben der Brücke stürzten frei in die Tiefe.

Die Zugbrücke wurde nach oben gerissen. Dabei krachte die Holzbrüstung gegen die dicken Balken, über die die Ketten geführt wurden. Splitter und Holzstücke prasselten auf die schreienden Leute am Anfang der Zugbrücke, die sich schützend die Arme über den Kopf hielten.

Durch die ungeheure Wucht rissen die Gewichte von ihren Ketten ab, als sie am Ende ihres freien Falls angelangt waren. Die Ketten schnalzten in die Luft, die Gewichte stürzten ins Wasser und ließen Fontänen aufspritzen.

Einen Moment war alles still. Dann knarzten die Hölzer, und der Zugteil fiel mit einem Ächzen wieder hinab. Er knallte auf die dicken Balken auf der anderen Seite.

Die Stelzen zerbarsten unter dem Aufprall in Stücke und wurden in Zenays Richtung gerissen, als hätte sie unsichtbare Stahlseile um sie gewickelt und dann die Balken mit gewaltiger Kraft zerschmettert.

Die Brücke erzitterte, der Zugteil brach splitternd in sich zusammen. Die große Fläche aus Brettern und Balken stürzte mit ohrenbetäubendem Lärm in den Fluss.

Schwarze Kreise waberten in Zenays Blickfeld, und ihre Arme und Beine fühlten sich an, als seien sie vom zu langen Sitzen eingeschlafen.

Doch ihr Wille und die Angst vor Zayda hielten sie aufrecht.

Sie wandte sich von der Zerstörung und den Angstschreien ab und kletterte ihren Freunden hinterher.

Langsam holte sie zu ihnen auf und sprang ans sandige Ufer, an dem sich kleine Wellen kräuselten.

„Das ist nicht zu fassen!", flüsterte Asyra, die ihr mit ihrer Tasche und dem Gürtel mitsamt Schwert entgegenkam. „Du hast die ganze Zugbrücke zerstört! Wie hast du das gemacht?!"

„Ich … ich habe die Halterungen gelöst, die den Zugteil stabilisierten. Als die Gewichte fielen, wurde die Brücke hochgerissen."

„Ist jemand verletzt worden?"

„Hoffentlich nicht. Ich habe einige Leute zum Stolpern gebracht und den Durchgang versperrt, sodass niemand mehr auf dem Zugteil war."

Damit schien die besorgte Asyra zufrieden. Tunez klopfte ihr auf die Schulter.

„So weit, so gut. Diese Brücke ist kein Durchgang mehr für die Wachen, doch es gibt noch eine weitere. Die Wächter werden nicht allzu lange brauchen, um diese Seite des Ufers zu erreichen", erklärte er, während die anderen wieder ihre Waffen umgürteten und das Gepäck schulterten.

„Falls es sein muss, werde ich mich auch um die andere Brücke kümmern", schlug Zenay vor und lächelte müde, ehe sie sich ihr nasses Halstuch über die Nase zog.

„Das wäre dann wohl ein Umweg."

Zenay betrachtete kurz ihre Freunde, die tropfend nass vor ihr standen, während Tunez sich ebenfalls die Kapuze ins Gesicht zog.

„Lasst mich unsere Kleidung trocknen, es dauert nur einen Moment."

Der Ratke wollte Einwand erheben, aber Zenay trat bereits im Schatten der Brücke an ihn heran und berührte den Stoff seines schweren, vollgesogenen Mantels.

Sie konnte das Flusswasser spüren, kalt und beinahe lebendig, wie es in der Kleidung steckte. Ähnlich wie in Yerima, als sie den Nebel erzeugt hatte, verband sie jetzt ihr Bewusstsein mit dem Wasser und zog es aus dem Stoff.

Ein Schwall Flüssigkeit quoll aus den Fasern und tropfte zu Boden. Tunez machte den Mund wieder zu, während Zenay dasselbe bei ihren Freunden tat und im Anschluss ihre eigene Kleidung vom Wasser befreite.

Ihre Arme zitterten und die Haut kribbelte kalt, doch sie schüttelte die Schwäche ab und nickte dann.

„Kommt jetzt. Mir nach!"

Tunez deutete die Böschung hinauf zu dem Weg, der oben am Fluss entlangführte. Menschen standen dort und gafften auf die Brücke, andere trieben ihre Ochsen und Pferde an, um schnell wegzukommen. Das Chaos breitete sich rasch aus; in dem Durcheinander kletterten sie unbemerkt das steile Uferstück hinauf und tauchten in der Menge unter.

Obwohl fast alle damit beschäftigt waren, die Zerstörung anzustarren oder sich durch die Masse zu drängen, fiel Tunez wieder auf wie ein Leuchtfeuer.

Menschen wichen ihm aus und sahen mit angstvollem Blick zu, wie er die Gruppe von der Stadt wegführte.

Tunez schien es egal, dass er angestarrt wurde, aber Zenay schrumpfte unter den Blicken zusammen.

Dann schallten Rufe über die Menge hinweg. Zenay hätte sich am liebsten in Luft aufgelöst, doch zu ihrer Erleichterung waren die Leute um sie herum zu sehr mit sich selbst beschäftigt.

Wer hätte auch einen Ratken verdächtigt?

Während sie rannten, strömte Zenay der Geruch von ängstlichen Packtieren und das Weinen von Kindern entgegen. Die Menge raunte und rief durcheinander, aber niemand stellte sich ihnen in die Quere.

Außer Atem wandten sie sich bald von der Straße am Flussufer ab und eilten landeinwärts, auf die nahe Wand aus Bäumen zu, die sich hinter einigen Feldern erstreckte. Zenay warf noch einen letzten Blick zurück auf den Fluss und die Stadt.

Rauch stieg über den Häusern auf und blieb in der schwülen Nachmittagsluft hängen. Dazu mischte sich der Staub der zerstörten Brücke. Etwas weiter entfernt lag die andere Zugbrücke zu dieser Flussseite. Und von dort bewegte sich eine große Masse dunkler Leiber auf sie zu.

„Weiter!", rief Tunez.

Sie folgten dem breiten Weg, vorbei an Weizen und Gerste auf goldenen Feldern, und traten in den Schatten des Waldes.

Die Luft wurde kühler, es hing noch sanfter Nebel von den heftigen Regenschauern des Gewitters zwischen den Bäumen. Mit einem Mal war es stiller, da die Geräusche der Stadt von den Pflanzen gedämpft wurden, und sie bogen bald von der Straße auf einen kleinen Trampelpfad ab, der sie zu einem Wildwechsel führte.

Wenig später erreichten sie eine von Dickicht geschützte Lichtung.

Am Rand der kleinen Wiese stand ein kräftiger Mann, den Tunez als Savas vorstellte, mit ihren Pferden und Vorräten.

Doch Elaya und Malak waren nirgends zu sehen.

„Wo sind sie?", sprach Tarek ihrer aller Frage aus und hastete gleichzeitig zu den Tieren.

„Sie müssten eigentlich hier sein!", murmelte Tunez und sein Blick wurde trüb, während er sich auf etwas in der Ferne konzentrierte. „Ich kann meinen Kontakt im Versteck nicht mehr erreichen."

„Und was bedeutet das? Wo sind sie?!"

„Sie sind sicherlich auf dem Weg hierher."

„Aber wie lange können wir hier warten? Die Wachen sind uns dicht auf den Fersen!"

Tunez blieb ihnen eine Antwort schuldig, eilte zu seinem Helfer und gestikulierte wild über die Lichtung, während sie sich murmelnd unterhielten.

Kaum bei den Pferden angekommen, packte Tarek eilig eine der Satteltaschen auf Malees Rücken und zog das Kettenhemd unter den anderen Sachen heraus. Er warf es der überraschten Zenay zu, die es ächzend fing, und holte anschließend auch die gehärteten Lederteile für Arme und Beine, den Schulter– und Nackenschutz und das Wams hervor.

„Hier", sagte er und drückte die Sachen in Asyras Arm. Dann streckte er die Hand wartend aus und sah die verwirrte Zenay ungeduldig an.

„Na los, Sina! Her mit deiner Tasche, zieh das Kettenhemd und die anderen Sachen an! Beeil dich!"

„Was soll denn das alles?"

Tareks Blick erlaubte keinen Widerspruch. „Ich werde kein Risiko eingehen! Wenn die Wachen uns kriegen, musst du unbedingt gerüstet sein! Auch ihr anderen, zieht sofort eure Sachen an!"

Zenay nickte steif und legte Mantel und Gürtel ab. Tarek half ihr, die Polsterung und das Kettenhemd über ihr Hemd zu streifen. Dann zurrte er hastig die Schützer über ihrer Hose und an den Armen fest. Er war etwas zu grob, doch Zenay ließ alles geschehen. Kaum war er fertig, zog er seine eigene alte Lederpanzerung über. Zenay schlüpfte in ihr Lederwams und schnürte es mit den Riemen fest. Innerhalb kürzester Zeit waren sie alle gerüstet. Als Letztes wickelte Zenay ihren Mantel zusammen und stopfte ihn in eine der Satteltaschen.

Sie standen da und warteten, dann wandte Tunez sich an sie. „Ich muss euch noch etwas fragen. Ihr habt vorhin etwas gesagt, über einen Ratken, der bei Sina war. Habt ihr ihn getroffen?"

Zenay war erleichtert, als einen Moment lang nicht mehr alle Aufmerksamkeit auf sie gerichtet war.

Tarek runzelte die Stirn. „Den, der sie gebissen hat? Nein, er war tot, als man ihn fand. Zwei Männer brachten Sina zu uns und sagten, dass sie sie verletzt und sterbend neben einem erschlagenen Ratken gefunden hätten."

Bei Tareks Worten wurde die Sorge in Tunez' Gesicht noch größer, und noch etwas anderes breitete sich darin aus – Trauer. Trauer über den Verlust eines Freundes.

„Kanntest du ihn? Tunez?", fragte Zenay, als der Ratke nicht gleich antwortete.

„Ja ... ich kannte ihn. Kamirr war einer meiner treusten Gefährten und ein guter Freund. Wir waren zu dritt in Mazmorra eingeschleust worden. Er, Danso und ich waren die einzigen mir bekannten Ratken, die sich gegen Zayda gestellt hatten. Danso wurde enttarnt und gab sein Leben, um uns nicht zu verraten. Er wurde von Zayda persönlich ermordet – und ich blieb unentdeckt. Nun bin ich der einzige Ratke, der noch übrig ist, um sie auszuspionieren. Ich wurde von ihr persönlich nach Yoruba geschickt, um Nachforschungen anzustellen", meinte Tunez mit nachdenklicher Miene.

Zenay spürte eine Welle aus Schuld. An Kamirr konnte sie sich nur schemenhaft erinnern, wie er vor ihr stand und sie vor einer Gruppe von Fremden schützte. Wie er von Pfeilen durchbohrt für sie gekämpft – und sie anschließend gebissen hatte. Wohl, um sie zu retten.

„Es tut mir leid, dass deine Freunde wegen mir sterben mussten", meinte Zenay.

„Muss es nicht. So ist es nun mal, wenn man sein Leben dem Ziel verschreibt, das Land von der Tyrannin zu befreien. Sehr viele haben ihr Leben schon wegen ihr und durch sie verloren!"

*Trotzdem sollte ihr Tod nicht umsonst gewesen sein*, dachte Zenay und suchte den geistigen Kontakt zu ihm.

*Danke!*, hallte seine Stimme leise in ihrem Kopf, und er lächelte ihr zu. Dann runzelte er die Stirn. Auch Zenay fühlte es – Magie bildete sich auf der Lichtung.

Ein hellgrüner Blitz zuckte über die Wiese, knisterte in den Blättern der umstehenden Bäume. Tarek und die anderen wichen rasch zurück, während die Pferde die Augen verdrehten und panisch wieherten. Von der Stadt her schallten wieder Rufe zu ihnen.

Dampf stieg vom feuchten Gras der Lichtung auf, auf dem jetzt zwei eng aneinandergerückte Personen standen.

Malak war kreidebleich.

Elaya torkelte und sah aus, als müsse sie sich gleich übergeben.

„Was ist passiert?", rief Tunez, als er sie erkannt hatte.

„Zayda!"

„Was?!"

„Zayda, verdammt! Sie … sie ist einfach bei dem Haus aufgetaucht! Sie zerstört das ganze Viertel! Dein Freund konnte uns gerade noch rausbringen, mit dem Bilur."

Zenay sah entsetzt zwischen Elaya und Tunez hin und her.

War das der Lärm gewesen, den sie in der Stadt gehört hatten?

„Dann wird sie gleich auch hier auftauchen! Wir müssen weg!", rief Zenay und spürte, wie es ihr die Kehle zuschnürte. Wie sollte sie gegen diese Frau bestehen, die ganze Stadtteile zerstörte, um sie zu finden?

Tunez schüttelte den Kopf. „Da werden wir immerhin einen kleinen Vorsprung haben. Dieser Bilur war von hoher Schule. Er transportiert einen an eine Reihe von Orten. Wenn Zayda ihn verfolgen kann, muss sie an jedem Ort die Magie erfühlen und neu öffnen, das wird sie einige Zeit kosten."

„Mir ist kotzübel, es fühlte sich an, als wären wir eine halbe Ewigkeit durch grüne Leere gefallen."

„Das geht vorüber. Los, steigt jetzt auf!", rief Tunez energisch, während Zenay ihn weiterhin anstarrte. Sie sah den Schmerz, den er hinter seiner Härte zu verbergen versuchte, aber sie wagte nicht, ihm nahezukommen. Er schien zu wissen, dass sein alter Freund sich geopfert haben musste.

Ihr Herz raste ohnehin zu schnell, um einen vollständigen Satz herausbringen zu können.

Erneut hörten sie Rufe durch den Wald hallen, sie klangen schon deutlich näher.

Asyra half der schwankenden Elaya aufs Pferd, während Malak sich selbst hinaufzog; dann formte Tarek mit seinen Händen einen Tritt für Zenay, damit sie auf Malee aufsteigen konnte.

„Was ist mit ihren Armschienen und …", fing Zenay an, aber der Ratke unterbrach sie.

„Keine Zeit, die Wachen sind schon zu nah."

Tunez gab Zenays Stute einen Schlag auf den Schenkel. Erschrocken stieg das Pferd auf die Hinterbeine – dann preschte es los, und die anderen folgten nach.

Malee galoppierte in wildem Tempo durch den lichten Wald. Äste streiften Zenays Gesicht, und sie konnte neben sich Tarek auf Milads

Rücken erkennen. Dicht hinter ihm ritt Tunez auf seinem braunen Streitross, das sie rasch einholte.

Erleichterung machte sich in ihr breit.

Sie wusste, dass die Wächter so keine Chance hatten, sie einzuholen.

Und der Bilur würde sie vor der Königin schützen.

«✝»

Dank des Weißauges hatte Mazuk schnell erfahren, wer von den beiden Männern in der Stube Laristan und wer Feradun hieß. Was für erbärmliche Kreaturen, die da vor ihm auf der Bank saßen, zusammengesunken und in Gedanken schon dabei, ihr eigenes Grab zu schaufeln.

*Wie schnell diese Würmer aufgeben. Ein Ratke würde angesichts des Todes nur schnauben und ihn freudig angreifen*, dachte Mazuk, während der neu entfachte Feuerball auf der Hand des blonden Weißauges seine Informanten rasch dazu brachte, von ihren Begegnungen mit der Gesuchten zu berichten.

„Wisst ihr, ob sie plant, nach Ornanung zurückzukehren?", fragte er, nachdem der Besitzer des Hofes erzählt hatte, wie sie die Magierin hatten fortjagen wollen.

„Ich sage es euch, Herr! Die Magierin wird nicht mehr hier auftauchen, sie ist tot! Getötet von einem Monstrum!", rief der andere, Laristan, voller Verzweiflung.

„Du lügst!"

„Ich habe es mit eigenen Augen gesehen, ich schwöre es! Eine Bestie, wie ein riesiger Wolf! Das Untier schlich noch am nächsten Morgen um das Lager und hat versucht, den zerfetzten Körper des Mädchens zu kriegen! Ich konnte die anderen zum Glück dazu überreden, möglichst bald aufzubrechen."

„Das heißt, du hast sie zurückgelassen, als sie noch lebte?"

Der Mann wurde bleich und schien nicht zu wissen, ob seine Aussagen ihn gerade den Kopf kosteten.

„Ihre Freunde holten uns in Yerima ein und berichteten von ihrem Tod", fügte er nach einem Moment hinzu.

Mazuk schnaubte. „Genau, denn ihre Freunde würden euch bestimmt erzählen, dass sie überlebt hat. Immerhin scheint ihr sie ja nicht gerade in eurem Dorf geschätzt zu haben?" Er hob eine Augenbraue, während seine Aussage in eine Frage überging.

Die beiden Männer zögerten, bevor der namens Laristan schließlich ein Nicken andeutete.

„Als wir das Lager verließen, war sie aber völlig am Ende."

„Habt ihr die Leiche gesehen?", fragte er skeptisch weiter.

Ihr betretenes Schweigen war Antwort genug. Mazuk bemerkte, wie unruhig die Eheleute einander ansahen, aber das hatte wohl einen anderen Grund.

„Unsere Tochter, sie wurde von euren Männern verschleppt ... bitte, sagt mir: Lebt sie noch?", platzte die Mutter dann heraus.

„Ihr meint die Frauen, die von dem Adlerauge zu uns gebracht wurden?"

Der Vater nickte.

„Die Frauen wurden zu Zayda gebracht und befragt", fing Mazuk an und dachte über die wenigen Informationen nach, die er von den Beratern der Königin erhalten hatte. Über die Frau, durch deren Erinnerungen sie jetzt wussten, dass ihre zwei Geschwister der Gesuchten halfen. „Wie hieß eure Tochter doch gleich?"

„Eidara, Herr."

Sein Lächeln ließ die beiden erbleichen. „Richtig. Mein Informant sagte mir, dass sie uns wichtige Hinweise dazu liefern konnte, wer alles auf der Seite der gesuchten Magierin steht. Unter anderem auch zwei jüngere Miakoda. Die *Geschwister* der Gefangenen."

Er legte die Hand auf seinen Schwertknauf, und die drohende Bewegung bewirkte genau, was er wollte. Die Eltern zitterten jetzt, und ihr Freund rückte langsam von ihnen weg.

„Bitte, Herr, hä–hätten wir gewusst, dass sie gesucht wird ... wir hätten sie natürlich sofort gemeldet", warf der Vater ein.

„Magiern zu helfen wird mit dem Tode bestraft! Und ihr wollt mir weismachen, ihr wusstet nicht, dass es verboten ist, sie im Dorf versteckt zu halten?"

Während er lauter wurde, schrumpften die drei in sich zusammen.

„Herr ... wir haben erst vor wenigen Wochen überhaupt erfahren, dass sie magische Fähigkeiten besitzt. Wir dachten nicht ..."

„Ja, das ist mir klar. Nun, wie ich es verstehe, habt ihr es nicht gerade gutgeheißen, welchen Umgang eure Kinder pflegen? Und ihr scheint euren Fehler eingesehen zu haben. Ich will darüber hinwegsehen, wenn ihr in Zukunft euren Pflichten als treue Diener der Königin gewissenhafter nachgeht."

Feradun nickte hastig. „Selbstverständlich! Es wird nicht mehr vorkommen! Ich war zu weich, da ich hoffte, meine Kinder würden noch zu Verstand kommen ... Aber ich versichere Euch, dass Eidara immer ihren Pflichten nachgekommen ist!"

Mazuk schwieg eine Weile und ließ die Eltern schmoren. Er genoss es zutiefst, den Verständnisvollen zu spielen.

„Es käme uns durchaus gelegen, wenn ihr euch in diesem Verräternest umhören könntet. Ich will von jedem möglichen Kontakt zu der Magierin Kenntnis haben!" Er machte eine kurze Pause, um das Angebot einsinken zu lassen, bevor er übertrieben seufzte. „Nun, ich werde sehen, was sich machen lässt. Vielleicht kann ich es einrichten, dass eure Tochter in einen etwas, nun ... sichereren Bereich der Festung verlegt wird, wenn ihr mir in Zukunft behilflich seid."

Der Vater schien noch nicht zu verstehen.

„Normalerweise landen hübsche junge Frauen der niederen Völker in unseren Freudenhäusern", fügte Mazuk mit einem lasziven Grinsen hinzu.

Das Gesicht des Vaters lief dunkelrot an, und er wirkte, als ob er sich gleich auf den Ratken stürzen wollte.

Mazuk schnippte in aller Ruhe mit den Fingern und deutete auf die Frau. Der Magier reagierte sofort, riss die Hand hoch und ließ die Flammen über seiner Handfläche auflodern.

„Halt!", schrie Feradun voller Angst und legte seinen Arm schützend um seine verängstigte Frau.

„Ja?" Mazuk zog eine Augenbraue hoch und bedeutete dem Magier, sich zu zügeln.

„Ich bitte Euch! Es ... es werden mir schon noch mögliche Kontakte einfallen. Ich brauche nur etwas Zeit! Bitte tut meiner Frau nichts!"

„Du nimmst mein Angebot also an?"

„Ja!", rief der Mann, und die Verzweiflung ließ seine Stimme ganz hoch klingen.

„Nun, ich kann das gut verstehen. Ihr habt ja schon eine Tochter verloren. Und eure anderen beiden sind gesuchte Verräter. Es wäre eine Schande, auch noch die Ehefrau zu verlieren, nicht wahr?"

Feraduns Griff um die Schulter seiner Frau wurde fester. „Ich werde Euch über alles informieren, was im Dorf vor sich geht, versprochen!"

„Sehr gut. Und wer weiß, vielleicht ist unsere große Königin ja gütig und wird über die Verfehlungen eurer Kinder hinwegsehen, falls eure Hinweise zur Ergreifung der Magierin führen. Mal abgesehen von eurer Tochter, die sich ja bereits in unserer *Obhut* befindet."

Als er die Hoffnung in den Augen der Frau aufflackern sah, hätte er beinahe laut gelacht. Sie hing an seinen Lippen wie ein hungriger Straßenköter, dem ein saftiges Stück Fleisch vor die Schnauze gehalten wurde.

„Natürlich ist es nicht sicher, ob eure Tochter überhaupt gefunden wird. Wir haben sehr viele Sklaven."

Er deutete auf den blonden Magier. „Mein Freund hier wird euch in Zukunft Gesellschaft leisten. Ich bin sicher, es wird sich ein Zimmer für ihn finden, bis er eine Bleibe im Dorf hat? Vielleicht das Zimmer eurer Tochter. Wie hieß sie noch?"

Feradun war kreidebleich, und seiner Frau standen Tränen in den Augen. „Eidara", flüsterte sie, während ihr wohl langsam klar wurde, dass es sich keinesfalls um eine Bitte handelte, dass die Familie in Zukunft als Spitzel für die Herrscherin arbeiten sollte. Zu sehen, dass sie seine Verhöhnung langsam begriff, ließ ihn schmunzeln.

„Ach ja, richtig." Mazuk lächelte gekünstelt und klatschte in die Hände. „Nun, ich werde sehen, was ich für sie tun kann, sobald ich das nächste Mal nach Mazmorra komme."

„Da–danke, Herr."

Mazuk nickte zufrieden und wandte sich zur Tür. Der nachdenkliche Blick auf dem Gesicht des Vaters reichte ihm. Es war nur eine Frage von Stunden, bis die Anwesenheit des Magiers ihn überzeugen würde, dass es klug war, sich an die Abmachung zu halten.

Sollte die Hexe noch einmal im Dorf auftauchen, würden sein neuer Spitzel und der Magier ganze Arbeit leisten.

# Momente der Wahrheit

Die Welt um sie war grün, verschwommen und rauschte schnell vorbei. Sie gewannen mehr und mehr Abstand von Yoruba und den Wächtern der Stadt.

Die Pferde ließen moosbewachsene Felsen und alte Eichen hinter sich. Einmal mussten sie durch ein Waldstück mit hohem, dichtem Unterholz brechen, dazwischen war der Wald licht und weit überschaubar.

Zenays Herz raste noch immer, aber der schnelle Galopp befreite ihren Kopf. Endlich fühlte sie sich wieder frei. Keine engen Gassen oder stinkenden Kanäle, nur der Wald, der jetzt wieder dichter wurde.

Umso heftiger zuckte sie zusammen, als ein mächtiger, magischer Schatten in ihrem Bewusstsein auftauchte. Die Geschwindigkeit des Ritts vernebelte ihre Wahrnehmung, machte alles verschwommen und verunsicherte sie.

Zuerst musste sie an Zayda denken, redete sich dann aber ein, dass es Unsinn war. Der Bilur beschützte sie!

Das schien das ungute Gefühl in ihrem Inneren allerdings nicht zu beeindrucken.

*Da stimmt etwas nicht!*, sagte sie im Geiste und spürte, wie die Besorgnis der anderen wuchs. Sie musste bei diesem Gefühl unwillkürlich an den Mangriden denken. Könnte er ihnen hier auflauern?!

*Was ist denn? Ist der Mangride wieder da?*, sprach Asyra ihren gleichen Gedanken aus.

*Ich ... weiß nicht. Es ist wie ein Schatten über dem ganzen Wald!*

*Was für ein Scha...*, fragte Elaya, dann hörten sie nur noch einen spitzen Schrei. Zenay wirbelte auf Malees Rücken herum und sah gerade noch einen großen Schemen zwischen den Bäumen, der Elaya von ihrem Pferd gerissen hatte.

„Nein! Elaya!", brüllte Malak und riss sein Pferd herum, um ihr zu Hilfe zu eilen. Plötzlich versperrten ihm weitere Schemen den Weg, und er sprang vom Rücken seines Hengstes ab. Zenay sah noch, wie er seine Axt zog, dann waren sie aus Zenays Sicht verschwunden.

„Wir müssen zurück!", rief sie.

„Nein! Weiter!", brüllte Tunez.

Panik stieg in ihr auf, als sie diese Wildheit spürte. Überall um sie herum waren auf einmal dunkle, entschlossene Gedanken.

*Tarek, was ist das?*, schrie Zenay. Sie sah, wie er auf dem Pferd sein Schwert zog und fest packte.

*Das sind Ratken! Krieger der Königin!*

*Wir müssen durchbrech...*, hörte sie Tunez' Stimme in ihrem Kopf – und ein Pfeil zischte neben ihr durch das Unterholz. Einen Moment später waren da nur noch ein Brüllen und Schmerz. Dann nichts mehr.

Sie sah, wie sich der Pfeil in Tunez' Seite bohrte, er strauchelte und vom Pferd stürzte. Er verschwand im hohen Gras, während ihre Pferde sie weitertrugen.

*Tarek! Was sollen wir tun?!*, fragte Zenay angsterfüllt und blickte sich nach ihren Freunden um. Jesco war nun ebenfalls verschwunden. Asyra musste irgendwo rechts von ihr sein, und überall diese Schatten – Krieger, die aus dem Nichts aufgetaucht waren.

*Wir müssen zusammenbleiben!*, dachte Tarek und bedeutete ihr, dass sie umkehren mussten. Er blieb dicht an ihrer Seite, doch als sie durch ein dichtes Gebüsch ritten und Zenay nur für eine Sekunde die Augen schloss, um sich vor den Zweigen zu schützen – da war auch Tarek fort. Milad schnaubte ängstlich und verdrehte die Augen, doch er folgte Zenay und Malee.

„Tarek!", schrie Zenay und achtete nicht mehr auf die Stille. „Tarek!" Sie riss an Malees Zügeln, packte ihren Bogen und zurrte ihren Gürtel fester, an dem ihr Schwert hing. Erneut drang sie in das dichte Waldstück ein und sprang mit einem Satz von Malees Rücken.

Der Waldboden war noch nass vom Gewitter, sie stolperte in das Gestrüpp.

„Tarek, wo bist du?", rief sie mit vor Angst brechender Stimme. Sie aktivierte die Konane und sah das Blattgewirr in einem lichten Grün aufleuchten, konnte jedoch nicht mehr erkennen als einen weiteren Schatten, der zwischen einigen jungen Birken kauerte. Ein zu großer Schemen.

Sofort erstarrte Zenay. Vorsichtig blickte sie sich um. Er hatte sie mit Sicherheit gehört und lauschte jetzt auf ihre Schritte.

Auf einmal vernahm sie eine ganze Kulisse an Geräuschen … schwere Stiefel, die alles unter sich zertraten, Klingen, die aufeinandertrafen, und Schreie, die durch den Wald hallten.

War das gerade eben Elaya? Aber auch sehr weit entfernt waren leise Hilferufe zu hören. Es klang, als würde jemand gefangen genommen.

Zenay kauerte sich tiefer zwischen die Äste; als einer knackte, drehte sich der Schatten vor ihr ruckartig in ihre Richtung.

Ein lautes Ratschen erklang hinter ihr, und plötzlich fiel ein schwerer Körper direkt neben Zenay zu Boden. Entsetzt starrte sie in die brechenden Augen des verwundeten Ratken. Sie unterdrückte einen Schrei und wich rasch vor dem Sterbenden zurück.

Erst dann bemerkte sie, dass nur wenige Schritte weiter noch ein Ratke mit weit aufgerissenen Augen lag.

Ihr Herz raste so schnell, dass es wehtat, und die Zeit schien stehen zu bleiben. Ein Bild flackerte vor ihren Augen, verschwand wieder und schlug dann mit voller Wucht auf sie ein.

Zwei Menschen, die in einem Zimmer lagen, blutverschmiert, mit leerem Blick. Die beiden Beschützer, die sie wie Eltern geliebt hatten, umgebracht und in ihrem Zuhause auf den Boden und auf ein Bett geworfen.

Auf einmal war sie wieder dort, lief den Flur entlang, stieß die Tür auf und sah die beiden. Ein Schrei entwand sich ihrer Kehle. Blutflecken führten als Spur zu ihrem eigenen Zimmer und zu den beiden, die leblos und zusammengesunken dalagen. Ihre Hände zitterten, die Welt verschwamm und drehte sich – dann knarrten die Dielen hinter ihr. Sie wirbelte im Flur herum und sah gerade noch einen großen Schatten mit gelben Augen, der auf sie zuschoss, bevor das Bild wieder verschwand und dem Wald wich.

Hufgetrappel und Wiehern drangen an ihr Ohr. Ein Teil ihrer Wahrnehmung registrierte, dass Malee und Milad wohl gerade davongaloppierten.

Ihr Atem ging unregelmäßig, sie zitterte. Das waren nicht ihre Eltern da am Boden! Das waren Ratken! Genau so einer hatte ihrer Mutter und ihrem Vater das Leben genommen!

*Sie sind Mörder! Sie haben deine Eltern umgebracht, dich verschleppt und aus deiner Welt gerissen! Wehr dich! Lass das nicht mit dir machen!*

Jemand packte sie von hinten und sie schrie auf, doch es war Tareks Hand, die sich auf ihren Mund legte und sie zum Schweigen mahnte.

*Sei still, es sind noch mehr in der Nähe!*, dachte er und bemerkte dann, wie heftig sie zitterte. Bilder tauchten in ihrem Kopf auf, von der regenüberströmten Gasse, dem Blut, das über ihre Finger und den Griff des Dolches floss …

*Ha—hast du sie getötet?*, fragte sie zitternd und drehte ihren Kopf, um ihn ansehen zu können. Nasse Blätter und Erde klebten ihm im Gesicht.

Er blickte ihr tief in die Augen und nickte.

Zenay wurde schlecht. Als ihr Blick zu verschwimmen drohte, schüttelte er sie an den Schultern.

*Reiß dich zusammen!*

Sie zitterte noch stärker. *Ich … ich kann das alles nicht! Ich kann nicht töten!*

*Das musst du, wenn du überleben willst. Und du musst überleben! Du bist die Zafija, also reiß dich jetzt zusammen und hilf mir, die anderen zu finden. Du willst doch nicht, dass ihnen etwas passiert, oder?*

Zenays Kopf schnellte zu ihm herum, und ihr Blick klärte sich wieder. Sie spürte, wie sich eine ruhige Entschlossenheit in ihrem Inneren ausbreitete.

Ihre Freunde waren in Gefahr. Sie konnte nicht zulassen, dass ihnen etwas geschah – ihretwegen.

Das konnte nicht das Schicksal ihrer Freunde werden. Diese Ratken hatten sich dazu entschlossen zu kämpfen, und sie würden keine Gnade zeigen. Dann würde sie es auch nicht.

*Nein, das will ich nicht*, dachte sie zur Bestätigung, zog mit einem Streich den Dolch ihrer Mutter aus der Scheide und stand unsicher auf. *Ich werde dir helfen, Tarek, ich werde uns helfen …*

Er nickte. *Das ist gut, denn ohne dich haben wir keine Chance.*

Zenay schloss die Augen und atmete einmal tief durch, bevor sie sie wieder öffnete und Tarek bedeutete, ihr durch das hohe Gestrüpp zu folgen, in Richtung des Ratken, den sie vorhin noch gesehen hatte.

*Dort vorne ist noch einer. Er hat uns mit Sicherheit bemerkt und will uns auflauern.*

Tarek nickte und schlich voraus.

Der Mann hatte keine Zeit anzugreifen. Er hörte und entdeckte Tarek, der sich durch das Gebüsch kämpfte, und konzentrierte sich törichterweise nur auf ihn. Zenay umrundete ihn vorsichtig, packte den Dolch und schoss auf ihn zu.

Etwas riss in ihr, genau in dem Moment, als sie die Waffe hob.

Sie spürte, wie das scharfe Metall durch Haut und Fleisch in das Genick drang und ein Leben beendete. Dabei fühlte sie sich selbst fast tot.

Kaum hatte sie ihm die Klinge unterhalb des Helms in den Nacken geschlagen, spürte sie, wie die Lebensenergie aus ihm wich Sie konnte sehen, wie sein Geist brach, obwohl er ihr den Rücken zugewandt hatte.

Zenay war nicht mehr übel. Eine eisige Klarheit machte sich in ihr breit, verlangsamte ihren Puls und stellte alle schrecklichen Gedanken ab. Selbst das Bild ihrer toten Eltern wurde in den Hintergrund gedrängt und verblasste.

Tareks Blick drückte eine Reihe von rasch wechselnden Gefühlen aus, bevor er sich wieder gefasst hatte.

Der Ratke blieb unbemerkt in dem Gebüsch liegen, als Tarek und Zenay sich durch das dichte Unterholz vorwärtskämpften.

*Wo sind die Pferde?*, fragte Tarek. *Ich bin von Milad heruntergerissen worden.*

Zenay schloss kurz die Augen und suchte Malees Geist, vergeblich. Als sie weiter suchte, drängte sich Azragas Panik in ihre Aufmerksamkeit. Sie konnte fühlen, wie Jescos Hengst sich aufbäumte, aber von kräftigen Händen fortgezerrt wurde.

*Die Ratken haben einige. Bei den anderen bin ich mir nicht sicher.*

*Verdammt!*

*Milad und Malee sind erschrocken und losgaloppiert. Ich kann sie kaum spüren, aber ich glaube, sie rennen weg von der Stadt*, meinte Zenay, dann erschallte ein kurzer Schrei durch den Wald.

*Keine Zeit, wir müssen die anderen finden.*

Zenay nickte und schloss die Augen, suchte mit ihrer Magie Kontakt zu ihren Freunden, aber der Schrei war nicht von ihnen gekommen. Im ganzen Wald herrschte Chaos und sie konnte ihre Freunde nicht aufspüren.

*Ich glaube, die Ratken greifen jeden an, der sich momentan im Wald befindet!*, dachte sie entsetzt.

*Das war nicht anders zu erwarten. Sie werden alle zusammentreiben und zurück zur Stadt schleifen. So machen sie es immer, wenn sie ein Gebiet abriegeln.*

Sie nickte, und die beiden eilten gebückt weiter durch den Wald. Zenay hatte keine Orientierung mehr, keine Ahnung woher sie gekommen und wie weit sie von ihren Freunden entfernt waren.

Kurze Zeit später ertönte in Zenays Kopf ein Brüllen, direkt gefolgt von Schmerz, der durch die magische Verbindung intensiv zu ihr drang. Sie wankte und hielt sich an einem dünnen Baumstamm fest.

*Malak! Was ist los? Was ist passiert?*

*Ich … ich habe Elaya aus den Klauen von zwei Ratken befreit. Sie hat eine üble Schnittwunde am Arm. Wir konnten uns in einer Baumgruppe ins Unterholz flüchten, aber wenn wir uns nur einen Schritt im Gestrüpp bewegen, haben sie uns.*

*Dann bleibt, wo ihr seid.*

*Hüter, wie ich es hasse, mich verstecken zu müssen!*

*Gewöhn dich besser dran, denn bis Sina stark genug ist, um es alleine mit einer ganzen Armee aufnehmen zu können, werden wir uns verstecken,* dachte Tarek, und Zenay blickte ihn einen Moment durchdringend an.

*Wir kommen zu euch!,* meinte Tarek.

*Asyra? Wo bist du?,* fragte Zenay und musste ihre Magie verstärken, um den Kontakt aufbauen zu können.

Bildete sie es sich ein oder zitterte ihre Stimme kaum noch?

Dann spürte sie Asyra. Ihre Freundin befand sich weiter weg, als ihr lieb war …

Tarek nickte Zenay zu und band sich in den Kontakt mit ein, um zu hören, was Asyra zu berichten hatte.

*Ich bin unverletzt, es geht mir gut. Shetans Stute ist bei mir, ich bin selbst noch auf dem Pferd. Malee und Milad kamen mir ohne euch entgegen, da befürchtete ich schon das Schlimmste. Geht es euch gut?*

Zenay zögerte nur kurz. *Ja. Aber Elaya ist verletzt.*

*Was ist passiert?,* fragte Asyra besorgt.

*Schnittwunde. Malak ist bei ihr und schützt sie, hoffentlich. Wir müssen wieder zusammenkommen!*

*Die Ratken sind im ganzen Wald verteilt. Ich hatte ernsthafte Probleme, nicht auch vom Pferd gerissen zu werden. Ich habe mir Malees und Milads Zügel geschnappt und bin so lange galoppiert, bis keine Ratken mehr um mich waren … Sagt mir, wie wir uns treffen, und ich komme zu euch.*

*Asyra ... bleib lieber, wo du bist. Ich fürchte, dass mittlerweile zu viele Ratken zwischen uns sind. Du könntest in eine Falle geraten,* wandte Tarek ein.

*Aber ich will euch helfen!*

*Nein!,* rief Tarek. *Du bist in Sicherheit, das ist wichtiger.*

Zenay spürte, wie Asyra mit sich rang, dann aber zustimmte. *In Ordnung, ich halte mich bedeckt.*

*Ich versuche, einen Weg für uns zu finden,* meinte Zenay, kauerte sich hinter einen dicken, umgestürzten Baum und schloss die Augen. Tarek schlich neben sie und lauschte auf die Umgebung.

Schnelle, leichte Schritte kamen durchs Unterholz auf sie zu, und Tarek drehte sich gerade noch rechtzeitig, um nicht von Jesco umgerannt zu werden, der geduckt durch den Wald eilte.

„Azraga hat mich abgeworfen."

Voller Erleichterung legte Tarek seinem Freund eine Hand auf die Schulter, bevor sie sich neben Zenay gegen den Baum drückten, der ihnen den Rücken schützte.

Zenay spürte eine Wand aus Feinden um sie herum; dann versuchte sie verzweifelt, den einzigen Ratken zu finden, den sie herbeisehnte.

*TUNEZ!,* brüllte sie im Geiste durch den Wald.

Sie horchte, hoffte auf eine Antwort.

*TUNEZ! Kannst du mich hören?*

Keine Reaktion. Und sie konnte ihn auch nicht erfühlen.

*Ich kann Tunez nicht mehr finden,* sagte sie dann zu den anderen.

*Er wurde von seinem Pferd geschossen. Vermutlich ist er tot,* stellte Jesco knapp fest.

*Was machen wir ohne ihn? Er wollte uns helfen! Suchen wir ihn?,* fragte sie weiter. *Er muss in der Nähe sein.*

*Da waren noch viel mehr Krieger. Sie werden ihn schon als Verräter entdeckt haben, wir können nichts mehr für ihn tun.*

Zenay spürte, wie sich ein Kloß aus Angst in ihrem Hals bildete, aber sie würgte ihn wieder hinunter. Sie konnte jetzt nichts weiter tun und musste sich später mit der Tatsache beschäftigen, dass sie ihre beste Chance verloren hatte, mehr über sich und ihre Aufgaben herauszufinden.

*Was machen diese Ratken eigentlich hier im Wald?,* fragte dann plötzlich Malak.

Alle schwiegen, und Tarek starrte Zenay fragend an, bis sie seinen Blick schließlich erwiderte.

*Sie sind wegen mir hier. Zayda hat sie hergeschickt.*

Angst breitete sich in ihr aus, als das düstere Gefühl sie wieder übermannte und sie etwas Schreckliches ahnen ließ. *Wenn wir sie nicht aufhalten, werden sie die Stadt angreifen! Sie werden nicht aufhören zu töten, bis sie mich gefunden haben!*

*Dann müssen wir dich wegbringen.*

*Ich weiß!*, dachte Zenay und knirschte mit den Zähnen. Sie fühlte sich machtlos, völlig nutzlos. Doch ihr Überlebenswille siegte; jetzt galt es erst einmal, nicht erschlagen oder gefangen zu werden.

Sie schwiegen erneut, lauschten auf Schritte oder Rufe, während Zenays Blick auf Jesco ruhte. Er hatte seinen Bogen gezückt, einen Pfeil auf die Sehne gelegt und zusätzlich noch drei weitere in der Hand. Sie runzelte die Stirn und konnte sich nicht erinnern, das jemals vorher gesehen zu haben. Konnte er etwa einen Pfeil abschießen, obwohl er noch welche in derselben Hand hielt? Mit einem Mal wurde ihr klar, dass sie einen wahren Bogenmeister vor sich hatte.

Dann regte sich Tarek.

*Wir müssen Elaya und Malak holen und uns dann zu Asyra durchschlagen. Nur wenn wir fliehen, hat die Stadt noch eine Chance*, sagte er und riss sie damit aus ihrer Starre.

Sie nickte. *Dann los.*

Zenay packte ihr Schwert in der einen, den Dolch ihrer Mutter in der anderen Hand, dann sprang sie mit einem Satz über den Baumstamm. Tarek und Jesco folgten ihr.

Sie führte die beiden in die Richtung, in der sie Elaya und ihren Bruder vermutete, während ihre Gedanken noch bei Yoruba und den vielen Menschen hingen – dies ließ sie genau in die Arme von fünf Ratken laufen, die gemeinsam zur Stadt marschierten.

„Halt! Im Namen der Königin!", rief der vorderste Mann und streckte sein Schwert in ihre Richtung. „Ihr seid festgenommen und werdet mit uns in die Stadt zurückkehren."

Die Ratken schienen es an Zenays Gesicht ablesen zu können, dass sie nicht vorhatte, sich zu ergeben.

Einer von ihnen runzelte die Stirn. „Ich glaube, das sind die Gesuchten!", zischte er dem vorderen zu.

Genau in dem Moment zog der hinterste Ratke ein Horn hervor.

Zenay nahm es wie in Zeitlupe wahr und konnte in ihrem Kopf schon sehen, wie die ganze Truppe zu ihnen gelockt würde. Sie fokussierte ihre Magie und lenkte sie dann, wie sie es von Shetan gelernt hatte, auf ihr Ziel.

Bevor das Horn seine Lippen erreichte, knisterte die Luft magisch aufgeladen, und Zenay verschwand in einem Blitz.

Sie tauchte direkt hinter dem letzten Ratken auf.

Unterhalb seiner Rückenpanzerung war ein kleiner Spalt ungeschützt. Zenay sah die Schwachstelle – und stieß ihm den Dolch bis zum Heft in den Körper. Der Mann ging ächzend in die Knie und versuchte wieder aufzuspringen, doch Zenay rammte ihr Schwert unterhalb seiner linken Schulter in die Lunge, dort wo eine Naht zwei Teile seiner Lederpanzerung zusammengehalten hatte. Der Krieger röchelte, er war keine Gefahr mehr.

Zenay zog Schwert und Dolch aus seinem Körper – genau in dem Moment, als Jesco und Tarek sie erreichten und zwei der Ratken sich zu ihr und dem Sterbenden umdrehten.

Der größere schwang seine Axt in Zenays Richtung, sie riss in letzter Sekunde ihr Schwert hoch und blockte seinen Schlag. Während die Stange der Axt an ihrem Schwert entlangrutschte, drehte sie den Dolch in ihrer Hand, packte ihn fester und stieß ihn dem Krieger unterhalb seines Helms in den Hals. Sie stach ein zweites Mal zu, dann brach er keuchend und blutend auf seinem Mitstreiter zusammen.

Noch bevor Tarek und Jesco überhaupt ihre Waffen in die Nähe der Feinde brachten, hatte Zenay bereits ihren zweiten und dritten Ratken getötet. Als Tarek einem der Krieger sein Schwert in die Seite rammte, surrte Jescos erster Pfeil an ihm vorbei und bohrte sich in die Schläfe des Mannes hinter ihm.

Der zweite Pfeil traf den letzten Ratken, der sich Zenay zugewandt hatte, in die Hüfte. Der Mann brüllte auf und strauchelte, dann schlug ihm Zenay ihren Dolchknauf donnernd gegen die Stirn, und er brach zusammen.

Nur noch das Rascheln von Blättern erfüllte die Luft, als ihre Feinde endgültig zu Boden gegangen waren.

Einen Moment schien die Zeit stehen zu bleiben. Zenays Atem ging heftig, doch er beruhigte sich rasch wieder.

„Wir müssen schnell weg von hier! Es könnten noch mehr in der Nähe sein, die uns gehört haben", meinte Tarek mit einem Blick in den Wald.

Zenay wollte gerade antworten – da hörte sie Schritte im feuchten Laub und vor ihnen drangen drei weitere Ratken aus dem Unterholz. Die Männer griffen direkt an, sie mussten gesehen haben, was sie ihren Mitstreitern angetan hatten.

Zenay duckte sich unter einem Angriff weg und schwang ihren Dolch nach oben, aber der Ratke drehte sich geschickt mit ihr mit und schlug ihr mit seinem Schwert den Dolch aus der Hand. Sie rollte sich fluchend weg. Als der zweite Mann mit seiner Axt nachsetzte, brach sich eine Wut in ihr Bahn, die sie nicht mehr kontrollieren konnte.

Wut, auf ihre Ohnmacht, auf diese Ungerechtigkeit und auf die grinsenden Krieger, die ihr nach dem Leben trachteten … ohne darüber nachzudenken, sammelte sie einen Schwall an Magie und schleuderte den beiden einen Blitz entgegen, der geladen war mit ihren Emotionen.

Während die beiden Krieger zuckten und in die Knie gingen, konzentrierte sich auch der Dritte auf Zenay. Er riss sein Schwert hoch und kam auf sie zu, da keuchte er und torkelte zur Seite. Jescos Pfeil steckte zwischen seinen Schultern.

Der Mann brüllte schmerzvoll auf, dann kam Tarek von hinten und rammte ihm sein Messer in den Nacken.

Die anderen beiden erholten sich nicht schnell genug von dem magischen Stoß, der noch in ihren Körpern zuckte, und fielen beide Jescos Pfeilen zum Opfer.

„Dieser Blitz war sehr gut", meinte Tarek atemlos, auch wenn Zenay eine gewisse Unsicherheit in seiner Stimme spürte.

Sie nickte knapp und klaubte ihren Dolch aus dem Laub. Jesco ging zu dem ersten Toten und zog mit einem Ruck seinen Pfeil aus dessen Körper.

„Sina!", sagte er und starrte sie einen Moment erstaunt und beinahe bewundernd an. „Wie hast du das gemacht? Ich habe dich vorher nie so kämpfen sehen!"

Als sie ihn ansah, strauchelte er, und sie konnte sehen, dass ihm ein kalter Schauer über den Rücken lief.

„Ich lerne ständig – und ich improvisiere", sagte sie bewusst gelassen. Sie unterdrückte alle Gefühle, um sich und den anderen helfen zu können.

„Wenn du so weiter machst, müssen wir nur noch zusehen!", meinte Jesco.

*Das sagt der Richtige. Jesco, der Meisterbogenschütze. Ich muss mir einen Überblick verschaffen! Sonst kommen wir nicht ungefährdet wieder zusammen.*

Die beiden nickten schweigend, dafür drängten sich mehr und mehr Geräusche in Zenays Bewusstsein. Sie ignorierte, wie Jesco zu den anderen Ratken ging und seine Pfeile einsammelte.

Sie konzentrierte sich und lenkte etwas Magie in ihre Ohren, um ihr Gehör zu schärfen, denn sie wollte dieses Mal wirklich wissen, ob noch Feinde in der Nähe waren.

Was ihre Ohren traf, war eine Wand aus Geräuschen. Stampfende Schritte, die durch feuchtes Laub marschierten, kratzende Rüstungen, schnaufender Atem. Es war eine rauschende Woge.

Tarek wollte schon loslaufen, als Zenay wankte und sich an den pochenden Schädel fasste.

„Nein!", hauchte sie, und Tarek hielt sie an den Schultern.

„Was ist los?", zischte er.

„Die Ratken sind überall! Wir können niemanden erreichen, ohne in einen großen Kampf verwickelt zu werden!"

„Bist du dir sicher?"

Zenay nickte zitternd. „Ich kann sie hören, Tarek, sie sind überall."

„Was tun wir jetzt? Wir sind von den anderen abgeschnitten – und Elaya und Malak befinden sich in keiner guten Lage."

„Und wir können Yoruba nicht dem Untergang weihen", warf Zenay ein.

„Zayda ist dort! Es ist ohnehin in ihrer Gewalt."

Ein bitterer Geschmack legte sich auf ihre Zunge. Sie fühlte tief in ihrem Inneren einen brodelnden See aus schrecklicher Angst vor dieser

Frau. Doch mischte sich Wut über ihre Ohnmacht und die Ungerechtigkeit in dieser Welt hinzu.

„Ich muss etwas unternehmen", murmelte sie und presste die Lippen aufeinander. Tarek wollte sie berühren, zögerte aber und horchte auf, als Geräusche durch den Wald hallten. Sie duckten sich hinter einen dicken Baumstamm.

*Tarek, wir verlieren die Kontrolle, wenn wir so weiter ma…*, dachte sie, verstummte jedoch und drückte Tarek und Jesco schnell hinter dem Baumstamm ins Gras, als ihr Gehör sie vorwarnte. Die beiden gehorchten ihrem Instinkt und verharrten lautlos.

Schritte kamen näher, Waffen klirrten, und Rufe hallten durch den Wald, die in Zenays Ohren klingelten.

„Was ist das da vorne?", rief jemand, dann waren da viele beschleunigte Schritte und gezischte Flüche.

„Wer hat das getan?", fragte ein anderer. Die Ratken hatten die Toten also entdeckt.

„Irgendjemand muss von unserer Ankunft hier wissen, macht euch bereit. Formiert euch, habe ich gesagt!", bellte ein anderer mit lauterer Stimme; daraufhin waren viele stampfende Schritte zu hören.

„Sie könnten noch in der Nähe sein, seid also wachsam! Treibt alle zusammen, die ihr findet, Männer!"

Viele Stimmen bejahten, dann marschierten die Ratken davon. Zenay, Tarek und Jesco wechselten besorgte Blicke und verharrten in ihrem Versteck.

*Ihr müsst versuchen, zu Elaya und Malak vorzudringen, Asyra ist momentan hinter den Kriegern, sie ist nicht unmittelbar in Gefahr und muss alleine zurechtkommen*, erklärte Zenay, während die Schritte des Trupps langsam leiser wurden.

*Was hast du vor?* Unglaube schwang in Tareks Stimme mit, als er sie ansah.

*Ich werde die Pferde holen und schließe dann zu euch auf.*

Tarek schnaubte. *Du glaubst doch nicht im Ernst, dass ich dich noch einmal allein lasse?!*

*Ich …*

*NEIN! Das letzte Mal, als ich dich allein ließ, hast du dir die halbe Stadtwache an den Hals gehängt! Nie im Leben lasse ich dich jetzt in einem Wald voller*

*Berserker allein herumlaufen! Weißt du, was die mit dir machen werden, wenn sie dich erkennen und schnappen?!*

*Weißt DU, was die Ratken gerade mit jeder anderen Frau machen, die sie im Wald oder auf den Feldern in die Finger bekommen? Glaub mir, ich weiß mich zu wehren!*

Tarek schwieg, und sein Gesichtsausdruck wurde immer düsterer.

*Du hast recht.*

Einen Moment war Zenay ernsthaft überrascht, dass er so schnell einlenkte.

*Dann lass mich jetzt die Pferde holen. Ich kann hören, ob Feinde kommen. Ich weiche ihnen aus, befreie die Pferde und schließe zu euch auf. Allein bin ich schneller und leiser. Wir brauchen die Pferde, um Elaya und Malak aus ihrer Lage zu befreien.*

Tareks Augen wurden ganz dunkel, doch er nickte knapp.

*Und dieses Mal schicke ich dir Jesco nicht hinterher, keine Sorge.*

Zenay starrte ihn irritiert an.

Ließ er sie nur allein gehen, weil er sich wegen seines Verhaltens in der Stadt schuldig fühlte? Sie wusste, dass sie beide Fehler gemacht hatten. Und ihre waren vermutlich zehnmal schwerwiegender, denn wegen ihr würden jetzt Menschen in der Stadt sterben. Und auch Ratken.

*Danke.* Sie berührte Tarek kurz an der Schulter, dann horchte sie wieder auf die Umgebung. Sein Atem drängte sich in ihr Bewusstsein, doch sie lenkte schon ihren Fokus auf den Wald und fort von ihm.

*Es geht los.*

Tarek nickte zur Bestätigung. Sie stand auf und bedeutete den beiden Männern, dass sie weiter konnten.

Einen kurzen Moment lang starrten Zenay und Tarek sich an, versuchten so viele ungesagte Dinge in diesem Blick zu vermitteln ... dann war der Augenblick vorbei.

Jesco und Tarek schlugen eine andere Richtung ein, um der großen Gruppe auszuweichen, und überließen Zenay ihrem Plan.

Sie blieb noch einen kurzen Moment hinter dem Baumstamm knien und horchte auf die nähere Umgebung, während sich die vorsichtigen Schritte ihrer Freunde im allgemeinen Rauschen der Blätter verloren. Schließlich sprang sie über den Stamm und huschte, nur als dunkler

Schatten erkennbar, durch ein Dickicht. Auf der Suche nach den verschwundenen Pferden.

Schon nach kurzer Zeit blieb sie abrupt stehen und presste sich an eine dicke Eiche. Mehrere Ratken stapften mit gezückten Äxten und Schwertern vorbei, zischten sich leise Beobachtungen und Befehle zu, die gelben Augen wachsam auf den umliegenden Wald gerichtet.

Zenay lauschte, bis sie an ihrem Versteck vorbei waren, dann huschte sie weiter. Sie entdeckte einen alten Weg, es konnte nicht mehr weit sein bis zu der Stelle, wo sie die Pferde gefühlt hatte.

Ein Schrei hallte durch den Wald – weit entfernt und dennoch so spitz, dass er ein Surren in Zenays Ohren hinterließ. Sie verzog das Gesicht, als das schmerzhafte Quietschen anhielt, und verlor die Kontrolle über die Magie in ihrem Gehör.

Die Abwesenheit des magischen Rauschens war eine Erleichterung. Ihre Gedanken hingen einen Moment bei diesem fremden Schrei, bei einer unbekannten Frau, die wilden Kriegern in die Hände gefallen war … und der vermutlich Ähnliches bevorstand wie ihr in der Gasse, als der Wächter sie in seiner Gewalt wusste.

Nur, dass sie einen Dolch zur Hand gehabt hatte – worüber eine Bäuerin vielleicht nicht unbedingt verfügte.

Zenay schüttelte den Kopf, um sich von den Bildern zu befreien, und schlich weiter. Vorsichtig streifte sie einige Äste aus dem Weg und wunderte sich, als das Surren plötzlich in ihr Ohr zurückkehrte.

Im nächsten Moment traf etwas ihre Beine und wickelte sich darum. Sie stürzte zu Boden, landete flach im nassen Gras und wollte sich zur Seite rollen.

Ein Wurfseil um ihre Beine hinderte sie daran. Es war fest um ihre Waden gewickelt.

Als Zenay sich aufgesetzt hatte, waren die Krieger nicht mehr weit entfernt. Mit einem Blick schätzte sie ihre Zahl auf elf oder zwölf.

Ihr blieb keine Zeit, sich zu fragen, warum sie den Trupp nicht gehört hatte, denn einer warf bereits eine kleine Axt nach ihr.

Sie riss ihren Dolch in die Luft; Funken stoben auf, als die Axt daran abprallte.

Dann waren vier der Männer schon fast nahe genug, um sie zu packen.

Zenay griff mit einem langen Atemzug nach der Energie in ihrem Inneren, staute sie an und ließ sie wie Strom durch ihren Körper fließen.

Ihr Blick fixierte die Männer, nahm jeden Einzelnen wahr – dann stieß sie den Dolch ihrer Mutter durch die Luft, in die Richtung der Angreifer.

Die Magie wandelte sich in Elektrizität, schoss durch ihre Hand, durch das dunkle Metall der Waffe und wurde von ihr ausgerichtet.

Der Blitz entlud sich knisternd, jagte kurz über den Boden und fand sein Ziel in der Gruppe. Während die Energie auf Metall, Stoff und Fleisch traf, begann Zenays ganzer Körper zu kribbeln.

Der Blitz schoss weiter, sprang von Rüstung zu Rüstung und ergriff die ächzenden Männer.

Er erreichte nicht alle von ihnen, aber zumindest jene, die nahe genug beieinander standen, und verschaffte ihr damit Zeit.

Qualm lag in der Luft. Einige Krieger gingen zuckend in die Knie, andere stolperten gegen Bäume oder übereinander.

Zenay fasste sich wieder, drehte den aufgeheizten Dolch in ihrer Hand und zerschnitt die Seile.

Kaum war sie frei, rappelte sie sich auf. Die restlichen Männer kamen näher. Die ersten hatten sich schon wieder erholt und richteten sich jetzt auf. Ein Krieger mit glattem schwarzem Haar war ihr am nächsten, nur wenige Schritte trennten ihn davon, sie zu ergreifen.

Zenay zischte ihn wütend an, wandte sich ab und rannte davon. Der Ratke folgte ihr lachend und rief dann nach seinen Kumpanen, sich ihm anzuschließen.

Einen Moment waren ihre Schritte noch unsicher, dann fand sie ihren Rhythmus wieder und wurde schneller. Ein Pfeil zischte an ihrer Schulter vorbei und sie sprang zur Seite.

Erleichtert spürte sie, dass sie flinker war als die großen Männer. Sie tauchte unter tiefen Ästen durch, schwang sich über Felsen und andere Hindernisse und vergrößerte nach und nach den Abstand zwischen sich und den Kriegern.

Ein weiteres Wurfseil flog an ihr vorbei und verhedderte sich in den Ästen einer jungen Birke. Von hinten drangen Flüche zu ihr, und sie musste unweigerlich lächeln.

*So leicht kriegt ihr mich nicht*, dachte sie grimmig und schlüpfte flink zwischen den dünnen Stämmen der Birken hindurch. Irgendwo neben ihr schlug erneut ein Pfeil in Holz ein, doch zum Glück war der Wald so dicht, dass er kaum freie Schussbahn bot.

Während sie rannte, versuchte sie erneut, Kontakt zu den Pferden aufzunehmen, doch es fiel ihr schwer. Sie schienen weiter weg zu sein. Hatte man sie fortgebracht?

Seitenstechen breitete sich allmählich in ihrem Körper aus. Sie rannte dennoch weiter, blieb an Brombeerranken hängen und riss sich hastig wieder los. Die Rufe der Männer folgten ihr wie ein drohender Schatten.

Der Wald wurde etwas lichter, hohe Bäume sorgten für wenig Unterholz. Nur dort, wo eingeschlagen worden war, hatten sich Dickichte gebildet – und direkt vor ihr war eine lange Linie aus Gebüsch.

Die Ratken verfolgten sie noch immer. Direkt neben ihr tauchte plötzlich ein weiterer auf.

Wild schwang er seine Axt, als er ihr entgegentrat, doch sie nutzte ihre Geschwindigkeit, ließ sich auf die Knie fallen und rutschte auf dem nassen Laub unter seinem Schlag hindurch.

Hastig brach sie durch das Gebüsch und fand sich auf einem Weg wieder, der auf der anderen Seite von einer schmalen Wiese gesäumt war.

Sie stolperte, hörte den Ratken durch das Gebüsch hinter ihr preschen und bremste jäh ab.

Direkt vor ihr erstarrte eine Gruppe von Stadtwachen.

Auf ihren Gesichtern tauchte ein triumphierendes Leuchten auf, als sie die Frau vor sich erblickten und wohl als die gesuchte Magierin erkannten. Einen Moment später rissen sie schon ihre Bögen hoch.

Zenay blickte entsetzt auf die gut zwanzig Pfeilspitzen, die sich auf sie richteten – da stürzte der Ratke aus dem Gebüsch auf sie zu.

Ohne die Stadtwachen zu beachten, griff der Krieger sie mit erhobener Axt an. Laut brüllend kam er von der Seite auf sie zu – und Zenay wirbelte im letzten Moment herum, duckte sich unter seinem Angriff weg und schlitzte ihm in derselben Bewegung mit Wucht die Seite auf.

Der Mann strauchelte. Zenay riss das Schwert aus seiner Seite, drehte sich und zog den Ratken mit einem heftigen Ruck am Wams mit sich, sodass er sie mit brechenden Augen anstarrte. Da surrte auch schon ein Schwall von Pfeilen rechts und links von ihr vorbei – viele bohrten sich in den Rücken des verletzten Ratken, der noch vor ihr aufgerichtet stand.

Ein letztes Ächzen entwich ihrem sterbenden Schutzschild, ehe der Krieger zusammensackte und sie wieder preisgab.

Die Wächter standen fassungslos da, die Bögen noch immer gehoben. Zenay zählte auf die Schnelle beinahe dreißig Mann.

Sie wirbelte herum in Richtung Wald, als die nächsten Pfeile angelegt wurden.

„Halt!", brüllte ein Wächter. „Schießt genauer, ihr Idioten! Wir brauchen sie lebend! Zielt auf ihre Beine!"

Zenay hörte noch weitere Rufe, dann stürzte sie sich ins nächste dichte Gebüsch, gerade als wieder Pfeile vorbeizischten.

„Los! Verfolgt sie! Sie darf nicht entkommen!"

Mit rasendem Herzen hetzte Zenay zurück in den Wald, steckte ihr Schwert in die Scheide und schlug einen Haken, als ein Pfeil neben ihr in einem Baum stecken blieb. Irgendwo vor ihr mussten die Ratken sein, hinter ihr die Wachen.

Innerlich versuchte sie, sich genügend zu sammeln, um einen letzten magischen Sprung zu bewältigen. Doch sie war noch immer aufgewühlt, und der Blitz hatte sie viel Kraft gekostet.

Sie schwang sich über einen liegenden Baumstamm und gewann dadurch ein wenig mehr Vorsprung, rannte immer wieder hinter Bäume, um sich vor Pfeilen zu schützen, und biss die Zähne zusammen, als zwei nur um Haaresbreite ihr Ziel verfehlten.

Lange konnte sie ihnen so nicht entkommen. Sie warf einen kurzen Blick über die Schulter und erkannte, dass einige Stadtwachen Speere gehoben hatten.

Sie stürzte sich in ein dichtes Gebüsch und wunderte sich gerade, wo die Ratken waren – als vor ihr zwischen den Blättern eine Klinge auftauchte. Reflexartig ließ sie sich wieder einmal auf die Knie fallen und rutschte im nassen Laub unter der Waffe hindurch.

Nur dass dieses Mal Äste und Gestrüpp im Weg waren. Ihr Fuß blieb an etwas hängen, vielleicht einer Wurzel, und Zenay wurde zu Boden gerissen.

Einen kurzen Moment sah sie nur noch braune, welke Blätter und schmeckte Erde, dann rollte sie sich zur Seite und kroch zwischen die Äste des Haselnussbuschs. Mit zusammengepressten Lippen sah sie, dass ihr Bogen zwischen den Zweigen hing, er musste ihr von der Schulter gerutscht sein. Auch ihre Pfeile waren aus dem Köcher verschwunden und lagen verstreut im Laub.

Der Ratke drehte sich zu ihr, drückte Äste aus dem Weg und lachte. Dazu mischte sich ein lautes Zischen. Leder riss.

Der Krieger ächzte.

Fassungslos starrte er auf den Speer, der auf einmal aus seiner Brust ragte, dann torkelte er aus dem Gebüsch und brach zusammen. Aus der Wunde quoll noch immer Blut, als er mit toten Augen liegen blieb. Zenay konnte den Blick nicht abwenden, während seine Finger sich noch ins Laub gruben ... und dann entspannten.

Noch bevor die Wachen bemerkten, was soeben geschehen war, erschütterte ein Brüllen den Wald und ließ sie schlagartig erstarren. Ein weiterer Ratke trat aus dem Schatten eines Baumes mit niedrig hängenden Ästen gegenüber Zenays Versteck. Hinter ihm tauchte eine ganze Gruppe auf, mindestens zwanzig Krieger. Sie alle fixierten die Wachen, während Zenay vorsichtig nach ihrem Bogen tastete, eine Handvoll Pfeile griff und lautlos aus dem Gebüsch kroch. Erst als sie sich ein Stück entfernt hinter einigen Steinbrocken kauerte, wagte sie es, das Aufeinandertreffen zu beobachten.

Der Anführer der Ratken trat vor und baute sich vor dem vordersten Wächter auf. Er überragte ihn um Haupteslänge.

Der blasse Mann schluckte, verneigte sich jedoch vor dem Hünen und wartete auf dessen Reaktion, so wie alle Stadtwachen hinter ihm.

Der Ratke schnaubte, zog sein Schwert und hielt es dem Mann an die Kehle.

„Wir sind doch auf derselben Sei...", stammelte dieser und zuckte ein wenig zurück, als das kühle Metall seine Haut berührte.

„Warum habt ihr meinen Mann getötet?", knurrte der Ratke mit bedrohlich tiefer Stimme und deutete mit einem Nicken auf seinen gefallenen Kameraden, der im Dreck neben ihnen lag.

„Das, das war ein Unfall ..."

„Ihr seid niederer Abschaum! Ihr gehört zur Felsenstadt. Wir sind gekommen, um eben diese zu vernichten, sobald wir die Magierin haben. Wer sich uns in den Weg stellt, stirbt!", rief der Anführer – und schlug dem Hauptmann mit einem flüssigen Streich den Kopf von den Schultern.

Die Stadtwächter hinter ihm schrien entsetzt auf und packten ihre Speere und Bögen. Keiner von ihnen wollte sich einfach abschlachten lassen und von einem Moment auf den anderen verwandelte sich ihr Schock in Wut. Mit lautem Gebrüll stießen Ratken und Wachen aufeinander, und eine blutige Schlacht brach aus.

Zenay zuckte in ihrem Versteck zurück, geschockt von der Brutalität der Männer, die ums Überleben kämpften. Sie versteifte sich einen Moment, dann sah sie im Augenwinkel eine weitere Gruppe von Wächtern, die durch den Wald eilten und den Kampfeslärm gehört haben mussten.

Rasch drückte sie sich tiefer hinter die Felsen. Noch mehr Ratken tauchten im Wald auf und griffen die Wächter an.

Weiter entfernt mischten sich neue Rufe und Waffengeklirr dazu. Zenay wurde klar, dass es noch viel mehr Stadtwachen im Wald geben musste, die sie vorher nicht bemerkt hatte.

Wieder beschlich sie dieses Gefühl, dass etwas mit ihrer magischen Wahrnehmung nicht stimmte. Es schien fast, als würde etwas sie stören und verschwimmen lassen. Während sich die Kämpfe ausweiteten, blieb ihr Blick an dem blutigen Kopf hängen, der ein Stück weit entfernt im Laub lag.

*Tarek!*

*Was ist? Ist etwas passiert? Ich höre Rufe!*

*Es ... es war keine Absicht, glaub mir. Aber die Ratken ... ich bin zwischen sie und die Stadtwachen geraten, und jetzt bekämpfen sie sich gegenseitig!*

Tarek schwieg einen Moment, bevor er sich zu einer Antwort durchrang.

*Das ist doch gut. Mehr Ablenkung für uns.*

Zenay zögerte. Er hatte recht, aber der bittere Geschmack in ihrem Mund blieb trotzdem. *Noch mehr Menschen werden sterben.*

*Du kannst daran jetzt nichts ändern.*

*Was ist mit den Pferden?*, fragte Jesco dazwischen.

*Sie sind nicht mehr hier. Ich muss weiter suchen.*

*Verdammt! Das ist zu riskant! Komm zu uns!*

*Die Pferde können nicht allzu weit weg sein. Jetzt sind ohnehin die meisten unserer Feinde beschäftigt.*

Auch wenn es Zenay bei ihren eigenen Worten kurz schüttelte, sie musste dennoch den Vorteil der Situation nutzen.

*Warte noch! Wo bist du? Wir sind schön näher bei Elaya und Malak, aber die Ratken hier verharren noch.*

*Wir sehen uns gleich, wenn ich die Pferde habe.*

*Sina, wart…*

Aber Zenay brach die Verbindung ab, da vor ihr einige Ratken auftauchten.

Sie duckte sich hinter die großen moosbewachsenen Steine und wartete, bis die Gruppe zu den Kämpfenden vorgedrungen war, dann ließ sie das Gemetzel hinter sich.

Sie hatte Azragas Panik zu Beginn der Kämpfe deutlich gespürt und hoffte, dass sie Jescos Hengst so noch immer finden konnte. Er schien jetzt wieder weiter südlich zu sein, vielleicht hatten die Ratken die Pferde möglichst weit weg bringen wollen.

Nachdem sie nach Südwesten geschlichen war, spürte sie seinen Geist, nicht mehr weit entfernt. Sie versuchte mit dem Hengst in Kontakt zu treten, um zu erfahren, ob auch die anderen Pferde bei ihm waren, aber er nahm ihre Magie nicht wahr.

Zweimal verbarg sie sich noch vor einer größeren Ratkengruppe, dann fand sie sich an einer Anhöhe wieder. Der Wald war licht, bis zu einem dichten Gebüsch, das Azraga vor ihrem Blick schützen musste, wenn sie sich nicht täuschte. Sie spürte, dass sich dort Feinde aufhielten.

Zenay schlich geduckt durch das Unterholz und kauerte sich auf den feuchten Waldboden, durch dichtes Schlehengestrüpp vor den Blicken der Ratken geschützt.

Fünf Krieger befanden sich auf der Lichtung. Zwei von ihnen standen reglos da und beobachteten wachsam den Wald und die Umgebung. Die anderen drei machten sich über ihre Beute her: die Pferde von Jesco, Malak und Elaya.

Die beiden Hengste und die Stute waren an einer Gruppe junger Pappeln festgebunden worden, während die Ratken gerade die Taschen auf dem Boden ausleerten. Die Pferde scheuten und verdrehten panisch die Augen, sie wieherten laut und wollten treten, doch die Ratken hatten ihnen jeweils einen Strick zwischen ein Vorder– und ein Hinterbein gebunden.

Zenay sah es nicht länger mit an, denn sie wollte sich nicht vorstellen, was die Ratken mit den Pferden machen würden, sobald sie ihre Taschen auseinandergenommen hatten und für die Tiere keine Verwendung mehr sahen.

Sie schloss die Augen, ertastete die Umgebung mit ihrer Magie und brach ein ganzes Stück entfernt einen Ast am Waldboden entzwei. Ihre Hände kribbelten, und sie ballte sie kurz zu Fäusten, um das Gefühl wieder loszuwerden.

Die Krieger horchten auf. Einer von ihnen nickte befehlend in die Richtung, aus der das Geräusch gekommen war. Zwei der Ratken wandten sich zu dem Gebüsch, ließen die Taschen ins Gras fallen und schlichen leise zwischen die Bäume.

Zenay wartete, bis die beiden Krieger im Wald verschwunden waren, dann huschte sie aus dem Unterholz und sprang den ersten Ratken an.

Sie war so schnell, dass er gar nicht reagieren konnte – da grub sich ihr Dolch bereits unter dem Riemen des Helms in seinen Hals.

Ein schmerzerfülltes Röcheln erklang, und der Krieger ging zuckend zu Boden. Der Ratke auf der anderen Seite von Jescos Hengst brüllte auf und wollte um das scheuende, panische Tier hechten.

Zenay streckte den Arm aus, schickte ihre Magie blitzschnell los, griff das Leder seiner Schuhe und riss die geballte Hand zu sich zurück. Der Ratke wurde von den Füßen gerissen.

Den Dolch gezückt, tauchte Zenay unter Azragas Bauch hindurch und ließ die Klinge zweimal vorschnellen, ehe der Krieger auch nur die Chance hatte, sich wieder aufzurichten.

Zitternd sprang Zenay auf und ruckte herum, gerade noch rechtzeitig, um dem Schlag des dritten Ratken mit einer fließenden Bewegung auszuweichen. Doch der Hüne bewegte sich ebenfalls schnell und bekam ihren Arm mit seiner Pranke zu fassen.

„Du verdammte kleine Hexe! Jetzt habe ich dich!", triumphierte der Krieger und seine Axt zuckte durch die Luft auf ihren Kopf zu.

# Zwischen den Fronten

Sie sah es wie in Zeitlupe. Die Schneide der Axt kam näher. Ihr Arm schmerzte noch von dem Ruck. Ihr Herz pochte wie wild – und machte dann einen Satz.

Zenay öffnete sich ihrer Magie und fokussierte sie auf einen Punkt direkt hinter dem Krieger. Sie spürte den Sog der Energie und verschwand aus seinem harten Griff.

Mit einem Mal hielt er nur noch ein paar Fetzen ihres Ärmels zwischen den Fingern und schlug ins Leere.

Der Ratke hatte keine Zeit mehr, sich umzudrehen. Er sah nur das Leuchten, das von hinten an ihm vorbeistrahlte, dann bohrte sich stechender Schmerz durch sein Rückgrat.

Zenay schauderte, als sie seinen Tod mitfühlte. Es war ihr vorher nie so klar aufgefallen, aber jetzt wurde es umso deutlicher: Ihre Magie machte sie empfänglich für fremde Gefühle, besonders dann, wenn sie völlig in ihre eigene Energie eingetaucht war.

Der Krieger stand noch einen Moment still, dann sackte er in sich zusammen. Während er fiel, zog Zenay ihren Dolch aus seinem Nacken und ließ ihn durch die Fesseln der Pferde gleiten.

Nachdem sie die Tiere mit sanftem Flüstern etwas beruhigt hatte, schnappte sie sich die Sachen, die auf der Lichtung verstreut lagen, stopfte sie in zwei offene Satteltaschen und zurrte diese hastig zu.

Gerade als sie sich auf Azragas Rücken ziehen wollte, blitzte etwas in ihrem Augenwinkel auf. Neben dem letzten Toten lag etwas im Gras. Es glänzte rötlich und strahlte gelegentlich violette Funken aus. Anscheinend war es den Fingern des toten Ratken entglitten.

Ihr Blick blieb an dem glänzenden Stein hängen, und einen Moment lang vergaß sie alles – den Kampf, die Gefahr und sogar Zayda. Vor ihrem inneren Auge tauchte eine Erinnerung auf. An einen Ratken, an einen kahlen Wald, an sein ernstes Gesicht und sein Nicken, als er ihr einen Bilur hinhielt. Er war violett und strahlte und schmolz in ihre Haut.

Zenay bückte sich zu dem toten Ratken auf der Lichtung, ignorierte das unruhige Schnauben der Pferde und hob den magischen Speicherstein auf, der dort im Gras lag.

Genau in dem Moment, als sie den Bilur auf ihren Arm presste, kam ihr der Gedanke, dass das auch äußerst riskant sein könnte ... dann strömte Energie auf ihren Körper ein und ließ sie überrascht ächzen.

Der Bilur löste sich auf, tauchte in ihren Arm und belebte ihren Geist. Die Energie war reines Leben, reine Gesundheit, reine Freude. Sie lachte beinahe, als die Magie sie durchströmte, ihre Blessuren heilte und sie wieder mit Kraft erfüllte.

Für einen Augenblick stand sie einfach da und genoss dieses Gefühl der Ruhe, das sie in dieser schweren Zeit bitter nötig hatte.

Weiter weg waren Rufe zu hören. Die anderen zwei Ratken, die durch die Ablenkung ein Stück fortgelockt worden waren, kamen wohl zurück.

Rasch schwang sie sich auf Jescos Hengst, sandte den Pferden sanfte Befehle, so wie sie es auch manchmal bei Malee tat, und die Gruppe preschte los.

Noch im Galopp zog Zenay ihren Bogen von den Schultern und nahm einen Pfeil aus ihrem Köcher, bereit, auf jeden Feind einen tödlichen Regen herabgehen zu lassen.

Da baute sich in ihrem Kopf ein schwacher Kontakt auf.

*Sina, wo bist du jetzt?*, dachte Asyra, und Zenay konnte spüren, dass sie mit ihr allein sprechen wollte.

*Ich habe die anderen Pferde.*

*Ich habe Kampfeslärm gehört. Das musst du gewesen sein? Wir sind nicht weit voneinander entfernt.*

*Umso besser, dann weiß ich, wo ich dich später finde.*

*Nein, Sina! Komm zu mir und lass uns gemeinsam zurückreiten. Ich muss euch helfen!*

Zenay seufzte kurz, konnte Asyras Drang aber verstehen.

*Bleib, wo du bist, ich komme zu dir.*

Sie spürte Asyras Erleichterung, dann lenkte sie die Pferde in ihre Richtung.

Sie war noch nicht weit gekommen, als wieder vereinzelte Ratken im Wald auftauchten.

Ein Pfeil surrte von Zenays Bogen, seine Bahn durch Magie gelenkt und gesichert, und bohrte sich in den Hals eines Kriegers, der mit einem Gurgeln zu Boden ging.

Zenay hielt sich nicht damit auf. Sie ritt weiter, und nur wenige Momente später ließ sie zwei weitere Pfeile von der Sehne schnellen, die zwei Ratken wie Bäume fällten.

In Gedanken spornte sie den Hengst zu einem schnelleren Sprint an. Wachsam glitt ihr Blick über jeden Busch oder tieferen Schatten, aber sie konnte keine weiteren Feinde entdecken. Die Gewitterwolken hatten sich verzogen, die Sonne schien zwischen den Bäumen hindurch und Zenay hielt besonders nach dem verräterischen Glitzern von Metall Ausschau.

Nach kurzer Zeit stieg das Gelände vor ihr allmählich an. Zenay hatte den Hügel erreicht, den Asyra ihr beschrieben hatte.

Sie atmete erleichtert auf, als sie aus einer Baumgruppe ritt und auf eine brache Fläche traf, in deren Mitte sie Asyra umringt von ihren Pferden fand.

Von den Geräuschen alarmiert, riss ihre Freundin ihren Kampfstock hoch, die Klingen auf beiden Seiten troffen vor Blut. Auf dem Boden, keine fünf Schritte von den Pferden entfernt, lag ein Ratke.

Asyras Erleichterung war eine Wohltat, sie strömte auf Zenay ein wie Medizin.

„Oh bei den Hütern!", rief der Rotschopf und kam zu ihr gerannt. Zenay ließ ihren Bogen sinken, sprang ab und umarmte ihre Freundin.

„Ich hatte Angst, wir würden uns nicht finden", murmelte Asyra, während ihre feuchten, roten Haare Zenay kitzelten.

„Dafür scheint dich ein Nachzügler gefunden zu haben", meinte Zenay anschließend und deutete auf den Toten.

Asyra nickte. „Ich habe eine große Gruppe vorbeiziehen hören. Es waren mindestens vierzig, wenn nicht mehr. Sie marschierten Richtung Stadt." Ihre Freundin zögerte kurz. „Ich muss dir etwas sagen! Ich glaube, ich habe bei ihnen einen Magier gesehen. Er stand zwischen ihnen, wie eine Statue, ich konnte ihn durch ein Dickicht beobachten. Es muss ein Weißauge sein. Zayda kann sie kontrollieren, wir müssen extrem vorsichtig sein, dass dich keiner von denen sieht!"

Zenay versteifte sich bei ihren Worten und brauchte einen Moment, um das zu verdauen. Wie sollte sie in ihrem Zustand gegen einen fremden Magier ankommen?

Dann fasste sie sich unwillkürlich an den Bilur, der an ihrem Hals lag und schwach pulsierte. Dankbarkeit durchströmte sie.

„Zum Glück hat Tunez mir den Stein gegeben. Ich glaube, er schirmt mich vor diesen Magiern genauso ab wie vor Zayda. Ich kann hören, dass es im ganzen Wald von Ratken wimmelt, aber irgendetwas hält mich davon ab, sie genau zu erkennen. Es ist viel leichter zu spüren, wo wir uns befinden. Die Ratken sind irgendwie … verschwommen. Vielleicht ist dieser Magier dafür verantwortlich."

Zenay eilte die drei Meter zu ihrer Stute. „Komm Asyra, sitz auf, wir reiten zu Elaya und Malak. Sie brauchen unsere Hilfe."

Sie warf einen Blick auf Tareks Hengst, dann streichelte sie Malee kurz über die Flanke und sprang auf ihren Rücken.

*Na Mädchen? Noch mal lasse ich dich nicht allein.* Malee schnaubte kurz und scharrte unruhig mit den Hufen.

Weit entfernt hallten wieder fremde Rufe durch den Wald, und das Klirren von Waffen ertönte.

Asyra lenkte die restlichen Pferde zu einer Gruppe zusammen, band Jescos Hengst hinter ihre Stute und saß auf.

Ein kurzes Nicken von ihrer Seite, und sie trabten los.

Zenay, auf Malees Rücken fest und sicher im Sattel, führte Asyra und die Pferde den Hang hinunter in dichteren, schattigen Wald.

«☦»

Malak verharrte regungslos in dem Dickicht und presste Elaya weiterhin die Hände auf den blutenden Arm. Sie zitterte. Malak wusste, dass sie große Schmerzen hatte, aber er konnte es nicht wagen, sich ein Stück Stoff vom Hemd zu reißen, um ihre Wunde zu verbinden. Die Ratken, keine zehn Schritte entfernt, hätten es sofort gehört.

Er flehte die Hüter an, dass Zenay und die anderen ihnen endlich zu Hilfe kommen würden. Die Ratken standen im Wald und unterhielten sich, warteten auf andere, die jetzt durch den Wald zu ihnen stießen.

Elaya ächzte leise. Durch das Dickicht erkannten sie, dass die Ankömmlinge eine Reihe von Bauern mit sich schleiften. Sie stießen die Gefangenen vor sich her und pferchten sie in ihrer Mitte zusammen.

„Habt ihr noch mehr gefunden?", rief einer der Krieger über die Masse hinweg.

„Nur ein paar Holzsammler und Schweinehirten."

„Sucht weiter! Und fesselt diese hier", befahl der Anführer, schritt an den Gefangenen entlang und blieb vor einer zitternden Frau stehen. „Bis auf die hier, die nehme ich."

Die Magd schrie auf, als der Ratke sie packte und nah zu sich zerrte. Die anderen lachten.

„Nein!", rief Elaya unwillkürlich und schlug sich im selben Moment schon die Hand vor den Mund.

Das Lachen verstummte. Im Schatten der Büsche konnten sie durch das Blattwerk erkennen, wie mehrere Köpfe zu ihnen herumfuhren.

Malak packte Elaya und zog sie mit sich, während die Ratken auf der anderen Seite des Gebüschs schon ihre Waffen zogen.

Die Krieger sprangen ihnen brüllend hinterher, kaum hatten sie erkannt, dass dort neue Beute versteckt gewesen war.

Malak hatte Elayas Arm zu fest gepackt, das wusste er, aber er hatte Angst, sie könnte stürzen und dann endgültig von den Ratken ergriffen werden. Er hetzte an Bäumen und Büschen vorbei, hörte das Brüllen ihrer Verfolger – und bremste jäh ab, als auch vor ihnen das Klirren von Waffen durch den Wald drang und er einen kurzen Blick auf eine Gruppe schemenhafter Gestalten erhaschte.

Elaya ächzte entsetzt, als Malak sie herumriss und nach links zog, weg von den Ratken vor ihnen … und dann hörte er lautes Lachen. Aus mehreren Richtungen.

Er hielt an, ließ Elaya los und zog sie hinter sich, ehe er seine Axt fester packte. Vor ihnen traten mehrere Ratken aus dem Wald, und von den Seiten holten die anderen sie ein, die rasch einen Ring um sie schlossen. Elaya drehte sich, sodass sie Rücken an Rücken standen.

Sie waren gefangen.

Die Ratken zogen den Ring rasch enger, feixten sie an und schienen sich einen Spaß daraus zu machen, sie nicht gleich anzugreifen. Malak sah mehrere Krieger, die auf seine blutige Axt starrten, und ihm war klar, dass sie ihn nicht für einen harmlosen Dorftrottel halten würden. Ihnen war sicherlich bewusst, dass er ihre Kameraden getötet hatte – und sie würden umso härter kämpfen, um ihn zu besiegen und ihre Mitstreiter zu rächen. Er musste seine Schwester retten ... aber je näher die Ratken rückten, desto mehr schwand seine Hoffnung. Sie waren von mindestens zwanzig Ratken eingekreist. Er spürte Elayas stockenden Atem, als sie ihre Langdolche zog.

„Ich fürchte, ich werde dir keine große Hilfe sein können, Bruder", flüsterte sie in seinem Nacken, und ihr verletzter Arm zitterte.

„Bis zum bitteren Ende, Schwesterchen", sagte Malak und hob seine Axt höher.

„Hört auf zu flüstern und seid klug genug, eure Waffen niederzulegen!", rief einer der Ratken ihnen zu – und fing dann an, breit zu grinsen.

„Du könntest uns die Kleine aushändigen, Bursche, dann lassen wir dich leben, während wir unseren Spaß mit ihr haben."

Malak spürte, wie sich eine Mischung aus Ekel und Hass in ihm breitmachte. Diese Schweine würden seiner Schwester nichts tun! Nicht, solange er noch am Leben war.

Er hechtete brüllend auf den Ratken zu, der ihm am nächsten stand, und schwang seine Axt. Der Schlag wurde abgewehrt. Malak riss sein Messer aus dem Gürtel, konnte dem Krieger jedoch nichts anhaben, da er sich unter dem Schlag eines zweiten Feindes wegducken musste.

Er rollte sich ab und hieb die Axt und das Messer in zwei Beine, ehe er von den anderen Angreifern wegsprang und sich wieder neben Elaya zurückfallen ließ.

Ein Pfeil zischte durch die Luft und fällte den Ratken vor seiner Schwester, ehe er diesen angreifen konnte. Sie wich überrascht zurück und sah sich nach den Angreifern um, als Tarek und Jesco aus dem Unterholz stürmten.

Tarek sprang den Ratken direkt vor sich an und versenkte sein Schwert in dessen Rücken, riss es wieder heraus, noch bevor der Krieger zusammenbrach, und schleuderte es mit Wucht dem nächsten entgegen.

Jesco legte einen Pfeil nach dem anderen auf die Sehne.

Einen Augenblick später löste sich der Ring um sie auf, und die Ratken stürmten vor.

Elaya war übel vor Schmerzen, doch ihre Freunde befanden sich in keiner besseren Lage als sie. Sie entdeckte zwei sterbende Ratken am Boden, beide von Jescos Pfeilen getroffen, aber dieser hatte seinen Bogen mittlerweile zurücklassen müssen und kämpfte nun ebenfalls mit dem Schwert, schaffte es gerade so, sich die Feinde vom Leib zu halten.

Verzweiflung drohte Elaya zu überwältigen. *Wir schaffen es auch zu viert nicht, es sind einfach zu viele!*

Elaya schluckte – dann schrie sie auf, da ein stechender Schmerz durch ihren Arm zuckte. Der Ratke hatte den kurzen Moment ihrer Unachtsamkeit genutzt und ihr einen Fausthieb gegen die Schnittwunde versetzt.

Ächzend stolperte Elaya von dem Mistkerl weg. Ihre Hand zuckte, der Schmerz pulsierte durch den verletzten Arm, und der Langdolch entglitt ihren Fingern.

Zitternd und wütend hob sie den anderen Arm und ging in Kampfstellung.

„Komm her, du Mistkerl, und du bekommst meine Klinge zu spüren! Du fasst mich nicht noch einmal an!", schrie sie den Riesen an, aber er lachte nur.

Er spielte mit ihr!

„Gib lieber auf und lass dir von unserer Herrin einen schnellen Tod bescheren, sobald wir euch zu ihr gebracht haben. Ihr habt sowieso keine Chance gegen uns."

Elaya biss sich auf die Lippen und erwiderte nichts. Der Ratke sprang brüllend vor und hieb mit seiner Axt nach ihr. Sie wollte seinen Schlag aufhalten, aber die Wucht war zu groß. Ihr zweiter Langdolch wurde ihr aus der Hand gerissen und flog wirbelnd davon.

Elaya wich entsetzt zurück, ihren verletzten Arm nutzlos an den Körper gepresst, und starrte den verfluchten Ratken an. Sie rechnete nicht damit, ihm ohne Waffe zu entkommen oder ihn zu besiegen – und sein triumphierendes Brüllen ertönte, als er sie packen wollte.

Allerdings mischte sich sein Brüllen mit dem wütenden Kriegsschrei einer dritten Person.

Aus dem Augenwinkel sah sie einen großen verschwommenen Schatten. Ein Pferd galoppierte an ihnen vorbei. Ein dunkler Schemen sprang vom Rücken des Tieres und warf sich auf den Ratken.

Der Krieger wurde völlig überrascht, als Zenay sich mit voller Wucht auf ihn stürzte. Noch im Sprung hatte sie ihren Dolch und ihr Jagdmesser nach vorne gerissen und ließ sie in den massigen Körper fahren.

Die beiden Klingen drangen in seine Schultern beiderseits des Halses ein und töten ihn augenblicklich.

Der Ratke brach zusammen. Zenay blieb noch eine Sekunde auf seinem Körper knien, dann zog sie die Waffen aus dem Toten. Sie sprang auf und warf das Messer drei Meter weit in den Nacken des Ratken, der Tarek gegenüberstand. Noch während der Mann zusammenbrach, pfiff sie laut und holte damit ihre Stute zurück.

„Reiß dich zusammen, Elaya!", rief sie ihr zu, klaubte die Langdolche aus dem Laub auf und drückte sie ihr in die Hände.

Obwohl sie stark sein wollte, wankte Elaya und musste von Zenay gehalten werden.

Mehrere Ratken kamen auf sie zu … da ritt Asyra zwischen sie und verteidigte die beiden mit einem breiten Schwung ihres Kampfstocks. Die rot glänzenden Klingen wirbelten durch die Luft, und eine fuhr einem ausweichenden Ratken schräg durch sein Gesicht.

Malee kam wiehernd durch die kämpfenden Reihen gebrochen und blieb neben ihnen stehen, hinter ihr folgten Malak und auch Jesco und Tarek.

«†»

„Auf die Pferde!", rief Zenay, sprang auf Malees Rücken, zog Elaya ächzend zu sich herauf und setzte sie vor sich. Sie war sich nicht sicher, ob ihre blasse Freundin es noch auf ihr eigenes Pferd geschafft hätte.

„Halt dich fest", befahl sie Elaya und wandte sich den Ratken zu. Die meisten ihrer Feinde hatten angesichts der herantrabenden Pferde und aus Respekt vor den Waffen etwas Abstand gehalten, aber Zenay konnte in ihren Gesichtern lesen, dass sie Blut geleckt hatten.

Sie würden nicht aufhören zu töten. Ob sie überhaupt noch Gefangene machen wollten, bezweifelte sie stark.

Bevor die Krieger näher kamen, griff Zenay auf die Quelle ihrer Kraft zu, spürte ihren eigenen Puls und die Magie, die sie seit der Aktivierung des Bilurs wieder frisch durchströmte. Sie lenkte sie zu ihrer Hand, erhitzte sie auf dem Weg und brachte sie in ihren Gedanken fast zum Glühen. Ihre Fingerspitzen schmerzten, als sich die heiße Energie aufstaute.

Die Magie, die beim Schnipsen aus ihrer Hand schoss, entzündete sich kurz außerhalb ihrer Haut und ging als Flammenstrahl nieder. Zenay drehte ihren Arm und setzte Laub, Büsche und Stoff in Brand.

Schreie ertönten, Flammen knisterten, die Ratken wichen zurück und öffneten damit den Kreis, den sie um die Freunde geschlossen hatten.

Eine Wand aus Rauch wallte zwischen den Bäumen auf. Malee stieg erschrocken auf die Hinterbeine. Elaya klammerte sich fest und zog dann an den Zügeln.

Die Stute preschte los, während hinter dem Feuer noch Ratken brüllten und wütend versuchten, durch die Flammen zu ihnen vorzudringen.

Die anderen folgten ihr, ritten dabei noch zwei Ratken nieder, dann waren auch sie außer Reichweite der Krieger und verloren sie rasch aus den Augen, während sie durchs Unterholz davongaloppierten.

Zenay hatte noch immer den Geruch von brennendem Laub und Haar in der Nase, aber nach kurzer Zeit zügelte sie Malee.

*Ich werde Elaya helfen, gebt uns Deckung,* wandte sie sich an die anderen, und diese umringten sie rasch mit den Pferden.

Zenay saß gar nicht ab, sondern drehte die schwankende Elaya etwas, sodass sie ihren blutenden Arm besser erreichen konnte. Sie musste sich einen Fluch verkneifen, als sie die Wunde das erste Mal richtig betrachtete.

Elayas Oberarm war entlang der Muskeln aufgeschlitzt, ihre Freundin hatte schon viel zu viel Blut verloren.

Doch dagegen konnte Zenay etwas tun und legte ihre Hand an die Wunde.

Erst jetzt bemerkte sie, dass ihre Fingerkuppen schwarz versengt waren. Als die heilende Energie hindurchfloss, verging ihr eigener Schmerz, dafür sprang das brennende Stechen in Elayas Arm auf sie über und zwang sie zu einem Ächzen. Sie ließ der Magie dennoch freien

Lauf und konnte fühlen, wie die magischen Funken durch Elayas Körper strömten, sie mit neuer Kraft erfüllten und sogar ihre bohrende Übelkeit beseitigten.

„Wir bekommen bald Gesellschaft", meinte Jesco und deutete mit dem Bogen in die Richtung, aus der sie gekommen waren. „Das Feuer dürfte sie nicht lange aufgehalten haben. Wir müssen weiter."

„Wird es gehen?", flüsterte Zenay in Elayas Ohr, während sie die Hand von ihrem teilweise verheilten Arm nahm.

„Ist schon wieder gut", murmelte diese und ließ sich von Malees Rücken gleiten. „Ich kann selbst reiten. Ich hab mich gleich wieder gefangen, keine Sorge."

Sie lächelte matt, hatte aber schon wieder ein bisschen Farbe auf den Wangen, als sie sich mit Mühe auf ihren Hengst hievte.

Sie ritten los. Hinter ihnen wurde das Gebrüll lauter, und einige Pfeile zischten durch den Wald. Zenay spornte Malee an und sie galoppierten vereint weiter.

*Wir müssen diese Kerle abhängen!*, dachte sie.

*Kannst du nicht noch ein Stück des Waldes anzünden?*, fragte Elaya mit zittriger Stimme.

*Nein, ich habe mir schon bei diesem Mal die Finger verbrannt; wenn ich mich dabei nicht genug konzentrieren kann, stecke ich mich selbst in Brand*, erklärte Zenay und zuckte erschrocken weg, als ein Ratke lautlos aus dem Unterholz vor ihnen hechtete und an Malee hochsprang.

Sein Kurzschwert flog auf sie zu, und Zenay riss den Arm hoch. Die Waffe prallte an ihrer ledernen Armschiene ab, riss jedoch eine Scharte hinein. Zenay ächzte, als der Schlag durch ihre Muskeln fuhr.

Der Ratke hieb erneut auf sie ein, verfehlte sie jedoch, während ihre Stute schmerzerfüllt aufschrie und langsamer wurde. Ein Pfeil von Jescos Bogen zischte an ihnen vorbei, aber da Malee heftig bockte, verfehlte er den Krieger. Er hing an der lahmenden Stute und versuchte, sich festzuhalten, doch Zenay bekam ihr Bein zwischen sie und stieß ihn weg. Mit einem wütenden Fluch landete er krachend auf dem Boden. Asyra beugte sich vor und schleuderte ihren Schwertstab vom Rücken ihres Pferdes nach ihm. Der Krieger lag noch immer im Dreck, dann bohrte sich eine der Klingen in seine Schulter.

Asyra riss ihren Stab aus dem ächzenden Kerl und galoppierte mit den anderen an ihm vorbei. Malee wollte ihnen folgen, fiel aber rasch zurück und schnaubte laut. Ihr Bein lahmte, und sie drohte einzuknicken.

*Wartet! Malee ist verletzt!*, dachte Zenay und achtete gar nicht darauf, ob ihre Freunde antworteten.

Sie sprang von ihrem Pferd ab und hörte, dass die anderen weiterritten, aber der Schmerz ihrer Stute drängte sich zu stark in ihr Bewusstsein, um ihn einfach ignorieren zu können.

Kaum stand sie neben ihr, berührte sie die blutige Flanke der Stute und ließ ihre Magie strömen. Der Schnitt war nicht sehr tief, aber dafür lang und blutete stark. Sie verschloss die schmerzende Wunde und unterdrückte ein Ächzen bei der Verbindung, bevor sie sich wieder auf Malees Rücken zog und in den Wald blickte.

Ihre Freunde waren schon ein ganzes Stück entfernt und verschwanden gerade zwischen einigen Bäumen.

Hatten sie sie nicht gehört? Oder hatte sie ihre Magie gar nicht mit ihnen verbunden, sondern nur mit Malee?

Irritiert bedeutete Zenay ihrem Pferd, zu den anderen aufzuschließen. Die Stute wieherte und verfiel nach kurzem Zögern in einen raschen Galopp. Zum Glück waren die Krieger hinten ihnen noch nicht wieder aufgetaucht.

*Ich bin nicht konzentriert genug!*, schalt Zenay sich und knirschte mit den Zähnen. *Wir müssen hier weg, bevor Zayda uns fin...*

Ohne Vorwarnung tauchte ein weiterer Schatten an Malees rechter Seite auf. Zenay packte überrascht ihr Schwert fester und riss es hoch, einen springenden Angreifer erwartend.

Ein dornenbesetzter Streitkolben flog von vorne auf sie zu.

Knochen knirschte. Stechender Schmerz schoss durch Zenays Bein, hinauf in ihren Körper und hinunter in ihren Fuß.

Ihr schmerzerfüllter Schrei hallte durch den Wald, als ihr Bein herumgerissen wurde und die Wucht des Schlags sie von Malees Rücken schleuderte. Die Welt drehte sich, dann prallte sie auf Laub und Erde auf und hörte erneut das widerliche Knirschen, als ihr Bein sich drehte. Instinktiv wollte sie sich abrollen, aber sie konnte das rechte Bein nicht mehr abwinkeln. Schwer atmend und blutend blieb sie auf dem Rücken liegen. Ihr Schwert segelte durch die Luft und landete einige Meter entfernt im Dreck. Der Ratke stürmte triumphierend auf sie zu, die blutige, zackenbewehrte Keule in den Händen.

Zenay ächzte und versuchte, die Benommenheit abzuschütteln, als er den Streitkolben mit einem breiten Grinsen über seinen Kopf hob. Er würde sie zermalmen, schien in seinem Blutrausch gar nicht daran zu denken, sie zu verschonen, um sie gefangen zu nehmen

Sie wollte aufspringen, aber ihr zerschmettertes Bein hielt sie an den Boden gefesselt. Das Kristallschwert war mit Malee davongerannt, das andere außer Reichweite, der Bogen lag quer unter ihr eingeklemmt.

Der Ratke lachte jetzt, dann sauste der Kolben herab.

Zenay konzentrierte sich und riss den linken Arm hoch, Blitze zuckten zwischen ihren Fingern. Die Magie baute sich um sie auf, würde sie jeden Moment aus seiner Reichweite transportieren und ihm dabei noch einen heftigen Schlag versetzen. Doch der Schmerz war zu groß und ließ sie zu langsam reagieren. Die Keule krachte gegen ihren Oberarm, genau dort, wo ihr Kettenhemd endete.

Mehrere Spitzen bohrten sich durch das Leder ihres Schützers, als wäre es dünner Stoff.

Zenay schrie auf. Blut spritzte, als der Ratke die Keule auch schon wieder aus ihrem Arm riss. Der Schützer, ihr Hemd und ihr Muskel wurden zerfetzt. Ächzend fiel sie zurück auf den Boden, ihr blutender Arm hing nutzlos an ihrer Seite. Der Schmerz ließ sie erstarren.

Ein letztes magisches Glitzern durchlief ihre Augen, aber der Schreck und die furchtbaren Schmerzen waren zu stark. Angstfüllt starrte sie auf die tödliche Waffe, die jeden Moment wieder auf sie niederfahren und ihren Brustkorb zerschmettern würde – da ging ein Ruck durch den Ratken.

Der Krieger verdrehte die Augen, Blut lief aus seinem Mundwinkel. Er schwankte, und sein Streitkolben schlug mit einem dumpfen Geräusch nur einige Fingerbreit neben ihrem Kopf in das Erdreich ein. Dann gaben seine Knie nach, und sein Leib krachte auf sie.

Einen Moment dachte Zenay, sie würde das Bewusstsein verlieren. Der Schmerz pulsierte durch ihren Körper, so heftig, dass sich ihr Blickfeld rot färbte. Sie fühlte nichts mehr außer dem beißenden Schmerz ...

bis sie keine Luft mehr bekam und bemerkte, dass er sie zu erdrücken drohte.

Mit zusammengebissenen Zähnen packte sie zu, ignorierte den Schmerz in ihrem Arm und versuchte, den Toten irgendwie zu fassen zu bekommen. Sie ertastete seinen Gürtel und schloss ihre zitternden Finger um das Leder.

Sie zog und zerrte und wand sich atemlos zwei Handbreit unter dem Leichnam hervor. Sie bekam seine Schulter zu packen – spürte kurz das warme Blut und das Holz von einem Pfeil –, dann war ihr Kopf frei. Gierig schnappte sie nach Luft.

Der ekelhafte Geruch des Mannes stieg ihr in die Nase, und sie musste wieder würgen. Diesmal wusste sie nicht, ob es an dem Gestank, dem Ekel vor dem Toten oder einfach nur am Luftmangel lag.

„Zenay!"

Tareks Stimme klingelte in ihren Ohren und war gleichzeitig dumpf und weit entrückt.

Sie war noch kaum unter dem Ratken herausgekrochen, als er bei ihr war. Pure Angst spiegelte sich auf seinem Gesicht wider. Er packte den Toten und wälzte ihn mit einem Ächzen von ihr herunter. Einen Moment schien er alles um sich vergessen zu haben. Er starrte sie an, doch sie schluckte den Schmerz hinunter und nickte rasch.

„Es … es geht mir …", brachte sie hervor, doch dann konnte sie den Schmerz nicht mehr verbergen und verzerrte das Gesicht. „Mein Knie ist … verletzt. Ich kann … nicht mehr laufen."

Tarek nickte und half ihr, sich aufzusetzen. Ein Stück entfernt sah sie Jesco auf Azragas Rücken, wie er weitere Pfeile auf Feinde schoss, die durch Blattwerk vor ihr verborgen waren.

„Wir müssen sofort hier weg! Der Kampf zwischen den Ratken und den Wachen hat sich überall ausgebreitet, aber das wird unsere Verfolger nicht lange aufhalten! Wir müssen fort von hier!"

Zenay wollte gerade etwas erwidern, doch stattdessen weitete sich ihr Blick, und sie stieß einen Warnruf aus, denn ein Ratke brach direkt vor ihnen aus dem Gebüsch, seine breite Axt schon über dem Kopf erhoben. Tarek wirbelte herum und riss sein Schwert in die Höhe, aber da tauchte Asyra zwischen den Bäumen auf und stach mit ihrem Kampfstab zu.

Eine der beiden scharfen Spitzen bohrte sich durch das Wams des Mannes, als Asyra sich mit aller Kraft gegen ihn warf. Ein gurgelndes Ächzen entwich seinem Mund, während Asyra mit ihm zu Boden ging. Sie prallten gegen einen Baum, an dem der Tote langsam herunterrutschte. Asyra machte rasch einen Ausfallschritt zurück und riss die Lanze aus dem Körper des Ratken.

„Verdammt! Was macht ihr beiden denn da? Wir müssen hier weg, und ihr sitzt gemütlich auf dem Boden herum!", zischte sie und riss Tarek auf die Beine.

„Sina ist verletzt! Wir müssen Malee finden, sie kann nicht mehr laufen!"

Asyra wurde bleich, als sie das Blut an Zenays Arm und Knie bemerkte, während Tarek Zenay vorsichtig aufhalf und sie stützte.

Sie konnte ihr Bein überhaupt nicht belasten, sobald sie auch nur ein wenig Gewicht auf den Fuß legte, knickte es einfach weg, und stechende Schmerzen zuckten durch ihr Knie. Es war fast, als existierte ihr Bein gar nicht mehr, es fühlte sich nicht mehr an wie ein Bein – nur der Schmerz machte klar, dass es noch zu ihrem Körper gehörte.

Sie rief Malee in ihrem Geist und war froh, dass die Stute so schnell zurückkehrte, nachdem sie panisch davongerannt war.

Zitternd zog sich Zenay auf ihren Rücken. Sie hielt ihr Bein, bis sie es schaffte, es so an Malees Seite zu pressen, dass der Schmerz ihr nicht mehr den Verstand vernebelte.

Sie legte die Hand kurz auf ihr Knie und ließ etwas heilende Magie hineinfließen, aber ihre Kräfte waren noch zu erschöpft und ihr Herz raste noch immer so sehr, dass sie sich nur schwer konzentrieren konnte. Die Energie machte ihr den ganzen Schrecken der Verletzung umso deutlicher bewusst: Die Kniescheibe war zerschmettert, auch das Gelenk und die Knochen waren verletzt.

Ein Schaudern durchlief sie, aber die heilende Energie wirkte und bewahrte sie zumindest davor, das Bewusstsein zu verlieren, auch wenn sie diese Wunden jetzt kaum heilen konnte. Die Haut schloss sich, aber mehr half es nicht.

Tarek eilte an den Toten vorbei, holte Zenays Schwert und steckte die Waffe in die zweite Halterung an ihrem Sattel.

„Wo … wo sind eure Pferde?", fragte Zenay, als der Schmerz auf ein erträgliches Maß gesunken war, und sah auf Asyras blutigen Kampf-stab.

Genau in dem Moment näherte sich Hufgetrappel, und die anderen stießen wieder zu ihnen.

„Verdammte Ratken! Sie hätten uns fast erwischt, abe…", fing Ma-lak an, verstummte dann aber bei Zenays Anblick.

„Was ist passiert?!", fragte Elaya.

„Ich bin von Malees Rücken gerissen worden."

Jesco kam ebenfalls zu ihnen geritten. „Sina! Ich konnte den Ratken noch treffen, aber da…"

„Sina, was ist mit deinem Bein? Wenn du schlimm verletzt bist, müs-sen wir dich sofort versorgen!", unterbrach Asyra ihn.

„Nein … es geht … schon. Wir dürfen hier nicht länger bleiben! Es kann geheilt werden, wenn wir nicht mehr in Lebensgefa…", fing sie an, doch dann ruckte ihr Kopf zur Seite. Auch Jesco hatte es gehört. Ehe jemand reagieren konnte, hatte er den Bogen gespannt und einen Pfeil von der Sehne geschickt.

Ein Ratke stolperte brüllend aus den Büschen und stürzte zu Boden, eine Hand an die Brust gepresst, wo Jescos Pfeil ihn getroffen hatte.

Zenays Ohren rauschten noch von dem Schrei, doch sie kon-zentrierte einen kleinen Rest Magie und horchte auf den tobenden Wald. Was sie hörte, ließ ihr das Blut gefrieren. Tod und Schmerz beherrschten den Wind – und hinter ihnen näherten sich Massen von Stiefeln, in de-nen schwer atmende Krieger steckten.

Der verletzte Ratke richtete sich gerade wieder etwas auf, als Zenay die Hand hob und Jesco damit aufhielt.

„Los, weg hier! Spar deine Pfeile auf, wir werden sonst von denen eingeholt, die wir hinter uns gelassen haben!", rief sie und bedeutete Malee mit einem Ruck, die Richtung zu ändern. Die Gruppe galoppierte los, geführt von Zenay, die sich mit verbissenem Gesichtsausdruck den verwundeten Arm hielt und ihr pochendes Bein zu ignorieren versuchte.

*Verdammt, ich kann wahrscheinlich nicht mal mehr einen Pfeil abschießen …*

Sie spürte, dass ihre magische Verbindung Tarek ihre Gedanken ver-riet, und sie konzentrierte sich mehr auf den Wald und weniger auf ih-ren blutenden Arm.

Doch es dauerte nicht lange, da wurde vor ihnen Kampflärm lauter – und Zenay hielt genau darauf zu.

*Sina, was tust du? Wir werden genau in diesen Kampf reiten, so wie es sich anhört*, fing Tarek an, aber Zenay unterbrach ihn.

*Vor uns ist eine Wand aus Kämpfen. Und die müssen wir durchbrechen, um den Ratken und den Wächtern endgültig zu entkommen.*

*Das ist doch Wahnsinn!*, dachte Elaya, die sich an ihr Pferd klammerte.

*Ich sehe keinen anderen Weg. Die Ratken sind mittlerweile überall. Der Trupp hinter uns wird uns viel präziser angreifen, als die vor uns. Die sind abgelenkt und dahinter ist niemand mehr.*

Tarek lachte laut.

*Dann lasst uns wahnsinnig sein – und diesen verrückten Tag überleben!*

Die anderen schwiegen, dann stimmte auch Elaya in das Lachen ein, ehe sie wild schrie und ihren Hengst zu höherer Geschwindigkeit antrieb.

Zenay schloss die Augen, dankbar für ihre tapferen Freunde, dann zog sie sich mühselig den Bogen von der Schulter und atmete mehrmals durch.

Alles wurde ein wenig langsamer. Der schnaufende Atem der Pferde, das Rascheln der Blätter, die unter ihren Hufen aufgewirbelt wurden ... Irgendwie beruhigte sich Zenay genug, um in ihrem Inneren noch genügend Magie zu finden und damit zumindest die Haut über ihrer Armwunde zu verschließen.

Sie würde nicht verbluten. Eher würde sie bald von einem Schwert oder Spieß durchbohrt werden. Sie fingerte einige Pfeile aus ihrem Köcher und steckte sie griffbereit unter einen Riemen ihres Sattels. Sie konnte kaum mehr so weit nach oben greifen, und die Pfeile waren mittlerweile schmutzig und nass.

Die Pferde durchbrachen einen breiten Streifen aus Büschen und Gestrüpp. Dahinter fanden sie sich mitten auf einem Schlachtfeld wieder, während eine Idee in Zenays Kopf Gestalt annahm.

Die Krieger, die ihnen am nächsten waren, wussten nicht, wie ihnen geschah. Die Gruppe ritt direkt in die Kämpfenden, riss mehrere von den Füßen, traf Rüstungen oder auch Arme und Beine mit Hufen und Schwertern und ließ sie hinter sich.

„Wir müssen hier verschwinden!", schrie Tarek über den Kampfeslärm hinweg und Zenay nickte.

*Schließt die Augen, schützt sie mit euren Armen!*, befahl sie.

*Bist du verrückt geworden?!*, kam von mehreren Seiten als Antwort.

*Tut es einfach! Und haltet euch die Ohren zu!*, schrie sie und konzentrierte sich dann auf ihre letzten Kraftreserven.

Sie hörte noch immer Rufe und das Kreischen von Metall, das aufeinandergeschlagen wurde; sie befanden sich in einem Meer aus wogenden Kämpfen, die sich bald auf sie richten würden.

JETZT.

Zenay entfachte ihre ganze Magie, so wie sie es bei einem Transport getan hätte, aber dieses Mal ohne die Absicht, sich an einen anderen Ort zu befördern. Sie hätte es ohnehin nicht mehr geschafft, sie alle wegzubringen. Sie entließ die Magie unkontrolliert, und so entwich sie als krachender, ohrenbetäubender Donner und blendend heller Blitz. Das gleißende Licht ließ ihre Feinde erschrocken zurückweichen.

Für einen Augenblick war es vollkommen still im Wald – dann versuchten die Ratken, sich zu orientieren, brüllten Befehle und Erwiderungen durcheinander. Den Wachen erging es nicht besser, sie alle hatten die Augen vor Schmerz zusammengepresst und konnten nichts mehr sehen.

*Weg hier!*, dachte Zenay, dann gab sie Malee mit einem kurzen Kontakt den Befehl, so schnell zu galoppieren, wie sie es noch vermochte.

Der Wald um sie flog dahin. Er war ein wallendes Meer aus Braun und Grün, in dem keine Einzelheiten mehr zu erkennen waren.

Zenays Blick nahm nur noch formlose Schemen wahr, alles verschwamm im Takt ihres Herzens. Der Lärm der Krieger und Wachen blieb irgendwann hinter ihnen zurück.

Das Geräusch von sechs galoppierenden, laut schnaufenden Pferden und fünf Menschen direkt hinter ihr war das Beruhigendste und Schönste, das sie je vernommen hatte, bevor sie nach vorne sackte und all ihre Kräfte nur noch darauf konzentrierte, nicht aus dem Sattel zu rutschen.

# Untergetaucht

Die Luft auf der kleinen Lichtung begann zu knistern. Ein grünes, flirrendes Licht tauchte in der Mitte der Wiese auf – und färbte sich im nächsten Moment schwarz.

Rauch waberte aus dem magischen Riss, der sich plötzlich in der Luft auftat, dann trat Zayda aus dem kleinen Portal hervor.

Dieses Mal musste sie nicht nach einem weiteren Sprung des Transportbilurs suchen. Rufe und das Klirren von aufeinanderprallenden Waffen schallten durch den Wald, der Geruch von Blut und Tod lag in der Brise, die ihr entgegenwehte.

Der bebende Zorn der Königin ebbte augenblicklich ab und wich einer milden Euphorie. Hatten ihre Krieger die Kleine aufgespürt?

Sie registrierte kurz, dass sie wieder in der Nähe der Flussstadt aufgetaucht war, unmittelbar bei ihren Kriegern. Dieser Bilur hatte sie an der Nase herumgeführt! Aber warum hätten sie sich hierhertransportieren sollen und nicht möglichst weit weg von der Gefahr?

So oder so war es Zayda recht, denn damit war die Göre genau in ihre Falle gelaufen.

Die Königin streckte ihre Hände nach vorn. Schwerer, grauer Nebel breitete sich um sie aus, kroch durch den Wald und drang in den Boden ein.

Die Magie schärfte ihre Sinne und teilte ihr mit, dass sich ein größerer Kampf ganz in ihrer Nähe abspielte. Sie konnte die Magierin dort zwar nicht spüren, aber Zayda ging ohnehin davon aus, dass man sie irgendwie magisch abgeschirmt hatte.

Mit einem schwarzen Blitz schoss sie durch den Wald, auf den Kampf zu. Was sie dort erwartete, brachte sie in solche Rage, dass der Boden unter ihrer Energie zu beben begann.

Hier waren keine Flüchtigen, keine Gesuchte. Nur Krieger und wertlose Stadtwachen, die sich gegenseitig zu töten suchten!

Ein Wink ihrer Hand genügte, um Wachen und Ratken mit Wucht auseinanderzureißen. Verwundete wankten unter ihrem Einfluss und gingen in die Knie, der Rest erstarrte unter Schmerzen.

„Was. Geht. Hier. Vor?", fragte sie drohend den nächststehenden Ratken und zog ihn mit ihrer Kraft zu sich.

„Ver…zeiht, mei…ne Königin", presste er unter zusammengebissenen Zähnen hervor, während seine Augen sich langsam schwarz färbten. „Die Wachen … sie haben uns … angegriffen."

„Das ist alles? Und ihr habt nichts Besseres zu tun, als eure Energie an ein paar lebensmüde Wachen zu vergeuden?! Lasst sofort davon ab und FINDET DAS MÄDCHEN!"

Sie ließ die Ratken allesamt aus der Umklammerung ihrer schwarzen Magie, und sie formierten sich hastig. Zayda wandte sich den Wachen zu.

„IHR", rief sie drohend durch den Wald und zwang die Männer dann mit ihrer Energie in die Knie, „steht unter meiner Macht und meinem Kommando! Dies ist eure letzte Chance, den fatalen Fehler, euch gegen meine Männer zu stellen, wieder auszugleichen. Findet die Magierin! SOFORT!"

Die Stadtwachen erzitterten, nickten jedoch hastig und rafften sich auf. Manche zogen ihre verwundeten Kameraden auf die Beine und schleiften sie rasch fort, nur weg von der rasenden Königin.

Es dauerte wenige Augenblicke, bis sich die neuen Befehle verbreitet hatten und der Kampfeslärm verebbte. Eine Woge aus Angst und Ergebenheit ging durch den Wald, brachte die Männer wieder zur Vernunft.

Zayda schnaubte und verband ihre Magie mit ihren Weißäugigen.

Die Sklavenmagier tauchten in einem Ring um sie herum auf, bereit, ihr jeden Wunsch zu erfüllen.

„Ihr sucht den Wald nach JEDER magischen Spur ab! Verfolgt alles, was ihr finden könnt. Jemand schützt sie, sonst hätte ich sie schon lange gespürt. FINDET SIE!"

Die Magier bildeten sofort einen Kreis um sie, streckten die Arme in die Höhe und verbanden ihre Kräfte. Zayda in ihrer Mitte konnte genau spüren, was sie im Wald entdeckten, und ihre Frustration stieg ins Unermessliche, je weiter die Magier mit ihren Sinnen vordrangen.

Zwischen den Bäumen erstreckte sich ein chaotisches Netz aus nachlassenden Kämpfen und schwachen Resten von Magie. Doch die Spuren bildeten nicht, wie Zayda gehofft hatte, eine ungefähre Linie, der sie hätte folgen können.

„Weiter östlich ist eine große Schar. Sie haben ebenfalls eine Reihe von Stadtwachen getötet und gefangen genommen. Ein Teil dieser Männer wurde durch einen magischen Blitz geblendet", stellte einer der Weißäugigen mit monotoner Stimme fest.

Zayda spürte es ebenfalls und tauchte einen Augenblick später schon in dem Waldstück auf.

Zwischen den Bäumen hatte sich eine große Gruppe Ratken versammelt, die einen kläglichen Rest von verwundeten, entwaffneten Stadtwachen in ihre Mitte genommen hatten. Die übrigen Niederen lagen auf dem blutgetränkten Waldboden, zusammen mit einigen ihrer Krieger. Manche hatten Brandwunden, es roch nach verbrannter Haut und Ruß.

Zayda schritt durch den qualmenden Wald, gefolgt von ihren Magiern, und suchte jede Handbreit der Umgebung mit ihren schwarzen Sinnen ab. Doch sie konnte keine verfolgbare Spur finden.

„Du!", rief sie einen der Krieger zu sich, der bei ihrem Auftauchen am wenigsten gezuckt hatte. „Wann ist sie hier verschwunden? Sprich!"

Er fragte nicht, woher sie all diese Informationen hatte, sondern neigte nur kurz den Kopf. „Schon vor einer Weile, Herrin. Sie ritt mitten in den Kampf zwischen den Kriegern und Wachen, führte eine Reihe von Reitern an. Ich konnte sie nur kurz beobachten, da ich sie mit meiner Schar nicht verfolgen konnte. Sie flohen vor uns, entzündeten den Wald, ritten dann aber mitten in die anderen Kämpfe. Bevor wir sie einholen konnten, strahlte ein gleißend helles Licht auf, und der Boden bebte von Donner. Als wir wieder hören und sehen konnten, waren sie fort."

Er zeigte auf eine Stelle zwischen den Bäumen „Direkt hier, meine Königin."

„Der Kampf zwischen den Wachen und meinen Kriegern ist vorbei, merkt euch das. Ihr bringt diese Verräter in die Stadt und legt sie in Ketten. Ich werde später entscheiden, was mit ihnen geschieht."

Zayda schickte ihn mit einem Nicken weg und ließ ihren Blick über den Boden schweifen.

Unter all dem zertrampelten Laub und Blut konnte sie keine Hufspuren mehr entdecken.

Aber konnte ihre kleine Gesuchte tatsächlich schon mehrere Menschen und *Pferde* auf einmal durch Magie transportieren? Sie wollte es nicht glauben, obwohl alles dafür sprach.

Schnaubend wandte sie sich an die Weißaugen. „Steht nicht so dumm da, hier finden wir nichts. Sucht weiter!"

Die Magier verbeugten sich und transportierten sich dann in alle vier Himmelsrichtungen davon.

«✝»

Die Landschaft flog dahin. Sie überquerten einen kleinen Fluss, trabten an Reihen von Rebstöcken und Feldern entlang und ließen ein kleines Dorf links liegen, ehe sie wieder in dichten, schummrigen Wald kamen – und Zenay nicht mehr weiterreiten konnte.

Warmes Blut lief seit dem Kampf an ihrem Arm und ihrer Wade herunter, auch Elaya war seit ihrer Flucht immer blasser geworden.

Zenays Knie fühlte sich an, als hätte sich der Schmerz schon seit Tagen darin festgebissen. Sie wankte leicht; erneut ließ sie etwas Magie in ihr Bein fließen, um den Schmerz zu lindern. Die Wunden während der harten Reitbewegungen zu heilen, wagte sie jedoch nicht.

Tarek sah besorgt zu ihr, als sie Malee zügelte.

„Ihr anderen, wartet!", rief er. „Wir sind hier erst einmal sicher. Asyra, komm her und hilf mir, Sina und Elaya müssen versorgt werden."

Kaum war Milad zum Stehen gekommen, sprang Tarek ab und eilte zur wankenden Zenay. Er griff sanft, aber sicher nach ihrer Hüfte, bevor sie fiel, und zog sie von Malees Rücken. Malak half ihm, sie vorsichtig auf den Boden zu legen.

Zenay biss die Zähne zusammen, als dabei ihr Bein unabsichtlich bewegt wurde. Tränen schossen ihr in die Augen.

Jesco ritt einmal um die Gruppe herum und zog dann einen Pfeil aus seinem Köcher, während er auf Azragas Rücken blieb. „Ich halte Wache – auch wenn ich nicht glaube, dass sie uns noch einholen können."

Asyra sprang ebenfalls ab und zog eine Tasche vom Rücken ihrer Stute, die anderen blickten besorgt auf Zenay herab, die schwieg, bis Asyra sich neben sie kniete.

„Ich werde zuerst dein Bein untersuchen und dann deinen Arm verbinden, danach kümmere ich mich um Elayas Wunde", sagte sie und löste die Riemen von Zenays ledernem Schienbeinschützer, ehe sie ein Messer von ihrem Gürtel zog und die Hose aufschnitt.

Zenays Knie war blutverschmiert, die Haut über der Kniescheibe aufgerissen und das halbe Bein durch einen einzigen großen Bluterguss blau und lila verfärbt.

„Du hättest früher etwas sagen sollen, Sina!", murmelte Tarek tadelnd, auch wenn das seine Sorge nicht verbergen konnte.

Ein Zittern lief durch Zenays Körper. Sie unterdrückte einen Schrei, als Asyra die Finger an ihr Knie legte.

Gänsehaut zog sich über Asyras Rücken, als sie das Knirschen spürte und hörte. „Verdammt! Du kannst froh sein, dass die Wucht dir nicht das Bein ausgekugelt hat. Aber deine Kniescheibe ist zerstört, die Sehnen gerissen … und ich fürchte, der Schienbeinknochen ist ebenfalls verletzt, aber mehr kann ich bei der Schwellung nicht sagen – und zu fest sollte ich es wohl nicht anfassen, oder?", meinte sie bei dem Wimmern ihrer Freundin. Die Antwort lieferten die Tränen in Zenays Augen, als diese energisch den Kopf schüttelte.

„Ich werde es heilen … kannst du die Scheibe so zusammenschieben, dass die … Stücke wieder nah aneinander liegen?"

Asyra zögerte bei dem Gedanken, ehe sie nickte. „Mach dich bereit, ich werde es schnell tun, und dann musst du die Stücke sofort zusammenfügen, sonst könnten sie wieder verrutschen!"

Tarek ließ sich hinter Zenay in die Hocke und legte seine Hände auf ihre Schultern, dann hob sie ihren unverletzten linken Arm und verharrte, mit den Fingern knapp über Asyras Händen. Sie schloss die Augen etwas und versuchte, ihre Magie zu konzentrieren.

„Wartet noch!", rief dann Jesco und löste sein Messer mitsamt Futteral von seinem Gürtel. Er hielt es Tarek hin, der kurz die Stirn runzelte. „Sie soll draufbeißen. Wenn sie schreit, könnten sie uns vielleicht finden."

Tarek nickte und schob Zenay den lederumwickelten Griff zwischen die Zähne, dann hielt er wieder ihre Schultern fest.

Asyras Finger legten sich auf Zenays Knie, und sie nickte. „Warte genau bis zu dem Moment, in dem ich es dir sage."

Zenay schluckte die Angst vor dem kommenden Schmerz hinunter und konzentrierte sich auf den letzten Rest ihrer Kräfte. Ein düsterer Schatten flackerte in ihrem Inneren auf, doch die leuchtende Energie überflutete ihn, trieb ihn mit sich.

Sie schickte ihre gesamte verbliebene Magie den Arm entlang, verharrte dann aber. Um ihre Finger schwebten zitternde Funken, und sie schloss die Augen.

Es schienen gleichzeitig nur ein Moment und doch eine Ewigkeit zu vergehen – dann schoss stechender Schmerz durch ihr Bein bis in ihre Zehen und hoch in die Hüfte. Sie ächzte und zuckte zusammen, ohne es gewollt zu haben.

Als ein Schrei ihren Lippen entweichen wollte, biss sie so fest sie konnte auf den Messergriff. Ihre Zähne schmerzten, aber es konnte sie nicht vom Knirschen in ihrem Knie ablenken.

Asyra fluchte, bis sie endlich bereit war. „Jetzt!", rief sie angespannt. Der Befehl drang nur noch wie durch Watte an Zenays Ohr. Der Schmerz hielt sie gepackt, und sie spürte, dass die Übelkeit sie in die Schwärze hinüberzog.

Als sie nicht reagierte, packte Tarek ihren Arm und drückte ihn nach unten. Ihre Finger berührten das Knie. Die Magie schoss durch ihre Haut direkt in die Wunde, verband die Splitter der Kniescheibe und danach auch noch das Schienbein und die Sehnen.

Sie konnte fühlen, wie die Funken ihre Arbeit taten, doch die Heilung laugte sie aus und hinterließ eine schwere Müdigkeit in ihrem Kopf, die kaum ein besserer Ersatz für die Übelkeit war.

Nach einem endlos langen Augenblick entspannten sich Zenays Gesichtszüge. Sie atmete auf, als der Schmerz endlich nachließ. Tarek gab ihren Arm frei und nahm ihr den Messergriff aus dem Mund. Ihr Kiefer schmerzte, ihr Bein pochte noch immer heftig.

„Es ... es geht schon wieder ...", murmelte Zenay leise und ächzte aber doch, als Asyra die Hände von ihr nahm. „Ich glaube, der Knochen ist auch wieder besser ... aber ich habe keine Kraft mehr ..."

Mittlerweile zitterte sie am ganzen Leib. Sie konnte sich nicht erinnern, wann sie sich das letzte Mal so erschlagen gefühlt hatte. Selbst als der Ratke in Yoruba ihr mit diesem Bilur die Energie gestohlen hatte, war sie nicht so erschöpft gewesen, denn da hatte wenigstens ihr Körper noch Kraft gehabt.

„Ruh dich aus, sobald ich deinen Arm versorgt habe. Du solltest das Bein noch eine Weile möglichst nicht belasten", sagte Asyra schließlich und hob dann behutsam ihren Arm an.

Das Hemd und die ledernen Schützer waren blutverklebt. Rasch löste sie die Riemen, die das Leder an Zenays Oberarm hielten. Asyra nahm ihr Messer und schnitt den zerfetzten Stoff am Arm auf.

„Du hast Glück, dass du den Schlag etwas abschwächen konntest, so ist es nur eine Fleischwunde, und dein Knochen wurde nicht verletzt. Dein Lederschützer hat die Wunde zusammengehalten, nur deshalb bist du nicht verblutet … das nächste M…" Asyra verstummte, als sie Zenays Gesichtsausdruck sah. Sie vertrug jetzt keine Belehrungen und war froh, dass Asyra das erkannte.

„Ich werde Salbe darauf tun, aber es wird lange dauern, bis diese Wunde verheilt ist. Eine Menge Fleisch wurde zerschnitten", sagte Asyra leise, wohl keine Antwort erwartend.

Zenay schüttelte den Kopf. „Sobald ich … wieder bei Kräften bin, werde ich es heilen. Meine Arme halten einiges aus." Sie grinste Tarek schief an, und dieser sah beschämt weg, denn er erinnerte sich noch allzu gut an den Unfall, bei dem er ihr damals während der Ausbildung versehentlich den Arm aufgeschlitzt hatte.

Asyra lenkte sie von der Erinnerung ab. „Ich muss diese Wunde säubern, wenn du sie nicht gleich heilen kannst. Das wird ziemlich wehtun, Sina."

„Das spielt jetzt auch keine Rolle mehr." Sie starrte auf ihr Knie. Asyra zog eine Flasche mit Alkohol aus ihrer Tasche, benetzte eines ihrer sauberen Tücher damit und zog dann noch einige Stofffetzen aus der blutenden Wunde, ehe sie mit der Reinigung begann.

Zenay zischte, verbiss sich aber einen Fluch. Das Brennen verging beinahe genauso schnell, wie es gekommen war, und das volle Ausmaß der Wunde war nun sichtbar. Zenays Oberarm war von den Dornen der Keule schier zerfetzt worden. Sie wollte sich gar nicht vorstellen, wie es ausgegangen wäre, wenn sie den Armschutz nicht getragen hätte.

Alle schwiegen, während Asyra einen festen Verband an Zenays Arm anlegte und sich dann um Elayas Wunden kümmerte, die nach

Zenays Heilung erneut aufgerissen waren. Ihr Arm blutete nur noch schwach und war verkrustet.

Kaum war der Verband um Elayas Arm fertig, ließ Jesco den Bogen sinken und nickte in Richtung Wald. „Wir sollten wieder los. Kannst du reiten, Sina?"

Asyra hob die Hand. „Ich will noch eine Schiene anlegen, damit du das Knie nicht zu sehr bewegst. Malak, könntest du mir möglichst gerade Äste besorgen?"

Der Schmiedegeselle tat wie geheißen und hackte von einer nahen Erle einen dicken, langen Zweig ab, den er in Stücke brach.

Asyra legte sie an und wickelte dann mehrere Lederstreifen um Zenays Oberschenkel und Wade; auf diese Weise fixierte sie das Bein so, dass das Knie leicht angewinkelt war und Zenay wieder reiten konnte. Zufrieden begutachtete sie das Ergebnis.

Zenay richtete sich vorsichtig auf und zog sich dann mit Tareks Hilfe auf Malees Rücken. Asyra stopfte ihre Sachen zurück in die Tasche, und sie brachen wieder auf.

Tarek ritt neben Zenay; er beobachtete sie fast ununterbrochen. Als ihre Erschöpfung immer größer wurde und ihr Kopf mehrmals wegknickte, weil sie beinahe einschlief, fasste er in Malees Zügel und hielt sie kurz an.

„Zenay, lass mich die Oberschenkelriemen an deinem Sattel festmachen. Dann kannst du schlafen, ohne herunterzufallen", flüsterte er in sanftem Ton.

Sie ließ ihn mit einem knappen Nicken gewähren und verbiss sich ein lautes Stöhnen, als der Schmerz durch ihr Bein fuhr. Sie atmete ein paar Mal beruhigend ein und aus, um das Stechen zu bekämpfen, dann ritten sie weiter. Tarek konnte sehen, dass Zenay ungern ihre Schwäche zeigte, doch nach kurzer Zeit sackte ihr Kopf nach vorne auf die Brust, und sie schlief auf Malees Rücken ein.

«✝»

Etwas bohrte sich stechend in seine Lunge. Erst nach mehreren, vorsichtigen Atemzügen wurde Tunez klar, dass es eine seiner eigenen Rippen sein musste.

Gerade als er der Meinung war, den Schmerz unter Kontrolle zu haben, wurde er gepackt und unsanft zur Seite gedreht.

„Aargh!"

Er riss die Augen auf und stieß die groben Hände instinktiv weg. Zuerst konnte er nicht einordnen, was er da sah. Waldboden, aufgewühltes, blutverklebtes Laub, die Stiefel eines Ratken, der über ihm stand und sich offensichtlich gerade über den Inhalt seiner Taschen hatte hermachen wollen.

Obwohl er sich immer noch furchtbar erschöpft fühlte, drückte er den Krieger von sich weg.

„He! Da lebt noch einer!", blaffte der Ratke über ihm durch den Wald, während sich Tunez weiterer Schmerzen in seinem Arm bewusst wurde.

Bei den Hütern, was war nur passiert?!

Ein anderer Ratke stapfte auf ihn zu, seiner Ausrüstung nach zu urteilen der Anführer eines Kriegertrupps. Eine hässliche Wunde prangte auf seinem Gesicht, hatte ihm die halbe Nase aufgeschnitten.

Nach und nach kehrten Tunez' Erinnerungen zurück.

Die Flucht unter der Brücke, der Sprint in den Wald, zu den Pferden. Der Ritt, der Pfeil … die Zafija! Wo war sie?!

„Zu welcher Gruppe gehörst du?", verlangte der Anführer zu wissen, doch die Frage drang kaum zu ihm durch.

„Wo ist sie?", rief er stattdessen aus und versuchte sich aufzuraffen.

Der Ratke runzelte die Stirn.

„Wo ist die Magierin?", fragte Tunez erneut.

„Weg. Konnte fliehen. Und jetzt beantworte meine Frage, verdammt!", schnauzte der Halbnasige.

Tunez stemmte sich mühsam in die Höhe und zog dann unter Zähneknirschen den Pfeil aus seiner Hüfte. Mit Genugtuung stellte er fest, dass er den Anführer trotz seiner Verletzungen überragte. Er atmete einmal befreiend durch und wandelte den stechenden Schmerz in eiserne Willenskraft.

„Ich gehöre keinem deiner Trupps an", sagte er und ließ den blutverschmierten Pfeil ins Laub fallen.

„Wohe…"

„Ich bin auf direkten Befehl der Königin hier."

Sein Gegenüber schnaubte, doch seine Augen strahlten bereits einen ersten Hauch von Nervosität aus. „Das sind wir alle."

„Nur dass ihr nicht als Hand des Statthalters arbeitet. Und jetzt erspart mir weitere Diskussionen. Ich will darüber informiert werden, was hier passiert ist, damit ich dem Statthalter Bericht erstatten kann."

Der Anführer ließ seinen Blick kurz über Tunez' blut– und schmutzverschmierte Kleidung und den malträtierten Arm wandern, dann nickte er knapp.

„Wo soll ich anfangen? Ich weiß ja nicht mal, wann Ihr von eurem Pferd geschleudert wurdet, das übrigens ein Stück weiter aufgeschlitzt in einem Strauch liegt."

Tunez knirschte mit den Zähnen und verlagerte sein Gewicht unauffällig auf seine gesündere Seite.

Dieser Ratke würde ihn noch den letzten Rest Nerven kosten, wenn er so weitermachte.

«✝»

Es vergingen mehrere Stunden, bis die Gruppe der Flüchtigen es wagte, wieder anzuhalten. Zenay war wieder erwacht, fühlte sich aber kaum besser. Mittlerweile war es schon früher Abend geworden. Die sommerlich späte Dämmerung hatte es ihnen erlaubt, so lang zu reiten, wie die Pferde es vermochten.

Auf einer kleinen Lichtung, die von Dickicht und Dornengestrüpp umgeben war, machten sie schließlich Rast. Die Nacht brach herein, und die Pferde waren mit ihrer Kraft am Ende.

Sie schnauften, und alle ließen die Köpfe hängen; die Kämpfe und die hektische Flucht hatten sie völlig ausgelaugt.

Tarek saß ab und streckte sich ächzend. „Ich denke, wir können heute Nacht hier bleiben. Wenn wir kein Feuer anzünden und ständig Wache halten, sollten wir hoffentlich nicht von den Ratken oder Stadtwachen überrascht werden."

Jesco schüttelte den Kopf. „Mit einem Magier können sie uns folgen, wir haben Spuren hinterlassen."

Zenay wechselte einen kurzen Blick mit Asyra und dachte daran, was sie ihr bei ihrem Zusammentreffen erzählt hatte. Sie war so beschäftigt gewesen, dass sie gar keine Zeit gehabt hatte, an die Magier der Königin zu denken. Jetzt zog sich Gänsehaut über ihre Arme.

„Wir sind mehrmals lange einer Straße gefolgt, da gibt es viel mehr Spuren als nur unsere! Und Sina hat den Bilur", wandte Tarek ein, bevor sie etwas dazu sagen konnte.

Der Bogenbauer wirkte nicht überzeugt. „Wie du meinst."

„Sieh uns doch an, Jesco! Wir können nicht mehr weiter."

Jesco warf einen kurzen Blick auf die Gruppe und nickte. Er sprang von Azragas Rücken und begann, den schnaubenden Hengst abzuladen. Asyra und Tarek taten es ihm gleich und sichteten kurz ihre Sachen, um sicherzugehen, dass sie in der Schlacht nichts Wichtiges verloren hatten.

Tatsächlich schienen keine Taschen zu fehlen, manche Ledersachen waren lediglich durch die Kämpfe etwas mitgenommen.

Zenay ließ sich stöhnend von Malees Rücken gleiten. Unsicher stand sie auf einem Bein. Ihr war schwindlig, und Sterne kreisten vor ihren Augen. Es hatte sie all ihre neu gewonnene Magie gekostet, ihr Knie so weit wie möglich zu heilen. Sie hielt sich an Malees Sattel fest, während sie die anderen beobachtete und ihr Herzschlag in ihrem Knie pulsierte.

„Ich kann nicht mehr", murmelte Elaya und ließ sich beinahe vom Rücken ihres Hengsts fallen. Sie befühlte kurz den Verband an ihrem Arm, dann zog sie eines der Bündel vom Sattel, ließ es zu Boden fallen und zurrte unbeholfen mit einer Hand die Leinen los, die es zusammengeschnürt hielten.

Malak kam herbei, ehe er sie überraschend sanft wegschob. „Lass mich das machen, Schwesterchen."

Elaya lächelte dankbar. Er öffnete das Paket und zog Proviant hervor, von dem er seiner Schwester etwas reichte.

Asyra schritt zu Zenay, die sich noch immer an Malee festklammerte, und berührte sie wohlwollend an der Schulter.

„Keine Sorge … sie holen uns sicher nicht mehr ein", murmelte sie leise, und Zenay sah sie direkt an. Asyra erschauderte. Der Blick, den Zenay ihr zuwarf, war leblos und grauenhaft – doch dann schien sie wie aus Trance zu erwachen und erkannte Asyra. Ihre Züge wurden weicher, Trauer zeigte sich hinter der Härte, doch dieses Gefühl wurde ebenso rasch wieder verschleiert.

„Ich habe an die Wächter der Stadt gedacht. Es sind so viele gestorben."

Asyra nickte. „Ja, aber wir sind gerettet. Wir leben alle, dank dir."

„Das verdankt ihr nicht allein mir. Wir haben uns alle gegenseitig geholfen."

„Du hast uns alle zusammengeführt."

„Ich weiß nicht, wo Zayda ist und was sie tun wird. Und keiner konnte Tunez helfen. Wir haben unseren einzigen Helfer, den einzigen Kontakt zu diesen angeblichen Rebellen verloren."

Zenay humpelte fort und ließ sich langsam in das Heidelbeermeer sinken, das den Boden bedeckte.

Gedankenverloren zog sie ihr Schwert aus der Scheide, legte es sich quer über die Knie und begann, das Blut davon abzuwischen.

«✝»

„Tarek, bist du sicher, dass es ihr gutgeht? Sie wirkt verstört", flüsterte Malak, während sie weiterarbeiteten.

„Nein, ich denke nicht, dass es ihr gutgeht, aber sie wollte noch nicht mit mir sprechen. Sie braucht etwas Zeit für sich, um das Erlebte zu verarbeiten. Ich denke, das brauchen wir alle", erwiderte er mit gesenkter Stimme, obwohl Zenay völlig abwesend wirkte.

„Ja, du hast recht, Tarek."

„Ich halte es für eine gute Idee, wenn wir uns für ein oder zwei Tage ein sicheres Versteck suchen. Eine Höhle oder ein verlassenes Haus. Ein Ort, wo wir bleiben können, ohne entdeckt und überraschend angegriffen zu werden", meinte Tarek nach einem langen Blick auf die matte, abgekämpfte Gruppe.

Jetzt war es Elaya, die sich zu Wort meldete, als sie in ihre Nähe trat.

„Jemand sollte nach so einem Unterschlupf suchen."

„Ja, ich und Tarek werden gehen. Was hältst du davon?", meinte Jesco, und Tarek nickte.

Sein Blick fiel erneut auf Zenay, die weiterhin ihre Klinge vom Blut säuberte.

Nachdem sie ihre Sachen wieder verstaut und die Taschen und Bündel unter einen Baum gelegt hatten, banden Asyra und Malak die Pferde an lockeren Seilen an, damit sie grasen konnten. Asyra untersuchte alle

Tiere auf Verletzungen, und Malak half ihr, ihnen das Fell zu bürsten, um sie zu beruhigen.

„Sina?", fing Tarek an, doch es dauerte einen Moment, bis sie reagierte und zu ihm aufsah. „Wir haben einen Plan, was unsere Unterkunft angeht", meinte er. Sie nickte nur und wartete auf seine weiteren Worte, während sie ihr gereinigtes Schwert mit ungelenken Bewegungen wegsteckte.

„Jesco und ich werden losziehen und nach einem Versteck für uns suchen. Ihr bleibt hier, und wir kommen zurück, sobald wir etwas gefunden haben."

Erneut nickte Zenay.

Tarek zögerte noch kurz, doch dann neigte er zustimmend den Kopf und lief hinüber zu Jesco. „Komm, wir brechen auf."

Jesco erwiderte nichts. Er nahm seinen Mantel, schulterte seine leichte Provianttasche, zog sich den Bogen über und verschwand leise im nächsten Dickicht. Tarek folgte ihm.

Elaya, Malak, Asyra und Zenay blieben allein auf der Lichtung zurück.

Malak besah sich etwas verlegen die drei Frauen und schritt dann über die Lichtung. „Nun, ich denke, dann werde ich mal die erste Wache schieben, was? Zelte werden wir wohl kaum aufbauen. Falls die verdammten Ratken doch noch kommen, möchte ich möglichst schnell weg."

Asyra nickte und machte sich mit Elayas Unterstützung daran, ein kaltes Abendessen für sie vorzubereiten.

«✝»

Kaum hatte sich Zenay in ihren Mantel gewickelt, fiel sie vor Erschöpfung in einen unruhigen, von Alpträumen geplagten Schlaf.

Sie schritt durch endlosen Wald, ungeachtet der Gefahr, ohne Deckung zu suchen. Männer stellten sich ihr entgegen. Ratken, Wächter, völlig egal. Sie stieß jeden mit einem Streich ihres blauen Dolches aus dem Weg, löschte ein Leben nach dem anderen aus wie Kerzenflammen. Nicht einer von ihnen hatte ein Gesicht.

Sie war ganz allein – bis auf immer neue, stumme Männer, die sie angriffen.

Sie ging weiter, tötete immer neue Feinde, hinterließ eine Straße aus leblosen Körpern.

Dann begegnete sie Wachen und Ratken, die keine Rüstung mehr trugen und auch keine Waffen bei sich hatten – und sie stieß ihren Dolch in die Körper und sah den blutenden Schemen beim Sterben zu.

Einer der Männer, ein Ratke, fiel nach ihrem Streich geräuschlos ins Laub. Er drehte sich, stöhnte kurz und war dann still. Sein Gesicht starrte sie ausdruckslos an.

Es war Tunez.

Da schreckte sie endlich aus dem Schlaf. Sie befühlte ihr schmerzendes Knie und wartete darauf, dass Angst oder Entsetzen sich in ihr breitmachen würden …

Aber da war nichts außer einem großen drückenden Stein in ihrem Bauch.

Zenay schauderte kurz, dann legte sie sich zurück und starrte eine Weile in den schwarzen Himmel, bevor sie wieder einschlief.

Es war spät, als sie erneut aus dem Schlaf hochschreckte. Sie lauschte in die Nacht, horchte auf die Geräusche der Dunkelheit und rieb sich dabei über den Verband an ihrem Arm.

Es war das Kribbeln gewesen, das sie wohl aufgeweckt hatte. Das Kribbeln ihrer Magie, die zurückkehrte.

*Ich muss etwas tun. Irgendetwas, sonst werde ich verrückt.*

Lautlos richtete Zenay sich auf, ließ kurz ihre Augen aufblitzen und suchte die Lichtung ab. Asyra hielt jetzt Wache, am Waldrand, eine bewegungslose Silhouette. Sie sah nicht in ihre Richtung.

Zenay schob ihren Mantel zurück, erhob sich und humpelte zu Elaya. Malak schnarchte und drehte sich im Schlaf um, doch das beunruhigte Zenay kaum. Vorsichtig strich sie Elayas Mantel zurück und fand die Wunde an ihrem Arm.

Ihre Fingerspitzen berührten den Verband, der leichte Kontakt genügte ihr bereits, um die schmerzende Wunde erfühlen zu können. Dann aktivierte sie ihre Kräfte und ließ die Magie in Elayas Arm wandern. Sie spürte das Kribbeln auf ihrer eigenen Haut und sah tanzende Funken, doch sie konzentrierte sich darauf, die Magie weiter durch ihren Arm direkt in Elayas Körper zu lenken.

Die Verbindung ließ sie Elayas Arm spüren, als sei es ihr eigener, genau wie die Wunde. Der Schmerz pochte, war aber verhalten, vermutlich, weil Elaya ihn im Schlaf selbst weniger bemerkte. Dann ebbte er langsam ab, als sich die Muskelstränge wieder zusammenschlossen, die Haut über der Wunde nachwuchs und das getrocknete Blut abstieß. Sie nahm ihre Finger von dem Verband, nachdem dieser nutzlos geworden war.

Lautlos zog sie den Mantel wieder über den Oberkörper der Schlafenden und schleppte sich zurück zu ihrem Schlafplatz.

«✝»

Der Sklave, der nun in den dunklen Saal des Statthalters schlüpfte, zitterte am ganzen Leib, als er sich Zaydas wütendem Blick ausgesetzt sah. Sie ahnte schon, was er berichten würde, ehe er überhaupt seinen Mund geöffnet hatte.

„Meine Gebieterin", rief er atemlos und verbeugte sich tief. „Es tut mir leid, Euch das berichten zu müssen, aber es … es wurden keine neuen Spuren gefunden, die man verfolgen könnte. Die Ratken haben alles durchkämmt. Die Magier konnten die Energie der Gesuchten nicht in der Nähe aufspüren, sie muss sich schon zu weit entfernt haben."

Zaydas Fingernägel krallten sich in die Lehne des Stuhls und hinterließen tiefe Furchen.

Die letzten Stunden waren eine endlose Aneinanderreihung von Enttäuschungen und Versagen gewesen. Zayda hatte persönlich den Wald abgesucht und alle brauchbaren Spurensucher hinzugezogen, doch im Gewirr der Kämpfe war die Spur der Flüchtigen verloren gegangen.

Nach ihrer Rückkehr in Yorubas Festung hatten der Statthalter und seine Familie ihr den Saal allzu gerne überlassen und sich zurückgezogen, um die Stadt mit den verbliebenen Wachen wieder unter Kontrolle zu bringen, da die Bevölkerung sich nach den Kämpfen in hellem Aufruhr befand.

Die verbliebenen Stadtwachen mussten neu zusammengestellt und die Toten aus den Wäldern abtransportiert werden – mit dieser erbärmlichen Ausrede hatte sich der fette Statthalter entschuldigt, während sich ihre Krieger in der Stadt verteilten.

Zusätzlich hatte sich der alte Mann in dem Keller auch noch davongestohlen, während einige Leute in den Gassen die Aufmerksamkeit des Weißauges auf sich gezogen hatten. Manchmal waren diese Sklavenmagier wirklich zu nichts zu gebrauchen, denn der Alte hatte es sogar geschafft, mit einem gebrochenen Arm zu entkommen.

Schnaubend stand die Königin auf und stieß das Kohlebecken um. Glühende Kohlen sprühten über den glatten Boden.

Ängstlich zuckte der Diener zusammen, als das Becken, das eben noch dämmriges Licht und Wärme gespendet hatte, scheppernd auf die Steinplatten schlug.

Das laute Geräusch hallte durch den dunklen Saal. Die Augen der Königin glühten gelb auf, und der Bote zuckte zusammen, dann verbeugte er sich steif und eilte davon, als sie ihm geistig befahl, zu verschwinden.

„Lukray!", brüllte Zayda, und ihr Berater kam aus dem Schatten gehuscht, wie er es auch in ihrem Thronsaal in Mazmorra zu tun pflegte.

„Was wünscht Ihr, Herrin?"

„Ich war viel zu sanft mit diesem Pack! Lass den Statthalter und seine Frau rufen, ich habe einiges mit ihnen zu *besprechen.*"

„Natürlich, Herrin. Wenn Ihr erlaubt, würde ich Euch gerne noch etwas mitteilen, was mir soeben von einem zweiten Boten berichtet wurde."

„Sprich."

Lukray neigte schwach den Kopf. „Ein verletzter Krieger wünscht, Euch von den Ereignissen berichten zu dürfen. Er sagt, er hätte die Gesuchte gesehen."

Zayda hob eine Augenbraue und ließ sich zurück auf den Stuhl sinken. „Ein Überlebender? Ruf ihn her, ich möchte mit ihm sprechen, bevor ich mir den Statthalter vorknöpfe."

Lukray nickte, eilte zum Eingang und kam wenig später mit einem Mann im Schlepptau zurück, der hinkend versuchte, mit dem Berater Schritt zu halten. Eine Wunde an seiner Hüfte war nur provisorisch versorgt.

Der Ratke hielt seinen rechten Arm mit der linken Hand an seinen Körper gepresst, Leder und Stoff seines Ärmels waren blutgetränkt. Zayda spürte sofort, dass sein Arm zerschmettert war, ebenso einige

Rippen, die sich in seine Lunge bohrten und ihn vermutlich bald die letzte Kraft rauben würden, die ihn gerade noch auf den Beinen hielt.

Er schlurfte hinkend näher, so zügig es seine Verletzungen zuließen, und verbeugte sich dann schwerfällig. „Meine Herrin ... es ist mir ... eine Ehre, Euch ...“

Zayda machte eine wegwischende Bewegung und unterbrach ihn. „Lass diese Förmlichkeiten! Erzähl mir was pass...“ Zayda stockte mitten im Satz und kniff die Augen zusammen. „Ha! Du! Du bist es?“

Er schaffte es, ein steifes Nicken anzudeuten. „Ich bin es, Herrin.“

„Shir'Raki. Wie bist du denn bitte in diesen Kampf geraten? Erklär mir das.“

Aus ihrer Stimme schien er ablesen zu können, dass darin eine Warnung und ungeheure Ungeduld lagen, denn er spannte sich merklich an. Einen Moment verzog er das Gesicht und atmete zischend ein, als die Rippen ihn wohl quälten.

„Ich war ... gerade in der Nähe der Stadtmauer, um eine Nachricht ... im Namen des Statthalters zu überbringen, da hörte ich einen Tumult und die Wachen“, fing er an und musste kurz pausieren. „Sie riefen, eine Magierin sei gesichtet worden ... sei auf der Flucht. Ich habe eins und eins zusammengezählt. Ich hatte den Statthalter darüber sprechen hören, dass westlich in den Wäldern in den kleinen Dörfern nach ihr gesucht wurde.“

„Und?“, fragte Zayda mit hochgezogener Augenbraue, als er kurz zögerte.

„Und ich hielt es für das Beste, selbst die Verfolgung aufzunehmen. Ich traute diesen Stadtwachen nicht zu, sie allein zu überwältigen.“

„Du hast dir nicht die Erlaubnis des Statthalters geholt?“

„Dafür war keine Zeit. Bis ich ihn informiert hätte, wäre ihre Spur verloren gewesen.“

„Hm. Und was ist dann passiert? Wie ich sehe, bringst du sie mir nicht. Warum hast du versagt? Sind diese Verletzungen von ihr?“

Shir'Raki starrte sie einen Moment an, ehe er den Blick abwenden musste und den Kopf sinken ließ. „Ich habe Euch schrecklich enttäuscht. Die Wachen der Stadt waren vollkommen nutzlos! Manche sind gar nicht erst mit hinaus in den Wald, wohin die Magierin geflohen war.

Andere verwechselten Freund und Feind ... denn sobald der Herrscher Euch informiert hatte und die Truppen kamen ..."

„Du hast meine Frage nicht beantwortet, auch wenn ich es mir schon denken kann. Die Wunden."

„Ich konnte mir ein Pferd schnappen und sie verfolgen, hatte sie schon beinahe ... dann tauchten die Krieger auf. Ehe ich mich versah, hatte ich einen Pfeil in der Hüfte. Ich stürzte und danach ... bin ich mir nicht sicher. Ich glaube, ich wurde von den anderen Pferden niedergeritten, meine Verletzungen sprechen dafür."

„Aber sie hat dich nicht getötet."

„Sie ist weich ... das ist ihre größte Schwäche, Herrin."

Zayda schnaubte. „Maße dir nicht an, meine Gesuchte zu kennen, Shir'Raki. Ich habe *wochenlang* versucht, ihren magischen Schutz zu durchbrechen, das wird sie nicht vergessen haben. Sie wird kaum darüber nachgedacht haben, anzuhalten, um dich zu erledigen. Sie wird von ihrer Angst vor mir kontrolliert."

Der Ratke neigte rasch das Haupt. „Verzeiht, ich wollte damit nicht sagen ... dass ich sie besser durchschauen könnte als Ihr, Herrin."

„Es gibt auch nichts zu durchschauen. Sie ist eine kleine, aufmüpfige Göre, die es wagt, sich meinem Griff zu entziehen."

Er schwieg und wartete auf weitere Fragen.

„Nun", setzte sie an und erhob sich. „Du hast anscheinend alles versucht, auch wenn du kläglich gescheitert bist. Doch da bist du nicht der Erste, und ich will über dein Versagen hinwegsehen. Ausnahmsweise."

Sie machte eine kurze Pause und setzte ein mildes Lächeln auf, das jedoch die kalkulierende Kühle aus ihren Augen nicht vertreiben konnte. „Es interessiert mich brennend, zu sehen, was da genau im Wald vor sich gegangen ist. Und damit du mir dabei nicht stirbst, werde ich ein wenig nachhelfen."

Sie konnte sehen, wie er sich kurz versteifte. Ein Schmunzeln kroch über ihre Lippen. Sie liebte den Effekt, den ihre schwarze Magie schon bei der bloßen Erwähnung auf viele ihrer Untertanen ausübte. Doch er hatte im Gegensatz zu einem Feind wenig von ihr zu befürchten. Sie konnte ihre Macht auf ganz unterschiedliche Weise einsetzen.

Während er noch die Stirn runzelte und den Mund öffnete, kam sie schon auf ihn zu.

«✝»

Tunez hatte diesen Moment gefürchtet, jedoch keine andere Möglichkeit gesehen. Es wäre so oder so ans Licht gekommen, dass er bei der Flucht involviert gewesen war – dann wollte er lieber versuchen, die Kontrolle über die Situation zu behalten. Und zu überleben.

Allerdings war er sich ganz und gar nicht sicher, ob das angesichts von Zaydas Laune und Stärke möglich war.

Sie kam auf ihn zu und streckte die Hand nach ihm aus, um die bereits eine Schwärze waberte, die seine Eingeweide gefrieren ließ.

Einen kurzen Moment juckte es ihn in den Fingern. Er war ihr so nah, die Chance schien fast greifbar, all dieses Unheil von der Welt zu tilgen … Doch dann spürte er, dass ihre Macht sie wie eine Aura des Todes umgab. Eine falsche Bewegung – und sie würde ihn zerquetschen wie eine Fliege.

Mit jedem Schritt, den sie näher kam, wurde die Intensität ihrer Magie gewaltiger. Er hatte schon vorher den Einfluss ihrer Kräfte auf andere gesehen und war sich ziemlich sicher, dass sie gerade eine gewaltige Machtdemonstration aufbaute.

Todesangst schoss für einen Moment durch seine Glieder, dann berührte ihre Hand seine Schulter, und alles war egal. Wenn der Bilur ihn jetzt nicht mehr schützen konnte, war es ohnehin zu spät.

Er spürte den Druck ihrer Finger durch sein schmutziges Hemd, dann die schwarze, dicke Hitze ihrer Magie, die in seinen Körper eindrang.

Eine Energie, die auf eine sonderbare Weise zugleich bedrohlich und erregend war. Eine düstere Macht. Tunez hatte noch nie etwas Vergleichbares gespürt. Die schwarze Magie floss durch seine Adern wie ein zweites, energiegeladenes Blut, das zu seinen Wunden kroch und diese verschloss.

Die Rippen in seiner Brust knackten und drehten sich zurück an ihren Platz, Dampf stieg von seiner Haut auf, und schwarze Schatten waberten über der offenen Wunde an seiner Hüfte und richtete seinen gebrochenen Arm.

*Zeig sie mir!*, schwang die befehlende Stimme der Königin durch seinen Kopf, kaum waren die schlimmsten Verletzungen geheilt.

Er fühlte sich nackt, und es kostete ihn all seine Willenskraft, die Magie des Bilurs zu spüren und sich auf diese zu konzentrieren. Während die berauschende, schmerzhaft heiße Energie der Heilung durch seinen Körper floss wie eine Mischung aus Lava und Elektrizität, fokussierte er seine Gedanken auf die Flucht.

Sein ganzer Körper schrie vor Alarmbereitschaft, doch er überwand das Pulsieren des Bilurs an seiner Haut und zeigte der dunklen Tyrannin, was sie sehen wollte.

*Shir'Raki*, wie er an die Tore der Stadt trat und über die Menge auf der Brücke schaute, eine alte Erinnerung. Dann das Gefühl von Hast, die Eindrücke, wie er sich auf sein Ross schwang und durch den Wald galoppierte. Der Blick auf Zenay, wie sie nur ein Stück vor ihm auf ihrer Stute durch das Unterholz preschte. Ihr gehetzter Blick.

Er kam näher, konnte sie schon fast erreichen. Dann der Schmerz, als sich der Pfeil tief in sein Fleisch grub.

Für einen Moment erhaschte er noch den entsetzten Blick der Magierin, dann stürzte er, sah Waldboden, ausschlagende Pferdebeine. Hufe, die sich seinem Kopf näherten.

Stechender Schmerz und Leere.

Tunez konnte für einen kurzen Moment fühlen, wie seine Barrikaden unter Zaydas Einfluss bröckelten, doch die Magie des Bilurs nährte seine Konzentration und bewahrte ihn so vor dem sicheren Tod.

Er riss sich aus den Erinnerungen. Ein heftiger Schauer jagte über seinen Rücken. Die schwarze Magie pulsierte noch immer um ihn, aber Zayda zog sie zurück. Als der dunkle Einfluss verging, spürte Tunez dessen schmerzhafte Wirkung deutlicher, obwohl seine Wunden geheilt waren.

„Interessant …", murmelte die Königin und sah ihn dann aus blitzenden Augen an.

„Herrin?", fragte er nach einem Moment und war überrascht über das Keuchen in seiner Stimme.

„Weißt du, dass du eine magische Begabung in dir trägst? Dein Geist ist ausgezeichnet geschützt. Ich kann bei direktem Kontakt durch meine Magie mit Leichtigkeit in die meisten Köpfe hineinsehen, als seien es aufgeschlagene Bücher. Aber nicht so bei dir."

Tunez' Herz trommelte schmerzhaft gegen seine frisch verheilten Rippen. Jetzt durfte er sich keinen Fehler erlauben. Sie war aufmerksam, vielleicht sogar schon misstrauisch.

„Verzeiht, Herrin. Ich vergaß zu erwähnen, dass in den Adern meiner Familie schon seit einigen Generationen etwas Magie fließt. Ich versuchte mich an einer der Schulen, doch mir wurde das nötige Talent für eine vollständige Ausbildung nicht bestätigt. Ich hätte einen starken Geist, aber nicht die anderen notwendigen Voraussetzungen. Also entschloss ich mich, das zu nutzen, was ich habe, und mich anders hochzuarbeiten."

„Kannst du Gedanken lesen?"

„Meist nur bei direktem Hautkontakt", erwiderte er und sah ihr offen ins Gesicht.

Zayda verzog kurz die Lippen. „Besser als nichts", meinte sie schließlich, und nickte. „Ich nehme an, du hast diese Fähigkeit schon genutzt, um dich *hochzuarbeiten*, wie du es nennst?"

Er zwang sich zu einem Schmunzeln. „Ich wäre kein echter Ratke, wenn ich das, was mir gegeben wurde, nicht auch nutzte."

Sie schnaubte kurz, doch in ihrem Blick blitzte kurz etwas Amüsiertes auf. Gut, er hatte sie überzeugt.

„Wir werden sehen, was mir für dich noch alles einfällt, Shir'Raki. Nur wag es nie, deine Fähigkeiten bei mir einzusetzen. Ich nehme allerdings an, du hast kaum Kontrolle über diesen natürlichen Schutz, wenn du darin nicht wirklich ausgebildet wurdest. Es sei dir also verziehen."

Zayda wandte ihren durchdringenden Blick von ihm ab, und ihr Berater trat vor, vermutlich durch ihre Gedanken gerufen.

Tunez blieb weiter angespannt stehen. Sie hatte ihn nicht enttarnt, aber auch nicht aus ihrer Gegenwart entlassen, also musste er warten.

„Diese Stadt braucht dringend eine strengere Führung, Lukray. Ich werde dem Statthalter einige Magier zur Verfügung stellen, die für den Gehorsam der niederen Wachen sorgen werden. Ich sehe nun, dass ich den Städten um der inneren Ruhe willen viel zu viele Freiheiten gelassen habe. Sie werden meine Herrschaft ab jetzt wieder zu spüren bekommen! Unruhen werden schon im Keim erstickt. Ich bin dieses Friedensschauspiel leid. Kümmere dich darum, dass die entsprechenden Änderungen vorgenommen werden; ich schicke dich dafür zurück nach Mazmorra."

Der Berater nickte. „Wie Ihr wünscht, Herrin."

Zayda erhob sich, warf Lukray einen letzten Blick zu und sandte ihn in einem schwarzen Blitz zurück nach Mazmorra.

Anschließend wandte sie sich wieder an Shir'Raki. „So, nun zu dir. Ich möchte, dass du mich begleitest."

„Natürlich, Herrin. Was wünscht Ihr?"

Zaydas Augen blitzten. „Hattest du schon einmal das Vergnügen, ein fettes Schwein quietschen zu hören?"

# Schweigen

Jesco und Tarek kehrten in der Kühle des frühen Morgens zu ihrem versteckten Lager zurück. Sie begrüßten Malak, der seit kurzem wieder Wache hielt, und waren gerade erst zu den anderen gelaufen, als Elaya wie vom Donner gerührt aufsprang. Sie warf den beiden kaum einen Blick zu, erwiderte auch nicht ihre Begrüßung – sondern stürmte geradewegs zu Malak. „Wo ist Sina?!", verlangte sie zu wissen. Er sah sie kurz irritiert an, dann deutete er in den Wald. Elaya folgte seinem Blick und fand die humpelnde Zafija nur wenige Meter weiter, wo sie sich gerade auf einen Baumstumpf sinken ließ.

„Sina!", rief sie, ihr Ton eine Mischung aus Fassungslosigkeit und tiefer Verwirrung. Sie eilte zu ihr, die anderen auf den Fersen, doch Zenay reagierte nicht, sondern zog sich den Verband von ihrem Arm, und die schlimmen Schnittwunden wurden sichtbar.

„He!", rief Elaya erneut. Zenay sah verblüfft auf, und ihr Blick tauchte aus der Tiefe ihrer Konzentration, während magische Funken aus ihren Fingerspitzen glitten. Elaya sah mit an, wie die Magie über den mit getrocknetem Blut verkrusteten Arm wanderte und die Schnitte schloss.

„Sina! Ich ... ich weiß nicht, was ich sagen soll ...", machte Elaya weiter, und die anderen drängten sich neugierig hinter sie, um herauszufinden, was los war. „Du ... du hast meine Wunde noch vor deiner geheilt! Ich ... danke dir! Danke!", rief sie jetzt und strahlte. Zenay rang sich ein müdes Lächeln ab. Ihre Heilung hatte sie viel Kraft gekostet.

„Ich dachte mir, dass es dir gefallen würde, wenn du mit einem gesunden Arm aufwächst", erklärte sie, obwohl sie in der Nacht überhaupt nicht daran gedacht hatte. Die Tat war nicht völlig selbstlos gewesen – sie hatte vielmehr etwas Gutes tun müssen, um mit ihren schrecklichen Taten des Vortages irgendwie fertigwerden zu können.

„Du hast ihre Wunde geheilt?", fragte Tarek, und ohne ein weiteres Wort kam Asyra herbei, um sich die Verletzung zu besehen. Elaya zitterte leicht, so aufgeregt war sie. „Ich ... du weißt gar nicht, wie viel mir das bedeutet, Sina. Ich weiß, es wäre auch so geheilt, aber allein der Gedanke, ständig durch die Wunde an die Begegnung mit den Ratken erinnert zu werden …"

Asyra besah sich währenddessen ihren Arm, aber außer einer feinen roten Linie und ein paar Blutergüssen war nichts von der Verletzung zurückgeblieben.

„Erstaunlich!", murmelte sie und befühlte danach auch Zenays Arm, bevor sie vorsichtig das verkrustete Blut von ihm abwischte. Sie lächelte über die gute Arbeit, die Zenay mit ihrer Magie vollbracht hatte. „Seht euch an, ihr beiden, jetzt habt ihr fast die gleiche Narbe!", sagte sie lachend und deutete auf die beiden Arme.

„Ach!", meinte Tarek und sah es sich auch an. „Narbe ist doch völlig übertrieben, Asyra! In ein paar Wochen sieht man davon gar nichts mehr."

Zenay versuchte, über seine aufmunternden Worte zu lächeln. Das Narbengewirr zog sich kreuz und quer über ihren Oberarm, als hätte sie mit einer wütenden Feuerqualle Bekanntschaft gemacht.

Sie zog den Hemdärmel herunter und verbarg damit die Überbleibsel der Verletzung. „Habt ihr eine Bleibe für uns gefunden?"

„Eine Höhle. Sie liegt in einer Schlucht, einige Stunden von hier entfernt. Mit den Pferden könnten wir noch vor Mittag dort sein."

„Wie habt ihr sie so schnell entdeckt?"

Tarek zögerte kurz. „Na ja, eigentlich war es Zufall. Wir haben eine Ruine entdeckt, doch die war zu weitläufig sichtbar. In der Ruine fanden wir jedoch eine alte, verstaubte Karte, auf der war eine Höhle markiert. Vermutlich ein altes Schmugglerversteck. Wir waren noch nicht dort, weil es zu weit ist, aber wir wissen, wo sie liegt. Und es ist einen Versuch wert."

„Dann lasst uns alles zusammenpacken und schnell aufbrechen, solange es noch kühl ist", schlug Elaya vor, doch Asyra hob die Hand.

„Wartet, ich möchte mir zuerst noch einmal Sinas Knie ansehen."

Asyra löste daraufhin die Schienen und krempelte wortlos Zenays Hosenbein hoch. Ihre Freundin besah sich die bunten Blutergüsse um ihr Knie und befühlte es vorsichtig, ehe sie nickte und die Schienen etwas fester anzog.

„Ich denke, wenn du es noch einige Tage schonst und hin und wieder Magie hineinfließen lässt, wird es wieder wie neu. Aber lauf jetzt noch nicht viel herum, wir packen das Lager zusammen."

Zenay nickte, pfiff Malee zu sich und nahm schweigend Asyras Hilfe an, um in den Sattel zu steigen.

«✝»

Ikar tauchte erst aus seinen düsteren Gedanken auf, als ihm mehr Menschen als gewöhnlich entgegenkamen. Ein ganzer Strom bewegte sich auf ihn zu.

Ein Blick genügte, um sie als Flüchtlinge zu identifizieren. Ihre besorgten Gesichter und die Eile sprachen dafür, dass sie vor etwas Schrecklichem flohen.

Er war nicht mehr allzu weit von der nächsten Stadt, Yoruba, entfernt, also mussten sie wohl von dort kommen. Ikar ging an den Wegesrand, gab sich mit seinem Proviant geschäftig und folgte anschließend den Leuten. Es konnte nicht schaden, sich wieder ein paar Schritte von seinem neuen Ziel zu entfernen, wenn er dafür den Grund für die Flucht erfuhr.

Er reihte sich in die Laufenden ein, die teilweise Karren hinter sich her zogen, teils selbst mit schwerem Gepäck beladen waren.

„Mama, ich will nach Hause!", jammerte ein Junge in Ikars Nähe, am Ende der Gruppe. Das Adlerauge war schon gespannt auf die Reaktion der Mutter, die offensichtlich allein mit ihrem Sohn reiste und mehrere schwere Beutel trug.

„Wir gehen zu deinem Onkel nach Yerima, Schatz. In der Stadt ist es nicht mehr sicher … Wer weiß, was die Stadtwachen jetzt alles anstellen werden."

„Warum haben sie denn gekämpft? Wegen der Magierin?", fragte der kleine Junge weiter, aber die Mutter zischte ihn an.

„Sei still, darüber reden wir nicht!"

„Ab…"

„Nein, ich habe nein gesagt!"

Das genügte Ikar. Er eilte vor und packte die Frau an der Schulter. Sie ächzte laut auf, als er sie zu sich herumzog, und ließ ihre Habseligkeiten in den Straßenstaub fallen.

„Ihr da!", rief Ikar und fixierte schon ihre wässrig grauen Augen. „Was für eine Magierin war das, in der Stadt?"

„Was?!", hauchte die Mutter, noch immer überrascht, fasste sich aber so weit, um rasch nach Hilfe Ausschau zu halten. Doch von den anderen Reisenden auf der Straße konnte sie keine Unterstützung erwarten. Die Leute warfen nur kurze nervöse Blicke auf Ikar und den blutverkrusteten Dolch, den er offen an seinem Gürtel zur Schau stellte.

„Ihr habt mich verstanden!", zischte das Adlerauge. „Und du, bleib, wo du bist, wenn dir das Leben deiner Mutter lieb ist!", wandte er sich an den Jungen, der langsam einen Schritt nach hinten gemacht hatte und jetzt erstarrte.

„Also?"

Die Frau zitterte und versuchte, sich aus Ikars eisernem Griff zu winden, doch es half nichts.

„Ich habe sie nicht gesehen, glaubt mir! Die Wachen schrien alle durcheinander und eilten vor die Stadt! Dann kamen die Ratken! Es hieß, eine Magierin sei gesehen worden, eine, die die Königin schon länger sucht."

„Gab es Steckbriefe von der Hexe in der Stadt? Jung? Braune Haare, blaue Augen?"

„Ja!", rief die Frau und zerrte wieder an seinem Griff, als er sich ihr näherte. „Zayda –" Sie stockte kurz und betrachtete ihn argwöhnisch, „unsere mächtige Königin … Sie kam selbst in die Stadt und zerstörte das halbe Gerberviertel. Und jetzt sind die Tore für ihre Krieger geöffnet."

„Ist die Magierin noch dort? In der Stadt versteckt? Oder hat Zayda sie?"

„Ich glaube, sie wurde nicht gefunden. Aber ich weiß es nicht. Bitte, Herr, lasst mich gehen, ich habe euch alles gesagt!", flehte die Mutter.

Ikar brauchte nicht weiter in das verschreckte Gesicht zu starren. Er erkannte die Ahnungslosigkeit dieser Frau, ließ sie los und machte einen Schritt von ihr weg, worauf sie hastig ihr weinendes Kind hochhob und davonrannte. Ihre Taschen ließ sie einfach liegen.

Er sah ihr kurz nach, warf dann einen verstohlenen Blick die Straße entlang und wartete, bis sich die umgebenden Reisenden ebenfalls verdrückt hatten. Danach warf er seinen Mantel zurück und öffnete einen

Beutel, den er darunter trug. Zum Vorschein kam ein Bilur, den er in der Festung erbeutet hatte.

Die Chance war zu groß, da konnte er nicht anders, als einen der Transportsteine zu verwenden.

Grüne Blitze zuckten von dem aktivierten Stein auf, dann verschwammen der Wald und die Straße und wichen im nächsten Moment offenen Feldern, über deren gelbe Halme der Wind strich.

Seine Intuition sagte ihm sofort, dass er ins Schwarze getroffen hatte. Außerdem bestätigten es der Geruch des Todes und die klagenden Menschen am Stadtrand.

Ikar warf einen Blick zurück. Er war direkt am Waldrand aufgetaucht. Hinter ihm schleppte eine Reihe von Menschen tote Niedere und Ratken aus dem Wald und zum Fluss.

Dort standen Krieger der Königin und überwachten, wie die Leichen am Straßenrand aufgereiht und identifiziert wurden.

Eine Schar aus Schaulustigen hatte sich versammelt, allerdings hielten sie gebührenden Abstand zu den Ratken. Nur einige trauernde Frauen hatten sich unter den Blick der Krieger gewagt, sie klagten und jammerten elendig um ihre toten Männer.

Es lag eine düstere Ruhe über der Stadt, doch die Stimmung machte Ikar schnell klar, was es bedeuten musste. Die Krieger waren nicht mehr in Alarmbereitschaft.

Wut grollte in Ikar auf, und er spuckte vor sich auf den Boden. Die verdammte Hexe war fort. Sollte er sich ein Pferd besorgen und versuchen, sie zu verfolgen?

Nein, bis er ihre Spuren unter all denen der Wächter und Ratken gefunden hätte, wäre sie schon längst über alle Berge. Außerdem würde sie jetzt umso vorsichtiger sein und ihre Spuren verwischen.

Er musste herausfinden, wohin sie fliehen würde. Dann konnte er sie leicht mit einem Bilur einholen und ihr eine Falle stellen. Aber wo anfangen?

Sein Blick wanderte über die Toten und die anderen Stadtbewohner. Eigentlich mussten einige sie gesehen, mit ihr gesprochen haben. Sie hatte irgendwo in der Stadt geschlafen, vielleicht sogar Sachen gekauft.

Da würde er ansetzen.

Er schnaubte kurz. Immerhin hatte er nur von ihr gehört und war ihr trotzdem schnell wieder auf die Schliche gekommen. Dann konnte es nicht allzu schwer sein, ihre Pläne zu durchschauen.

Als Erstes musste er herausfinden, ob Zayda noch in der Nähe war. Ihr wollte er ohne greifbare Ergebnisse nur ungern über den Weg laufen.

«✝»

Tarek und Jesco führten die Gruppe in dunklen, immer dichter werdenden Wald. Nach einer Weile zogen sich Hügel und anschließend steilere Hänge rechts und links von ihnen in die Höhe, die in alte, zerklüftete Felswände übergingen.

Das Unterholz wurde wieder lichter, aber die Bäume waren so alt, dass sich überall dicke verschlungene Wurzeln über den Boden schlängelten. Sie mussten absitzen und die Pferde führen. Nur Zenay blieb auf Malee und lenkte sie mit ihren Gedanken.

Die Sonne warf lange, schräge Strahlen in die Schlucht hinein, als sie einen überhängenden Teil der rechten Felswand erreichten. Dort machten sie kurz Rast und füllten ihre Trinkschläuche mit Bachwasser, das in einem kleinen Wasserfall von der Wand rieselte.

Sie aßen jeder ein Stück Brot, das sie noch in Yoruba gekauft hatten, und liefen dann weiter, bis sie eine Stelle in der Schlucht erreichten, an der ein schmaler Weg abzweigte, an einer Seite hinaufführte und sich teilte.

Jesco und Tarek diskutierten kurz, ob sie noch auf dem richtigen Weg waren, dann eilte Tarek den Pfad hinauf, während sie warteten. Er kehrte lächelnd zurück.

„Oberhalb der Schlucht ist eine Lichtung, auf der wir die Pferde grasen lassen können … und gleich dahinter ist die Höhle, ich konnte den Überhang sehen, der auf der Karte beschrieben wurde", erklärte Tarek und deutete auf einen großen Felsen, um den ein schmaler moosbewachsener Pfad führte. Zenay saß ab und humpelte den Weg hinauf. Tarek wollte ihr helfen, aber sie streifte seine Hand ab und hielt sich an der Felswand fest, um zur Höhle zu gelangen. Malak und Asyra nahmen die Satteltaschen von den Pferden und reichten sie dann Tarek hinauf, denn der Vorsprung, auf dem die Höhle lag, war nur etwa so hoch wie ein Mensch.

Zenay wollte helfen, doch als sie sich bückte, um ebenfalls eine Tasche entgegenzunehmen, schoss stechender Schmerz durch ihr Knie; sie musste sich beherrschen, um nicht laut aufzuschreien. Daher wandte sie sich von der Gruppe ab und ging stattdessen langsam in die Höhle hinein.

Der Vorsprung mit dem Überhang wurde nach hinten schmaler und führte schließlich in eine unebene Kammer, in der es aber genug Platz für alle gab.

Gerade als ihre Augen sich auch ohne Magie an die düsteren Verhältnisse gewöhnt hatten, folgten Tarek, Asyra und Elaya mit einem Teil ihrer Ausrüstung.

Sie sahen sich in dem Versteck um. In einer Ecke standen einige verstaubte Kisten, das war alles. „Hier war schon lange niemand mehr", meinte Elaya und klang dabei unendlich erleichtert.

„Sina, wie wäre es, wenn du dich etwas ausruhst?", fragte Asyra. „Malak bringt die Pferde auf die Wiese und passt auf sie auf, und wir sammeln Feuerholz."

Zenay nickte, auch wenn sie nicht wirklich zugehört hatte. Ihr Kopf fühlte sich leer an. Eine tiefe Müdigkeit nagte an ihren Knochen. Sie zog den Mantel aus ihrer Tasche, löste die Verschnürung und rollte ihn auseinander, bevor sie wieder hinaus auf den Vorsprung humpelte und sich an die kühle Felswand lehnte.

Sie hörte die anderen flüstern und weitere Sachen hereintragen, dann kletterten die drei den Vorsprung hinunter, und nur noch ein gelegentliches Knacken oder Rascheln in der Schlucht zeugte von ihrem Tun.

Jesco blieb bei ihr, auf seinen Bogen gestützt, und beobachtete den Wald mit scharfem Blick.

Zenay betrachtete seine Haltung und sah die Erschöpfung, die er zu verbergen versuchte. Sie zog den Mantel unter sich glatter und massierte dann vorsichtig ihr angewinkeltes Knie, doch konnte sie sich nicht genug entspannen, um Schlaf zu finden.

Sobald sie die Augen schloss, sah sie ihren blutverschmierten Dolch, wie er durch die Luft glitt, von ihrer Hand geführt … wie er durch Haut schnitt …

Sie atmete schwer und wich Jescos Blick aus.

Irgendwann wurde es dunkler. Malak kehrte mit den Pferden zurück und band sie an die Bäume direkt vor der Höhle, danach half er den anderen, das gesammelte Feuerholz zum Überhang zu schleppen. Asyra blieb schnaufend vor Zenay stehen, Blätter und Schmutz klebten an ihren Armen, doch keiner von ihnen sah wirklich besser aus.

„Sina, kannst du das Holz anzünden? Oder es irgendwie trocknen? Ich würde gern vermeiden, dass es zu sehr qualmt. Ein Magier könnte den Rauch sehen."

Zenay nickte und folgte ihr in die Mitte der Höhle, wo sie das gesammelte Holz von draußen zusammengetragen hatten. Asyra strich sich die strähnigen roten Locken aus dem Gesicht und schichtete dann dürre Zweige und einige Tannenzapfen aufeinander.

Es fiel Zenay schwer, den Zugang zu ihren Kräften zu finden. Tief in ihrem Inneren lag ihre gespeicherte Magie, hell leuchtend, doch ein brodelnder, dunkler Schatten hatte sie umhüllt.

Sie kämpfte sich mühsam durch diese Barriere und lenkte dann die Energie ihren Arm entlang zu den Fingern.

Als sie die Magie nach dem Holz ausstreckte und das überschüssige Wasser darin erfühlte, kroch eine Gänsehaut über ihre Arme. Die Magie war kühl, doch es lag auch ein unterschwelliger Schmerz darin, den Zenay nicht zuordnen konnte. Für einen winzigen Augenblick tauchte das aufgerissene Maul des Mangriden vor ihr auf, aber sie unterdrückte die Erinnerung rasch wieder und zog das Wasser aus dem Holz.

Asyra beobachtete sie mit besorgtem Blick, schwieg aber, während sie einen Feuerschläger auspackte. Sie ließ Funken in den Zunder springen und blies rasch nach, damit eine Flamme entstand und sich nicht so viel Rauch entwickelte. Dann legte sie erste dünne Äste auf und schob weitere nah an das kleine Feuer.

„Danke", sagte Asyra, und ihre grünen Augen blieben an Zenay haften. „Wie geht es dir?"

Sie wusste nicht, was sie darauf antworten sollte. Sie war noch immer von dem Gefühl in ihrem Inneren gefangen und fragte sich, ob die Energie des Mangriden in ihr durch schlechte Gefühle genährt wurde.

Sie konnte nicht sicher sagen, was sie wirklich fühlte.

Also sagte sie nichts, sondern starrte in die Flammen und legte selbst ein paar Äste nach. Sie fühlte Asyras Trauer darüber, dass sie sich ihr nicht öffnen wollte, doch bevor sie etwas sagen konnte, gesellte sich Elaya zu ihnen. Sie begann, mit Asyra ein Abendessen zu bereiten, während Zenay sich um das Feuer kümmerte.

Es tat gut, eine Aufgabe zu haben, und die warme, prickelnde Energie des Feuers drang sogar ein wenig in ihr Inneres vor.

Jesco kam in die Höhle. „Sina, kannst du darauf achten, ob die Pferde unruhig werden? Ich brauche etwas Ruhe."

Zenay nickte und warf einen kurzen Blick auf seinen Köcher, als er diesen an die Höhlenwand lehnte. Es waren nicht mehr viele Pfeile darin. Ihrer war völlig leer.

„Asyra, habt ihr Brauchbares gefunden?", fragte er dann beiläufig und zog einen Beutel aus einer seiner Satteltaschen.

Während Asyra nickte, holte Jesco sich eine der Holzschalen, öffnete den großen Lederbeutel und schüttete den Inhalt um.

Malak lachte unsicher, als er das Mehl sah. „Willst du etwa backen, Jesco?"

„Fast", meinte dieser knapp und auch Zenay schaute jetzt neugierig. Dann fielen mehrere Gegenstände aus dem Mehl und Jesco las sie aus der Schüssel, bis er eine ganze Handvoll hatte. Er füllte das Mehl zurück in den Beutel und wischte dann die Dinger an seinem Hemd ab. Unter dem weißen Mehlstaub kam Metall zum Vorschein.

„Pfeilspitzen?!", rief Malak überrascht. „Wo hast du die her?"

„Kontakte in Yoruba. Mein Gefühl sagte mir, dass wir einige mehr brauchen könnten. Ich habe welche für die Jagd und für Panzeru…"

Er warf einen Blick in die Runde und bemerkte, dass zu viele Details wohl nicht angebracht waren. Sein Gesicht versteinerte, und er ließ sich von Asyra eine Reihe langer, gerade Äste reichen, die sie gesammelt hatte.

Schweigend machte er sich mit einem Messer daran, die Pfeilschäfte vorzubereiten. Elaya hatte jetzt Tränen in den Augen, und auch ihr Bruder verzog das Gesicht. Doch dann konzentrierte er sich darauf, seiner Schwester beim Zubereiten der Suppe behilflich zu sein.

Obwohl Zenay nichts außer dumpfem Schmerz fühlte, bemerkte sie doch die Blicke der anderen, als sie in der kühlen Höhle saßen, deren Stille nur vom prasselnden Feuer durchbrochen wurde.

Tareks Blick war mehr als direkt: *Sie warten darauf, dass du etwas sagst, dass du sie aufbaust.*

Zenay schüttelte unmerklich den Kopf. Sie konnte die Trauer in seinen Augen sehen, als er sich an ihrer Stelle an die anderen wandte. „Nun, wer wird die erste Wache nach dem Essen übernehmen? Wir sollten alle so viel Ruhe wie möglich bekommen, uns sammeln … und uns dann wie geplant nach Siad durchschlagen."

Malak schnaubte. „Glaubst du wirklich, dass wir jemals da ankommen? Wir haben zu wenig Proviant und dürfen den großen Straßen nicht zu nahe kommen."

„Malak hat recht, die Königin ist bestimmt nicht erfreut darüber, dass wir ihr entkommen sind. Sie wird massenweise Ratken auf uns hetzen", meinte seine Schwester nickend.

„Wir leben alle noch, oder etwa nicht?", rief Asyra. „Ist euch das klar? Wir waren in einer Schlacht und haben alle überlebt! Warum sollten wir es jetzt nicht schaffen, eine Weile unterzutauchen?"

„Wir haben Tunez verloren", murmelte Zenay und ließ Asyra damit verstummen. „Er war wichtig! Er wollte uns zu diesen Phiruin bringen, und jetzt ist er wahrscheinlich tot."

„Sina …", setzte Asyra sanft an, doch Zenay wurde mit einem Mal wütend.

„Er war wichtig! Kann mir irgendeiner mehr über die Rebellen sagen? Nein, nicht wahr? Ihr habt keine Kontakte zu ihnen, kennt ihre Verstecke nicht. Oder ihre Ziele? Ihre Motivation? Wollen sie mir helfen? Wollen sie Zayda stürzen, um selbst an die Macht zu kommen? Ich weiß nichts darüber! Verdammt!"

Eine Weile schwiegen sie alle, dann regte sich Elaya. Zenay konnte sehen, dass sie etwas fragen wollte. Fragen, warum das auf einmal so wichtig war, obwohl sie vorher kaum etwas von den Rebellen gehört hatten. Und die Tatsache, dass sie ihren Freunden diese Frage nicht beantworten konnte, ließ einen bitteren Geschmack in ihrem Mund entstehen.

*Könnte ich mich doch nur an mehr vor der Zeit in Ornanung erinnern. Vielleicht hatte Tunez mir schon vieles erklärt!*

Schmerz pochte durch Zenays Knie, aber sie verzog keine Miene. Stille kroch wieder aus den Schatten und machte sich um das Feuer breit.

Niemand hatte Lust, weiter zu diskutieren oder sich falschen Hoffnungen hinzugeben. Sie aßen, ohne dass jemand ein Wort über den Geschmack der Suppe verlor.

Tarek stand danach auf und ging schweigend zum Höhleneingang, um die erste Wache zu übernehmen.

Die anderen saßen noch kurz um das kleine Feuer, dann wickelte sich jeder in seinen Mantel und versuchte zu schlafen.

Zenay lag trotz ihrer Erschöpfung lange wach. Sie dachte an die Kämpfe und an die Chance, die ihr mit Tunez durch die Finger geronnen war. Sie berührte den Bilur an ihrem Hals. Sein schützendes Pulsieren war mittlerweile schon normal geworden, und oft vergaß sie für eine Weile, dass er dort in dem Stoff steckte und sie vor Unheil bewahrte. Es war das Einzige, das sie von Tunez hatte.

Nach einer Weile regte sich jemand in der Höhle, legte Feuerholz nach. Dann erklang das regelmäßige Schaben von Metall auf Holz, als Jesco an seinen Pfeilen weiterarbeitete.

«✝»

Kalana hätte nie gedacht, dass sie sich so sehr nach dem Unterschlupf in der Schlucht sehnen würde.

Die Beeren und Haselnüsse waren ein netter Versuch gewesen, aber den Hunger einer vierköpfigen Familie konnten sie nicht stillen.

Der Wald wurde mit den Stunden lichter und ging in karge Hügel über, die von hohem Gras und dichtem Gebüsch überwuchert wurden.

Tagträume plagten Kalana, ließen sie immer wieder den Überblick darüber verlieren, was gerade in der Wirklichkeit geschah. Sie ließ sich von ihrem Mann und ihren Söhnen führen, während Realität und Erinnerungen verschwammen.

Sie schreckte auf, als die anderen anhielten, und sah zum ersten Mal die Weite der Landschaft vor ihnen. Sie hatten die Wälder und Schluchten hinter sich gelassen und eine sanft abfallende Hügelkette erreicht. Der Horizont lag im Dunst verborgen, aber Kalana wusste, dass es die große Ebene mit den weiten Wiesen, Feldern und Sümpfen war, die vom Yor durchflossen wurde.

Zwischen den Hügeln konnten sie eine Reihe von Feldern entdecken und eine einfache Hütte, zum Teil verborgen von baumhohen Holunderbüschen. Eine Rauchfahne aus dem Kamin trug ihnen den Duft von frischem Brot entgegen.

Die Familie blieb am Rand des Hügels stehen und besah sich die Landschaft und das kleine einsame Haus. Weiter entfernt stiegen noch weitere solche Rauchfahnen auf und wiesen auf eine Siedlung hin.

Kian strich sich unbewusst über den Arm, wo ihn so lang der Schmerz des Bruchs gequält hatte.

„Was sollen wir tun?", fragte Anak.

„Wir könnten nett fragen, ob wir etwas zu essen bekommen", schlug sein Bruder vor.

Anak schnaubte. „Klar, denn die Leute, die hier wohnen, haben bestimmt jede Menge abzugeben."

„Man kann ja nie wissen", murmelte Kian, dann hellten sich seine Gesichtszüge auf. „Seht mal, da sind auch schon welche", meinte er und stupste seinen Bruder an, um ihm die Richtung zu zeigen. Tatsächlich tauchte gerade ein großer, schwarzer Ochse auf einem der Felder auf, der bisher vom Gestrüpp auf dem Hügel verborgen worden war.

Dahinter liefen eine Frau und ein Mann, die das Geschirr des Ochsen lenkten, das tiefe Furchen in das Feld grub.

Gerade als Anak den Mund öffnete, um zu rufen, schnellte Kalana aus ihrer Starre hervor. Blitzschnell schlossen ihre dünnen Finger sich um seinen Mund, und er schrak zusammen.

„Was ist?!", fragte sein Bruder.

Kalana zögerte und wurde unter den Blicken der drei ganz unsicher. „Ich … ich weiß nicht, es war nur ein ungutes Gefühl."

Ihre Söhne sahen sie sorgenvoll an, doch dann verdüsterte sich Asurs Gesicht, und er schob sie zurück, weg von den Feldern unter ihnen.

„Versteckt euch!"

„Sind es Ratken?", hauchte Kalana, die noch immer von ihrer eigenen Reaktion überrascht war.

Asur schüttelte den Kopf. Da erhaschten sie einen kurzen Blick auf die Männer, die aus der entgegengesetzten Richtung auf die Bauern zukamen. Sie waren wie Schatten aus den Büschen hervorgeschlüpft und umkreisten ihre Beute, die Bögen und Klingen gehoben.

Asurs Feststellung bestätigte ihre Vermutung.

„Es sind Netzjäger."

Kalana erbleichte, doch ihre Söhne hatten sich schnell wieder im Griff. Sie wurde am Arm gepackt und mitgezogen. „Da rein!", zischte Anak und deutete auf ein Dornengestrüpp. Angesichts der offenen Landschaft auf dem Hügel war es die beste Option.

Sie krochen zwischen die dornenbesetzten Äste der Schlehen, bis sie unter dem dicht verästelten Blätterwerk eine kleine freie Stelle erreichten, wo sie lauschten.

Ein Schrei hallte den Hügel herauf, gefolgt von dem wütenden Fluchen eines Mannes und dem hämischen Lachen einer ganzen Gruppe. Der Wind trug einzelne Worte und Gesprächsfetzen zu ihnen, die klarmachten, dass die gesamte Bauernfamilie jetzt in der Hand der Netzjäger sein musste.

„... sind alle ... Shassarfat ..."

„... wäre eine Schande, das Tier hier so allein zu lass..."

Das Lachen wurde lauter, dann hallte ein Krachen über das Feld, dicht gefolgt vom schmerzerfüllten Brüllen des Ochsen. Das tiefe Blöken ging rasch in ein hohes, fast kindliches Kreischen über, dann brach es ab.

Murmelnde Stimmen drangen weiter zu ihnen hinauf, zusammen mit dem Weinen einer Frau, dann wurde es ruhig.

Lange Zeit herrschte Stille. Kalana fühlte sich noch immer beobachtet, aber die anderen wagten sich schließlich heraus und spähten vorsichtig den Hügel hinab. Auf dem Feld zeugte nur noch der abgeschlachtete Ochse von dem Verbrechen.

Kalana kniff die Augen zusammen, doch selbst in der Dämmerung konnte sie noch erkennen, dass große Fleischstücke aus dem Tier geschnitten worden waren.

Einige Krähen hüpften schon um den Kadaver.

Auch wenn sie sich dabei nicht wohlfühlten, stiegen sie den Hügel hinunter und schlichen zu dem Haus der verschwundenen Familie. Die Tür stand offen, innen erwarteten sie Stille und das Chaos, das die Netzjäger hinterlassen hatten, während sie das Haus wohl nach Wertsachen durchsuchten.

„Und jetzt?"

„Sie sind weg, lasst uns nachsehen, ob noch etwas Essbares da ist!", schlug Kian vor und machte sich schon auf den Weg in die Kammer hinter der Stube.

Kalana stand da und starrte in die Leere, während ihre Familie sich in ihren Gedanken mit den Krähen verbündete. Reste verwerten, sich um die Überbleibsel von Bauern streiten, die vom Schicksal zu einem Leben in Sklaverei verurteilt wurden.

Sie verlor ihr Zeitgefühl und schreckte erst aus ihren Tagträumen auf, als ihr Mann sie behutsam an der Schulter berührte. Irgendwann musste sie sich unbewusst an den Tisch gesetzt haben.

Auf der abgewetzten Holzplatte lag jetzt allerhand Brauchbares, was die Netzjäger anscheinend verschmäht oder übersehen hatten.

Kalana besah sich das Essen, das sie zusammengetragen hatten. Zwei harte Brotlaibe, Schinken, Karotten und noch einiges anderes. Daneben lagen Kleidungsstücke, die ihnen passen würden.

„Wir können so nicht weitermachen", murmelte Kalana müde.

„Wir brauchen die Sachen! Und wir könnten hier schlafen!", protestierte Anak, auch wenn sie ihm das schlechte Gewissen ansehen konnte.

„Die Familie wird vermisst werden, und bald kommt jemand, um sie zu suchen. Wir setzen uns einer zu großen Gefahr aus, wenn wir hier bleiben", pflichtete Asur ihr aber dann bei.

Kian runzelte die Stirn. „Und was schlägst du vor? Wieder in die Wildnis?"

„Wir nehmen alles mit, was wir tragen können, aber wir müssen raus aus diesen verfluchten Wäldern voller Ratken und Sklavenjäger!"

„Wohin dann? Wir fallen auf!"

Kalana starrte auf ihre Handflächen, die ihr sonderbar fremd vorkamen.

Es schienen einige Schwielen und Narben zu fehlen. Sie erzitterte und sah dann auf.

„Dann lasst uns dorthin gehen, wo es viele Herumstreuner wie uns gibt. Wo wir untertauchen können."

Ihre Familie sah sie erwartungsvoll an, als sie sich erhob.

„Yoruba."

«✝»

Shir'Raki folgte ihr wie ein wachsamer Schatten, als Zayda zu den Räumen schritt, in denen die Familie des Statthalters angstvoll auf sie wartete.

Ein Diener stieß die Tür für sie auf, kaum dass sie sich näherte.

„Wo ist euer Sohn?", verlangte Zayda zu wissen, ohne die Anwesenden zu begrüßen.

Der Statthalter erhob sich schnaufend von seinem Stuhl, während seine Frau schon stand.

Bevor er den Mund aufmachen konnte, unterbrach Zayda ihn schon.

„Nein, keine Fragen. Ruft ihn her!"

Die beiden wagten nicht, zu widersprechen.

Es dauerte nur einige Augenblicke, bis der Fettwanst seinen Sohn aus einem angrenzenden Raum geholt hatte.

Er blieb vor Zayda stehen und schaute sie immer wieder kurz an, ehe er den Blick abwandte. Sein nervöser Atem ging flach und stoßweise.

„Du erinnerst dich an unser Treffen auf dem Markt, nicht wahr?", fing sie an und legte bewusst einen sanften Ton auf.

Sein Nicken kam zögernd. Er schien spüren zu können, dass ihre Stimmung größte Gefahr für ihn bedeutete.

„Und du hast bemerkt, dass ich deine Gedanken durchforstet habe. Dabei konnte ich nicht umhin, zu sehen, wie du dem Mädchen begegnet bist."

Wieder ein Nicken.

„Dieser Dolch", fing Zayda mit langgezogener Stimme an. „Möchtest du wissen, was es mit ihm auf sich hat?"

Seine Augen weiteten sich kurz, aber er konnte ein schwaches Nicken nicht verhindern.

Zayda lächelte milde. „Nun, die Geschichten, die du auf dem Markt gehört hast, sind *fast* wahr. Er gehörte wirklich einer Magierin, einer der wenigen, die es auch nach den großen Schlachten noch wagte, sich gegen mich zu wenden. Sie forderte mich heraus … und verlor. Sie floh, wie eine kleine Made, und verkroch sich. Mazuk fand sie Jahre später – nachdem sie ein kleines Mädchen bekommen hatte, das mir wirklich sehr, sehr wichtig war. Bei ihrer Gefangennahme konnte Mazuk ihr diesen Dolch abnehmen. Es gelang ihr jedoch, erneut zu fliehen und ihre Tochter zu verbergen, ehe sie in der anderen Dimension endgültig gefasst wurde."

Sie sah den jungen Ratken beinahe fürsorglich an. „Doch etwas ging schief. Wir wussten nicht, dass in den Griff des Dolchs ein Bilur eingelassen war. Nachdem Mazuk die Mutter getötet hatte, wollte er nach Tyarul zurückkehren. Doch der Dolch muss durch das Blut der Mutter aktiviert worden sein, denn als Mazuk eines der Portale betrat, wurde der Dolch aus seiner Hand gerissen." Zayda machte eine Bewegung, als würde eine unsichtbare Waffe aus ihrer Hand geschleudert. Der Ratke zuckte leicht zusammen. Angesichts seiner wachsenden Unsicherheit musste sie beinahe lachen. „Er reagierte auf das Portal und verschwand. Mazuk dachte, er wäre durch den Bilur zerfetzt worden, doch da hat er sich wohl geirrt, denn nun hattest du ihn ja gefunden."

Als sie schwieg, wagte er es kaum, zu sprechen. „Ver–verzeiht ...", wisperte er leise, verstummte aber wieder.

„Und weißt du auch, wer ihn dir auf dem Markt abgenommen hat? Dieses Mädchen, das mich so interessiert – die Tochter eben dieser Magierin."

Der Junge war jetzt leichenblass.

„Möchtest du mir vielleicht erklären, warum du sie nicht hast fassen können? Sie war doch offensichtlich geschwächt und unvorsichtig."

„I–ich ... ich ... wu–wusste", fing er stotternd an, doch ihre Handbewegung unterbrach ihn. Schwarze Magie kroch auf ihn zu, packte ihn und ließ ihn schon nach einem Moment quietschen wie eine Maus.

Er erzitterte, und Zaydas Lippen verzogen sich zu einem Schmunzeln, als er die Kontrolle über seine Blase verlor.

„Erbärmlich."

Die Frau des Statthalters schnellte vorwärts, erstarrte aber, als sie der schmerzhaften Magie zu nahe kam. Verzweiflung verzerrte ihr Gesicht.

„Herrin! Bitte, er ist doch fast noch ein Kind!", rief die Mutter und wandte hilfesuchend ihren Blick zu Shir'Raki.

„Das ist KEINE Entschuldigung! Er ist der Sohn eines Statthalters! Er hätte von euch besser ausgebildet werden müssen. Ihr habt auf ganzer Linie versagt!", rief Zayda und beobachtete interessiert, wie sich das

Gesicht der Mutter zu einer hasserfüllten Fratze wandelte, als sie erkannte, dass Shir'Raki ihr nicht helfen würde.

„Das ist alles deine Schuld!", zischte sie. „Er war damit beauftragt! Er hat sie entkommen lassen!"

„Schweig!", befahl Zayda. „Versuch nicht, dein Versagen auf andere abzuwälzen wie ein niederer Dieb, der beim Stehlen erwischt wurde! Dieser Mann hier hat mehr Ehrgefühl als eure gesamte Familie!"

Shir'Raki zuckte kurz zusammen, als die schwarze Magie den Raum erfüllte und die drei Ratken vor der Königin in die Knie zwang.

Es dauerte nur einen Moment, bis alle drei vor Schmerz das Bewusstsein verloren. Zayda war sich noch nicht sicher, was sie mit ihnen anstellen sollte. Ein netter, langer Aufenthalt im Kerker schwebte ihr vor.

Sie wandte sich schnaubend ab und fasste den Krieger hinter sich ins Visier.

„Und nun zu dir, Shir'Raki. Mich lässt der Gedanke nicht los, was für ein Potenzial an dir verschwendet wurde."

Sie sah ihm direkt in die Augen und bleckte ihre spitzen Zähne. „Ich könnte etwas *nachhelfen*, wenn du verstehst, was ich meine."

Der Ratke strich sich die blonden Haare zurück und runzelte die Stirn. „Ist es nicht gefährlich? Ich bin nicht so mächtig und willensstark, wie Ihr meint, meine Königin."

Sie zog die Schultern hoch. „Alles birgt ein Risiko."

„Ihr habt es schon einmal getan?"

„Sicherlich. Einige meiner vielversprechendsten Gefolgsmänner haben diese Form der Unterstützung von mir erhalten."

„Was … was bewirkt die schwarze Magie?"

Wieder lächelte sie. „Oh, das ist unterschiedlich. Bei den meisten stärkt es die Fähigkeiten, die sie ohnehin schon besitzen. Allerdings ist die Macht nur von Nutzen, wenn der Körper des Besagten fähig ist, sie zu bändigen."

„Aus welchem Grund wird mir diese Ehre zuteil?"

„Du scheinst mir der einzige Ratke in Yoruba zu sein, der noch ehrlich und nicht völlig unfähig ist. Ich verbessere damit meinen Stand hier, wenn du es so sehen willst." Sie deutete auf die drei zusammengesunkenen Körper. „Und hier ist gerade zufällig eine Stelle freigeworden."

Die Augen des Ratken weiteten sich. „Ich verstehe."

„Denk darüber nach, es wäre eine einmalige Gelegenheit ..."

Shir'Raki verbeugte sich. „Das werde ich. Es ist mir eine Ehre, Herrin."

«✝»

Zenay erwachte und schlug die Augen auf. Einen Moment blieb sie liegen und starrte auf die graue Felswand über sich, dann wickelte sie sich fester in ihren Mantel und versuchte, die morgendliche Feuchtigkeit zu ignorieren, die sich im Gewebe festgesetzt hatte.

Ihre Gedanken ließen ihr keine Ruhe mehr und so stand sie auf, zog sich den klammen Mantel fester um die Schultern und trat humpelnd an den Höhleneingang zum Vorsprung. Nach der kühlen Nacht war ihr Knie noch etwas steif, aber das würde sich bald verlieren, wenn sie sich bewegte.

Sie ließ ihren Blick über die bewaldete Schlucht wandern, die nach Westen abfiel. Jesco stand zwischen den Bäumen bei den Pferden. Als er sie vor der Höhle erblickte, kam er den schmalen Pfad heraufgeschlendert und stellte sich schweigend neben sie, wie die beiden vorangegangen Morgen.

*Es ist frisch geworden*, dachte Zenay und betrachtete die schwachen Nebelschwaden, die seit zwei Tagen in der Schlucht hingen. *Zeit, wieder aufzubrechen.*

Sie verlagerte ihr Gewicht und verzog das Gesicht, als Schmerz durch ihr Bein zuckte. Sie bückte sich etwas und fuhr sich mit der Hand über ihr Knie, das nun allein ausheilen musste.

Sie hatte an beiden Tagen, die sie sich in der Höhle erholt hatten, immer wieder Kraft in die Heilung investiert, bis diese nichts mehr ausrichten konnte. Asyra war auch der Meinung, dass der Rest der Verletzung von selbst vergehen würde.

Es wunderte sie insgeheim, dass ihr die Heilung nicht vollständig gelungen war. Aber angesichts der Tatsache, dass sie die ganze Zeit über auf der Flucht gewesen waren, konnte sie sich eigentlich nicht über das Ergebnis beschweren.

Immerhin konnte sie wieder laufen und lebte.

Als ihre Gedanken zu Zayda wanderten, erschauderte sie und fühlte sich unmittelbar beobachtet. Ein dunkler Schatten zog über den Wald, und sie wich unwillkürlich zurück, doch es war nur eine Wolke.

*Wie es den Menschen in Yoruba wohl ergangen ist? Ich kann mir denken, dass Zayda unglaublich wütend sein muss ...*

*Und was, wenn sie gar nicht mehr dort ist? Wenn sie schon auf dem Weg hierher ist?*, hauchte eine sorgenvolle Stimme in ihrem Kopf.

Ihr Herz schlug immer heftiger, dann verdrängte sie die Angst wieder. In den vergangenen zwei Tagen hatte sie sich fast immer beherrschen können.

Ihre Freunde brauchten Ruhe, und auch wenn sie regelmäßig von blutigen Klingen oder dem Heulen des Mangriden träumte, musste sie dies für sich behalten.

Aus der Höhle hinter ihr drangen Geräusche, leise Gesprächsfetzen hallten heraus und wurden von den Bäumen in der Schlucht verschluckt.

Jesco lehnte sich auf seinen Bogen und wechselte einen stummen und dennoch vielsagenden Blick mit ihr.

Zenay nickte, mehr zu sich selbst, und ging zurück in die Höhle, darauf bedacht, sich das Humpeln nicht anmerken zu lassen. Jesco folgte ihr.

„Wir sollten weiter. Ich ... wir sind hier wie eingesperrt. Ich will vorankommen!", fing Zenay an, kaum hatte sie den düsteren Raum betreten.

Tarek warf einen kurzen Blick über die Gruppen und nickte. „In Ordnung."

Malak streckte sich gähnend und schälte sich aus seinem Mantel. „Können wir wenigstens noch etwas essen?"

„Ich werde dich nicht aufhalten, uns etwas zu essen zu machen", meinte seine Schwester grinsend und zog ihren grummelnden Bruder auf die Beine.

„Haben wir noch Brot?"

„Nicht mehr viel, fürchte ich."

Elaya zog einen halben Brotlaib hervor und etwas geräucherte Wurst. „Wie gehen wir jetzt weiter vor? Schlagen wir uns durch die Wildnis? Oder versuchen wir es am Fluss entlang?"

„Ich glaube, es kann nicht schaden, sich eine Weile von den Handelsstraßen am Fluss fernzuhalten. Es gibt auch abseits kleinere Dörfer, vielleicht können wir dort Proviant kaufen oder erhandeln."

„Wir kommen zurecht. Wir haben noch andere Sachen, können auch jagen, darin ist Tarek unser Spezialist."

Zenay lauschte schweigend und packte das Bündel aus Pfeilen, die Jesco für sie hergestellt hatte. Sie hatte ihm zugesehen, bezweifelte aber, dass sie es ihm gleichtun könnte. Er hatte die Schäfte mit äußerster Ruhe und Konzentration geglättet und aus Birkenpech einen Kleber hergestellt, mit dem er die Spitzen befestigt hatte. Asyra und Elaya hatten an einem nahegelegenen Weiher oberhalb der Schlucht eine Gans geschossen, und Jesco hatte die Federn für die Pfeile zurechtgestutzt. All das mit einer Seelenruhe und ohne Hast – Zenay konnte das nach all dem, was geschehen war, kaum verstehen. Er ging voll in dieser Arbeit auf.

„Du solltest deine Waffen besser unter deinem Mantel verbergen", meinte Tarek, und sie nickte knapp. Sie war seine zusammengepressten Lippen schon gewöhnt, da sie kaum noch mit ihm sprach. Er hatte sie bisher zu nichts gedrängt, aber seine Gedanken verrieten ihn.

Zenay war noch nicht bereit, sich ihm oder jemand anderem zu öffnen. In ihrem Inneren hatte sich in den letzten Tagen eine Wand aufgebaut, die sie selbst nicht mehr überwinden konnte – oder wollte.

Sie packte ihre restlichen Sachen zusammen und half dann, den Proviant in den Taschen zu verstauen. Innerhalb kurzer Zeit hatten sie alles zusammengerafft und ließen die Höhle hinter sich.

Die Gruppe führte die Pferde den Pfad hinauf auf die Wiese, von dort ritten sie schweigend in den Wald.

Zenay ließ sich von Malee tragen und überließ es der Stute, den anderen zu folgen. Mittags machten sie Rast, aßen ein wenig Trockenobst und Brot und ließen die Pferde grasen.

Zenay versuchte, den Anblick der Ruinen am Waldrand zu ignorieren, doch ihre Augen wurden wie magisch davon angezogen. Die Wiese musste eine Weide gewesen sein und der überwucherte Streifen daneben ein Weg.

Wie lang die Menschen wohl schon fort waren?
Getötet? Geflohen?

Zenay hatte einen bitteren Geschmack auf der Zunge und war froh, als sie diesen Ort hinter sich ließen und wieder in den schattigen Wald eintauchten.

«✝»

Die Gedanken des weißäugigen Magiers waren ruhig und still. Die meiste Zeit gab es kaum einen Anlass, wirklich zu denken. Seine Meisterin bestimmte seine Entscheidungen und Handlungen, verfügte über seine Magie und seinen Blick.

Zurzeit war sie selbst sehr beschäftigt, und so schlummerte ihre Verbindung wie unsichtbare schwarze Spinnweben. Doch der Magier wusste, dass die Königin ihre Verbindung zu einem dicken, festen Seil aufbauen konnte; dann las er ihr jeden Wunsch aus den Gedanken ab.

Er vermochte sich ein anderes Leben nicht mehr vorzustellen. Irgendwo tief in seinem Bewusstsein war ihm klar, dass er einmal ein freier Mann gewesen sein musste. Aber weshalb sollte irgendjemand das wollen, wenn er permanent mit der mächtigsten Frau der Welt verbunden sein konnte?

Freier Wille erschien ihm lächerlich und überflüssig.

Er saß in der warmen Stube eines Hauses in diesem Dorf namens Ornanung. Die Frau stand am Herd und rührte fahrig in einer Suppe, die für ihn bestimmt war. Währenddessen warf sie immer wieder nervöse Blicke in seine Richtung.

Regungslos forschte er in den offenen, ungeschützten Köpfen der hier wohnenden Leute. Die meisten Gedanken drehten sich um alltägliche Probleme und um das Feuer.

Einmal dachte jemand an das Mädchen, und er drehte interessiert den Kopf. Doch es war nur wieder ein flüchtiger Gedanke darüber, dass sie endlich fort war.

Sein Unterbewusstsein nahm im nächsten Moment ein Surren wahr, und seine Magie reagierte, bevor er den Kopf wieder zum Herd gedreht hatte. Er riss seine Hand nach oben und stoppte ein Kochmesser in der Luft.

Der Magier stand auf und ließ das Messer zu Boden fallen, wo es klirrend liegen blieb. Er öffnete seine Handfläche und entfachte mit einem Schnipsen ein magiegenährtes Feuer.

„Das war dumm. Sehr dumm", kamen die gewohnt monotonen Worte aus seinem Mund.

„Bitte! Ich ... verzeiht!", stotterte die Frau jetzt hilflos und rutschte langsam am Herd entlang Richtung Tür.

Gerade als er die Hand hob und der Flamme mehr Energie gab, stürmte der Kerl namens Feradun herein und stellte sich schützend vor seine Frau.

„Ihr verschwendet die Zeit unserer Herrscherin Zayda", stellte der Magier fest. Seine Stimme schnarrte kalt. Er könnte auch andere im Dorf finden, die für ihn kochen und ihm dienen würden.

„Halt! Ich weiß nicht, wo das Mädchen ist, aber ich kann Euch sagen, wer es vielleicht weiß. Der alte Magier, Shetan!"

„Es gibt hier einen Magier?", fragte er und drehte den Kopf leicht schräg. „Ich kann ihn nicht fühlen. Wo ist er?"

„Er wohnte am Dorfplatz, hat aber kein Haus. Es ist abgebrannt."

„Du weißt das schon länger. Warum sagst du es erst jetzt?"

Der Mann zitterte und wandte den Blick ab. „Conroy wollte nicht, dass ich es sage ... aber das ist mir jetzt egal."

„Interessant."

Er erinnerte sich daran, dass ein anderes Weißauge einen alten Mann wahrgenommen hatte. Auch er hatte die verschwommenen Gedanken des Alten gespürt.

Der Magier ließ die Flamme auf seiner Hand mit einem Zischen erlöschen und transportierte sich dann auf den Platz, um den Alten aufzuspüren.

# Düstere Zeiten

Im Laufe des Tages wurde es drückend schwül, und in der Ferne grollte ein Gewitter. Schon das leise Donnern ließ Bilder von den dunklen, regennassen Gassen Yorubas in Zenays Kopf entstehen.

Doch mit der Zeit verging die Schwüle, vertrieben von einem kühlen Wind. Das Unwetter tobte sich ein Stück entfernt aus, und sie blieben trocken.

Nachdem sie einen kleinen Bach durchritten hatten und eine Weile nur von Wald umgeben waren, hob Jesco die Hand, und sie hielten an.

„Wenn meine Karte mich nicht täuscht, dann ist hier in der Nähe eine kleine Siedlung. Der Wald wird jedenfalls bewirtschaftet."

„Und?", fragte Elaya.

„Wir sollten weitere Vorräte besorgen."

„Aber du hast doch gesa…"

„Ich weiß, was ich gesagt habe. Trotzdem sollten wir die Gelegenheit nutzen, danach sind wir wieder tagelang im Wald."

„Gut", meinte Tarek. „Malak, willst du Jesco begleiten? Der Rest von uns wartet hier, wir können unsere Sachen noch einmal durchsehen. Falls noch etwas fehlt, kann Sina euch das dann mitteilen."

Die anderen stimmten dem Plan zu. Zenay hatte das Gefühl, dass Tarek sie am liebsten von jeglicher Zivilisation fernhalten wollte.

Malak und Jesco machten sich auf den Weg und verschwanden nach einer Weile im lichten Wald aus ihrer Sicht.

Die anderen lenkten die Pferde zu einer ebenen Stelle und saßen ab. Zenay ließ sich von Malees Rücken gleiten.

„Schon dich, wir machen das", meinte Tarek in mildem Ton und lud die Taschen von Malees Rücken.

Es brodelte in ihr, da er sie wie ein Kind behandelte. Sie ließ ihre Freunde machen, setzte sich auf einen Stein und hielt halbherzig Wache.

Zenay starrte teilnahmslos in den Wald, der in seiner Stille auffallend ordentlich wirkte. Sie erinnerte sich an Tareks Bericht darüber, dass Bauern teilweise Laub aus den Wäldern holten und als Einstreu für ihre Ställe verwendeten.

Die anderen sammelten inzwischen trockenes Holz, auch wenn es in dem beinahe leeren Wald länger dauerte. Asyra und Tarek hoben schließlich mit einem Beil als improvisierte Schaufel eine kleine Grube aus, in der sie Zunder und Zweige zusammenschoben.

Jesco und Malak kehrten kurz vor der Dämmerung zurück und berichteten vom Einkauf in dem kleinen Dorf.

„Wir haben Brot und Schinken und einen Sack mit getrocknetem Gemüse, gut für Eintöpfe. Die Leute hatten nicht viel …"

„Aaaaber", rief Malak grinsend dazwischen und zog etwas aus dem Beutel, „Sie hatten den hier!"

Stolz präsentierte er ihnen einen versiegelten Schlauch, der prall gefüllt war.

„Was ist das?", fragte seine Schwester.

„Pflaumenbrand."

„Malak! Du sollst unser Geld nicht für so was ausgeben!"

Der Schmiedegeselle wehrte grinsend ab. „Ich habe ihn so bekommen."

„Hast du ihn gestohlen?!", fragte Asyra entsetzt.

„Wo denkst du hin? Ich habe dem Mann die Angeln seiner Haustür repariert, und das war der Dank."

Sie wirkten alle sichtlich erleichtert. Keiner von ihnen wollte die Ratken wegen eines dummen Fehlers wieder im Nacken haben.

Jesco und Malak stellten den neuen Proviant zu den Satteltaschen, Malak entkorkte den Schlauch und reichte ihn Zenay.

„Ich will nicht, danke", meinte sie mit einem Kopfschütteln.

„Komm schon, Sina!", rief er jammernd. „Ich habe hart dafür gearbeitet, und ich glaube, nach dem Kampf können wir alle einen Schluck vertragen."

Er sah sie erwartungsvoll an, und so nahm sie den Schlauch mit einem Seufzen entgegen.

Der Schnaps brannte in der Kehle und trieb ihr die Tränen in die Augen. Gerade als sie dankend weiterreichen wollte, schmeckte sie die fruchtige Würze auf ihrer Zunge, und wohlige Wärme durchströmte ihren Magen.

Unter Malaks Grinsen nahm sie noch einen Schluck und gab den Schlauch wortlos an Elaya weiter.

„Die Männer sollten zuerst trinken!", kicherte diese. „Die vertragen viel mehr, und wir haben noch nichts im Magen."

„Dann lasst uns etwas kochen!", schlug Malak vor und nahm seiner Schwester den Schnaps ab, nachdem sie getrunken hatte.

Tarek runzelte die Stirn. „Ich halte das für keine gute Idee."

„Ich habe im Wald auch andere Reisende gesehen, die sich die Gasthäuser nicht leisten können und sich an ihrem Rastplatz selbst etwas kochen. Wir sollten also mit einem Feuer nicht sonderlich auffallen", warf Malak ein und gab Asyra den Schlauch. Zenay hatte das Gefühl, dass Tarek vielmehr den Schnaps als das Feuer meinte, hielt sich jedoch mit einem Kommentar zurück.

„Aber ..."

Jesco seufzte und unterbrach Tarek damit. „Ich gebe Malak recht. Wir sind nur eine Gruppe unter vielen. Wir fallen weniger auf, wenn wir uns auch so wie alle anderen verhalten."

Tarek zögerte noch einen Moment, dann gab er nach und kramte seinen Feuerschläger aus Milads Satteltaschen. Mit einem vorwurfsvollen Blick auf den Schlauch entzündete er das Feuer in der Grube und baute die Halterung am Rand auf, damit sie den Topf darüberhängen könnten, sobald die Glut bereit war.

Asyra goss schon Wasser aus einem Schlauch in den Kochtopf und rührte etwas Salz und eine Kräutermischung aus einem kleinen Beutel dazu, während Tarek die ersten dickeren Äste ins Feuer legte.

Als Malak ihm den Schnaps reichte, nahm Tarek zu Zenays Überraschung ebenfalls einen kräftigen Schluck und gab ihn wortlos zurück.

Malak hatte anscheinend recht, sie konnten wirklich alle etwas Ablenkung vertragen.

Zum ersten Mal seit den Kämpfen, all dem Schmerz und Leid, löste sich der schwere Klumpen in ihrem Bauch etwas und ihre fortwährend mahlenden Gedanken wurden von der Wärme des Alkohols gedämpft.

Elayas Wangen färbten sich rosig, sie kicherte immer wieder und begann, mit Malak zu tuscheln. Die anderen besprachen die Reise, während Zenay einfach nur lauschte.

Es wurde dunkler, und sie rückten näher an die Feuergrube heran, über der mittlerweile Getreide im Sud kochte.

Sie streuten noch getrocknete Pilze und Möhrenscheiben dazu und genossen das Essen mit einem weiteren Schluck Pflaumenbrand, der zusehends besser schmeckte.

Das Feuer prasselte und ließ sie den windstillen Wald um sie herum beinahe vergessen. Entspannte Gespräche folgten. Sie ließen die leeren Schüsseln einfach stehen, ohne gleich ans Saubermachen und Aufräumen zu denken.

Malak und seine Schwester erzählten Geschichten vom Leben auf dem Gestüt, und der Schmiedegeselle lachte immer herzhafter, während er anfing, ein wenig zu lallen. „Weißt du noch, als die Stute ausgebroch'n ist?"

Elaya nickte heftig. „Sie war wütend, weil Vater ihr Fohlen verkauf'n wollte."

Malak sah sich um und bemerkte, dass ihm alle lauschten. Er grinste breit. „Die Stute ist quer über den Hof gerannt und hat ein' Krawall gemacht, das glaubt ihr nich'! Vater hat versucht, sie einzufang'n. Sie stieg hoch, und er wich aus, und dann – wumms! – ist er rücklings in den Mist gefallen!"

Zenay schmunzelte, als Malak halb aufsprang und sich wieder auf den Hintern fallen ließ.

„Und was ist dann passiert?", fragte Asyra kichernd.

„Na, er war so sauer, dass wir das alle geseh'n hatt'n, dass er die Stute mitsamt ihrem Fohlen verkauft hat. Und wir hab'n eins auf den Hinterkopf bekomm'n, weil wir so über ihn gelacht hatt'n."

„Die Stute hat gewonnen!", rief Elaya überzeugt und runzelte dann die Stirn. „Und Malak wurde danach zum Schmied geschickt."

Tarek sah seinen Freund verdutzt an. „Das wusste ich gar nicht. Warum?"

Malak zögerte und wurde rot. „Die Stute wär' wohl nich' ganz so wüt'nd gewes'n, wenn ich nicht vergessen hätt', sie zu füttern."

Elaya schauderte gekünstelt. „Stellt euch das mal vor: eine *hungrige* Mutter!"

Die anderen lachten, und Malak stellte enttäuscht fest, dass der Schlauch mit dem Schnaps nach mehreren Runden vollends geleert war.

„Wir sollt'n bald wieder mit dem Trääning weitermachen", murmelte Tarek und sah Zenay dabei vielsagend an.

Sie musste kichern, als er das Wort aus Lyrra nachmachte.

„Noch nicht", erwiderte sie kopfschüttelnd. „Ich will noch warten, ehe ich wieder eine Waffe in die Hand nehme."

„Aber ...“

„Nein!", rief sie etwas zu laut, und die anderen verstummten. „Lasst ... lasst uns lieber über etwas Lustigeres reden", schlug sie mit schwerer Zunge vor.

„Zum Beispiel?"

„Wart ihr schon mal verliebt?"

Asyra und Jesco wechselten einen kurzen Blick und zuckten dann mit den Schultern, was Zenay ein Grinsen ins Gesicht jagte. „Aha."

„Ja, aha", meinte Jesco knapp.

Nachdem sie aus den beiden wohl nichts rauskriegen würde, fragte sie weiter. „Und du, Malak?"

„Hm, was?"

„Hast du eine *besondere Frau* in deinem Leben?", fragte Zenay, und die anderen glucksten leise bei der Formulierung.

„Na klar! Elaya!"

Seine Schwester sah ihn verdutzt an, und die anderen prusteten los. „Was? Was habt ihr?", fragte er irritiert.

„Das ist ja widerlich, Malak!", rief Asyra und schüttelte sich.

Der Schmiedegeselle runzelte die Stirn, dann schien es ihm zu dämmern und er schaute entsetzt. „Nein! Nein, so hab' ich das gar nich' gemeint! Ich hab das falsch verstand'n!"

Jesco wischte sich lachend eine Träne aus dem Augenwinkel und klopfte Malak auf die Schulter. „Das wissen wir, Mann. Das wissen wir."

Sie schwiegen einen Moment, dann prusteten alle wieder los, und dieses Mal stimmte auch Malak mit ein.

Zenay war die Erste, die wieder verstummte.

„Hört ihr das?", fragte sie und war trotz ihres schwirrenden Kopfs plötzlich hellwach.

Die anderen lauschten und sahen schnell alarmiert aus. „Nein, was? Kommt jemand?"

Sie zögerte, denn das Knistern kam eher aus den Bäumen als vom Boden. Dann erkannte sie es und lachte kurz.

„Nein, alles in Ordnung."

Einen Moment später fielen die ersten Tropfen auf ihr Lager.

„Öch nö!", rief Elaya und schwankte kurz, als sie aufsprang. „Malak, los schnell, wir bau'n schwups das Zelt auf!"

Auch die anderen standen auf, und unter einigem Gelächter und Missgeschick schafften sie es, drei der Planen behelfsmäßig über rasch zusammengeschnürte Gestelle zu werfen, festzustecken und ihre Sachen hineinzuschaffen.

Mittlerweile war der Rausch etwas verflogen, aber Zenay hielt es für das Beste, sich hinzulegen, während Elaya und Malak noch in ihrem Zelt saßen und kicherten.

Draußen zischten die Tropfen in der letzten Glut des Lagerfeuers und lullten Zenay in dunklen Schlaf.

«✝»

Tunez stand schweigend in dem alten Gewölbekeller. Die zerstörte Tür und die zerschlagenen Möbel zeugten von Zaydas Eindringen, während draußen im Viertel noch das Chaos herrschte.

Einige Häuser waren in Brand geraten, doch einer von Zaydas Magiern hatte sich als gnädig erwiesen und das Wasser der Kanäle genutzt, um die fortschreitenden Feuer zu löschen, bevor sie weiter um sich griffen und die Stadt bedrohten.

Der Sklavenmagier war inzwischen zu seiner Herrin zurückgekehrt und durch mehrere Stadtwachen ersetzt worden, die Tunez hinausgeschickt hatte, um ungestört nach Hinweisen suchen zu können.

Als er sich vergewissert hatte, dass die Wachen ihn nicht wahrnehmen konnten, konzentrierte er sich und schaffte es, eine abgeschirmte Verbindung zu seinem Kontaktmann aufzubauen. Der Phiruin bemerkte den Versuch und stärkte die Bindung.

*Sivan, du wirst es nicht glauben. Sie ist wieder da.*

*Was ist los, Tunez? Ich verstehe nicht, was ist denn geschehen?*

*Die Auserwählte! SIE LEBT!*

*Was?! Bist du sicher?*

*Ich habe sie mit eigenen Augen gesehen.*

*Woher weißt du, dass sie die Auserwählte ist? Du hast selbst vor einer Weile zugegeben, dass du keine Chance hattest, sie zu prüfen, bevor du sie verloren hast.*

*Sie hat sich mächtig entwickelt, ist jetzt eine starke Magierin!*

*Und du bist dir sicher, dass es das gleiche Mädchen war?*

*Natürlich bin ich sicher, verdammt!*

*Schon gut, schon gut. Aber jetzt sollte ich dem Rat berichten und ihre Ankunft ankündigen.*

Sivan schien Tunez' Zögern durch die Verbindung zu spüren.

*Was? Was verschweigst du mir?*

*Ich habe sie verloren.*

Sivans Herz schien stehen zu bleiben, er keuchte. *Das ist nicht dein Ernst.*

*Sie wurde entdeckt, bevor ich sie zum Versteck bringen konnte. Und das war wohl auch gut so, denn hier ist alles kurz und klein geschlagen. Zayda hat das Versteck aufgedeckt.*

*Was?!*

Tunez presste die Lippen aufeinander. *Balijan ist verschwunden, nachdem Zayda ihn beinahe getötet hat. Sie hat es mir auch noch berichtet, kannst du dir das vorstellen? Er konnte zum Glück ihrem Magier entwischen, sonst wäre ich jetzt wohl auch tot.*

*Erzähl von dem Mädchen. Balijan wird wie vereinbart eine ganze Weile untergetaucht bleiben*, meinte Sivan ungeduldig.

*Ich brachte die Auserwählte und ihre Freunde aus der Stadt, wollte mit ihnen fliehen. Aber Zayda hatte Truppen in die Wälder geschickt und ich machte die Bekanntschaft mit einem Pfeil und mehreren Pferdehufen.*

*Wo bist du jetzt?*

Es versetzte Tunez einen kleinen Stich, dass es Sivan scheinbar egal war, dass er fast gestorben wäre. Mal abgesehen von der Gefahr, in die er beinahe wegen Balijan geraten war.

*Im Versteck, aber ich muss bald zurück in die Festung des Statthalters. Meine Tarnung ist noch nicht aufgeflogen, und Zayda scheint mir zu vertrauen.*

Er verschwieg die Tatsache, dass Zayda ihn mit schwarzer Magie geheilt und ihm mehr Macht in Aussicht gestellt hatte. Irgendwie war er sich ziemlich sicher, dass Sivan seine Handlungen nicht verstehen würde, und er konnte es nicht riskieren, seine Position in Yoruba zu verlieren. Oder das Vertrauen der Phiruin.

*Du musst die Auserwählte finden, Tunez!*

*Ich kann ihr nicht folgen! Ich weiß nicht, wo sie jetzt sind. Das Einzige, was ich sicher sagen kann, ist, dass sie fliehen konnten. Auf die östliche Seite des Flusses, vermutlich nach Süden.*

*Aber du konntest ihr keine weiteren Kontakte nennen?*

*Nein. Wir mussten fliehen, kaum hatten wir uns getroffen.*

*Was ist denn genau passiert?*

*Die Auserwählte wurde in der Stadt entdeckt und verfolgt. Bei der Flucht gerieten wir in einen Hinterhalt der Ratken, die Zayda geschickt hatte. Wir wurden getrennt. Ich habe nur durch Glück überlebt.*

*Verdammt! Tunez, wie konnte das so schiefgehen?*

*Wir wussten ja nicht mal sicher, ob sie noch lebt! Sie ist in die Stadt gekommen, nachdem das Dorf, in dem sie untergetaucht war, angegriffen wurde. Kannst du das fassen? Sie war die ganze Zeit da ... Etwas Schreckliches muss Kamirr und ihr zugestoßen sein, denn sie hat wohl niemals versucht, uns zu kontaktieren ... jedenfalls habe ich sie nur durch einen glücklichen Zufall in Yoruba getroffen. Ich habe dir gesagt, wir müssten mehr Leute im Süden stationieren! Ich war bis auf Balijan und ein paar seiner Helfer ganz auf mich gestellt. Und du machst mir Vorwürfe?*

*Sie ist weg. Verloren.*

*Nein, sie lebt! Das ist das Wichtigste, Sivan! Sie wird uns finden! Sie ist stark!*

*Hat sie überhaupt eine Ahnung, dass es unsere Organisation gibt?*

Jetzt zögerte Tunez. *Ich konnte ihr nur wenig sagen, da wir fliehen mussten. Ich hätte felsenfest damit gerechnet, dass Kamirr sie in einer Notsituation aufklärt. Aber er hatte ja auch strikte Anweisungen. Sie schien ehrlich überrascht, als sie mich traf.*

*Eben. Dann weiß sie nicht, wie und wo sie uns finden kann.*

Tunez wollte erwidern, dass ihre Freunde von einem Gedächtnisverlust gesprochen hatten, doch Sivan fiel ihm ins Wort.

*Ich habe jetzt keine Zeit mehr. Ich muss die anderen über dein Versagen unterrichten.*

*Aber ...*

*Wir reden bald wieder.*

Damit brach die Verbindung ab. Zurück blieb ein wütender Tunez.

Er warf einen letzten, bedauernden Blick auf den Kellerraum und wandte sich dann von dem verlorenen Versteck ab. Oben an der eingetretenen Tür erwarteten ihn die Stadtwachen.

548

„Ich habe alles im Namen der Königin durchsucht, da ist nichts Nützliches. Vernagelt die aufgebrochene Tür unten, damit das Versteck versiegelt bleibt."

Die Wächter nickten und betraten den Gang. Tunez bemerkte, wie blass und mitgenommen sie wirkten. Einer von ihnen humpelte.

„Halt!", befahl er und sie drehten sich zu ihm um. „Wart ihr in die Kämpfe verwickelt?"

Die beiden Männer wechselten einen raschen Blick, bevor sie nickten.

„Ja, Herr."

„Was ist geschehen? Berichtet!"

„Es ... es ging alles so schnell. Nachdem wir die Magierin verfolgt hatten, tauchten die Krieger der Königin auf", fing der eine an, mit fahriger Stimme zu berichten. „Zuerst suchten sie nur nach der Frau und trieben alle Bauern und Holzsammler und Hirten zur Stadt ... dann brüllten sie wütend los. Sie ... wandten sich gegen uns und schlachteten einen nach dem anderen ab und ..."

Der Mann sprach nicht weiter und wandte den Blick ab.

„Ich verstehe. Geht eurer Arbeit nach."

Beide neigten kurz den Kopf, dann war Tunez wieder allein.

*Ich frage mich, wie es zu diesen Kämpfen kommen konnte*, dachte er seufzend und machte sich dann auf den Weg zur Festung.

«✝»

Es war stockfinster, als Zenay aus traumlosem Schlaf aufschreckte. Ihr Kopf dröhnte. Alles drehte sich einen Moment.

*Oh, ist mir schlecht*, dachte sie träge – dann spürte sie, wie sich ihre Nackenhaare aufstellten.

Leise richtete sie sich auf. Etwas stimmte nicht.

Sie schloss ihre Augen und breitete ihre Magie aus – da war eine hektische, aber äußerst präzise Bewegung neben den Zelten.

*Jesco?*, fragte sie in Gedanken, bekam aber keine Antwort und spürte dann, dass er schlief. *Wer hält Wache? Verdammt!*

Sie sprang leise auf die Füße, blieb in der Hocke und horchte angespannt. Den Schmerz in ihrem Knie ignorierte sie.

Langsam strich ihre Hand zu Tarek, berührte ihn sanft, hielt aber seinen Mund zu und drückte ihn zurück auf sein Lager, als er aufspringen wollte.

*Keinen Laut, Tarek. Da ist jemand Fremdes zwischen den Zelten.*

Etwas klapperte draußen – und dann ging alles ganz schnell. Lärm drang herein, als die Pferde unruhig wurden und wieherten. Dann war das Stoben ihrer Hufe zu hören – sie rannten weg!

Zenay sprang aus dem Zelt und hastete durch die Dunkelheit. Es hatte aufgehört zu regnen, aber das Laub war noch nass, und sie rutschte beinahe aus.

„Er hat die Pferde! Wacht auf, er hat die Pferde!", schrie sie und rannte weiter, ließ das düstere Lager hinter sich und folgte dem Hufgetrappel und dem erschrockenen Wiehern, als die Pferde angetrieben wurden.

Ihr Schädel brummte, und das Knie knackte, aber sie konzentrierte die Magie in ihren Augen, sodass der nasse Wald in Farben aufflammte.

Ein Stück entfernt erhaschte sie einen Blick auf die Pferde, bevor sie hinter einem Gebüsch verschwanden.

Sie waren schon so weit weg!

Zenay keuchte, rannte aber weiter und folgte den lauten Geräuschen. Sie verband ihren Geist mit dem von Malee und versuchte, sie zu beruhigen, aber die Stute war an die anderen gebunden und wurde von der Panik der Gruppe mitgerissen.

Nur in einem kurzen klaren Moment konnte sie sehen, was die Stute im düsteren Wald erblickte.

Das Gelände stieg leicht an und endete dann an einer Kante! Zenay sandte ihre Magie aus und nahm wahr, dass der Wald dort abbrach und in einen steilen Hang überging.

Wusste der Dieb davon?! Er ritt genau darauf zu, und die Pferde würden sich die Beine brechen!

Sie konnte nicht länger warten. Trotz ihrer Kopfschmerzen konzentrierte sie ihre Magie auf einen Punkt vor den Pferden.

Die Magie erfasste sie und zog sie nach vorne, durch den energiegeladenen Tunnel, den sie in ihrem Kopf aufgebaut hatte.

Im nächsten Moment stand sie kurz vor der Kante und die Pferde rannten auf sie zu.

Sie riss die Hand hoch und entfachte eine lodernde Flamme.

Die Pferde scheuten und schlugen ihre Hufe in den Boden. Der Dieb saß auf Azragas Rücken, doch der Hengst stieg hoch, überrascht durch die plötzliche Helligkeit, und warf den Mann ab.

Malee wieherte panisch und riss sich von den anderen los, kurz darauf war auch Elayas Hengst frei und rannte weiter auf die Kante zu. Zenay schleuderte einen kleinen Blitz nach dem Dieb, doch er hatte sich schon weggerollt und hetzte selbst auf den Abgrund zu.

Die Pferde drohten, in alle Richtungen davonzuspringen. Sie bekam Azragas Zügel zu fassen, und ihr Körperkontakt genügte, um den angsterfüllten Geist des Hengstes zu erreichen und zu beruhigen. Als er stand, sandte sie ihren Geist wieder nach Malee aus und schaffte es, auch die Stute zu beruhigen. Dann sprang sie in den Weg von Elayas Hengst und lenkte ihn damit zurück zu den anderen.

Rasch widmete sie ihre Aufmerksamkeit der Umgebung und sah gerade noch, wie sich der Fremde über die Kante hinunterließ. Als sie sicher war, dass die Pferde sich genug beruhigt hatten, folgte sie ihm an den Rand und spähte über den Abhang.

Der Dieb stolperte eine steile Geröllhalde hinunter und wäre beinahe gestürzt, weil die Steine unter seinen Füßen zu rutschen begannen. Er fing sich wieder und sprang geschickt über einen umgestürzten Baum.

Einen Moment lang wollte sie ihm hinterher, ihm intuitiv folgen, ihn *Beute* sein lassen ... aber dann spürte sie wieder Malees Angst umso deutlicher. Sie packte die Zügel fester und sandte ihren Geist aus, um die Pferde zu beruhigen, schickte ihnen Bilder von einer weiten grünen Wiese im Sonnenlicht.

Mit einem Teil ihres Geistes konnte sie noch immer den Dieb fühlen. Er war am Fuß des Abhangs, sprang geschickt über weitere tote Baumstämme und huschte durchs Unterholz ... dann war er zu weit weg, und sie verlor seine Spur.

Stattdessen hörte sie jetzt Rufe hinter sich. Licht flackerte durch den Wald.

„Ich bin hier!", rief sie, jedoch nicht zu laut, um die Pferde nicht aufzuschrecken, die schon wieder an den Zügeln zerrten.

Die anderen änderten ihre Richtung und fanden sie schließlich zwischen den Bäumen.

„Was ist passiert?" Tarek sah sie atemlos an. Asyra und Jesco blieben hinter ihm stehen, die Fackeln in ihren Händen warfen wilde Schatten zwischen die Bäume und auf die Pferde.

„Du hättest nicht alleine vorausrennen sollen!", rief Jesco tadelnd. „Das hätte eine Falle sein können!"

„Wo ist der Dieb?", fragte Tarek, ohne weiter auf Jescos Bemerkung einzugehen, und zählte die Pferde.

„Ich habe ihn entkommen lassen."

„Was? Warum?", schallte es jetzt hinter ihnen durch den Wald, als Malak zu ihnen lief.

„Ich musste mich zwischen den Pferden und ihm entscheiden. Die Pferde waren in Gefahr, sie hätten im Dunkeln stürzen und sich tödlich verletzen können! Und der Dieb war ein verdammt schneller Kerl. Bis ich die Pferde im Zaum hatte, war er schon so weit entfernt, dass ich mich hätte transportieren müssen …"

„Du hättest ihn aufhalten sollen! So ein Mist!", protestierte Malak weiter.

„Und wie? Ich wollte nicht, dass die Pferde in diesem felsigen Gelände verletzt werden! Ich bin für so etwas nicht allein verantwortlich!"

„Aber du bist die Magierin, du hättest ihn einholen müssen!"

„Ich habe das getan, was ich für richtig hielt; hör auf, mir deswegen Vorwürfe zu machen! Nächstes Mal kann ich ja dein Pferd in die Geröllhalde hinter uns rennen und sich den Hals brechen lassen!", fauchte Zenay, packte Malees Zügel und zog sie mit sich zurück zur Lichtung. Die anderen Pferde drehten sich um und folgten ihr.

Malak schnaubte und wollte sie aufhalten, um sein Pferd von den anderen loszubinden, aber Tarek hielt seinen Arm fest und schüttelte den Kopf. „Es hat keinen Sinn, Malak. Der Dieb ist fort. In der Dunkelheit findest du ihn nie und wirst dich nur in Gefahr bringen."

Tarek klang gewollt sanft, aber Malak schüttelte seine Hand ab und stapfte grollend auf und ab. „Sagt mir nicht, was ich zu tun und zu lassen habe. Ich hätte diesen verdammten Dieb erwischt, wenn ich eher aufgewacht wäre."

Elaya sah ganz und gar nicht glücklich aus, als sie neben Tarek trat und einen Moment lang schwieg, ehe sie seufzte. „Ich hoffe, du und

Sina nehmt es ihm nicht zu übel, ja?", flüsterte sie. „Er regt sich manchmal einfach zu sehr auf …"

Tarek nickte. „Ich glaube, wir sind alle etwas gereizt. Ich hoffe nur, der Dieb hält sich ab jetzt von uns fern", schlug er lauter vor, und Malak kam wieder näher.

„Vielleicht sollten wir unsere Sachen immer am Körper tragen", meinte er kopfschüttelnd. „Oder wir lassen einiges in den Satteltaschen auf den Pferden."

„Nein. Keine gute Idee. Das würde es Dieben nur noch leichter machen", widersprach Jesco. „Dann muss man nur noch aufsitzen und mit unseren Sachen und den Pferden davonreiten!"

„Na ja, das klappt ja auch nicht immer, nicht wahr?", meinte Asyra und lächelte Zenay unsicher an.

„Wir sollten kürzere Wachen schieben, aber dafür immer zu zweit", sagte Tarek, und Jesco nickte zustimmend.

„Es wäre alles viel einfacher, wenn immer eine der Wachen auch Magie beherrschte", meinte Zenay kopfschüttelnd. „Man ist mit Magie im Vorteil. Man kann sehr viel leiser sein, besser sehen – und man kann es spüren, wenn jemand in der Nähe ist."

„Du kannst das vielleicht, aber nicht jeder andere Magier! Sina, diese Feinfühligkeit, von der du da sprichst, das ist eine besondere Gabe!", rief Elaya, doch dann zögerte sie. „Nun … ich … ich denke, ein wenig könnte ich schon helfen."

«✝»

Tunez atmete tief durch und beruhigte sein klopfendes Herz. Er konnte nicht zu lange mit seiner Entscheidung warten. Im Grunde genommen hatte er keine Wahl. Sich zu weigern würde seine Deckung gefährden und damit seine Chancen, die sich ihm jetzt endlich boten.

Ein Teil von ihm wollte fliehen. Ein anderer Teil konnte seit dem intensiven Erlebnis der Heilung die Neugierde nicht mehr unterdrücken.

Er betrat den Saal des Statthalters. Die Familie war verschwunden, abgeholt, und nur Zayda und ihr Berater standen noch dort. Einen kurzen Moment war Tunez fast enttäuscht, die hübsche Frau wohl nie wiederzusehen, auch wenn er wusste, dass das dumm war. Sein Kopf versuchte, sich von dem abzulenken, was jetzt kommen würde.

Die Präsenz der Königin war allgegenwärtig. Er war sich durchaus bewusst, dass sie ihn eingehend studierte, obwohl sie ihn noch nicht ansah.

Sie ignorierte seine Anwesenheit scheinbar, bis er sich vor ihr verbeugte. Dann sah sie auf und schickte ihren Berater mit einem angedeuteten Nicken weg.

„Du hast dir also mein Angebot noch einmal durch den Kopf gehen lassen?", fragte sie und blickte ihm erst danach direkt ins Gesicht. In ihren Augen glitzerten Neugier und Belustigung und ein Hauch von Mordlust, der nie ganz aus ihnen zu verschwinden schien.

Shir'Raki verneigte sich. „Das habe ich. Und ich möchte es annehmen, um Euch damit besser zu dienen."

Ein Lächeln huschte über ihre Lippen, und sie drehte sich zu ihm. „Dann fangen wir doch gleich an."

Er nickte und unterdrückte den Drang, vor ihr zurückzuweichen, als sie die Hand hob. Ihre krallenbewehrten Finger richteten sich auf ihn, und die Dunkelheit in ihren Augen schien sich zu vertiefen.

„Versuch dich zu entspannen, Shir'Raki", hauchte sie in einem vermeintlich besorgten Ton, der aber nicht über das sadistische Funkeln in ihrem Blick hinwegtäuschen konnte.

Die Magie schoss auf ihn zu, schnell wie eine Viper und genauso schmerzhaft wie ihr Biss. Tunez versteifte sich und richtete all seine Gedanken auf etwas Positives und auf die schützende Energie des Bilurs, der kühl auf seiner Haut lag.

Er wusste, dass ihre monströse Magie von Bosheit genährt wurde, aber dennoch war er nicht auf die Wucht vorbereitet, mit der ihn dieser alles verschlingende Hass traf.

Die schaurigen Gefühle bei der Heilung waren nichts im Vergleich dazu.

Schwarze Fäden, dickflüssig und gleichzeitig seltsam flüchtig, krochen über seine Kleidung, seine Haut, seinen Geist und übermannten ihn.

Er schloss die Augen und fand sich im nächsten Moment in einem Gefängnis aus Dunkelheit und Schmerz.

Vielleicht wusste sie von dem Bilur. Vielleicht war das alles nur eines ihrer perversen Spiele, um ihn zu brechen und zu foltern.

Die Magie fraß sich in sein Inneres, brandete über den geheimen Schutz des Bilurs hinweg und wollte sich in seinem Herz festsetzen, um ihn für immer zu einem Gefolgsmann Zaydas zu machen.

Er riss die Augen auf und ächzte.

Da stand sie, direkt vor ihm. Die schrecklichste Tyrannin, die Tyarul je erlebt hatte. Er knirschte mit den Zähnen und ballte die Hände zu Fäusten.

Er wollte sie töten! Wollte ihr Blut fließen sehen!

*Töten!*

Tunez stockte. So fühlte es sich also an? So fühlte man sich, wenn man von schwarzer Magie durchdrungen war? Er konnte kaum noch unterscheiden, woher der Hass kam. Natürlich wollte er sie tot sehen, aber bisher hatte er seine Gedanken in ihrer Anwesenheit immer kontrollieren können, denn nur ein Narr konnte glauben, dass er ihr nahekommen könnte.

Doch sie schien es nicht sonderlich zu überraschen. Als er genauer in sein Inneres lauschte, spürte er wieder den Schutz des Bilurs, wie eine dünne, unsichtbare Haut zwischen seinem Geist und ihrem verrückten, dunklen Wahn.

Das konnte er nicht zulassen. Er musste bei klarem Verstand bleiben, wenn er seine Ziele nicht aus den Augen verlieren wollte. Und das durfte nicht passieren. Zu viel hing davon ab.

Er wehrte sich und wurde schlagartig mit einem Schwall aus Schmerz bestraft. Sein Körper krümmte sich, während sein Geist mit Hilfe des Bilurs wieder an Stärke und Klarheit gewann. Er sandte ein stilles Gebet an die Hüter und dankte den Weisen dafür, dass sie diesen speziellen Schutzstein für ihn erschaffen hatten.

Nach einem Moment kehrte seine Wahrnehmung für die Umgebung zurück.

Er musste geschrien haben, ohne es zu hören, denn sein Atem ging keuchend, und es klingelte in seinen Ohren.

„Es … es geht nicht … Herrin", wisperte er, während seine Beine nachgaben und er vor ihr in die Knie ging. Ein wahnwitziger Gedanke stieg in ihm auf, der all dem widersprach, wofür er kämpfte. Er sah in ihre leuchtenden Augen und wollte lieber hier und jetzt sterben, als so zu werden wie sie. Besessen von dieser bodenlosen Schwärze.

„Herrin!", flehte er, wieder ganz Shir'Raki. „Bitte …"

Sie seufzte.

In dem Moment, als sie ihre Hand sinken ließ, flaute auch der Schmerz ab, und die schwarzen Schwaden zerfielen. Außer seinem keuchenden Atem herrschte Stille, während sie ihn musterte.

„Hm, wirklich jammerschade. Mazuk war ebenso willensstark wie du. Aber er hat zusätzlich noch das Talent, fremde Magie abzuwehren. Vielleicht ist das der entscheidende Unterschied. Du bist der schwarzen Magie zu sehr ausgeliefert, kannst sie nicht in ihre Schranken weisen."

Er lag noch immer auf dem Boden zusammengekauert, presste die Fäuste gegen die Steinplatten und atmete schwer, schaffte es schließlich unter größter Anstrengung, sich an einem der Stühle neben dem Tisch hochzustemmen. In seinem Inneren brodelten noch immer Emotionen, und er war äußerst überrascht, dass er noch atmete und bei klarem Verstand war. Ab dem Moment, als die schwarze Magie auf ihn eindrang, hatte er sich schon tot auf dem Boden gesehen.

„Verzeiht mir, meine Königin", stieß er zwischen zwei schweren Atemzügen hervor. „Ich habe Euch erneut enttäuscht."

Ihr Gesichtsausdruck bekam jetzt etwas Schnippisches.

„Nun, du sollst dennoch hierbleiben. Ich brauche jemand Vertrauenswürdigen in der Nähe der neuen Herrscherfamilie, wenn ich dich schon nicht dafür einsetzen kann. Ich habe das Gefühl, dass die Statthalter nicht immer dazu neigen, alles an mich weiterzuleiten oder wichtige Entscheidungen von mir absegnen zu lassen."

„Darf … darf ich offen sprechen, Herrin?"

Sie zog eine Augenbraue hoch, nickte aber. „Nur zu."

„Ich denke, dass es ohnehin … so besser ist. Ich habe keine Erfahrung im Regieren. Ich habe mich hochgearbeitet und bin gut darin, Informationen zusammenzutragen. Aber ich bin kein Anführer."

Zayda sah ihn an, wie er so demütig vor ihr stand, und ein herzhaftes Lachen sprang über ihre Lippen.

„Das sehe ich. Nur wärst du vorher schon mutig genug gewesen, mir das zu sagen, hätten wir dir die Schmerzen erspart."

„Ich wollte euch nicht enttäuschen."

„Die meisten in meiner Umgebung scheinen sich zu überschätzen oder tun so, als seien sie zu allem fähig, nur um mich zu beeindrucken.

Aber sie scheinen zu vergessen, wie gut ich in ihre Köpfe sehen kann. Mach deine Arbeit, dann werde ich nicht enttäuscht sein."

Er wagte es, kurz zu lächeln, und verbeugte sich.

„Sehr wohl, Herrin."

„Geh jetzt und ruh dich aus. Ich möchte, dass du im vollen Besitz deiner geistigen Kräfte bist, wenn der neue Statthalter eintrifft." Ehe er nicken konnte, warf sie einen flüchtigen Blick über die leere Halle und seufzte. „Ich kehre nach Mazmorra zurück. Du wirst mir Bericht erstatten. Ich werde dich einmal pro Woche in die Festung holen lassen."

„Ganz wie Ihr wünscht."

Sie gebot ihm mit einem Wink ihrer Hand, dass er jetzt verschwinden sollte. Er verneigte sich erneut und biss die Zähne zusammen, um auf dem Weg hinaus nicht zu schwanken.

«✝»

Malak sah seine Schwester verwirrt an. „Wie meinst du das? Hast du seit neuestem die Ohren eines Wolfs oder die Augen einer Eule? Wie willst du denn helfen?"

Elaya sah beinahe beschämt aus, Zenay hatte sie noch nie so gesehen – aber sie sah die Wahrheit in Elayas Gedanken. „Du hast ebenfalls eine magische Begabung, nicht wahr? Ich habe es in dir gespürt, du könntest Magie erlernen!"

„Was?" Malak sah seine Schwester fassungslos an. „Ist das wahr?"

Er schaute mehrmals zwischen Elaya und Zenay hin und her, ehe seine Schwester langsam nickte.

„Warum hast du mir nicht gesagt, dass du Magie in dir hast?!", fragte ihr Bruder mit einer Mischung aus Vorwurf und Staunen.

„Ich ... ich wusste es ja bis vor kurzem selbst nicht. Ich habe davon geträumt, aber in unserer Familie gab es schon lange niemanden mehr, der das Talent hatte ..."

„Was meinst du mit vor kurzem?", fragte Asyra und wechselte Blicke mit Zenay.

Elaya sah auf einmal unglücklich aus. „Ich habe es entdeckt ... als die Ratken Ornanung angegriffen haben. Ich war zu Hause mit meinen Eltern, sie riefen, ich solle nicht hinausgehen. Vor dem Hof waren zwei

Ratken, die kurz davor waren, unsere Pferde abzuschlachten. Ich war auf einmal so unglaublich wütend!"

„Davon hast du mir nie etwas erzählt ... Ich habe nur die toten Ratken gesehen, als ich vom Dorf kam. Ich hatte mich gewundert, dass Vater nicht darüber sprach ... Was ist passiert?", wandte Malak ungeduldig ein, als sie wieder zögerte.

„Ich zog meine Dolche. Und dann dachte ich plötzlich an dich, Sina, und an die Feuer, die vom Dorf her loderten. Als ich meinen Blick auf die Ratken warf, waren ihre Gesichter plötzlich schmerzverzerrt und sie ließen ihre Waffen fluchend fallen ... sie waren glühend heiß geworden ..."

„Also hast *du* die Ratken getötet?" Malak wirkte sichtlich verwirrt – und auch stolz.

Elaya zitterte jetzt, als sie kurz nickte und Tränen in ihre Augen traten. „Vater wollte nicht ... dass du mich für eine Mörderin hältst ... Oder dass irgendwer davon erfährt, er sagte ja immer, man solle die Ratken gewähren lassen. Ich habe ihm nicht erzählt, wie ich sie besiegen konnte. Aber sie werden es irgendwann herausfinden ... und dann werde ich auch verstoßen!" Das Mädchen begann, unglücklich zu schluchzen.

Zenay hatte auf einmal das Gefühl, dass sich in ihrem Inneren ein dicker Knoten auflöste, als sie Elaya ansah. Sie spürte unendliche Trauer über sich strömen, nachdem diese Blockade fort war. Dazu mischten sich auch Zorn und Mitleid.

Wie konnte sie sich anmaßen, so kalt und hart zu ihren Freunden zu sein, wenn Elaya dieselbe Bürde schon viel länger trug und trotzdem immer so positiv war? Sie wusste genau, dass Elaya so etwas niemals auf die leichte Schulter genommen hätte. Elaya hatte ihr Heim verteidigt und dafür getötet. Auf einmal verstand sie, dass es für sie noch schlimmer sein musste, dass ihre Schwester entführt worden war ... da sie doch genau zu dem Zeitpunkt ihre Fähigkeit entdeckt hatte, sich zu verteidigen und andere zu beschützen ... und doch war es für ihre Schwester zu spät gewesen.

„Du bist keine Mörderin, Elaya", sagte sie, als die anderen noch schweigend dastanden. „Keiner von uns ist das. Wir haben alle nur unser Leben verteidigt und das von denen, die wir lieben."

Tareks Mund öffnete und schloss sich, auch die anderen sahen sie merkwürdig an. Ehe sie etwas sagen konnten, kam Zenay ihnen zuvor.

„Danke!", platzte sie heraus. „Danke, dass ihr mir geholfen habt! In Yoruba und auch danach, dass ihr mir vertraut und mich beschützt habt ... Ich habe euch nie dafür gedankt ... Das tut mir so leid."

Elaya hatte noch immer Tränen in den Augen. „Sina ... wir würden alles für dich durchstehen ..."

„Danke", flüsterte Zenay noch einmal, und auch ihre Augen wurden feucht.

Da räusperte sich Tarek.

„Ähm, nachdem der Dieb jetzt weg ist, würdet ihr zurück ins Lager gehen? Ich möchte gerne mit Sina allein reden", sagte er, ohne den Blick von ihr zu wenden.

Die anderen nickten und murmelten etwas zum Abschied, dann zogen sie mit den Pferden los, von Asyras Fackellicht geführt.

Die plötzliche Stille lag zwischen Tarek und Zenay wie ein weites Tal, über das hinweg sie einander musterten, ihre Gesichter nur von mattem Mondlicht beschienen.

Zenay atmete noch immer heftig, und ihr Herz pochte. Sie fühlte sich auf einmal so lebendig, so unendlich befreit.

„Es tut mir leid", fing sie leise an und wusste nicht mehr weiter.

Er schwieg einen Moment. „Mir auch, Zenay."

Gerade als sie etwas erwidern wollte, überwand Tarek die kurze Distanz zwischen ihnen. Mit beiden Händen umfasste er ihr Gesicht und zog es zu sich. Er küsste sie, wild und leidenschaftlich.

Ein heißer Strom schoss durch Zenay.

Seine Lippen waren warm und weich, und eine Gänsehaut jagte über ihren Körper, als die Spitze seiner Zunge über ihre Lippen glitt.

Jeglicher Widerstand in ihr schmolz dahin und zerriss all die Barrikaden, die sie in ihrem Inneren errichtet hatte.

Tränen strömten ihr über das Gesicht, aber er wich nicht zurück, und sie erwiderte seinen Kuss.

Hitze wallte durch ihren Körper und entfachte ein Feuer, das sie an einen magischen Sturm erinnerte. Sie keuchte unwillkürlich und sah Tarek fasziniert an, während warme Energie durch sie pulsierte.

Er erwiderte ihren Blick und lächelte sie so wundervoll an, dass sie ihn gleich noch einmal umarmte und küsste und sich völlig in seinen Armen verlor.

Seine Liebe belebte sie wie niemals zuvor und schenkte ihr neue Kraft. Sie hatte vielleicht ihre körperlichen Wunden heilen können, aber er heilte in diesem Moment ihre Seele.

Wie sehr hatte sie seine Nähe und seine Zuneigung vermisst!

Irgendwann wurde ihr bewusst, dass sie nicht mehr standen, sondern auf dem ausgebreiteten Mantel unter einem Baum lagen. Tareks Hemd lag neben ihnen im nassen Laub, und Zenays Lederstiefel waren ebenfalls verschwunden.

Sie hielt kurz inne, und ein Lachen brach sich seinen Weg aus ihrem Inneren.

„Du bist unglaublich", flüsterte sie mitten im Lachen und wurde dann von seinen Küssen abgelenkt. Er ließ seine Hände über ihren Körper wandern, unter das Hemd und den Bund ihrer Hose. Seine Finger waren warm, streichelten und massierten sie.

Die Luft war kühl, aber sie fröstelte nicht, als er ihr das Hemd abstreifte. Danach lagen sie nebeneinander, eng umschlungen, sahen sich eine Weile lächelnd an und küssten sich immer wieder.

Diese intensive Liebe in Tareks Augen zu sehen war eine wahre Freude für sie. Zenay schmiegte sich an ihn, liebkoste ihn und wollte die Spannung nicht verfliegen lassen. Als ihre warmen Küsse ihn stöhnen ließen, erregte es sie umso mehr, und sie beugte sich über ihn.

In der Dunkelheit fingerte Zenay nach seiner Hose. Ihrer beider Atem ging jetzt schneller, und während sie ihm langsam den Stoff von den Beinen zog, fühlte sie sich an die Nacht in dem Gasthaus in Yerima erinnert. Doch diesmal hielten keine üblen Verletzungen eines Monsters sie davon ab, sich ihm hinzugeben.

Tarek schien ihre kurze Unsicherheit und den dunklen Schatten der Erinnerung zu bemerken, denn er zog sie wieder an sich und küsste sie so innig, dass sie all das Böse vergaß.

Dann drehte er sie, bis sie wieder auf dem Mantel lag, bedeckte sie mit seinen Küssen und jagte ihren Puls in die Höhe.

Zenay seufzte, als sie über seine glatte Haut und seine Muskeln strich, dann zog er sie ganz aus. Seine nächsten Küsse ließen sie erschaudern.

Als sie ihn berührte, stöhnte er lauter und hielt kurz inne, bevor seine Lippen sie weiter liebkosten und über ihren Bauch wanderten.

Als er tiefer rutschte, wölbte sie sich ihm entgegen, dann packte sie ihn an den Haaren und zog seinen Kopf zu sich hoch, um ihn wieder wild zu küssen. Sein Atem strich über ihr Gesicht. In seinen schwarzen Augen brannte ein Begehren, das sie gerne stillen und erfahren wollte. Sie streichelte über seinen Rücken, und der Druck ihrer Hand leitete ihn.

All ihre aufgestauten Sorgen, ihre Wut und ihr Leid verflogen in ihrer leidenschaftlichen Zweisamkeit.

Zenays Gedanken gingen in ihren Gefühlen unter, und die Welt stand eine Weile einfach still, während sie sich gegenseitig genossen und miteinander verschmolzen.

Tarek stöhnte lauter und küsste sie, ließ Schauer über ihren Körper wandern und die Hitze in ihrem Inneren steigen. Irgendwann fuhren Wellen der Lust durch sie hindurch, und sie musste sich zwingen, nicht laut zu schreien. Ihr Seufzen, all ihre Gefühle vereinten sich und endeten in wohliger Entspannung.

Erschöpft blieben beide liegen, schwer atmend und ineinander verschlungen, mitten im nachtdunklen Wald. Nach einer Weile zog Tarek den Mantel über sie und nahm Zenay in seinen Arm.

Er betrachtete sie und wischte dann die restlichen Tränen von ihren Wangen. „Ich hoffe, ich habe dir nicht wehgetan?", fragte er verschmitzt, auch wenn ein wenig Sorge in seinen Augen glitzerte.

Sie versetzte ihm einen Knuff gegen die Schulter. „Ich hätte mir nichts Schöneres vorstellen können", gestand sie nach einem Moment, und er drückte sie an sich.

„Hast du das wirklich so gemeint?", fragte Tarek nach einer Weile in die Stille der Nacht.

„Was?"

„Dass du von dir nicht mehr als Mörderin denkst?"

Zenay zögerte, dann nickte sie. „Ich bedaure meine Taten … aber sie mussten getan werden."

„Niemand von uns verurteilt dich. Wir haben das Gleiche durchgemacht. Wir müssen es hinter uns lassen, um nicht den Blick auf das zu verlieren, was vor uns liegt. Deine Prüfung."

„Das versuche ich ja. Aber es ist nicht leicht, die Gesichter der Männer zu vergessen, deren Leben ich beendet habe."

„Niemand hat gesagt, dass du sie vergessen sollst. Im Gegenteil, ich hätte Angst vor dir, wenn das Töten keine Spuren in dir hinterlassen würde." Er beugte sich zu ihr und drückte ihr einen Kuss auf die Nasenspitze. „Zenay, ich liebe dich dafür, wie sensibel du bist. Aber du bist auch stark! Du bist die stärkste Person, die ich kenne. Du bist aus Mazmorras Grab entkommen, dem schrecklichsten Gefängnis des Landes! Du hast einen Daroc in einem See getötet, der uns beinahe ertränkt hätte. Du hast mich aus dem Feuer gerettet, als sogar Shetan mich aufgegeben hatte, und du hast den Angriff eines Mangriden überlebt! Niemand außer dir kann so etwas."

Zenay nickte und lächelte traurig. „Ich habe immer noch Angst. Der Mangride ist wie ein ständiger Schatten in mir, und ein ganzes Volk will mich tot sehen!"

„Hattest du gerade eben Angst?"

Zenay sah ihn verdutzt an. „N–nein. Ich hatte vor gar nichts mehr Angst, aber das kannst du dir ja wohl denken, oder?"

Er schmunzelte. „Tut mir leid, ich wollte dich nicht unterbrechen."

„Ich wünschte nur, ich hätte mehr über die Tragweite meiner Rolle in Tyarul gewusst, bevor ich mich in Ornanung dazu entschieden habe, mein Schicksal anzunehmen …"

„Ich habe Vertrauen in dich. Und die anderen auch. Sie haben ihr Leben aufs Spiel gesetzt, um dich zu schützen, weil sie an dich glauben." Er grinste schief. „Jetzt musst du nur noch lernen, selbst an dich zu glauben. Und gelegentlich solltest du versuchen, an die Folgen zu denken, bevor du unüberlegt handelst."

„Danke", flüsterte sie und sah ihn lange an. „Manchmal kann ich so eine Rückmeldung wirklich gut gebrauchen. Ich fühle mich so oft unter Druck gesetzt, und dann kommt meist etwas ganz Ungewolltes dabei heraus."

Er küsste sie, dann richtete er sich auf und schnappte sich sein Hemd, um es auszuschütteln. „Wir sollten zurück ins Lager. Die anderen werden sich schon wundern, wo wir bleiben."

Zenay gluckste und spürte, wie ihre Wangen rot wurden. „Ich glaube nicht, dass sie sich wundern."

# Ehrlichkeit

Ikar knirschte mit den Zähnen, als er spät abends in den Stall des nächsten Gasthauses abbog. Er hatte schon aufgehört, sie zu zählen, aber immerhin hatte er eine Karte besorgt und konnte so eines nach dem anderen wegstreichen.

In diesem Tempo würde er niemals genug Informationen über die Hexe zusammentragen, um ihren Weg nachvollziehen zu können!

Es juckte ihn in den Fingern, ein paar Kehlen aufzuschlitzen, doch das würde ihm jetzt auch nichts nützen. Er hatte schon erfahren, dass die Wachen dieser Stadt völlig wertlos für ihn waren. Viel zu viele, um alle befragen zu können – obwohl die Hälfte anscheinend in den Kämpfen vor der Stadt umgekommen war.

Einer hatte etwas von Pferden gefaselt, die verschwunden waren, konnte sich jedoch nicht mal mehr an die Straße erinnern, egal wie viel Salz Ikar als Druckmittel verwendet hatte. Sein Vorrat neigte sich langsam dem Ende zu, er würde bald neues Salz kaufen müssen.

Also betrat er den nächsten Stall und suchte sein nächstes Opfer zwischen den schattigen Boxen.

Er fand einen älteren Mann, der im Schein einer Laterne gerade eine Liste durchging und gähnte. Er sah auf, als Ikar sich näherte.

„Guten Abend. Kann ich helfen? Möchtet Ihr ein Pferd unterstellen?"

„Nicht ganz. Ich suche ein Gasthaus, in dem eine Gruppe junger Leute abgestiegen ist. Sechs Leute und ihre Pferde. Sie sind an dem Tag abgereist, als die Ratken kamen. Vermutlich Hals über Kopf."

Der Mann zögerte kurz, und Ikar erkannte in seinen Augen, dass er solch eine Gruppe gesehen hatte.

Ikars Laune besserte sich schlagartig, und er lachte kurz auf.

„Endlich! Ich suche schon *ewig*!"

Der Stallmeister sah ihn an, als zweifle er am Verstand seines Gegenübers. Doch er überlegte es sich besser, etwas diesbezüglich zu sagen, als er das glänzende Metall in Ikars Hand erblickte.

„Wo–woher wisst Ihr …", fing er an, doch das Adlerauge ließ ihn nicht ausreden.

„Ich weiß es eben. Jetzt sprich, oder mein Messer kitzelt dich ein wenig."

„J–ja! Alles, nur nicht …"

„Was hatten sie dabei? Wie viele Pferde waren es?"

„Nu–nun, es wa–waren sieben Pferde. Und si–sie hatten viel Gepäck da–dabei."

„Was für Gepäck?"

„Proviant für eine lange Reise, Pfeile und Fi–filzmatten für Zelte."

Ikar sah den Mann durchdringend an, ein verräterisches Zucken lief über das Gesicht des Stallmeisters. Ihm war unwohl zumute.

„Und was noch?", fragte er in süßlichem Ton.

„Wa–waffen. Rüstungen. Aber die Rüstungsteile haben sie erst später gebracht."

„Dann wurden sie hier gekauft."

Der Mann nickte eifrig, auch wenn Ikar gar nicht mit ihm gesprochen hatte.

„Hatten die Sachen ein besonderes Merkmal?"

„Ich habe … sie mir nicht so genau angesehen. Ich na–nahm an, dass diese Leute im Auftrag der Königin unterwegs waren. Und di–die mögen es nicht, wenn man sich in ihre Angelegenheiten einmi–mischt."

„Da hast du wohl recht. Und die Rebellen mögen es noch viel weniger."

Die Augen des Mannes weiteten sich kurz. „Da–das waren Rebellen?"

„Es würde dem Statthalter bestimmt nicht gefallen, wenn er erführe, dass du dem Widerstand geholfen hast."

„Ich wusste ja nichts davon!", rief der Mann protestierend, und die Verzweiflung kehrte zurück.

„Das ist den Ratken im Allgemeinen egal."

„Bitte sagt nichts davon! Ich weiß nicht, wo genau sie sich die Rüstung beschafft haben, aber es gibt Gerüchte, dass man im Gerberviertel solche Sachen kaufen kann. Dort treibt sich allerlei Gesindel rum, fragt dort nach, man wird Euch sicherlich einen Sattler nennen können, der auch solche Lederrüstungen macht …"

„Aha, Leder also. Siehst du, du hast doch noch mehr Informationen."

Der Stallmeister zitterte. „Verzeiht, ich wusste nicht, dass das relevant …"

„ALLES ist relevant!"

Bei seinem drohenden Ton schloss der Mann kurz die Augen, Ikar schüttelte ihn.

„Als die Pferde gebracht und abgeholt wurden, war da eine junge Frau dabei? Mit braunen Haaren, blauen Augen?"

Der Mann runzelte die Stirn. „Sie waren alle jung. Drei Frauen … Eine hatte rote Haare, die andere helle, ganz kurze, wie ein Mann. Die dritte habe ich kaum gesehen, sie hatte braune Haare, aber das haben ja die meisten hier!"

„Hast du ihre Augen gesehen? Waren sie besonders blau?"

„N–nein, ich glaube nicht. Sie waren eher dunkel. Aber die Frau wirkte trotzdem sonderbar. Und sie kamen auch nicht selbst, um ihre Pferde zu holen. Ein Fremder kam und durfte sie mitnehmen, obwohl die Stadtwachen die Pferde schon beschlagnahmt hatten."

Dass die Wachen die kleine Hexe verfolgt hatten, war Ikar nicht neu. Doch dieser Fremde könnte eine Erklärung dafür sein, dass die Wachen sich an nichts Genaues erinnern konnten.

„Wie sah der Fremde aus?", fragte er und rückte dem Stallmeister auf die Pelle.

„Ich kann mich nicht an sein Gesicht erinnern!", rief der und sah dabei noch verzweifelter aus. „Bitte, ich sage die Wahrheit! Er sprach mit tiefer, ruhiger Stimme, und die Wachen ließen ihn einfach gewähren!"

Ikar schnaubte, nickte aber. *Ein Magiebegabter?*

„Ich weiß, dass du ehrlich bist. Und daher bin ich mir auch sicher, dass du versuchen wirst, mir alle Details zu der Rüstung zu nennen, die du dir *gar nicht genau angesehen hast* …"

Der Stallmeister schluckte und nickte dann, bevor er sich fahrig über die Lippen leckte.

„Doch, gewiss. Ich erzähle Euch alles."

Ikar lächelte und saugte die neuen Informationen in sich auf.

Zenay fasste Tareks Hand, als sie ihn zum Lager zurückführte.

Ihr Gesicht war immer noch erhitzt und ihre Gedanken verträumt. Sie betraten leise die kleine Lichtung mit den Zelten, die dunkel vor ihnen lag, und Zenay schoss die Röte wieder ins Gesicht, als sie dank der Konane die Wache entdeckte.

Asyra stand neben den Pferden in der Dunkelheit und lauschte. Sie trat alarmiert einen Schritt vor, als sie die beiden hörte.

*Wir sind es nur.*

*Alles in Ordnung?*

*Mehr als das ...*

Ein wissendes Lächeln huschte über Asyras Lippen, dann drehte sie sich um und tat so, als hätte sie die beiden nicht bemerkt.

„Komm, schnell!", flüsterte Zenay zu Tarek und musste schon wieder kichern. Sie schob die Zeltwand auf und schlüpfte hinein, er folgte ihr und stieß sie dann lachend um.

„Psst, du weckst noch alle", zischte sie und unterdrückte selbst ein Lachen, während sie ihren Mantel in der Dunkelheit ausbreitete.

„Das ist mir egal", stellte er fest. Die Erleichterung und Freiheit auf seinem Gesicht zu sehen war eine Wohltat.

Sie zog ihn ohne ein Wort zu sich heran und gab ihm einen hitzigen Kuss. Sie umarmte ihn und strich mit ihrer Hand über seinen Nacken und Rücken. Ein Schauer lief durch seinen Körper, als sie sich an ihn schmiegte.

„Danke! Danke, dass du mich erträgst und trotzdem liebst", flüsterte sie leise in sein Ohr und hauchte einen weiteren Kuss auf seine Wange.

Er nahm ihre Hand in seine, als wolle er sie nie mehr loslassen, und küsste ihr Haar und ihre Stirn. Er seufzte leise, als er seine Nase und sein Gesicht in ihr Haar drückte.

„Ich liebe dich, Zenay", hauchte er und drückte sie noch fester. „Das ist das erste Mal, dass ich dich wieder richtig berühren konnte, seit wir in der Wirtschaft in Yoruba waren."

Sie biss sich kurz auf die Lippe, als das Gefühl in ihr hochstieg, dass sie ihn viel zu lange abgewiesen und furchtbar behandelt hatte.

Sie hatten beide Fehler gemacht und einander nicht vertraut. Ab jetzt wollte sie aufrichtig sein.

*In Yoruba ... habe ich mich an das Gefängnis erinnert. An Zayda, wie ich zu ihr gebracht wurde und sie über mich lachte – und wie sie mich quälte. Sie ließ mich aus großer Höhe in einen dunklen Schacht stürzen. Ich dachte, ich würde sterben ... Das ist es doch, was du immer wissen wolltest, nicht wahr? Ich hatte dir nichts von den Erinnerungen erzählt, die Tunez mir zurückgebracht hatte ...*

Tarek regte sich unruhig, und seine Hand schloss sich sanft um ihre.

*Ich sah ihre glühend gelben Augen. Ich sah ihren hasserfüllten Blick und spürte wieder, wie er sich in mein Gedächtnis brannte ...*

*Kannst du dich daran erinnern, was Zayda zu dir sagte?*, fragte Tarek vorsichtig.

*Ich weiß nur, dass sie mich ständig Dinge fragte, über mich und meine Kräfte, aber nicht, warum sie das eigentlich interessierte.*

*Ich frage mich, ob sie deine Kräfte benutzen wollte. Es gibt Möglichkeiten, jemandem die Magie ganz zu rauben oder über eine lange Dauer zu entziehen. Und Zayda soll eine Meisterin darin sein, anderen ihre Kräfte zu stehlen. Es heißt, die Magier, die ihr untertänig sind, stehen in ständiger magischer Verbindung zu ihr. Sie werden Weißaugen genannt, aber ich bin zum Glück noch keinem begegnet. Sie sollen völlig willenlos sein, wie Puppen, die von der Königin gesteuert werden.*

Zenay schauderte und dachte daran, was Asyra ihr im Wald bei Yoruba erzählt hatte.

*Dankeschön . Ich habe ohnehin schon jede Nacht Alpträume von den Ratken, von den Kämpfen und von diesen furchtbaren gelben Augen ... und mittlerweile mischt sich auch der Mangride wieder dazu. Er stürzt sich auf mich oder manchmal auch auf euch ...*

*Ich bin bei dir.*

*Danke, Tarok. Kann ich dich noch etwas fragen?*

*Natürlich.*

Sie wurde plötzlich ganz unsicher und die Verbindung bracht ab. „Wie ... wie hältst du es aus?"

Er löste sich aus ihrer Umarmung und sah sie an. „Was meinst du?"

Zenay zögerte kurz. „Wie hältst du es aus ... die Erinnerungen, die Tatsache ... dass du getötet hast?"

Er sah sie lange an, und sein Blick schien langsam in weite Ferne abzutreiben. „Ich weiß nicht ... ich versuche, nicht allzu viel darüber nachzudenken. Wir können es nicht ändern, in dieser Welt herrscht immer noch Krieg. Wenn wir überleben wollen, müssen andere sterben, falls sie uns angreifen. Du musst wissen, es ist ein Unterschied, ob du tötest, weil du es willst, oder ob du tötest, um dich zu verteidigen und deine Freunde zu beschützen … es geht um die Angemessenheit. Davon hat Shetan immer gesprochen. Er sagte, wenn es angemessen ist, etwas zu tun, dann muss man sich nicht mit dem Versuch quälen, es unbedingt zu vergessen. Es war in Ordnung so."

„Angemessenheit … Hätte ich mich nicht gegen den Wächter in Yoruba gewehrt, hätte er mich gefangen genommen, genauso wie die Krieger vor der Stadt, und … man hätte mich zu Zayda gebracht", sagte sie langsam und zögerte, bevor ihre Hand sich fast von selbst zur Faust ballte. „Ich möchte ihre schrecklichen gelben Augen nie wieder sehen!"

„Zenay, ich weiß nicht, ob das möglich ist …", meinte er sanft. „Du bist die Zafija, du bist diejenige, die gegen die Königin und ihren Terror ankämpfen soll, das habe ich mit dem Rat von Shetan nicht gemeint."

Sie schwieg lange, streichelte zärtlich über seine Brust und ließ seine Worte einsinken. Er wartete geduldig und versuchte, aufmunternd zu wirken, während eine leise, unausgesprochene Angst in seinen Augen lag.

„Wenn ich nichts unternehme, werden mehr unschuldige Menschen sterben, als ich es mir vorstellen kann …", murmelte sie zu sich selbst.

„Ich kann verstehen, dass du die Königin nie wieder sehen möchtest, aber wir brauchen dich, alle Menschen hier brauchen dich. Selbst die, die es nicht wissen oder nicht glauben wollen."

„Du hast recht. Ich habe mich viel zu lange herumschubsen lassen. Ich werde alles in meiner Macht tun, um ihr nicht als Gefangene, sondern als ebenbürtige Gegnerin entgegenzutreten!"

„Das werde ich auch, meine Kämpferin!", murmelte er und lächelte, während sie sich unsicher auf die Lippe biss.

„Mit der Prüfung wird alles anders. Dann bin ich ihr gewachsen, richtig?"

Tareks Blick wurde kurz verschlossen, doch dann nickte er und lächelte.

Sie küsste ihn rasch. Es tat gut, endlich wieder Liebe spüren zu können.

Er sah sie voller Stolz an. „Ich bin froh, dass du so mutig bist und dich deinem Schicksal stellst. Und ich möchte, dass du weißt ... nicht nur die Welt braucht dich ... sondern ich auch. Ich werde alles tun, um dir zu helfen und dich zu schützen."

Ein warmes Lächeln breitete sich auf ihrem Gesicht aus. „Danke, Tarek. Ich wüsste tatsächlich etwas, dass mir helfen würde ..."

„Ja?"

„Lass uns jetzt nicht mehr über Zayda reden. Ich fühle mich dafür gerade zu wohl."

Er nickte lächelnd und rutschte etwas näher.

Tarek strich ihr zart über den Körper, küsste sie sinnlicher und leidenschaftlicher. Er strich mit seinen Lippen über ihre, zog sie ganz nah an sich und ließ sie alles andere vergessen.

«✞»

Ein Klopfen an der Tür schreckte Tunez aus seinen Gedanken. Er raffte die Karte vor sich zusammen, auf die er schon geraume Zeit mit glasigen Augen gestarrt haben musste, und öffnete.

„Ja?"

Ein Diener stand im düsteren Flur, gebückt und zusammengekauert wie alle Sklaven in der Feste.

„Ihr werdet erwartet. Der neue Statthalter ist eingetroffen."

Tunez nickte. „Ich mache mich gleich auf den Weg", sagte er und schob die Tür zu. Er verstaute die Karte in ihrem Versteck und verriegelte die Kammer von außen, bevor er sich hinunter in die Hallen begab.

Der neue Herrscher von Yoruba saß am Ende des Saals. Mehrere Ratken und Diener erfüllten den Raum mit Leben.

Tunez hatte den Saal bisher nur sehr verlassen erlebt, scheinbar mieden viele Leute die Gegenwart der Königin, wenn sie wütend war. Auch er verspürte eine enorme Erleichterung, diesmal nicht ihren durchdringenden Blick auf sich gerichtet zu wissen. Stattdessen fassten ihn die wässrigen Augen des älteren Ratken ins Visier.

Anscheinend nahmen es alle einfach kommentarlos hin, dass ein plötzlicher Machtwechsel stattgefunden hatte.

Tunez hatte das schon einmal in einer Stadt der Ratken in der Hochebene erlebt. Von einem Tag auf den anderen hatte ein anderer Mann die Stadt regiert, und niemand hatte es für wichtig befunden, nach dem Warum zu fragen.

Aber Tunez konnte seine Pläne nur dann umsetzen, wenn er es ansprach.

Er schritt vor den älteren, hageren Mann, ließ sich auf ein Knie herunter und neigte den Kopf.

„Herr, mein Name ist Shir'Raki'. Ich bin Euch von der Königin als persönlicher Leibwächter zugeteilt worden."

„Wofür sollte ich noch einen Wächter brauchen?", fragte der Mann schnaubend und reckte das Kinn. „In dieser Stadt gehorchen doch alle?"

Tunez schätzte den Mann kurz ein und entschied sich dafür, ihm etwas unterwürfiger gegenüberzutreten. Es wäre kaum hilfreich, dem Kerl unter die Nase zu reiben, dass er, Tunez, auf diesem Stuhl hätte sitzen sollen.

„Es … ist der persönliche Wunsch der Königin, Herr. Außerdem gab es erst vor kurzem *Probleme,* die zur Absetzung Eures Vorgängers geführt haben. Allerdings kann ich auch wichtige Aufgaben für Euch ausführen, wenn Ihr das lieber wünscht."

„Was für Probleme? Ich wurde bisher nur darüber informiert, dass die Wachen sich nicht richtig verhielten."

„Die Magierin, die von der Königin gesucht wurde, war in der Stadt aufgetaucht. Es gab Kämpfe. Leider auch zwischen den Wächtern der Stadt und einer Ratkenschar, die das Mädchen gefangen nehmen wollte."

Der Mann lachte kurz und herzlos. „Die Königin soll unbesorgt sein, solche Zeiten sind jetzt vorbei. Ich habe schon anordnen lassen, dass die Wächter durch Ratken ersetzt werden. Die Niederen können weiter im Dienst der Königin bleiben, aber nur für belanglose Aufgaben. Die Kontrollen auf den Straßen werden ab jetzt auch von unseren Männern durchgeführt. Die Königin hat anordnen lassen, dass neue Sperren errichtet werden."

Tunez spürte einen kurzen Stich, regte sich aber nicht. „Das klingt nach einer guten Idee. Ich … wenn Ihr mich nicht als Leibwächter braucht, wäre es mir eine Ehre, Euch dennoch treu zu dienen. Ich habe hart dafür gearbeitet, heute hier zu stehen. Es gibt da eine Sache, die mich sehr interessiert, wenn Ihr erlaubt, dass ich davon spreche."

Der Herrscher zog eine Augenbraue hoch. „Fahr fort."

„Nun, das Mädchen, diese Magierin, sie war hier, doch der vorherige Statthalter war nicht imstande, sie gefangen zu nehmen. Ich habe die Fortschritte bei der Suche schon seit längerem verfolgt, doch ich denke, wir könnten schneller zu Ergebnissen kommen. Ich würde, mit Eurer Erlaubnis, gerne mehr Zeit in die Nachforschung und Suche investieren."

„Warum? Weshalb möchtest ausgerechnet du das machen, ein Leibwächter? Die Königin hat eine Menge Jäger auf den Fersen der Gesuchten."

„Gewiss", erwiderte Tunez. „Aber ich hoffe damit, Euch einen besonderen Dienst erweisen zu können, Herr. Ich möchte Euch gut dienen. Und was wäre ein größerer Erfolg für Euch, als die Gefangennahme dieser Magierin? Das würde Euer Ansehen und das der Stadt, die Ihr nun beherrscht, mit Sicherheit hoch in Zaydas Gunst stellen."

Jetzt lachte der Herrscher. „Das gefällt mir. Du hast recht, Zayda ist wahrscheinlich nicht mehr sonderlich von Yoruba angetan, da der Hexe die Flucht gelungen ist. Nun gut, du kannst einen Teil deiner Zeit dieser Aufgabe widmen, aber ich erwarte, dass du mir allein Rechenschaft gibst und von deinen Erkenntnissen berichtest, immerhin wollen wir die Königin doch überraschen, richtig?"

Shir'Raki' richtete sich wieder auf und lächelte kurz. „Richtig, Herr."

«✝»

Am nächsten Morgen fühlte Zenay sich frisch und erholt. Sie warf einen langen, liebevollen Blick auf Tarek und konnte ihr Glück kaum fassen. Er hatte die Chance wahrgenommen, als Elaya ihre Magie gestand, und sie endlich aus ihrer Lethargie gerissen. Erst jetzt wurde ihr wirklich klar, wie gefangen sie gewesen war.

Sie fühlte sich um vieles besser, fröhlicher, beinahe schon euphorisch. Sie schlug den Mantel zurück, schlüpfte in ihre Kleider und huschte aus dem Zelt, ohne Tarek zu wecken.

Barfuß lief sie durch das noch taunasse Gras der Wiese, und ihre Hand fand Malees seidenweiches Maul. Die Stute hatte nahe den Zelten geweidet und schmiegte jetzt ihren Kopf an Zenays Schulter, als wollte sie sie nach einer langen Zeit wieder begrüßen. Die Pferde schienen sich schon wieder vom Schreck in der Nacht erholt zu haben.

Zenays Stimmung, ja, ihre ganze Einstellung hatte sich geändert. Sie würde die Toten nicht vergessen – aber sie würde ihnen auch nicht länger hinterhertrauern und sich selbst so stark damit belasten, dass sie ihre eigenen Ziele nicht mehr verfolgen konnte.

Sie streichelte sanft über den Kopf ihres Pferdes, klopfte Malee mehrmals lobend gegen den Hals und dankte ihr im Stillen für all ihre Geduld und ihre Hilfe. Dann lief sie über die kleine Lichtung und fand Jesco am Waldrand.

Er hatte die letzten paar Stunden, bevor es dämmerte und hell wurde, wieder Wache gehalten.

„Ich gehe eine Runde spazieren. Bin gleich wieder da."

Jesco zog verwundert eine Augenbraue hoch, als er ihre freudige Stimmung wahrnahm, doch sie färbte sofort auf ihn ab. „Ruf einfach, falls etwas ist."

Zenay blickte über die stille, friedlich daliegende Lichtung mit den kleinen Zelten und den ruhig grasenden Pferden. Sie nickte kurz und bestimmt, dann lief sie mit weiten, freien Schritten in den Wald, auf der Suche nach einem guten Frühstück für sich und ihre Gefährten.

Es war auch im Wald sehr friedlich. Die meisten Bäume waren groß und hochgewachsen, der Boden weitgehend frei von Sträuchern. Harte Gräser und Efeu wuchsen dort. Die ersten Sonnenstrahlen fielen durch die Äste der Bäume und warfen bunte Muster auf den Waldboden und auf die ersten gelblichen Blätter.

Aufmerksam lauschte Zenay in den Wald hinein, horchte auf die Stimmen der Tiere und auf Schritte, doch keine Menschenseele war in der Nähe. Einige Vögel stoben aus einem Gebüsch auf und flatterten in einem weiten Bogen um Zenay herum.

Wenig später wurde sie fündig. Ein alter, wilder Apfelbaum stand auf einem kleinen Hügel, an ihm hingen wenige Äpfel, doch sie fand noch ein paar auf dem Boden.

Die meisten hatten schon braune Stellen oder waren von Vögeln angefressen, aber wenn Zenay sie wusch und die braunen Stellen wegschnitt, konnte sie mit Getreide ein leckeres Frühstück zaubern.

Entspannt betrat sie bald darauf das Lager, holte den Hafer aus einem Beutel und füllte Wasser in eine Schüssel. Die Feuergrube vom Abend war im Regen aufgeweicht und voller Schlamm. Sie entzündete ein kleines Feuer etwas abseits der Zelte, um die anderen nicht zu wecken, und brachte Wasser in einem kleinen Topf zum Kochen. Sie warf das Getreide in das heiße Wasser, um es weich zu kochen, anschließend wusch sie die Äpfel in einer Schale, säuberte sie und schnitt sie klein. Nachdem das Getreide eine Weile gezogen hatte, gab sie die Apfelstücke hinzu und zerdrückte sie schließlich, bis sich ein warmer weicher Brei aus Getreide und Apfelmus gebildet hatte.

Jescos Blick ruhte währenddessen auf dem ruhigen Wald, aber sie konnte sein stilles Lächeln spüren.

Es war wahrscheinlich der Duft, der nach und nach die anderen aus ihren Zelten lockte. Als Erstes kroch Elaya auf allen vieren heraus, stand auf und streckte sich, während sie herzhaft gähnte. Sie schnupperte in die leichte Brise, die den fruchtigen Apfelgeruch zu den Zelten trug, und kam vorsichtig lächelnd auf Zenay zu.

„He, du bist ja schon wach", grüßte sie und besah sich neugierig den Topf, den Zenay vom Feuer genommen hatte, damit der Brei abkühlen konnte. „Das riecht aber lecker, du hast uns Frühstück gemacht!"

Strahlend ließ Elaya sich neben Zenay ins Gras fallen und betrachtete ihre Freundin.

„Du siehst anders aus! Irgendwie ... fröhlicher", schloss sie nach einem Zögern den Satz.

Zenay lächelte und nickte. Elaya schien ein Stein vom Herzen zu fallen, als sie sah, dass es kein freudloses, aufgesetztes Lächeln war, sondern ein echtes. Sie seufzte erleichtert und strahlte dann selbst.

„Ja, du hast recht. Es geht mir viel besser. Dank dir, Elaya. Als mir klar wurde, dass du dieselbe Bürde trägst wie ich ... du dich aber davon nicht zerstören lässt, da wurde mir klar, dass es möglich ist, damit zu leben. Ich ... habe nur länger gebraucht, um mit dem Geschehenen fertig zu werden ..."

Elaya nickte zustimmend und sah Zenay ernst an. „Jeder braucht seine Zeit dafür. Außerdem war es für dich auch *anders* als für uns ... wir haben schon früher Tote gesehen."

Danach glitzerten Elayas Augen schelmisch. „Und vielleicht hast du auch einfach mal ein bisschen Zuneigung gebraucht?", wisperte sie augenzwinkernd und jagte Zenay damit die Röte ins Gesicht.

„Wie wäre es mit einer Schale Haferbrei? Ich habe Äpfel gefunden und etwas Zimt dran getan." Zenay schnappte sich eine der Holzschalen, aus denen sie fast jedes Essen zu sich nahmen, und füllte sie mit einem großen Löffel.

Elaya kicherte. „Das riecht herrlich. Ich habe noch nie Zimt im Essen gehabt …"

„Aber wofür benutzt ihr ihn dann?", fragte Zenay und war froh, dass Elaya nicht weiter auf die Geschehnisse der Nacht einging.

„Asyra benutzt ihn für einige ihrer Salben, um Entzündungen zu lindern."

„Na ja, ich kenne es anders … Ich hoffe, es schmeckt euch. Ich weiß nicht, ob ich eine so gute Köchin bin", meinte Zenay lachend und sah, wie glücklich auch Elaya war.

Als Nächstes kam Asyra aus dem Zelt von ihr und Jesco, kurz darauf folgte Tarek. Sie begrüßten Zenay freudig, nahmen dankbar eine Schale mit Essen entgegen, und schließlich gesellte sich auch Jesco zu ihnen. Bald saßen sie alle in einem Kreis im Gras, lachten und aßen.

Zenay war so guter Dinge, dass ihr bald die Wangen vom Lachen schmerzten. Es war unglaublich, aber die Stimmung der ganzen Gruppe war mit einem Mal wie ausgewechselt. Hing das Wohlbefinden ihrer Gefährten etwa so sehr von ihrem eigenen ab? Zenay schien sie alle angesteckt zu haben – und sie genoss es aus vollen Zügen, endlich all ihre Freunde wieder glücklich zu sehen.

Auf einmal kam ihr die Zeit der Trauer und Schwermut fern und zugleich lästig vor. Sie nahm sich fest vor, von jetzt an ihre positive Sicht zu behalten – oder es zumindest zu versuchen, so gut sie konnte.

Eine Weile herrschte Stille; alle aßen und hingen dabei ihren Gedanken nach. Doch es war Jesco, der auf einmal loslachte und dann grinsend Elaya ansah. „Weißt du, was wir völlig vergessen haben?", fragte er, und Elaya war plötzlich verwirrt.

„Nein, was denn?"

„Na, denk einmal scharf nach, wer hier in unserem Kreis noch fehlt …"

Elaya sah ihn stirnrunzelnd an – und dann dämmerte es ihr. Sie sprang auf und hätte beinahe den Topf mit dem restlichen Essen umgeworfen.

„Nein! Das gibt es doch nicht! Malak! Der schläft immer noch!"

Alle am Feuer brachen in schallendes Gelächter aus, als Elaya sich grummelnd aufmachte, zu ihrem Zelt stapfte und sich plötzlich laut rufend von außen auf die Filzplane warf. Tarek und Asyra prusteten los.

Malak ließ einen Schrei fahren, als er aus dem Schlaf schreckte, aber das Zelt hielt Elayas Gewicht nicht stand; sie riss es zu Boden und begrub Malak unter sich.

Zenay sah nicht mehr als ein Gewühl inmitten des zusammengefallenen Zeltes, unter dem Malaks laute Protestrufe zu hören waren. Als er sich schließlich daraus freigekämpft hatte und mit völlig zerzausten Haaren aus dem Haufen auftauchte, bekamen die anderen schon kaum mehr Luft. Nur mit seiner Hose bekleidet, sprang er aus dem Durcheinander aus Stoff und warf Elaya einen wütenden Blick zu.

„Steh auf, du Trunkenbold."

Schmollend schubste er seine Schwester aus dem Weg, durchwühlte das Zelt, zog sein Hemd heraus und streifte es über.

Immer noch grummelnd stapfte er zu den anderen und ließ sich zu Boden fallen. Er setzte sich im Schneidersitz neben Asyra und nahm die Schale mit Essen von der lachenden Zenay entgegen.

„Das ist nicht witzig!", rief er, doch auch auf seinem Gesicht zeigten sich erste Lachfalten. „Ihr habt mich zu Tode erschreckt! Ich dachte, ein Ratke würde über mich herfallen!"

Jetzt war es Elaya, die breit grinsend ihren Bruder mit der Faust gegen die Schulter schlug. „He, also so schwer bin ich nun auch wieder nicht!"

Malak rieb sich lachend die Schulter und machte sich dann über den Rest des Breis her.

„Übrigens Malak, du hast dein Hemd verkehrt herum an", murmelte Asyra – und erneut konnten sie nicht mehr an sich halten.

„Blöder Schnaps", schimpfte Malak währenddessen und zog sich das Hemd wieder aus.

„Oh, es ist schön, euch endlich alle wieder gut gelaunt zu sehen!", rief Elaya und strahlte. „Besonders dich, Sina."

Sie wurden stiller und sahen fragend Zenay an, als hätte Elaya zu viel und vor allem das Falsche gesagt, doch sie lächelte und nickte. „Ja, es tut gut, die schrecklichen Zeiten hinter sich zu lassen."

«✝»

Shetan richtete sich mühsam auf, schnaufte durch und strich seine Hände an der Hose sauber. Wafaa lag neben ihm auf der Lichtung und bewegte gelegentlich ihre Ohren in verschiedene Richtungen. Sie begleitete ihn so oft sie konnte auf seinen Streifzügen durch Ornanungs Wälder, seitdem sie aus Yerima zurückgekommen waren.

Er hatte sich noch immer nicht von den Anstrengungen der Reise und Zenays Heilungen erholt, doch er konnte es sich nicht leisten, nichts zu tun. Mokuba und er waren ohne Heim. Sie mussten einen Weg finden, wie sie weiterleben konnten. Er hatte es nicht übers Herz gebracht, Zenay mit diesem Wissen zu belasten, und sie lieber in dem Glauben gelassen, dass er ganz leicht irgendwo unterkommen würde. Doch die Wahrheit war, dass er und Mokuba nicht mehr lange bei anderen Unterschlupf finden konnten.

So sammelte er unermüdlich seltene Kräuter und kümmerte sich mit seiner alten Freundin um die Verletzten des Dorfes. Im Gegenzug hatte Conroy versprochen, dass die Gemeinschaft ihnen gemeinsam ein kleines Haus errichten würde.

Das Dorf brauchte seine Heilerin und würde die beiden nicht im Stich lassen, selbst wenn einige ihn noch immer offen und vehement anfeindeten.

Gerade als Shetan den großen Korb mit Kräutern anheben wollte, reckte die Wölfin den Kopf, und ein drohendes Knurren entsprang ihrer Kehle.

*Jemand ist auf dich aufmerksam geworden.*
*Was meinst du?*
*Ein Magier. Ein Weißauge.*
Shetan stellte den Korb wieder ab. *Verflucht. Kannst du spüren, wo er ist? Was er tut?*
*Auf dem Dorfplatz. Aber er sucht nach dir und wird dich bald finden.*
*Stehst du mir bei?*
*Natürlich.*

Wafaa richtete sich auf und drehte sich in Richtung des Dorfes. Shetan durchdachte seine Möglichkeiten. Er konnte diesem Konflikt nicht entgehen und hatte geahnt, dass es irgendwann passieren würde.

Zaydas Schergen hatten den Magier hierhergeschickt, und so gut wie jeder im Dorf wusste, dass Shetan einiges mehr von Magie verstand, als erlaubt war. Conroy hatte zwar insgeheim mit jedem gesprochen, aber gegenüber einem Magier konnte man seine Gedanken nicht so gut verbergen.

Shetan dachte an das Messer, das oben auf den Kräutern im Korb lag. Er durfte nicht riskieren, dass dieser Magier erfuhr, wohin Zenay und die anderen wollten!

Da tauchte das Weißauge aus einem hellgrünen Blitz auf. Es war lange her, seit Shetan diese seltsam entartete Magie gespürt hatte. Die natürliche Energie eines Transports war sonst rein, doch in dieser wurde der grüne Schimmer von Manipulation deutlich.

Sofort richteten sich die milchig trüben Augen des Magiers auf Shetan. Sein Haar hing ihm in langen Strähnen über die Schultern, das Gesicht war kantig und hager. Und völlig ausdruckslos.

Wafaa spannte sich grollend an und duckte sich, zum Sprung bereit.

„Du solltest deinen Hund besser zurückhalten", sprach das Weißauge eintönig, ohne den Blick von Shetan zu nehmen.

*Wafaa, beruhige dich. Er kann deine Magie nicht spüren.*

*Und deine hoffentlich auch nicht. Ich werde dich abschirmen.*

Shetan horchte in sein Inneres und spürte dann Wafaas Schutz um sich. Er konzentrierte seine Magie und zog sie tief in seinen Geist zurück.

„Wa… wer bist du?", fragte er und bemühte sich, dabei verwirrt und möglichst alt zu klingen.

„Du bist angeklagt, dich als Rebell gegen die Gesetze der Königin aufgelehnt zu haben."

„Was? Aber weshalb?" Shetan machte einen Schritt zurück, als der Magier näher kam und die Hände hob. Feine Blitze zuckten zwischen seinen Fingern hin und her.

*Ich kann ihm nicht entfliehen.*

*Halte durch, ich rufe mein Rudel,* flüsterte Wafaa und wich dann langsam vor dem Magier zurück.

„Feraduns Frau hat dich als Magier bezeichnet. Du wirst dich meinen Befehlen beugen und deinen Geist öffnen!"

Der Mann kam auf ihn zu und streckte die Hände nach ihm aus. Shetan konnte es kaum sehen, wie schnell sich das Weißauge plötzlich bewegte. Im nächsten Moment berührten die kühlen Finger des Magiers schon seine Stirn.

Die Energie des Weißauges war so verstörend, dass Shetan augenblicklich schlecht wurde. Sie war *falsch* und durchdrungen von Zaydas schwarzer Macht. Er konnte nicht in den Kopf des Mannes sehen, weil er seinen eigenen Geist schützen musste, aber er wusste ohnehin, was er darin finden würde.

Nichts als Leere. Schwarze, willenlose Leere, die Erinnerungen und den freien Willen verdrängt hatte.

Shetan zitterte vor Anstrengung, bewegte sich aber nicht. Der Gedanke, dass er selbst vielleicht wie dieser Mann hätte enden können, erschütterte ihn zutiefst. Er hatte es immer bereut, seine wahre Stärke aufgegeben zu haben – doch seine Entscheidung war die richtige gewesen.

Niemals wäre er gegen Zayda angekommen, nachdem sie solch monströse Fähigkeiten entwickelt hatte.

Schweiß trat ihm auf die Stirn, während der Magier weiter geistig in ihn eindrang.

„Hör auf, dich zu wehren. Es hat keinen Sinn. Ich werde alles erfahren, was ich wissen muss, alter Mann. Dann ist dein Schicksal besiegelt."

Diese völlig gleichgültige Stimme jagte ihm eine Gänsehaut über die Arme. Er konnte sich nicht mehr bewegen, konnte nur noch mit den Zähnen knirschen und gegen die Übermacht des Feindes Widerstand leisten.

Gerade als er spürte, wie seine letzten Reserven versiegten, wallte um ihn herum ein Meer aus Energie auf.

Sein Blick klärte sich wieder und erfasste die Wölfe. Das ganze Rudel hatte sich um ihn geschart, und jedes Augenpaar war auf den fremden Magier gerichtet.

Erst jetzt fiel Shetan auf, dass alle Wölfe in diesem Rudel eisblaue Augen hatten.

Der Magier ächzte und wankte von ihm fort. Kaum löste sich seine Hand von Shetans Stirn, ging der alte Mann in die Knie.

Das Weißauge schüttelte den Kopf, als müsste er sich von einem lästigen Gedanken befreien; der Blick der Wölfe wurde noch intensiver. Fast durchsichtige Funken strömten über die kleine Lichtung und auf den Fremden zu.

ES GIBT HIER KEINEN MAGIER. DU BIST EINEM GE-RÜCHT ZUM OPFER GEFALLEN, WILLENLOSER, hallte die Stimme aller Wölfe donnernd durch die Luft, und das Gesicht des Weißauges entspannte sich, bevor er die Stirn runzelte.

„Ein alter verrückter Mann streut also überall das Gerücht, ein Magier zu sein?"

Das Weißauge schnaubte, und Shetan war insgeheim überrascht über diese Zurschaustellung von Emotion. Die Wölfe manipulierten ihn, doch er wehrte sich noch!

Shetan wagte es nicht, sich wieder aufzurichten, während der fremde Magier drohend über ihm stand.

„Erbärmlich."

Shetan wandte den Blick ab, als könnte er dem seines Gegenübers nicht mehr standhalten. Was hatten die Wölfe vor? Würden sie ihn töten?

„Jeder in diesem Dorf ist dazu verpflichtet, mich über magische Ereignisse zu informieren. Kennst du das Mädchen, das gesucht wird? Die Magierin?", fragte er weiter und stemmte sich damit gegen die Energie der Wölfe.

Shetan rüstete sich innerlich, bevor er wieder aufsah. „Seit dem Feuer ist sie verschwunden. Ich ... ich wurde bei dem Brand verletzt, mein Haus wurde zerstört. Seitdem hat mein Gedächtnis noch mehr Lücken."

Die Magie der Wölfe wallte wieder um den Mann. Er fasste sich an die Stirn und schwankte.

„Ja ... natürlich ... wie sollte es auch anders sein? Ein alter Mann kann wohl kaum etwas hierüber wissen. Ja ... ich werde nicht mehr danach fragen. Natürlich."

Er ächzte und ging dann in die Knie. Kurz bevor er mit dem Gesicht ins Gras schlug, senkten die Wölfe ihre Köpfe und hörten auf, ihn anzustarren.

Shetan selbst hätte sich am liebsten ebenfalls fallen lassen. Er war froh, als Wafaa sich fest an seine Seite schmiegte und ihm Halt gab.

„Danke", hauchte er schwach. „Ihr habt mich gerettet."

*Wären wir echte Gesegnete des Hüters, wenn wir den Mentor der Zafija den Schergen der Königin überlassen würden? Das Weißauge wird dich nicht mehr belästigen. Wir haben ihn nur nicht getötet, weil das die Aufmerksamkeit der Königin auf das Dorf richten würde. Du bist jetzt sicher.*

Wafaa hechelte, und ihre Augen leuchteten fast. Die anderen Wölfe rissen die Köpfe in den Nacken und heulten, laut und machtvoll.

Shetan legte dankbar eine Hand auf Wafaas Fell und lauschte ihrem Heulen, dann nahm er mit zittrigen Fingern seinen Korb. Den bewusstlosen Magier ließen sie zurück.

Zum ersten Mal verging der Tag für Zenay wie im Fluge. Sie brachen auf, ließen die Gegend mit der Geröllhalde hinter sich und folgten einigen sanften Tälern abwärts. Die Luft roch frisch, fast schon etwas herbstlich nach Pilzen, und gelegentlich begleitete ein zwitschernder Vogel ihren Weg.

Einmal konnten sie in der Entfernung die Windungen des Yors sehen. Auf der spiegelnden Wasseroberfläche trieben Schiffe, und Staub hing in der Luft über der breiten Handelsstraße.

Sie führten die Pferde eine Weile, um sie zu entlasten, und bogen in eine hügelige Landschaft ab, die sie weiter von den breiten Biegungen des Flusses wegbrachte.

Am Abend war Zenay seit langem wieder dazu bereit, sich in den Kampfkünsten zu üben, auch wenn Tarek es für besser hielt, das erst einmal zu besprechen. Malak murmelte etwas von Kopfschmerzen, half noch seiner Schwester mit ihrem Zelt und lehnte sich dann still an einen Baum.

Sie bauten ihr Lager auf und besprachen anfangs noch zögernd, später hitzig, wie die Kämpfe bei Yoruba abgelaufen waren.

„Sina hat die Schwächen ihrer Gegner sehr gut erkannt und genutzt", meinte Jesco und berichtete Elaya und Asyra in knappen Sätzen, was er bei ihr beobachtet hatte.

Es fiel Zenay schwer, Jescos Lob anzunehmen. Die Bilder des Kampfes suchten sie wieder heim, aber sie unterdrückte sie. Irgendwann musste sie sich mit all dem auseinandersetzen, und es wäre dumm, nicht daraus zu lernen.

„Wie hast du das geschafft?", fragte Asyra schließlich vorsichtig. „Du hast die Ratken offensichtlich so präzise ausgeschaltet, das hätte wohl keiner von uns gekonnt."

„Ich weiß es nicht genau. Ich habe irgendwie einfach ... aufgehört zu denken. Davor war ich panisch, aber als ich mich dann wieder konzentriert hatte, ging es *leichter.*"

Sie erschauerte kurz und bemerkte, wie aufmerksam ihre Freunde sie beobachteten, als hätten sie Angst. Zenay setzte ein Lächeln auf.

„Sollen wir wirklich schon darüber reden?", fragte Asyra mit einem Stirnrunzeln.

„Es geht mir gut, Leute, wirklich."

Sie sahen nicht sehr überzeugt aus, doch dann runzelte Elaya die Stirn. „Eine Sache wundert mich noch ... Du hast doch das ... das Kristallschwert. Wieso hast du es im ganzen Kampf nie eingesetzt?"

Elaya legte den Kopf schief, als Zenay schmunzelte. „Ich habe auch darüber nachgedacht, es zu nutzen, aber dann musste ich an Shetans Worte denken. Es ist äußerst selten und kostbar ... und eigentlich besonders wirksam gegen dunkle Magie, nicht gegen Ratken. Ich hatte die Sorge, dass die glitzernde Waffe zu viel Aufmerksamkeit auf sich ... auf mich ziehen würde. Nur bei dem Kerl mit dem Streitkolben hätte ich es wirklich gern in den Händen gehabt."

Bei dieser Erklärung klappte Elaya der Mund auf, und sie nickte langsam.

Die Freunde machten eine Pause, hoben wieder eine Grube aus und entzündeten ein Feuer darin. Beim ersten Mal hatte Zenay sich noch darüber gewundert, aber jetzt war ihr der Sinn klar. Sie brauchten im Sommer kein wärmendes Feuer, und in dem Loch waren die Flammen lang nicht so weit zu sehen.

Malak lehnte weiter an seinem Baum. Seine Schwester teilte den anderen mit, dass er sich für die erste Wache der Nacht angeboten hatte.

Sie bereiteten ein Abendessen vor, vermieden aber ein weiteres Gespräch über die Kämpfe. Es dämmerte bereits.

„Seit wann hat Malak sich entschieden, unser stiller Wächter zu werden?", fragte Zenay und nickte in seine Richtung.

Elaya zuckte mit den Schultern. „Er gibt sich die Schuld an dem Zwischenfall mit dem Dieb, weil er den Schnaps mitgebracht hat. Malak will wohl die ganze Nacht aufbleiben."

„Das ist bescheuert. Wer löst ihn nachher ab?"

„Wir haben uns noch nicht geeinigt", antwortete Tarek.

„Ich kann es machen. Ich bin nicht müde", meinte Zenay dann. „Und du danach, Jesco?"

Der Bogenschütze nickte, während er die Suppe vom Feuer nahm und sie verteilte.

Sie aßen schweigend, lauschten den Geräuschen des Waldes. Elaya gähnte schon das dritte Mal; schließlich stand sie auf und streckte sich. „Nun, ich lege mich hin, mein Schädel brummt. Sina, soll ich Malak sagen, dass er dich nachher wecken soll, wenn er abgelöst werden will?"

Zenay schüttelte den Kopf und lächelte. „Nein, lass nur. Ich kümmere mich darum."

Elaya zuckte mit den Schultern, brachte ihrem Bruder noch etwas zu essen und verschwand in ihrem Zelt. Asyra und Jesco verließen einen Moment später auch das Feuer.

Tarek blieb schweigend neben Zenay sitzen und sah sie besorgt aus dem Augenwinkel an. „Möchtest du nicht noch schlafen, bevor du Wache hältst?", fragte er dann.

Zenay starrte in die letzten Flammen des herunterbrennenden Feuers. Sie brauchte ihn nicht anzusehen, um seinen Blick auf sich zu spüren. Man brauchte keine Magie, um sein Unbehagen zu spüren, weil sie wieder stiller geworden war.

Sie bemerkte es ja selbst, wie diese Kälte in sie kroch, doch sie wusste nicht, wie sie es verhindern sollte. Im Laufe des Abends waren immer öfter Bilder der Toten aufgetaucht, und gerade diese Kälte schien sie etwas verblassen zu lassen. Aber Schlaf … nein, das würde sie wieder zurückbringen!

„Ich bin nicht müde. Geh ruhig schlafen", sagte sie schließlich.

„Wie du willst." Tarek stand auf und räumte die Holzschüsseln neben dem Feuer zusammen.

Zenay hielt seine Hand fest und drückte damit die Schalen wieder zu Boden. Sie schüttelte lächelnd den Kopf. „Ich mache das. Geh."

„Ich liebe dich, Zenay", wisperte er und sah sie noch einen Moment unsicher an.

„Ja, ich weiß", erwiderte sie, dann zog sie ihn zu sich heran und gab ihm einen langen Kuss. „Ich schleiche mich nachher in dein Zelt, also pass lieber auf", meinte sie augenzwinkernd.

Ein Grinsen huschte über sein Gesicht, er schien erleichtert und legte sich schlafen.

Kurz konnte Zenay spüren, wie sich Malak am Waldrand regte, doch er schaute nicht in ihre Richtung, sondern horchte konzentriert in den Wald hinein und hatte ihre Unterhaltung gar nicht mitbekommen.

Die Zafija starrte weiter ins Feuer, das leise knisterte und knackte, als die letzten Holzstücke zerfielen. Nachdem nur noch die Glut waberndes, schwaches Licht verströmte, nahm Zenay die Schüsseln und schlich auf leisen Sohlen zum Rand der Lichtung, hinter die Zelte, wo am Ufer des Bachs die Pferde festgebunden waren. Sie ging über den knirschenden Kies zum Wasser und wusch das Geschirr aus. Niemand war aufgewacht, noch nicht einmal die Pferde waren aufgeschreckt – vermutlich kannten sie Zenays Geruch schon zu gut, um sich durch ihre Bewegungen aus der Ruhe bringen zu lassen.

Weiterer Dunst bildete sich über dem flachen Bach und seinem Ufer und zog langsam in den Wald. Es beunruhigte Zenay nicht.

Sie setzte sich im Schneidersitz neben die Feuerstelle und lauschte auf die Geräusche des Waldes – aber nach wenigen Augenblicken wurde ihr klar, dass dies nur eine Verschwendung von Malaks Kraft bedeutete. Sie war ohnehin wach.

Zenay sprang auf und schüttete einen Krug Wasser auf die restliche Glut. Dampf stieg zischend auf, und das restliche Licht erlosch; dann schritt sie hinüber zum wachenden Malak.

Er drehte sich um, als er ihre Schritte hörte, und seine Augen fanden sie auf der düsteren Lichtung.

„Ach, du bist es."

„Ich bin gekommen, um dich abzulösen, Malak", sagte Zenay und trat neben ihn.

„Es tut mir leid, dass ich dich gestern Nacht so angefahren habe", antwortete er leise. „Ich komme mir dämlich vor. Ich war derjenige, der uns allen ordentlich eingeschenkt hat, und als Folge davon hätte uns ein dahergelaufener Dieb beinahe die Pferde gestohlen."

„Schwamm drüber, Malak."

„Nein! Ich passe in Zukunft besser auf! Und ich rühre keinen Schnaps mehr an."

Zenay schnaubte. „Das ist doch nicht nötig. Wir haben alle getrunken, und keiner hat darauf geachtet, ob jemand Wache hält. Du bist nicht mehr schuld als jeder andere von uns. Außerdem hast du zum ersten Mal nach all den Kämpfen für etwas Heiterkeit gesorgt, und das war sehr wichtig, gerade für mich."

Schwach lächelnd nickte er und machte sich gähnend auf den Weg zum Zelt, in dem seine Schwester schon tief und fest schlief.

# Schicksal

Zenay blickte in den dunklen Wald, und ihre Augen leuchteten mit Magie auf. Durch die Konane erschien alles unwirklich, aber vielleicht lag es auch einfach an dem Dunst, der langsam durch den Wald zog und sich dichter um das Lager legte. Sie ließ ihren Blick über Büsche und Bäume schweifen und prüfte alles auf Bewegungen, dann schaute sie hoch in die Krone des Baums neben sich. Behände kletterte sie hinauf und ließ sich in einer dicken Astgabel nieder, die einen bequemen Sitz bildete.

Mit einer raschen Handbewegung beschwor sie einen Windstoß, der die gelb–grünen Blätter um sie herum von den Zweigen fegte. Von dieser Position hatte sie einen großartigen Blick über den Wald und das Lager – und sie sah auch von ihrem erhöhten Standort, was hinter den Zelten geschah.

Zenay machte es sich ein wenig bequemer, lehnte sich mit dem Rücken gegen einen dicken Ast und streckte die Beine aus. Sie verschränkte die Arme hinter ihrem Kopf und schloss die Augen.

Bei diesem Dunst bekam sie nur Kopfschmerzen von der Konane, also lauschte sie lieber auf die Geräusche des Waldes, um so eine mögliche Gefahr zu entdecken.

Sie hörte das Knarren von Ästen, die sich schwach im Wind bewegten, und das Rascheln von Laub erfüllte die Luft. Eine ganze Weile war da nichts Auffälliges.

Ein hohes Quietschen ließ sie zusammenschrecken. Sie öffnete die Augen und sah einen schnellen Schatten vorbeifliegen. Eine Fledermaus. Das Quietschen wurde lauter und klingelte ihr in den Ohren, also ließ sie die Magie darin versiegen. Die Stille war eine Erleichterung.

Zenay setzte sich bequemer hin und ließ den Blick über den nebligen Wald schweifen.

Als ihr langsam die Lider schwer wurden und sie sich die Augen rieb, überlegte sie, ob sie sich doch wieder ablösen lassen sollte. Sie wachte noch nicht lange, aber wenn sie zu müde wurde, half das niemandem.

Sie gähnte und richtete dann den Blick wieder auf die Zelte – und bemerkte eine Bewegung.

Hatte sie sich das im Nebel nur eingebildet? Rasch leitete sie ihre Magie zu den Ohren, zuckte aber heftig zusammen, als wieder das laute Quietschen einer Fledermaus erschallte.

Verflucht! Sie musste ein wütendes Zischen unterdrücken und kniff die Augen zusammen, um mehr zu erkennen.

Da war eine Bewegung, direkt bei den Zelten, und ein leises Ratschen. Ein Schatten, eng an die Zeltwand geduckt.

Zenay spannte sich, war zum Sprung bereit, aber da hatte er schon das Zelt aufgeschlitzt und war ins Innere geschlüpft. Der Dieb war zurück! Sie wollte zum Zelt, hielt aber inne.

*Nein*, mahnte sie sich. *Das ist nur ein Dieb, aber wenn ich ihn jetzt aufschrecke, könnte er Elaya und Malak verletzen … Unglaublich, dass die beiden nicht aufwachen!*

*HE!*, schrie sie dann laut in ihren Gedanken, aber keiner reagierte. *HE! Ihr müsst aufwachen!*

Endlich spürte sie, dass jemand ihren Kontakt erwiderte.

*Was ist los?*, fragte Jesco müde.

*Der Dieb ist wieder da!*

*Verdammt! Wo? Sind die anderen wach?*

*Nein, hol deinen Bogen, du darfst die anderen nicht erschrecken, der Dieb ist in Malaks Zelt! Er könnte sie verletzen.*

*Verflucht! Wie konnte das passieren?*

Zenay biss sich auf die Unterlippe. *Ich habe ihn im Nebel nicht bemerkt. Wo bist du?*

*Draußen, versteckt. Schleich dich aus dem Zelt und nimm deinen Bogen mit!*

Mit ihrem verstärkten Gehör konnte sie seinen leise raschelnden Stoff hören, ein Stück weiter weg in Malaks Zelt ein Schaben, als würde etwas aufgehoben. Die Fledermaus war endlich weg.

Sie erkannte Jescos Schemen im Nebel, als er vorsichtig die Filzplane aufschob.

Es war alles ruhig, während sein Blick einmal über die Zelte schweifte – da kam der Dieb wieder aus dem Schlitz herausgeschlüpft. Seine Arme waren voll beladen, aber er war genauso schnell und sicher unterwegs wie vor dem Diebstahl.

*Jesco, da vorne ist er!*

*Ich sehe in dem Nebel nichts!*

*Verdammt, ziel nach links und mach ein Geräusch, er muss wissen, dass du da bist!*

„He! Wer ist da?", rief Jesco jetzt und zog die Sehne straff.

Zenay richtete sich langsam von ihrem Sitzplatz auf und hielt sich mit einer Hand an einem Ast fest. Sie war bereit, würde ihm hinterherfliegen wie ein Pfeil, wenn er im Wald verschwinden wollte.

Aus den Zelten kamen erste Geräusche, die anderen waren aufgewacht.

Der Dieb warf einen Blick über die Schulter durch den Nebel. Er schien besser sehen zu können, als es normalerweise möglich sein sollte.

Jesco beobachtete den Wald direkt vor ihm ... und so machte der Eindringling lautlos einen Bogen um den Schützen, um zu dem kleinen Wildwechsel zu gelangen. Genau in Zenays Richtung.

Als der Dieb nur noch zwei Schritte von dem Baum entfernt war, ließ Zenay sich fallen, zog ihren Dolch und landete geschmeidig direkt vor seinen Füßen.

Der Mann schrie überrascht auf und ließ die Sachen fallen, die er zusammengerafft hatte. Zenay sprang ihn an, brachte ihn aus dem Gleichgewicht und schleuderte ihn zu Boden.

Er ächzte, als er auf den harten Waldboden aufschlug. Zenay ließ sich mit ihm fallen, hielt ihm den Dolch an die Kehle und presste ihn ins Laub.

Ein zufriedenes Lächeln umspielte ihre Lippen. „Aha, so sieht also unsere Klette aus ..."

Der Mann war schreckensstarr und wagte nicht, sich zu rühren.

Jesco eilte herbei, den Bogen gehoben, einen Pfeil auf der Sehne – doch er ließ ihn sinken, als er Zenays Gestalt im Dunkeln erkannte.

„Bist du verrückt geworden? Beinahe hätte ich dich erschossen!"

„Und beinahe wäre dieser Dieb hier *schon wieder* entwischt!"

Jesco schwieg. Sie hörten Geräusche von den Zelten, als Tarek und Malak herausgestürmt kamen. Sie hatten nur ihre Hosen an und hielten ihre Waffen in den Händen.

„Was ist hier los?", fragte Malak und unterdrückte halbherzig ein Gähnen, während sich Tareks Augen weiteten, als er Zenay erkannte, wie sie auf dem Fremden kniete.

„Sina … ich dachte, du wolltest dich ablösen lassen."

„Ich konnte nicht schlafen. Jesco konnte er umgehen, aber mich hat er nicht bemerkt. Und ich dachte eigentlich, es würde Malak vielleicht auffallen, dass sein Zelt aufgeschlitzt und ausgeräumt wird!"

Sie drückte mit ihrem Knie fester auf die Brust des Mannes, der ein leises Wimmern von sich gab, und starrte Malak an, dessen Kinn nach unten sank.

„Bitte … bitte tötet mich nicht!", flehte der Dieb und schluckte.

Zenays Blick senkte sich auf den Dieb herab, und sie drückte den Dolch fester an seine Kehle. „Und was sollten wir stattdessen mit dir machen, du Dreckskerl?"

„Ich … ich …", stotterte der Mann und erzitterte unter Zenays leuchtendem Blick. „Ich wusste ja nicht, dass ihr auch Magier seid … bitte verzeiht!"

Zenay schnaubte und beugte sich tiefer zu ihm; ihre Augen blitzten. „Aber bei gewöhnlichen Leuten wäre es in Ordnung, zu stehlen? Du bist nur feige, weil wir dich geschnappt haben!" Sie betrachtete den Mann kalt, musterte sein furchiges, braunes Gesicht und die langen strähnigen Haare, die er in einem zerzausten Pferdeschwanz zusammengebunden hatte.

Der Kerl wollte gerade zu einer Antwort ansetzen, als auch der Rest der Gruppe herbeikam. Asyra hatte eine Fackel entzündet und hob sie hoch über ihre Köpfe, sodass sie einen genaueren Blick auf den Eindringling werfen konnten.

Elaya sah erschüttert aus, natürlich, sie hatte ihr aufgeschlitztes Zelt bemerkt.

„Sina, bitte, lass ihn laufen … wir sind keine Mörder …", murmelte sie entsetzt, als sie Zenays steinernen Blick sah.

Zenay schnaubte erneut, und ihre Finger spielten kurz um den Griff des Dolches. Sie sah auf, zu ihren Freunden, die sie alle verwirrt, müde und angstvoll anstarrten.

„Ihr vielleicht nicht", murmelte sie – und verschwand mit dem Dieb in einem schwachen Lichtblitz.

Der Mann schrie panisch auf, als die Welt um sie verschwamm, sich drehte und wand, und schließlich wieder feste Formen annahm. Zenay kniete nicht mehr auf ihm. Sie stand jetzt über ihm, geduckt, angespannt, bereit, sich auf ihn zu stürzen. Sie waren aus dem Wald verschwunden; er rutschte ein Stück von ihr weg und ertastete die Härte einer Straße unter sich.

„Bitte …", wisperte er erneut. „Es tut mir leid."

„Du hast ebenfalls eine Begabung, nicht wahr?"

Er sah sie wie vom Donner gerührt an. „Ich … ich kann bei Nacht recht gut sehen. Nur das", gab er nach einem kurzen Moment zu, in dem die Stille unerträglich zwischen ihnen hing.

„Es ist im Namen der Königin verboten, solche Fähigkeiten einzusetzen."

Er schluckte jetzt und wurde blasser, als Zenay in der Dunkelheit näher an ihn heranrückte. „Du hast großes Glück, dass ich nichts darauf gebe, was die Königin befiehlt. Aber es mir nicht egal, dass Ungerechtigkeit geschieht. Diebstahl ist eine Straftat, und du solltest deine Fähigkeiten lieber für etwas Sinnvolles einsetzen!"

„Ich werde nie wieder stehlen, wenn Ihr mich leben lasst, Orenda!"

Sie sah ihn an, den Dolch erhoben, dann entspannten sich ihre Züge widerwillig. Dieser Begriff … Orenda … vermutlich war dieser Titel früher einmal ehrenvoll gewesen; jetzt hatte sie das Gefühl, dass er mit Angst besetzt war.

*Wie soll ich diese Überzeugungen nur wieder ändern?*, schoss es ihr durch den Kopf, und sie musste sich davon abhalten, sich auf die Lippe zu beißen. Der Kerl sollte ruhig ein wenig Angst haben, dann ließ er sie wenigstens in Ruhe.

Sie stellte sich aufrecht, steckte den Dolch weg und nickte. „Das hoffe ich sehr, Dieb. Diese Welt ist schon düster genug."

Er öffnete den Mund, schloss ihn dann aber wieder und nickte. Sie konnte es in seinen Augen sehen, dass er etwas begriffen hatte. Damit war sie zufrieden und erfühlte die Verbindung zu ihren Freunden, um ihn allein zurückzulassen.

Zenay tauchte direkt neben Jesco auf. Sie schwankte kurz und blickte in die verwirrten Gesichter um sich.

„Sina!", wisperte Elaya entsetzt. „Wie konntest du nur?"

„Was ist denn? Wenn wir ihn hier hätten laufen lassen, wäre er vielleicht wieder gekommen! Oder er hätte Leute auf uns aufmerksam gemacht!"

„Was ... hast du mit ihm gemacht?", fragte Asyra zögerlich.

„Nichts! Ich habe ihn nur etwas *weiter* weggebracht ... er ist bei der Hauptstraße, die wir heute Nachmittag gesehen hatten."

„Er lebt?" Erleichterung breitete sich auf den Gesichtern ihrer Freunde aus, nur Jesco presste die Lippen zusammen und sie musste unwillkürlich an ihre Unterhaltung in Yoruba zurückdenken.

„Ja natürlich! Was dachtet ihr denn, was ich mache?", fragte sie dennoch.

„Du ... du sahst so entschlossen aus ... so sicher. Wir dachten, du würdest ihn umbringen", meinte Elaya.

„Das habe ich nicht gemeint, als ich das vorhin sagte. Ich bin nur nicht der Meinung, dass ich keine Mörderin bin. Ich habe getötet."

„Aber ihn nicht. Das ist gut!", rief Asyra und berührte sie zaghaft an der Schulter.

„Jetzt wird er uns nicht mehr belästigen, oder?", fragte Elaya. „Zum Glück warst du wach!"

Erneut schnaubte sie, lachte beinahe. „Wenn ich könnte, würde ich gar nicht mehr schlafen! Ihr habt doch gesehen, wie schwach wir sind! Noch nicht mal unser Lager haben wir im Griff, wenn ich nicht aufpasse!"

„Da muss ich ihr recht geben", meinte Elaya. „Habt ihr eine Ahnung, wie das ist, aufzuwachen und als Erstes einen großen Schlitz im Zelt zu sehen? Er hätte mir meine Langdolche gestohlen!", rief sie und hob damit rasch den Gürtel mit den Dolchscheiden vom Boden auf. Glücklich nickte sie Zenay zu. „Ich danke dir. Diese Waffen bedeuten mir viel."

Sie schwiegen alle einen Moment.

„Nun, ich denke, wir können jetzt wieder schlafen gehen, der Dieb wird uns nicht mehr nahe kommen."

„Ich übernehme den Rest der Wache", meinte Jesco, und die anderen halfen Malak und Elaya, die auf dem Boden verstreuten Sachen aufzusammeln.

„Es wird auch bald hell. Elaya, kann ich noch kurz mit dir reden?", fragte Zenay.

Als sie den erschöpften Ausdruck auf dem Gesicht ihrer Freundin bemerkte, überlegte sie es sich anders. „Ach, vergiss es. Nicht so wichtig, es kann bis morgen warten."

Elaya nickte, und sie gingen alle zu den Zelten zurück.

«✝»

Nachdem Ikar einen ersten Sattler im Gerberviertel *befragt* hatte, eilte ihm sein Ruf voraus. Zwei weitere Händler von Lederwaren erkannten ihn und ließen ihn bereitwillig alles durchsuchen, um nicht das gleiche Schicksal wie ihr dummer Kollege zu erleiden.

Keiner von ihnen schien zu schmuggeln oder illegale Waren herzustellen, aber so leicht ließ Ikar nicht locker. Nicht, solange er keine neue Spur hatte.

Er rümpfte die Nase, als ihm übler Gestank durch die Gasse entgegenwehte. An der nächsten Ecke war wieder ein Laden, das Schild an der Hauswand wies ihn als Sattlerei aus.

Ikar betrat den kleinen Verkaufsraum und sah sich um. An den Wänden hingen Zaumzeug, Ersatzteile und an Stangen auch einige Sättel. Einer hatte die Farbe, die der Stallmeister ihm beschrieben hatte. Nach einem Moment trat ein Mann aus einem Nebenraum und blieb hinter dem Tresen stehen. „Kann ich helfen?"

„Hast du in letzter Zeit eine Lederrüstung an eine junge Frau verkauft?", fragte Ikar ohne Umschweife.

Ein verräterischer Schatten huschte kaum merklich über das Gesicht des bulligen Mannes. „Nein", sagte er, doch mit seiner aalglatten Lüge konnte er Ikar nicht hinters Licht führen.

Treffer.

„Ich bin Ikar, das Adlerauge!", rief er.

„Es geht mir am Arsch vorbei, wer du bist. Ich sehe kein Siegel, jeder könnte so etwas behaupten. Was dich betrifft, habe ich genau diese Auslage hier im Angebot."

Ikar presste die Lippen zusammen, lächelte dann aber. „Du solltest nicht so leichtfertig Informationen preisgeben. Aber das spielt ohnehin keine Rolle. Einen Idioten wie dich durchschaue ich im Schlaf."

Er zog sein Messer, aber der Sattler schnaubte nur und holte einen massigen Schlagstock unter der Ablage des Tresens hervor.

„Wenn du weder Sattel noch Zaumzeug kaufen willst: Raus aus meinem Laden!"

„Ohoho", rief Ikar und ein böses Grinsen breitete sich auf seinen Lippen aus. „Ich dachte wirklich, jemand, der unter den Augen der Obrigkeit Rüstungen herstellt, wäre ein bisschen schlauer."

Der Sattler brüllte wütend auf und schwang sich über den Tresen. Der breitschultrige Mann war sicherlich stark, aber schnell war er nicht. Ikar tauchte unter dem Schlag des Holzes durch und ließ sein Messer nach oben sausen.

Es glitt in das Handgelenk des Sattlers, zerschnitt eine Sehne und schabte über Knochen.

„Argh!", rief der Mann und wich zurück, seine verletzte Hand an seine Brust gepresst. Er stieß mit dem Rücken gegen den Tresen und rutschte daran herunter. Ikar folgte ihm, stieß aber nicht erneut zu, sondern wartete ab und gab dem Mann Zeit, einen kurzen hastigen Blick auf seine Hand zu werfen.

„Ihr habt mich verstümmelt! Wie soll ich je wieder einen Sattel zurechtziehen?!", keuchte er entsetzt, während das Blut sein Hemd tränkte.

„Sei froh, dass du noch sprechen kannst. Keiner stellt sich mir in den Weg."

Der Sattler gab nur ein Knurren von sich, mit dem er ein weiteres Ächzen zu verbergen suchte.

„War eine Frau mit braunen Haaren und blauen Augen hier, um eine Rüstung zu kaufen?"

Als der Sattler zögerte, schlug Ikar sein Messer in einen nahen Balken. Das dumpfe Geräusch ließ den Mann zusammenzucken, lockerte aber wie gewünscht seine Zunge.

„Nein, so eine war nicht hier, verdammt! Ich habe eigentlich nie weibliche Kunden, wenn es um die Rüstungen geht!"

„Eigentlich?"

„Vor ein paar Tagen kamen zwei Frauen auf Empfehlung her", spuckte er aus. „Sie wussten einiges, was ich nur meinen engsten Freunden anvertraue. Eine hatte wallend rote Locken und grüne Augen, die andere war jünger, vielleicht sechzehn, und hatte sehr kurzes, braunes Haar. Aber ihre Augen waren braun, nicht blau."

„Aha", meinte Ikar nur.

„Ich weiß es genau! Keine blauen Augen."

„Und weiter?"

„Nun, die junge wollte eine Rüstung kaufen, für die Jagd, aber ich hatte kaum etwas in ihrer Größe. Sie hat dann dennoch eine ausgewählt und gemeint, sie würde ja noch reinwachsen. Armschienen, Beinschienen, ein gehärtetes Wams und so weiter. Sie haben gezahlt und sind wieder verschwunden. Und jetzt kommt Ihr her", erklärte er weiter und starrte Ikar finster an.

„Haben die beiden eine andere Frau oder Freunde erwähnt?"

„Nein, sie waren eher schweigsam. Die junge wirkte sehr aufgeregt. Sie w–war eine Magierin. Hat meinen Laden fast verwüstet, aber sie hatte braune Augen! Mehr weiß ich nicht, bitte! Lasst mich meine Hand versorgen! Ich muss zu einem Heiler, sonst kann ich mein Geschäft vergessen!"

„Da scheiß ich drauf! Ich will alles über die beiden Frauen wissen! Alles!", rief er und war insgeheim überrascht. Ihre Freundin war auch eine Magierin?

„Da gibt es nichts zu sagen! Sie waren jung, aber sie wussten von meinem Kontaktmann Iven, was ich verkaufe. Da habe ich nicht weiter nachgefragt, und sie haben nichts erzählt."

Der Sattler zitterte jetzt, aber er sprach die Wahrheit.

„Wie finde ich diesen Iven?"

„Er arbeitet als Wache für die Stadt, aber zu unserem letzten vereinbarten Treffen ist er nicht mehr aufgetaucht. Ich dachte zuerst, er sei geschnappt worden, aber dann habe ich erfahren, dass er die Stadt verlassen wollte. Wohin weiß ich nicht! Ich schwöre es!"

Ikar seufzte. Wieder eine verdammte Sackgasse!

Wut brodelte in seinem Inneren, aber er beherrschte sich. Irgendwie musste er das Beste aus dieser Situation machen.

Er besah sich noch einmal die Waren und wollte die Gelegenheit nutzen, um eine Idee zu verfolgen. „Habt ihr starke Seile?"

„J–ja …", murmelte der Sattler und sah schon wieder so unsicher aus, dass Ikar innerlich lachte. Ein so großer, muskulöser Mann, schon durch einen kleinen Stich fast ausgeschaltet und den Tränen nah.

„Hast du Draht? Für Werkzeug oder feine Arbeiten an Schnallen und so was?"

„Natürlich."

„Ich brauche deinen weichsten, biegsamsten Draht. Und Seile."

„Das habe ich alles in der Werkstatt hinten."

„Und die Rüstungen auch?"

„Ne–nein, die sind im Keller."

„Vielen Dank", meinte Ikar mit einem Lächeln.

„Bitte! Werdet … werdet Ihr mich töten?"

Ikar ließ einen Moment verstreichen und wägte seine Möglichkeiten ab. Dann kam ihm ein Gedanke.

Weshalb sollten die Herrscher der Stadt eigentlich nicht erfahren, dass er viel besser darin war, ihre Schmuggler aufzuspüren? Wenn er hier schon kaum wichtige Informationen über die Gesuchte erhalten konnte, würde das vielleicht etwas in Bewegung setzen, und er könnte davon profitieren.

„Wo denkst du hin? Du hast mir doch so geholfen. Ich werde dich zum Dank an die Obrigkeit der Stadt übergeben."

Die Augen des Mannes weiteten sich. Er wollte aufspringen, war aber viel zu langsam.

Ikar verpasste dem Sattler einen Hieb in den Nacken, dass er ächzend zur Seite rutschte und zusammengesunken liegenblieb. Das Adlerauge zog sein eigenes Seil vom Gürtel und fesselte ihm die blutverschmierten Hände. Er würde sich mit seiner Verletzung nicht befreien können.

Anschließend besah Ikar sich die Waren des Mannes, ging in den hinteren Teil der Werkstatt und in den Keller. Er sammelte einige nützliche Dinge ein, unter anderem starke Seile und Draht. In dem Erdkeller fand er in einer Kiste die versteckten Lederrüstungen. Auch hier wählte er nach der Begutachtung neue Armschienen aus dunklem, gehärtetem Leder, die sogar mit geschmiedeten Schnallen versehen waren.

Zufrieden schnappte er sich einen Leinensack, stopfte mehrere schöne Beweisstücke hinein und trug sie nach oben, um sie neben dem Sattler zu drapieren.

Jetzt musste er nur noch einen Hinweis bei den Wachen hinterlassen. Dann würde er beobachten, was der Statthalter veranlassen würde. Währenddessen konnte er nach diesem Iven suchen.

594

Tunez saß allein in der Halle von Yorubas Festung über einigen Berichten, die ihm der neue Statthalter zur Einsicht gegeben hatte.

Ihm boten sich jetzt ungeahnte Möglichkeiten, den Phiruin Informationen zu verschaffen. Doch ein Hochgefühl wollte sich trotzdem nicht in ihm einstellen. Im Gegenteil, äußerste Unruhe nagte in seinem Inneren.

Er hätte eigentlich Sivan von den vergangenen Ereignissen berichten müssen, von seinen Unterredungen mit Zayda, von ihrem Angebot … aber etwas hielt ihn zurück.

Vermutlich war noch kein Phiruin so weit gegangen, um auf seinem Posten bleiben zu können, nur Sivan würde das wahrscheinlich anders sehen und ihm an Ende vielleicht nicht mehr trauen.

Und Sivan wollte er nicht als Feind haben, wenn er ihn schon als Freund nicht sonderlich schätzte.

Aber konnte er den anderen trauen? Sie hatten ihn stets gerne für riskante Missionen im Ratkengebiet eingesetzt und sein Leben aufs Spiel gesetzt, mit der Gewissheit, dass er sich selbst töten würde, falls man ihn gefangen nähme.

Seitdem einige Gründer der Phiruin gestorben waren, hatte sich manches geändert. Tunez beschlich das Gefühl, dass sie ihr Ziel, die Hilflosen und Schwachen zu retten, immer mehr aus den Augen verloren und nur noch an sich selbst dachten.

Andererseits konnte er es auch verstehen. Sie hatten all ihre Hoffnung auf die Prophezeiung gesetzt, doch im entscheidenden Moment war Ithilia gefangen und getötet worden. Zayda hatte das zweite Portal zerstört. Danach hatte kaum jemand noch zu hoffen gewagt, dass das Kind je wieder auftauchen könnte. Ganz abgesehen von ihren Plänen, das Mädchen auszubilden. Diese Chance hatte Zayda ihnen erfolgreich genommen.

Und jetzt? Wo konnte sein Schützling nur sein?

In diesem Moment kamen mehrere Ratken in den Saal und schleiften einen Mann mit sich, dessen Hand ungesund herabhing und blutete.

„Wo ist der Statthalter?", fragten sie Tunez.

„Er ist nicht zu sprechen. Ihr könnt mit mir darüber reden", stellte er in befehlendem Ton fest. „Was hat dieser Mann verbrochen?"

Die Wachen stießen ihn ein Stück vorwärts und zwangen ihn dann in die Knie. „Er ist ein Verräter! Ein Mann hat ihn enttarnt, dieser Kerl hier stellt Rüstungen her!"

Tunez nickte kurz. „Gibt es dafür Beweise?"

Einer der Ratken schnaubte und winkte einen Diener nach vorn, der einen großen Leinensack schleppte. Er legte ihn vor Tunez ab und öffnete ihn. Zum Vorschein kamen lederne Rüstungsteile, ein Wams, Armschützer und andere Dinge.

Tunez spürte, wie ein Zucken über seine Wange lief. Er musste sich beherrschen, um seine Fassade nicht bröckeln zu lassen.

Diese Rüstung sah genauso aus wie Zenays.

Aber sie war es nicht. Diese hier war neu und ungetragen, vermutlich aus einem Kellerversteck geholt, nicht der Auserwählten entrissen worden.

Am liebsten hätte Tunez den Sattler freigelassen, aber die Beweise waren zu schwerwiegend und schon von zu vielen gesehen worden. Er konnte es nicht mehr ungeschehen machen.

Tunez nickte, und der Diener raffte den offenen Sack wieder zusammen. „Bringt ihn in den Kerker, er wird dort verhört. Was ist mit dem Mann, der ihn angeschwärzt hat?"

„Der ist verschwunden. Er hat einer Stadtwache den Hinweis gegeben, wo wir den Sattler finden können, und redete anscheinend wirres Zeug über eine Magierin. Der Fremde muss den Sattler in seinem Laden ausgeschaltet haben, wir fanden ihn bewusstlos."

Tunez hörte ihm kaum noch zu, nachdem er die Magierin erwähnt hatte. Was bedeutete das? Hatte der Unbekannte etwa nach Zenay gesucht? Oder war es nur ein Zufall?

„Dieses Schwein hat mich betrogen!", platzte der Sattler plötzlich heraus und kassierte dafür einen Schlag gegen den Hinterkopf.

Tunez trat an ihn heran und wartete, bis der Sattler zu ihm aufsah. „Du sprichst nur noch, wenn du gefragt wirst. Falls du deine Zunge behalten willst."

Die anderen Ratken grinsten, und Tunez musste sich nicht verstellen, um eine angewiderte Miene aufzusetzen. Er hasste sich manchmal dafür, wie widerlich er sein musste. Fast schon wie der Handlanger der Königin, Mazuk.

„Jetzt schafft ihn weg", befahl er den anderen und sah zu, wie sie den Sattler zu der Tür schleiften, die hinunter in die Kerker führte.

«✝»

„Ich schwöre, ich habe alles gesagt!", rief der Sattler flehend. Sein Atem ging schwer.

Tunez starrte auf die zitternden, aufgeplatzten Lippen des Mannes. Er hasste es, dass er ihn schlagen musste, nur um den Schein zu wahren.

„Du hast deine Zukunft verwirkt, indem du diese Rüstungen hergestellt hast", stellte er müde fest.

„Ich habe Familie!"

Tunez schüttelte den Kopf. „Jetzt nicht mehr. Der Statthalter wird darüber entscheiden, was mit dir geschieht, aber deine Familie wirst du so schnell nicht mehr sehen. Vermutlich sogar nie wieder."

Der Mann zitterte immer heftiger. „Ich habe nie etwas geschmiedet!"

„Das ändert gar nichts. Deine Lederrüstungen sind von ausgezeichneter Qualität, sie könnten für einen Krieg verwendet werden!" Er rückte ein Stück näher und betrachtete das nasse Gesicht. Der Sattler schien nicht zu begreifen, dass Tunez ihn schonte. Er hatte vermutlich nie Folter erlebt und hielt das kalte Wasser und die paar Hiebe schon für schlimm.

Immerhin hatte der Sattler wohl nie Zenay direkt gesehen, dafür aber ihre Freunde. Tunez hatte sich vorsichtig an die richtigen Fragen herangetastet. Er durfte nicht den Eindruck erwecken, dass er die Frau kannte, nach der dieses Adlerauge gefragt hatte. Sonst konnte sein Gefangener hier ganz schnell zu einem Problem für ihn werden.

„Du hättest lieber schlechte Sachen herstellen sollen. So bist du eine umso größere Bedrohung und wirst umso mehr leiden", meinte Tunez ruhiger.

Er richtete sich wieder auf und stellte den Wassereimer weg.

Einen kurzen Augenblick überlegte er, ob er ihn sicherheitshalber doch töten sollte. Es wäre vermutlich angenehmer für den Sattler. Sicherlich angenehmer. Aber es widerstrebte ihm, das Leben eines Wehrlosen zu beenden. Außerdem stand es ihm nicht zu und würde nur ungewollte Aufmerksamkeit auf ihn ziehen. Er war bekannt für seinen Intellekt, nicht für die gedankenlose Brutalität wie viele andere Ratken.

Schnaubend verließ er die Zelle und nahm immer zwei Stufen auf einmal, hinauf in die Halle.

Er hatte gerade erst wieder die Unterlagen in Augenschein genommen, als ein Licht über dem Tisch aufglühte.

Ein grüner Bilur tauchte mit einem Knall auf der Tischplatte auf. Kleine Ladungen zuckten über das Holz, und leichte Rauschschwaden verflogen.

Daneben lag ein Zettel mit der Aufforderung, dass er sich in die Festung transportieren und der Königin Bericht erstatten sollte.

*Jetzt schon?* Tunez runzelte die Stirn und fragte sich, ob das nur Zufall war.

Er bereitete sich einen Moment mental auf die Begegnung vor, dann aktivierte er den Bilur, wurde vom Nebel verschluckt und fand sich in einem schwer bewachten Innenhof wieder.

Ein Weißauge saß auf einem kleinen Podest in der Mitte des Hofes und überwachte mit seinem milchigen Blick die Ankommenden. Tunez wusste, dass der Rest der Festung durch besonders mächtige Schutzsteine abgeschirmt wurde und es nur möglich war, hier anzukommen, wenn das Weißauge es erlaubte. Der Magier öffnete nur dann eine Lücke im Schutz, wenn er spürte, dass es dem Ankommenden gestattet war, die Festung zu betreten.

Bedauerlich, sonst hätten die Phiruin schon vor langer Zeit einen Einfall in die Burg gewagt, als sie noch stärker waren.

Ihn erwartete kein Diener, also schritt er allein durch die Korridore, bis er den Saal der Königin erreichte.

Die Tür öffnete sich von selbst, bevor er anklopfen konnte. Zayda saß auf ihrem Thron, ihr Berater und der neue, Alrac, standen rechts und links neben ihr. Eine junge hübsche Ratke mit streng zurückgezogenem Haar hielt sich im Hintergrund, eine Weinkaraffe in der Hand. Scheinbar waren sie alle dazu befugt, seinen Worten zu lauschen, denn Zayda schickte keinen von ihnen hinaus.

Er berichtete der Königin, was er an wenigen Informationen zusammengetragen hatte und weitergeben wollte. Unter anderem auch, dass der neue Statthalter ihm bereits vertraute. Es gab ohnehin noch nichts, was er unbedingt verbergen musste. Und auch von dem Sattler würde sie wohl oder übel erfahren, denn die anderen Ratken hatten dem Statthalter von dem Zwischenfall berichtet. Er konnte es nicht verhindern, also konnte er es auch weitergeben und versuchen, den Schaden zu begrenzen.

„Es gab einen Zwischenfall. Ein Sattler wurde entdeckt, der verbotene Lederwaren herstellt. Armschienen und dergleichen."

„Sehr gut, wie habt ihr das geschafft?"

„Er wurde uns ausgeliefert. Von einem Fremden, der wieder verschwunden ist."

Sie schien sein Zögern zu bemerken, und seine Sorgen waren echt, allerdings galten sie seinem Schützling.

„Noch etwas?"

„Der fremde Mann in Yoruba scheint nur seinen eigenen Gesetzen zu folgen. Der Sattler, der festgenommen wurde, berichtet von einem Mann, der Gedanken lesen kann. Er soll rot glänzende Augen haben und immer wissen, ob man lügt. Ein Adlerauge, der nach Eurer Gesuchten fragte. Doch der Sattler hatte sie nicht gesehen. Ich habe ihn ebenfalls befragt."

Zayda richtete sich merklich auf und schwieg einen Moment, während ihr Blick dunkler wurde. Er fühlte sich an die Situation in Yorubas Halle erinnert, als sie ihn mit ihrer schwarzen Magie berührt hatte, und ein Schaudern lief seinen Rücken hinab. Wieder einmal war er froh darüber, diese Situation überlebt zu haben.

Ihre Augen huschten kurz zu der jungen Ratke im Hintergrund, dann zurück zu ihm. „Danke, Shir'Raki. Du kannst jetzt gehen. Meine Magier schicken dich zurück nach Yoruba und werden den Sattler mitnehmen."

«☦»

Shir'Raki verneigte sich und verließ den Saal. Alrac sah ihm interessiert hinterher. „Welche Position hat er in der Stadt inne?", wollte er wissen und fügte dann schnell hinzu: „Wenn ich fragen darf, meine Königin."

„Du darfst. Er ist mein Informant in der Stadt. Ich hatte schon lang die Befürchtung, dass der ehemalige Statthalter dort ein Nichtsnutz war, und das hat sich mit seiner Hilfe bestätigt. Er gibt mir regelmäßig Auskunft darüber, wie sich der Neue macht."

„Er scheint auch Interesse daran zu haben, die Magierin für Euch zu finden."

„Richtig. Ich habe schon mit ihm darüber gesprochen. Und genauso wie du ergreift er die Eigeninitiative, um seine Ziele zu verfolgen. Er hat den neuen Statthalter schon davon überzeugt, dass er in alle Berichte eingeweiht wird, welche die Suche betreffen."

Alrac regte sich kurz, als schien ihn etwas zu beunruhigen. „Und habt Ihr einen Verdacht, wer der Mann mit den roten Augen ist?"

„Oh ja, das dürfte unser alter Freund Ikar sein."

„Was?! Dann sollten wir das der Wache mitteilen und ihn festnehmen lassen!"

Zayda hob die Hand und unterbrach ihn. „Nein. Ich werde ihn weiter gewähren lassen."

„Aber Ihr habt doch …"

„Alrac, ich halte dich für klug. Überzeuge mich jetzt nicht vom Gegenteil."

Der Ratke runzelte kurz die Stirn. „Ihr wollt, dass er weitersucht, nicht wahr?"

Sie lächelte und entblößte dabei ihre spitzen Zähne. „Immerhin war ich es, die ihm das Verlangen nach der Suche in den Kopf gepflanzt hat. Er war schon vorher besessen von der Aussicht, das Mädchen zu finden, doch jetzt kann er an nichts anderes mehr denken."

„Glaubt Ihr, dass er Erfolg haben wird?"

„Nun, er ist noch immer in Yoruba und hat einen Sattler aufgedeckt, der kurz zuvor Ware an eine Magierin verkauft hat. Ich werde mir seine Erinnerungen ansehen, vielleicht war es ja tatsächlich meine Gesuchte. Ikar hat etwas entdeckt, das uns entgangen wäre." Ihr Lächeln wurde breiter. „Die Suche wird ihn in den Wahnsinn treiben. Je mehr er daran denkt, desto stärker wird der Funke schwarzer Magie in seinem Geist."

Mehrere Tage lang wechselten sich Wälder, Täler und verwaiste Felder ab, und die Freunde begegneten kaum einer Menschenseele.

Zenay störte es nicht. Sie war froh, sich endlich wieder lebendig zu fühlen und ihre Freunde um sich zu haben, auch wenn Elaya stiller war als gewöhnlich. Zenay wollte eigentlich mit ihr über Magie sprechen, doch ihre Freundin schien zu verschlossen.

Tarek erzählte Zenay stattdessen während der Reise, dass die meisten Dörfer heute auf der anderen Seite des Yors lagen, weil auf dieser vor Jahrzehnten eine Krankheit gewütet hatte. Seitdem waren kaum neue Siedlungen in den dichten Wäldern entstanden, lediglich ein paar Fischerdörfer am Wasser, da der Handel sich auf den Fluss konzentrierte.

Sie überquerten einige kleinere und größere Bäche, die zum Yor führten, und erreichten schließlich einen Fluss, der schiffbar war.

In einiger Entfernung konnten sie ein Dorf und einige Schiffe ausmachen, die dort vertäut lagen.

„Das ist der Alti, der größte Zufluss des Yor", erklärte Jesco.

„Uns bleibt nichts anderes übrig, als zu schwimmen", meinte Tarek und spähte zum anderen Ufer, an dem ein verlassener Weg lag.

„Schaffen die Pferde das?", wollte Zenay unsicher wissen.

„Die Strömung scheint nicht allzu stark zu sein."

Zenay nickte, dann ließ sie ihren Blick über ihre Ausrüstung wandern. „Packt alle Sachen auf einen Stapel. Die Sättel auch. Ich transportiere sie rüber."

Die anderen taten wie geheißen, und Zenay schickte ihren Proviant und alles weitere in drei Portionen hinüber. Malak runzelte die Stirn, als er bemerkte, wohin sie die Sachen schickte.

„Warum so weit flussabwärts?"

Zenay schmunzelte. „Dir ist aber schon bekannt, was eine Strömung bewirkt, oder?"

Malaks Ohren wurden ganz rot, und er presste die Lippen zusammen. Seine Schwester prustete los, während er sein Hemd und den Gürtel mit seiner Axt ablegte und sein Pferd über die sanfte Kiesbank zum

Wasser führte. Auch die anderen streiften Teile ihrer Kleidung und die Waffen ab.

Zenay wartete und sah zu, wie ihre Freunde einer nach dem anderen mit ihrem Pferd ins Wasser liefen. Das Ufer fiel bald steil ab und sie mussten schwimmen, während die Pferde im Wasser schnaubten und auf dem rutschigen Untergrund Halt suchten. Nach und nach beruhigten die Tiere sich wieder und ließen sich schließlich doch dazu ermuntern, die schneller strömende Mitte des Flusses zu durchqueren.

Natürlich wurden sie abgetrieben, aber der Fluss machte eine leichte Kurve und so steuerten sie auf den Anfang einer Kiesbank zu, die sich an der anderen Seite erstreckte.

Als Malak beinah am Ufer war, schickte Zenay die Kleidung und Waffen hinüber und folgte Tarek, der Milad und Shetans Stute gerade ins tiefere Wasser führte.

Sie hielt Malees Zügel fest umklammert, als die Stute erschrocken wieherte. Steine rutschten unter ihren Hufen weg, dann beruhigte sie sich wieder und schwamm neben Zenay durch den Fluss.

Auf der anderen Seite angekommen, zitterte Zenay stark, ließ es sich jedoch nicht anmerken. Sie trockneten sich spärlich ab, sattelten die Pferde und verluden ihre Sachen. Da es schon dämmerte, ritten sie nur noch ein Stück in den hügeligen Wald hinein, ehe sie ein kleines Lager aufschlugen. Sie hängten ihre restliche Kleidung zum Trocknen über einige Büsche, entfachten aber kein Feuer, da sie noch zu nah an dem Fischerdorf waren.

Am nächsten Morgen weckte Jesco sie sehr früh und bedeutete ihnen, still zu bleiben. Während Malak noch gähnte, erstarrte Zenay und lauschte. Der sanfte Wind trug laute Geräusche an ihr magisch verbessertes Gehör und ließ sie zittern.

Stampfende Schritte, schnaufender Atem und das Gemurmel vieler Männer erfüllten die kühle Luft.

*Wo sind sie?*, fragte Tarek und flüsterte selbst in Gedanken. Er hatte ihre Unruhe bemerkt, und auch die anderen wagten es kaum, zu atmen.

*Auf der Straße am Fluss.*

*Wenn wir uns nicht bewegen, hören sie uns hoffentlich nicht.*

Zenay wollte antworten, doch die Ratken lenkten sie ab. Ihre Schuhe knirschten auf der Straße, ein paar bahnten sich jedoch ihren Weg durch den Wald, traten dabei auf knackende Äste und trockenes Gras.

*Es sind auch welche im Wald.*

*Verdammt!* Elayas Stimme zitterte. *Hauen wir ab?*

*Nein, wartet noch. Sie haben uns nicht bemerkt.*

Die Freunde verharrten.

Obwohl die Krieger noch ein Stück entfernt waren, schlug Zenay das Herz bis zum Hals, und sie musste sich beherrschen, um ihre Nervosität nicht versehentlich auf die Pferde überspringen zu lassen, die schon unruhig wurden.

Die Ratken zogen am Alti entlang in Richtung Yor und entfernten sich von ihnen.

Sie wagten es erst nach einer Weile, sich wieder zu bewegen, und führten die Pferde noch ein Stück von den Flüssen weg, um nicht in dicht bewohnte Gebiete zu geraten.

Zenay hörte Tarek und Jesco darüber sprechen, dass sie unweigerlich irgendwann wieder an den Fluss zurückkehren müssten, da unterwegs eine Schlucht der einzige passierbare Weg nach Siad sei.

Der Dieb ließ sich nicht mehr blicken. Allerdings mussten sie am zweiten Tag nach dem Zwischenfall feststellen, dass er bei seinem ersten Diebstahl bei einigen Dingen erfolgreicher gewesen war als bei den Pferden. Mehrere Beutel mit Schinkenstücken, Dörrfleisch und Gemüse waren verschwunden.

So mussten Tarek, Zenay und Jesco nach einigen Tagen in der Wildnis auf Jagd gehen.

Die anderen schlugen in der Dämmerung das Lager auf, während die drei ihre Bögen spannten und gemeinsam gegen den Wind in den Wald schlichen. Sie folgten einem Wildwechsel. Tarek leitete sie an und entdeckte bald erste Spuren und die frische Losung eines Rehs. Der Wald wurde dichter, und an einem großen Felsen teilte sich der Wildwechsel.

*Wir trennen uns und versuchen, das Tier einzukreisen. Vielleicht versteckt es sich in der Nähe*, schlug Tarek vor und deutete mit seinem Bogen rechts und links von dem Felsen.

Er und Zenay folgten dem Pfad nach links und horchten auf Geräusche, jeweils einen Pfeil auf der Sehne, Jesco ging nach rechts. Nach einer Weile bedeutete Tarek ihr, zu warten, und schlich allein weiter. Sie kreisten damit das große Dickicht ein und würden hoffentlich das Reh oder etwas anderes aufscheuchen und erlegen können.

Zenay stand reglos und lauschte. Die Zeit verstrich; mit der Dämmerung krochen die Schatten auseinander und hüllten den Wald in Halbdunkel. Irgendwo mussten ihre Freunde jetzt auf der Suche nach dem Reh sein. Aber warum dauerte das solange?

Sie tastete nach dem glühenden Pochen der Magie in ihrem Inneren und nutzte ihre Kräfte, um ihre Sinne zu erweitern. Es wäre sicherlich von Vorteil, das Reh schon kommen zu wissen.

Stattdessen strich ihre Magie sanft über fremde Gedanken. Es war nur der Bruchteil eines Augenblicks, aber es genügte, um Zenay zu alarmieren. Sie waren nicht allein!

# Gen Süden

Zenay erstarrte, als sie ein Rascheln hörte.

Sie schloss die Augen und horchte weiter, konnte das fremde Bewusstsein aber nicht mehr aufspüren.

Da! Da war es wieder. Ein Rascheln, dann einige Schritte. Das war definitiv kein normales Waldtier.

Ein Schauer jagte ihren Rücken hinunter, als ihre Gedanken unwillkürlich zum Mangriden wanderten. Aber die Schritte klangen leichter, vorsichtiger. Ein Magier? Ein leichtfüßiger Ratke? Es gab zu viele Möglichkeiten. Sie musste ihn finden, sonst waren sie alle gefährdet!

Nach einem Moment steckte sie den Pfeil weg, hängte sich den Bogen über die Schulter und nahm dafür den Dolch ihrer Mutter zur Hand. Sie konzentrierte sich, erspürte den Fremden und verschwand in einem Blitz.

Der junge Mann vor ihr zuckte zusammen, als sie direkt hinter ihm auftauchte, seine Schulter packte und ihn herumriss. Das war kein Magier. Er war eine Stadtwache aus Yoruba!

Ihr lief ein Schaudern den Rücken hinab. Wie hatten die Männer sie gefunden? Sie musste ihre Freunde warnen und sich auf einen Kampf vorbereiten.

*Jesco! Tarek! Hier ist ein Stadtwächter aufgetaucht! Kommt schnell, wir müssen verschwinden und die anderen warnen!*

*Hast du ihn getötet?*, fragte Jesco.

Der junge Mann wollte sich aus ihrem Griff winden, doch sie drückte ihren Dolch an seinen Hals, und er gab augenblicklich Ruhe.

*Nein, nur gefangen. Ich bin südlich von euch, ich bringe ihn zu der Stelle, wo wir uns zum Jagen getrennt haben. Seid vorsichtig, es sind vielleicht noch mehr in der Nähe.*

*Wir kommen.*

„Gut. Wie ich sehe, bist du klug genug, dich nicht zu wehren. Und jetzt lauf!", zischte sie in sein Ohr und stieß ihn an die Schulter.

Der Wächter stolperte durch den Wald, und bald erreichten sie den Felsen.

605

„Sind noch mehr in der Nähe?", fragte sie ihn dann und horchte in den viel zu stillen Wald.

Der Mann schluckte und begann zu zittern, doch er antwortete nicht.

„Wie habt ihr uns gefunden? Sprich!", rief sie und drückte die Klinge stärker an seinen Hals. „Wo sind die anderen Wachen?!"

Er zögerte, dann schüttelte er ganz schwach den Kopf. „Da ist nur … nur mein Pferd."

„Warum hast du versucht, dich an uns heranzuschleichen?"

„Ich wusste nicht mal, dass jemand im Wald ist", erwiderte er zitternd, und sie spürte, dass er die Wahrheit sagte.

„Wo. Sind. Die. Anderen?!", verlangte sie noch einmal eindringlicher zu wissen.

Der Mann vor ihr runzelte die Stirn. „Was meinst …", fing er an, doch genau in dem Moment kam jemand aus dem Unterholz geschlichen.

Jesco blickte erstaunt auf Zenay und den Mann, den sie gefangen hielt, und senkte dann seinen Bogen.

„Iven?! Iven, du bist es! Sina, steck den Dolch weg."

Zenay blickte überrascht zu ihrem Freund. „Du kennst ihn? Wer ist das? Er war im Wald und …"

„Sina, beruhige dich, er ist kein Feind."

„Woher willst du das wissen?"

„Weil ich ihn kenne! Das ist Iven, mein *Cousin*." Jesco machte einige Schritte auf sie zu und bedeutete ihr, den Dolch sinken zu lassen. Sie zögerte noch.

„Er kommt aus Yoruba. Ich habe ihn dort getroffen, und er wollte uns eigentlich begleiten!"

Der Mann vor ihr drehte sich leicht zu ihr und sah sie aus dem Augenwinkel an. Er hatte dunkelbraune Augen, die denen von Jesco irgendwie ähnelten. Seine blonden Haare waren leicht gewellt und standen ab, doch die Augen überzeugten sie.

„Magierin … es ist mir eine Ehre. Ich wollte dich wirklich nicht erschrecken …"

„Niemand hat mich erschreckt!", rief sie und zog den Dolch einige Fingerbreit zurück.

Iven sah sie weiter an. „Ich habe zu Jesco gesagt, dass ich mit euch kommen möchte, aber als ich zur vereinbarten Zeit in der Wirtschaft eintraf, wart ihr fort. Der Wirt meinte, er hätte euch nicht einmal abreisen sehen …"

Zenay blickte zu Jesco. „Ist das wahr? Wolltest du dich mit ihm treffen?"

Jesco nickte und kam näher. Zenay ließ rasch den Dolch sinken und trat einen Schritt zurück.

«✝»

Iven konnte sich nicht schnell genug umdrehen, um die Waffe in ihrem Futteral verschwinden zu sehen – da stand die Magierin bereits ein Stück entfernt in der Haltung einer kontrollierten Kriegerin, die sich gerade *zurückgehalten* hatte.

Ihr Gesichtsausdruck wirkte verwirrt, erleichtert und zugleich auch wütend. Sie sah Iven lange an und nickte ihm dann kurz zu. „Tut mir leid. Ich dachte, wir würden angegriffen."

„Schon gut", erwiderte er und legte ein scheues Lächeln auf.

Er wollte noch mehr sagen, aber im nächsten Moment legte sie ihm eine Hand an die Stirn. Er zuckte zurück, dann erstarrte er und spürte voller Faszination, wie eine intensive Wärme von ihren Fingern auf ihn überging. Sein Blick verschwamm, und er fühlte sich vollkommen von ihrer Magie eingenommen.

*Wer. Bist. Du?*, hallte ihre Stimme als eindringliche Frage durch seinen Kopf, und er wusste, dass sie viel tiefer ging. Sie wollte nichts über seine Verwandtschaft zu Jesco wissen, sondern über seine Seele.

*Ich möchte dir keinen Schaden zufügen, Magierin.*

Er fühlte ihre Präsenz, wie sie ihn durchschaute und seine Gedanken erforschte … dann ließ sie von ihm ab. Er wankte kurz, und seine Sicht klärte sich wieder.

Sie nickte streng, wirkte jedoch auf eine gewisse Weise zufrieden.

Ihr Kopf drehte sich etwas zur Seite, ihr Blick wurde glasig. „Ich glaube, ich kann das Reh hören", murmelte sie und zog vorsichtig ihren Bogen von der Schulter. „Geht ihr das Pferd holen? Ich kümmere mich um unsere Verpflegung."

Ihre konzentrierte Miene ließ keinen Widerspruch zu. Noch ehe die beiden reagieren konnten, huschte Zenay geduckt einen Wildwechsel entlang.

Einen Moment verharrten die überraschten Männer, dann ging ein breites Grinsen über Ivens Gesicht, und er ließ einen leisen Pfiff hören.

„Bei den Hütern, mit ihr möchte ich mich nicht noch mal anlegen. Faszinierend, ihre Kräfte. Das ist das erste Mal, dass ich so etwas am eigenen Leib verspürt habe."

Jesco nickte, und die beiden drückten einander freudig die Hände.

„Das ist auch das erste Mal, dass ich gesehen habe, wie sie jemanden so durchleuchtet, Iven. Wie hast du uns gefunden?"

„Du hattest mir erzählt, ihr wollt nach Süden, also nahm ich an, dass ihr erst einmal eine Weile parallel zum Fluss reiten würdet …"

Jesco lächelte über diese Ehrlichkeit. „Hast du irgendwelche Spuren entdeckt?"

„Nur alte Lagerplätze. Und gelegentlich Spuren der Pferde, aber die hätten jedem gehören können. Ich wäre wahrscheinlich an eurem Lager vorbeigeritten, und wir hätten uns nicht gefunden, aber ihr scheint nichts zu entgehen."

Iven nickte in die Richtung, in der die Magierin verschwunden war. „Wirklich eine erstaunliche Frau. Wenn auch etwas hitzig", fügte er flüsternd hinzu.

Jesco schmunzelte, und Iven bohrte weiter nach.

„Seid ihr vielen Ratken begegnet? Es gab eine Schlacht vor Yoruba … Vom Fluss aus konnte man den Geruch des Todes schon riechen. Als ich abreiste, begannen die Ratken gerade, die Leichen zu verbrennen. Viele sind aus der Stadt geflohen."

„Wir konnten nur mit Glück entkommen."

„Dann waren die Ratken wegen euch da?"

Jesco nickte mit zusammengepressten Lippen.

„Es wird sich jetzt wohl einiges ändern. Die Ratken werden in der Stadt bleiben, habe ich gehört. Und es waren auch viele auf den großen Straßen unterwegs, deshalb bin ich abseits durch die Wälder geritten. Und euch zum Glück so nahe gekommen", sprach Iven weiter.

Jesco wollte etwas erwidern, aber da näherten sich wieder Schritte zwischen den Bäumen. Er drehte sich um und winkte dem Neuankömmling zu, einem jungen Mann mit schwarzen Haaren, der ebenfalls einen Bogen trug.

Er kam zu ihnen und lächelte kurz. „Sie hat mich schon aufgeklärt. Du bist also mit Jesco verwandt?"

„Richtig, ich bin Iven."

„Tarek. Und darf ich fragen, warum du wie ein Wächter gekleidet bist?"

„Ich bin ein Wächter. Oder vielmehr ich *war* es", meinte Iven nach einem Moment. „Ich wollte es eigentlich schon der Magierin sagen: Ich habe Proviant dabei und einiges mehr. In der Hoffnung, euch zu finden, habe ich möglichst viel Brauchbares aus der Stadt geschmuggelt."

„Du warst eine Stadtwache? Wieso ... wieso hilfst du uns dann?"

„Ich bin noch nicht lange berufen und war auch nicht bei den Kämpfen vor der Stadt dabei. Als ich Jesco traf, war mir sofort klar, dass das viel wichtiger ist, als in der Stadt ein paar Diebe aufzulauern. Ich habe die Politik der Wache nie wirklich gutgeheißen, aber sie zahlen anständig und ich hatte gehofft, vielleicht etwas bewirken zu können."

Tarek nickte, noch nicht ganz überzeugt. „Du hast Sina ganz schön erschreckt. Aber jetzt sollten wir vielleicht dein Pferd holen, bevor es völlig dunkel wird. Wo ist es denn?"

„Wenn ich das wüsste ..."

Tarek schmunzelte, und sein Blick wurde für einen kurzen Moment ebenfalls glasig, dann nickte er in den Wald. Hatte er gerade Magie gewirkt? Oder mit der Magierin kommuniziert?

„Nicht weit", sagte er dann. „Dort, wo Sina dich gefunden hat, und noch ein Stück weiter. Warum hast du es überhaupt allein gelassen?"

„Ich wollte gerade Feuerholz sammeln."

Tarek wandte sich an Jesco. „Und warum hast du uns nie gesagt, dass du ihn mitnehmen wolltest?"

„Ich hielt es nach unserer Flucht nicht mehr für nötig. Ich wusste nicht, dass mein Cousin sich tatsächlich auf die Suche nach uns machen würde."

Tarek warf Iven noch einen Blick zu und entdeckte dabei einen Kratzer an seinem Hals.

Seine Augen verschmälerten sich, und Iven erkannte, worauf er starrte.

„Oh … ähm, das ist von … Sina. Sie hätte mich gerade im Wald fast aufgeschlitzt, als sie mich entdeckt hat."

Tarek konnte nicht umhin, den etwas belustigten und zugleich vorwurfsvollen Tonfall aus seiner Stimme herauszuhören.

„Sieh es ihr nach, wir hatten erst vor kurzem einen Dieb im Lager, und auf Wachen ist sie auch nicht wirklich gut zu sprechen … Sie hat in letzter Zeit einiges durchgemacht."

Iven zögerte, doch dann nickte er. „Es muss schwer sein, wenn man durch die Magie ständig in Gefahr ist und verfolgt wird."

„Frag sie am besten selbst irgendwann. Aber nicht jetzt. Sie braucht noch etwas Zeit, um sich von den Kämpfen zu erholen."

„Was ist dort geschehen? Wurde sie verwundet?"

Tarek presste die Lippen aufeinander. „Nichts für ungut, aber wir kennen uns ja kaum. Wir können dir das im Laufe der Zeit erzählen."

Iven nickte, dann klopfte sein Cousin ihm auf die Schulter, und sie gingen zusammen sein Pferd holen.

«✝»

Leichter Dunst waberte auf der Lichtung, als Zenay zurückkehrte. Sie hatte das Reh nicht erwischt, dafür aber zwei Kaninchen erlegt, die sie vor ihrem Bau aufspürte. Es war dunkel geworden, die Schatten der Gestalten am Feuer flackerten lebhaft.

Ihre Freunde und der neue Mitstreiter Iven saßen in einem Kreis um die Flammen, nur Malak fehlte. Er stand am Rand der Lichtung zwischen den Bäumen wie eine Statue und lauschte in den Wald und die Nacht.

Zenay begrüßte sie und ließ sich im Schneidersitz neben Tarek nieder. Er lächelte und berührte sie kurz am Rücken, ehe sie die Kaninchen zum Feuer legte.

Erst jetzt nahm sich Zenay die Zeit, den Neuen mit ihrer Magie etwas genauer zu betrachten. Seine hellbraunen Augen wirkten freundlich, und der kurze Bart um sein Kinn ließ ihn älter wirken, als er vermutlich war. Sie schätzte ihn auf Mitte zwanzig.

„Tut mir leid, dass ich vorhin so abweisend war, Iven. Ich bin einfach immer noch … angespannt", meinte sie nach einem Moment.

Iven lächelte und zuckte dann mit den Schultern. Seine blonden Haare leuchteten im Schein der Flammen. „Sind wir das nicht alle? Es war merkwürdig, seit so langer Zeit in der Stadt das erste Mal wieder allein in den Wäldern unterwegs zu sein."

Elaya schüttelte sich, als hätte sie eine Gänsehaut bekommen. „Oh, ich möchte mir das gar nicht vorstellen. Ich bin so froh, dass wir in einer relativ großen Gruppe reisen, alleine hätte ich furchtbare Angst …"

„Das einzig Gute ist, dass man nicht auffällt. Man kann einfach untertauchen – zumindest meistens."

„Ich nehme also an, dass ihr euch alle schon gegenseitig vorgestellt habt?", fragte Zenay in die Runde. Sie bemerkte den schwärmerischen Blick, den Elaya dem Neuen zuwarf, während die anderen nickten.

„Er war bei der Stadtwache, um den Leuten möglichst zu helfen, und jetzt hilft er uns. Er hat Proviant mitgebracht, so viel er aus der Stadt schaffen konnte", berichtete Elaya über die Flammen hinweg.

„Was denn zum Beispiel?", fragte Zenay skeptisch.

Daraufhin holte Iven ein seltsames Bündel aus seiner Satteltasche. Malak kam neugierig näher und stellte sich hinter seine Schwester. Das Bündel bestand aus einer Menge gerader, dünner Hölzer, die zusammengebunden waren. Iven löste eine Schnur am Ende der Holzmatte und rollte sie auf. Zum Vorschein kamen zwei große Flaschen mit gluckerndem Inhalt in Stroh.

Malak stöhnte. „Oh nein, keinen Alkohol mehr!", murrte er und wandte sich wieder vom Feuer ab. Iven sah ihm irritiert hinterher.

„Was ist denn in ihn gefahren?"

Elaya und Asyra sahen sich kurz an, dann grinsten sie breit und kicherten. „Das ist eine etwas längere Geschichte."

Iven lächelte Elaya an. „Ich würde sie gern einmal hören."

Bevor sie etwas erwidern konnte, räusperte sich Zenay und hob eine Flasche auf. „Was hat es damit auf sich?"

„Oh, das ist nur ein gewöhnlicher Wein in etwas teureren Flaschen. Den habe ich nur zur Tarnung mitgenommen." Er stieß die Holzmatte an. „Deswegen."

Zenay nahm die zusammengebundenen Hölzer in die Hand und bemerkte dann, wie gerade geformt und stabil sie waren. Die Verschnürung hielt sie fest zusammen, konnte aber abgestreift werden. Unter Ivens bekräftigendem Nicken zog sie das vorderste Holz heraus und lachte dann.

„Das sind Pfeilschäfte! Großartig!"

Elayas Augen weiteten sich jetzt. „Das ist ja toll! Wie viele sind das denn?"

Iven sah zurück zu seinem Pferd. „Ich habe noch zwei solche Pakete. Insgesamt um die neunzig Schäfte."

Elaya zog zischend Luft ein. „Dafür würde man dich hängen! Oder noch schlimmer, für immer in Mazmorras Grab verschwinden lassen!"

Iven grinste kühn. „Wartet erst, bis ihr mein Mehl probiert habt."

„Dann hat Jesco seine Pfeilspitzen von dir!", stellte Zenay fest. „Wie hast du das alles bezahlt?"

„Und wieso hilfst du uns?", wollte Asyra wissen.

Iven sah von einer Frau zur anderen. „Ich dachte mir, hier sind sie von größerem Nutzen als in der Stadt. Man wird nicht nachvollziehen können, wer die Sachen aus dem Lager genommen hat, und die Weinverpackung habe ich selbst gebastelt. Und helfen wollte ich schon immer."

Elaya schnappte Zenay das Bündel weg und nahm die Hölzer ebenfalls in Augenschein, ehe sie fröhlich auflachte. „Jedenfalls werden wir in den nächsten Wochen keinen Mangel an Pfeilen mehr haben."

«✝»

Kalana fiel in Schwärze und war dann plötzlich umgeben von Menschen …

Martyom drängte sich durch die Menge, die sich in der großen Halle angesammelt hatte, und versuchte, näher an die Ältesten heranzukommen.

Er hörte Weinen und Rufe voller Verzweiflung und ihm war sofort klar, dass etwas Schreckliches passiert sein musste.

„Was ist hier los?", fragte er den nächstbesten Phiruin und legte ihm eine Hand auf die Schulter.

„Überlebende sind aus einem der Lager zurückgekehrt. Es gab einen Überfall, die Ratken haben die Felidensiedlung bei Kontill dem Erdboden gleichgemacht …"

Martyom spürte, wie alle Farbe aus seinem Gesicht wich. Byrgit war dort stationiert! Seine geliebte Byrgit!

Er ließ den Mann stehen, drückte sich durch die Menge der herumliegenden Verletzten, bis er das volle Ausmaß erkannte. Es waren nur sehr wenige zurückgekehrt, und die meisten sahen schwer mitgenommen aus.

Was hatten die Ratken getan?! Er hatte gewusst, dass sie in ihrem Vorgehen grausam waren und in diesem Krieg alle unterwerfen wollten … aber ein ganzes Dorf voller Unschuldiger auszulöschen? Und seine geliebte Freundin …

Ein Gefühl brodelte in seinem Unterbewusstsein, eine Angst, dass dies erst der Anfang sein könnte. Die Phiruin hatten schon geahnt, dass die Ratken mit ihren Kriegsstrategien noch nicht am Ende waren. Das hier könnte der Beginn einer Katastrophe sein.

Während er sich durch die Masse drängte, suchten ihn Fantasien heim, von schreienden Frauen und Männern, von den Kriegern, die über die Feliden herfielen … über seine Byrgit! Er musste sie finden!

Dann sah er sie. Ihre welligen Haare hingen ihr strähnig ins Gesicht, und der linke Arm lag in einer Schlinge. Aber sie lebte!

Kaum hatte sie ihn in der Menge erkannt, hellten sich ihre mitgenommenen Gesichtszüge auf. Er stürzte zu ihr und schloss sie in seine Arme.

„Oh, Byrgit!", murmelte er, drückte seine Lippen auf ihr Haar und spürte, dass er sie in seiner Erleichterung zu fest an sich presste. „Ich dachte, sie hätten dich gefangen oder getötet."

Sie löste sich von ihm, das Zittern bemerkte er dennoch. Ihr Gesicht war blass. Unter den Augen hatten sich tiefe Ringe eingegraben. Schrammen und getrocknete Blutspritzer prangten auf den Wangen seiner Geliebten.

„Nein … es geht mir gut …" Ihre Erklärung ging in einem Schluchzen unter, und er zog sie wieder an seine Brust. Sein Herz klopfte wild, so froh war er, dass sie noch lebte.

„Martyom, sie haben alle Feliden im Lager getötet!", platzte sie heraus, und ihr Schluchzen wurde schlimmer. „Sie ... sie wollen das überall machen! Die Ratken haben das Lager gestürmt und alle zusammengetrieben, nachdem sie die Männer ausgeschaltet hatten ... Ich konnte mich verstecken ... und da–dann ... kam ein Mann, einer ihrer Anführer ... er sagte, sie würden keine Gefangenen machen. Und die Ratken, sie haben alle abge–abgeschlachtet! Die Kinder, alle!"

Byrgits Finger krallten sich in den Stoff seines Mantels, während sie sich schluchzend an seine Schulter lehnte.

Plötzlich war da eine dritte, winzig kleine Hand an seinem Arm.

Martyom zuckte weg und starrte Byrgit an. Sie schien aus einem Traum zu erwachen und folgte seinem Blick. Durch die breite Schlinge um ihren verletzten Arm gut verborgen, lag dort ein winziges Kind, ein Neugeborenes.

„Byrgit!", hauchte er und strich den Stoff weg, um sanft das Gesichtchen dahinter zu berühren. „Was? Wie?"

Seine Geliebte zitterte noch immer. „Ich habe sie gerettet. Sie ... ihre Mutter war bei den anderen Frauen ... sie lag noch im Haus der Heilerin, wo ich arbeitete ... Martyom, sie ist erst wenige Tage alt!"

Er betrachtete das kleine Mädchen mit der rosigen Haut und verliebte sich sofort.

Schon seit einer Weile hatte er den heimlichen Wunsch mit sich getragen und sich nicht getraut, Byrgit danach zu fragen. Sie war so voller Tatendrang gewesen, als Heilerin aufzusteigen, da hätte ein Kind doch nur gestört, oder? Aber dieses kleine Wesen, das jetzt in ihrem Arm lag, das war wie ein Geschenk. Nichts und niemand würde sie mehr verletzen!

Byrgits Tränen rissen seine Aufmerksamkeit von der Kleinen los.

„Die Ratken, sie wollen alle Feliden vernichten! Ich musste sie retten! Ich muss ... sie darf nicht sterben, Martyom!"

Er nickte heftig, als er die Verzweiflung in ihren Augen sah.

„Wir beschützen sie. Byrgit, wir beschützen sie! Hier ist sie sicher."

Sie zitterte noch immer und schluchzte, nickte dann aber und strich sich fahrig ein paar Haare aus dem Gesicht. „Ist gut."

„Hat ... hat sie schon einen Namen?"

Byrgit schniefte. „Ihre Mutter hat sie Nilatari genannt. Bei den Hütern, ich habe sogar bei ihrer Geburt geholfen … und jetzt ist ihre Mutter tot … Nilatari …" Ihre Stimme versagte.

Er seufzte und schüttelte sanft den Kopf. „Das ist … der Name klingt zu sehr nach Feliden, Byrgit. Das könnte sie in Gefahr bringen."

Tränen traten wieder in ihre Augen, und sie sah ihn flehend an. Er konnte sehen, dass sie es nicht akzeptieren würde. Sie wollte schon kaum wahrhaben, dass ihre Freunde alle tot waren.

„Wie wäre es mit Nila?"

Byrgits Erleichterung war beinahe greifbar. Sie strahlte einen Moment, bevor die Erinnerungen sie wieder einholten und ihre Züge verdüsterten.

Martyom half seiner Freundin auf die Beine und führte sie zwischen den Versammelten hinaus aus der Halle.

Er würde dieses Mädchen aufziehen wie sein eigen Fleisch und Blut. Und er würde Byrgit fragen, ob sie seine Frau werden wollte. Das hatte er sie schon fragen wollen, bevor sie zu ihrer Mission aufgebrochen war. Aber nach diesen Ereignissen war ihm klar, dass es so bestimmt sein musste. Er hatte jetzt für sie da zu sein und er würde ihr helfen, das Erlebte zu verarbeiten.

Sie hatte überlebt. Und sie hatte ihm ein kleines Mädchen geschenkt. Nila.

Nila … Nila …

„Kalana? Kalana, wach auf!"

Asurs Stimme drang gedämpft zu ihr wie durch Wasser. Langsam kämpfte sie sich aus der Erinnerung und fasste sich an die Stirn. Ihre Haut fühlte sich heiß an.

Stöhnend richtete sie sich auf und rieb sich mit den Händen über ihr Gesicht. Ihre Wangen waren nass von Tränen. „Ich habe wieder Fieber, oder?", murmelte sie mit schwerer Zunge, während ihr Geist noch immer in den Erinnerungen hing. All diese Menschen … all die Toten, die diese Tyrannei gefordert hatte …

Kalana wollte so etwas nicht wissen! Sie wollte diese Erinnerungen nicht!

Byrgit war darin sicherlich 25 oder 30 Jahre jünger gewesen. Und Martyom auch. Und das Mädchen! Sie war eine Felide! Das kleine Mädchen, das sie vorher schon gesehen hatte, als es im Stall mit den Schafen spielte. Dies war später die Mutter von Benon!

Wieder einmal fragte sich Kalana, ob er wohl entkommen konnte. Sie hatte nie erfahren, was mit ihm geschehen war, nachdem sie aus Martyoms Haus geflohen waren.

Asur berührte sie am Arm und holte sie damit endgültig aus den verworrenen Erinnerungen. „Immerhin bist du schneller aufgewacht als die letzten Male."

„Gebracht hat es wieder nichts."

Asur runzelte die Stirn und betrachtete ihr Gesicht. „Du willst dich nicht mehr dagegen wehren?"

„Ich kann es ohnehin nicht", stellte Kalana träge fest. Eine Müdigkeit hatte sich in ihren Kopf gekrallt, die sie auch tagsüber kaum noch abschütteln konnte. „Es überwältigt mich jedes Mal. Es … waren Erinnerungen an die Zeit, als Zayda … als die Königin den Befehl gab, alle Feliden zu töten. Martyom und Byrgit waren dabei, sie haben versucht, Feliden zu retten …"

Asur legte ihr eine Hand auf die Schulter, als sie zitterte.

„Du musst das nicht allein tragen. Du bist auch nicht schuld an dem, was passiert ist."

„Aber ich verstehe noch immer nicht, warum Martyom mir all diese Erinnerungen übertragen hat. Es muss etwas sehr Wichtiges gewesen sein, was er mir mitteilen wollte, aber ich verstehe es nicht!"

Kalana hatte plötzlich den Drang, aufzuspringen und laut zu schreien. Die Hilflosigkeit nagte an ihr wie ein schleichendes Gift. Sie zuckte hoch und erstarrte wieder. Ein lautes Rascheln drang aus den Büschen neben ihnen.

Kian und Anak kamen aus einem Dickicht zu ihrem Versteck zurück und brachten einen schwergefüllten Beutel mit sich.

„Was ist das?", wollte Kalana wissen und sah zu, wie ihre Söhne den Stoff aufschlugen. Der Sack war gefüllt mit erdverkrusteten Kartoffeln. Kalanas Magen reagierte sofort und begann, laut zu knurren.

„Wo habt ihr die her?"

„In der Nähe sind einige Äcker. Keine Ahnung, ob in den Häusern auf der anderen Seite Leute waren, wir haben welche am Waldrand ausgegraben."

„Anak! Das hätte ich nicht von dir erwartet!", rief seine Mutter und richtete sich weiter auf. „Also wirklich."

„Und was sollen wir deiner Meinung nach tun? Du bist schwach und brauchst kräftiges Essen, da sind im Feuer gebratene Kartoffeln wenig genug", wandte Anak ein.

„Außerdem waren bereits Wildschweine am Waldrand, wir haben nicht viel mehr Schaden angerichtet als die", fügte Kian hinzu und lächelte peinlich berührt.

Kalana seufzte und massierte sich die Schläfen. „Ihr habt ja recht, tut mir leid, ich kann mich einfach nicht daran gewöhnen. Ich träume ständig von Martyoms ehrbarem Leben ... Manchmal vergesse ich, dass wir keine andere Wahl haben."

Ihre Söhne schauten sie traurig an, dann half Asur ihr auf die Beine. „Es ist nicht mehr so weit bis Yoruba, die Dörfer rücken schon näher zusammen. Dort wird alles besser."

„Heute Abend suchen wir uns eine geschützte Stelle für ein schönes Feuer", fügte Kian lächelnd hinzu und schulterte den Sack.

Kalana nickte geistesabwesend, und die Familie machte sich wieder auf den Weg.

«✝»

Die Freunde ritten den ganzen nächsten Tag bis in die Dämmerung, fanden aber in dem unebenen Wald keinen passenden Platz für ein Lager.

Die meisten Bäume waren groß und mächtig, mit knorriger Borke und hohen Stämmen. Die Kronen der Eichen waren dicht und sorgten für geringen Unterwuchs aus Efeu und harten Gräsern.

Sie ritten einfach weiter. Zenay verwendete die Konane regelmäßig, aber nur um zu überprüfen, ob sie im stillen Wald immer noch allein waren.

Die Schatten wichen der Dunkelheit, nur der Mond warf etwas Licht zwischen die Eichen, als Zenay eine Unregelmäßigkeit in dem weiten Wald auffiel. Eine Reihe junger Bäume stand dicht zusammen und bildete fast einen Sichtschutz.

*Entweder ein perfekter Ort für einen Hinterhalt oder für ein Nachtlager*, dachte Zenay und deutete darauf. „Seht ihr das? Das war mal eine Lichtung, aber es ist nicht so offen wie der Rest des Waldes."

Malak kniff die Augen zusammen. „Ich sehe nur grau in grau."

Elaya kicherte, aber sie trieb ihr Pferd an und alle ritten schneller.

„Kannst du irgendetwas spüren?", fragte Tarek, während er zu Zenay aufholte

„Nein, da ist nichts. Vorhin habe ich etwas gefühlt, es war aber nur ein Fuchs."

Elaya und Malak überholten sie jetzt und ritten auf die Deckung zu. Sie trabten zwischen die jungen Stämme und sahen sich um, eine Hand am Griff ihrer Waffen. Zenay sah es mit Achtung, aber auch mit Trauer, dass ihre Freunde so vorsichtig geworden waren und nicht mehr nur ihrem Wort vertrauten.

Als Zenay und die anderen ankamen, war Malak bereits abgesprungen und zerrte an etwas Efeu am Boden herum; grauer Stein kam zwischen den Blättern zum Vorschein.

„Ich glaube, hier hat mal etwas gestanden!", rief er und sah sich weiter um. Überall lagen Steine, grob gehauen, halb verdeckt von alten Blättern und Ranken. Was sie vorher für eine natürliche Wölbung im Erdboden gehalten hatte, entpuppte sich als Rest einer Mauer mit einem überwachsenen Hügel aus Schutt dahinter.

„Da drüben ist noch eine", meinte Jesco und deutete mit seinem Bogen auf eine Linie von hohem Haselgestrüpp, darunter ragten ebenfalls Steine hervor.

„Das sieht doch nach einem guten Lagerplatz aus", ließ Tarek verlauten, und die anderen nickten zustimmend.

„Ich gehe etwas Holz holen und überprüfe die Umgebung, aber wir können hier kaum überrascht werden, da das Gelände hinter dem Dickicht nach allen Seiten offen ist", meinte Zenay, und Tarek lächelte, was sie mit der Konane gut erkennen konnte.

„Gut, ich begleite dich und helfe tragen, es liegt hier ja recht viel totes Holz herum."

Die beiden saßen ab und ließen die Pferde das bisschen Gras in der Ruine abweiden, während sie wieder durch die Wand aus dünnen Bäumen traten. Innerhalb von kurzer Zeit hatten sie mit Leichtigkeit zwei

Arme voll gutem Brennholz aufgesammelt. Sie warfen es auf einen Haufen neben Asyra, die trockene Zweige in eine kleine Senke im Boden aufgeschichtet hatte. Bald brannte ein fast rauchloses Feuer.

Elaya und Malak kehrten von der anderen Seite des Lagers zurück.

„Da hinten sind noch einige höhere Mauerreste. Ich glaube, da es heute Nacht wieder warm und trocken ist, verzichten wir auf das Zelt. Oder, Schwesterchen?"

Malak wuschelte Elaya durch das wilde kurze Haar, sie duckte sich protestierend weg und lachte dann. „Aber nur, wenn du versprichst, mich in Ruhe zu lassen! Sonst zwinge ich dich doch noch, das Zelt aufzubauen."

„Das will ich sehen, wie du mich zwingst!", rief Malak feixend.

Elaya hob spielerisch die Hände, als wolle sie ihm einen Windstoß mit Magie entgegenschleudern, wie Zenay es hätte tun können.

Niemandem außer der Zafija schien das schwache Lüftchen aufzufallen, das durch ihr Lager wehte und die Glut im Feuer zum Aufleuchten brachte.

«☩»

Der Bilur lag auf dem Tisch neben Ikar und sandte apfelgrünen, kaum sichtbaren Nebel aus. Wie sehr juckte es ihn in den Fingern, ihn zu aktivieren und damit endlich seine Beute zu erreichen. Doch solange er nicht herausgefunden hatte, wo sie sich aufhielt, war der Bilur zu nichts nütze.

Sie wagte es immer noch, sich ihm zu entziehen. Sie verhöhnte seine Leistung als Kopfgeldjäger! Er würde sie finden und sie sich wünschen lassen, dass sie niemals geboren worden wäre.

Er wusste, dass dieser Transportbilur der stärkste war, den er sich in der Festung geschnappt hatte. Und es war der letzte grüne, den er noch besaß.

Ikar ließ den Blick kurz über die kleine Kammer schweifen, die er sich in einem Gasthaus gemietet hatte, und vergewisserte sich, dass er noch immer vorheimlichen Lauschern sicher war.

Er zog ein Stück Leder hervor und wickelte den grünen Bilur sorgfältig hinein, bevor er ihn verstaute und die anderen hervorholte. Er hatte vier weiße Absorber und einen violett–roten Heilstein. Wie oft hatte er sich gewünscht, es hätte in der Kiste mehr grüne gegeben!

Aber dann war ihm ein Gedanke gekommen, wie er die weißen vielleicht doch noch sinnvoll einsetzen konnte.

„Verfluchtes kleines Mädchen!", murmelte er und dachte daran, wie viel Zeit er damit verschwendet hatte, diesen verschwundenen Wächter zu suchen. Vergeblich. Er war entweder in den Kämpfen vor der Stadt ums Leben gekommen oder hatte Reißaus genommen. Ikar hatte herausgefunden, dass ungefähr zur selben Zeit auch einiges aus einer Waffenkammer abhandengekommen war, darunter eine Menge Pfeile. Aber ob es da einen Zusammenhang gab, konnte er nur vermuten. Und der verdammte Statthalter hatte *nichts* getan, nachdem er ihm den Sattler ausgehändigt hatte. NICHTS!

Zum wiederholten Mal knirschte er mit den Zähnen. Sie waren alle unfähig! Völlig inkompetent, und er war anscheinend der Einzige, der in der Lage war, diese kleine Göre zu finden!

Mühsam beruhigte er sich wieder, entspannte seinen Kiefer und zog dann die Sachen heraus, die er beim Sattler mitgenommen hatte.

Er befestigte ein Ende eines Seils an einem Holz und drehte es, um die drei verdrillten Stränge des Seils voneinander zu lösen. Dann zog er mehrere Drähte zwischen den Strängen durch und nahm einen der weißen Absorber zur Hand. Vorsichtig wickelte er die Drähte mehrmals darum, bis sich ein kleiner Käfig geformt hatte. Er verflocht die Drahtenden und zog sie dann weiter durch das Seil, tat das gleiche mit einem zweiten Bilur, sodass sie ein Stück auseinanderlagen. Als er das Seil wieder verdrillte, bogen sich die Drähte, aber das Seil würde nicht zu steif sein, da sie biegsam genug waren.

Bevor das Seil wieder fest zusammenlag, zog er die Stränge bei den Biluren etwas auseinander; dadurch wurden sie nicht vom Seil verdeckt, sondern lagen an zwei Seiten in ihrem kleinen Käfig offen.

Die Magie im Inneren der Steine pulsierte leicht, und einen Moment lang bildete Ikar sich ein, zu sehen, wie feine weiße Funken an den Drähten entlanghuschten.

Nach kurzem Zögern wickelte er sich eines der Seile um den Arm und wartete.

Schon nach einem Atemzug ging ein Stechen durch seine Augen, und er kniff sie intuitiv zusammen. Als der Schmerz abgeklungen war, öffnete er sie wieder.

Ein Glucksen entwich seiner Kehle.

Er konnte immer noch einwandfrei sehen, aber etwas war anders. Während die weißen Bilure auf seiner Haut schwach pulsierten, schritt er zu dem Fenster seiner kleinen Kammer und öffnete es.

Unten auf der Straße war in der Dämmerung noch reges Treiben. Ikar beobachtete die vorbeieilenden Menschen und fixierte schließlich ein Paar, das in der Nähe stand und sich unterhielt. Nach einem Moment stutzte er.

Seine Fähigkeit war getrübt! Er konnte sie zwar sehen, aber die eindeutigen Zeichen, ob sie gerade die Wahrheit sprachen oder nicht, waren verschwunden!

Wenn es bei seiner angeborenen Fähigkeit funktionierte, würde es auch bei der Magierin seine Wirkung zeigen.

Er wickelte das Seil wieder ab und machte sich daran, ein zweites zu präparieren.

Wenn er Glück hatte, würde er sie eine Weile beobachten können und dann endlich herausfinden, warum sie für Zayda so wichtig war, denn dieser Gedanke beschäftigte ihn schon eine Weile. Er wusste, dass die Königin diese Magierin fieberhaft suchen ließ, aber die genauen Gründe blieben ihm weiter verborgen.

Je mehr er über sie wusste, desto besser würde er mit Zayda aushandeln können, wie groß seine Belohnung auszufallen hätte.

Ja, seine Beute schien eine recht fähige Magierin zu sein, sonst hätte er sie auch schon längst gefunden. Aber die Königin hatte schon eine Reihe weißäugiger Sklavenmagier.

Wollte sie die Gesuchte ihrer Sammlung hinzufügen? Oder es einfach nicht tolerieren, dass ihr jemand die Stirn bot?

Ikar schnaubte. „Dabei entzieht sie sich dir!", murmelte er. „Sie ist dir immer einen kleinen Schritt voraus und lacht dabei!"

Er ballte die Faust, dann schnappte er sich sein Messer und kratzte gedankenverloren einen kleinen Adlerkopf in die abgewetzte Platte des Tisches.

Zenay trat mit einem weiteren Haufen trockenem Holz in den Armen hinter einer der alten Mauern aus der Dunkelheit und warf es zu dem Rest. Asyra hatte ein Essen vorbereitet, das im Topf über dem Feuer köchelte. Malak und Jesco unterhielten sich leise mit Iven, während Tarek Wache hielt. Zenay trat neben Elaya, die kurz zusammenzuckte, als sie lautlos hinter ihr auftauchte. Bis jetzt hatte sie nur still dagestanden und in die Flammen des kleinen Feuers gestarrt.

„Elaya, komm bitte mit, ich muss mit dir sprechen."

Asyra runzelte die Stirn, aber Elaya nickte und folgte Zenay ein Stück weg, bis die anderen im Lager sie nicht mehr hören konnten.

„Was ist los?"

Zenay musste sich zusammenreißen, um nicht mit dem Fuß über den Waldboden zu scharren. „Ich möchte mit dir … über deine Magie sprechen."

„Ach so?" Elaya schnaubte, und ihr Gesicht wurde hart. Zenay konnte sehen, dass in ihren Augen Angst glänzte. „Und was ist, wenn ich nicht darüber reden will?"

„Ich denke, du solltest die Vorurteile deiner Eltern und ihre Abneigung gegen Magie vergessen. Du hast vielleicht eine Gabe so wie ich!"

Elaya wirkte erst schockiert, dann wütend. „Du verstehst das nicht! Meine Eltern *hassen* Magie wie die Pest! Meine Großeltern wurden von Magiern umgebracht, und auch ohne diese furchtbaren Morde hassten sie solche Kräfte schon immer."

Zenay biss sich auf die Lippe. Das Gespräch entglitt ihr bereits, bevor es überhaupt richtig angefangen hatte.

„Aber das ist allein ihre Einstellung dazu. Du bist eine eigenständige Person und kannst selbst entscheiden, ob du dein Schicksal in die Hand nimmst und diese Fähigkeit zu gebrauchen lernst."

„Ich weiß ja noch nicht mal, ob ich Magie kontrollieren kann! Vielleicht war das auch nur ein merkwürdiger Zufall oder … ich weiß auch nicht."

„Du weißt aber auch nicht, ob du es nicht *doch* kannst. Es wäre unverantwortlich, es nicht wenigstens zu versuchen!"

Elaya sah sie gequält an. „Du verlangst zu viel von mir, Sina. Ich habe meine Familie schon im Stich gelassen für dich, aber ich möchte ihnen eines Tages wieder unter die Augen treten können, ohne Abscheu in ihren Gesichtern zu lesen!"

Zenay wollte noch etwas sagen, wollte ihr erklären, wie wundervoll Magie sein konnte – aber Elaya wandte sich kopfschüttelnd ab und ging zurück zum Lager. Sie sprach kurz mit Malak, dann zog sie sich zu einem der Mauerreste zurück und wickelte sich in ihren hellbraunen Mantel.

Seufzend ging Zenay zurück zum Feuer und setzte sich neben Asyra. Malak kam ihr von der anderen Seite entgegen.

„Was hast du denn mit ihr besprochen, Sina? Es gab noch nicht einmal Abendessen, aber sie sagt, sie hat keinen Hunger und legt sich schlafen? Habt ihr euch gestritten?"

Zenay entging der Unterton nicht, der in seiner Stimme lag: er klang nach Beschützer und war selbst etwas streitlustig.

Doch sie schüttelte rasch den Kopf. „Nein, so war es nicht … ich habe vielleicht etwas gesagt, das sie aufgewühlt hat, aber …"

Ihr Bruder baute sich jetzt groß vor Zenay auf, sein Gesicht vom Feuer rot angestrahlt. „Aber was? Raus damit!"

„Malak, das geht wirklich nur uns beide etwas an, bis … oder falls sie sich entschließ…"

„Was denn?", unterbracht er sie schon wieder, und jetzt erkannte sie die Sorge in seinem Blick. Sie stand auf, legte ihm eine Hand auf die Schulter und besonders viel Gewicht in ihre Stimme.

„Ich versichere dir, dass alles in Ordnung ist. Wenn sie darüber sprechen will, wird sie es tun, aber es ist nicht an mir, diese Entscheidung für sie zu treffen. Gib ihr etwas Zeit."

Elayas großer Bruder sah sie irritiert an, dann seufzte er. „Von mir aus. Aber sorg dafür, dass sie nicht die ganze Zeit schlechte Laune hat, damit komme ich nicht zurecht."

Zenay neigte den Kopf zum Einverständnis. Malak kehrte kleinlaut zu Jesco und Iven zurück. Tareks Geist strich sanft an Zenays Bewusstsein, und sie ließ eine Verbindung entstehen.

*Ist alles in Ordnung?*

*Ja, ich habe versucht, mit Elaya über ihre Magie zu sprechen, aber ich fürchte, ich war nicht gerade taktvoll. Sie will nichts davon hören. Einerseits kann ich sie natürlich verstehen, sie hat ihr Leben lang von ihren Eltern zu hören bekommen, dass Magie etwas Schlechtes ist …*

*Wenn man es so betrachtet, ist sie ja sogar recht Magier-freundlich geworden, nicht wahr?*

Zenay konnte sein Schmunzeln spüren.

*Das ist nicht lustig, Tarek. Ich sagte doch, ich verstehe sie, aber ich kann auch das Potenzial nicht ignorieren, eine zweite Magierin in unserer Gruppe zu haben! Was wirst du jetzt tun?*

*Ich weiß es noch nicht. Erst einmal abwarten. Ich habe die vage Hoffnung, dass sie doch noch die Neugierde packen wird.*

*Du könntest in den nächsten Tagen besonders viele magische Übungen durchführen, wenn du zufällig in ihrer Nähe bist. Das solltest du ohnehin. Wir wissen zwar nicht, was dich in Siad erwartet, aber es ist sicherlich nicht schlecht, wenn du deine Fähigkeiten steigerst.*

*Das ist eine gute Idee. Ich würde gerne mehr bewegen können.* Zenay musste grinsen, als sie an die Brücke in Yoruba dachte, die sie zerstört hatte.

*Dann werde ich dafür sorgen, dass die anderen und ich dich mehr entlasten, damit du mehr Zeit für die Magie hast.*

*Danke dir. Ich helfe jetzt Asyra, sie wundert sich bestimmt schon, warum ich hier starr neben ihr sitze.*

Sie spürte sein Einverständnis; sobald er seine Konzentration wieder mehr auf die Umgebung richtete, wandte sie sich Asyra zu.

„Na, wie war eure Unterhaltung?", fragte diese und schob nebenbei einige Äste tiefer ins Feuer.

„Woher … ach, ja schon klar", setzte Zenay an, schüttelte dann aber den Kopf. „Ist es so leicht zu erkennen, mit wem ich rede?"

Asyra kicherte.

„Dein Blick wird immer *noch* verträumter, wenn du mit Tarek zu tun hast."

Zenay wurde rot und schnappte sich ein paar Äste, um sie zu zerbrechen und ins Feuer zu legen.

„Weißt du, ich freue mich wirklich, dass es dir wieder besser geht. Tarek hat sehr darunter gelitten, weil er nicht mehr an dich herankam."

„Ihr habt euch darüber unterhalten?"

Ihre Freundin nickte, was ihre roten Locken zum Wippen brachte.

„Ich glaube nicht, dass es Malak gefallen würde, wenn er wüsste, dass du Tarek von der Unterhaltung mit Elaya erzählst, ihm aber nicht", meinte sie dann, und Zenay seufzte.

„Oh nicht das …", murmelte sie und sah dann Asyra direkt an, die ihren Blick erwiderte.

„Ich habe mir vorgenommen, keine Geheimnisse mehr vor Tarek zu haben, und Malak könnte seine Schwester fragen, was das Problem ist. Tarek ahnte vorher schon, worum es gi…"

„Also", unterbrach Asyra sie, mit einem erwartungsvollen Schimmer in den Augen, „wird sie es tun? Wird sie Magie lernen?"

Zenay blieb einen Moment lang die Sprache weg. Ihr Mund öffnete und schloss sich mehrmals, was Asyra wieder zum Kichern brachte.

„Sina, nur weil Malak nicht versteht, worum es geht, heißt das nicht, dass wir anderen auch so langsam sind."

Zenay gluckste, und Asyra sah sich ertappt um. Die Zafija konnte ihr schlechtes Gewissen spüren, als sie ihren Kopf etwas einzog.

„Mist, so war das nicht gemeint … bitte sag ihm nichts, ja?"

„Keine Sorge. Und um deine Frage zu beantworten: Ich weiß es nicht. Sie war sehr aufgebracht. Ich muss ihr wohl mehr Zeit lassen, aber ich finde die Idee faszinierend, endlich mit einem anderen Magier zusammen üben zu können."

„Zählt denn Shetan nicht?"

Zenay biss sich auf die Lippe. „Doch schon … immerhin hat er mir ja quasi alles beigebracht, was ich kann. Aber er hat es mir eben nur gezeigt, es mich kurz fühlen lassen, um dann selbst meine Stärke zu finden. Er konnte ja gar nicht mehr wirklich viel Magie wirken."

„Das muss hart für ihn sein. Meine Großmutter hat öfter erwähnt, wie stark er damals war. Er muss ihr ziemlich imponiert haben, denn er hat das Dorf gegen so ziemlich alles verteidigt, was kam … Bevor die Ratken den Krieg gewannen und Magie verboten wurde."

Asyra lächelte traurig, danach lauschten sie dem Knistern des Feuers und den murmelnden Stimmen der Männer. Zenay beobachtete die Funken, die von den Flammen aufstiegen und erloschen, bevor sie die Blätter der Bäume über ihnen erreichten. Asyra rührte gedankenverloren im Essen, ehe sie seufzend die Schalen richtete.

„Ich hätte ihn gerne kennengelernt, als er noch ein aktiver Magier war", flüsterte Zenay schließlich, auch wenn die Unterhaltung schon verflogen zu sein schien.

„Das wäre er noch, ohne den Krieg."

Zenay schnaubte. „Dann muss ich ihn ja nur schnell beenden, damit Shetan sich wieder zu alter Größe aufschwingen kann."

Asyra warf ihr einen wehleidigen Blick zu. „Entschuldige, das war gemein von mir, ich weiß nicht, was heute Abend mit mir los ist."

„Das nennst du gemein? Ich habe mich seit dem Feuer in Ornanung die meiste Zeit dumm und egoistisch benommen – und ihr habt es mir alle verziehen. Du müsstest schon einiges bringen, um mich in diesem Punkt einzuholen."

Ihr schiefes Grinsen ließ Asyra wieder lächeln. „Na gut. Sagst du allen Bescheid, dass es etwas zu essen gibt?"

Mit einem Nicken ging Zenay zu Malak und den anderen. Kurze Zeit später brachte sie Tarek eine Portion und lehnte sich neben ihn an den Baum, um ihm Gesellschaft zu leisten.

Auch als ihr Freund seine Schale schon lange geleert hatte, blieb Zenay bei ihm, und sie lauschten zusammen in den Wald, bis Jesco zu ihnen kam. „Tarek, ich bin an der Reihe, die Statue zu spielen."

Tarek nickte schmunzelnd, gab Jesco einen dankbaren Klaps auf die Schulter und ging mit Zenay zurück zum Feuer, um sich noch einen Moment zu den anderen zu gesellen, bevor sie sich schlafen legten.

«✝»

Am nächsten Morgen kämpfte Asyra gegen die Feuchtigkeit im gestern gesammelten Brennholz an. Es hatte nicht geregnet, aber der Boden war trotzdem nass vom Tau; dummerweise hatten sie den Zunderschwamm nicht gut genug verstaut, um ihn davor zu bewahren.

Zenay war gerade erst aus ihrem feuchten Mantel gekrochen, während die anderen schon um die erkaltete Feuerstelle herumstanden.

„Lasst uns einfach bald aufbrechen, wer braucht schon Tee?", meinte Malak mit einem Grummeln, aber Elaya schmollte dabei.

„Ich habe Halsschmerzen, Mann! Da werde ich doch einen Tee trinken dürfen, bevor wir wieder den ganzen Tag reiten."

Asyra legte die Zunderbüchse weg und seufzte. „Dann versuch es selbst, ich habe keine Lust mehr."

Zenay kam dazu, streckte sich und gähnte, dann kniete sie sich vor das feuchte Holz. Sie konzentrierte ihre Magie auf ihren Fingerspitzen und schnipste. Ein Funke sprang über ihre Haut, aber sie sandte gleich mehr Energie hinterher und entfachte damit eine kleine Flamme.

Ihrem neuen Freund Iven entwich ein kleines Ächzen, und er sah mit großen Augen zu, wie Zenay mit der Flamme die ersten dünnen Äste anzündete. „Das ist wirklich faszinierend!", rief er.

Zenay lächelte über sein Kompliment. „Du hast noch nicht viel Magie gesehen, was?"

Er schüttelte den Kopf. „Falls es in Yoruba noch freie Magier gibt, so hüten sie ihr Geheimnis gut. Selbst als ich mit verschiedenen Schmugglern zusammengearbeitet habe, bekam ich nie einen zu Gesicht. Oder ich habe es einfach nicht bemerkt."

„Und du hast keine Angst?", fragte Zenay weiter.

„Du meinst, weil die Bevölkerung eingetrichtert bekommt, dass Magie böse ist? Dass sie nur von Zayda und ihren Weißaugen genutzt werden darf und sie jeden verschleppen oder töten, der Magie kontrollieren kann?"

Zenay musste erst den harten Kloß in ihrem Hals hinunterwürgen, bevor sie wieder nicken konnte.

Iven schien es zu bemerken und lächelte milde. „Nein, ich habe keine Angst. Im Gegenteil, ich finde Magie äußerst erstaunlich. Ich schätze, wäre ich in einer anderen Zeit geboren, hätte ich sie studiert."

Jetzt musste Zenay doch wieder lächeln. Als sie einen Blick zu Elaya warf, starrte diese Iven nachdenklich an.

Tarek kam zu ihnen ans Feuer und hatte schon ihre Mäntel zusammengerollt. Sie legten Holz nach, machten für alle Tee, aßen Brot und brachen dann wieder in Richtung Süden auf.

627

# Magische Versuche

Den ganzen Tag über schniefte Elaya und schimpfte über ihren kratzenden Hals, aber das konnte Zenay nicht über die Blicke hinwegtäuschen, die sie ihr und Iven immer wieder zuwarf.

In ihrem Kopf ging etwas vor, doch ihr Bruder und Iven unterhielten sich hitzig über Kampftechniken mit der Axt, und keiner außer Zenay bemerkte es.

Sie machten schon am späten Nachmittag Rast. Malak und Jesco entschieden, dass sie ein Stück vorreiten wollten, um den Weg auszukundschaften. Nachdem sie so lange nur durch Wälder gekommen waren, konnten sie nicht mehr genau sagen, wo sie sich befanden. Jesco vermutete ein Dorf in der Nähe, was vielleicht auch die Anwesenheit von Ratken bedeuten könnte.

Während Asyra und Tarek ihre Waffen pflegten, nahm Elaya Zenay an der Hand und zog sie ein Stück vom Lager weg. Sie sah mittlerweile wieder erholter aus, war dafür aber umso aufgekratzter.

„Weißt du, ich habe den ganzen Tag nachgedacht. Ich konnte einfach nicht aufhören, es mir vorzustellen …"

Elaya scharrte mit dem Fuß auf dem Boden herum, rollte kleine Steine und Ästchen hin und her, ehe sie wieder aufsah.

„Würdest du mir Magie beibringen?", platzte sie so hastig heraus, dass sich ihre Stimme fast überschlug.

Zenay lächelte. „Natürlich. Darf ich fragen, was deinen Sinneswandel bewirkt hat?"

„Du hattest recht. Ich habe eine Verantwortung. Ich möchte dir und uns allen besser helfen können – und dafür muss ich es lernen." Sie zögerte kurz. „Auch wenn meine Familie mich dann vermutlich verstoßen wird."

„Malak wird immer hinter dir stehen, das weißt du."

Elaya nickte, biss sich aber auf die Lippe. Zenay wusste nicht, was sie weiter sagen sollte, denn sie wollte nicht lügen. Feradun, seine Frau und deren *Freunde* hatten zur Genüge gezeigt, was sie von Magiern hielten.

„Gut, ich schätze … wir könnten so anfangen, wie Shetan es mit mir gemacht hat?", meinte sie und lenkte Elayas Gedanken wieder auf sich.

Damit öffnete sie das Band eines Beutels an ihrem Gürtel und fischte die beiden runden Kieselsteine heraus. „Shetan hat sie mir gegeben, bitte verlier sie nicht."

Elaya nickte kräftig und besah sich den hellen Stein, nachdem Zenay ihn auf ihre flache Hand gelegt hatte; den anderen hielt sie in ihrer Faust verschlossen. „Soll ich ihn so schweben lassen, wie du es machst? Wie geht das?"

„Nein, lass ihn erst einfach auf deiner Hand liegen und ertaste ihn mit deiner Magie."

Elaya verzerrte das Gesicht, und die Zeit verstrich, während sie auf den Stein starrte und dabei kaum blinzelte. Irgendwann seufzte sie und ließ die Hand sinken. „Ich fühle gar nichts. Ich glaube nicht, dass mir das helfen wird."

Zenay schwieg eine Weile und überlegte. „Ich schätze, wir müssen auch nicht unbedingt damit anfangen. Bei der Übung ging es darum, dass Shetan mir zeigen wollte, dass ich Magie auch außerhalb meines Körpers nutzen kann, um damit die Umgebung zu erfühlen. Aber wenn dir das schwerfällt, könntest du auch erstmal versuchen, Magie überhaupt zu lenken und dann zu konzentrieren. Am besten sieht man das Ergebnis und den Effekt, wenn man versucht, einen Funken zu erzeugen."

„Das wäre stark!", rief Elaya, und ihr Gesicht hellte sich auf. Zenay hatte sofort das Gefühl, dass ihre Freundin an den Morgen am Feuer dachte und an Ivens Neugierde.

„Gut, dann musst du die Magie zu deinen Fingern leiten und schnipsen. Die Reibung ist ein gutes Mittel, um die Magie zu entflammen. Sie bildet die Energiequelle für Flammen."

„Ist das gefährlich?"

„Du wirst am Anfang nur Funken hinkriegen, also ist es nicht so schlimm."

„We–wenn du meinst."

Zenay runzelte die Stirn, als sie Elayas Zaudern bemerkte.

*Ich bin wohl keine so gute Lehrerin*, dachte sie frustriert.

„Ich will das, wirklich!", rief Elaya da und sah sie flehend an. „Wirklich."

Zenay schmunzelte. „Tut mir leid, sieht man mir meinen Frust so deutlich an? Ich zweifle nicht an deinen Fähigkeiten, sondern an meinen."

„Warum das? Du bist eine tolle Magierin!"

„Danke, aber ich meinte eher, dass ich keine Ahnung davon habe, wie ich es dir beibringen soll."

Eine Weile schwieg ihre Schülerin. „Ich glaube, das Problem ist, dass ich nicht wirklich weiß, wie sich meine Magie anfühlt. Ich war viel zu wütend, als ich damals die Ratken angriff; ich konnte mich überhaupt nicht darauf konzentrieren, sondern es ist einfach passiert."

„Aber als wir im Wald bei Yoruba waren, hast du keine Magie freigesetzt?"

Elaya sah beschämt zu Boden. „Ich wünschte, ich hätte es. Doch ich war verletzt und durcheinander, da habe ich nicht daran gedacht, es zu probieren. Vielleicht … habe ich mir das alles auch nur eingebildet. Ich kann mich nur noch verschwommen an den Kampf im Dorf erinnern."

Zenay überlegte, wie sie ihrer Freundin einen leichten Zugang zur Magie zeigen könnte. Ihr war es so natürlich vorgekommen, die Energie zu fühlen, durch ihren Körper zu lenken und zu verwenden. Bei Shetan war sie immer davon ausgegangen, dass es ihm auch so leichtgefallen war, zumindest als er noch seine alte Stärke besessen hatte. Er wusste so viel darüber, wie die Energie in ihr wirkte, dass sie gar nicht auf den Gedanken kam, für jemanden könnte es anders sein.

Wie konnte sie Elaya dabei helfen? Wut auf Ratken konnte nicht der einzige Weg sein, sie ihre Magie spüren zu lassen. Doch Zenay war davon überzeugt, dass da etwas in Elaya war. Sie hatte es schon früher gespürt, nur nicht richtig interpretiert.

„Horch in dein Inneres, erinnere dich daran, wie es ist, während du mit mir in Gedanken Kontakt hast. Dabei müsstest du ja eigentlich auch deine Magie wahrnehmen. Und denk daran, wie es sich angefühlt hat, als ich deinen Arm heilte."

Ihre Schülerin seufzte und schloss die Augen. Nach einer Weile legte sie ihre Hand flach auf ihren Bauch, etwas oberhalb des Nabels.

„Ich glaube, meine Magie liegt hier." Sie schlug die Augen auf und sah Zenay an, als hätte sie etwas Dummes gesagt. „Ist das bei dir auch so?"

Zenay lächelte und hielt ihre Hand an die Mitte ihrer Brust. „Meine fühle ich hier, wie ein zweites Herz neben meinem echten."

Elaya riss erstaunt den Mund auf. „Bei mir ist es … wie ein warmes Gefühl im Bauch, so als denkt man liebevoll an jemanden oder so … es ist ganz warm und irgendwie *beständig.*"

„Das ist gut. Dann versuche jetzt, dieses Gefühl bewusst wahrzunehmen und auszubreiten. Ich lenke meine Magie durch meinen Körper, als wäre sie energiegeladenes Wasser."

Elaya nickte und versuchte es erneut, bevor sie nach einer Weile seufzend den Kopf schüttelte. „Du lässt es so leicht klingen. Ich schaffe es nicht, da einen richtigen Kontakt zu erfassen."

Zenay schaute nachdenklich auf ihre offene Handfläche. „Würdest du mir erlauben, dass ich dich mit meiner Magie berühre? Shetan hat mich damals so angeleitet, indem er sich magisch mit mir verbunden hat. Dadurch habe ich vieles leichter verstanden."

Elaya wurde blass, aber schließlich nickte sie und trat näher heran. „In Ordnung."

„Keine Sorge, es tut nicht weh, und ich bin ganz vorsichtig."

Zenay hob den Arm und legte ihrer Freundin sanft die Finger an die Stirn. Sie atmete tief durch, ehe sie allmählich ihre Energie aussandte.

Elayas Magie war wie eine kleine hellrote Sonne, die in ihrem Bauch schlummerte. Als Zenay sich vorsichtig mit ihrer eigenen Energie näherte, begann die Sonne zu pulsieren. Ächzend wich Elaya zurück und starrte Zenay mit offenem Mund an.

„Das … das war … unglaublich!"

Zenay lächelte und brauchte einen Moment, um sich wieder richtig zu fassen. „Finde ich auch. Deine Magie fühlt sich anders an als meine oder Shetans. Irgendwie … bodenständiger und ruhiger."

„Ob das schlecht ist?"

„Ich glaube nicht. Was hast du dabei gefühlt?"

„Deine Magie war wie Wasser. Silbrig, glänzend und so *rein*, wie pures Licht oder … Ach, ich weiß nicht. Aber ich habe gespürt, wie du sie gelenkt hast, als wäre es das Natürlichste auf der Welt."

„Meinst du, das wird dir helfen?"

Anstatt zu antworten, lächelte Elaya in sich hinein und schloss die Augen.

Zenay erlebte ihren Wandel voller Faszination. Während Elaya tief durchatmete, konnte Zenay wahrnehmen, wie die Magie im Inneren ihrer Freundin erblühte und sie sich das erste Mal dieser Energie richtig bewusst wurde.

*Das ist ja wundervoll!*, schoss der Gedanke ihrer Freundin durch Zenays Kopf.

Elayas Augen leuchteten. Beinahe spürte Zenay die Magie, die durch die Glieder ihrer Freundin und dann zu ihren Fingern strömte. Beim Schnipsen tauchte tatsächlich ein Leuchten auf, und sie verzog das Gesicht.

„Das war heiß!" Sie lachte kurz und sah zu Zenay auf. „Es war ganz heiß."

Insgeheim war Zenay beeindruckt, dass es so schnell geklappt hatte. Danach versuchte Elaya es noch mehrere Male, doch ohne einen neuen Erfolg.

„Verflucht, eben ging es doch noch!"

Gerade als Zenay antworten wollte, wurden Schritte im Wald laut.

Iven gesellte sich zu ihnen auf die kleine Lichtung und setzte sich auf einen umgestürzten Baumstamm.

„Lasst euch von mir nicht stören, ich finde das nur so spannend!", rief er, und Zenay entging nicht, wie Elayas Wangen rot wurden.

„Sollen wir es noch mal probieren?", fragte sie ihre Freundin und lenkte sie damit wieder ab.

*Weißt du noch, wie wir damals im Wald waren und ich den Apfel vom Baum schießen sollte?*, meinte sie im Geist zu Elaya.

*Ja, wieso?*

*Ich glaube, jetzt bist du in meiner Situation.*

Zenay grinste breit, aber Elaya presste die Lippen zusammen und warf einen kurzen Blick zu Iven.

*Das ist nicht lustig, Sina!*

*Ach, sei doch nicht so ernst, Elaya. Ich verrate ihm nichts. Und denk dran – gute Gefühle verstärken deine Magie.*

Zenay musste ein Lachen unterdrücken, als Elaya wieder rot wurde. Dann ging ein Blitzen durch ihre braunen Augen. Sie hob die Hand und schnippte mit den Fingern.

Noch bevor die Magie ihre Wirkung tat, wusste Zenay, dass es diesmal funktionieren würde. Sie konnte Elayas Magie spüren, fern und etwas zurückhaltend und lange noch nicht so ausgereift und kraftvoll wie die von Shetan. Aber sie war da!

Ein Funke sprang von Elayas Fingern und verglühte in der Luft.

„Ha! Hast du das gesehen!"

Zenay grinste. „Natürlich. Versuch es gleich wieder."

Elaya nickte heftig und legte die Stirn in Falten, während sie ihre Finger anstarrte.

Das nächste Schnipsen brachte nichts hervor, aber beim dritten Mal tauchte wieder ein kleiner Funken auf.

„Das ist ja fantastisch!", rief Iven von seinem Baumstamm aus. Elaya kicherte leise, und der nächste Funken, den sie erzeugte, verbrannte ihr die Finger. Doch er blieb auch so lang bestehen, dass er ins Gras fallen und dort eine kleine Rauchfahne entfachen konnte.

„Du scheinst ein Talent für Feuer zu haben", meinte Zenay lächelnd. „Jetzt versuche, die Magie nachströmen zu lassen, um damit deine Finger zu schützen."

Elaya strahlte voller Elan und stürzte sich auf die Übung wie ein Tier, das viel zu lange nicht das hatte tun dürfen, wofür es geboren war.

«✝»

In den nächsten Tagen gingen Zenay und ihre Schülerin voll in ihrem gemeinsamen Training auf. Elaya war noch schwach und musste abends während ihrer Übungen viele Pausen einlegen, aber das kannte Zenay ja selbst noch gut, deshalb bemühte sie sich, geduldig und hilfreich zu sein.

Die anderen kostete es einiges an Nerven, denn nachdem Elaya ihre Scheu überwunden hatte, wollte sie auch tagsüber während der Reise kleine Versuche wagen. Sie überredeten die Freunde dazu, dass sie eine Zeitlang in größerem Abstand durch den Wald ritten und Zenay und Elaya dadurch rundum abschirmten.

Das Dorf, das Jesco und Malak entdeckt hatten, lag nun schon länger hinter ihnen, aber Jesco schien seitdem noch schweigsamer geworden zu sein. Er ritt auch in die nächsten zwei Dörfer, die sie entdeckten, sprach danach mit Tarek, Iven und Malak und presste anschließend meist die Lippen aufeinander.

Zenay beunruhigte es, aber ihre Übungen mit Elaya lenkten sie ab, und so hörte sie auf, ihn zu fragen, nachdem sie nur gemurmelte Antworten bekam, dass es *noch etwas zu klären gäbe.*

Elaya breitete während der langen Reitphasen ein Leder über dem Sattel ihres Hengstes aus, um ihn vor Funken zu schützen; dann versuchte sie sich weiter darin, bis sie es einige Male nacheinander schaffte. Sie sprachen auch viel über den Gedankenaustausch, und Elaya sollte die Magie dafür zur Verfügung stellen.

Zenay zeigte ihr nach einer Weile auch, wie sie ihre eigene Magie an ihre Ohren und Augen lenkte, nachdem sie ihr wieder die Hand an die Stirn gelegt hatte.

„Und das soll ich alles lernen? Jetzt?!"

Zenay hob rasch beschwichtigend ihre Hände, als sie Elayas Überforderung bemerkte. „Nein, nein, ich wollte dir nur zeigen, was du noch für Möglichkeiten hast, später."

Sie biss sich auf die Innenseite ihrer Backe, während ihre Gedanken rasten. Bei ihrem erneuten Kontakt mit Elayas Magie hatte sie das Gefühl gehabt, dass es ihr schwerer fallen könnte, die Energie für diese innere Art der Anwendung zu nutzen. Es war nur ein Eindruck, aber es schien Elaya tatsächlich leichter zu fallen, die Magie elementar anzuwenden. Sie hatten sich an einem Abend mit Wasser beschäftigt, und das hatte Elaya recht schnell begriffen, auch wenn es sie sehr schnell auslaugte.

„Es … tut mir leid, ich glaube, ich bin etwas zu hektisch. Übe weiter mit den Funken, du musst deine Kräfte langsam steigern."

Elaya ließ es sich nicht zweimal sagen und machte Funken, bis ihr der Schweiß auf der Stirn stand. Abends schlief sie meist schon vor dem Essen das erste Mal ein, und Malak musste sie wieder wachrütteln.

„Du machst zu viel", meinte er dann schließlich. „Elaya, ich bewundere deinen Eifer, aber du solltest dich nicht überanstrengen."

Iven nickte zustimmend. „Malak hat recht. Du machst das toll, aber es wird sicherlich noch eine Weile dauern, bis du so stark wirst wie unsere Sina hier."

Elaya schmollte einen Moment, dann nickte sie.

Jesco räusperte sich. „Außerdem solltest du erholt sein für den nächsten Abschnitt der Reise", warf er ein und wirkte dabei wieder so streng und unzufrieden.

Zenay runzelte die Stirn. „Was meinst du?"

„Wir haben ein Problem, über das ich schon seit Tagen nachdenke. Wir nähern uns langsam der Bergkette und damit einem Hindernis. Die Schlucht nach Siad ist nur durch einen Kontrollpunkt passierbar. Und dort sind Ratken."

„Was?", ächzte Zenay aufgewühlt. Das Feuer knackte laut, und ein Meer aus Funken stieg in die Luft, als sie ihre Faust ballte und mit ihrer Magie ungewollt Wind entfachte.

„Beruhige dich", meinte Jesco streng. „Es ist kein unüberwindbares Hindernis. Ändern können wir es aber auch nicht."

„Warum haben wir das nicht schon früher besprochen? In Yoruba zum Beispiel?"

„Malak und ich haben es ja selbst erst gestern im letzten Dorf bestätigt bekommen. Die Schlucht war lange Zeit unbewacht. Seit dem Kampf bei Yoruba hat sich das geändert."

„Und was machen wir jetzt?", fragte Zenay. Sie hätte Jesco fragen sollen, warum er noch schweigsamer gewesen war als sonst. Jetzt war sie selbst schuld, dass sie es so spät erfuhr.

Tarek sah sie kurz an, bevor er die Karte ausrollte und glatt strich.

„Die Gefahr, dass sie Sina erkennen, ist viel zu groß. Deshalb bin ich dafür, dass wir uns trennen. Wir teilen uns auf, in zwei Gruppen. Eine Gruppe nimmt alle Pferde und reist den Fluss entlang auf der Straße. Die andere – mit Sina – reist durch das wilde Bergland oberhalb. Dort gibt es nur ein paar kleine Siedlungen, mehr nicht. Und vor allem keine Ratken."

Zenay hatte kein gutes Gefühl dabei.

„Gibt es keinen anderen Weg nach Siad? Auf dem wir zusammenbleiben können?"

„Es gäbe einen, aber der ist zu lang", meinte Jesco. „Dann hätten wir dafür schon vor einiger Zeit abbiegen müssen. Am Alti entlang, den haben wir überquert."

Zenay starrte auf die Karte. „Und das Land dazwischen? Der Alti fließt doch auch schräg nach Süden?"

„Wir würden Wochen brauchen! Das Gelände ist voll felsiger Hügelketten, die nur schwer zu durchqueren sind. Und es soll entlang des Altis mehrere große Lager von Ratkentruppen geben. Sie bilden dort teilweise aus … und haben Gefangenenlager in den trockenen Hügeln."

Bedenken ließen Zenay zögern. Dort wollte sie nicht entlang müssen. Doch genauso wenig wollte sie ihre Freunde in eine Schlucht voller Ratken schicken.

„Wenn ich durch die Berge gehe, brauche ich doch viel länger als die anderen mit den Pferden."

Jesco zuckte die Schultern. „Nicht unbedingt. Auf der dicht befahrenen Straße kommen wir vermutlich nicht sehr schnell voran. Du oben in den Bergen, wir unten in der Schlucht."

Eine Weile schwiegen alle und warteten auf Zenays Meinung. Sie fühlte sich nicht wohl dabei, doch schließlich nickte sie knapp. „Gut, dann werden wir es so machen. Es gefällt mir nicht, dass wir uns trennen müssen, aber wenn es sicherer ist, dann mache ich mit."

Elaya sah traurig aus. „Ich hatte mich gerade erst so darüber gefreut, dass unsere Gruppe größer geworden ist, und jetzt müssen wir uns trennen …"

„Wir sollten bald entscheiden, wer die Pferde nimmt und wer mit Sina geht", wandte Tarek ein.

Elaya lachte. „Nun, wir wissen ja alle, dass du mit ihr gehen wirst, nicht wahr?"

Tarek tat ihren Kommentar mit einem kurzen Lächeln ab, doch dann wurde er wieder ernst. „Natürlich würde ich sie niemals allein lassen … aber die Frage ist, wie viele noch mitkommen."

„Keiner", meinte Jesco kurzerhand, und alle außer Tarek sahen ihn böse an.

„Du willst die beiden allein lassen? Mindestens einer sollte noch mitgehen! Wir sind doch zu siebt!"

Elaya nickte wild bei den Worten ihres Bruders.

„Eine größere Gruppe wird dort oben viel mehr auffallen als zwei Reisende. Das Gebiet ist beinahe unbewohnt."

„Jesco hat recht. Wenn wir nur zu zweit von jemandem entdeckt werden sollten, kann Zenay uns viel leichter wegteleportieren. Und es könnte dort kleinere Ratkengruppen geben, die Kontrollen durchführen", erklärte Tarek.

„Aber gerade dann solltet ihr nicht alleine sein!"

„Die Wahrscheinlichkeit, dort Ratken zu begegnen, ist wirklich gering, Elaya."

„Warum gehen wir dann nicht alle? Weshalb müsst ihr euch überhaupt der Gefahr aussetzen, kontrolliert zu werden?", fragte Zenay.

„Das Gebirge ist unwegsam. Es gibt dort keine Straßen, nur steile Bergpfade, dort könnten die Pferde nicht entlang."

„Das heißt, wir haben gar keine Wahl, oder? Ich will das Risiko nicht eingehen, bei den Kontrollen entdeckt zu werden und einen neuen Kampf auszulösen."

„Vor allem, weil es nicht nur ein Kontrollpunkt ist, sondern die ganze Strecke überwacht wird; das hat uns ein Mann gestern bestätigt."

Zenay nickte niedergeschlagen. „Warum sollten die Kontrollen dort so erhöht werden? Meint ihr, das hat etwas mit mir zu tun?"

„Vielleicht vermutet Zayda, dass du nach Siad willst … und hier in den Wäldern Kontrollen einzurichten ist wesentlich schwerer als in einem engen Flusstal mit steilen Flanken", meinte Jesco, ehe Asyra sich zu Wort meldete.

„Wir sollten noch einmal unsere Vorräte durchgehen und alles zusammenstellen, was ihr auf der Reise durch die Berge brauchen werdet. Alles Schwere und Unhandliche transportieren wir auf den Pferden. Wir werden vermutlich kaum auffallen, wir sind einfache Reisende, die einige Pferde und Waren verkaufen wollen, dafür werden sich die Ratken nicht sehr interessieren."

„Meint ihr nicht, dass sie nach jungen Gruppen mit Pferden Ausschau halten werden? Und was ist mit den Waffen und meiner Rüstung? Wenn das entdeckt wird, seid ihr tot!", wandte Zenay ein.

Iven legte ihr lächelnd eine Hand auf die Schulter. „Lass das meine Sorge sein. Ich bin ein guter Schmuggler, sonst wäre ich als Wache schon längst im Kerker gelandet."

Zenay sträubte sich noch einen Moment innerlich, dann gab sie seufzend nach. „In Ordnung. Und notfalls sind wir ja auch in der Nähe, richtig?" Sie sah Tarek fragend an, der daraufhin nickte.

„Wir sind oberhalb von ihnen in der Schlucht."

„Dann könnte ich uns sogar zu euch transportieren, falls ihr Hilfe braucht. Oder falls wir in Schwierigkeiten geraten. Aber eine Sache beschäftigt mich noch", meinte Zenay und sah ihre Freunde besorgt an. „Es ist doch sehr wahrscheinlich, dass es Überlebende bei den Kämpfen gab, die uns gesehen haben. Was, wenn sie Zayda berichten, wie ihr alle ausseht? Sie würde doch nicht nur mich suchen, sondern auch meine Freunde und Helfer! Was, wenn sie mittlerweile Steckbriefe aufhängen oder jemanden auf euch angesetzt haben? So wie dieses Adlerauge, das mich finden sollte ... er könnte doch auch euch suchen!"

Sie warf einen Blick in die Runde und bemerkte, wie Elayas Augen nervös zu ihrem Bruder huschten und sie dann wieder zu Boden sah. Ihre Finger wrangen sich um den Stoff ihres Mantels.

„Elaya? Was ist los?"

Ihre kleine Freundin schreckte auf. „Ni–nichts."

Jetzt schienen auch die anderen es zu bemerken. Tarek verschränkte die Arme vor seinem Körper, während Jesco Malak musterte.

„Raus damit."

Elaya sah verzweifelt aus. „Ich habe bis gerade nicht daran gedacht, ich schwöre es!", fing sie an und biss sich auf die Unterlippe. „Es ist mir gerade erst wieder eingefallen."

„Was denn?", wollte Jesco jetzt wissen.

„Es gibt bereits Steckbriefe von uns", platzte Malak da heraus.

„Was?!" Asyra ächzte und richtete sich erschrocken auf.

„Wo?", forderte Tarek.

„In Yoruba. So haben die Wachen uns entdeckt. Beziehungsweise eigentlich Tunez. Die Wachen hatten uns überrascht, wir mussten sie bekämpfen und uns in dem Keller verstecken. Tunez wollte dann zu euch, und wir mussten fliehen, als Zayda kam ..."

„Wie konntet ihr das vergessen?", rief Tarek wütend.

„Wir haben Tunez kennengelernt, das war viel wichtiger! Und dann war die Schlacht und danach ... haben wir nicht mehr daran gedacht", verteidigte sich Malak weiter.

„Verdammt!", rief Tarek und ballte die Hand zur Faust.

„Was machen wir jetzt?", fragte Elaya kleinlaut.

Sie schwiegen, bis Iven sich räusperte. „Wir könnten das Aussehen von Elaya und Malak ändern. Malak schneidet sich die Haare, und wir schmieren Öl mit Asche rein, um sie dunkler aussehen zu lassen. Und Elaya verpassen wir ein Kopftuch und Dreck ins Gesicht. Wir gehen außerdem nicht zusammen."

„Es ist trotzdem riskant", warf Zenay ein.

Tarek sah sie bekümmert an, doch dann zuckte er die Schultern. „Sina, das ist ein Risiko, das wir alle bereit sind einzugehen. Wir wissen, dass es unsere Leben gefährdet, dir zu helfen, aber wir wollen es nicht anders, oder Leute?"

Er sah Malak und Elaya aufmunternd an, und die beiden nickten heftig, auch Asyra und Jesco stimmten zu. Und selbst Iven schien nicht kneifen zu wollen.

„Ich habe es dir bereits gesagt, Magierin. Es ist eine Ehre, für dich kämpfen zu dürfen, und ich bedaure es, dass ich euch in der Schlacht bei Yoruba nicht helfen konnte. Im nächsten Kampf werde ich dir zur Seite stehen – und wir werden eure Pferde sicher nach Siad bringen."

Zenay lächelte. „Ich danke euch allen. Ohne eure Hilfe wäre ich verloren."

Malak lachte, doch Elaya gab ihm mit einem bösen Blick einen Stoß. Schamesröte stieg in sein Gesicht. „Also … nicht, dass es mich freut, dass du ohne uns aufgeschmissen wärst … Nein, das meinte ich nicht. Ich lache nur, weil es mich freut, dass du uns brauchst …", versuchte er, sich zu erklären, und jetzt war es Zenay, die grinsen musste.

„Keine Sorge, Malak. Ich verstehe dich, du musst dich nicht entschuldigen."

Er seufzte erleichtert, bemerkte dann aber Tareks tadelnden Blick.

„Das nächste Mal vergesst ihr besser nicht, uns etwas so Wichtiges wie *Steckbriefe* von euch mitzuteilen. Oder ich zweifle ernsthaft an eurem Verstand."

«✝»

Die Gruppe hielt auf einem baumlosen Hügel an, als sie das Gebirge zum ersten Mal in der Ferne erblickten.

Zenay hatte es sich mit weißen Gipfeln vorgestellt, stattdessen wurde es in der klaren Morgenluft nach oben hin immer brauner und kahler. Der dichte, sommergrüne Wald reichte bis an die Hügel unterhalb der Berge.

Gerade als Zenay fragen wollte, wie lange sie brauchen würden, zeigte Jesco auf einen dunklen, hohen Schatten zwischen den Bergen. „Seht ihr das? Diese Spalte? Das ist die Schlucht, durch die sich der Yor gegraben hat. Dort müssen wir hin."

„Wir halten uns ein Stück links vom Fluss, sonst treffen wir zu früh auf die Straße, und dort könnten Ratken stationiert sein", warf Tarek noch ein, bevor sie wieder losritten.

Zenay beschlich ein mulmiges Gefühl beim Anblick dieser Schlucht, aber als sie den Hügel verließen und wieder in den Wald eintauchten, verschwanden die Berge bis zum späten Nachmittag aus ihrer Sicht.

Der Wald wurde zusehends lichter, einige Wege durchkreuzten ihn. Sie begegneten Holzfällern und Schweinehirten und überquerten mehrere breite Streifen aus Feldern, an die sich Häuser schmiegten. Die meisten Menschen beachteten die Reisenden kaum, mal grüßte man sich, mal sahen die Leute weg und gingen weiter ihrer Arbeit nach.

Als die Sonne schräg am Horizont stand, sah Zenay das Gebirge über einem Hügel wieder und war überrascht, wie nah sie ihm schon waren. Bei dem Tempo würden sie die ersten Ausläufer noch am Abend erreichen.

Tarek schien es ihr anzusehen, denn er lenkte Milad neben sie. „Es wirkt im Dunst größer, aber die Berge sind lang nicht so hoch, wie man von weitem meint. Sie sind nur sehr schroff und kantig; wir können sie gut besteigen, mach dir keine Sorgen."

„Woher weißt du das alles?"

Tarek zögerte kurz. „Shetan hat mir vor einer Weile ausführlich über seine Wanderungen berichtet. Ich wusste erst nicht, warum. Doch jetzt ist es mir klar. Er hat mir davon erzählt, wie er zur Tempelruine kam. Auch über die Berge, statt durch die Schlucht."

Zenay sah ihn staunend an.

„Sind wir einmal oben, folgen wir der Kante der Schlucht in sicherem Abstand, dann wird es leichter gehen", sprach er lächelnd weiter.

Zenay wollte ihm gerne glauben, trotzdem breitete sich Unruhe in ihr aus. Sie ließen die Felder wieder hinter sich, doch die Berge blieben zwischen den Bäumen sichtbar und wuchsen langsam in die Höhe, bis sie hinter näher rückenden Hügeln versanken.

Sie verbrachten den letzten gemeinsamen Abend am Fuß eines steilen Hangs, geschützt durch Felsen und dichtes Buschwerk. Die Freunde sammelten Holz, entfachten ein niedriges Feuer und machten Essen, während Zenay und Tarek alles für einen frühen Aufbruch vorbereiteten.

Iven packte eine der Weinflaschen aus den Pfeilschäften aus und reichte sie herum. Als Malak wieder ablehnte, brach Elaya in so schallendes Lachen aus, dass sie sich an Iven abstützen musste, um nicht zu stürzen. Danach lief sie im Schein des Feuers rot an und starrte in die Flammen, während Asyra ihm schließlich berichtete, was mit dem Dieb geschehen war und warum Malak keinen Wein wollte.

Zenay kuschelte sich an Tareks Schulter und genoss seine Nähe und die ihrer Freunde. Sie lauschte Asyra und später dann Malak und Elaya, die manche Erinnerung aus ihrer Kindheit wieder aufleben ließen. Wenn Elaya schwieg, streckte sie ihre Finger an kleine Glutstücke, die aus dem Feuer gesprungen waren, und ließ sie mit ihrer Magie wieder auflodern.

Zenay versuchte, das nagende Gefühl zu ignorieren, dass sich jedes Mal bemerkbar machte, wenn sie an die nächsten Tage dachte. Sobald ihr die Kontrollen in den Sinn kamen, rief sie sich Ivens zuversichtliche Art vor Augen, als er meinte, sie würden alles regeln. Er hatte ihr von seinem Plan berichtet, den die Gruppe am nächsten Tag ausführen würde.

Sie wollte ihm gerne glauben, aber gleichzeitig wollte sie nichts lieber, als ihre Freunde möglichst weit von den Ratken fernhalten.

«✝»

Tarek rüttelte sie wach, als die Sterne gerade erst verblassten. Die Glut in der Feuerstelle knackte noch und strahlte etwas Wärme ab. Sie schulterten ihre Taschen. Jesco hielt Wache und klopfte Tarek zum Abschied freundschaftlich auf die Schulter, von den anderen hatten sie sich schon am Abend verabschiedet.

Malee schnaubte. Nervös reckte sie den Kopf in die Höhe, als Tarek und Zenay an den Pferden vorbeigingen und den Aufstieg begannen.

Tarek legte ein ruhiges Tempo vor und zog es erst allmählich etwas an. Langsam wurde es heller. Mit dem heraufziehenden Tag war die letzte Müdigkeit aus ihren Gliedern gewichen.

Zenay wurde sehr bald warm. Sie rückte die Riemen ihrer Tasche zurecht und trank einen Schluck Wasser aus ihrem Schlauch, ermahnte sich aber, die Vorräte nicht zu schnell zu verbrauchen.

Gerade als sie die Kuppe des ersten kargen Hügels erreichten, ging die Sonne in der Weite der Ebene auf und warf lange Schatten über die Berglandschaft. Goldscheinender Dunst hing über den Wäldern unter ihnen und über dem Fluss, auf dem schon die ersten Schiffe segelten.

„Wir sollten etwas schneller machen", meinte Tarek und deutete auf den nächsten, noch steileren Hang, der sich nach einem kleinen Tal vor ihnen auftat. „Wenn wir da oben sind, kann uns niemand mehr vom Fluss aus erspähen."

Zenay warf einen Blick zurück, aber Gestrüpp und Felsen versperrten ihr die Sicht auf das untere Ende des Hangs. Ihre Freunde waren vermutlich schon aufgebrochen.

Also nickte sie und folgte Tarek über bröckelnde, ausgeblichene Steinhalden und trockene Grasbüschel in das Tal und anschließend den Berg hinauf.

Sie begegneten keiner Menschenseele bei ihrem Aufstieg. In einer breiten Mulde am nächsten Hang lagen zusammengestürzte Häuser, die aus den kantigen Steinen der Halde gebaut worden waren. Alles war verblichen, über den Ruinen rankten sich trockene Dornen. Vereinzelt huschten Eidechsen, die sich in der Vormittagssonne wärmen wollten, in dunkle Spalten im Geröll.

Während sich die Luft am Hang langsam erwärmte, folgten sie einem schmalen Pfad und warfen gelegentlich einen Blick zurück auf die Ebene, durch die sich der Yor glitzernd schlängelte, bis er im Dunst verschwand.

„Wie weit könnte man von da oben wohl sehen, wenn die Luft klarer wäre?", fragte Zenay und wandte sich dem Berg vor ihnen zu.

„Ich weiß es nicht. Bis nach Yoruba nicht, von dort aus kann man diese Berge nicht erkennen. Aber ich war ja auch noch nie hier."

„Macht dir das keine Angst?"

„Hm? Was meinst du?"

„Du bist hier genauso fremd wie ich. Für mich war alles neu, sogar Ornanung, aber du warst auch noch nie weiter als Yoruba, oder?"

Tarek runzelte die Stirn, als müsse er darüber nachgrübeln. „Ich wollte schon lange hinaus in die Welt. Du bist der perfekte Grund dafür." Er sah sie an und lächelte so sanft, dass sie einen Moment ganz weiche Knie bekam; dann näherte er sich ihr über die losen Steine des Pfads.

Seine Finger strichen sanft über ihre Wange, und ein elektrisches Prickeln fuhr durch Zenays Körper, als er seine Lippen auf ihre legte.

„Zusammen schaffen wir das. Wir beschützen uns gegenseitig, da ist kein Raum für Angst, sie ist nur Ballast", murmelte er und blieb ihr dabei ganz nah.

Sein Atem war warm. Sie küsste ihn lang, ehe sie sich aus der prickelnden Spannung des Moments lösten und weiter marschierten.

«✝»

Die Freunde ließen das Lager erst weit nach Sonnenaufgang hinter sich und führten die Pferde entlang des Hügels, bis sie auf eine erste überwucherte Straße trafen.

Iven hatte zuvor genaue Anweisungen gegeben, wie sie ihre verbotenen Sachen verbergen sollten. Elaya staunte über seinen Einfallsreichtum, war aber dennoch erleichtert, dass Sina einen Großteil ihrer Ausrüstung mitgenommen hatte. Das Lederwams trug jetzt Elaya unter ihrem weiten Hemd, das farblich zu dem Kopftuch passte. Sie fühlte sich unwohl in dieser Aufmachung, mit der sie Krankheit vermitteln sollte, aber Iven hatte ihr versichert, dass die Ratken von Kranken noch am ehesten Abstand hielten.

Jesco und Iven trugen als Einzige ihre Waffen offen am Gürtel, und Jesco hatte sich Zenays Kettenhemd übergestreift. Mit einem farblich zu den Wächtern passenden Stoffstreifen unter dem Gürtel konnte er kaschieren, dass es ihm zu kurz war, und er sah neben Iven tatsächlich aus wie eine zweite Stadtwache aus Yoruba.

Sie ritten eine Weile auf der alten Straße weiter, bis sie auf eine breitere trafen, auf der schon andere Reisende unterwegs waren. Voll beladene Ochsenkarren reihten sich in endloser Kette vor ihnen.

Die schroffen Hänge rückten Stück für Stück näher an den Fluss und die Straße, die sich an seiner Seite befand. Beladene Handelsschiffe trieben die Strömung hinab auf sie zu, während andere von Pferden und Ochsen den Fluss hinauf in die Schlucht gezogen wurden, die sich vor ihnen auftat.

Es war mittlerweile sehr warm geworden. Die Sonne stand hoch über der Schlucht und erwärmte die Felsen, es war windstill. Die Hitze trieb Elaya den Schweiß ins Gesicht, aber es gehörte zu ihrem Plan, nicht umsonst hatte sie das warme Wams an.

Der Fluss neben ihnen wurde langsam schmaler, und die Strömung nahm zu. Nach der nächsten Straßenbiegung erkannten sie eine Schlange aus wartenden Händlern. Der Pfad in die Schlucht war mit einer Holzpalisade abgesperrt, und nur einen schmalen Durchgang hatte man geöffnet. Dort standen unzählige große Schemen in der Sonne: Ratken.

Elaya zog sich beim Anblick der Magen zusammen. Das letzte Mal, als sie diesen Kriegern begegnet waren, hätten diese sie nur allzu gerne gefangen, vergewaltigt und aufgeschlitzt.

„Ganz ruhig", mahnte Jesco.

Sie nickte und legte eine erschöpfte Miene auf. Hinter ihr ließen sich Asyra und Malak zurückfallen und überprüften scheinbar etwas in ihren Taschen. Jesco und Iven führten die acht Pferde unbeirrt weiter auf die Schlange zu, nur Elaya blieb auf dem Rücken ihres Hengstes sitzen.

Die Zahl der Wartenden hinter ihnen nahm immer mehr zu. Sie kamen nur langsam vorwärts. Die Sonne stach ihnen in den Nacken, und zwischendurch wurde Elaya tatsächlich schwindlig. Jesco reichte ihr Wasser und starrte dann wieder ausdruckslos auf den Kontrollpunkt. Die Umstehenden waren merklich ruhiger als weiter weg, was wohl an der überzeugenden Verkleidung der beiden *Wachen* lag.

Als nur noch wenige vor ihnen warteten, entstand plötzlich Lärm, und jemand schrie. Elaya sah bebend dabei zu, wie die Ratken einen Mann aus den Reihen derer zerrten, die gerade durchsucht wurden. Der Reisende hatte keine Zeit, sich zu wehren, da hatten die Krieger ihn schon zu einem Verschlag neben den Palisaden geschleift, und es wurde wieder still.

Der Karren vor ihnen wurde vorgewunken, und die Ratken stiegen hinten auf, schnitten einige mit Stoff umwickelte Pakete auf und stemmten die Deckel von Kisten.

Weiter rechts traten weitere Ratken hinzu, und einer bedeutete Iven und Jesco, dass sie jetzt dran waren.

Elayas Puls pochte fast schmerzhaft in ihrem Hals.

*Bitte, bitte, lass es funktionieren.*

Iven trat vor und ging aufrecht und selbstsicher zu dem Kontrollposten. Er holte das Schreiben heraus, das er am Morgen selbst angefertigt hatte. Elaya sandte ein Gebet an die Hüter, dass die Ratken ihm seine Geschichte abkauften. Sollten sie den falschen Siegelring im Mehl finden, den Iven für das Siegel verwendet hatte, wäre alles aus.

Der Ratke riss das Wachs einfach vom Papier und zerbröselte es in seiner Hand, nachdem er das Schreiben aufgefaltet hatte und es las.

„Und was ist mit ihr?", fragte er und deutete zu Elaya hinüber, die unter seinem gelben Blick beinahe weggezuckt wäre.

„Wie im Brief steht, ist sie krank. Ihr Vater ist ein wichtiger Händler in Yoruba, aber die Heiler in der Steinstadt konnten ihr nicht helfen. Wir wurden beauftragt, sie sicher nach Siad zu geleiten, zu einem anderen Heiler."

„Warum habt ihr dann so viele Pferde und Gepäck dabei?"

Iven wirkte tatsächlich einen Moment genervt, und Elayas Herz klopfte immer wilder. Dass er es wagte, dem Ratken so entgegenzutreten!

„Ihr Vater ist ein Händler, und der Heiler hat für seine Arbeit Waren und Pferde verlangt. Das ist ein guter Handel für beide. Und für die Stadt, denn ihr Vater zahlt gut."

Der Ratke wirkte nicht ganz überzeugt und nickte seinen Kollegen zu. „Durchsucht sie."

Iven seufzte, während Elaya sich beherrschen musste, nicht ihre Dolche aus den Untiefen des Stoffs zu ziehen und vom Pferd zu springen. Im Augenwinkel konnte sie Asyra in der Schlange von Menschen sehen, die auf die Kontrolle warteten. Malak war bei ihr, aber selbst zu fünft hätten sie keine Chance.

Sie atmete tief durch und zwang sich, einen entspannten Eindruck zu machen, während ihr der Schweiß von der Stirn in das Tuch lief.

„Muss das wirklich sein?", fragte sie leise und schwach, obwohl ihr Herz raste und sie an die Waffen denken musste, die unter ihrem Sattel verborgen lagen.

„Schwächliche Niedere", murmelte der Ratke schnaubend, und die anderen kamen näher. „Du kannst sitzen bleiben, Mädchen. Wir durchsuchen eure Packpferde. Immerhin müssen wir sichergehen, dass dein Vater keine illegalen Machenschaften in Siad plant."

Elaya wollte aufheulen, doch dann hielt sie sich strikt an den Plan und schaute nervös zur Seite.

Die gelben Augen des Ratken schmälerten sich merklich. „Gibt es etwas, dass du uns sagen möchtest, Mädchen?"

Er trat schon näher, und obwohl Elaya auf ihrem Pferd saß, war er fast mit ihr auf Augenhöhe. „Ich ... ich habe gehört, dass es nicht erlaubt ist ..."

Der Ratke legte eine Hand an seine Waffe und krallte die andere in die Mähne ihres Hengsts, der beim Geruch des Kriegers unruhig schnaubte. „Ja?"

Sie schluckte. „In den Flaschen ist kein Wasser. Ich habe gestern eine geöffnet, weil ich so Durst hatte."

„Darüber steht nichts in der Packliste", meinte der Ratke und entspannte sich tatsächlich ein wenig. Elaya meinte, so etwas wie Belustigung in seinem strengen Gesicht zu erkennen.

Hinter ihnen fingen die anderen Ratken an, die Satteltaschen der Pferde zu öffnen und sie zu entleeren.

Iven runzelte zornig die Stirn, wandte sich aber an Elaya. „Was soll das? Das habe ich nicht autorisiert", meinte er tadelnd.

Elaya sah ihn ängstlich an.

„Wirklich, ich wusste es nicht! Vielleicht wollte mein Vater dem Heiler einfach etwas Gutes tun!"

Iven und Jesco rollten die Bündel auf, zogen die Flaschen heraus und reichten sie dann den Ratken. Der erste Kontrolleur entkorkte eine und schnupperte daran. „Das ist jedenfalls kein *reines Quellwasser* für ein krankes Mädchen", stellte er fest und zitierte damit aus dem Schreiben von Iven.

„Bitte, bitte, mein Vater wollte sicher ni..."

„Sei still!", fuhr Jesco ihr ins Wort und wandte sich den Ratken zu. „Verzeiht diese Unannehmlichkeit. Wir werden es melden, sobald wir wieder in Yoruba sind."

Der Ratke schnaubte und roch erneut an der Weinflasche. „Den müssen wir natürlich beschlagnahmen."

Es kam den Männern gar nicht in den Sinn zu fragen. Sie stellten es einfach fest, und weder Iven noch Jesco protestierten, als die Ratken auch die anderen Pakete vom Pferd zogen und öffneten.

Die Flaschen wechselten ihren Besitzer, danach warf der erste Kontrolleur Jesco die geöffneten Holzverpackungen zu, und Stroh verteilte sich in der Luft.

„Euren Abfall könnt ihr mitnehmen. Ist vielleicht noch gut zum Anfeuern im nächsten Ofen", rief er, und die anderen fielen in sein spöttisches Lachen ein, als Jesco die leeren Bündel wieder an Milads Rücken festzurrte und sich dann etwas Stroh aus den Haaren zog.

„Und passt das nächste Mal besser auf, was eure Stadtleute mitnehmen, sonst melden wir das in Yoruba. Wie ich gehört habe, stehen die Wachen der niederen Völker ohnehin nicht mehr so gut da."

Ein Muskel zuckte kurz an Ivens Kiefer, dann neigte er den Kopf. „Natürlich, Herr, es wird nicht mehr vorkommen."

„Geht jetzt weiter, und denkt daran, dass es verboten ist, nachts draußen in der Schlucht herumzustromern."

Iven nickte und zog dann an den Zügeln von Elayas Pferd. Jesco führte die anderen hinter sich her, und so verließen sie die Reihe der Ratken.

Elayas Herz klopfte so heftig, dass sie überzeugt war, jeder um sie herum müsste es hören. Sie waren durch! Ein Teil der Anspannung fiel von ihr ab, trotzdem musste sie sich zusammenreißen, nicht den Hals zu verrenken, um ihren Bruder und Asyra in der Menge zu suchen.

Nach dem Kontrollpunkt führte die Straße eine lange, sanfte Rampe hinauf und entfernte sich damit vom Ufer. Ein Pfad verlief unten direkt am Wasser, an dem die Schiffe getreidelt werden konnten, aber die Hauptstraße für die Händler und andere Reisende war in die Steilwand ein ganzes Stück oberhalb geschlagen worden. Die Schlucht wand sich in breiten Kurven vor ihnen entlang. Staub hing in der Luft, und das Rattern der Karren erfüllte die Straße. Unten am Fluss zogen Scharen von Pferden die Handelsschiffe gegen die Strömung hinauf. Als der Kontrollpunkt ein Stück hinter ihnen lag, hielten sie an, vermeintlich, weil Elaya eine kurze Pause und Wasser brauchte. Sie trank einen Schluck und suchte dann voller Konzentration nach dem Geist ihres Bruders.

*Malak? Malak, seid ihr durch?*

Es verging ein endloser Augenblick, bevor er den Kontakt spürte und erwiderte. *Ja, sie haben mich nicht erkannt, waren zu beschäftigt damit, Asyra anzustarren und laut darüber nachzudenken, ob sie sie nicht dabehalten sollten … wegen ihrer Vorzüge.*

Elaya spürte, wie die Farbe aus ihrem Gesicht wich, und sie schämte sich, dass bei der Gefahr dennoch leichte Eifersucht in ihr nagte.

*Wie habt ihr es geschafft, da wieder rauszukommen?*

*Ich habe ihnen Geld zugesteckt, und sie ließen uns gehen.*

*Zum Glück hatte Iven recht, sie sind bestechlich. Ich hätte das nicht gedacht. Ich … berichte jetzt den anderen davon, und wir sehen uns später, ja?*

*In Ordnung, bis heute Abend.*

Sie unterbrach die Verbindung und wischte sich über die Stirn, während ihre Arme stark kribbelten. Als hätte Zenay es gespürt, dass Elaya gerade mit ihrem Bruder gesprochen hatte, fühlte sie den starken Kontakt zu der Magierin.

*Geht es euch gut? Seid ihr schon in der Schlucht?*

Elaya lächelte unwillkürlich. *Ja, Sina, es ist alles gut gegangen. Wir haben den Wein an die Kontrollen verloren, dafür haben sie aber nichts anderes mehr entdeckt, und genau das war ja auch unsere Absicht. Und bei euch?*

*Hier folgt ein trockener, steiler Hang auf den nächsten, aber wir kommen recht schnell voran.*

*Das freut mich. Meldest du dich bald wieder?*

*Ja, spätestens morgen.*

Elaya konnte durch die Verbindung spüren, dass Zenay lächelte. Es war wie ein warmes, freudiges Gefühl, das entspannend wirkte.

Jesco räusperte sich neben ihr, und der magische Kontakt erlosch.

„Können wir jetzt weiter?"

Seinen fragenden Blick beantwortete sie mit einem Nicken. „Ja, alles ist gut." Er wirkte zufrieden, und Erleichterung blitzte in seinen Augen auf.

„Dann los, wir sollten noch ein Stück zurücklegen, bevor es dunkel wird."

Die beiden *Wachen* saßen auf ihre Pferde auf, an denen die restlichen weiterhin angebunden waren, und sie reihten sich zwischen den Karren und Reitern ein, die den Weg durch die Schlucht nahmen.

Elaya bemühte sich, weiter einen kranken Eindruck zu machen, um ihre Tarnung nahe der Kontrolle aufrechtzuerhalten, aber die Faszination über die Schlucht ließ sie die Hitze schnell vergessen.

Sie konnte sich nicht vorstellen, welche Kraft es gekostet haben musste, die breite, ebene Straße in die Felswand zu schlagen. Iven hatte erzählt, dass sie vor langer Zeit von Magiern verbreitert worden war.

Vermutlich waren die Kanten zum Grund der Schlucht früher sogar von einer Felsmauer gesäumt gewesen, aber seit Zayda die letzten freien Magier getötet oder versklavt hatte, verfiel die Straße zusehends. An manchen Stellen waren schon Stücke weggebrochen, so dass man diese Passagen durch Holzkonstruktionen sichern musste.

In jeder großen Einbuchtung der Felswand drängten sich schlichte Herbergen, die windschiefe Anbauten als Ställe nutzten. Natürlich hatten sich Leute gefunden, die die Gesetze der Ratken zu Geld machten und es ausnutzten, dass es in der Schlucht verboten war, seine Zelte aufzuschlagen. Da man nachts nicht reisen durfte, suchten sie schon vor der Dämmerung das erste Wirtshaus auf, aber es war bereits voll. Sie diskutierten lange genug mit dem Besitzer, bis Asyra und Malak aufgeholt hatten, und gingen scheinbar zufällig gemeinsam weiter. Das nächste Gasthaus hatte noch Platz, und es war sogar etwas günstiger.

Zuerst hielten die Freunde es für Glück, doch bald stellte sich heraus, dass die winzigen Zimmer nicht nur von Menschen bewohnt wurden. In den durchgelegenen Strohmatten hatte sich allerhand Ungeziefer eingenistet.

Deshalb warfen sie die Matten kurzerhand auf den Flur und schliefen lieber auf ihren Mänteln, während immer einer Wache hielt.

# Höhen und Tiefen

Am Nachmittag wurde die Hitze auf den Bergen beinahe unerträglich. Im Wald in der Ebene hatten ihnen die Bäume Schatten gespendet, doch hier oben strahlte die Sonne erbarmungslos und wurde von den hellen Felsen noch zusätzlich verstärkt. Die Luft flimmerte. Zenay und Tarek machten im Schatten einer Ruine Rast, bis die Sonne sich den Bergen näherte, die auf der anderen Seite der Schlucht lagen.

Die Schatten wurden lang, und eine leichte Brise brachte Abkühlung, doch Zenay dachte daran, wie schön es wäre, sich im kühlen Fluss unten in der Schlucht zu erfrischen. Wären da nur keine Ratken …

Obwohl sie sparsam mit dem Wasser umgingen, war ein Schlauch schon fast leer. Die Runzeln auf Tareks Stirn wollten auch während ihrer Rast nicht ganz verschwinden, und er drückte seine Sorge darüber aus, die Hitze unterschätzt zu haben.

„Notfalls könnte ich versuchen, Wasser vom Fluss her zu teleportieren", schlug Zenay vor. „Wenn ich Sichtkontakt habe, müsste das funktionieren."

Tarek wirkte nicht glücklich dabei. „Ändern können wir es jetzt nicht mehr. Wenn es in den nächsten Tagen so heiß bleibt, müssen wir es so machen. Jetzt komm, lass uns noch die kühle Luft nutzen, bevor es dunkel wird."

Zenay ließ sich von ihm hochziehen, sie schulterten ihr Gepäck und erklommen den nächsten kargen Hang.

Auf der anderen Seite lag er schon im Schatten, was die Felsen bläulich wirken ließ. Eng zusammengedrängt, schmiegten sich dort noch weitere Steinhäuser an das flacher abfallende Gelände.

Zenay und Tarek erstarrten beim Anblick der uralten Siedlung. Einige Häuser waren zerfallen, andere aber offensichtlich noch bewohnt. Ein Weg führte nach Westen das kleine Tal hinab, wohl zur Schlucht.

„Lass uns einfach weitergehen", meinte Tarek ruhig. „Es ist sicherlich nichts Ungewöhnliches, wenn hier mal Fremde auftauchen. Wir nehmen den Weg zur Schlucht und biegen später wieder weiter nach Süden ab."

Zenay nickte, während ihr Blick über die alten Häuser streifte. „In Ordnung."

Sie stiegen den Hang hinab, schräg vorbei an der Siedlung und hielten auf den Weg zu. Als Zenay einen Blick zurückwarf, waren mehrere alte Leute herausgekommen und starrten ihnen nach, bis sie zwischen den Dornenbüschen hinter einer Wegbiegung verschwanden.

„Ist wohl doch nicht ganz gewöhnlich", murmelte sie und folgte Tarek weiter. Bevor das Tal die Kante der Schlucht erreichte, verließen sie den Weg und kämpften sich durch dichtes, dorniges Buschwerk wieder den Berg hinauf.

Nachdem das Gestrüpp zurückwich, kamen sie besser voran und erreichten zwischendurch fast wieder das orangefarbene Licht, das über den Hang kroch. Weiter oben konnten sie die Schlucht erkennen. Die sinkende Sonne ließ den Himmel auf der anderen Seite türkis erstrahlen. Die Silhouetten der Berge zeichneten sich hart dagegen ab, und sie genossen für einen Augenblick die atemberaubende Landschaft, die so ganz anders war als die Wälder um Ornanung.

Sie umrundeten den Berg. Danach wurde der Hang vor ihnen immer steiler, und sie hielten sich an seiner Flanke, bis es nicht mehr so leicht weiterging. Felsblöcke standen aus dem Geröll heraus und teilten den Berg in viele schräge und unebene Stufen, die spitz und scharfkantig wirkten. Der Berghang unter ihnen war mit einem Meer aus undurchdringlichem Dorngestrüpp überwuchert.

Sie erreichten eine der Felskanten und sahen sich um. In der ganzen Umgebung standen die brüchigen Brocken aus dem Berg.

„Ich schätze, da müssen wir durch, wenn wir nicht bis zur Schlucht wollen. Der Hang dahinter sieht wieder flacher aus."

Zenays Kehle wurde beim Anblick der scharfkantigen Klippen ganz trocken. Allerdings hatten die Felsen viele flache Stellen, über die sie hoffentlich klettern konnten. Tarek zog sich auf die erste schräge Felsplatte hinauf und half anschließend Zenay.

Sie erklommen die Felsen Stück für Stück. Zenay war auch nach der Hitze des Tages froh über ihre Stiefel, denn das rauhe Leder war perfekt, um sich auf den Felsen sicher zu fühlen.

Doch statt, dass die Blöcke wie erhofft kleiner wurden, wuchsen sie hinter der Bergflanke zusammen und bildeten eine zerklüftete Felswand mit schroffen Vorsprüngen, die sich vor ihnen türmte.

„Das schaffen wir noch, bevor es richtig dämmert. Drüben können wir unser Lager aufschlagen."

Zenay hatte kein gutes Gefühl dabei, aber sie nickte dennoch. Lieber schnell runter von diesen brüchigen Klippen.

Tarek ging jetzt langsamer voran und hielt eine Hand an der Felswand links neben ihnen. Der Vorsprung blieb fast gleichmäßig breit und verschwand hinter einer Ecke. Dahinter stieg er an, aber vor allem fiel der Hang unter ihnen weiter ab, wodurch die Klippe immer tiefer wurde.

„Verdammt, der Pfad führt immer höher. Wenn man es so nennen kann."

„Sollen wir zurück?", fragte Zenay hinter ihm.

„Lass uns noch ein Stück weitergehen."

Zenays Hände waren mittlerweile schwitzig, und die Tasche auf ihrem Rücken erschien ihr zunehmend schwerer. Immer wieder trat sie auf loses Gestein, das unter ihren Schuhen wegrutschte.

Ihre Konzentration schwand, und sie war froh, als sie eine breitere Stelle erreichten und dort eine kleine Rast einlegen konnten.

Tarek reckte den Hals, um weiter entlang der Steilwand blicken zu können. „Ich glaube, es geht noch weiter. Und der nächste Hang scheint nicht mehr so weit weg, vermutlich wird es nach der Kurve wieder flacher."

Zenay hatte sich bisher an die leicht schiefe Felswand gelehnt. „Dann lass mich jetzt vorgehen, ich bin wieder fit."

Tarek ließ sie mit einem Nicken vorbei, und sie gingen langsam weiter. Mittlerweile war das Gelände unter ihnen weit abgefallen und die Sonne hinter den Bergen vollends verschwunden. Zenay schaute immer wieder vorsichtig über die Kante und schluckte beim Anblick der glatten Wand. Unten war jetzt kein Dornenmeer, sondern eine Geröllhalde aus kantig in die Höhe ragenden Felsblöcken.

Zenay trat rasch einen Schritt zurück und ging nach einem Blick über die weit abfallende Landschaft weiter. Sie waren an eine Stelle geraten, von der sie sogar die unregelmäßige Abbruchkante zur großen Schlucht sehen konnten.

Der Vorsprung, der ihnen bisher als schmaler Pfad gedient hatte, wurde unebener und hatte sogar einige Risse, die aber schon alt und verwittert wirkten.

Etwas knirschte. Steine lösten sich mit einem Krachen und rutschten unter Zenays Fuß weg. Der Pfad brach weg, und im nächsten Moment fiel sie nach rechts, weg von der Felswand, und ruderte wild mit den Armen.

Unter ihr tat sich der Abgrund auf. Sie kippte zur Seite, und vor Schreck blieb ihr sogar der Schrei im Hals stecken.

Ihre Füße waren in der Luft, und sie spürte den Sog der Tiefe – dann grub sich eine Hand in den Stoff ihres Ärmels und riss sie mit einem kräftigen Ruck zurück.

Der Abgrund wich zurück, doch der Lärm der herabstürzenden Steine blieb. Sie prallte mit dem Rücken und ihren Taschen an die Wand hinter sich. Tareks Hand löste sich von ihrem Rücken. Ein weiterer Teil des Vorsprungs brach direkt hinter ihr ab, und im Augenwinkel sah sie seinen Schatten, der im Staub abrutschte.

„Tarek!"

Ihr eigener, entsetzter Schrei klang ihr in den Ohren, während er über der Kante verschwand. Er fiel mit einem Brüllen in den sicheren Tod.

Zenays Kopf hörte auf zu denken. Sie drehte sich zur Kante und stieß ihre Arme nach vorn, die Magie schoss aus ihrem Körper ihm hinterher und packte ihn mitten in der Luft. Noch während er fiel, erzeugte sie einen Tunnel mit ihrer Energie und lenkte so seinen Sturz um, nach oben.

Ein Blitz zuckte die Felswand hinab und fuhr im nächsten Moment wieder hoch. Tareks Schrei war über ihr, und sein Gewicht traf sie mit voller Wucht, als er auf sie prallte.

Die Luft wurde ihr aus der Lunge gepresst, und sein Ellenbogen traf sie in den Rücken; rasch drehte sie sich unter ihm und hielt ihn fest, bevor er in seinem Schrecken wieder von dem zerbrochenen Vorsprung fallen konnte.

Er erstarrte und sie warf einen Blick in seine schreckgeweiteten Augen, dann schien er zu verstehen, dass er nicht sterben würde.

Sein Atem ging genauso heftig wie ihrer; schließlich rappelte er sich auf und drückte sich mit dem Rücken an die Felswand hinter ihnen. Nur möglichst weit weg von der Kante.

„Oh verdammt!", murmelte er und wischte sich mit den Händen kurz über die Augen, als wäre seine Sicht verschwommen. „Mir ist ganz schlecht." Schweiß stand ihm auf der Stirn, während er den Kopf gegen die Felsen lehnte. Steinstaub lag in der Luft, klebte an seinem Haar und färbte alles gelblich. Von unten hallte noch das laute, knirschende Donnern der sich fortsetzenden Gerölllawine zu ihnen.

„Das … das kommt bestimmt durch das Teleportieren. Ich habe dich mitten aus der Luft gerissen."

Er öffnete wieder die Augen und sah sie fasziniert und intensiv an. Im nächsten Moment packte er ihre Hand und zog sie zu sich, küsste sie hitzig und wild. Sein Puls raste noch, beruhigte sich aber langsam wieder, während ihre Lippen aufeinandergepresst blieben.

„Danke", hauchte er dann leise an ihre Wange. „Du hast mir das Leben gerettet."

„Ich glaube, wir sind quitt. Immerhin wäre ich zuerst fast abgestürzt", murmelte sie zurück und schmiegte sich dicht an ihn, nur um ihn selbst leidenschaftlich zu küssen.

Eine Weile lagen sie still da, dann bemerkten sie, dass die Dunkelheit über die Hänge zu ihnen kroch.

„Lass uns von hier verschwinden."

Zenay nickte, und sie standen unsicher auf. Der größte Teil des Vorsprungs, auf dem sie sich befanden, war um sie herum abgebrochen. Nur ein schmaler Grat war noch verblieben.

„Ich gehe vor", meinte sie und krallte die Hände in Spalten an der Felswand, während sie vorsichtig einen Fuß vor den anderen setzte. Tarek folgte ihr und murmelte leise Flüche angesichts des Abgrunds, der sich direkt neben seinen Füßen auftat.

Sie ließen die schmale Kante hinter sich. Als sie zur nächsten Ecke im Fels kamen, konnte Zenay die Geröllhalde vor ihnen besser sehen. Die Klippen machten einen Knick und gingen dann noch ein ganzes Stück weiter.

„Komm her und mach die Augen zu, dann ist es nicht so schlimm."

Tarek hielt sich weiter mit einer Hand an den Felsen fest, legte ihr aber die andere auf die Schulter. „Was hast du vor?"

Sie legte ihren Kopf an seine Schulter und schloss die Arme um seine Taille. Er war warm und roch nach Staub und der trockenen Hitze des Tages. „Entspann dich einfach, ich bringe uns von hier fort."

Zuerst schien er protestieren zu wollen, dann schob er seine Hände unter die Tasche an ihrem Rücken und drückte sein Gesicht an ihre Haare.

Zenay atmete einige Male tief durch und streckte dann ihre Sinne von der Felswand weg und zu dem Hang. Ein Teil von ihr wunderte sich, denn sie hatte Tarek bisher nur selten so zerbrechlich erlebt.

Sie fand eine passende Stelle am Fuß der Felsen, bündelte ihre Energie und sandte sie beide zusammen in einem Blitz hinunter. Tareks Geist war nach dem Sturz noch immer nicht wieder ganz im Gleichgewicht. Ein dunkler Schatten lag auf ihm, aber der Transport war so schnell vorbei, dass er keine Zeit hatte, sich noch mehr Sorgen zu machen.

Steine knirschten unter ihren Füßen, als sie unten ankamen, und feine, kaum sichtbare Funken entluden sich zwischen ihnen.

„Das hat sich wieder wie Fallen angefühlt", meinte Tarek keuchend. Als sie sich aus der Umarmung lösten, waren seine Augen geweitet, aber darin glitzerte jetzt auch Faszination.

„Wieso haben wir das vorher nie ausprobiert?"

Zenay sah ihn überrascht an, dann lachte sie. „Ich weiß es nicht."

Ihr Lachen steckte ihn an, und er seufzte erleichtert, ehe er hoch zu den Felsen sah.

Die steile Wand wirkte von unten dunkel, man konnte kaum noch Vorsprünge erkennen.

„Ich hoffe, wir müssen nicht durch noch mehr solcher Überhänge", meinte Zenay und setzte sich auf die Steine am Hang, die sogar noch etwas Wärme abstrahlten.

Tarek wandte den Blick von der Wand und legte seine Taschen ab. Er zog sein Beil aus dem Gepäck. „Bleib sitzen und ruh dich aus, ich besorge uns Feuerholz."

Zenay nickte, trug ihre Taschen aber dennoch zu einer flachen Steinplatte. Sie häufte alle losen Brocken zu einem Ring für das Feuer und machte ihnen Platz, während Tarek von einigen trockenen Büschen tote

Äste abhackte. Da sie das Gefühl hatte, er wollte erst mal allein sein, breitete sie ihre leichte Zeltplane und ihre Mäntel aus und beschäftigte sich, bis er zurückkam.

Sie entzündeten zwischen den Steinen ein Feuer, das bald laut prasselte und das Zirpen der Grillen dämpfte. Tarek wischte sich mit dem Ärmel den Staub vom Gesicht und hinterließ eine rote Schliere.

Er schien es selbst gar nicht zu merken, aber Zenay fiel sofort das rote Glänzen an seinem Arm auf. Sie nahm seine Hand und schob vorsichtig den zerrissenen Stoff zurück. Die Haut an seinem Unterarm war aufgeschürft und verkrustet. Einige tiefere Kratzer waren durch die Bewegung beim Holzhacken wieder aufgerissen.

Zenay zog einen Wasserschlauch aus ihrer Tasche und reinigte die Wunde, während Tarek teilnahmslos alles mit sich machen ließ.

Er erwachte erst wieder aus seiner Abwesenheit, als ihre heilende Magie über seine Haut wanderte und die Wunde verschloss.

Sein Blick legte sich auf sie. „Tut mir leid, dass ich vorhin so die Fassung verloren habe."

Zenay lächelte und zuckte dann mit den Schultern. „Das muss es nicht. Ich hatte mindestens genauso viel Angst wie du."

Tarek legte die Stirn in Falten. „Das hat man dir nicht angesehen."

„Na ja, einer musste dich ja beruhigen, oder? Normalerweise bist du immer für mich da, ist doch in Ordnung, dass es einmal andersherum war."

Seine Miene wurde wieder weicher, und er nickte.

Es wurde mit der Dunkelheit rasch kälter, und sie kuschelten sich im Schein der Flammen nach einem kargen Essen in ihre Mäntel. Zenay übernahm die erste Wache, streichelte Tareks Haar, nachdem er seinen Kopf auf ihren Bauch gelegt hatte. Sie starrte in den glitzernden Sternenhimmel und lauschte auf die Geräusche der Nacht; später weckte sie Tarek und schlief selbst nah an seiner Seite ein.

«✝»

Die Freunde folgten dem Fluss im gleichen Tempo wie alle Reisenden. Asyra und Malak hielten sich ein Stück hinter den anderen und taten so, als würden sie die Gruppe mit den Pferden nicht kennen.

Elaya musste weiterhin die Kranke spielen, doch mit der Geschichte kamen sie problemlos an weiteren kleinen Kontrollposten vorbei. In der Hitze wurde ihr Gesicht tagsüber rot, und sie hatte sich auch etwas Asche auf die Wangen und unter die Augen gerieben, um noch kränklicher und erbärmlicher zu wirken.

Die Schlucht erschien endlos in ihrer Aneinanderreihung von kleinen Siedlungen im Schatten der Wand und der staubigen Straße.

Die erste Unterbrechung an ihrem letzten Tag in der Schlucht war ein lautes Poltern, das den Boden erschütterte. Staub stieg hinter einer Kurve der Schlucht auf, und einzelne Rufe erfüllten die Luft.

Als sie näher kamen, lagen noch überall auf der Straße lose Steine. Die Reisenden kamen nur langsam voran, da der halbe Vorsprung, auf dem die Straße entlangführte, jetzt von Felsen verschüttet war.

Der Steinschlag hatte mehrere Karren zertrümmert und Pferde unter sich begraben, aber es waren schon Ratken vor Ort und schirmten die Unglücksstelle ab. Sie wälzten Felsen zur Seite und durchsuchten die Trümmer. Elaya war gleichzeitig fasziniert von ihrer körperlichen Kraft und erschüttert, da sie sich nur für die Waren interessierten. Ob Menschen oder Tiere verletzt oder tot unter den Steinen lagen, ließ sie völlig kalt.

Sie knirschte mit den Zähnen, um ihre Tränen zurückzuhalten, als sie an der Stelle vorbeiritten und sich wieder dem Strom der Menschen anschlossen, die sich dem Ende der Schlucht zuwandten.

Elayas Herz wollte ihr aus der Brust springen, als sie schließlich die Kontrollen von einem erhöhten Punkt der Straße erblickte. Die Schlucht wurde dahinter merklich breiter, die steilen Felswände fielen in flachen Stufen ab und öffneten sich zu einer weiten, hügeligen Landschaft und einem etwas größeren Ort am Fluss, in dem reges Treiben herrschte.

Doch zunächst galt es, noch einen letzten Kontrollpunkt zu passieren.

Sie stellten sich in der Schlange an und warteten, während die Sonne hinter den Felswänden der Schlucht versank. Ivens Schreiben tat auch diesmal seine Wirkung, und sie konnten die Enge der Schlucht endlich verlassen. Mittlerweile begann es zu dämmern.

Elaya atmete erleichtert auf, als sie die bedrohlich dreinschauenden Ratken endlich hinter sich ließen und auf das Dorf zuritten. Malak und

Asyra kamen ebenfalls problemlos durch die Kontrolle und holten sie unauffällig ein.

„Was haltet ihr davon, wenn wir noch ein letztes Mal in einem richtigen Bett schlafen? Wer weiß, wann wir wieder eins zu Gesicht bekommen? Immerhin treffen wir die anderen ja in der Wildnis und danach … nun … noch mehr Wildnis", fing Malak an und deutete auf ein Wirtshaus am Rand der Straße.

Iven und Jesco wechselten einen Blick und nickten. Elaya wischte sich erleichtert über die staubverklebte Stirn. „Ich möchte einfach nur gerne den Dreck von der Straße abwaschen."

„Der wird uns noch eine Weile begleiten. Siad soll genauso trocken sein", meinte Iven und lächelte milde.

„Sollten wir dann überhaupt das Geld für ein Zimmer ausgeben?"

„Die Preise hier sind zwar nicht die niedrigsten bei dem Andrang von Reisenden und Händlern, aber wir sind noch nahe bei den Ratken. Vielleicht werden sogar welche in dem Dorf sein. Es wäre zu auffällig, wenn wir in der Nähe Zelte aufschlagen, und in dem Gelände wird es schwer, die Pferde in der Dämmerung sicher wegzuführen", wandte Iven weiter ein.

Elaya hob grinsend die Hände. „In Ordnung, schon verstanden, Herr Stadtwächter. Dann nach Ihnen."

Er ging lachend voran und besorgte ihnen eine Übernachtungsmöglichkeit. Sie führten die Pferde in den angrenzenden Stall, als er zu ihnen kam. „Es ist ziemlich überfüllt, deshalb müssen zwei von uns in eine kleine Kammer ausweichen."

Sein Blick ruhte einen Moment auf Elaya, und sie spürte, wie die Hitze wieder in ihr Gesicht zurückkehrte. Sie fluchte innerlich, dass sie sich so wenig unter Kontrolle hatte.

„Ich, ähm …"

Malak trat neben sie. „Wir nehmen die Kammer, nicht wahr, Schwesterchen?"

Sie presste die Lippen aufeinander und nickte knapp. „Ich gehe mal nachfragen, ob sie irgendwo frisches Wasser haben, ich sterbe in diesem Stoff."

Sie spürte Malaks und Ivens Blick auf sich, als sie ihre Taschen vom Rücken ihres Hengstes zog und das Wirtshaus betrat.

«✝»

Tarek weckte Zenay, obwohl die Sterne noch am Himmel glitzerten. „Was ist los?", fragte sie verschlafen und streckte sich gähnend. Er wirkte konzentriert, aber entspannt. Sie rechnete nicht mit einer Gefahr.

„Ich glaube, wir sollten jetzt schon aufbrechen, solange es noch kühl ist. Der Himmel ist klar, die Sonne wird wieder den ganzen Tag lang auf uns herunterbrennen. Und wir haben nicht mehr viel Wasser."

Zenay gab ihm recht und schälte sich aus ihrem Mantel.

Sie packten ihre Sachen rasch zusammen und aßen etwas Brot, während sie schon weiter marschierten. Der Sternenhimmel war atemberaubend und die Luft klar. Die Milchstraße zog sich als leuchtendes Band bis zum Horizont, und die hellen Felsen der Umgebung waren deutlich genug auszumachen, um einem kleinen Pfad zu folgen.

Doch der kühle Morgen hielt nicht lange an. Die Sterne verblassten und wichen einem türkisfarbenen Schimmer. Sie hatten gerade den nächsten Berg mit flachen Steinplatten überquert, als sich die warme Scheibe über die Berge im Osten erhob.

Im Laufe des Tages mussten sie wohl oder übel den dritten Wasserschlauch leeren. Die Luft heizte sich noch mehr auf als am Tag zuvor, und die Haut in ihren Gesichtern schmerzte von Sonnenbrand.

Gegen Mittag verbargen sie sich im Schatten einiger Felsen, dösten und Zenay heilte ihre rote Haut.

Sie erreichte Elaya nach einiger Anstrengung mit der Makani Chenda und erfuhr, dass die Freunde gut vorankamen und bisher keine Schwierigkeiten gehabt hatten.

„Wir müssen weiter. Wenn wir so langsam sind, müssen sie tagelang auf uns warten. Los jetzt", meinte Tarek, und so führten sie ihren Weg fort.

Zenays Haut unter ihren Armschienen juckte vom Schweiß, und sie zog sie bald entnervt aus. Hier oben war nichts und niemand, der sie angreifen würde. Sie träumte von kühlen, plätschernden Quellen, während ihr Kopf im Laufe der Stunden zu dröhnen begann.

Sie konnte sich nicht erinnern, jemals so Durst gehabt zu haben.

„Wenn das so weitergeht, müssen wir doch hinunter zur Schlucht. Verdammt, wer hätte denn gedacht, dass der Spätsommer noch mal so heiß wird!", murrte Tarek und schirmte seine Augen mit einer Hand ab, während er über die karge Landschaft nach Gefahren Ausschau hielt.

„Wie wäre es, wenn wir diesen Hügel da umgehen?", meinte Zenay und deutete nach vorn. „Dann kommen wir näher an die Schlucht und sehen weiter."

Tarek stimmte ihr zu und so schlugen sie sich durch einige trockene Büsche. Die Sonne stieg noch ein Stück höher, bevor sie ihren Weg zum Horizont fortsetzte und die Steine der Umgebung noch stärker aufheizte.

Dann hörte Zenay es. Ein Grollen, das den Boden zum Vibrieren brachte. Das anschließende Heulen ließ ihr das Blut in den Adern gefrieren.

Sie machte unwillkürlich einen Sprung nach vorn und wäre beinahe auf den losen Steinen ausgerutscht.

„Der Mangride!", rief sie ächzend und sah Tarek voller Entsetzen an.

„Was? Ich …", setzte er an.

„Nein, er ist es!" Ihre Stimme zitterte jetzt, und sie hatte ihren Durst und ihre Kopfschmerzen vergessen. Sie packte Tarek am Arm, als eine furchtbare Angst durch ihren Körper schoss und ihre Narben auf dem Rücken zu kribbeln begannen.

„Er hat mich gefunden! Er wird nie aufhören, mich zu jagen! Ich bin gebrandmarkt durch diese Wunden und … und …"

Das Heulen klang wieder über die Berge. Tarek legte ihr einen Arm auf die Schulter. Langsam zog er sie an seine Brust und hauchte ihr einen Kuss auf die Stirn, während sie immer stärker zitterte.

„Beruhige dich, meine Zafija. Das ist ein Kojote. Ein Bergkojote."

„Aber das Grollen!"

„Das wird hier oben in den schroffen Bergen ganz normal sein. Durch die Witterung lösen sich Felsen und stürzen von den Klippen oder poltern Hänge hinab. Die Natur ist lebendig."

Sie zitterte noch immer, aber seine Arme gaben ihr Halt, dann lachte sie hysterisch. Der Kojote heulte wieder und machte ihr bewusst, wie zerbrechlich sie innerlich noch war. All die Stärke zerfloss angesichts der Erinnerungen an dieses Ungetüm, das einen so seltsam dunklen Schatten in ihr hinterlassen hatte.

„Weiß du, ich glaube, diese Reise ist eine ganz eigene Aufgabe für uns", murmelte er in ihre Haare.

„Wie meinst du das?"

„Nun, wir müssen uns einigen Ängsten stellen und … akzeptieren, dass wir nicht immer stark sein können."

Zenay hob den Kopf und fand seine Lippen mit ihren. Zuerst war er überrascht, dann gab er sich ihr ganz hin, und sie vergaßen einen Moment die trockenen Berge. Zenays Herz klopfte jetzt aus einem anderen Grund schneller, und sie schaffte es, die Angst vor dem Mangriden wieder zu bezähmen. Dafür kehrten ihre Kopfschmerzen zurück.

„Können wir weiter?", fragte Tarek nach einer Weile.

Zenay nickte fahrig und atmete tief durch. Während Tarek sie beobachtete, breitete sie langsam ihre Magie um sich aus und sandte sie in ihre Ohren. Die Geräusche der menschenleeren Landschaft verstärkten sich. Das Rascheln des Windes in dornigen Büschen, ein gelegentliches Bröckeln von Steinen, die vorsichtigen Schritte kleiner Tiere. In der Ferne konnte sie das leise Rauschen des Flusses wahrnehmen. Es war mehr ein tiefes Vibrieren als ein tatsächliches Geräusch.

Also setzten sie ihren Weg durch die trockene Steinwüste fort und bewegten sich Stück für Stück in Richtung der großen Schlucht.

Die Sonne neigte sich langsam zum Horizont, und der Kojote heulte noch ein paar Mal in einiger Entfernung. Sie wanderten um den Berg, schlichen an einer alten Siedlung vorbei und hielten sich dann an den Weg, der sie zum Fluss führen würde.

Zenay hob die Hand, um Tarek zu bedeuten, dass er stehen bleiben sollte. „Hörst du das?"

Tarek erstarrte und horchte, während sie den Kopf schräg legte und seufzte.

„Zenay, der Mangride ist nicht da. Nicht schon wieder."

Tatsächlich nickte sie.

„Nein, diesmal nicht."

„Was dann? Ratken?"

„Ich glaube nicht." Sie lächelte jetzt und stapfte über die losen Steine des Hangs weiter bis zu einigen großen Felsen. Plötzlich lachte sie freudig auf und deutete dahinter. Der Boden war nass. „Ich habe richtig gehört."

Ein kleines Rinnsal trat aus einer Spalte aus und tröpfelte die Felsen hinab. Tarek hielt seine Hand daran und probierte das Wasser. „Es scheint sauber. Aber bei der Menge wird es ewig dauern, unsere Schläuche zu füllen."

Zenay schüttelte lächelnd den Kopf, bevor sie ihre Finger an die Ritze legte.

Sie fühlte nach der pulsierenden Kraft in ihrem Inneren, lenkte sie zu ihren Händen und in den Stein. Tatsächlich konnte sie in der Tiefe der Felsen mehr Wasser spüren. Sie verband ihre Magie damit, zog es durch die Spalten heraus und füllte es in die Wasserschläuche, die Tarek rasch öffnete.

Nachdem sie wieder genug zu trinken hatten, kamen sie leichter voran. Während der schlimmsten Mittagshitze rasteten sie im Schatten großer Felsen und liefen dafür nachts unter dem klaren Sternenhimmel.

Zenay meinte noch mehrmals, den Mangriden zu hören, und träumte nachts von seinen blutigen Zähnen. Tarek konnte sie beruhigen, und sie setzten ihren Weg durch die trockene Einöde fort, bis die Hänge immer sanfter wurden und sie sich der anderen Seite der Bergkette näherten.

«✝»

Elaya erwachte von einem leisen Klopfen, das sich durch die Bretter der Kammer übertrug. Es war noch dunkel, aber die Sterne hinter dem kleinen Fensterchen verblassten schon. Der Abend war ereignislos vergangen.

„Malak? Malak, bist du wach?", flüsterte Elaya in die Dunkelheit. Neben ihr regte sich ihr Bruder und brummte etwas in seinen Mantel.

„Da draußen ist jemand. Es hat geklopft."

Es raschelte lauter, und sie sah schemenhaft, wie ihr Bruder sich aufrichtete.

Draußen erklang wieder das leise Pochen.

„Sind das die anderen?", wollte er wissen und streifte sich sein Hemd über. Elaya hatte sich gar nicht ausgezogen.

Sie runzelte die Stirn und konzentrierte sich, konnte ihre Freunde aber nicht erreichen.

„Ich glaube nicht."

„Dann schauen wir jetzt nach."

Elaya rappelte sich auf und wollte Malak aufhalten, doch er hatte schon seine Axt in der Hand und öffnete die Tür. Seine Schwester folgte ihm nach kurzem Zögern leise nach draußen.

Im düsteren Flur, nur durch die Kerze in ihrer Laterne an der Wand erleuchtet, standen zwei dunkle Gestalten und hängten ein Papier an winzigen Nägeln an die rauhen Holzbretter gegenüber ihres Zimmers. Darauf waren zwei Personen abgebildet.

Elaya entfuhr ein lautes Ächzen. Verzweifelt schlug sie sich die Hand vor den Mund, um es aufzuhalten. Zu spät, die beiden Männer hatten sie gehört und drehten sich um.

Sie brauchten nur einen Moment, um den Schrecken auf Elayas Gesicht richtig zu deuten. Da half es auch nichts mehr, dass sie das Kopftuch trug und Malaks Haare dunkler und kürzer waren.

„Ihr seid die von den Ste…", fing einer an, aber dann sauste schon Malaks Axt auf ihn zu. Geschickt wehrte dieser sie mit einem Kurzschwert ab. Der Mann hatte keine Zeit, laut zu werden, da hatte Malak ihn schon an die Wand zurückgedrängt. Doch er wich dem Schlag aus und sprang ein Stück weg.

Elaya sah sich dem anderen gegenüber. „Man wird euch aufknüpfen und eure Köpfe neben den eurer Schwester auf Spieße stecken!", zischte er und ließ bei einem fiesen Grinsen gelbe Zähne sehen.

Ein Bild ihrer Schwester tauchte vor Elayas innerem Auge auf, wie sie lachte und ihr durch das kurze Haar wuschelte. Wie sie schrie und sich unter Qualen wand.

Die Wut kochte in Elaya hoch und brach sich so plötzlich Bahn, dass sie die Kontrolle verlor. Sie spürte Hitze durch ihre Muskeln schießen, durch ihren Arm und ihre Finger. Als sie die Hand hochriss, sprühte eine Woge aus Funken von ihren Fingerkuppen. Eine Mischung aus Glut und heißer Luft prallte gegen die Männer und schleuderte sie mit solcher Wucht an die Wand des Flurs, dass sie zusammensackten und regungslos liegen blieben. Ihre Haare und Kleidung qualmten an einigen Stellen.

Malak starrte seine Schwester fassungslos an. Rasch sah er nach den Männern, doch der Aufprall gegen das Holz hatte sie ins Land der Träume geschickt.

Vom Nachbarzimmer wurde Gemurmel laut, dann schlug jemand mehrmals gegen die Holzwand. „Ruhe verdammt! Sonst lasse ich euch rausschmeißen!"

„Elaya! Das … das war der Hammer!", zischte Malak mit großen Augen.

„Nein, das war Irrsinn! Wir … wir müssen hier weg! Es könnten noch mehr in der Nähe sein, die den Lärm gehört haben. Wir müssen schnell hier weg!", flüsterte sie hastig, während ihr Herz noch immer raste und die Gedanken nicht zur Ruhe kommen wollten. „Ha–hast du …" Sie konnte nicht weitersprechen.

Malak wandte sich zu den beiden Spitzeln. „Was machen wir jetzt mit denen? Wir können sie nicht so liegen lassen, sonst rennen sie gleich zu den Ratken."

„Ich weiß nicht", meinte Elaya unsicher.

„So–sollen wir sie töten?"

„Ich töte keine Bewusstlosen! Wir … müssen sie anders loswerden."

Elaya sah ihn verzweifelt an, riss den Steckbrief von der Wand und stopfte ihn in Malaks Tasche. Nach einem Moment erhellte sich ihre Miene.

„Ich habe eine Idee! Du schleifst sie in unser Zimmer! Und durchsuch sie!"

„Aber was…"

Sie wartete nicht ab, um Malak im düsteren Flur ihre Idee näher zu erklären, sondern schlich hinunter in die Stube. Alles lag verlassen da, nur der Gasthausbesitzer saß hinter dem Tresen in einen breiten Sessel gesunken und schnarchte.

An der Wand ihm gegenüber, neben dem verriegelten Eingang zum Stall, hing noch ein Steckbrief von ihnen. Elaya knirschte mit den Zähnen, zog das dünne, billige Papier vom Holz und warf es ins Feuer des Kamins, wo es von der letzten Glut erfasst und verschlungen wurde.

Dann schlüpfte sie vorsichtig am schlafenden Wirt vorbei in den dahinterliegenden Raum und sah sich um. Wie gern hätte sie jetzt Sinas Fähigkeit gehabt, im Dunkeln zu sehen. Aber so weit war sie noch lange nicht.

Also musste sie mit dem Lichtschein klarkommen, der durch das Kaminfeuer in der Schenke hereinfiel. Sie tastete sich an der Wand und einem Regal entlang, bis sich ihre Augen langsam an die Dunkelheit gewöhnt hatten. Sie entdeckte eine verschlossene Truhe neben der Pritsche, auf der der Wirt wohl normalerweise schlief.

Mit einem Blick zurück zum Tresen zog sie ihr Messer aus seinem Versteck unter dem Lederbeutel, der an ihrem Gürtel hing. Sie berührte das Schloss an der Kiste mit ihren Fingerspitzen und schaffte es, mit ihrer Magie einen kurzen Kontakt zu dem Metall aufzubauen. Voller Faszination flammte in ihrem Kopf ein Bild vom simplen Aufbau des Schlosses auf und sie steckte die Messerspitze hinein. Nach einigem Drehen und Stochern löste sich der abgewetzte Mechanismus, und das Schloss sprang auf.

In der Kiste fand sie Unterlagen und ein großes Kästchen, dessen Inhalt klimperte. Elayas Herz schlug wild, und das Blut rauschte in ihren Ohren. Vorsichtig hob sie die Schatulle an und bemühte sich, sie auf ihrem Weg nach oben möglichst wenig zu bewegen, damit das Geräusch sie nicht verriet.

Der Flur war mittlerweile verlassen, die Tür zu ihrer kleinen Kammer nur angelehnt. Malak sprang auf und hob seine Axt, als sie hereinschlüpfte.

„Hast du mich erschreckt!", zischte er und beobachtete, wie sie zu den beiden Männern ging, die jetzt an ihrer Zimmerwand lehnten, zusammengesunken und mit hängenden Köpfen.

Elaya öffnete die Tasche des einen und wollte die Kasse hineinstecken, aber beim Inhalt des Beutels entfuhr ihr ein Ächzen.

„Was ist?", fragte Malak leise und verstummte wieder, als Elaya ein dickes Bündel Papiere aus der Tasche zog. Auf jedem war eine grobe Zeichnung von ihnen beiden zu sehen. Und dahinter kam ein dicker Stapel mit einer Beschreibung und ungefähren Zeichnung von Sinas Gesicht zum Vorschein.

„Verflucht!"

Elaya kämpfte gegen den Kloß in ihrem Hals an, rollte die Papiere zusammen und steckte sie weg, bevor sie die Kasse drapierte.

„Wir müssen die Steckbriefe verbrennen oder … oder …"

Im nächsten Moment schien die Angst sie überwältigen zu wollen. Ihre Stimme versagte, und sie konnte die Tränen nicht zurückhalten. Malak machte einen raschen Schritt zu ihr und nahm sie in den Arm.

„Ist ja gut, die beiden tun uns nichts mehr ...", murmelte er ungewohnt sanft.

„Da–das ist es nicht. Ich habe keine Angst vor denen da! Glaubst du, dass sie die Wahrheit gesagt haben? Dass man Eidara ..."

Ihr Bruder fasste sie an den Schultern und schob sie ein Stück von sich weg, um sie ansehen zu können. „Nein. Ich glaube, sie wollten uns nur verunsichern, uns an einem wunden Punkt treffen."

„Aber was, wenn doch?"

„Ich weiß nicht ... du hast jedenfalls recht, wir müssen hier weg. Aber ... nur falls etwas dran ist, was diese Dreckskerle gesagt haben ... sollten wir vielleicht erst einmal darüber schweigen und das später in Ruhe besprechen."

Elaya schniefte und wischte sich die Tränen weg. „Ja. Wir müssen das irgendwie lösen, aber ohne Sina in Gefahr zu bringen. Wir dürfen sie nicht von ihrer Aufgabe in Siad ablenken."

„Wie geht dein Plan jetzt weiter?"

„Sie sind Diebe. Wir verraten sie, behaupten, sie seien wirr im Kopf, und sie werden eingesperrt. So wird man ihnen am wenigsten Glauben schenken. Und jetzt schlag Alarm."

Malak nickte und holte tief Luft. „Wirt!", brüllte er laut. „Wirt, komm schnell!"

Es polterte unten, kurz darauf stapften schwere Schritte die Treppe hinauf. Auch in anderen Zimmern wurden Geräusche laut.

„Was ist hier los? Wer schreit hier so?", eilte ihm seine Stimme voraus und er kam den Flur entlang und hielt vor ihrer offenen Tür. Er hatte einen Kerzenhalter in der einen, ein dünnes Brett als Waffe in der anderen Hand erhoben.

Er erblickte die beiden zusammengesunkenen Kerle am Boden und die Geschwister, die jeder ein Messer hielten. „Bei den Hütern! Was soll denn das?!"

„Diese Männer waren in unserem Zimmer! Sie haben unsere Habseligkeiten durchwühlt!", rief Elaya aufgekratzt.

Der Wirt starrte sie irritiert an. „Wie?"

„Das sind gemeine Diebe! Sie haben Sachen gefaselt, dass sie Diener der Königin seien und deshalb das Recht hätten, sich zu nehmen, was sie wollen! Aber das sind schmutzige Diebe! Die waren uns schon unterwegs auf den Fersen!"

„Sind sie tot?", stammelte der Wirt nach einem Moment und trat ein. Mittlerweile konnte man Stimmen und Schritte im Flur hören.

„Nein, nur bewusstlos, wir konnten sie überwältigen."

Der Wirt schien sich endlich zu fassen und ihre Geschichte zu schlucken. Er stellte seine Kerze ab, lehnte das Brett an die Wand und machte einen zaghaften Schritt auf Malaks offene Tasche, wo ein Stück Seil herausragte.

„Kann ich das leihen?", fragte er, zog es hastig heraus und begann, die beiden Kerle zu fesseln, kaum hatte Malak genickt. Dabei murmelte der Wirt, dass so etwas nicht in seinem guten Hause vorfallen sollte.

Andere Gäste drängten sich jetzt an der Tür und spähten neugierig herein. Elaya sah kurz Asyras Rotschopf in der Menge aus müden Gesichtern. Sie starrte die vermeintlichen Diebe an, um zu verbergen, dass sie sich konzentrieren musste, um die Verbindung mit ihrer Freundin aufbauen zu können.

*Was ist passiert?*, fragte Asyra, sobald sie sprechen konnte.

*Ich erkläre es nachher. Diebe. Packt eure Sachen, wir sollten hier verschwinden.*

Sie spürte Asyras Bestätigung, dann tauchten kurz Jesco und Iven auf, bevor die drei sich entfernten und in die andere Kammer eilten.

Der Wirt richtete sich wieder auf und wischte sich die verschwitzten Hände an seinem Kittel ab.

„In Ordnung. Dann hole ich jetzt die Wachen."

Malak zuckte mit den Schultern, nur Elaya schien seine Anspannung sehen zu können. „Das solltet ihr. Aber wir reisen ab, ich will meine Freundin nicht länger in so einer Gegend wissen", meinte er mit einem Nicken zu Elaya, und sie war kurz überrascht, wie glaubhaft er log.

Sie nickte, um seine Aussage zu bekräftigen. „Wir packen, sofort!"

Der Wirt sah hilflos zu, wie sie ihre wenigen Sachen zusammenrafften.

„Es ist mitten in der Nacht!", protestierte er dann vorsichtig und sah noch einmal auf die Diebe. Unter der Beobachtung der anderen Gäste schien er sich nicht darüber beschweren zu wollen, dass einige früher abreisen wollten.

Malak schnaubte. „Es wird bald dämmern. Und wer weiß, ob sich noch mehr von denen hier rumtreiben. Oder was sie schon alles gestohlen haben. Damit wollen wir nichts zu tun haben."

Elaya schulterte ihre Taschen, und Malak tat es ihr gleich. Der Ausdruck auf dem Gesicht des Wirts hatte sich gewandelt. Zuvor hatte er wohl protestieren und sagen wollen, dass sie bleiben und ihre Aussage machen mussten.

Er wandte sich an die Menschen an der Tür. „Vermisst jemand etwas?", fragte er in die Runde, aber es kamen keine brauchbaren Antworten. Er ging dennoch zu den Dieben und öffnete die Tasche, die einem an der Seite hing.

Ihm entfuhr ein Ächzen, als er seine Kasse herauszog. „Hurensöhne!", rief er. „Da platzt mir der Kragen, die haben meine Kiste aufgebrochen und meinen ganzen Umsatz eingesackt!" Er stand auf und schnaufte, schien ernsthaft darüber nachzudenken, sich sein Brett zu schnappen. Doch er wurde sich wieder der Zuschauer bewusst, stapfte zu Elaya und Malak und schüttelte hastig ihre Hände. „Habt Dank! Ihr habt diese Kerle gestellt, habt Dank!" Er öffnete die Kasse, holte den Betrag heraus, den die beiden am Abend gezahlt hatten, und drückte ihn Malak in die Hand.

Ihr Bruder nahm es dankend entgegen. „Es war ja unsere Pflicht. Das Seil könnt Ihr behalten, Herr Wirt."

Damit verabschiedeten sie sich und drängten sich durch die Leute, die ihnen verblüfft hinterhergafften.

„Vielleicht war das doch nicht so klug", flüsterte Elaya unsicher, während sie die Treppe hinunter und zum Stall eilten.

„Ach was, er hat es doch geglaubt!"

„Ja schon. Aber dafür haben uns mindestens fünf Fremde genau beobachtet!", zischte Elaya und verstummte dann, als sie in den Stall traten. Ihre Freunde waren schon da und hatten die Pferde vorbereitet. Sie begegneten sich zwischen den dunklen Verschlägen für die Tiere, und Jesco baute sich vor ihnen auf.

„Was sollte das? Wer waren diese Männer?"

„Diebe!", erwiderte Malak und klang dabei etwas trotzig.

„Die zuerst die hinteren Räume durchsuchen? Wo sie am schlechtesten wieder verschwinden können?"

„Was weiß denn ich, was die sich gedacht haben!"

Elaya seufzte und legte ihrem Bruder eine Hand auf die Schulter. „Ist gut, wir können es ihnen ja zeigen."

Elaya zog das Bündel mit Steckbriefen aus ihrer Tasche und rollte es auf. „Das hatten sie dabei. Wir … wir wussten nicht, was wir tun sollten, nachdem wir sie gestellt hatten."

Asyra wurde sichtlich blasser, und Jesco presste die Lippen zusammen.

„Verdammt", zischte er dann und rieb sich kurz den Nasenrücken, während Asyra sich wieder fing und versuchte, die Situation zu entschärfen.

„Gut, das war nicht anders zu klären. Sie zu töten hätte uns wahrscheinlich noch größere Probleme bereitet. Es ist nicht gerade hilfreich, in der Nähe einer kontrollierten Schlucht wegen Mordes gesucht zu werden. Vielleicht glaubt ihnen keiner, dass sie euch erkannt haben."

„Vielleicht", pflichtete Jesco ihr bei.

„Dann weg hier. Wir haben die meisten Kontrollposten ja schon passiert. Vielleicht kommen wir durch, ohne dass die Steckbriefe dort schon eingetroffen sind. Ihr habt ja ihren Vorrat eingesammelt", meinte Iven.

Sie führten die Pferde hinaus in die Nacht und ließen das Gasthaus und die Häuseransammlung hastig hinter sich.

# Weite Sicht

Auf den Steckbriefen in Yoruba hieß es, dass seine Gesuchte mit den Phiruin zusammenarbeitete, aber das konnte sich Ikar nicht vorstellen. Warum waren dann bei all seinen Untersuchungen nur junge Freunde von ihr aufgetaucht?

Da war kein weiser alter Mann, der sie anleitete – und Ikar war sich sicher, dass die Phiruin nicht so vorgehen würden. Er hatte bisher nur selten Aufträge erhalten, um Helfer der Phiruin zu fangen. Mit diesem Privileg hatte Zayda immer ihre eigenen Leute geehrt.

Dennoch, diese Leute zu fangen war auch nicht leicht gewesen – nur eben anders. Die Phiruin handelten bedacht und meist außerhalb der Gesellschaft, um nicht aufzufallen. Seine Gesuchte und ihre Freunde fielen dagegen auf wie tanzende Hunde. Die kleine Hexe hatte bisher nur verdammtes Glück, dass sie ihm immer wieder entwischen konnte!

Ikar fluchte und stapfte weiter durch die Gassen. Sein Zimmer hatte er aufgegeben, da ihn die Enge der Kammer und das Nichtstun sonst in den Wahnsinn getrieben hätten.

Seine wenigen Habseligkeiten waren in einer Tasche verstaut, er hatte sich ohnehin schon vor Jahren daran gewöhnt, nur mit seinem Mantel zu schlafen.

Zum hundertsten Mal ging er die Fakten durch, die er bisher hatte sammeln können. Sie war von Ornanung nach Yerima und dann weiter nach Yoruba gereist. Dazwischen hatte eine merkwürdige Bestie angegriffen und sie beinahe getötet, aber sie konnte sich erholen und sogar eine kleine Schlacht im Wald vor der Stadt überstehen.

Ihre jungen Freunde mussten bessere Kämpfer sein, als er ihnen zugestanden hatte.

Aber wenn seine kleine Hexe nicht mit den Phiruin zusammenarbeitete, was waren dann ihre Ziele? Was machte sie so besonders und was wollte sie? Einfach nur überleben?

Ikar schüttelte den Kopf. „Nein, dann würde sie keine Rüstung kaufen, sondern ihre Magie nicht benutzen und irgendwo Bäuerin bleiben. Was also dann? Was, Ikar?"

Er verpasste der Mauer neben sich einen Schlag und hielt inne.

„Sie will kämpfen! Sie will sich gegen Zaydas Unterdrückung wehren. Aber warum dieses Risiko auf sich nehmen? Die Wahrscheinlichkeit, dass sie gefasst und versklavt würde, ist immens hoch. Vor allem mit mir an ihren Fersen."

Er stapfte weiter durch die Gassen, kam an einer Wirtschaft mit grölenden Säufern vorbei und bog erneut ab, um von ihnen wegzukommen.

Dann traf es ihn wie der Schlag.

*Sie will eine Magierin sein!*

Was für Chancen hätte eine aufsässige kleine Hexe ohne die Hilfe der Phiruin? Wie wollte sie es anstellen, dass sie stärker wurde? Sie musste doch einen Plan haben. Dafür hatte sie die Gefahr in Kauf genommen, diese Rüstung von ihren Freunden besorgen zu lassen.

Und sie war bisher in keiner Siedlung oder gar Stadt nördlich von Yoruba aufgetaucht. Es hätte dann sowieso viel mehr Sinn ergeben, auf der westlichen Seite des Flusses zu bleiben. Östlich von Yoruba gab es zwar noch einige Dörfer, doch danach schlossen sich nur Wildnis und Sümpfe an. Kein guter Weg für eine Gruppe mit Pferden.

Allerdings gab es in Richtung Süden auf dieser Flussseite nur vereinzelte kleine Dörfer. Dort würden sie kaum auffallen auf ihrem Weg in die Berge. Auf ihrem Weg nach Siad.

Ein Lachen entrang sich seiner Kehle. Konnte es so einfach sein? Weshalb hatte das niemand bemerkt? War Zayda darüber informiert und wartete nur darauf, sich ihre Beute in Siad zu schnappen?

War es vorstellbar, dass ein kleines Mädchen den irrwitzigen Plan gefasst hatte, in diese alten Ruinen einzudringen, um stärker zu werden? Er hatte Gerüchte darüber gehört, dass die Magie um die alten Tempel noch sehr aktiv war. Dass sie früher von Magiern genutzt wurde, um ihre Kräfte zu stärken, wusste eigentlich jeder. Auch wenn es keiner mehr auszusprechen wagte.

Dass die kleine Hexe zäh und gerissen war, wusste er seit Ornanung, seit sie ihn dort reingelegt und bloßgestellt hatte. Aber er würde sich nicht noch einmal täuschen lassen. Oh nein! Und er würde sie persönlich fangen und zu Zayda bringen, selbst wenn er dafür einen ganzen Trupp Ratken in Siad töten müsste! *Er* würde sie ihr ausliefern und dafür endlosen Ruhm ernten!

Sein Herz schlug mittlerweile heftig, und an seiner Schläfe pochte eine Ader. Rasch rechnete er die Tage zurück, seitdem sie aus Yoruba verschwunden war.

*Sie ist noch nicht dort! Sie kann noch nicht dort sein! Ich werde vor ihr ankommen und fange sie ab, bevor die Ratken etwas merken!*

„Ha! Haha!"

Er fasste mit zittrigen Fingern nach dem Beutel und zog den grünen Transportbilur heraus.

Dies war seine Chance, alles wieder einzurenken!

Vor Erregung bebend, zerdrückte er den Bilur in seiner Hand.

*Siad*, dachte er und spürte den Sog der Magie.

Ein Gewicht traf ihn von hinten und warf ihn fast um. Er stolperte, und alles verging in zuckendem grünem Nebel.

Die Welt drehte sich ... und als sie wieder stehenblieb, fiel neben ihm ein Schemen zu Boden und blieb liegen.

Das Adlerauge stand am Ufer eines Flusses, der Größe nach zu schließen vermutlich der Yor.

Ikar sah sich schnaufend um und entdeckte ein kleines Dorf am Rand des Flusses. Aber das war nicht Siad.

Er wandte sich dem zitternden Mann zu, der zu seinen Füßen auf dem Boden kauerte, und durchbohrte ihn mit seinem Blick. Es roch nach Erbrochenem, und die trüben Augen des Kerls verrieten ihm sofort, dass er kurz zuvor ordentlich gesoffen haben musste.

„Warum machst du das?! Warum rempelst du einfach fremde Leute an, die gerade zu ihrer *wichtigsten Mission* aufbrechen wollen?!", rief er und spürte, wie ihm in seiner Rage beinahe die Stimme versagte.

Der besoffene Mann rutschte rittlings von ihm weg und wischte sich über den Mund. „Ich ... ich wollt' das nich'! Ich schwör's!"

„WARUM?!", wiederholte Ikar noch lauter.

„Meine Frau hat mich rausgeschmiss'n! Ich wollt' das nich'!"

„Ich werde dich Stück für Stück auseinanderschneiden und dabei zusehen lassen, wie ich dich an die Schweine verfüttere!"

Ikar griff schon instinktiv in den Beutel voll Salz, ehe er innehielt. „Ich habe eine bessere Idee!", rief er dann und lachte kurz, was den Mann vor ihm schaudern ließ. „DU wirst mir helfen!"

„Wi–wieso sollt' ich das'n tun?", fragte der Säufer vorsichtig.

„Weil ich ansonsten dafür sorgen werde, dass du viele, viele Stunden leiden wirst", antwortete Ikar langsam, damit der Idiot ihn auch verstand. „Wenn du abhaust und nicht wiederkommst, finde ich dich und quäle dich, bis du den Verstand verlierst! Und deine Frau, wegen der du dich besoffen hast, siehst du nie wieder."

Da weiteten sich die Augen des Säufers vor Schreck. „Das könntes' du mach'n?"

„Oh ja, das könnte ich. Und das werde ich!"

Der Mann legte kurz die Stirn in Falten, ehe er einmal nickte. „Gut, dann helf ich dir."

„Du hörst dich jetzt in den umliegenden Wirtshäusern um und findest heraus, wo genau wir gelandet sind. Dann suchst du nach einem schnellen Pferd für mich. Wir treffen uns auf dem Platz, bevor die Sonne über der Schlucht aufgegangen ist."

„Aber ich hab kein Geld für'n Pferd", wandte der Säufer nach einem Moment ein.

„Das macht nichts. Du findest nur raus, wo es gute Pferde gibt, um den Rest kümmere ich mich."

Der Kerl nickte, dann trennten sie sich. Ikar knirschte mit den Zähnen. Wenn der Trunkenbold ihm nicht wenigstens einen brauchbaren Hinweis besorgen konnte, würde er ihm persönlich die Haut abziehen.

Ikar befragte einige Leute in dem kleinen Dorf und erfuhr, dass sie sich in der ersten Siedlung südlich der großen Schlucht befanden. Sie waren außerhalb der Kontrollpunkte. Immerhin etwas Erfreuliches. Und Siad war wohl nur wenige Tage von hier entfernt.

Ikars Kiefer schmerzte, da er die Zähne schon den ganzen Abend fest aufeinanderpresste. Er könnte es noch schaffen, sie aufzuholen. Vielleicht waren sie sogar noch in der Schlucht, aber er wollte das Risiko nicht eingehen. Er musste schnellstmöglich nach Siad weiter.

Gerade als er sich einer Herberge näherte und die Pferde im Stall in Augenschein nehmen wollte, kam der Säufer auf ihn zu gestolpert.

„Wir sin' … wir sin' südlich der Schlucht!", fing er an, aber Ikar unterbrach ihn.

„Das weiß ich. Hast du etwas gehört? Gerüchte?"

Der Mann wischte sich über die verschwitzte Stirn.

„Is' nix Wichtiges passiert hier. Nur zwei verrückte Diebe hab'n sie gefangen. Die behaupt'n, sie hätt'n eine Magierin geseh'n!" Er lachte ungläubig, aber Ikars vorschnellende Hand, die sich um seinen Hals legte und ihn näher heranzog, unterbrach ihn.

„Wo sind sie jetzt?"

„Im Haus des Vorstehers, im Keller eingesperrt."

„Sehr gut. Dann finde jetzt ein gutes Pferd für mich."

Er stieß ihn von sich weg, der Säufer eilte zum nächsten Stall und Ikar wandte sich dem Haus des Dorfvorstehers zu. Eine abgeschlossene Tür seitlich am Haus führte wohl in den Keller. Mit einem Messer war das Schloss im Nu geknackt, und Ikar spähte in das düstere Loch der Kelleröffnung.

Seine Augen passten sich sofort den dunklen Gegebenheiten an, am Ende der Kammer lag ein Bereich, der mit rostigen Gitterstäben abgegrenzt war.

In der Zelle saßen zwei Männer, der jüngere hatte die Augen geschlossen und den Kopf an das Gemäuer gelehnt, der andere starrte missmutig auf seine Füße. Als er Ikars Schritte auf der Treppe hörte, hob er den Kopf.

„Soso. Ihr behauptet also, keine Diebe zu sein?", fing Ikar an und zog eine Augenbraue hoch.

„Sind wir auch nicht, verdammter Mist! Wir sind Diener der Königin und wurden beauftragt, Steckbriefe zu verteilen!", rief der ältere und sprang mit geballten Fäusten auf.

„Und wo sind diese Briefe?"

Der Mann knirschte vernehmlich mit den Zähnen. „Weg."

„Aha."

„Wir sind reingelegt worden! Die haben die Briefe wahrscheinlich mitgenommen und uns das Geld untergeschoben!"

Als Ikar schwieg, öffnete der jüngere die Augen, und sie starrten sich eine Weile an, bevor der Gefangene wegsah.

„Der glaubt uns auch nicht, vergiss es. Wir müssen warten, bis wieder Ratken aus der Schlucht kommen."

Ikar lächelte jetzt und trat einen Schritt näher an die Stäbe.

„Seht euch meine Augen an! Ich bin ein Adlerauge. Ich weiß, dass ihr die Wahrheit sagt."

Die Erleichterung in ihren Gesichtern war fast greifbar.

„Endlich!"

„Hol uns hier raus!"

Ikar zog die Mundwinkel nach unten. „Ich bedaure, aber der Dorfvorsteher ist sehr uneinsichtig in dieser Sache. Ich werde Ratken schicken und anordnen lassen, dass ihr befreit und diese Leute bestraft werden. Aber vorerst ist es das allerwichtigste, dass ich alle Informationen an die Königin weitergeben kann."

Die beiden zögerten missmutig.

„Man wird euch gut belohnen. Immerhin werdet ihr dazu beigetragen haben, dass diese Gesuchten endlich gefasst werden", versicherte er ihnen mit einem zuversichtlichen Lächeln.

Der jüngere der beiden richtete sich auf und massierte sich dabei mit einer Hand ungelenk den Nacken.

„Wir haben sie nicht nur gesehen. Das Mädchen hatte magische Fähigkeiten und konnte uns an die Wand schleudern. Danach erinnere ich mich an nichts mehr … dann waren wir in einer Kammer und sie und der andere Gesuchte unterhielten sich. Ich konnte mich nicht bewegen, mein Nacken schmerzte entsetzlich. Aber ich habe gehört, wie sie über Siad und über eine Aufgabe sprachen! Danach wurde alles wieder schwarz, und wir wachten hier drin auf."

„Wie sah die Frau aus? Lange braune Haare und blaue Augen?", platzte Ikar atemlos heraus und musste sich beherrschen, nicht an den Gitterstäben zu rütteln.

„Nein", meinte der junge und runzelte die Stirn. „Sie waren kurz und eher dunkelblond und die Augen … braun?" Er wandte sich fragend an seinen Kollegen und der nickte.

„Wir hatten auch noch Steckbriefe für eine dritte Gesuchte dabei, die wichtigste. Sie ist auch eine Magierin und wohl mit den beiden unterwegs. Ich glaube, die wollten sie warnen."

Ikar lächelte, als er die Aufrichtigkeit im Gesicht des Gefangenen sah. Er hatte richtig gelegen! Dieser Triumph ließ seine Haut kribbeln. Er hatte die kleine Hexe richtig eingeschätzt, und keiner außer ihm war bisher darauf gekommen, dass sie nach Siad wollte!

„Wann genau war das?"

„Heute am frühen Morgen! Sie können noch nicht weit sein, haben erst einen Tagesritt Vorsprung!"

„Vielen Dank für die guten Nachrichten", meinte Ikar, und das Lächeln fiel mit einem Schlag von seinem Gesicht ab. „Und jetzt schmort weiter in diesem Loch!"

„Wa–was? Wieso? Du arbeitest doch für die Königin! Lass uns raus!", rief der eine und wurde immer lauter.

„Sie gehört mir! Hört ihr? Das Mädchen GEHÖRT MIR, und ich werde jeden töten, der sich mir in den Weg stellt!"

Der Blick der beiden wurde hart. „Bist du überhaupt ein Adlerauge? Haben die nicht so ein Symbol bei sich?", fragte der eine stirnrunzelnd.

Ikars Augen verschmälerten sich. *Sie machen sich über dich lustig!*, schoss es ihm durch den Kopf.

Er verfluchte seinen Ring und den verdammten Adlerkopf darauf. Er hatte ihn gar nicht nötig.

Die beiden waren Konkurrenz! Niemand würde ihm seine Beute streitig machen.

Der jüngere wollte gerade den Mund aufmachen – da flog bereits eines von Ikars Messern zwischen den Gitterstäben hindurch und grub sich tief in seine Brust. Er ächzte, wankte nach hinten und kippte gegen die dreckige Rückwand der Zelle.

Auch der zweite hatte keine Zeit zum Schreien, denn ein weiteres Messer steckte bereits in seiner Kehle. Seine weit aufgerissenen Augen verrieten Überraschung. Blut lief ihm aus dem Mundwinkel. Er versuchte zu husten, brachte aber nur noch ein Zischen zustande, dann trübte sich sein Blick, und er brach tot zusammen.

Ikar schnaubte zufrieden und bemerkte, dass er schwer atmete. Er brach das Schloss auf, holte sich seine Messer und ließ die Toten in der Zelle liegen. Auf der Treppe nahm er zwei Stufen auf einmal, drückte die Tür oben hinter sich zu und eilte durch die Schatten der Häuser auf den Stall zu.

Der Kerl saß auf einer alten Bank vorm Eingang und wartete auf ihn. Als er Ikar erkannte, sprang er auf, rieb sich kurz den Kopf und eilte in den Stall, um dem Adlerauge ein falbes Pferd herauszuführen.

Aus dem Stroh neben den ersten Boxen ragte ein Stiefelpaar hervor. Der Trunkenbold hatte wohl den Stallmeister niedergeschlagen.

„He–Herr!", murmelte der Säufer und neigte den offenbar schmerzenden Kopf. „Ich glaube, das ist das schnellste Pferd."

Er streckte Ikar die Zügel hin und erntete ein zufriedenes Nicken. Das Pferd würde in den trockenen Wäldern um Siad nicht so leicht zu erspähen sein.

„Vielen Dank für deine Hilfe", meinte Ikar, und sein Gegenüber sah schon erleichtert aus. Ikar neigte den Kopf zur Seite, und ein Lächeln stahl sich auf seine Lippen.

„Aber ich kann dich leider nicht gehen lassen. Die Kleine gehört mir, und du weißt schon zu viel", stellte er fest und rammte ihm dann grinsend sein Messer bis zum Heft in den Bauch.

«✝»

Ikars neues Pferd hatte schon seit geraumer Zeit Schaum vorm Maul, doch er trieb es unnachgiebig weiter. Er hatte jeden, der ihm auf der Handelsstraße von Siad entgegenkam, nach der Gruppe gefragt und so herausgefunden, dass sie ab einem gewissen Punkt nicht mehr gesehen worden waren.

An dieser Stelle ging ein wildes kleines Tal vom Fluss ab, aus dem nur ein mickriger Bach strömte und das wegen seiner steilen Flanken nicht bewirtschaftet wurde.

Er trat dem Pferd in die Seite und zwang es damit das Tal hinauf, über einen schmalen Kamm, von dem aus er das angrenzende Gelände überblicken konnte. Der Gaul rutschte mit seinen Hufen immer wieder über lose Steine und schnaubte dann unruhig, aber sie schafften es dennoch hinauf.

Da waren sie! Ikar erblickte die Gruppe am unteren Ende der kleinen Schlucht und zügelte rasch sein Pferd, das laut schnaufte und nervös trippelte.

Schweiß lief seine Flanke hinunter, aber das war Ikar egal. Er hätte das Tier totgeritten, um an diesen Punkt zu gelangen.

Er ließ sich vom Rücken des Wallachs gleiten, band ihn an einem dürren Baum fest und schlich näher, nachdem er noch einmal kurz seine Bilure überprüft hatte. Das Gelände wurde rasch steiler, als er sich der Wand der Schlucht näherte. Trockenes Dornengestrüpp krallte sich in die hellen, aufgesprungenen Felsen, und er musste seinen Weg sehr bedächtig wählen, um keine Steine loszutreten.

Die Wand führte in Stufen nach unten. Er folgte einem der langen Vorsprünge, bis dieser breiter wurde. Der Rand der Stufe war mit Gestrüpp überwuchert, und er konnte sich freier bewegen, bis er ungefähr auf Höhe der Reiter war.

Sie waren abgesessen und tränkten ihre Pferde an einer Quelle, die aus der gegenüberliegenden Felswand entsprang.

Die Gruppe bestand aus fünf Leuten und acht Pferden. Es wunderte Ikar, dass sie es überhaupt durch die Kontrollen geschafft hatten, so auffällig, wie das wirkte.

Er rutschte durch das Gebüsch bis an den Rand, um ihre Gesichter besser sehen zu können. Seine scharfen Augen ließen ihn Einzelheiten selbst auf die große Distanz gut erkennen, und die Schlucht trug die Unterhaltung der Fremden an sein Ohr.

„Was meint ihr, wie lange müssen wir warten, bis Tarek und Sina uns finden?"

„Wir können versuchen, sie zu erreichen. Sie müssten inzwischen nah genug sein, damit Elaya sie aufspüren kann, oder?"

Die Kurzhaarige schaute nervös. „Ich … ja … ich glaube, wenn sie es bemerkt, klappt es mit meiner Magie."

Ikars Augen schmälerten sich. Die beiden Trottel im Kerker hatten also die Wahrheit gesagt. Sie war magiebegabt. Dann war eine Entscheidung fällig. Sollte er nach der Hexe suchen, bevor sie zu den anderen stieß? Oder hier auf sie lauern?

Er ließ seinen Blick über die kleine Schlucht wandern. Von hier oben hatte er einen guten Überblick, aber er konnte nicht sagen, aus welcher Richtung sie kommen würde.

Nein, das Risiko, sie zu verpassen und dann die Gruppe zu verlieren, war ihm zu groß. Er hatte sie ja schon gefunden! Die verräterischen Rebellenfreunde seiner Gesuchten!

Seine Finger krallten sich unwillkürlich in die Felsen vor ihm, und er bekam sich nur mühsam wieder unter Kontrolle.

*So nah! Nur noch ein bisschen Geduld, dann hast du sie, und all der Ruhm wird dir gehören! Die Königin wird dich so reichlich belohnen wie niemanden zuvor!*

Es vergingen elend lange Stunden, in denen die Gruppe ihre Pferde rasten ließ und ihre Ausrüstung sichtete. Am späten Nachmittag wanderte die Sonne aus der Schlucht, und die Schatten wurden länger, dennoch staute sich die Hitze, und die Kurzhaarige streckte die Füße in das Quellwasser.

Sie hielt die gespreizten Finger über das sprudelnde Wasser und zog unter größter Konzentration einige wabernde Kugeln der Flüssigkeit in die Höhe. Sie versuchte, das Wasser über ihrer Hand schweben zu lassen, doch es misslang, und das Wasser fiel zurück und klatschte auf einige Felsstücke.

Sie fluchte und erstarrte dann.

Ikar schnaubte. Von ihr hatte er nichts zu befürchten. Wie hatten diese Idioten in der Wirtschaft sich von ihr überrumpeln lassen?

„He!", rief die Kurzhaarige auf einmal; die anderen reckten die Hälse und richteten sich auf. „Ich ... ich habe Sina erreicht! Sie sind nicht mehr weit weg."

Sie sprang auf und lief barfuß zu ihren Rebellenfreunden. „Ich werde ihnen erklären, wie sie herfinden, dann müssten sie bald da sein", meinte sie und lachte erleichtert.

*Sehr gut! Tu das, Mädchen, lock sie zu mir!*

Ikars Herzschlag beruhigte sich langsam wieder und er blieb regungslos im Gebüsch liegen. Die Gruppe unterhielt sich den ganzen elendigen Nachmittag über die Reise durch die Schlucht, kümmerte sich um die Pferde und langweilte Ikar zutiefst. Er wanderte mit seiner Hand zu dem Beutel mit den Seilen und befingerte die Bilure.

Dann bemerkte er eine Bewegung im Augenwinkel. Oberhalb der Gruppe, auf der anderen Seite der Schlucht, tauchten zwei Gestalten an der Kante auf. Ikar konnte sie einen Moment nur als Schemen gegen das Licht der Sonne erkennen, die hinter dem Hügel versank. Er lag ganz ruhig in seinem Versteck und beobachtete, wie die beiden oben winkten.

Die Kurzhaarige unten sprang auf die Beine und lachte. „He!", rief sie hoch.

Gerade als Ikar sich fragte, ob die beiden tatsächlich durch die Steilwand hinabsteigen wollten, blitzte oben ein Licht auf und verschluckte die Gestalten. Einen Augenblick später tauchten sie unten wieder auf.

Der Mann schwankte leicht, aber Ikar hatte ohnehin nur Augen für seine Gesuchte.

Da war sie. Seine kleine Hexe, die ihn so lange an der Nase herumgeführt hatte. Die sich feige versteckt hatte, als er das Dorf in Brand steckte. So nah! Ihr braunes, welliges Haar hatte sie in einem Zopf zusammengeflochten, ihre blauen Augen wirkten dunkler, als er sie sich vorgestellt hatte. Aber sie musste es sein. Er hatte bisher niemanden außer Zayda und den Weißaugen so freimütig Magie verwenden sehen.

Ikar knirschte mit den Zähnen und verdrehte die Augen, als die Rebellen sich ausgiebig begrüßten und begannen, einander von ihren Erlebnissen zu berichten. Die Hexe und ihr Freund waren anscheinend in den Bergen beinahe verunglückt. Die anderen erzählten von den Kontrollen und ihrer Reise. Interessanterweise erwähnte niemand den Zwischenfall mit den Spitzeln im Gasthaus.

Währenddessen machte die Gruppe ein Feuer, sie kochten und lachten und wirkten so fröhlich und unbeschwert, dass Ikar die Galle hochkam. Gleichzeitig spürte er, wie sich ein grimmiges Lächeln auf seine Lippen schlich. Sie war so gut wie sein und offensichtlich völlig ahnungslos. Das Seile mit den Absorbern, das er sich um das Handgelenk gewickelt hatte, schien ihn tatsächlich vor ihr abzuschirmen.

Ikar spielte mit dem Messer in der Hand und drückte die Spitze probeweise gegen seine Fingerkuppe.

Er konnte es kaum erwarten, sie Blut schmecken zu lassen. Diese Göre und ihre Rebellenfreunde verhöhnten ihn! Sie machten sich über ihn lustig mit ihrer Gelassenheit! Sie würden sterben! Er würde sie alle töten!

Oder noch besser! Er würde die Hexe schnappen und sie alle daran verzweifeln lassen, dass sie so dumm und unvorsichtig gewesen waren.

Genau in dem Moment stand einer von ihnen auf und machte sich auf, Wache zu halten, während die anderen ihre Mäntel ausbreiteten.

Nur eine Wache?

Ikar hätte beinahe gelacht.

Das war zu einfach. Er könnte sie alle töten, heute Nacht noch. Das Gefühl, sie alle in seiner Macht zu haben, war einfach zu herrlich.

Nein, das würde er noch ein bisschen auskosten.

Zenay übernahm gern die letzte Wache und kuschelte sich in ihrem Mantel an ein glattes Felsstück im Hang. Es tat gut, wieder mit den anderen zusammen zu sein, und sie war froh, dass alle die zeitweise Trennung unbeschadet überstanden hatten.

Ein wenig sehnte sie sich nach der ungestörten Zeit mit Tarek zurück, aber der Schutz der Gruppe hatte auch seine Vorzüge.

Die Nacht war wieder einmal kühl. Die Schlucht lag ruhig da, nur das Glucksen der Quelle durchbrach die Stille.

Der Mond wanderte über die Öffnung der Schlucht und verschwand schließlich hinter den Felsen. Mit seinem schwindenden Licht stellte sich ein mulmiges Gefühl bei ihr ein.

Sie wurde beobachtet! Sie spürte deutlich fremde Energie, und die Gewissheit trieb ihren Puls in die Höhe. Ihr Herz wollte rasen, doch sie zwang sich zur Ruhe und aktivierte ihre Magie, lenkte sie zu ihren Augen und Ohren. Das Licht der Sterne verstärkte sich und tauchte die Umgebung in milchiges Hellgrau.

Das Plätschern des Bachs schwoll an, und sie konnte es nicht ausblenden, da es, jetzt da sie ihr Gehör so verfeinerte, an den Felswänden reflektiert wurde. Ihre magisch verbesserte Sicht huschte über Gebüsch, breite Vorsprünge und Spalten, fand aber keine Bewegungen oder reflektierende Augenpaare.

Sie runzelte die Stirn, als der plötzliche, bedrohliche Eindruck wieder verflog.

Es war merkwürdig. Wann immer sie sich auf das Gefühl konzentrierte, nahm es ab und schlüpfte ihr durch die Finger. Wenn sie sich notgedrungen wieder etwas entspannte, kehrte es zurück.

Sie hielt die Konane weiter aufrecht und ließ den Blick noch einmal über die Wände und Felsen wandern. Doch sie konnte nichts Bedrohliches entdecken.

Ein Nachtvogel flog raschelnd aus einem Gebüsch auf und ließ sie zusammenzucken. Doch dann begann er zwitschernd zu singen, gab ein regelrechtes Konzert und zauberte ein Lächeln auf Zenays Gesicht.

Sie entspannte sich und lauschte dem Vogel, bis die Sterne endgültig verblassten und der Morgen anbrach.

Mit einem Gähnen streckte sie sich, schälte sich aus dem Mantel, warf ihn zurück und trank einen kräftigen Schluck aus der Quelle.

Tarek erwachte unter ihrem sinnlichen Kuss, und sie musste grinsen, als er leise keuchte und sie mit verträumtem Blick wieder zu sich zog.

„Geh nicht weg", wisperte er und strich ihr sanft einige Strähnen aus dem Gesicht. Sie nahm seine Hand und küsste die Innenseite, was seinen Atem zum Stocken brachte.

„Ich fand es sehr schön, dass wir in den Bergen etwas Zeit für uns hatten", murmelte er in ihr Ohr und strich ihr über den Rücken.

Zenay brummte freudig und schmiegte sich kurz an ihn, dann zuckte sie zusammen und sah auf. Ein Stück entfernt bröckelten ein paar Steine die Schlucht hinunter.

Tarek bemerkte, wie sie sich versteifte.

„Was ist los? Ist da jemand?"

„Nein … ich kann nichts entdecken. Es … es ist mehr so ein Gefühl. Heute Nacht hatte ich die ganze Zeit den Eindruck, beobachtet zu werden."

„Ist es wieder der Mangride? Du denkst zurzeit wieder öfter, dass er da wäre."

Zenay seufzte. „Nein … ich … ich weiß es nicht. Ich bilde es mir wahrscheinlich nur ein."

Sie richtete sich auf und stellte fest, dass Elaya sich gerade streckte und herzhaft gähnte.

„Guten Morgen", begrüßte sie ihre Freundin. „Bist du schon wach genug, um ein bisschen zu üben, bevor wir aufbrechen?"

Elaya nickte eifrig, und so gingen sie zum Wasser der Quelle und begannen, Steine zu bewegen oder das Wasser aufzustauen.

Dabei beobachtete Zenay, wie Elaya sich anstellte.

„Du bist stärker geworden", stellte sie fest.

„Glaubst du wirklich?", kam es unsicher zurück.

„Ich weiß auch nicht. Es wirkt so, als hättest du jetzt mehr Kontrolle."

Elaya lachte kurz. „Ach das. Ich habe heimlich weitergemacht."

„In der Schlucht?", fragte Zenay skeptisch.

Elaya scharrte mit einem Fuß über den Boden. „Ich weiß, das war nicht so klug, aber ich konnte nicht anders."

Kopfschüttelnd schmunzelte Zenay und zog dann eine große Wasserblase aus der Quelle.

„Lass uns weitermachen, bevor die anderen aufbrechen wollen."

«✛»

„Da! Da ist es schon wieder!", rief Zenay gegen Mittag und sah sich schnell um. Sie hielten die Pferde mitten im Wald an.

Elaya war kurz davor, ihre Dolche zu ziehen. „Was? Was denn?"

Zenay zögerte. „Wir werden beobachtet!", flüsterte sie und drehte sich einmal im Kreis.

Da seufzte Tarek. „Du dachtest auch bei unserer Wanderung, dass du den Mangriden hörst. Da ist nichts."

„Ich weiß!", rief sie jetzt laut. „Ich habe schon alles mit Magie abgesucht und kann nichts finden, trotzdem habe ich kein gutes Gefühl."

Jesco zog seinen Bogen von Azragas Sattel und spannte die Sehne darauf. „Wir sollten das ernst nehmen. Ich überprüfe die Umgebung."

Iven nahm ebenfalls seinen Bogen zur Hand. „Ich komme mit."

Die beiden legten jeweils einen Pfeil auf die Sehne und schlichen ins Unterholz davon, während Tarek kurz mit den Augen rollte.

Gelegentlich hörte Zenay das Knacksen eines Ästchens oder ein Rascheln, aber die beiden kehrten nach einer Weile aus einer anderen Richtung zurück.

„Und?"

Jesco schüttelte den Kopf. „Nichts gefunden. Da sind nur unsere Spuren."

„Wir haben die Pferde und euch einmal in einem großen Kreis umrundet. Ein Stück entfernt haben wir ein paar Rebhühner aufgescheucht, sonst war da nichts", meinte Iven und hielt grinsend mehrere Vögel hoch, die er und Jesco geschossen hatten.

Zenay runzelte die Stirn und massierte sich die Schläfen. „Tut mir leid. Ich halte uns auf. Vielleicht bin ich einfach nur wegen der Prüfung etwas nervös."

Ivens mildes Lächeln ließ sie erröten. Wenn sie so weitermachte, würden sie sie noch alle für verrückt halten.

*Reiß dich zusammen, Zenay*, flüsterte sie in ihrem Kopf und richtete sich dann gerade auf. „Gehen wir weiter?"

„Gern", erwiderte Jesco, und so führten sie die Pferde durch das steinige Gelände das Tal hinunter. Das mulmige Gefühl verschwand nach einer Weile, und Zenay konzentrierte sich auf den Weg, der vor ihnen lag.

Langsam wurden die Schluchten niedriger und gingen in ein hügeliges Gelände über, in dem die Bäume höher wuchsen und sie nicht mehr ständig von Dornengestrüpp aufgehalten wurden.

Sie entdeckten die Straße, die nach Siad führte, als sie einen Hügel überquerten. Der Handelsweg schlängelte sich entlang des Flusses durch die hügelige Landschaft und verschwand wieder zwischen lichten Wäldern.

Ein Stück weiter stiegen mehrere schmale Rauchsäulen in den windstillen Himmel. Jesco blickte auf die Karte.

„Ist das schon Siad?", fragte Zenay und wurde auf einmal ganz aufgeregt.

„Nein. Nur eine der Siedlungen an der Handelsstraße."

Sie seufzte leise und entschloss sich, ihre Unruhe mit etwas Ablenkung zu bekämpfen. Also zog sie die zwei kleinen Kieselsteine aus einem Beutel und ließ sie über ihrer Hand kreisen. Sie spürte Elayas Blick auf sich ruhen und gab ihr lächelnd einen ab.

Zenay stellte erfreut fest, dass ihre Freundin deutlich besser geworden war, und mit ein paar hilfreichen Anweisungen schaffte sie es immer länger, den Stein über ihre Handfläche zu schieben. Schweben lassen konnte sie ihn allerdings noch nicht.

Mit den Übungen verging der Tag endlich einmal, ohne dass Zenay ständig nervös um sich blickte. Sie durchquerten eine kleine Grasebene und erklommen danach wieder trockene Hügel, bis die Sonne hinter den dornigen Büschen versank und sie eine flache Stelle in einem Tal als Lager auswählten. In der Nähe floss das schlammige Rinnsal eines Bachs in einem lehmigen Bachbett. Es schien in dieser Gegend schon lange nicht mehr geregnet zu haben.

Elaya gab Zenay den Stein mit einem müden Lächeln zurück. Sie fingerte nervös an ihrer Gürteltasche herum und zuckte leicht zusammen, als Tarek hinter sie trat und ihr die Hand auf die Schulter legte.

„Morgen erreichen wir Siad, dort erfahren wir endlich mehr."

„Shetan sagte, ich soll ihn kontaktieren, wenn ich bei dem Tempel bin … ob es wohl klug ist, dort die Makani Chenda zu nutzen?"

„Wir finden sicherlich einen Ort, an dem dich niemand beobachten kann."

Zenay nickte halbherzig. Tarek, der ihre Unruhe zu spüren schien, lächelte und strich ihr sanft über den Arm. „Mach dir nicht zu viele Sorgen."

Sie errichteten ihr Lager, ließen die Pferde auf der Wiese grasen und füllten anschließend alle Schüsseln mit dem schlammigen Bachwasser, damit es sich bis zum Morgen klären konnte.

Es war nicht schwierig, in dem trockenen Wald Brennmaterial zu finden, und schon bald hatten sie auf der Lichtung in einer ausgehobenen Kuhle ein prasselndes, kaum rauchendes Feuer entfacht, um sich in der mittlerweile kühlen Luft zu wärmen.

Der Abend verging, sie grillten die Rebhühner und legten sich anschließend rund um die Flammen auf ihre Mäntel ins trockene Laub. Keiner hatte Lust, ein Zelt aufzubauen, denn es würde nicht sehr kalt werden und morgen wollten sie rasch aufbrechen. Jesco hielt die erste Wache, Zenay lauschte dem Prasseln des Feuers und beobachtete, wie die Flammen orangefarbenes Licht auf die Äste über ihnen warfen. Dahinter glitzerten vereinzelte Sterne.

*Wo der Mangride wohl ist?*, ging es ihr durch den Kopf, doch sie vermied es, darüber zu sprechen.

Die anderen würden ihr ohnehin nicht glauben und ihr Gefühl wieder als Paranoia abtun. Niemand außer ihr hatte ihn mehr gehört.

Vielleicht hatte er ja wirklich ihre Fährte oder auch einfach das Interesse an ihr verloren.

Genau in dem Moment knackte es irgendwo im Wald. Zenay erstarrte und hielt unwillkürlich die Luft an. Sie brauchte einen Moment, um ihr bebendes Herz zu beruhigen und sich auf ihre Magie zu konzentrieren.

Sie lenkte die Energie zu ihren Ohren und lauschte in die Nacht. Sie hörte den Atem ihrer Freunde, das Knistern des Feuers, das Rauschen des Windes und das Plätschern des kleinen trüben Baches, der in der Nähe vorbeifloss.

*Da ist nichts, du wirst noch verrückt,* flüsterte eine innere Stimme in ihrem Kopf, und sie setzte sich wieder anders hin.

*Ich werde noch platzen vor Nervosität! Was wird morgen geschehen? Ich bin nicht bereit! Ich bin nicht vorbereitet, und alle meine Freunde verlassen sich darauf, dass ich morgen irgendein Wunder vollbringe und zu einer mächtigen Magierin werde! Kann ich das überhaupt? Was ist, wenn ich es nicht schaffe? Wenn ich nicht die Auserwählte bin? Wenn ich versage? Ich konnte den Mangriden nicht besiegen, mich nicht mal richtig verteidigen! In Yoruba hatte ich solche Angst vor Zayda, dass ich kaum klar denken konnte, und seitdem wir die Berge verlassen haben, fühle ich mich ständig beobachtet!*

Zenays Puls raste jetzt, und sie raufte sich die Haare. Dann schlug sie mit der flachen Hand auf den Boden.

*Jetzt beruhige dich, verdammt! Der Mangride würde nicht lauern und dich aus einem Gebüsch beobachten! Er ist wie ein wildes Tier, ein verrückt gewordener Mensch, der keine Kontrolle mehr über sich hat, der würde so nicht handeln, sondern sich sofort auf dich stürzen.*

Sie versteifte sich und sah sich rasch einmal im dunklen Wald um.

Aber da war nichts. Nur ruhiger Wald, das Rauschen des Windes in den trockenen Blättern der Dornbüsche.

*Hör auf, dich verrückt zu machen!*

Sie rutschte noch mehrmals hin und her, bevor Malak sich murmelnd beschwerte.

„So kann doch keiner schlafen!"

„Tut mir leid", wisperte sie zurück. „Ich bin schrecklich aufgeregt wegen morgen. Vielleicht sollte ich einfach die Wache übernehmen."

Jesco trat neben sie, ein dunkler Schemen gegen den Sternenhimmel. „Die Nacht vergeht im Schlaf am schnellsten."

*Vielen Dank auch,* dachte sie.

„Du bist ohnehin zu aufgekratzt, um richtig Wache halten zu können. Am besten versuchst du, etwas zu meditieren. Shetan hat dir doch damals gezeigt, wie du dich beruhigen sollst, um Magie zu sammeln und deine Kräfte zu regenerieren. Das hilft bestimmt", schlug Tarek neben ihr vor und sie seufzte.

„Ist ja gut, ich versuche es. Entschuldigt nochmals."

Es kam nur Murmeln als Antwort, dann kehrte wieder Stille im Lager ein.

Zenay atmete mehrmals bewusst tief durch und suchte sich ein Sternenbild am Himmel als beruhigenden Punkt.

Irgendwann siegte die Schwere ihrer Augenlider über die Nervosität, und sie nickte ein, obwohl sie das Gefühl nicht loswurde, dass mehr als nur ein Augenpaar auf der Lichtung wachsam war.

«✝»

Als Zenay frühmorgens aufwachte, waren Jesco und Malak fort. Asyra hielt Wache, auf ihren Kampfstock gelehnt. Zenay zog ihren Mantel um die Schultern und trat neben sie.

„Wo sind die beiden?", fragte sie und ließ ihren Blick über den dämmrigen Wald schweifen. Ihr erster Impuls war, dass etwas passiert sein musste, aber ihre Freundin lächelte beruhigend, während sie sich die roten Locken hinter die Ohren strich.

„Nach Siad, um die Lage auszukundschaften. Keiner von uns ist jemals dort gewesen, und sie wollten nicht, dass wir unvorbereitet ankommen."

Zenay presste die Lippen zusammen und verkniff sich einen Kommentar, dass sie darüber nichts erfahren hatte. Stattdessen lehnte sie sich neben Asyra an den Baum und wartete, bis die anderen aufwachten.

Sie nutzten die Zeit, um ihren Proviant zu sichten, die Pferde zu versorgen und ihre Waffen zu pflegen.

Jesco und Malak kehrten am späten Vormittag völlig verstaubt zurück.

„Was ist denn mit euch passiert?", fragte Elaya grinsend.

„Wir mussten durch ein Gebüsch kriechen. Der Wald ist so licht, da hätte man uns viel zu schnell entdeckt", meinte Malak und warf ihr einen etwas säuerlichen Blick zu.

„Und wie sieht es dort aus?"

„Siad liegt an einem Berghang. Viele verwinkelte Gassen und helle Häuser aus Lehm. Der Yor fließt unterhalb der Stadt etwas seichter, und sie haben einen langen Hafen. Der Tempel befindet sich oberhalb der Stadt, auf der Spitze des Berges, in einigem Abstand zu den letzten Häusern. Es war über das Tal nur schwer zu erkennen, aber wir konnten niemanden beim Tempel sehen."

„Würden sich nicht tagsüber Leute im Tempel befinden? Ich meine … was macht man denn dort genau?", warf Zenay ein.

„Seit Zayda an der Macht ist?", erwiderte Iven mit einer hochgezogenen Augenbraue. „Gar nichts. Die Tempel sind gesperrt, niemand außer den Ratken darf sie betreten. Weißt du das etwa nicht?"

Zenay starrte ihn entgeistert an und wandte sich dann zu den anderen um, die alle etwas blass wirkten.

„Wann hattet ihr vor, mir das mitzuteilen?"

„Wir … hatten gehofft, dass es vielleicht nicht der Fall ist. Wir wollten dich nicht zusätzlich belasten, mit der Aussicht, wieder auf Ratken zu treffen."

„Es wimmelt doch überall von ihnen!", rief Zenay und machte eine weite Armbewegung. „Es ist klar, dass ich wieder welchen begegnen werde, nur hätte ich das gern früher gewusst, nicht erst kurz vorher!"

„Du hast nicht gefragt", stellte Jesco knapp fest.

„Ich ging auch nicht davon aus, dass ich bei so etwas fragen muss!"

„Aber", warf Malak freudig ein, „wir haben keine gesehen, vielleicht machen sie gerade Mittagspause."

„Mach dich nicht lächerlich, Malak. Sie werden im Inneren des Tempels sein. Vielleicht rechnen sie auch damit, dass wir kommen, und haben uns eine Falle gestellt", warf seine Schwester ein.

Malak verschränkte schmollend die Arme vor der Brust und murmelte etwas Unverständliches.

„Aber woher sollten sie wissen, dass wir ausgerechnet hierher kommen? Gibt es nicht noch andere solche Tempel? Außerdem haben uns die Wachen das letzte Mal bei Yoruba gesehen; sie haben keinen Anhaltspunkt, dass wir nach Siad aufgebrochen sind", warf Zenay ein.

„Viele der anderen Tempel sind komplett zerstört. Du hast natürlich recht, was die Wachen angeht, aber wir sollten einfach auf alles gefasst sein", erwiderte Tarek und warf Malak einen nachdenklichen Blick zu, da der so unruhig wirkte.

„Dann los. Wir reiten ins Tal und warten dort auf die Dunkelheit."

«✝»

Ikar beobachtete, wie sie von der Lichtung aufbrachen, und fluchte innerlich. Er hätte sie in der vergangenen Nacht holen sollen, jetzt würde er ihnen in die Stadt folgen müssen. Aber eigentlich war das sogar besser. In der Stadt könnte er leichter verschwinden, er kannte Siad, hatte dort schon einmal einen Gesuchten gejagt und mit Leichtigkeit gefasst. Die verwinkelten Gassen waren ideal, um aus dem Hinterhalt anzugreifen und wieder unterzutauchen.

Er schlich durch den Wald zurück zu seinem Pferd, saß auf und folgte ihnen in einigem Abstand. Das flache Gelände fiel nach einer Weile steil ab, und er erspähte die Gruppe an einem Hang. Er würde warten müssen, denn sonst kam er ihnen zu nahe; der Weg hinunter ins Tal war zu offen, als dass sie ihn nicht bemerkt hätten. Als er den Hang absuchte, entdeckte er, dass sich der Pfad nach einer Weile teilte. Die Reiter hatten den rechten, breiteren Pfad gewählt, aber beide schienen ins Tal zu führen. Er musste sich ohnehin an ihnen vorbei und in die Stadt schleichen, wenn er sie dort abpassen wollte.

Also wartete er, bis sie um eine Kante hinter einigen Felsen verschwunden waren, und lenkte sein Pferd dann den linken Pfad hinunter. Dieser wurde rasch schmaler und führte im Zickzack weiter.

Sein Pferd schnaubte nervös, doch nach einem Hieb in die Seite legte es sein Zögern ab. Dann vertrat es sich, rutschte mit den Hufen über eine glatte Steinfläche und prallte mit der Seite an die Felswand neben ihnen. Ikar konnte sein Bein gerade noch nach vorne reißen und fluchte.

„Dummer Gaul! Muss ich dich etwa mit der Peit…"

Er brach mitten in seinem Fluch ab. Felsen gerieten in Bewegung, der Pfad löste sich unter den Beinen seines Pferdes auf, und an der Felswand über ihm bildeten sich Risse.

Brocken krachten vor ihm zu Boden.

Staub schoss in die Luft und nahm ihm die Sicht. Das Pferd wieherte panisch und stieg, als der Boden unter ihm abbrach. Dann sackte es zur Seite. Steine und Felsbrocken prasselten auf ihn und das Tier ein. Sie rutschten den Hang hinab, und das Pferd verlor das Gleichgewicht.

Ikar wollte abspringen, hing aber am Sattel fest. Der Lärm war ohrenbetäubend – dann prallte etwas Hartes gegen seinen Rücken, und er versank in Schmerz und Staub.

# Die Ruinen von Siad

Es schien wie eine Ewigkeit, bis Tunez wieder eine Gelegenheit fand, sich ungefährdet bei den Phiruin zu melden und ihnen von dem Verfolger zu berichten.

Sivan tat es als unwahrscheinlich ab, dass ein Kopfgeldjäger die Spuren des Mädchens weiter verfolgen könnte als sie.

*Du hast ihn nie gesehen, richtig? Vielleicht war es auch Zufall, dass er diesen Sattler aufgespürt hat. Warum sollte sie dort eine Rüstung kaufen?*

*Ich würde das nicht so leicht abtun. Dieses Adlerauge hat dem Sattler präzise Fragen gestellt. Und die Königin wirkte nicht überrascht, als sie davon hörte.*

*Was soll uns das helfen? Sie ist trotzdem verschwunden.*

Tunez schwieg einen Moment und ging im Kopf die Möglichkeiten durch, die er gefunden hatte.

*Was ist, wenn sie nach Siad geht?*

*Woher sollte sie davon wissen, wenn sie von keinem Phiruin instruiert wurde?*

*Sie hat eine magische Ausbildung erhalten! Ich weiß nicht, von wem, aber sie wusste ihre Fähigkeiten zu nutzen! Dann könnte ihr Lehrer ihr auch von den Tempeln erzählt haben. Sie könnte schon fast dort sein!*

*Hast du etwas von den Kontrollen in der Schlucht erfahren können? Ist sie gesehen worden?*

*Nein. Aber ich halte sie ja auch nicht für so dumm. Sie würde wahrscheinlich über die Berge gehen. Sie scheint sich von Straßen fernzuhalten, sonst wäre sie schon längst aufgefallen.*

*Möglich wäre es …*

*Bitte, ich verlange nicht viel! Lediglich, dass wir ein paar Leute nach Siad schicken! Haben wir dort nicht sogar einen Kontaktmann?*

Sivan zögerte kurz. *Ich glaube, er ist schon lange nicht mehr informiert worden. Wir werden versuchen, ihn zu erreichen. Er soll den Tempel überwachen und ein Versteck vorbereiten, damit einige von uns dort bleiben können.*

*Danke, Sivan! Danke!*

*Du schuldest mir was. Wenn sie dort in den nächsten Wochen nicht auftaucht, haben wir eine Menge Zeit und Geld verschwendet, und du wirst dafür geradestehen müssen.*

*Ich verstehe. Ich bürge dafür. Danke, Sivan.*

*Schick lieber ein Gebet an die Hüter. Wenn du recht hast, wäre das erstaunlich. Wenn du unrecht hast, wirst du das vor den Ältesten erklären müssen.*

*Ich würde am liebsten selbst gehen.*

*Ich weiß, aber dein Standort ist wichtiger.*

*Gibt es noch andere Neuigkeiten?*

Sivan zögerte kurz. *Die Weisen haben entschieden, dass ich dir noch von einer Sache berichten soll.*

*Aha?*

*Der alte Martyom ist tot. Er und seine Frau hatten einige Flüchtlinge aufgenommen, doch die Ratken kamen uns zuvor.*

Tunez wusste zuerst nicht, was er sagen sollte. Er hatte Martyom kaum gekannt, aber seine Tochter Nila war eine Freundin. Er hätte viel lieber sie als seinen Kontakt beim Hauptquartier gehabt und spürte Leid über ihren Verlust. *Was ist passiert? Wer waren diese Flüchtlinge?*

*Du kennst sie. Kalana und Asur.*

*Was?! Und das sagst du mir erst jetzt?*

Bevor Sivan antworten konnte, rasten schon die Gedanken durch seinen Kopf. Er würde fliehen müssen! Wenn die Familie nicht tot, sondern gefangen worden war, dann würde Zayda mit Leichtigkeit erfahren, dass er sie damals befreit hatte. Seine Tarnung war aufgeflogen. Er wollte schon loshasten und seine Flucht aus der Stadt planen, als er kurz innehielt.

*Moment. Wann war das? Wie lange wisst ihr schon davon?*

*Es ist sicher schon mehrere Wochen her.*

Tunez musste sich beherrschen, um nicht aufzubrüllen.

*Seid ihr völlig verrückt geworden? Meine ganze Arbeit hier hängt davon ab, dass ich nicht mit so etwas in Verbindung gebracht werde!*

Er atmete jetzt schwer und konnte sich nur mit Mühe beruhigen. Dann gab es nur zwei Möglichkeiten. Entweder war die Familie, die er damals befreit hatte, wie durch ein Wunder wieder entkommen oder sie waren getötet worden, bevor Zayda etwas aus ihnen herauspressen konnte. Es waren Steckbriefe von ihnen in Yoruba aufgehängt worden, das hatte er am Rande mitbekommen. Außerdem war er mehrmals bei Zayda gewesen. Sie hätte ihn mit Leichtigkeit töten können.

Er erschauerte bei dem Gedanken, wie nah er sie an sich herange-
lassen hatte, als sie ihn mit ihrer schwarzen Magie manipulierte.

*Zumindest Kalana und Asur und ihre Söhne sind nicht ergriffen worden. Hier
in der Stadt wird nach ihnen gesucht.*

*In anderen Städten auch. Deshalb wurdest du auch nicht früher informiert.*

*Das ist doch unglaublich, Sivan! Es geht dabei um meine persönliche Sicherheit!
Warum ging das überhaupt schief? Die beiden und ihre Söhne waren wichtig.*

*Sivan schnaubte. Du hast das Mädchen doch auch so gefunden. Es ist nun mal
passiert. Viel gravierender ist die Tatsache, dass Martyom tot ist! Er hatte uns noch
nicht über seine Forschungsergebnisse informiert.*

Tunez wurde hellhörig, auch wenn ihn Sivans Worte innerlich kochen ließen. *Was für Erkenntnisse? Könnte das für uns gefährlich werden?*

*Ich darf mit dir darüber nicht sprechen. Durch seinen Tod ist fast alles verloren
gegangen, denn er schrieb nichts auf. Er wollte uns bald alles mitteilen, was er erfahren hatte, aber es war ihm zu riskant, Beweise zu hinterlassen.*

*Und da habt ihr ihn allein und ohne Schutz gelassen? Weshalb war er nicht bei
euch und den Ältesten?*

*Seine Forschung war … nicht für unsere Verstecke geeignet. Je abgeschiedener er
war, desto besser.*

Tunez murmelte einen Fluch. Es wurde höchste Zeit, dass er einen
weiteren Erfolg verbuchen konnte und die Ältesten endlich mehr Vertrauen in seine Fähigkeiten setzten. Er hatte es satt, von Sivan an der
kurzen Leine gehalten zu werden. Tunez wusste insgeheim, dass der Magier es genoss, ihn als Ratken herumkommandieren zu können.

*Es ging nicht anders, obwohl er mehrmals darum gebeten hatte, dass zumindest
seine Frau zu uns kommt. Er … hatte den ausdrücklichen Befehl, dass er auf
keinen Fall gefangen werden darf. Ehe das geschieht, sollte er sich umbringen.*

Tunez war sprachlos. Sein Schweigen schien Sivan dazu bewogen zu
haben, ihm das zu erzählen. Er war nicht sicher, ob er so etwas wissen
wollte. Was konnte so wichtig sein, dass sich ein so freundlicher alter
Mann wie Martyom dafür opfern musste? Was wäre geschehen, wenn
Zayda ihn lebend in die Finger bekommen hätte?

*Ich muss jetzt los, ich melde mich wieder, wenn ich etwas aus Siad höre*, meinte
Sivan schließlich.

Tunez nickte, mehr zu sich selbst, dann ließ die magische Verbindung nach, und Sivans Gedanken verblassten.

Der Ratke blieb allein zurück und knirschte mit den Zähnen. Wie sollte er einer Organisation helfen, in der sich die Mitglieder gegenseitig misstrauten und er nicht einmal darüber informiert wurde, dass die Verschwundenen seiner wichtigsten Mission wieder aufgetaucht waren?

«✝»

Eine Ader an Zenays Hals pochte gegen das Halsband mit dem Bilur, als sie mit ihren Freunden aus dem Wald trat. Sie hatten Iven auf einer kleinen Lichtung mit den Pferden zurückgelassen, da diese den steilen Berghang, der zum Tempel hinaufführte, unmöglich erklimmen konnten.

Es war eine klare Nacht, die Sterne glitzerten, und ein heller Schimmer am Horizont zeigte, wo der Mond vermutlich bald aufgehen würde.

Sie bestiegen den Berg mit gezogenen Waffen und hielten sich auf einem alten Pfad, der gerade außerhalb der Sichtweite der Stadt hinaufführte. Als unter Tareks Fuß ein paar kleine Steinchen ins Rutschen gerieten, musste Zenay an den Lärm am vergangenen Vormittag denken. Irgendwo in der Felswand am Taleingang hatten sich Steine gelöst. Sie hatten den Staub gesehen und waren umso vorsichtiger weitergegangen, bis sie das Tal erreichten. Zenay hatte auf Geräusche von Verfolgern gelauscht, jedoch nichts gehört. Den Tag hatten sie mit leichtem magischem Training und einer Lagebesprechung verbracht.

Jetzt trennten sie nur noch ein Hang und wenige Felsen von ihrer Aufgabe ... und vermutlich von zahllosen Kriegern.

Eine zerfallene Mauer schirmte das Gebiet um den Tempel ab, doch sie schien schon vor langer Zeit in großen Teilen eingerissen worden zu sein. Flechten und Ranken hatten sie erobert, und Zenay war froh, dass sie die Pferde im Wald gelassen hatten.

Zur Stadt hin waren die schützenden Mauern noch intakt und gut erhalten.

Zenay atmete einmal tief durch, bevor sie von den Steinen auf den ansteigenden Hang dahinter sprang. Sie konnte die Energie des Berges auf ihrer Haut spüren. Die Härchen auf ihren Armen stellten sich auf, als sie mit ihren Freunden in das Gelände des Tempels vordrang.

Treppen führten weiter hinauf, an zusammengefallenen Häusern vorbei, von überrankten Säulen gesäumt. Die Anwesenheit der magischen Quelle drang immer stärker in Zenays Bewusstsein, aber sie schob es von sich, um weiter aufmerksam auf ihre Umgebung achten zu können.

Vor ihnen in der Dunkelheit ragten spitze Felsen und ein Gebäude auf. Der Tempel.

Breite Treppenstufen führten zum Portal des Tempels hinauf, das von Säulen abgeschirmt war. Risse zogen sich durch die Säulen und Stufen, mitunter waren Stücke herausgebrochen und auf den glatten Stein gestürzt.

Das Gebäude an sich war teilweise durch große Felsen verborgen, die aus der Bergkuppe ragten, aber Zenay hatte sich die Ruine viel zerfallener vorgestellt.

Gerade als sie aus dem Schatten der Büsche hervortreten wollten, hielt Zenay sie mit erhobener Hand zurück.

Vor dem Eingang des Tempels stand ein einzelner Ratke auf einen Stab gestützt und starrte den Berg hinunter in die Dunkelheit über der kleinen Stadt.

Es sah nicht so aus, als erwarte er in irgendeiner Form Gefahr. Wenn es stimmte, was Iven gesagt hatte, dann waren vermutlich schon seit Jahren keine Leute aus Siad mehr zum Tempel heraufgekommen.

Er würde nicht wissen, wie ihm geschah.

Zenays Hände zitterten, sie musste den Dolch immer wieder neu greifen, weil sie das Gefühl hatte, er würde ihren kalten Fingern sonst entgleiten. *Sie würden dich ergreifen, wenn sie die Gelegenheit dazu hätten. Sie würden dich fangen, deine Freunde töten und dich zur Königin schleppen. Das darf nicht passieren. Ich muss die Prüfung bestehen, sonst habe ich – sonst haben die Menschen hier keine Chance gegen diese Tyrannin.*

*Es darf keiner von ihnen Alarm schlagen. Unten in der Stadt ist noch ein weiteres Lager, wir haben es gesehen,* erklärte Jesco, nachdem Zenay den Kontakt zwischen ihnen allen aufgebaut hatte. Sie würden sich in diesem Kampf koordinieren müssen.

Jesco hatte bereits einen Pfeil auf der Sehne und vier weitere in der Hand. Nicht zum ersten Mal hätte sie gern sein Geschick geteilt, aber sie konnte noch immer nicht gut zielen, wenn sie gleichzeitig weitere Pfeile bereithielt.

Zenay atmete mehrmals beruhigend ein und aus und bereitete sich vor. Jetzt galt es, den Tempel zu erobern. Sie würden töten, aber tief in ihrem Inneren wusste sie, dass es sein musste und dass es irgendwie vorbestimmt war.

*Macht euch bereit. Schalte ihn aus, Jesco.*

Im Augenwinkel sah sie sein Nicken – dann surrte der erste Pfeil von seinem Bogen los und grub sich in die Kehle des Ratken. Zenay sprang aus ihrem Versteck und flog dem Geschoss hinterher auf den Mann zu.

Er ächzte und brach zusammen, eine Hand um den blutigen Pfeil geklammert. Sein Blick trübte sich schon, und Zenay streckte ihre Hand rasch nach vorn. Eine kräftige Windbö wirbelte ihm entgegen, fing ihn ab und ließ ihn fast lautlos zu Boden gleiten.

Ihre Freunde folgten ihr ins Innere des Tempels.

Vor ihnen tat sich eine große Halle auf, die von einem einzigen steinernen Gegenstand dominiert wurde, einer alten Statue auf der rechten Seite. Einige kleinere Feuerstellen waren in die Steinplatten des Bodens geschlagen worden, darin glühten Reste von kräftigen Feuern. In der Umgebung schliefen einige Ratken an die Wand gelehnt – ein paar andere saßen im Schein eines letzten Feuers zusammen und spielten Karten.

Die Männer sprangen brüllend auf, während die Freunde sich verteilten. Jescos Pfeile flogen einer nach dem anderen und fällten jeweils einen der Ratken am Feuer.

Spielkarten wirbelten durch die Luft.

Die schlafenden Krieger waren mittlerweile wach, rissen die Waffen hoch und stürmten ihnen entgegen.

Zenay bündelte ihre Energie und sandte einen zuckenden Blitz durch die Halle, der alle Schatten für einen Moment verjagte.

Der Strom schoss von ihren gestreckten Fingern zu den metallenen Rüstungen ihrer Feinde, lähmte sie und streckte einige von ihnen unmittelbar nieder. Andere hielten sich auf ihre Äxte und Speere gestützt aufrecht, während kleine Ladungen ihre Muskeln zucken ließen.

Jesco zog weitere Pfeile aus seinem Köcher und hielt sie bereit, Tarek, Asyra und Elaya kreisten mehrere Ratken ein und drängten sie von den anderen ab, während Malak und seine Axt mit einem Mann kurzen Prozess machten.

Zenay stand einen Moment nach dem Blitz still da und sah das Chaos, dann erwachte sie aus ihrer Starre und sprang den Ratken an, der sich ihr mit einer Keule rasch näherte.

Ihr Dolch fand seinen Arm, dann seinen Nacken, und er brach zusammen; kurz darauf folgten ihm zwei weitere.

Ein Wurfmesser zischte knapp an ihrem Kopf vorbei, und sie wirbelte herum, um sich dem Gegner zu stellen. Er schleuderte ihr noch ein Messer entgegen, doch sie wich aus und stach dann selbst zu.

Hinter sich hörte sie das Klirren von Metall, das Knirschen und Scheppern, als die letzten Männer einer nach dem anderen zu Boden gingen.

Stille breitete sich aus.

Zenay ließ ihren Blick über die Halle schweifen, über die Ratken, die kaum Zeit gehabt hatten, zu begreifen, wie ihnen geschah. Eisige Kälte zog sich enger um ihr Herz.

Jesco und Tarek eilten umher und stellten sicher, dass keiner der Krieger mehr aufstehen würde ...

Niemans sprach, aber sie konnte die Frage in ihren angespannten Gesichtern sehen.

*Was nun?*

Zenay blieb vor der Statue stehen und vergaß für einen kurzen Moment all die Toten und ihre Sorgen. Sie starrte in die leeren Augen eines großen steinernen Hirsches.

Sein mächtiges Geweih schien aus dem mehrerer Tiere zu bestehen, auch die robusten Hörner eines Steinbocks, die starken Schaufeln eines Elches und die spitzen Hörner eines Ochsen wuchsen aus seinem Kopf.

Einige Gabelungen des Hirschgeweihs waren abgebrochen und als Werkzeug an einem der Kochfeuer der Ratken missbraucht worden.

Trauer übermannte Zenay. Auch wenn sie die genaue Funktion des Tempels nicht verstand und ihn nie in seiner ganzen Pracht gesehen hatte, war es doch eine Schande, ihn so entweiht vorzufinden.

„Sie hatten dazu kein Recht!", platzte es aus ihr heraus, und sie keuchte unwillkürlich vor Wut. „Kein Recht, so etwas zu tun! Wissen sie denn nicht, was sie da anrichten? Diese Tyrannei und Unterdrückung! Sind sie so voller Hass? Oder macht Zayda sie blind?"

Asyra trat neben sie und legte ihr eine Hand auf die Schulter. „Wir wissen es nicht, Sina. Bisher haben wir nur Leid und Tod durch sie erfahren, aber niemand kennt ihre Beweggründe. Sie lassen sich nicht dazu herab, den *niederen* Völkern etwas zu erklären."

Zenay bebte noch einen Moment, dann ließ sie die Schultern hängen. „Ich muss unbedingt mehr über sie erfahren, Asyra. Wie soll ich etwas gegen sie ausrichten, wenn ich sie nicht verstehe? Ich kann ja nicht jeden Ratken in ganz Tyarul töten …"

Sie sah zu den toten Männern und dann rasch wieder weg. Sie hatte es zu verantworten, dass sie und ihre Freunde ihr Leben beendet hatten.

„Ich weiß so wenig über meine Feinde. Wo sind zum Beispiel die Frauen? Ich habe außer Zayda glaube ich noch nie eine weibliche Ratke gesehen."

„Soweit wir wissen, leben die meisten von ihnen in den Hochebenen, in denen auch die Städte der Ratken liegen. Sie bilden die Krieger aus und naja … eigentlich wissen wir es nicht", fing Tarek an, sah dabei jedoch etwas ungehalten aus. Es schien ihm unangenehm zu sein, darüber zu sprechen.

„Aber …"

„Wie wäre es, wenn wir uns darum Gedanken machen, wenn wir wieder aus der Stadt sind? Jetzt sollten wir uns darauf konzentrieren, tiefer in den Tempel zu gelangen", unterbrach Asyra sie.

Mit einem Seufzen ließ Zenay das Thema erst einmal ruhen und schaute sich in dem großen Raum um. Sie suchte nach einem Weg, einem Hinweis in dieser stillen Leichenhalle.

Der Eingang zu den tieferen Bereichen des Tempels war eingerissen worden, die Steine türmten sich bis unter die Decke und waren mit Staub bedeckt.

Zenay stellte sich vor die ersten Brocken und sah die Trümmerhalde hinauf. Ihre Magie verriet ihr, dass dahinter nur noch mehr Steine folgten; es wäre sinnlos, den Weg freizulegen.

„Ich werde versuchen, mich in den Gang zu transportieren. Wenn es geht, hole ich euch", erklärte sie und konzentrierte dann ihre Magie.

Gerade als sie die Energie gebündelt hatte und ausrichten wollte, prallte sie in ihrem Geist gegen eine Wand.

Sie machte ächzend einen Schritt zurück und riss die Augen auf. Ihre Konzentration schwand, und die Magie zog sich wieder in sie zurück.

„Was ist denn?", fragte Tarek alarmiert.

„Ich kann es nicht. Da ist ein Schutz im Inneren, ich kann nicht hinter die eingebrochene Stelle fühlen."

„Und was machen wir jetzt? Du musst doch da rein!", rief Elaya und trat einen kleinen Stein aus dem Weg.

„Wir haben nicht die Zeit, den Durchgang freizulegen. Diese Ratken werden sicher bald vermisst oder abgelöst."

„Verflucht!" Malak ließ sich auf einen Brocken sinken.

Während die anderen ratlos wirkten, wurde ihr Blick unwillkürlich wieder zu der Statue gezogen.

*Warum steht der Hirsch eigentlich nicht gegenüber vom Eingang? Ich hätte mir bei einem Tempel vorgestellt, dass er als Wächter vor dem Durchgang steht, der tiefer hineinführt …*

Sie ging zu der Statue, versuchte zu erkennen, wo die steinernen Augen des Tieres hinsahen. Als sie dem Blick folgte, musste sie über einen toten Ratken hinwegsteigen und kam schließlich an der schmucklosen, türlosen Wand gegenüber an.

Die Mauer bestand aus großen behauenen Quadern. Zenay klopfte einige ab, die sich gegenüber der Statue befanden. Danach legte sie ihre flachen Hände darauf und suchte mit Magie. Nichts dahinter.

„Was tust du da?", fragte Tarek und kam näher.

„Ich suche nach einer versteckten Tür."

Die anderen taten es ihr gleich und tasteten die Ritzen und Spalten zwischen den Steinen ab.

Im nächsten Moment musste Zenay schmunzeln. Sie hatte doch gerade eben gedacht, dass die Statue einen Eingang bewachen würde. Also ging sie noch einmal quer durch die Halle und trat hinter den Hirsch, wo sein Steinpodest ein klein wenig von der Mauer entfernt stand.

Ihre Magie suchte die Mauer ab, wanderte durch den Stein und erweiterte ihr Bewusstsein … und mit einem Mal wurde sie von einem

Sog gepackt. Es schien, als würde ihre Aufmerksamkeit gelenkt; sie zeigte ihr schließlich einen Mechanismus aus Metall. Zenay schloss die Augen, um sich besser darauf konzentrieren zu können, und fand wenig später einen Hebel, der mit einer der unscheinbaren Ritzen verbunden war. Sie hatte zwar keinen Schlüssel, aber mit einer Handbewegung konnte sie den Hebel auch so umlegen.

Ein leises Klicken ertönte, dann ein Knirschen. Zahnräder setzten sich in Bewegung, als ein Gewicht nach unten sank.

Zenay trat einen Schritt nach hinten auf das Podest und sah dabei zu, wie mehrere Steinplatten in die Mauer einsanken, dahinter zur Seite rutschten und eine Öffnung bildeten.

Ihre Freunde waren erstarrt und hatten die Hände von den Mauern sinken lassen.

„Das, ähm …", fing Elaya an und wurde von Zenay unterbrochen.

„Ja, das wäre dann wohl der Geheimgang."

Sie kamen alle näher und drängten sich um die Statue.

„Sollen wir reingehen? Was wohl dahinter ist?", flüsterte Elaya leise, als erwarte sie Geister in der dunklen Öffnung.

„Magie", antwortete Zenay mit leuchtendem Blick. Aus dem neuen Gang drang eine Woge aus Energie auf sie zu, und sie spürte mit einem Mal die Nähe der Quelle, die hier verborgen lag. „Ich muss versuchen, Shetan zu erreichen, bevor wir hineingehen."

Elaya schmollte einen Moment, während sie voller Neugierde in die Spalte starrte, doch Asyra zog sie ein Stück zurück.

„Wir sichern die Halle und lassen dich allein, damit du ihn sprechen kannst", schlug die Rothaarige vor, und die anderen folgten ihr.

Zenay ließ sich auf das Podest sinken und setzte sich bequem hin. Sie wusste nicht, wie lange es dauern würde, ihren alten Meister zu erreichen, aber sie wollte keine Zeit mehr verlieren.

Nachdem sie einige Male tief durchgeatmet hatte, aktivierte sie ihre Kräfte und suchte in ihrem Kopf und ihrem Herzen nach der Verbindung zu dem Magier. Sie konnte spüren, wie die Kraft der Quelle ihre Konzentration und Reichweite vervielfachte.

*Shetan? Shetan, kannst du mich hören?*, rief Zenay im Geist und streckte ihre Magie noch weiter nach ihm aus, versuchte, sich stärker auf seine Person zu konzentrieren.

Eine Weile war nur Stille in ihrem Kopf. Dann spürte sie, wie jemand auf der anderen Seite ihre Magie ergriff und die Verbindung stärkte.

*Zenay. Es ist eine große Freude, endlich von dir zu hören. Dass du mich kontaktierst, kann nur Gutes bedeuten … oder etwa nicht?*

Sie konnte ihn laut und deutlich verstehen, nur seine Stimme hallte ein wenig, als stünde er neben ihr in dem großen Eingangsraum des Tempels.

*Ich bin in Siad. Ich bin im Tempel. Und die anderen auch.*

*Geht es dir gut? Und Tarek und den anderen?*

*Ja, wir … es gab Probleme in Yoruba, aber wir konnten alle entkommen und sind alle wohlauf.*

*Das ist gut. Sehr gut. Zenay, es ist an der Zeit, dass ich dir mehr verrate. Ich konnte es nicht tun, bis du dort warst … Ich wollte dich mit dem Wissen nicht vorzeitig in Gefahr bringen oder dich belasten … nicht wissend, ob du bereit bist.*

*Für was soll ich bereit sein, Shetan? Soll das heißen, du hast mir nicht alles gesagt?*

*Ich … Die Prüfung in Siad, von der ich dir erzählt habe. Sie ist nur die erste von vier.*

Zenays Knie wurden weich. Einen Moment lang flüsterte eine Stimme in ihrem Kopf, dass sie sich bestimmt verhört hatte. Das musste ein Scherz sein! Aber sie spürte Shetans Schuldgefühle.

*Was? WAS?!*

*Zenay …*

*Nein! Wie konntest du mir das verschweigen?! Ich dachte, wenn ich hier bin … wird alles anders!*

*Das wird es auch. Aber es ist nur der erste Schritt.*

*Das ist furchtbar! Und die anderen wussten es? Sie wussten, dass es vier Prüfungen gibt und ich hierhereile in der Hoffnung …* Sie stockte und musste sich beherrschen, um nicht laut zu schreien. *Shetan, hast du eine Ahnung, was ich durchgemacht habe, um hierherzukommen? Ich … ich habe getötet! Alles in der Hoffnung, dass ich hier so stark werden könnte, dass ich endlich machtvoll genug wäre, um …*

Als sie schwieg, sprach er zögernd. *Glaubst du wirklich, du wärst jetzt schon bereit?*

Eine ganze Weile herrschte Stille, in der sie in sich hineinhorchte und versuchte, ihre Enttäuschung zu bändigen. *Nein,* sagte sie irgendwann.

*Ich wollte dich nicht belügen, Zenay. Ich hatte Angst, dass dich die Aussicht auf diese langen gefährlichen Reisen zaudern ließe und unsicher machen könnte. Ich musste dir Hoffnung geben und außerdem das Geheimnis der anderen Tempel hüten.*

*Dann traust du mir auch nicht?*

*Das hat nichts mit Vertrauen zu tun. Ich wollte dir ein Ziel geben. Jetzt erweitere ich es.*

Zenay schnaubte. *Wieso gibt es vier? Wegen der vier Hüter?*

*Genau. Doch es gibt schon sehr lange niemanden mehr, der alle vier Prüfungen bestanden hat. Es gibt noch nicht einmal viele, die die Erste Prüfung schaffen ...*

*Hast du sie bestanden?*, fragte Zenay.

*Nicht alle, ich hatte die ersten beiden abgelegt, doch dann musste ich meine Reise unterbrechen. Als ich bereit war, sie fortzusetzen, hatte Zayda bereits Krieg über das ganze Land gebracht. Sie ließ jeglichen Kontakt zu den Hütern verbieten.*

*Woraus bestehen diese Prüfungen, wenn sie so schwierig sind, dass es kaum jemand schafft?*, fragte sie nach einem Zögern.

*Sie sind für jeden Menschen unterschiedlich. Es sind Prüfungen des Geistes und der Fähigkeiten eines jeden Einzelnen ... die einen an die Grenzen der eigenen Möglichkeiten bringen sollen, um über sich selbst hinauszuwachsen. Sie finden in vier Tempeln statt: Siad, Natuh, Irfen und Ornagent. Merk dir diese Namen gut, denn ich weiß nicht, wann wir das nächste Mal miteinander sprechen können ... der Grund, warum wir es hier so klar können, ist ein relativ einfacher. Der Tempel von Siad wurde auf einer alten magischen Kreuzung errichtet, einer Stelle, an der natürliche Magie aus der Erde strömt, alles umgibt und Fähigkeiten steigert.*

*Und was ... was geschieht mit mir ... in den Prüfungen und danach?*

*In Siad musst du lernen, die Willenskraft und den Mut aufzubringen, dich voll auf deine Magie einzulassen. Die erste Prüfung ist wie eine Schwelle, wenn du sie überschreitest, gibt es kein Zurück mehr ... aber Macht birgt immer Gefahr, sei also achtsam. In Natuh wirst du lernen, die Wandlungsfähigkeit der Magie intuitiver einzusetzen, dich auf sie einzulassen und eins mit ihr zu werden ... in Irfen ... in Irfen wirst du lernen, deine Gefühlskraft und deine Magie zu vereinen und aus jeder Gefühlslage Stärke zu schöpfen. Die Kontrolle über deine Gefühle wird dir Kontrolle über deine Magie bringen. Und in Ornagent ... erhältst du das Wissen, die Weisheit, mit absolut reiner Magie umzugehen. Zenay, ich möchte nicht, dass du mit falscher Hoffnung diesen Weg gehst ... diese Prüfungen sind hart! Sie werden dich körperlich und geistig bis ans Äußerste fordern, sie werden deine ganze Kraft beanspruchen, und ich kann nicht versprechen, dass du sie meistern wirst. Aber ich glaube, du bist diejenige, der es bestimmt ist, sie zu meistern. Sie sind der Weg, Zaydas Tyrannei zu beenden!*

Shetan schwieg einen Moment, bevor er weitersprach.

*Um die Prüfung zu beginnen, musst du tief in das Innere des Tempels gehen und dich in die Hallen des Hüters zurückziehen. Ich kann dir bei diesen Prüfungen nicht helfen, du musst sie allein bestreiten. Doch trotz deiner Jugend hast du ein enormes Potenzial und kannst eine Wakenda, eine Meisterin, werden. Allerdings darf niemand davon erfahren, außer Tarek und deinen Freunden; es darf niemals nach außen gelangen, dass du den Weg einer Wakenda beschreitest, denn Zayda würde sofort alles unternehmen, um dich an deinem Vorhaben zu hindern.*

Zenay wurde sich auf einmal wieder der Toten in der Halle bewusst. Wie sollte sie das vertuschen? Wie sollte sie verhindern, dass es ans Licht kam?

*Anscheinend wussten die anderen ja schon, dass es mehr als einen Tempel gibt. Ich war die Einzige, die im Dunklen tappte*, sagte sie stattdessen.

Er musste ihren Ärger wohl gespürt haben, denn er antwortete rasch. *Zenay, das tut mir leid. Ich hätte es dir vermutlich schon früher sagen sollen.*

*Es ist schon in Ordnung, jetzt weiß ich ja, was auf mich zukommt.*

*Hast du noch Fragen?*

*Nun, eigentlich hunderte … aber, es gibt eine Sache, die mich schon eine Weile beschäftigt. Der Mangride hat uns auch bis Yerima und dann sogar nach Yoruba verfolgt. Damals, in der Nacht, als ich von ihm angegriffen wurde, hat Malak zuvor einen Witz gemacht, dass ich wohl solche Ungeheuer anziehe. Es kann doch kein Zufall gewesen sein, dass mir in so kurzer Zeit DREI verschiedene Monster begegnet sind!*

Sie konnte fast hören, wie er seufzte. *Es … es ist tatsächlich kein Zufall. Als Magier, als ungewöhnlich starker Magier, bist du umgeben von einer Aura aus Magie. Deine sogenannten Monster sind alle von schwarzer Magie beeinflusst … Schwarze Magie war ursprünglich ein Teil der natürlichen, reinen Magie. Deshalb fühlt sich diese dunkle Energie unweigerlich von dir und deiner Ausstrahlung angezogen.*

Zenay war entsetzt. *Und das hast du mir auch verschwiegen?! Ich bin ein Unglücksmagnet! Ein magisches Leuchtfeuer für todbringende Monster?! Was ist mit Zayda? Sie sucht doch auch nach mir, wird sie es auch spüren können?*

*Ich weiß es nicht, Zenay! Aber … es könnte tatsächlich sein, dass sie deine Magie auch wahrnehmen kann.*

*Ich muss also stärker werden, um Zayda besiegen zu können. Aber wenn ich stärker werde, kann sie mich leichter finden und daher auch töten?! Seid ihr denn wahnsinnig? Wie zum Teufel soll ich so schnell so stark werden, dass sie mich nicht sofort töten kann, sobald sie mich aufspürt?*

*Du musst lernen, deine Magie nach jeder Prüfung mehr und mehr zu verschleiern, damit sie dich nicht verrät. Ich kann das nicht richtig erklären, aber … diese Fähigkeit wird rasch nach der Prüfung zu einem Instinkt in dir. Ich habe das auch wie von selbst gelernt; nur deshalb wurde ich während des Krieges nicht aufgespürt.*

Sie dachte kurz wieder an den Bilur an ihrem Hals. Zenay wusste, dass Shetan ehrlich mit ihr war, aber sie war einfach zu aufgebracht. *Gibt es vielleicht noch etwas, dass ich wissen sollte? Über Monster und Prüfungen und anderes?*

*Nein. Ich wollte dich bloß beschützen.*

*Ich muss nicht beschützt werden, sondern VORBEREITET! Du hättest mich wenigstens vorwarnen können, dass so etwas passieren könnte …*

*Es tut mir leid.*

*Ja, ich habe verstanden, ich mache jetzt hier weiter.*

*Zenay, ich wünsche dir sehr viel Glück. Bitte verzeih mir.*

Dann brach die Verbindung ab. Zenay wankte kurz. Sie war gleichzeitig wütend und wehmütig.

„Ich … ich kann es nicht glauben!"

„Was hat Shetan dir gesagt?", fragte Asyra.

„Das, was ihr alle schon wusstet. Dass es nicht nur ein Ziel auf unserer Reise gibt. Sondern noch drei weitere. DREI!"

Asyra schien anhand ihrer Tonlage genau sagen zu können, dass Zenays Laune einen schrecklichen Dämpfer erhalten hatte.

„Willst … willst du darüber sprechen?"

„Warum traut mir keiner von euch zu, mit diesen Informationen umgehen zu können? Dachtet ihr, ich würde diese Reise nicht auf mich nehmen wollen, wenn ich wüsste, dass es mehrere Tempel sind? Oder dachtet ihr, ich renne schreiend weg, wenn ihr mir die Wahrheit sagt?"

„Ähm, du bist jetzt gerade ziemlich laut", meinte Malak mit eingezogenem Kopf.

„Ich weiß, verdammt! ICH BIN WÜTEND!", rief sie.

„Jetzt beruhige dich erst einmal, du hast gerade etwas Gutes erfahren, oder? Du kannst noch viel stärker werden!", wandte Asyra ein.

„Das wusste ich auch vorher schon! Aber dass ich erst ein Viertel einer fast unmöglichen Reise geschafft habe und VIER Prüfungen bestehen muss, das hätte ich gerne früher gewusst! Und Shetan hat mir auch eine andere Frage beantwortet … Je stärker ich werde, desto eher werde ich schwarzmagische Bestien anziehen! Das bedeutet, dass uns noch mehr Gefahren drohen … nicht nur die Wächter und Ratken und Zayda, sondern auch die ganze Natur ist gegen mich!"

„Das ist nicht wahr. Das sind nur wenige, schwarzmagische Ausnahmen! Die Natur ist positiv, sie wird dir niemals etwas tun", widersprach Tarek.

Zenay schnaubte. „Und das macht es besser? Ich will nicht in ständiger Angst leben, dass sich bald wieder ein Mangride auf mich stürzt und mich zerfleischt!"

„Vielleicht kannst du den nächsten ja besiegen?", meinte Malak vorsichtig und erntete dafür böse Blicke von Zenay und seiner Schwester.

„Ach, verkneif dir doch endlich solche Bemerkungen", flüsterte Elaya.

„Ich meine ja bloß!", verteidigte sich Malak und schaute beleidigt drein.

Zenay raufte sich die Haare, bevor sie ihre Arme sinken ließ und ihre Freunde anstarrte. „Wisst ihr, was mich eigentlich am meisten stört? Ihr alle wusstet genau, was mich hier erwartet. Aber es betrifft euch nicht, alles klar? Es betrifft MEIN LEBEN! Von einer Sekunde auf die andere bekomme ich diesen Berg von Informationen hingesetzt und soll mich jetzt sofort entscheiden, ob ich das machen will? Ich werde hier gar nicht gefragt! Dabei ist es meine Entscheidung. Shetan sagte, bei diesen Prüfungen kann man umkommen! Und selbst wenn ich eine nach der anderen überlebe, werde ich wahrscheinlich wie ein Leuchtturm in der Dunkelheit alle möglichen schrecklichen Kreaturen anziehen! Diese Prüfungen könnten die schwierigsten Herausforderungen meines Lebens werden, und falls ich sie überlebe, kommt noch Zayda auf mich zu!"

Sie wollte noch mehr sagen, atmete aber erst einmal tief durch und seufzte. Die anderen warteten kleinlaut. „Ich hätte einfach gerne etwas mehr Bedenkzeit gehabt, um mich vorbereiten zu können. Wie soll ich denn herausfinden, ob das alles angemessen ist? Jetzt stehen wir hier, die Ratken sind tot, und ich habe keine Wahl mehr! Wenn ich jetzt nicht gehe, war alles umsonst! Das würde dieses Töten noch viel abscheulicher machen. Ich versuche doch ohnehin schon verzweifelt, mich von diesem Krieg und meinem Schicksal nicht zu einem schlechten Menschen machen zu lassen, aber wenn ich nicht informiert werde, nehmt ihr mir die Chance, gut zu bleiben!"

Stille breitete sich aus, nachdem das Echo ihrer Worte in der Halle verstummt war. Malak wollte etwas sagen, verharrte aber nach einem Blick zu seiner Schwester schweigend.

Zenay bebte, aber dann spürte sie auch, wie leid es ihren Freunden tat. Alle dachten das Gleiche, dass sie sich entschuldigen wollten, trauten sich aber nach ihrer Schimpftirade nicht mehr.

„Was …", fing Asyra an, zögerte aber, bevor sie neu ansetzte. „Was wirst du jetzt tun?"

„Na was wohl? Ich gehe zu diesem Hüter und versuche, ein Wunder zu vollbringen und irgendwie stärker zu werden. Und dann versuche ich, zu DREI weiteren Tempeln zu gelangen und auch dort zu überleben!"

Tarek trat zu ihr und legte ihr eine Hand auf die Schulter. „Der Hüter der Hornträger heißt Rupicapra. Er soll meist in der Gestalt eines Hirsches erscheinen."

Zenay wischte sich die Tränen weg, die ihr in die Augen geschossen waren. Ihr Innerstes war so aufgewühlt, dass ihr nichts als Trotz blieb. „Dann gehe ich jetzt, um mit einem Geist zu reden, den es wahrscheinlich gar nicht wirklich gibt."

„Natürlich gibt es die Hüter, Sina! Sie … sie … Es gibt sie! Viele haben schon von ihnen geträumt, und früher soll man sie auch außerhalb der Tempel gesehen haben. Sie wachen noch immer über die Völker", warf Malak ein.

Zenay seufzte und nickte dann resignierend. Sie wandte sich zum Gehen, und Tarek folgte ihr. „Ich gehe mit, ich lasse dich da nicht allein reingehen."

„Super Idee, nachdem du mich die ganze Zeit …"

„Sina, es reicht jetzt!", unterbrach er sie mit fester Stimme und nahm ihre Hand, was sie nur widerwillig zuließ. „Du musst dich beruhigen. Der Hüter wird kaum mit dir in Kontakt treten, wenn du so wütend bist. Das könnte ein falsches Licht auf dich werfen … und wenn er dich nicht als würdig ansieht, wirst du nicht einmal diese erste Prüfung beginnen können."

Jetzt musste sie doch schlucken.

„Finde deine Mitte. Du bist bereits eine Magierin, du kannst alles schaffen, wenn du ruhig und konzentriert bist. Du hast mich in den Bergen vor dem sicheren Tod bewahrt, indem du blitzschnell reagiert hast. Du kannst das!"

Sie starrten sich einen Moment an, dann nickte sie erneut. „Du hast recht. Tut mir leid. Das war einfach alles ein bisschen viel."

„Wir anderen bleiben hier beim Eingang und halten Wache", meinte Asyra sanft.

„Also gut", meinte Zenay knapp, dann bedeutete sie Tarek mit einem Nicken, ihr in die dunkle Öffnung zu folgen.

Die Luft wurde rasch kühler. Zenay aktivierte ganz von selbst ihre Magie und lenkte sie zu ihren Augen, aber Tarek musste sich vorantasten und stieß gegen einen Vorsprung.

Bevor er fluchen konnte, griff sie nach seiner Hand und führte ihn weiter.

Der Gang war schmal und still, führte geradeaus, machte dann einen Knick und mündete in eine steile Treppe. Die Wände waren jetzt nur noch grob behauen, in einem Ring an der Wand steckte eine alte Fackel.

Zenay schnippte mit ihren Fingern mehrere Funken daran, und sie entzündete sich.

Weiter unten war noch eine, und dann endete die lange Treppe in einem Gang, von dem dunkle Öffnungen abgingen.

„Wir müssen jetzt ziemlich tief im Berg sein", wisperte Tarek und lauschte auf Geräusche im Tunnel.

Zenay nickte. „Die Quelle ist unterirdisch. Ich kann sie spüren, am Ende des Gangs."

„Fühlst du noch etwas? Ist jemand außer uns hier?"

Sie blieb stehen und horchte mit magisch verbessertem Gehör. Da war nichts, kein Atem. Nicht mal das Säuseln des Windes, nur absolute Stille.

„Wir sind allein. Komm jetzt."

Sie schritt den langen, dunklen Gang entlang und warf kurze Blicke in die schwarzen Schlünde der anderen Öffnungen. Dahinter tauchten verwaiste, geplünderte Räume oder Gänge auf. In manchen lagen noch Bücher auf dem Boden, in einem erspähte sie einen alten Pfeil, der in der offenen Tür steckte.

*Waren die Ratken hier? Vielleicht sogar Zayda?*, ging es ihr durch den Kopf. *Was wohl mit den Leuten passiert ist, die hier gelebt haben?*

Sie würde es vermutlich nie erfahren, also ließ sie die Räume ohne Kommentar hinter sich, bis sie eine große Flügeltür am Ende des Tunnels erreichten. Die Energie pulsierte dahinter.

„Warte hier", meinte Zenay.

„Bist du sicher?"

„Ich muss das allein machen, Tarek. Ich habe dich bis hierher mitgenommen, aber jetzt warte bitte hier."

Gerade als sie die Tür berühren wollte, hielt ihr Freund sie am Arm fest. Er zog sie zu sich heran und gab ihr einen langen, sehnsüchtigen Kuss. Einen Moment vergaß sie ihre Wut, und warme Liebe strömte durch ihren Körper.

Dann löste sie sich von ihm, schob die Tür auf und schlüpfte hinein.

# Die Prüfung

Die Tür fiel hinter ihr zu, und Stille empfing Zenay.

„Ha–hallo?", fragte sie vorsichtig, so als ob sie eine Person in dieser einsamen, alten Halle erwartete. Aber das war lächerlich, es war keine Menschenseele hier.

Sie ließ den Blick über die langen Säulenreihen schweifen und dann über den Boden. Sie brauchte die Konane nicht, um die Magie wahrzunehmen, die unter der Halle strahlte. Eine glühende Sonne aus purer Energie, im Gestein unter dem Tempel.

Die Energie erinnerte sie sofort an die Lichtung von Ornanung, nur dass die Kraft hier noch überwältigender und lebendiger war. Bevor sie geblendet würde, hob sie rasch wieder den Blick und lenkte ihre Konzentration von der Quelle weg.

Plötzlich tauchte Nebel aus dem Nichts vor ihr auf.

Er waberte aus den Ritzen zwischen den Steinplatten, die den Boden bedeckten, und Zenay wich zurück. Der Dunst stieg höher, wirbelte um sich selbst – und formte sich zu der Gestalt eines riesigen Hirsches.

Zenay erstarrte mit offenem Mund, als der Hirsch seinen Kopf mit dem prächtigen Geweih schüttelte und dann innehielt, um sie aus neblig–grauen, aber dennoch klaren Augen anzusehen.

Sie schluckte. Der Hüter sah nicht nur in ihre Augen, das spürte sie.

Als sie sprechen wollte, klappte sie rasch den Mund zu. Stattdessen verneigte sie sich, und als sie wieder aufsah, hob der Hirsch seinen Kopf.

„Rupicapra …"

*ZAFIJA ZENAY. DU BIST GEKOMMEN, UM DEINE ERSTE PRÜFUNG ABZULEGEN.*

Zenay wankte unter der Macht seiner Stimme, die von überall aus dem Stein zu dringen schien, und der Überraschung, dass er sofort wusste, wer sie war. Konnte er in ihre Seele blicken?

„Ich … ja", stammelte sie und kam sich dämlich und unwürdig dabei vor.

*ES WAR SCHON LANGE ZEIT NIEMAND MEHR HIER.*

„Die Ratken haben deinen Tempel abgeriegelt. Ich … ich konnte nur hinein, indem ich sie bekämpft habe."

Der Blick des Geistes schien sie zu durchbohren. Sie spürte, dass er in ihr Herz sah, das wild vor Angst klopfte.

*MANCHMAL MÜSSEN WIR DUNKELHEIT DURCHDRINGEN, UM DAS LICHT ZU FINDEN* …, deutete der Hüter an, doch seine Stimme wurde schwächer, hallte nicht mehr alles erfüllend durch den Saal – und der Nebel um den Hirsch stieg und schien ihn zu verschlucken.

„Was, was ist los? Was passiert jetzt?"

Als er nicht antwortete, suchte sie seinen Geist.

*Rupicapra? Was geschieht hier?*

Der Nebel um sie herum waberte, stieg höher und nahm ihr die Sicht auf die Säulen der Halle, kroch näher und über den Boden, bis auch dieser nicht mehr zu sehen war. Dann bewegte er sich, begann sich zu drehen und um sie herumzuwirbeln in einem breiten, weißen Strom.

Sorge machte sich in Zenay breit. Sie wurde das Gefühl nicht los, dass etwas nicht stimmte, dass dies nicht so sein sollte! Und dann drehte sich der Nebel schneller, schien sich selbst aufzulösen … und machte Platz für einen federnden, weichen Boden, der aus einer dicken Schicht Tannennadeln bestand und auf dem Moos und Flechten wuchsen. Sie starrte auf diesen Boden und fasste instinktiv an ihre Seite, nach ihrem Schwert – aber ihr Gürtel war leer und das Gewicht der Waffe verschwunden, rasch tastete sie nach ihrem Dolch, aber auch dieser war nicht mehr an seinem Platz. Sie schluckte und sah auf. Der Nebel zog sich weiter zurück, wurde grauer, immer dunkler und enthüllte die düsteren Schatten von alten Tannen, in deren Ästen ebenfalls Flechten hingen wie Bärte.

Es war stockfinster in diesem Wald. Ein Käuzchen rief, und Zenay drehte sich einmal um sich selbst.

Er hatte sie teleportiert!

*Wo bin ich?*, dachte sie und versuchte, die Konane zu aktivieren. Es ging nicht. Sie konzentrierte sich stärker, doch die helle Sicht flackerte nur kurz auf und verschwand dann wieder. Ihr Herz raste.

*Ich bin zu nervös! Meine Magie lässt mich im Stich, gerade jetzt, wenn ich sie brauche. Beruhig dich, Zenay!*, schalt sie sich selbst und atmete einige Male tief ein und aus, doch anstatt ihren Herzschlag zu verlangsamen, kam noch eine Gänsehaut dazu. Sie starrte auf die schwarzen Schatten zwischen den Bäumen.

*Ich ... ich kenne diesen Wald ...*

Ein markerschütterndes Heulen hallte zwischen den Bäumen und ließ ihr Blut gefrieren.

*Nein, warum bin ich hier? Rupicapra!,* rief sie in Gedanken, aber es kam keine Antwort. *Er hat mich von meinen Freunden weggebracht ... war das eine Falle? Aber warum würde er so etwas tun? Das muss Zaydas Werk sein! Oder der Hüter selbst hat mich verraten! Weil ich die Ratken getötet habe? Will er mich bestrafen? Ich habe ihn damit erzürnt ...*

Wieder erklang das Heulen, diesmal näher. Dazu kamen ein Knurren und ein Geräusch, das sich wie ein abgehacktes, fremdes Lachen anhörte. Zenay erwachte aus ihrer Starre und stürzte sich hinter den nächsten dicken Baum, presste sich an die Rinde der Tanne und hielt die Luft an.

*Was ist hier los?,* dachte sie und kniff die Augen zusammen. Sie versuchte, ihr rasendes Herz unter Kontrolle zu bekommen, und fühlte nach ihrer Magie, um sich aus dieser Hölle wegzubringen – aber da war keine Magie. Irgendwie konnte sie nicht auf sie zugreifen!

*Das darf doch nicht wahr sein! Ist das vielleicht doch ein Teil der Prüfung? Was hat Shetan gesagt? Ich werde hier an meine Grenze gebracht. Aber an was für eine Grenze? Nur weil ich vorhin erfahren habe, dass ich dunkle Wesen anziehe, heißt das doch nicht, dass ich zu dem Mangriden will!*

Ein Ast knackte in der Nähe, dann hörte sie leise, aber schwere Tritte auf dem Boden. Und Atem. Den röchelnden, tiefen und blutdurstigen Atem eines Mangriden.

Angst macht sich in ihr breit, als die Erinnerungen an den Angriff der Bestie vor ihrem inneren Auge auftauchten. Der Schmerz, als sich Zähne in ihre Schulter und Klauen in ihren Rücken schlugen ... sie spürte die Narben manchmal noch überdeutlich und wachte nachts aus Träumen auf, in denen sie bestialische Augen verfolgten.

*Oh bitte, Rupicapra. Ich habe die Grenze von Schmerz schon erfahren! Oder glaubst du, ich kann noch mehr ertragen? Nein, das kann es nicht sein! Das kann er nicht gemeint haben! Das kann nicht sein Ernst sein! Alles, alles andere wäre in Ordnung – und jetzt muss ich diesem Schrecken wieder begegnen ... Er wird mich töten!*

Die Schritte führten jetzt über Gras und Flechten, der Atem kam näher – und es wurde still. War der Mangride stehen geblieben und horchte? Oder war er verschwunden?

Einen Moment lang wollte Zenay hoffen, aber dann hörte sie es. Schnaubender Atem, Luft, die tief und lange durch die Nase eingesaugt wurde. Zenay drückte sich enger an die Rinde, wünschte sich, sie könnte mit ihr verschmelzen; langsam drehte sie den Kopf und linste vorsichtig an ihrem Versteck entlang … und dann sah sie ihn.

Der Mangride war groß und schwarz, kaum in dem düsteren Wald auszumachen, doch seine Augen spiegelten und leuchteten wie kleine Monde. Er stand da, den Kopf zu Boden geneigt, und sog erneut tief Luft durch seine Nase – und seine Augen veränderten sich, wurden noch heller, als er das Haupt reckte und in ihre Richtung drehte.

Zenay zog ihren Kopf rasch zurück und ließ sich langsam in die Hocke sinken. Jeder ihrer Muskeln war angespannt, während sie lauschte. Wenn er ihre Witterung aufgenommen hatte, wusste er genau, wo sie war … und tatsächlich wurde sein Atem jetzt schneller. Er jaulte kurz, dann hörte sie harte, schnelle Tritte, als er zu ihrem Baum sprang.

Seine Klauen schossen um den Stamm herum und gruben sich in die Rinde, eine Armlänge über Zenay. Ihre Kehle wollte einen Schrei loslassen, aber sie presste die Lippen zusammen und rollte sich genau in dem Moment weg, als sein Kopf um den Baum schoss und sein geöffnetes Maul in der Luft zuschnappte. Ein lautes Klacken ertönte, als seine Zähne zusammentrafen, aber die Reißzähne nichts als Leere zerschnitten.

Zenay sprang auf und hechtete davon, fühlte seine schweren Schritte donnernd im Boden vibrieren, als er ihr sofort folgte. Gedanken rasten durch ihren Kopf. Sie versuchte erneut, sich wegzuteleportieren, aber es war ihr noch immer nicht möglich.

*Rupicapra, du willst mich umbringen.*

*Warum passiert das? Wenn das Teil der Prüfung ist, muss ich herausfinden, was ich tun soll, und zwar schnell!*

Sie rannte an einigen dicken Bäumen vorbei und sah im Augenwinkel, dass der Mangride näher kam, direkt hinter ihr war – sie warf sich hinter die Bäume, rollte sich erneut ab und änderte damit abrupt die Richtung.

Tannennadeln und Dreck flogen durch die Luft, als er die Krallen in den Boden schlug, um abzubremsen. Er keifte, schnappte nach ihrem Bein, ehe sie um den nächsten Baum verschwand und weiterrannte, über einen umgestürzten Baum sprang und sich in ein Dickicht aus Eschen und Brombeeren schlug. Sein wütendes Heulen hallte durch den Wald, als er sie nicht gleich wieder entdeckte – aber er sah ihre Spuren auf dem Boden, roch ihre Angst und folgte ihr fast unmittelbar.

Die Dornen kratzten ihr über Gesicht und Arme, doch sie kroch tiefer in das Gestrüpp in der Hoffnung auf ein Versteck. Es war viel zu dunkel, um etwas erkennen zu können.

Hinter sich hörte sie sein tiefes Grollen. Dann knackten und knirschten die trockenen Brombeerzweige, als der Mangride sich in das Gebüsch warf.

Hastig kroch sie weiter, duckte sich, als eine Pranke über ihr durch die Äste fuhr und ein Regen aus Blättern und Zweigen auf sie einprasselte. Sie musste einen Schrei unterdrücken. Auf einmal schlug das Ungeheuer weiter rechts zu und grub sein Maul in die Ranken. Sie kämpfte sich durch das Unterholz und entfernte sich von dem Mangriden, ohne dass er es in seiner Raserei bemerkte. Nach wenigen endlos wirkenden Minuten war sie auf der anderen Seite des Gestrüpps angelangt, rappelte sich auf und rannte los.

Irgendwo hinter ihr keifte der Mangride und ließ ein grollendes Jaulen hören, ehe seine schweren, langen Schritte den Boden wieder zum Zittern brachten. Zenay fluchte und machte einen Satz hinter den nächsten Baum. Sie sah sich in der Dunkelheit um, versuchte hastig, irgendein Versteck zu finden, doch da war nichts außer düsteren Baumsilhouetten und kahlem Boden. Ein Stück weiter standen die Bäume dichter.

Sie hetzte auf die Baumgruppe zu, die donnernden Schritte des Mangriden hinter sich.

Schließlich erreichte sie die dicht gedrängten Bäume, die fast eine Wand bildeten. Beinahe wäre sie wieder gestolpert, ein dichtes Wurzelgeflecht breitete sich um die Tannen aus.

Der Atem des Monsters wurde lauter, und die Haare in ihrem Nacken stellten sich auf. Instinktiv hechtete sie zur Seite.

Neben sich hörte sie, wie die Zähne des Mangriden knirschend aufeinanderschlugen.

Zenay sah die Krallen schon direkt hinter sich, schwarz und scharf, wie sie nach ihr griffen und kurz davor waren, ihre Haut zu durchschlagen – da rutschte sie durch die Spalte zwischen zwei Bäumen hindurch.

Seine Klaue folgte ihr, zerfetzte den Ärmel ihres Hemds und kratzte ihre Haut auf … aber er passte nicht mit seinen breiten Schultern durch die Spalte und krachte mit großer Wucht gegen das Holz. Sein lautes Heulen ließ Zenay zusammenzucken. Sein Arm war in der Spalte eingeklemmt und er grollte voller Wut. Sie stolperte hastig rückwärts, weg von seinen schnappenden Zähnen, die zwischen den Bäumen nach ihr suchten.

Ohne zu warten, ob er sich befreien konnte, sprang Zenay herum und rannte, bis ihre Lunge heftig stach. Sie ließ die dichte Baumgruppe hinter sich und überquerte mehrere kleine Lichtungen, machte aber einen Bogen um jedes Brombeergestrüpp, um keine Zeit zu verlieren.

Ein tiefes, langgezogenes Heulen verfolgte sie.

In diesem Moment hätte sie sogar Zaydas gelbe Augen lieber gesehen als seine scheußlichen Zähne.

Dann wurde ihr klar, dass er eine viel konkretere Angst darstellte als Zayda oder die Bedrohung durch die Ratken. Der Mangride hatte sie fast getötet und ihr schreckliche Schmerzen zugefügt. Zayda zwar auch, aber diese Erinnerungen waren verschwommen und lagen viel weiter in der Vergangenheit.

*Zayda ist mein Schicksal, meine ultimative Herausforderung, der Mangride ist wie ein Fluch. Zayda ist menschlich, sie muss auch irgendwelche Schwächen haben.*

Am Mangriden konnte sie keine entdecken, er war für sie ein unbesiegbares Monster. Animalisch. Getrieben.

Deshalb war er jetzt ihre Prüfung. Sie musste ihn besiegen. Sie musste sich ihrer Angst stellen!

Aber wie sollte sie das ohne Waffen und ohne ihre Magie schaffen? Sie versuchte, die Energie des Kristallschwerts zu fühlen, aber da war nur Leere. Sie konnte es nicht erreichen.

Schweiß tropfte ihr von der Stirn, während sie weiterlief. Es war unmöglich! Er würde sie in der Luft zerfetzen!

Zenay hetzte durch den dunklen Wald. Äste schlugen ihr ins Gesicht und zerkratzten ihr Wangen und die Arme, die sie vor sich ausgestreckt hielt.

Zum Glück, denn ihr Fuß blieb an einer Wurzel hängen, und sie stürzte zu Boden. Ihre Handflächen schrammten auf, als sie sich abfing, doch sie sprang sofort wieder auf, drehte kurz den Kopf und suchte hektisch die Schwärze zwischen den Tannen hinter sich ab.

Der Wald war still, keine Bewegungen waren zu sehen.

Zenays Atem ging schnell und stoßweise, als sie weitereilte.

Vielleicht hatte sie ihn endlich abgehängt? Doch da hallte ein lautes Grollen durch den Wald, gefolgt von einem Heulen, das unmittelbar hinter ihr oder Meilen weit weg hätte sein können.

Panik schoss durch ihren Körper und ließ sie einen Satz nach vorne machen.

Bis auf das Heulen, ihren hektischen Atem und ihre dumpfen Schritte auf dem weichen Boden war es unwirklich still. Kein Lüftchen wehte durch den dichten Tannenwald, und Zenay duckte sich unter einem Vorhang aus Flechten hinweg, die von den niedrigsten Ästen über ihr herabhingen.

Dann stolperte sie erneut, und der Boden unter ihren geschundenen Händen fühlte sich feucht an. Sie sah sich um, lauschte einen Moment – und hörte das Gurgeln fließenden Wassers. Als sie noch ein Stück weiter gehetzt war, stieß sie auf einen Bachlauf mit glitschigen Steinen am Rand. Das Wasser lag etwas tiefer in einem ausgewaschenen Graben, doch sie sprang entschlossen hinein. Der Grund schien aus glattgeschliffenem Fels zu bestehen, aber er war nicht zu rutschig, und so eilte Zenay in seinem Lauf weiter. Sie folgte dem Bach über mehrere Stufen, wo sich das Wasser einige Handbreit über Felskanten und Steine hinunterwälzte, und war froh über das Rauschen, das ihre spritzenden Schritte etwas übertönte.

Nur konnte sie jetzt auch den Mangriden nicht mehr hören.

An der nächsten Stufe war eine Barriere aus Steinen im Bach, an der sich das Wasser staute und über das niedrige Ufer hinaustrat. Es rann über den federnden Boden und machte ihn matschig. Zenay sprang hinaus und lief durch die Brühe aus Nadeln und Schlamm.

Sie musste einen Ort finden, an dem sie zur Ruhe kommen und nachdenken konnte. Der übergetretene Bachlauf im Wald hatte ihre Spur hoffentlich etwas verwischt. Sie lief langsam weiter, lauschte und überlegte, ob sie vielleicht einen Baum hinaufklettern sollte, verwarf die Idee aber sofort: Der Mangride würde ihn mit wenigen Schlägen fällen, falls er ihn nicht erklettern konnte.

Bis auf ihre Schritte war es wieder still ... da ertönte das Knacken eines Astes und dann mehrerer. Etwas stürmte an den alten Tannen hinter ihr vorbei und kümmerte sich nicht um die niedrigen, toten Äste, die im Weg lagen.

Zenay warf einen Blick zurück und sah nichts außer beklemmender Dunkelheit – plötzlich wurde sie sich über ein merkwürdiges Rauschen bewusste und drehte den Kopf in diese Richtung.

Das Gelände vor ihr fiel unmittelbar ab. Sie blieb wie angewurzelt stehen und war froh, die Klippe überhaupt bemerkt zu haben. Der Bach verschwand und das ferne Rauschen verriet ihr, dass er in große Tiefe stürzte. Zenay tastete sich zur Kante vor, an der ein Felsen in die Höhe stand, und spähte in die Dunkelheit. Die Klippe war lang; im düsteren Wald konnte sie nicht erkennen, wo sie ihr Ende hatte.

Sie warf einen Blick zurück zwischen die Nadelbäume und sah dann hinunter. Die Klippe war steil und der Bach stürzte sich direkt neben ihr in die Tiefe.

*Ich muss da irgendwie runter!*, dachte sie, nicht genau wissend, woher dieser Drang kam, denn sie konnte genauso gut abstürzen und sich den Hals brechen, anstatt von dem Mangriden zerfleischt zu werden.

*Fallen oder gefressen werden? Worüber denke ich eigentlich noch nach?*, fragte sie sich, als sie sein Heulen hinter sich hörte. Flink kletterte sie an dem Felsen entlang, der etwas über den Rand ragte und an dem der Bach vorbeigurgelte. Sie krallte ihre Finger in den Stein und suchte Halt für ihre aufgequollenen Schuhe, dann zog sie sich um die Kante, und unter ihr war nur noch Leere. Rasch tastete sie nach einer Spalte, um sich weiter zu ziehen, dann erspähte sie etwas weiter entfernt vom Wasserfall mehrere Vorsprünge und Spalten. Sie hangelte sich vorsichtig unter dem Klippenrand weiter, krallte sich in jeder Ritze fest und spürte ihren Puls in den schmerzenden Fingern. Schließlich ließ sie ihr Bein am Fels herunterrutschen und tastete mit dem Fuß nach dem nächsten Halt. Ihre

Hände waren bereits kraftlos, sie zitterte und fürchtete, jeden Moment abzurutschen – da fand ihr Fuß eine Kante, die breit genug war.

Ein Heulen von oben ließ sie zusammenzucken.

*Wenn er mich jetzt findet, kann er nach mir greifen, ich muss weiter,* dachte sie und schloss ihre Finger um die Wurzeln einer Pflanze, die sich ebenso in der Felswand festkrallte wie sie, ehe sie erneut mit ihrem Fuß nach einem tiefer gelegenen Vorsprung tastete.

Der Fels unter ihr knirschte, als sie mit dem Fuß Druck darauf aus-übte – und sie musste einen Schrei unterdrücken, als er nachgab. Steinbrocken lösten sich und fielen krachend die Felswand hinunter.

Zenays Finger klammerten sich noch immer an den Fels und die Wurzeln; einen Augenblick hing sie frei, dann fand sie mit ihren Stiefelspitzen Halt in einer Spalte.

*Verdammt, wie weit geht es noch runter? Der Mangride hat das bestimmt gehört, er …*

Ein Heulen unterbrach ihre Gedanken und ließ den Fels unter ihr erbeben. Zitternd tastete sie nach einem neuen Halt für ihre Finger und ließ sich wieder ein Stück weiter hinab, auf einen Vorsprung, auf dem sie sicher stehen und sich sogar umdrehen konnte. Dort stand sie und starrte auf die glatte Felswand unter sich, die ab hier schräger verlief.

Ein Schaben ertönte von oben, wie von kratzendem Stein. Als sie aufblickte, tauchten die glühenden Augen des Mangriden an der Abbruchkante auf.

Er grollte und beugte sich vor, schnappte nach ihr, konnte sie aber nicht erreichen. Trotzdem ließen die klackenden Zähne sie zusammenzucken. Sie zwang sich, ihren Blick von ihm zu lösen, und ließ sich an der Steilwand hinunterrutschen.

Der Fels war nicht so glatt, wie sie befürchtet hatte; die rauhe Oberfläche schürfte ihre Hände auf und zerrte an ihren Kleidern … und dennoch fiel sie mehr, als dass sie rutschte. Sie schrie, als sie die Kontrolle zu verlieren drohte, und erkannte, dass der schräge Teil der Felswand nicht bis zum rettenden Boden reichte. Nein, irgendwo über dem Grund endete die schiefe Felswand in schwarzer Leere.

Sie glitt über die Kante hinweg und stürzte vorwärts, fiel und traf auf laubbedecktes Geröll. Schmerz schoss durch ihre Glieder, sie rollte sich unbeholfen ab, wirbelte Dreck und Steinchen auf.

Die Felsen unter dem Laub waren hart und scharfkantig, und sie blieb ächzend auf dem Rücken liegen.

Ihr Körper pochte, aber sie fühlte keine Brüche. Der Mangride grollte lauter, ließ ein Knurren hören, das in ihren Ohren dröhnte … Sie sah die Felswand hinauf und entdeckte seinen Schemen, seine leuchtenden Augen, die sie fixierten. Zenay kroch auf allen vieren rückwärts davon, als sie dachte, er würde springen.

Doch anscheinend war ihm die Klippe zu hoch. Er schnappte in die Leere und lehnte sich weiter hinunter, seine Klauen gruben sich in den obersten Felsblock und lösten Steinchen, die zu ihr herunterfielen – dann wandte er sich um und verschwand aus ihrer Sicht.

*Das ist noch nicht vorbei,* dachte Zenay und stand rasch wieder auf. *Er findet einen Weg herunter.*

Sie sah sich um. Der Bach fiel in einem langen, schmalen Wasserfall in ihrer Nähe zum Grund und wirbelte rauschend eine Menge Gischt auf, wo er auf blank gewaschenen und geschliffenen Fels traf. Das Wasser rann ein Stück über die Steine hinab und sammelte sich in einem flachen Becken, bevor der Bach seinen Weg durch den Wald fortsetzte.

Etwas weiter entfernt ertönte ein leises Heulen, und dann polterten Steine die Felswand herunter. Zenays Kopf ruckte herum, und sie kniff die Augen zusammen, um etwas sehen zu können. Einen Moment meinte sie, eine Bewegung zu erspähen, doch es blieb ruhig.

Mit wild pochendem Herzen sah sie sich um. Die Felswand hatte die Form eines breiten V. Der Endpunkt wurde von dem Wasserfall gebildet – und sie würde in der Falle sitzen, sobald der Mangride einen Weg zu ihr fand.

*Wo soll ich hin?,* dachte sie angstvoll und überlegte, an der anderen Seite der keilförmigen Schlucht weiterzurennen , doch das würde sie dem Monster nur wieder näher bringen.

Sie starrte einen Moment auf den Wasserfall und auf die absolute Schwärze dahinter. Dort würde er sie vielleicht nicht sehen.

Sofort rannte sie zu dem wassergefüllten, niedrigen Becken, watete hindurch und kletterte über den geschliffenen Fels neben dem Wasserfall. Die Felsen dahinter waren unförmig, aber glatt und bildeten eine Ausbuchtung, einer flachen Höhle gleich. Sie tastete sich vorwärts, fand eine Nische und kauerte sich hinein. Gebannt starrte sie durch die Gischt, über das Becken hinweg und versuchte, etwas zu erkennen.

Eine Zeitlang geschah nichts, und in Zenay keimte bereits Hoffnung, dass er vielleicht keinen Weg herunter fand … da erschallte ein lautes Heulen, das in den Felsen hinter dem Wasserfall widerhallte und in ihren Ohren dröhnte. Die Wolken vor dem Mond wurden weggetrieben, und er warf sein fahles Licht auf die Schlucht. Hinter der heller werdenden Gischt konnte Zenay Buchen erkennen, ein Stück entfernt von der Felswand und dem angehäuften Geröll.

Genau dort tauchte plötzlich der Mangride auf, oberhalb der Klippe sprang er aus einem Gebüsch und machte einen Satz, der ihn in die Tiefe beförderte. Er kam unten auf, federte den Sprung ab und rannte sofort in Richtung Wasserfall. Genau dort, wo sie hinuntergefallen war und sich abgerollt hatte, blieb er stehen, schnüffelte und sog ihren Geruch ein. Er besah sich einen Moment das aufgewühlte Laub über dem Geröll, dann hatte er ihre Spur gefunden, die zum Wasser führte.

Zenay hielt die Luft an. Gedanken rasten durch ihren Kopf, als sie den Hüter anflehte, das Monstrum möge sie nicht wieder entdecken … dann kamen ihr Fragen in den Sinn, die sie nicht mehr losließen.

*Mal angenommen, das hier IST die Prüfung … Was soll ich dann tun? Wie kann ich einen Mangriden ohne Waffen und ohne Magie besiegen? Entkommen kann ich ihm nicht, sobald ich mich bewege, hat er mich wieder … Was soll ich tun?*

Die Antwort bestand in einem kehligen Grollen des Monsters, das zum Wasser gelaufen war und sich umsah. Sein glühender Blick suchte die Schatten der Felswand ab – und blieb in der Dunkelheit hinter dem Wasser hängen.

*Er wird mich entdecken. Er weiß, dass ich hier hinten bin.*

Sie schloss einen Moment die Augen, das Rauschen des Wasserfalls hallte in ihren Ohren, und sie suchte ihre Magie. Ihr Herz raste noch immer, aber ihr Atem hatte sich auf sonderbare Weise beruhigt und ging leise.

*Ich bin in meiner Mitte! Warum habe ich keinen Zugang zu meiner Magie?!*, dachte sie und hätte ihre Angst beinahe herausgeschrien. *Komm schon!*

Seine Augen bohrten sich in die Dunkelheit, fast genau auf die Stelle, wo sie kauerte. Als er einen weiteren Schritt auf sie zu machte und ein wenig von der Gischt verschluckt wurde, zuckten Zenays Beine, und ihr

Fluchtinstinkt hätte sie beinahe aus ihrem Versteck gejagt. Sie krallte sich am Felsen vor sich fest, dann hob sie die Hand und schnippte mit dem Finger, stellte sich die heiße, brennende Flamme vor, die ihre Magie erzeugen würde und die sie dem Monster entgegenschleudern würde … aber stattdessen knurrte das Wesen hinter der Gischt vernehmlich. Ein Funken schien an den Krallen des Mangriden aufzuglühen.

Zenay stutzte. Hatte sie sich das gerade eingebildet? Konnte dieses Wesen irgendwie mit ihrer Magie verbunden sein?

Sie starrte aus ihrem Versteck heraus und wusste nicht, ob sie diesen verrückten Gedanken überhaupt weiterverfolgen sollte. Wenn sie sich irrte, war sie tot.

Und wenn sie sich nicht irrte?

Diese Bestie war ihre Prüfung. Eine Aufgabe, um sie an ihre Grenzen zu bringen … Was wenn diese Grenze bedeutete, all ihren Mut zusammenzunehmen und sich ihrer größten bisherigen Angst zu stellen?

*Aber Zayda ist meine größte Angst … Nein … dieser Mangride ist viel realer. Sie ist ein schrecklicher, düsterer Schatten, aber er ist echt. Dunkelheit durchdringen, um Licht zu finden. Meint Rupicapra damit meine Magie? Ich sitze ohnehin in der Falle. Wenn ich schon sterbe, dann nicht, während ich mich feige verstecke oder versuche wegzulaufen.*

Der Mangride drehte den Kopf in ihre Richtung – und lief dann über das Wasser des Beckens. Er lief nicht hindurch. Seine krallenbesetzten Klauen berührten die Wasseroberfläche und sanken etwas ein, aber er lief darüber hinweg, den Kopf hoch erhoben, und suchte nach ihrer Witterung.

Er tat das, als wäre es völlig natürlich. Sie dachte zurück an den See, als Shetan ihr gezeigt hatte, wie sie sich mit ihrer Magie auf der Wasseroberfläche halten konnte.

Und dann spürte Zenay ihre Magie. Ihre eigene innere Magie, aber außerhalb ihres Körpers. Der Mangride drehte ihr den Kopf zu und öffnete sein Maul.

Sie sah sich diese angsteinflößende Bestie mit offenen Augen an. Was sie erblickte, war pure, unkontrollierte Magie. Macht, die in ihr selbst ruhte. Macht, die eine dunkle Seite besaß, die sie bisher nicht bewusst hatte wahrnehmen wollen.

Sie hatte immer angenommen, dass der Schatten in ihr von dem Fluch des Mangriden kam, von seinen Bissen und seiner Magie. Doch schwarze Magie wurde aus reiner, natürlicher Magie erschaffen. Also hatte auch diese eine Schattenseite.

Zenay erhob sich und watete aus ihrem Versteck hervor. Der Wasserfall rauschte, genauso wie das Blut in ihren Ohren. Der Mond beschien die freie Fläche bei dem Wasserbecken.

Als sie hinter dem Wasserfall hervortrat, nahm er sie sofort ins Visier. Er warf seinen Kopf in den Nacken und heulte, dann erfassten seine strahlenden Augen ihre Gestalt, und er warf seinen Körper nach vorne und auf sie zu.

Ihr Instinkt schrie auf, wollte sie zum Weglaufen bewegen, aber sie blieb, wo sie war.

*Wenn ich mich selbst kontrollieren kann, kontrolliere ich auch dich, Bestie,* dachte sie und erwartete seinen Angriff. Er sprang auf sie zu, riss das Maul auf und hob eine der krallenbewehrten Klauen, um sie in Stücke zu reißen. Zenay hob ebenfalls den Arm.

„HALT!", schrie sie, gleichzeitig laut und auch in Gedanken, und legte all ihren Mut, all ihre Kontrolle in dieses eine Wort. Sie streckte die Handfläche warnend vor ihn … und der Mangride erstarrte. Seine Krallen gruben sich in den Matsch am Rand des Wasserbeckens, und er fror ein wie eine Statue, eine Klaue nach ihr ausgestreckt.

Zenay atmete befreit auf. Sie starrte in die großen glühenden Augen des Wolfsmonsters – und erkannte, dass sie nicht grün waren, sondern eisblau. Nach einem Moment riss sie ihren Blick los von diesen Augen, die ihr so vertraut vorkamen … und ließ ihn über den Körper der Bestie wandern.

Als sie den Arm senkte, ließ auch der Mangride seine Klaue sinken und stellte sich gerade hin, keinen Meter von ihr entfernt. Sein Atem ging heftig. Zenay spürte ihn auf ihrem Gesicht, nachdem sie einen Schritt auf das Monster zu gemacht hatte.

Kurz zögerte sie, dann hob sie die Hand, berührte seine feuchte Nase und strich mit ihren Fingerspitzen über seinen riesigen Kopf. Das Maul des Mangriden stand etwas offen, und sie sah die gewaltigen, dolchartigen Reißzähne und roch den süßlichen Atem, der an Verwesung erinnerte. Die Augen des Monsters weiteten und verengten sich schwach im Rhythmus seines Atems und ließen sie nicht aus dem Visier.

„Du bist ich, nicht wahr? Du bist meine Magie, meine Dunkelheit, die ich abspalten möchte, weil ich Angst habe, dann so zu werden wie Zayda."

Der Mangride schnaubte laut und bedrohlich, bevor sie weiter sprach. „Aber ich kann die Dunkelheit nicht vernichten … sie ist immer da. Ich muss sie akzeptieren und kontrollieren. Du erinnerst mich an Zayda … oder was aus mir werden könnte, wenn ich mich falsch entscheide. Wenn ich mich verleiten ließe von der Macht schwarzer Magie", murmelte Zenay, während ihr Blick immer noch auf seinen blauen Augen ruhte. „Aber ich werde mich nicht verleiten lassen. All das, wofür du stehst, ist nicht Teil meiner Bestimmung! Ich habe eine Aufgabe und ich brauche all meine Kraft, um sie bewältigen zu können. Ich habe Angst, zu scheitern, dem nicht gewachsen zu sein … aber ich würde mich dafür hassen, nicht alles versucht zu haben."

Zenays Blick löste sich von den blauen Augen des Mangriden, die gleichzeitig bestialisch und sanft wirkten. Sie hatte das Gefühl, dass sich etwas tief in ihrem Inneren veränderte. Eine unglaubliche Ruhe breitete sich in ihrem Herzen aus und ließ die Welt einen Moment stillstehen.

Während sie lange und ruhig ausatmete, strich ihr Atem über die Schnauze des Mangriden. Seine kurzen Haare oberhalb der Schnauze schienen sich zu kräuseln und verschwammen dann.

Hinter dem Mangriden machte sich weißer Dunst breit. Die Gischt des Wasserfalls erfüllte die Luft, ließ die Umgebung heller werden. Die Felswände und Bäume verschwanden.

Der Mangride löste sich auf. Seine Klauen verschwammen wie Rauch, färbten sich schwarz und verwirbelten mit dem heranrückenden Nebel. Der Rauch wanderte weiter, über seine Arme und Beine, seinen Rücken. Die Dunkelheit verschlang ihn, während er sie ganz gelassen betrachtete.

Das Letzte, was Zenay von ihm sah, waren seine strahlend blauen Augen. Der Nebel rückte näher, verbarg den Wasserfall, löste das flache Wasserbecken in seinen weißen Wogen auf und verschluckte das Geräusch des herabstürzenden Bachs.

Der schwarze Nebel des Mangriden trieb auf sie zu, umwirbelte sie wie in einem Sturm, drang in sie ein und wurde dabei strahlend hell.

Schwindel überkam Zenay, und sie schloss die Augen. Als sie sie wieder öffnete, zog sich der Nebel zurück und enthüllte Steinplatten und Säulen. Der Mangride war verschwunden. Er war ihre Prüfung – ihre größte Angst – gewesen, und sie hatte ihn überwunden.

Inmitten der Halle bildete sich eine Gestalt aus dem restlichen Nebel heraus.

Rupicapra.

Sein mächtiges Geweih wogte einen Moment wie vom Wind berührt, dann reckte er den Kopf in die Höhe und kam langsam auf sie zu. Die mächtige Energiequelle unter ihnen schien noch stärker zu werden, pulsierte und brannte wie eine Galaxie in ihrem Bewusstsein.

*NICHT VIELE HABEN SOLCHE MAGIE WIE DU, ZAFIJA. DEINE FÄHIGKEITEN SIND EINZIGARTIG.*

Sie atmete mehrmals durch. Seine Präsenz war so mächtig wie die Sonne unter ihnen, und sie konnte sehen, wie Energie zwischen dem Hirsch und der Quelle hin und her strömte. Sie waren eins. Auf ewig verbunden.

„Danke", sagte sie schließlich. „Danke für diese Erkenntnis. Ich dachte immer, ich müsste die düstere Energie des Mangriden, meine dunkle Energie, besiegen. Aber jetzt verstehe ich, was die Verbundenheit mit ihr für Möglichkeiten birgt."

Der Hirsch neigte den Kopf.

*DU MUSST DIE DUNKELHEIT UMARMEN, UM DER WELT LICHT BRINGEN ZU KÖNNEN.*

„Darf ich dich noch etwas fragen?"

Sein Einverständnis bedurfte keiner Worte, und sie spürte, dass sie völlig frei mit ihm sprechen konnte.

„Ich weiß nicht, wo ich beginnen soll. Das ganze Volk der Ratken ist gegen mich, und die anderen Völker fürchten meine Magie! Wie soll ich es schaffen?"

*HASS, ZORN UND FURCHT SIND GEFÄHRLICHE GEGNER. LASS DICH NICHT VON IHNEN VERZEHREN. TOLERANZ UND VERSTÄNDNIS WEISEN DIR DEN WEG ZUM*

*SIEG. LERNE DAS WESEN ALLER VÖLKER KENNEN, UND DU WIRST EINE LÖSUNG FINDEN.*

Zenay runzelte die Stirn. „Wie soll ich das machen? Die Ratken ... Ich sehe keine Möglichkeit, mit ihnen zu sprechen. Sie sind von Hass erfüllt und stehen völlig unter dem Joch der Königin."

*SELBST ZAYDAS MACHT IST NICHT GRENZENLOS. SEI MUTIG UND VOLLER LIEBE FÜR ALLE. BEOBACHTE UND LERNE VON DER DUNKLEN MAGIE, UM DICH ZU WAPP-NEN.*

Der riesige Hirsch trat zu ihr und neigte den Kopf.

*STRECKE DEINE HAND AUS, ZAFIJA.*

Nach einem Moment tat sie wie geheißen und hielt ihm ihre offene Handfläche hin. Seine Berührung war gleichzeitig eiskalt und glühend heiß.

Magie zuckte über ihre Hand, brandete aus ihr, wie sie es noch nie gesehen hatte. Die Energie wirbelte um ihr Handgelenk, Funken tauchten in ihre Haut.

Die Quelle unter ihr glühte auf, gleißend helle Strahlen bewegten sich wie Schlangen aus ihr hervor, umwirbelten Zenay und verbanden sich mit ihrer Seele.

Unglaubliche Hitze machte sich in ihr breit, und einen Moment fürchtete sie, jetzt und hier zu verglühen – dann fesselte der Blick des Hüters sie. Die Energie begann, mit ihrem Sein zu verschmelzen, wurde ruhiger, und die Sonne unter ihr verlor an Intensität.

Alles war gesagt. Sie verneigte sich, lächelte dankbar und wandte sich zur Tür. Im Augenwinkel sah sie, wie sich Rupicapra im Nebel auflöste; dann war sie wieder allein.

# Wille über Macht

Die Türen der Halle öffneten sich lautlos.

Tarek schreckte überrascht zusammen und stieß sich von der Wand ab, an der er gelehnt hatte. Es war kaum Zeit vergangen, nur der Boden hatte gewummert und vibriert – und jetzt kam Zenay heraus.

Er wollte den Mund öffnen und fragen, was schiefgegangen war. Er hatte felsenfest daran geglaubt, dass sie es schaffen würde ... aber als er das Leuchten in ihren Augen und auf ihrer Haut sah, musste er keine Fragen mehr stellen. Stolz und Ehrfurcht durchströmten ihn, während Zenay auf ihn zukam.

Seine Auserwählte strahlte von innen. Sie hatte es geschafft.

Doch genau in dem Moment, als die Türen langsam wieder zufielen, verdrehte sie die Augen und sackte zusammen.

Hastig sprang er an ihre Seite und fing sie auf.

„Zenay! Zenay, was ist mit dir?"

Sie atmete, schien aber ohnmächtig. Er spähte durch den letzten, sich schließenden Spalt der Tür, aber dahinter war es dunkel und ruhig.

Tarek rüttelte sanft an Zenays Schultern, doch sie rührte sich nicht. Erst jetzt bemerkte er, dass sie Schrammen an den Händen und im Gesicht hatte, Zeichen eines Kampfes?

„Verdammt!", rief er und suchte Elayas Geist.

*Zenay ist bewusstlos.*

Er konnte spüren, wie Elaya kurz erstarrte, weil er den wahren Namen ihrer Freundin benutzte.

*Was ist passiert?*

*Nicht jetzt. Wir sind am Ende des Tunnels. Sag Jesco und Malak, sie sollen herkommen! Sofort!*

Einen Moment war da nur Stille ... dann Elayas Stimme. *Sie kommen. Tarek, es gibt Lärm in der Stadt, ich glaube, sie haben bemerkt, dass etwas nicht stimmt.*

Zenay kam wieder zu sich. „Tarek?"

Erleichtert blickte er in ihr erschöpftes Gesicht, und es verschlug ihm die Sprache. Ihre Augen strahlten so blau, wie er es noch nie gesehen hatte. Sie leuchteten in einem eisigen Türkis, das sich in seinen Blick grub und ihn nicht mehr losließ. Dann blinzelte sie mehrmals, und das kräftige Blau erlosch und wurde wieder normal.

„Es … es geht mir gut. Ich fühle mich nur so erschöpft. Ich weiß nicht, was das zu bedeuten hat … aber … aber ich habe die Prüfung bestanden, Tarek! Ich habe es geschafft …" Erleichterung strahlte aus ihrem Gesicht, und sie schloss erneut die Augen.

„Aber warum bist du dann so geschwächt?"

„Der Kampf …"

Tarek sah sie erschüttert an. Zenay hatte gegen den Hüter kämpfen müssen? Fragen rasten durch seinen Kopf, aber dafür war jetzt keine Zeit.

„Zuerst müssen wir aus dem Tempel. Wir sollten schleunigst von hier verschwinden, bevor noch mehr Ratken auftauchen!"

„Ja, du hast recht."

„Kannst du aufstehen? Komm, ich helfe dir", sagte Tarek sanft und fasste sie um die Arme.

Jesco und Malak kamen hergeeilt und sahen Zenay auf dem Boden und Tarek, der neben ihr kniete und ihr gerade aufhelfen wollte.

„Was ist passiert?", fragte Malak atemlos. Sie waren den ganzen Weg von der Eingangshalle zu ihnen gerannt.

„Sie hat es geschafft! Helft mir, sie ist sehr schwach."

Jesco nickte, konnte aber die Sorge nicht hinter seinen kühlen Zügen verbergen. „Wir haben hinter der Mauer Rufe gehört. Einige haben die Erschütterungen von der Prüfung gespürt. Wenn wir noch lange bleiben, bekommen wir ein Problem."

„Was … was für Erschütterungen? Wie lange war ich denn weg?", fragte Zenay leise und ließ sich von Tarek auf die Beine ziehen. Kurz stand sie zitternd da, dann knickte sie auch schon wieder zur Seite. Tarek packte sie rasch um die Taille und legte sich ihren Arm über seine Schulter, damit sie sich festhalten konnte. Jesco schritt auf ihre andere Seite und tat es Tarek gleich.

Auf diese Weise gestützt, konnte Zenay sich von den beiden halb ziehen, halb tragen lassen.

Sie eilten durch den Gang, die steilen Treppen hinauf, auf denen sie Zenay tatsächlich tragen mussten, und ließen den geheimen Bereich des Tempels hinter sich. Die unscheinbare Öffnung hinter ihnen schob sich zu und versiegelte sich sofort wieder, kaum war Zenay hindurch.

Asyra und Elaya standen rechts und links von der Öffnung und spähten in die Dunkelheit. Ein Raunen drang durch die Nacht zu ihnen herauf.

„Verdammt, da scheint das halbe Dorf auf dem Weg zu sein!", fluchte Tarek und hielt Zenay fester, als sie wieder wegknickte.

„Das spielt jetzt auch keine Rolle mehr. Lasst uns durch die Mauer verschwinden. Jemand könnte Sina als Magierin erkennen, falls sie sich auf das Gelände trauen", flüsterte Jesco und hob Zenay etwas an.

Malak war bereits ins Freie getreten, als sich ihm plötzlich jemand in den Weg stellte und an ihm vorbei zu ihnen hereindrängte. Es war ein älterer Mann mit grauem Bart. Er warf jedem von ihnen einen kurzen Blick zu, dann ruhten seine Augen auf Zenay, deren Kopf langsam auf die Brust sank. Sie hatte einfach keine Kraft mehr.

Jesco und Tarek hielten rasch an, und Tarek wollte schon sein Schwert ziehen, als der Mann seine Hände zusammenlegte und sich schwach verbeugte.

„Magierin! Bitte folgt mir, ich bringe Euch an einen sicheren Ort. Die Leute sind aufmerksam geworden, und es könnten Ratken kommen. Sie dürfen auf keinen Fall entdecken, dass Ihr hier seid!"

Tarek schnaubte. „Netter Versuch, aber so leicht lassen wir uns nicht überzeugen. Wir verschwinden hier, Leute. Und bringt ihn da zum Schweigen."

Der Alte wich zurück. „Ihr versteht mich falsch! Ich wurde geschickt, um euch zu holen! Die Phiruin haben damit gerechnet, dass die Magierin hier auftauchen könnte."

Tarek erstarrte und warf einen kurzen Blick auf Zenay.

Als sie zögerten, nickte der Alte. „Natürlich, ihr müsst vorsichtig sein, ihr könnt nicht jedem trauen."

Damit machte er einen Schritt auf Elaya zu und hob die Hand. Elaya tat es ihm gleich und ihre Fingerkuppen berührten sich für einen Augenblick. Tarek wusste, dass sie ihre Gedanken austauschten, dann nickte Elaya ebenfalls. „Ich denke, es ist in Ordnung. Er sagt die Wahrheit. Wenn er uns in der Stadt versteckt, kann sie sich ausruhen; in ihrem jetzigen Zustand kommen wir mit ihr nicht den Berg hinunter zu den Pferden."

Tarek zögerte noch immer, dann nickte er. „Lasst uns gehen."

«✝»

Zenay verstand kaum, was vor sich ging. Ihr Puls rauschte ihr in den Ohren, und ihre Sicht verschwamm immer wieder. Sie sah den alten Mann und dachte für einen Moment, es sei Shetan.

Gerade als sie etwas sagen wollte, wurde sie weitergezogen, hinaus vor den Tempel in die Dunkelheit.

Tarek und Jesco trugen sie die Treppe hinunter, nur ihre Füße schleiften gelegentlich über den Boden.

Sie hasteten hinter dem Fremden her und bogen schließlich in eine kleine Seitengasse neben der Tempelanlage ein. Zwischen einigen Felsen war eine Öffnung in der Mauer, und sie verließen die Ruinen, betraten stattdessen die Stadt.

Für Zenay verschwamm alles zu einem Gewirr aus wankenden Schritten, steilen Gassen, Hausmauern und dem angestrengten Atmen ihrer Freunde. Seit der Prüfung hatte sie fast keine Energie mehr.

Sie stolperten alte Treppen hinunter, immer weiter fort von dem Tempel und tiefer hinein in das verwinkelte Viertel.

Der alte Mann öffnete ein Gatter in einer hohen Mauer, die eine Seite der Gasse bildete, und ließ sie eintreten, dann schloss er es hinter ihnen.

Mit einem Mal herrschte eine fast unheimliche Stille. Dann drangen doch wieder Rufe zu ihnen.

Sie standen in einem Innenhof mit einem kleinen Garten. Der Mann lief voran und winkte ihnen von der Tür des Hauses zu, ehe er im dunklen Inneren verschwand.

Elaya sah die anderen kurz an und bedeutete ihnen, einen Moment zu warten. Sie zog ihre Langdolche und folgte dem alten Mann zusammen mit Asyra. Nach kurzer Zeit kamen sie zurück, und Asyra nickte. „Ich glaube, wir können ihm vertrauen."

„Und es waren schon sehr lange keine Ratken mehr hier", warf Elaya ein.

„Woher willst du das wissen?", fragte ihr Bruder überrascht.

Elaya zuckte mit den Schultern. „Malak, diese Ungeheuer kann man doch zehn Meilen gegen den Wind riechen. Nichts gegen Tunez, er war wirklich anders – aber Ratken stinken!" Sie grinste kurz, dann betraten sie schließlich alle das Haus.

Drinnen herrschte nur schwaches Dämmerlicht, und die Gruppe fand sich direkt in einer gemütlichen Wohnküche wieder. Zenay stöhnte leise; Jesco und Tarek brachten sie an den Tisch und ließen sie auf einen der Stühle sinken.

Sie legte ihren Kopf auf das kühle Holz des Tisches und schloss die Augen. „Ah ... mein Kopf dröhnt, als würde jemand direkt neben meinen Ohren auf hundert Trommeln einschlagen ..."

„Keine Sorge, ich bin sicher, das vergeht bald", meinte Tarek leise, ließ sich neben ihr in die Hocke sinken und hielt ihre Hand, doch er behielt dabei den alten Mann ständig im Auge. Auch die anderen beobachteten ihn genau. Malak und Elaya bewachten die Fenster nach draußen und die zwei Eingänge der Küche.

Der Mann stand regungslos neben dem Herd, als Zenay ihren Kopf drehte und ihn sehen konnte. Seine warmen, grünen Augen ruhten auf ihr, dann verbeugte er sich unvermittelt.

„Magierin ... Orenda, wenn ich mich vorstellen darf? Mein Name ist Nahatel. Bitte, seid meine Gäste, bis es Euch wieder besser geht. Es ist eine so große Ehre, Euch zu begegnen!", sagte er ruhig und blickte sie erneut alle nacheinander an.

Zenay richtete sich etwas auf, dann wandte sie sich an Tarek. Auch wenn sie nichts sagte, verstand er sofort und nickte.

„Du hast recht, wir müssen ganz sicher sein ... Nahatel, es ist sehr freundlich von dir, uns in deinem Haus Unterschlupf zu gewähren, aber wir müssen mehr über dich wissen."

„Natürlich." Der alte Mann nickte. „Ihr müsst wissen, warum ich beim Tempel gelauscht habe, obwohl die Ratken dort waren. Ich wurde vorgewarnt, dass ihr zur Prüfung kommen könntet. Von den Phiruin."

Zenay atmete erleichtert auf und schloss wieder die Augen. Gerade als sie sich entspannen wollte, kam ihr die Begegnung mit Tunez in Erinnerung ... und sein Tod. Sie empfand tiefe Trauer, als sie daran denken musste, und wollte jetzt nicht über die Rebellen sprechen.

„Ich hätte nicht gedacht, dass es so anstrengend ist, dem Hüter zu begegnen. Alles war erfüllt von Energie, aber kaum aus der Halle draußen, verließen mich alle Kräfte", murmelte sie stattdessen.

Ein wissendes Lächeln zeigte sich auf dem Gesicht des alten Mannes, dann machte er sich in der Küche zu schaffen. „Ihr seid sicher durstig. Was haltet ihr von einem Tee?", fragte er, während er schon Wasser auf dem Herd aufstellte.

Zenay ließ den Kopf erschöpft wieder auf die kühle Tischplatte sinken und schwieg.

«✝»

Elaya strahlte. „Das ist eine großartige Idee! Es ist ewig her, seit ich einen guten Tee getrunken habe!", rief sie freudig, doch Jesco warf ihr einen Blick zu, der sagte, sie solle bloß vorsichtig sein.

„Das ist doch jetzt völlig unwichtig!", rief Malak plötzlich dazwischen, und die anderen sahen ihn überrascht an. „Er hat gesagt, dass er die Phiruin kennt!"

Tarek betrachtete Zenay, die noch immer auf den Tisch gesunken war. Er hatte den Eindruck, dass sie schlief, war sich aber nicht sicher. Er fragte sich, was bei der Prüfung geschehen war.

Schließlich wandte er sich wieder an den alten Mann. „Mein Freund hat recht. Wir danken dir für deine Freundlichkeit. Aber darf ich fragen, wie du mit den Phiruin in Kontakt kommst? Wir hatten nur einmal in Yoruba mit ihnen zu tun."

Nahatel lächelte erneut. „Ich kann eure Skepsis verstehen. Ich werde euch alles erzählen, was ich weiß, und versuchen, mich zu erklären. Mein Onkel, der vor vielen Jahren von uns gegangen ist, war einer der letzten Bewahrer des Tempels. Er war dafür verantwortlich, dass die wenigen Leute, die noch den Tempel besuchten, ihn nicht entweihten, und er kannte seine Geheimnisse. Er lehrte mich vieles, und in gewisser Weise bin ich sein Nachfolger geworden. Ich sah es als meine Pflicht, den Tempel zu beschützen, doch gegen die Ratken, die hier postiert wurden, konnte ich nichts ausrichten. Ich hatte bereits durch meinen Onkel Kontakt zu den Phiruin und bat sie um Hilfe, die sie mir jedoch nicht geben konnten. Danach hörte ich lange nichts mehr von ihnen und hielt mich gezwungenermaßen bedeckt – bis sie mich vor kurzem baten, hier beim Tempel die Augen offen zu halten. Ich habe jede Nacht bei der Mauer gelauscht … und dann kamt ihr."

Hinter ihm kochte das Wasser auf dem Herd. Geschwind nahm er die Teekanne aus dem Schrank, warf Pfefferminzblätter hinein und goss das heiße Wasser darüber.

„Ich möchte euch bitten, hierzubleiben. Die Phiruin werden bald kommen, sie wollten alles vorbereiten und eigentlich schon vor deiner Ankunft beim Tempel sein, Orenda. Damit sie dich schützen können."

Mühsam richtete Zenay sich wieder auf und lehnte sich gegen den Stuhl. „Ich … danke dir, aber das ist alles ein wenig zu viel. Ich kenne diese Phiruin doch kaum und weiß nichts über sie! Tunez, der einzige Phiruin, den ich ein wenig zu kennen glaubte, ist bei den Kämpfen vor Yoruba gestorben."

Tarek konnte Zenay die Erschöpfung ansehen und wollte ihr gerade beistehen, als ein Geräusch seine Aufmerksamkeit erregte. Schritte, die die Treppe herunterkamen.

Auch die anderen hatten es bemerkt und griffen instinktiv zu ihren Waffen.

„Elaya, hast du oben nicht nachgesehen?", zischte Tarek wütend.

„Ich hatte gar keine Treppe bemerkt …", meinte sie entschuldigend – doch Nahatel besänftigte sie rasch. „Keine Sorge, es ist nur mein Enkel", erklärte er, und ein kleiner Junge tapste barfuß in die Küche. Er rieb sich gerade den Schlaf aus den Augen und hatte nur ein langes Hemdchen an, in einer Hand hielt er ein Spielzeug.

„Großvater, mit wem redest du denn?" Er riss die Augen auf, als er einen Blick in die Küche geworfen hatte.

«✝»

„Wer sind diese Leute?", fragte der Junge vorsichtig.

Zenay musterte den Kleinen. Er war vielleicht sieben oder acht Jahre alt, hatte die gleichen grünen Augen wie sein Großvater und wirkte schlagartig munter. Das Holz in seiner Hand war die grob geschnitzte Figur eines Hundes.

Nahatel schritt hinüber zu seinem Enkel und legte ihm die Hand auf die Schulter. „Das hier sind ein paar Reisende. Sie sind nicht aus der Gegend, und ich traf sie auf dem Marktplatz. Sie fragten mich nach einem Quartier, und da hab ich sie auf einen Tee zu uns eingeladen. Du weißt doch, wie gerne ich neue Geschichten höre, und man weiß nie, was Leute aus anderen Städten so Interessantes erlebt haben, nicht wahr?" Er wandte sich zu Tarek und Jesco, die beide nickten und dem Jungen ein kurzes Lächeln schenkten.

Nahatels Enkel schien nicht völlig überzeugt, angesichts der Tatsache, dass es mitten in der Nacht war. Aber er wagte ein dünnes Lächeln und behielt weiterhin Zenay im Auge, dann deutete er mit dem Finger auf sie. „Und was ist mit dir? Du siehst gar nicht gut aus", meinte er abrupt, und sein Großvater warf ihm einen mahnenden Blick zu. „Also hör mal, sei nicht so unhöflich zu meinen Gästen!", schimpfte er, doch Zenay lächelte und erhob sich zitternd. „Das ist schon in Ordnung, er hat ja recht." Mit Anstrengung zog sie ihr Schwert aus der Scheide und legte es auf den Tisch. Es war einfach zu schwer an ihrer Seite und drohte, sie vom Stuhl zu ziehen. Sie ließ sich wieder an die Lehne sinken, während der Junge mit großen Augen auf die Klinge starrte. Er rückte einen zögernden Schritt näher und blickte dann wieder Zenay an.

„Kann ich … kann ich das auch mal halten?", fragte er und deutete auf das Schwert. Sie nickte, und er kam näher, während die anderen ihm etwas Platz machten und ihn ansahen. Zögernd legte er seine kleinen Hände um den Griff, und die Schwertspitze sackte zu Boden, aber er hielt die Waffe mit verbissenem Blick fest.

„Da siehst du, wie schwer es ist. Und nun stell dir vor, du müsstest es den ganzen Tag tragen, obwohl du krank bist. Dann weißt du, warum sie so erschöpft ist."

Zenay sah ihren Freund dankbar an, und der Junge senkte beschämt den Blick zu Boden. „Tut mir leid. Ich hätt' nicht so vorlaut sein sollen", murmelte er leise. Tarek nahm das Schwert und lehnte es an Zenays Stuhl.

Belustigt fragte sie sich, ob der Junge wohl irgendwann einmal erfahren würde, wessen Schwert er da gehalten hatte. Dann wurde ihr klar, dass er wahrscheinlich nur beeindruckt sein würde, wenn sie Zayda auch wirklich besiegte.

Nahatel rührte sich wieder, der Tee hatte genug gezogen, und er goss ihn in eine Reihe Schalen, die er seinen Gästen reichte. Sie alle bedankten sich, und eine Weile herrschte Stille, während der Junge noch immer die Fremden musterte und sich schließlich wieder seiner Holzfigur zuwandte.

Gerade als die Stille unbehaglich zu werden drohte, rief eine Frauenstimme von oben, er solle wieder ins Bett gehen. Der Junge grinste Zenay noch einmal breit an, bevor er herumwirbelte und davoneilte.

„Ich komme, Mama!", rief er, und Zenay musste schmunzeln, als sie seinen trampelnden Schritten auf der Treppe lauschte.

Nahatel lächelte entschuldigend und bedeutete Zenay mit einem Nicken, ihren Tee zu probieren.

Doch der erste Schluck Kräutertee hatte gerade erst ihre Lippen benetzt, als sie zusammenzuckte und die Schale fallen ließ.

Die Hitze der Flüssigkeit schien sich durch ihren ganzen Körper auszubreiten und entfachte ein loderndes Feuer in ihrer Brust.

Heißer Tee spritzte über den Tisch, und die Schale fiel klirrend in die grünliche Pfütze.

Zenays Freunde reagierten sofort. Elaya zog einen ihrer Dolche, und Jesco hob seinen Bogen, während Tarek Zenays zitternde Hände packte.

„Was ist los?", fragte er alarmiert und warf einen kurzen Blick auf den verschütteten Tee. „Sprich mit uns!"

Doch Zenay schüttelte nur den Kopf, während sie kurz die Augen zusammenkniff und dann plötzlich mit einem beinahe überraschten Ausdruck wieder aufriss.

Einen Moment lang sah sie noch Tareks erschüttertes Gesicht, während er in ihre leuchtenden Augen starrte. Dann verschwamm ihre Sicht und ging unter in einem Meer aus glühender Magie.

Das Haus erzitterte in seinen Grundfesten. Sie gerieten alle ins Wanken und versuchten, das Gleichgewicht zu halten, Zenay sprang hoch. Auf einmal fühlte sie die Umgebung, die lebendige Energie ihrer Freunde.

Mitten in der Küche erstarrte sie plötzlich, und eine weitere Welle von Magie erschütterte den Raum.

Zenay wusste nicht mehr, was sie fühlte. Magie durchströmte ihren Körper, jede Faser und jede Zelle, und jagte durch ihre Adern. Im nächsten Moment brach sie aus ihrem Körper. Gleißend hell, wie glitzerndes Eiswasser wabernd, verteilte sie sich um Zenay und drückte Tarek von ihr weg.

Sie schrie überrascht auf und verstummte dann, während noch mehr Magie aus ihrem Inneren strömte, sich an ihren Körper band und ihr die Kontrolle über ihr Selbst beinahe entriss.

Gleißende Schwaden wirbelten in großen Spiralen um Zenay und breiteten sich unkontrolliert weiter aus. Der Bilur an ihrem Hals wurde glühend heiß und pochte. Instinktiv schnellte ihre Hand hoch, und sie riss das Stoffband ab.

Ihr Blick war vernebelt durch die Energie, doch sie bemerkte dennoch, dass der Bilur blendend leuchtete und einen Teil der Magie aus der Umgebung absorbierte. Dann bildete sich ein Riss in seiner Mitte, und noch einer. Mit einem lauten Knirschen zersprang er in Stücke, die rauchten und zu Asche zerfielen.

Sein Schutz war dahin, und die Energie strömte ungehindert weiter.

Ein Sturm aus Magie fuhr durch die Küche, fegte Tassen und Teller zu Boden, zerbrach das milchige Glas des Fensters, schlug gegen Wände, Schränke und Körper und ließ ihre Freunde die Arme schützend vors Gesicht halten.

Die Balken über ihnen knarrten, der Boden bebte.

Zenay hörte auf zu denken, die Magie flutete durch sie hindurch wie ein reißender Strom, und die gewaltige Kraft machte ihr Angst … dann erinnerte sie sich an Rupicapras Worte. Auch dieser Moment hier war eine Prüfung. Ein Test, ob sie den Mut hatte, diese Macht zuzulassen …

Selten hatte sie Furcht vor ihrer eigenen Kraft gehabt, aber jetzt verstand sie, was Shetan gemeint hatte. Wenn sie nichts unternahm, würde sie sich durch ihren Körper brennen und sie töten.

*Ich lasse nicht zu, dass meine Magie mich kontrolliert! Ich BIN diese Magie! Ich bin diese Macht und ich habe die Kontrolle!*, dachte sie, und die Angst verging. An ihre Stelle trat eine tiefe, innere Ruhe, wie sie es auch schon am Ende der Prüfung gefühlt hatte.

Das heiße Glühen in ihrem Inneren wandelte sich zu einem warmen Strom, über den sie verfügen konnte. Die Schwaden um sie herum breiteten sich weiter aus, aber diesmal gehorchten sie ihr. Für einen kurzen Moment konnte sie alles wahrnehmen. Den schnellen Atem ihrer Freunde, den rasenden Puls der aufgebrachten Herzen ... die Emotionen all der Menschen, die in Siad lebten. Ihr Leid, ihre Wut auf die Ratken und ihre Trauer um Kinder und Eltern, Verwandte und Freunde, die sie im Laufe des Krieges verloren hatten. Und dann eine drohende Wolke aus fremdem Bewusstsein, die sich in der Stadt ausbreitete und näher kam.

Es vergingen nur wenige Augenblicke in dieser Wahrnehmung, in denen die Küche bebte und das Holz um sie ächzte und knackte, dann zogen sich die magischen Wogen in ihren Körper zurück, und Zenay kam wieder zu sich.

«✝»

Das Reh hatte keine Chance und wusste kaum, wie ihm geschah, als sich der Mangride auf es stürzte. Er presste das schreiende, zierliche Wesen zu Boden und schnappte zu.

Knochen brachen knirschend zwischen seinen Zähnen. Fell und Muskeln rissen, als er es in zwei Teile zerbiss.

Das Blut benetzte seine Zunge, ließ ihm das Wasser im Maul zusammenlaufen, doch der Geschmack konnte ihn nicht annähernd befriedigen. Alles schmeckte fahl, seitdem er das Blut der Magierin geleckt hatte.

Danach hatte er mehrere andere Menschen gekostet, doch keiner kam dem nahe. Die Energie, die durch die Adern seiner begehrtesten Beute pulsierte, war in seinen Erinnerungen noch sehr lebendig.

Er verschlang die Innereien des Rehs, doch das warme Blut machte ihn nur noch hungriger nach Magie.

Wenn er in sich hineinhorchte, konnte er sie noch immer wahrnehmen – die letzten, verblassenden Fasern einer magischen Verbindung, doch sie war mittlerweile zu schwach, um ihn weiter zu führen.

Er hatte es versucht, war durch die Wälder geirrt, doch vor der großen stinkenden Stadt hatte er sie verloren. Die Fackeln und die vielen

Menschen hatten ihn irgendwann genervt, er konnte seine Beute zwischen ihnen nicht mehr riechen, und so zog er sich schließlich wieder in seine Wälder zurück und jagte Rehe und Wildschweine.

Nichts mehr konnte seine Gier stillen. Die Tiere waren zu schwach, zu leicht zu fangen und boten kaum mehr als einen kurzen Moment Befriedigung, wenn er ihnen das Leben entriss.

Seine magische Beute hatte gekämpft. Er konnte spüren, dass sie noch lebte, irgendwo, weit weg. Sie hatte den Kampf gegen seine Energie vielleicht gewonnen, aber sich ganz davon zu befreien, das vermochte sie nicht.

Er zerknackte weitere Knochen des Rehs und wünschte sich dabei auf seine animalische Weise, dass es die der magischen Frau wären …

Dann flackerte etwas in seinem Bewusstsein auf. Die schwache Schnur, der kleine Schatten, der immer in seinem Geist war, wölbte sich, gewann pulsierend an Stärke und erhielt eine neue Richtung.

Der Mangride hob den Kopf und zog witternd die Luft ein.

Die Magie der Frau flammte schlagartig auf und nährte seinen wahnsinnigen Hunger. Sie war so lebendig, so rein, so stark! Ihre Magie war wie eine pure Droge! Leuchtend rein und so köstlich!

Die Intensität der Verbindung zerstörte das letzte bisschen Kontrolle, das er über seinen Körper hatte. Im Schock bäumte er sich auf, stieß mit dem Rücken an einen alten, morschen Stamm und riss ihn zu Boden.

Er schnaubte, grub seine Krallen in den feuchten Waldboden, vergaß das Reh und alles um sich. Geifernd kam er wieder auf die Beine, legte den Kopf in den Nacken und stieß ein Heulen aus, das die Bäume um ihn herum erzittern ließ.

Die Verbindung blieb so stark und überwältigend, dass für nichts anderes mehr Platz war. Wie hatte er sie je verlieren können? All die Zeit nach der Stadt schien wie ein Traum, und der Geruch ihrer Angst, ihres Blutes, ihrer *Magie* stieg ihm wieder in die Nase.

Schaum bildete sich vor seinem Maul, und er jaulte vor Verlangen nach dieser Energie, die in ihr lag. Schwer atmend wandte er sich in die Richtung, aus der er sie wie eine flirrende, weiße Sonne wahrnahm. Er rannte los, so schnell, dass ihm die Sicht verschwamm.

Zenay erzitterte und starrte auf die Verwüstung, die sie angerichtet hatte.

Der Tisch war umgestürzt und die Stühle alle an die Wand geschoben worden. Scherben lagen auf Boden verstreut, dazwischen Tee und Blütenblätter aus dem kleinen Blumenstrauß, der auf dem Tisch gestanden hatte. Die Scheibe des Fensters war zersplittert, die Scherben nach draußen gefegt worden. Risse hatten sich in einigen Balken an der Wand und im gestampften Boden unter ihr gebildet.

Stille hatte sich nach dem lauten magischen Knistern und dem allgemeinen Lärm ausgebreitet, in dem nur Zenays schneller Atem zu hören war, denn ihre Freunde hatten die Luft angehalten.

Ihre rechte Hand schmerzte. Als Zenay sie anhob und die Handfläche nach oben drehte, weiteten sich ihre Augen. Unterhalb ihres Handgelenks bildeten sich auf einmal rote Striemen und Punkte. Ihre Haut riss von selbst auf, und Schmerz wallte ihren Arm entlang.

Erneut ging ein Zittern durch ihren Körper, als die neue Kraft in ihr kurz zum Leben erwachte und die restlichen Wunden heilte.

Sie spürte, wie sie an Stärke gewann. Ihr Körper fühlte sich warm und kräftig an; sie hatte das Gefühl, vollkommen von Magie erfüllt zu sein.

Die heilende Energie wanderte jetzt ihren Arm entlang und erreichte die sonderbare Wunde. Aus dem Blut an ihrem Handgelenk wurde glitzerndes Licht, das schließlich in der Form mehrerer Flammen erstarrte. Die aufgerissene Haut heilte, und zurück blieb ein Mal, das von innen heraus zu leuchten schien.

Erst als der Schmerz verging, konnte sie sich wieder auf ihre Umgebung konzentrieren – und zuckte zusammen, als von oben das Weinen des kleinen Jungen erklang. Sie konnte spüren, dass seine Mutter sich mit ihm in die Ecke eines Raumes gekauert hatte.

Nahatel war an eine Küchenwand zurückgewichen, auch Tarek und die anderen standen nicht mehr neben ihr. Erst jetzt bemerkte Zenay, dass sie die Mitte des Raumes einnahm; sie musste alle durch ihre Magie weggedrückt haben.

Elaya fiel ihr Dolch aus der Hand, als sie Zenay weiter anstarrte.

„Was … was war denn das?!"

*Das wüsste ich auch gerne*, dachte Zenay und der Gedanke hallte in all ihren Köpfen wider.

Nahatel strich sich seine Kleider glatt und räusperte sich. Zenay wandte sich ihm zu. Reue zeigte sich auf ihrem Gesicht.

„Oh, Nahatel, es tut mir unendlich leid! Ich … hatte …"

Aber zu ihrem Erstaunen lächelte der alte Mann. „Ja, du hast gerade einen Moment absoluter Macht erlebt, eine magische Erleuchtung. Die Erste von vier, wie man allgemein hoffen darf. Man nennt es auch Kraftschub."

Bei diesem Kommentar traf sie ein kurzer Stich, und sie musste an Shetans Verhalten denken.

„Einen Kraftschub? Ist es das, was die Prüfungen bewirken?", fragte Elaya erstaunt.

Der Mann nickte und blickte Zenay unverwandt an. „Genau. Mit jeder gemeisterten Prüfung wird dir mehr Kraft verliehen, und jeder Hüter schenkt dir Erkenntnis über deine Fähigkeiten: Mut und die Willenskraft, dich mit mehr Magie einzulassen, Wandlungsfähigkeit, Stärke durch Gefühlskontrolle, Weisheit über absolute Magie …"

Zenay sah den alten Mann nachdenklich an, dann konnte sie nicht mehr schweigen.

„Es sind Ratken auf dem Weg hierher."

Tarek sah sie erschüttert an. „Was? Woher weißt du das?"

„Ich habe sie gefühlt, während des … *Moments*. Sie haben ihn auch wahrgenommen. Sie werden die ganze Gegend durchkämmen."

„Wenn sie wissen, dass du hier bist, ist es nur eine Frage der Zeit, bis auch Zayda auftaucht!", flüsterte Elaya mit schreckgeweiteten Augen.

„Dann müssen wir fliehen. Nahatel, wir müssen sofort aus der Stadt."

Während alle sich anscheinend schon entschlossen hatten, runzelte Malak die Stirn. „Aber wir können noch nicht gehen, die Phiruin wollen doch herkommen!"

Mit einer wegwischenden Handbewegung brachte sie Malak zum Schweigen, blieb aber ganz ruhig und klar. „Wir wissen kaum etwas über sie, und ich bin nicht bereit, unsere Leben dafür zu riskieren, dass wir irgendwelche Fremden vielleicht hier treffen! Wir können nicht gegen diese Anzahl von Gegnern ankommen. Was ist, wenn die Phiruin erst morgen kommen? Oder gar nicht?"

Nahatel nickte. „Sie hat recht. Ich werde die Phiruin darüber informieren, was geschehen ist, auch über den Tod ihres Verbündeten. Sie wollen dir unbedingt helfen, Orenda, aber jetzt ist nicht die Zeit, darüber zu diskutieren."

„Können wir sie denn irgendwo erreichen? Kennst du ihre Stützpunkte?", fragte Zenay dann doch.

„Ich bin nicht eingeweiht. Aber sie werden dich sicherlich in Natuh erwarten, falls sie nicht schon vorher Kontakt zu dir aufnehmen."

Zenay nickte. Sie würde irgendwann mehr über diese mysteriösen Phiruin herausfinden, aber jetzt war nicht der richtige Zeitpunkt dafür.

„Gehen wir", meinte Jesco und deutete mit einem Nicken zur Tür.

Nahatel eilte kurz hinauf, und Zenay hörte, wie er seine Tochter beruhigte und ihr versicherte, dass er bald zurückkäme. Dann folgten sie ihm in die Dunkelheit. Zenay klaubte ihr Schwert vom Boden auf, diesmal hatte sie keine Probleme mit seinem Gewicht. Sie ließen das Haus, den Innenhof und die Gasse rasch hinter sich. Eine angespannte Stille lag über den umliegenden Straßen, als sei der Ort ausgestorben. Die Rufe der suchenden Ratken hallten über das erstarrte Siad. Anscheinend hofften die Leute, von den Kriegern verschont zu werden, wenn sie sich ruhig verhielten, denn sie mussten zumindest teilweise gehört haben, was bei Nahatels Haus geschehen war. Magische Stürme waren nicht zu überhören.

Der alte Mann führte sie durch schmale Gassen den Hang entlang, bis sie auf eine Mauer trafen. Hoch und stabil schirmten die Steine Siad von dem trockenen Wald ab, der sich dahinter an den Berghang klammerte.

„Es gibt einen schmalen Gang, durch den normalerweise ein Bach fließt, aber der liegt diesen Sommer trocken." Nahatel deutete ihnen die Richtung, und sie eilten an den letzten Häusern entlang durch eine Gasse, die auch auf der anderen Seite von einer niedrigen Mauer gesäumt war.

Gerade als laute Rufe in der Nähe zu hören waren, erreichten sie ein Gitter. Es war zwischen den Ranken, die die umgebende Mauer überwuchert hatten, kaum zu erkennen. Das Gitter lag etwas unterhalb, das trockene Bachbett führte durch einen engen Kanal unter der Gasse hindurch und entlang eines Wegs in das Innere der Stadt.

„Die rechte Stange lässt sich lösen und ihr könnt durchschlüpfen, dann seid ihr im Wald."

Er öffnete seinen Beutel und zog etwas Klimperndes hervor. Auf einem Lederband hatte er eine ganze Reihe von Gold und Bronzestücken aufgefädelt. Es war mindestens so viel, wie Tarek damals von Kajols Hof mitgenommen hatte.

„Hier, das wird reichen, um euch Verpflegung und andere Ausrüstung für die nächsten Wochen zu kaufen."

„Was? Nein! Das geht nicht."

„Ich bestehe darauf."

„Was ist mit deiner Tochter und dem Kleinen?", fragte Zenay besorgt.

„Sie werden wahrscheinlich jedes Haus durchsuchen, aber wir werden vorher fliehen. Wir sehen uns irgendwann wieder, Magierin. Aber jetzt geht!"

Als Zenay sich umwandte, war Malak bereits damit beschäftigt, die Stange zu lockern. Er hob die Ranken hoch, und die anderen sprangen einer nach dem anderen hinunter und schlüpften durch die Lücke. Als Letzte folgte ihnen Zenay und steckte die Stange von der anderen Seite wieder an ihren Platz.

Nahatel hielt ihren Blick durch die Ranken noch einen Moment gefangen, dann wandte er sich ab und eilte fort.

Der Wald auf der anderen Seite der Mauer war nächtlich ruhig, bis auf ihre Schritte im trockenen Laub, das sich im Laufe der Zeit zu einer dicken Schicht angesammelt hatte.

Zenay gingen viele Gedanken durch den Kopf. Es beschlich sie zunehmend das Gefühl, einen Fehler gemacht zu haben. Aber es schien kein Weg der absolut richtige zu sein. Woher sollte sie wissen, ob diese vermeintlichen Helfer eintreffen würden? Und ob sie wirklich zu Tunez gehörten? Nahatel schien den Namen vorher noch nicht gehört zu haben.

Bedauern durchströmte sie. Wenn sie einen Ratke gerne bei sich gehabt hätte, dann ihn. Vielleicht hätte er ihr erklären können, was diese Krieger dazu trieb, die anderen Völker zu unterwerfen und auszubeuten. Sie kannte nur die Sicht ihrer Freunde, und die Unkenntnis nagte deshalb in ihrem Inneren. Sie musste mehr über die Kultur ihrer Feinde erfahren, um eine Lösung zu finden.

Die anderen folgten ihr schweigend und wagten es angesichts der drohenden Gefahr nicht, ihr Fragen zu stellen.

Sie konnte spüren, dass sie jetzt stärker war, aber sie wusste noch nicht, wie sich das auf ihre Fähigkeiten auswirken würde.

Eines hatte sie jedoch schon bemerkt: Die Gedanken ihrer Freunde erschienen ihr jetzt klarer. Sie konnte ohne Anstrengung wahrnehmen, was ihre Freunde bewegte, was sie empfanden. Es war, als hätte sie dauerhaft eine schwache Verbindung durch die Makani Chenda mit ihnen aufgebaut.

Sie war jedoch froh, erst einmal eine Weile nur laufen zu müssen, denn dieses Gefühl war verwirrend. Tarek schien zu spüren, dass sie in sich zurückgezogen bleiben wollte, denn er überholte sie und übernahm die Führung zum Lager. Die Rufe der Ratken waren in Siad zurückgeblieben.

Als sie wenig später aus dem dornigen Unterholz auf die mondbeschienene Lichtung traten, begann Iven zu strahlen. „Freunde, bin ich erleichtert, euch zu sehen. Ist alles gut gelaufen?", rief er und kam ihnen entgegen.

Jesco unterbrach ihn. „Keine Zeit. Ratken suchen in der Stadt nach uns."

Sein Cousin wurde wieder ernst und nickte. „Die Pferde sind ausgeruht, wir können sofort los."

Zenay zog sich auf Malees Rücken und hörte, wie die anderen hinter ihr aufsaßen. Sie spürte Malees Atem, die Muskeln in ihrem Rücken und den Puls der Stute. So intensiv hatte sie das bisher nur bei den Heilungen wahrgenommen.

Sie aktivierte die Konane und leitete ihre Sicht zu ihrer Stute weiter, um ihr den Weg zu erleichtern.

„Folgt mir und Malee, ich führe uns zum nächsten Pfad."

Das Pferd trottete los und fand zurück zu der alten Straße. Sie ritten langsam und horchten auf Geräusche aus Siads Richtung, doch da kam nichts. Als die Sterne verblassten und die Dämmerung über die Nacht siegte, hatten sie schon ein gutes Stück zwischen sich und die Ratken gebracht.

Das Gelände fiel nach Osten hin sanft ab, und die Hügel wurden grüner. Der trockene, steinige Untergrund der Berge wich nach und nach satter, dunkler Erde. Der Wald wurde von Ahorn und Eichen dominiert, statt von Dorngestrüpp und trockenen Kiefern.

Gegen Mittag wagten sie, die erste Pause zu machen; sie hielten an einem Flusslauf an und ließen die Pferde trinken. Alle waren müde und ausgelaugt von den Kämpfen und Ereignissen der vergangenen Nacht.

Zuerst wuschen sie ihre verschwitzte und teilweise blutverkrustete Kleidung und legten sie zum Trocknen aus, dann aßen sie etwas und ruhten sich aus.

Iven zog ein zweites Hemd aus seiner Tasche, während Elayas neugieriger Blick auf seinem nackten Oberkörper ruhte. Dann bemerkte sie Zenay und wurde wieder rot.

Jescos Cousin setzte sich zu ihnen und lächelte erst Elaya an, dann räusperte er sich.

„Nun … ich muss zugeben, dass es mich noch immer brennend interessiert, was in dem Tempel vorgefallen ist."

Zenay sah überrascht auf. „Oh, ich … ich sollte es vielleicht euch allen erzählen, oder? Ich musste im Tempel von Siad eine Prüfung ablegen. Eine magische Prüfung."

„Und … bist du jetzt stärker?", wollte Iven wissen.

„Ich denke schon. Ich habe es noch nicht … *getestet*", erwiderte Zenay, überrascht von seiner schnellen Schlussfolgerung.

„Was ist bei der Prüfung geschehen?", fragte Elaya, und sie setzten sich alle ins gelbe Gras. Zenay schwieg einen Moment, konzentrierte sich und versuchte, die richtigen Worte zu finden.

„Es fühlte sich unglaublich echt an, wisst ihr. Ich war der festen Überzeugung, dass der Hüter mich verraten, von euch weggebracht und in den Wald des Mangriden geworfen hatte …"

„Du musstest gegen den *Mangriden* kämpfen?! Hast du ihn getötet?" Eine Fassungslosigkeit machte sich unter ihren Freunden breit, die aber rasch Erleichterung wich. Dann würden sie dieses Monstrum endlich vergessen können!

„Kämpfen ist nicht das richtige Wort. Ich hatte weder meine magischen Kräfte noch meine Waffen zur Verfügung, und so bin ich vor ihm geflohen, bin eine Schlucht hinabgeklettert und habe mich versteckt. Ich ... ich weiß nicht, ob ihr das verstehen könnt. Dieses Gefühl, völlig allein zu sein. Und auch noch ohne meine Magie. Ich hatte solche Angst."

„Wie hast du ihn dann besiegt?"

„Das musste ich gar nicht wirklich. Ich ... ich habe mich versteckt und versucht, eine Lösung zu finden. Als ich mich endlich etwas beruhigt hatte, bemerkte ich, dass der Mangride sich genauso bewegte wie ich. Und dann wurde mir klar, dass er mein Spiegelbild war. Eine Darstellung meiner Kraft, meiner Magie. Ich musste mich dem Monster stellen und damit der Tatsache, dass Magie immer auch eine gefährliche, düstere Schattenseite hat. Der Mangride war ein Sinnbild für meine Ängste, meine dunkle Seite ... Ich musste den Mut aufbringen, mich meiner eigenen Dunkelheit zu stellen ... Als ich das erkannt und akzeptiert hatte, zerfiel er zu Rauch, und ich tauchte wieder in den Hallen von Siads Tempel auf. Er war gar nicht der echte Mangride, nur ein Sinnbild für die Finsternis, in die ich abrutschen könnte."

Ihre Freunde schwiegen und starrten sie aus großen Augen an. „Das ... das ist ganz schön ...", fing Malak an und wurde von Elaya abgelöst „... tiefsinnig."

„Diese Erkenntnis hattest du, während du dem *Mangriden* gegenüberstandest?", fragte Tarek, als könne er es kaum glauben.

Zenay schmunzelte. „Ja, schon verrückt, oder? Es war zwar nicht der echte, aber ich weiß auch, dass ich jetzt keine so schreckliche Angst mehr vor ihm haben werde. Ich glaube, Rupicapra hat ihn als meine Prüfung gewählt, weil er mich so lange beschäftigte und quälte. Aber der Mangride war auch einmal ein Mensch ... der den Kampf gegen seine eigenen Schatten verloren hat."

Sie schwiegen eine Weile, dann richtete Iven sich räuspernd auf. „Nun, ich danke dir, dass du mir und den anderen davon berichtet hast, aber ich glaube, es wird Zeit."

„Zeit wofür?", fragte Zenay mit einem Stirnrunzeln.

„Ich habe es schon mit Jesco besprochen. Ich werde jetzt vorausreiten und alles Weitere vorbereiten. Wenn ihr nach Nordosten reitet, folgt ihr der Bergkette bis zu den Quellflüssen des Alti. Ihr müsst an diesen ein Stück entlangreiten, bis sie sich zum Fluss vereinen; dort warte ich auf euch in einem Dorf namens Forlann. Der schnellste Weg nach Norden ist ein Schiff, doch das muss vorbereitet werden."

Zenay sah ihn irritiert an. Warum wusste sie schon wieder nichts von ihren Plänen? Sie wollte protestieren, doch Iven schien sich seiner Sache sicher zu sein.

Jesco wandte sich ihr zu, bevor sie etwas dazu sagen konnte.

„Hast du noch das Geld von Nahatel? Das könnten wir jetzt gut gebrauchen."

Sie nickte und zog die lange Lederschnur aus ihrer Tasche. Das aufgefädelte Geld daran wog schwer, als sie es in Ivens offene Hand legte.

„Das wird auf jeden Fall reichen, um uns eine sichere Fahrt zu erlauben."

*Zum nächsten Tempel? Zur nächsten Reihe von Ratken?*, dachte sie und sah schweigend zu, wie Iven seine Habseligkeiten verstaute.

Er zog den Sattel seines Hengstes etwas enger und zurrte die Taschen fest. Elaya half ihm und versteifte sich dann, als er sie zum Abschied sanft auf die Wange küsste.

Ihr Blick war nicht mehr auf diese Welt gerichtet. Iven winkte ihnen ein letztes Mal zu, dann lenkte er sein Pferd vom Fluss weg und folgte dem Weg nach Osten.

Malak brach in schallendes Lachen aus, als seine Schwester so verträumt zu den anderen zurückkehrte, und sie lief dunkelrot an.

# Neue Hoffnung

Nila kam auf Kalana ... nein ... kam auf *Martyom* zugestürmt, kaum hatte er den Teleportationsraum verlassen. Sie warf sich Martyom entgegen und umarmte ihn stürmisch.

„Es ist so schön, dich wiederzusehen, Vater!", rief sie und einen Moment lang starrten sie sich an wie Fremde. Die schweren Zeiten hatten es ihnen nicht erlaubt, sich im letzten halben Jahr zu sehen.

„Wo ist Mutter?", fragte Nila mit einem freudigen Lachen auf dem Gesicht.

„Byrgit ist im Dorf geblieben und kümmert sich dort um einige Kranke."

Nila erstarrte, fasste sich aber schnell wieder. Ganz Phiruin.

„Das ... das ist schon in Ordnung. Wer weiß, vielleicht komme ich bald eine Weile zu euch. Es ist so viel passiert in letzter Zeit, die Ältesten überlegen, ob sie mich zu euch aufs Land versetzen."

„Du hast dich prächtig entwickelt in den letzten Jahren. Seit deiner Aufnahme habe ich nur Gutes über deine Fortschritte gehört."

Nila zuckte mit den Schultern. „Sie könnten besser sein, wenn ich eine Magierin wäre wie Mutter."

Martyom betrachtete seine Tochter voller Stolz. Man konnte die felidischen Züge in ihrem Gesicht erkennen, wenn man davon wusste. Ihr krauses Haar war gewachsen und noch voller. Zum Glück hatte sie nicht die typischen Augen geerbt, denn das hätten Byrgit und er nicht erklären können.

Aber noch etwas hatte sich an Nila verändert. Martyom starrte verblüfft auf die Figur seiner Tochter.

„Du ... du ..."

Sie lächelte, und eine Wärme entfachte die Schönheit in ihrem Gesicht. „Ja, ich bin schwanger."

Martyom schüttelte schmunzelnd den Kopf. „Mir scheint, ich werde alt. Ich bekomme kaum noch mit, was die Jugend der Phiruin so anstellt."

„Vater, ich bin 24. Benon und ich haben es besprochen und uns dafür entschieden. Ich … ich hoffe ein wenig, dass unser Kind ein Magier wird wie er. Aber ich habe auch Angst davor, was es für sein oder ihr Leben bedeuten könnte."

„Das kann ich dir nicht sagen. Ich weiß nur, dass deine Mutter und ich ohne unsere Fähigkeiten vielleicht nicht zueinandergefunden hätten."

„Dann werde ich das Beste hoffen."

Martyom lächelte und nahm seine Tochter in den Arm. Er würde Großvater werden! Bei den Hütern, wie Byrgit sich darüber freuen würde!

„Erzählst du mir, was in den letzten Monaten noch vorgefallen ist?", fragte er nach einem Moment.

Nila nickte, und ihr Gesicht verdüsterte sich.

„Sie haben vor wenigen Tagen ein ganzes Dorf der Miakoda zerstört, die Magier gefangen genommen und die Bewohner getötet! Wir müssen die restlichen Miakoda warnen und ihnen raten, sich zu verstecken und zu verteilen! Sonst wird sie das gleiche schreckliche Schicksal ereilen wie die Feliden damals!"

Martyom bebte innerlich und nahm seine Tochter an den Schultern. Würden die Ratken denn niemals aufhören? Wollten sie jede andere Kultur auslöschen?

„Vater, was sollen wir nur tun? Unsere Zahlen schrumpfen. Jedes Mal, wenn Zayda einen unserer Magier gefangen nimmt und seinen Willen bricht, wird ein neues Dorf ausgelöscht …"

Er strich ihr sanft über das krause Haar. „Meine Nila … du musst zuallererst auf dich achtgeben. Bring dich nicht unnötig in Gefahr."

Er warf einen Blick auf ihren gerundeten Bauch. Sie nickte, versuchte zu lächeln, als sie eine Hand auf ihren Bauch legte. „Du hast recht. Es … es ist nur nicht leicht, hier tatenlos herumzusitzen, während die anderen da draußen Widerstand leisten. Ich bin es einfach gewöhnt, zu kämpfen."

„Das hast du von deiner Mutter."

Sie lächelte und wandte den Kopf. Schritte näherten sich, einer der Weisen kam durch den Gang auf sie zu. Sein Gesicht war angespannt und aschfahl.

„Was ist los? Ist etwas passiert?"

„Nila … wir haben Neuigkeiten aus dem Dorf, das zuletzt angegriffen wurde. Ich schwöre dir … ich habe es gerade erst erfahren!"

„Was? Was denn?" Verzweiflung ließ sie erbeben, und sie machte unwillkürlich einen Schritt auf den Weisen zu.

„Benon war dorthin versetzt worden, um den Anführer des Dorfes wegen der letzten Feliden zu beraten. Er … er ist nicht zurückgekommen. Zaydas Magier haben ihn gefangen genommen."

Die Welt schien zu schwanken.

„Nein! Nein, das kann nicht sein …", fing sie an und war auf einmal keine starke Frau mehr, sondern wieder sein kleines Mädchen. Martyom wollte sie berühren, aber sie wich zurück und sah sich um wie ein gefangenes Tier.

„Nein!"

Martyoms Magie ließ ihn Nilas Schmerz wie seinen eigenen fühlen. Sie riss die Hände in die Luft und schrie ihr Leid hinaus, brüllte, dann torkelte sie und brach zusammen.

Es war wie ein Stich ins Herz, als er seine einzige Tochter so schluchzen sah. Benon war fort. Wenn er nicht tot war, würde Zayda ihn für sich gewinnen. Sie würde ihn zu einer willenlosen Hülle machen, zu einem Sklaven, der seine eigenen Freunde jagte und vernichtete.

Nilas Schmerz überwältigte ihn; er sank neben ihr zu Boden und schloss die Augen.

Dunkelheit umwogte ihren Geist – und Kalana öffnete die Augen.

Sie taumelte und bemerkte dann, dass sie die ganze Zeit hinter Asur hergelaufen war.

Wie hatte sie weitergehen können, während diese Erinnerungen sie übermannten?!

Sie zitterte noch immer. All dieses Leid, das Martyom und seiner Familie geschehen war. All diese Verluste von Freunden und geliebten Menschen. Benon … Nila – sie hatte ihren Sohn nach ihrem Mann benannt, nachdem er verschwunden war!

Zu ihrer eigenen Erschütterung mischte sich langsam Wut. Warum hatte Martyom ihr das angetan? Warum musste sie all seine schlimmen Momente wieder durchleben? Was wollte er ihr sagen?

Dann kam ihr ein Gedanke.

*Wo ist Nila jetzt? Lebt sie noch? Und wenn ja ... weiß sie, was mit Martyom und Byrgit passiert ist? Und mit ihrem Sohn?*

Kalana biss sich auf die Lippe. Sie wünschte, sie wüsste, was mit ihm geschehen war. Ob er hatte fliehen können?

Sie folgten dem Weg durch den grünen Wald. Im zerfallenen Laub des Vorjahres sprossen die ersten Pilze, und einige Büsche hingen bereits voller Beeren. In einiger Entfernung wurde es heller. Dort kündigten sich die Felder an. Dahinter mussten die Stadt und der Yor liegen.

Asur erstarrte, als sie aus dem Wald traten und zum ersten Mal die Steinstadt erblickten.

Dicker, schwarzer Qualm hing in der Luft über dem Fluss, und vor der Stadt auf einem Feld waren Zelte aufgeschlagen. Ein Stück davon entfernt lagen schwarze Haufen.

Kalana ächzte. Das waren verkohlte Leichen.

Vor den Zelten stand eine ganze Schar von Ratken.

Yoruba war von den Ratken besetzt! Tränen traten in Kalanas Augen, und sie wischte sie rasch weg.

„Was machen wir denn jetzt?!", fragte Kian leise hinter ihr. „Wo sind wir jetzt noch sicher?"

Gerade als Kalana den Mund öffnen wollte, flackerte ein Bild vor ihren Augen auf. Der Schatten einer Erinnerung.

Sie sah verwinkelte Gassen, strömendes Wasser in kleinen Kanälen. Sie flog förmlich auf ein Haus zu, auf eine Tür, eine Treppe hinunter und in ein Gewölbe.

„Es gibt ein Versteck der Phiruin in Yoruba", murmelte sie mit monotoner Stimme.

Sie wurde erst aus den Bildern gerissen, als Asur sie an der Schulter schüttelte.

„Was hast du gesagt?"

„Es gibt dort ein Versteck. Die Phiruin sind in Yoruba."

Kian und Anak traten neben sie.

„Dann versuchen wir hineinzukommen?"

Kalana zögerte einen Moment, dann nickte sie. „Wir brauchen endlich ein Dach über dem Kopf und warmes Essen und einen Heiler. Bei den Phiruin bekommen wir all das."

Asur streichelte ihr sanft über die hagere Wange.

„Wir müssen es versuchen. Ich … ich habe neue Informationen von Martyom erhalten. Ich glaube, er wollte, dass wir seine Tochter suchen. Sie ist ebenfalls eine Phiruin. Und sie ist eine Felide", fügte Kalana noch hinzu.

„Was? Aber … die beiden waren doch nicht …"

„Nein, das stimmt. Sie haben ein Felidenmädchen gerettet und als ihre Tochter aufgezogen."

Kian und Anak sahen sich verdutzt an. „Ich dachte, die Feliden seien ausgerottet worden", meinte Kian.

„Nun, es scheint nicht ganz so funktioniert zu haben, wie Zayda es wollte."

„Könnten noch andere Feliden leben?"

„Ich weiß es nicht. Aber in Yoruba sollten wir Antworten bekommen. Ich muss Nila finden. Vielleicht kann sie mir helfen, zu verstehen, was Martyom getan hat."

Asur seufzte und starrte einen Moment auf die Krieger am Fluss. „Hoffentlich hast du recht. Andernfalls sitzen wir in der Falle, sobald wir die Stadt betreten."

«✛»

Ikar erwachte mit einem lauten Ächzen. Sein Mund war trocken und voller Staub, sein Kopf pochte und dröhnte.

Er bewegte sich stöhnend und bemerkte, dass etwas Schweres auf ihm lag und ihm die Luft aus den Lungen presste. Seine Erinnerungen kamen langsam zurück, und er knirschte mit den Zähnen. Der verfluchte Gaul! Er war abgerutscht!

Als er vorsichtig den Kopf drehte, wurde ihm auch klar, was da auf ihm lag. Das waren keine Steine von dem Erdrutsch. Es war sein Pferd.

Er verrenkte sich den Hals und erhaschte im Augenwinkel einen Blick auf den Kopf des Tieres. Er war blutverschmiert und verdreht.

Ikar schnaufte und versuchte, sich zu bewegen. Schmerz schoss durch sein Bein den Körper hinauf und signalisierte ihm eine Verletzung. Vielleicht war sein Schienbein gebrochen.

In seiner jetzigen Situation konnte er es nicht sagen.

Der Staub in seinem Mund schmeckte nach Blut, und heftiger Durst machte ihm das Denken schwer.

Dennoch bewegte er probeweise die Beine. Sein verdammtes Pferd presste ihn in die spitzen Steine und hielt ihn dadurch fest. Er sah sich um, packte dann einen Felsbrocken in der Nähe. Als er zog, verrutschte nur der Stein. Fluchend tastete er nach einem anderen Fels mit besserem Griff und mehr Gewicht.

Diesmal konnte er sich ein kleines Stück unter dem Gaul herausziehen. Schmerz strahlte seinen Rücken hinauf und lähmte seine Beine. Der Sand knirschte zwischen seinen Zähnen, als er sich an den nächsten Fels krallte und zog.

Der Druck auf seiner Brust ließ langsam nach und lastete dafür auf seinen Oberschenkeln. Am liebsten hätte er mit einem Beil auf das Tier eingehackt.

Kaum hatte er sich unter dem Kadaver herausgearbeitet, drehte er sich vorsichtig auf den Rücken. Mit zusammengepressten Lippen richtete er sich in eine sitzende Position auf und atmet eine Weile tief ein und aus, während er sich an den toten Gaul lehnte.

Sein linkes Bein war leicht verdreht und angeschwollen; der Schmerz machte es ihm schwer, klar zu denken. Er ließ sich zurücksinken, tastete nach dem Beutel an seiner Hüfte und fingerte ihn auf. Zuerst spürte er die zusammengewickelten Seile und die Bilure daran. Die Erleichterung strömte durch ihn wie eine Droge. Sie waren noch intakt.

Er tastete weiter und fand den letzten Bilur, zog den rot leuchtenden Stein heraus und presste ihn an sein Bein. Kaum berührte der magische Speicher das Blut, zerfiel er und sank in die Haut.

Die Magie drang durch seine geschwollenen, schmerzenden Muskeln und ließ eine kribbelnde Hitze in seinem Bein entstehen. Das Schienbein knackte, dann ebbte der Schmerz rasch ab, und allmählich ließ das Pochen in seinem Kopf nach.

Wie lange hatte er hier gelegen? Einen Tag? Es schien zumindest eine Nacht vergangen zu sein. Es war noch morgendlich frisch, aber die Wärme des Tages bahnte sich schon an.

Er schlug mit der Faust auf den steinigen Untergrund und schrie seine Wut in den menschenleeren Wald am Rand der Geröllhalde.

Immer noch fluchend, rappelte er sich mühsam auf, belastete sein gerade geheiltes Bein und zerrte seine wenigen Habseligkeiten unter dem toten Pferd hervor. Sein Mantel klemmte fest, und einem Impuls folgend zog er eines seiner Messer und stach auf den verdammten Gaul ein, bis er keine Kraft mehr hatte.

*Das Mädchen ist schuld!*, schoss es ihm durch den Kopf. *Sie hat absichtlich den anderen Pfad gewählt, damit ich in den Steinrutsch gerate! Am Ende hat sie ihn noch selbst ausgelöst!*

Er trank den Wasserschlauch mit wenigen kräftigen Zügen leer und war sehr versucht, gleich auch den Wein hinterherzuschütten. Er beherrschte sich jedoch, kontrollierte seine Waffen und seine Ausrüstung, zerrte den Mantel frei und erklomm den geröllübersäten Hang.

Oben auf dem abgebrochenen Pfad fand er die Spuren der Reiter wieder. Wenigstens etwas.

Er lief, bis seine Füße schmerzten und sich ein Pochen in sein verheiltes Bein schlich, doch auch dann hielt er nicht an.

Gegen Mittag fand er eine alte Lagerstelle der Gruppe am Fuß von Siads Berg. Für jeden anderen hätte sie ausgesehen wie das Lager von irgendwelchen Leuten, aber er wusste es. Keine anderen Spuren hatten sich mit denen der Reiter auf dem Weg vermischt. Sie mussten es sein.

Er untersuchte die Spuren. Die Pferde schienen sie hier behalten zu haben, und ein Teil von ihnen war zu Fuß in die Stadt gegangen; später waren sie zurückgekehrt und gemeinsam losgeritten, weg von den Bergen in Richtung Osten.

Ikar knackte mit seinen Fingerknöcheln. „Was hat sie in Siad gemacht? Und warum haben die Ratken es nicht bemerkt?" Er folgte den Spuren der Pferde. „Sie hatten es eilig … sind aber dennoch langsam geritten. Dann war es nachts?"

Weiter vor sich hinmurmelnd, ließ er das Lager hinter sich. Wenn sie tatsächlich erst in der Nacht losgeritten waren, hatte er vielleicht noch eine Chance, sie wieder einzuholen.

Düstere Gedanken kreisten in seinem Kopf, während er loshastete. Wirre Vorstellungen, was er alles mit ihr anstellen würde, sobald er sie endlich hatte. Aufgeben kam für ihn nicht in Frage.

«✝»

Zenay war unsicher, was sie von Ivens übereiltem Aufbruch halten sollte. Wie konnte sie die anderen danach fragen? Ihr Inneres war nach der Prüfung noch immer aufgewühlt, und sie befürchtete, dass sie nur wieder einen Streit anzetteln würde.

Nachdenklich betrachtete sie ihre makellosen Hände, die in ihrem Schoß lagen. „Ich hatte mir Schürfwunden geholt, als ich in den Felsen abrutschte ... aber bei dem Kraftschub sind sie wieder geheilt. Die Kratzer waren da, ganz sicher."

„Kann eine Illusion so weit gehen, dass man sich dabei verletzten kann? Sogar ... dabei sterben?", fragte Elaya angstvoll, und sie alle warteten gespannt, ob Zenay eine Antwort haben würde.

„Sagt ihr es mir, ihr scheint ja wesentlich mehr über die Prüfungen zu wissen als ich", meinte sie schelmisch.

„Sina ...", fing Tarek an, doch sie schnaubte angesichts seiner miesen Laune.

„Nein, damit ist jetzt Schluss! Wir sind ein Team ..." Sie stockte kurz, als ihr klar wurde, dass sie dieses Wort nicht kennen konnten. „Ähm ... wir arbeiten als Gruppe zusammen! Ich *erwarte*, dass ihr in Zukunft ehrlich zu mir seid! Ich trage eine RIESIGE Verantwortung mit mir herum. Jeden Tag! Ich soll eine starke Magierin werden, einer Tyrannin die Stirn bieten – da habe ich ein Recht darauf, informiert zu werden. Es ist *meine* Verantwortung, und deshalb will ich auch abwägen können, was die richtigen Entscheidungen sind!"

Während sie noch schnaufte, zog Elaya die Schultern ein und wurde immer kleiner. Auch die anderen sahen unglücklich aus, nur Tarek räusperte sich und erwiderte dann kühl: „Du hast recht. Aber ich habe auch eine Verantwortung, so wie die anderen. Wir sind hier, um dich zu schützen."

Zenay hielt inne, als sie spürte, dass sie wütend wurde. Sie sah Tarek und ihre Freunde einen Moment lang schweigend an und erkannte nichts als Stolz und Zuversicht in ihren Blicken. Die Wut in ihrem Bauch löste sich auf und machte eine Erleichterung Platz, die sie auflachen ließ.

Elaya und ihr Bruder wechselten einen kurzen Blick. „Was hat sie denn?", flüsterte der Schmiedegeselle, und sie zuckte mit den Schultern, während Zenay weiter lachte und sich schließlich eine Träne aus dem Auge strich.

„Ihr seid alle immer davon ausgegangen, dass ich es schaffe, nicht wahr?"

Die anderen wurden noch verwirrter, das konnte sie ihnen ansehen, und sie grinste breit.

„Ihr schickt Iven los, um die weitere Reise vorzubereiten – aber geplant habt ihr das alles schon viel früher. Ich scheine die Einzige gewesen zu sein, die Zweifel hatte. Ich … vor der Prüfung dachte ich irgendwie immer, dass ihr mir Informationen vorenthaltet, weil ihr es mir nicht zutraut, mit der Situation zurechtzukommen. Aber ihr wollt mir nur nicht alles aufbürden und traut mir viel mehr zu als ich selbst." Sie lachte wieder. „Ich finde das einfach komisch."

Ihre Freunde wirkten auf einmal erleichtert, und Elaya fiel in ihr Lachen mit ein.

„Könnt ihr mir dann jetzt bitte zeigen, wo die anderen Tempel liegen? Ich würde gerne verstehen, wohin Iven gerade vorausreitet."

Es überraschte Zenay, wie widerwillig Jesco die Karte hervorholte. Er und Tarek wechselten vielsagende Blicke, und Zenay musste sich zusammenreißen, nicht in ihren Köpfen nach Antworten zu suchen. Sie wusste, dass sie es gekonnt hätte.

Der Bogenschütze strich die Karte glatt, und sie steckten die Köpfe zusammen. Zenay ließ den Blick über die Karte schweifen. „Wo?"

„Natuh. Irfen … und Ornagent."

Zenays Augen weiteten sich, als sie zwei der Orte in der Mittagssonne entdeckte. Natuh lag genau in der anderen Richtung von Ornanung und Yoruba am nächsten Gebirgszug, weit im Nordwesten. Und Irfen befand sich mitten in einer scheinbar endlosen Ebene in der Mitte der Karte.

„So weit!", ächzte sie. „Das wird … *Monate* dauern!"

„Dann verstehst du jetzt, warum Iven losreitet? Er ist ja offiziell immer noch eine Wache von Yoruba. Er kann uns die Mitfahrt auf einem Handelsschiff organisieren, auf dem auch die Pferde mitreisen können. Iven regelt das. Und der Alti ist momentan unsere einzige Option, um wieder schnell in den Norden zu kommen. Die Ratken werden sich bald denken können, was in Siad passiert ist, und niemanden mehr durch die Schlucht lassen. Also bleibt nur der Umweg um die Berge."

Zenay erschauderte. Die Ratken würden wissen, was ihr Plan war? Wie sollte sie es dann in Natuh oder irgendwo sonst schaffen, zu der Magiequelle vorzudringen? Sie würden die Tempel sicher abschotten!

*Aber der Tempel in Siad war ja auch beschützt, und du hast es geschafft. Vertrau auf deine Fähigkeiten, dann findet sich ein Weg*, sagte sie sich im Stillen.

„Und wo ist der letzte Ort?", fragte Zenay stattdessen seufzend und suchte die Karte ab. „Dieses Ornagent? Der Name klingt fast wie der vom Dorf, aber es ist nicht zufällig die Energiequelle dort, oder?"

„Nein, leider nicht. Das … ähm … ist noch ein gewisses Problem", meinte Tarek kleinlaut. „Wir wissen nicht, wo es liegt."

Zenay war irritiert, doch dann erinnerte sie sich vage daran, dass Shetan ihr einmal davon erzählt hatte, nachdem sie in Ornanung aufgewacht war. „Es ist zerstört worden, nicht wahr?"

„Vermutlich nicht richtig *zerstört*. Es ist vielmehr aus der Geschichte getilgt worden. Du musst wissen, dass diese vier Tempel, Siad, Natuh, Irfen und Ornagent, die wichtigsten und heiligsten Orte der vier Völker waren. Dort liegen die stärksten Quellen, und man kann am leichtesten Kontakt zu den Hütern aufnehmen. Es gab noch eine Reihe kleinerer Tempel, doch diese wurden in den Kriegen eingerissen. Die restlichen wurden von Zayda ausgelöscht. Sie hat es auch bei diesen letzten vier Tempeln versucht, aber die Quellen waren zu stark", erklärte Tarek weiter und zitierte damit vermutlich Shetan.

„Und was ist mit Ornagent passiert?"

„Zayda hat versucht, die Quelle dort zu schließen, es angeblich aber nicht geschafft. Anschließend verwüstete sie den Tempel und das umliegende Dorf und ließ alle Bücher verbrennen und Karten vernichten, die den Ort zeigten."

„Bei Ornanung war auch so ein Tempel, ein kleinerer", warf Elaya ein. „Zayda hat ihn dem Erdboden gleichgemacht und das Portal ausgesaugt. Es ist strengstens verboten, über all dies zu reden. Deswegen sind schon Leute öffentlich hingerichtet worden."

Sie erschauerte und warf ihrem Bruder einen kurzen Blick zu.

Zenay nickte fahrig. Eine Erinnerung tauchte in ihr auf. Sie hatte diesen Tempel von Ornanung schon gesehen, in Wafaas Erinnerung. Sie hatte gesehen, wie Zayda dort die Magier tötete. Das war auf der Lichtung gewesen, auf der noch heute die Quelle lag. Der Steinkreis auf der Wiese war das Einzige, das die Vernichtung durch Zayda überstanden hatte.

„Ich vermute, dass sie deshalb nach dir sucht", meinte Jesco unvermittelt.

„Wie meinst du das?", fragte Elaya.

Jesco starrte kurz hoch zur Sonne, während sein Blick ernst blieb. „Überlegt doch mal. Die Königin will grenzenlose Macht. Und du als Zafija hast einen ganz besonderen Zugang zur Magie, der Zayda vielleicht noch fehlt. Wenn sie die Quellen unter den übrigen Tempeln vernichten und ihre Energie in sich aufnehmen könnte, würde sie das vermutlich unsterblich machen, wenn es sie nicht umbringt. Sie ist ja schon sehr alt. Und niemand könnte je wieder ein starker Magier werden. Sie würde den Zugang zu den Hütern für immer vernichten."

Zenay lief es kalt über den Rücken. „In meinen wenigen Erinnerungen wirkt sie noch jung. Sie hatte weiße Haut, unter der dunkle Schatten lagen, fast als würden schwarze Muskeln darunter sichtbar werden. Aber ich kann mir das auch eingebildet haben, ich war nicht unbedingt … in guter Verfassung." Sie schwieg kurz. „Ich glaube, sie hat mich ständig gefragt, wie ich meine Magie schütze. So, als hätte ich schon damals über starke Fähigkeiten verfügt. Dabei habe ich sie ja eigentlich erst in Ornanung entdeckt."

Sie schwiegen, und Zenay sah in den Wald, in dem Iven verschwunden war.

„Ich … möchte nachdenken. Haben wir noch etwas Zeit?"

„Sicher. Ruh dich aus."

Zenay nickte, dann stand sie aus dem Kreis ihrer Freunde auf und zog sich an das Ufer des kleinen Flusses zurück.

Sie setzte sich auf die abgerundeten Steine und schloss die Augen.

Ihr Atem ging langsam und ruhig … mit jedem Atemzug floss ein Strom von Energie durch ihre Adern und ihr Bewusstsein. Die Magie glühte wie ein zweites, strahlendes Herz in ihrer Brust und erfüllte sie mit pulsierender Wärme. Sie sandte sie aus, schickte sie in einem hochkonzentrierten Faden nach Ornanung, stellte sich die grünen, satten Wälder und das kleine Dorf vor … und fand die Energie des alten Magiers.

*Shetan? Shetan, ich …*

Sie musste nicht mehr sagen, da wusste sie schon, dass er verstand.

Zenay konnte nicht wirklich hören, was er sagte, er war zu weit weg und zu schwach – aber sie spürte, dass er ihre neu gewonnene, veränderte Kraft wahrnahm. Eine Woge aus Freude durchströmte ihren alten Lehrmeister und erfasste auch sie.

In diesem kurzen Moment der Verbundenheit wurde ihr bewusst, was für ein Geschenk sie erhalten hatte. Sie spürte eine völlig neue, innige Tiefe in ihrer Magie und eine Demut über diese faszinierenden Kräfte, die sie vor der Prüfung nie so bewusst wahrgenommen hatte.

„Danke", flüsterte sie, dann endete die Verbindung zu Shetan, und sie war wieder allein.

«✝»

Mazuk kochte innerlich. Er wusste nicht mehr weiter. Der Magier in Ornanung hatte ihm von einem belanglosen Zwischenfall in dem Dorf berichtet, bei dem die verzweifelten Bewohner einen alten Tattergreis als Magier hatten verpfeifen wollen. Doch der Alte war nicht sonderlich magiebegabt und anscheinend auch nicht mehr bei vollem Verstand. Eine dumme Zeitverschwendung. Dem Magier hatte er trotzdem befohlen, dort zu bleiben.

Die anderen zwei Weißaugen bei ihm warteten wie immer starr und statuengleich auf seine Anweisungen.

Welchen spärlichen Hinweisen sollte er nun folgen? Er hatte bereits vor langem von den Kämpfen bei Yoruba gehört und den Wald selbst noch einmal abgesucht. Zayda unter die Augen zu treten hatte er nicht gewagt. Sie war ohnehin schon in die Festung nach Mazmorra zurückgekehrt. Mazuk konnte sich gut ausmalen, wie wütend sie sein musste. Das Mädchen war noch immer spurlos verschwunden.

Während er seinen Gedanken nachhing, legte die Magierin neben ihm den Kopf schief. „Herr", fing sie mit monotoner Stimme an, „unsere Meisterin hat Informationen erhalten, dass es einen Zwischenfall in Siad gab. Sie will uns dort wissen."

Mazuk nickte. Wenn Zayda ihren Magiern direkte Anweisungen durch ihre magische Verbindung gab, konnte er sich dem nicht widersetzen. „Dann gehen wir. Hier gibt es ohnehin nichts mehr für uns zu tun."

Er hatte kaum zu Ende gesprochen, da breitete sich schon wirbelnder Nebel um ihn, und Blitze durchzuckten den Raum.

Sie tauchten in einer Halle auf. Staub hing in der Luft, Licht strahlte hinein und fiel auf eine Reihe von Toten.

Mazuk knirschte mit den Zähnen, als er die Ratken erblickte. Sie lagen in ihrem eigenen Blut, dazwischen noch Waffen, Ausrüstung, ein blutbeflecktes Kartenspiel.

„Was ist hier passiert?!"

„Unsere Krieger haben einige Verdächtige durch das Dorf verfolgt, aber wieder verloren. Die Männer sind im Wald vor der Stadt, haben allerdings noch keine brauchbaren Spuren gefunden."

„Was könnt ihr fühlen? Wer war hier? War es das gesuchte Mädchen?"

Die Weißaugen standen einen Moment regungslos, dann hoben sie beide ihre Hand und zeigten in die gleiche Richtung.

„Hier lebt niemand mehr. Aber ein Stück entfernt können wir eine starke Spur wahrnehmen. In dem Haus ist Magie gewirkt worden", sagte die Frau. Mazuk entging nicht, dass sie seine Frage nicht direkt beantworteten. Aber immerhin versuchten sie, zu helfen.

„Bringt mich dorthin. Sofort!"

Licht umflutete ihn, verschluckte die staubige Tempelhalle und gab dann einen schattigen Innenhof preis. Die Tür zum Haus stand offen, schwacher Wind bewegte sie.

Er betrat das alte, dunkle Haus mit gezückter Waffe, doch es war verlassen. Rasch durchkämmte er die Zimmer, fand Anzeichen für einen hastigen Aufbruch. Der Einrichtung nach zu urteilen, musste es ein junges Kind gegeben haben. Aber es fehlten Decken, Kleidung und Essen. Diese Leute würden kaum zurückkommen. Sie hatten gewusst, was hier geschehen war. Vielleicht waren sie sogar mit der Magierin gegangen?

Mazuk ließ die Weißaugen nach Spuren suchen, aber alles deutete darauf hin, dass die Bewohner fort waren.

Er betrachtete das Durcheinander in der Stube. Eine Menge Sachen schienen herumgewirbelt worden zu sein, wie bei einem Sturm. Die Scheiben des Fensters waren geborsten, einige Schränke aufgerissen und Regale ausgeräumt. Mazuk klaubte Papier vom Boden auf und besah es sich. Mehrere Briefe waren an einen *Nahatel* geschickt worden.

„Was ist hier passiert?", wollte er von den Weißaugen wissen, während sein Blick noch auf den Briefen ruhte.

„Wir spüren die Reste von sehr mächtiger Magie. Wir haben so etwas noch nie gespürt. Es muss sich um die Folgen des Kontakts mit dem Hüter im Tempel handeln."

„Wollt ... ihr damit sagen, dass das Mädchen im Tempel *erfolgreich* war?"

Die beiden Weißaugen nickten gleichzeitig.

Mazuks Gedanken rasten. Das würde alles verändern! Schnaubend dachte er daran, dass dieser Shir'Raki wohl doch nicht so gut in seinen Nachforschungen war, wie er glaubte. Immerhin hatte er der Königin versichert, dass die Gesuchte nach Norden reisen wollte. Und auch Alrac hatte nichts erreicht.

Ein Hochgefühl breitete sich in ihm aus, obwohl diese Neuigkeiten ganz und gar keine gute Entwicklung andeuteten.

Jetzt war er wieder ganz der Alte. Er würde die Gunst der Königin wieder für sich gewinnen.

„Bringt mich sofort nach Mazmorra."

Das würde seine Herrin sicherlich brennend interessieren.

«✝»

Der kleine Fluss hatte sich an einer Stelle nahe ihres Lagers zu einem Becken angestaut, in dem man sogar schwimmen konnte. Zenay hatte sich ihre Sachen geholt und hierher zurückgezogen, um sich den Schweiß und Staub abzuwaschen und nachzudenken.

Sie zog sich aus und tauchte in das kühle Wasser ein. Mit kräftigen Zügen zerteilte sie die kleinen Wellen und schwamm zu den Felsen, zwischen denen das Wasser durchsickerte und sich wieder dem strömenden Fluss anschloss.

Eine Weile ließ sie sich treiben. Sie beobachtete das Glitzern der Sonne zwischen den Baumkronen, dann schrubbte sie sich den hartnäckigeren Staub von Armen und Beinen.

Als sich Schritte vom Lager näherten, tat sie so, als würde sie nicht spüren, dass es Tarek war. Er blieb am Ufer vor dem Becken stehen, wenig später kam er platschend ins Wasser gesprungen und watete zu ihr ins bauchtiefe Wasser.

„Zenay!", hauchte er leise und trat hinter sie. Als er ihre Schulter berührte, drehte sie sich unter seiner Hand weg und sah ihn feurig an.

„Weißt du, ich bin immer noch wütend auf dich. All diese Geheimnisse! Das muss aufhören!"

Er zögerte und schien sich zu bemühen, den Blick nicht an ihrem Körper herunterwandern zu lassen. Sie verschränkte die Arme vor ihren nackten Brüsten und kicherte dann. „Ich meine es ernst, Tarek!"

„Ich auch. Deshalb will ich dir ja gerade etwas sagen, das du vielleicht noch nicht bemerkt hast."

Sein Blick wurde sinnlicher und strahlte etwas aus, dass ihr gerade nicht ganz geheuer war. Sie wollte eigentlich allein sein und das kühle Wasser genießen.

„Was meinst du denn? Ich weiß, dass du mich liebst."

Er lachte kurz und spritzte ihr etwas Wasser entgegen. „Das meine ich nicht. Ich meine deine alten Verletzungen von deinem Kampf mit dem Mangriden. Sie sehen anders aus."

Zenay sah ihn irritiert an, dann verrenkte sie den Hals, um auf den hinteren Teil ihrer Schulter blicken zu können. Erstaunt hob sie die andere Hand und betastete das leicht unebene Gewebe der Stellen, wo der Mangride sie gebissen und halb aufgeschlitzt hatte.

Die Schwärze unter der Haut war deutlich zurückgegangen. Sie war nicht fort, aber viel schwächer. Auch die Zahnabdrücke auf ihrem Arm waren jetzt viel blasser. Sie horchte in ihr Inneres und fand dann die Reste seiner Magie, den düsteren Schatten, der im Hintergrund ihres Geistes lauerte. Er war noch da, aber wirkte wie … *eingeschlafen.*

„Das … das hatte ich wirklich nicht bemerkt. Es muss während des Kraftschubs geheilt sein. Ich … du kannst es dir nicht vorstellen … dieser Moment, als alles nur noch aus Magie bestand. Es war, als würde die Zeit stehen bleiben. Diese reine Energie, die durch mich strömte. Sie war beängstigend, aber auch überwältigend schön."

Tarek legte lächelnd seine Hand auf ihre, und seine kühlen Finger berührten ihre Haut.

„Ich finde hier noch viel mehr überwältigend schön."

Er kam ihr ganz nah, und sie wurde sich seiner und ihrer eigenen Nacktheit bewusst.

„Ich … ich möchte gern noch ein bisschen im Wasser bleiben. Und nachdenken."

Ein leiser Schimmer von Enttäuschung schlich sich in Tareks Augen, dann küsste er sie wieder und nickte. „Ich kann warten."

Sie erwiderte sein verschmitztes Lächeln und sank wieder bis zum Kinn ins Wasser.

„Darf ich trotzdem auch das Wasser genießen?", fragte er und schien erleichtert, als sie mit einer ausladenden Geste auf den Fluss zeigte.

„Sei mein Gast."

„Ich habe mit den anderen gesprochen, wir bleiben heute Nachmittag hier. Jesco und Asyra legen ein paar Schlingen im Wald aus, vielleicht fangen sie Kaninchen."

„Sind wir nicht noch zu nah an Siad?"

Er runzelte kurz die Stirn. „Spürst du Feinde in der Nähe? Ich glaube nicht, dass sie uns finden. Wir könnten überall sein."

Tarek schwamm mit kräftigen Zügen durch das Becken, tauchte unter und verspritzte Wasser, als er seine schwarzen Haare anschließend schüttelte. Lachend watete er zum Ufer zurück. Er zog sich seine Hose an und legte sich auf die Steine, um sich von den warmen Sonnenstrahlen trocknen zu lassen.

Zenay wusch sich die Haare und kam dann auch ans Ufer. Unter Tareks Blick trocknete sie sich ab, indem sie das Wasser auf ihrer Haut mit ihrer Magie verband und auf die Steine fließen ließ. Es kribbelte leicht, fühlte sich aber angenehm an.

Tarek setzte sich auf und strich mit seinen warmen Händen über ihre Beine. „Möchtest du immer noch allein sein?"

Sie kicherte und machte einen Schritt von ihm weg. „Tarek, die anderen könnten uns sehen."

Er sprang auf, schnappte sich ihren Arm, zog sie lachend zu sich und hielt sie einen Moment ganz fest. „Ich bin unheimlich stolz auf dich, meine Zenay."

Sie lehnte ihren Kopf an seine Schulter, während er sanft über ihren Rücken streichelte, dann streckte sie sich zu ihm und küsste ihn. Eine Weile standen sie unbewegt da und genossen den Moment der Zweisamkeit, bis sich Zenay von ihm löste.

„Später", meinte sie augenzwinkernd und schnappte sich die sauberen Sachen vom Boden, die sie vorher aus ihrer Satteltasche gezogen hatte. Sie zog sich an und kehrte mit Tarek ins Lager zurück.

Elaya wirkte während des Abends ungewohnt abwesend. Zenay konnte sich denken, womit ihre Gedanken beschäftigt waren, und ließ sie in Ruhe. Da im Laufe des Abends dunkle Wolken aufzogen, bauten sie doch die Zelte auf, und Zenay zog sich bald zurück. Tarek kam nach einer Weile zu ihr und setzte sich neben sie auf den ausgebreiteten Mantel.

„Glaubst du, jemand könnte uns in diesen Wäldern auflauern?", fragte sie mit einem Blick auf seinen Gürtel, wo er noch immer sein Schwert hängen hatte. Er beugte sich zu ihr, schüttelte den Kopf und küsste sie sanft.

„Du bist verändert. Ich glaube, ab jetzt müssen wir uns weniger Sorgen machen. Mit deiner Magie und Elayas Unterstützung sind wir viel sicherer. Wer sollte uns schon auflauern können?"

Zenay lächelte ihn dankbar an, und sein nächster Kuss ließ sie seufzen. Als er sich von ihr löste, glitzerten seine schwarzen Augen so intensiv, dass sie sich nicht mehr von diesem Blick lösen konnte.

„Weißt du, wie faszinierend ich dich und deine Kräfte finde?"

Sie lehnte sich an seine Brust, lauschte eine Weile dem Schlagen seines Herzens und konnte ein leises Gähnen nicht unterdrücken. „Das ist wirklich sehr nett von dir."

„Ich lasse dich jetzt schlafen … aber vielleicht wecke ich dich später noch einmal auf", murmelte er grinsend, drückte ihre Hand und verließ das Zelt.

Sie ließ sich auf ihr Lager zurücksinken und betrachtete einen Moment in der Düsternis ihre Habseligkeiten, die griffbereit neben ihr lagen; dann schloss sie die Augen und atmete tief ein und aus.

Ein … und aus …

Kaum war Zenay eingeschlafen, hatte sie das Gefühl, als würde sie in unendliche Tiefe fallen. Alles um sie herum wurde schwarz, und dann tauchten verschwommene Gestalten und Orte auf, doch sie kannte keinen von ihnen. Plötzlich stand sie in einer dunklen Straße und sah sich um. Es war still. Straßenlaternen beleuchteten den Asphalt und die getrimmten Hecken und Zäune. Plötzlich rannte ihr eine Frau entgegen.

Zenay wollte rufen, sie auf sich aufmerksam machen, da die Frau sich direkt vor ihr umdrehte und einen Blick über ihre Schulter warf.

Zenay dachte, sie würden zusammenstoßen – doch stattdessen fühlte sie eine ungewohnte, innere Wärme, als die Frau sie berührte. Auf einmal war Zenays Körper unwichtig, ihr Geist wanderte mit der Frau, als seien sie eins geworden.

# Triumph und Niederlage

Die Frau atmete heftig und umschloss ihr stumm weinendes Kind noch fester mit ihren Armen, während sie rannte. Ihre Handgelenke waren wund und blutig gescheuert von Fesseln, die sie jetzt nicht mehr trug.

Sie rannte und rannte, nur auf den einen Gedanken fixiert: Sie musste ihre Tochter retten. Das war das Einzige, was zählte. Den Wächtern durfte sie nicht wieder in die Hände fallen, niemals!

Die Straßen der fremden Stadt, in die man sie gebracht hatte, waren wie ausgestorben. Sie rannte um mehrere Hausecken, das Brüllen der Wächter immer noch in den Ohren. Wind kam auf und wirbelte Blätter von der feuchten Straße gegen die keuchende Frau, die sich jetzt in den Schatten einer hohen Hauswand drückte und lauschte. Der Lärm war verklungen, die Wächter hatten sie verloren!

Ein zaghaftes Lächeln huschte über ihre Lippen. Ja, sie war schon immer eine gute Läuferin gewesen … obgleich ihre Fähigkeiten im Moment stark eingeschränkt waren.

Sie atmete tief durch, um sich zu beruhigen. Mit ihrer Hand strich sie sanft über das Gesichtchen ihrer Tochter. Das Mädchen war kaum ein Jahr alt, aber sie hatte irgendwie verstanden, dass ihre Mutter um ihrer beiden Leben rannte; sie hatte die kleinen zarten Lippen zusammengepresst, um nicht zu weinen. Doch Tränen rannen trotzdem aus ihren Augen, und ihre Fäustchen waren geballt, als könnte sie die Angst, Verzweiflung und Wut ihrer Mutter ganz deutlich spüren.

*Was sie vermutlich auch kann …*, dachte ihre Mutter mit einem bitteren Geschmack auf der Zunge. *Sie ist meine Tochter. Man wird Großes von ihr erwarten, falls sie jemals die Wahrheit über sich und mich erfährt – und falls sie diese Nacht überlebt!*

Die Frau machte einen vorsichtigen Schritt aus dem Schatten und sah die dunkle Straße hinauf und hinab. Sie war verlassen.

Ihr gehetzter Blick wanderte von einem Haus zum anderen. Ihre Augen suchten nach besonderen Merkmalen, nach einem bestimmten Haus, das man ihr beschrieben hatte, in dem ihre Verbündeten schon auf ihre Ankunft warteten …

Das Mädchen in ihren Armen regte sich. Ihre Augen waren verquollen von den Tränen der Angst, aber sie blieb auch weiterhin still, während ihre Mutter im Schatten der Grundstücksmauern entlangschlich, sich gewandt über die Steine schwang und in das gepflegte Gras des Vorgartens fallen ließ. Sie richtete sich wieder etwas auf, nutzte den Schutz der Bäume und ging geduckt an der Seite des Hauses entlang, bis sie das erleuchtete Fenster an der Rückseite und die Zeichen an der Verandatür erkannte.

Vorsichtig betrat sie die hölzerne Veranda und blieb vor der Tür mit trübem Glas stehen.

In weiter Ferne hallten einige Rufe durch die Nacht. Die Ratken würden nicht locker lassen. Sie musste sie weglocken.

Ein Schluchzen entwich ihr, als sie ihre Tochter fest in ihre Arme schloss. Es kostete sie all ihre Willenskraft, die Kleine schließlich loszulassen. Ihre Hände lösten sich von dem Gesicht des Mädchens, das nun wieder weinte.

„Pass gut auf dich auf, mein kleiner Schatz! Ich liebe dich", flüsterte sie ihr zu und küsste sie ein letztes Mal auf die Stirn. Die eine Hand immer noch um die Finger ihrer Tochter, hob sie die andere und gab das vereinbarte Klopfzeichen an der Tür. Noch bevor ihre Kleine schreien konnte, war sie wie ein Schatten im Wind davongehuscht und hatte sich zwischen einige Büsche im Garten gekauert.

Ohne Vorwarnung öffnete sich die Tür einen Spalt breit, und ein Augenpaar spähte hinaus. Die Augen des jungen Mannes weiteten sich, als er das Kind entdeckte.

Die Tür blieb offen, aber der Mann verschwand wieder. Die Entflohene kauerte sich mit zitternden Knien noch tiefer in die Büsche, als sie einen Pfiff hörte. Diesmal erschien ein anderer Mann an der Tür, die er weit öffnete; hinter ihm kamen zwei weitere Männer und eine Frau. Sie traten auf die Veranda, blieben nebeneinander stehen und betrachteten das winzige verlassene Kind, das immer noch leise weinte.

Der ältere Mann auf der Veranda ließ sich auf die Knie sinken und berührte zärtlich das kleine Gesicht. Das Mädchen riss den Mund auf, wollte schreien, da leuchtete seine Hand plötzlich schwach auf, und das Mädchen wurde still.

Er hob das Kind auf und nickte den anderen zu. Erleichterung breitete sich auf ihren Gesichtern aus. Kurz bevor der Mann sich umwandte, streifte sein Blick unauffällig über die Büsche im Garten. Seine leuchtenden Augen blieben verdächtig nahe der Stelle hängen, an der die Frau kauerte – und er nickte schwach.

Er stellte sich mit dem Kind in den Armen neben seine Gefährten, dann verschwanden sie in einem strahlenden Blitz.

Die Frau hinter den Büschen richtete sich auf und atmete erleichtert aus, obwohl sie schon wieder Rufe hörte.

Ihre Tochter war in Sicherheit! Trotzdem liefen Tränen der Angst und der Trauer über ihre Wangen. Sie wusste, sie würde ihre Tochter nie mehr wiedersehen.

*Sie werden sie an einen fernen Ort bringen, wo niemand sie finden kann! Beruhige dich, ihr kann jetzt nichts mehr geschehen, und das ist alles, was zählt! Die Tyrannin kann sie jetzt nicht mehr finden, es gibt keinen Bezug zu dem Ort, wo sie hingebracht wird.*

Aber tief in ihrem Inneren wusste die Frau ganz fest, dass ihre Tochter kein ruhiges und sicheres Leben führen würde, niemals.

*Ich werde dich vermissen ... meine kleine Zenay!*

«✝»

Zenays eigener klagender Schrei riss sie aus dem Schlaf.

Schweißgebadet saß sie aufrecht da und starrte einen Augenblick auf die mondbeschienene Innenwand des Zeltes – dann bemerkte sie den Dolch, der in ihrer Hand lag. Sein Metall irisierte schwach, und die eingravierten Zeichen auf seiner Oberfläche schienen zu leben, so stark leuchteten sie.

Zenay blickte geistesabwesend auf den Dolch ... den Dolch ihrer Mutter.

Es war, als hätte sie etwas miterlebt, das nicht zu ihr gehörte. Sie wusste sofort, dass dies kein normaler Traum gewesen war. Eher eine Vision ... der Vergangenheit.

Zenay war sich sicher, dass diese Frau ihre wirkliche Mutter gewesen sein musste. Es war die gleiche gewesen, die sie auch kurz in Yoruba auf dem Markt gesehen hatte. Aber im Traum war es ihr nicht so vorgekommen, als würde sie als Zenay neben ihr stehen und alles beobachten. Es war eher so, als ob sie die Erinnerung aus Sicht ihrer Mutter erlebt hatte.

Tarek kam ins Zelt gesprungen, ein Messer in der Hand, und sah sich um.

„Was ist los? Was ist passiert?", fragte er atemlos und sah sie besorgt an.

„Nichts ... ich hatte nur einen Traum."

„Oh", meinte Tarek und ließ das Messer sinken.

Zenay konnte die anderen draußen reden hören, dann kamen Schritte und Asyra schaute neben Tarek ins Zelt.

„Es ist alles gut", sagte Tarek rasch und schickte Asyra fort. Sie murmelte noch schnell, dass sie die Wache für ihn übernehmen würde.

Tarek setzte sich neben Zenay auf das Lager und nahm ihre Hand.

„Bist du in Ordnung?", fragte er. Sie nickte, doch eigentlich hatte sie gar nicht zugehört. Sie lauschte, bis es draußen still war, immer noch in Gedanken.

*Ich habe von meiner Mutter geträumt. Ich war noch ganz klein, und sie war verzweifelt und hat mich ... hat mich weggegeben, um mich zu beschützen! Sie hat mich Fremden übergeben, ohne auch nur mit ihnen zu reden! Sie glaubte, dass wir beide in Gefahr waren ... Doch ich weiß immer noch nicht, was mit ihr geschehen ist,* sagte sie in Gedanken zu Tarek. Er blickte sie lange an, bis sie schließlich weitersprach.

*Ich ... ich konnte alles miterleben. Es war, als würde ich neben meiner ... meiner Mutter stehen und könnte in ihren Kopf hineinsehen. Es war, als würde ich mit ihr verschmelzen und wäre sie, so wirklich kam mir alles vor. Fast als hätte ich eine Reise in die Vergangenheit gemacht. Ich glaube, das war eine Vision, wie es wirklich geschehen ist. Das war angsteinflößend ...*

*Ich kann dich verstehen. Es ist kein schönes Erlebnis, seine Mutter in Verzweiflung zu sehen, ich kenne das,* sagte Tarek und strich ihr sanft über das Haar.

*Weißt du, je mehr ich mich an mein altes Leben erinnere, desto weniger will ich eigentlich wissen. Denn alles, was ich bis jetzt weiß, ist düster und nur von Schmerz geprägt!*

Tarek schwieg und streichelte ihr über den Rücken.

*Ich habe auch schreckliche Erinnerungen. Und manchmal wünschte ich, ich könnte alles vergessen.*

*Ich weiß ja auch nicht, was besser ist! Aber es bohrt in mir ... dass da so vieles fehlt ... aber ich sollte mir keine Gedanken mehr darüber machen. Mein jetziges Leben nimmt mich so in Anspruch ... und es gibt auch sehr schöne Seiten daran, die ich festhalten möchte ... ich habe meine Freunde und dich ...*

*Das stimmt ... du hast mich wirklich ganz für dich,* dachte er lächelnd und gab ihr einen Kuss in den Nacken.

„Das kitzelt!", flüsterte sie und schmiegte sich in seinen Arm.

Er setzte noch viele weitere Küsse hinterher, ließ seine Lippen über ihren Hals, ihr Kinn und die Wangen wandern. Sie gab sich ihm seufzend hin, und er ließ sie die Erinnerungen für eine Weile vergessen.

«✝»

Mazuks Weißaugen teleportierten ihn direkt in einen von Mazmorras Innenhöfen. Er atmete durch, um die leichte Übelkeit abzuschütteln, und genoss das Gefühl der Magie der Festung. Es war wie ein leichtes Summen in den Steinen der Mauern ... der Schutz der verschiedenen Bilure, die es nur Zayda und ihren Magiern erlaubten, sich in dem Labyrinth aus Gängen, Kammern und Hallen der Festung magisch zu bewegen.

Erst jetzt wurde ihm bewusst, dass er es vermisst hatte, hier zu sein.

Er verdrehte die Augen und ging los. Jetzt war keine Zeit, um melancholisch zu werden.

Die Weißaugen folgten ihm bis zu Zaydas Thronsaal, dann blieben sie zurück.

Mazuks Schritte in die Halle hinein wurden kurz unregelmäßig, als er den Mann erblickte, der schmierig lächelnd neben Zaydas Thron stand.

Alrac hatte die Kleidung eines Kriegers abgelegt, stattdessen hing der Mantel eines Beraters über seinen Schultern.

„Meine Königin", fing Mazuk an, ließ sich auf ein Knie sinken und starrte zu Boden.

„Was verschafft mir die Ehre deines Besuches? Wieder ein Bericht darüber, dass du versagt hast?"

Mazuk zögerte nur kurz und sah dann auf. „Es hat nichts mit *meinem* Versagen zu tun, was ich erfahren habe."

Zaydas Augen verschmälerten sich merklich und sie stellte ihr Weinglas etwas zu fest neben ihrem Thron ab.

„Sprich und lass diese aufsässigen Bemerkungen besser sein."

In ihrer Stimme lag eine unterschwellige Warnung, die ihn beinahe rasend machte. Würde sie ihm je wieder vertrauen?

Angesichts von Alracs überheblichem Lächeln hätte er ihn am liebsten erwürgt.

„Ich war mit Euren Weißaugen in Siad, Herrin. Die Ratken dort haben vollkommen versagt und konnten den Tempel nicht schützen. *Sie* war dort. Und sie war erfolgreich."

„WAS?!" Zayda sprang auf. Der Weinkelch fiel von der Lehne ihres Throns scheppernd zu Boden und verteilte seinen dunkelroten Inhalt. „Was hast du gesagt?"

„Zenay … hat die Prüfung bestanden und einen Moment absoluter Magie erlebt. Die Weißaugen konnten es bestätigen."

„Du nennst sie nicht so! Sie ist nicht die Auserwählte! Ich akzeptiere nicht, dass eine kleine dreckige Göre, die ohne magische Ausbildung aufgewachsen ist, so einen Namen erhält! Weder Zenay noch *Zafija!*"

Er wich unter ihrem bebenden Zorn einen Schritt zurück. Selbst Alrac wirkte erschrocken.

Schwarze Magie wurde um Zayda sichtbar, wallte um ihre geballten Hände. Einen Moment dachte Mazuk, sie würde auf ihn losgehen, aber dann atmete sie tief durch und hatte sich wieder unter Kontrolle.

„Was wirst du deswegen unternehmen?", fragte sie leise und langsam, als müsse sie sich noch immer zurückhalten.

„Die Ratken konnten sie nicht in der Nähe finden. Ich schlage vor, wir lassen die ganze Umgebung von Magiern absuchen, riegeln die Schlucht und alle anderen großen Handelsstraßen ab."

„Und was denkst du, wird sie jetzt tun?"

Ihre Stimme war jetzt mild und beinahe süßlich. Das letzte Mal, als sie so mit ihm gesprochen hatte, waren ihnen die Flüchtigen in Martyoms Haus entkommen. Das war kein gutes Zeichen.

Warum konnte er nicht mehr einfach mit ihr sprechen? Merkte sie denn nicht, dass er ihr treuester Ergebener war? Er hatte sein ganzes Leben in diese Sache investiert!

Als die düsteren Gedanken ihn zu übermannen drohten, neigte er rasch wieder den Kopf. Er musste sich kontrollieren, oder sie würde es spüren.

„Ich denke, dass sie nach Natuh will. Es ist die logische Schlussfolgerung. Die Phiruin haben sie nach Siad geschleust und werden dasselbe in Natuh versuchen. Aber ich werde dort schon auf sie warten, und diesmal entkommt sie mir nicht."

Als Zayda schwieg, räusperte sich Alrac neben ihr und trat ein Stück vor, um sie direkt ansehen zu können.

„Herrin, wenn Ihr erlaubt: Ich bin zwar jetzt Euer Berater, aber ich bin auch immer noch ein Krieger. Lasst mich nach Natuh gehen und diese Sache ein für alle Mal beenden." Seine Augen richteten sich auf Mazuk, und er lächelte, während er weitersprach. „Mazuk hat Euch schon zu oft enttäuscht."

Mazuk ballte die Fäuste angesichts dieser unverschämten Beleidigung. „Du hältst deine Klappe, Kleiner! Für wen hältst du di…"

„Schweig, Mazuk!" Zayda hob die Hand. „Ich möchte sichergehen, dass uns keine weiteren Fehler unterlaufen. Dabei ist es nicht von Belang, wer mir hier schon länger oder besser gedient hat."

Sie schwieg einen Moment und warf ihnen beiden abschätzende Blicke zu. Dann zuckten ihre Mundwinkel einen Hauch nach oben, und sie erwiderte damit den selbstsicheren Ausdruck in Alracs Gesicht.

„Mazuk, du wirst nach Irfen gehen."

Fassungslos starrte er sie an. Irfen? Was sollte er in der toten Hauptstadt der Ratken? Die kleine Magierin würde dort nie ankommen! „Aber Herrin!"

Ihre erhobene Hand unterbrach ihn. „Sollte Alrac in Natuh versagen, kannst du sie bei Irfen abfangen", stellte sie eiskalt fest.

„Wie soll ich das machen? Die Stadt kann nicht betreten werden!"

„Eben. Unsere Gesuchte kann es auch nicht ohne weiteres."

„Mach dir keine Sorgen, Mazuk, sie wird mir in Natuh nicht entkommen", warf Alrac mit einem gespielt milden Ton ein.

Mazuk knirschte mit den Zähnen. „Herrin …"

Zayda schien seinen Widerwillen zu spüren und sprang auf. „DU BEFOLGST MEINE ANWEISUNGEN! SOFORT!"

Unter ihrer wummernden Stimme trat er einen Schritt zurück. Erschütterung machte sich in ihm breit, und er warf einen vernichtenden Blick auf Alrac, auf dessen Gesicht sich ein selbstzufriedenes Lächeln eingenistet hatte.

Er machte auf dem Absatz kehrt und verließ den Saal und seine Herrin. So schnell würde er nicht vergessen, dass sie ihn nach all den Jahren seiner Treue so vor Alrac gedemütigt hatte.

«✝»

Nachdem die Königin ihre Entscheidung gefällt hatte, entließ sie Alrac von der Besprechung und befahl ihm, sich auszuruhen, bevor er am nächsten Morgen die Truppen nach Natuh führen sollte.

Ein Hochgefühl hatte sich in ihm ausgebreitet, das durch nichts wieder zu erschüttern war. Er hatte über den alten Handlanger der Königin triumphiert und ihn sogar noch bloßgestellt.

Mit einem zufriedenen Grinsen auf den Lippen schritt er durch den Gang und erreichte seine Kammer, die in der Nähe des großen Saals lag.

Er öffnete die Tür und spürte sofort, dass er nicht allein war. Eine Frau, eine Sklavin, stand in der Mitte der Kammer, mit einem Besen in der Hand. Sie erschrak, und als sie sich umdrehte, ließ sie den Besenstiel los, worauf er klappernd zu Boden fiel.

Alrac runzelte die Stirn, während er die junge Frau betrachtete. Für gewöhnlich bevorzugten die Krieger etwas exotischer wirkende Sklavinnen, blond und braungebrannt. Diese hier war zwar wohlgeformt, aber doch sehr dünn, und ihr braunes Haar wallte in strähnigen braunen Locken über ihre Schultern. Allerdings trug sie die typische dünne Kleidung. Als sie seinen Blick auf sich ruhen fühlte, verbarg sie ihre Vorzüge unter unsicher verschränkten Armen.

„Wieso bist du hier?", fragte er sie barsch.

Sie wich seinem Blick aus. „Ver–verzeiht. Mir wurde … aufgetragen, hierherzukommen."

„Nein, ich will wissen, warum du in der Festung bist."

Ihr irritierter Blick amüsierte ihn.

Als er wartete, runzelte sie kurz die Stirn, und ein düsterer Schatten wanderte über ihr Gesicht. „Un–unglück, Herr."

Er schnaubte. „Das trifft ja wohl auf jeden von euch Niederen zu."

Ihre Zunge glitt nervös über ihre Lippen, und ihre hellgrauen Augen streiften kurz seinen Blick. „Ich … wurde verwechselt. Mit einer Magierin, die ihr schon lang sucht. Krieger kamen in unser Dorf. Nur das Mädchen haben sie nicht gefunden, dabei waren sie wohl schon vor Monaten mit Hunden da. Habe ich gehört."

Er schnellte vor und packte sie, noch bevor sie den Mund wieder geschlossen hatte. „Du warst in diesem verdammten Dorf?"

Ihr entfuhr ein überraschter Aufschrei, als er sich ihr so plötzlich näherte. Ihr Puls jagte in die Höhe, er konnte es an ihrem zerbrechlichen Handgelenk spüren.

„Rede schon!"

Er schüttelte sie kurz, sodass ihr die Haare ins Gesicht fielen. Ihr Blick hatte etwas von einem gehetzten wilden Tier. Einen Moment starrten sie sich an, dann sah er ein, dass er so nicht viel erreichen würde.

Er ließ von ihr ab, machte einen Schritt weg und wartete, bis sie wieder wagte, sich zu bewegen.

„Du erzählst mir jetzt alles, was du über die Magierin weißt."

„Ich habe doch schon alles gesagt!", rief sie flehentlich und erzitterte. „Die Königin … sie hat in meinen Kopf geschaut. Sie hat alles gesehen, was ich weiß."

„Wiederhol es trotzdem! Ich bin Ihr Berater und möchte diese Angelegenheiten mit Ihr besprechen, bevor ich zu meiner nächsten Mission aufbreche."

„Wenn Ihr ein Berater seid, weshalb wisst Ihr dann nicht, was sie weiß?", fragte sie und reckte ihr Kinn kaum merklich.

Alrac zog eine Braue hoch. Wagte diese Sklavin etwa, ihm Kontra zu geben?

Er lachte und spürte, wie sich sein Interesse für sie steigerte. Sein Blick schien ihn zu verraten, denn sie begann zu beben.

„Wag es noch einmal, frech zu werden, und ich werde dich mit Vergnügen erwürgen."

Sie stieß gegen die Wand, als sie instinktiv wegzuckte. „Da–das dürft Ihr nicht!"

Er schnaubte und näherte sich ihr. „Warum nicht?"

„Die Königin … die Königin hat gesagt, ich soll herkommen. Sie hat gesagt, ich darf nicht getötet werden … weil ich ein *Druckmittel* bin."

„Für wen?"

Sie wankte und drehte das Gesicht weg, als er sich ihr noch weiter näherte. „Für. Wen?!"

„Für … meine Familie."

„Sie sind Rebellen? Haben sie mit der Magierin zu tun?"

Ihr Schweigen war Antwort genug.

„Wie heißt du eigentlich?"

Sie zitterte nur, sagte aber nichts.

„Nenn mir deinen Namen!"

Erst als er die Hand hob, öffnete sie den Mund, während Tränen über ihr schmales, blasses Gesicht strömten.

„E–eidara."

Alrac ließ die Faust wieder sinken und nickte. „Gut, damit können wir arbeiten. Eidara. Und jetzt sag mir die Namen deiner Familie, bevor wir uns anderem zuwenden."

Sein grimmiges Lächeln ließ sie erbleichen. Er lachte, umfasste ihr schmales Kinn mit seiner Hand und genoss das Zittern, das durch die Sklavin lief.

«✝»

Zenay streckte sich und gähnte. Ihr Rücken fühlte sich nach den langen, eintönigen Ritten der letzten Tage steif an. Ein wenig Bewegung würde ihr gut tun, also gab sie dem noch träumenden Tarek einen Kuss auf die Nase. Er lächelte schlaftrunken und streichelte ihr sanft über das Bein, als sie sich ihr Hemd zuknöpfte.

„Bist du mit der Wache dran?", murmelte er, ohne die Augen zu öffnen, und suchte ihre Hand, um sie kurz in seine zu schließen.

Sie lächelte und küsste ihn erneut. „Nein, schlaf weiter, es ist noch nicht mal ganz hell. Ich will nur etwas laufen."

„Gut … aber geh nicht zu weit vom Lager weg, ja?"

„Keine Sorge, ich sage auch Jesco Bescheid, damit er mich nicht für einen Eindringling oder gar einen Ratken hält, wenn ich zurückkomme."

Zenay nahm sein Schweigen als Zustimmung, schlüpfte in Hose und Schuhe und band sich nach kurzem Zögern auch die ledernen Arm– und Beinschienen um. Das Kettenhemd ließ sie weg und zog nur ihr Wams über; dann gürtete sie ihr Schwert um und schlüpfte aus dem Zelt.

Jesco stand neben dem Lager, locker auf seinen Bogen gelehnt, und lächelte ihr im morgendlichen Dunst zu.

„Guten Morgen, was führt dich so früh hier raus?", fragte er.

„Morgen, Jesco. Ich will mir etwas die Beine vertreten, bevor wir wieder losreiten. Vielleicht finde ich auch ein paar wilde Äpfel oder etwas anderes fürs Frühstück." Sie warf einen Blick in den klaren Himmel, an dem noch die Schemen einiger Sterne glommen. „Ich bin zurück, bevor die Sonne zwischen den Bäumen durchscheint."

„Hältst du das für eine gute Idee?"

Sie seufzte angesichts seiner hochgezogenen Augenbrauen. „Ich passe auf mich auf. Der Mangride hat sich schon so lang nicht mehr blicken lassen, und ich könnte ihn ohnehin spüren. Ich mache nur eine Runde ums Lager und kann mich jederzeit wieder hierherteleportieren."

Er schaute zwar immer noch ernst, nickte dann aber, und sie verließ die kleine Wiese, auf der an jedem Halm der Morgentau glänzte. Unter den Baumkronen war es noch recht düster. Zenay folgte einem kleinen Wildwechsel tiefer in den Wald hinein.

Es wurde wirklich langsam herbstlich, stellte sie fest, als sie sich genauer umsah. Manche Büsche strahlten gelb und rötlich, während die Bäume noch ihr Grün hielten. Am auffälligsten leuchteten die Farben eines dichten Brombeergestrüpps, an dem Massen von schwarzen Früchten glänzten.

Sie zupfte sich eine Handvoll ab und genoss die Süße, während sie federnden Schrittes durch den Wald spazierte. Später könnte sie eine Schale voll für die anderen holen, aber ein Gefäß für die saftigen Beeren hatte sie jetzt nicht dabei.

Ein frischer Wind fuhr den kleinen Weg entlang und ließ sie kurz erzittern. Die Müdigkeit haftete noch an ihr. Für einen Moment sehnte sie sich zurück an Tareks Seite, allerdings wollte sie sich auch bewegen und so schüttelte sie die Schläfrigkeit ab und schritt weiter durch den dichten Buchenwald, dessen Boden von einer dicken Laubschicht vom Vorjahr bedeckt war.

Sie entdeckte einige Pilze und wunderte sich insgeheim etwas darüber, wie rasch sich die Vegetation gewandelt hatte, seitdem sie von Siad fort waren. In den Bergen oberhalb der Schlucht war es dank der Sonne so heiß gewesen, dass ihr ein Gedanke an den nahenden Herbst gar nicht gekommen war.

Je weiter sie jetzt nach Osten vordrangen, desto spätsommerlicher wurde es. Die Nächte waren kühler geworden, und sie fühlte sich an die große Ebene bei Yoruba erinnert.

*Kaum zu glauben, dass wir erst wenige Tage von Siad entfernt sind. Es fühlt sich alles noch so frisch an.*

Zenay fasste sich unwillkürlich an die Schulter und tastete nach den Narben des Mangriden. Seit der Prüfung schmerzten sie viel weniger und juckten auch nicht mehr so stark. Vielleicht würde sie mit der Zeit den Kontakt zu ihm vollkommen verlieren.

Vor ihr wellte sich der Wald in sanften Hügeln, und wenig später stand sie unerwartet vor einem tieferen Gang, der sich zwischen den Hängen auftat.

Rechts und links von ihr stieg der Wald langsam an, während er vor ihr abfiel und in einen langen Hohlweg führte, der schon leicht zugewachsen war.

Eine dickere Schicht Blätter lag am Rand des Weges vom Wind angehäuft, und Zenay lief lächelnd weiter, besah sich die steilen Wände aus Lehm, über die Wurzeln und Efeu herunterhingen. Bäume und dicke Ranken hingen über den Hohlweg und ließen das Licht noch schummriger wirken als im restlichen Wald.

Ein mulmiges Gefühl beschlich sie. Rasch blickte sie über die Schulter, aber der Weg hinter ihr lag verlassen da. Sie horchte, nutzte ihre Magie, um zu lauschen, hörte aber nichts außer dem gelegentlichen Rascheln ringsum, wenn Blätter zu Boden fielen. Sie sah hinauf zur Abbruchkante, auch dort war nichts.

*Ich bin es wohl gar nicht mehr gewohnt, auch einmal allein zu sein. Na ja, hier finde ich jedenfalls kein Frühstück. Ich kehre besser wieder um, dieser Weg könnte noch lange weitergehen,* dachte Zenay, einen Blick auf die Biegung werfend, die ihr die weitere Sicht auf den Hohlweg versperrte.

Sie wandte sich um, und als das Rascheln ihrer eigenen Schritte kurz verklang, drang ein anderes Geräusch hinzu.

Atem. Jemand atmete ein, nachdem er die Luft angehalten hatte – dann Schritte. Gerade als sie hinauf zum Rand des Hohlwegs blickte und einen Schatten aus dem Augenwinkel entdeckte, krachte ein schweres Gewicht auf sie. Sie schrie überrascht auf und wurde zu Boden gerissen.

Der Hieb traf sie mit voller Wucht und warf sie auf den laubbedeckten Grund des Hohlwegs. Ehe sie sich aufrappeln konnte, wurden ihr die Arme nach hinten gerissen, verdreht und zusammengezogen.

Es ging alles viel zu schnell — und mit einem Schlag wurde Zenay übel. Sie hatte das Gefühl, dass man ihren Magen mehrmals umgedreht und anschließend ganz aus ihrem Bauch gerissen hatte. Ihr Kopf dröhnte. Ihre Beine begannen zu kribbeln, als wären sie vom stundenlangen Sitzen eingeschlafen.

Ihr Gesicht war für einen Moment ins feuchte Laub gedrückt, und sie nahm den erdigen Geruch der vermoderten Blätter wahr – dann brüllte sie auf, zog ihre Knie an und stemmte sich hoch. Sie warf sich zur Seite und den Angreifer von sich herunter, der für einen Ratken definitiv zu leicht war.

Sie wollte aufspringen, doch er hatte ihr ein Seil um die Hände gewickelt und es festgezurrt; dadurch waren ihre Arme auf ihren Rücken gebunden. Im Schwung kam sie aus dem Gleichgewicht und landete wieder in den mordernden Blättern. Ihre Knie zitterten jetzt so stark, dass sie sich kaum noch unter Kontrolle halten konnte. Was war geschehen, wer war dieser Kerl?!

Fluchend drehte sie sich auf die Seite, wuchtete sich hoch und kam auf die Knie.

Ihr Angreifer war keine zwei Meter entfernt am Boden und richtete sich gerade wieder auf. Es war ein Mann, nicht besonders groß oder stämmig, und definitiv kein Ratke. Vielleicht ein Dieb.

Als sie ihn ins Visier nehmen wollte, verschwamm ihr die Sicht und alles drehte sich. Ihr Magen rumorte, beinahe hätte sie sich übergeben. Dann spürte sie es.

Ein magisches Ziehen in ihrem Rücken.

An ihrem Arm war etwas Eisiges, das pulsierte und sich allmählich ihrer Körpertemperatur anpasste …

Zenay schüttelte die Übelkeit ab und konzentrierte sich, fühlte Hitze an ihrem Finger, der das Seil berührte und wusste, dass sie es gleich durchgeschmort haben würde. Sobald sie ihre Arme frei bekam, hatte der Mistkerl keine Chance mehr – aber dann durchzuckte sie ein schmerzhafter Schock, und sie ächzte auf. Die Hitze der Magie verteilte sich in ihrem Arm und schien sie zu verbrennen anstatt das Seil.

Zenay riss die Augen auf, als er sich umdrehte und seinen Blick auf sie richtete.

Seine Augen ... sie waren beinahe unmenschlich. Sie glänzten rötlich, in einer Art, wie Zenay es noch nie gesehen hatte. Er lächelte selbstgefällig und zog mit einem triumphierenden Lachen demonstrativ langsam noch ein Seil von seinem Gürtel.

Etwas an seiner Art jagte Zenay eine instinktive Angst durch die Knochen. Er wirkte verrückt ... völlig aus dem Gleichgewicht. Unter seinen stechenden Augen waren tiefe, dunkle Ringe, er schien übermüdet und aufgekratzt.

Das Seil wirkte sonderbar ausgefranst und uneben. Darin glänzte etwas und strahlte weiß. Eine Erinnerung tauchte vor Zenays innerem Auge auf, an den Marktplatz in Yoruba und an den Bilur, der dort zu ihren Füßen aktiviert worden war ... die Wirkung war sehr ähnlich gewesen.

„Wer bist du? Was willst du von mir?", herrschte sie ihn an, doch der Mann lächelte nur breiter – und stürzte erneut auf sie zu.

Wütend sprang Zenay auf und wich ihm aus, aber er folgte ihr. Sie rollte sich weg, hatte jedoch Probleme, sich wieder schnell genug aufzurichten und verfluchte die Fesseln an ihrem Rücken.

Wieder drehte sich die Umgebung, auf einmal war oben unten und alles schwankte. Der magische Sog in ihrem Rücken wurde stärker, schwächte ihren Kampfgeist. Mittlerweile waren ihre Arme taub, und sie konnte kaum noch ihre Beine fühlen.

Als er ihr näher kam und sie greifen wollte, trat sie nach ihm. Wütend bemerkte sie, wie geschickt er auswich. Er versuchte sogar, gleich das Seil um ihren Fuß zu wickeln. Sie zog ihr Bein blitzschnell wieder zurück und traf beim zweiten Tritt seine Hand. Mit einer gezischten Verwünschung auf den Lippen wurde ihm das Seil aus den Fingern gerissen, als es an ihrem Fuß hängen blieb und zu Boden fiel. Doch anstatt sich danach zu bücken, zog er behände ein Messer aus seinem Mantel.

Fluchend sprang Zenay von ihm fort und wich so dem Streich aus, den er vollführte – doch schon kam der nächste Hieb, der das Leder ihres Gürtels durchtrennte und ihre Haut an der Hüfte direkt unterhalb ihres Wams schmerzhaft aufschlitzte.

Sie wich instinktiv zurück und stolperte über den Rest des Gürtels und ihr Schwert, das daran hing.

Wankend versuchte sie, ihr Gleichgewicht zu halten. Der Mann machte einen Satz, war hinter ihr, ehe sie sich drehen konnte – einen Fuß noch immer im Gürtel verfangen. Da sah sie im Augenwinkel noch das Blitzen von vorschnellendem Metall. Heftiger Schmerz breitete sich in ihrem Hinterkopf aus, bevor sie in tiefe Schwärze gezogen wurde.

«✝»

Sein Hieb mit dem Messerknauf traf sie mit voller Wucht an den Kopf.

Die Frau sackte ächzend zusammen und fiel mit dem Gesicht nach vorne ins Laub. Sie blieb still liegen, die Arme noch immer auf den Rücken gebunden.

Ikar blieb einen Moment völlig regungslos über ihr stehen, starrte auf seine Beute, seinen Preis.

Er beugte sich zu ihr hinunter und drehte ihren Kopf, um ihr hübsches kleines Gesicht zu betrachten. Vorsichtig zog er ihr Augenlid hoch, konnte jedoch nur weiß sehen. Sie war bewusstlos, atmete aber noch regelmäßig.

Nach einem raschen Blick auf die Umgebung drehte er sie noch ein Stück weiter und sah sie sich genauer an.

Sie war besiegt! Völlig hilflos! Und ganz in seiner Gewalt.

Durch den Kampf hatten sich einige wilde Locken aus ihrem Zopf befreit. Ihr Mund stand leicht offen, zeigte weiße Zähne zwischen den schmalen Lippen.

Er spürte eine ungeheure Euphorie in seiner Brust aufsteigen, als er sie am Kinn packte und ihren Kopf hin und her bewegte.

„Tanz, Mädchen, tanz!", rief er und warf einen Blick auf ihren verrenkt daliegenden Körper.

Ikar lachte auf. Die Hexe war jetzt sein!

Er drückte ihr Kinn fester und ließ es dann los. „Wochenlang! Wochenlang habe ich dich gesucht, du kleines Miststück! Und jetzt ist es so einfach? Wie hast du es geschafft, so lang vor mir zu fliehen und mich so zu verhöhnen? Du hast doch auch die Steinlawine verursacht, NICHT WAHR?"

Während er sprach, wurde er immer lauter und schüttelte schließlich ihren erschlafften Körper. Er krallte seine Finger in ihr Haar, aber sie würde ihm in ihrem Zustand nicht antworten.

Schnaubend entfernte er sich von ihr. „Nun gut, ich bekomme meine Antworten schon noch. Wir werden noch einige schöne Stunden miteinander verbringen, bevor ich dich Zayda übergebe."

Er schnappte sich sein zweites Seil und steckte es wieder an den Gürtel, ehe er sie unter den Armen packte und aus dem Hohlweg schleifte. Mit einem wahnsinnigen Grinsen auf dem Gesicht zog er sie an einer flacheren Stelle den Hang hinauf, über Efeu und feuchtes Laub. Als sie ein Stück entfernt in einem Dickicht verborgen waren, zog er ihr die ledernen Schützer von den Schienbeinen und löste auch die Schnallen von ihren Armschienen.

Er wickelte das zweite Seil um ihre Knöchel, zurrte es fest, warf ihre Rüstungsteile auf einen Haufen und verscharrte sie im Laub. Grinsend stopfte er ihr ein Stück Stoff in den Mund, packte die bewusstlose Magierin, warf sie sich über die Schulter und trug sie mit einem zufriedenen Lachen fort.

# Epilog

Sie war wie ein Leuchtfeuer. Gleißende, herrliche Magie, die ihn für eine unvorstellbar lange Zeit nähren würde. Ihre Reinheit war die perfekte Nahrung für die pechschwarzen Schatten, die sich vor so vielen Jahren in seinem entarteten Körper und seinem Geist festgesetzt hatten.

Der Mangride trabte schon seit Tagen, rannte, ohne zu schlafen oder zu essen, hatte einen breiten Fluss durchschwommen und sich bis in ein Gebirge hinaufgearbeitet. Auf halbem Weg hatte er jauchzend ihre Fährte wiedergefunden, seitdem begleitete ihr sinnlicher Duft seine immer schneller werdende Hatz.

Dumpfer Schmerz pochte durch seine Pranken und Muskeln, aber er nahm es kaum wahr. Die Schwärze trieb ihn immer weiter.

Er hatte mehrere alte Lagerplätze seiner Beute gefunden, an denen ihr Geruch besonders deutlich hing, und folgte ihrer Fährte weiter und weiter. In den Bergen war es trocken und warm, und zu ihrem Duft mischte sich ein Hauch von Schweiß, der ihm das Wasser im Maul zusammenlaufen ließ. Schon bald würde er ihre zarten Knochen knacken und ihre Magie verschlingen. Bis dahin würde er sich mit den Erinnerungen an den Geschmack ihres Blutes begnügen; er würde nicht jagen, nicht ruhen, bis er sie in seiner Gewalt hatte.

Er lief einen Berghang hinauf und kletterte schließlich über steiler werdende Felsplateaus bis zu einer Steilwand. Dort war ihr Geruch besonders intensiv – ihre Angst mischte sich dazu. An einer Stelle, an der frische Spuren eines Felsabbruchs zu sehen waren, hielt er inne.

Sie war so nah! So greifbar. Ihre Energie leuchtete immer in seinem Augenwinkel, fast wie eine kleine Sonne, die durch alles andere hindurch bis in seinen Kopf hineinstrahlte. Selbst wenn er die Augen schloss, war sie da.

Eine leuchtende Gestalt …

Die plötzlich flackerte und schlagartig verschwand.

Die Verbindung so abrupt wieder zu verlieren war das Grausamste, das ihm je widerfahren war. Schmerz zuckte durch seinen Körper, und sein gequältes Heulen blieb ihm in der Kehle stecken. Er krallte die Klauen in den Stein und erzitterte.

Wo war sie?! Wo war ihre Magie?

Er drehte den Kopf in jede Richtung, sog gierig die Luft ein und suchte nach einer Spur – aber da war nur eine klaffende Leere, wo gerade noch die glühende Verbindung zu ihr gelegen hatte.

Sie konnte nicht weg sein! War sie tot? Ihre süße, süße Magie, sie war fort! Nein! Nein, das konnte nicht sein.

Er schnaubte, leckte sich mit der Zunge über die Lippen und schnüffelte dann erneut an den Felsen. Ihr Duft war noch da, so frisch und lebendig.

Wer hatte ihm seine Beute gestohlen?! Er würde sie finden, egal ob lebend oder tot, es musste noch etwas da sein von ihrer lieblichen Energie! Er würde sie finden, und ihre Magie würde IHM gehören!

IHM!

Der Mangride schlug die Krallen in den Stein und stieß sich von der Wand ab. Felsen krachten, und Staub schoss in die Luft, als er mit donnerndem Lärm unten aufkam und loshetzte, getrieben von rasendem Zorn.

«✟»

# Ende

«✟»

Erfahren Sie im 3. Teil der Reihe, wie es mit Zenay weitergeht.
Kann sie Ikar entkommen und ihren Weg zur nächsten Prüfung
fortsetzen? Oder wird sie zu Zayda gebracht?

# Zwang – Das Vermächtnis der Wölfe 3

ISBN: 978–3–945073–03–2

Fanowa Verlag

Weitere Informationen unter www.fanowa.de

# Glossar

Rebellen
Unterdrücker
Phiruin Rahka
Die Völker
Magie

# Rebellen

### Zenay
Eine Magierin mit besonderen Fähigkeiten, die die Aufgabe erhält, die Welt Tyarul aus den Klauen einer mörderischen Tyrannin zu befreien. Anstatt von klein auf eine Ausbildung zu erhalten, wird sie erst nach ihrer Entführung mit ihrer wahren Identität konfrontiert. Ihr Deckname ist **Sina**, der Titel der Auserwählten „**Zafija**".

### Tarek
Zenays treuer Begleiter und Freund, Schwertkämpfer und Enkel des alten Magiers Shetan. Tarek versucht, seine Freundin vor Schaden zu bewahren und auf ihre Aufgabe vorzubereiten, dabei steht er ihr immer zur Seite – und manchmal auch im Weg.

### Shetan
Ein ehemals starker Magier, der sich zum Schutz seiner Familie ins Exil flüchtete, um den Schergen der Tyrannin zu entgehen. Seine Tochter und ihr Mann starben im Krieg, anschließend nahm er seinen Enkel Tarek zu sich.

### Jesco
Sohn des Dorfführers von Ornanung, Tareks Freund und ein begnadeter Bogenschütze und Bogenbauer. Er soll seinem Vater Conroy nachfolgen, entscheidet sich jedoch dafür, Zenay auf ihrem Weg zu begleiten.

### Asyra
Enkelin der Dorfheilerin und gute Freundin Tareks. Obwohl sie eine ausgezeichnete Stockkämpferin ist, liegt ihr nichts mehr am Herzen als zu heilen und anderen zu helfen.

### Malak und Elaya
Die Geschwister kämpfen gemeinsam mit ihren Freunden an Zenays Seite für eine bessere Zukunft. Ihr Vater Feradun ist strikt gegen jeglichen Umgang mit Magie, doch Elaya faszinieren diese Kräfte nicht ohne Grund …

### Iven
Jescos Cousin, der in Yoruba lebt und sich ihnen trotz seiner Arbeit als Wächter anschließt.

# Unterdrücker

### Zayda

Die Königin und Tyrannin Tyaruls. Dank ihrer schwarzen Magie war die Ratke in der Lage, ihr kriegerisches Volk zu vereinen und das gesamte Land zu unterwerfen. Sie sucht stets nach neuen Quellen von Magie und fasst deshalb Zenay mit ihren besonderen Gaben ins Auge.

### Mazuk

Zaydas treuester Gefolgsmann, der bei der Jagd auf die Auserwählte einen Fehler beging und seitdem alles daran setzt, sie wieder zu fangen.

### Alrac

Der aufstrebende Krieger ist Mazuk ein Dorn im Auge, da er mit seinen Vermutungen häufig richtig liegt und damit in Zaydas Gunst steigt.

### Sirtar

Zaydas oberster Berater, der meist im Hintergrund bleibt und mit seinen Gehilfen wichtige Informationen für die Königin zusammenträgt.

### Shassarfat Naztek

Der Anführer der „Kalten", eines kleinen Stammes aus dem Norden, die sich ihre Unabhängigkeit von Zaydas Diktatur durch regen Sklavenhandel erkaufen.

### Ikar, das Adlerauge

Ein von Zayda angeheuerter Kopfgeldjäger, der mit seinem Blick Menschen ansehen kann, ob sie lügen oder die Wahrheit sprechen. Diese seltene magische Fähigkeit wird in seinem Stamm vererbt.

# Phiruin Rahka Rebellen

### Tunez/Shir'Raki
Ein Ratke, der von den Rebellen als Krieger bei der Königin
eingeschleust wurde. Er befreit Zenay aus dem Gefängnis und gewinnt
als Spion dennoch das Vertrauen der Königin.

### Kamirr †
Half bei der Befreiung von Zenay aus Mazmorras Gefängnis.
Bevor er sie zu den Phiruin bringen konnte, opferte er sich, um sie
vor Shassarfat und den Kalten zu retten.

### Sivan
Tunez' Kontaktmann im Versteck der Phiruin,
ein aufstrebender Magier, der bald zu den Ältesten gehören könnte.

### Martyom ∞ Byrgit
Martyom lebt mit seiner Frau sehr abgeschieden auf einem Hof.
Er ist ein Magier, sie eine Heilerin. Ihre Tochter **Nila** ist ebenfalls eine
Phiruin, der Enkel **Benon** lebt bei den Großeltern.

### Wannek
Martyoms Kontaktmann bei den Phiruin, ein alter und weiser
Freund.

### Kalana ∞ Asur
Kalana und ihre Familie wurden als Helfer der Phiruin enttarnt
und gefangen genommen. Ihre Söhne **Anak** und **Kian** waren ebenfalls
im Gefängnis und fliehen nun mit ihren Eltern, nachdem sie alle
von Tunez befreit wurden.

### Cassuan
Ein alter Schwertmeister der Phiruin, der von Mazuk gefangen
wurde und jetzt mit seiner Familie in Mazmorras Grab, dem Gefängnis
der Ratken, festgehalten wird.

# Die Völker

In der Dimension Tyarul haben sich im Laufe der Jahrtausende verschiedene Völker und Kulturen entwickelt. Durch Krieg und Krankheit verschwanden manche von ihnen, andere leben nur noch in abgelegenen Regionen. Die 4 bekanntesten Völker, die heute noch die Dimension beleben, sind:

**Ratken** – dieses kriegerische Volk hat die Ratte als Wahrzeichen. Ihre Heimat ist ein karges Hochplateau, von dem aus sie das ganze Land mit ihrer Herrschaft überzogen haben. Sie sind sehr regimetreu und folgen dem stärksten von ihnen ohne Widerrede; seit vielen Jahrzehnten ist dies die Schwarzmagierin Zayda.

**Miakoda** – das Volk der Wölfe strebt nach Weisheit und Magie. Vor der Herrschaft der Ratken hatten sie die Rolle von weisen Beratern und Anführern inne, heute ist ihre Kultur weitestgehend zerschlagen und verboten. Die verbliebenen Miakoda leben abgeschieden und sprechen kaum über ihre glorreiche Vergangenheit.

**Hornträger** – ein Überbegriff für die vielen Großfamilien, die sich in diesem Volk bildeten. Die Hornträger stellen heute neben den Ratken den Großteil der Bevölkerung und dürfen sich auch noch als solche bezeichnen, da ihre Kultur von den Unterdrückern als harmlos eingestuft wurde. Sie sind ein hart arbeitendes, genügsames Volk, das sich noch am ehesten mit dem Regime der Ratken arrangieren konnte.

**Feliden** – dieses Volk der Großkatzen gilt seit dem Genozid, den Zayda anwies, als ausgerottet. Die Herrscherin der Ratken ließ die verschiedenen Clans der Feliden jagen und vernichten, weil sie diese als größere Gefahr als die Miakoda einstufte. Die Feliden waren ein agiles, kampferprobtes Volk, das für seine geschickten Jäger und magiebegabten Assassinen gefürchtet war. Doch gegen die Übermacht der Ratken konnten sie nur wenig ausrichten und wurden von der Landkarte getilgt.

# Magie

In Tyarul wird natürliche, von Menschen manipulierbare Energie als *Magie* bezeichnet. Magier können diese in der Umgebung wahrnehmen, in sich aufnehmen und sie sowohl in ihrem Körper als auch außerhalb nutzen. Dazu zählt elementare Magie wie das Erzeugen von Feuer oder Kontrollieren von Wasser, aber auch mentale Magie wie das Übertragen und Lesen von Gedanken oder Teleportieren. Schwarze Magie ist die entartete, unnatürliche Energie, die durch negatives Denken und Handeln genährt wird und einen eigenen Willen entwickelt.

**Konane** – wird die Anwendung von Magie genannt, bei der ein Magier die Energie zu seinen Augen lenkt, um seine Sehkraft zu verstärken. Besonders nützlich ist das während der Nacht, doch auch bei Nebel und Rauch ist es hilfreich. Wenn die Konane aktiv ist, wird ein glänzendes Leuchten in den Augen sichtbar, ähnlich der Reflexion von Katzenaugen bei Nacht. Auf ähnliche Weise kann auch das Gehör verbessert werden.

**Makani Chenda** – eine geistige Verbindung zweier oder mehrerer Menschen, in der sie Gedanken austauschen können. Mindestens einer in der Verbindung muss ein Magier sein und die Energie für das unsichtbare Netz aufrechthalten.

**Bilure** – magische Speichersteine, die nur noch von wenigen begabten Magiern erschaffen werden können. Es ist ein anstrengender Prozess, die Magie in den besonderen Kiesel zu leiten; dementsprechend selten und teuer sind diese Steine. Außerdem dürfen sie per Gesetz nur von Ratken und Weißaugen eingesetzt werden.

**Weißauge** – Ein Magier, der von Zaydas schwarzer Magie kontrolliert wird. Sie bricht den Willen des Opfers und zwingt ihn danach wie eine Marionette, ihre Befehle auszuführen. Ihren Namen tragen die Sklavenmagier, da ihre Augen von einem hellen, trüben Schleier belegt sind.

Zayda, Dunkelheit erwartet dich …

# Entdecke die düstere Vorgeschichte

Das Prequel:
**Zayda**
ISBN: 978-3-945073-10-0


Die Novellen-Duologie:
**Zeilen aus Tyarul – Anarchie**
ISBN: 978-3-945073-11-7

**Zeilen aus Tyarul – Tyrannei**
ISBN: 978-3-945073-12-4